未讀
UnRead
–
文艺家

时间之间

[英] 珍妮特·温特森——著

于是——译

THE GAP OF TIME

Hogarth Shakespeare
-
Jeanette Winterson
-
The Winter's Tale

北京联合出版公司
Beijing United Publishing Co.,Ltd.

时间之间

[英] 珍妮特·温特森 著
于是 译

图书在版编目（CIP）数据

时间之间 / (英) 珍妮特·温特森著；于是译. —北京：北京联合出版公司，2016.5（2018.10 重印）

ISBN 978-7-5502-7284-2

Ⅰ. ①时… Ⅱ. ①温… ②于… Ⅲ. ①长篇小说—英国—现代 Ⅳ. ①I561.45

中国版本图书馆CIP数据核字（2016）第057001号

北京市版权局著作权合同登记号 图字：01-2016-2020号

选题策划	联合天际
特约编辑	陈胜伟
责任编辑	李 伟 刘 凯
套装设计	@broussaille 私制
美术编辑	晓 园

UnRead
—
文艺家

出 版	北京联合出版公司 北京市西城区德外大街 83 号楼 9 层 100088
发 行	北京联合天畅文化传播公司
印 刷	三河市冀华印务有限公司
经 销	新华书店
字 数	185 千字
开 本	880 毫米 × 1230 毫米 1/32 8.75 印张
版 次	2016 年 5 月第 1 版 2018 年 10 月第 7 次印刷
ISBN	978-7-5502-7284-2
定 价	49.80 元

关注未读好书

未读 CLUB
会员服务平台

本书若有质量问题，请与本公司图书销售中心联系调换
电话：(010) 5243 5752 (010) 6424 3832

献给鲁斯·伦德尔（Ruth Rendell，1930—2015）

年过半百，

我们惊讶地领悟到

自己抵死以求宽恕

意欲达成但失败的事

其实根本不可能成功

哪怕仍须做得更好。

罗伯特·洛威尔《写给谢里丹》

第一部分

ONE

水盈盈的星

今夜我见到了最古怪的景致。

我在回家的路上，夜晚又热又黏腻，又到了一年中的这个时节，皮肤汗津津的，衬衫总也干不透。我一直在酒吧里弹钢琴，没人想走，所以我走得比平日晚，哪怕我很不情愿。我儿子说他会开车来接我，但他根本没出现。

我在回家的路上，大概是凌晨两点，一瓶冰啤酒在我手里变得越来越热。不该当街喝酒，我知道，可管它呢，一口气干了整整九小时的活儿啊，酒吧里冷清的时候我帮客人倒一口杯的烈酒，人多的时候我就弹钢琴。有现场音乐助兴，人们就会多喝几杯，这是事实。

我在回家的路上，突然变天了，冰一样的雨点落下——那就是冰——高尔夫球大小、弹力球般硬实的冰雹砸下来。街面上攒着一整天、一星期、一个月、一整个季节的闷热。冰雹砸到地面时，就像往油炸锅里扔冰块。这气象好像是从地面往上升，而非从天空降落。我好像在枪林弹雨里跑，幸好火力不算猛烈。我在别人家的门廊下躲一躲，再跑到下一户人家的门廊下，冰雨骤融，嗞嗞作响，我几乎看不清自己的双脚。足有一两分钟，我只得踩着冒泡的冰雨走在教堂前的台阶上。我都湿透了，口袋里的钞票粘在一起，头发紧紧贴在脑袋上。我把眼里的雨抹掉。雨一般的泪。我妻子死去已有一年。躲雨没什么用。回家也没什么用。

所以我才抄了近道。因为婴儿岛，我一向不喜欢走那条小路。

婴儿岛是一年前由医院设置的。我去探望妻子时，日复一日地看着工人们把它造起来。我看到他们如何浇筑混凝土外墙，如何固定墙内的钢架箱，再安装密封窗，接好暖气、灯光和警铃的电线。有个建筑工不想做，觉得那是错的；我猜想，他觉得那太伤风败俗了。时代的标志。然而，这时代的标志未免太多，如果我们一一审读，恐怕要死于心碎。

婴儿岛又安全又温暖。只要把婴儿放进去，窗口合上，医院里就会有只铃铛响起来，护士下楼来花不了多少时间，但刚好够母亲离开——小路的拐角就在一步之遥。

我见过一次。我跟上她。我喊“女士！”，她转过身。她看着我。就一秒，可以冻结整个世界的一秒钟；接着，秒针继续转动，她消失了。

我走回去。放婴儿的小房间已经空了。几天后，我妻子去世了。所以我回家不走那条路。

婴儿岛是有渊源的。任何故事都有源可溯，不是吗？你以为自己活在当下，但往昔就在你身后，像一道影子。

我做了些调查。在欧洲，在中世纪，不管在什么时候都有婴儿岛。以前的人称之为“弃婴轮”：在住着修女或修士的修道院门口有一种圆窗，你可以把婴孩塞进去，祈求上帝加以照护。

若非如此，你还可以把婴儿包起来，放在森林里，留给野狗和狼群去哺育。无须留下姓名，但可以留些别的东西作为故事的开场白。

有辆车急速滑过我身边。阴沟里的水溅了我一身，好像我湿得还不够似的。浑蛋。那辆车急刹停下——是我儿子，科洛。我上了车。他递给我一条毛巾，我抹了把脸，舒坦了些，又突然觉得累到不行。

我们听着广播，驶过几条街。电台在播报反常的气候。超级月亮。海上掀起巨浪，河水漫过堤岸。不要出行。待在室内。这不是卡特琳娜飓风，但今晚也不适宜外出。停在街边的小汽车的轮子都有半拉儿浸在水里了。

接着，我们就看到了。

前头有一辆黑色的宝马6系车迎面撞上了墙。车门都敞着。还有一辆破车撞进了它的车屁股。两个戴兜帽的人正在痛殴倒在地上的一个男人。我儿子朝方向盘倾下身子，笔直地朝他们开过去，摇下窗玻璃，喊着：“真他妈见鬼，真他妈的！”有人朝我们开枪，打中了前胎，车猛然转向。我儿子扳转方向盘，车子“砰”

的一声撞上了路沿。戴兜帽的人跳进宝马车，擦着墙把车子拧过来，将破车挤到街对面。被暴打的男人躺在地上。他穿了一套不错的西装。他应该有六十多岁了。他在流血。鲜血在雨水的冲刷下顺着他的脸庞流淌。他说了些什么。我在他身边跪下。他双眼睁着。死了。

我儿子看着我——我是他爸——我们该怎么办？紧接着我们就听到了警铃，从外星球一般的远方传来。

“别碰他。”我对儿子说，“掉转车头。”

“我们应该等警察来。”

我摇摇头。

一只轮胎瘪了，我们的车一颠一颠地绕过拐角，慢慢驶进那条要经过医院的小路。一辆救护车正从急救车库里开出去。

“我得换轮胎。”

“把车停到医院停车场。”

“我们应该把我们看到的事情告诉警察。”

“他死了。”

我儿子停下车，去拿换胎工具。那会儿，我就浑身湿透地坐在被浸湿的座位里，一动不动。医院里的灯光斜切进车窗，我恨这家医院。妻子死后，我也曾这样坐在车里，呆呆地望穿挡风玻璃，其实什么也没看见。一整天过去，然后是夜晚，什么都没有改变，因为一切都变了。

我下了车。我儿子用千斤顶撑起车，我俩一起卸下轮胎。他已经把后备箱里的备胎滚出来了。我将手指插进破轮胎的橡胶缝隙里，拔出了那颗子弹。不管我们需要什么，反正不要这个。我把它扔进街沿边深深的排水口里。

就在那时，我看到了。灯光。

婴儿岛的灯亮着。

不知为何，我突然觉得这一切都是有关联的——宝马，破车，死人，婴儿。

因为有一个婴儿。

我走向婴儿岛，好像全身上下都在慢镜头里走。那婴孩睡着，吮着自己的大拇指。还没有人来。为什么还没人来？

我无意识地意识到，自己手里还握着装轮胎用的撬棒。我仿佛没有动弹，却撬开了婴儿岛的窗门。轻而易举。我把婴儿抱出来，她像星子一样轻盈。

夕阳坠坠西沉，求主与我同住，
黑暗渐渐深重，求主与我同住，
每当求助无门，慰藉无所停驻时，
无助者之助啊，人之神与我同在。

今天早上的礼拜很有气势。我们两千多人聚在教堂里。没有谁被洪水拖延。牧师说："爱情，众水不能息灭，大水也不能淹没。"

那是《雅歌》中的词句。我们知晓的，我们才歌唱。

圣言教堂始于一间小棚屋，后来扩建成大房子，继而扩展为一座小镇。大部分是黑人。也有些白人。让白人信仰要信仰的内容更困难。他们锱铢必较，难以理解七天创世纪、耶稣复活过程中的细节。这些事困扰不到我。如果没有上帝，我死的时候也好不到哪里去。只是死了。但如果有上帝，那好吧，我接受你们的讲法，那么这位上帝在哪儿？

我不知道上帝在哪里，但我认为上帝知道我在哪里。他拥有世界上第一款全球性的APP。寻找谢普。

那就是我。谢普。

我和儿子科洛过着太平日子。他二十岁。他出生在这里。他母亲来自加拿大，而她的父母来自印度。我估计我是坐奴隶船来到这里的——好吧，不是我本人，但我的DNA仍记录着非洲的基因。我们现在在哪儿呢？新波西米亚，昔日的法国殖民地。甘蔗种植园，庞大的殖民地家族，兼有美丽和恐怖。游客们都喜欢铁艺栏杆。建于18世纪的小房子被刷成了粉色、黄色或蓝色。镶着弧形大玻璃窗的店面木门伸到街面上。藏着暗黑门道的小径通向烟花柳巷。

还有河。像昔日的未来那样宽广。还有音乐，不管什么地方，总有个女人在哼唱，老男人弹着班卓琴。也许只是收银台旁的女孩甩着一对沙球。也许是一把让你想起母亲的小提琴。也许是一段你想忘却的曲子。记忆是什么？不就是和过往痛苦的抵牾吗。

我读过一篇文章，说人的身体每七年更新一次。每个细胞都变成新的。就连骨头也像珊瑚一样更生再造。那我们为什么要去记住理当烟消云散的事？每一道伤疤、每一次蒙羞，还有什么意义？好日子一去不返，记住它们还有什么意义？我爱你。我想你。你死了。

“谢普！谢普？”牧师在叫我。我在，谢谢你，我很好。是的，昨晚是何等神奇。上帝审判人类犯下的千百万宗罪。牧师相信吗？不，他不信。他信的是全球变暖。上帝不需要惩罚我们。这事儿我们可以代劳，自己惩罚自己。所以我们才需要宽恕。人类不了解宽恕。宽恕这个词就像老虎——电影里拍过，证明它确实存在，但我们之中仅有极少数人近距离地看过野生的老虎，或彻底地了解它们。

我无法宽恕自己所做的事……

那天夜里，很晚了，死寂无声的深夜——人们用死做形容词是有原因的——我把躺在医院病床上的妻子闷死了。她很虚弱。我很强壮。她在吸氧。我把面罩摘下来，用双手捂住她的嘴巴和鼻子，请求耶稣来把她接走。祂来了。

监视器“哔哔”地叫，我知道他们很快就会进来。我会怎样，我一点儿都不在乎。但没有人来。我不得不走出去，叫人来——这地方的护士太少，病人又太多。他们无法确定该归咎于谁——但我很肯定，他们认为应该怪我。我们用白布把我妻子盖上，等到医生终于露面，他写下了“呼吸衰竭”。

我不后悔，但我不能原谅自己。我做了正确的事，但那是错的。

“出于正当的理由，你做了坏事。”牧师这样说。我们的分歧就此出现。听上去我们无非是在玩文字游戏，但实际上天差地别。

他的意思是，夺走一条生命是错误的，但我那么做是为了终结她所受的折磨。而我相信，夺走她的生命是正确的。我们结婚了。我们骨肉一体。但我是出于错误的理由才那么做的。而且我很快就明白了，我那么做，不是为了终结妻子的痛苦，而是终结我自己的。

“别再想那件事了，谢普。”牧师说。

做完礼拜，我回了家。儿子在看电视。婴孩醒着，非常安静，大眼睛瞪着天花板，日光透过百叶窗在天花板上投下一条条光影。我把她抱起来，强迫自己再次走出门，往医院的方向去。婴孩的身体很温暖，很好抱。比我儿子刚出生的时候轻。那时候，我和妻子刚刚搬到新波西米亚。我们对一切都充满信念——世界，未来，上帝，和平与爱，还有最重要的，彼此。

就在我怀抱婴孩走在街上时，我坠入了时间的褶皱，此时、彼时叠合成同一时刻。我的身子挺直了，步子迈大了。我是刚娶了个漂亮姑娘的小伙子，我们眨眼间就当上了父母。“捧住宝宝的头。”我抱着他的时候，她这么说。我的手掌握着他的生命。

他出生后的那一周，我俩都下不了床。我们让宝宝躺在我俩之间，和他一起睡一起吃。我们用一整个星期的时间盯着他看。我们造出了他。不用技艺，不用培训，不用大学文凭或科研经费，我们就造出了一个人。这是何等疯狂、轻率的世界啊，我们竟然能够在这里造出人类？

别走。

先生，您说什么？

对不起，我走神了。

宝宝很漂亮。

谢谢您。

那个妇人继续走她的路。我发现自己站在车水马龙的路当中，怀里抱着熟睡的婴孩，自言自语。但我并不是在跟自己讲话。我在对你讲。还是这样。总是这样。别走。

我刚才说记忆是什么，你明白了吗？我妻子不复存在。没有那样一个人了。她的护照已被注销。她的银行账户已被关闭。她的衣服给别人穿去了。但我的脑海里全是她。如果她从未在世，我却老想着她，他们肯定会以妄想为由把我关起来。事实上，我是在哀悼。

我发现了，哀伤意味着和不在场的人一起生活。

你在哪里？

摩托车的马达在咆哮。小汽车的车窗开着，车里的收音机也开着。滑板上的孩子们。有条狗在叫。送货车在卸货。两个女人在人行道上争吵。每个人都拿着手机。有个家伙站在箱子上喊：**全部清光**。

我可以接受。全都拿走吧。汽车，路人，货品。抹去一切，只剩我脚下的尘土、头顶的天空。关掉音响。画面空白。现在我俩之间空无一物。我会看到你向我走来吗，在白昼将尽的时候？

走得像你以前，像我俩以前下班回家时那样，累得半死？抬起头，我们看到彼此，先是远远的，然后越来越近？你的活力再次恢复人形。你的爱有原子般无微不至的形态。

“这不算什么。”她知道自己不久于人世时这样说。

不算什么？那么，天空也不算什么，大地也不算什么，你的身体也不算什么，我们的欢爱也不算什么……

她摇摇头：“在我的生命里，死是最不重要的事。会带来什么差别？我不会在这里了。”

“我会在。”我说。

“这才是残忍之处。”她说，“如果我能以死为生，为了你，我是愿意的。”

“清仓甩卖。全部清光。”

已经清光了。

我走到了医院所在的街道。婴儿岛。就在那时，我怀中的婴孩醒了，我感觉得到她在动。我们四目相视，她的蓝眼睛游移着，发现了我黑色的凝视。她抬起像朵花的小手，摸到了我脸颊上的胡茬儿。

在我和即将穿过的街道之间，车来车往。这一刻不停、无名无姓的世界。婴孩和我静默站立，仿佛她知道，必须做出一个选择。

需要吗？意义非凡的事情总是碰巧发生的。只有不重要的事才有周全的计划。

我走过那条街，心想，我要考虑一下，双腿却直接走回了家。

有时候你必须接受一点：你的心知道该做什么。

我回到家，儿子在看电视新闻。昨晚冰雹雨的后续消息和人物采访。寻常的政府官员讲说寻常事件。又跳出一条新闻，呼吁目击者提供线索。死者。名叫安东尼·冈萨雷斯。墨西哥人。尸体随身携带的护照被找到了。抢劫。谋杀。在这座城市，除了天气，一切都很寻常。

但有些事不同寻常。他留下了一个婴孩。

“你不知道是他扔下的，爸爸。”

“我就是知道。”

“我们应该告诉警察。”

我怎么会养出一个信赖警察的儿子？我儿子相信每一个人。我真为他担心。我摇摇头。他指了指婴孩。

“要是你不打算告诉警察，又能拿她怎么办呢？”

“留下她。”

我儿子惊惶地看着我，一副不可置信的神色。我不能留下一个新生婴儿。这是违法的。但我不在乎。无助者之助。难道我不能成为那个人吗？

我给她喂奶，换尿片。在回家的路上我买好了所需之物。如果我妻子还活着，她也会像我这样做的。我们会同心协力。

似乎因为我夺走过一条命，所以又得到了一条命。我感觉这就是赦免，好像我得到了宽恕。

还有一个公文箱和婴孩搁在一起——好像她未来从商的道路

已经预备好了。箱子锁着。我对儿子说，如果我们能找到她父母在哪里，就把她送回去。所以我们打开了箱子。

科洛好像情景喜剧片里的蹩脚演员，露出夸张的表情，眼睛瞪圆了，下巴都快掉了。

“创世纪啊，”科洛说，“这都是真的吗？”

一摞摞簇新的钞票叠得整整齐齐，如同黑帮电影里的道具。五十沓。每沓一万美元。

钞票下面搁着一个柔软的丝绒口袋。钻石。项链。不是便宜的小碎钻，而是像女人心一般慷慨的大钻石。渗在切割面里的时间是那样深远、那样清澈，看着它，就好像看进了水晶球。

钻石项链下面有一页乐谱。手写的。那首曲子被冠名为《帕蒂塔》。

所以，这就是她的名字了。失落的小东西。

“如果你不坐牢，”科洛说，“那你就发达了。”

“她是我们的，科洛。现在她就是你妹妹了。现在我就是她爸爸了。”

“这些钱你打算怎么办？”

我们搬进了新家，那个社区里没人认得我们。我卖掉了老公寓，用那笔钱加上箱子里的钞票，买下了一家叫作“剪羊毛”的钢琴吧。那儿本是黑手党的地盘，他们急于出手，可以收现金。没有废话。我把钻石项链存在银行的保险柜里，她十八岁时就将是它的主人。

我弹奏那支曲子，教她唱。她在开口说话之前就会唱歌了。

既要当她的爹，又要当她的妈，我一直在摸索正确的做法。她问起妈妈的时候，我说我们都不知道。我总是对她讲实话——要不就让她别再问了。而且，她是白人，我们是黑人，她从一开始就知道她是我们领养来的。

故事总要有个开场白。

16

茶杯里的蜘蛛

有个人住在机场里。

列奥在伦敦的办公室有一墙正对着泰晤士河口和机场的全景落地窗，他和儿子米罗正望着窗外。米罗喜欢看飞机起飞。他九岁了，记得住所有航班起飞和降落的时间。办公室的墙上挂着一幅大地图，记录着在这个机场起降的航班线路——红色的弧线如同在世界的身体上标出的动脉血管。

“这个人是通缉犯吗？”列奥问道。

“没有人要他。”米罗回答，“他离家出走，自个儿管自个儿。所以他才住在机场里。”

列奥解释说，通缉犯和被需要的人[1]不一样，“通缉的意思

---

[1] 通缉犯 wanted man 中的 wanted 有被人需要之意。

是：警察在追捕他”。

米罗想了想。他正在写作文。老师让他们试写一句涵盖故事内容的开场白，譬如童话里的第一句话常常是“国王有三个儿子”或“有个怪物爱上了公主”。

“他不是杀人犯，这个住在机场里的人。”米罗说，“但他没有家。”

“为什么没有？”列奥问。

“他很穷。”米罗说。

“也许他应该更努力地工作。”列奥说，“赚到了钱，他就能买张机票，不用再住在机场里了。看——英国航空经由香农飞往纽约的航班。”

他们看着那架飞机像一只非现实的鸟从跑道上腾空升起。

“恐龙灭绝时，”列奥说，“它们并非真的死去。它们只是进入了潜伏状态，直到可以变成飞行器才重返世间。”

米罗笑了。列奥抚乱了他的头发。和儿子在一起的时候，列奥是温柔的。

“我们死的时候，也会潜伏起来吗？等到我们变成别的东西再回来？”米罗问道。

“你妈妈是这样想的，因为她信佛。你应该和她聊聊这件事。”

“那你是怎么想的？”米罗又问，“瞧！飞往巴黎的城巴机场快线。”

“我从没想过这件事。”列奥说，“听我一句劝：不是非要你去想的事，就别去想。”

米罗四岁那年，列奥被银行解雇了：2008年的世界金融危机，列奥也有一份功劳，用银行CEO的话来说，他“鲁莽”行事，造成了“重大损失”。列奥觉得很不公平。他经手的每一件和钱有关的事都是鲁莽的，但鲁莽带来重大收益时却没人想要炒他鱿鱼。

最后一天下班，他穿着白条纹的Hugo Boss西装和Lobb皮鞋走出银行大门时，门外聚集了一些反资本主义游行示威的年轻人。他一出来，他们就朝他扔鸡蛋。列奥站在那儿，低头看了一会儿摊洒在西装上的鸡蛋液。接着他脱下外套，一把揪住两个年轻人，把他们摁倒在人行道上。第三个孩子上来，被他用力一推，撞上了墙壁，弄断了鼻梁。

还有一个孩子录下了这个过程，列奥第二天就被捕了。他银行的CEO指认了视频中的人就是他。

列奥被控犯有普通攻击罪，但他的律师指出：考虑到他的社会责任感遭到贬抑（被解雇）时又被外界因素（鸡蛋）激怒，好歹帮他免除了牢狱之苦。不管怎么说，他的受害者们都是没有工作、惹是生非的家伙。似乎没人注意到列奥也没了工作。

列奥缴清了罚款和诉讼费用，他只是愤恨这件事的不公平。又不是他列奥发明了资本主义——他的工作就是在一个赚钱的机构里负责赚钱。那也意味着可能亏钱；经济崩盘其实就像抢椅子游戏——音乐响起时，谁也不会在乎椅子不够用。明明能跳舞，谁还想干坐着？以前他亏过钱，数目之大，几近一个小国家的国民生产总值，但他总有回旋弥补的余地，来得及把钱捞回来，甚至有得赚。音乐停奏时，他碰巧没抢到——哪怕那是暂时的——

所有的椅子都被金融泡沫压翻了。

连喝了三个月酒之后，他害自己进了康复诊所，又花了三个星期让自己戒酒。之后，有人建议他寻求专业人士的帮助以解决丧失自信的问题。

整整六个月，每周两次，他从小威尼斯的家里坐出租车去汉普斯特德某位知名的东欧精神分析医师的诊所。他恨死了心理诊疗室的门闭合时会轻轻地“咔嗒”一响。他恨死了平织布沙发、时钟和那盒纸巾。他恨死了一个事实——其实是两个互为表里的事实——分析师穿黑袜子和棕色凉鞋，一刻不停地谈着“自我矛盾”，但他念出来就像是“忌我魔盾”。

“你爱你的母亲，但也恨她。”乌尔特医生说。

“不，”列奥说，“我恨她。”

“这关乎好的卤房和坏的卤房。”

乌尔特医生讲起梅兰妮·克莱因的时候，列奥就在想乳房。下个星期就诊时，列奥带了一本*Nuts*杂志[1]。他把记号笔递给乌尔特医生，要他把好的乳房圈出来，在坏的乳房上画个叉。

“把既厌恶又喜爱的东西对象化。”乌尔特医生说。

列奥记得这位乌尔特医生写过一本名著，书名是《对象的对象化》。开篇他即扼要回顾了历史上的对象的历史，看来他学到了一点：把一个词重复使用两次，听上去会更睿智。

起初并无对象——只有能量。接着，在大爆炸或创世纪——这

---

[1] 英国最畅销的男性娱乐杂志，以刊登大尺度模特写真著称。

要根据你的立场而定——之后，世界本身变成了一个充满各种对象的对象体（元对象？）。这些对象都需要名号，即为命名对象。其后，许多对象被发明出来，即为发明对象。再然后，他认为，随着战争和各种广义上的人类愚蠢行径，出现了毁灭对象的现象。

还有欲望的对象。他的胃抽紧了。

接着，他想到了存货清单、存档文件、存货表、编目表、清单、分类表：对象的索引。有一本美国人写的书叫《对象的安全性》，他太太很喜欢。列奥自己对对象的状态了如指掌，反过来说是状态的对象也成立，比方说，他的直升飞机（卖了）。因有量子理论，继而出现了对象的奇论，如果你是个深刻的思想家，就会得到对象的意义。那么，对象的无意义呢？

是的。当你有了很多钱，可以买下任何的、所有的东西时，你就可能明白佛祖和基督早就明白的事：世俗财物都是无意义的。他觉得很好玩：哪怕和伟大的传统美德背道而驰，也能得出一样的高见。

他问："你真的能了解另一个人吗？"

"你无法剥离观察者和被观察者。"乌尔特医生回答道。

但你可以，身在自己办公室里的列奥想道。监视系统就是做这个用的。

列奥很快就明白了，他无须花费五百英镑完成每周两次、每次五十分钟的心理治疗，只为了搞懂自己儿时缺乏关爱，或者像医生所说的——他曾用“绝额收入”填补内心的空缺。

“我们都在自我疗愈。”列奥对乌尔特医生说，“我用钱。酗酒是副作用。现在我已经好了。”

列奥告别心理诊所，放下酒杯，开始做他自己的对冲基金，专门从事杠杆收购，针对那些资产可以被剥离并且可以通过举债改善经营的企业，这让他的投资者们赚到了大钱，当然，他自己作为中介也没少赚。他把这个基金称作西西里亚（Sicilia），因为听上去有点像黑手党。他母亲就是意大利人。

西西里亚很快就有了六亿英镑的管理基金，列奥成为身家十亿的富豪已指日可待。市面上现金短缺，但依然可以凭空生财，还有什么比这种事更美妙呢？

办公室里，列奥发现自己把米罗弄糊涂了。米罗比父亲更阴郁，更容易沉思——更像他母亲。父子相处时很简单，绝无生死之类的高深话题。列奥会带米罗去踢足球、游泳。他不会陪他做作业，也不会给他读书，这些事都由咪咪去做。

“妈咪很快就会来了。”列奥这么说是希望找些更好的话题。

“我可以去写作文了吗？”米罗问。

列奥点点头：“带上你的书包去厨房吧——喝点牛奶，再吃一块巧克力饼干，好吗？”

米罗喜欢父亲的办公室。只要他去，总有人围着他转，生怕慢待了他。也总有好吃的，更棒的是总能看到飞机。

列奥抱了抱米罗。他们深爱对方。那是千真万确的。米罗现在又是无忧无虑的了。“有个人住在机场里。”他说着，走了出去。

列奥转身回到办公桌边——Linley 出品，选用俄罗斯桦木长板，打磨成玻璃般的光滑。办公室是一个纯白色的空间：素白的墙壁，高级皮沙发，爱斯基摩人牌地毯。墙上挂着一幅他太太的黑白照片，放得很大。他把照片的数码版存成苹果手机的桌面图片。唯一的色彩来自墙上翠西·艾敏设计的红色霓虹灯指示牌。

霓虹灯点亮的句子是“风险 = 价值”，来自列奥在“占领伦敦”的某次游行中看到的标语：你冒的风险揭示了你的价值。这句话让他念念不忘，索性把它改了。组建新公司时，他就定做了这盏霓虹灯。

列奥倾身向前，对着内部通话机说道：“网络卡梅伦！我要和你通话。”

卡梅伦关门时，列奥还在为脱口而出的俏皮话而大笑。[1] 卡梅伦是个退役军人。他知道如何服从命令。

“卡梅伦，我要你在我太太的卧室里装个网络摄像头。”

卡梅伦听清楚了，但他不明白。“您想在夫人的卧室里安装视像监控设备？”

列奥看起来有点不耐烦。“你负责西西里亚的安保和交通事宜。这件事很棘手。我不希望外人经手。我希望摄像头直接连通到这里，让我在私人屏幕上看得到。”

---

[1] 卡梅伦（Cameron）和摄像头（camera）英文发音相近，因此“网络卡梅伦”听上去像是“网络摄像头”。

卡梅伦很不自在："我在成人网站上见过这类东西，但……"

"我不是要对着自己老婆像素化的奶子打手枪，你不用瞎操心。我们也不会当皮条客，每七分钟卖二十块钱，让哪个建筑工人一手拿着苹果手机，一手在裤裆里忙活。这是夫妻间的事。这是离婚。"

"您在考虑和夫人离婚？"

"为什么你要用这种口气讲话？就因为你是苏格兰人？我当然是和夫人离婚。我又没有男的老婆。"[1]

就在那时，列奥想到了赛诺。心中有了泡沫般的顿悟，他忍不住提高音量。

"事实上，卡梅伦，我认为咪咪有外遇。我想抓个现行。你知道为什么把它叫作网络摄像头吗？"

"因为要把摄像头连上网络。"卡梅伦字斟句酌地回答。

"因为那就像个蜘蛛网，卡梅伦，为了捕捉昆虫。我晚上睡不着觉，因为我的床上爬满了小虫子。"

"夫人有孕在身。"卡梅伦说。

"你以为母猪怀了猪崽儿就不能兴奋地尖叫了？"

卡梅伦感觉到自己脸红了。波尔卡圆点领带勒得他嗓子疼。

"您在谈论的是您的夫人和孩子。"

"我的孩子？那是个杂种。"列奥把铅笔拗成两段。

"您有什么确凿的理由证明咪咪有外遇吗？"

---

[1] 此处夫人的英文原文为 lady wife，与 man wife 对应。

“你是问，我有没有亲眼看到她和别人厮混？没有。跟踪她两个月的私人侦探有什么新发现——她去哪儿，见了谁，她的电子邮件、短信之类我不知道的事？没有。”

“您说您没有看到她和谁在一起。”

“谁？没有。”

“那么，这不显然是发疯吗？”

“你敢说我发疯，卡梅伦？你说我是疯子？”

列奥把两段铅笔拍在桌子上，朝卡梅伦走去。卡梅伦两脚分开，放松膝盖，屏住腹肌，在列奥走过来的时候让自己稳稳地站好。卡梅伦知道如何把持自己。他也了解列奥的脾气。列奥的脸凑得这么近，卡梅伦都看得清他的毛孔了。他谨慎地避开彼此眼神的对接。

列奥退后一步，转过身去看窗外。

“阿姆斯特丹。”他看着一架飞机起飞，然后没有转身，继续说道，“她可以每天见到这个外遇对象，但没有人会多想。除了我。我每分钟都会想六十遍。”

“我不懂您的意思，列奥。”卡梅伦说。

“是赛诺。”

卡梅伦要停顿一下才能吃透这三个字的意思。

“赛诺是您最亲近的密友。您和他一起做生意。”

“要亲近朋友，但更要亲近敌人，卡梅伦，不是吗？”

“可是您自己都说过，这种怀疑是毫无根据的。”

列奥转过身来：“卡梅伦，不只是女人有直觉。我这辈子最了解赛诺了。”

这辈子，赛诺。

他俩十三岁时相识于寄宿学校。他俩的父亲都从不合格的母亲手里赢取了抚养权，再把他们送走。列奥的母亲为了另一个女人离开了他父亲。赛诺的母亲是个酒鬼，情绪很不稳定。那所寄宿学校既不时髦也不精于教学，但足以让他们的父亲相信自己可以把儿子抚养成人，哪怕儿子基本上不在家。

每逢周末，学校里很冷清，因为大多数男生都回家了。列奥和赛诺发明了各自的小世界。

“我在森林里，”赛诺说，“我自己的小木屋。好多兔子会来，我就开枪打中它们。砰砰砰。”

“我在月亮上，”列奥说，“用莫泽雷勒奶酪造的月亮。”

“你怎么可能在莫泽雷勒奶酪球上行走呢？”赛诺问。

“不用走，”列奥说，“没有地球引力。”

他们听大卫·鲍伊的《太空奇遇记》，赛诺迷上了乡村民谣和西部音乐。他时常觉得自己就是爱美萝·哈里斯。

他们不想和别的男生一样，但那也是因为他俩和别的男生不一样。

到了十五岁，他俩已是寸步不离。他们一起加入学校的射击俱乐部，在靶场上一比高低。赛诺的命中率更高，因为他更冷静。列奥出手更快，也时常会赢，因为他射中的目标更多。他们发明了一个游戏：枪弹靶。两盘都赢，你就是枪。输一盘，你就是子弹。两盘都输，你就是靶子。后来，赛诺把移动靶也引入游戏，他说那让他感觉更自由自在。列奥不太明白。他只想当枪。

一个打靶练习后的夜晚，他们做爱了。没什么稀奇的。冲澡。勃起。三分钟的手淫。没有亲吻。但第二天列奥在单车棚下吻了赛诺。他吻了他，抚摸他的脸。他想说些什么，但又不知道该说什么。赛诺什么也没说。那很符合他的性格。列奥想，反正，赛诺本来就有点像女孩。他有一双猫眼似的灰眼睛，柔软的深发垂落眼帘。

列奥更魁梧，更粗暴，更高，更强壮。天生的橄榄球运动员的体魄，一举一动充满信心，但欠缺优雅。他喜欢赛诺柔弱如水的感觉。

他们去游泳，天很低，水很暖，海鸥盘旋在浅滩上。列奥很招摇，很吵闹，游得很快，但也比赛诺更早疲倦。他不像赛诺有条不紊，能游很长的距离。

列奥涉水上岸，双脚在湿沙地里留下深深的足迹。他转过身，双手搭在胯上，对赛诺喊了什么。太阳映在他眼里。他看不到他的朋友，一时间有点害怕。

但他就在那儿，头和肩膀像海豚一样优雅地摆动着游回岸边。那画面有点模糊，但在列奥看来，赛诺就像一阵浪翻卷在海面上。

赛诺扑打着水花，上了岸。列奥伸出双臂抱住他，把他拽向沙地。

“我们做的时候，你有没有想着女孩？”赛诺问。

“有。”列奥说。

那时，赛诺开始担心自己是同性恋。

后来，他们在宿舍里谈了谈，四条腿互相交叠，拥着彼此看电影《无因的反叛》。他们都希望成为詹姆斯·迪恩，但赛诺还想和詹姆斯·迪恩睡觉。

“詹姆斯·迪恩是同性恋。”赛诺说。

“埃尔维斯·普雷斯利是同性恋吗？”

“不是，他操的是吉士汉堡。”

“我可不想鸡鸡上沾了美乃滋。”

“如果我把它们吮干净，你也不想吗？”

列奥立刻就硬了。他脱下裤子。赛诺跪下来舔他的蛋蛋。列奥抚摸着赛诺的头。然后他开始笑。赛诺抬头看他。

列奥说：“我小时候干过一个西瓜。用刀挖出一个洞就开始操。实在太棒了。之后我老是叫我妈买西瓜，但从来不吃。后来有一天，我妈走进厨房，我正站在那儿，裤子堆在地板上，鸡巴上顶着一个该死的碧绿的西瓜。”

“你个白痴！她很想杀了你吧？”

“没错！她叫来我爸，给我上了一堂关于不适宜的欲望对象的课。”

“我是吗？”赛诺问。

“别停啊。”列奥说。

他们的学校离海边很近，周六下午，别的男生都回家了，列奥和赛诺就骑上单车，顺着山道而下去峭壁。

列奥在一个周六说道：“我们来比赛，看谁更快、离悬崖边更近。就像《无因的反叛》里的那场飙车戏。”

赛诺不想。但列奥嘲弄他。

他们开始赛车。两人都站在踏板上，尽其所能地飞快踩踏。列奥在外车道。他的车轮陷进一条车辙后减速了。赛诺一鼓作气超过他。列奥俯下身子，用尽气力去赶超。追成平手，然后车头超出，他从后方切入超到最前面，但后轮擦到了赛诺的前车胎。

赛诺坠崖了。单车飞离他的四肢，仿佛用慢动作一圈一圈地滚下悬崖。

“赛诺！”

没有回应。列奥眼看着单车落水。

他记得那个时刻有一种时空凝固的错觉。他的心跳在比赛戛然而止后慢下来。前胸的汗水。一只海鸥在飞旋，凄厉的鸣叫声就像他自己的尖声呼喊，尾音拖长。

“赛诺！”

列奥飞车回到学校，浑身气力尽失，只知道恐惧地踩踏板。看到守门人的皮靴时他一阵恶心。守门人打电话报了警。列奥带警察去通向峭壁的车道，路虎警车内的收音机噼噼啪啪地乱响。直升机在头顶盘旋。

赛诺落在一道悬崖顶部看不到的岩脊上，昏迷不醒。脑震荡，一侧骨盆骨折，但他跌落之处有一层厚厚的石楠树，仿佛有奇迹护佑，让他没有径直滚落到崖底。

救援直升机放下一条吊索，把他救了上来，送到医院。那个学期余下的时间他都是在医院里度过的。

列奥不再去上课。他每天都会步行回到悬崖边的出事地点。

他父亲来找他谈。长篇大论是这样开头的——“我知道我们一直不太亲近”，再以“尽快忘了这件事吧”告终。

列奥很想告诉大家，赛诺的事都是他的错。他走到校长室门口。他站在门外。但他再一次掉头走开。这样的场景反复上演了好多遍。

最后，他终于可以去医院探望赛诺了。赛诺瘦了，看起来很疲惫。他的躯体需要牵引治疗。他的脑袋绑着绷带。他在输液。列奥穿着校服坐在床边。赛诺握住他的手。

接着，列奥哭了。静默的眼泪流下来，像是电影里的特写镜头。那不真实。早该发生的这个场景实在太不真实了。别人的生命，不是他的。他差点害死自己最好的朋友。

第二年，赛诺重回校园。他的数学、计算机和英语文学考得不错，别的成绩都不理想。列奥的每一科都考砸了。没关系。他父亲已经帮他在巴克莱财富管理公司找了一份入门级的工作。

他父亲控告当地政府失职，没有采取维护山崖道路安全的措施，政府愿意庭外和解，赔偿他们一份保险金，他父亲接受了。赛诺满十八岁时就从那笔钱里拿出一点来，买了一辆露营车。

如今，赛诺的钱足够他过好几年。他从动物收容所里挑了一条狗，留起复古的马尾辫，踏上新世纪嬉皮士的公路之旅，开车去参加一场又一场摇滚音乐节，没有手机，随身物品寥寥无几。

他的英俊带有一种弱不禁风的特殊况味。没过多久，他就有了很多女人，比他需要的多得多。她们喜欢他冥思般的安详神色，喜欢看他阅读、听小众音乐——譬如歌剧。

列奥在银行里混得不赖，北欧战神般的魁梧身形配上向后梳拢的浓密金发，气宇轩昂的谈吐搭配一身西装，挺帅的。他每天工作十六个小时，但毫无怨言；每天清晨六点去健身，每天深夜都喝醉，但丝毫不影响他赢利的能力。没过多久，他就很有钱了。

他们毕业后的头三年里，他只见过赛诺一次。这位四处游荡、毫无建树的朋友让他觉得很难堪。他想给赛诺一些钱。

赛诺用那双浅灰色的、曾被列奥深爱过的眼眸看着他，摇了摇头。他不需要钱。他没多少钱，但他有钱买食物、燃料、书本和他想要的其他东西。

这话让列奥不开心。每个人都需要钱。“来我的公寓住一阵子吧。”他说，“洗个热水澡。看在上帝的分上，已经十一月了。隔着水汽，你连那该死的露营车窗外有什么东西都看不见。我会请几天假陪你。”

就是在那几天里，列奥发现他的朋友在编写电脑游戏。

列奥在玩“侠盗飞车”时忍不住对着电脑游戏机大喊大叫，那时，赛诺走进来，把香蕉皮扔在屏幕上。

“嘿！”列奥说，“你这是干吗？”

“电子游戏是最棒的科技和史前水准人类文明的结合体。”赛诺说，“全都是汽车、斗殴、盗贼、冒险、姑娘和奖赏。”

列奥看不出这有什么不对。那其实就是他真实生活的写照。为什么游戏要与之不同呢？

“女人不玩游戏，因为那让她们厌烦。”赛诺说，“所以就失去了潜在的另一半市场。可是，为什么游戏不能像书本一样美好呢？”

列奥觉得电子游戏比书本好太多了。他不读书。他喜欢电影、电视和某些戏剧，但书本太安静了。看书太安静了，你都能听到书页的摩擦声。

“人际关系。道德难题。”赛诺说。

“玩游戏的时候，你必须组建联盟。”

“没错，但那是互相利用，不是吗？我利用你，你利用我。不管从哪方面看，游戏都太消极了。书本可以改变人们看待、思考世界的方式。”

“除非他们不看书。他们确实不看。”列奥说。

“为什么不能有一个改变电子游戏的游戏呢？”赛诺说，“为什么没有一款游戏能让我们懂得更多、看得更广、感受更深？难道你不想感受一些肾上腺素之外的东西？”

“你是同性恋吗？”列奥突然问道。

赛诺耸耸肩。他有一些女朋友，但都是泛泛之交。他没有爱上谁，但他喜欢女人。他喜欢真实的对谈。

列奥也没有爱上谁。

他们在夜里出去玩。喝到醉。回家时，列奥走进自己的卧室，脱个精光。他通常会看一会儿色情影片帮助自己入睡。他朝门外喊赛诺。

“想和我一起看几个妞儿吗？”

但赛诺没有回答。

卡梅伦走出了办公室。列奥转动摇椅，面向落地窗。他恨自己的朋友操自己的老婆。难道外面的女人还不够多吗？酒吧、会所、酒店、游轮，不管他去哪里，都有想钓金龟的女人，模样简直都一样：长发，长腿，大墨镜，如出一辙的大胸，超大手袋，超高跟鞋。你可以包下她们度周末，只不过那名义上不叫租赁，但双方都明白谁付钱、谁卖力。你还可以租一辆车，在机场里顺一个女人，只要你清楚自己在干什么。他笑了。那会是好生意。安飞士，赫兹，百捷乐[1]。选择模板（旅伴）。车身款型（三围）。引擎尺寸（能力）。损害限制（保险）。

男人都不情愿结婚——他的所有朋友都在拖延，起码挨到四十岁甚至五十岁才正经考虑。但一旦结婚了，他们又都不情愿离婚。只需在机场谋求一点理解就能改变一切。男人需要理解，因为他的存在是孤独的。他向黑暗深处凝视。

那就是男人和女人的不同，列奥心想。男人需要群体和帮派和运动和俱乐部和机构和女人，因为男人知道自己只有空虚和自我怀疑。女人总在试图建立连通，构建出一种关系。好像人真的可以了解另一个人。好像人真的可以……他的呼叫器在响……了解另一个人。

“赛诺来了。”宝丽说。

“我在忙。”列奥说。

“我让他进去。”宝丽说。

---

[1] 安飞士、赫兹、百捷乐都是著名的汽车连锁租赁公司。

像列奥这种地位的男人会有私人助理，午餐只吃芹菜和茅屋芝士、像超模一样吸睛的助理。但列奥有宝丽。她在他以前供职的银行里开始工作时才三十岁，能流利地使用三种语言，拥有经济学和MBA的学位，还刚刚通过了会计资格考试——只是为了好玩。她的学识、资历、性格远比列奥好得多，但她永远不会为了当商人而抛弃这些优势。她的强项在于细节——她可以用一小时快速审阅两百页的尽职调查报告，列出要点，以便让列奥有力地反击对方。她好几次帮他从糟糕的交易中及时脱身。而且，当他被银行无情地炒掉后，所有同事中，只有她一直给他打电话，询问他近况可好。当他开始组建自己的公司时，他请求她来为自己效力。

列奥负责成交。宝丽负责细节。

与列奥相识的十五年让她从精明的三十岁跨越到令人望而生畏的四十五岁，如今她只按她想要的方式行事，只说她想说的话。

幸亏有宝丽，西西里亚有矩可循、流程透明、热衷慈善，就算不是严格意义上有社会责任感的公司，起码也是有准则的。列奥觉得这是OK的。

宝丽打开门。“我说我在忙。”列奥说。

“你不忙。”宝丽说，“我才忙。”

“婊子。”列奥说。

“无赖。”宝丽说。

“谁是无赖？”赛诺说。

赛诺比列奥纤瘦，穿着舒适的新型面料时装：黑色轻薄羊毛裤，窄小修身的裤管刚及脚踝；灰色绑带山羊皮鞋，搭配灰色亚麻衬衫，衬托出他瞳孔的颜色。这件衬衣的领口和袖口都是粉红色的。他的打扮太精致了，列奥心想，完全不像“直男”。在列奥的想象里，赛诺的背景里总会有些男孩。

“我会给你拿几本意第绪常用语手册，圣诞节时用得着。我还会站在你面前，用上视听教学设备。列奥，你好。我见过举止更文明的大猩猩。赛诺，再见。我们会想你的。”宝丽踮起脚尖，吻了赛诺一下。

“你明天晚餐时就能见到他，大屁股。”宝丽关门时，列奥大声喊道，“到底是因为她是犹太人还是因为她是女人？”

“所以呢？”

“所以我管不住她。”

“你为什么想要管她呢？她对公司、对你来说都妙不可言。你需要有人胆敢反抗你。”

“她是打算让我破产。你知道西西里亚在慈善事业上砸了多少钱？拯救儿童——明天的晚会开销全部由我们掏腰包。为两百个赞助人举办的晚宴。最好的DJ。咪咪免费献唱。我们竟然还要捐出十万英镑。”

“你付得起这钱。列奥，我是来道别的。我今晚就走。我得回新波。”

“什么时候开始这么叫的？”

“苏活，诺布……新波西米亚早晚也会被叫作新波。”

“为什么你走得这么突然？”

“我接到学校的电话，是关于泽尔的。他又不肯在课堂上讲话了。”

“他怎么了？”

“没人知道。他已经看过一个医生和一个心理医生了。”

“八岁的小孩不需要看心理医生。”

“不用吗？我们小时候就需要。”

“我们需要的是父母。”

“我说的就是这个。所以我要回家。”

“他妈妈在哪里？”

“她在家——听着，我知道你觉得很怪，因为我和一个既不爱也不一起生活的女人有一个孩子，但我们清楚自己在做什么。”

“那么泽尔怎么不肯说话？”

“列奥，这么说很低级。”

列奥看向别处。他说：“我们明天要和投资人开会。”

赛诺说：“组建家庭有各种方法。不行吗？”

“真的可以如此轻松、如此文明吗？”列奥说。

“婚姻只是众多选项之一。”赛诺说。

“通奸和离婚也在选项之中。”

“你这是怎么了？”

“我生气，因为你不管我们要开会。”

“我儿子比一个会重要得多。”

“你是想说，我是个不称职的父亲吗？”

“没有——是你刚刚把我说成不称职的父亲。我们能不能不吵？我们都有过糟糕的家庭。每一代人都有机会成就更美好的家庭。”

“你听上去真像一张正念灵修 DVD。”

“那你呢？你听上去就像工作狂精神病。”

“至少我是正常的。我不是假装直人的基佬，也不是假装基佬的直男，而且我不用把自己的小孩当作人肉盾牌。”

“你说够了没！”赛诺抓起他的包，转身就要走。列奥巴不得他赶紧走，又巴不得他留下来。总是这样。

“赛诺！你想走就走，但别找什么借口。我就想说这些。你永远也不能直截了当，不是吗？你每一次都拐弯抹角。”

赛诺把包扔到白沙发上，转身面对列奥。

“你想看看游戏？我做了些改动。我们可以花一小时过一遍。”

赛诺解开背包，拿出笔记本电脑。列奥走到饮水机前，喝了一大口水。“你加些雄性元素进去了吗？投资人都觉得原来净是些啦啦乐园里的爱与和平、爱的权利之类的。”

“没错，你没法靠杀一个妓女得分。”

赛诺点击一下，游戏界面跳了出来。“还不成熟，我不想困在这一步，但我已经设计出了完全不同的内容。这就是我几年来一直在琢磨的东西，时不时就会想一想，我的重头戏。”

“你做的东西能卖。坚持下去。不刺激的游戏卖不动。”

“因为你看不到英镑的标志，我就不能实验新项目吗？”

“别摆出艺术家的腔调跟我扯哲学——快点给我看游戏。”

赛诺下拉显示出各大城市的滚屏，标志性的建筑符号一目了然：大本钟，埃菲尔铁塔，勃兰登堡门，悉尼海港大桥，帝国大厦……

“你可以在九座城市里选一个——伦敦、巴黎、罗马、柏林、巴塞罗那、纽约、香港、悉尼和上海。我烦透了悬崖峭壁和斗篷外套。凭空捏造的反乌托邦风景。巨魔人。雄性激素。偷来的车。在这个游戏里索性没有车。”

“没有车？谁会买一个没车的游戏？”

“这座城市被黑暗天使攻占了。你可以加入天使阵营，也可以加入反抗派。天使们有两对、四对或六对翅膀。有些翅膀上有眼睛。天使们都有两个阳具。”

“总算有点像话了。”列奥说，“所以天使都是男的？”

“不是。但他们都有双阳具。”

“那他们操谁？”

“谁都可以。没差别，他们都无法生育。天使是造出来的，不是生下来的——我觉得，有点像吸血鬼吧。”

“那反抗派呢？”

“人类。有些人会有超能力，这取决于他们赢到了什么。如果你和天使打，而且打赢了，你就能变得更强大，天使也会弱一点。”

“剧情？”

“故事是这样的：世界上最重要的东西遗失了。黑暗天使不希望你找到它。对这座城市来说，唯一的希望就是反抗派赶在天使之前找到它——然后彻底销毁它。”

“那是什么东西？”

赛诺耸耸肩：“你必须自己去找。会有圈套、转移注意力的假目标、各种颜色的诱饵，包括红色的。但我认为那是一个婴孩。”

“该死的小孩？”

“我知道，这个哏已经被用过了。上一次那个婴孩叫耶稣。”

“我没懂。”

“想想那些关于婴孩被调包或被偷走的童话传说吧。想想电影，《凶兆》或《异形》。冒名顶替的小孩，魔鬼的小孩，还有真正的救世主小孩。好比亚瑟王或齐格弗里德——新生活。闪亮的原点。”

“那么，这婴孩在哪里？”

“藏起来了，在不为人知的地方长大成人。你必须找到这个女孩……”

“为什么是女孩？”

“或是男孩——还要确认你没把别的孩子带回家。一路上会有许多真假莫辨的孩子。”

“我认为反抗派应该有坦克车。”

“我知道你会这么想。”

赛诺把列奥引入游戏。“这是巴黎。”

“那是咪咪的公寓——你在那儿干什么？”

“一切就是从那里开始的。在庭院里。”

列奥冒汗了："什么是从那里开始的？为什么在下雪？"

"不是雪。是羽毛。"

"你们在干吗？扔枕头大战吗？"

"天使就是这样自我繁殖的——但羽毛必须降落在水或火中……当然，游戏里有好多等级。在第四等级，时间会成为一个玩家。时间可以静止、快进、放慢。你也要和时间作战。所以这游戏就叫作《时间之间》。"

"这算哪门子名字？"

列奥的内部通话机响了。是他太太。

咪咪走进办公室。还没等列奥绕出办公桌去吻她，赛诺已经抢先一步。列奥注意到他的手如何揽住她后背的腰窝，咪咪又是如何仰头凑向他。她吻在他脸颊上，当他拥抱她时，她还把头靠在他的颈项。全都在几秒内发生。

咪咪走向列奥，亲吻他的嘴唇。她在微笑，很快活，孕身有点笨重。她要去为明晚的慈善晚宴彩排，半路停下来见他们。赛诺给她发了短信，说他这就要离城。

她比我早知道。

咪咪主动提出，她可以载赛诺回家收拾行李。

列奥心想的是：最后一球也要一杆进洞？开口说的却是……"让他留到周一。我试过了，现在轮到你。"

咪咪把赛诺推到白色真皮沙发上，以孕妇特有的姿势别扭地半坐在沙发边上。她拉起赛诺的手，手心向上。

“赛诺教过我看手相。”她对列奥说。

那还用说……列奥心里这样想，嘴上却说：“又是新世纪那套狗屎论？”

咪咪俯身凑向赛诺的手掌，伸长的指尖沿着掌纹游移。赛诺顺从地向前倾身，黑发一如往常地垂在眼眉间。黑发垂荡。列奥突然感到恶心，因为他看到的是赛诺的身体正在慢慢远离他。

“你即将踏上行程。”咪咪说，“渡海之行。”

他俩一起笑出声来。他们如此亲密，有着外人不知的默契。列奥惨无人色，面无表情，不会有人看到他的心在狂跳，他甚至怀疑自己还在不在这间屋子里。

咪咪闭上眼睛：“但会有所拖延，我看到……你将在伦敦过完周末……我知道了，因为你有一个好朋友要唱歌，就是这样！”

赛诺反转咪咪的手：“我呢，看到一个漂亮的宝宝，”他看着掌心说，“即将出世。”

他俩带着米罗一起离开办公室，留下列奥独自一人。他站在宽广的落地窗前，看着他们一个接一个坐进了咪咪那辆粉红色的菲亚特500。

他们俨然是一家人，他心想。

他走到电脑前，点开他太太的维基百科页面。挂在他墙上的正是网页上的那张照片。她活力四射。

咪咪

维基百科，自由的百科全书

赫敏·德兰内特，法裔美国歌手、唱作人、演员。昵称咪咪，出生于1977年11月6日。

目录

本名	赫敏·德兰内特
出生	1977年11月6日（38岁） 美国纽约州
音乐类型	香颂
职业	歌手、唱作人、演员
活跃年代	2000年至今
配偶	列奥·凯泽（2003年结婚）
子女	1名
厂牌	维京唱片、EMI
相关演出	“时间之间”
网站	www.mimi-music.com

早年生活

咪咪出生于美国纽约，在法国巴黎长大。其父是俄国外交官，全家游历甚广。其母是美国人，因而咪咪从小生长在双语环境中，会讲法语和英语。十六岁时，她的父母分居，她在参加一场婚礼[1]时表演了自己的第一首原创曲目《被抛弃的女孩》。21世纪初，她对巴萨诺瓦音乐产生了浓厚的兴趣。她在巴黎的爵士俱乐部表演后，迅速得到各大唱片公司的瞩目。2002年，咪咪在夏乐国家剧院首次登台表演，处女作为黛布拉·沃纳改编自英国作家珍妮特·温特森同名小说的话剧《苹果笔记本》。

音乐生涯

2001年，咪咪加盟维京唱片公司。2002年推出首张个人专辑《恶之花》，曲风糅合了新浪潮音乐和巴萨诺瓦。[2]2005年她推出专辑《狂怒》，其中每一首歌都以独唱为主，也仅以一件乐器伴奏。《狂怒》飞速跃升为金牌唱片。众所周知，《黑暗天使》这首歌的灵感来自法国诗人热拉尔·德·奈瓦尔——诗人梦见一位天使从天堂坠落，被困于一个狭窄的庭院。也有人说，这首歌暗示了她和丈夫列奥·凯泽的情感关系风风雨雨。

个人生活

咪咪在2003年与列奥·凯泽结婚。夫妻两人现居英国。
2004年4月1日，咪咪生下一子，名为米罗。

咪咪的维基页面让列奥越发烦躁。黑暗天使。黑暗天使。黑暗天使。

1999年，二十五岁的列奥在巴黎。跨年夜那晚，他和法国巴黎银行的同事狂欢痛饮。六个人，一顿晚饭就吃掉了四千欧元。列奥甚至没怎么吃——他在上菜的间歇溜出门去，在塞纳河边的流动摊贩车里买了土耳其烤肉饼和一罐可乐。一身Hugo Boss西装的他在通向塞纳河的石阶上坐了下来。不远处有个男孩在弹唱，吉他很小，歌词说的是：我亲爱的人啊，当你在床上独自寂寞时，你想何去何从？列奥给了他一张五十欧元的钞票，只为了让他闭嘴。

巴黎圣母院的钟声响起。他听到远处传来隆隆的礼炮声。2000年到了。这个世界不是该到末日了吗？

列奥吃完了土耳其烤肉饼，起身对着墙撒了泡尿。他感觉到有一只手蹭上了他的屁股。身后有一个女人在问他要钱。要多少？五十或一百，看情况。

他们一言不发地走过新桥下的弧顶桥洞。黑暗中，那女人背靠石墙，从手袋里拿出一个避孕套。她解开外套，松开胸罩，露出乳房。列奥用力揉捏的时候，下身硬了。那女人提起裙摆，在双腿间握捏他的阳具足有一分钟。他喜欢那样。接着，她帮他戴好套子，再把他插入自己。她没有穿内裤。他隐约觉得，自己只有阳具在这里。其余的部分都是不需要的，在别处。然而，她又暖又紧，而且动得让人舒服。他很快就射了，脸孔埋在她的颈项，双手摁在她的双乳上。她闻起来有茉莉花的香气。

他刚射完，她就从手袋里掏出纸巾，给了他一张，再把她自己擦拭干净，用过的纸巾被扔进河里。他突然想到，自己可能当上美人鱼的父亲。

他付钱给她。她轻飘飘地在他脸颊上亲了一下，祝他新年快乐，然后转身离去，高跟鞋在石板路上发出清脆的回响。

列奥很想大喊一声。让她等一等。他不知道这是为什么。也许他喜欢她。但他只是望着她走上石阶，身影消失在夜色中。他一冲动就尾随她而去。

在石阶的最高一级，他看到她走向一个年纪比她大一点的女人，那不是为了做生意。婴儿车里躺着一个熟睡的孩子，包得严严实实的。公车来了，两个女人走了。

列奥脚步不稳地走回饭店。好像没人注意到他出去过。他们在谈论滴金酒庄的甜酒，他觉得那滋味很像带霉味的金黄糖浆。

他的头很晕。他想回家。

但那群小伙子鱼贯钻入等候在外的加长豪华轿车，直奔一家爵士俱乐部。列奥不喜欢爵士。他坐进黑漆漆的小包间，喝着墨西哥啤酒，玩手机上的游戏，其间一直有人在吹不着调的萨克斯风，听起来相当自命不凡，他也不想去假装自己听得懂甚或是欣赏。

在饭店里吃了生蚝配葡萄酒，再加上土耳其烤肉和可乐，现在又是啤酒，他有点犯恶心。他很悲惨，又很孤单，所以他大声讲话，让椅子往后仰，攥着科罗娜啤酒不放，哪怕他心心念念的只是喝水、睡觉。

接着，俱乐部里的人全都鼓起掌来，吹口哨，一个男孩气的娇小女生上台了，容貌仿佛英俊的水手搽了鲜红的口红，浑身只着一条黑裙，她握着麦克风的姿势就好像麦克风有话要对她讲。她开始唱。钢琴起了调。小鼓跳拍加入。

咪咪在唱。她的歌声饱满有力，富有激情。他听不懂歌词，但他下意识地倾身向前，好像在接受一项指令，去完成他注定失败的使命。列奥感觉得到，他的心有了变化。

他在感觉，而非思考。在哪里我曾快乐？我必须重返那里，哪怕我会死。

他想起了那天在悬崖的山道上，在赛诺坠落之前。

但你不能让时间倒流，能吗？

赛诺坠落了。无论如何都会坠落。不管他们曾经多么亲近，想方设法、曾有一度，但从今往后永远会有五十英尺的距离隔开他们。

医院，赛诺拉起他的手。赛诺从没责怪他。他从没在列奥或任何人面前谈起那件事。是列奥无法忍受。是列奥把这段距离摆在了他俩之间。

不，列奥心想，距离是存在的。我不知道如何拉近，所以才让那段距离越来越长。

咪咪在唱——“那个人在坠落吗？还是坠入爱情？”

他还记得，自从他们在学校重聚后，那次坠崖就成了流放。他们已被逐出天堂，举着火剑的天使挡住了归路。

这就是我牢记的地方，列奥感觉到了。欢喜。确凿。坦承。兴奋。保护。是的。

无须三思想一想给我一两天我们再看看也许我希望如此不确定。

是的是的是的是的是的。

坠落。秋寒。同一个词。[1]感觉也像树叶落尽时列奥失去了庇护。他感到自己赤裸而荒凉。他感到风穿透了自己。他感到自己变轻了。她像一阵咸咸的海风吹过，穿透了他。“我愿你是海浪，也许什么都不做，只是静静、静静地移动。”

“我遇到了一个人。”他对赛诺说，“我想让你见见她。”

赛诺在婚礼上担任伴郎。婚礼前夜，他们一起出去，只有他俩，列奥希望赛诺亲手把他交给咪咪。但是，他要先把戒指交给赛诺——因为伴郎就该帮新郎保存婚戒。

赛诺打开盒盖，取出那枚钻戒。列奥花了一大笔钱。赛诺把戒指举起来，迎着亮光。接着，他把它套上了自己的小拇指。列奥笑起来，很开心。“我配不上她。”他说。

“要保证你配得上她。”赛诺说，“别把她逼到悬崖边。”

列奥想说点什么。他咽了下口水，润了润嘴唇。赛诺用猫一样的专注眼神看着他。赛诺摘下戒指，用衬衫擦亮，把它放回盒中，然后把盒子放进口袋。他又给两人倒了一杯酒，然后吻了列奥，飞速而轻盈，似有若无地吻在唇上。

---

[1] 原文fall有落下、秋天之义。

荒淫的星球

该死的白痴浑蛋，没用的废物！

卡梅伦装好的网络摄像头竟然没有声音！列奥把雪白的喜马拉雅羊绒靠垫扔向电脑屏幕。他该怎么办？读唇语吗？

咪咪在。赛诺在。在卧室里。两人在一起。

赛诺根本就是躺在床上。咪咪倒没有和他躺在床上，但他们可能已经在超大尺寸的浴缸里做完爱了。他得在浴室里装一个摄像头。

咪咪打开更衣室的门。她对赛诺说了些什么。列奥又朝屏幕扔了一张糖纸。他正在狂塞吉百利迷你巧克力蛋。

臭婊子，你刚刚说了什么？

赛诺起身走进了更衣室。

该死的操蛋！

列奥要在该死的更衣室里也装个该死的摄像头。他们可能正在该死的人造皮草大衣上干得欢呢。列奥要在整栋房子里加装摄像头。他要在她的贱屄里装摄像头。那样一来，他就能坐在她身体里，看着切过包皮、生硬但精美的它进来。列奥要在她的子宫颈里，张大嘴巴，等着赛诺蠕行深入。

列奥按下放大键，但影像变得模糊不清了。卡梅伦到底买了什么便宜货？就在这时，他看到赛诺的手臂环住了赫敏。不！他在拉开她裙子的拉链！列奥按下暂停键，再存储画面。铁证。哈哈。赛诺肯定也硬得像铁棍一样，拉开他老婆的拉链。

列奥继续观看。裙子滑落。咪咪只穿着内衣裤走进了卧室。天啊，她真可爱。丰乳，纤臂，腹部鼓成圆球。屁股紧实得就像摔跤运动员——每周三次普拉提课的成效。玉腿。她在他面前穿提臀内裤。不，她是穿给赛诺看的。列奥扯掉了领带。

赛诺出来了，提着一条裙子，头扭向一边。

该死的基佬你干吗不从后面骑上她在我看得见你的地方干她？

咪咪在笑。她钻进那条裙子里的时候得扶着赛诺才能平衡身体。她和他在一起的时候无忧无虑。你只有和做过的人在一起才会那么无忧无虑。咪咪套上了裙子，左右扭动身子，让裙子更贴合她的大肚子，再转过身去，让赛诺帮她拉上拉链。他拉好，帮她调整了腰臀的缝线位置。

别用你细长又敏感的手指在我老婆屁股上摸来摸去！

（他想起那些细长又敏感的手指在他的屁股上摸来摸去。）

咪咪照照镜子（**他们会照着镜子做爱吗？**），又回头看看赛诺，赛诺做了个鬼脸，摇了摇头，叉手摆出玛丽莲·梦露的沙漏造型，还当真左右摆了摆他那基味十足的屁股，活像泰国人妖。

你在说什么你这个小变态？

赫敏点点头，转过身，将完美的背部对着他。赛诺帮她拉下拉链。他吻在她脖子上——只是轻轻一啄，但确实是个吻。接着，赛诺进了更衣室，再出来时，双手高高捧着另外两条裙子，一手一条，好像一对死兔子摊在他手上。

咪咪指了指一条裙子，于是，整套扭摆动作再来一遍。拉链，摆臀，噘嘴，微笑，大笑，照镜子，撩头发，晃脑袋。

你变态他妈的你就没法直接干吗快点干。

接着，卧室门打开了，宝丽进屋。

列奥觉得自己都快吐了。宝丽！她也有份儿。她给他们打掩护。他们就在他眼皮底下操来操去，而宝丽一清二楚。

他们会让你看吗丑八怪臭婊子？

宝丽把一些影印文件递给赛诺。列奥再一次摁下放大键。但只能看到一些字迹，好像是阿拉伯文。

列奥在这间办公室里工作，为他们每一个人赚钱，他们却在他家里胡闹。

赛诺在列奥家里有一套独立的客房，因为大家都喜欢有他陪在身边。

你们这些不要脸的臭娘们肯定爱死他在你们身边周旋。

列奥忘了宝丽是西西里亚的合伙人之一。

就算每年圣诞节我都送你安·泰勒的代金券你仍然是个穿玛莎套装裙的荡妇。

他忘了赛诺绝对有钱住酒店。

连一张操她用的床都租不起你只能在我的床上干好事。

列奥也忘了咪咪的钱是她自己挣的，她拥有自己的房产。

我要把你扫地出门贱货睡马路去吧。

他们就是皮条客、老鸨、娼妇和贼。

他要把他们都杀了。

现在又是唱哪出？

咪咪赤裸了。脱去了内衣裤。宝丽坐在床上和赛诺聊天。这是什么情况？《修女乔治的双重生活》？宝丽是“女同”！那一切就说得通了！她找不到男人，所以只能勾搭女人。她是个醉醺醺的丑八怪“女同”。好吧，老实说，宝丽根本不喝酒。你把喝了一瓶威士忌的我叫作谎话精好了。反正她是个清醒的丑陋的女同性恋。

这是3P！

宝丽就要脱掉她从玛莎百货买的套装裙和外套了。里面只有从玛莎百货买的肥大内裤、活像下垂的网兜的花卉图案宽带奶罩，也许还有一件斯潘克斯塑身衣之类的破玩意儿。列奥知道斯潘克斯的货色。他投过钱给斯潘克斯。宝丽就要脱下厚厚的裤袜，用她那一身一百五十吨——好吧，是磅——惨白惨白的中年肥肉压上他老婆的小屄。她那对沙袋般的肥乳垂荡在咪咪的脸上——这么说宝丽在上位？列奥所知的“女同”性爱方式都来自于色情网站，但他非常确定：肯定有人在上，有人在下。但咪咪已经怀孕八个月了——她不能平躺着性交。如果她不在下位——又不能在上位，因为，见鬼，她依然是他老婆啊——那她肯定是用侧身体位。除了一上一下，女同性恋也会用侧身体位吗？肯定会的。他可以上网查验。他那浑身赤裸的老婆将侧身躺下……

宝丽脱掉了她的鞋子，把脚挪上床，然后在她那只巨型手袋里摸索起来——女人们都在那种包里放些什么玩意儿？——列奥一下子明白了：肯定是她的人造阳具。

宝丽将用腰带戴上一只八英寸长的紫色硅胶阳具。肥大的内裤将被扯掉。腰带会在她的腰臀间扣紧，她的肥肚腩就会垂荡在德国原产泰迪熊一般的阴毛上，还有些金属丝般的灰色阴毛支棱在下面，搞不好会有虫子在里面啃。

事实上，宝丽的手还在深不可测的手袋里摸索。她掏出了她的眼镜、她的苹果手机……终于，一个长长的红色皮件出现在宝丽手上。

潜艇款超大尺寸震动器你个逛性用品店的荡妇！

那是个铅笔盒。宝丽把它放好，开始做《卫报》上的填字游戏。

犹太马克思主义者！

卧室门开了。一个列奥这辈子都没见过的漂亮女人走进来，提着一套拉上拉链的塑料西装套。

应召女郎滚出我该死的卧室！

赛诺从她手中接下西装套。

性爱派对啊还有护士制服！

西装套里面有一件剪裁精良的男士亚麻休闲西服，搭配紧身白色T恤，V字领口镶嵌以水钻。赛诺把衣服摊在床上，开始解衬衣扣子。列奥口干舌燥。他朋友那男孩气的纤弱前胸和后背。那次坠崖留下的伤疤在肩膀上依然清晰可见。宝丽在打量赛诺的身体。一侧乳头上挂着的小金环。耳垂上挂着的小金环。宝丽忍不住抬起胯部。她的手就放在胯下的裙子上。赛诺朝她走去，上床，跨坐在她身上。然后，咪咪走出更衣室，走向床边，蹭到赛诺的身边。他转过头，和她深吻。

但是咪咪依然在更衣室里——当她重新出现时，已经穿好了黑色无袖紧身裙，那让她腹部的隆起纤毫毕现，好像她即将诞下一整个世界。

赛诺按住那隆起的腹部。

咪咪把手按在他的手上，突然坐在梳妆台前的凳子上。赛诺给她拿来了水。

宝丽起身，说了什么。咪咪点点头，走向床榻。她躺下了。宝丽用一个枕头垫高她的头。

赛诺走过来，站在床边，紧实的裆部和咪咪的头在同一水平线上。

吸他的大鸡巴啊!

咪咪用手托住赛诺鼓胀的裆部。她拉下赛诺牛仔裤的拉链，让他的阳具出来。他没有穿内裤。她侧身躺着，腆着肚子，正面朝他，亲吻他的龟头，与此同时他在抚摸她的头发。接着，她把它整个儿含进嘴里。

列奥发觉自己硬了。他站在电脑屏幕前，拉下裤链，粗鲁而快速地自慰起来。精液喷射在屏幕上，画面上他老婆正在卧床休息，他最好的朋友彬彬有礼地站在她身边，递给她一杯水。

这不算什么？

咪咪、赛诺和宝丽同车前往圆厅。

这栋建筑物原本是有轨电车库，现已改建为上演戏剧和音乐会的演艺厅。

赛诺被说服了，再留几天。

“列奥是怎么了？”车子驶过伦敦动物园时，他问道，“他像头坐立不安的熊。”

“他真是个 meshugener[1]。”宝丽说。

“meshugener 是什么？”

“他疯了！他这辈子太随心所欲，所以根本无法控制他的情绪、欲望、愤怒和感动。他是典型的大男子主义者。大男子主义

[1] 意第绪语中的“疯子”。

者不会长大，只会变得越来越自私刻薄。”

“是因为宝宝。”咪咪说，“他不想再要一个孩子。”

“他会好起来的。”宝丽说，“列奥心肠不坏。”

“他不再爱我了。”

赛诺和宝丽都盯着咪咪，而后异口同声地开始讲。

他当然是爱你的他崇拜你他怎么爱你都嫌不够他最骄傲的事就是拥有你他知道此生没有你就等于虚度年华你的情绪在分娩前有些低落这很正常我知道他看起来好像不太紧张你但你的一举一动都在他眼里。

“我觉得他有外遇了。”

赛诺和宝丽都不讲话了。

“我刚认识列奥的时候，”咪咪说，“他仿佛天之骄子般不可一世。他炫耀他的车、他去的餐馆、他用黑色美国运通卡就能在博物馆和美术馆的非对外开放时间随意进出。他以为我喜欢那样。等卢浮宫、奥赛美术馆关门了，我们才进去参观。他请了一个私人导游为我们讲解。列奥想凑近了看《蒙娜丽莎》和《世界的起源》。”

“超级模特和色情明星，”赛诺说，“真像列奥干的事。”

“他买了那两张画的明信片，坐车回酒店的一路上都在看。‘继圣母马利亚之后，全世界最有名的女人，’他说，‘却没人知道她的长相。’然后他把《世界的起源》的明信片放在大腿边。

“我说：‘那只是色情画。她没有头。没有身份。’他的情绪变得激烈了：'是用色情画的方式画的，但它彻底诠释了色情。这两幅画放在一起，就能解释为什么男人会觉得女人有威胁性。这个世界来自你们的身体和……（他朝我挥动《蒙娜丽莎》的明信片）我们完全不知道你们脑袋里在想什么。你知道那有多吓人吗？'"

"列奥说过这种话？"

"是的。他还告诉我，他母亲离开他父亲的时候去和他道别，他不明白为什么她要走。她说他太小了，无法理解。他说：'现在我成年了，可我还是无法理解。'"

"然后呢？"

"然后他把两张明信片撕成两半，扔出了车窗。"

"为什么你从没和我讲过这件事？"

"可是，为什么你觉得他有外遇了？"宝丽问。

"列奥的占有欲很强，但他畏惧和另一个人亲密无间，任何人。他可能为了把我推开而去和别人约会。"

也可能，他会直接把你推倒……赛诺这样想，但没有说出来。

咪咪在舞台上，和音响师在一起。

"赛诺！"宝丽说，"过来一下，我有话和你说。"

"什么事，宝丽？"

"我觉得很不安。老话说得好——好事不成双，坏事一箩筐。咪咪说得对。列奥举止疯狂已经好几个星期了。他有没有对你说过什么？关于宝宝？关于咪咪？"

"没有。他只是比平常更讨人厌，但他是我朋友，我扭头就忘了。你了解我的——如果有麻烦，我就绕道而行。”

“你觉得他有别人吗？”

赛诺摇摇头：“恰恰相反。我认为他没有别人，那恰恰是问题所在。他在自己的世界里变得盲目了——我还以为是因为工作上的麻烦。他孤立起来了——对吗？”

“是的，他非常善于孤立自己。不过，还有一点。赛诺，你为什么要走呢？”

“我有事要办。我儿子需要我。不过，坦诚地说，是的，我觉得自己待得太久了，已经不受欢迎了。”

“你是自家人。”

“你是犹太人。”

“那就纵容我一下，让这个快乐的大家庭圆满吧。这是个白日梦，但也是个美梦。”

“我最晚周一就走。”

“咪咪需要朋友。列奥又太反复无常。”

“我们都会反复无常。列奥是漫画版的无常之人，仅此而已。”

“列奥是漫画版的无常之人，其实那才是他真正的样子。”

列奥躺在白色办公室里的白色沙发上看飞机起飞。他在想超人的电影，露易丝·雷恩死在她的车里，超人为了让时间倒流，飞快地绕地球旋转，他飞得那么快，以至于地轴偏转，时间倒流。水坝没有崩毁。露易丝·雷恩没有死。

我要怎么做，才能让咪咪不要死呢？

咪咪没有死——她是要生孩子了。

在我心里她已经死了。

谁他妈的在乎你的心?

我。我需要平静的心灵。

于是，列奥不断地往回想：银行把他重新派遣到英格兰分部。他要咪咪和他一起走，嫁给他，她说不。他走了。他没有打电话给她。她没有打电话给他。

后来……

后来他请求赛诺去把她找回来。

赛诺在巴黎北站走下欧洲之星列车，转乘四号地铁坐到城岛站。然后步行经过巴黎警察总署，横跨塞纳河。巴黎圣母院在他左手边。莎士比亚书店就在他正前方。有一年夏天他在那儿打工——睡在跳蚤咬过的床上的书堆里。

他穿过马路时就看到了脾气暴躁的书店老板乔治·惠特曼，坐在一辆红色老爷机车上和咪咪聊天。

乔治喜欢漂亮姑娘。他现在都八十多了，女儿才二十几岁，乔治的故事也就可想而知了。他也喜欢书和写书的人。不写书的男人通常和乔治处不好。赛诺也不例外。

赛诺走过去。乔治皱着眉头问：“你是谁？”

赛诺伸出手：“你好，惠特曼先生——我是赛诺。我以前在这里工作过……我……”

“赛诺？这算什么名字？”乔治说，“从没听说过你。”

“他是我的朋友。”咪咪说。

乔治点点头，发动了机车，从排气管喷出的浓烟顿时笼罩了旁边的游客。

“跟你朋友说，我出去大约一个钟头，他要帮你看店。”乔治说，“别亏太多钱。”

“你好，赛诺，”咪咪说，“欢迎来到巴黎。”

咪咪走进店里，坐到正对前门的收银机后面。“我经常帮他看店。”

“路人不会认出你来吗？”

“他们会认为那不过是长得像我的女孩。我确实很像我。”

当咪咪施展魅力让美国游客每样东西都买双份时，赛诺就在书堆和书架间闲逛。

“我想发明一种像书店的电子游戏，”赛诺说，“一层又一层，一级又一级，有诗歌也有悬疑。迷失之后再找回你自己的一次机会。你愿意帮我吗？我需要一个女人。”

“为什么？”

“你们看待事物的方式和我们不一样。”

“我对电子游戏不感兴趣。”

“这就是我需要你帮忙的原因。我会做一个时间循环表——就像玛雅人的日历；游戏里的每一级都有时限——很细密，但也有缝隙，所以另一级的人会发现你——你也会因此注意到另一级的存在。或许，你也可以同时在两个级别里操作——这个我还不清楚。但我知道，这是关于缺失的那部分。”

“缺失的什么？”

“问你啊。什么缺失了？”

咪咪看上去很悲伤。她没有回答。接着才说：“是列奥叫你来的？”

“是的……咪咪，你知道我为什么来。列奥爱你。”

“爱得一年都不给我打电话吗？”

“你给他打了吗？”

咪咪不作声。

乔治抱着一只刚找到的猫回来了，脾气很坏。他把所有人都赶出书店，好让猫安顿下来。美国人和那些看似书迷的顾客都被轰到街上，乔治开始锁门，动静很大。

“生意不会因此不好吗？”赛诺问。

“只有关门的时候我们才不会亏钱。不会有人偷书。“

砰。门关了。

咪咪和赛诺在门外。她大笑起来。她拉起他的手。

“现在我们只需要一只龙虾。”她说。

“用来吃吗？”

“来和我们一起散步。你知道热拉尔·德·奈瓦尔吗？”

赛诺一无所知。

“你会爱死他的。他是我最喜欢的法国诗人之一。他养了一只龙虾，当宠物，拴上绳子遛着它在塞纳河边散步。”

“后来怎样？”

“龙虾吗？”

“诗人。”

赛诺把胳膊搁在她的肩头，就一秒钟。

咪咪说：“那是19世纪。奥斯曼还没有推倒老巴黎的贫民窟、街巷和街角。那是中世纪的城市。热拉尔·德·奈瓦尔住的房子和我家很像——17世纪的建筑，有很多带小窗户的小房间，围绕着一个小小的后院。方方正正的天空就像一个盖子。

“他爱上了一个底层女人，为此感到很羞愧。有一天夜里他梦到了天使，巨大而威严的天使，落进了小院子。天使坠落时收起了双翼，于是被困住了。羽毛飘进窗子，落在黑漆漆的公寓里。有个老太太开始填枕头。

“如果天使想飞走，就要张开翅膀，这栋小楼就会倒塌。可是，如果天使不展翼，它就会死。

“几天后，热拉尔·德·奈瓦尔在地下室悬梁自尽，绳子吊在街面上的方格栅上。有人走在街上，低头看到他在下面摇摆，孤零零地在黑暗里。”

“这故事太可怕了。”赛诺说。

“但你该怎么办呢？”咪咪说，“如果要自由，你就会摧毁身边的一切。”

“但如果不自由，你就会死？”赛诺说。

“是的。如果不自由，你就会死。”

那是八月。塞纳河边有类似海岸才有的欢闹气氛，半是海滨，半是街头小吃摊和移动酒吧。天气很热。人们很自在。

赛诺说："关于列奥……"咪咪点点头，捏了捏他的手，半是出于再次肯定，半是出于彻底理解。

有好一会儿，他俩默默无语地走着。

赛诺喜欢和他喜欢的女人手拉手。他喜欢女人。只要她们别太迫近。她们总是那样——要么自以为很亲近你，要么千方百计地接近你。和男人在一起就比较轻松。性事很简单，常常无须具名。一个暗黑的陌生人（在夜里）名叫爱情。

赛诺不能承受彼此迫近的关系。他是独立而内向的，虽也有热情，但常被世人误认为他善于交际。他对一切都有兴趣，对他人殷切关心，善良源自真诚，还有一种完整的在场感。但他夜里关上门或孑然独处时从来不会感到遗憾。

列奥让赛诺去请咪咪再给他一次机会。

"我自己去见她肯定会搞砸的。你去讲。"

"你想我讲什么？"

"我不知道！'我爱你'的加长版！"

列奥给了赛诺一张纸，他的字很难看。"这就是加长版。"

赛诺看了一眼，差点笑出来，但他朋友是那么焦虑、羞愧难当，所以他只是边看边点头。

"我写了好久。"列奥说。

1. 没有你，我可以活下去吗？可以。

2. 我想这样吗？不想。

3. 我经常想到你吗？是的。

4. 我想念你吗？是的。

5. 我和别的女人在一起时会想起你吗？是的。

6. 我认为你和别的女人不一样吗？是的。

7. 我认为我和别的男人不一样吗？不是。

8. 这是就性而言吗？是的。

9. 这仅仅是就性而言吗？不是。

10. 我以前有过这种感受吗？有，也没有。

11. 自从遇见你之后，我有过这种感受吗？没有。

12. 我为什么想和你结婚？想到你和别人结婚我就恨到不行。

13. 你很美。

因而，当他们走了一段路，在售卖梦幻蓝瓶装的“一生之水”的酒吧里喝水时，赛诺取出了那张纸，交给咪咪。她笑起来。“别笑，听我说，”赛诺说，“他很尴尬，但他是真心的。这就是他当真的表现。”

咪咪摇摇头：“我不知道。”

“那就答应他。”赛诺说。

“Pourquoi[1]？”

他们继续散步。他们谈及生命的流逝。谈及虚无。谈及幻觉。

---

[1] 原文为法文，意为“为什么”。

谈及爱情是被行动玷污的理念。谈及爱情是被理念玷污的行动。他们谈到了性爱是不可能的事。对男人来说性爱会有所不同吗？和男人做爱呢？坠入爱情是什么样的感觉？坠出爱情又是什么样的感觉？

为什么我们会 *tomber*[1] ？坠跌？陷落？

“有这样一种理论，”赛诺说，“说早期基督教诺斯替教派一开始是为了反对基督教而创建的：我们这个世界本来就是堕落的，也不是由上帝所造的，上帝不在，造物主是类似路西法的人物。黑暗天使之类的。我们没有犯下罪孽或是误入歧途；这不是我们的错。我们天生就是这样。我们所做的每一件事都是堕落。甚至走路都是一种有所控制的堕落。但这不同于过失。如果我们了解这个——真知、灵知——就比较容易去忍受痛苦。”

“爱的痛苦？”

“难道还有别的吗？爱。缺乏爱。失去爱。我从没把地位、权力——甚至对死亡的恐惧——视为单独的诱因。我们站立的基点或坠落的起点，只是爱。”

“对一个从不对别人承诺的男人来说，这可真浪漫。”

“我喜欢这想法，”赛诺说，“但我也喜欢住在月球上的好主意。可惜，月亮距离我们二十三万九千英里，而且没有水源。”

“但你来这里看我，因为你想让我嫁给列奥。”

“我只是个信使。”

---

[1] 原文为法文，意为“坠落，陷入”。

他们走进三角形街角的餐馆，那儿有几个男孩在玩法式滚球。有个男人在陪两条大麦町玩，扔出红色的网球。黑色、白色和红色。黑色、白色和红色。夜色降临，清凉下来。

他们点了洋蓟和鳕鱼。赛诺在咪咪身边，她和他讲话的时候只隔着一张菜单。

“你怎么样？”咪咪问赛诺。

“我要搬去美国了——游戏工作室在那里。”

“但你会常常回来？”

“我会经常回来的。”

如果我们没有肉身，那会怎样？如果我们像灵魂一样传递消息呢？那我就不会留意到你的笑容，你身体的曲线，垂落到你眼睫间的头发，你摆在桌面上的手臂，棕色体肤上的汗毛，你把靴跟钩在椅子横档上的样子，我的眼睛是灰色的而你的是绿色的，你的眼睛是灰色的而我的是绿色的，你的嘴有点歪，你那么娇小但双腿修长，长得像一句我无法讲完的句子，你的手很敏感，你紧挨着我看菜单，所以我才能解释那些法语代表什么食物，我喜欢你的口音，你讲英语的腔调，从未有谁像你那样念“鳕鱼”，开头的“h”不发音，于是，那不再是一条烟熏的鱼，听来却像（浮现又消散在头脑中的单词是“爱”）。你总是这样不扣第一粒扣子吗？只有第一粒？所以我可以透过乱如兽爪的散发去想象你的胸膛？她的头发不是金色的。不。我认为那天生是黑色的，但我喜欢她挑染的方式，喜欢她在桌子底下偷偷把脚从鞋子里滑出来的样子。慌慌张张，我们谈话时你看我的样子。我们谈了些什么？

她点了一份朗姆巴巴酒蛋糕，侍者漫不经心地把一瓶圣詹姆斯朗姆酒重重地搁在桌子上。

她说："有时候我就像海明威：上午十一点，苦艾鸡尾酒配生蚝。晚一点再来一杯圣詹姆斯朗姆酒调动灵感。够猛。"

赛诺闻了闻。简直可以当烧烤用的燃油。但他还是倒满了一口杯。

她喝了咖啡。一对夫妇走过，为了干洗事宜大声争吵。你遇到一个人，迫不及待想要脱去衣物。一年过后，你们开始为衣物干洗的琐事大吵特吵。这种构造固有的不完美性。

但那时候，赛诺在想，美并不是美，而是完美。

咪咪坐在位子里，屈起双膝，露出双腿，她的眼睛像萤火虫。

赛诺笑了：列奥的清单第 13 条是什么？你很美。

他们吃完了晚餐，正打算走出餐馆，三角形沙地广场对面的一扇窗里传来乐声，有人在播放杰克逊·布朗的名曲《留下》。

赛诺开始跳舞。咪咪拉起他的双手。他们相拥着，微笑着，跳起舞来。"留下……多留一会儿。"

"你想要一本奈瓦尔的诗集吗？"咪咪说，"我还有一本，chez moi[1]。"

---

[1] 原文为法语，意为"在我家"。

他们牵着手走回圣居里安教堂边的一栋小楼。

楼梯很暗。赛诺扶着蜿蜒而上的17世纪铸铁栏杆，狭窄的楼梯盘旋，围绕着楼层间的平台，宛如一个循环无止境的梦，别人家的门都紧闭着。

咪咪打开她公寓的门。唯一的光线来自外面的街灯。她没有关起长百叶窗。她走到窗边，一身蓝裙映在暖黄的灯光里，伫立在如画框般的窗前，仿佛兀自完成了一幅马蒂斯的作品。

赛诺走进屋，站在她身后。他没有关上前门，他走路静悄悄的，她好像根本没有听到他进来。他在想她在想什么。

现在他就在她身后了。她有柠檬和薄荷的香气。她转身。她和赛诺面对面了。迎面相对。他用双臂环抱住她，她把头靠在他胸前。

一时间，他们就这样站立着，随后，咪咪拉起他的手，引他走向她的床——在公寓最里面的船形大床。她抬起手，抚摸他的后颈。

门外的楼梯平台上，感应灯跳亮，楼梯上传来脚步声，有个女人用带浓重口音的法语抱怨着炎热的天气。有个男人含含糊糊地附和着。这对夫妇路过咪咪的公寓，慢慢地爬上楼去，提着他们刚买的杂货，都没朝敞开的门里看一眼。

接着，赛诺轻快地走下楼梯。

音乐会当晚。圆厅里宾客满堂。

列奥穿着一件T恤，胸前印着一排字：**百里挑一就是我**。

“脱了。”宝丽说。

列奥脱下 T 恤：“你是让我光着上身去参加晚宴吗？”

“你就不能成熟一点吗？”

列奥没有出席晚宴。他好像人间蒸发了。事实上，他就在餐桌和舞台上方的画廊里，俯瞰着他为之埋单的场面。晚会进展顺利。默拍会已筹集到了五万英镑。

“他到底在哪儿？”宝丽问赛诺。

列奥坐在阴影里，等候咪咪上台献唱。她走上舞台，带着与生俱来的机敏和自信。掌声停歇后，她先做了一段演讲，一只手呵护孕期八个月的宝宝，说母亲都希望孩子是安全的。希望孩子有美好的未来。希望母亲平安。孩子平安。希望生孩子的时候没有恐慌。她是作为一个女人说这番话的，一个小男孩的母亲、怀着新生命的母亲。生命的奇迹。每一位母亲不都希望自己的孩子笑着长大，领悟爱是什么吗？

她说完便开始演唱。三首歌。观众为之疯狂。掌声久久不息。有人在台下喊了一嗓子：“返场一曲我出五千！”

“浑蛋！”列奥在舞台上方的画廊里说，“你以为用区区五千块就能买我老婆？就这点儿钱，你连她的一只耳环都买不了。”

列奥往下看。赛诺在桌边托腮而坐，视线落在咪咪身上。她朝他眨眨眼。

列奥猛地往后仰。椅子跌倒。砰然作响。人们纷纷抬头看。咪咪朝画廊这边瞥了一眼。她看到了列奥。他也看到了她，毫秒之间，她的脸上充满了困惑、紧张以及……那是……恐惧？

但她正在歌唱。她是专业歌手。她把那首歌唱完了，微笑着接受掌声。她抬起手。护住肚腹。她离开了舞台。

列奥离开画廊，下楼，往后台的化妆间而去。他一路跑过走廊。“咪咪！”

她正朝他走来。她很气愤：“你在搞什么鬼？每个人都在找你。你为什么跑到上面的画廊去？这一晚上你都在哪里？”

列奥没有回答。他把她拉进怀里，粗暴地亲吻她。她把他推开：“够了！”

“这就够了？”

“我要回家。卡梅伦在后台出口等我。”

“我和你一起走。”

“列奥，这是怎么了？”

他差一点说出口，你不再爱我了。她差一点说出口，你有别人了，是不是？

然而她只是从他身边走过，走向走廊尽头。

棒刺、荆棘、荨麻与蜂尾

凌晨一点。

街头细雨迷蒙。人行道上如有倒影，反照出流光溢彩。沿街钠灯投下光晕。车辆排成一列等待红灯，雨刷器有节奏地摆动，驾车人摇下车窗驱散暑气。卡车里坐着一个大个子男人，右臂搁在摇到底的车窗上，胳膊肘支在车外，任由细雨飘进来打湿前臂，脸上浮现出舒爽的表情。

突如其来的夏雨。

列奥看着赛诺送宝丽上了出租车，然后才朝地下车库走去。已经过了车库开放的时间，但西西里亚今晚包下了这个场地。他们有开锁的密码。列奥尾随其后。他自己的车也停在地下。

地下二层。氖气灯。水泥柱。油漆标号的车位。一如往常。

地下室闷热得像干洗机，旋转不停的排气扇在排放热气。

赛诺总是记不住他把车停在哪里。今天晚上也不会例外。

列奥知道自己的吉普车在哪里。他纯粹为了好玩才买了这辆车。它以前是军车。卡其色车身，大尺寸轮胎暴露在外，帆布车篷，三个踏板，两个座位，原来的仪表板被拆除，只剩下车速表，大大的方向盘上有磕碰的痕迹，沉重的橡胶手刹，还有一根细细高高的变速杆。他下班后开这辆车。工作的时候开保时捷。

列奥插进笨重的钥匙，旋转一周，吉普车发出尖啸的引擎声，朝地下一层冲去。赛诺正在那儿把咪咪的菲亚特500（粉色）倒出停车位。

列奥猛踩油门，全速冲向菲亚特，撞进了车屁股。赛诺停下车。搞什么……？等他认出那辆吉普车，意识到是列奥在开车时，列奥正快速倒车，地上标着单行线的箭头标志——他刚刚逆行开上一层楼。列奥的吉普车在拐角处消失了，但引擎依然轰鸣，水泥墙之间传出尖厉的回声。

他嗑多了药吧，赛诺想着，看了一眼车尾的凹痕，粉色油漆碎屑落在水泥地上，有如小水塘里漂浮的鱼血。

赛诺回到车里，继续倒车。车轮刮擦到了被撞瘪的轮罩拱。最好试试扳正轮罩拱，让轮子转动自如。

赛诺下了车，引擎空转着，他走到汽车的后部，去扳动弧形的轮罩拱。

橡胶猛烈摩擦地面的巨响迫近而来，俨然是电影里的拙劣桥段。赛诺抬头看到吉普车迎面冲来，列奥还从低矮的吉普车门上探出身来。

你的游戏需要的就是这个。

赛诺扑到一边去。列奥的车头撞进了菲亚特。

“该死的浑蛋你疯了吗！”赛诺喊叫，但列奥的眼里好像没有赛诺了，他踩油门倒车再往前冲，吉普车的前保险杠嵌在菲亚特车身里，他拼命地想把它们扯开。赛诺暂时不再是被瞄准的猎物，他眼看着列奥再一次正面冲向菲亚特，这一次，后座门索性被撞落了。

赛诺忍无可忍。他不管菲亚特被撞成什么样了，再次钻进驾驶座，发动引擎。车子还能发动。他直奔出口而去。

列奥紧追在后。

赛诺驾驶着菲亚特爬上斜坡，驶入上一层车库，继续朝向出口，猛踩油门让卡住的轮子飞转。列奥的速度更快，死死地咬在他后面。他变了车道，把菲亚特和赛诺挤到一边去。赛诺看到一个空隙——菲亚特钻得过去，但吉普车不行——急转向左，列奥只能急刹再掉头。

然而，这个弯转错了。赛诺只能顺路而下，去下一层地库。越走越深。

列奥依然紧追不放。

迎面相逢。

不知怎么搞的，列奥开到了赛诺的前方。吉普车的前轮越过了弯角的水泥柱，眼看着就要撞上菲亚特了。赛诺无计可施，只能扭转方向盘，避免如列奥所愿和吉普车迎面相撞。

这一重创撞碎了挡风玻璃，还把赛诺的半个身子颠出了菲亚特敞开的副驾驶座车门。他晕了片刻，只听见车内的仪表盘发出哀鸣般的声响，看到红红黄黄的故障警示灯急切闪烁。

他必须逃出去。就现在！

赛诺挪到座位的另一头，推开已被撞瘪的驾驶座车门。他开始奔跑。

列奥开着吉普车追他。

他想让我死。

赛诺在跑。他跑得很快，但吉普车更快。头顶荧光灯的光含糊地连成一片。漆在车位上的数字：20，21，22，23，24，25。正前方有金属栅栏。吉普车轮迫近他的脚后跟，列奥的拳头砸响喇叭。赛诺感觉得到引擎发出的热气。列奥想把他轧死在栅栏前。

赛诺奋力一跃，跳落在金属栅栏的顶端，翻身过去。就在他浑身疼痛、重重地跌落在另一侧时，列奥的车头撞上了网栅。听到吉普车急速倒车的时候，赛诺还倒在地上，冰冷的金属抵在他背后。接着，列奥又撞向栅栏。再来一次。

赛诺站起来了。他的脸孔能够感受到潮湿的空气。他肯定接近出口了。是的。有一道黄色栅栏。他奔跑着冲向街道。手机依然在他身上。

“卡梅伦？我要拿我的行李，都在我房间里。尤其是手提箱——搁在书桌上的红皮包——还有笔记本电脑。我在宝丽家和你碰头。”

穿着睡衣的卡梅伦问道：“出什么事了，赛诺？”

“列奥要杀死我。”

卡梅伦赶忙换好衣服，从拉德布洛克丛林路的公寓开车去小威尼斯。他为什么要在咪咪的卧室里安装网络摄像头呢？他怎么不拒绝呢？

他输入密码，从大门驶入，看到咪咪的卧室里亮着灯。豪宅的其他房间都是黑漆漆的。

卡梅伦把他的车停在从主路看不到的角落里，再步行绕过大屋，走到专供宾客居住的侧楼，赛诺就一直住在那里。行李已经收拾好了。卡梅伦把余下的零碎物件囫囵打包，带上手提箱和笔记本电脑，立刻往他停车的地方走。这时，他听到轮胎驶过路面的声音从沉重的金属大门口传来，车灯的光束让他惊觉列奥的吉普车就停在门外。

卡梅伦掏出苹果手机，取消了先前密码的权限。

他在手机上转到视频监控模式，透过大门口的摄像头看着列奥。他正在胡乱地猛按键盘上的数字。就算他让看门人或咪咪帮忙，他们也没法打开门。可这时候，卡梅伦的电话响了。

“列奥？”

这些该死的浑蛋真该死。

卡梅伦突然想到，这句话组织得很完美——形容词、名词、动词，一应俱全。当然算不上莎士比亚级别的名句，但也够妙了。

两人讨论片刻，列奥同意开车去卡梅伦的公寓拿钥匙。卡梅伦看到他的车灯渐渐远去，直至完全消失，这才小心翼翼地重新恢复密码的开锁权限，驶出大门。

卡梅伦朝北开，直奔贝尔塞公园旁边的宝丽家。楼下灯火通明，宝丽穿着购自玛莎百货的睡袍来开门。她确实很喜欢玛莎。

“这到底在胡闹什么？”宝丽说，“我平时滴酒不沾，可现在竟然要喝一杯苏格兰威士忌。”

卡梅伦的电话响了。列奥，他用嘴型对宝丽说。

电话那头传来一长段咆哮，最终，卡梅伦告诉列奥，自己误解了他的意思。现在，卡梅伦已经在列奥家了，重新设定了密码。是的。列奥可以回家了。

电话那头总算消停了。

赛诺也穿着宝丽的一套轻软的睡袍下楼来了。他刚刚冲了个澡。他的双腿上都有瘀青，脸上有一道划痕，那是挡风玻璃碎裂时弄的。他打开自己的行李，找出干净的衣物。

“你该去医院。”宝丽说。

“不能去医院。不能去警局。”赛诺说，“但是，卡梅伦，你必须把咪咪的菲亚特残骸从车库里弄出来。她不需要知道这个。”

“为什么列奥在车库里追着你不放？”卡梅伦问道，因为明知故问，他的心跳很沉重。

“谋杀。”

宝丽摇摇头。“太夸张了。”

“你想来看一眼那辆车被撞得多夸张吗？”

“我们可以用那辆路虎揽胜把它拖出来。”卡梅伦说。

列奥回家了。他喜欢他的大豪宅。建于19世纪40年代的白色灰泥别墅，前后都有花园。私密又安全。他和咪咪2003年结婚时买下了这栋大宅。丢了银行的工作时，他刚把房款偿清。接下去的整整一年里，他们在财务方面惨到了极点——事实上并没有问题，因为咪咪支付了他俩所有的生活开销，所以他才觉得惨。列奥恨透了那种事。相比于负债，那让他感觉更糟糕。他为娇妻感到自豪。为她有本事赚到真金白银而自豪。但骨子里，他觉得所有的钱都该由他赚。但凡他思忖一下，就会知道那是多么不合情理的想法，所以他一如往常地不去想。

可是眼下，列奥在想一件他不愿去想的事，而且欲罢不能。

他的太太和宝宝不再是他的太太和宝宝了。他打骨子眼里确信这一点。多么滥的剧情。

列奥驶上车道，把吉普车停在车库里。现在他很冷静。看起来也很正常。他径直走向客用的侧楼。

他想要赛诺的手提箱和笔记本电脑。他打开灯。为什么房间里空空如也？他去参加慈善晚宴之前还和赛诺在这里聊过几句。列奥走进卧室，打开衣橱，再打开洗手间的门。赛诺干净利落地退房了，好像这儿不过是个酒店。

卡梅伦和赛诺把菲亚特挂上揽胜的拖车钩，与此同时，宝丽把撞毁的碎玻璃扫成一堆。

“他平时不嗑药的。”赛诺说，“他肯定在晚宴上吃了什么，脑子坏掉了。”

“可是，为什么他要那么做呢？”宝丽问道，“他已经好些年不碰那些东西了。”

卡梅伦看着赛诺。“他认为你和咪咪在偷情。”

赛诺和宝丽都惊呆了，好像小动物听到了猎人的动静。

“他亲口对我说的。”

赛诺站起来。在低低的氖气灯刺眼的光亮下，他的脸色憔悴极了。

“我没有和咪咪偷情。”

“咪咪。”宝丽说，“天哪！她现在在哪儿？”

“在家，当然是在家。”卡梅伦说，“我送她回去的。怎么了？你要去哪儿？”

列奥愤而抄起台灯，扔了出去，灯泡砸在对面的墙上，粉碎了。赛诺知道他知道了。知道他已经知道了的一切。所以他溜了。有人帮了他。所以咪咪才那么着急走。

列奥转身，向大宅走去。

咪咪在沉睡。

列奥打开卧室的门。他已经在上楼的时候踢掉了鞋子。现在他把外套也脱了。

咪咪睡觉时喜欢开一盏夜灯，灯光调到最暗，光线轻柔，好像留下稚气的一方月影。她也不喜欢拉上窗帘。列奥可以清楚地看见她，一只胳膊伸在枕头上，穿着一袭白色长袍，身体蜷曲地侧躺。

列奥站在床边。他是如此爱她。想到她也曾爱他，温柔、欢愉又惊喜的情感交融翻涌在他心头。为了她，他愿意做任何事。是他在收集关于她的所有新闻报道。也是他，而不是她，把她得到的所有奖项整整齐齐地排列在他的书房里。

她是如此娇小，纤弱得像只小鸟——不，她不是鸟，因为她有肌肉——她更像一朵花——但她也不是花，因为她不是用来展示的——她是珠宝——但她也不是珠宝，因为他不能用钱买到她。

他坐在床边，凝望她熟睡的样子，头脑里浮现出过往的情景，也可能是过往的情景自动地掠过他的头脑。

你还记得吗，米罗还小的时候，你要去悉尼演唱，我们一起去拜伦湾度周末，在灯塔下的海里游泳，那时刚好有离岸流。我看不到你了。我以为你溺水了。当时我满脑子想的就是我再也见不到你了。我用尽气力游回岸上，我只能做到那一步。我在浪头下连滚带爬，肺里都进水了，可当我仰起头时，看到你出现了——像美人鱼一般的奇迹。为了看到你平安，我宁愿献出自己的生命，你果然没事。

列奥坐在床边，脱掉袜子。他跪在熟睡的咪咪身前。醒醒吧，醒醒，醒醒，咪咪，醒过来。

咪咪睁开眼睛。列奥？

列奥把上衣从头上扯脱，咪咪抬起手，抚摸他的胸脯。他紧紧抓住她的手，好像要在坠落中稳住他自己。

“别那么用力。”咪咪说，但列奥抓得更紧了。他弯下腰，俯身在她身上，展平他的身体，另一只手摁住了她的脖颈。

一时间，她以为他在玩，接着才发现这并不是游戏。

“列奥！”

“你和他是在演出前睡的吗？还是回家后，帮他收拾行李的时候匆匆忙忙来一炮？”

“列奥，LâChe-Moi[1]！”

列奥拉开裤子的拉链。他需要两只手才能把裤子脱掉。咪咪趁机扭动，跳下床。他又把她拽倒。

“你和赛诺偷情有多久了？”

他看着她的脸。难以置信。他们从没想过会被他发现。

“你这个淫荡的贱货。”

列奥侧抱着咪咪，一只手捂住她的嘴。她像狗一样咬他。她就是狗。他想从后面将阳具插入，但她一直在挣扎。他不想打她。

列奥站起来，用膝盖强迫她分开双腿。“你的事我都知道。”他说。

咪咪突然停止了挣扎。她转身躺平，喘着粗气，一只手捂着肚子。

你对我一无所知。

列奥趴在她身上，两臂撑在她的两侧。他的脸凑近她的脸。

---

[1] 原文为法语，意为“放开我”。

他想吻她。他想哭。

“你是我的。说，你是我的。”

咪咪什么也不说。

“他是怎么抚摸你的？他躺在你身边？还是在上面？他会来东方按摩的那一套吗？他会按摩你的太阳穴吗？他会像我这样一路向下吗？你喜欢那样吗？你喜欢吗？”

列奥摇晃她。她软绵绵的，像个刚刚死去的人。她没有照他喜欢的方式在他身下扭动，她没有用法语在他耳畔低吟；他最爱她那样。她只是躺在那里，像一只被打败的动物。他没办法到高潮。他不停顿地挺进，但他到不了。

他倚靠下来，亲吻她。她咬他的上唇。他感觉到血流进了嘴里。**婊子**。他扇了她一巴掌。

就在那时，他看到一束汽车头灯的光照亮了床上的墙面。

他跳起来，朝窗外看。宝丽的奥迪就等于宝丽。是的。前门的门铃响起来，急促得像火警。

列奥抓起长裤，走出卧室，一边跑下楼一边拉拉链。走廊上的一扇门打开了。米罗穿着他的超人睡衣。“爸爸？妈咪呢？”

“她在卧室。回床上去吧。是宝丽来了。”

列奥打开前门时，米罗已经走回了楼梯的最高处。列奥努力克制，想摆出冷静的——

“宝丽！你没事儿吧？”

宝丽推着他走进门厅。他注意到，她扣错了毛衣开衫的扣子。

“咪咪在哪里？”

“她睡着呢。我们都睡了。”

宝丽瞥了一眼楼梯，看到了米罗。她笑着朝他摆摆手。他也这样招呼她。宝丽犹豫了一下。“一切都好吗？”

“当然，当然。”列奥说，“我们都回去睡觉吧，行吗？”

宝丽注视着列奥。她知道他在撒谎。

楼上突然有东西碎裂的声响。米罗跑上走廊。**“妈咪！”**

列奥立刻奔上楼梯，宝丽跟在他后头。咪咪在地板上喘着粗气，脸上有一道红印。米罗跪坐在她身边。

“宝贝。”咪咪不想让儿子担心。

“羊水破了。”宝丽说，“列奥！帮我把她抬上床，还有，打电话叫救护车。没事的，米罗——妈咪就要生小孩了，就这事儿。”

列奥轻松地抱起咪咪进了卧室。他把她安放在床上。她只能用嘴重重地喘气。宝丽搭了搭她的脉搏。

“准备热水和毛巾。”

列奥走进浴室。米罗像尊雕像般站在门口。宝丽走过去，把他抱在怀里。他比同龄的孩子瘦小。

“米罗！别害怕。你就是这样出生的——每个人都是这样出生的。上床去吧，抱只小狗玩具一起睡觉。爸爸很快就过去。”

咪咪朝米罗伸出手。小男孩立刻奔过去，拉住妈妈的手，几乎半个身子趴在床上，这时，列奥从浴室里出来了，提着装满水的不锈钢水桶，抱来了所有的毛巾。

“把米罗带出去，”宝丽说，“打电话叫医生。”

列奥点点头。咪咪没有看他。等他走了，她才伸出双臂抱紧宝丽。

“等不了了。”她说着，下了床，四肢着地，浑身颤抖。

“再等等，医生就快来了。”宝丽说。

孩子来得太快，宝丽甚至没时间惊慌。她跪在咪咪身旁，眼看着婴孩的头露出来，然后是红色的小身体、双腿、小脚。她接住婴孩，放在毛巾上。剪刀，她需要剪刀。“梳妆台。”咪咪说。宝丽剪断了脐带，把孩子抱在怀里。

“是个女孩。”宝丽话音刚落，就响起了啼哭声——新生命的第一声——原始，血腥，簇新。宝丽把孩子送到咪咪怀里，两个女人坐在地板上，互相微笑，什么都没有说，双双惊异于婴孩这不可思议却又寻常的奇迹。

宝丽用热水轻轻擦拭婴孩的头和脸。

门开了。是米罗。

“来看看你妹妹。”咪咪说，“别被吓到哟。”

“你不是该在医院生小孩的吗？”米罗问。

“她提早了。”宝丽说，“瞧，她在这儿。”

“列奥呢？”

“爸爸坐在楼梯上。”米罗说，“我生出来的时候也像这样吗？”

宝丽走出去找列奥。从走廊拐出来时，她看到他坐在楼梯底部，双手抱着头。

“Mazeltov[1]。”宝丽说着，揽住他的肩头，在他身边坐下，“医生怎么说？”

列奥甩开她的手臂。“我没有给医生打电话。”

“什么？”

“赛诺可以给医生打电话。那是他的孩子。”

宝丽没有作答。她站起来，走到门厅桌边，开始摸索她放在手袋里的手机。列奥盯着她看了一会儿，然后转身上楼。

“列奥！”

宝丽必须好好想想。她必须给什么人打电话。她的手机不在包里——落在家里了？此时是半夜。也许手机在车上。她走到豪宅前门边列奥的私人办公室，门锁了。她觉得自己的心跳得太快了。她穿过门厅，去宽敞的起居室——那儿有部电话。她打开灯——一眼就看到了电话——按下拨号键。没声音。再试。没声音。到底怎么回事？

厨房——墙上有个分机。宝丽一路小跑——她向来不善于跑步——跑进位于地下的厨房，流理台上的灯还亮着。面包盒旁边有一个没吃完的三明治。电话。她按下 999。没声音。

这栋豪宅里有四条电话支线，供列奥、咪咪和他们各自的助理使用。列奥肯定切断了整套电话系统。

列奥盘腿坐在咪咪对面。他光着脚。他也没有穿上衬衣。看

[1] 原文为意第绪语，意为“恭喜你”。

上去，他好像就是刚陪太太生下他们孩子的丈夫。

咪咪看着他，好像看着一条随时可能跳起来的狗。她抱着刚刚出世、裹在大毛巾里的婴孩。毛巾里传出些小小的动静，但列奥根本没有看婴孩一眼。

“这事儿有多久了？九个月，肯定有——但之前呢？几年？你到底有没有真正地嫁给我？”

咪咪没有回答。

“你仰头凑向他的样子，你拉住他手的样子，你和他咯咯笑个不停。你以为我是傻子吗？好吧，我是很傻——不像你们俩那么有艺术气息——我不看书，不听歌剧，也不会弹钢琴；我配不上你，也配不上他，是不是？”

“我觉得我的血没有止住，列奥。你可以叫医生来吗？”

“告诉我真相。”

咪咪还在娩出产后的胎盘。她向后躺，双腿分开，努力排出胎盘。列奥觉得这很可笑；他的头在痛。这是他老婆。这儿有一个婴孩。他是有什么毛病？咪咪在用力。万一她死了呢？

楼下的宝丽发现自己出不去了。门窗都锁死了。她试过了每一个出口、每一个可能让她出去的角落。穿着睡衣、抱着超人熊公仔的米罗出现时，她刚刚回到厨房。

“妈咪在哭。”

卧室里，毛巾上出现了肝红色的胎盘。咪咪蜷着身子倒在地毯上，一动不动，怀抱着她的宝宝。宝宝睡着了。咪咪感觉得到她的心跳。心跳很稳健，她很温暖。咪咪心想，她是强壮的。

“我应该给赛诺打个电话。”列奥说，“让他过来看看他的孩子。但我不知道他躲在哪儿——我应该电话他吗？我们还是打个电话吧。你想和他说话吗？是的你想你当然想很想。”列奥用一只脚去戳咪咪的背。不重，但也不轻。他在外套里找到了手机。快速拨号给赛诺。直接接入语音信箱……“嗨，我是赛诺……”

列奥挂断电话，模仿电话里的声音：“嗨，我是赛诺……你知道他是基佬，不是吗？他恨透了自己，以至于不得不操好哥们儿的老婆才能感觉自己是个男人。”

“他没有操我。”咪咪说。

“这算什么？”列奥提高了嗓门，“算什么呢？”他晃动她的肩膀。她把身体扭过去。他蹲下身，靠在她身上。“当爹的不想看一眼自己的宝宝。当爹的把自己的杂种留给好哥们儿。”

“你有病。”咪咪说，“没有孩子是杂种。”

“我的用语冒犯你了吗？那好吧，你的行为也冒犯到我了。”

“列奥，打电话给医生。”

厨房里，宝丽为米罗裹上披肩，让他在沙发上玩 iPad。她给他热了点牛奶，叫他别担心。说完，她突然想到一个主意。“米罗，你有自己的手机吗？”

“有呀，但只能发短信——就在我房间的书包里。你干吗这么问？”

宝丽蹑手蹑脚地上楼去。米罗没有把他房间的门关起来。她找到了手机。里面有卡梅伦的号码。**来列奥家。马上叫救护车。**

咪咪现在坐起来了。列奥沉默不语地坐着。

“我知道你不想要这个孩子。”

“我不想要赛诺的孩子。”

“她是你的。你不想看看她吗？”

咪咪解开毛巾的一角，倾身向前给列奥看。他浑身发抖。他不能抬起自己的头。他不能抬头看。他的身子不听他使唤。

救护车赶到时，列奥打开门锁，一言不发地让救护人员进来。卡梅伦跟在最后。

“我把菲亚特拖出来了。”

“我相信你也把赛诺拖出来了？”

“他走了。”

“懦夫。”

“列奥，你到底怎么了？”

“你想看证据吗？进来看。”

列奥把卡梅伦推进办公室，在他的电脑上播放那段视频。两人沉默地看完。谁也没听到宝丽走到了他们身后。

“就这些？”卡梅伦问。

“这显然就是证据——你还想要什么？”

“只要咪咪还有一点理智，她就会和你离婚。”宝丽说。

列奥转过身——他的身子在轻轻颤动，好像挂在了电网上。“和我离婚？我明天就带着这段视频去见我的律师。”

“去干吗？逗他乐吗？”

“你打一开始就知道的，是不是？”

“知道什么？知道你就见不得好？知道你只知道怎样毁掉自己？一夜之间，你失去了妻子和最要好的朋友。干得真漂亮！”

“滚出去，多管闲事的臭婊子。”

“我这就走。”宝丽说，“我要陪咪咪去医院。谁来负责照顾米罗？”

“米罗是我儿子。我来照顾他。”

“他是你儿子。”宝丽说，“但你还有一个女儿，列奥。”

豪宅里静下来了。列奥不知道现在几点，不知道这个漫长的夜晚经历了几个钟头。好像这夜晚不会有尽头了。他很想知道，这有没有可能？没有白天，不见日光，只是一夜接着一夜？

他依然穿着长裤，没穿上衣。他很冷，但那不是一种感觉，更像是一种意识，因为他苍白的皮肤上冒出一颗颗鸡皮疙瘩。他什么也感觉不到。为什么天还没亮？

他下楼，走进厨房。有人刚刚热了牛奶——平底锅里还剩了些牛奶。列奥端起锅子，把牛奶喝了，也不管牛奶顺着下巴流到了胸前。喝完，他看到了米罗，蜷缩在沙发上，睡得很沉。他有点好奇，那是不是米罗？还是米罗的复制品？——也许，列奥才是他自己的复制品。一切都和寻常无异，但现在，一切都不同了。

米罗的iPad还亮着。列奥弯下腰想把它关掉。《超人》，1978年的经典电影。那是他们最爱的电影。列奥切到他最喜欢的场景——超人倒转时间。露易丝没有死。

她的车在峡谷里熄火了。她一遍又一遍地发动引擎。在她之上，水坝开始瓦解。巨石从悬崖上滚落下来。太晚了。

光可以在一秒之内环绕地球三圈。我不是也可以吗？

把我们带回过去，让这一切从没发生过。

画面中出现一个地球悬在太空中。超人挑战光速——把他所有的爱化作速度和光明——迫使时间败给自己。他绕着地球飞行，飞得那么快，以至于水倒流回水坝那边，山石稳稳地回到崖壁上。慢慢地，红色小汽车升到峡谷里，金属车身上的凹痕恢复如初，粉碎的挡风玻璃聚合成一。她再次发动引擎。还不晚。

但你不能让时间倒流。你能吗？

列奥抱起他的儿子，他舒服地靠在他怀里，依然沉睡着。列奥的脖子感觉到了他的呼气。当他还是个婴孩时，他就是这样抱他的。他爱他，爱得无比单纯。他从没思考过这件事，也没为此担忧过。那就是爱，和呼吸一样普通又恒常。

列奥抱着他走在豪宅的暗影里。米罗靠他支撑，他自己也靠他支撑。他必须让自己神志清醒地撑到底。他必须记住发生了什么事。晚宴。车库。赛诺。咪咪。都是什么时候的事？感觉上，仿佛是很久很久以前。这儿没有人。肯定是很久很久以前的事了。

米罗的门敞开着。列奥走进去，用身子把门合上。夜灯亮着，将月光般的柔光投射在墙上。

列奥把米罗放在床单揉皱了的床上。他立刻觉得累了。好累好累。他轻轻地把米罗往墙边挪一挪，然后在他身边躺下，把被子拉上来，将两个人都盖住。他的儿子单手揽住父亲的胸脯。他带来了小小的、坚定的、梦乡般的暖意。睡眠。列奥开始飘远，眼睛闭起来了，呼吸缓慢了。

他醒来时就不会是夜晚了。他醒来时一切会有所不同。

别害怕。

我的性命在你的幻梦之内

咪咪躺在医院的病床上，看着天花板。

她知道自己只能静躺。只要动一下羽翼，她就会将周围的房屋推倒在地。可是房屋已然崩塌了，不是吗？

天使怎么会落在庭院里呢？突然的坠落，突然的收拢羽翼以免折翅——这些都不曾有过解释。

还有，天使是孤零零地在庭院里吗？

他们给她打了一针，让她昏昏欲睡。某种镇定剂。她既是做梦的人，又是梦本身。

病房里永远没有彻底的黑暗。永无静谧。她听得到隔壁病房里的呼叫铃响起，护士从走廊那头过来。宝宝轻轻地呼吸。

她想把枕头的位置调整一下。

塞满天使羽毛的靠枕后来怎么样了？

门开了。护士在咪咪的上臂灵巧地绑紧束带，测量血压。器械“哔哔”直叫。

“你相信有天使吗？”咪咪问。

护士是非洲裔，是一位福音派信众。“我给你看样东西。”她说着，拉开窗帘。咪咪可以望见窗外的老教堂。“朝上看。”护士说。教堂里有座钟楼。楼顶上有四座天使石像，耸立在四个方向标上。“看到了吗？”护士说，“他们是如何把一切看在眼里的？车来车往，男男女女走在街上。所有的希望和心碎。是的，那就是他们看到的。虽然大地已经失落，她却会被找到。”

“失落的将被找到。”

任风吹摆的羽毛

列奥在和他家的园丁托尼·冈萨雷斯交谈。

“五万，托尼；你可以退休了。你只需要把这个孩子带去给赛诺。”

五万英镑是一大笔钱。

列奥很有说服力。他把整套说辞都编好了。重新开始。他不能抚养别的男人的孩子，就算是他最好的朋友——他结婚时的伴郎——也不行，因为他背叛了他。咪咪病了，愧疚着，慌张着。她不知道接下去该怎么办。托尼当然能明白？是的，列奥说他已经和赛诺说好了。是的，列奥说赛诺同意收下这孩子。

但是，托尼还是一脸困惑。进展太快了。他是个园丁。自然界的事都会慢慢来。

“那他为什么自己不来？”

“托尼呀托尼，你怎么不替我想想？我再也不想看到赛诺了。而且，我再也不想让咪咪看到他了。你懂吗？”

托尼懂了。他六十二岁了。他的父母20世纪50年代从墨西哥来到英国。他们是从贾拉帕城私奔的——他母亲从修女院里逃出来，他父亲从军队里逃出来。他父亲在东伦敦的贫民窟改建区找到了工作。托尼两岁时，他父亲死在了建筑工地上。没多久，他母亲就改嫁给了工头，简直太快了，托尼一直相信是那个人害死了父亲；杀掉一个人有很多种办法——从起重机上掉下一大块水泥板只是其中之一。

又生了几个孩子。托尼被忽视了。继而被毒打。继父不想留着他。母亲没法保护他。她灵魂中属于贾拉帕城的蓝色和黄色已褪成了英国的灰色。她无动于衷，继而抑郁。托尼十六岁离开家，睡在一间小旅馆里，在皇家公园里找到了一份清扫落叶的活儿，薪水很低。但他热爱植物，学得很快。他报名函授大学的园艺课程。他一直没结婚。他不相信人性。植物比人好得多。他六十岁那年退休，离开公园时已是高级园艺师，接着就为列奥和西西里亚公司兼职工作。

他负责照料小威尼斯的豪宅花园，也负责打理办公室区域的绿植景观。近来，他也开始为宝丽工作了。他喜欢宝丽。他在她家花园里干活时会扎一束当季盛放的叶子、花朵或茎秆，放在后门口的水罐里。她让他想到——差一点——那个……或许有可能。

宝丽也喜欢托尼。他的身形像只小熊。强壮的胳膊。一双总也弄不干净的手。他总是戴着领带——格子衬衫的袖子卷到胳膊肘上面，但领口总系着羊毛领带，末端塞进第三粒扣子处的衣襟里面。他是另一个时代的人。

宝丽是她这个时代的女人。她没有闲时来发展一段感情。她一辈子都是职业女性。她注意到，从没有“职业男性”这种讲法。她做出了自己的选择。无怨无悔。但有损失。总是有的。

“你明白了吗，托尼？老朋友的新开端。”

“可是赛诺有自己的儿子。他有老婆。她会怎么说？”

“她不算他老婆。他们是形式婚姻。你想给我上一堂家庭价值观的大课？还是愿意接受现金，把这事儿办了？”

“我什么时候出发？”

“这才像话嘛！我会让你坐商务舱。在机场订一辆体面的车。给你买套新西装。有了这些就成功一半了。就说你是她的祖父。要有底气。”

“可是我什么时候走呢？”

“快了。就快了。托尼，如果你对宝丽说了什么——哪怕透露一个字，我们的交易就取消了，行吗？”

托尼浑身不自在。他信任宝丽。他不信任列奥。那为什么……？但他把疑虑抛之脑后。

为帕蒂塔办护照易如反掌。在她的出生证明上写明了列奥是她父亲。咪咪已经为她做了出生登记。照片也很好办，因为宝丽一直在给他发宝宝的照片。

列奥已经三个月没见咪咪了。米罗一半时间在宝丽家，和他妈妈待在一起；另一半时间在家，和列奥在一起。列奥解释说，咪咪需要时间养好身体。

“为什么她不能和我们在一起养身体？”

“她会的……快了。”

“行了，列奥。”宝丽一如往常地冲进他的办公室，臭婊子，“这事儿还要折腾多久？”

列奥连头都没抬。“这真的算是个问题吗？”

“你能不能别再像个白痴养的浑蛋？去做一次DNA鉴定，我们就能了结这事儿。”

“不是我挑起来的。我没法了结它。”

“你得知道真相。”

“我不需要知道我已经知道的事。”

“你是通灵大师吗？”

“你就不能闭上嘴吗？”

“你为什么都不问我你太太情况如何？还是说，你也可以用神秘的通灵术知道？”

列奥站了起来。至少，他比宝丽高出一大截。

“咪咪怎么样？”

“你觉得她会怎么样？”

“我又不知道——你叫我问的——那就告诉我。”

“她很脆弱，受了伤，也受了羞辱。如果我是她，我决不再和你讲话。”

“她没有和我讲话。”

“她还在那儿等你，列奥，甚至在你做了那些伤天害理的事之后。为什么你不肯去做 DNA 鉴定？”

“好让咪咪有一份书面的受辱证明？”

“什么？你还想把代表通奸的大大的 A[1] 挂在她脖子上？”

“孩子是赛诺的。”

“我不知道如何处理这种疯癫的局面，列奥。听着，快点过来一次，好吗？坐下来。好好谈。我请求你……”

“咪咪想跟我谈吗？”

“你只管来。”

列奥提早下班。他去接米罗放学。“妈咪今天跟我们回家吗？”

“今天不会。我要跟你去见妈咪。”

米罗很开心。他们在车上聊起踢足球，列奥答应周末带他去看比赛。等他到宝丽家的时候，他几乎已经忘记了，或是部分地忘记了，咪咪已经离开他了，还是他离开了她？他不记得了。

他把揽胜停好，米罗一下车就跑上台阶。列奥看到咪咪站在窗边。黑色、厚重的短发。鲜红的口红。她穿着大尺码的格子衬衫。他呆呆地站着，只知道看她。他猛然发觉自己的脸庞湿湿的。下雨了？

“爸爸！快来呀！”

---

[1] Adulterer（通奸者）的首字母。

列奥跟着米罗走进去。咪咪蹲下来，亲吻她的儿子，摩挲他的头发。“快去换衣服，我在厨房等你。快去！ Dépêche-toi[1] ！”

米罗犹豫了一下——他爸爸还站在门口呢，他妈妈站在楼梯最底下的台阶边。

谁也不讲话。米罗站在他们之间，仿佛站在礁石和沉船之间。

咪咪打开会客厅的房门。列奥跟着她。他抬起手，又放下。他抬起手，碰到她的肩膀。她退缩。她不想要我。

她从玄关的桌上拿起什么，转身递给列奥。看起来像是一封信。

“列奥，我没法和你谈。宝丽……她只是为了我们好。我说我可以见你，然后才明白我做不到。我写了这个给你。”

米罗换上了宽松的卫衣裤，跑下楼来。他看着爸爸和妈妈。他感受到了一切。舒心畅快的笑脸不见了。他轻轻地下楼去厨房。

“他无法理解。”咪咪说。

“我想让他和我过。”列奥说。

“你说什么？”

“我想要米罗的监护权。”

甚至就在列奥亲口说出这些话的同时，他都无法相信如此愚蠢的话竟是从他愚蠢的脸上愚蠢的嘴里冒出来的，而他此刻明明只想紧紧抱住他的妻子痛哭一场，哭到泪流成河，让他俩一起漂

[1] 原文为法语，意为“赶紧”。

离这个四处是陆地的地方。

咪咪走出了会客厅。

列奥打开了信。

亲爱的列奥：

是时间愚弄了我们吗？我不是轻易结婚的人，我知道。我千方百计不要和你结婚，因为我俩骨子里都不相信“从此幸福地生活在一起”的脚本。我们都来自破碎的家庭。我们都像野兽一样警觉。

你以你的方式行事，男人们都这样在外部世界里行事。我很幸运，因为我有音乐。音乐是在我之内的世界。我是个表演者，但无论我是否在表演，音乐都在那儿。

我知道你觉得我很难懂。我们曾开玩笑说，你永远不会懂音乐，永远都学不会。在我们刚刚开始恋爱的时候你就说过，男人觉得女人是没法搞懂的，没可能。你记得吗？

我了解你吗？我以为我了解。我了解你既脆弱又无畏的样子。好像没什么可以难倒你。你把握生活的方式。你的口不择言。

和你在一起，我一度感到很安全，这是出乎意料的。但我现在没有安全感了，这让我难受。

你不想要这个宝宝吗？为什么不？为什么我们不能开诚布公地谈论这件事？我以为你一看到她就会爱她的。

这几个月以来，我确定你有外遇。你变得那么遥不可及。可一直以来，你以为我有外遇。这么久，我们谁也不开口。我想我已经决定等待了，等到你挨过这段。或许也会有一天，你来告诉我，你要走了。

我嫁给你了，列奥。我不会用赛诺来结束我们的婚姻。如果我不再爱你，我会离开你。难道你不了解我会怎么做吗？连这都不知道吗？

而且在这一点上，难道你也不了解他吗？

你以为我会这样对你吗？他会这样对你吗？所以你才这样做？

我是什么时候失去了你的爱？

列奥放下信纸。信封里还有一张折起来的信笺。背面有红酒印。他把它展开。出现了他自己的笔迹。

1. 没有你，我可以活下去吗？可以。

2. 我想这样吗？不想。

3. 我经常想到你吗？是的。

4. 我想念你吗？是的。

5. 我和别的女人在一起时会想起你吗？是的。

6. 我认为你和别的女人不一样吗？是的。

7. 我认为我和别的男人不一样吗？不是。

8. 这是就性而言吗？是的。

9. 这仅仅是就性而言吗？不是。

10. 我以前有过这种感受吗？有，也没有。

11. 自从遇见你之后，我有过这种感受吗？没有。

12. 我为什么想和你结婚？想到你和别人结婚我就恨到不行。

13. 你很美。

列奥站在宝丽家的会客厅里，整排的窗户，凸窗边有一架钢琴。宝丽从小就会弹钢琴。乐谱架上有些米罗练习用的乐谱。接着，他看到了一页手写的谱子。咪咪在写新歌。歌词是什么？“弃船，宝贝，趁早。跳船，宝贝，别等。恶兆不是给你的，是我的。我们被困在时间之间。”

写在顶端的是：**帕蒂塔**。

列奥带走了它。

一个星期后，托尼在宝丽家的花园里干活时，她抱着宝宝从屋子里走出来。“列奥在家吗？他不接电话。”

“他在家。”托尼说，“这些天都这样，你知道，不搭理人。”

“老话说得好，”宝丽说，“已经过去、无法挽救的事，悲伤也没用。”

“是莎士比亚写的。”托尼说。

“《冬天的故事》。”宝丽说。

她走向停在车道上的奥迪。托尼放下耙子，跟上她，说道——是很突然，因为他想了好多天才等到机会——“你愿意今晚去看电影吗？”

“你在问我？”宝丽问。

“是的，我在问你。”托尼说。

“可是你笔直地看着那边的树丛。”宝丽说。

托尼转而低头去看石子路。“凡人电影院有劳伦·白考尔的电影季。今晚放映的是《逃亡》。”

“好呀。”宝丽说，“我愿意去。”

托尼望着宝丽的车开走了。他感觉得到，自己的心跳得好快。

列奥打开前门。宝丽抱着婴孩。

“我跟你说过了！别来这套煽情的把戏。”列奥说。

宝丽把熟睡中的宝宝塞进列奥的臂弯。列奥伸长了胳膊，好像她着火了，他不肯把她贴在胸前。

“我信赖他们，他们却背叛了我。”

“你信赖他们，是因为他们爱你。”

“快乐的大家庭。宝丽，那只会在你的梦里。”

“为什么你非要这样疯癫？”

“疯癫？你说这是疯癫。你敢说他们不爱对方吗？他们触碰、交谈、耳语和跳舞的样子？他在这儿的时候就一直和她在一起。我过去还挺喜欢那样呢。”

“就算他们互相之间有一点爱，那又怎样？”

“你承认了，嗯？”

“你情愿他们互相讨厌吗？彼此漠视？这是因为你和他俩都睡过吗？”

“谁告诉你的？”

“在这件事上赛诺很坦诚。”

“好吧，我不是。我们那时还在学校里。”

“你是嫉妒他还是她？”

“别把肥皂剧里的精神分析法用在我身上。”

“列奥，你是这孩子的生父。咪咪是忠贞的。赛诺是你的朋友。去做个DNA鉴定吧。让一切回归正途。还有一线机会做正确的事。”

列奥听到了她的话。一线机会，做正确的事。机会，正确。机会，正确。宝宝醒了，在他臂弯里扭动身体。他把她还给宝丽。

“为什么她叫帕蒂塔？”

“意思是，失落的小东西。”

“我明天会去你家。我们去做鉴定。行了吗？”

去一个陌生的地方

那天晚上，宝丽和托尼去了凡人电影院。

宝丽穿了特别漂亮的裙子，托尼把粗花呢西装刷了刷。他买好了电影票，哪怕宝丽买得起整间电影院。

他们挺直腰背，毕恭毕敬地坐在舒服的情侣座里。宝丽意识到她从没进过电影院，因为那会让她为自己难过。她想起母亲的双亲从纳粹德国逃到东伦敦，开了一家咸牛肉小酒馆。日子过得艰苦，但婚姻很幸福。她母亲进了护士学校，嫁给了一个牙医。宝丽进了一所女子学院，接着上大学，然后进入投资金融界。从难民到富人，只用了三代人。但她始终没遇到心仪的对象。她知道父母为她担心，担心她会孤独终老，无人照料。

现在，她坐在托尼身边，目不转睛地看着银幕上的劳伦·白考尔，无比确信他的身体和自己的身体隔了三英寸。她突然靠近他。很缓慢地，他握住了她的手。

之后，他俩从汉普斯特德的电影院出来，下了坡道，朝贝尔塞公园边的宝丽家走。她问托尼周末通常做什么。他回答："散步。我在户外感觉更好。我明天要去皇家植物园。"

宝丽并不相信散步有好处：人类先用两条腿，后来有了自行车，现在有了汽车。但她觉得自己不妨一试。

到了她家前门口，托尼感谢她和自己共度这个夜晚。他俩一致同意明天再见。他们在路灯下彼此微笑。谁也不知道接下来该怎么办。她碰了碰他的胳膊，点点头，走上了通向前门的小路。他目送她，直到她平安进屋。

宝丽在门厅的镜子里注视着自己。她想，明天一大早要赶紧去药妆店买一支新口红。

托尼轻松愉快地回到家，感觉有点陌生，但也不奇怪。电话答录机里有一条留言。

明天。希思罗机场。中午十二点。

第二天，列奥一大早就起床了。他觉得神志清醒，心思澄净。几个星期、几个月以来，他第一次可以停止思考，因为他终于知道该怎么办了。

家里空荡荡的，之前让他觉得可恨，现在却好像成了可以创造新事物的空间。可以让业已发生的事不要发生。

列奥提早一小时到达宝丽家。他刮了胡子，穿戴整齐，好像洗心革面，变成更好的人了。

宝丽正在犹豫：去皇家植物园要不要穿步行靴呢？还有，别人在乡村都穿什么？巴伯尔风衣？

“皇家植物园是个城市公园。”列奥说。

“好吧，那好吧。”宝丽说，“但犹太人不习惯雨天。下雨让我们紧张。瞧瞧诺亚的下场。”

“你要和谁去？”列奥问。

“我有约会。关你什么事？”

“所以你一整天都不在家？”

宝丽点点头。“咪咪带米罗去游泳了。她要十一点才回来。”

“我知道。他告诉我了。”

“列奥——我们去做鉴定前，我得先去一趟药妆店。你可以照料帕蒂塔一小时吗？”

“没问题，宝丽。把她交给我吧。”

他又是那个迷人的、微笑的、善于说服别人的列奥了。宝丽抓起手袋，匆匆忙忙去办她的要紧事了。

确定她走远了，列奥立刻出门，直奔他的车。车里有一个红酒箱，里面垫了毛毯。他把婴孩放进去。她哭闹起来。他把收音机拧开。

托尼在五号航站楼的入口处等待。列奥把护照和包交给他。“尿不湿。奶粉。干净衣服。湿疹药膏。所有乱七八糟的东西都在里面。你知道怎么帮婴儿换尿不湿吧？不知道的话，飞机上会有人帮你的。我已经把赛诺的地址和电话号码发到你手机上了。你星期一回来，回程票已经订好了。有问题就电话我。快走吧——一小时内就起飞了。”

然后，一切都以慢动作发生，但实在太快了。

咪咪和宝丽开车冲向小威尼斯的家。

咪咪跑进房间，一间接一间，大喊着：**列奥！列奥！**

电话铃响起时，只有米罗独自留在宝丽家。是托尼打来的。

米罗听到托尼在答录机里留言：“宝丽，我是托尼。我今天不能去皇家植物园了。我在去机场的路上。抱歉。”

米罗拿起电话，把这事儿告诉宝丽。他听到妈妈在后头说：“为什么托尼在机场？”

米罗放下电话。有个人住在机场里。

没多久，门铃就响了。是列奥。

“妈咪在找你。”米罗说。

“我们要出去几天。去慕尼黑看爷爷。”

“妈咪也去吗？”

“不。”

“那，我要待在这里。”米罗说。

列奥生气了。“我们一起去。我已经帮你收拾好了。这里有什么是你需要的，全都带上——也别带太多——我们这就出发。”

米罗在车里一言不发，好一会儿才说：“帕蒂塔在哪儿？”

“她很好。”

列奥订好了去柏林的航班。他不打算去看望自己的父亲。他只想远走高飞。等他们回来的时候，咪咪应该会想通的：他所做的一切都是出于好意。

但咪咪已经报警了，说她丈夫企图带着他们的宝宝离境。

“我不明白，这事儿怎么会扯上托尼的？”宝丽说，“他的电话直接转到语音信箱了。”

列奥在出入境检验口排队等候。查验证件的男人要他在旁边稍候片刻。紧接着就出现了三名警察，询问他对婴儿做了什么。

事情就那么发生了。

列奥和警察争辩起来。警察据理力争。全都是人高马大的男人，个头一般高。矮小的印度裔证件查验官装作什么都没发生，继续查验别人的证件，放行。所有人都盯着列奥看。

警察搞不明白，因为列奥身边没有新生儿。列奥说，他太太有产后抑郁症。他这是要带儿子去度假，让她清静一下。警察看了看米罗的护照——这是你爸爸吗？是的。

大块头警察继续和列奥理论。谁也没留意米罗。

有个人住在机场里。

米罗平稳、安静地往后退，一步一步离开他们，他们全都背对着他，凑成一个火气高涨的圆圈。不会有人注意到的。

米罗退到了拐角处，直奔等候区的黄线。四号通道那儿有一家人。他朝他们跑去——如果有人看到他，肯定以为他是在快跑几步跟上家人。他把自己的背包放在传送带上。他走过了金属探测门。他朝四周看了看。他在机场里了。也许他可以找到托尼。

鸢鹰、乌鸦、狼与熊

托尼到了新波西米亚。

他喜欢马路中间种的棕榈树。他想知道这里有没有植物园。明天回程前他有一整天的空闲。

天空低沉阴霾。暑气逼人，像桑拿房似的让人透不过气来。他脱下西装外套，但没有松开领带。他不希望自己的模样邋邋遢遢的。

租车行里的男人告诉他，今晚会有超级月亮[1]。它比平日更靠近地球——应该会变天。就像个漂亮女人。

托尼钻进宝马。和他的尼桑感觉不一样。他想，他可以从五万英镑里拿一些钱出来买辆新车。宝丽有一辆奥迪。她应该不

[1] 指月球近地点与地球距离最短时的状态，被认为有可能引起海洋、潮汐的某种变化。

喜欢坐尼桑兜风。他觉得，他本该告诉宝丽自己在做什么差事。

宽阔的高速公路。高耸的建筑物。广告牌上打着电视剧首播的广告。凶险的快车道旁铺开一片方方正正、可怜兮兮的廉租房。城郊的廉价住宅区。标间四十美元一晚的汽车旅馆。吃到管饱的自助早餐。桥上堵车，他停下片刻。建筑工地上扬起的水泥粉尘像滑石粉一样模糊了他的挡风玻璃。他闻得到油炸洋葱和柴油的味道。

当他驶入城区时，他听到从小汽车、楼房、街角、酒吧里传出各种各样的音乐声，到处都有。两个男孩在红绿灯路口帮人擦挡风玻璃。还有一个坐在倒扣的铁桶上，跟着 Squeeze 乐队的曲子敲打面前的一个桶。托尼又紧张又兴奋，以前他从没离开过英国，难得度假也不过是去苏格兰远足。

托尼把车停在银行门口的停车场里。他们在等他。他们把他带进一个小隔间，核对了他的护照和列奥签字的文件，然后把一箱子钱交给他。他签了名。他问他们能不能给他指路，他有具体地址。银行里的一个年轻人看起来鬼头鬼脑的。他记下地址，说他去查一下。托尼不喜欢他。

托尼回到车里时，帕蒂塔已经哭得精疲力竭，只能轻轻地抽泣。他把她留在后座了，因为他不知道还能怎么办。他把外套叠起来，垫在后座的地板上，以防她翻滚下来。

宝宝在飞机上哭得很凶。英国航空公司的空乘代替他帮她换了尿不湿，喂她喝了奶，但她哭不只是因为吃不好、睡不好或是尿湿了。托尼怀疑，把这么小的宝宝从母亲身边带走也许不太合适。

好歹，她马上就能和她爸爸在一起了。

托尼坐在后座上，拨出列奥给他的号码，打给赛诺。无法接通。托尼给列奥打电话。无人应答。

帕蒂塔开始声嘶力竭地哭了，托尼给她唱起了西班牙语歌。她好像挺喜欢的。托尼把列奥给他的丝绒口袋放进装钱的箱子里。还有一张乐谱。他把这些东西都放进箱子，又唱了一会儿，等宝宝睡熟，这才开车前往他钱包里那张纸条记着的地址。

离城中心区不远。挺漂亮的城郊。老式殖民风格的房子，二楼围着铁艺阳台。车道上停着一辆休旅车。托尼下了车。雨停了。他听到远方传来低沉的雷声。

他摁了电铃。赛诺肯定在等他。

过了很久都没人来应门。托尼抱着帕蒂塔绕到房子后面，一边欣赏着周边的亚热带植物。后门口有个女人。看模样像是西班牙裔。她不懂英语，所以托尼和她讲西班牙语。不，赛诺先生不在。洛杉矶。十天内不会回来的。

托尼又给列奥打电话。还是无人应答。他回到车里，敞着车门，坐在驾驶座里。他手边的牛奶顶多再喂一顿。医院。他应该带宝宝去医院，让她吃饱奶、换好尿不湿就出院。医生护士肯定会办好的。然后他可以去酒店，等到他和列奥通上话。

就在他离开赛诺家的时候，他注意到了街对面的那辆车。

酒店里的服务员很帮忙。是的，房费已预付。有的，几公里之外就有一家医院。

托尼累了，疲惫感仿佛骤然袭来。他带帕蒂塔上楼去。他脱下她的连身裤、小背心、尿不湿。她的两腿间都蹭红了。他想，应该帮她洗个澡。如果她是一株植物，他可以给她浇水。洗澡和浇水差不多，不是吗？

他给浴缸放水，小心地试了试水温。然后卷起袖子，跪在地板上，轻轻地把她托放到水里。再用手稳住她，哗啦哗啦地往她身上泼水。他的母亲肯定也这样给他洗过澡，不是吗？水还未干，爱已不再。

宝宝好像挺喜欢洗澡的。他想，要是早点儿有个孩子，我应该是个好爸爸吧。但那首先需要一个妈妈……

把她擦干，换好尿不湿，喂好奶，这些都做完了之后，托尼在她身边躺下。他俩都睡得好香。

吵醒他的是开门声。房间里很暗。他看到走廊里有光亮。一个男人的轮廓。是酒店里的服务员吗？那个人走进来了，但没有开灯。“谁？”他喊出声来，“有人吗？”他伸手打开床头灯的开关。有个穿厚夹克的男人。他离开时飞快地关上门。现在几点？

已经是半夜了。

他看了看手机——没有列奥的来电或留言。酒店电话总机也没有给他的留言。他发了一条短信给列奥：**打电话给托尼。紧急。**

帕蒂塔醒了，很不安宁。他得给她找吃的。他冲了个澡，刮好胡子，就好像现在是大清早，而不是深夜。他把裤子夹进压裤缝板。干净的衬衫。就在他抱上昏昏欲睡、嘟嘟囔囔的婴儿打算出门时，他决定带上那个手提箱。

楼下大堂里只有值夜班的服务员。他请服务员把他的车开过来。就在门外等车、宝宝躺在他怀里的时候，他看到了月亮。他从没见过那么大的月亮。好像它即将降落在地。月光下，宝宝像颗珍珠般被照亮了。

他开车前往圣马利亚医院。

就在他驶离酒店的时候，他又看到了那辆车。他知道就是那一辆。

到了第一个红灯，他试图从后视镜里看清他们。两个男人。

他故意拐了几个弯，但那辆车一直跟着他。是的，这下有麻烦了。

到了医院，他把车停在紧挨大门的残障人士专用车位上，抱着帕蒂塔、拎着手提箱走进医院。明亮的灯光晃得他一时没了方向，但前台有位和善的先生，他解释了自己的处境，说他会付钱的。看起来，他在半夜提出的这种古怪要求并没有引人侧目。

一位护士很快就下来了，用专业、娴熟、母性的手法抱起帕蒂塔。对于他讲的整个故事——他是宝宝的爷爷，来送宝宝回他儿子这里，但儿子的飞机误点了，宝宝的妈妈不舒服——护士没有什么怀疑。是的。不舒服。

“我们有个婴儿岛。”护士说，“这种事最凄惨了，但我估摸着，总好过把孩子扔在街角或有轨电车上吧。”

“孩子应该有人要。”托尼说。

“没错，先生。”护士说着，她的手指灵巧快速地换好了尿不湿，又帮帕蒂塔穿好了衣服。护士给了托尼几瓶配方牛奶，热一下就能喝，还有一套备用的尿不湿。他想，应该可以撑到他们搭飞机回到家的时候。不管怎样，他们还可以去植物园逛一圈。

他走下台阶朝车子走去时，又看到了他们。那两个人。站在宝马边的阴影里。他们还没有看到他——他们背靠在一辆卡车上，抽着烟。他知道他们是在等他。

他折转回去。有一个出口标志，指向医院的另一侧。他可以从那边走。不要宝马了。叫辆出租车。

就在他迈出医院的时候，天空炸裂了，雨水倾盆而下。宝宝哭起来。他脱下西装外套把她包好。太吓人了。豆大的雨点密密落下，水花一下子就溅到了他的膝头。他应该回楼里去。他往回向出口跑去，但那是单向门。他“砰砰”地敲打湿漉漉的横杆，浑身都已湿透。他绕着大楼继续走——他不能冒险去正门。就在这时，他看到了那盏灯。

婴儿岛的灯。

那是决定一生命运的五秒钟。他推开那扇小窗。他感觉到里面宜人的温暖。他把包裹帕蒂塔的外套解开，把她送入窗口。接着，他把手提箱也塞了进去。滂沱大雨把他浇成人形瀑布，他几乎看不清自己在做什么，但他没有把窗门完全关上，而是掏出笔当楔子，卡在门框上缘，以免门被关死，那样，他还可以把门推开。现在，他只需回到车上，把车子开过来接她。他们是冲着钱来的。他会告诉他们，钱在酒店里。把他的房门钥匙给他们。然后他就开车直奔机场。他把护照放在外套口袋里了。剩下的东西都不重要。

医院的停车场里很安静。托尼上了车。附近没有人影。但他刚掉头驶上小街，另一辆车的头灯就迎面照来。他立刻转向。那辆车紧追而来。他再次转向，刚想踩下油门就听到了枪声。前车胎爆了，方向盘从他手中跳脱出去，他迎面撞上了墙。

那两个男人走到他的车边。

一个人把他从车里拖出来。打他。再打。另一个人在车里翻找。托尼回击，地上的积水已经没过了他的鞋面，他没能站稳。他跌倒了，撞到了头。就在他快要失去意识的时候，他听到另一辆车过来了。又是一声枪响。有人抓住了他的手。“宝丽。”他说，或是他以为自己说了。

“我们应该等警察来。”

“他死了。”

幕 间

INTERVAL

那么多关于失落和找寻的故事。

仿佛历史就是一座巨大的失物招领处。

也许就始于月亮和地球分离之时。苍白，孤零，警醒，时隐时现，不善交际，引人遐思。地球自闭的双生体。

所有的双生故事就此开始。不能分离却也无法在一起的双生人。相斥相隔，互相争执，伤心欲绝，在爱人死去之前一直以为天荒地老、此情不朽，人们就是这样相爱。

传说中的天堂——像月宫又像子宫。两个星体在时空中彼此脱离。母船。亚特兰蒂斯。伊甸园。极乐世界。瓦尔哈拉。美丽新世界。肯定，还有另一个世界。

我们乘船远航。桅杆之上繁星如灯。我们并不知道星星就像化石，印刻着往昔，发散着光芒——如同传送讯息，那奄奄一息的希望。

我们乘船远航，一心以为我们会驶到世界的边缘，如木筏跌落瀑布，旋转下滑，坠入我们早知其存在、只要胆敢追寻就能抵达之处。

肯定在什么地方。

缺失的缺失感。我们知道那是什么样的感觉。每一次努力，每一次亲吻，每一次剜心刻骨，每一封寄回家的信，每一次离开，都如同在招领处摊放于我们面前的失落之物中苦苦寻求。

天穹之上，月亮远在二十三万九千英里之外。

当你想到太阳在九千三百万英里之外，就不会觉得月亮远。

但是，如果你站在红色的火星上，就会看到海蓝色的地球和银白色的月球如同双生子肩并肩地坐着，脑袋凑在一起，弯着腰，一起看同一本书。从未在时间中分离。

月亮掌控地球上的潮汐。我们在这儿的日子里每一天的潮起潮落。也因为有月亮，地球的气候是稳定的。月亮的重力牵引意味着地球不至于摇摆无度。科学家称之为倾斜度。月亮扶持着我们。

地球和月球很早就已分离，早在地球上出现任何形态的生命之前数百万年，没理由成为我们想象力的宏大主题。但偏偏就是。

每年有十三次月圆。

在月亮上测量的时间与地球上的不同。

月亮每 28 天环绕地球一圈。

仿佛它在找寻失落的什么。

很久以前。

第二部分

TWO

交通

周六上午。春日。

剪羊毛酒馆占据了一片高地，视野悠远，往下可以看到一条直通高速公路的曲折小路。远处有河，宽广无际，宛如无数的可能性、无数的计划，宛如你年轻时所以为的生活——你不知道那些计划、河流和可能性或早或晚但终将消失在更遥远的大海里，那时的未来曾是宽广的。

但今天不用管远方的事。

摆放在花园里的几张长桌都铺上了白桌布。桌上支着轻钢灯架，上面吊着中国灯笼，等太阳下山就会点起来。

科洛把掉漆的长凳重新油漆了一遍，在毒辣的日头下大汗淋漓，晒红了身子，还给船形秋千换上了新捻好的绳索，那是情侣们喜欢的：夕阳下，懒洋洋地在秋千上荡来荡去。

那天一大早，帕蒂塔就把科洛从床上拽起来，让他去采购。

“我要买什么给他？”

“发挥你的想象力！”

“那就太惨了，因为我没有想象力啊！”

身高六英尺多的科洛有一副摔跤手的身材。他反扣棒球帽，T恤前领上挂着墨镜，牛仔裤腿塞进大一码的低帮靴口。当帕蒂塔把手机递给他时，他正把一个个靠垫扔开，想要找到自己的手机。“我把要买的东西都记在你手机里了。”她说，“先买我们需要的，然后——见机行事吧。”

“你最好为我祷告一下，但愿我能碰到好事。”

帕蒂塔给他倒了咖啡。科洛喝了一口。“怎么变成你管家了呢？”

“你想管吗？”

科洛低头看到她的头顶心——他至少比帕蒂塔高出一英尺。他拥抱了她。她也环抱住他。他转身就要走。“嘿——你给老爸买了什么生日礼物？”

“口琴。”帕蒂塔说。

“我怎么就想不到呢？”

科洛钻进他那辆雪佛兰西尔瓦多，戴上墨镜，打开收音机，摇下车窗，把车开向直通高速公路的蜿蜒小路。远方的地平线上掠过城市的天际线。清晨的阳光反射在钢铁和玻璃上，仿佛给建筑物镀了金光。空气很清新，有点暖意。

周六上午。春日。

奥托车行请走这边：

出了贝尔县，高速公路第一个出口处的指示牌。

牌子上写着：

来选车吧！应有尽有！

奥托吕科斯是个经销商。精明的商人。卖车的高手。巧舌如簧也敢吆喝的卖家。

奥托吕科斯：既是布达佩斯人，也是新泽西人。厚颜无耻的旧欧洲在厚颜无耻的新世界。

奥托吕科斯：马尾辫，山羊胡，牛仔靴，蝴蝶领结。既是骗子，又是智者。

科洛开着雪佛兰行驶在高速公路上，最先吸引他目光的是德劳瑞恩车的上掀式车门。科洛靠边停在德劳瑞恩车前，下了车。奥托吕科斯弯着腰，俯在后置发动机上。散热器里冒出热气，他那个小身板，就算没被鸥翼式车门完全遮住，也被气缸盖垫挡住了。

“就是《回到未来》里的那辆车吗？”

奥托吕科斯挺起身，打量了一番傻站在那儿的科洛：他一脸和善，手拿墨镜，高高在上，看着底盘超低的车，还有兴致高昂的车主。

“你有锤子吗？”

“你想在这种神车上使锤子？”

“我是想砸自己的脑袋瓜儿。我被卖车的人忽悠了。我太实诚了。”

“如果你需要，我可以让你搭一段车。”

“你的皮卡真棒。我喜欢雪佛兰。崭新的。”

“是啊——我们剪羊毛去年收益不错。你去过吗？”

“剪羊毛？那是你的酒馆？”

“当然——是我老爸的，我是他儿子。”

奥托吕科斯在消毒湿巾上擦擦手，锁好德劳瑞恩的车门，三步并作两步地跳进雪佛兰。“真皮缝制——好干净。我喜欢。”

“老爸总说，不管你的车有多老、多旧，你都得打理好。我学到这一课的时候我们家还穷，现在我们有钱了。”

“我早觉得美国梦没戏了，只有有钱人才能变得更有钱——还有政客。”

“别误会我——我们只是个家族产业，不过，生意确实不错。”

“那你这是要去哪儿啊，大块头？”

“去镇上。今儿是老爸生日。我们要开派对。我妹妹让我出来买东西，也许还能为他找一份特别的礼物，好像当儿子的总能知道老爸的心思。我说，我的上帝呀，我到底该给他买什么礼物呀？”

“你信教？他信教吗？”

“我是读《圣经》长大的。最近我们不大去教堂，但我仍然相信上帝有神力。”

“你相信上帝会给我们吗？我们需要的东西。”

“当然会啦——老爸总说，我妹妹就是上帝给我们的，哪怕她是个淘气鬼。”

奥托吕科斯点点头。“我猜，今天也是上帝发放好东西的日子。上帝把你给了我。”

“我帮你走出困境了！”

奥托吕科斯又点点头——他歪着脑袋，从口袋里拿出小酒瓶。他喝了一大口。“你想来点儿波本威士忌吗？”

“我想保住我的驾照。”

“我的医生说，为了我的肝，我就该每天喝酒。”

“那你就喝吧。”

“你叫啥？”

“科洛。”

“很高兴认识你，科洛。今儿是个好日子，绝对是。”

周六早上。春日。

帕蒂塔看到她爸爸站在梯子上，手拿锤子，嘴里叼着钉子。她以为他还没起床呢。她煮上咖啡，然后走进花园，祝他生日快乐。

为了经营这间酒馆，谢普辛勤工作了许多年。剪羊毛酒馆提供最美味的鱼汤、新鲜的海蟹、米饭、豌豆和黑豆。这就好比你沿着堤坝开车兜风，还能听到海鸟预报天气，值了。

一开始，大部分的活儿都是谢普自己干：换新的长百叶窗，找特长铁栏杆重修阳台，因为那些栏杆得绕整个房子一圈。

他曾经把帕蒂塔绑在背上去干活儿。她已经被抛下过一次了，他决不会再让她孤零零一个人。夜里，她睡在他的房间里，他给她讲古老的故事，故事里有爱和失落。她太小了，还不能明白那是什么意思。她只知道，那是他的声音。

等她长大一点了，谢普就教她弹钢琴、唱和音，他们一起听谢普自己从小听到大的音乐——“奇妙”（The Marvelettes）女子乐团、反战歌曲、鲍勃·迪伦和琼·贝兹，还有谢普最爱的马文·盖伊。

帕蒂塔走进花园。她爸爸望着几只秃鹰在风中滑翔。

“生日快乐，爸爸。”

他搂住她说：“我有东西给你。”

“给我？明明是你过生日——又不是我。”

谢普从口袋里掏出一个柔软的皮袋子，皮革都磨损了。

“这是你母亲留给你的。我一直想在你满十八岁时交给你，但我已经七十岁了。我可不想死了还没来得及亲手交给你。”

“你不会死的。”

“你瞧。”谢普把袋子里的东西倒在她掌心里。

帕蒂塔怔怔地站着，看着那些冷火般晶莹闪光的尤物——地球的结晶。堆积的时间。钻石。

“都是真的吗？”

“当然。最道地的钻石。”

“也就是说，她不是穷人。”

“我认为她不是个穷夫人，不。”

帕蒂塔捧着钻石项链，就像她母亲曾经捧着她，双手呵护着。

她哭起来了。

“别哭，”谢普说，“那时候你有人爱，现在也有人爱。这还不够吗？”

帕蒂塔点点头，用手背抹去眼泪。在这个年纪，她有时像成熟的女人，有时却还像个孩子。

“今天下午我就戴上它。”她说，“在你的派对上。”

“我都不明白我们为什么要开派对。太麻烦了。”

“不能开派对，老一岁还有什么用？”

“我老吗？”

“是的，你老了。”她亲了他一下，“但你不会死的。”

“我可能是老了，但要说跳舞，我还是比你强。”

她抬起手，拍了他一下——谢普和科洛差不多高，比帕蒂塔高出一英尺。接着，她拉起他的手，他们齐声唱歌，跳了一会儿舞——谢普哼着歌，打着响指，帕蒂塔唱和声的高音部。带我飞向月亮，让我们在繁星中嬉戏……

“我妈妈的舞跳得好吗？”

“她的歌唱得好。她给你写了那首歌。我教给你的第一首歌。”

“真是她写的吗？”

“她亲手写的乐谱。那是钢琴谱。她是个很酷的音乐家。那首歌就是她写给你的信。等会儿你想唱那首歌吗？”

帕蒂塔停下舞步，摇了摇头。“我要唱的都是你喜欢的歌。”

“我们进屋去吧，在钢琴上弹几首。姑娘们都到了吗？”

“还没呢，爸爸。还早。”

谢普点点头。“是挺早的。我昨晚没睡。死神在拜访我呢。”

“你好着呢！”

“高血压。”

“那为什么不把工作留给我和科洛呢？”

“停止工作就是死，铁板钉钉的死法。”

“她是怎么死的？我妈妈。”

谢普搂着帕蒂塔。“你知道我不了解的。”

“你把这钻石项链保存了这么多年，从没跟我说过。也许还有些事，你也从没告诉过我。”

谢普笑了。“我的小心肝，如果我知道时间、地点、人物、事情和来龙去脉——我为什么不告诉你呢？”

“你会吗？”

帕蒂塔对婴儿岛一无所知。她只知道她妈妈死了，谢普收养了她，在一个很远很远的教堂里。往昔是一条漫长而遥远的路。差不多有十八年的车程。

不管什么时候，只要她问起妈妈的事，谢普总是说：“她是个非常好的女人。”

每当她问起爸爸，他总说：“我一点儿都不知道他的事。”

每当她去问哥哥科洛，他就说：“你去问老爸。”

所以她不再问了，因为没有答案。

头顶上，秃鹰在高冷的天际盘旋，一圈又一圈，好像在找寻它们失落的什么。很久以前。

周六早上。春日。

高速公路上，科洛把收音机的音量开到最大，好像要用双低音炮把车子从里到外地轰掉。看到红灯停下来的时候，雪佛兰隆隆作响，金属车身有节奏地轻微震动，奥托吕科斯用双手拢住嘴巴，大声喊叫——

“快到了，大块头！从这边出去，往环岛走。”

科洛并线进入匝道出口。“我最讨厌环岛了！我还小的时候，他们刚刚开始造环岛。我喜欢笔直的路。开过两次停车标志就下车喝杯饮料。定速驾驶。没有压力，不用转向。”

科洛看起来就不像车技高超的司机，他把胳膊撑在方向盘上，大大的手掌随着音乐打节拍。

奥托吕科斯又喝了一大口威士忌，迎面是刺眼的阳光，他戴上了墨镜。

“我可以免费告诉你一件事，那是任何路霸都不会告诉你甚至都不知道的事。你听好了。”

科洛把音量调低，车内不再有回声。

“实际上……如果环岛早点儿被发明出来，整部西方文明史就会大不一样。”

“整个儿？”

“全部打包一整个儿！”

“你是怎么琢磨出来的？”

“记得俄狄浦斯的事儿吗？”

“哪个艾迪？”

“杀了亲爹又娶了亲娘的那家伙。”

“福克斯新闻台有播吗？”

“那是老早以前的事啦。俄狄浦斯走在小路上，迎面来了一辆战车，车上坐着一个老人。”

“雪佛兰出的‘战车’吗？”

“不是，就是辆双轮马车。那个老人就是拉伊俄斯王，他坚决不肯给无名小卒让路，俄狄浦斯的脾气不太好，很像早期的民主党人，上了年纪也好、战车也好，他统统不放在眼里，也不肯让路。两帮人就打起来了——结果，艾迪把老家伙干掉了。”

“他有持枪证吗？”

“他只是打破了他的头。”

“真不尊老。”

“听着！这场悲剧发生在一个十字路口，对不对？三条小路指向同一条路。如果我们及时发明出了环岛，就绝对不会发生这种惨案。你先走，我再走，明白吗？”

“明白，是的，但那又怎样？”

“怎样？不就有了弗洛伊德吗？精神分析学界、西方世界里最伟大的理论，你竟然问怎样？”

“好吧，我从没听说过嘛。”

“俄狄浦斯情结！男人都会弑父恋母。”

“不，不是那样的！我认识的人里面谁也没做过这种事，一次也没有。”

“这种事你顶多做一次。请问你有几双爹娘？”

“我的意思是，我从没听说过这种事——没错，有人也许会和他们的姐妹睡觉……嗯，会有这种事，但……”

“听着！这是隐喻——竞争，乱伦的欲望，放弃温馨家庭后的失败感。”

“你刚才没说老国王就是他爸爸，那他妈妈呢——也在雪佛兰车上吗？”

“不是雪佛兰！他妈妈在家当她的王后呢。俄狄浦斯不知道那个老家伙就是自己的生父。他是被领养的。他背负着杀死双亲的诅咒，但他很爱他的父母——在他小时候，他们会陪他玩，还给他买了一条小狗呢，你懂吗？”

“当然懂——我老爸就是那样的。”

“所以艾迪从家里逃跑了。他不知道自己是被领养的。”

“他们从没告诉他吗？我妹妹就是领养的。你得把真相告诉孩子。”

“说得太对了！艾迪为了逃避诅咒而离家出走，结果恰好应验了诅咒——杀死了亲爹。”

“这也太扯了。”

“可不是嘛——他杀死拉伊俄斯后继续跑路，到了漂亮时髦的大城市底比斯。城里有酒吧、夜总会，哪儿哪儿都很高级，结果他发现底比斯城已经被恐怖分子掌控了——好比是让黑手党控制了——恐怖头子就是斯芬克斯。”

“斯芬克斯？那不是个内衣品牌吗？”

“内衣品牌叫斯潘克斯。斯芬克斯是个女人——你肯定知道她这种类型：一半是魔鬼，一半是玛丽莲·梦露。斯芬克斯自有一套女性的逻辑——对她而言当然说得通，但在我们这些外人看来就太疯狂了。她的规矩是这么定的：坐下来，喝一杯，猜谜语，你猜对了，她就把底比斯城的生杀大权交给你——反正她在别处还有生意可做。但她其实是个狡猾的浑蛋，如果你猜错了，她就把你的头咬下来。”

“我知道这种类型的女人！我怎么会不知道！”

“但是俄狄浦斯猜对了，他得到了奖赏，其中之一就是迎娶王后——因为她老公已经死了，所以他能娶她了。但这个王后就是他的亲娘啊！”

“我真为这哥们儿感到难过。后来怎么样了？”

“俄狄浦斯和他妈妈伊俄卡斯忒一共生了四个孩子，两男两女。家庭美满。偶尔会有点精神上的不稳定，但乱伦的下场都这样。总体来说，他们过得还行。后来，城里爆发了瘟疫，有些多管闲事的先知就说，除非找到杀死敬爱的老国王的凶手，否则瘟疫就永远不会消停。在那个时代，他们根本不知道有病毒。瘟疫是众神降下的。”

“他们以前也这么说艾滋病的。就连我都知道那种说法很愚蠢，哪怕我不是医生。”

“关于进步，小子，你要注意一点：不是每个人都能进步的。”

“哥们儿你说得太对了——瞧我们前头开车的这些混账。”

“唉，搞不好是底比斯城来的。所以呢，俄狄浦斯开始寻找凶手，顺着蛛丝马迹找到了……他自己！你想想他的感受吧。”

“生不如死。”

“生不如死。他老婆——或者该说是他妈妈，要不就叫老婆妈吧——伊俄卡斯忒走进卧室——卧室里闹翻了天！她上吊自杀了。俄狄浦斯把绳索割断，抱她下来，拔下她的胸针，刺瞎了自己的双眼。”

“当真？”

“是真的。然后就是连锁反应——西方思潮中的重要理论，十亿个精神病人，一百万个心理医生和干亲娘的病人，文学理论，还有人对所谓‘前辈的影响带来焦虑’的诗论特别感冒……”

“现在你可以去打流感疫苗。”

“我说的感冒不是流感。”

“我就说我不懂医学嘛。”

“还导致色情电影出现了特殊流派。”

“你是说 MILF？”

“小子，别用简称，虽然有人称之为‘熟女派’，但原名的全称是‘妈妈我好想操’。”

“啊哈……”（他俩一起大笑起来）“啊哈！”

“但凡世上早点儿出现环岛，就不会有这一大串的破事儿啦。”

“你可真能扯。”

“不过，环岛实在没什么深奥的，也没有诗情画意，不是吗？从没见谁严肃地说，我已经走到了人生的环岛。没有！人们总是说十字路口。”

“你又在说什么？”

“下个出口，小子，下个出口出去。到家了。”

科洛看到了“奥托车行”的标牌。

“嘿！天啊！我听说过你！你是奥托吕科斯！你可是大名鼎鼎啊！你开了个汽车博物馆。我们搬出城没多久，你就来了——是从底特律来的，对吗？”

“对！你想看看博物馆吗？”

“我没时间。”

“你这点时间都没有，那时间还有什么用？”

科洛把西尔瓦多停好。有个瘦瘦高高的俊俏男孩坐在敞篷吉普车里，车子回火放炮，差点儿颠出车库。

“太火爆了吧！”奥托吕科斯说。

“是因为发动机太烂了！”男孩喊道。他的连身工作裤上油渍斑斑，脖子上挂着一副沉甸甸的护目镜。他熄掉引擎，跳下车。

“你去开拖车把德劳瑞恩拖回来。”

“又要拖？”

“科洛……这是泽尔，我的助手。”奥托吕科斯说，“现在的孩子啊，要么是四肢发达的恶棍，满脑子灌满了混凝土；要么就是拿到大学文凭，却想在车行给挡泥板抛光，这位就是。一天到晚在读书。”

“我妹妹也是一天到晚在读书。”科洛说，“嘿，我好像在剪羊毛见过你吧？”

泽尔低着头，盯着地板看，好像地板有话跟他说。

“其实吧，我年轻时也爱读书。”奥托吕科斯说，“因为肚子里有料，编故事就会更容易。这辆吉普车曾经属于海明威。”

“只有绑在车身外的油桶是他的。”泽尔说。

奥托吕科斯不理会他。“1940 年出品的卡其色美人。欧内斯特·海明威。大作家。二战的时候，海明威在美国军队里当过陆军少校。巴黎解放的那天他在场，开着车，顺着奥德翁大街一路开，去找那间书店——莎士比亚书店。”

“我倒是听说过莎士比亚，但我不知道他还开了一家书店。”

“我估计你读书不多，是不是？来——送你个纪念品。”

奥托吕科斯从猎装口袋里掏出一本皱皱巴巴的平装书，那件猎装好像是他身上挂着的许多口袋拼凑而成的。“《太阳照常升起》，欧内斯特·海明威写的。”

“非常感谢。我会把它送给我妹妹。”

“别。我有预知的天赋——早晚有一天，你会因为这本书感谢我的。现在您请随意，四处逛逛——那儿有一辆玛丽莲·梦露开的庞蒂亚克；你要凑得很近去闻，还能闻到香奈儿 5 号的香味呢。”

等科洛慢悠悠地走开了，奥托吕科斯一把揪住泽尔那件油腻腻的连身服。

“你想害死我吗？他都快买下那辆德劳瑞恩了。”

“他？”

“我可以把任何东西卖给任何人——只要他们有钱。我们得把德劳瑞恩处理掉。”

“你是个大骗子。”

“我一直想当个大骗子。那才是我的天职。”

“我不能去拖德劳瑞恩。今天我要提早下班——我跟你说过的。”

“就因为你爸要来？要把那辆水星提走？”

“那不过是辆改装车，徒有其表的冒牌货。”

“自作聪明的小鬼头！在一个充斥了替身和克隆、大批量生产和复制、3D 打印的世界里，你能告诉我什么是真的，什么是假的？”

“我才不管呢。他败家也活该。但我提早下班不是为了他。”

泽尔二十多岁，但也不过刚过二十。修长的骨架，强健的肩膀，像女孩一样茂密的头发扎成了马尾。他生气的时候会摊开手心、皱起眉头，好像他可以从掌纹里解读出一条出路。他在车库里住了一年多。然后有一天，骑着他亲手重新组装的英国皇家埃菲尔德马鞍座摩托车出来了。

奥托吕科斯不是圣人，但给了这孩子一份工作。后来，他发现他睡在旧车废弃的泡棉上，又给了他一个地方住，算是有了窝。

泽尔工作很卖力，读很多书，不常出去。

“你应该和他谈一谈。他老问起你。”

“他是当爸爸的。他可以来找我谈。”

“我有五个孩子。我从没见过他们。”

“你从没说过你有孩子。”

“怎么着？我们一夜之间发展出一段感情了吗？我必须告诉你我有几个孩子吗？但别的事我可以告诉你，更重要的事——生命中的遗憾说来就来。你可别追悔莫及。”

“我爸的事说得够多了，行了吧？你说过我今天可以开那辆MGB敞篷跑车的。”

“我说过吗？你要干什么？”

泽尔脸红了。“我有个约会。”

“她是谁？”

“你不会认识她的。”

“我难道不是你的好哥们儿吗？你就这么回报我？”

泽尔不言语了。沉默了一会儿才说：“对不起。我……我想我是有点紧张。”

奥托吕科斯咧嘴一笑，拍了拍他的肩膀。“没什么好紧张的！她肯定会爱上你的。但跑车没有后座。你想在哪里办事儿呢？”

泽尔垂下脑袋。“她不是那种女孩。”

“我们之间不要撒谎。谎言只适合政客。”

“我要一辆不费油的车。她是个环保主义者。”

“那就带她去散步。”

“我干了个通宵才准备好的。”

科洛走出了博物馆。

“这里的车都可以出租吗？”

“是的，先生。随车附送音乐。泽尔！打开收音机，就那辆白胎壁、鸭尾翼的双色雷霆越野车！”

泽尔弯下腰，伸手进驾驶座摁下了圆形的电木开关。前座立刻响起震耳欲聋的《昼夜摇滚》。还没等泽尔向后退，奥托吕科斯就搂住他的腰跳起舞来。

“科洛啊科洛——选一辆你喜欢的车吧。每一辆的租金只有一块钱。”

“一块钱？”

“再加五百、一千或两千不等，不管开价多少，我们都会将收益捐赠给汽车博物馆。如果你用现金也没问题。我就喜欢和法律对着干。”

科洛伸出手。“你瞧，有机会认识你真是太棒了——我会带我老爸来看的——但我得走啦，我妹妹刚刚给我发短信了……”

奥托吕科斯猛然挺身，在他俩的脑门上各拍一记，好像他们是一对不灵光的电灯泡。

“我有主意了！礼物！给你老爸的生日礼物！”

“啥？”

“我要把德劳瑞恩卖给你。”

“你说你是被骗的！”

“我是，我是被骗的，我！但我会半价卖给你。我付了十万英镑。我真该砍到五万才买呀。但你可以花两万五从我手里买走它。”

“车都坏了，在高速公路上抛锚了！”

“我会把它修好的，保证赶在派对之前。你老爸今年七十岁，对吗？”

“是的，七十大寿。”

“难道他不想让时光倒流吗？你妹妹要你发挥想象力。我敢和你赌：她肯定想不到是一辆德劳瑞恩。绝对不会！这会让她明白，你们俩谁是老大。那辆车不只是一辆车——而是时光机器。你买的是时间，你说，谁不想在自己七十岁生日那天收到的大礼是时间？”

“你这么认为吗？”

“我就知道，我就知道，说定了！来击掌！让我们跳支舞……”

奥托吕科斯抓住科洛的手，又跟着《昼夜摇滚》摇摆起来。活像跟着打火机的火焰在风中摇摆。

“嘿！我不和男人跳舞！你是同性恋还是别的什么恋？”

“我看起来像同性恋吗？”

“你有很多小手势。”

“我学过木偶表演。**恭喜你呀科洛！**”

庆祝日

“一！二！三！四！”

“你要想知道他有多爱你，答案就在他的吻里，在他的吻里。”

分离乐队很出色。乐队包括有独特音色的“乡巴佬”灵乐班卓琴；小军鼓；女声和音伴唱；一架钢弦吉他玩得最带劲，踏板和拨片上下翻飞；低音贝斯也超嗨，大拇指和其他手指飞快拨弹；还有一架五旬节派教会用的钢琴。每一种和弦都在呼唤最后的审判日——那是因为谢普。

她们把乐队命名为“分离”是因为，霍利、波利和莫利都曾是被送进婴儿岛的婴孩。乐队刚成立时起名为“孤儿”乐队，但未免太凄惨了。

不管怎样，喜欢咬文嚼字的帕蒂塔认定，霍利波利莫利不可能是孤儿，因为孤儿的意思是父母双亡的小孩。这几个女孩只是弃儿——但谁会喜欢一个叫“弃儿”的女子乐队呢？

后来，霍利在学校里读到六度分隔理论，加上她们都超级喜欢黑胶唱片版的老灵歌，尤其是三度女子合唱团……再加上她们都和父母分开了，所以，分离的意思显而易见。

霍利波利莫利，这三个女孩是中国三胞胎。究竟是谁把她们留在了广州的婴儿岛？谁也找不出真相了。领养她们的是一位英国传教士。这位养父早先在白金汉郡的海威科姆当牧师，然后去中国传教，最后定居在新波西米亚的浸礼会教堂。对于世界末日，他有自己的一套理论，虽然谢普不能苟同，但不管末日是有大灾变还是大决斗，他俩都成了好朋友。

霍利波利莫利比帕蒂塔大一岁。从一开始，这几个孩子就在一起玩；从一开始，谢普就带着帕蒂塔去教堂。

霍利有口吃。是谢普注意到她唱歌的时候完全不结巴，为了帮她消除和大家在一起时的尴尬，他开始教这几个姑娘唱歌，都是些有年头的老灵歌，他自己弹钢琴。

那段时日里，他的信仰还很坚定——相比之下，这十年来，他已经对自己的信仰失去了信仰。这个世界越来越阴暗，没有变得更光明。穷人更穷，富人更富。人们以上帝之名杀人。什么样的上帝会希望祂的信徒那样——好像游戏玩家在《魔兽世界》里挥舞着枪械跑来跑去？

如果这就是末日，那还不如直接开火，一了百了，早死早超生。

他觉得，时间的意义就在于时间有尽头——如果时间无穷尽，那时间就不是时间了，不是吗？

该信什么？该信仰什么？

不过，帕蒂塔就像一种自成一体的信仰。他信仰她。

霍利波利莫利互相帮忙，拉上无袖V领的合唱团演出服背后的拉链。帕蒂塔用一把牙刷刷着她那双粉红色的山羊皮鞋。

“那你觉得我应该和你哥哥约会吗？”霍利说，“他约我了。”

“科洛？他的岁数是你的两倍大！”

“我喜欢成熟的男人。”

“我认为你不应该和三十多岁还住在家里的男人约会。”波利说。

“他不是住在家里——他在经营家族产业。”

“他这么说吗？”帕蒂塔对着镜中的霍利扮了个鬼脸，霍利正在涂口红。

“反正，我觉得他挺可爱的。”

“他不可爱。”

“他是你哥。你怎么会知道？”

“他投票给共和党人，还有，他通不过会计资格考试。”

“我们俩说的都有道理。你为什么对他这么刻薄？”

“她很紧张。她的男朋友要来。”

“他**不是**我的男朋友。”

三个姑娘凑拢脑袋，唱起歌来：“你要想知道她有多爱他，答案就在她的吻里。”

帕蒂塔的脸红到了耳后根，赶忙弯腰去检查她的皮鞋。

“别作弄他，好吗？他很害羞。”

“是他害羞还是你？”

帕蒂塔坐起身。“你们这些疯丫头。他只是个男孩。我只是个女孩。怪是怪，但很正常。就好像你吃煮鸡蛋——你们有没有吃完一个煮鸡蛋，然后低头盯着盘子看，去想蛋杯、鸡蛋、勺子、吐司、盐，和你看不到的、不知在哪里的某只母鸡，想到那只鸡生下了这个蛋，然后想，这还真奇怪呢？”

霍利波利莫利呆呆地看着她。帕蒂塔心想，原来她们从没想过鸡蛋这码子事。

她再接再厉。“是我没解释好——就好像——不管你看什么电影、书、电视剧、歌曲，都会想那种事是怎么发生的，不是吗？男孩遇到女孩——《罗密欧与朱丽叶》。女孩遇到男孩——《了不起的盖茨比》。女孩遇到大猩猩——《金刚》。女孩遇到狼——《小红帽》。女孩遇到恋童癖——《洛丽塔》——不好。男孩遇到妈妈——《俄狄浦斯王》——不好。男孩遇到有问题的女孩——《睡美人》和《长发公主》。女孩遇到身体有问题的男孩——《青蛙王子》。”

她停下来。霍利波利莫利还是呆呆地看着她。不管是不是鸡蛋，反正她没讲明白。

“我们还是好好唱歌吧。”她说。

泽尔把苏格兰红的 MGB 跑车倒出停车场。他超爱这辆车的钢丝辐轮和镀铬轮圈，还有木制的大方向盘。真皮座椅很柔软。

经典老车有一个优点，收音机上自带一枚复古按钮。预选预存的老歌任你选择，分为50年代、60年代、70年代、80年代。按下按钮，仪表盘上的方形蜂巢音响就会飘荡出往昔的声音。

“我没有爱上谁，别忘了……”

泽尔开着车。宽阔的公路，窄小的县道，土路，小路，乡间小道。他日思夜想的路。他希望这些道路都是真实不虚的。他走过这条路，曾把摩托车停在酒馆外，贴着门边站在酒馆里。每个周五，她在酒馆里唱歌。

人们鱼贯而入。他没有。他只能透过人群剪影组成的万花筒远远地观望她。

上个星期，她邀他共舞，他深埋着头，好像淋了雨的小狗。

她不知道他住在哪里。她没有他的电话号码或脸书账号。他有时好几个星期都不来酒馆一次。然后突然就出现了，总是站在最后排，那么干净，那么挺拔，那么沉静，好像他是用光滑的金属打造的。

他始终不知道该说什么。她好想吻去郁结在他喉头的迟疑。

但她邀请他来参加生日派对时，他答应了。“好的。”

现在，他就站在门口，头发整齐地往后梳，散发着好闻的气味。他穿着洁净的李维斯牛仔裤和白衬衫，衬衣平整极了，没有一丝褶皱，简直像是用肉毒杆菌烫过了。

帕蒂塔听到了他的车声。帕蒂塔望见他走过了篱笆墙。

她往后退。她的心在狂跳。为什么我会有这种感觉？这种感受该如何命名？怎么会有如此不可言说的私密，如同我和自己灵魂之间的秘密，却也同样私密地隐藏在别人的灵魂中？

我所感受到的，既不新鲜，也不古怪，也不算美妙。

我有了如此新鲜、古怪和美妙的感受。

现在，他们分立于迎宾牌的两侧，互相注视着。

她真希望每一件必须发生的事都业已完成。时间介入，释放他们。那样他们就能正式开始。

他真希望自己可以抚摸她，让一切穿透他并抵达她，让她了解他。那样他们就能正式开始。

她说："嗨。"

他说："我给你带了这些花。"

科洛敲敲打打，挂好了彩旗。现在他的袖子卷得老高，和霍利波利莫利坐在一起喝健怡可乐。她们真漂亮。岁数只有他一半大。老话怎么说的来着？既然可以有一对儿十八岁的，何必只要一个三十六岁的？何况，这儿有三个呢。太让我欢喜了。

帕蒂塔和泽尔端着一盘螃蟹和沙丁鱼过来了。

"嘿！真的是你，我就知道是你！"科洛说。

"你认识他？"帕蒂塔问泽尔。

泽尔真希望这一幕不要发生，但已经发生了。"他认识我老板。"

霍利拿出了她的 iPad。"你们可不可以别谈工作？我发现了这个心理测试。是一个叫亚瑟·艾伦的白人心理学家发明的，他应该很老了，搞不好已经死了。测试叫作《产生亲密关系的实验步骤》。”

“啥？”

“就是说：怎样不费工夫地坠入情网。你问对方一组问题，然后就可以结婚啦。”

“我们是姐妹——我们不能结婚。”

“ROFL[1]。”

“再说了，我们该和谁坠入情网呀？”

“你们可以爱上我。”科洛说，“我欣然接受。”

“是的，但我们会吗？”

波利穿粉红色。莫利穿翠玉色。她俩倾身向前，鲜艳又美丽。凡是她们的，都美。霍利是大姐，穿深紫色，厚厚的黑色长发垂到腰际。她用手拍了拍桌子。

“来玩嘛，你们！就三十六个问题。我们开始吧——如果有人觉得自己已经爱上了科洛，赶紧举手，我们就不玩了。帕蒂塔——你玩吗？”

泽尔侧过头，看着帕蒂塔。她没有去看他。

“好咧！第一个问题——‘你最想邀请谁共度晚餐，不管什么时候？’”

---

[1] 英文互联网用语的缩略语，意为：笑得满地打滚。

波利：马丁·路德·金。

莫利：贾尼斯·乔普林。

霍利：上帝。

莫利：你不能说上帝！

霍利：为什么不能是上帝？

波利：上帝不吃东西，邀请祂吃晚餐意义何在？

霍利：《圣经》哪一页上写过上帝不吃东西？

莫利：祂为什么要吃呢？祂是上帝啊。

霍利：祂为什么不吃呢？如果我是上帝，我就一天到晚吃好吃的，因为永远不会发胖。

波利：我们可不可以别谈上帝了？

霍利：好的，好的！帕蒂塔，你邀请谁？

帕蒂塔：米兰达。

莫利：哪个米兰达？

帕蒂塔：她是小说里的人物。莎士比亚笔下的人物。

霍利：你不能邀请虚构的人。

帕蒂塔：为什么不能？社会名流都是虚构出来的人物。仅仅因为他们活着并不能说明他们是真实的。

科洛：太深奥了，我不懂。

帕蒂塔：她还选了上帝呢，看在上帝的分上。

科洛：别让老爸听到你平白无故地提上帝的名字。

帕蒂塔：爸爸已经不信上帝了。他没告诉你吗？

科洛：什么？！？！

霍利：我们在玩游戏呢！好了，下一题。“你上一次唱歌是什么时候？”这个简单。“你上一次哭泣是什么时候？”嗯……“最近一次哭是为什么？”这太隐私了。

科洛：当然是隐私！你怎么会坠入情网但没有隐私呢？

霍利：你不知道吗？我真不敢相信你连这个都不懂！谁也不会坠入爱情——爱情是性和绝望的矛盾混合体。性，因为你总会有性关系吧；绝望，因为你是孤独的。这和你爱上谁其实并没有什么关联。

科洛：你可以和任何人发生性关系……

霍利：听他说！

科洛：但爱情是不一样的——老爸爱老妈，就像月亮爱地球。

帕蒂塔：老爸总这么说。

霍利：我只是把关于爱情的最新研究成果告诉你。

泽尔：但他们根本不懂，不是吗？关于爱情，谁真的懂？

科洛拿起 iPad。“填空题：我希望和某人分享……”

霍利：和狗！虽然题目问的是想和什么人分享，但我想和别人分享一条狗。我好想有一条小狗，也许是拉布拉多？

科洛：狗？大麻卷烟不好吗？酷酷的约会，昏暗的灯光……

莫利：我们所有的衣服都能混着穿，所以，我只想遇到不需要和我分享短裤的人。

科洛：末日来临！我不要去想你们的短裤——好吧，我想了，但没有在我妹妹面前想。

帕蒂塔：你好恶心。

科洛：泽尔明白我的意思，泽尔，是不是？他大老远跑来，不只是为了美食和美酒。

帕蒂塔：你真的是我哥吗？谁来救救我啊，肯定弄错了。他来，是因为我邀请了他。

科洛：什么？你邀请他来品尝美食和美酒？哎呀，请原谅我！泽尔，泽尔！你能做这道填空题吗？“我希望和某人分享……”好了，放松点——有女士们在场。

泽尔：书。要我说，那就是书。

帕蒂塔：和我想的一样。书。

霍利波利莫利“咯咯咯咯咯咯”地笑成一团，转过身去——作为身穿粉色紫色翠玉色的鲜艳三胞胎，她们尽可能不引人注目地挪到一边，给帕蒂塔腾出一点空间。

泽尔：什么书？

帕蒂塔：我在读一本爸爸给我的书，是19世纪的梭罗写的。

“《瓦尔登湖》？你在读《瓦尔登湖》？”

“是的！你知道这本书？”

“我爸爸总想让我读这本——说起来真够蠢的，因为我甚至不和他讲话。”

“这本书说的是要简单地生活，只做足够的工作，赚够用的钱，你就能有一种更有意义的生活方式。”

“是的。我爸爸试过——很久以前，那时候，他的年纪和我们差不多。他住露营车，开车去各种音乐会，没什么财产。”

“他现在还这样生活吗？”

“不。他现在有钱了。”

他们笑了起来，有一点点尴尬。泽尔又说：“我没有钱。我在车行里打工。但我可以修好你的车。”

“你会给我什么书？——如果你想给我看的话。”帕蒂塔说。

泽尔摊开双手，好像要仔细地审读答案。“我读晦涩的东西——我的意思是，《瓦尔登湖》已经很晦涩了，我没读过只是因为我爸爸，对不起——最近我在读本杰明·富兰克林的自传。就是一百美元钞票上的那个人。我的意思是，我们花钱，却对印在钞票上的人物一无所知。本杰明·富兰克林说过，如果你必须在自由和安全二者之间选择，那就选自由。”

“我想，他们那时候，世界上还没有恐怖主义。”

“那只是吓唬我们的一种方法。”

“我不同意这种讲法。有人真的被杀死了。”

“是的，是有人死，有些人在背包里放进炸弹——但这种事时常发生吗？又有多少人这样做？可是还有千百万人没有工作，没有家园，没有医疗保险，没有希望——这才是人们的日常生活。在我看来，这才是危机。气候变化也是危机。还有战争、干旱和饥荒……”

“好吧——所以我们需要安全。安枕无忧的未来。”

“不！我们要从大企业的垄断控制中解放出来，因为那意味着少数人操纵世界的运转，并毁掉我们的生活。”

他讲话的时候，帕蒂塔盯着他的嘴看。她喜欢他讲的话。但他也可能在说瑜伽熊吃掉花生酱三明治。她抬起手，因为她的手仿佛有了自主意识，想去摸摸他的嘴唇。但抬手的动作很快就被她的大脑发现了，她顺势拂开垂在眼帘的头发。

她试着用耍酷的腔调接着问，好像在挑衅他：“如果你在意的是安全感——那么请问，你到底在怕什么呢？”

“我？（泽尔叹口气，看着自己的手掌）恐怕，我担心的是和别人不一样。不，不是那样的。我不是害怕与众不同。我害怕自己找不到一个不在乎我与众不同的人。我不奢望有钱或有权。我想找到一种真实的活法。”

她注视着他的眼睫毛，又长又黑。他注视着她的皮肤，白皙而有雀斑。他像猫，有一双灰眼睛。她的眼睛是棕色的，垂在眼前的头发也是棕色的。她仿佛遥不可及，但已被拉近，成为特写，用那么认真、那么美好的眼神凝视他。此时此刻，他和她都倾身向前，仿佛是彼此的镜子，彼此的镜中人。

餐桌上爆发出一阵大笑。

科洛：最后一个问题。最后的了，大家听好！妹妹！你先回答！“假设我可以在时间中一往无前，我愿意和……”

和你。和你。和你。

乐队开始调音了。人们陆陆续续都到了，喝着饮料，到处都是笑声、欢乐、老朋友们。

谢普洗漱一新，换上了礼拜日穿的西服套装，走过酒馆的厅堂。这就是我的生活，他心想。都在这里围绕着我，真是太好了。

班卓琴起了调。

谢普向这张桌子走来。霍利波利莫利说："你收到什么生日礼物了，谢普？"

谢普弯下腰，双手撑在桌上。"我得到了一对好儿女。我只想要这个——好吧，也许还可以来首歌……帕蒂塔，要不要上台唱我最喜欢的那首歌呀？小伙子们都把乐器准备好了。"

帕蒂塔站起身，踮着脚尖亲吻了父亲。接着，她拨开熙熙攘攘的人群，挤出一条道，向舞台走去。小伙子们点点头，朝她笑。弹班卓琴的是汤姆。弹低音贝斯的是比尔。吹小号的是史蒂文。弹钢弦吉他的是罗恩。负责军鼓和口琴的是乔伊。

他们弹奏起根据汤姆·威兹老歌改编的贝蒂·米勒版老歌的新版本。伴随着帕蒂塔的歌声，班卓琴声轻柔地响起，恍如唤起了遥远的传说。

"我要离开我的家人，离开我所有的朋友。我的人在家，但我的心在风中……"

谢普坐在桌边，紧挨着科洛，喝着一杯波本特调鸡尾酒，听着她的歌声，望着她。

那天晚上，难道他还有别的选择吗？他真的会转身离去，把她抛于脑后？

假设他没有那么做，现在他的日子会怎么过？她又会如何？

那天晚上，风雨交加，阴云散开时露出的月亮像巨大的曼陀罗，是月亮让他了悟一切。那个婴孩躺在那儿，如同折起的地图露出了一角。她再也不会见到的父母、已然逝去的往昔生活潜藏在她体内，如今已消隐。原本会选择的道路。再也没机会相识的人。本该有但再也不会有的一切。

因为她的生母或生父，或是他们一起决定，留下折好的地图，放下她然后离去。

那是一张探索用的地图。不再有更多的北极或大西洋或美洲。月亮已得到拜访。海底也是。

但她出发时带的是白纸和罗盘。

没有路径的海。不曾梦过的岸。

一曲终了。帕蒂塔取下麦克风，请大家安静听讲。

“我爸爸，谢普——你们都认识他。（掌声和欢呼声响起来）我们今天欢聚一堂，庆祝他的生日。（欢呼声和祝福更响亮了）我们马上就要为他献上《生日快乐歌》。但我要先感谢他，因为他是世界上最好的爸爸。”

谢普站起来了。乐队演奏起来。**祝你生日快乐**。

接着，他们都听到了。

是打雷？

是什么在咆哮？

有人冲进来了吗？

莫非是世界末日来临？

大家都站起身四处观望。就在这时，花园的大门被推开了，好像有人或什么庞然大物从外面进来。

耀人眼目的大灯。贴着地面的轰鸣。离合器控制的慢挡光速。

德劳瑞恩。

泽尔：噢不！

科洛：撒旦！

谢普：这是……？

向上开启的鸥翼式车门翻上来了。奥托吕科斯出现在车旁，好像他一直都在那儿。他穿着一条黑色窄腿裤，黑色高领针织衫配红色马甲。

他这副模样真像来讨债的魔鬼，泽尔心想。

我说过要付他钱吗？科洛心想。

奥托吕科斯跳上一把座椅，摊开双手。“我只是来送货的。科洛！科洛！你在哪儿呢？”

科洛从桌边站起来。漫画书里那种锯齿形的闪光特效呢？把他的卡通椅子遮住，让卡通的他消失不见吧！

“儿子在这儿！”奥托吕科斯说，“老爸又在哪儿？”

谢普从人群中走出来。奥托吕科斯握住他的手使劲摇，好像他变成了发条玩具。

“这是怎么回事？”谢普说，“有人雇你来表演吗？”

“我是来扮演天使的。给你带来了好消息。科洛！科洛！”

科洛把奥托吕科斯拉到一边去。“我和你签合约了吗——你是说我签字了？”

奥托吕科斯从口袋里掏出一张纸——科洛想，那一定是合约了，千真万确，还在冒烟呢。

“是的，是的，你签了——看到这些火焰和蹄印了吗？我逗你玩儿呢。这样吧——西尔瓦多归我，德劳瑞恩归你——多棒的交易，小子！”

科洛挺直腰板，面对他父亲，清了清嗓子。“老爸，是的，老爸——生日快乐，这是你的新车。”

“我的车？”

奥托吕科斯像马戏团的小狗一样蹦上座椅。“女士们，先生们！各位请注意！现在隆重献上……传说中的……德劳瑞恩！”

有些男人已经忍不住频频点头祝贺了。奥托吕科斯保持谦逊的微笑，好像他刚刚赢得了美国小姐的桂冠。他的眼里甚至泛起了泪花。

“谢谢！谢谢大家！我听见了，有人想起来了。《回到未来》，1985年的电影。没错！

“德劳瑞恩不只是一辆车——它是时光机！

“伟大的作家威廉·福克纳曾有名言——

“‘过去的没有死去。甚至尚未过去。’”

（掌声）

奥托吕科斯跳下来。“谢普！谢普！快上车呀！设计这款车的人——约翰·德劳瑞恩——他有六英尺四英寸高。这是给大高个儿的车——所以我不得不卖了它，我踩油门都够不着啊！你儿子真心是个好儿子！”

人群中响起呼声：上车，谢普！回到1984年！救活马文·盖伊！

谢普坐进了驾驶座，真挺宽敞的。他发动了引擎。

没动静。再来一次。没动静。奥托吕科斯有点不自在了，赶忙把科洛拉到一边。“你的锤子还在吗？”

泽尔不再用手抓头发了，而是跑到德劳瑞恩车后，掀起了引擎盖。

“泽尔！你在这儿干什么？”

“我跟你说过的，我有约会——本来是有，但现在你把儿子骗得一毛不剩、把老爸劫持到了车上，我看以后也约不成女儿了。”

“别冲我发火啊。”

“你给我闪开！”

“你要锤子吗？”

泽尔从口袋里掏出随身带的工具小包。

“那孩子可以修好任何东西——什么都行！我来跟你说说这辆车的情况——这种车都像赛马。

“你想要一辆会跑的车？任何人都能买到一辆会跑的车——简

直太俗气了。这辆德劳瑞恩不是一直能跑，但永远都是一辆好车。你知道吗，还是我来告诉你吧，这样的车不跑的时候——其实是在这个执念于冲冲冲的世界里给你片刻禅意。你最近检查过自己的皮质醇指数吗？美国是靠皮质醇前进的。那对你的心脏不好，对胆固醇而言更糟，而且妨碍你的婚姻幸福——唠唠叨叨净干蠢事。现在，你钻进你的车——这辆车——发现你哪儿也去不了，那正是你要自问的时刻——我要去哪儿？

“哲理，就在你触手可及的车里。

“这是一辆意义非凡的车。无论你开或是不开这辆车——就好比是薛定谔的猫，既生又死，不是吗？——只要你体验过这辆德劳瑞恩，别的一切都成过眼云烟，不再值得思量。”

谢普抱着胳膊，低头瞅着奥托吕科斯——他比这位口吐莲花的哲理贩卖者高了一英尺半。

“我儿子花了多少钱买这辆哲理车？”

“我几乎是白送给他的。大喜之日，锦上添花呀。”

“多少钱？科洛！科洛！”

就在那个瞬间，德劳瑞恩活过来了。泽尔从发动起来的引擎边退后一步，白衬衫上沾了黑油。双手上也都是油污。人们欢呼起来。奥托吕科斯鞠了一躬。

“所以我们才用‘她’来称呼靓车。你猜不透她的。记得比利乔的那首歌吗？‘她经常和和气气，但也会突然硬下心肠。她高兴怎么做就怎么做，谁也别想忽悠她。’”

“买车附送机修工吗？”谢普说。

奥托吕科斯的尖嘴猴腮露出惊喜之色。“他正和你女儿谈恋爱呢，所以……”

“他什么？”

“‘她永远是我心爱的女人。’”[1]

谢普看看泽尔，再看看奥托吕科斯，又从奥托吕科斯看向泽尔。“你别唱了，有人可以告诉我吗，这到底是唱的哪出？”

“我没有和您女儿谈恋爱。”

“我们喝一杯吧！”奥托吕科斯说，“不管星期几，波本一下肚，就离真相不远啦。谢普，你这个地方真不错。你玩扑克牌吗？”

帕蒂塔找到了泽尔。他站在篱笆墙边，恼怒又孤单。她碰了碰他的背。他惊得一哆嗦，好像她刚朝他的后脖颈倒了一盆冷水。他没有转过身。

“我很抱歉。”他说。

“太搞笑了。”帕蒂塔说。

泽尔转过身。她正在笑。她好漂亮。在她身后，派对还很热闹。人们兴致高昂地围在德劳瑞恩车旁。引擎“嗡嗡”低鸣，听上去很轻快。

泽尔总是这样置身世外，哪怕那是他想要融入的世界；继而只能默默远望，任凭他的渴望变成阻隔他的窗；他觉得自己受到

[1] 这一句与前文的歌词均引自比利乔（Billy Joel）的《她是我的唯一》（*She's Always A Woman*）。

了伤害和打击，明知道伤害和打击他的只是他自己，但依然会这样想，一次又一次这样置身世外。

为什么她要来宽慰他？应该是他宽慰她啊。她越过人海，来到他孤零零的岛屿上。她想带上他，越过人海，回到灯火通明、暖人心的地方。

“你想跳舞吗？”

他想说“我不会跳”，但她已经拉起他的手，拉着他往光明温暖的地方走了。

霍利波利莫利看到帕蒂塔带着泽尔穿过拥挤的酒馆，朝着舞台前较空的位置走来，三人对着麦克风唱出了和音部分。她们唱的是谢普很喜欢的巴迪·霍利的名曲，虽然泽尔这辈子从没搞定过摇摆舞步，但三胞胎很清楚帕蒂塔要搞定别的事。

霍利停下来，凑向低音贝斯手比尔的耳朵说了些什么。他又把话传给乐队其他成员。

音乐停止了，还没等谁鼓掌或纳闷，三个女孩就开始唱詹姆斯·泰勒的《爱上你是多么甜蜜》，那是她们自己编的版本。

帕蒂塔拉着泽尔，引导他的动作，让他跟着她跳。他突然意识到这时候的自己是多么快乐。

“你有没有仅仅为了被淋湿的快感而走在雨中？”

泽尔露出他那迟缓而笨拙，但扩展到一整张脸的笑容，宛如阳光慢慢从云间透射而出。他没有回答。相反，他也问了她一句。

“你有没有故意早起或晚睡，只为了可以独自散步，完全不用遇到别人？”

她说：你会自言自语吗？

他说：你会不会觉得赖活不如好死？

她说：你喜欢星星吗？

他说：你喜欢大海吗？

她说：这是我们版本的三十六个问题吗？

他说：为了坠入情网？

不，她心想，那已经发生了，不是吗？

她说：为了互相了解？

他说：我爸爸花了很多时间和心理医生谈人类的行为方式——他需要提前设定。

有预设的吗？

哦，是的——在特定情境下，大多数人的行为方式都和预设的一模一样。

他做什么的，你爸爸？

他设计电脑游戏。不是枪杀火并打魔兽的那种，而是高级的游戏。

你和爸爸妈妈住在一起吗？

没有。我妈妈和他从没真正生活在一起——说来话长，他基本上是个同性恋——他和我妈达成了一项协议。他想有个儿子。我是面子工程的产物。

泽尔的语气变得生硬而尖刻，这让帕蒂塔后悔自己问了这件事。她抚了抚他的肩头。他似乎没有注意到她的关怀或抚摸。他的魂已不在当下了。

大概在我八岁之前，爸爸经常来。后来他好像跌入了谷底，那之后，我们就不常看到他了。所有的账单都是他付的。他还出钱让我读大学。

大学里有机修工专业？

不。我是哲学专业的。这么说会吓到你吗？

有可能……我不了解你。

但你是了解的，他心想着，回到了当下。你懂我的。

你和你爸爸还有联系吗？

泽尔摇摇头。“他经常旅行。而且，他活得像个隐士——假设隐士也可以云游四方。而且，他是个酒鬼。所以，就算我见到他，我也不知道他是清醒的还是醉酒的。通常，他醉到极致就会显得很清醒。那是最糟糕的。”

“所以你才不喝酒吗？你总是点水喝。”

泽尔像一块钢板似的呆呆站着。“我们可以谈点别的吗？”

帕蒂塔让自己的身体靠近泽尔，带动他。他感受到她的温暖和柔软传递到了他右半边的身体。

“我担心机油蹭到你裙子上了。”

他们同时低头一看。**天！她的胸部！**泽尔的身体代替他的头脑表态了。他努力去想灾难性的场面——生病的小猫咪，实验室里的猩猩。他为什么穿紧身牛仔裤来呢？

“可以等我一下吗？我得去一下卫生间。”

霍利波利莫利快唱完这首歌时，就看到泽尔慌慌张张、遮遮掩掩地走开。霍利在舞台边缘坐下来，一把抓住帕蒂塔。

“怎样？怎样怎样怎样啦？”

“什么怎样？”

“你喜欢他，是不是？”

“他好认真，好甜蜜。”

“还有！看到他怎么修车的吗？真是一双巧手啊！”

“你可以让我一个人待会儿吗？我爱你，但你可以让我静一静吗？我得去拿点吃的。”

帕蒂塔走向摆满食物的长板桌。厨师正把锅里的香葱和对虾翻个身。

她拿了两份菜，找到了一张空桌。她看到爸爸、奥托吕科斯和另一个她不认得的男人在不远处的桌上打牌。

泽尔回到了桌边。他的身体上没有凸起的部分了。帕蒂塔把一盘食物推到他面前，咧嘴一笑。他喜欢吃东西的女孩，也喜欢咧嘴笑的女孩。她完全不扭捏。

“你认为，你能控制自己的生活吗？”她说。

泽尔想到自己刚刚跑了一趟洗手间，从这一点来看，这问题实在很难回答。他差一点儿就告诉她，他喜欢她的裙子。帕蒂塔吃得既优雅又邋遢——他不确定这两种风格怎么能合体，但这是真的：哪怕面条从她嘴里掉下来，她还是那么优雅。

永远这样吧，他在心里说，你永远要像现在这样随心所欲。还请你允许我在你身边。

他说：“这取决于你信仰自由意志，还是信奉宿命。让我看看你的手——两只手。我要坐到你旁边。”

这简直是最好的借口，能让他感受到她结实的大腿紧挨着他结实的大腿。

“你会看手相？”

“我妈妈会——她的祖先是在种植园里干活的奴隶。这种本领代代相传，但只传女不传男。她有一点点巫术。”

帕蒂塔把左手递给他。泽尔的食指在她掌心游走。“这是皮肤做的地图。你看到这条线了吗？一直延伸到你的手腕——这就是你的生命线。有点奇怪。”

“什么？有什么奇怪的？”

“生命线的起点——这儿——有断点，你看到了吗？彻底断线了——好像在说你死了一次，但显然你没死。再看这儿，另有一条线，好像另一次生命，掩盖住了真正的那条线——但它在这儿和主线连起来了，好像一条废弃不用的铁轨。”

“这就是我的另一次生命。”帕蒂塔说，“我是被领养的。”

“噢……我很抱歉——请原谅我，我不知道……”

“不用抱歉。我是领养的。那又怎样？”

“你想找到生身父母吗？”

“从哪一点上说他们是我的父母？我的意思是，所谓父母，究竟是给你原始生命材料的人，还是养育你的人？我爱谢普。他就是我的父亲。”

泽尔点点头。“我爸爸是我爸爸，但我不了解他。他可以是任何人的爸爸。我也可以是任何人的儿子。”

“那你妈妈呢？”

“她很好。她尽了全力。”

“我的生母死了。所以我才被别人领养了。”

“我很抱歉。”

“你可不可以别再说抱歉了？”

她在他的嘴唇上竖起自己的手指。接着，她凑过身去，亲吻了泽尔。他不是她吻过的第一个男孩，但他觉得是。他有对虾和柠檬的滋味。他轻轻抚摸她的头发，好像她在熟睡，而他不想吵醒她。他不想让这场梦结束。

此刻恍如时间的开端，有时这并不要紧。此时彼时是昼是夜，有时也不要紧。有时，你在，就已足够。

此刻并不是时间停止或开始的瞬间。只是时间。只有你。抓紧这一刻便能开启一生。

“看到你们年轻人这么快活，我可真高兴。”奥托吕科斯走到他们的桌旁，自说自话地坐了下来。

帕蒂塔朝对面的桌子看去，谢普还在玩牌。奥托吕科斯懊恼地摇摇头，“你那位老爸是个玩牌高手。我输了。”

“你这次输掉了什么？”泽尔问。

“你听上去怎么像我妈呢！别担心。生活就是一场博弈。你不打算介绍一下吗？”

“我叫帕蒂塔。”

“幸会，帕蒂塔。我是奥托吕科斯。你的事，泽尔都跟我说啦。”

“没有，我什么也没说！我根本没跟你谈起过她。”

“所以我才知道你是认真的。”

“我们刚刚在聊自由意志，”帕蒂塔说，“你相信有自由意志吗？”

“理论上我信，但他们先发明了这个概念，然后再编造出自由意志不可行的概念。就好像性。”

“性怎么不可行了？”

“你太年轻，还不能理解——我们还是回到最开始的话题吧。”

“是你谈起性的。”

“老男人坐到漂亮姑娘的身边，就会发生这种事——但你无须担心。”

“她不会担心你的。”泽尔说。

“谢谢，我可以为自己说话。”帕蒂塔说。

奥托吕科斯像波斯猫一样不停地点着头。“没错！我就喜欢敢为自己说话的女人！回到刚才的话题——我可以回答你，在我看来，是自由市场机制让自由意志不可能实现。

“如果我和你——帕蒂塔——做生意，我打折亏本地卖给你，我的自由意志何在？如果我必须从你——泽尔——手上买东西，因为你表面上是私人企业，但其实是垄断，那我的自由意志又何在呢？”

帕蒂塔说：“我读了爸爸让我看的《瓦尔登湖》，你知道梭罗写的这本书吗？你可以选择退出机制。你可以用自己的方式生活。”

奥托吕科斯耸耸肩。“有什么事是耶稣没说的吗？有钱人总会跟着你跑。你离世隐居，找个小岛，只能靠生菜过活，然后呢，就会有风投赞助一家水上飞机摆渡公司，他们会造个 SPA 馆，用世界上此地仅有、别无二家的生菜做成排毒养颜 SPA 套餐。”

“难道你不是商人吗？”帕蒂塔说。

奥托吕科斯摇摇头。“我太实诚了，做不成商人。我是个老实巴交的骗子。”

谢普带着帕蒂塔不认识的高个儿男人走过来了。

“最后一轮了，你要不要回来接着打？”谢普问奥托吕科斯。

“一个老穷光蛋还敢冒多少风险？”

站在泽尔身后的陌生人说：“你冒的风险揭示了你的价值。”

话音未落，泽尔猛然转身，站了起来。刚刚的柔情蜜意瞬间凝冻，仿佛他正盯着美杜莎看。

“爸爸！”

“你好，泽尔。奥托吕科斯告诉我你会在这儿。我刚好经过你们车行，想去提车，就决定和他一起来。我无意打扰你们。我好久没见到你了。”

“十四个月。”泽尔说。因为愤怒和困惑，他浑身颤抖，却又希望别人看不出来。每次看到他父亲，他都会这样。身体紧张而僵硬，头脑一片空白，看着父亲那么温文尔雅、从容自得，泽尔总是觉得没什么好说的。走吧。走吧。快走开。

赛诺上上下下打量着泽尔，好像他在挑选模特。

“你看起来不错——除了衬衫，蹭到机油了。”

泽尔脸红了。他好想一拳把他打到九霄云外。

赛诺微笑地看着帕蒂塔。他比他儿子高。五官端庄，灰色的眼睛。厚实的灰发向后梳拢，像个电影明星。他极富魅力，并深有自知。他穿着一套深蓝色的订制西服，系带山羊皮牛津鞋，里面是粉红色 V 领 T 恤。他朝帕蒂塔伸出手。

“我是赛诺。泽尔的父亲。”

“你有英国口音。”帕蒂塔说。

“我是英国人。泽尔是美国人，因为他母亲是美国人。他是在这儿长大的。”

“帕蒂塔。”帕蒂塔说。她握住他的手，摇了一下。但赛诺没松手。泽尔巴不得手边有刀。

乐队开始演奏杰克逊·布朗的名曲。

“人们只多留了一会儿……”

赛诺说：“《留下》。这是很久以前我最喜欢的一首歌。好像隔了一辈子那么久。在你出生以前。你愿意赏脸和我跳舞吗？”

帕蒂塔犹豫了一下，然后带着微笑点点头，跟着赛诺走进舞池。

泽尔的模样就好像被浇了一头冰水，再被塞进了冰库。他动也不能动，话也没法讲。

“哎呀呀，”奥托吕科斯说，“家庭生活总是让人惊喜。”

“他不是我家人。”泽尔说。

赛诺的舞跳得很棒。

他像流水般顺畅游弋，帕蒂塔心想。

他没有试图和她交谈。他们只是像会跳舞的人那样跳着舞。

他也有泽尔那种迟缓、羞怯的笑容，但他的神情里有一层更深的内容，那是泽尔没有的。虽然没有走神，但好像身在他方；他有一种疏离的气质。

别的舞者自觉地给他们让道，因为看他俩跳舞是赏心悦目的。帕蒂塔跳得很尽兴。赛诺陪衬着她，搂着她的双臂，任由她摇摆。他略微倾身向前，凑在她耳边说："你和我在一起很安全。我是同性恋。"

舞池外，泽尔远远地望着他们。他总觉得舞厅外场才是自己该待的地方。现在他呆呆伫立，带着无人能解的凄惨，以及无以言表的愤怒。他不希望赛诺和帕蒂塔跳舞。但与此同时，他希望父亲在和自己跳舞，在另一个舞池，另一个他有真正的父亲、父亲也有真正的儿子的地方。

帕蒂塔意识到了赛诺的双重性。他的上半身彬彬有礼，配合她的动作。他引她快速旋转，适时伸出手让她拉住，舞步往后，而非向前，但他的腰臀却柔软如水，闪避得当。

同一时刻，他仿佛既在应允又在拒绝。

音乐结束了。赛诺手搭帕蒂塔的后腰，送她走向吧台。他要了双份渥福威士忌。酒保没有问帕蒂塔要什么——直接给了她一杯新鲜的柠檬水。

赛诺像吞生蚝那样把威士忌一口气灌了下去。

"你认识我儿子有多久了？"

“没多久。他偶尔会来我们的酒馆。”

“以前我也常来——很多年前——在你们家盘下这间店以前。那时候，这地方名气很大。”

“什么样的名气？”

“无所谓了。时代变了。或是我们相信时代变了。但如果时代会变，人会变吗？”

“我不明白你说的是……”

“那也无所谓。说来话长。我无时无刻不在思考时间——当然，一部分原因是我越来越老。请别误会我——我并没有怀恋逝去的青春。没什么可以让我留恋的。我不留恋露营车、狗、书、女孩、男孩，甚至列奥。”

“列奥是谁？”

“我以前认识的一头狮子。”

帕蒂塔有一种感觉：赛诺的灰色眼眸有磁铁般的颜色，因为它们就是磁铁。他无须动手就能牢牢吸引她。

“我思考时间，因为我无法理解——我们在时间面前是平等的，你和我——只不过，你不需要去理解，因为你不相信时间会有尽头。我们到死才相信自己不会长生不死——你不觉得这很奇怪吗？”

酒保走过来，给赛诺续杯。他拿起酒杯，敬了敬帕蒂塔，又仰脖饮尽，好像他是特里斯坦而她是伊索尔德[1]。

---

[1] 特里斯坦和伊索尔德是西方家喻户晓的爱情悲剧中的男女主角。

他说："人是一夜之间变老的。好比你一往无前游向大海，但在某个时刻突然意识到，你要游向的海岸并不是你出发时的海岸。"

"你是从哪里出发的？"

"英格兰一所寒冷刺骨的男子寄宿学校。我曾经很爱游泳，因为水是那么凉，以至于我不会再有别的感受。"

"我倒觉得我生来就有千百万种感受。"

赛诺笑着看她。她让他有种似曾相识的感觉。但那是不可能的。

他扬了扬手——带着与生俱来、不容置疑的从容。酒保又来续杯。

"你喜欢他吗？泽尔？"

"是的，我喜欢。"

赛诺点点头。

接着她问："你呢？"

赛诺喝干杯中的酒。他搂着她的肩膀，两人回到了桌旁。

泽尔不在。科洛难掩兴奋，好像刚刚偷到了奶油、腌鱼、花生酱、鸡块和一辈子都吃不完、永远跑不快的转基因老鼠的猫。

"嘿！嘿嘿！"他说，"嘿！谁想来一盘？"

他像魔术师那样洗牌，把一副扑克牌从左手拢到右手，又从右手拢到左手，好像在玩手风琴。"我把雪佛兰赢回来啦。"科洛说。

"你说什么？"谢普这么问，因为赢回雪佛兰的人是他。

桌上有一大瓶美格纯正波本威士忌、一桶冰块和一套玻璃酒杯。赛诺拿起酒瓶，给自己倒了一大杯——好像那是冰茶，而他是待字闺中的老处女。

“别客气。”谢普说。

“我已经输了一千块了，”赛诺说，“我得喝一杯。”

“今儿是我生日。”谢普说，“我今晚手气好。”

“庄家不总是赢钱吗？”赛诺说着，喝完那一大杯，紧接着又给自己倒满。

“没有庄家。”谢普说，“这儿不是洗钱的地方。”

“为了喝这一杯，开了好长一段路呢。”

谢普切牌。“你玩还是不玩？”

“我玩。”赛诺说，“我要押双倍。”他把一千美元钞票扔到桌上。

“我的老天爷啊。”科洛说。

“好，好的。”奥托吕科斯说，“算我一个。怎么玩？捞宝还是德州？”

“我不玩了。”科洛说。

“算我一个好吗？”帕蒂塔说。

“你从什么时候开始会打扑克了？”科洛问。

“今晚。教我吧。我们可以从十块钱开始打吗？”

男人们哄堂大笑。气氛活跃起来。谢普说：“我们玩低幼级别的吧。先生们，十美元起注。”

赛诺看着帕蒂塔。“玩扑克，就是玩概率。你可以说，扑克玩家都是在无序的宇宙里寻求秩序。”

“哎呀，我同意。”奥托吕科斯说，“有序，无序。无序，有序。我可以在这块冰块上加点酒吗？”

赛诺继续说：“谁也不能预测会拿到什么牌，但是，因为一副牌总共有五十二张，你很快就能推算出别人在打什么牌。只要你留心去记。所以，要留心。”

“我来解释一下在现实生活中怎样玩牌。”谢普说，“撇开哲理——德劳瑞恩让我听够了。”

“没必要出言伤人嘛。”奥托吕科斯说。

谢普不理他。“打扑克用五张牌。你会拿到两张底牌——就是你自家的牌，还有五张公共牌——像这张。还要告诉你怎么算赢牌，每次出牌都要有五张，你可以有同花大顺、同花顺、对子……”

泽尔回到了这张桌上。他的衬衫上有水痕，但油渍不见了。

“我儿子好像把自己洗干净了。”赛诺说，“这就是洗东西的好地方吧？”

“你有什么要说吗？”谢普说。

“他醉了。”泽尔说，“他总是醉醺醺的。”

赛诺给自己倒了一杯酒，目光沉稳地看着儿子。“我只是想说，这里以前是黑帮的地盘。”

“现在不是了。”谢普说。

帕蒂塔拉起泽尔的手。“我在学打扑克呢。你要玩吗？”

泽尔从钱夹里取出十块钱。

“我不知道你会打扑克。”赛诺说。

“我？你知道些什么？”泽尔说。

“先生们……”奥托吕科斯说，“我们是来参加派对的宾客呀。”

“不速之客。”谢普说，“不过，就像《圣经》中说的：‘别慢待陌生人，以免他们是天使的化身。’”

“我还以为是叶慈写的呢。”赛诺说。

“如果他写过，我们现在就可以确定他是从哪里抄的了。”谢普说。

“这扑克打得挺滑稽的。”奥托吕科斯说，“我真该待在家里啊。科洛！把你的钱放到桌上来。你赢够了吧，怎么不来感谢某位倒霉的老人家。”

谢普开始发牌。这局打得很慢，因为大家的心思不只在牌上。赛诺在喝酒，泽尔在憎恨，谢普在思索，奥托吕科斯在观望，科洛还是科洛——和桌子椅子没太大差别，帕蒂塔在学习。

她的第一手牌就赢了。男人们鼓起掌来。

“好吧！”她说，“我赢了五十块钱。加倍还是放弃？”

泽尔头一个把五十块钱放在桌上。

“我给这孩子的薪水太多了。”奥托吕科斯说。

“别担心他。他每个月都能从我这里拿钱。”赛诺说。

“我不需要你的钱。为什么你张口闭口都是钱？”

“我曾经也用别的东西和人打交道，”赛诺说，“爱、友情、信任、忠诚。我的自我感觉很好。后来我发现，那不过是多愁善感。没有意义。我们不爱别人，别人也不爱我们。”

“那不是事实。”帕蒂塔说。

“你年轻。”赛诺说，“你还相信爱。”

“那是因为有人爱她。”谢普说。

“那假如有一天没人爱她了呢？亲爱的，读一读奥斯卡·王尔德的书吧。人之所爱，必将毁之。”

“你为什么要来这里？”泽尔问。

“我想见你。”

“那以前为什么不来？你都好几年没来看我了。”

赛诺没有回应。

“好了，好了。”谢普说，“我们要开始玩牌了。”

赛诺放下钞票。他没有去看泽尔。

这一局，男人们当真在玩牌。

帕蒂塔又赢了。她把二百五十块钱拢到自己面前，再加上她自己的赌注。总共三百块钱。

“我不玩了。”泽尔说。

“我可以帮你加注。”赛诺说。

“我说了我不玩了。”

“我说了我可以帮你加注！”

“我不玩了。”科洛说。

“你不许不玩。”谢普说，“把钱放下，听话照做。”

奥托吕科斯说：“科洛——你记得今儿早上我讲给你听的故事吧，关于俄狄浦斯的？”

“记得，记得！”科洛说，“又怎么了？”

“我要修正我的结论。其实是当爹的想杀死儿子。”

“那女儿是谁杀的呢？”帕蒂塔说。

“是我们。”赛诺说，“就算英雄没杀死你——你可以称其为哈姆雷特、奥瑟罗、列昂特斯、唐璜或是詹姆斯·邦德——你仍将成为他灵魂的献祭。”

“你们都听得懂他在说什么吗？我真心不懂。”科洛说。

“只要他喝醉，”泽尔说，“他就认为自己很有趣。”

赛诺说：“我最好的朋友曾经把他老婆当赌注，和我赌。”

“你赌了吗？”谢普说。

“没有。但我和他都输了。”

桌上共有四千美元。奥托吕科斯出牌。同花顺。

“谢谢，先生们，还有这位亲爱的小姐。”

“好吧，好吧，求主同住。”谢普说。

“见好就收吧。”奥托吕科斯站起身，把钞票塞进钱包。

“你掉了这个。”帕蒂塔从他椅子上捡起一张牌。

谢普拦下她。“这不是我们这副牌里的。”

赛诺往后一靠，双手垫在后脑勺上。“骗子也会被骗。庄家不喜欢有人出老千，除非庄家自己出老千。”

谢普转脸对着赛诺说：“这里不是赌场。”

“哦，不是吗？谢普，那你在这儿经营什么？毒品？女人？未成年少女？少男？不，不可能是男孩，否则我必有耳闻。”

“你疯了吗？”泽尔说。

“我认为你该走了。”谢普说。

赛诺没有动弹。他修长的手指把玩着酒杯壁，好像蜘蛛腿爬上爬下，帕蒂塔心想。

赛诺说：“你盘下这个地方时，这里是黑帮的地盘。那时候，我在这城里还是很有关系的。那时候我就住在城里。我知道一些内幕。”

谢普很努力地压制愤怒。“是的。这里曾经是黑帮的。我买下了。”

“没人能买通黑帮。”

“这倒是实话。”奥托吕科斯说。

“你给我闭嘴。”科洛说，“帕蒂塔——你想不想出去一会儿，让我们在这儿说话？”

“不要。”

“我说让你出去一下。”

“你不想让她听一听，她爸爸是怎样做生意的吗？就靠几碗鱼汤和周五金曲老歌现场演出挣到的钞票，你们根本买不起她戴的这条项链。”

“这是我妈妈的项链。”帕蒂塔说。

“她妈妈去世了。”泽尔说，“你太粗鲁了，你就是个酒鬼、自大狂、蠢货。”

科洛站起来了。他和父亲一样高，但比父亲壮一倍。“时间到了，毕诺还是什么诺的。你很幸运。如果这里真的是黑帮老窝，你脑袋上肯定会吃颗枪子儿，连明早的太阳都见不到。”

“就像托尼·冈萨雷斯那样。”赛诺说。

寂静。

“托尼……冈萨雷斯……”奥托吕科斯说，“啊呀呀，那可是很久以前的事了。”

“托尼·冈萨雷斯是谁？”

“在你出生之前的事。”奥托吕科斯说。

“在她出生之前。”谢普重复了一遍，语音很低沉。

“我听信了谣言，反正，算是本地的一则传说。”

“什么谣言？”科洛问。

“不管是谁枪杀了那个人，反正是没抓到，对吗？”

“根本没抓到凶手。”赛诺说。

“他们开着墨西哥人租来的宝马逃跑了，再把那辆车撞毁在贝尔桥下。那晚河水泛滥，简直像是上帝送来的。”

“简直像是上帝送来的。”谢普重复了一遍，语音低沉，不假思索。

“我接到电话，叫我来处理残骸——那时候，收废车的活儿大都是我干的。要糊口啊。我赶到的时候，他们射杀墨西哥人的那把手枪还在车里。警察一直没搞明白，还有一颗子弹去了哪儿。一个弹匣六颗子弹，两颗打中了墨西哥人，三颗留在了枪里。”

“那颗子弹肯定没打中。”科洛说。

“嗯，大概是吧。有一个证人——医院里的勤杂工——说他见到了一辆爆胎的车，两个人冒雨换了车胎，俨然是黑帮电影里的镜头。但警察也没找到那两个人。天啊，没错，现在我都想起来了。那阵子，新闻里一连好几个星期都在说这事。”

赛诺把瓶中剩下的威士忌全部倒入自己的杯中。

“托尼·冈萨雷斯要找的人，就是我。”

寂静。

“给你？那个人带着的钱和……”科洛说到一半就不吭声了。谢普站起身。他的身子微微摇晃。他的脸在颤抖，好像欲言又止，好像只想离开这张原地不动的桌子，又好像只想让自己的身子保持在原地不动。他在晃动但没有移动，他想讲话但没有出声。

“爸爸？”

恍如世界崩塌，谢普跌倒在地。

“爸爸？爸爸！”

科洛用手拍着他的脸。大家在他身边聚拢。“叫救护车！**快叫救护车！**”

如同那些劫走了时间的日日夜夜，那一夜历历在目。拦截那辆想要回家的车，用子弹撂倒司机和乘客，将残骸弃置在暴雨中，这样的日日夜夜反反复复。

你安然度过属于自己的日日夜夜，然后迎来命运的定夺。你还在想着晚餐，想着上床睡觉。你并没有想到死亡和失落。但眨眼间，现在，出现了洪流，天黑漆漆，你想尽早赶到，但已来不及了，因为时间充分的那段时间已告终。你不知道要过多久才会天亮，医院里的钟面上指针缓慢爬行，如同昆虫在一片窗玻璃上走啊走啊走到死。

套在他指尖的橡皮管子连通着心脏监视器。罩在他脸上的呼吸器连通着氧气瓶。他闭着双眼。他看起来还是他，但双眼闭着。然后，他们把病床推上走廊，到地下一层做核磁共振成像。对他们来说，这不过是当晚的工作，他们忙完了就会回家睡觉，但你不可以。

他们用马克笔在床头上写了什么？主治医师，入院时间，不可进食。听起来那么遥远，好像陌生的岛屿。

你去哪儿了？

她俯身亲吻他。亲吻他的嘴。他的嘴唇很干，咸咸的，没有回应。这不是童话。爱叫不醒他。

两把硬塑料椅子拼起来。一条薄薄的、有滴露气味的蓝色床单。睡在白色高脚床的金属护栏边。睡在标示他生命力、闪烁不停的监视器下。小房间后面就是护士办公区的明亮灯光和夜间急诊室的霓虹灯。但在这里只有低矮的台灯，照亮他的脸庞和监视器上的红色、绿色和蓝色，透过窗户还能看到来往车辆的几百盏前灯和后灯，那些车也要回家，但你不可以。依然在时间的长河里。但你不可以。

漫长的守夜。

我爱你，可我什么都做不了。

帕蒂塔从医院回来，进家门时，科洛正茫然地坐在闪着雪花的电视屏幕前。他们还在做别的化验和检查。他们让她回家休息一下。

她走进自己的小房间，阳光照在洁净的地板上，光斑像颗颗钻石。一切看似寻常，但一切都不同了。净是幻觉中的假象。

一开始她睡不踏实，后来才沉睡过去。她醒来时已经天黑了。她冲完凉，换上牛仔裤和长袖运动衫，走下楼去。

科洛在打扫前一晚的残局。他看到她就笑了。“你想吃点东西吗？我们剩了一大堆海鲜，我就做了一锅大杂烩。”

他们在桌边坐下，沉默不语。她吃饭的时候，他一直偷偷瞄她。她一整天没吃东西了，饿得很。等她吃完了，她就直勾勾地看着他。他就朝别的地方看。

“科洛，有些事，我是不知道的，是不是？”

“问老爸。”

“我不能问爸爸。不管昨晚是什么情况——爸爸中风了，现在还躺在医院里——到底发生了什么事？”

“这事不该我说。”

“你就告诉我吧。”

“你十八岁的那天，老爸会告诉你的。”

“我要你现在就说！”

科洛慢吞吞地站起来，好像举重选手那样半蹲着。“等我一下，行吗？”

帕蒂塔收拾碗盘的时候，科洛走出了房间。她掉了一只碗，碗碎了。她弯腰去捡碎片，又把桌上的一个玻璃杯打翻了。

科洛回来了，抱着一个方头方脑的手提箱，还有一个纸板文件盒。

“还是我来收拾吧，成本低一点。”

他傻呵呵地朝她笑，想去帮她，但她只是愣愣地盯着箱子，根本没看他一眼。他鼓起腮帮子狠狠叹了口气，把箱子搬上桌。

帕蒂塔有点害怕。怕那锈迹斑斑的弹簧锁。怕那经久不用的干涩皮革。

科洛先打开纸盒。里面全都是剪报、打印出来的网页、有颗粒感的洪水之夜的照片。

“我是从那时候开始搜集的，之后几个月攒了这些。那时候，我就等着警察来抓我呢。”

帕蒂塔翻看着剪下来的报纸。桥。警车。天气报道。即时新闻。被害人。

“你——爸爸他——杀的……？”

“不是的！我看起来像杀人犯吗？真的不是。我们想去救他的，叫冈萨雷斯的那个人。我们当时在开车。要回家。我们看到他们追车。我们追过去是想帮忙。但来不及了。他倒下的时候撞破了头。我必须承认，当时我们不知道他还中了枪伤。事实上，我根本不知道有人开枪打他。但他死了。

老爸不肯等警察来。你知道他从来不信任警察。他认为他们会栽赃给我们。我们是黑人，看在老天的分上。”

帕蒂塔还在翻看剪报。

“你们就是警察在找的人？”

科洛点点头，手指紧抓着桌板。“老天在上，我真是吓坏了。

我们就是开不明车辆的那两个身份不明的人。”

凶案过去的一个多星期后，电视新闻里开始呼吁大家提供线索，以寻找托尼·冈萨雷斯从伦敦带来的女婴。他们把她叫作“M宝”，随之消失的还有五十万美元。

警方从M宝的父母处得知，宝宝本应送到他们家的一位亲密好友手上，但此人目前下落不明。

医院护士安娜·肯奇塔斯说，冈萨雷斯先生曾在周日凌晨带着宝宝到圣马利亚医院，当时宝宝健康情况良好，没有异常表现。最后见到冈萨雷斯先生和M宝的人就是肯奇塔斯夫人。警方已确认配方牛奶和尿不湿都放在汽车后座里。冈萨雷斯先生把行李留在了酒店，这表明他是打算回去的。

“对，就是这篇报道。我从没给老爸看过。我不知道他到底了解多少情况。他不肯看电视。他也不愿意谈论。只要他铁了心要留下你，别的事他就一概不管，也不想去了解。他把你藏在公寓里，藏了一两个月。后来我们就搬到城郊，租了一间公寓。邻居们都以为孩子是我的——又是一个没工作的黑小子，带了一个孩子——而谢普是个老跑教堂的好爷爷，一心想做好事。虔诚的白人们关起门来胡作非为，却鄙视黑人家庭——就是这样。

“后来，他就把这地方盘下来了。”

“用这些钱？”

“是的，用箱子里的一些钱，还有他卖掉公寓后拿到的钱。我们有一套很不错的房子。我妈妈有保险——她去世的时候我们用保险金缴清了公寓的贷款。”

“赛诺说的黑帮是怎么回事？”

“他都喝醉了，胡说八道。我们不是黑手党！你见过黑道上的人在这儿晃悠吗？没有！”

“我在那辆车里吗？”

“不，你不在车里。冈萨雷斯肯定发觉有问题。他把你藏起来了——我们认为，他本想回去接你的。”

“把我藏在哪里？”

科洛露出为难的表情。“我们掉头开回医院，是为了换轮胎，顺便躲一躲。就在我换轮胎的时候——那雨大得呀，我都看不清自己的手指头——老爸看到了你。”

“哪里？”

“那家医院以前有个婴儿岛——就是给弃婴……”

“像霍利波利莫利被遗弃在广州？”

“就是那样的。你还好吗？”

帕蒂塔坐下了。“你接着说。”她这么说，是因为她怕他一旦停下来，就没勇气继续讲，而她也会没勇气继续听了。

“那个婴儿岛开了几年。后来，道德多数派——不管他们是谁——出面把它关了。那都无所谓了。老爸从一开始就知道，这些疯狂的事是有关联的——孩子，也就是你；还有那个生意人；追车——但他不知道来龙去脉。

“他有一种直觉。我认为他疯了。结果事实证明他没疯。大概过了两个星期，别的情况冒出来了。

“那个赛诺——他们找到他了——他在巴黎。我昨晚没认出他，因为以前我只看过照片，况且是那么久以前的照片。照片就在这盒子里。他好像有个很长的外国名字——波力克赛尼斯，或是波力克赛诺——大概是希腊人或巴西人或阿根廷人吧。黑头发，有胡子……你想找找那张照片吗？”

帕蒂塔摇摇头。“现在不用。”

“那时候，我们可以联系新港海岸警局，把你送回去，还有那些钱。钱是和你放在一起的——就在这个手提箱里。”

科洛的大拇指摁开弹簧锁。铰链一动，箱盖开了。

“你自己看吧——往里看。”

里面全是百张一沓的百元美钞。

“你看呀！我估计老爸留着这些就是为了让你亲眼看到。全都是这样的大钞。没错。像电影里一样堆满了箱子。还有珠宝。简直像童话。”

“你们为什么不去警局——是为了钱吗？”

“不是！是为了你！我从没见过谁像老爸爱你那样爱另一个人。他说——他是这样找理由的——如果他们把你送走了，我们为什么还要把你送回去？他认为你会被送到孤儿院去。他相信是上帝把你送给他的。谁又能反驳呢？

“事情到了那个地步，我害怕我们会有麻烦。所以我们给你办了合法的户口——我们找到一个缺钱的女人，她同意在文件上当你的妈妈，谢普是你的爸爸。她什么都不知道。她不在乎。给她钱就好。我们改了你的出生日期。就这样，你拿到了护照、出生证明、社保卡，全都有了。”

“我多大？”

“大概比你现在大三个月吧。”

帕蒂塔坐到沙发上。科洛也跟过来，坐在她身边，揽住她的肩膀。“你还是我的妹妹。”

“我是吗？”

“是啊，太糟糕了，但你永远是我妹妹。听我说，我不太聪明，这你知道。”他用胳膊肘捅了捅她。“你想说什么就说什么——今天是开诚布公的日子。好吧，我的脑袋是不太灵光，表演不太精彩，敬请见谅。”

帕蒂塔又是笑又是哭。科洛把她紧紧地揽在自己宽阔的肩头上。他有香皂和古龙水的气味。

“但显而易见的事我都明白。到处都有不幸的家庭。爸爸离家出走，或是妈妈嗑药，或是搞婚外情。孩子讨厌每一个人，只要他们能喂饱自己就立刻离家单飞。我们是你的家人，因为我们想当你的家人。如果老爸被他们找到了，他很可能被逮捕。他想要你就到了那种程度。”

帕蒂塔把泪湿的脸往科洛的T恤上蹭。

“你可以开车送我去车行吗？”

“奥托吕科斯的车行？去干什么？”

“我想见泽尔。”

科洛有点不自在，但还是起身拿了外套和车钥匙。在车里，音乐开着，他俩都直直地注视着前方，因为注视前方的时候你会觉得讲话更轻松。科洛说：“你和老爸……我是说真的，那就是一见钟情，他和你。你知道吗，你治愈了他。”

“治愈了他？”

“妈妈死了，他的心都碎了。你治好了他的心。”

科洛伸出手，拉住她的手。他们就这样一路开下去，不再讲话，两个人都行驶在自己的回忆里，直到城镇的灯光渐渐带领他们入夜。现在已是夜晚了。

奥托吕科斯正在擦车。他径直走向科洛，和他握手，另一只手搭在帕蒂塔的肩头。他什么也没说。没必要。

泽尔身下垫着纸板，从吊高的黑色福特T型老爷车的底盘下滑了出来。

他说话时摊着手，垂着脸。

“我很抱歉。”

帕蒂塔说：“我想见赛诺。”

时光新象

大宅暗黑无光，远离马路。

趁着月光也看得出来，很久以前曾有一片紫藤沿着砖墙攀爬绕过阳台的铁栏杆。有些窗从里面遮蔽起来了。经年累月的湿热空气中，前门上的彩漆颜色已褪尽。门前又宽又深的石阶已经很久没扫了。

传说中的古宅模样。

泽尔推开入口处的沉重铁门。他们把车开上了碎石小道。

有人住在这里？

他就住这儿。

泽尔领着帕蒂塔绕过大宅的正面。砖墙潮乎乎的。花园里野草疯长。自然和我们的竞赛。身为人类的不懈努力。身为人类的持续焦虑。

泽尔拉着帕蒂塔的手，走下几级湿滑的矮阶，蕨草从缝隙里长出来，他们走进昔日的厨房。现在，这里堆放着杂物。他探手到搁架上摸索，拽出一把大得像《蓝胡子》开头写到的钥匙。

泽尔推开门。他们都听到了窸窸窣窣的声音。

“你怕老鼠吗？”她是不怕的。

“电灯开关就在这儿。”“啪嗒啪嗒”摁了几下。没反应。

泽尔拉着帕蒂塔的手，摇摇晃晃、一步一停地从仆人用的狭窄楼梯走进了宽敞的大厅。他把手机举过头顶，好借用它微弱、漫射的屏幕光。帕蒂塔看到了影子，还有好多凹嵌入墙的门。堂皇阔气的楼梯。这栋老楼曾是豪宅。

“我们先去书房看看。”泽尔说着，推开一扇镶红木大门。

空气里有尘埃和陈旧的气息。百叶窗紧闭。大理石壁炉架上有一对教堂里用的大蜡烛。泽尔一一点亮。现在好多了。至少他们能看见了。

帕蒂塔在颤抖。这屋子很冷，是人走光了才会弥漫的那种冷。

“我去生火。”

泽尔跪下来——他需要的东西一应俱全，好像有人一度或时常想要在这里生起壁炉。生火用的干木柴都劈好了。

这间大屋的两面墙都是书架，从地板到天花板的大书架，搁着老书和昂贵的精装本——博物学，科学，建筑学，传记。灰扑扑的壁炉前摆着两把皮质扶手椅，深陷下去的座椅已被时光磨损。“他真喜欢书啊。”帕蒂塔说。

“是啊。他很喜欢。读完一本书，你就可以把它抛到一边，书不会要求再见你一面。”

帕蒂塔走到长窗边，窗关得紧紧的。她来回摇晃金属插销，拔了起来，转了半圈，这才能推开窗，让夜里的微光投射进来。这个季节，天空整晚都有微光。

窗户的铰链上过好油，嵌进了红木窗框里。从殖民时代开始，这栋大宅里的窗就是红木做的。帕蒂塔抚着光滑的木头，心想，有多少双手曾经开启又闭合这些百叶窗？因为又一个夜晚降临而意兴阑珊，还是因为新的一天到来而快乐？

她喜欢老房子。她自己没有过去可循，因而会被别人的历史所吸引。

“这房子有多老了？”

“法式的。所以，很老了。”

火燃起来了，新生的火光照亮了屋子，温暖也随着突然出现的光明而到来。

帕蒂塔走到壁炉边，紧挨着火光蹲下来。

“为什么你认为他在这儿？”

“他就在这儿。”

泽尔在她身边跪坐下来。“如果我没去酒馆，这一切都不会发生。”

“该来的总会来。”

“你现在说起话来很像他。”

“泽尔，回想一下——过去都发生了什么？”

泽尔摇摇头。“我其实想不起太多事。他会来，来来去去的，但总会来，但到我八岁前后就不来了。后来我们几乎看不到他。他会把账单付清，但不见他的人。好像他死了一样。我有过爸爸，但他后来就不见了。”

“这是不是意味着，在凶杀案、钱和孩子的事发生前后，他事实上也遗弃了你？”

泽尔点点头。“我认为是这样。妈妈从没说过什么——一丁点都没说。后来我和我妈就搬到纽约住了。”

“你记得那次谋杀案吗？昨晚，他们提到的那件事？托尼·冈萨雷斯？”

“不记得。那时我还小。我只记得我们搬家。头几年放假时我会回这里来，但后来这地方越来越破——没有人收拾，也没有人维修。后来有一天，我下了飞机——大概十一岁——但他没在机场接我。我在机场里等了一整天，他也没来。最后，我给我妈打电话，她让他们把我送上当晚回纽约的最后一个航班。”

“出什么事了？”

“没事。一直到我去圣路易斯上大学了，才再见到他。他给我买了辆摩托车，座位上贴了张字条，上面写着：‘**别摔死。爸爸。**’”

“他带你去过英格兰吗？”

“有过。在我很小的时候，在一切没变样之前。他们也会来看我们。”

“谁？”

“他最要好的朋友——狮子叔叔。还有他太太咪咪；还有他儿子米罗，他和我同岁。他们会一起来这里，住在这栋宅子里，妈妈和我也会过来。我去过两次伦敦，但伦敦的事情我记不大清楚了。你为什么问这些？”

帕蒂塔说：“我觉得你有可能是我哥。”

泽尔跳起来。他扭头就跑。他屏住呼吸。他出汗了。他的胸口疼，好像有人朝他扔来一块砖。她是他的新世界，不是旧世界。她是岸。她是一隙良机，未来的动力。而且他吻了她。他还想吻她。他恨透了父亲。

帕蒂塔追着他跑进大厅，书房里的蜡烛和火光漫射到大厅不过只是微光。她听到他的靴子踩在大宅外的碎石小路上的响声。她什么感觉都没有，在那个时刻，没有恐惧，没有悲伤，没有讶异，也不需要动作了。她感受到的，或者说她注意到的——因为她离奇地感知到自己仿佛变成了虚拟人物，拥有不再是实体的身体——是必然性。已然归结于此。逼近一个点。她在时间中的坐标。

就在这时，大厅里的灯亮了。十枝分叉的大吊灯骤然亮起，恍如要启动整个大厅。音乐。楼上。

“大笑一通，大吼一通，你要选一样。不管你怎么看待这件事，你都输定了……”[1]

---

[1] 引自保罗·西蒙为电影《毕业生》谱写的原声音乐《罗宾森太太》的歌词。

帕蒂塔站在楼梯旁，仰视着桃花心木制成、足够三个人并排上楼的宽台阶。楼梯在第一层平台处向左右分开，连通着两边的宽阔走道。

她走上第一层平台。

“罗宾森太太的绯闻是个小秘密。最要紧的是，你们不该让孩子们知道……”

每扇门都敞开着——几间卧室里沉寂无声，没人睡在里面。左边又出现一段楼梯，但比大厅里的短小，也更窄，肯定是通向以前的佣人房的。

现在感觉音乐声更响了。楼梯顶端的一扇小门敞开着。

帕蒂塔走上去，站在门口。

房间超大——那是全面打通的阁楼，纵横两向等同于整座大宅的长宽尺度。装饰物多是蓝色和粉色的，有地毯、台灯、挂画、沙发。星光透过大天窗倾泻下来。

淡白色桦木长桌上摆满了电脑设备。屏幕占据了整整一面墙。

那是巴黎吗？

被折翼天使践踏的巴黎。

赛诺从电脑前转过身。他站了起来。牛仔裤的水洗褪色无可挑剔，崭新的白色T恤。他光着脚。桌上有一瓶渥福典藏威士忌。他冲着帕蒂塔举起酒瓶，她摇摇头。赛诺满上自己的酒杯。“你父亲情况如何？”

“还算稳定。”

赛诺点点头。她让他非常好奇。她不怕他，他突然发现自己反倒有点怕她。

“我来是因为我想和你谈谈，关于你昨晚说的事。”

赛诺喝了一口酒。“我猜你不打游戏吧？女人们不打，通常都是。这和大脑构造无关，而是因为设计游戏的人没想过女人——汽车也是一样，除了一些马力低到可笑的小型车。我从来都搞不懂这件事。”

赛诺转身，重新面对屏幕，按下了播放键。代表他的虚拟人物正站在空荡荡的街头，羽毛如雪翻飞飘落。

“你在干什么？”

“现在嘛，搜集羽毛。你想来帮我吗？来吧。”

赛诺拿起他的 iPad，给帕蒂塔拍了一张快照。他把照片上传到电脑。就在他说话的时候，她的形象已经转变为游戏里的人物。她进入了游戏。

“我设计游戏，自己编程。通常的游戏都是关于赛车、爆炸、巨兽、斗篷、宝藏。但我想尝试一些别的，不一样的。你有没有注意到，百分之九十的电脑游戏里都有板刷头、文身的白种男人在偷来的汽车里把世界搅得天翻地覆？简直像是身处某个军事基地里的硬汉基佬夜总会。

“这个游戏——《时间之间》——是我做的。很久以前就开始做了——在那之前。”

“在什么之前？”

“世界的终结。”

他对着屏幕的时候十分专注。她知道自己只能让他讲，让他玩，并尽力让自己明白。她以为他疯了，但如果她不和疯狂为伍，就永远不会知道真相。

“你懂法语吗？”他说。

“不懂。”

赛诺扭转身子，伸展长腿，活动了一下脚趾。他的脚趾也很长，和手指一样，她再一次联想到蜘蛛，这一回，蜘蛛趴在横贯大宅的大网里。

他喝了一口酒。

“有个法国诗人名叫热拉尔·德·奈瓦尔。19 世纪的。就在他自杀前，他做了一个梦，梦见一个坠落凡间的天使困在小小的后院里，就是他住着的那些摇摇欲坠的老房子后面。后院被旁边的高房子围住了，围出一片四四方方的天空，从后院往上看就像从烟囱里往天上看。天使降落在屋顶的斜坡顶上，但滑下来了。

“天使被困在后院，无法自救，因为他不能展开羽翼飞走。

“天使被困在后院的时候，他的头和顶楼的房间一般高，总有个小女孩来陪他说话。她坐在窗台上，因为冷，她抱着膝盖，把妈妈讲给她听的故事都讲给天使听，好多好多关于失落和找寻的故事，天使很爱她。

“有时候，到了夜里，她会端着蜡烛来到窗边，陪天使坐一会儿，因为她知道他很孤单。

“好几个星期就这么过去了，天使开始死亡。他死的时候身体会缩小，小女孩就从一扇窗奔到另一扇窗，曲折地追下楼去，她的小身体总在他低垂的大脑袋旁边。她抚摸他光泽尽失的头发。

“最后，六翼上的羽毛开始从骨头、软骨上脱落下来。天使的身体正在慢慢化作一堆羽毛。他用小号般的嗓音呼唤那孩子，小女孩立刻从后门跑进了后院。她陷在雪堆般的羽毛里，天使用弥留的气力把她托举起来，放在他面前长长的窗沿上。

“‘取下钻石羽毛。’他说，‘就是拢在我锁骨两端的那两片羽毛。’

“小女孩不想那么做，因为她知道那会让他痛。

“‘拿去吧。好好留着。一片是爱之翼。另一片是时之翼。’

“小女孩只能去拔钻石羽毛，但它们长得很牢。

“‘用你的小刀把它们从根上割下来。’天使说，‘你瞧，我会转过头去的。’

“于是，小女孩取出小刀，把羽毛从根上割下来了。两片羽毛在雪中闪闪发亮。天使死了。

“这时，后院里刮起一阵大风，小女孩不得不捂住脸，猫着腰蹲在窗沿下，要不然她肯定会被吹跑的。冰蓝色的寒风把所有羽毛吹成旋涡的样子，像鸟一样在城市上空腾飞而去。

“但钻石羽毛没有被吹走，它们纹丝不动，如同要被守住的誓言。

“小鸟唱起歌来。时间流动起来。小女孩变成女人，离开了。”

赛诺说："奈瓦尔只说到天使被困；那是他的梦。小女孩和誓言在我的梦里。一开始，我梦里的场景挺美的。我幻想出一个城市，每一片飞走的羽毛都变成了一个天使——因为羽毛长成天使的想法很美好。但后来我发现，这些天使都是堕落的。他们是死神的黑天使。

"天使们想要霸占这座城市。为此，必须把城市变得和他们一样腐坏。天使让男人女人反目成仇，再让女人和孩子作对。没有同情或正义，只有恐惧和痛苦带来的快感。这是一个堕落的世界。每一天，城市都会更黑暗一点。"

"街上只有我们，没有别人。"帕蒂塔说。

"很快就要宵禁了。"

"为什么要搜集羽毛？"

"落在石头上——譬如街道、小路、院子、桥上，羽毛就不会生长。那是好事。人们用这些羽毛当燃料，做床上用品，因为这座城很冷。但最好是销毁它们。你知道吗，羽毛碰到火——包括电——就会燃烧。那些羽毛就会变成守望天使。他们的羽翼上有眼睛。

"碰到水，包括汗水，羽毛就会变成沉沦天使。他们会在地铁里、阴沟里、隧道里、通风管道里，在巴黎的地下。

"这个游戏有九个级别。到第四级，你就可以在时间里自由移动。在游戏中的任何一个时间点，你都可以封冻某个动作、某件大事或突发事件，以后再回去——因为，也许，你可以让它不要发生。

“我想，那就是我想做的事：让事情不要发生。”

“你想要我把这一袋子羽毛怎么办？”帕蒂塔问。

“我有个朋友，他能把羽毛变成小鸡仔。城里缺少食物。这座城的人已经分裂为反抗派和合作派。也就是说，看你是不是站在天使那边。”

“这是第一级吗？”

“第一级是飞机上的悲剧。灾难。悲惨之极。可怕。毁灭一切。可恶。凄惨。可怖。不真实。不幸运。但这样也未必造成悲剧，不是吗？生活就是如此。之所以是悲剧，是因为还有荣耀、机遇、乐观、勇敢、牺牲、抗争、希望、善良。全部这些，都包含在游戏里。”

帕蒂塔和赛诺在飘飘白雪中走过一家书店。

“莎士比亚书店。这里的人是反抗派。你可以在这儿睡一晚。也可以跟着我。转角就是我家。在咪咪家楼下。”

“咪咪？”

“咪咪是列奥的妻子。”

“你说过，你希望让事情不要发生。到底是什么事？”

“你看过超人的系列电影吗？我估计你太年轻了，肯定没看过。”

他没有等她回答。“我的朋友列奥非常喜欢超人的电影，尤其是那一段：因为超人绕着地球飞跑，速度快到让时间倒流，所以露易丝·雷恩没有死在车里。”

“列奥是谁？”

“这个问题你问过我了。”

“现在的问题和上次不一样。”

“他差一点害死我，两次。我不能冒第三次险了。”

“他在这儿吗？”

“在游戏里？是的。我们在游戏里保持联系。他现在穿过城市，朝我们这里过来了。我感觉得到他。他有一大票随从。他喜欢人多。”

“他在搜集羽毛吗？”

赛诺大笑。“列奥？干杂活？不。反正他也不用干这事儿。他是大天使。”

这座寒冷又空旷的城市里，时不时被火光照亮一隅。男男女女簇拥在街头的火堆前取暖，那不是他们点起的火，他们也扑不灭。掌管火源的是天使。

“原原本本告诉我吧。”帕蒂塔说。

“有一个孩子。”赛诺说，“列奥认定那是我的孩子。他不相信我，也不相信他妻子，DNA 测试也不信。DNA 测试的准确度能达到百分之九十九，但列奥最喜欢自封为百里挑一的那一个。”

“他把那孩子怎样了？”

“他把她送往我这里，但她从没抵达。”

帕蒂塔说：“是你的孩子吗？”

“不是。也是。列奥是孩子的父亲。我爱他们两个人。列奥和咪咪。他们两个人我都爱。我也一直想要一个女儿。”

“泽尔说你想要儿子。”

“他就是我的儿子。是的，他是。严格地说起来，我是他的父亲。严格地说起来，列奥是宝宝的父亲。这些都是事实，但又未必是真相吧？对泽尔来说，我算什么样的父亲呢？事实上，我本该和咪咪结婚的。我。而不是列奥。曾有那么一个瞬间——我真的认为她是爱我的，我也真的爱她，爱到足以改变一切。但他那么渴望她——列奥想要的，都能得到——我从来没和哪个女人有过认真的关系，所以我犹豫不定，对于自己想要什么无法确定，所以我想，我不能那么做。我又想到，有什么关系呢？我们永远都会在一起，我们三个。我会爱他们，和他们在一起。只要他们愿意，我可能早就成了他们的情人，他和她的情人。有时候我觉得咪咪确实有那种想法。

“她信赖我。从生理上说，她和我在一起时很舒服，也许是因为和列奥在一起，情欲会让人紧张，但我们之间不会。列奥很自信，很强大——同时也是一个浑蛋——但他清楚自己要什么，然后去争取，得到它，那是很有魅力的。在我看来是一种魅力。我们曾经是恋人——在我们十几岁的时候。我不知道他认为那一段有多真。但对于我，那是真实的。

“咪咪和他分手了——哦，分开了一年。我什么也没做。后来他请求我去说服她，哄她回心转意。他就是没办法做到这件事，好像突然变得束手无策了。我知道他是认真的，因为他一贯的傲气和镇定都消失了。所以我去恳求她，我相信——不，我确定——哪怕隔了这么多年，我依然确定自己和咪咪在那个周末相爱了。

“我是个该死的懦夫。”

赛诺又灌了几口酒。接着走到角落里的水槽，吐了出去。他转身面对帕蒂塔，用手掌抹了抹嘴。突然之间，他不再是彬彬有礼的君子，甚而不能够自控。他就像一个疲倦至极、眼底泛着血丝的醉鬼。

“他把宝宝送上我家门，可我不在。

“你知道那是什么意思吗？**我不在！**”

帕蒂塔静静地坐着。好像她是个猎物，一动不动。披挂着伪装色的猎物。

赛诺说：“不需要再撒谎了。撒谎改变不了任何事，因为已然发生的事覆水难收。

“最糟糕的莫过于隐瞒。你要知道真相？你好像挺想知道的。那我就告诉你真相。

“我没有不在。我在。就在这儿。当托尼·冈萨雷斯抱着宝宝来找我时，我就在这栋大宅里。列奥给我发了电子邮件。可我不相信他。事情发生时，我以为托尼会搭下一班飞机回去的，带着宝宝回家，把她还给咪咪。我根本不知道有那些钱。列奥那么做，只是为了羞辱我。他完全可以把钱划到我账上，我也肯定会把钱划回去，那个浑蛋。可是他要用现金。那是一箱子的辱骂，每一张钞票都写着**去你妈的**。

“但有些人知道这笔钱的下落——银行里肯定有线人。以抢劫犯的标准看，那其实不算一大笔钱，但只需闯进酒店房间就能到手，算是轻松的买卖，我估计是吧。不抢白不抢。结果没那么容易。”

“咪咪呢？”

“咪咪？飞过来。找宝宝。”

他俩走过圣居里安教堂边的街角。悄然无声的高楼里很黑。真的那么黑暗吗？

楼顶的小窗里亮着一盏小灯。

“咪咪就住在那儿。但她不再唱歌了。

“不是说游戏里的这个咪咪，而是现实生活中的咪咪。”

赛诺说：“但愿我有办法，别让事情这样发生。但我记得自己做出的选择，之所以那样选择，是因为没有另一个我去做别的选择。比束缚你的那一刻更强大，才有自由意志可言。

“那不是命运。我不信宿命。你呢？”

他没有期待她回答。

“我们的习惯、我们的恐惧，决定了我们的选择。我们是自身推导的结果——如果你喜欢那个，大概也会喜欢这个。”

帕蒂塔说：“不是说游戏，赛诺。在现实中，咪咪死了吗？”

赛诺说：“你还不如问我，她还活着吗？不，她并不算活着，无论如何，仅仅活着并不代表有生命。我可以给你放几首她的歌吗？你想听吗？”

“她有音乐录影？”

“瞧这个。”

“她怀孕了。”

“是的。就是那天晚上，列奥险些第二次置我于死地。就是那天晚上，宝宝出生了。”

“列奥住在伦敦吗？”

“是的。他改头换面。好一个天使。他给全世界的儿童福利机构捐钱。我来帮你谷歌一下他。*Voilà*[1]！也许该说 *eccola*[2]！他母亲是意大利人。父亲是德国人。列奥的模样像个德国银行家，举止却像个意大利黑手党——该死的现金放在该死的手提箱里，飞车撞人……看这段：**‘西西里亚——因为爱需要花钱’**。下面都是他们赞助的项目——盖学校，挖水井，提供奖学金，捐赠医疗设备。真厉害。可是列奥确实是个厉害人物。我还要帮他说一句：有时候他能让我相信他的悲伤是发自内心的——他再也没有结婚。”

赛诺点开列奥的照片，几乎有一面墙那么大。咪咪的歌声在继续。“那个人在坠落吗？还是坠入爱情？”

赛诺说：“放手，任其坠落，列奥耽溺于此——他放弃了整个生活，而我也在其中，随之坠落。”

“你就知道自怨自艾，全是瞎扯淡。”泽尔说。

盯着墙上屏幕的赛诺转过身来。“泽尔……我刚刚没有看到你。”

“无所谓。”泽尔说。

[1] 原文为法语，意为：好了！

[2] 原文为意大利语，意为：在这儿呢！

“泽尔，我们可以谈谈吗？”赛诺说。

“不行，我们谈不了。我们谈不了是因为我们不交谈，我们不交谈就是因为我们谈不了。”

“他们在哲学课上就教你这些吗？”

“你总是要把往事翻出来，非这样不可吗？你的绝招？”

赛诺靠在桌边。“泽尔，如果我可以改变过去……”

“不是过去，”帕蒂塔说，“你不能改变自己做过的事。但你可以改变现在的做法。”

赛诺说：“你这话真像冰箱贴上的箴言。”

泽尔说：“你以为自己是个挫败的英雄，不是吗？但你不过是个懦夫。你掌控生活的办法就是逃避生活——亲密关系，孩子，他人。你不知道怎样去爱——仅此而已。你假装那是悲剧性的高尚之举，但那根本不高尚，也不悲惨，而是可悲。”

“那你呢？”赛诺说，“你一夜之间变成爱的专家了？”

“他不需要成为专家，”帕蒂塔说，“他只需要努力尝试。”她走向泽尔，拉起他的手。赛诺点点头，笑了笑，但那不是笑。

“爱是陌生的名义，在编织火衣的那双手后面，火中的血衣让人无法忍耐。”[1]

---

[1] T. S. 艾略特《四个四重奏》中《小吉丁》里的诗句，参考了汤永宽的译本。典故源于古希腊神话中的“致命血衣”：半人半马的涅索斯在死前意欲复仇，便欺骗赫拉克勒斯之妻：如果赫拉克勒斯变心，这件血衣能使他重新爱上她。结果，赫拉克勒斯一穿上血衣就中了毒，跳进火堆，被活活烧死。莎士比亚在《安东尼和克里奥佩特拉》中也曾借用“涅索斯之衫”的寓意。

他把T恤拉过头顶，脱下来。肩膀上有横向交错的疤痕。他松开皮带，解开门襟上的纽扣，脱下牛仔裤。他转过身，背对着他们，脱下内裤。

他的臀部上还有重造骨盆手术时留下的伤疤，疤痕已褪成淡红色。但要看的不是疤，而是文身。

从骶髂关节分向左右体侧的地方开始延伸到第五节胸椎的，是一对羽翼。

“我以为我可以飞，”赛诺说，“但我只能坠落。”

幕　间

INTERVAL

泽尔开车送帕蒂塔回家。

穿过宽阔的大街，强烈的光束，庞大的车辆。生活从未停歇。

从未真正开启的生活。工人们走路，醉汉们跌倒，出租车减速再加速离去。一条狗在垃圾堆里，一个女人在窗边，一个黑人睡在打折店门口叠起来的广告牌上。

全部清光。

旅馆大堂里有常见的妓女在等生意。守夜人给她们咖啡喝。终年无休的洗衣房里蒸汽缭绕，灯火通明。有个孩子在熬夜，他妈妈拉着他的手。他走三步就趔趄一次，她扶稳他。她的肩上背着一个尼龙行李袋。拉链坏了。她一直在和他讲话，但她的目光笔直朝前。

有个男孩在跟女朋友解释什么。她在电话里。

有个修女在等夜班巴士。巴士来了。修女走了。

你和我在车里，我们一直在车里，我们以后也在这里，这个夜，这条路，甚至当我们和道路和城市都消失了，我们还会在这里，因为一切烙印在往昔之上，直至永恒。

家和酒馆都在黑暗里。都快凌晨三点了。

泽尔熄掉引擎，让车子滑行一段后自行停住。拉上手刹。

帕蒂塔爬出车窗，以免科洛听到关车门的声响。

“泽尔？”

楼梯也在黑暗里，他抓住她的手，她带他走到楼上的卧室，她没有开灯。他们很快脱去了衣裤，因为他们害羞。帕蒂塔上了床。泽尔躺在她身边，他身体里的血液像微型的尼亚加拉大瀑布在奔腾涌动。她抱住他。

“我很高兴，你不是我哥。”

和你同在这张浸满夜色的床上，这样的勇气让我去寻找那一天。光芒袭来时，我就能迎光而去。没什么比这更轻易。没什么比这更艰难。清晨到来时，我们就会穿戴一新，携手远走。

在游戏里，赛诺打败了一个天使，取走了羽翼。他可以短暂地飞翔。但飞不久。游戏的设定之一就是在羽翼失效时——羽翼常常会失效——玩家不至于像伊卡洛斯迎面太阳而坠落。

但现在他可以飞，笔直向上，穿过羽毛纷纷般的白雪、白雪般的纷纷羽毛，径直看进咪咪的窗。他扑扇着羽翼，让自己用俯瞰的视角往里看。

她和往昔一样。像礼拜堂里的骑士雕像躺在棺材里。用雪白的石头制成。这个有两扇窗、可以远眺巴黎圣母院的房间俨如一个微小的白色世界，什么都不曾移动或被改动。她是不会醒来的睡美人。没有吻。

她总在这里，但也会在别处。像座雕像般行走在雕像花园里。活着却没有生命。睡着却没有睡眠。她有时会在河边。他们说，那是她。

赛诺像只蛾子扑扇着翅膀，悬停在窗外。

不只是他会来拜访她。列奥也来了，狠狠地把自己抛向不会碎裂的窗玻璃。用他的羽翼撞击着小楼。信誓旦旦。苦苦哀求。怒不可遏。泪流满面。窗台上，双膝下，有一场他用自身制造的雪暴。

什么都没有改变。

第三部分

THREE

行走的幽魂

宝丽安排好了，西西里亚公司要和当地居民在伦敦乔克农场的圆厅见面，就西西里亚公司推倒剧院、在原址上重新建造二十层双子楼的规划进行讨论，用建筑师的话来说，这两栋新楼将是“目的明确的当代居住环境”。

这项规划也包括目的明确地建造一个拥有二百五十个座席的新剧院，投资金额有十年保障期。还有一整排目的明确的经济适用房，正对着一列列飞驰而过、即将驶入尤斯顿车站的列车。

目的明确的经适房将被刻意建造成低矮的楼层，与开发区的富人区完全隔开，躲在艺术家罗尼·霍恩亲自设计的水墙之后。水墙的目的也很明确：确保前面的豪华公寓免受铁路交通噪音之扰。

评论家们说，住在这些经适房里就好比住在不停冲水的马桶后面。

“给他们东西，不要他们一分钱，他们还抱怨。”列奥说，“他们花钱去买的时候就喜欢了。”

“不是所有人都喜欢水。”宝丽说，“尤其是专门设计、刻意把他们屏蔽在外的水幕。”

“那‘乐活森林’呢？好吧，给他们有设计感的乐活森林（婊子）。在这个开发区周边围绕着白桦林——和旧俄一样浪漫。”

“那倒会让你的买家宾至如归。”宝丽说。

“你总是那么消极。”列奥说，“你老是说 oy vey[1]，谁还愿意欢呼万岁？”

“你是故意装傻的白痴。”宝丽说，“住在铁轨边的人除了水幕，根本不会有什么乐活森林。你应该给他们一点绿色。”

“那就扔给他们一年份的罐装豌豆。”

“列奥！你还想不想顺利推进这个项目？现实一点！”

“会顺利的！我已经贿赂了每一个人。我的意思是：但凡有点用的人，我都招呼到了，给了他们想要的。我也赞助了艺术家们，为当地的孤儿院埋了单，专门给伦敦的低薪劳工批了一块地，还有……”

“那就给房管会一块游乐场，给孩子们做儿童乐园。他们就要这个。”

“孩子不出门，除非你强迫他们出去。孩子连户外世界的存在都没概念。他们去的是学校、汽车、卧室、朋友的卧室、更多汽

[1] 原文为意第绪语，是表达沮丧、失望、恼火的语气词，类似于“天哪！”。

车、商场、脸书、推特、易趣、黄色网站、海滩。他们知道有一个太阳，仅仅因为他们必须戴太阳镜才能保护苍白的小脸蛋。”

“你和真实世界里的一切都脱开干系了吗？”

“什么？贫困是真实的，钱就不是了？”

“这个议题延展下去——事实上，对你来说，是很深奥的。”

这话好像取悦了列奥。“我可以在慈善演讲上引用这句话吗？”

宝丽翻了翻眼睛，如果犹太人相信有来生，她就在往那个方向看。“经适房里的孩子需要一个儿童乐园。”

“要干吗？好让他们抽大麻？还是在破破烂烂的秋千上冻得哆哆嗦嗦地打一炮？”

“经适房住家的孩子百分之六十都不满十岁。”

“我就是在说这样的小孩！游乐场只是童年的幻梦。”

“难道旧俄的白桦林、禅意的水墙就算超级现实了？”

“我又不是只卖给俄国人和中国人！”

“没错——但你的买家起码要有百万身家。”

“你从什么时候开始变穷了？”

“从什么时候开始有钱就没了善心？”

列奥从认识宝丽的第一天起就想杀掉她——但三十多年过去了，她还是活蹦乱跳地在踢（他的）屁股。他怎么能纵容这种事呢？

“那我们该把这个梦幻乐园放在哪儿呢？我知道了！”列奥拍了下手，鼓出一点空调房间里的恒温空气。“放在以色列吧！你怎么到现在都没搬回以色列呢？姊妹，要让梦想成真啊！”

列奥拿起一支铅笔，在计划书上画满了愤怒的箭头，就好像被判有罪的连环杀人犯在尸体上指认致命伤。

“我不会挪走瑜伽馆、寿司吧、沙滩车、滑雪小屋、客用套房、户外温水泳池和搬运工小屋。”

“那不是什么小屋——就是一个车库，冰箱后头有个淋浴室。”

“那是妙不可言的福利——一份提供住处的工作。”

“能住是没错——但只有顶楼豪宅里狗狗住处的四分之一大。”

“弗拉基米尔·奥斯塔维奇有四条狗，他用秘密的高价买下了楼顶的豪宅，这纯属意外。”

“他需要让他的哈士奇拉着雪橇去哈罗兹百货公司吗？”

“你看不懂蓝图吗？这块地已经塞满了。要有空间感，还要精致优雅。**满了**。”

“那就从停车场里切一小块出来。”

“这些公寓每户都要两个停车位。我再挖深一点，就能用水压法开采天然气了。”

“你是说你没买到能源开采执照吗？”

“天啊，去你妈的。”

“你可以听我说一句吗？”

“难道我还有的选？”

“拿出八套公寓，作为零碳排放房出售。最小的那些房子。小房型就成了环保房。好好吹嘘一番，好像这样就是对全世界做了大好事。你知道吗？这确实是造福全世界。你知道那句老话吗？”

“省省吧你。”列奥说。

“付出越多，你就收获越多。”

宝丽从书桌上的笔筒里抽出一支粗马克笔，在钉在墙上的大幅规划图上写下“儿童”两个字。

列奥想从她手里夺走笔。宝丽紧紧攥住，不让他得逞。但列奥还是抽出来了，他赢了。

“操，操，操！墨水全弄到我的衬衫上了！你就回答我一个问题，该死的四十多岁在野的宝丽女士：我到底要给这世界造多少福才算够？”

宝丽说：“这真的算是个问题吗？”

列奥没有回应她的凝视。这个问题被问过一次，在那件事发生之前。那就像一个地方，他看得到，但永远不会再回去，因为你不能在时间里走回头路，不是吗？这不算一个问题。

“宝丽，这事儿必须谈定了。”

“不是我挑起来的。我没法了结它。”

列奥在“儿童”旁边写下“乐园”。

入夜了，列奥走路回家。他的办公室在牧羊人市场，但市场里早已没了羊。他喜欢走路回家，就在离泰晤士河不远的威斯敏斯特。

在那件事之后，他和咪咪办离婚的时候，他卖掉了小威尼斯的别墅，搬走了办公室。留在原地的感觉不啻于用他的拳头痛打他自己。

他每天晚上都沿河步行。他不知道为什么。为什么我们会做我们在做的这些事？

那天晚上，他想起了咪咪。

他没有去想咪咪，因为他没法去想。她是放射性的。她必须被封存。

关于她的回忆必须封存在防水混凝土里。他不曾否认自己所做的事及其后果。去想那件事就意味着去想他自己。他的愚蠢。他的嫉妒。他犯下的罪。他知道该怎么想自己。

但是她呢？想到她会让他惶恐不安。他不能允许她跑进他的脑袋里。

她隐居起来，这让事情变得容易一点。经过了报纸头条、电视节目、指责、蔑视、名流群议、深入的肤浅八卦、独家内幕的狂轰滥炸之后，事情终于落入所有新闻的一贯下场，被所有人淡忘了。

有些人说看到过她，戴着黑超墨镜，乱糟糟地裹着外套。

是她吗？清晨时分，咖啡店的地板还没刷干净，椅子还倒扣在桌上，她就去买纸杯装的外卖咖啡？

是她吗？早晨七点不到，走下巴黎圣母院的台阶，走向塞纳河边，周围几乎没有人影，只有一个矮胖的女人牵着一条瘦长的狗。这个女人注意到她大多数清晨都垂着头走路，远远地站在圣马丁运河口，像雕塑般一动不动，双手塞在口袋里，凝视着没有记忆的河水，也期望自己变得像流水。

她每天都这样走。

他们说那就是她。

每天都差不多在那个时候，河边的路上会渐渐出现车辆，很规律；要不是有时阳光明媚有时下雨，简直每天都一样。我们远行或静坐就能开悟吗？倘若我们只是生活在幻觉中，那又算是什么开悟？

她思索着这些。

巴黎到处是天使。每一天，她都能找到一座从没见过的雕像或石刻。她幻想着，倘若它们都有了生命，那将怎样？是谁把它们禁锢在石头里？她感觉自己也被禁锢在石头里了。

她记得米开朗琪罗说过：面对一整块花岗岩或大理石时，他能看到禁锢在其中的形象，他的职责就是让他们解脱。

你看他，大汗淋漓，尘灰覆身，凿刻并释放出一根脚趾，一个手指，结实的腹肌，向上伸展的臂肌，线条清晰的锁骨。雪藏的生命已然可见。

但究竟是哪个来自地狱的雕刻家夺走了一个活生生的女人，刷僵她的肉身，把她变成了一尊雕像？

她也被桎梏在时间中，和所有的塑像、饰带、浮雕一样，俯瞰着、旁观着瞬息万变的城市。她也在其中。

现实如水冲进瀑布，消失了。时间的急流如此缓慢又如此迅疾地流逝。到底有多久了？

她走，是为了不让自己僵立良久。好像她可以走出时间，把时间抛在身后，抛进属于它的地方。但她做不到，因为过去总在那儿，就在她的正前方；她每天都要走进过去，像一扇门砰然关闭，将未来锁在外面。

她走啊走，但什么都没有移动，什么都没有改变。在清晨散步的终点，她会一动不动地站很久，那时她至少能有一点点现实感。

也许是别人吧。也许不是她。心的碎片从不匮缺。

列奥回到家。灯都亮着，因为他设定好了计时器。你怎么会没时间设定时间呢？

想要灯光的时候才开灯？不想要的时候再关灯？在夜里关掉时间——睡觉的时候何必浪费时间？关掉吧，列奥。关掉就好。

他倒了杯酒。伏特加。加冰。

他走上楼。他把她的衣物保存在一个房间里。在他卖掉旧宅前，她一次也没有回去过。她从没有来拿任何东西。像个死人一样，她永远地离去，把一切全部留下。所以他保留着她的衣物。当他搬进这栋楼的时候，特意留出一个房间做她的更衣室，只不过，她从来没有在此更衣，也没有在此脱衣。

她的身体。别去想她的身体。

衣服保持着她抛下它们时的状态。架子上都是她的衣服，但不是她。塑料衣裙护罩，衣袋，衣架，包袋。一边是长裙，另一边是半身裙和上装。雪松木的架子上是毛衣和T恤。列奥站在那儿，好像擅自闯入了他人的领地。

他从架子上拿起一件毛衣，抖开。他把脸埋进去。他坐下来，背靠着墙，屈起双膝，脑袋耷拉在手臂上。

没有借口。没有理由。没有宽恕。没有希望。

没有她的爱，我不能奖赏他们

帕蒂塔和泽尔来到了伦敦。

和陌生人共处的嘈杂夜航中，她枕着他的肩头一路睡。

几小时前他们就开始等待入住国王十字街上的行者客栈。

“我们有多少钱？”

“足够用三个星期。”

帕蒂塔从手提箱里拿了一千美元——她有理由认为那是她的钱——泽尔出了机票钱。

帕蒂塔给科洛留了很长一段语音留言。泽尔说走就走。

终于，穿着紧身西服、疲倦不堪的女人把钥匙给了他们。房间不大，也不太漂亮，但完全属于他们两人。泽尔把自己的 T 恤放进抽屉。帕蒂塔在冲澡。他站在衣柜旁看着她。他喜欢她奇妙的身体。她怎么可以这么美？他为她展开浴巾，帮她裹上，把她揽在怀里。“你打算怎么办？”

“我明天去他的办公室。”

“我陪你去。”

“这件事必须我自己去做。”

“但他认识我。”

“他认识的是八岁的你！”

帕蒂塔走进了洗手间。泽尔跟着她进去。

“我不想让你一个人去。”

她耸耸肩，好像在说你可以走了。他抓住她两只手的手腕。太用力了。

“放开我！我不是你的私人物品。”

泽尔松手了。“对不起。”他坐到床边，浑身僵硬。他生气的时候就会这样，就像要把自己藏起来的小动物。“我大概是把你当出气筒了。”

“什么？”

“你突然找到了一个崭新的完整的家庭，所以就把我忘了。”

帕蒂塔挨着他坐下来。她拉起他的手。“我不会把你忘了的。”

西西里亚有限公司在一家画廊的楼上。两个穿着订制西服的年轻人正在指挥一辆黑色小货车卸货。他们对帕蒂塔微笑，因为她很漂亮。“你在找工作吗？来我们公司吧。”

帕蒂塔摇摇头，摁下语音门铃。没人应答。有个年轻人掏出一串钥匙，把门打开。“别告诉她。”

“谁？”

“你会看到的。你今晚想出去喝一杯吗？”

他很帅，头发松软，对自己信心十足。帕蒂塔笑了笑，摇摇头。他叹了口气。“如果你改主意了，记住——我叫亚当。”

他退后一步，让帕蒂塔走上铺着地毯、直通二楼的宽阔楼梯。翠西·艾敏的印刷艺术品排列在墙上。

前台小姐也刚刚上楼，当帕蒂塔出现在舒适又安静、空旷又奢侈的等候区时，她刚从女洗手间里走出来。这里的墙面上挂着绘画作品，而不再是印刷品了。还有一盏大霓虹灯，点亮着“风险=价值”的字样。

“谁放你进来的？”前台小姐问。

“我来征询实习生的岗位。”帕蒂塔说。

前台小姐有六英尺高，妆容完美，无懈可击。她的长腿纤细，但很有威胁感。帕蒂塔穿着朴素的夏裙和系带凉鞋，素面朝天。她不太高。前台小姐冷冰冰地看着她。

“你交过简历了？”

“是的。”

“利维女士今天不在公司。”

“凯泽先生呢？”

“凯泽先生一整天都有约见。”

“那我在这儿等。”帕蒂塔说着，不容置疑地在一张亚麻布艺沙发上坐定。前台小姐无可奈何，只能扭转电脑屏幕，挡住帕蒂塔的身影。

她的桌上有一块名牌。罗琳·拉特罗布。

“你是新奥尔良人吗？我这么想是因为姓拉特罗布的都是路易斯安那州的。我是从新波西米亚来的。”

“我不是。”拉特罗布小姐说完，转过转椅，表示谈话到此为止。

帕蒂塔等着。

大约一小时后，列奥到公司了。他比她预想的要魁梧。他的头发比她预想的要少。赛诺展示的照片不是这个人的，但曾经是。

列奥瞥了她一眼。“早上好，罗琳。宝丽到了吗？”

“早上好，凯泽先生。利维女士今天不来公司。”

“为什么？她终于死翘翘了？”

“她的工作日志标注了今明两天都外出。”

“你跟我说过吗？”

“在工作日志上写了。”拉特罗布小姐重申了一遍，好像工作日志就是经文，随取随用，应验真理。

“如果我愿意自己看日志，就可以省下雇私人助理的钱了。”列奥说，“我的助理在哪里？难道说维吉尼亚也外出了？”

“是的，她不在。”

列奥转身看了看帕蒂塔。“你是谁？”

“她等着见利维女士。我跟她说过了，利维女士写明了今天不来公司。”

列奥又朝帕蒂塔看看。“你是房管会的人吗？圆厅项目的？”

帕蒂塔摇摇头。她没法讲话。

列奥说："我还以为在哪儿见过你呢。"

"她想应聘实习生。"拉特罗布小姐的腔调好像在说结肠炎栓剂。

列奥歪着嘴笑笑，走进了电梯。门在他背后合上，但帕蒂塔从电梯内的镜子里看到他还在皱着眉头盯着她看。

"利维女士什么时候回来？"帕蒂塔问。

"根据日志，周一。"拉特罗布小姐回答，但没有看她，甚至好像没动过嘴唇。

帕蒂塔心想，她可以当个了不起的腹语表演者。但她继续坐在沙发上。拉特罗布小姐也继续对她不闻不问。

中午十二点五十五分，列奥又出现了。他要去吃午餐。

"对不起……"帕蒂塔说。

"你需要和宝丽谈。"列奥说。

"我跟她说过了。"拉特罗布小姐说。

下午两点半，列奥回来了。帕蒂塔站起来，把一头密发撩到肩后。列奥没有意识到自己在朝她微笑，但他已经笑了。她有点……

"明天再来。"他说，"宝丽会在的。"

"根据日志，明天还不会。"拉特罗布小姐说道。她昂首挺胸地站着，比列奥还高出几英寸。

"噢，很抱歉我表达了自己的看法。"列奥说完，又说，"是宝丽把你招进来的吗？”

“是的。”拉特罗布小姐说，“她亲自雇用我的。”

“看来我不但寡不敌众，还智输一筹啊。”列奥说着，打量着帕蒂塔，“你今天有约吗？”

“我在美国待的时间超过了预期，”帕蒂塔说，“要不然我早来这儿了。”

“我七点会下来。”列奥说，“你看着办。”

说完他就回自己的办公室了。

“别抱太高的期望。”拉特罗布小姐说。

“干吗不？”帕蒂塔说。

前台小姐耸耸肩。又是一天。又是一个白痴。

我在这里做什么？帕蒂塔心想。如果我现在走，一切就到此为止了。我见过他了。他以前不想要我。为什么我现在要他？

六点，拉特罗布小姐宣布她要出发了。好像她是飞往迈阿密的一架航班。“恐怕你必须走了，因为你不能在没人监管的状态下待在这儿。”

“我不会偷东西的。”帕蒂塔说。

“这是规定。”拉特罗布小姐说。很显然，规定和日志一样不容置疑，所以，帕蒂塔提议她给凯泽先生打个电话。

“我不能打扰他。”

“就告诉他，我不会走的。”帕蒂塔说。

前台小姐白了她一眼，拉长了脸，用她（令人过目不忘）的指甲在书桌上按了几下，开始和列奥讲话。“谢谢您，凯泽先生。是的，我当然会通知柴可夫斯基小姐你今晚要加班，不能和她共进晚餐。”

拉特罗布小姐进了女洗手间，十分钟后出来，已经换上了橘黄色的连体莱卡骑行服。“你就在这儿等。”她对帕蒂塔说。

“你骑车回家吗？”帕蒂塔问，因为这是现成的话题。

“不。我在恋物癖俱乐部打工。”拉特罗布小姐说着，从办公桌抽屉里取出橘黄色的头盔，离开了办公楼。

大约七点钟，列奥坐电梯下来了。他摘下了领带。他需要刮刮胡子。

“你还真等到现在？”

她点点头。

“你叫什么？”

“米兰达。”

“米兰达什么？”

“谢普德。”

“好吧，米兰达·谢普德——跟我去喝一杯，把你的情况说给我听听。俗话怎么说，耐心的回报就是耐心，还是别的什么，反正我都不信。耐心有什么好处？无非是让你排队时当尾巴。不过你呢……”

那天晚上挺暖和的。天空是粉红色的。巴士是正红色的。出租车是黑色的。灯光逐渐照亮整座城市。夜晚特有的归家的感觉。有人在派发免费报纸。**《夜标报》**！**《夜标报》**！年轻人聚集在酒吧外的人行道上。疲惫的面容，脱掉的外套，女人们踩着痛死人的高跟鞋。人们在付账窗口外排队，购买回家后在电视机前吃的外卖熟食。人群向地铁口涌动。

“河边有个酒吧，”列奥说，“我们可以点几只海螯虾和伏特加。今天是星期四。”

“星期几有什么差别吗？”

“最近，我喜欢按部就班。”

酒吧里人头攒动，非常喧闹，酒保朝列奥扬了扬手。其实没什么要说的，已经预留了一张紧挨长窗、正对着狭长天台的餐桌；既是室内，又有户外的感觉。桌上有一瓶刚从冰箱里拿出又放在冰桶里的灰鹅伏特加、几罐汤力水和刚切好的新鲜柠檬片。

“他们很了解我。”列奥说。

“我可以要一杯矿泉水加柠檬片吗？”帕蒂塔说。

帕蒂塔在讲话，但列奥没在听。他只是点头，迎向她的目光，但他没有听进去。她应该二十一岁，顶多二十二岁。这有什么问题？青春就是这样让你无法抗拒。无法取代。并且全部浪费在年轻人身上。

“有社会责任感的资本主义。”列奥说道。他竟然听到了她的问题，这让他自己非常惊讶。“那就是西西里亚。”

“你太太是做什么的？”帕蒂塔问。

“我离婚了。”列奥说，“你呢？”

“我没有离婚。”帕蒂塔说，“你有孩子吗？”

他垂下眼。“不。没有。我没有孩子。”

她差一点脱口而出……但她忍住了，又拿起一只海螯虾。她不知道这些虾有多贵。在家吃的时候一点都不算贵。

她吃得比他多。他约会的那些女人几乎不吃。她们点餐，但根本不吃。她不会忸怩作态。她不打算讨好他。列奥喜欢她。她问他为什么不吃东西，他没有回答说，我的心里装满了心事，所以没心思大吃一顿。

他开始剥海螯虾。

“这儿靠河，所以我喜欢来这里。”他说，“泰晤士河比伦敦更古老——曾有猛犸象生活在这里，这点我喜欢。”

“好窄。”帕蒂塔说，“密西西比河却像世界那么大。你见过吗？”

“见过。”列奥说，“我以前有个朋友就住在新波西米亚。很久以前了。等你老了就得这样，每件事都发生在很久以前。”

“但现实不是。”帕蒂塔说，“现实就发生在当下。”

“你还年轻。你拥有现在，是因为你没有过去。我年轻的时候在巴黎住过一年。我在那儿工作。我爱上了河——塞纳河；其实，我是爱上了一个人。也许那才是我发觉河水既神秘又浪漫的原因。我说的不是男孩遇到女孩那么简单，而是更重大的——应该是热望，我想是的。德国人称之为*verlangen*[1]。我父亲是个德国人。”

“她是法国人？你爱上的女人？”

“是的。娇小，有男孩儿气，但很女性化。像你这样。”

帕蒂塔的脸红了。列奥误解了。“只是一句奉承话。接受吧。”

“谢谢。”帕蒂塔说。

他们望着外面的河水。灯光的倒影如丝如缕。好些船靠向码头。

列奥觉得很舒坦，但又有点兴奋。我这是怎么了？他心想，这感觉太可笑了。

他试图集中精神。“米兰达，我们在组织一场大型慈善音乐会——下周末举行。也许你愿意参与进来？看看你在我们公司怎么样？大部分是音乐演出。还有几场戏。”

“在家的时候，我在女声合唱团里做主唱。”帕蒂塔说，“我们的乐队叫分离。”

“这名字真棒！你们唱什么？”

“经典老歌。我爸爸是个很棒的钢琴家。我一出生就开始唱歌了。”

“是吗？”他的眼睛黯淡无光，欲说还休。

“是的。你还好吗？是不是……”

他打断了她：“没什么。但这些无关紧要的事……它们……”

[1] 原文为德语，意为“热切盼望”。

这些无关紧要的事不算什么。但天空不算什么，大地不算什么，我也不算什么，爱也不算什么，失去也不算什么。

傍晚渐凉，入夜了。帕蒂塔谢过列奥。

“如果你想四处看看，我们可以去——带你看看伦敦。”

她摇摇头。他为她叫来一辆出租车。“我可以走路，”她说，“我喜欢走。我可以跟着手机地图导航走。不算远。”

其实很远。他心里想着，目送她走远。可能像月亮那么远，那就是横亘在他和美好生活之间的距离。

列奥到了家，下了出租车。灯光亮着。他打开门，又把灯都关掉。没什么要看的。他的游戏操作台如同水族箱一样透亮。

赛诺带进来一位新玩家。他们一直在搜集羽毛。真甜蜜。好像光靠工作和希望就能拯救世界一样。列奥展开六翼，低空盘桓在城市上空，寻找可供燃烧的羽毛。寻找可以生成沉沦天使的湿润羽毛。

他飞到索邦大学的楼顶上。“我们的白昼如影飞逝。”[1] 日晷天使说。

他更喜欢她妹妹。她已经在等候他了——上半身赤裸，双乳结实又高耸。半男半女。双腿分开，像一本他从没读过的书。他硬了。

[1] 原文为拉丁文：*Sicut umbra dies nostri*。

他伏在她身上时，有一对羽翼飞动着，使他的身体保持挺直。还有一对羽翼紧紧揽住她紧实的躯体。第三对羽翼伸展在他背后，如同翻飞的旗帜，如同他的座驾后面可收可放的尾翼。那是一种表态，仿佛在说：去你妈的。对交通堵塞说。对赛诺说。对他自己说。去你妈的，列奥。去你妈的。

他往后一倒。完事了。

列奥在沙发上醒来。他把灯打开。凌晨三点。下半夜是日子蜷缩成一团的时刻，好像这个世界还没准备好施展手脚。收音机兀自打开了。

有个女人在讲话："一千个膝头，袒身斋戒，在荒山上长跪一万年，顶着不绝的严寒风暴，也不能感动天神把你宽恕。"[1]

列奥摇摇晃晃、匆匆忙忙地坐起来，冒着汗，口干舌燥。他走上楼，却被自己没穿好的裤子绊倒了。他蹬掉裤子，留着袜子、内裤、衬衫和扯松的领带走进浴室，一边淋着水，一边脱衣服。

他把湿漉漉的一摊衣服留在浴室地板上。他刮了胡子，穿好干净衣服，煮好咖啡。虽然很烫，但他还是喝了一大口。

他钻进自己的车。没有收音机。没有思绪。只有时间的回溯力。

---

[1] 莎士比亚《冬天的故事》第三幕第二场，语出宝丽娜。此处参考了朱生豪、梁实秋的两个译本。

回到那一天……

列奥在出入境检验口排队等候。查验证件的男人要他在旁边稍候片刻。紧接着就出现了三名警察，询问他对婴儿做了什么。

事情就那么发生了。

列奥和警察争辩起来。警察据理力争。全都是人高马大的男人，个头一般高。矮小的印度裔证件查验官装作什么都没发生，继续查验别人的证件，放行。所有人都盯着列奥看。

警察搞不明白，因为列奥身边没有新生儿。列奥说，他太太有产后抑郁症。他这是要带儿子去度假，让她清静一下。警察看了看米罗的护照——这是你爸爸吗？是的。

大块头警察继续和列奥理论。谁也没留意米罗。

有个人住在机场里。

米罗平稳、安静地往后退，一步一步离开他们，他们全都背对着他，凑成一个火气高涨的圆圈。不会有人注意到的。

米罗退到了拐角处，直奔等候区的黄线。四号通道那儿有一家人。他朝他们跑去——如果有人看到他，肯定以为他是在快跑几步跟上家人。他把自己的背包放在金属传送带上。他走过了金属探测门。他朝四周看了看。他在机场里了。也许他可以找到托尼。

米罗混在一家人中间，通过了安检。他看不到托尼。人太多了。他听到广播里的人在喊他的名字。要他去咨询台。

米罗找了好半天，才知道咨询台往哪边走。然而，当他看到父亲不在那里——只有两名警察在咨询台里——他掉头就走。

很快，米罗就进了机场轻轨，听上去是很刺激，其实在车厢里一点都不刺激。然后他就到了B登机口，再走到C登机口，再回到B登机口。看到一条长龙在排队登机，他就跟了上去。他很小，好像有人带着他，直到他过了登机口，走上飞机外的登机梯了，有个女人才猛然发觉他不是任何人的小孩，他们没有看到他的护照和登机牌。她喊他，要他回来。他跑起来。她是警察。他没有跑上飞机，而是往下，跑下登机梯，朝敞开的大门跑去，工人们正往门口的平板拖车上堆放行李箱。**嘿！嘿！**但米罗只是跑，跑过拐角，撞上了一辆修理工程车。

超人啊，让时光倒流吧。

列奥把车停在海格特公墓的门口。如果早上有葬礼，就会有墓园服务人员。他知道墓园的规矩。只要他们在，就会让他进去。

他沿着小路走进去，哀悼天使护佑在两侧。米罗被葬在西墙附近。米罗出生前，列奥就在一次慈善拍卖会上买下了这块地。他出价很高才买到的。这个举世闻名的老墓园早就满员了。即便是列奥，买下这里的墓地也不容易。他花的钱足够买下一整套公寓了。现在，米罗就在这块地下。现在，应该只剩下他的骨骸了，列奥心想。除了过去，现在的他没什么需要了解的。

列奥枯立良久，直到太阳升起，阳光明亮又清澈。过去总在他的正前方，像一条无法逾越的河。

他换好花瓶里的水，从篱笆墙上摘下两朵野玫瑰。“咪咪和米罗。”他念念有词，把多刺的茎干插进水里。他站起来，转身想走。园丁在他近旁，拿着锄头安静地干活。格子衬衫，袖子卷到手肘上面。“你好，托尼！”列奥说。

园丁转过身说：“我叫皮特。”

列奥扬起一只手。当然不会是托尼。托尼死了。

帕蒂塔和泽尔躺在行者客栈的床上看电视，音量被调低了。

“他什么样？”泽尔问。

“我只能想到一件事：这个人把我送走了。”

“送给我爸爸！你打算告诉他你是谁吗？”

“我不知道。如果我说出来，他就会进入我的生活。他非常有控制欲。”

“我查过了，”泽尔说，“通常都不会有好结果。”

“查了什么？”

“领养的子女和亲生父母团聚。每个人都奢望得到他们得不到的东西。生活不可能被抹除。”

“我不想抹除生活。要不然，我的生活中就没有谢普、科洛和霍利波利莫利了。”

“但你会有我。”泽尔说，“这是有多奇怪？”

帕蒂塔翻了个身，挤到他身边。“你的意思是，这是宿命？”

“我不知道。以前读哲学的时候，我们一直在讨论命运的问题。生活本身是一系列偶然事件，但隔着一段距离去看却有某种模式吗？就好像，你从飞机上看到的田野、河流和房屋挺美的，井井有条，但在地面上它们只是那样罢了——混乱，甚至很丑。”

“爸爸说过，万事万物都是命中注定的。”

“你和他说过了？”

“要是跟他说，他肯定会冲我发脾气。我们动身的时候，我应该告诉他的。”

“你说不出口。”

“是的。说不出口。你觉得我们最后会变得像列奥和赛诺那样吗？”

“彻头彻尾的浑蛋？”

“悲哀的人。”

“他们不总是悲哀的。”

“那更糟。他们毁掉了本来拥有的好日子。不只是他们自己的，还有别人的生活。”

“我们会比他们强。”泽尔说，“我们会回家，创造我们的好日子，让我们的孩子看到我们是多么勇敢、多么真实。”

“我们刚刚认识！”

“我进展得太快了？”

她吻了他。“是的。太快太快了。”

“我以为女孩喜欢有担当、敢承诺的男孩。”

她用枕头打他。她突然觉得放松下来，这才意识到她这一整天都浑身紧张。

“泽尔……谢谢你陪我来。眼下有很多事，需要我慢慢接受。我知道那会……”

他把她揽在怀里。“我们来了。已经开始了。让我们好好完成这件事。你还想去找你妈妈吗？”

“我不知道。那比我之前想象的要艰难。”

“怎么会这样？”

“不安。我本以为自己不会有什么感觉的——我是说，我不认识列奥。我今天才见到他。”

泽尔把她抱紧一点。“但你见过你妈妈。你在她的身体里待过很久。”

这话没错，帕蒂塔知道这是千真万确的，但那恰恰就是最难以接受的事实。你怎么可能和从没联系过的人有这种关联？

“你和列奥长得像吗？”泽尔问。

“我觉得不像。他老了，秃顶，还有点胖！大概只有嘴巴挺像的。我像我妈妈——像她以前的模样。但我们不知道现在的她什么样。没有近期的照片——只听说戴墨镜和帽子的那个人可能是她。”

“那就很有可能——只有名人才以为黑超加帽子可以让你混迹人群，不被认出来。”

“她现在不是名人了。”

“她有名，你会觉得古怪吗？”

“整个事情都很古怪。这只不过是怪中之怪。”

泽尔关掉电视。“你觉得你睡得着吗？”

“睡不着。”

“那我们出去吧。”

“都半夜了！”

“那又怎样？这是伦敦啊。走！”

他们出门了。他们还只是孩子。他们找到一辆夜间巴士。接着走路去苏活区。意大利冰淇淋。他揽着她的肩膀。她搂着他的腰。他们走过唐人街和科芬园，穿过奥德维奇，走上滑铁卢桥，在桥中间停下来，向东看，向西望，大本钟为他们报时，桥下的泰晤士河水恰如液体的时间在流动，而他们在小小一方空间里真切地享有两人的时光。不是过去，不是将来，此时此刻。

他一张照片、一段视频都没有拍，因为他想记住——不如说他不想去记，因为这样的时刻是由镜头无法捕捉的内容组成的，他不拍是为了不去记原样的风景，以此记住他想记住的。

河水带走了夜晚，他们才回到床上睡觉，城市梦见自己迎来新的一天。

一大早，帕蒂塔的电话就响了。是列奥。

“米兰达，你好。我是列奥。一小时内在圆厅等我。”

“哪儿？”帕蒂塔说。他在说什么？

列奥不想表现得很有耐心，但他偏偏就是，因为他想见她。他放慢语速。“北线。黑色的。乔克农场。也可以在卡姆登镇下车走过去。明白？十一点前后。”

这一次，泽尔和她一起去。他们从乔克农场地铁站出来。好多人举着“拯救我们的建筑”的横幅。

帕蒂塔和泽尔挤进人群。有个人举着扩音器。骑马的警察。帕蒂塔问一个手拿硬纸板的年轻女孩，这是什么情况？

“该死的有钱人把这整块地都他妈的买走了。”

她看到列奥了，他拿着手机怒气冲冲地吼叫。她对泽尔说：“他在那儿。”

“就是他？那就是列奥？”

“你认不出他吗？”

“没了头发就认不出来了。而且以前他不胖的。”

“他看到我了。你该走了——我会给你短信的。”

帕蒂塔穿过马路。她真可爱，而且根本不知道自己有多可爱，列奥看着她，心里这样想。他最近的约会对象是个俄罗斯内衣模特，做爱的时候都抽电子烟。

列奥微笑着。“很高兴你来了，米兰达。我想，如果你打算来我们公司实习，就该来看看我们的下一个项目。这栋楼很了不起，是不是？”

就在这时，人群众口一声地喊叫起来：“滚出去！滚出去！滚出去！”

“我们最好先进去。”列奥说，“保安会处理外面的事。”

列奥的手搭在帕蒂塔的后腰，推着她走进大门。

“早上好，凯泽先生。”保安说。列奥长舒一口气。他回到自己的地盘了。

“米兰达，我带你四处看看吧。最早，这个地方是为了有轨电车折返而建造的。有轨电车没办法把车头车尾互换，所以就在这里掉头——绕一圈再开。现在这里是个大剧院。很震撼，对吗？”

帕蒂塔一张一张地看着挂在未经粉刷的砖墙上的海报框。马戏，戏剧，乐队，接着她就看到了——咪咪在圆厅的演唱。她没有听见列奥在说什么。列奥没有注意到。

“下面——就在我们脚底下——就是机修站：齿轮，链条，引擎，把它们组合起来就能让车轮转动。在很长一段时间里，这里用于文艺活动——现在到时候了，该改换新生了。来吧，我们到上面的画廊去。”

他把手搭在她肩头，引导她走上楼梯。她听得到外面传来的警笛声。

“为什么你要把这栋楼推倒？”

“这地方是很棒，但政府不会把钱花在这种地方。你不能永无止境地给所有地方发放补贴——如果可以，当然很美好。因而，必须由私企资金填补这块缺口。我要造一座小剧院，再造一些公共住宅——因为我很乐意参与社会变革。新项目的重头戏将是无与伦比的双子塔，堪称伦敦最美的横向设计公寓之一。”

“那么，大家在抗议什么呢？”

“人们不想有变化，米兰达。这是人的本性。最近，金钱的名声不好。外面那些人没一个纳税的——至少，纳得不多——但他们仇恨像我这样真正可以扶持国家发展的人。我是想要保住这个地方——他们目光短浅，看不到那一步。但你有经济学学位——

你说过你上过哈佛？”

“没有。”帕蒂塔说。

“有，我记得你提过哈佛。等你自己赚钱了就会明白，人有多么容易被误解。我辛辛苦苦地想帮到每一个人，他们却把我当暴君。”

列奥和帕蒂塔到了画廊。列奥倚在扶栏边往下看。“你看到舞台了吗？我们会办一场告别音乐会。这是项目的一部分——告别周活动完全由我们出资举办，最后以拯救儿童音乐会收尾。之后就开砸，落锤式破碎机驾到。”

“为什么你要把这栋楼夷为平地呢？”

“我们会重新利用维多利亚时代的砖块。”

“为什么你要把这栋楼夷为平地呢？”

“我们有规划许可证。”

“为什么你要把这栋楼夷为平地呢？”

“你是在讲笑话吗？美国人也会讲敲门笑话吗？你是在新波西米亚出生的吗？”

“咪咪曾在这里演唱，是不是？”

列奥直勾勾地望着画廊扶栏外的虚空。“那时候，她是我太太。”

列奥转身，走下楼梯。“我只是想让你看看这栋楼。”

走到楼底，有个穿西装的保安走过来，把步话机递给列奥。

“有个叫罗尼的男人在等您。”

“罗尼？”

“他说自己是艺术家。从纽约来。在外面。”

列奥透过玻璃看向街头抗议的人群。有个剃平头的人站在最前面，手中的硬纸板上写着：艺术家抵制浑蛋行径。

“那是罗尼·霍恩，她是个女人。”列奥迅速走出大门，笑盈盈地伸出他的手，“罗尼！罗尼！幸会！”

看上去，罗尼·霍恩不觉得这是一种荣幸。她看起来很吓人。她说：“你对我说过，我的水墙是为社区设计的。结果你把它变成了阻隔穷人的水障。谁想睡在一墙瀑布的旁边？”

“我们可以调整规划。”列奥说，“别担心！见到你真是太荣幸了。我可以和你拍张照吗？杰瑞！杰瑞！”列奥冲一个保安扬了扬手中的智能手机，同时靠近了罗尼。他的手搭上她肩头。她把他推开。

“我来这里是抗议的！”

人们欢呼起来，又开始齐声高喊：滚出去！滚出去！滚出去！列奥说翻脸就翻脸。“我没从你手里买下那面墙吗？我搞错了吗？难道我没付你钱吗？”

“你付了。但你没有买下我。”罗尼说。

“如果我从你手里买下一幅画，你不喜欢我挂在这儿——真可惜。如果我从你手里买下一面水墙，你不喜欢我搁在那儿——真可惜！你知道艺术家为什么可以嚣张地宣扬他们的价值观吗？因为像我这样的买家在帮你们埋单。”

帕蒂塔就在列奥身后，她说：“别这样对她说话！”

列奥转身对帕蒂塔说：“你以为你是哪根葱？”

帕蒂塔注视着列奥。她什么都没说。帕蒂塔就那样看着列奥，他却畏缩起来，好像她刚刚扇了他一巴掌。他心想……他差一点就想到……但他在想的是咪咪啊！有人扔过来一块板砖。那是砖吗？过去就像一块砖迎面击中了他。

他想张口，但脸上很疼。人群突然开始往前涌动，因为警察拽走了一块防水布，那是静坐在老楼前的抗议者们垫在屁股底下的。

帕蒂塔看到泽尔在人群中推推搡搡。他和一个保安在争执。保安猛推他一把。泽尔也推他一下。“泽尔！”帕蒂塔喊起来，“泽尔！”

列奥慢慢地清醒起来。她刚才喊了什么？时间怎么了？他觉得时间在瓦解，一块砖接着一块砖地崩毁。封存之地的围墙正在塌落。

列奥看到了泽尔。泽尔？不，不可能是他。今天清早在墓园里的也不是托尼。他用手背抹了把脸。砖头砸中的地方出血了。每个人都在吼叫。他什么都听不见。

帕蒂塔心想——瞧列奥那样子，好像活见鬼了；又想，这种说法到底是什么意思？因为谁也没有见过鬼——可我们仍会表现得好像见过了……

泽尔向前冲去。保安站到他和列奥之间。列奥摇摇头。保安后退了一步。

“泽尔……赛诺的泽尔？”

“是的。”泽尔说。

“你在这里做什么？”

“他跟我一起来的。”帕蒂塔说。

“你们认识？”

“她是我女朋友。”

“你能不能别说了？”帕蒂塔说。

“米兰达是你的女朋友？”

“不……帕——”

“别说了！”帕蒂塔怒吼一声。列奥惊讶极了。通常都是他扮演怒吼的角色。

“赛诺在这里吗？”

在你这城里

谢普恢复得很好。

无论是生理上还是精神上都没有受伤。帕蒂塔上飞机前就知道了，但她还是不想告诉谢普她要去做什么。她下午去医院看他，然后直接去机场和泽尔碰头，先坐一程短途航班到达拉斯，然后换乘夜航班机去伦敦。

科洛收到了她的语音留言，但他也不想告诉谢普。他要怎么说呢？但只隔了一夜，谢普就想知道帕蒂塔为什么没来看他了。

科洛一声不吭。

谢普从床上坐起身，看着他的儿子。“你把婴儿岛的事告诉她了，是不是？”

科洛一声不吭。谢普点点头，过了好一会儿才说道：“事已至此，我们就把它了结吧。你好好听着。”

那天下午，科洛开车去奥托吕科斯的车行，拿到了他想要的地址。“我是不是错过什么好事了？”奥托吕科斯说，“我最不喜欢错过了。”

“去问我老爸吧。”科洛说。

小心我真的去问哟。奥托吕科斯心想着，看着科洛开车走了。

没过多久，科洛就到了一所荒废的大宅前。他摁了入口的门铃。没人应答。他只好把雪佛兰车停在沉重的铁门下，爬上车顶，翻过铁门，跳落在车道上。他用拳头砸门，喊了好几嗓子，再用力地捶门。后来，他用外套裹住手背，打碎了一大扇雅致的窗玻璃，那正是帕蒂塔走的时候没掩上也没关起来的那扇窗。他进屋了。

“鬼屋惊魂夜。”科洛说着，打量着空空如也的壁炉、发霉的老扶手椅。他走进了大厅。他听到楼上传来歌声。里基·李·琼斯。明智的选择。他一步就能迈上两级楼梯。

科洛推开阁楼的房门。赛诺正盯着一墙落满羽毛的大屏幕。

“毕诺——拾掇一下。谢普想和你谈谈。”

圆厅外，列奥正费劲地听罗琳·拉特罗布在说什么。她站在西西里亚公司的办公桌前，裹在香奈儿皮装里的胳膊抱在胸前，对着话筒大声说：

“三个男人。两个黑人。一个同性恋。”

“去叫宝丽！”

“她在路上，还没到。”

列奥推开人群走到路边。抗议者们推他，骂他，质问他，朝他吐唾沫，还用硬纸板打他。他根本没感觉。他伸出手，叫停一辆出租车。他上了车，帕蒂塔和泽尔也上了车。他问泽尔："你能向我解释一下吗？"

他们也是坐夜航班机来的。赛诺买的机票。红眼航班的灯光暗下来后，赛诺一时分不清楚，他是在空间里移动，还是在跨越时间？时光流逝如覆水难收，但可以不被失落。可以吗？

列奥跑上直通他办公室的阔绰楼梯。他跑得上气不接下气。拉特罗布小姐站在前台，就好像她出生时就站在那儿了。

"我尽力了。"她说。

帕蒂塔走向前台，扑进父亲的怀里。"爸爸！"

"这是你爸爸？"列奥说，"赛诺？赛诺呢？"

两人面对面站立，互相凝视，列奥发现自己的拳头攥得太紧，指甲都快掐进掌心的肉里了。但不是出于愤怒。他现在说不出话来。

"列奥。"赛诺说。

他俩如同雕塑。谁也不动，不靠近对方。过去太强大了。

楼下的门被重重地关上。宝丽出现在办公室里，带着措手不及的狂野神态。她一眼看到赛诺，径直奔向他，抱住他，他也揽住她。"我从没想过还能再见到你，赛诺。没想到啊！"

这仿佛解开了让列奥纹丝不动的咒语。"我们可以到我办公室谈吗？"

进了办公室，科洛和谢普挺着身板。谢普提着一个廉价的旅行箱。他拉开拉链，取出那个手提箱。列奥从没见过这个箱子，所以不明白眼前的这一幕。帕蒂塔说：“爸爸……”

谢普抬起手。“故事是从这里开始的，也要在这里重新开始。”

谢普打开手提箱，取出那张乐谱。宝丽一屁股坐在白沙发上，好像有人猛地推了她一把。她想站起来，但某种力量迫使她无法做到。谢普再取出褪了色的丝绒口袋，把那些钻石首饰倒在他宽大的手掌里。

“这是你的，帕蒂塔。你已经知道了。”

“你说什么？帕蒂塔？”列奥说，“她叫米兰达。”

“我就是帕蒂塔。”帕蒂塔说。

水落石出。恰如叠印在钻石里的时间，每一丝纹理都镌留了光芒。闪闪发光，历历在目。沉默的宝石开口讲述，这个故事印刻在宝石里，只是为了击碎宝石。业已发生的已发生了。

然而。

过去是枚手雷，扔出去的时候才会爆炸。

“这是谁的女儿？”列奥问，“这位帕蒂塔？还是米兰达？”

“我们的。”谢普说，“一开始她是你的，后来变成我的女儿了。”

列奥朝着那串项链伸出手。谢普把它递给他。

“我认得这个。”赛诺说，“我怎么可能认不出？”

列奥的手指抚过项链。“我刚认识咪咪的时候给她买的。”

谢普说：“你派来的人，托尼·冈萨雷斯，他为了安全起见把宝宝暂放在圣马利亚医院的婴儿岛。因为钱，他被人跟踪了，但我那时候一无所知。我们——我和科洛——本想救他的。后来我发现了帕蒂塔。”

“为什么你不把她带去警察局？”

“好让他们把她送进孤儿院？让陌生人去领养？我估摸着，抛弃自己孩子的人不适合当父亲。”

“那时候我不相信帕蒂塔是我的孩子。”列奥说，“我以为她是赛诺的。”

“我知道她不是我亲生的。”谢普说，“但我爱她。”

“没错！”科洛说。

“那些钱，你怎么处理的？”列奥问。

“列奥！”宝丽发火的时候有一种不同寻常的腔调，现在就是。谢普的腰板挺得更直了。

“我很乐意回答这个问题，女士。这就是我来伦敦的原因。列奥，你是让世界变成这样的那类人。我是活在这样的世界里的那类人。我是个黑人，在你眼里，大部分黑人都去做保安或快递员。金钱和权力是对你来说最重要的东西，所以你会觉得，对没钱没势的人来说，它们也是最重要的。也许在一些人看来确实如此——因为我们这类人只能靠中一张彩票才可能像你们那类人那样拯救世界。辛勤工作和希望不会带来这种改变。美国梦已经玩完了。”

“我爱我们的生活，”帕蒂塔说，“爱你为我们所做的一切。”

“帕蒂塔，”谢普说，“剪羊毛——列奥，我说的是我们在美国的自家生意，那是一间钢琴酒吧，有好音乐、好食物。帕蒂塔，剪羊毛的股份一半是你的，一半是科洛的。因为那一半是他妈妈的遗产——她去世后我们拿到的保险金。另一半是你的。没有一分钱属于我。

“我想我们有所不同，列奥，你和我。因为对我来说，占有并无意义。那好像是这个世界的一种苦厄。”

列奥一言不发，他这辈子都没有如此沉默过。好半天，他才说：“你偷走了我的女儿，花了我的钱，现在你跑到我办公室来教训我该怎么活？”

“是这样。”谢普说。

持久的冷场。一根针掉下来都听得见。屏住呼吸。手指交叉祈福。双眼紧闭。看不得。

宝丽是这里最了解列奥的人，但她也无法断定接下来会怎样。他会狠狠撂下此刻，让时间粉碎？还是任由此刻进入时间的长河？

帕蒂塔走到谢普身边，拉起他的手。列奥看着她。他看的是自己不曾拥有的年年月月日日。他亲手推开的那些年。他也看到了自己的机会。

列奥伸出手，走向谢普。

“谢谢你，”列奥说，“真希望很久以前就能认识你。”

谢普和他握手。

宝丽想站起来，但又跌了回去。“难道有人在拽我的腿吗？”

紧张的气氛终于缓解了，科洛和赛诺击了一次掌，赛诺看起来巴不得立刻喝一杯。

谢普却好像突然泄气了。“我可以坐下吗？我可以坐您身边吗？”

“我叫宝丽。”宝丽说。

“我刚进了次医院。轻微的中风。况且我们飞了一整夜呢。”

魁梧的谢普就坐到了娇小的宝丽身边，她握住他的手。

“你们住哪个酒店？”列奥说。

“我们连自己在哪个城市都不知道。”科洛说。

“我会帮你们订好克莱瑞芝酒店，你们都去——我的助理呢？”列奥扯开了嗓子，“**维吉尼亚！**”

宝丽说：“列奥！他们才不住克莱瑞芝呢。这些都是我们的家人。他们可以住我家。”

“没人会相信你是犹太人。”列奥说。

赛诺、列奥和宝丽坐一辆车。谢普、科洛、帕蒂塔和泽尔的车尾随其后。帕蒂塔坐在父亲身边，抓着他的手不放。

前头的车里，列奥对宝丽说：“你知道咪咪在哪里吗？”

“你以前从没问过我。”

“我是担心你知道答案。”

宝丽说：“时间停止了十八年，现在倒好，你想让一切立刻发生。”

“我想让咪咪知道帕蒂塔的事。”

出租车在庞大的砖面豪宅前停下来，宅院远离路边。

“这栋房子真漂亮。”谢普说。

“这片地区以前是个垃圾场。”宝丽说，“战后，集中营里幸存下来的犹太人来到这里。我的祖父母有好几个朋友都住在这里——走在街上，你能听到小提琴、手风琴、口琴和曼陀林。到处都有音乐，所有的房间都可以租用。我买下这里的时候，它还是个公寓楼呢——还有个租客在地下室住了十年。她在花园里养了一头驴子。进来吧，进来。”

他们走进宽敞的客厅，玄关的桌子上放着鲜花。

“列奥！赛诺！去厨房煮点茶！泽尔！科洛！你们能把箱子都搬进来吗？我有六间卧室，据我所知只有一间有人住。我总以为自己会有一个大家庭，但你知道老话是怎么说的——盖好大房子，家人就会来？根本没人来。”

谢普走到凸窗旁的三角钢琴边。

“这可是架好琴。你会弹琴？”

“小时候就会了。”宝丽说。

谢普翻了翻乐谱。“你肯定弹得很好。莫扎特。贝多芬。我是无师自通的。我弹不了这些。”

“没有谱子我也弹不了。”宝丽说。

“你当然可以啦。”谢普说，“我可以教你。可以吗？”

谢普坐到琴凳上。他开始弹奏《夏日时光》。那双充满自信的大手有力又优美。“这架钢琴的音色棒极了。”

“照我付的钱，”宝丽说，“它应该被摆在卡内基音乐厅里。”

帕蒂塔过来了，站在他身边唱起来。“嘘，小宝宝，别哭别哭……这些清晨……”

宝丽坐下来。她的嗓音是如此纯净，就像咪咪，还有一种深沉、磁性的况味。

列奥和赛诺走出厨房。科洛从门厅进来。“那是我妹妹在唱。”他说着，坦荡的笑脸上满是自豪。

谢普边弹钢琴边伴唱，从切分音节开始，声音压得低低的，又时而嘹亮，厚重的低音和高音部分交相辉映。

醒来歌唱吧。

你的父亲多么富有。

你的母亲多么美貌。

那天夜里，大家围在厨房里的大餐桌边，吃着美味，讲着各自的故事，宝丽偷偷溜出来，订好了去巴黎的早班火车。

赛诺注意到她离席了。他站起来，稍有迟疑，然后走到厨台，又给自己盛了些鸡肉饼。泽尔也在往自己的盘子里堆食物。

“泽尔，”赛诺说，“你觉得我们可以谈谈了吗？”

“谈什么？”泽尔说着，不去看他。

“事实，我把日子过得乱糟糟的事实。还有，你是我的儿子，我为你骄傲。”

泽尔没有看他。他直接走回餐桌。

赛诺倒了一杯红酒。然后，他走向水槽，把酒倒掉，打开冰箱门，倒了一杯水。

凌晨四点半，宝丽在沉睡俱寂的豪宅中醒来。她很快就出门了，走上空无一人的街道，一拐角就看到预约的出租车已在等候。她小心翼翼是因为不想让谁发觉。

可是赛诺知道她出门了。他在自己的房间里，光着脚走到面朝街道的窗前，然后轻轻地扣上插销。

他打开电脑。在游戏里，他在咪咪窗下的冰凉街道上举头仰望，总是黑漆漆的。那天晚上，他没有羽翼。

她的窗户里有一星光芒。

如果这是魔法……

宝丽坐四号线去城岛站。

她走下圣母院外的台阶，之后的一个多小时里，她一直在游船售票亭和圣马丁运河的入口处来来回回地走。

船埠的卵石路上人来人往。有人在吃午餐。一班学童听厌了大教堂的历史，等不及要坐小船去埃菲尔铁塔。举办舞会晚宴的游船还没有开张，荡漾着恹恹欲睡的气氛。公园管理人在调节岸边灌木丛里的洒水器。

是她吗？他们说那就是她。

宝丽走向那个裹在大外套里的小身影，她正一动不动地望着河水。宝丽拿出素洁的A4文件夹。里面就是那张手写的乐谱，标题上的“帕蒂塔”是用粗硬的铅笔头写的。

不管欢喜悲哀，不管她幸运或是他倒霉，世界总在继续。我们无从得知旁人的生活。除了我们能够掌控的琐事之外，我们也无从得知自己的生活。永远改变我们的事情总是会发生，哪怕我们无从得知它们即将发生。看似一如往常的时刻，却会是心碎或圆梦的时刻。时间如此坚定又稳当地疾驰，却是狂野疾驰在所有钟表刻度之外。改变一生只需那么一点点时间，领悟那改变却要耗费一生。

奏乐唤醒她

霍利波利莫利来到圆厅。

列奥使出浑身解数以求尽善尽美，隆重、喧嚣、绚丽，以匹配自己当下的感受，并且假装让自己信服：包括他自己在内的一切都在他的掌控之中。

“你的女声乐队叫分离？让她们坐飞机来！”

帕蒂塔用Skype和霍利在线聊天，试图把一切解释清楚，谢普则给她们的父亲打了电话。

列奥出机票钱，但她们的父亲言语坚决：必须有人护送他的三个女儿。

“我们该让谁来呢？”科洛说，“我那些狐朋狗友，我一个都信不过。”

“我可以给一个人打电话，”谢普说，“他来医院看过我。”

“她们只能合住一个房间啦，列奥。”宝丽说，“我家的卧室都住满了。”

“宝丽啊！这里是世界闻名的英国首都。有的是大酒店。不是每一个没有预备就降落在希思罗机场的人都该住你家。”

“好像我家不够好似的？”

宝丽买了新衣服，轻了几磅，笑容更多了。“你很高兴，是不是？”列奥说，“你肯定乐坏了，因为你不再去玛莎百货买衣服了。”

“高兴？”宝丽一耸肩，“高兴这个词太不像犹太人了，但我想……我是……好吧，就说是 kvell[1] 吧！”

“我到底什么时候才能听懂你在说什么？”列奥说。

接着，列奥又说：“咪咪怎么样了？”

“犹太人有一句俗语……”

“说的是……”

“给时间一点时间。”

霍利波利莫利和帕蒂塔、谢普一起排练她们的拿手节目，突然听到有人在台下鼓掌。楼下很暗，看不清是谁，但很快，一个熟悉的身影就上来朝谢普挥手。

是奥托吕科斯。“嘿，帕蒂塔！我听说你找到亲爹啦！”

“我又没有把他弄丢。他一直都在。”

“她是个好孩子——但愿我的孩子们都像她这样。”

---

[1] 美国俚语，意为“扬扬得意”。所以下文列奥会听不懂。

“我不知道你有孩子。”

“一次只讲一个故事，否则我们岂不是能去演《一千零一夜》了？”

这时候，霍利波利莫利又唱起来了，宝丽拿着一个装满三明治的手提袋走向舞台。

“我都快饿死了！”奥托吕科斯说，“谢谢您，女士，非常感谢。”

他对着夹了火腿奶酪的法棍面包咬了一大口。

“这人是谁？”宝丽说，“他想待在我身边吗？”

泽尔和帕蒂塔手牵手，漫步在暖洋洋的夜色中。“如果你把这件事告诉别人，任何人，他们都不会信的。”帕蒂塔说，“一个月前，我们都还是普通人。”

“你该小心他们。”泽尔说，“我认为这都是因为我们。”

“你这话什么意思？”

“我之前都说过了——他们曾毁了一种生活，但也有另一种他们找不到所以毁不掉的生活——但不管在哪种情况下，我们都会在一起的。”

“这简直是好莱坞的版本。”

“命运并不是好莱坞发明的。”

“所以我命中注定要和你共度余生？”

“不——你的自由意志可以派上用场了。你不用非得嫁给我。”

“你刚刚是不是向我求婚了？”

泽尔抱住她，让她腾空旋转起来，好像在演绎标准的大团圆结局。

谢普和宝丽坐在宝丽的私家花园里。宝丽把一切都告诉谢普了。当她讲到托尼·冈萨雷斯的时候，谢普不免双手抱头。“他是在念叨！他的遗言就是：

“宝丽。

“后来，我想那肯定是宝宝的名字，但我们看到了那张乐谱，这才决定叫她帕蒂塔。这个词的意思是——失落的小孩，对不对？”

宝丽点点头。“托尼念叨我的名字了？”

“我发誓，宝丽。我一直坚信我做了一件好事。现在……我反而不知道了。”

“你救不了托尼的。”

“我试过了，宝丽，相信我。我和科洛不是英雄，但我们也没有躲到马路对面去——我们过去了。”

宝丽拍拍谢普的手背。“别埋怨自己了。你有一双很漂亮的手，你知道吗？托尼的手也很好看——会干活的手。”

谢普微笑着看她，把她的手翻过来。“你有一双给予他人的手——宽厚的手掌。但是，宝丽，如果我把帕蒂塔送去警局，她就能和母亲团聚了。”

“可是那将是怎样的童年呢？离婚，各种各样恐怖的事情都会接踵而来。米罗。一半的时间跟列奥，另一半时间跟咪咪，那么多悲惨的失落，那么多误会，他们两个人根本不能好好说话，更别说交谈了。帕蒂塔和你在一起更快乐。”

“她从小到大都没个妈。”

“我不知道咪咪还能不能胜任妈妈的角色。咪咪的精神严重崩溃了。不只是因为帕蒂塔——还有米罗。”

“你和咪咪保持联系吗？”

她点点头。“我从没告诉过列奥。他也从没问过。”

“你怎么能够原谅他呢？”

“他不想被人原谅。不过，如果你不宽容，你该怎么生活呢？”

谢普说：“我一直在等待我太太的宽恕——这很难，因为她已经死了。因为她死了，我也死了——心死了。

“我太太去世之后，我完全想不起来该如何去爱——好像她把爱的指导手册也带走了。后来，帕蒂塔像个奇迹般出现了——确实是奇迹——崭新的开始，那个夜晚，暴雨，好像会降落在地球的大月亮，她突然出现，从头到脚包裹在白布里，好像是用月光装扮的，我想过要把她放回去，但我做不到，因为她就是我爱的指导手册。”

宝丽把另一只手也盖在谢普的手上。他再用另一只手盖住她的手。宝丽说：“你们都住在我家，这让我太欢喜了。我感觉自己一直都认得你。我一直住在这里，但现在我感觉我回家了。”

谢普说：“你从没去过路易斯安那吗？”

就在那时，后门开了，奥托吕科斯走进了花园。他挥手。“正想去我的牧羊人小屋呢。宝丽，你家真不赖啊。你玩扑克吗？”

谢普和宝丽进屋了。谢普坐在钢琴边，开始即兴弹奏。宝丽跟过来，在他身边坐好。“我也想这样弹琴。”

“来吧……我弹左手，你跟进我的和弦。”

他们就这样弹起来。宝丽踟蹰不定，笑出了声。“你是怎么弹出那些复杂的大和弦的？”

“那是五旬节派教会的钢琴。我猜想，没有犹太人是五旬节派教徒吧？”

“也许只是我没有碰到过而已。”

“还有一些和弦是专门弹给第二次降临的基督听的。”

“原来，我的问题出在这儿——我们至今还在等弥赛亚第一次降临呢。”

宝丽张开手指——她弹得很快，又敏捷又娴熟，当谢普引导她进入那些和弦时，她听准了一个音，加入了。

“就是这样！你现在找到窍门啦！我会帮你在剪羊毛预留特邀嘉宾席位。你可以挣小费啦。好了，现在试着加入左手——先稳住右手的位置，然后弹出一鸣惊人的大和弦。你先弹，我随后就跟上。”

谢普站到宝丽身后，略微俯身，长长的胳膊一左一右地引导她的手势，顺势加入一点爵士的节奏。他和她越靠越近。宝丽略微向后仰，靠着他。他把她抱在怀里了。

音乐会当天。

帕蒂塔很紧张，因为姑娘们前一天没办法彩排——各种设备进场调试，圆厅全面关闭。晚上，她和泽尔在圆厅旁边散步，打算走回宝丽家。厅内灯火通明，有乐队在演奏。

“好奇怪。”帕蒂塔说，“听上去像是彩排。”

他们试着走前门和直通后台的后门，但全都锁上了。

他们回到家，和宝丽说了这件事。宝丽正要出门，回答说：“只是个技术故障。我正要过去一趟。”

“都半夜了。”帕蒂塔说。

“我已经是只大南瓜了，”宝丽说，“不用担心。”

音乐会当天。

“我有几个坏消息告诉你，列奥。”宝丽说。

“我不在乎。”列奥说，“我们损失了多少钱？”

“你不在乎？”

“不过是生意嘛。看看我们的收获。我们找到了帕蒂塔。”

“部长要求撤回圆厅项目的许可证。”

“我们的规划已经获批了。”

“我们最主要的支持者被控受贿并串谋妨碍司法公正。”

列奥的表情好像如释重负。“那就好。起码要一个律师团磨个五年，他就没事了。还有什么问题？”

“他认罪了。”

“奥斯塔维奇认罪了？”

“辩诉交易。我猜想还有几起谋杀案，所以他认了轻罪以求轻判。”

“谋杀？你为什么不早说？那就很难办了。这对我们来说意味着什么？”

“从长计议的话，我们要打一场恶战。长话短说的话，你不能推倒圆厅。”

“我一直都想推倒圆厅，自从……”

“咪咪在这里演唱之后。”

“所以说，这里有私人感情。”

“列奥，生活是私人的。但你一直拒绝，让它可望而不可即，等它真正迫近了，你又亲手扼杀它。”

“宝丽？”

列奥坐到地板上，背靠着墙。不再年轻的男人。从未长大的男孩。他在抽泣。宝丽在他面前跪坐下来。

“我想过好多好多次，想自杀。我没有下手，不是因为我没胆量，而是因为死了就太便宜我了。我的生活？我制造金钱和回忆。那不叫生活。因为活着就是我的无期徒刑，我才没有自杀。我不想要你的怜悯，宝丽。我只想让你知道。”

“我当然知道。”宝丽说，“所以我还留在这儿。”

音乐会当晚。

宝丽去做头发。她一直去高德格林区伊莱恩的店。“伊莱恩，我要一个隆重的发型。特殊场合。”

伊莱恩把宝丽的头发往上拉直，好像她看到了别人都看不到的那些魂灵。

“长度够了——收一点，再喷一点定型水。你想我把头发堆在头顶吗？”

“堆高，伊莱恩。”

奥托吕科斯换上了从卡姆登买的西服，整个人焕然一新。宝丽说：“你可真时髦啊，托里。”

“只有我妈叫过我托里。”奥托吕科斯说，“如果你肯飞越大西洋，我可以为你找一辆好车。顺便问一句，你是不是也会做鸡汤？”

“你觉着呢？”宝丽说，“托里，我只想跟你打听一下。泽尔……是个好小伙儿吗——我知道他不是犹太人，但他人好不好？”

“他是最棒的。”奥托吕科斯说，“但千万别让他知道这话是我说的，否则我的老板威仪就要大打折扣了。那孩子确实是最出色的。当然，他有一个好师傅……”

赛诺站在宝丽家门外。

泽尔穿着白T恤和黑外套走出来。赛诺穿着牛仔裤、黑T恤和粉色山羊皮鞋。

“你这样子也太基了吧。”泽尔说。

“在你出生以前，时尚业就指望我们了。”赛诺说，“你的外套不错。”

泽尔犹豫了一下。还是笑了。赛诺犹豫了一下。也笑了。“我很愿意慢慢了解你。”

泽尔又犹豫起来。“我想走路过去。你也想走吗？”

科洛从没碰到过和他一样高的女人。

“你最早读到海明威是什么时候？”罗琳·拉特罗布问。

科洛不能说他根本没读过海明威。自从奥托吕科斯把那本书送给他之后，书就一直在他口袋里搁着。外套和书都到了伦敦，但科洛把外套落在列奥的办公室了，罗琳·拉特罗布拾起来的时候，书掉出来，被她捡起来了。

她非常性感。

“《太阳照常升起》是我最喜欢的一本海明威。”罗琳·拉特罗布说，“但我也很喜欢《流动的盛宴》。传记。写的是他在巴黎的岁月——莎士比亚书店。”

“是的，没错，”科洛说，“那家书店。”

罗琳·拉特罗布把她强有力的手搁在了科洛结实的大腿内侧。

后台，霍利波利莫利正要换上新裙子。

帕蒂塔还在冲澡。她好紧张，心思乱窜。这可不像她。

谢普敲了敲门。帕蒂塔披上便袍，用毛巾裹住头发，应了一声：“嘿，爸爸。”

谢普进来了。“你还好吗？这是怎么了？”

千头万绪，但她没法解释。千言万语，但她说不出来。是很圆满，但她不明白，为什么她期待发生的事情都发生了，她却不想要了。她觉得自己好像刚吃了苹果的夏娃。

“今天是星期五，我们本该在酒馆里给客人上蛤蜊汤，再让大家挑一首曲子。”

“我们很快就能回家了。”

但我们不会的，她心想，我们从那里离开，但那里已不是家了。如果我可以倒转时间，我愿意。

但谢普知道她在想什么。

“我们回不到昔日所在，也变不回昔日的自己，没错。但我们依然可以回家。”

他给了她一个拥抱。

有人敲门。是科洛和罗琳·拉特罗布。“小妹，我们是来祝你好运的。”科洛说。罗琳·拉特罗布穿了一件紧身连体莱卡服，配一双钉子般的尖跟高跟鞋。她的头发盘在头顶，染成停车灯的那种鲜红色。

“你这一身太炫了。”帕蒂塔说，“你骑车来的吗？”

“我没有单车。素食者才骑单车。”

她揽住科洛。他看起来战战兢兢的。“嘿，老爸。”

宝丽从走廊那头过来，头发包在毛巾里。“时候到了！罗琳，你好。”

“您好，利维女士。”罗琳说，“我们的位置都在第一排。”

她拉起科洛的手，把他带走了。

“她可真有女人味儿啊。”谢普说。

“她是变性人。”宝丽说。

“变了什么姓？”谢普说。

“爸，你就别操那份心啦。”帕蒂塔说。

“那你准备好了吗？”谢普说，“时候到了。”

音乐会当晚。

偌大的剧院座无虚席。红灯笼和红灯泡照亮了观众席。抬升起来的舞台是银白色的，安放着三角大钢琴和架子鼓，还给铜管乐队预留了宽敞的空间。有两个伦敦当地最火爆的知名乐队、两位表演诗人、一位出色的喜剧演员和一位吞火杂技表演者登台表演。

分离乐队完成了她们的表演。观众很喜欢她们。“我可以把她们包装起来卖出去。”列奥说。宝丽摆出 *oy vey* 的表情白了他一眼。“你不知道老话怎么说的？别为了做勺子把自家孩子煮熟了。”

“你可不可以别跟我扯那些意第绪老段子？告诉我现在是什么情况。”列奥说，“为什么他们要重新布置舞台？接下去表演的是什么人？”

“是她的乐队。”宝丽说。

“谁的乐队？”列奥说。

整个剧院和舞台都黑下来了。漆黑一片，宛如在梦里的夜。继而出现了光亮，像窗户里的灯光一样高高在上。那些纷纷落下的是羽毛，还是白雪？新生的良机般闪闪发亮的，是混在白雪或羽毛里的钻石吗？

追光灯亮起来，照亮一个空空荡荡的空间，宛如记忆初始时那样的空旷无际；记忆，不就是悬贯时间的一条绳索？

一个女人如同雕像般站立在灯光下。她一身素洁的黑裙，唇色鲜红，浓密的头发剪得短短的。

她一动不动。继而开始。

“这首歌是献给我女儿的。歌名是《帕蒂塔》。”

列奥站起来，走到过道里。赛诺也不知从剧院的哪个角落走了出来，站到他身边。他揽住列奥的肩膀。列奥在哭泣，泪如雨下。

失落的已被找到。

那我们就离开吧，把他们留在剧院里，留在歌声中。我坐在后排，一直等待着即将发生的场景，现在我走出剧院，走进夏夜的街头，雨水顺着我的脸庞滑落。

过去的三十余年里，莎士比亚的剧本始终是我的私人读本，所以我才写了这部改写版小说。我这么说，是因为我的生活里不能没有文字世界（文字“word”和世界“world”只差一个字母）；不是说不能缺少，而是说我只能活在文字世界里。

这个剧本讲到了弃儿。我就是个弃儿。这个剧本关乎宽恕、未来有无限可能的世界——以及宽恕和未来是如何紧密地彼此相系。时间可以颠倒流转。

莎士比亚晚年的剧本完全依赖于宽恕。

不过，被宽恕的是什么呢？

一开始，《冬天的故事》重蹈《奥瑟罗》的覆辙。宁可毁灭世界也不肯改变自己的男人。但这一次，女主人公无须为了男主人公的妄想而死。奥瑟罗不能爱、不能信赖的其实是他自己——而非苔丝狄蒙娜——但当莎士比亚再次回到这个主题时，他给了自己第二次机会。

赫美温妮没有死。列昂特斯、波利克赛尼斯也没有死。未来得到了保障，那纯粹是因为佛劳里泽和帕蒂塔不想像他们各自的父亲那样行事。不是吗？

宽恕。故事只可能有三种结局——当然要排除掉“从此以后他们幸福地生活在一起”，那不是结局，而是结尾的句子。

只可能有三种结局：

复仇。悲剧。宽恕。

莎士比亚太了解复仇和悲剧了。

直到写作生涯的晚期，他才开始对宽恕发生兴趣——也许该说，他对宽恕重新有了兴趣——因为在《终成眷属》中，你就可以在海丽娜身上看到宽恕，看到她如何与骄纵、自私又自恋的伯特兰姆斗智斗勇；在《恶有恶报》中，你可以在伊莎贝拉身上看到宽恕，看她如何抵抗野蛮的情欲；在鲍西亚[1]身上也看得到，这位慈悲的诗人巧妙地驳回了债主索取一磅肉的致命契约。倒不是

[1] 莎士比亚戏剧《威尼斯商人》中的女主人公。

因为夏洛克是犹太人——而是因为他是个不够格的犹太人。立下旧约的石板必须先被抹清：宽恕旧债。决不能用过去抵押未来。

还有考狄利娅和赫美温妮，宽恕是她们灵魂中最耀眼的美德。在《李尔王》中，考狄利娅因孝顺的爱而被杀死，和莎士比亚笔下另一对不共戴天的兄弟——埃德蒙和埃德加——抵死抗争（仔细一想就会发现莎士比亚惯用这套设定，列昂特斯和波利克赛尼斯不就是这样一对兄弟吗？）。考狄利娅还和亲姐妹背道而驰，高纳里尔和里根之阴险毒辣不亚于麦克白夫人，但她们也和考狄利娅一样，被迫忍受追权夺利的男权社会的钳制。作为父亲，李尔王因为自身的疯狂而没有保护自己的小女儿，恰如列奥把帕蒂塔扔给鸢鹰、乌鸦、狼与熊。莎士比亚从不热衷于家庭生活。难道你愿意被蒙太古或凯普莱特[1]这样的父亲抚养长大吗？难道你想有哈姆雷特父母那样的双亲？

米兰达不一样，在莎士比亚最后一出剧作《暴风雨》中，她有一位可圈可点的父亲，做他的女儿是值得的——但孤岛上只有他们两个人，当费迪南出现时，普洛斯彼罗饱受司空见惯的嫉妒和暴怒的折磨，险些难以自持，拒绝让未来自然而然地发生，以此证明他有抵挡未来的能力。他没有被暴怒彻底控制——莎士比亚离开了剧本，像我们这样，把未来的问题留给孩子们，让他们有机会再次拨乱反正。

[1] 莎士比亚戏剧《罗密欧与朱丽叶》中的人物：蒙太古是罗密欧的父亲，凯普莱特是朱丽叶的父亲。

如同庞德所言，“创新”。[1]

《冬天的故事》讲述了一点：过去依赖于未来，恰如未来依赖于过去，其程度不相上下。《冬天的故事》中讲述的过去并非历史，而是悲剧。没有觉悟，悲剧就不可能发生。因有惨痛的损失，对失落以及这种失去方式之愚蠢的认知，第一部分[2]的剧情才会那么令人痛苦。

第二部分，载歌载舞的牧羊人，轻松无忧的田园生活，显然和西西里亚阴郁的宫闱形成了强烈的对比。牧羊人和他的儿子科洛恩代表了正直善良的美德，恰好和大城市人刚愎自用、强词夺理的思维方式形成鲜明的对比。

波利克赛尼斯在第一部分中曾让我们同情，但在第二部分里，他试图阻挠甚至以死相逼儿子佛劳里泽和帕蒂塔的爱情，暴露出自身的迂腐、无理，那种性施虐狂的姿态和列昂特斯的妄想并无二致。

对他的王子来说，帕蒂塔太普通了。这是对女性的误读，和列昂特斯对赫美温妮、李尔王对考狄利娅的错误认识一样，都是致命的误解。

---

[1] 埃兹拉·庞德是20世纪著名的美国意象派诗人和文学评论家。《创新》(*Make It New*)是他阐述文学思想的著作，源于中国儒家经典《大学》记载的商汤王《盘铭》：“苟日新，日日新，又日新。”

[2] 本书第一部分对应原剧本的第一、第二、第三幕。第二部分对应的是第四幕。第三部分对应的是第五幕。

第三部分，每一件事情都走向正途，看似有魔法，其实不然。列昂特斯的忏悔是真实的。他恨自己犯的错，恨了整整十六年。赫美温妮坚定不移，和第一部分中列昂特斯的草率施暴、第二部分中波利克赛尼斯的残忍暴怒截然不同。

赫美温妮做到了倒行逆施的大局中想行正道之人最难做到的事——无为。

Nothing，无为，无有，不算什么。这个词是这出剧目的关键词。列昂特斯用谵妄之言描述了莫须有的通奸场面，反问的背后自有答案，但他是听不到的：

喁喁细语不算一回事？还有脸贴脸？鼻碰鼻？用里唇亲嘴？朗朗的笑声中夹着一声叹息——这是确切无疑的失贞的表现。还有脚踮着脚？躲在角落里？巴不得钟走得更快一些？一小时一小时的，像是一分钟一分钟的过？中午立刻就到午夜？巴不得别人的眼睛都出了毛病，什么都看不见，好让他们放心去做坏事？这不算什么吗？哼，那么这世界和世间一切都不算一回事了；覆罩一切的苍天也不算一回事；波西米亚也不算一回事；我的妻也不算一回事；这些不成为一回事的东西都是空无所有，如果这不算什么。[1]

[1] 《冬天的故事》第一幕第二景中列昂特斯的台词。此处结合朱生豪和梁实秋的两个译本改写而成。

列昂特斯的暴行俨如原子弹爆炸，留下放射性废物，令人无计可施，只能等下一代准备好了再去处理——他们也必须先躲过源自过去的坏死的渴望，譬如帕蒂塔，躲过死亡才能有第二次新生。

这是个“老故事”，是个童话。只不过在童话故事中，威胁通常来自外部世界——恶龙、军队或黑巫师。而莎士比亚把威胁置于其真正所在之上——人的内心世界，在这一点上他领先于弗洛伊德。

《冬天的故事》首演于1611年。但要再等三百年，早期精神分析学才开始理解过去怎么会成为未来的债，或该如何挽回过去？过去潜伏静候，又像是易容装扮的乞丐。莎士比亚最喜欢乔装打扮，让人、物、事甚或其类别改头换面——看起来是男孩的女孩就是女孩。看起来是牧羊女的公主就是女神。雕像复活。事物的真谛和表象不尽相同，这正是《冬天的故事》骇人又荣耀的缘由。

还有时间。时间限定了一切，只给我们一次摆脱限定、实现自由的机会。我们终究不会受困于时间。时间可以得到抵偿。失落的可以被找回来……

所以，让我们把最后的文字留给她。

帕蒂塔

很快，这就将是我们共同的生活，我们必须像别人那样生活在这个世界上。我们必须去工作、成家、生子、做饭、做爱，如今这个世界匮乏美德，所以我们辛勤过活也可能一无所获。我们会有梦想，但梦想会实现吗？

也许我们会淡忘自己身上曾有奇迹发生。朝圣地已倾颓荒废，长满野草，无人问津。也许我们不会厮守到永久。也许生活太难，怎么也熬不过去。也许爱情只在电影里有。

也许我们会彼此伤害，以至于我们会否认已然发生的一切。我们会给自己找到托词，证明自己从没经历过那些事。那些人也并不存在。

也许会有一夜，天气恶劣，你把我的手腕捏得太紧，我就会抓起手电筒冲进雨里，竖起衣领以抵御狂风，星星隐没在密布的黑云中，一只鸟从篱笆墙上惊飞而起，水坑在微弱的手电光下反射出微光，离喧嚣的大马路还很远，但这里听得见夜晚的声响、我的脚步声、我的呼吸声。

也许那时我将记起，尽管历史总是反复上演，我们也总会跌倒。历史短暂行走在时间里，留不下印记，而我就是历史的背负者，我已然知晓值得记取的那些事——疯狂得近乎不像真的，违逆每一种看似必然的陈规。

如同倾覆之舟里一口稀薄的空气。

爱。爱的体量。爱的程度。不可想象。无边无际。你对我的爱。我对你的爱。我们给彼此的爱。真实不虚。确定无疑。凭借黑暗中的一束手电光，我找到自己的路，我就是见证者，我就是我领悟的这份爱的证物。

我一生时光中的些微粒子。

致 谢

感谢我的经纪人、好朋友凯若琳·米歇尔（Caroline Michel）。感谢 Chatto 书局的各位同人，尤其是朱丽叶·布洛克（Juliet Brooke）和贝吉·哈迪（Becky Hardie）。感谢 Vintage 出版社的蕾切尔·库戈诺尼（Rachel Cugnoni）和艾尼·穆基恩（Àine Mulkeen）。感谢我在曼彻斯特大学的各位同事，尤其是负责编辑、校对我那些混乱的修改稿的约翰·麦克奥利弗（John McAuliffe）和劳拉·埃文斯（Laura Evans）。也要感谢瓦尔·麦克德尔米德（Val McDermid）帮我解决了一大难题。感谢和我结婚的苏西·奥巴赫（Susie Orbach）。

最后且最重要的是，感谢威廉·莎士比亚。不管你在哪儿。

UnRead
–
文艺家

夏洛克是我的名字

[英] 霍华德·雅各布森——著
齐彦婧——译

SHYLOCK IS MY NAME

Hogarth Shakespeare
-
Howard Jacobson
-
The Merchant of Venice

Beijing United Publishing Co.,Ltd.
北京联合出版公司

夏洛克是我的名字

[英] 霍华德·雅各布森 著
齐彦婧 译

图书在版编目（CIP）数据

夏洛克是我的名字 /（英）霍华德·雅各布森著；齐彦婧译．— 北京：北京联合出版公司，2017.6（2018.10重印）

ISBN 978-7-5596-0227-5

Ⅰ．①夏… Ⅱ．①霍… ②齐… Ⅲ．①长篇小说－英国－现代 Ⅳ．① I561.45

中国版本图书馆 CIP 数据核字 (2017) 第 079733 号

SHYLOCK IS MY NAME

By Howard Jacobson

北京市版权局著作权合同登记 图字：01-2017-2308

出品人 唐学雷
选题策划 联合天际
特约编辑 刘 默
责任编辑 崔保华 刘 凯
套装设计 @broussaille 私制

UnRead
文艺家

出 版 北京联合出版公司
北京市西城区德外大街 83 号楼 9 层 100088
发 行 北京联合天畅文化传播公司发行
印 刷 三河市冀华印务有限公司
经 销 新华书店
字 数 203 千字
开 本 880 毫米 × 1230 毫米 1/32 8.5 印张
版 次 2017 年 6 月第 1 版 2018 年 10 月第 2 次印刷
ISBN 978-7-5596-0227-5
定 价 49.80 元

关注未读好书

未读 CLUB
会员服务平台

本书若有质量问题，请与本公司图书销售中心联系调换
电话：(010) 5243 5752 (010) 6424 3832

谨以此书缅怀韦尔伯·桑德斯

你我既为多年挚友，又长期共事于莎士比亚教学，

为何竟从未一同探讨过《威尼斯商人》？

个中缘由，我实在无法解释。

而今永失与你探讨它的机会，我深感痛惜。

鲍西娅：这儿哪一个是那商人，哪一个是犹太人？

公爵：安东尼奥，夏洛克，你们两人都上来。

鲍西娅：你的名字就叫夏洛克吗？

夏洛克：夏洛克是我的名字。

《威尼斯商人》第四幕，第一场[1]

[1] 本文采自朱生豪译本，《莎士比亚全集》第二卷，人民文学出版社，1994年。

一

又是一个让人感到生不如死的日子——英格兰北部二月间常有的那种——天地把光线挤在投信口般逼仄的缝隙中，天色苍白乏味，不可捉摸。这样的舞台不宜上演悲剧，即便是在这个死者安息之所。墓地里有两个男人，心事重重，两人都没有抬眼。在这些地区，人要不想沦为一出滑稽戏，就得向天气宣战。

这种抗争的痕迹就写在第一位哀悼者的脸上。他人到中年，姿势古怪，时而傲慢地高昂起头，时而又生怕被看见似的猫着腰。他的嘴也同样痉挛着，令人困惑，嘴唇一会儿拧成一抹冷笑，一会儿又软巴巴地张着，上面青一块紫一块的，就像夏天满是压痕的水果。

他名叫西蒙·斯特鲁洛维奇——一位富有、暴躁、敏感的慈善家。他对事物抱有时断时续的热忱，收藏了一批20世纪英国杰出犹太裔画家的作品和古籍《圣经》。他热爱莎士比亚（他曾认为，莎翁之所以天才盖世，又生着一副冒险家式的塞法迪人[1]相貌，唯有其祖上改姓自夏皮罗[2]一说解释得通，不过现在他不那么有把握了）。他取得过几个荣誉博

[1] 塞法迪人（Sephardi），西班牙或葡萄牙籍的犹太人或其后裔。

[2] 夏皮罗（Shapiro），常见的希伯来姓氏，也是犹太人的常用姓氏。斯特鲁洛维奇这样推测可能是出于他的民族自豪感。历史上也有对莎士比亚（Shakespeare）这个姓氏的各种拼写错误的猜测，Shapiro是其中之一。

士学位，由伦敦、曼彻斯特和特拉维夫各大学颁发（特拉维夫的学位是另一件他不敢打包票的事情），还有一个离经叛道的女儿。

西蒙·斯特鲁洛维奇来这里是为了查看母亲坟茔上新立的墓碑，为母服丧的十二个月业已过去。服丧期间，他的哀悼算不上尽心竭力——他忙着购置和出借画作，忙着基金会和捐赠事务，忙着在脑袋里算账，忙着应付女儿——但他有意弥补，或像他母亲说过的忙着“博施济众”，这曾令她骄傲又忧虑（她不想看到他因散尽钱财而自寻短见）。好在他总有时间做个更好的儿子。

或者做个更好的父亲。会不会女儿才是他真正准备悼念的人？这种事情可是代代相传的。他父亲就曾短暂地悼念过他：**“我就当你死了！”**为什么呢？还不是因为他新婚妻子的信仰问题，尽管他父亲压根就不信教。

“我宁愿你死在我的脚下[1]……”

那样真的更好吗？我们对死亡真是乐此不疲，他一边在湮灭的墓碑间拖着步子，一边这样想着。对于“我们”这个划群归类的概念，他时而认同，时而反感。我们来到世上，有幸活着，用一根棍子挑着我们的细软，然后立刻就得找个地方，好把我们的不肖子女埋葬。

也许正因为下葬前总有种种愤懑，此地才缺乏美带来的那种安慰吧。在斯特鲁洛维奇的学生时代，他尚未将“我们”一词收入私人字典时，曾就斯坦利·斯宾塞的《于库克姆的复活》[2]写过一篇论文，盛赞了斯宾塞笔下那种墓园的喧嚣：死者带着热切的活力，翘首企盼着接下来即将

[1] 出自《威尼斯商人》第三幕，第一场。夏洛克得知女儿仍下落不明，慨叹道：“……我希望我的女儿死在我的脚下……”采自朱生豪译本，《莎士比亚全集》第二卷，人民文学出版社，1994年。

[2] 斯坦利·斯宾塞（Stanley Spencer，1891—1959），20世纪英国最重要的画家之一，现代主义绘画中写实与叙事倾向的代表人物。《于库克姆的复活》是其代表作之一。

发生的事。可这里并不是伯克郡[1]的乡村教堂墓园，而是曼彻斯特南部的加特利的一处连救世主都不会光顾的墓地，这里接下来什么也不会发生，这里的一切都已终结。

地上的残雪变得黢黑，肮脏地卡在墓穴的花岗岩缝中。初夏前，它都会留在那里。如果夏天还来的话。

墓地中的第二个人来得比斯特鲁洛维奇早得多，此刻他正柔声跟一座坟墓的主人说话，那块墓碑经年累月，已破败不堪。他是夏洛克，一位易怒又暴躁的犹太人，不过他愤怒的方式更接近冷嘲热讽而非喜怒无常，而且只要能陪着长眠地下的妻子莉娅，他的暴躁就会平息不少。他的个性不像斯特鲁洛维奇那样分裂，可能正因如此，他才更容易制造分歧——没有任何两个人对他的看法是一致的。即使是那些完全瞧不上他的人，也各有瞧不上他的理由。与斯特鲁洛维奇不同，钱对夏洛克来说是个问题。他不收藏画作或《圣经》，觉得既然别人对他并不慷慨，那他也就没必要乐善好施。或许会有人说，他这么做颇得慈善的精髓。至于他女儿，还是少说为妙。

夏洛克可不是斯特鲁洛维奇那种偶尔为之的吊唁者，他做不到抽身他顾。他既不是个健忘的人，也不是个宽容的人，因此，他不曾也不会为别的东西分心。

斯特鲁洛维奇从思绪中回过神来，还未见其人，就先感觉到了夏洛克的存在——一丝气息掠过他的后颈，仿佛某个胆大妄为的人在墓地里扔了个雪球。

---

[1] 因为斯坦利·斯宾塞出生于伯克郡的库克姆，所以作者才会在此做这样的类比。

“我最亲爱的莉娅”，这话音如祝词般落入冰冷的墓穴，钻进了斯特鲁洛维奇的耳朵。想必此地长眠着不少莉娅吧，斯特鲁洛维奇的母亲就是一位。但莉娅的名字，在刚开始体尝身为人夫之惆怅、身为人父之震怒的斯特鲁洛维奇身上，准确地唤起了一种隽永的怜悯。

莉娅，是给夏洛克买定情戒指的女人。莉娅，杰西卡的母亲，杰西卡为了换一只猴子，偷去了那枚戒指。杰西卡，这个叛逆的表率。即使有人拿一群猴子来交换，夏洛克也断然不会把那戒指给人。

斯特鲁洛维奇也不会。

这么说来，在斯特鲁洛维奇那里，“我们”这个字眼终究还是有点意义的。杰西卡违背的，也是**他的**信仰。

不管怎么说，斯特鲁洛维奇仅凭这点就已认出了对方，他对此确信不疑。夏洛克当然会在这儿，与死人为伍，他何曾离去？

十一岁时的一天，早熟地蓄起小胡子又聪颖过人的他，和母亲逛百货商店时，母亲突然间瞅见希特勒在买须后水。

“快，西蒙！”她吩咐道，“快去叫警察，我在这儿看着，免得他跑了。”

但没有一个警察肯相信希特勒就在商店里，最后，那个人还是从斯特鲁洛维奇母亲的眼皮底下溜走了。

斯特鲁洛维奇也根本不信希特勒会在商店里。回家后，他把这事当笑话讲给父亲听。

“别拿你母亲开涮，”父亲说，“她说看见希特勒，就是看见了。你安妮姑姑去年还在斯托克波特的集市上撞见过斯大林呢。我像你这么大的时候，还见过摩西[1]在希顿公园的湖上划船呢。”

“不可能，”斯特鲁洛维奇说，“要是摩西的话，他应该会把湖水分开。”

---

[1] 摩西，犹太教的创始人，公元前13世纪犹太人的民族领袖。

因为这番高见，他被罚关禁闭。

“诺亚[1]还差不多！”斯特鲁洛维奇从楼梯上大喊。

“还敢说，”他父亲道，“你什么也别想吃了。”

后来，母亲偷偷给他送上来一个三明治，像利百加会为雅各做的那样[2]。

长大后，斯特鲁洛维奇对犹太式的幻想更理解了些——为什么它能不拘泥于时间与空间的桎梏，为什么它从不听凭往日逝去，以及为什么他母亲说不定真的看见过希特勒。虽然他并不是《塔木德》[3]学者，但时不时也会拿出一本私人出版的选集册子，翻上一页箴言、金句。读《塔木德》的意义在于，他这样一个暴脾气的反叛者，能在其中与另一些早已入土的暴脾气反叛者面对面地争论。

你想**什么**呢，拉巴赫·巴·纳马尼[4]？去你的吧！

那到底有没有来世？你倒说说看啊，拉比[5]？

拉巴赫·巴·纳马尼简直要抖掉裹尸布，起来回敬斯特鲁洛维奇一个中指了。

往昔即此刻，别处即此处。至于莉娅怎么会被葬在加特利的死人中

---

[1] 诺亚，又称挪亚，《圣经》中的人物，诺亚方舟的建造者。

[2] 利百加是雅各的母亲，二者均是《圣经》中的人物。利百加偏爱小儿子雅各，便让雅各扮作兄长将食物端给老眼昏花的父亲，帮助雅各以长子之名获得祝福。

[3] 《塔木德》是犹太教最重要的宗教文献之一，源于公元前2世纪至公元5世纪间，记录了犹太教的律法、条例和传统。

[4] 拉巴赫·巴·纳马尼（Rabbah bar Nahmani，270—330），古巴比伦著名的《塔木德》学者、《塔木德》的编集者之一。

[5] 拉比（Rabbi）是犹太人中一个特别的阶层，是老师也是智者，指的是接受过正规犹太教育、系统学习过《塔木德》等犹太教经典，并且担任过犹太人社团或犹太教教会精神领袖，或是在犹太经学院中传授犹太教教义的人，主要指代有学问的学者。

间这个问题，没有人会傻到去问夏洛克，惹他不痛快。葬礼的细节——时间、地点等等——对他而言根本无关紧要。她长眠于此，这就够了。她活着的时候，无时无刻不陪伴在他的身边，所以他早就下定决心，她死后也将一如既往。她会随着这星球一同旋转，化为永恒，不论他去哪里，她都不会远离。

斯特鲁洛维奇暗中观察，警觉而热切，浑身紧绷，活像一件缩小版的乐器。必要的话，他能在这儿站上一整天。从夏洛克的举手投足之中——他颔首点头的姿态、游移而空洞的目光、蛇一般侧目的神情——他能看出，对方正全神贯注、一心一意地同莉娅交谈，两人的谈话超然物外，而非伤痛欲绝——这是一场深情款款而又不失轻快的对话，甚至不啻为一种双向交流。

夏洛克且听且说，像是在思考着妻子的话，尽管这些话他过去一定曾听她说过无数次了。他一只手上攥着本书，把它像法律文书或黑帮钞票那样卷起，不时匆匆翻开，那架势就像要从上面扯下一页似的。随后，他会一边轻声读给她听，一边掩着嘴，好似一个喜怒不形于色的人在试图按捺笑意。

即便他真的在笑，斯特鲁洛维奇寻思道，那笑也得穿越重重阻隔——他是用意念在笑。他想起了卡夫卡（怎么又有个忧郁的家伙站上了他俩的擂台？）的一句话：**“像嘴里没有舌头发出的笑。**[1]**”**也许卡夫卡自己就是这样笑的吧？那我呢？斯特鲁洛维奇思忖道。是不是因为这笑发自肺腑，舌头才起不了什么作用呢？至于那些玩笑话，即便真有什么好笑，也都是极其私密的，甚至可能还有那么点儿不得体。

他在这儿倒乐得自在，而我恰恰相反，斯特鲁洛维奇想，他在墓碑

[1] 出自卡夫卡的短篇小说《家父之忧》（*The Cares of a Family Man*）。

间泰然自若，想必在婚姻中也是怡然自得。

夏洛克与自己截然不同的境遇令斯特鲁洛维奇感慨万千。他自己的婚史可谓乏善可陈。他与第一任妻子联手，把日子过成了地狱。难不成就因为她是个基督徒吗？（“Gaiin Drerd[1]！”得知儿子打算外娶时，他父亲咆哮道。这个“下地狱去吧！”说的还不是一般的地狱，而是指火烧得最旺的那层，专门关押外娶者。并且，就在婚礼前夜，做父亲的还在电话中更直截了当地留言说：“我就当你死了。”）第二次，他娶了一位亚伯拉罕的女儿[2]，于是他父亲收回了先前的诅咒，在电话里称呼他是拉撒路[3]。然而，这段婚姻却陷入了骤停——妻子在他们女儿十四岁生日那天中风，丧失了大部分语言能力和记忆。而他也顺理成章地再无心去扮演丈夫的角色了。这一切发生得突如其来，所有的情感戛然而止，那滋味就像你再也得不到符合自己期望的消息了，令人麻木。

婚姻哪，它不是让人失去父亲，就是让人失去妻子！

斯特鲁洛维奇早已习惯了自怨自艾。莉娅在夏洛克心里，是那么鲜活，可比我眼中可怜的凯有生气多了，他这么想着，一天之中头一次感到寒意。

他端详着夏洛克，发现他后颈上的肌肉十分紧实。这令他想起自己多年前钟爱的一套漫画书，其中有个拳击手还是摔跤手之类的角色，身边总画着一圈圈的波浪线，以表现他的力场。我会被画成个什么样呢？斯特鲁洛维奇好奇地想。

什么样的符号，能表现我的感受呢？

---

[1] 意第绪语，意为“下地狱去吧！”这种语言目前多半是犹太人使用。

[2] 亚伯拉罕是《圣经》中的人物，犹太教的先知。这里的意思是，娶了一位犹太女性。

[3] 拉撒路是《圣经》中的人物，拉撒路病危时没有等到耶稣救助便死亡，但耶稣说他将复活，四天后，拉撒路活着从山洞里走了出来。

“想想看吧。”夏洛克对莉娅说。

“想想看什么，我亲爱的？”

“有人羡慕夏洛克呢。”

她的笑是如此动人。

夏洛克穿一件黑色长大衣，上身前倾着，小心翼翼地不让下摆沾上雪，又不至于弄皱大衣。他坐在一个折叠马扎上，就是伦敦周边的歌剧爱好者上戈林德伯恩歌剧院看戏时带的那种。斯特鲁洛维奇不明白他的帽子究竟有何寓意。他要是问起，夏洛克肯定会说，就是用来给脑袋保暖的而已。可那毕竟是一顶长檐绅士帽呀，是男人讲究仪表的标志。这顶时髦绅士的帽子戴在他的头上，透出一种调皮的威慑力，可他脸上却毫无笑意。

相比之下，斯特鲁洛维奇的穿着就朴素多了：他那件艺术收藏家式的大衣法袍般拂动着，雪白的衬衣一直扣到嗓子眼儿，没打领带，走的是现代派 15 世纪的风格。而夏洛克身上却散发着一种拒人于千里之外的危险气息，看上去远没有那么飘逸，很容易被认作银行家或律师，甚至黑帮教父。

对于自己能来祭奠亡母，斯特鲁洛维奇感到相当满意，进而疑心撞见这场墓前对话，这是不是自己尽孝的报偿？当个好儿子，是否就能得到这种犒赏？若真的如此，那他就该早点尽孝才是，除非此事另有原委。也许，该遇见的，早晚会遇见？如此说来，你其实不必刻意寻觅，只需等它到来。他一时兴起，幻想着莎士比亚，这位祖上可能——保险起见的措辞——改姓自夏皮罗的大文豪，也允许夏洛克来到他身边。也许莎士比亚正走在从剧院回家的路上，一边见鬼，一边对着写字板写写画画，刚从自己的世界抽身片刻，就瞥见安东正在啐一个可憎的东西：一个犹太人。“这是怎么啦！是个犹太人呀！是你吗，表哥？”莎士比亚问道。

这可是伊丽莎白时代**无犹太人**[1]的英格兰，所以他诧异得很。

“嘘。”那个犹太人说。

“夏洛克！”莎士比亚大大咧咧地喊，“肯定是我表哥夏洛克，要不是的话，我就是个基督徒！”

夏皮罗、莎士比亚、夏洛克。其中必有家族渊源。斯特鲁洛维奇不在其列，他感到十分遗憾，谁让他名字里缺个**“嘘”**字呢[2]。

总之，踏破铁鞋无觅处，得来全不费工夫，这个道理，斯特鲁洛维奇显然十分清楚。他听说在威尼斯的丽都岛上，有一片风景如画的犹太墓地——曾一度废弃，随后又借欧洲的新一轮复旧思潮得以修复——其中松柏茂盛，气氛沉郁，寒光森森。他有位复仇心切的熟人，就曾无数次来此凭吊。此人坚信，既然在挤满舔着冰激凌的如织游人的威尼斯犹太区，没人见过死去的夏洛克，那自己就一定能在这里找到他，这个人沮丧而怨怼地穿行在墓碑间，口中念念有词，为逝去的亲人祝祷。然而没戏。德国大诗人海涅与斯特鲁洛维奇一样，一度也看不上“我们”这个词，不久却又成了它狂热的信徒。他曾怀着同样的热情追逐过幻梦，终究也是徒劳无功。

然而，对夏洛克的追寻——尚有诸多疑团待解，诸多问题悬而未决——不会止步。西蒙·斯特鲁洛维奇那位基督徒妻子、激烈的反犹主义者奥费莉娅－简，就曾认出过夏洛克。当时他俩在运河边吃饭，她瞅见夏洛克正步履蹒跚地走下里亚托桥的台阶，手里拎着个假路易威登手

---

[1] 无犹太人（Judenfrei）是一个纳粹概念，free of Jews，指大屠杀中已将犹太人全部清洗殆尽的区域。

[2] 原文中的嘘（Shush）与夏皮罗（Shapiro）、莎士比亚（Shakespeare）、夏洛克（Shylock）押头韵，以字母“sh”打头。而斯特鲁洛维奇（Strulovitch）的名字以“s”打头，不在其列。

袋，里面还塞满了假登喜路表。他们是去度蜜月的，奥费莉娅－简想为新婚丈夫做件犹太式的贴心事。他没告诉她，也没打算告诉她，就在婚礼前夜，他父亲已经口头埋葬了他。

“看哪，西！”她拽着他的衣袖说。这个动作让他相当恼火，生怕她会扯坏自己的衣服。也许，就因为这个，他紧紧盯着她的手指看了好一会儿，终于抬起头时，却什么也没看见。

他们蜜月余下的每个晚上，她都带他去那里吃饭，指望能再次遇见夏洛克。“Oy gevalto[1]，咱们又去里亚托！”他终于抱怨了一句。她于是双手掩面，觉得他不但不知好歹，还嬉皮笑脸。结婚才五天，她就已经烦透了他那一口乡里乡气的意第绪土话。她希望他俩都能高雅大方，那些土话却有损这种气质。来威尼斯是她的主意，好让他重新跟上潮流。要不是为了这个，她早提议去科尔多瓦了。她嫁给他，是为了贴近希伯来民族的悲情史，体尝那个说拉迪诺语[2]的高贵民族所历经的磨难，可他倒好，一句“oy gevalto”就把她打回了某个臭气熏天的波罗的斯拉夫犹太村，里面住满了土豆脸的乡巴佬，只会一个劲儿地耸肩。

她感觉心跳都快停止了。“快说我嫁的不是个混世魔王。”在他俩踱回酒店的路上，她央求道。他能感觉到她在自己身旁颤抖，活像一艘五桅帆船。“快说你不是个丑角。”

他们走到美圣母广场时，他停住了脚步，一把将她揽入怀中。他本可以告诉她，这座教堂建于1492年，就在这一年，犹太人被逐出了西班牙。他尽可以说，亲爱的，快吻我，就当将功补过了。吻我就当你认错

[1] 意第绪语，语气词，有“真是够了”“我的天哪”之意。

[2] 拉迪诺语（Ladino），又称“犹太－西班牙语”，源自中世纪西班牙语，是塞法迪犹太人所使用的语言。

了。她也会照做，同时幻想着他即将率一班随从告别托雷多[1]，最后一次在伊本·书珊会堂[2]做祷告；他巍然屹立着，拒绝背弃自己的信仰。是的，她丈夫是一位蓄着黑色胡须的西班牙贵族，她本会把一颗唇膏色的星星印在他受迫害的漂亮前额上。“去吧，我的大人，勇敢地去吧，愿亚伯拉罕与摩西的上帝与你同在，我随后就带着孩子前去投奔你。”可是，他却没对她说那句话，于是她也就没机会这么做了。相反，他只是故意装傻充愣，呼吸中夹杂着鲱鱼、意大利饺和罗宋汤的空气，把黑暗蒙昧之乡的宿命论还有那些不叫莫伊舍就叫孟德尔的无名之辈脑中的不堪迷信，全都一股脑地喷到了她神色不安的小脸上。

“切姆·扬克尔是个卖缎带的，”他开口道，明知这样一个名字丝毫引不起她的兴趣，“他向哈罗德百货的采购员抱怨，说他们从不在他那儿进缎带。于是采购员敷衍他说：‘好吧，好吧，给我一段从你鼻尖到老二那么长的缎带就行了。’两个星期后，一千盒缎带出现在哈罗德百货的收发室里。‘你他妈搞什么鬼？’采购员在电话中怒斥切姆·扬克尔，‘我只要了从你鼻尖到老二那么长的缎带，你竟给我搞来一千英里的。’‘我的老二，’切姆·扬克尔说，‘在波兰呢。’”

她盯着他，脸上写满难以置信的惊愕。她个头比他矮些，体态匀称，身材有如男孩般纤细，十分精致。那双眼睛在她脸上大得有些比例失调，像两汪幽暗的池水，涌动着痛苦的困惑。他紧盯着她的双眼，心想，无论谁看到它们都会以为我刚告诉她我们有位至亲过世了。

“你瞧，”他温和地说，“你没什么可担心的吧，我可不是什么丑角。”

---

[1] 托雷多（Toledo），西班牙古城，曾为卡斯蒂利亚王国的首都。

[2] 伊本·书珊会堂（Ibn Shoshan Synagogue），原为西班牙托雷多最大的犹太会堂，是欧洲现存最古老的犹太会堂建筑，现已改为白色圣玛利亚教堂（Santa Mar í a la Blanca）。

“够了！”她哀求道。

“不想再听波兰的故事了？”

“别再提波兰了！”

“可我的同胞们，奥费莉娅……”

“你的同胞都是些曼彻斯特人。你觉得那还不够糟吗？”

“要是把抖包袱那句改成曼彻斯特就不好笑了。”

“这个笑话本来就不好笑，你的笑话统统都不好笑。”

“那么，医生劝莫伊舍·格林伯格别手淫的那个笑话呢？”美圣母广场上一定曾响起过无数声叹息，但奥费莉娅－简发出的这一声，却是其中最为哀戚的。“求你了，”她说着，身体几乎蜷成了一团，“我诚惶诚恐地恳求你，别再拿你们那些**破事儿**开玩笑了。”

她甩出这个字眼，仿佛甩开一个臭气熏天、胡搅蛮缠的陌生人。

“这些蠢事不过是我的玩具罢了。”他只想出这么一句。

“那就别再玩它了。”

斯特鲁洛维奇把手掌摊开给她看。

“我是在打比方啊，西蒙！”她都快哭出来了，他也一样。

她冤枉他了。他在玩儿？她怎么到现在还不明白，他根本不是个爱开玩笑的人？

还有他那些**破事儿**……她怎么能说出这种话呢？更糟的是，还是在蜜月里说这种话。

那可不是什么破事儿，而是一连串悲惨的遭遇啊！它之所以成为无数滑稽故事的主题，恰恰是因为它本身一点也不滑稽。他用博马舍的一句名言回应了她：“我忙于欢笑，怕的是有时不得不哭泣。[1]”

---

[1] 出自博马舍戏剧《塞维利亚理发师》（*The Barber of Seville*）。

“你？还哭泣！你上次掉眼泪都是什么时候的事了？”

“我现在就在哭泣。奥费莉娅-简，犹太人之所以插科打诨，是因为他们觉得没劲。”

“这么说我还挺犹太的，”她说，“因为我也觉得没劲。”

要是母亲们亲眼看见自己襁褓中的儿子遭罪，她们胸中的奶水也会酸掉。这种说法，是斯特鲁洛维奇年轻时听来的，当时他正在牛津参加一场由纽曼红衣主教[1]的某位曾曾侄孙举办的花园派对，忙着在全球各大宗教的信众之间闪转腾挪。

“**所有**的母亲都会这样吗？”斯特鲁洛维奇问。跟他说这话的人名叫尤金妮娅·卡尔罗夫，是一位巴哈伊教的心理医生，专门研究割礼给家庭造成的创伤。

你们那个宗教中大有人在，她告诉他，以解释她们此后为何都会对儿子百般溺爱。她们要补偿双重的歉疚：听任孩子流血，又克扣了奶水。

“克扣奶水？你在开玩笑吗？”斯特鲁洛维奇确信自己是母乳喂养的。即使在那会儿，他仍不时感到自己似乎还没断奶。

“你们那个宗教的男人都以为自己是母乳喂养的。”尤金妮娅·卡尔罗夫说。

“你是说我并不是？”他问。

她上下打量了他一番：“我不能完全确定，但应该不是，实际上，你的确不是。”

“难道我看上去营养不良？”

---

[1] 约翰·亨利·纽曼（John Henry Newman，1801—1890），俗称“纽曼大主教”，英国神学家，是19世纪英语世界最重要的神学家之一。

“哪儿的话。”

“那是缺衣少食喽？”

“也不是缺衣少食，而是被拒之门外。”

“那是我父亲干的好事。”

“啊，”尤金妮娅·卡尔罗夫一边说，一边轻点着自己的鼻梁，“那群打着父亲旗号的刽子手，还真是什么都干得出来呀。先残害自己的儿子，接着再折磨他们。”说得没错，斯特鲁洛维奇心想。此外，他父亲还爱拿趣闻逸事和下流笑话逗他。他俩走在外面，父亲还会不时地漫不经心地抚弄他的头发。他把这些告诉尤金妮娅·卡尔罗夫时，她摇摇头说：“他们永远都不会爱你的，不会真的爱。这是一出经久不衰的耶稣诞生剧[1]，主题是愧疚和补偿，他们给它起了头，却始终是局外人。他们永远边缘、永远愤怒，总试图用粗鲁的关爱和可笑的故事去弥补，这就是连接他们的那条苦涩的纽带。”

“连接起父亲和儿子？”

“把你们宗教的男人、老二，还有那个笑话统统连在一起。”

我可还没属于哪个宗教，他本想这样告诉尤金妮娅·卡尔罗夫。还没有哪个宗教能说服我呢，相反，他只是约她出去。

她大笑起来。“你以为我会去蹚这摊浑水吗？”她说，“你以为我疯了吗？”

在他们共同生活的那几年中，可怜的奥费莉娅－简为了挽救他们的婚姻，使出了浑身解数，简直快被逼疯了。最终，他还是让她吃不消了。对此，斯特鲁洛维奇也在心里默默赞同。他的确惹人心烦，甚至叫人害

---

[1] 耶稣诞生剧（nativity play），通常在圣诞节期间由儿童表演，表现耶稣诞生前后的故事。

怕，都怪他那些幸灾乐祸的讽刺笑话。他究竟有没有归属？到底风趣不风趣？所有认识他的人，都为他这致命的犹疑付出了代价——而奥费莉娅－简首当其冲。

“本来你只管爱我就好了，你知道的，”他们决定离婚的那天，她伤感地说，“为了让你高兴我什么都愿意做。你本来只管享受我们的生活就好了。”

他最后一次把她搂在怀里，对她说着抱歉。“都是咱们的本性使然。”他说。

“咱们！”这是她甩下的最后一个词儿，说完她撇下他，扬长而去。

幸而还有一个小小的安慰。他们结婚的时候几乎都还是孩子，分手时也仍跟孩子差不多。他们的人生尚且来日方长，两人大可以抛却前尘，从头来过。而且，好在他们还没有孩子——那是引发人类一切不满的元凶。

即便如此，离婚仍让两人苦闷不堪。她终于还是没能控制住自己。尽管她一贯深信犹太人坏得无可救药，在接到要她签署的最终离婚文件时，她还是积习难改，借着挖苦她丈夫的机会，诬蔑起所有犹太人来。“这下你可算剜下那磅肉了[1]，高兴了吗？”她专程打来电话，就为问他这么一句。她的指控深深地刺伤了他。虽然他还算不上富得流油，但婚后可是他在养家。有些钱尽管没直接花在她身上，但自打结婚起就都用在了她热衷的慈善事业上，而且这些善举都将永远归在她的名下。他认为，分割给她的财产已算相当丰厚了。他知道她在心里也这么觉得。但那古老的恶名依然难以洗去。她既然管不住自己的嘴，就别想全身而退。

他手中的电话仿佛变作了一条毒蛇。出于恐惧，而不是愤怒，他失

[1] 在《威尼斯商人》中，安东尼奥为了促成好友的婚事，不得不向夏洛克举债，夏洛克以若无力偿还就割取安东尼奥身上的一磅肉作为借约。

手把它掉在了地上。

第二天，他给她去了封信，表示今后他们只能通过各自的律师传话。

然而，即便是再婚之后，他仍想着她。就算她曾拿一磅肉来含沙射影，他也还是想她。他纳闷地想。就算她说了这话？还是说，正因为她说了这话，他才对她念念不忘？

俗话说望眼欲穿水不开，但在斯特鲁洛维奇的注视下，夏洛克却像一壶滚开的水那样喋喋不休。让他觉得烦扰的不是声响，而是焦虑、烦躁和衰弱不安的神经。眼下，这些都来自斯特鲁洛维奇。发现对方之后，夏洛克稍微调整了一下自己在马扎上的姿势，竖起了耳朵，样子活像个埃及猫神。

“我们该怎么办呢？”他问莉娅。

“我们？”

“我们这个民族啊，简直没救了。”

“何至于没救呢？有点同情心吧。”

“我觉得这不是关于同情心的问题，而是关于忠诚。”

“那么就忠诚些吧。”

“我尽力了，但他们老考验我的耐心。”

“我亲爱的，你没有耐心。”

“可他们也没有啊。他们对自己人尤其没耐心，对恨他们的人反倒更耐烦些。”

“嘘……”她说。可惜她没法抚摸他的后颈，抚平那里的褶皱。

莉娅身怀六甲的时候，常把夏洛克叫到跟前，让他把手放在自己的肚子上感受胎动。他喜欢想象里面那个小人儿正迫不及待要加入他们。

杰西卡，我的孩子。[1]

现在，换成莉娅从里向外彰显自己的存在了。他脚下的地面传来一阵极其轻微的震动，仿佛有什么动物在土地里打洞，他想那是莉娅在暗示他。“说得好，老鼹鼠[2]。”他想，他知道她为什么推他。她一直看不惯他待人这样残酷。他取笑他们，为难他们，让他们等，逼得他们来求他。他现在就是这样对待斯特鲁洛维奇的，装作没发现对方，考验着对方的耐性。她这才推了推他，提醒他别忘了该有的礼貌。

直到夏洛克转过脸去，斯特鲁洛维奇才看到他的脸和下巴上都胡子拉碴的——与其说是胡楂，不如说是肉渣子。他脸上没有一丝柔和的线条，不过在妻子的陪伴下，他显得神采奕奕。他正面对着斯特鲁洛维奇，眼睛周围那圈冷酷的纹路中，荡漾着一丝愤愤的笑意。

“啊！”他说着合上了之前读的那本书，随即又将它卷起，此地无银三百两地塞进了大衣内兜里，“就是这个人了。”

---

[1] 本文采自朱生豪译本，《莎士比亚全集》第二卷，人民文学出版社，1994 年。

[2] 在《哈姆雷特》中，莎士比亚以老鼹鼠（old mole）暗示哈姆雷特父亲的鬼魂。

二

从前，有一幢古旧的大宅，其所处的位置，到莫特拉姆圣安德鲁、阿尔德利崖和威尔姆斯洛三地的距离正好相等——此地至今仍被地产经纪人奉为“黄金三角”，宅子就坐落在这片区域的中心。里面曾住着一位爱抽大麻的传媒学教授，他既反对大麻又反对传媒；一位制药产业的继承人，他主张重新分配社会财富，自己的除外；一位空想家，对社会演进原则不屑一顾；一位格列高利圣咏[1]的拥趸，却幻想成为一代摇滚传奇；一位异想天开的环保人士，尽管他的儿子们开着他买的跑车碾坏了他力图保护的乡道。

要是这听上去像是好几个人的话，那只是因为他的确性格复杂而分裂，但他终究还是一个人，尽管他胸中满是恼人的理想主义和愤世嫉俗。他在斯托克波特一所商学院担任院长，曾对自己班上的学生这样说：“有时候，即便那些顺风顺水、天赋异禀的人也会觉得自己把生活抵押给了莫名的忧伤。”

“可不是嘛。”学生们在背地里议论他说。对于曾荣获大英帝国员佐勋章[2]的彼得·夏尔克罗斯而言，生活已陷入了自我重复：每天上午，

[1] 格列高利圣咏（Gregorian chant）是西方早期的宗教音乐类型，对整个西方音乐体系有着深远的影响。

[2] 大英帝国员佐勋章（MBE）是英国授勋及嘉奖制度中的一种骑士勋章。

他会去电台直播一场专访，话题随意；下午给学生们上一堂课，关于“重商主义与异化”——每隔一周，课题就会换成“金钱与疏离”；傍晚时候他会驱车回家，直奔黄金三角的中心地带，在此恭候他的，是一杯净饮苏格兰威士忌和一件猩红色便服。然后，他就可以舒舒服服地待在家中痛批，说那些伪劣牧师的宅邸和庄园别墅里住的全是斯特鲁洛维奇那样的人。每个傍晚，他都在同一时间发作，骂着如出一辙的话，感受胸中燃烧的一成不变的怒火。然而，重复丝毫没有削减他的敌意。只有享尽荣华富贵的人，才会如此看不惯他人坐拥巨额财富——他与那些人的区别在于，他不必亲手创造财富，而这也让他隐隐感到怒火中烧。

“闻到什么没有？”他会把面向自己领地的门统统敞开，向来访者抛出这个问题，让他们猜。等他们穷尽一切可能——临郡有人焚烧树叶啦，马粪啦，管道故障啦，撒哈拉的纤尘啦——他才会十指相对，来回摩挲着指尖说：“不是，统统不是，更像是金钱的味道……铜臭味。”尽管他担心铜臭味会影响空气、树篱，还有他的独生女儿安娜·利维娅·普鲁拉贝尔·克娄巴特拉·美好的事物是永恒的喜悦[1]·克里斯蒂娜——克里斯蒂娜是那位轻佻的社交模特，他听信谗言娶了她，而她对他的影响则自上而下，一路蔓延到他脚上糖果色的条纹袜和时髦的尖头厚绉胶底鞋——夏尔克罗斯仍是出了名地爱向学院的同事们夸耀他那些百万富翁邻居，从歌坛大腕到明星球员。这可不能与虚伪混为一谈，人当然可以一面炫耀，一面谴责。

“你要是想过偶像的生活，克里斯蒂娜，就该跟个偶像明星私奔。”

---

[1] 安娜·利维娅·普鲁拉贝尔，原文 Anna Livia Plurabelle 是詹姆斯·乔伊斯作品《芬尼根的守灵夜》中女主人公的名字。美好的事物是永恒的喜悦，原文 A Thing Of Beauty Is A Joy Forever 是约翰·济慈的同名诗歌。

他对妻子说这话的那天晚上，柴郡警方突击搜查了她为普鲁拉贝尔举办的十六岁生日派对，阿猫、阿狗都跑到派对上来凑热闹。而其实，他认为自己才该找个偶像明星私奔呢。或者更确切地说，他早该自己当个偶像明星。警察并不是被亚硝酸异戊酯[1]药物招来的，震天响的音乐才是罪魁祸首。举报人是一位家住半英里开外的节奏吉他手，抱怨说他都听不见自己练习了。即使是那些制造噪声的人，也有权安享宁静，这是他们的人权。

经过一周的考虑，克里斯蒂娜·夏尔克罗斯欣然采纳了丈夫的建议，尽管在这里，所谓私奔仅仅意味着搬到围场的另一头去，那儿的偶像明星像牡丹一样遍地开花。她对丈夫说，“我希望能由你来抚养普鲁拉贝尔长大。女孩子需要父亲的榜样作用，况且我俩之中她更爱你。在这一点上，你跟她彼此彼此。”夏尔克罗斯放逐了自己。妻子的事弄得他颜面扫地，儿子们进入了银行业，效力的银行却不体面地接连倒闭，令他失望透顶。玩世不恭的学生们也弄得他沮丧不堪，黄金三角地区日趋堕落的社会环境，更令他惊骇不已。总之，因为这一切，他只求速死，像他的父母和祖父母那样。于是，他向律师交代了自己身后的赡养事宜。“考虑到普鲁丽[2]所拥有的财富和她善良的心地，她今后恐怕会受阔佬和蝇营狗苟之人的摆布，”他对律师说，“以下是几道性格测试题，凡是有意与她同床共枕的人，都必须先接受测试。至于那些想走旁门左道的人，他们必须明白，我们家族树大根深，无所不及。”

拟好详尽的条文之后，他来到老钟楼的花园——他家的钟楼，当然

---

[1] 亚硝酸异戊酯（amyl nitrite），一般用作血管扩张剂、氰化物的解毒剂，可使血管扩张，引起血压降低、心动过速。在西方国家也被滥用，用于改变意识，制造快感。

[2] 文中人物普鲁拉贝尔的昵称。

是真正的古董——在柴郡第二古老的橡树底下躺了下来，用纸巾塞住鼻孔，免得闻见铜臭味，然后过量服用了一种由他的家族无耻地高价销售了半个世纪的药物，断了气。

普鲁拉贝尔，这位富有的女主人，泪如雨下——她继承了父亲的伤感基因。隔了相当长一段时间，她才鼓起勇气去读父亲留下的题目。那几道题有如遗嘱或呈堂证供一般，被封装在一个瘦长的马尼拉纸信封里，由父亲的律师们呈递给她。至于这段“相当长的时间”，她称之为一个间隔年，即一段用来旅行、思考、结交妙人、隆胸和整容的时间。

一番折腾之后，她看上去比实际年龄更青春也更成熟了，还带点儿亚洲风情。她划开了信封，用的是一把犀牛角制成的开信刀，为了保护这种动物，她还偶尔参加过横穿曼彻斯特市中心的游行来着。不过，她实在看不出自己未来的理想伴侣为什么要回答“20 世纪的三大谎言是什么”“请列举出英国最富有的五十个‘外来’家族”“请制订出一套刺杀托尼·布莱尔[1]的可行方案”这三个问题。于是她扔掉了父亲的测试题，另出了几道自认为更适合她心目中理想人选的题目。她在二十一岁生日那天，去了阿尔德利崖的一场换妻派对，事先还明智地确认了她母亲不会出席。当天，她身着一套一级方程式赛车服登场，头戴一副赛车眼镜，手里晃着她那几辆车的钥匙——一辆大众甲壳虫、一辆宝马阿宾娜，还有一辆保时捷卡莱拉。在成功地吸引到大多数宾客的目光之后，她把钥匙统统扔进了一个冰桶，旋即离场，坐进甲壳虫静候。人们围绕宝马和保时捷展开了激烈的争夺，却没人跟着她向甲壳虫走去，对此，她尽管并不完全意外，毕竟这里是柴郡，不过仍自感学到了宝贵的一课——男人们总是被花哨的装饰和耀眼的外表所迷惑，而看不

[1] 前英国首相。

到实质，更不懂得欣赏它。于是，在接下来的那一年，她转而投入了同性的怀抱，从一位给她父亲当过秘书的修女那里领受神谕。随后，她又遍尝模特、记者、摄影师、动态雕塑家等各种职业，还做了个缩胸手术，最后终于定型在开餐厅上——尽管她对厨艺一窍不通——餐厅就开在过去老钟楼马厩的位置。

她给餐厅起名为“乌托邦”，视之为实现理想生活方式——她父亲过去常跟她提起却从未来得及付诸实践的那种生活——的点睛之笔。餐厅会邀请客人们前来过夜，甚至度周末。客人们会在这里玩寻宝游戏、打门球，恋爱或失恋，善待彼此，接受各种疗法的洗礼，从阿育吠陀按摩到婚姻指导——在她父母多年的熏陶之下，普鲁拉贝尔本人对缓解伴侣间的紧张关系颇为在行——抨击财富，尽管这里只有富人才来得起。当然，他们还享用美食，菜式兼具诚恳质朴与铺张奢靡：农舍派配库克安邦内黑钻香槟，以及阿尔巴女王白松露配自来水。后来，她终于向《柴郡生活》的一位记者透露，她很乐意把自己徒有虚名的贞操也放到菜单上，只不过还没想好一套甄别优质买家的机制。

普鲁拉贝尔相当上镜，她一身顽童风打扮，拥有上翘的鼻头、黛丝鸭[1]式的丰唇和一头金色的长发，她沙哑的嗓音有如夏末玻璃窗上的蜂鸣，她的身材堪比斯堪的纳维亚天气预报女郎。尽管如此，对媒体，她仍然承袭了父亲那种着魔般的不信任。不好意思，她的乌托邦周末聚会不能做成电视节目，不过呢，要是做成系列片，她没准可以考虑。

说到把自己的贞操拿到电视上去叫卖，她也同样欲拒还迎，最终半推半就。当然了，除此之外，为了吸引观众，还得制造悬念，永不揭晓她芳心的归属。她一周接一周地发起新的挑战，追求者们一周接一周地

---

[1] 黛丝鸭（Daisy Duck）是迪士尼卡通形象，唐老鸭的女友。

失意而归。就这样，她又是笑，又是哭，又是玩闹嬉戏，又是胡乱烹饪，还一期期地充当判官——不只对那些随时准备为她决斗的求爱者们做出判决，也调停客人之间的纠葛。可想而知，不久之后，她的节目就不再只关注美食与爱情，也同样热衷于明辨是非。随后，她的一档名为《厨房谋士》的新节目一炮而红。情侣、朋友，甚至毕生宿敌都把自己的争执带到了普鲁拉贝尔的餐桌上。她先是为他们奉上可口的食物，当然都是由专人在幕后准备的，然后再居中调解。并且，她的裁决看上去是具有约束力的，起码所有的调解对象在签署免责条款时都同意遵守它们。比起诉讼甚至仲裁，这是个更为经济实惠的选择，而且，参与者还能短暂地出一回风头。此外，更吸引人的是普鲁拉贝尔无可匹敌的睿智——能一睹她的风采，谁还在乎输赢啊！

声名鹊起之后，普鲁拉贝尔为满足那些不关心出名，只在乎是非的人，开发了一个互动视频网站，起名为“拌嘴斗舌”。起纠纷的人可以把自己的委屈提交上去，交由全英国的大众定夺。“也不能全由我一个人说了算呀。”普鲁拉贝尔对朋友如是说。然而，即使以英国公众自己的标准，这些裁决也显得过于刻薄，横行的戾气拖垮了网站，而普鲁拉贝尔则又一次——以一种仿佛毫不在意最终结果的高姿态——扮演起了裁决一切的角色。

人生是一场游戏，而安娜·利维娅·普鲁拉贝尔·克娄巴特拉·美好的事物是永恒的喜悦·克里斯蒂娜，则是欢度人生的大师。噢，不过别忘了，还有忧郁这个魔咒呢。她的母亲告诉她，一个女孩子刚失去父亲，自然是会郁郁寡欢的。但普鲁拉贝尔却认为，这份忧郁应该归结于某种更深刻的原因，或者说更冠冕堂皇的原因，反正是别的什么原因。

对此，她母亲表示无能为力。“哲学超纲了，我当妈的岗前培训里可没有这项，”她说，“你为什么不去威尔姆斯洛上几堂忧郁课试试？”

“可是我对忧郁已经无师自通了，我得摆脱它。”

“他们就是干这个的，”她母亲说，“我刚刚没说清，这课有点像匿名戒酒互助会，不过是给忧郁的有钱人办的。”

“那我是不是得站起来说‘大家好，我叫安娜·利维娅·普鲁拉贝尔·克娄巴特拉·美好的事物是永恒的喜悦·克里斯蒂娜，我的个人资产超过两千万英镑，我感到忧郁’？要是这样，我才不去。”

她母亲耸了耸肩。她认为女儿不过是需要恋爱。热恋中的人才没工夫忧郁呢。

尽管普鲁拉贝尔一开始并不情愿，但她还是去了。很可能她也暗自期待能在那里觅得一位爱人吧。不过，天知道她可不该再找个忧郁的家伙了。为了不被人认出，她裹了一条头巾，看上去像牙疼似的，其他人也大都乔装打扮过。我们都是因为太出名才郁郁寡欢的，普鲁拉贝尔想。不过召集人建议他们不要一上来就找原因，别把它归结到抱负和压力头上，也别怪黄金三角地区横行的攀比和妒忌。他们之所以忧郁，只是因为忧郁本身。唯一重要的，是去接纳它。

第一节课结束后的咖啡时间，她跟一位优雅的年长男人聊了起来，她在课上就注意到他了，他坐得稍远，出神地盯着前方，仿佛庸碌凡人的忧虑在他眼中不值一提。他以半带歉意、半是不屑的态度做了自我介绍，自称德·安东。凑近了看，她觉得他之所以如此忧郁，是因为他的同性恋身份（或者起码不是彻底的异性恋），不过按照她对课程的理解，他们也不该把这看作忧郁的根源。他俩一本正经地聊了好一会儿之后，她开始邀请他来参加乌托邦的聚会。她对他说，他出不出镜都悉听尊便，愿意的话可以带个同伴一起来。不过，他是自己来的，还扛来一个硕大的玻璃镇纸，其中镶着一滴眼泪。“真是太美了，”她说，“不过你实在不该破费。”而他谈起这件礼物，只是轻描淡写，解释说自己是经营进口艺术品生意的，挑中这件礼物不过是因为这批货里恰好有玻璃镇纸罢了。这一款镇纸出自日本一个小小的村庄，那里的人自14世纪起就开始吹玻璃了，而且没人会干别的。她好奇这滴眼泪是人类的还是动物的。他告诉她，据说此刻谁望着它，那就是谁的眼泪。于是他俩都啜泣了一会儿，相互搀扶着，好像永远也不打算撒手似的。

很快德·安东就成了常客，他有时会待到其他来度周末的宾客全部离开之后。他们在彼此的忧郁中找到了慰藉。“我生活得这样奢华，人却如此忧郁，你肯定觉得很不可理喻吧？”她说。

“哪儿的话，”他摇摇头，回答道，“我从日本、格林纳达、马利布、毛里求斯和巴厘岛进口美丽的艺术品，在这些地方都有家，但我在每个家里都感到忧郁。”

“巴厘岛我倒还没去过，”普鲁拉贝尔说，“那里是个什么样？”

“凄凄惨惨戚戚。”

普鲁拉贝尔同情地摇摇头。“我能想象。”她说。接着，她思索了片刻，问道，“你觉得会不会是因为我们拥有得太多了？”

“我们？”

“咱们，你和我。咱们这种人，体面人。”

“然而我们真算得上体面吗？”德·安东问道，“贪财是万恶之根。有人贪恋钱财，就被引诱离了真道，用许多愁苦把自己刺透了。[1]”

“说得太美了，”普鲁拉贝尔说，“而且千真万确。我都快哭了。保罗·柯艾略[2]总能让我热泪盈眶。”

“说这话的人可比保罗·柯艾略伟大多了。”

---

[1] 出自《新约·提摩太前书》。

[2] 保罗·柯艾略（Paulo Coelho，1947—），巴西作家，著有《牧羊少年奇幻之旅》等书。

德·安东的话有些出乎她的意料。她没想到还有人比保罗·柯艾略更伟大呢。“是纳尔逊·曼德拉[1]？”

“是圣保罗[2]。”

“那我们要是把财产全部分给穷人，是不是就不会被那么多愁苦刺透了？”

他不确定，不过他时常会思考，这份忧郁，至少对他而言，也许并非源自财富，而是拜现代性所赐。“难道你从没觉得，”他问她，“自己太时髦了吗？”

普鲁拉贝尔喜欢这种说法。“**太时髦**——确实，说得没错，”她说，“太时髦。是的，我常常会这么觉得，虽然我也是这会儿才意识到。太时髦——是啊，当然了。”不过紧接着她又冒出一个念头。“不过这没法解释，”她说，“探索频道上那些澳大利亚土著和美洲印第安人为什么总是愁眉苦脸的。他们跟时髦可不沾边。”

“是不沾边，但那完全是另一种愁苦，不是吗？他们难过，是因为他们被推向了悲惨的境地。这些都是别人强加在他们身上的。他们难过是因为自己成了受害者。”普鲁拉贝尔想起曾在杂志增刊上见过一些南美部落居民，他们看上去足有几千岁，毛利人也是。俾格米人[3]也一样，普什图[4]部落居民也不例外。她在想，他们为什么全都如此悲伤。“同样地，

---

[1] 纳尔逊·罗利赫拉赫拉·曼德拉（Nelson Rolihlahla Mandela，1918—2013），南非前总统，南非著名反种族隔离革命家、政治家和慈善家。

[2] 圣保罗（Saint Paul）作为基督徒的第一代领导者之一，被称为外邦人的使徒。学者普遍认为，是保罗把基督教转变为世界性的宗教。

[3] 俾格米人（Pygmies）是尼格罗－澳大利亚人种中的一个类型，分布在非洲中部，以及亚洲和大洋洲的某些岛屿。

[4] 普什图人（Pashtuns）是居于中亚的一个民族，是阿富汗第一大民族和巴基斯坦第三大民族。

他们也遭到了盘剥，身陷悲惨的境地。”

“那犹太人呢？他们看着也够老的。”

说到犹太人，他就没那么自在了。不过他愿意用自己的心，或者起码用圣保罗的心（他是个坚定的保罗派信徒），去聆听他们的悲伤。“我得说，他们受苦是因为他们乐意，”他最后终于宣称，“他们既不时髦，也没受迫害。他们是自愿摆出那副样子的。”

“他们这是何苦呢？”

“我说不清他们这样做是由于某种缺陷，还是因为太过诡计多端，不过他们总能把自己置于人类和神学史上每次戏剧性事件的中心。我想这应该属于一种政治性的悲怆。自我怜悯是很有凝聚力的，情感勒索也是。”

普鲁拉贝尔皱起了她可爱的眉头。这场对话是如此引人入胜，她真希望他们能一直这么聊下去：“你是说，他们不算？”

“对，我看他们不算。”

忽然间，普鲁拉贝尔一改平日的沮丧神情，笑了起来：“噢，他们当然算，他们就爱算来算去的。他们整天就坐在那儿算啊……算啊……算啊……”她像小女孩一样开心地蹦了起来。“希望你不会觉得我出言不逊。”她还记得补充。

德·安东向她保证自己不会。她如释重负地拍起了两只小手。他心想，她俏皮的样子真是好看。她的嘴唇总是红红肿肿的，仿佛生了永不消退的唇疱疹。一双眼睛大得令人不安，让她很难直视前方，不过黄金三角所有的女人都是如此。尽管，她身上那种女孩般的憧憬，是其他女人所不具备的。那是一种既希求着幸福，又认定自己永远得不到它的神情，他几乎都希望自己能跟她恋爱了。

她对他也抱有同样的想法，可惜了。

不过，少了爱情的顾虑，他俩尽可以畅所欲言，或者起码，她就可以对他畅所欲言了。她向他描述自己真实生活中的那些求爱者，而不是制作公司为节目物色的人选，还惟妙惟肖地模仿他们的样子。哦，天哪，她简直烦透这些人了，他们都以为用宠溺和逢迎就能接近她，这个打听到她常涂的唇膏色号，就给她买了个同色的爱马仕铂金包。那个又送了她一个娇兰唇膏盒，是用施华洛世奇水晶做的，上镶一枚单钻，而里面唇膏的颜色则是雇人调查之后，照着她最喜欢的手包买的。难道他们以为，仅凭空洞的甜言蜜语和金钱就能打动她吗？她还把手包和唇膏都拿出来给他看了。

“他意下如何？”他说，“你应该两个一起用。”

她说真是英雄所见略同。

于是两个人都笑了。

“但这不是我的本性。”她又补充道。

他俩又笑了起来。

他开始像管家或告解神父那样，在她家安营扎寨。只要不去日本出短差搜罗镇纸，他基本都无所事事。“我雇了些人。”他解释说。他身上过早地萦绕着一种闲云野鹤的气息。她偶尔会请些朋友来，听他谈谈自己进口的那些美物，也讲讲美学。她立刻就感到离不开他了——他俊美、忧郁、侠义、不能恋爱，而且不知怎的，还显得纯洁无瑕。仿佛他所到之处，都变得纤尘不染，而他只是打那里经过而已。

三

一个男人要被埋多久才会腐烂[1]？

那女人呢？会更快些吗？

肝肠寸断的夏洛克，莉娅挚爱的丈夫，觉得事实恐怕的确如此。她们的皮肤毕竟要薄得多，骨头也脆得多。

为了延缓这个过程，保持她身体的鲜活，增强她在自己心中的活力，他每天早晨都去她的坟前，献上一束紫罗兰和勿忘我，陪她聊天，听她说话，就像她活着的时候一样。他在她的陪伴下用早餐：一小瓶土耳其咖啡——她喜欢咖啡的味道——和一块包在亚麻手帕里的意大利奶酪三明治。他任凭面包屑掉到她的坟头上，就当给她上供了。不过从另一种意义上讲，他也确实一直在给她提供着消息：他会有选择地跟她八卦朋友们的近况，也一直在向她报告杰西卡的最新动向。当然，后者更得精挑细选了，只能拣最好的说，像是她变得多有女人味、多像她母亲了之类的。在某些清晨，他会觉得还是别向她透露那么多生意上的细节为妙——像眼前的厄运啦，迫在眉睫的贫困啦，等等——每逢这些时候，他就会读书给她听。他读的既不是雅各和他那些羊的故事，也不是拉班、夏甲和先知但以理的事迹。这些故事都是留给外邦人的，因为他深

---

[1] 出自《哈姆雷特》第五幕，第一场。采自朱生豪译本，《莎士比亚全集》第二卷，人民文学出版社，1994 年。

知，听一个犹太人讲《圣经》故事，会让他们多么如坐针毡。他俩真正涉猎的范围，也就是他们曾在许多个傍晚一同读过的那些东西，要比这广泛得多。他们会引用维吉尔和奥维德，也认得斯库拉和卡律布狄斯[1]，还会探讨毕达哥拉斯的灵魂论[2]。为了防止莉娅冻僵，他还会读彼特拉克和薄伽丘给她听。随着时间的推移，他在朗读书目上又陆续加入了菲利普·西德尼爵士的《阿尔卡迪亚》[3]、托马斯·纳什的《不幸的旅客》[4]，以及埃德蒙·斯宾塞的《婚曲》[5]。后来，他再次扩充书目，补充了约翰逊博士、华兹华斯、狄更斯、陀思妥耶夫斯基，还有奥匈帝国最后一批伟大的小说家以及他们的美国同侪。重要的是，他得多跟莉娅通通气，绝不能让她无聊。莉娅过去跟他一样，既喜欢抒情作家，也喜欢讽刺文人，有一阵子还迷上了荒诞文学。她会说："给我读读有个人以为自己是只大虫子的那出喜剧呗。"

"你是说《变形计》吗？"

"不，我亲爱的，是《我的奋斗》[6]。"

---

[1] 根据《荷马史诗》，斯库拉（Scylla）和卡律布狄斯（Charybdis）都是女海妖，分别盘踞在意大利本土与西西里岛之间的墨西拿海峡两岸。

[2] 毕达哥拉斯主张灵魂不朽和轮回转世的思想，大多继承自古埃及和印度。自他之后，灵魂学开始成为西方哲学界的重要课题。

[3] 菲利普·西德尼爵士（Sir Philip Sidney，1554—1586），英国作家、政治家及军人。《阿尔卡迪亚》（*Arcadia*）是一部用散文和诗歌创作的田园般浪漫的传奇故事。

[4] 托马斯·纳什（Thomas Nashe，1567—1600）是英国诗人。他的代表作《不幸的旅客》开启了探险小说的先河。

[5] 埃德蒙·斯宾塞（Edmund Spenser，1552—1599）是英国桂冠诗人。作品包括向英女王伊丽莎白一世致敬的《仙后》。《婚曲》为其代表作之一。

[6] 《我的奋斗》（*Mein Kampf*）是纳粹德国元首阿道夫·希特勒于1925年出版的一部自传，融合了其政治意识形态，并成为日后德国纳粹党的思想纲领。

随后，他俩就会恶魔似的笑作一团。

在他的一些同胞看来，这种虔诚可谓病态，而他则辩称事实恰好相反，自己只有同莉娅在一起才能抵御那种让人精神萎靡的时代病，而他自认比大多数人都更容易受到这种病的侵袭。这年头的人哪，一会儿这个有莫名的伤感了，一会儿那个又有说不出的郁闷了——好吧，这些时髦的自怨自艾究竟从何而来，他自有判断。尽管他谁也代表不了，但仅就他个人而言，要忘记这个一见钟情的女人，哪怕只是一瞬间，他也会觉得生活变得不堪忍受。你既立下誓言，就得信守承诺。他心里从没有过别人，也绝不会有。如果说这有时反而让他的陪伴显得累赘，那也并不要紧。谁规定一定要把人生过成一场嘈杂的化装舞会呢（还不时被算不上忧郁的小情绪打断，更有一大批人沉迷其中，把自己那点情绪奉为信仰）？

那么，这场旷日持久的哀悼，会不会把难以承受的压力转嫁到他女儿杰西卡身上呢？对此，他否认自己是在哀悼。正相反，能花这么多时间同莉娅待在一起，还有什么可悲伤的呢？他是在赞美自己的婚姻，而不是悼念它呀。要说他在哀悼，那麻衣呢？灰呢？[1] 他每天早上不都像个新郎官儿似的收拾得整整齐齐的上墓地去吗？然而，他深知这不过是种遁词。正像他带着骄傲告诉莉娅的那样，杰西卡已经长大了。在楼梯上与她擦身而过时，他甚至常会把她认作自己的妻子。她也有权去付出和得到她父母曾享有的那种情感，而且他们依然——在她看来这无疑相当变态——拥有它。现在，该轮到她了。

每次提到这个，他就会别过脸去。即便只是想到这事，他也会在心里别过脸去，把注意力转移到意识里的另一个角落。**该她了！**什么样的

[1] 犹太人表达哀伤痛悔时，会采用披麻蒙灰的方式，即身披麻衣、在身上撒灰，意即承认自己的罪。

父亲会愿意去想，自己的女儿也该享受那种情感了？

况且，跟谁呢？按理说，照他们那个社会的逻辑，她应该是安全的。一个讨厌的犹太人的女儿！——哎哟，她有这种血统，他该担心她没人追求才对呀，而不是琢磨着要替她挡开追求者。毕竟，谁会愿意跟夏洛克扯上关系呢？然而，不论他们如何看他，他的女儿他们还是乐意接受的，就像欣然接受他的钱财一样。洗去那恶名的，是金钱吗？还是欲望？又或者，会不会恰恰因了这恶名，他们贪恋的东西、借来的东西，或者借不到就偷来的东西，才更显得诱人？

他的女儿生得美貌。要不是这个社会盛行攀比和贪婪，她早该凭花容月貌迷倒一大帮仰慕者了，然而现在的男人不是已经娶了位富有的妻子，就是一心想攀上一位。尽管他怀疑她那些追求者的初衷，却没有看轻她的意思。恰恰相反：正因为爱她，而且（常常是尴尬地）明白她的诱人之处，他对她的幸福，才更要严加守护。正因为欣赏她，他才变得笨手笨脚。

当妈的应付起这种事情来肯定会得心应手得多，可杰西卡毕竟没有母亲。没错，她值得倾慕。但犹太女人却是一件商品，而在这个物欲横流的时代，人人都有收藏的癖好。不过，陷入道德迷局的是他们，而不是他。这迷局既然与他们的信仰密不可分，那就让他们去忍受煎熬好了。他对口是心非的基督徒充满不屑，他们只会说一套做一套。然而，这并不能帮他搪塞莉娅。他没法告诉她杰西卡已经离家出走了，成了个叛徒、骗子和小偷，更不能告诉她杰西卡偷走的是什么。不管潮气将她的躯体侵蚀到了什么地步，他都为无法向她据实相告而痛心不已——那简直比刀割还疼，像是昧着良心。直到现在，她依然蒙在鼓里。

夏洛克相信，这也是一种运气。幸亏她走得及时。

* * * *

斯特鲁洛维奇的女儿倒是在家，应该说还没离家。去大学不算。除此之外，他的境况也好不到哪儿去。他也担心她的异族特质会为她加分，怕人家争相追逐她，怕这些追捧会改变她。更要命的是，他自己又是位富有的鉴赏家，资助过那么多精英机构，还曾为此（而不是别的原因）造访过以色列，向几所大学捐赠绘画。他还是一位犹太复国主义者——总之，他妄以为这些头衔的吸引力，并不亚于比阿特丽斯的魅力。他倒不担心她会偷走什么——比阿特丽斯可没有他家保险柜的钥匙——他担心的是，她在学校免不了会发现他已经被彻底地妖魔化了，而且会发觉他的这种负面形象反而能抬高她的身价，给她带来好处。这样下去，她就会成为他们拉拢的对象。在恐怖主义和匪盗的历史上、在革命与叛乱的长河中，曾涌现过无数有钱人家的小姐，她们全是些六亲不认的姑娘，满脑子都是荒唐的信念。一个姑娘要是愿意委身于自己父亲的仇敌，那她会显得格外美艳动人；她作为战利品的价值，远不是西蒙·斯特鲁洛维奇那些红宝石、绿松石能比拟的。此外，斯特鲁洛维奇还在另一点上与夏洛克同病相怜。他也没法跟孩子的母亲提这件事。她中风那天，恰巧是比阿特丽斯十四岁的生日，这其中可怕的象征意义，简直令人难以置信。然而，那不过是一场极其残酷的不幸，也仅此而已。命运伸出手来，漫无目的地扇了一巴掌。随便哪天，这都可能发生在任何一个女人身上。就这样去想吧，斯特鲁洛维奇告诉自己，接受命运的宣判吧，否则他就该没完没了地怨天尤人了。

凯渐渐能说一点话了——其实算不上说话，只不过是竭力无声地翕动嘴唇，不过他已经能从中依稀认出过去那个她了。对于她的遭遇，他们一直避而不谈——不管是用肢体语言，还是别的什么方式。现在，她终日卧床——在她自己床上——进食和沐浴都需要专人照料，也并非总能表明意愿，除此之外，他们都装作一切如常。他小心翼翼地不提比阿特丽斯，对自己的忧虑也缄口不言。他不愿给她徒增压力。还是让凯用力所能及的方式，自己决定话题吧。她喜欢让比阿特丽斯陪着，不过似乎只想跟女儿独处，仿佛她俩是失散的亲人，要单独聊聊那场变故。

与她待在一起时，斯特鲁洛维奇的目光一般都停留在她的身后。在那里，他能偶尔看到妻子过去的模样，仿佛破镜中的影像，不过要是隔空投去一个微笑，却又似乎有种不忠的味道。更别提还当着这个受尽摧残、失去记忆的本尊了。于是他们只得静静地坐在一起。他坐在她床边的一把椅子上，握住她的手，她则凝视着虚无，两人共同沉浸在他们之间那空前绝后、完美和谐的乌有之乡。他们看上去纹丝不动、了无生气，就像开天辟地时的第一对男女，只等上帝向他们吹气，只等创世的大幕开启。

得以继承这份靠汽车零件生意攒下的家业，斯特鲁洛维奇一直心怀感激。后来，他与父亲和好如初。原来，父亲只是暂时埋葬了他：与奥费莉娅－简·斯迈森离婚后，他得到了谅解，而与凯·科明斯基结婚后，泛滥的父爱几乎将他淹没。他必须娶个本族姑娘，而不是外族人：从头到尾，他父亲——这个在其他方面都堪称异教徒的人——就只关心这个，肥水不流外人田，仅此而已。斯特鲁洛维奇对此倒也没什么意见。反正，他又有资格继承财产了。凯这一病，他更感到金钱之不可或缺，一定得有钱。诚然，他有些爱摆阔——所以才会如此乐善好施，不断地资助演讲、捐建音乐室、扩充图书馆，购回几近流失海外的艺术品——不过你的家道起码得跟他差不多殷实，才够维持生活。所谓维持生活，就是指房子要够大，能供他展示艺术藏品，再摆上几架子书，旅行得安排得舒服妥帖，西装得请意大利裁缝定做，车得雇个司机来开，女儿得送去接受最好的教育，妻子得享受二十四小时护理服务，他对贫富自有一套基本定义。不管是眼下急需还是日后有用，总之，凡是请不起护工和护士的人，都属于赤贫。单为不落到这步田地，人就该努力赚钱。只有勤勉工作、生财有道，才能体面地善终。

你们夺去了我养家活命的根本[1]**……和我赴死的尊严，那就是活活要了我的命。**

既然说到死，那么接下来，当然还得备一笔钱，以便到时候能痛痛快快地撒手人寰，把亲人揽在怀里，走得义无反顾。斯特鲁洛维奇这个犹太人尽管当得有一搭没一搭的，但他始终笃信这样一个犹太式的信条：居安思危。

既然他妻子每天早晨都有人擦身，女儿也有人教，既然凡是用得到钱的地方，像是打点海关、托人关照之类的，他也都不在话下，如此一来，他就尽可以放心大胆地发展自己的爱好了。多亏了这些爱好，他才不至于终日哀叹妻子的不幸。斯特鲁洛维奇相信，如果时间充裕，围绕这个话题，还是有许多可说的。不过，一言以蔽之——比阿特丽斯的老师们一定会饶有兴趣地向她宣称——这就是资本主义。但他并非纵情于财富。他只是陶醉在——如果说他也陶醉过的话——看得见摸得着的世界里。我的精神境界已经够高了。每当有人提醒他不要如此庸俗，他就会这样反驳——我的精神境界，能让我在尘世中看见神性。

那么爱呢？他无法理解，人怎么会去爱那些虚无缥缈的事物呢？

这也不是说只有女儿在身边时他才爱她。但他又何尝不是时时把她放在眼里？一颗牵挂的心，能让他对远方的情形洞若观火，守护女儿的

[1] 出自《威尼斯商人》第四幕，第一场，夏洛克语。采自朱生豪译本，《莎士比亚全集》第二卷，人民文学出版社，1994 年。

平安。而且，自他妻子中风那天起——哦不，还要更早——他就无时无刻不在牵挂着女儿了。

这个独生女是他们好不容易才盼来的——凯等得更辛苦些，她总说留给自己的时间不多了，怕等不到这个孩子。他当时却不那么想要孩子，还疑心有的男人说什么看到第一个孩子时心都快跳出来了这种话，是在夸大其词，但轮到他自己时，他的心的确跳得剧烈。他如此激动，部分是为了凯。可想而知，她如释重负的快乐中也掺杂着忧虑——因为她的渴望太强烈了，几乎注定会以失望而告终，甚至更糟。这个孩子能孕育成功，已堪称奇迹，因而更显娇弱珍贵。当然了，这份激动当中，也少不了他一贯的自我陶醉。望着初生的比阿特丽斯，他仿佛看见自己的影子投进了未来。不过，他也短暂地沉迷于见证“荣耀之云[1]”的神圣体验，想象她就是上帝派来的使者。因降世前目睹的圣光太过耀眼，出生时才紧闭着眼睛。

不过紧接着问题来了，这说的是哪位上帝啊？比阿特丽斯又给他带来了什么消息呢？这是属于他斯特鲁洛维奇的宗教时刻吗？他不这么认为。虔信宗教不是他的风格。他不祈祷，更不会缠胳膊或戴帽子[2]。他对宗教习俗如此漠不关心，几乎与异教徒无异。而那个时刻，不管怎么称呼它吧，总之并没有持续太久，也无力改变什么。但要是迫不得已，他还是会承认，他想象中的那位圣光耀眼、照得他的小女儿睁不开眼的神，是犹太教而非基督教的上帝，是一个庄严神圣的存在，从不曾化成人形，

---

[1] 云被普遍认为是耶和华的化身之一。据《旧约·出埃及记》记载，耶和华曾在白天化身云柱，为以色列人指引方向。

[2] 缠胳膊指塔夫林（Tefillin），即犹太人在祈祷时佩戴在胳膊上与头上的两个黑色的皮质小盒子，盒子内放有四段手抄《圣经》经文。戴帽子指犹太男子佩戴的小圆帽，希伯来语称基帕（Kippah）。

仅此而已。这是斯特鲁洛维奇唯一一次洞悉事物的本质，不过也已经足以让他为比阿特丽斯定下不容更改的信仰，她将来得嫁个犹太丈夫。不是说他对非犹太人抱有偏见，或想延续犹太血脉，而是因为她降生时带着庄严的痛楚，其肃穆令人难忘，其伤痛可想而知，断不能任由自以为是的情感和执念——心血来潮、怨愤、反复无常的信仰，甚或是难以捉摸的爱，不论多么深切——将它埋没。这份痛楚，既带来荣耀与忠诚，也理应被报以荣耀与忠诚，他要是再搞不清该对谁忠诚，那真不如下地狱算了。那可不是她自己所能决定的东西——它叫什么来着？一份圣约。她要是个男孩，割礼就是它的一种体现。效忠的宣誓也是，即使她才刚出生一个小时，还不能亲自宣誓。那么，这不就意味着，作为她的父亲，他应该对着自己所知的一切神圣事物，替她宣誓吗？

“宣誓。”

他起了誓。

誓将谨守圣约。

他并没有做到旁若无人，还四下张望，生怕有人在看——特别是凯，因为对她而言，这充满母爱光辉的一刻已几近完美，她绝不允许丈夫用任何执念去惊扰它，不管是迷信、狂热、部落忠诚，还是一种凡俗之躯不堪承受的庄严——但不管怎样，他总归起了誓。

四

德·安东对普鲁拉贝尔还有一大助益：他交游广泛，人脉通达，能帮她拓展交际圈，结识些平时接触不到的人，尽管其中不少人还是她的邻居。至于那些最有声望的人，她尽可以自己去结交，像是名模啦，女明星啦，银行家啦，饶舌歌手啦，大牌球星啦，早间节目星座大师啦，等等。不过实际上，她往往还没出动，他们就自己找上门来了。但涉及一些可圈可点的二流角色，那些板球手、橄榄球手、会计师、建筑师、设计师、人生导师，甚至还有一位口不择言的古怪主教（德·安东的家族与教会颇有渊源），她很快就全都依靠德·安东来引荐了。他结识这些人，是因为他们时常委托他装点自己的居室，有时甚至托他寻访指定的作品。“只要是能从西斯廷教堂搞来的，什么都成。”其中一位提出了这样的要求。“那幅画画的是几个男同性恋在盥洗间里对吼，作者是那个据说写了《莎士比亚》的家伙。”另一位如是说。总之，他广结善缘、高朋满座，简直令普鲁拉贝尔惊叹不已。他带他们来参加她的派对时，偶尔会给她送去几个白眼，意思是他没法对他们负责，他们可不关他的事，他跟他们不熟，她最好让保安多盯着他们点儿。

一次，他向她介绍了迈赫迪·迈赫迪，一位来自法属阿尔及利亚的腹语艺术家。他正在躲避法国和阿尔及利亚警方的缉捕，因为他的人偶公开宣扬纳粹思想。不过，德·安东认为他的辩解相当有说服力：他宣称自己作为一个腹语者，是既没有人格也没有思想的，因此才请他的人偶来评论上述意识形态问题（尽管严格来讲，评论也不算他分内的事）。每当有记者问及，他对人偶表露出的喜爱之情以及对它的真实看法时，他都不会用自己的声音回答，而是借人偶之口说，就算有一天，他的走红会带来什么意外的后果，导致法国一半的年轻人都行起纳粹礼来，那也好过让他们去制作大卫王之星[1]。

全法国竟有一半的年轻人在制作大卫王之星，普鲁拉贝尔吃了一惊。德·安东打消了她的疑虑。“他是开玩笑的，”他说，“虽然听上去有点不怀好意，还油腔滑调的，不过，他其实很有见地，能为派对增色。”普鲁拉贝尔表示自己理解这种卓尔不群，并要德·安东带着他和他的人偶一起来。她欣喜地发现，他俩都很会跳舞。要不是他正在躲避通缉，她早就把他，起码把他的小人偶请到《厨房谋士》上去了，再找位拉比来跟他好好辩论一番。这位拉比最好也是位腹语者，这样两个人偶就可以斗个你死我活了。

她和德·安东都不明白，迈赫迪·迈赫迪为什么特别招运动员喜欢，不过在法国，一群足球运动员在马赛一个地下歌厅看过他的表演之后，很快就学起小人偶那个标志性的纳粹礼来。继而，柴郡也有一帮球员觉得法国人这么干时髦得很，开始有样学样。不过这帮人当中，迄今只有葛兰顿·豪瑟姆——德·安东新介绍来的一位客人——算是上过赛场的职业球员。“他的教父曾是我的一位密友，不过已经过世了。”当普鲁拉贝尔对他俩的深厚情谊表示诧异时，德·安东解释道。她自己对文身和打孔倒是偏爱有加，也喜欢男人像狗一样围着她转，更不介意他们每次出现都换个发型，但她难以想象这些也能吸引德·安东。然而，看样子他们彼此间如此亲密——甚至更甚——已经有些时日了。

[1] 大卫王之星（Star of David）是象征犹太教的六芒星形。

“这个说来话长，”德·安东对她说，“毕竟这种深厚却不合常理的感情通常都很难解释。这份堪称神圣的责任，是我从一位友人那里接过来的，又是他的一位朋友托付给他的。希望你不要怪我轻嘴薄舌，不过可怜的葛兰顿这样被踢来踢去，倒真像个足球似的。他其实算是个孤儿，我们只是不这么说罢了。我可以说是在替朋友照看他、监护他。”

“有这么多人替他操心，我看没哪个孤儿比得了呀？”普鲁拉贝尔没好气地说，说完自己都吃了一惊。难道她是在妒忌？难道她嫌葛兰顿抢占了她已视为己有的守护？

“怪我没说清楚。他被母亲抛弃，又遭父亲虐待，他叔叔也欺凌他。要不是费德里科和后来的斯拉夫柯拔刀相助，他的命运简直不堪设想。我一定得延续他们的善举。”

“你把这说得就跟一桩苦差事似的。”

“完全不是。我是心甘情愿担负起这个责任的。要是不能回应人们绝望中的呼救，我们的存在还有什么意义呢？尤其是，这对逝去的友人还是种缅怀。在葛兰顿身上，我能依稀看见他昔日监护人的温良秉性，虽然有人可能会觉得他还是略有些粗鲁吧。其实，他身体不好，这在球员中可不多见。而且他性情温柔，尽管落下个风流情种的名声。”

“还落下个纳粹的名声？”

德·安东笑着摇摇头。“噢，那只是最近的事，”他说，“其实是他在这儿认识了迈赫迪·迈赫迪之后的事。一时手欠而已。我还是相当看好他的。”据葛兰顿本人所说，纳粹礼不过是个误会。鉴于其他球员（姓名无可奉告）都一边假装挠耳朵或向对手做兔子脸，一边偷偷摸摸地行这个礼，他感到得有人站出来光明正大地做这件事。总的来说，他并不是个种族主义者——他几时羞辱过黑人或亚裔球员了？而且他绝对可以证明自己不是反犹主义者。说吧，他哪次捉弄过犹太球员了？再说他某一任妻子——一时记不清是哪任了——还带点犹太血统呢。“他对犹太姑娘情有独钟，”德·安东告诉普鲁拉贝尔说，“他觉得她们很火辣。萝卜白菜，各有所爱嘛。”

“他现在有女朋友吗？”

德·安东想了想说：“我想没有。”

“那我们可得设法给他找一个呀。这是我们该为你的朋友们做的。”

德·安东在她家安营扎寨一段时间之后——约莫有十八个月吧——普鲁拉贝尔恋爱了。不是和德·安东，也不是跟葛兰顿，更不是跟那个被通缉的阿尔及利亚腹语者或他的玩偶。她第一次见到对方——的脚——是在那辆大众甲壳虫的底盘下面。她的保时捷卡莱拉该做保养了，然而来的那位机械师（维修厂上门服务，无须劳她大驾）却更愿意躺到甲壳虫底下去。甲壳虫在黄金三角可是相当罕见的，保时捷卡莱拉反而遍地都是。据她的管家汇报，这位看上去着实不像机械师的男士再没瞧保时捷一眼，而是围着甲壳虫团团转。普鲁拉贝尔发出一声惊呼，意识到自己交上好运了。她找到了——可找到了！——那个不为外表所迷惑的男人。只要他从她最朴素的那辆车底下钻出来时，样子还算过得去，她就能当场把自己托付给他。哪怕就在这条砾石车道上也无所谓。她冲进屋去卸妆。十五分钟之后，她穿着一套最过时的衣服回到砾石车道上。

“起来让我瞧瞧。”她一边拍着手一边吩咐道。她是个备受迁就的女人，喜欢发号施令。于是，他一寸一寸地挪了出来，身上沾满机油，为自己穿的不是工装而是衬衫而窘迫不已——普鲁拉贝尔注意到他连衬衫袖子都没卷上去。他带着一种天真无邪的刚毅出现在她面前，这是一个未婚女子所能想见的最美好的画面……比起“天真无邪”，愤世嫉俗的人可能会更先想到“投机取巧”这个词。有心赢得这位女继承人的人，该清楚她早就厌烦了身边那些男人俗不可耐的殷勤。他但凡有点儿脑子，就该明白要想打动她，只能返璞归真。那些连第一道障碍都没跨过去的笨蛋，被光芒迷了眼，活该卷铺盖走人。要是仅凭几句夸赞她光彩照人的老生常谈就能过关，那么他们以为她会怎么考验他们的决心呢？她要是轻易就能被这些陈词滥调打动，少说也该沦陷过上百回了吧？许多求婚者只需稍微动点这样的脑筋，就不至于千金散尽，还白费周折。

不过，一个有趣的事实也许可以表明，他并非投机取巧：这位男士钻到大众车底下那会儿，女继承人并不在家，而且一时半会儿也不会回来。这就引出了另一个问题：他要不是一直躺在那儿不动，直到她出现为止，又怎么能确保她会在那里找到自己呢？尽管这种费尽心机，或者没心没肺——反正殊途同归——可能没法洗清他使诈的嫌疑，却也显得他用心良苦。所以，不管怎么说，他身上都有普鲁拉贝尔看重的东西。给他指点迷津——确切地说还不止一次——的人，正是他的朋友德·安东（他最最亲密的朋友德·安东）。德·安东首先暗示他普鲁拉贝尔目前还心无所属，再向他透露了赢得芳心的诀窍——即便在一切暴露之后，德·安东也没对他造成什么不利影响，因为能成为德·安东的朋友，本身就肯定了他的为人。不过，普鲁拉贝尔在得知真相之后，有些明白了德·安东忧郁的原因。举凡见过巴纳比的人，有谁会不喜欢他呢？或者叫巴尼，她立刻就在心里这样称呼他了，后来在所有人面前也都这么喊他，仆人面前除外。

她一直立志于过一种田园牧歌式的理想生活，要是这信念再坚定些，她说不定会考虑把德·安东和巴尼一同拥入怀中，看看会发生什么。在黄金三角，与两个或更多男人上床没什么可大惊小怪的，而且，她在最初对异性感到失望之后，也不止一次同时跟两个女人睡过。尽管她并不担心德·安东会抢走巴尼，毕竟他又没有甲壳虫能让巴尼修，但她仍然担心巴尼会怎么看待她自己这些不同寻常的经历。他再拒绝美化财富，再唾弃金钱的肮脏，也不代表他不会美化她、幻想她的纯洁。

在某种意义上，德·安东也一样。

一天晚上，他们来到本地一家餐厅，她问起这两个男人是怎么认识的。两人各执一词，巴尼说他不记得了，德·安东则说他永远不会忘记。德·安东回忆说，他俩是在阿尔萨格农产品展销会的烤猪庆典上认识的。德·安东自己不大爱吃猪肉，不过他陪同的那位日本玻璃艺术家恰好特别爱吃。他已经带着山田先生在柴郡参加过两场庆典了，这是第三场，每次这位客人都径直奔向烤猪。当时，巴纳比看上去只是在闲庭信步，不好奇，也不淡漠，不像饥肠辘辘，也并非酒足饭饱。那天天气和暖，他悠然自得，通身洋溢着农人的闲适。他穿一身燕麦色西装，衣服松松垮垮的，像个干草袋，他的头发兼具稻草的色泽与质感，德·安东想，正像从干草袋里满溢出来的一样。阳光透过云层，在巴纳比脸上洒下一抹夏末的光彩，让他看上去就像刚从威廉·霍尔曼·亨特那幅《牧羊人》[1] 中走下来的一样。普鲁拉贝尔立刻接茬说，自己在曼彻斯特美术馆见过这幅画。她时常陶醉在它面前，想象自己就是画上那个牧羊女。她这一打断，似乎让德·安东有些恼火，于是普鲁拉贝尔猜，大概在他的想象中，并不存在什么牧羊女。巴纳比牧羊人般地一笑，说："我可不记得这么个场合了，我也没有这样的西装。"

"你在里面穿了件乳白色的亚麻衬衫，"德·安东继续说，"还少了颗扣子。"

"这个我也没有。"

"你还拿着一顶巴拿马草帽。"

---

[1] 威廉·霍尔曼·亨特（William Holman Hunt，1827—1910），英国画家，前拉斐尔派的创始人之一，《牧羊人》是其代表作之一。

“老大那真的不是我。”

“那你的版本是什么？”普鲁拉贝尔问他，想到那颗失踪的扣子，她有些难以自持。

他摇摇头。“总之，德·安东就一直在那儿，或者就在附近，”他说，“这就跟问我什么时候第一次看见天空差不多。”

德·安东的神情，让普鲁拉贝尔想起威廉·霍尔曼·亨特的另一幅作品：《世界之光》。月亮悬挂在耶稣脑后，恰似他头上的光环，他敲着一扇并没期待会开启的门，嘴几乎是愠怒地噘着，目光低垂，一副顾影自怜的模样——“看哪，我站在门外叩门，若有听见我声音就开门的，我要进到他那里去，我与他、他与我一同坐席。[1]”——自始至终，他都心知肚明，没人会来应门。

普鲁拉贝尔想，这种拒绝之中似乎包含着什么东西，让德·安东欲罢不能。不管他在巴尼身上看中的是什么，难道他其实并不想得偿所愿吗？还是说，希望巴尼永远都不让他如愿以偿的人，其实是她自己？

[1] 出自《新约·启示录》。

五

“我得接个电话。”斯特鲁洛维奇一边说，一边摸索着手机。

“女儿打来的嘛，你当然得接。”夏洛克对他说。

“你怎么知道是我女儿？”

“从铃声听出来的。”夏洛克说。

这两个男人正怀着一种勉为其难的惺惺相惜一同步出墓园，走向停车场。斯特鲁洛维奇邀请夏洛克去他家做客——暖和暖和，洗个澡，喝杯苏格兰威士忌，住上一宿——而夏洛克则颇为唐突地欣然接受了邀请，让始料未及的斯特鲁洛维奇有些受宠若惊。别看斯特鲁洛维奇有钱有势，但他自认出身卑微，一般都做好被拒绝的准备。人家与其跟他待在一起，还不如去忙更要紧的事呢。“好的，好的，太好了。”他说着欠了欠身，权当鞠躬了。夏洛克——这个烦透了请客、做客那套繁文缛节的人——拍了拍他的肩膀，那感觉就像是两个在友谊方面天资平庸的人，认为有必要加速它的进程。

斯特鲁洛维奇也说不上来这究竟是怎么一回事。他并不容易与其他男人成为朋友。母亲、妻子、女儿，她们才是他生活的重心。也可能正因如此，他才开始渴望起那种缺位的情感。至于夏洛克——斯特鲁洛维奇可没胆去问**他**缺少什么。

他愿意让夏洛克挎着自己的胳膊，尽管对方有些用力过猛。他觉得这个动作颇具欧陆风情。他希望别人会把他俩当作博洛尼亚大学的美术教授，正在探讨该如何改进犹太墓地的建筑风格。

“你显然把她宠坏了。”斯特鲁洛维奇挂断电话之后，夏洛克说。

斯特鲁洛维奇听出了他话中的情绪。错不了，不过是哪种情绪呢——忧虑，妒忌，还是苦涩？难不成他们还会相互妒忌？又或者，他听见的不过是他自己身为人父的骄傲和感伤？

“她母亲罹患重病，不能像别人家母亲那样照料她，”他说，“这份重任就落在我肩上了。我干得不太得心应手。”

“这活儿哪个男人干得了啊？”夏洛克插话道。

“少了妻子，是没人干得了。所以说，确实，我是把她给宠坏了——既宠坏了她，也压抑了她。”

“这我也懂。”

“我常常是刚夸完她，就责骂她。左手给予，右手剥夺。我总是从宠溺到震怒，再到懊悔。我感到自己就像与她一同困于斗室之中——一会儿挡了她的道儿，一会儿又嫌跟她挨得太近。而且我还会为自己这些感受而怪罪她。我无法平衡对她的爱。”

夏洛克把斯特鲁洛维奇的胳膊抓得更紧了。斯特鲁洛维奇能感到他紧绷绷的手指上传来的记忆的震颤。

“你的话像匕首一样锋利，”夏洛克说道，“不过每个父亲都会这么想的，无节制地爱女儿是父亲的宿命。”

他说得仿佛这可怕的规则有神明运行，虽然这位神明抚养起孩子来也不见得会更出色。与其称之为爱的馈赠，不如说它是爱的勒索。斯特鲁洛维奇觉得，被夏洛克爱着，应该相当不易。不过，夏洛克的话让斯特鲁洛维奇感到既宽慰又后怕。所以，这样想的远不止他一个人。这世界规定父亲必须溺爱女儿，而不是理智地爱她们，女儿们则该为此怨恨他们。

“我想放手，但做不到，”他说，“我为她担惊受怕。我巴不得她一觉醒来就老了十岁。有个上大学的女儿真是活生生的折磨啊，她每次回到家里都是稀里糊涂的……”

夏洛克不等他说完便说：“你以为让她大门不出二门不迈就好了吗？女儿恨起父亲来都是无师自通的，送不送去上学都一样。只开一扇窗户她都能学会造反，这是她们的本性使然。”

“是没关窗户使然。”

“这是自然规律。”

“我可不信自然规律的邪。”

夏洛克从喉咙深处发出一种声音，像一声消逝的笑。“那我祝你好运吧，”他说，同时放慢了脚步，越过斯特鲁洛维奇回望身后，像是要确认大自然没有尾随他们，“我们与大自然的斗争由来已久。你知道几个丛林犹太人？”

斯特鲁洛维奇一时只能想到约翰尼·韦斯默勒[1]。

夏洛克在空中挥了挥手，像在驱赶苍蝇。“对他我不予置评，但我得告诉你，泰山绝不是我们的一员。我们不会跟猩猩混在一起。人要么遵循律法，要么就像猿类那样语无伦次。我们选择了律法。你读过斯蒂芬·茨威格的作品吧？你肯定读过。他写过一个故事，讲自己年轻时，曾在维也纳申布隆动物园的猴舍旁向女人们裸露私处。他为什么选猴舍呢？为了嘲讽奴役他的性欲呗。意思是，我跟猴子也没什么两样。不过后来，他成熟了。这就是整个犹太民族的故事，我们成熟了。你得为自己的过去画上句号，而基督徒们总以为我们那个句号是他们画的。”

---

[1] 约翰尼·韦斯默勒（Johnny Weissmuller，1904—1984），美国著名游泳运动员和影星，被誉为史上最成功的泰山扮演者。其父亲是天主教徒，母亲是犹太人。

“我们又不是猴子。”

“我们在他们眼里就是，还是猩猩、野狗和灰狼。”

“那不过是逞口舌之快罢了。我们与他们真正的分歧在于，咱们太脱离自然了。”

“他们与我们的分歧能随时体现在每件事上，只要对他们有利。他们不知道自己受不了什么，只知道自己受不了。而我每次谈起自己为什么受不了他们，就具体多了。他们还说我们没同情心呢，可我每次上街去呼唤杰西卡，总会有小孩跑来耻笑我的无助。也没见哪个**仁慈的**基督徒家长把他们拽回家去，好好训斥他们的残酷。”

天哪，斯特鲁洛维奇钦佩地想，我这位新朋友身上可真不乏义愤、坚决，甚至机敏。

不过，虽说他不想刚认识就挑对方的刺儿，但据说夏洛克同时不也在街上呼唤他的达克特[1]吗？斯特鲁洛维奇清楚传言是不足为信的，但这一次会不会偏巧属实呢？他只是力求公允。夏洛克的女儿偷走的总归是件值钱的物件。但你不能——能吗？——抛却一切，独尊横行无忌的重商主义。斯特鲁洛维奇生活的环境就相当拜金，不过，他仍希望自己能分清女儿和银行账户之间的区别。不过，他也能够理解失去的痛苦会教人混淆人和物。遭了抢劫的人，通常也会指控对方侵犯了自己，人身伤害对他们的冲击不亚于财物损失。对此，他虽谈不上感同身受，却也不能说完全无感。但他拿不准自己作为父亲的形象是否也与夏洛克类似。走火入魔，有如饿狼，暴跳如雷地迷失在占有欲中。被他爱着也同样不易吗？在基督徒残酷的眼光里，他会不会也是个可笑的父亲？

“我看得出你在想什么，”夏洛克说，“我们倒是给过去画上句号了，

---

[1] 达克特（ducat）是欧洲从中世纪后期至20世纪期间作为流通货币使用的一种金币或银币。

但你今后怎么才能把女儿留在身边呢？答案是你留不住。”

两人都沉默了，低头望着冰冷的灰色雪泥在他们脚下一路溅泼。他们本可以回到墓地里去，在埋葬着彼此亲人的坟前各自伤怀。

有一两分钟，他们恢复了正常的步速，不过夏洛克很快又放慢了脚步。“你知道的，”他说，仿佛这事他们已经谈了好几个星期了，而他这才冒出个新的念头，“杰西卡买那只猴子不只是为了气我……”这会儿，他们停了下来，站在离小教堂不远的地方，教堂大门上高悬着一颗大卫王之星。就是在这里，那位年轻的拉比主持了斯特鲁洛维奇母亲的葬礼，还念错了她的名字，于是斯特鲁洛维奇发誓再也不参加任何由拉比主持的仪式了，严肃的也好，轻松的也罢。

“那她买猴子是为了什么呢？”

“不好意思，我们都会在这儿洗手[1]。”夏洛克说。斯特鲁洛维奇仍然站在原地，似乎有些太过执拗。夏洛克向建筑一侧的洗手盆走去，从一个锡壶里倒出水来，浇在自己手上。斯特鲁洛维奇理解这个习俗的含义。你得用水洗去腐臭不洁的死亡气息。不论你信不信教，这都不无道理，但斯特鲁洛维奇仍从其中嗅到了宗教狂热的气息。

为了嘲弄自己——有节制的斯特鲁洛维奇——他还是行了这个礼。

夏洛克重拾了刚才的话题：“你刚刚问我杰西卡为什么买那只猴子……”

“正是。”

“为了否认她的犹太身份呗。我得尽量控制自己不说‘让她见鬼去吧’。”

我就当你死了。

死在我的脚下。

---

[1] 据犹太律法规定，犹太人每天起床后、用餐前、便后、祈祷前、点蜡烛仪式前，都必须仪式性地洗净双手，使用专门用于净礼的壶盛清水受洗。

“跑了女儿，又不等于死了女儿。”斯特鲁洛维奇说。他自己不就是个失而复得的儿子吗？

夏洛克把手指深深地按进了斯特鲁洛维奇的胳膊里：“但愿你永远也体会不到这话错得有多离谱。我遭受的那种损失，就算加在仇敌身上，我都会于心不忍。”

面对他的责难，斯特鲁洛维奇只是一笑而过。但他知道夏洛克没说实话。他**当然**希望他的仇敌也蒙受这种损失啦！他感到自己与当年的父亲处境相同，都成了“烂在地狱里的犹太老爸”之一。能与夏洛克成为朋友，他当然十分乐意，也备感荣幸，不过他仍怀疑自己还能不能忍受这种赤裸裸的怨愤了。凯还能说话时，曾怪他总在家里争论那些老掉牙的信仰问题。讽刺的是，她那句话也正是他想对夏洛克说的。

放轻松些吧，夏洛克。

他们沉默着走完了最后一小段路，来到斯特鲁洛维奇那辆灵车般的黑色奔驰旁。“啊！真想不到。”看到它，夏洛克做了这番评价。

一位黑人司机开着车门恭候他们上车。斯特鲁洛维奇把夏洛克的戈林德伯恩马扎递给他，说：“布伦丹，把这个放后备厢。”然后他问夏洛克，“想不到什么？我还有个司机？”

“你有辆德国车。”

“我说，你不是认为我们得为过去画上句号嘛。”

“那是另外一回事。”

“句号就代表终结。过去的事咱们就得让它过去。”

“没想到你还真信了。”

“我没信。”

于是，在这辆出乎意料的奔驰车上，他俩并肩占据了后座，聊起了父亲之间的家常，互相倾吐养家之不易，特别是独自抚养女儿的艰辛。

“说来你可能都想不到，”夏洛克说，“事已至此，我还是每时每刻都期待能听到我那个宝贝女儿的消息。虽然从她离家的那天起，我就在心里埋葬了她，但你无法不去怀念女儿。哪怕这个女儿偷走了她父亲最珍视的物件……就是说，仅次于她自己的。”

这让斯特鲁洛维奇觉得还无须急于表明自己与他同是天涯沦落人。比阿特丽斯确实给他找过不少麻烦，但还没到跟哪个蠢贼跳窗逃跑的地步。“这么说你到现在也没打听到一点儿消息喽？”这是他能想到的最得体的话了。他进而意识到这话听上去有多可笑。**到现在！**

“应该说还是抱着希望吧，”夏洛克接过话头，他的目光越过斯特鲁洛维奇，似在欣赏窗外柴郡的田园风光，却又并未看在眼里，“但必须承认，这完全是不由自主的。我只不过是被定格在了这个状态而已。我怀着希望，仅仅因为没有别的消息。但这希望是虚妄的，因为该讲的故事已经讲完了。她完全有可能今天就回来找我，这会儿说不定就在敲我的门呢，但这种猜测毫无意义。今天与昨天没有差别，这部戏没有第六幕，而我甚至连第五幕都没有。不过起码，没有希望也就不用承受最终的失望。一切皆有可能，接下来的事无人能知。似是而非，不像别无选择那么致命。我被耍弄了，却一息尚存。”

“这么说你什么也不指望喽？”

“完全不。”

“你是说你压根不想知道她究竟过得怎么样？”

“我要是连这都不想知道，那也未免太没人性了。有时我觉得自己只希望她幸福，有时却不尽然。但总之全是徒劳，并不存在什么‘现在’，戏一落幕，她的故事也就结束了。她，还有拐走她的那个卑鄙的无业游民——据我所知还有他们的那只猴子——本该继承我的财产，但他们永远也别想见着它啦，这能给我带来些许宽慰。但我还是不禁会去想象她后悔的样子。说来挺难为情的，但我的确祈祷过，愿她遭受痛悔的煎熬。我还曾在脑中勾勒那场面，眼前浮现出她扭曲的面容。但这种愿望是不会实现的——永远也不可能实现，更不会现在实现。”

斯特鲁洛维奇摇了摇头，说：“她肯定刚一动身，就为自己播下了懊悔的种子。出门在外的人，谁不是巴不得待在家里呢？她肯定也会不时地深情回望。”

“那些都是《旧约》式的疑虑。”

“谁敢说杰西卡不是一离家就向它低头了呢？”

“她一离家就买了只猴子。”

“那也是想家的一种方式嘛。”

“是的，但不是想我。她从买下猴子的那一刻起，就不再是我女儿了。她觉得当个犹太人，还不如坐牢。不过没错，没错，她当然也有可能不喜欢现在的自己，也尝到了那种，就算说懊悔不大确切，那也是像你说的，遗憾的滋味，哪怕只是为了她亲爱的母亲吧。不过，我不能耽于幻想。她是一天比一天恨我，而且，我敢说也恨她母亲过早地离去。我曾想，她选择这样离开，是不是在效仿她的母亲——我挚爱的莉娅就是突然离世的。在杰西卡的概念里，她这么做，不过是以其人之道还治其人之身罢了。当然，像她那样跑掉是极其残酷的。残酷、可耻、不敬。她要是想借此向我表明，失去母亲会让她沉沦，有一个当不好母亲的父亲会让她失足——为了证明在我的监护和言传身教下，她变得多么轻率甚至残忍——那她简直干得漂亮极了。我只希望她后来所遭受的虐待，能改变她的看法，尽管她究竟怎么想，我已是无从得知了。不过身为父亲，这么想真不应该——为了让女儿理解她自己缔造的痛苦，竟希望她去受苦。我该祝她幸福才对，不是吗？”

“的确。不过你也太难为自己了。没有哪个父亲会全心全意地希望女儿幸福的。”

夏洛克咬着牙倒吸了一口气：“真是严酷的哲学。”

“不，是严酷的心理学。”

夏洛克像蛇那样幽幽地瞥了斯特鲁洛维奇一眼。

我吓着他了，斯特鲁洛维奇想。很好，连我自己都吓了一跳。

他吩咐布伦丹开会儿车窗。他想把田野里清爽的空气放进来些，尽管外面不过是柴郡而已。接受我们天性中的暴虐，即意味着文明，他思索道。是正义，而不是宽容，让我们成其为人。我们身上流的是血，而不是奶。随后，他让司机重新关上车窗。

“连你都说我严酷，我真是深感荣幸。”他说。

“不必，”夏洛克说，“那些基督徒一直怀疑我们已经丧失了善良友爱之心，印证他们的揣测可没什么好处。”

斯特鲁洛维奇擅自拍了拍夏洛克的膝头，朝司机的方向歪了歪脑袋。夏洛克能跟得上这个时代吗？他知道黑人中也有基督徒吗？斯特鲁洛维奇希望自己刚才的动作传达了这层意思，给他提了个醒。在任何肤色的基督徒面前，都不该对他们出言不逊。

夏洛克表示抱歉。“我还不习惯谨言慎行呢，”他压着嗓子说，“我还习惯像以前人家骂我那样骂人。现在世道变好了。”

“表象，”斯特鲁洛维奇凑近他的耳朵说，“是很能迷惑人的。”

六

司机载着他们——斯特鲁洛维奇觉得他车开得似乎有点儿毛躁——朝斯特鲁洛维奇家驶去，他家坐落在莫特拉姆圣安德鲁，位于柴郡黄金三角的东端。这也是他父母最后的住所，简直与他们从小居住的房子有着天壤之别，在索尔福德时，他们的父辈还在院子里养鸡，用意第绪语向上帝祈祷呢。仅一代人的时间，曼彻斯特犹太村的一间马棚就升级变成了一栋领主大宅，车道能同时容纳十几辆奔驰车，有一个专饲稀有鱼类的池塘，还能一览阿尔德利崖的美景。这片笼罩在紫色薄雾之中、蕴藏着石器时代奥秘的英格兰草甸，之所以能供他们欣赏甚至独享，全要归功于汽车零件生意。其实，斯特鲁洛维奇更偏爱汉普斯特德的那栋宅子——比起新贵，他更欣赏世家，虽说他自己就是新贵——但他也有充分的理由保留莫特拉姆圣安德鲁的这处房产。他在北方有生意，女儿又在黄金三角学院（刚更名为北柴郡学院，旨在完全去除末流学校的痕迹）学表演——这所以艺术见长的私立学院，面向任何年龄的富家子弟开放，斯特鲁洛维奇作为赞助人，在其中享有一定的威望——并且，他相信乡下的空气对可怜的凯有好处。过去，他母亲也想在这儿一直住下去，用她自己的话说，她很乐意“死在花园里哪间棚子底下”，但斯特鲁洛维奇却执意给她扩建了一大片厢房，以便安置她所有的看护。

“我用得了这么些人来伺候吗，西蒙？”她问。

“给你配多少都不嫌多，”他对她说，“你要是在浴室里滑倒了怎么办？你下楼梯要是摔跤了怎么办？你要是自己住，总有一天会摊上这种意外。”讽刺的是，最终遭遇意外的，却是年纪只有他母亲一半的凯。

他母亲还是倒下了——不过是安安静静的，没发出一点声响。她在一大帮看护无微不至的照看下，离开了人世。斯特鲁洛维奇对她的哀悼算不上尽心竭力。他当然爱她，但他的爱也不过如此。

你要是不能去爱你的妻子——其实是不敢去爱，怕自己会在失去她时发出惨痛的哀号——那你还能去爱谁呢？

你的女儿呗。

只要不在外面晃荡，比阿特丽斯平时都住在这里。斯特鲁洛维奇认为她年纪太小了，不适合与那些几乎大她一倍的表演系学生同住。不过，比阿特丽斯认为自己是为了母亲才住在家里的。她跟母亲并不怎么热络。母亲的病让她害怕，与母亲艰难的沟通也让她颇不耐烦——谁有闲心等病人磕磕巴巴地从嘴里挤出几个不知所云的词，或者去解读她画在写字板上的那些不知道是什么的符号啊？不过她也为自己的这些想法而羞愧，觉得自己起码应该守在母亲身边。斯特鲁洛维奇唯恐女儿去伦敦上学会出事，怕她会遇上什么人，爱上什么人，怕他们会对她灌输些什么，怕她哪天下午回到家，头上会戴着一条阿拉伯方巾。于是，他放任了她的内疚。没错——他称许她的选择——留在北部，住在家里是个好主意。他想她母亲也会如释重负的，不管她能不能表达出来。实际上，在哪儿上学对比阿特丽斯来说并没有什么区别，不管她去哪儿，他们都会给她灌下最新的反犹主义迷魂汤，搞得她精神错乱，再推说有病的是她父亲。但他还是不希望她离得太远，以防……嗯，反正以防万一嘛。这并不意味着他在监视她。要是她哪天看见他在美术教室进进出出，查看学生们的习作，那他不过是恰好来给学校提提建议、践行承诺罢了。作为斯特鲁洛维奇基金会创始人的女儿，她必须付出这点代价。她念过的学校全都有求于他，都期待能有一位不问信仰的慈善家随时向他们敞开大门，对他们有求必应。

“别把你自己耗干了，”他母亲曾提醒他说，“你毕竟分身乏术啊！”

他直到下车的时候——注意到布伦丹的举动有些异样，不大符合司机的身份——才想起自己又忘记给她扫墓了。

这一天太跌宕起伏了。而且，诚如他母亲所言，他毕竟分身乏术啊！

不过，借口总是有的。

那布伦丹又有什么借口呢？严格地说，他并没有什么无礼的举动。他车开得不是太快，转弯也不是太急。他给乘客开门时，也没有慢吞吞或咬牙切齿。但他似乎面带不悦。是什么人、什么事惹着他了吗？是因为夏洛克吗？因为他那番冒犯基督徒的话？还是那些犹太话题？

斯特鲁洛维奇还好奇自己那几条狗会作何反应。结果他和客人进门时，它们竟丝毫没有在意，眼都没抬。他提议喝点什么再睡，或许再吃些小食。但他又不想显得自己无法忍受独处。他需要人陪吗？从某种程度上讲，他才给母亲办完丧事，也不能对妻子倾诉衷肠，不能对女儿托付信任。他还有算不完的账——社交上的，宗教上的，形而上的——什么上的都有，总之数不胜数。

他当然需要人陪了。

夏洛克谢绝了小食，但欣然同意小酌几杯。斯特鲁洛维奇先是问他喝不喝格拉巴酒，他摇了摇头。能来点莳萝利口酒吗？斯特鲁洛维奇没有莳萝利口酒。那梅子白兰地呢？斯特鲁洛维奇也没有梅子白兰地。夏洛克耸了耸肩。杏仁酒有吗？斯特鲁洛维奇记得好像在哪儿还有一瓶这个。但夏洛克不想再麻烦他了。给我来杯水吧，他说，不然来杯干邑白兰地也行。干邑白兰地斯特鲁洛维奇是有的。夏洛克还不想休息。他睡不了太久，长时间以来都睡得很少。看上去，他似乎对斯特鲁洛维奇家的陈设颇感兴趣——金属骨架的皮革扶手椅、艺术装饰毯、墙上表现复活场面的印刷画，还有一尊逼真得不可思议的泥塑，表现一对裸体的恋人痴缠在一起，相拥着死去。

“这屋让坐吗？”他问，“还是我得站着欣赏这些陈设？”

“坐吧，坐。”斯特鲁洛维奇一面说着，一面请客人坐进一把椅子。他琢磨着，不知道夏洛克此前踏进过这样的房子没有。

一定是这个念头让他冒了句蠢话，说夏洛克肯定注意到了许多变化。

“是的，”夏洛克说，“确实注意到一些。”

斯特鲁洛维奇瞪大了眼睛。“比如说呢？”他决定继续鲁莽下去。

“你可没工夫听我闲扯。”夏洛克对他说。

“你是记不得了吧？”

“恰恰相反，我记性好得很。”

“那你就当为了我，说说看最大的变化是什么。”

夏洛克闭上了眼睛，假装从一顶看不见的帽子上摘下了什么东西——可能是一根稻草，或一张彩票：“以前他们是朝我吐唾沫，现在是跟我讲犹太笑话。”

“笑话好笑吗？”

“被他们讲得没了意思。”

“但他们想必是善意的啰。”

“你给我讲个善意的笑话看看。”

斯特鲁洛维奇没有照做，但做了个斟酌的手势：“好吧，但为公平起见，我得说不管善意与否，开玩笑还是比吐唾沫好多了。”

夏洛克直勾勾地盯着杯底。他专注的时候会垂下双目，半闭着眼，似乎其中的黑暗多过光明。斯特鲁洛维奇自己也有严肃的时候，但夏洛克眼中的暗影，让他都感到不安。他想，这副样子是否也是他责备人的一种方式。

是我僭越了吗？我有资格替他判断开玩笑好过吐唾沫吗？

“我觉得，更有意思的是，”夏洛克自顾自地说了下去，仿佛要向斯特鲁洛维奇表明自己并不打算接他的话茬，“他们一见到犹太人就要给他讲笑话。难道他们每见到一个黑人，都要对他唱《苏旺尼河》[1]吗？”

斯特鲁洛维奇不知该怎么回答这个问题。“说不定他们在私底下真会这么干呢。不过依我看，当面给人讲笑话，就跟举白旗差不多。就是说你瞧，我们没有恶意。”

“那他们取笑我的固执和唯利是图，又该怎么说呢？”在斯特鲁洛维奇的和平主义面前，夏洛克显然不为所动，“他们在我面前做数钱的手势，笑我离群索居，疑惑我怎么能身处逆境还沾沾自喜；他们怀疑我的道德——尽管要不是有我们教，他们怕是还不知道何为道德呢；他们还质疑我恪守的原则、信奉的事物、入口的食物；他们按我的信仰决定我的住处，现在你还觉得他们摇着小白旗吗？”

斯特鲁洛维奇记起学校里那些男生拿他的名字开涮——酥薄卷饼小乞丐[2]——还让他打哪儿来的回哪儿去。他们觉得他该回哪儿去呢？迦勒底的吾珥[3]吗？

“他们打算送你去哪儿呢？”他问道。

“最终肯定是下地狱呗。不过同时，倒也没什么具体的地方——他们的目的就在于此。我们有过建立家园的机会，但没把握住。反正我们从不善于认祖归宗。成为异类才是我们的宿命。他们竭力要我相信，是漂

[1] 《苏旺尼河》（*Suwanee river*）是一首美国歌曲，由著名黑人歌唱家保罗·罗伯逊演唱。

[2] 酥薄卷饼小乞丐（Strudelbum），与斯特鲁洛维奇（Strulovitch）的名字发音相近。

[3] 迦勒底的吾珥（Ur of the Chaldees）是《圣经》中亚伯拉罕父亲他拉的家乡，其家族世居于此。

泊离散激发了我们身上最优秀的品质。这就巧妙地绕开了一个问题：激发**他们**优秀品质的又是什么呢？但他们宣称流浪的犹太人才是真正的犹太人时，却从不害臊。我们是每个国家的公民，却没有自己的祖国。我们是一群时髦的游民，但凡有一线生机，就会设法在其中安身立命，不论它是在悬崖边，还是岩缝里。我们危险而优雅，漫游者[1]般地倚在岩石上，展现出一种别具一格的边缘性，令人惊叹。”

“我女儿也这么想。”

“也许我该跟她聊聊……”

斯特鲁洛维奇斗胆做了个讽刺的表情。

夏洛克的表情却照旧滴水不漏。他浅褐色的皮肤被打磨成光洁可鉴的苍白色泽，能映出每一寸忧伤。“没准我跟你家闺女还更能聊得来呢，”他说，“我既然来了，倒不如给你分享些我的经验。”

“你来就是为了**这个**？”

“我来了就是来了。用得着拿什么理由去搪塞你这个不信上帝的人吗？”

两个男人在沉默中坐了一个小时，谁也没看谁。终于，斯特鲁洛维奇不顾地主之谊地揉了揉眼睛，打破沉默。

“喜欢哪间卧室你随便挑，”他说，“不过最好的客房都在后侧，窗外就是山崖。要是你睡得晚或起得早，说不定还能看见哪个巫师坐着雪橇从上面滑下来呢。”

“啊，所以这儿还是个有魔力的地方啰。”夏洛克说着，嗅到了异端的气息。

斯特鲁洛维奇想起曾见过一幅素描，画的是意大利喜剧演员达里

[1] 漫游者（flâneur）指那些在城市中游走漫步，记录、观察和感受城市生活的人。

奥·福[1]试图吃掉自己。夏洛克看上去也像要把阿尔德利崖生吞了一样。

斯特鲁洛维奇心领神会地笑了。我们犹太人就是这么唾弃民间传说。

他后悔没多结交几个犹太朋友，好交流彼此内心阴暗的想法，一同嘲弄大自然。也许正是这种文化上的孤独感，促使他突然问起夏洛克早上给妻子读的是什么书。

睡前最后再愉快地聊点文学吧。

“你应该能猜到。”夏洛克说。

“那本书看起来相当旧了。是《圣经》的话，你要是愿意从我这儿拿一本去念给她听，我会感到不胜荣幸。我有本日内瓦《圣经》[2]，拿着好看，摊开来也轻巧。”

“多谢你了。不过我们想把《圣经》放一放，怕累着雅各和他的羊。再说了，莉娅最近比较喜欢读小说。上星期我们刚把《罪与罚》重温了一遍，本来说好要给她读《卡拉马佐夫兄弟》的[3]。但她这阵子更想读点惹人发笑的东西，很喜欢听我读《波特诺伊的怨诉》[4]。有几章确实叫人脸红，不过我觉得不该跳过去。”

不管斯特鲁洛维奇需不需要人陪，他都准备以此结束他们这一晚上的谈话。他感到，有了夏洛克这一席话，自己今晚一定能睡得踏实。可惜的是，他妻子不能从他的朗读中得到慰藉。不过有时，看到别人心心

---

[1] 达里奥·福（Dario Fo，1926—2016），意大利一个颇具争议的剧作家、戏剧导演，1997年获得诺贝尔文学奖。

[2] 日内瓦《圣经》（Geneva Bible）是英语世界最重要的《圣经》译本之一，出版于1560年，比1611年的钦定本早51年出版。

[3] 《罪与罚》和《卡拉马佐夫兄弟》都是俄国作家陀思妥耶夫斯基的作品。

[4] 《波特诺伊的怨诉》（*Protnoy's Complain*）是美国作家菲利普·米尔顿·罗斯（Philip Milton Roth）1969年出版的小说。

相印，他自己也会满心欢喜。

然而，夏洛克却并没有要歇下的意思。斯特鲁洛维奇开始有些招架不住他了。他这个客人，会占据主人的全副精力。尽管他双眼黯淡、刻意耷拉着嘴角，却仍给人一种暴躁而健谈的印象，仿佛再枯燥的谈话，也都是他的舞台，生怕它落幕。或者，他会不会只是害怕睡觉呢？斯特鲁洛维奇不禁好奇，他究竟有没有睡过。这就是请他来做客的代价吗——连自己的睡眠也牺牲了？只能不停地谈论女儿、认同感、愤怒、背叛，还有猴子……？

为了撑住不睡，他问夏洛克还记不记得上次外邦人给他讲的那个笑话。

“你想听我的讲法还是他们的？”

“你的。”

“那我就学一学他们的吧。‘格儿林伯格觉得不苏服[1]，于是去看医生……’我想知道你见过人这么说话的吗？”

“没有……可能也就那个业余拉比了。”

“听着就像在模仿他们心目中吓人的家伙。”

“我得说，我们已经吓唬不了谁了。”

“你是说你自己吧，我还是能吓着狗的。”

斯特鲁洛维奇没吭声，心想自己的狗可没被他吓住。不过，也可能是因为它们长期伴随在一个不折不扣的犹太人左右，早就习惯了。

“我毫不怀疑，”他说，“你本人还是能唬人的。我说‘我们’，是指全体犹太人。”

“我认为不能把‘我’和‘我们’区分开来。每个犹太人所到之处，

---

[1] 人物的正确名称是“莫伊舍·格林伯格”，此处的“格儿林伯格”意在模仿对方说话语调以及口音，故而用谐音。后文中出现的“苏服”与此情况相同，模仿的是“舒服”的发音。

整个民族也与他同在。基督徒只看得到整个犹太民族。如果仅就个人而言，我敢说他们说不定很好相处。曾经还有基督徒为了真心诚意地补偿我而向我求婚呢。他们过去给我画的肖像里，也蕴含着同情的笔触。有一回在一个墓地里，还有个德国人跟我道歉。不过后来当我伸出手去，他又似乎不大敢握。为什么呢？因为就在那一刻，这不再是夏洛克这个人的手了，而成了犹太人的手。作为集体，我们仍是诡诈的代名词。”

斯特鲁洛维奇感到一股久违的黑暗力量正在升腾。是诡诈吗？如果是就好了。

“那我接着讲笑话了？”夏洛克问。

斯特鲁洛维奇回过神来：“是的，请继续。格儿林伯格来到诊所……”

“‘格儿林伯格，’医生说，‘你可不能再自慰了。’格儿林伯格听罢失声叫道：‘不能自慰！慰什么呀[1]？’‘要不然，’医生说，‘我怎么给你做检查啊！’”

斯特鲁洛维奇笑了。这是他最喜欢的笑话之一，可要不是之前听过，他这回说不定就听不明白了。他第一次见有人把这个笑话讲得这么糟，约伯[2]可能都不至于。也许这就是夏洛克的目的吧，学学**他们**是怎么讲的。他心目中的夏洛克，应是粗暴而幽默的。他那永远拉长的脸，就是无可辩驳的证明。很可能，他只适合讲自己编的故事，那些故事都发生在极端的环境中，像是悬崖、岩缝之类的地方。怨不得人家摸不清他究竟什么时候在开玩笑、什么时候当真。

“我最喜欢这个笑话了。”斯特鲁洛维奇对他说，想起它曾惹得奥费

---

[1] 原文为 Vy is that，意在模仿对方语气说话。

[2] 《圣经》中的人物，是上帝忠实的仆人，以虔诚和忍耐著称。他被魔鬼攻击变得又穷又苦，在地狱中诅咒自己。

莉娅 - 简大为光火。

“你既然听过，就不该等我讲完。”

“我哪能打断这么精彩的故事呢。不瞒你说，我倒想问问你——为什么那么多笑话都是关于犹太人自渎的？从俄南[1]、利奥波德·布鲁姆[2]到你的亚历山大·波特诺伊，再到格儿林伯格。外邦人就是这么看咱们的吗？还是说咱们是这样看待自己的？”

他本以为夏洛克会花点时间琢磨。但他简直脱口而出，就算哪个学者曾就此写过某篇无人问津的论文，也不会答得比他更不假思索了。

“两者皆是，”他说，“外邦人长年累月地把他们对我们的看法灌输给我们，所以我们有类似的看法也不足为奇。诋毁中伤的作用就在于此，受害者汲取了加害者的观念。**他人眼中的我，才是真正的我**。”

“好吧，如果他们一定要拿道德说事，那说咱们手淫倒还更符合咱们的自嘲精神，总比管咱们叫守财奴强。”

“这两者并没有什么差别。犹太人躬身自渎、犹太人为金钱折腰，都一样。在外邦人眼里，二者都源自同一种腐化堕落的自私自利，它狂热躁动，包罗万象。我们赚钱、花钱向来肥水不流外人田，我们的精子和银子都不对外流通。他们自称，因为金钱，他们理当仇视我们。然而，要我说，生殖器才是这仇恨的根源。他们已经有好几个世纪无法从性方面想象我们了。你知道，他们起先以为我们会像女人那样流血，随后又指控我们阉割了基督的孩子。就连想到我们，也好像玷污了他们的脑袋。他们之所以对我们既恐惧又无知，其症结在于割礼。我们要是对自己都

---

[1] 俄南（Onan）是《旧约·创世纪》中出现的次要人物，是犹大与迦南人书亚的次子，曾遗精于地。其名字的变体（onanism）在英语中指手淫。

[2] 利奥波德·布鲁姆（Leopold Bloom）是乔伊斯著作《尤利西斯》中的男主人公，犹太人。

下得了这个手，对他们还有什么做不出来的？”

这一席话听得斯特鲁洛维奇恍惚不堪，幸好客厅响起了轻微的敲门声，把他拉了回来。敲门的是为他妻子守夜的看护。斯特鲁洛维奇先生有空吗？斯特鲁洛维奇夫人想见他。

“我妻子找我。”他说着，站起身来。他并不想谈他卧病的妻子。他不需要同情。而且，不管怎样，他也不愿让夏洛克同情自己。“我去去就来。”他说道，尽量泰然自若，但他的心却怦怦直跳。难道凯已经能叫出他的名字了？她也想给这不同寻常的一天再添一把火？

答案是否定的，只是看护担心凯而已。她注意到屋里有些动静，听上去比往常痛苦得多。但斯特鲁洛维奇赶到时，凯已经靠在椅子里睡着了，脑袋歪向一侧，麻木的嘴唇对斯特鲁洛维奇无话可说。他把她扶正，吻了吻她的眉心，然后又回到楼下。他疑心夏洛克还会不会在那里，或者，他是否真的来过。

“咱们说到哪儿了？”他问道，发现夏洛克还跟他离开时一样，深陷在椅子里，整张脸都笼罩在黑暗中。

夏洛克耸了耸肩。

意思是他也乏了？斯特鲁洛维奇本可以过去与他坐在一起，晃着酒杯，安享这静谧的黑暗，但越是沉默，他就越会想到凯。

“现在呢？”一阵挑战他极限的沉默之后，他问。

“现在咱们来说说外邦人到底是怎么想的。他们要是变得不那么抱残守缺了，我倒是会很惊讶，他们的思想可干净不到哪儿去。”

“不是，我是说你现在有什么打算？”

“我自己吗？”

斯特鲁洛维奇决定试试对方的脾气。他已经把夏洛克请到他残缺不全的家中来了，那么夏洛克也得回馈他。

“对，你自己。”

夏洛克用手揉了揉脸。

会不会他手一拿开，五官就不见了？斯特鲁洛维奇注意到，他的手指上覆盖着一层黑黑的汗毛。他会比我更接近猿类吗，他想。

“对我自己来说，”夏洛克说道，似在着力强调这个词在历史长河中所遭受的孤立与非难，“并没有什么现在。我活在我那个时代。我说过，故事一结束，我也就结束了。不过有时候，为了某种可憎的快感，我会在口中反复念诵另一群傻瓜中某个家伙的退场台词。你应该可以想象，我多希望能用一句响亮的话来退场啊！”

斯特鲁洛维奇做冥思苦想状，仿佛在拼命搜寻他说的那句退场词。但这会儿已经太晚了，并不适合猜谜。

“**我一定要出这一口气，你们这批东西一个都不放过**[1]。”夏洛克不耐烦地说。斯特鲁洛维奇到底还要想多久啊？“我对清教徒一直十分同情，”他解释道，“我想这也不奇怪，因为他们也一直对我们抱有同情。我们礼尚往来，相互欣赏。我喜欢这么想：我这个麻木不仁的犹太人那种睚眦必报，竟把一位清教徒表现得淋漓尽致。”

“想不到啊，”斯特鲁洛维奇说道，由于没想起来而有点懊恼，“这么一句话就能给你带来那种可憎的快感。这话听起来虚弱得很，就像一个老头张牙舞爪地吓唬小孩子。”

“那是因为你知道它实现不了。马伏里奥跟我一样，也定格在了故事的结尾。永远没机会出那口气了。但他的愿望却经久不衰。他终究还是让他们血债血偿了。在此之前，他只扮演了道德家，他的清教徒身份不

---

[1] 莎士比亚戏剧《第十二夜》（*Twelfth Night*）中的角色马伏里奥的退场台词，采自朱生豪译本，《莎士比亚全集》第二卷，人民文学出版社，1994 年。马伏里奥是一位清教徒。

过是背景。若是不与现实抗争，我们就永远都是背景。这下，他才总算明白这个充斥着男男女女的可笑世界是用什么做的了。”

惯于压抑情绪的夏洛克，这会儿却兴奋起来。他额上开始出现深深的褶皱，像一道道括弧，挂在他深陷的眼窝周围——括起了那些他没说、也不会说的话。

斯特鲁洛维奇小心翼翼地瞅了他一眼，说：“但愿你不是打算诉诸武力。”

“那就得看情况啰……”

“看什么情况？”

“看你怎么定义武力。”

七

普鲁拉贝尔希望人家爱的是她本身，也就是说，爱她的人而不是她的钱，但她跟大多数人一样，根本无法区分这两者，甚至比一般人混淆得还要厉害，因为她要不是如此富有，也不可能这样自在安闲地做自己——因此，她感到十分烦恼，无比烦恼，不停地要巴尼表白自己在他心目中的价值。

你既然把自己装扮成包裹在谜团中的礼物，就不要指望别人会停止揣度和竞逐。在她的节目中，选手们被蒙上眼睛，一边像猫一样从小茶碟里啜几道精美小食，一边期望自己中意的正是她做的那一道。这样一来，他们就能赢得她一个傍晚的陪伴，谁知道还会不会有别的什么呢？回到黄金三角的现实世界，巴尼不得不琢磨起她今天最想穿哪条裙子，哪对耳环最配她的行头，她过生日时想被带往哪个国家的哪家酒店，龙虾她是想吃剥好的还是带壳的，做法是要热月还是钮堡[1]，做爱时她是想要简单直接还是花样百出、开灯还是关灯、开窗还是关窗。

“你完全不懂我嘛，”他每次选错，她都会这么说，“真不知道我们干吗要在一起。”

有时她也会悲从中来，为他俩缺乏默契而恸哭起来。

巴尼被逼无奈时，就只好钻到她的甲壳虫底下去找点儿事干，但

---

[1] 皆为龙虾的经典做法。

他知道自己不能再故技重演了——她会觉得他只有这一招。他跑去找德·安东诉苦，后者在某种程度上对他眼下日复一日的烦恼负有责任。虽然他嘴上没说“都是你惹的麻烦”，不过，他的确要求对方帮自己摆脱麻烦。他不是要分手，虽然目前看来，分手反而能达到他能想象的最佳效果。他要的是摆脱总被指责不走心，还总人赃俱获的恶性循环。

尽管德·安东从未妄图介入普鲁拉贝尔和巴尼之间，但他喜欢朋友有求于他，特别是这位尚在热恋之中，身上还沾着普鲁拉贝尔香水味的朋友。他可不认为自己仅仅是个中间人——这无法体现他持续的影响力——而是自比为侍寝官、最亲密的知己，抑或洞晓婚姻奥秘的牧师，虽说普鲁拉贝尔和巴尼还没结为夫妻。

“你现在就应该，”他说，“在审美上、在要紧的事儿上，都拿出点男人的样子来。”

“具体怎么说？”巴尼问道。

“就是说，你得相信自己的判断，别再让她牵着鼻子走了。”

“我吃不透她想让我怎么样。”

“那就别再琢磨了，听从你的内心。去买件能结结实实震住她的东西，让她知道你对自己高雅的品位有信心。”

“我不知道能不能买得起。”

“不是要你买什么价值连城又华而不实的东西。我的意思是，买一件本身就有意义的东西，而且让它因为你的垂青而更有价值。不是你觉得她会喜欢的东西，而是你自己喜欢的。她不管喜不喜欢这件礼物，都会爱你的当机立断。”

巴尼手托着脸颊，像造物主跟前的一位堕落天使：“我总不该斗胆买辆老爷车吧？”

“别冒这种险。可别因为一辆车而前功尽弃。”

“那该买点什么？珠宝首饰？”

“太贵，太刻意了。”

“我没想买蓝宝石。”

“那就便宜得太刻意了。”

“那香水怎么样？内衣呢？”

德·安东最反感的莫过于“内衣”二字。

“简直比刚才那些还要做作。”他说。

巴尼没了主意，开始揣摩起德·安东的心思来。

“你看送幅画怎么样？”

“不是我看，巴尼。但送幅画确实是个好主意，不错。”

“你手上有她会喜欢的作品吗？”

“你还是没上道。你得自己决定，而不是问我。而且普鲁丽了解我的藏品和口味。你要是指望我帮你挑，那她肯定会看出是我的手笔。”

“那我该怎么办呢？我眼光不行啊！”

“你肯定有喜欢的作品吧。”

“《蒙娜丽莎》。”

“档次再下来点。”

“《唱歌的男管家》[1]。”

“再上去点儿。”

巴尼看上去深受伤害。他总能摆出一副楚楚可怜的样子，这项天赋让他受益匪浅。他像那些最伟大的抒情诗人一样，懂得如何向每颗心灵传达自己的伤痛。

“我只是想说，”德·安东后悔不迭地说，“我觉得普鲁丽不会买账。”

[1] 《唱歌的男管家》（*The Singing Bulter*）是苏格兰画家杰克·韦特拉伊洛的代表作。

“你刚告诉我别去管她怎么想的呀！”

“没错，不过咱们没必要去招惹她呀！”

巴尼两手一摊。要是真像德·安东刚才暗示的那样，有一道美的鸿沟横亘在《蒙娜丽莎》和《唱歌的男管家》之间，天知道他该怎么跨过去。

见朋友如此不知所措，德·安东实在看不下去了，于是他向朋友伸出手去，掌心拱起，倒扣在对方手中，象征着保护。在德·安东父亲般的手指下，巴尼的手有些颤抖。德·安东不敢直视他，于是提议两人一起去一趟曼彻斯特查尔斯街上的凯普斯·邓恩艺术拍卖画廊，下周就有场拍卖会。巴尼从没参加过艺术拍卖会，有些担心自己应付不来。“你只要在拍卖品目录上挑出中意的那件就行了，”德·安东给他打气，“我来帮你出价。”

一想到这趟出行——他们两人单独去寻访美好的事物——德·安东就喜不自胜。

但巴尼还有别的顾虑。当然，他在普鲁拉贝尔身上花多少钱都是值得的。“你们要给人，就必有给你们的[1]”，这是他的基督徒母亲向她灌输的基督教道理之一，老生常谈，教导他要理性投资。到目前为止，对普鲁拉贝尔的投资当然已经为他带来了相当可观的利息。不过，他手头的本金依然有限。

“这个我们再想办法嘛，”德·安东温和而善解人意地说，“到时候再说。”

德·安东之所以这么受朋友们欢迎，一大原因就是他总那么令人安心，对他们予取予求，只要他们需要。

---

[1] 出自《新约·路加福音》。

巴尼错就错在，临出发前被普鲁拉贝尔拖住了。她要他从托尔金[1]、村上春树和杰姬·科林斯[2]的三本书中挑一本来配合她的心情。

“我没法拒绝她，不是吗？”他向德·安东解释道，后者正坐在出租车上一边等他一边看表。

德·安东这回真是被朋友气得够呛——他以为朋友竟忘了自己满心期待的这次外出——甚至没关心巴尼最终选了哪本书。他始终盯着窗外，而巴纳比则事无巨细地把文学问题和家务琐事向他描述了一番，正准备揭晓答案。胜出的显然是村上春树，因为巴尼晓得普鲁拉贝尔爱吃日本料理。说得就跟德·安东对这有什么兴趣似的。

简言之，他们抵达拍卖会时，西蒙·斯特鲁洛维奇刚好竞拍成功，拿下了所罗门·约瑟夫·所罗门[3]为自己那幅《爱的第一课》打的线稿。巴尼看遍了拍卖品名录，才找到这幅自己真心喜欢，且确信普鲁拉贝尔也同样会喜欢的画作，上面那个容光焕发、乳头纤巧的裸体维纳斯多像她啊，而她腿上那个赤裸的丘比特，抬头仰望着她，脸上带着一种不加掩饰，甚至略显无礼的痴迷，又是多像他啊！

他还特别喜欢那副小小的弓箭。

“我们就不能出价压过他吗？”他问道。

“恐怕已经晚了，”德·安东说，“卖都卖出去了。别的就没有你看上的了吗？”

唉，别的就没有了。

---

[1] 约翰·罗纳德·鲁埃尔·托尔金，（John Ronald Reuel Tolkien，1892—1973），英国作家、诗人、语言学家。

[2] 杰姬·科林斯（Jackie Collins，1937—2015），英国著名畅销书作家。

[3] 所罗门·约瑟夫·所罗门（Solomon Joseph Solomon，1860—1927），英国画家，犹太裔。作品以人物肖像见长。《爱的第一课》（*Love's First Lesson*）是其创作于 1885 年的油画作品。

一周以来，德·安东已经是第二次被朋友英俊的面庞上那种彷徨而忧伤的神情一箭穿心了。

“留给我搞定吧。”他说着，发出一声叹息。要是巴尼有心的话，也该让这叹息声给洞穿了。

八

斯特鲁洛维奇说自己没监视女儿，这不是实话。其实这种监视已经持续很长一段时间了，从比阿特丽斯十三岁的时候开始。那时她虽说只有十三岁，看上去却足有二十三。她性感十足，活脱脱一个黎凡特[1]公主、一个石榴果。她也觉得自己性感。他曾撞见过她对着镜子欣赏自己的倩影，噘起嘴唇，望着自己丰腴的身材笑逐颜开，还挺胸收腹，为自己的早熟而欣喜，同时也有些不知所措。那样子，就好像自感责任重大似的。这真是她吗？这副皮囊真能供**她**随意支配吗？对这些，他简直一清二楚。他十三岁时，还少不更事呢，就已经感到自己简直虚度了韶华。伟大的王子终将在囚牢中萎谢[2]，他每晚上床前都要默念这句诗行。而他还根本算不上什么石榴果呢。所以，她肯定更要人尽其才啦！她当然知道除了孤芳自赏之外，自己的美貌还有别的用场，而且——因为她知道他跟踪自己，也知道他甚至都跟进了她的卧室——也不光是给**他**瞧的。

他明白，他全都明白，但他决不允许。这是一种他无法容忍的暴殄天物。当然，是**另一种**暴殄天物，跟虚度韶华相反。这将辜负他和凯对她寄予的厚望，以及他们对她的爱，这将枉费他初见她时的狂喜，背叛他立下的誓言，还会辜负她。不是辜负她的美好年华，而是辜负她与生俱来的

---

[1] 黎凡特（Levant）是历史上一个模糊的地理名称，相当于现代的东地中海地区。

[2] 出自英国诗人约翰·多恩的诗歌《销魂》（*Ecstasy*）。

承诺。

她正在背离那个承诺。她跟男孩们鬼混，打扮得时髦而廉价，多此一举地喝酒、磕药，听那些一文不值的音乐。她长在一个终日响彻着莫扎特和舒伯特音乐的家里，她怎么就听不出差距呢？他第一次跟踪她，去的是摩丝区一栋臭气熏天的宅子，里面有个 DJ 一边用脏兮兮的指甲刮着碟片，一边高喊着“嗓起来！”就是这一声令下——**嗓起来**——这一声没头没脑的粗暴邀请，惹得他暴跳如雷，愤怒程度甚至远超过看见她盘腿坐在地板上、抽着大麻，腿上躺着一个迷迷瞪瞪的穴居人，还在抚弄他的头发。

“什么嗓起来，”斯特鲁洛维奇一边把她拽下楼梯，一边在她耳边嘘道，“我把你拉扯这么大，就是为了让你去欣赏噪声的吗——噪声永远是噪声，比阿特丽斯——而且你竟然让一个**煞星浑蛋**摸你的胸！”

她在楼梯上不停地想挣脱他，直到他把她塞进奔驰车里。司机在一旁看着他们，什么也没说。“不就是为了这个嘛，”她嚷道，“别扯什么音乐，根本不关音乐的事，就是摸胸的事。可是根本没人摸我啊，是我在摸他。就算有人摸我，那也是在你脑袋里。”

他扇了她一耳光，你怎么能指责你父亲有关于你的性幻想呢。她跑出了车外，他追在后面。有个陌生人见他们扭打在一起，喊了一声“嘿”！

“去你的！”斯特鲁洛维奇回敬道，“我是她爸。”

“那你倒是有点当爹的样子啊！”陌生人说。

于是比阿特丽斯捡起了这句话：“你要是想让我像个女儿，就拿出点儿当爹的样子啊！”

几天之后，她女巫似的笑着走进了他的书房。“我刚想起来你是怎么形容摸我的那个男孩的了，”她说，“你说人家是煞星浑蛋。恭喜你，作为你的女儿我很骄傲。还有哪个姑娘的爹能诌出这种词儿来。”

斯特鲁洛维奇的自尊被刺伤了。在当时的情境下，他这么说已经算客气的了。而且这话还妙在极其精准。“谢谢你的夸奖，比阿特丽斯，”他说，“很抱歉我打了你。”

“你变态，”她说，“煞星浑蛋。你不就嫌人家是外邦人嘛。要是个犹太人你才不会介意呢。”

“不是的。”

“就是！”

“好吧，我可能会稍微宽容点。不过那跟宗教无关，而是因为犹太人绝不会喜欢制造噪声。”

她又笑了起来，说：“你懂什么啊！”

难道真让她说中了？煞星浑蛋真是对非犹太人的委婉称谓？

他不这么认为。他可不会一看到基督徒，就把他们想象成这种从史前黑暗中爬出来的怪物。而基督徒看见他时，却多半会这样想他。咳，他有时看着自己，其实也会这么想。

事实上他不希望女儿嫁给基督徒，就跟当年他父亲不乐意他娶个基督徒一样。而且，他的境遇与父亲当年如出一辙。他们俩都曾与外邦人过从甚密，相互敬重，相亲相爱——他父亲最铁的哥儿们来自托德莫登，是一位彻头彻尾的卫理公会派[1]基督徒，而合伙人则是一位来自威尔士的孟他努派[2]信徒，他父亲待他就像对妻子那样珍惜——而且他们两人，这对父子，都把最高的赞誉献给了外邦的天才们——莫扎特和贝多芬、伦勃朗[3]

---

[1] 卫理公会派是新教派别之一，由英国约翰·卫斯理（John Wesley，1703—1791）创立。教会主张圣洁生活和改善社会，极其注重在群众中进行传教活动。

[2] 孟他努派是公元2世纪中期创立于小亚细亚的一个基督教教派。

[3] 伦勃朗·哈尔曼松·凡·莱因（Rembrandt Harmenszoon van Rijn，1606—1669），欧洲17世纪最伟大的画家之一，也被称作是荷兰历史上最伟大的画家。

和戈雅[1]（**戈雅！**）、华兹华斯[2]和莎士比亚（不管他祖上姓没姓过夏皮罗）。其实，斯特鲁洛维奇对这些外邦人的为人没有异议。只有在论及女儿的婚嫁（或跟谁上床的问题）时，他才会有所保留。只有念及自己立下的誓言，他才会把基督徒斥为穴居人。

那么后来，他又曾多少次以誓言的名义，把她硬塞进奔驰车里呢？

他算运气不错的了，她从没跟这些对她毛手毛脚的怪胎——他决定给他们换个称谓——跑掉过，哪怕一个晚上也没有。他生她气的时候，会说那是因为她晓得利害关系；爱她的时候，则会说她骨子里是个沉稳理智的年轻姑娘。不管怎么说，他还是继续跟踪她，直到她完全习惯了他的存在，不管他是躲在停车场的暗影中，还是远远地坐在酒吧的一角，戴着墨镜，读着《金融时报》。有时，她尽兴之后，甚至会让他载回家，或者要是身上没钱了，她还会问他借点。

一个放公假[3]的周一，他尾随她来到诺丁山狂欢节[4]。她谎称要去亨顿看表亲——他甚至亲自送她上了火车——但他嗅出了她真正的计划。尽管他知道要在人群中找到她并非易事，尽管他厌恶街头派对、公然裸露、**丛林音乐**——等会儿，丛林音乐？没错，是丛林音乐——烂醉如泥，还有乔装打扮，但他担心会出事，所以还是去了。能出什么事

[1] 弗朗西斯科·何塞·德·戈雅－卢西恩特斯（1746—1828），西班牙浪漫主义画派画家。画风奇异多变，对后世的现实主义画派、浪漫主义画派和印象派都有很大的影响。

[2] 威廉·华兹华斯（William Wordsworth，1770—1850），英国浪漫主义诗人，曾当上桂冠诗人。

[3] 英国每年除了双休日外，还有 8 天其他公共假日，或称“银行假日”。

[4] 诺丁山狂欢节（Notting Hill Carnival）起源于 1964 年，是欧洲规模最大的街头文化艺术节，于每年 8 月举行，为期 2 天。

呢？有个拉斯塔法里[1]教徒在他眼前上蹿下跳，套着层层叠叠的方巾，把一架金属鼓砸得山响。结果，还是比阿特丽斯先找到了**他**。他想必已经被自己的焦虑烤熟了，散发出培根的香味。她大胆地——也是挑衅地，因为她知道他最怕什么——把一位穿西装的白人男子介绍给他。这人约莫跟他一般年纪，握了握他的手说："很荣幸见到您，斯特鲁洛维奇先生。"

"你知道我女儿多大吗？"斯特鲁洛维奇质问道。

"二十四岁。"

"是瞎蒙的吗？"

"是她告诉我的。"

"你不会去问一个二十四岁的人她多大年龄。你就是蒙的，而且蒙错了。她才十三岁。"

"十三岁零八个月。"比阿特丽斯纠正道。

"这简直就是奶娃娃说的话嘛。"斯特鲁洛维奇说。

"天哪！"男人大叫一声，一下子从比阿特丽斯身边弹开，就跟得知她有麻风病似的。斯特鲁洛维奇都有点替他遗憾了，不过他还是说："要是让我发现你还想泡她，我会把你的心挖出来。"

不知为什么，这威胁并没让比阿特丽斯泄气。"他可不是你说的什么煞星，"被斯特鲁洛维奇拎回家后，她说，"他是肯辛顿－切尔西区的副区长。"

"那也不代表他就不是个煞星，"斯特鲁洛维奇回答道，"从地狱里爬出来的正区长我都能列出一打，更别说副区长了。"

虽然他威胁要掏出这个浑蛋的心脏时，她完全不为所动，但那不过是因为她不爱这个人罢了。他明白有一天她要是动了真心，事情可就麻烦了。

[1] 拉斯塔法里教，原名 Rastafari movement，是 20 世纪 30 年代起自牙买加兴起的一个黑人基督教宗教运动。

后来，这种事真的发生了。

他注意到了种种迹象。她食不下咽，心不在焉，脖子上印着吻痕。一天晚上，他跟着她来到勒汶莎莫——他绝不想看到女儿死在这样的郊区——踢开一栋统建公寓的门，见到第一个人就上前勒住人家的脖子。那人估计是个当爷爷的，太老了，不可能糟蹋斯特鲁洛维奇的女儿，不过，他很有可能是帮那个施暴的年轻家伙放哨的。足足上来了五个人——包括那个假想中的施暴者，不过他太羸弱了，估计连只耗子都捏不死——才把他拉住。你算运气不错的了，比阿特丽斯对他说，还好你没把人弄死，也没人报警。

“在你的事情上，”他反驳道，“我**就是**警察。”

就在这个当口，凯中风了——要不是因为这个，比阿特丽斯早一去不回了。凯的一位医生，也是斯特鲁洛维奇的朋友安慰他说，尽管这可能跟他与女儿之间旷日持久的斗争有那么点关系，但诱使她发病的主要是一些其他因素。她一向神经脆弱。期盼比阿特丽斯降临的焦虑和她对女儿福祉的牵挂，也都可能是诱因。

斯特鲁洛维奇就知道是这样。太过渴望，则过犹不及。

但他是个相信因果报应的人。犯错受罚——这是道德法则。而报应则运转在一个更大的尺度上，会因为你的错误去惩罚别人，你爱的人。要是他放任比阿特丽斯在她自己选择的那些人身上浪费人生，妻子会不会还陪在他左右呢？

不过他毫不怀疑，无论他怎么做，女儿都会那样浪费人生。

* * * *

在铺着羽毛的床榻上，夏洛克裹在丝绸被单里，眯缝的眼睛里映着那盏奇胡利[1]吊灯上的杏黄和靛青，醒着躺在阿尔德利崖的魔法场域中，想着杰西卡。不管存不存在巫师，他都无法收回埋葬她的决定和诅咒她的话语。然而要他一下子收起那颗为人父的心、要他不再关心她，他也做不到。故事是结束了，尽管他接受木已成舟的结局，却还是忍不住去幻想女儿可能面对的悲惨命运。

据他所知，那些恨他入骨的人，利用她的出走趁火打劫，还公开嘲弄他的悲伤。但他们永远不会接受她是犹太人这个事实。然而，血统是不可更改的。尽管她自诩丝毫没有继承父亲的做派，但那个掳走她的无耻之徒罗兰佐，还有那一帮子合谋骗走她的家伙，都会不停地强调她与她所不齿的父亲是多么不同，会说她的天性更加温良（因为这个词听起来更接近于外邦人[2]），会说她更有机会进天堂，会说她纯洁无瑕——相对于他的炭黑色，她简直就是纯净的象牙白。然而，如此强调区别，更证实了共性才是你真正在意的。她带去了他的满桶金币，这恰好佐证了他们如此看重她，在很大程度上仍与他有关。要到什么时候，才轮到罗兰佐一觉醒来，发现自己已经被夏洛克五花大绑了呢？

女儿们就是这样头脑简单！还以为单凭罗兰佐的爱，她就能成为基督徒呢，殊不知他从个性到举止，没有哪一样符合基督徒自己口中的基督教精神。难道基督徒会刚占完人家女儿的便宜，就马不停蹄地去染指她父亲的金钱和珠宝吗？基督徒会乐见她背叛亲人，任她在热那亚一夜之间散尽千金吗？从道德上讲，就连挥霍行为之间也有些许差异：把自己的财富全搭进去该受谴责，而唆使别人挥霍掉她的财产则是十恶不赦。或者，难道这种邪恶在基督徒眼中却是美德？看不惯人家的生财之道，

[1] 戴尔·奇胡利（Dale Chihuly，1941—）是美国著名玻璃雕塑家和企业家。

[2] 原文中的温良（gentler）一词与外邦人（gentile）一词拼写相近。

就剥夺人家的全部财产，这也是美德吗？

他记忆中的她还是莉娅怀中的婴孩，他也像怀念她母亲那样怀念着她。他做了什么，让她这样恨他？用恨来形容并不为过，有猴子为证。用莉娅送给他的戒指去买一只猴子，这种行为亵渎了他们两个人。但不管她是拿什么换的钱，买猴子都是对祖宗不敬，辜负了她所受的教育，以及她从小向他和莉娅学来的一切。即使有人拿一群猴子来交换，我也不愿把它给人，他曾这样告诉过杜伯尔，话音未落，他眼前就浮现出这群猴子：猴群壮大到仿佛无边无际，它们无法无天，没有信仰，被贪婪和盲目的繁殖冲动所驱使。

难道这才是杰西卡所憎恨的？不是恨他，也不是恨她母亲过早地离开，而是憎恨文明理当驯化野蛮的观念，把她内心的粗野和她周遭的原始，都列为驯化的对象。基督教，再怎么说，都不过是个过渡阶段：真正的区别，只存在于犹太教和异教之间。当古老的异教信仰开始在一个犹太人的血液里作祟，那这个人就别无选择，只得去打破自幼习得的禁忌。杰西卡感兴趣的不是基督徒，她不过是想回归猴子般的野蛮罢了。

斯特鲁洛维奇起身时，发现他的客人已经在花园里了。天色尚早，寒意袭人。客人依然穿着他那件大衣，肩上披着一条黑披巾——斯特鲁洛维奇觉得有点像祈祷披肩——坐在他的戈林德伯恩马扎上，跟莉娅说着话。几滴残留的露珠在草坪上闪耀，从脚下照亮了他，像一排脚灯。

“那么，莉娅，看样子我快成基督徒了[1]**。”**他念叨着。

---

[1] 在《威尼斯商人》第四幕中，安东尼奥请求对夏洛克从轻发落，但附带两个条件，其中一条即要求夏洛克改信基督教。夏洛克当即应允。采自朱生豪译本，《莎士比亚全集》第二卷，人民文学出版社，1994 年。

这是他们之间的一个老话题了。他像往常一样，等着她回几句话。不过她想必是笑得太厉害了，说不出话来。“你肯定能当个了不起的基督徒！”他知道她准是这么想的。

他忍不住要放任她的幽默。“莉娅，你想想看，”他接着说，“我穿一身白，坐在教堂的长椅上。在洗礼的神圣时刻到来时，我会低下头，对宣福心怀感激，静候布道开始。‘蒙耶稣基督的恩典，今天，有一位臭名昭著的犹太人来到我们中间，他曾……’”

夏洛克从马扎上站了起来，为她表演了一段庄重的舞蹈，并来回搓着手指——那是一段守财奴的华尔兹。

不过他最终还是停了下来，重新坐回原处。他皈依基督教的话题，就是他们这番墓前谈话的极北之地了。他们可以一直向它靠近，就像鲨鱼围绕食物的气味打转，却永远无法上前一步完成猎杀。在夏洛克皈依或假装皈依基督之前，脚灯熄灭了。

那他究竟皈依了没有？

这个问题很好回答。他没有。

没有机会。

可他究竟愿不愿意呢？

一听见斯特鲁洛维奇轻快的脚步声，夏洛克就很快站了起来，伸出一只手。主人的着装令他印象深刻：身披一件仿佛出自马蒂斯[1]笔下的晨衣，脚趿一双羽毛拖鞋。其实在客用浴室里，主人已经为他备了一套同样浮夸的晨衣和拖鞋，但他不习惯穿另一个男人的衣服。而且他也不希望自己看起来就像在家里一样安闲，无拘无束，否则斯特鲁洛维奇恐怕要认为他永远不打算走了。

---

[1] 亨利·马蒂斯（Henri Matisse，1869—1954），法国著名画家，野兽派的创始人和主要代表人物。

“没打扰你吧？”斯特鲁洛维奇轻声问道。他出乎意料地感到受宠若惊——不对，其实并不是出乎意料，而是纯粹的、深深的受宠若惊——因为夏洛克竟能在斯特鲁洛维奇的花园里感知到妻子的存在。夏洛克坚信，在这旋转的星球上，每个角落都是莉娅长眠的地方。理解他这个信念是一回事，但要相信她真真切切地长眠在**这里**……则是另一回事了。

斯特鲁洛维奇颔首致意。他并不笃信宗教，但依然相信被深爱着的死者是神圣的。

“我们在讲笑话呢，”夏洛克说，“想轻松轻松。”

斯特鲁洛维奇暗想，但愿他给妻子讲笑话时会更有技巧些，否则可怜的莉娅就得年复一年地躺在那儿假笑了。“我能问问是什么笑话吗？”他问道，“我想该不会又是格儿林伯格觉得不舒服之类的吧？”

“不是，没格儿林伯格的事。我们喜欢设想我变成基督徒的样子。我的莉娅觉得这个主意很有趣。”

“我还以为这会吓着她呢。”

“要是真成了，倒还**有可能**会吓着她，不过时间站在了我们这边，在事成之前，它就收了手。我们的确该笑，**起码**我们还占了这点优势。”

“你是不是觉得自己打破了基督徒的如意算盘？”

“前提是他们早就打好如意算盘了。”

“他们听上去可是相当胸有成竹啊。去吧……[1]”

“‘去吧’说明不了什么。‘去吧’只不过是一句老爷们常用来打发犹太人的话罢了。”

“但他们可不只希望你从他们面前消失，不是吗？他们还巴不得你舍

[1] 出自《威尼斯商人》第四幕，第一场。这是夏洛克下场前，公爵对夏洛克说的话。采自朱生豪译本，《莎士比亚全集》第二卷，人民文学出版社，1994 年。

弃自我，再剥夺你的信仰和自我价值……”

“还有我的钱财，别忘了我的钱财。”

“这么说，他们确实是早就打好如意算盘了。”

“谁说得清呢？也许，在我皈依基督之前，收手的还不止时间呢？他们该说的话都说了，也许正觉得称心如意呢？他们救下了自己人，还在众目睽睽之下骗光了我的钱，一定感到十分庆幸吧。其实那都是演戏，跟公开审判差不多。而且确切地说，不管这事因何而起，它归根结底就是一场公开审判罢了。就是为了让犹太人原形毕露。这么说来，我最后皈依与否，也许他们其实根本就不在乎呢？尽管那判决是恶意的，但他们一旦恢复了犹大之前的秩序，就会把注意力转移到别的事情上去了。荣誉属于他们，胜利属于那位商人，而且，他作为受虐狂，还短暂地尝到了失败的狂喜。最终，我要是还像过去那样不依不饶，以犹太人的方式讨价还价，最终蒙受损失的肯定是我呀！我不仅会被绑住手脚兑现判决，还得忍辱负重，两面不讨好，失去了基督的恩典，灵魂还无法得救。你可别指望他们能真心在乎我灵魂的处境。”

斯特鲁洛维奇琢磨着他的话：“他们也许还是在乎的吧，哪怕是为了吹嘘自己涤荡了你的灵魂呢。”

“你说到点子上了！——他们只关心自己能捞到什么好处。可是他们已经赢了呀！而且毫无疑问，他们自己的灵魂也都状况良好。他们满口慈悲，实际上却实施了残忍的复仇。真是典型的基督徒啊！”

“但他们会相信你皈依的诚意吗？要知道你可一直都看不上基督教啊！”

“谁知道呢？基督徒一方面认为犹太人过于顽固、难以教化，另一方面，他们又想不出咱们一旦沐浴了基督的圣光，还怎么能抗拒他。他们对我的第一个判断完全没错。我宁愿抹自己的脖子，也不愿对一个彩绘人偶卑躬屈膝。”

“那么你声称自己对皈依的判决感到‘满意’，并不是真心的啰？”

“我不过是顺着那个问题回答罢了。**‘犹太人，你满意吗？**[1]’这不是讥讽是什么？我已无力反驳，不过起码，我用那个回答——‘我满意’——回敬了这番好意。”

“这么说，你压根儿就没打算皈依啰？”

“我只是说我‘宁愿’抹自己的脖子。要是他们真的提起干劲把我架到教堂去，而不是光顾弹冠相庆，我真不知道自己会干出什么来。不过我是绝不会‘满意’的。你觉得我像心满意足的人吗？”

斯特鲁洛维奇很遗憾夏洛克没穿上自己为他准备的晨衣和拖鞋。他希望夏洛克能感到宾至如归，再住上一阵子，享受享受他所鄙夷的那种心满意足，去附近走走，欣赏冬日的景象，与他互诉回忆，或者接着谈犹太人，虽然斯特鲁洛维奇看似已经厌倦了这个话题，但实际上他还没聊够。夏洛克谈论这个话题时所迸发出的能量，令他惊异而着迷。我这个犹太人，他们这些基督徒——斩钉截铁，毫不含糊。他在想，像夏洛克这样会不会更好呢。赤裸裸地对抗，绝不装作那裂痕尚可弥合。一种无休无止、恶声恶气、不可消解的势不两立。这是否至少意味着双方都懂得坚持立场？起码都清楚自己是在与谁为敌，并且一直对对方了如指掌，直到永远。

直到犹太人归信主基督[2]。

多么极端的思想和言辞。多么不依不饶的怀疑和敌意。斯特鲁洛维

[1] 出自《威尼斯商人》第四幕，第一场，鲍西娅语。采自朱生豪译本，《莎士比亚全集》第二卷，人民文学出版社，1994 年。

[2] 在西方一些文学作品中，犹太人皈依基督教即指遥远的未来。

奇心想，要是夏洛克还要住下去的话，他可得在比阿特丽斯面前管住嘴巴。斯特鲁洛维奇啊，这个既为女儿害怕，又害怕女儿的男人。

夏洛克短短地散了个步，低头望着斯特鲁洛维奇的鱼，问道："这些鱼你吃过吗？"

"它们纯粹是观赏性的。"斯特鲁洛维奇说。他进而想到这种理念可能是夏洛克闻所未闻的。斯特鲁洛维奇要是留他独自在家，他会不会偷一条来做午餐？会不会用那双毛茸茸的手从池塘里捞起一条，再把扭动挣扎着的鱼儿一口吞下去？我真不了解他是个什么样的人，他想。他仿佛听见母亲在说："那你就把他给请到家里来了？就这么随便？"他的妻子，在还能胜任这个角色时，也会这么说。还有比阿特丽斯，她会说："他是谁啊，爸爸？"

在应该请谁回家做客这个问题上，男人是不是总不如女人审慎呢？还是说只有他会这样？

"来点咖啡吗？"他终于问了一句。

夏洛克笑了："鉴于你们英国人冲咖啡的手艺，还是给我来杯茶吧，谢谢。"

"我的咖啡不赖，"斯特鲁洛维奇说，"豆子都是我亲自进口的。"

夏洛克并拢双手，摊开手掌。斯特鲁洛维奇从他的举动中读出一种默默束手就擒的意味，这已经不是第一次了。"我得进去喝吗？"夏洛克说。

"我可以在这儿支张桌子。"

"太冷啦。"夏洛克回答说，随即紧了紧衣领，进了屋。

这个动作太夸张了，像某场戏剧的最后一幕。斯特鲁洛维奇再次想道，我简直不知道他是个什么人。

"我不知道你习惯怎么用早餐。"斯特鲁洛维奇一进屋就问。

“该怎么吃就怎么吃呗。坐在桌旁，用刀叉吃。”

“让我重新组织一下语言。我不确定你早餐一般都吃些什么。”

“吐司就行。”夏洛克回答说。

“我本来昨天就该问好你早上想吃什么的，”斯特鲁洛维奇说，“还有你是不是……”

“有忌口？没错，我是有些小小的执念。我猜你没有吧。”

“入口的不能污秽人，出口的乃能污秽人[1]。”斯特鲁洛维奇浮夸地背诵起来。

“你难道把耶稣奉为洁食[2]问题的最高权威吗？”

“他豁达的观点，让我从枯燥的教规中解脱了出来。”

“你觉得是豁达，我看却是诡辩。为什么我们不能既被出口的污秽，又被入口的污秽呢？”

“我们一定要提污秽吗？”

“我想不必。”

“既然无所谓污秽……”

“那还有什么可讲究的？因为讲究总是值得的。人的一生如此珍贵，绝不该过得随随便便、大大咧咧。我可不想把什么东西都咽下肚，就像我并不想把每种感官刺激都体尝一遍。自打我爱上莉娅的那天起，我就知道自己再也不会去爱别的女人了。我把她与其他女人区分开来，正如她也在我和其他男人之间划清界限。恪守洁食的戒律，就是坚守道德，跟忠于婚姻是一码事。克己复礼，本身就能激发美德。”

---

[1] 出自《新约·马太福音》第十五章。

[2] 洁食（Kashrut）即符合犹太教教规的食物，含“洁净、完整、无瑕”之意，除限制了可食动物的种类外，其屠宰及烹调方式亦受约束。

“你确定你没把美德和神经质混为一谈吗？”

“跟弃教比起来，守戒根本算不上神经质。你们世俗犹太人总是刻意规避教规，甚至比正统犹太人守规还要执着。你们得谨记同样多的禁忌，避开同样多的节日，遗忘同样多的戒律，背弃同样多的责任。”

“说得好像我处心积虑要弃教一样。其实我没想那么多。只不过疏于留意罢了。”

“在某个时刻，你一定做出过弃教的决定。**你的**神经质就是从那时候开始作祟的。不管你嘴上怎么说，你最初的决定一定有很强的原则性，因为你在其他诸多方面，都是个彻头彻尾的犹太人。先不谈饮食，只消看你是个多么狂热的分离分子就知道了。你割裂观点、区隔人群、分裂自我，还疏远你的女儿——”

“我还成**有意**疏远女儿了。”

“你当然是有意的。你是精神上的洁食者。所以，为什么对洁食避之不及呢？”

“我只是不想惹人不快，或给人添麻烦。”

“那么我的饮食是惹你不快了，还是给你添麻烦了？”

斯特鲁洛维奇笑了起来：“我吗？哪儿的话。完全不会。”

“我住在你家期间，每天只吃吐司就够了。”

“我想，你在拒绝与基督徒同餐同饮的时候，肯定没对他们说过类似的话吧。”

“你觉得说不说能有什么区别呢？难道说了就能让他们更喜欢我？”

“他们倒有可能不那么**讨厌**你。”

“这是你自己讨人欢心的经验之谈吗？如果是，那你倒跟我说说看：难道你付出得越多，他们就会越喜欢你吗？喜欢有你的馈赠和善举吗？还是说，他们反而会因为你竟有如此财力而愈发反感你呢？”

“反感？”

我又不是你，斯特鲁洛维奇心想，我才不会招人嫌恶呢，我是生活在另一个时代的另一个人。

不过，他对此几乎有些遗憾了。

“你要是不爱听这个词，”夏洛克又说，“那就换个说法好了。但他们是绝对不会真心谅解你的。你还不如在你的靴底上磨磨刀[1]。”

“这算是你给我的建议吗？”

夏洛克没有作声。

“尽管如此，”斯特鲁洛维奇接着说，“你偶尔还是跟他们同餐共饮过。”

“没错，而且我一直为此懊悔。但是，我去赴宴并不是为了赢得他们的好感，而是一种挑衅。我去赴宴，是为了让他们感到食物像老鼠药那样卡在了他们的咽喉。人生在世，还是得找点乐子嘛，总不能全是劳作和祈祷吧。”

啊，斯特鲁洛维奇心想，总算还有一种挑衅是我能够理解的。

两人沉默了。

夏洛克啃着干巴巴的吐司。

斯特鲁洛维奇掂量着自己究竟是不是精神上的洁食者。

那比阿特丽斯……

比阿特丽斯在哪儿？

斯特鲁洛维奇不知道她会不会无意间听见了他们之间的对话。要是听见了，她，一个想干什么就干什么、想吻谁就吻谁、想吃什么就吃什

[1] 《威尼斯商人》第四幕第一场中，庭审正式开始前，夏洛克就开始在靴底上磨刀，准备从安东尼奥身上割下那一磅肉来。采自朱生豪译本，《莎士比亚全集》第二卷，人民文学出版社，1994年。

么的时髦女郎，会作何感想呢？

“这人是谁啊，爸爸？他在这儿干什么？他是想改变你的信仰吗？”

夏洛克见到她，又会有什么反应呢？看到这样一个生气勃勃、尚在闺中的女儿，他会不会心碎？

“那么，你女儿……”夏洛克沉思着端起咖啡，这一停顿，显示出他一直都紧随着斯特鲁洛维奇思维的步调，“她住在这里吗？”

九

普鲁拉贝尔认为，德·安东——真是个浑身上下都是优点的人——的一大美好品质就是善于倾听，特别是善于做她的听众。不管她想要什么——不论为她自己还是为朋友——只要她一句话，德·安东都会想方设法替她弄到手。给葛兰顿·豪瑟姆物色犹太姑娘的事也是如此。一听说这个足球运动员喜欢犹太女人，普鲁拉贝尔就决计要为他找来一位，而且这件关系到葛兰顿幸福的大事非德·安东不能胜任。

她话音未落，德·安东就想起自己曾在黄金三角学院见过一个女学生，至今令他印象深刻。他慷慨地对这所学院倾注了不少时间，不时会去做几场关于美与自律的公开冥想。

这位女生的长相并不是他喜欢的类型，不过，他天生能贯通不同的审美眼光，即便那是一种偏颇的眼光。因此，他可以理解别人为什么会觉得她美——那种美，就好比浸在威士忌里的泰国蝎子，或黑色的亚麻床单。她身上的某种特质，甚或是她的姓氏里的某种东西沉淀进了他的记忆，尽管他当时并未在意。

他轻点着鼻梁，笑着回应了普鲁拉贝尔热心的提议。

“包在我身上吧。”他说。

普鲁拉贝尔从未见过他如此胸有成竹。

一见面，普鲁拉贝尔就立刻喜欢上了她，简直忘了还得把她介绍给那位球员。“你让我想起了自己像你这么大的时候。”她告诉这位姑娘。想必普鲁拉贝尔记起了脸上还没动过刀子的青葱岁月。

这位姑娘有志于成为一名行为艺术家，这是她所乐见的，而且她希望姑娘能赏光到她的周末聚会上来表演。“我们可以给你搭个舞台。”她说。

姑娘谦虚地解释说，行为艺术家并不需要舞台。她学习的，或者打算从事的，是另一种表演，它将颠覆人们对表演空间的固有观念，甚至颠覆人们对所处空间的已有认知。她说，艺术就是要打破陈规。

普鲁拉贝尔听得惊叹不已。多么可贵啊！她是如此光彩照人、珠光宝气，当然，这珠光宝气是她天生丽质的一种自然体现。

“嗯，随时欢迎你上这儿来表演你的艺术，”她说，“我家就是你家，你就尽情颠覆吧，不必拘礼。我还打算请些大人物来让你颠覆颠覆。”

“我要达到那个水平还早呢，普鲁拉贝尔。”姑娘回答道，脸上泛起了一抹可爱的红晕。

“叫我普鲁丽好了。”普鲁拉贝尔说。

姑娘感到头顶的天空中挤满了星宿，几乎要炸开了。

一天傍晚，普鲁拉贝尔提议她俩乔装成男孩子去赴晚餐。姑娘有些不情愿。她不确定自己装扮出来会是个什么效果。不过她还是同意了。普鲁拉贝尔有几柜子的衣服供她们打扮。

“随便挑，”普鲁拉贝尔一边没羞没臊地说，一边往脖子上缠一条围巾，又往脑袋上扣了顶帽子，“我看咱俩就像两兄弟。”

当然，葛兰顿·豪瑟姆必定出现在了餐桌上，并且立刻就被这姑娘迷住。

从此以后，她们常常这么干。每次都以同样的方式结束：普鲁拉贝尔用她黎凡特式的红唇把那姑娘吻得几近窒息，狂浪地笑着，喊她“我的犹太小男孩”。葛兰顿则目光如炬，一把火烧进了那姑娘的心里。

就这样，背着斯特鲁洛维奇，他女儿比阿特丽斯与安娜·利维娅·普鲁拉贝尔·克娄巴特拉·美好的事物是永恒的喜悦·克里斯蒂娜，成了闺中密友。

十

“她是住在这儿，”斯特鲁洛维奇回答说，“这里**名义上**当然还是她的家。至于她的脑袋和心以何处为家……你瞧，跟你直说吧，我们快摊牌了。”

“是你要摊牌，”夏洛克好奇地问，“还是她？”

“这我还答不上来，我们还没疏远到那个份儿上。我们似乎都希望那个时刻能早些到来，然后再同时退回原地。正因如此，她目前还留在这里……就是这个暂时把我们拴在一起。”

“就因为你们不约而同的愤怒？”

“这么说真是再恰当不过了。不过我俩也不约而同地忌惮这种愤怒。我想，我们俩，都惧怕最终的爆发。我隐约相信她是同情我的。”

“同情**你**？”

“对，至少在凯病倒之后是这样。在那之前，她觉得我脑子进水了。现在她还是这么觉得，不过也知道我作为一个天资平庸的孤家寡人，为了当个好父亲，已经尽了最大的努力。”

夏洛克似乎还有话要说，但比阿特丽斯本人的出现，打断了他们的谈话。

她看上去疲惫不堪，穿一件靛青色的斯特拉·麦卡特尼[1]浴袍，那是斯特鲁洛维奇去年送她的生日礼物，头上还裹着条毛巾。几缕湿漉漉

---

[1] 斯特拉·麦卡特尼，设计师同名品牌。设计者斯特拉·妮娜·麦卡特尼（Stella Nina McCartney，1971—），英国时装设计师，披头士乐队贝斯手保罗·麦卡特尼的女儿。

的头发垂到她的面颊上，她慵懒的肌肤有黄油般的质地，举手投足明快而干脆，这一切都让斯特鲁洛维奇觉得，她看上去就像一条迷人的美人鱼。她完全有可能是刚跟那些观赏鱼一起游完泳，就直接进来了。他眼中的她是如此可爱，简直令他心疼。

“说曹操，曹操到。[1]”他说。

“我谢谢你啊，爸爸。”

虽然他有些迟疑，但还是不得不介绍他们认识。“这位是我女儿比阿特丽斯，这位是夏洛克。”

斯特鲁洛维奇觉得她仿佛嘟囔了一句“噢，好吧”，此外什么也没说。她说话含含混混的，要不就是兴致缺缺，这在一个心事重重的十几岁少女可算不得太没礼貌，她敷衍地问夏洛克是不是爸爸的老朋友，假装听取了回答，又问了问他今天打算做什么。彻底地漠不关心。

她知道自己是在跟谁说话吗?

“我们还没商量好今天要做些什么呢，”夏洛克回答，“你父亲可能会很忙。我会很乐意坐在这里读读报纸、听听音乐，希望不会打扰到你。你家有巴赫或者乔治·福姆比[2]的音乐吗？”

比阿特丽斯望向父亲。她根本不知道乔治·福姆比是何许人。她这代人哪，斯特鲁洛维奇心想，是第一代像白纸一样来到这个世界上的人。

斯特鲁洛维奇提醒她：“《当我在洗窗》。”

“那可不是巴赫，”比阿特丽斯猜了起来，“嗯，他比巴赫逗。”

“那些滑稽音乐，”比阿特丽斯说，“我从来不觉得好笑。”

---

[1] 原文为 Talk of the devil（说魔鬼，魔鬼到）。

[2] 乔治·福姆比（George Formby，1904—1961），英国喜剧演员、歌手。《当我在洗窗》（*When I'm Cleaning Windows*）、《我是个乐天派》（*Happy Go Lucky Me*）均为其演唱的名曲。

“我最喜欢的一首福姆比的歌，”夏洛克说，“是《我是个乐天派》。”

他这是在自嘲吗？斯特鲁洛维奇想。要不他就是在开她的玩笑？果真如此的话，那他有什么企图呢？他是在跟我女儿调情吗？

比阿特丽斯既没留意，也不在意。她松开头上的毛巾，甩了甩头发，把细密的水珠甩到了夏洛克的细羊毛裤子上。

除非她就是这么回应调情的。

“那么有艾尔·乔森[1]的音乐吗？”夏洛克又问。

比阿特丽斯还是摇头。斯特鲁洛维奇心想，这孩子真是生在黑暗的中世纪啊！她尽管天资过人，却生活在一个无知的肥皂泡里，在这种电子时代的愚昧面前，连公元7世纪都像一场知识与文明的盛宴。她对自己出生前不久的世界竟如此孤陋寡闻，简直让他害臊。不过同时，他也担心夏洛克受这突如其来的轻松愉快，甚至轻佻卖弄驱使，会为了提醒比阿特丽斯而哼完整首《我的妈咪》，还伴着爵士乐手势。斯特鲁洛维奇明白，比阿特丽斯对那些他在这个年龄早已熟稔于心的东西，全都一无所知，不过文化上有什么提倡、什么禁忌，她还是知道的，而且她肯定知道一个白人男子绝不该冒充黑人。

“CD都在那个架子上了，”比阿特丽斯说，“您就随便挑吧。那些都不是我的。您也不用担心会吵到我。我马上就要出门了，十二点就得到学校。”她朝她父亲扬了扬下巴——看见了吧，他完全想错了，她对学业可是一丝不苟的。

“你学的是什么专业？”夏洛克问道，特意压低了嗓音，就跟怕斯特鲁洛维奇听见似的。问得简直像一记爱抚。

---

[1] 艾尔·乔森（Al Jolson，1886—1950），美国演员和歌手，20世纪初期百老汇舞台和后来银幕上最有名的歌星和演员之一。《我的妈咪》（*Mam my*）是其演唱的名曲。

“噢，就是一般的艺术课而已，很基础的，不过我想专攻行为艺术。”比阿特丽斯答道。斯特鲁洛维奇觉得她说这话时面带羞涩，仿佛她还是头一回这样描述她所谓的“学业”。

斯特鲁洛维奇感到一阵窘迫。还**行为艺术**！他们为什么不干脆称之为“卖弄炫耀”？他不清楚夏洛克此前有没有接触过这种艺术形式，或者知不知道它实际上就是在大庭广众之下跌荡放言。不过鉴于夏洛克对狂欢节的观感，斯特鲁洛维奇认为他不会喜欢行为艺术。（不过也不好说：谁承想他竟是乔治·福姆比的歌迷？）杰西卡是惹下许多麻烦，但她还不至于跑来跟父亲说什么自己想去挑战观众与表演者之间那条虚无的界线。“这不适合犹太姑娘。”夏洛克肯定会一边关窗户，一边告诉女儿。对此，斯特鲁洛维奇的态度也大抵相同，尽管他说得上来的行为艺术家大都是犹太姑娘。

他们真正想挑战的，其实是犹太姑娘和她们的父亲之间那条界线吧？

安妮·斯普林克尔[1]，这位过去曾叫艾伦·斯坦伯格的自然性爱行为艺术家，难道是含蓄教育的结果吗？

不管夏洛克对此作何理解，他仍以旧世界的风度洗耳恭听。就算比阿特丽斯告诉他自己学成之后会去当女裁缝，他也会听得同样认真。接着，夏洛克突然问她：“那需要具备什么条件呢？”

他这是要让我难堪哪，斯特鲁洛维奇思忖道。他一定是想一早上都把比阿特丽斯留在这儿，误导她，让她出丑，挑拨我的神经。

比阿特丽斯冲他一笑：“您是说成为行为艺术家吗？”

“是的。”

---

[1] 安妮·斯普林克尔（Annie M. Sprinkle，1954—），原名艾伦·斯坦伯格（Ellen Steinberg），出身于犹太人家庭，是美国行为艺术家兼色情明星，自然性爱理念的积极倡导者。

“等我有空慢慢跟您聊哦。”她撩人地说。

斯特鲁洛维奇又一次想，她知不知道自己在撩拨谁啊！

然而，她微笑中的那股迷人劲儿把他搞蒙了。她不会还想让夏洛克陪她去学校吧？他想象着她把夏洛克介绍给朋友们的情景：“嗨，大伙儿，这位是夏洛克。耳熟吗？没错，我也没听过。不过他挺酷的。”然后说不定还会带他去旁听她的表演课。他仿佛看见夏洛克与比阿特丽斯的老师们展开了激烈的争论，全然没有现代犹太人的自我克制，更浑然不觉自己正身陷虎穴。但这种担忧很快就被一种更深的恐惧取代了：要是夏洛克对他女儿的企图无关情欲——当然无关情欲——而是源自一种父亲般的控制欲呢？谁知道这控制欲什么时候会演变成情欲呢？他看她时，眼神贪婪吗？**一位行为艺术家，嗯**？斯特鲁洛维奇相当清楚，男人如何能不动声色就把女人骗到手。那么，他怎么会放过比阿特丽斯这个复古的妙龄女郎，这个身材比流行更丰满、曲线比时尚更傲人的姑娘呢？她可不像咬了一半的胡萝卜那样平淡乏味，而是浑圆红润，活脱脱一个《雅歌》[1]式的美人。也许，她还很像莉娅呢。

又一个杰西卡。是的，毫无疑问，夏洛克正目不转睛地盯着她看，对她欣赏有加。比阿特丽斯也注意到了他赞赏的目光——她想不理睬都难——作为回报，也对他报以欣赏。“这男人可是你领回来的呀，”他仿佛听见了母亲的声音，“那闺女还不够你操心的啊？”对夏洛克妄加揣测，想象他正明目张胆地寻找杰西卡的替代品——不可能，根本别想——也许有些过于刻毒了，但像他那样失去女儿，简直能把人逼疯，在这种疯狂的驱使下，他还有什么干不出来的呢？

以眼还眼，以女儿还女儿。

---

[1] 《雅歌》是《旧约·诗歌智慧书》的第五卷，以歌颂爱情为主。

为什么连斯特鲁洛维奇都有女儿，他却没有！不过，这份小人之心，立刻就让斯特鲁洛维奇自惭形秽了，因为比阿特丽斯只是匆匆地啃了一口冷吐司，向夏洛克道了声很高兴认识他；而夏洛克则再次温文尔雅地偏了偏脑袋，既不带讽刺，也不算十分心领神会地说："彼此彼此——祝你学习愉快。"

斯特鲁洛维奇羞愧难当。他想，做父亲的见不得女儿与其他男人同处一室，总担心人家对他女儿图谋不轨，这其中一定有什么不对劲。直截了当地说，是我不对劲。比阿特丽斯要是想揭露这个缺乏道德约束的世界，根本犯不着去买什么好色的猴子。他自己就是只好色的猴子。这点夏洛克也看出来了吗？夏洛克会不会故意向斯特鲁洛维奇透露自己其实心知肚明呢？

出门前，她问斯特鲁洛维奇有没有查看他的日程。

"我会查的，"他说，"我保证。"

"你上回也保证了。"

"这次我一定查。我会写个日子塞到你门缝底下。"

"还是发信息吧。"他俩沉默地听着那姑娘在宅子里丁零当啷地四下走动。两人目光相遇时，斯特鲁洛维奇感到颇不自在。他们不该一起聆听她的动静，他女儿不该成为他们友谊的纽带。

她收拾东西和乱扔书本的声响——听起来像是乱扔书本，不过斯特鲁洛维奇疑心她其实连一本书都没有——照例惹恼了斯特鲁洛维奇。借此，她仿佛在多此一举地宣示自己的独立。然而今天，有夏洛克在场，他别无选择，只好与他一同听着，心想她这一走，自己又该多思念她啊！她这一走。寂静就开始在他的耳中咆哮。

"是个漂亮的姑娘，"关门声传来之后，夏洛克说，"相当可爱。"

“漂亮是漂亮。”斯特鲁洛维奇说。他还在生客人的气，依然浑身不自在。而夏洛克对此似乎也一清二楚，而且乐在其中。“至于可爱嘛，我就不敢说了。”

“我只能评价她的外貌，谈谈我的印象而已。”

“没错。她偶尔也有不那么可爱的地方，不过那都是现在这些孩子的通病。她天生鉴赏力出众，可惜还是敌不过她从小耳濡目染的文化。”

“当心哦，你听起来像个老头儿。”

“你不也是吗？父亲这个身份不是自带老头儿的含义吗？你也曾把女儿关在家里啊！”

“我那是被逼无奈。我已经失去了一个女人，可不想再失去第二个了。”

“这就是一种老头儿的行为。”

“我知道她会有什么危险。”

“保护她远离无聊的胡闹和怂恿？说真的，那能危险到哪儿去呀？我们恐惧，难道不是因为我们爱危言耸听吗？你家风严明，但年轻姑娘不会愿意待在一个严明的家里。”

“你不会是打算放任你女儿吧？”

“我又拦不住她。”

“但你还是得拦啊！”

“我拦了呀！千方百计阻拦她是我神圣的职责。”

“我所做的也不过如此。”

“而我们都失败了。”

“你还有戏。”

斯特鲁洛维奇望着客人那双严峻而忧伤的眼睛。他自己的眼睛平淡无奇，隐约呈珍珠灰，色泽有如狂风肆虐下的北海。而夏洛克的眼睛却像幽深的赭石色泥塘，深深浅浅的，仿佛一幅年代久远的油画，不知怎的——并非得益于修复，而是得益于不经意的磨损——竟重焕光彩。他的双瞳色泽深暗，类似于伦勃朗笔下那种盈着光亮的暗影。讽刺的是，斯特鲁洛维奇每次望着它们，便会恍若置身教堂墓地。我们毫无共同之处，他心想，相同的唯有我们对女儿的情感。外邦人究竟是从哪儿看出我俩都是犹太人的呢？

夏洛克从斯特鲁洛维奇凝神注视的表情中，猜出了他的心思。"可不，我俩一点也不像，"他说，"长得不像，生活方式也是天差地别。你不守洁食之律，也不上犹太教堂，而且，我敢打赌你连一句希伯来语都不会说，也不知道说我们都是犹太人是个什么意思？"

"我更感兴趣**他们**究竟是什么意思。我们在他们眼中有什么共同点？"

"那是一种比他们自己更年深日久的东西。"

"对你而言可能确实如此……我这话并没有恶意。"

"我明白你的意思，不过对你也一样。那并不是上了年纪，而是无法再对一切漠然置之。你或许自认为已经放弃了信仰，但你仍会听从古老的训诫。"

"说得就好像我跟基督徒没什么区别似的。"

"并非如此。基督徒们太急于向现代文明靠拢了，于是不再听从古老的训诫。他们唱个颂歌，就管那叫信仰了。过不了多久他们就会一个不剩，漫长的重叠期将会终结，最终又会回到不是犹太人就是异教徒的状态。而我们犹太人总是陷入自我怀疑，成天都在疑心是不是该逃离，却又明白不论投奔谁我们都会不堪忍受。"

"我女儿可不是。她简直是叛逆的代名词。"

夏洛克抓住了这个推心置腹的好时机："所以你说你们快要摊牌了，指的就是这个啰……"

作为回应，斯特鲁洛维奇又煮了些咖啡。他本期望能从对方嘴里听到几句赞赏的话，但夏洛克口中鲜有溢美之词。“她想让我定个日子，”斯特鲁洛维奇终于吐露了实情，“好让她把她的新男友带来让我检查一下。”

“检查？你会像检查狗那样检查他？”

“我想那倒不至于。其实她没说‘检查’，她说的是‘见见’。我只是把她的意思好好诠释了一下。她愿意让我见他，就说明她这次是认真的。我一直害怕这一天的到来。”

“她还尊重你的意见呢，你够走运的了。”

“走运什么！看在上帝的分儿上，她才十六岁啊！按你的说法，我的意见就应该是法律。”

“她已经到了挑战法律的年纪。而且并不是所有的女儿都会在意父亲的想法。”

“她才不在意呢。不过是觉得愧对她的母亲罢了。只要不跟我闹翻，她就觉得自己还对得起母亲。”

夏洛克清了清嗓子：“那你又何至于这么焦虑呢？”

斯特鲁洛维奇向他张开十个手指。他焦虑的理由无穷无尽，就算他俩在这儿一直数到审判日那天，也数不完。不过他总得从其中一条说起。

“就说那回那件荒唐事儿吧，”他说，“她上次带人来见我之前，我还以为她会带来一个不修边幅的男孩子呢，就是那种穿球鞋、打鼻环、支持……咳，反正就是个不修边幅、穿球鞋、打鼻环的男孩。结果来的竟是个辅导员，虽然政见还是不足取，但人起码是干干净净的。”

“然后‘出局’了？”

“当然‘出局’啦，比阿特丽斯总是看上该‘出局’的人。我都说了，他人还是干干净净的。应该说太干净了。他叫我斯特鲁洛维奇先生的时候，简直含混得不行，就跟在漱口似的。有意思的是，就在我千方百计要把他从比阿特丽斯身边弄走的时候，她自己反倒把他甩了……”

“……接着找了个更差的……”

“差得没底了。那次之后，我就开始给自己打预防针，免得她下次会从学校带回来个什么冥顽不化、视金钱如粪土还恐犹的美术研究生，结果她竟然找了个恐怕从没翻开过一本书、根本不知道诺姆·乔姆斯基[1]是何许人的家伙——就是附近随便一个没文化的非犹蛮夷——占有欲还强。我都不知道她在哪儿、怎么遇上他的。我猜大概是在哪场摔跤比赛上吧，要不就是在碰碰车上。但这都赖我，是我对危险的估计有误。如果不是我吓得她对犹太男孩产生了逆反心理，她说不定早就遇上哪个文静乖巧、专绣小圆帽的刺绣工了。”

“她是不可能让你满意的。你那个小圆帽刺绣工万一是个女人呢？”

“我不会介意的，我又不求抱外孙。”

“你肯定也会挑她的刺儿。”

“也许吧。但有的人只是有点毛病，有的人则是浑身都不对劲。”

“有这么严重？”

“绝对有，否则她是不会带他来见我的。她一旦想得到我的祝福，事情就很严重了。”

“这么说他们认识挺长时间了吧。”

“她生下来才没多久呢。但他俩认识的时间也长得够叫人不舒服的了。她现在是十六岁，但认识他的时候是多大呢？而且，他俩进展到什么程度了呢？”

“你可以去问她呀。”

“她才不会告诉我呢。”

---

[1] 诺姆·乔姆斯基（Noam Chomsky，1928— ），美国语言学家和语言哲学家，也是美国著名的左派政治人物之一。

“我想你肯定查过她的手机了。”

“还有她的电脑，但真是千辛万苦。她设的密码简直比银行保险库还多。而且我也不敢留下任何蛛丝马迹。要不然——”他做了个抹脖子的动作，“我就死定了。”

“也许她并没隐瞒什么呢。兴许你会喜欢他的。”

“我喜不喜欢他不是重点。种种显而易见的迹象，还有诸多其他因素都表明，他完全不够格。”

“那想必你已经见过他啰？”

“见倒是没见过，但肯定是听说过的。这一带人人都**知道**他，他是出了名的放浪形骸，还在斯托克波特队踢足球。”

“那不好吗？”

“对球迷而言，这相当糟糕。斯托克波特队连联赛俱乐部都不是。不过他作为本地公众人物，还是有那么一丁点儿名气的，至少在北部是这样。他在场上的表现糟透了，还跟喜剧演员一起上过电视问答节目，被他们的笑话逗得吃吃地笑，活像个傻瓜，自己又讲不出笑话来，还代言内裤和球鞋。你能想象一个代言内裤的人给你当女婿吗？我敢保证，那些广告只够登上本地公交车的资格，但这就让事情更不堪了。此外，最糟糕的是，不少人都看不上他，说他是个乡巴佬。”

“你更愿你女儿的追求者是配不上她的城里人？”

“还别说，这他也符合。他是八卦专栏的常客，我都不知道他到底娶过多少个老婆。要说他跟其中一个还没离婚，我也不会惊讶。不久前他刚挨了一记重罚，被禁赛七场——比赛也中断了——原因是他进球后行了个纳粹礼。显然是两个赛季以来的头一回。”

“头一回行纳粹礼？”

“头一回进球。”

夏洛克沉思了片刻，消化着这些内容。随后，他问：“你想好要跟他说什么了吗？”

“问他：一个纳粹为什么会找个犹太姑娘？”

“我来告诉你他会怎么回答。他会说，他想帮她洗脱她的犹太父亲带来的污点。”

“时代不同啦。他既没这么聪明，也没蠢到这地步，不会这么说的。他已经就这个手势做了公开道歉，归结为一时冲动。他说当时不过是想挥拳庆祝。还说不知道那点儿纳粹元素是怎么来的，而且保证今后再也不会这么干了。会不会他找比阿特丽斯就是为了弥补过失呢？”

“他也许是真心的。”

“什么真心的？”

夏洛克把脸转向阿尔德利崖，仿佛他搜寻的那个词就挂在上面：“悔过？”

“我得说，我可不会把这个词用在他身上。”

“你也不一定对。”

“我又上哪儿去知道他悔没悔过呢？”

“总有办法知道。”

“什么办法？直接当面向他甩出这个问题吗？**你悔过了吗，豪瑟姆先生？**他兴许会以为那只是罚点球[1]的高级说法。进了球你就能睡我女儿。”

“这一点儿也不过分。你可以告诉他，他要是真想得到你的祝福，就得付出代价。他得让自己配得上你女儿。”

“配得上？怎么配——跟另外那个妻子离婚吗？去上演说客吗？”

夏洛克懒得回话。斯特鲁洛维奇感到，他的沉默中，有一种恶作剧的意味，透出一种假扮的恶意。

---

[1] 原文中的悔过（penitent）一词，与点球（penalty）一词读音和拼写近似。

斯特鲁洛维奇扬了扬眉毛："你不是说得让他入教吧？"

"起码迈出第一步吧，让他拿出点诚意来。"

斯特鲁洛维奇笑道："他要入教，可比你归信基督的障碍大多了。"

"我归信基督的障碍只有一个——那就是我对基督教怀有难以磨灭的仇恨。你未来的这位见习女婿既然像你说的，对犹太女人有意，那他的可塑性肯定比我强。他不读书，对你来说也是好事一桩，这样他对神学很可能完全茫然无知。"

"这事可不是他单方面接受就成的。"

"当然不是，岳父的意愿也得考虑在内嘛。我并没有低估此事的难度。不过，这些障碍都是可以逾越的。"

他说话的当儿，用两根毛茸茸的手指做了个剪刀手的动作。斯特鲁洛维奇先是想到了马蒂斯，接着又想到了《披头散发的彼得》[1] 中那个红腿剪刀人，最后，他才想到了昏聩的中世纪传说中那些绑架并阉割基督教儿童的犹太人。

"我的神哪！"他不禁失声叫道。

---

[1] 《披头散发的彼得》(*Struwwelpeter*) 出版于1845年，是德国最经典的儿童读物，也是世界上的第一本童书绘本。

十一

上回碰到德·安东的时候，斯特鲁洛维奇正在唉声叹气。现在，在探究这声叹息有何深意之前，得先说说德·安东究竟是如何形成那番观感的，不是对巴纳比，而是对斯特鲁洛维奇。同时，还得说说斯特鲁洛维奇对他的看法又是怎么来的。

他们两人几乎在同一地区长大（尽管德·安东那对富有的父母颇具传教精神，把他生在了法属几内亚），而且又同样具备发现美的眼光和收藏美的实力，按说两人早该认识，即使在学生时代没有机会——因为德·安东上的显然是公立学校，而斯特鲁洛维奇则显然不是——应该也曾一同出现在一些云集了富裕审美家的场合，像慈善晚宴啦，颁奖晚会啦，展览开幕啦，艺术家工作室啦，私人拍卖会啦，还有收藏家的客厅啦，等等。不过，他们俩对北部都不算特别执着：斯特鲁洛维奇很多时候都待在伦敦，而德·安东则经常造访西非和远东，这也解释了他们为何从没在黄金三角学院的各种典礼上碰过面。尽管斯特鲁洛维奇曾为此向学校出借过一幅怪里怪气的画作，而德·安东则做过一番怪里怪气的演讲。然而，应当认为，两人既然在学院事务和活动范围上多有交叠，那么对彼此想必早有耳闻。两人真正打交道是在斯特鲁洛维奇那项提议之后。

斯特鲁洛维奇提出，自己愿意将部分艺术藏品捐赠给柴郡人民，不求别的回报，唯求公众能一致支持放松对纳茨福德近郊一栋詹姆斯一世风格老宅的规划限制。那曾是一栋精美的建筑，如今却落得无人问津。

当时，这栋宅子虽名义上归柴郡遗产管理处管辖，实际上却由当地政府把持，他们甚至一度计划将它改建成一座鸵鸟养殖场兼儿童乐园。其时，斯特鲁洛维奇特别想趁母亲健在，以父母的名义设立一座美术馆——拟定名为：莫里斯与莉娅·斯特鲁洛维奇英国犹太艺术画廊。因此，他认为上述房产再合适不过。它面积适中，名气正好，位置理想：他母亲向来喜欢去纳茨福德购物和享用下午茶。在纳茨福德建一座美术馆——还有比这更妙的点子吗？另一方面，德·安东则与柴郡遗产管理处来往密切，时常为其提供美术方面的咨询建议。

可以说，这项计划在斯特鲁洛维奇看来有多天衣无缝，对德·安东来说就有多不足取。确切地说，在斯特鲁洛维奇眼中这件事有如神助，而德·安东则认为这实属乘间作祸。德·安东曾提出的异议，无非是本地环保人士的那些老生常谈，这些人的反对背后，通常都有些见不得人的理由。至于具体的，德·安东指出，这项计划违反行政法规，可能引发交通拥堵，引来的客流将超出黄金三角的负荷，其噪声和外观还会影响环境，有损该宅邸的独特风貌。别忘了，这可是一栋詹姆斯一世风格的建筑，其本身的历史价值是斯特鲁洛维奇的任何一件藏品都望尘莫及的。正因如此，不论大家对斯特鲁洛维奇的艺术品意下如何，它们首先就不符合本地区的文化内涵，因而不具备成功的条件。

在柴郡遗产管理处和地区理事会举办的规划会议上，斯特鲁洛维奇奋力为自己的方案辩护，指出正是由于他藏品的“文化内涵”，此地才将免受过多游客的侵扰。至于噪声，他可以向议员和受托人保证，他计划展示的艺术品本身都是静物——委身“寂静”的、完美的处子，受过了“沉默”和“悠久”的抚育[1]——并且能让观赏者也静下心来。最后，他

[1] 出自济慈诗歌《希腊古瓮颂》(*Ode on a Grecian Urn*)，查良铮（穆旦）译本。

并不认为一座英国犹太艺术画廊会比一座鸵鸟园更不符合北柴郡的文化内涵。画家埃曼努埃尔·利维就出生在曼彻斯特北部，伯纳德·曼宁斯基就在距离纳茨福德半小时车程的利物浦度过了童年，而雅各布·克拉默则生活在奔宁山脉另一侧的利兹。[1] 另外，他收藏的雕塑作品中，起码有三件的作者，都是自祖辈起就生于斯、长于斯的艺术家。他相当确信，那些鸵鸟可没有这样的渊源，如若有误，请予斧正。

德·安东显得有些灰头土脸，争辩说要是这项计划会让人如此兴趣缺缺、好奇寥寥，甚至达不到影响环境的程度，那么本地居民凭什么要支持它呢？至于那些古怪晦涩的画家，就是作品将进入莫里斯与莉娅·斯特鲁洛维奇英国犹太艺术画廊的那些人，就算全都来自本地又当如何，这条理由对任何投资项目都适用啊！如果他有意兴建一座北柴郡虐待与折磨博物馆，那么是不是只需证明许多变态都出自威尔姆斯洛和阿尔德利崖地区就可以了呢？

斯特鲁洛维奇则提请议员们注意，这些展品是他个人对纳税人的馈赠，绝不会给本地纳税人造成任何负担。再说了，从文化和教养的角度，一座恐怖殿堂并不能与一间艺术画廊相提并论。

德·安东质问说，不知道斯特鲁洛维奇先生在这里指的是谁的文化呢。实不相瞒，他完全可以想象，自己杜撰的那个诙谐的场所，反而能让众多黄金三角人士感到妙趣横生、受益匪浅，其影响力将远远超过申请人如此不遗余力、处心积虑、居高临下推介的方案。说到底，究竟有什么证据能表明，在这样一个风光秀丽、拥有悠久礼拜传统的宁静乡村，会有人对展示英国或外国犹太艺术品——据他所知，这些作品大都极富

[1] 埃曼努埃尔·利维（Emmanuel Levy，1900—1986）、伯纳德·曼宁斯基（Bernard Meninsky，1891—1950）及雅各布·克拉默（Jacob Kramer，1892—1962）均为英国著名犹太裔画家。

都市感和前卫精神——的画廊感兴趣呢？他对这些艺术品本身并无异议——他本人也十分前卫——也并非从原则上反感斯特鲁洛维奇先生的提议。他毫不怀疑在一个更具艺术鉴赏力的地区，这项计划定会受到欢迎。斯特鲁洛维奇认为他可能是指格德斯格林或内格夫[1]。可是，看在上帝的分儿上，干吗要把一座莫里斯与莉娅·斯特鲁洛维奇英国犹太艺术画廊建在**这儿**呢？

斯特鲁洛维奇一边嫌弃德·安东把他父母的名字念得一字一顿的，一边眼睁睁地看着自己的计划泡汤。这个计划成了一个反面典型，悬在议事厅的上空；在德·安东口中，它甚至幻化出了形体，凝成一个梦魇，白天搅扰着黄金三角的宁静，晚上则侵扰着居民们的梦境。

斯特鲁洛维奇几乎可以触到它、嗅到它、尝到它，他宁愿抹去与它有关的一切记忆，以保父母之名免遭外人蓄意抹黑，然而德·安东信手拈来地把那项古老的罪名安在了他们头上，将他们斥为闯入者。这一切都已覆水难收，无可挽回了。**莫里斯与莉娅·斯特鲁洛维奇**——为什么就连他自己，他们的儿子，也随时准备逃离这句邪恶的咒语。**莫里斯与莉娅·斯特鲁洛维奇**——满月之下，站在阿尔德利崖之巅，把这两个名字念三遍，连地狱也会敞开大门。

正所谓冤家路窄，打那以后，斯特鲁洛维奇开始在各种想得到、想不到的场合遭遇德·安东，比如黄金三角的各大餐馆里，慈善晚宴上，优裕收藏家的派对上，曼彻斯特布里奇沃特音乐厅的演奏会上，甚至在伦敦一场由水彩画家协会举办的酒会上。

他是不是我幻想出来的啊，斯特鲁洛维奇纳闷地想，会不会是我们彼此间的怨恨，让我凭空变了个叫德·安东的人出来？他始终小心翼翼

---

[1] 内格夫（Negev）是位于以色列与埃及之间的沙漠地带。

地避开对方的目光，也清楚德·安东有同样的心理。

我这是怎么了，斯特鲁洛维奇问自己。有些犹太人十分敏感，唯恐他人辱没自己的民族尊严。我是不是也正在成为其中一员？这可万万使不得。这种人只会自取其辱。可他看不惯的非犹太人的确不少，不是吗？我绝不能这样，他暗自许诺。我总不能因为一只窸窸窣窣的耗子，就看轻自己。

可那只耗子要是心肠还恰好很坏呢？要是那只耗子还是个狼心狗肺、愁眉苦脸、悲观厌世的浑蛋呢？即便如此，在他微小、不体面的动作面前，斯特鲁洛维奇也要拿出真正的盎格鲁－撒克逊精神，做到真正的不理不睬。

然而，有一天，他刚别过在城里办公的律师老友，结束了一顿漫长的午餐，正走在纳茨福德的大街上，却忽然撞见市政厅外一场规模虽小但不失狂暴的示威。他从现场得到的传单了解到，抗议的对象是地方理事会雇请的一家垃圾处理公司，不过同时，它生产的零件还被用在连接特拉维夫与约旦河西岸非法定居点的管道上。

“敢问这次示威有什么目的吗？”斯特鲁洛维奇问一个示威者。

“要求理事会跟这家公司解约。”

“让它停止为约旦河西岸的管道提供产品？”

“让它停止在这儿回收垃圾。”

“在纳茨福德？”

“对啊！”

“那今后我们的垃圾怎么办？”

“自有其他公司会来处理。再说，不过是一点小小的不便而已，这有什么关系？”

“的确，这倒没什么。”斯特鲁洛维奇表示赞同。但他实在看不出，柴郡人忍受不便对连接约旦河西岸非法定居点的管道能构成什么决定性的威胁。

示威者帮了他一把，说："能发声时就别沉默。"

"以求得到回应……？"

"但愿终会如此。"

一只蝴蝶在纳茨福德扇起了翅膀，斯特鲁洛维奇想着……继而，他在示威者中发现了德·安东的身影，后者正默默地随着人群行进。鬼使神差地，他来不及细想应当如何，也忘了对自己的许诺，只顾跟着感觉走。"你好啊！"他喊道，德·安东转过身来，斯特鲁洛维奇冲他挥了挥手。

德·安东也来不及思考。也许，他也曾发誓决不正眼瞧斯特鲁洛维奇——尽管他并没有理由把自己看成受害者——或者，相反地，也许他也曾暗自许诺，不管斯特鲁洛维奇为人怎样、有何种举动，自己都不该被他激怒。然而现在，他措手不及，只得不由自主地向对方点头致意。

"对我们这个安静的郡府来说，这个集会可真够吵的啊！"斯特鲁洛维奇攀谈道。

德·安东移开了视线。

"你觉得，"斯特鲁洛维奇接着说，"这种行为符合本地的精神内涵吗？"紧接着，就在德·安东转身背对他的同时，斯特鲁洛维奇又把这个问题重复了一遍，连他自己都听出了其中激烈的控诉。"那就只谈文化吧。你觉得这从文化上讲，符合本地纳税人的利益吗？这算尊重本地悠久而温良的礼拜传统吗？这是维护了这里的宁静呢，还是尊重了这里的和谐啊——通过这种，比方说……"

但德·安东已经不见了踪影，消失在抗议的人群之中。

不久之后，斯特鲁洛维奇独自坐在自己的花园里，望着光影在阿尔德利崖上跳起恶魔的舞蹈，渴望能跟妻子商量，或者，希望女儿不是在外面给穴居人献上法式热吻。他后悔没有用尽胸中郁积的怒火，全力揭露揭示他想象中的——不，他敢肯定的现实中的——德·安东的真面目。

他决定，既是想象中的真相，也是事实上的。

抱歉啦，但他总得找个出气筒吧，而且德·安东的真面目也该有人来揭穿了。

算他走运，因为他想趁德·安东离开时甩出的那项指控，绝对会让他搬起石头砸自己的脚。斯特鲁洛维奇真是想不通，现在怎么连喊冤都成了罪过，这从社会病理学的角度该如何解释呢？现如今，情况就是这样。精神错乱的不再是那些怀恨在心的人了，觉得自己被人憎恨才是真的有病。真是世风日下啊，斯特鲁洛维奇想，那时候我们的敌人虽然把厌恶别在袖子上，把我们的信仰斥为邪教，管我们叫异教徒和该死的狗，抽我们、踢我们，还剥夺了我们的荣誉、权利和财产，但尚且没给我们最致命的一击：骂我们是偏执狂。如今，这条狗又回来了，回到它呕出的那摊自怜面前，想象着我们巴不得它万劫不复。只有这样，它才高兴。

因此，我们巴不得他万劫不复。

不管怎么说，这就是夏洛克出现之前，斯特鲁洛维奇对德·安东的看法，无可更改。

那德·安东又是怎么看他的呢？

嗯，他跟斯特鲁洛维奇之间并不存在什么分歧，如果说他还记得斯特鲁洛维奇是谁的话。他当然不恨对方，他对男人都恨不起来。而且，他绝不可能心怀种族仇恨——他出生在法属几内亚，云游四海，精通多国语言，热爱日本和中国艺术，与各个年龄段、各个国籍的陶瓷艺术家、玻璃艺术家和微雕艺术家都有一种天然的惺惺相惜感——这些都足以证明这一点。而斯特鲁洛维奇——鉴于在目前的情势下，这家伙已经进入了他的视野，那么好吧，他可以勉为其难地回想一下对方的模样——一定得了被迫害妄想症。有些犹太人对他们的犹太身份，比大多数外邦人更为在意，他就是其中之一——实际上，要不是斯特鲁洛维奇自己老在他和所有人面前强调自己的犹太身份，德·安东可能根本不会把他当犹太人看待。不过，即便如此，德·安东厌恶他也不是因为他的信仰，或者，随便怎么叫吧——看在上帝的分儿上，就称之为他的种族吧！——他厌恶他，只因为他是个酸溜溜的可怜虫，如此而已。他有钱、没品，咄咄逼人、争强好斗，脾气暴躁、顾影自怜，还有自毁倾向，一边幻想别人瞧不起自己，一边还瞧不起人，没完没了地愤愤不平，遇事总觉得这世界欠他一个说法——这些在德·安东看来，都不是犹太人与生俱来、难以更改的品质，除非某个犹太人非要固守它们。

因此，尽管为了巴纳比他什么都愿意做，但他也知道要跟斯特鲁洛维奇搭上话并不容易，更别提说服他让出所罗门·约瑟夫·所罗门那幅《爱的第一课》线稿了。

不过，在内心深处，他依然胸有成竹。要是他给斯特鲁洛维奇开出一个远高于成交价的价码，那犹太人难道还能顶住诱惑，拒绝这不费吹灰之力的赚头不成？

十二

“在您提问之前，我得先说，”那位球员声明道，“我不是您想的那样。”

“纳粹？”

“我不是。”

“那你为什么要提这茬呢？”

“因为我知道您在想这个。”

“你为什么觉得我会想这个呢？”

“因为大家都这么想。”

“那大家为什么会这么想呢？”

“因为我行了个纳粹礼。”

“多冤枉啊！”斯特鲁洛维奇叹了口气说，但在他接着说下去之前，比阿特丽斯打断了两个男人的对话。

“纠正一下，”她一边说，一边仿佛用一把看不见的扇子，轻拍着豪瑟姆的手腕，“因为你做了个**类似**纳粹礼的手势。”

“没错，”豪瑟姆说，“而且我都不知道那就是纳粹礼。”

“那么，”斯特鲁洛维奇循循善诱，“你又怎么能模仿它呢？”

比阿特丽斯再次感到自己比男友更适合回答这个问题：“得了吧，爸爸，谁都懂什么叫讽刺性引用。”

豪瑟姆一脸自豪地冲她笑着点了点头。正是这一点，让他第一次听她说话就爱上了她。

斯特鲁洛维奇其实也挺自豪的。他不禁替可怜的凯感到可惜，她错过了一贯装傻充愣的女儿那些机灵乍现的时刻。那么，爱上豪瑟姆时，比阿特丽斯究竟是机灵呢，还是犯傻呢？出乎他意料的是，这个球员没再让他大跌眼镜。他可以隐约看出比阿特丽斯看上了他哪一点。就是那种仿佛来自冥界的天真吧，对吗？他看上去并不像个纳粹。不过，在事情变得不可挽回之前，没人能一眼就看穿纳粹的真面目。不管怎样，他身上的某种特质打动了斯特鲁洛维奇。也许是他那副模样吧，身上隆起大块大块的肌肉，愣是把一套昂贵的西装撑得像廉价货。他坐在沙发沿儿上，像个为了见祖父母而盛装打扮的小男孩。他的领带打了个大大的结，呈完美的等边三角形，卡在喉咙的位置，看样子勒得他相当难受。他脖子上还文了一条红红绿绿的龙，正好扼住他的咽喉。他能呼吸已经堪称奇迹了。

尽管斯特鲁洛维奇从小就打领带——“打领带是对他人的尊重。”他那位从不戴小圆帽的父亲曾说过——但自打成为艺术收藏家以来，他就抛弃了它们。为了今天这个场合，他还特意斟酌了一下是不是该找一条出来，但最终还是决定不戴，不管这次会面正式与否。又没有哪条礼仪规定，一位父亲得打着领带接见一个不小心同情了纳粹，还想睡自己女儿的家伙。倒是该佩上手枪或挥起马鞭，就是不必打领带。于是，他穿了平时那件黑色外套，内搭一件白衬衣，尖尖的衣领又长又软，领口一直扣到嗓子眼。

但愿他能看出我是一位鉴赏家，他想。鉴赏艺术以及人。但愿他看得出我见多识广，不会为华美空洞的承诺所动，而且，文身也没用。

出于某种或种种他不愿深究的原因，他让夏洛克在会面时回避了一下。他可以待在自己的房间，听听乔治·福姆比，但别跟着唱。

“你是怕我吓着他吗？”夏洛克猜道。

“当然不是啦！”那他怕什么？

“那么需要我就吱一声。”夏洛克说，给斯特鲁洛维奇找了个台阶下。

“我为什么会需要你？”

“谨防他动起手来……”

“也就比阿特丽斯最有可能动手了。”

“啊，这么说你肯定用不着我了。”他俩都笑了起来——斯特鲁洛维奇发出一阵尖刻的讥笑，夏洛克则从喉咙深处发出一种垂死般的颤音——尽管这一点也不好笑。

不争气的女儿背叛不称职的父亲。这有什么好笑的？

* * * *

“喂，杰西卡？喂，我说，杰西卡？”

他忘不了自己对她最后的关照。照我说的做，把门随手关了，也不要把头伸到街上去。[1]

这要求过分吗？

他明白自己就不该出门。他尽可以怪她，但他那天真该待在家里。有不祥之事要降临他头上，他有预感。

里亚托那边有什么消息吗？[2]

为何会如此心神不宁？而既然心神不宁，为何还是出了门呢？

---

[1] 出自《威尼斯商人》第二幕，第五场，夏洛克语，采自朱生豪译本，《莎士比亚全集》第二卷，人民文学出版社，1994年。

[2] 出自《威尼斯商人》第三幕，第一场，萨莱尼奥语。里亚托（Rialto）多个世纪以来都是威尼斯的金融和商贸中心。采自朱生豪译本，《莎士比亚全集》第二卷，人民文学出版社，1994年。

我实在有点不愿意去[1]。

那就别去啊。

但他还是像猫一样，没能抵御住危险的诱惑，去赴了一场食之无味的晚宴，去与自己憎恶的人为伍。然而，他在那里享用的，绝不只是美食而已。承认吧，对自己承认吧，你是为了满足那纯粹的恶趣味才去的，你去是为了吞下那些基督徒。为了抚平心中古老的积怨，你学起了食人生番[2]。

结果你一出门……他一出门，就被他们分而食之了。

令人好奇的是，他和他们，究竟谁更恨谁呢？

其中的差别几乎可以忽略不计——

有一天你骂我是狗……

我恨不得再这样骂你……

既然我是狗，那么你可留心着我的狗牙吧[3]……

他们简直难解难分了。这全然是一种两情相悦的关系，两者因根深蒂固的厌恶而相互吸引。金钱给了它借口。这个放高利贷，那个就绝不做这种事情——尽管我放债、借贷向来知道分寸，从不过分过度，可是这次，为了一个人，一个我亲爱的人，我就破个例。这就叫好处占尽，夏洛克一面想，一面记起安东尼奥那声极其无礼的“**再**”。就跟这么问多给夏洛克面子似的。噢，慈父亚伯拉罕啊，基督徒都是些什么东西呀！

但金钱是这场古老争端的战场，却不是它的根源。

那么，从历史的角度看，究竟谁更恨谁呢？这是个先有鸡还是先有

---

[1] 出自《威尼斯商人》第二幕，第五场，夏洛克语。采自朱生豪译本，《莎士比亚全集》第二卷，人民文学出版社，1994 年。

[2] 未开化的种族的统称，也专指攻击人类将人类当作食物果腹的种族。

[3] 以上三句均出自《威尼斯商人》，第一、三句为夏洛克语，第二句为安东尼奥语。采自朱生豪译本，《莎士比亚全集》第二卷，人民文学出版社，1994 年。

蛋的问题。注意“古老”这个词。对方在他们眼中的罪过——一方是傲慢的排他主义，另一方则是傲慢的假意博爱包容——都肇始于资本主义和高利贷问世之前。你可能会问了，那么在他们犯下罪恶前，人类还掀起过什么别的社会或精神运动吗？可能就只有使徒保罗的那番离间了吧。再之前，是一派和平景象。然而，在保罗之前，还不存在什么基督徒，犹太人还没有仇恨的对象，也并不遭人嫉恨。

好吧，既然这些外邦人眼里只有罪恶，那他就多让他们见识见识什么叫罪恶吧。

那他们呢？作为回报，他们将对他施以不怀好意的慈悲，让他仿佛身沐有毒的雨中。

这是否就意味着，他对罪恶做了讽刺性引用？

同时，他们是否也讽刺性地引用了慈悲？

总之，有一件事他可以确定：他们偷走他的女儿这件事不能算作讽刺性引用。

* * * *

“我爱比阿特丽斯。”豪瑟姆说着，把他的领带一松一紧。他衣领里那只红红绿绿的龙痛苦地扭动着。

“她才十六岁啊！”

“就跟这有什么大不了似的。”比阿特丽斯说。

豪瑟姆在两人之间摆着脑袋，想两个都赞同。

“才十六岁啊！”斯特鲁洛维奇重复道。

“换个新招吧，爸爸，”比阿特丽斯说，“自打我生下来，你就开始拿我的年纪说事儿了。**她才十三岁啊，她才十四岁啊，她才十五岁啊，**就算我六十了你也会这么说。”

“你六十的时候想必该有些见识了，我也肯定不在了。”

“我也肯定不在了。”豪瑟姆发话。他从比阿特丽斯的脸色看出，自己这话说得有失分寸。没人会一边觊觎人家的女儿，一边强调自己与她的年龄差距。

现在，斯特鲁洛维奇心想，该拿出对付女儿追求者的老办法了——支开女儿，单独谈谈。

“比阿特丽斯，你在这里我俩都怪不自在的，”他对她说，“要不你让我们单独待会儿吧，我保证不会用钱打发豪瑟姆先生离开这个国家。”

这番话，只能暴露他的司马昭之心。

“多少钱都不能让我离开比阿特丽斯。”豪瑟姆接茬道。

比阿特丽斯起身，冲他笑笑。好小子，答得漂亮！她能感到父亲也这么认为。“那我去用点茶好了，”她说着，对男友信心十足，“也别用别的办法欺负他啊，爸爸。”

比如呢？斯特鲁洛维奇想。

“我希望我女儿，”比阿特丽斯出去后，他开口说道，“能完成她的学业。”

实际上他想说的是，我希望我女儿能**开始**她的学业，不过现在不是讨论行为艺术值不值得学习的时候。

“我也这么希望。”豪瑟姆说。

斯特鲁洛维奇点点头。又答得漂亮。他看得出女儿为什么看中这个男人。他相当听话。尽管语言贫乏，但懂得善加利用。尽管肌肉发达，笑起来却十分温柔。即便他的肌肉——起码从他陷在斯特鲁洛维奇沙发中的姿态来看——也更接近于防御的措施，而非进攻的武器。她看上他还有什么其他原因——例如他在性方面魅力如何——斯特鲁洛维奇这个做父亲的就不得而知了。人不该老惦念着自己女儿会对什么感“性”趣，虽然比阿特丽斯每长大一岁，斯特鲁洛维奇但凡得知她有什么危险，第一反应总是这个。

她今年十六岁，已经长大了，当然从法律上讲还未成年，但从社会和她自己的角度看她已经可以为自己做决定了。不过话说回来，他不也把她没病没灾地拉扯到这么大了吗？他已经预料到了她会面临哪些危险。对此她说不定还暗自感恩呢。她还没拍屁股走人，也许并不全是念及她动弹不得的可怜母亲。兴许她还是爱他的，也希望他能爱自己。不过，既然她留了下来，还突然扮演起了传统的女儿，希求老爸的祝福，那他也就配合演一把老派的父亲。

“你对她还有什么别的期望吗？”他接着问，直勾勾地盯着球员那双水汪汪的眼睛。

豪瑟姆感到迷惑不解，于是万分警惕，怕被下套。爸爸诡诈极了，比阿特丽斯曾提醒过他：当心点儿。

“此话怎讲？”他问道，“您是指生儿育女之类的吗？”

“老天啊，当然不是啦。现在还太早了点儿吧。看在上帝的分儿上，她才十六岁啊！不过我想，你肯定希望她幸福吧。”

“必须的。”

典型的球员用语，必须的。还有不管咋的。不管咋的，我都希望事成之后你女儿会无比幸福，必须的。

“你也希望她的父母能为她高兴吧？”

这话就没那么直白了，不过豪瑟姆还是接了招。“必须的。”他答道。斯特鲁洛维奇感觉，他甚至还冲着楼上可怜的凯点了点头，就跟知道她在哪儿，又遭了什么罪似的。而且，如此一来，他看上去似乎更确信自己有责任照顾比阿特丽斯了。

“那你就该知道，我们稍有些介意你过去的几次婚史。实际上，这让我们有些不安。”

他庆幸自己支开了比阿特丽斯。可想而知，她一定会纳闷，这个没头没脑的“我们”，是打哪儿冒出来的。

“我是干过些傻事，”豪瑟姆承认道，“我那会儿年纪小，没脑子，光有钱。我现在已经洗心革面了。现在我已经是个真正的男人了，别的不必多说。那时候我还只是个男孩子。”

斯特鲁洛维奇点着头，却并没听进去。他正酝酿着提出他唯一在意的那个问题。“你当然也知道，”他从容不迫地说，“我们是个犹太家庭。”

“我喜欢犹太人。”豪瑟姆说着，把整个身子都挪到了沙发沿儿上。仿佛他对犹太人是如此喜爱，已经到了随时准备拜倒在他们脚下的程度。“事实上……”

他打住了。他本想说，他过去就曾娶过一位犹太妻子，这足以证明他对犹太人情有独钟，但在关键时刻还是决定闭口不言。犹太人愿意被人喜爱，但肯定不乐意被人收集，这一点，比阿特丽斯已经点拨过他了，而他第一次抛出这句台词，说她不是他爱的第一个犹太人时，原本是指望让她眼前一亮的。

“……事实上，”他接着说，“我读过不少这方面的书。”

想到他的纳粹礼，斯特鲁洛维奇简直不忍想象他的书架上都是些什么货色。《锡安长老会纪要》[1]？《永远的犹太人》[2]？还是装订成册的《卫报》？

“我们的故事确实值得一读。”他附和说。

豪瑟姆还想更进一步：“犹太人都是好人。”

---

[1] 《锡安长老会纪要》（*The Protocols of the Elders of Zion*）是1903年沙俄出版的一本反犹太主题的书籍，其内容为描述所谓“犹太人征服世界”阴谋的具体计划。

[2] 《永远的犹太人》（*The Eternal Jew*）是纳粹于1940年拍摄的一部用于反犹宣传的电影。

“有些是。”斯特鲁洛维奇赞同并更正道。

豪瑟姆看上去有些词穷，仿佛话都说尽了，仿佛他已经毋庸置疑地证明了自己与比阿特丽斯是天生一对，只差一声应允，就能把她扛上床了。

但在斯特鲁洛维奇这里，事情还没完。“既然你对我们这么了解，”他说，“你一定很清楚，孩子要是离群，我们会特别担心。我指的不光是离家出走，你知道，而是离弃这个……族群。”

族群，多可笑的字眼哪，但他说不出“宗教”这个词。而且，他本来也不是指宗教。他跟外邦人结婚那会儿，他父亲埋葬他也不是出于宗教原因。那是为了什么呢？信仰？不对，那也不是。而他也没法用“部落”这个词。夏洛克要是听见了，准会暴跳如雷。文化？太世俗了。如果这一切不过是个文化问题，那还有什么可纠结的呢？于是他暂且用了“族群”一词，聊以替代他一时没想起来的那个词。

他想到“圣约”的时候，已经错过了时机。

“对此我是很尊重的，”豪瑟姆回答道，“而且我也不希望比阿特丽斯放弃犹太身份。”

“你真是太好了。”斯特鲁洛维奇挖苦道。这位未来女婿竟甘愿原原本本地接纳一个犹太女人，其宽宏大量真令他啧啧称奇。斯特鲁洛维奇本想说“年轻人，别的不说，一想到你以良好的愿望，保障了犹太民族的未来，我就感到无比欣慰。”但他没有说出口。为什么虚掷讽刺呢？豪瑟姆已经尽力了，特别是考虑到他完全是在白费工夫。

“要是能得到您的祝福，她完全可以继续沿用闺名。”豪瑟姆说。

“比阿特丽斯吗？”

“噢不，是她的姓。”

“我还是得说，你真是太好了，”斯特鲁洛维奇说，“我想，这会让她如释重负的。不过我想说的还不是这个。”

球员抱歉道："不好意思，我还以为您愿意听到这些呢。"

"我爱听，确实爱听。不过，我之前说不希望女儿离群，其实是不希望她嫁个非犹太裔的丈夫。"

豪瑟姆看上去颇为震惊。他可怜巴巴地摊开硕大的手掌，仿佛在说，我就是这样了，我没法完全变成另一个人啊！

就在这时，斯特鲁洛维奇向他揭示了彻底地洗心革面的方法。

十三

德·安东感到，要想搞到那幅所罗门·约瑟夫·所罗门的作品，帮他那位垂头丧气的朋友重振精神，最有希望的办法，还是直接致信其所有者。然而当他脱下外套，坐到桌前，以一贯的章法挪动书本和纸张时，他才意识到这项任务——哦不，神圣的使命——是多么艰巨。他的文具柜打不开了，笔墨也干涸了。他完全可以想象，斯特鲁洛维奇将如何愉快地回绝他的请求，说不定还会把信点了，或者干出什么更出格的事情来，这想法简直折杀了他的灵魂。

“事实证明，这事并不像我想的那么简单。”他对巴纳比说，心里明白这话并非完全属实，因为他这个愚公还没开始移山呢。

巴纳比望着他，摆出了自己最凄楚可怜的眼神。“我决心无论如何都要拿到它，德·安东。”他说。啊，多会断句呀。巴纳比深知，只要他一祭出“什么什么什么，逗号，德·安东”这句话，他的朋友就根本无力招架。他会让那个名字——德·安东——在口中迂回良久，迟迟不给这个句子画上句号。

德·安东也知道巴纳比是有意的，但这无益于增强他的免疫力。“我懂，巴纳比，”他说道，也把那个名字拖得长长的，“但我们要不要再跑一趟拍卖场，看看他们还有什么别的没。《爱的第一课》总不至于是这世上你唯一喜欢的画吧。”

“嗯，当然还有《唱歌的男管家》啰，”巴纳比没好气地说，“而且不是我喜欢什么的问题，而是普鲁丽会喜欢什么的问题。那个裸体的维纳斯多像她啊，德·安东，我敢发誓她完全可能为这幅画当过模特……会不会真是她啊？”

“除非她早生一百五十年。”

如果说巴纳比在朋友身上觉察到了一丝罕见的愠怒，那么他没想错。既然德·安东对巴纳比是如此厚爱——实际上，也许正因为这份爱——他就满以为巴纳比会做点让步，起码去看看有没有别的画能入他的眼。或者能明事理些，搞清楚自己的要求有多强人所难，不管这一开始是不是德·安东的主意。但他做梦也不敢再劝巴纳比了。他朋友一心想要《爱的第一课》。巴纳比又把那句话重复了一遍：“我决心无论如何都要拿到它，德·安东。”巴纳比的心头肉，就是他德·安东的。他的钱包、他的人、他最宝贵的资源，都随时供这位年轻的朋友差遣。

于是，他给自己斟了一大杯白兰地，坐回桌前，取出一张印有他个人抬头的信笺，那是为他定制的纯手工纸品，出自威尼斯一条游人罕至的小巷，随即，他用最小的字体、最细的笔画在上面写道：

亲爱的西蒙·斯特鲁洛维奇：

盼祷拨冗见告。我素不做将伯之呼，今却有一事相求。我系代友致函——或，该位友人因大失所望，特托我致函予您。我二人，即我与他，日前共赴曼彻斯特一艺术拍卖会，其间您以过人之眼光，拍得所罗门·J. 所罗门所作《爱的第一课》线稿一幅。此画笔力非凡，其雍容典雅较之成作毫不逊色。您之时运亨通、品位卓著令鄙人赞赏之至。是时，鄙人亦十分欣赏您之神机妙算。可叹我等本欲与您同场竞拍该件所罗门作品，却姗姗来迟，实乃咎由自取。然，鄙人在此恳请您施以援手。不知能否蒙您割爱？鄙人尚未论及价格。意欲加价几何，恭请随意。

请容我重申，鄙人此请绝无私心妄念，而将惠及一位友人，其人风华正茂，泣歧悲染，对此画志在必得，欲将其赠予一位女士，以表不渝痴心。该位女士势将对此画珍爱有加，定不负吾等所望，立此存照。

亲爱的斯特鲁洛维奇，此举既以爱之名，孰忍弗顾？

翘企示复。

您恭敬的

——随后，他用精心设计的花体字署上了姓名，以示写信人内心的诚恳溢于言表。

* * * *

“谈得怎么样？”夏洛克问。

斯特鲁洛维奇很是惊讶，夏洛克竟还有脸问。

“我想结果我们都该料到了吧。”

“踢足球的保住了包皮？”

“没错，而且我失去了女儿。”

“你提这茬的时候她也在场？”

“不在。不过他肯定会立刻去找她，把我的要求告诉她。他还说什么：‘这事我得考虑考虑，必须的。’其实就是‘这事我得跟比阿特丽斯商量，必须的’，而她肯定吓坏了，必须的。”

“她是这么说的？”

“她不用说。”

“她已经撤了？”

“你难道没听见她在屋里泄愤吗？我离过婚——我最知道铁了心要走

的人收拾起行李来是个什么动静。他们可不会乒乒乓乓的——那表示不会真走。把东西扔来扔去，就是给你机会阻止他们。真正可怕的是轻手轻脚地叠衣服。我看比阿特丽斯已经出离愤怒了，因为她既没把衣橱门摔得直响，也没跟我说一句话。不过，我知道她会说什么。”

“野蛮人？”

“既然你能猜到，我就纳闷你怎么早没想到呢？”

“你也早该想到的呀，既然你这会儿是这么想的。”

“我是猜比阿特丽斯会这么想。”

“你想到这个词，是因为你怕她想得没错。”

“难道不是吗？”

“世事无所谓好坏，是非只在人心。我们犹太人最大的弱点，就是老把自己往坏处想。我们要是功亏一篑怎么办？我们要是不能照亮别人怎么办？要是我们天性野蛮怎么办？而我们的终极恐惧是：要是我们不符合自诩的形象怎么办？”

“我们为什么不能这样拷问自己呢？我们之所以如此文明，不正因为我们会定期反思自身的野蛮吗？”

“这取决于你对‘定期’的理解了。五百年一次——没问题。但要是每回阐明主张或自我防卫，犹太人都得反思——那又另当别论了。”

“自我防卫这点有待商榷吧？”

“保护女儿这事没什么可商榷的。”

“这些我都明白。”

“那你还有什么可怀疑的呢？”

“因为我根本没保护好她，人都跑了。”

“那就去找她呀。把你的初衷跟她解释解释。”

“比阿特丽斯，我之所以这样野蛮，都是因为我爱你？”

“你现在还是在从她的角度看问题，你应该理直气壮地从自己的角度出发。你的经验比她丰富，懂的也比她多。你跟她解释过割礼是怎样一种仪式吗？它象征着什么？又预示着什么？为什么它意味着彻底拒斥野蛮？为什么它能化粗野为精致？”

“跟个孩子解释这些太费事了。”

“跟孩子解释一切严肃的东西都费事。你得设法让她坐下来，读给她听。”

“她不大喜欢迈蒙尼德[1]。”

“不一定非得读迈蒙尼德啊！你的书架上有罗斯吗？”

“约瑟夫、塞西尔、亨利还是菲利普？我有一大堆罗斯的书。”

“菲利普[2]就行。你有那本写每个人都过着别人生活的书吗？”

“每本书都在讲这个啊！”

“可惜莉娅不在，她肯定知道我说的是哪本。罗斯在书里狠狠把那些反对割礼的家伙都给割了。他，或者他的替身在书中辩称，发明割礼就是为了藐视田园牧歌。”

“天哪！你以为我女儿能受得了这个？藐视田园牧歌到底是个什么意思啊？”

“你还问我！你连自家蠕蛇滋生的花园都敢踏进。你根本就没有惠灵顿雨靴吧？我的朋友，你活生生就是一个藐视田园牧歌的范本啊！”

“而这都是因为我行过割礼？”

“给你行割礼，就是为了让你不至于在出生的头几天，因为刚出娘胎

---

[1] 迈蒙尼德（Maimonides，1138—1204），中世纪犹太教首屈一指的神学家、哲学家，曾阐释过犹太割礼的根本原因。

[2] 菲利普·米尔顿·罗斯（Philip Milton Roth，1933—）是美国著名作家，犹太人，著有多部探索美国犹太人的身份认同的小说。下文指其作品《反生活》（*The Counterlife*）。

的晕厥，而误把人生当作一场田园牧歌。”

“这么说，它确实还挺管用的。实际上，是太管用了。”

“你肯定会这么想，行过割礼的人都会这么想。用咱们的朋友罗斯的话说，捍卫人类价值的重任，早早地落在了你的肩上。这是你应该肩负起的责任。”

“许多人都认为这些价值恰恰是不人道的，你的说法可说服不了这些人。”

“谁也说服不了那些家伙，他们对自己的人类身份太感情用事了。”

“越描越黑了，夏洛克。”

“听我说。穆汉[1]的刀是仁慈的，能帮男孩抵御自然的无常。我不单指猴子，还指愚昧、无神论和对民族或信仰的不忠——特别是那种认为生命不仅是种责任，也是种天赋的观念。我们生来就肩负着忠诚的义务，也受到誓言的约束。穆汉的刀，即代表了我们的责任。”

“也就是说，是它制服了我们呗。”

“反复无常的大自然就在野外肆虐，与之相比，这又有什么可怕呢？”

他没问对人。斯特鲁洛维奇属于这样一种人：即便头天觉得十分可怖的事，隔天也就不那么害怕了。

“我们不能满足于只与自然保持一点距离，”夏洛克接着说，“必须一不做二不休，要么选择人类的价值，要么就选择猴子。”

斯特鲁洛维奇把思绪从抽象的责任中抽离了出来，转向自己生龙活虎的女儿，正是她的降生，让他窥见了“圣约”的真谛。“好吧，也许在男孩身上的确如此，”他说，仿佛要表明夏洛克在这场争论中既是赢家也是输家，“可这对女孩们又有什么意义呢？穆汉的刀又不能制服女儿。反

[1] 穆汉（mohel）为割礼的执行人。

正这是文明世界所不允许的。在文明世界，放话说要制服女儿的男人会被石刑处死。”

“这就是，”夏洛克用一种轻柔但坚决的语调说，“为什么女儿成了不肖的代名词。”

她们竟成了不肖的代名词？我原先还以为自己都算极端的了。斯特鲁洛维奇心想。

夏洛克看出了他的迟疑。“反正你总该同意，”他说，显得沉着多了，“比阿特丽斯之所以爱上那个踢足球的，就是因为他那份‘自然’吧。前提是你对他的描述够准确啊！”

“他不是问题的关键。她才是。她爱不爱他？谁知道呢，不过我很确信，这么一来她肯定会好好试试。我再扯什么人生不是刚出娘胎的那阵晕厥，也吓不退她。”

“她是个聪明的年轻姑娘。”

“她才十六岁啊！现在就放逐自己去过田园生活，也太早了点吧。”

“也就是说太年轻了，还当不了犹太人。”

“你在兴冲冲地提出行动方案之前，是不是早该想到这一点呢？”

“我提什么行动方案了？”

“提了，用手势。”

“我哪儿知道你这么容易受影响啊！”

“竟听信了你的话？”

“我可什么话都没说。”

“随你便吧。但我得问你，那个手势究竟是什么意思？”

“捣乱的意思。”

“你不就是来给我捣乱的吗？”

“给你捣乱？哪能啊，你想错了。不过你还没彻底失去她。如你所言，只要你还能听见她走后的寂静，她就还在。”

“那你觉得我该怎么留住她呢？”他斗胆向夏洛克躲躲闪闪的眼睛投去长长的一瞥，“封门吗？”

他没再往下说，任夏洛克房里的百叶窗在风中摆动，放进山羊和猴子那叫人难以接受的可爱气味。

他俩尽可以互相捣乱。

但斯特鲁洛维奇并没有封上自家的门。

十四

需要想事情的时候，斯特鲁洛维奇都尽量上凯那儿去。

如果说他还装作会与她共商大事，那么他如今已经不必再担心自己会加剧她的崩溃了。虽然医生说了，她的病不是因他而起，但他心里清楚，自己过去的确没让她好过，这与比阿特丽斯无关，完全是他自己的缘故——他的性格、他的为人，他时而奉为圭臬时而弃若敝屣的信仰，还有他那忽轻忽重，但始终没有消退的犹太炎症，就像一个精神错乱而又臭名昭著的房客，扰乱了他们家庭的宁静。

诚然，娶了她，让他重获父亲的首肯，得以回归家族、家庭。但与他不同的是，她徒有犹太人的外表，却没有犹太人的实质，他即使在最不犹太的时候，也比她正统得多。她在一所非宗教学校教宗教课——教学生尊重他人的信仰，尊重自己，尊重自己的身体，尊重环境。她天生如此，人人都生而不同，仅此而已。她在街上遇见阿拉伯人，并不会惊跳起来。遇见哈西德派[1]教徒也一样。她从不为宗教纷争而困扰，不论对方是异教的对手，还是教内的狂热分子。严格地说，她没有信仰。斯特鲁洛维奇——或者她口中的斯特洛——坚称自己也没有。他说的也算是实话。他有的，是一种疯癫、一种迷狂。要是她得去教他所信仰的这

[1] 哈西德派（Hassid）属犹太教神秘教派之一，18世纪上半叶发生在波兰、乌克兰的犹太人中，该派起源于反对官方犹太教，特别是拉比派的派别运动。

门宗教，她会给这门课命名为“犹太癫狂”。

A2 年级[1]的犹太癫狂课。

“你简直大错特错了，”他对她说，“我根本就无所谓。”

然而在凯看来，他口中的无所谓，也带有谵妄的意味。他不上犹太教堂，因为那会惹得他怒不可遏，但不去同样叫他烦心。“看看这些人吧，”要是他们在哪个礼拜天早上路过犹太教堂，他就会说，“看看他们头上该死的小圆帽哟！他们干吗每个该死的礼拜都巴巴地惦记着上教堂啊？怎么从来就没忘了这茬呢？难道他们就不会惦记点儿别的吗？”

“管他们呢，”凯会对他说，“你不想上教堂，人家想啊，又不关你的事。你操什么心啊？”

“我没操心。”

“那你为什么骂骂咧咧的？”

“因为他们跑去祈祷啊！”

“所以呢？”

“光会祈祷算哪门子犹太人。”

“你觉得不算，我觉得不算，但人家觉得算。”

“这哪是犹太人说的话啊，”他会嚷嚷起来，“什么**我觉得不算，但人家觉得算**。这完全就是基督徒的论调嘛。我们的民族认为甲比乙有价值，只会因为甲是真、乙是假。这就叫德行，凯。我们也正是以此著称。**我觉得不算，他们也得觉得不算！**”

“斯特洛，你为什么这么关心怎么才算犹太人，怎么又不算呢？”

“我哪儿关心了？犹太人怎么样关我屁事啊！”

第二天，他就会把《卫报》扔进垃圾桶，说犹太人就快灭种了，而

---

[1] 英国高中教育共两年，第二年为 A2 年级，是进入大学前的最后一年。

这全要归功于《卫报》。

凯问他为什么不去加入以色列国防军。

“以色列？关以色列什么事？”

“我还以为你是个犹太复国主义者呢。”

“就我！还犹太复国主义者！你疯了吧？”

“那你为什么烧《卫报》？”

“我哪儿烧了，我只不过扔了而已。不过你提到‘烧’，这很有意思。我姑且认为你是无意吐真言吧。实际上你想的是焚化炉吧，这就是《卫报》对你的影响。”

“为什么读《卫报》会让我想到焚化炉啊？”

“因为《卫报》恨以色列，一旦他们再架起焚化炉，以色列就是唯一能拯救我们的地方。”

“所以你就是个犹太复国主义者啊！”

“只有读《卫报》的时候才是。”

后来，比阿特丽斯出生了。比阿特丽斯，这个他们步入中年才迎来的孩子，这份迟来的厚礼，用斯特鲁洛维奇的话说，她就是上帝的馈赠。就像以撒奇迹般地降生在充满欢笑的撒拉身边[1]，令她惊叹不已。以撒——欢笑。比阿特丽斯——快乐[2]。

“噢，求你了，斯特洛，”凯说，“我们又不是百岁老人，别把上帝扯进来行吗？”

不过她还是同意给孩子起名为比阿特丽斯。

---

[1] 以撒，《圣经》中的人物，是亚伯拉罕和妻子撒拉唯一的儿子。

[2] 以撒（Isaac）在希伯来语中的字面意思是“他将欢笑”，而比阿特丽斯（Beatrice）则有“带来快乐与福祉之人”的意思。

这次妊娠相当危险，生产也不大顺利。斯特鲁洛维奇明白，这让他的妻子元气大伤，再也没能恢复。由此，他得出结论，必须教比阿特丽斯成为克己复礼之人，唯有如此，他才能实现从她的降生中悟出的崇高宗旨。

女儿不一定要接受犹太教育——天理不容！——只要有犹太意识就行，起码，她得接受犹太婚俗。甚至，她都不必举行犹太婚礼。就这么说，也还是有些夸大了。其实她只要不否认自己的犹太血统就行了——这样说更接近于斯特鲁洛维奇的本意。

“我也觉得她要是能找个我们认可的小伙子，那是再好不过了。”凯说，“不过除此之外——”

“除此之外！除此之外的一切，凯，都够我们操心的。”

“你就是个犹太狂。”她提醒他说。

比阿特丽斯长到一定年龄之后，会在母亲耳畔煽风点火：“妈妈，快去跟他说说吧。那人疯疯癫癫的。”

“别‘那人那人’的，亲爱的，他可是你父亲。”

“是吗？你知道他昨天晚上跟我说什么来着？他说我让希特勒得逞了。”

“你干什么了？”

“没什么。就是‘啵’了人一口，道个晚安。”

“在哪儿？”

“咱们家门口。”

“跟谁？”

“名字我不知道。我想是叫冯什么，是个华人男生。”

啊哈，凯心想。原来是因为姓冯，而不是费舍尔[1]。她想弄清她丈夫

[1] 费舍尔（Fishel），典型的犹太姓氏。

是不是真对女儿说她跟华人男生约会就是在让希特勒得逞。要是一切属实，她非跟他离婚不可。

斯特鲁洛维奇也知道自己得做些让步："你真该看看她都干了些什么……"

"我不管她干了什么。你说没说她是在让希特勒得逞吧？"

斯特鲁洛维奇明白还需再退一步："确切讲，我说的不是**得逞**。而更像是……"

"更像是什么？"

"凯，我当时正在气头上。你都不知道外头那场面，你都不知道她在跟谁鬼混。"

"我敢打赌这位冯姓男孩绝不是纳粹党卫军。"

"姓冯呢！"斯特鲁洛维奇觉得这很不好说。他可是看过《桂河大桥》[1]的。不过他没再多说。还好是姓冯，而不是弗里茨[2]。他很快就拽着比阿特丽斯的头发，把她拖进了屋里。

此后不久，凯就病倒了。

斯特鲁洛维奇虽然不知道该不该悼念她，像哀悼逝者那样，却清楚自己应该一如既往地爱她，像爱生者那样。但问题是，他做不到。敞开心扉，心就容易破碎。不过那些日常的礼节——问候啦，显示温柔和关怀啦，捎去消息啦——他倒还办得到。他渐渐习惯了向她倾吐心事，语调平缓，不带任何情绪，恰似夏洛克对待莉娅那样，小心地不让声音流

---

[1] 《桂河大桥》（*The Bridge on the River Kwai*）是以亚洲为背景的"二战"题材影片，改编自法国作家布尔的同名小说，于 1957 年上映，讲述了在"二战"时期的泰国，英军战俘被迫为日军建造桂河大桥的故事。

[2] 弗里茨（Fritz）是德国人常见的姓氏，也是"一战""二战"期间英军对德军的称呼。

露出犹太癫狂的迹象，并且报喜不报忧。只要她的脸看上去还平静安详，她就依然很美，依稀仍是那个他爱过的女人，那个喊他斯特洛的妻子。现在她只不过受了重创，让什么给击倒了而已：也许是瞬间涌上脑际的血流和可怕的疲惫，再加上他。

不过目前，他实在有太多烦心事了，难以保持平静。他心里压着这么多事，却一件也不敢向她透露，怕她会听明白——以防万一，谁说得清呢？于是，他陪着她坐了一个小时，握了握她的手，擦了擦她的嘴，吻了吻她的脸颊，却深感寂寞。转而他又安慰自己说，她遭到了他和命运的抛弃，此刻正不知陷于何处，她一定比他寂寞得多。

所以，他出来时还是事务缠身，只好把它们都带去了自己的办公室。偶尔，他会休息片刻，望一眼所罗门·约瑟夫·所罗门为《爱的第一课》作的那幅可爱的线稿。

第一件事，也是最要紧的：该不该暂时随比阿特丽斯去，等她发泄完怒气，再跟上她——不过该从哪儿跟起呢？

第二件事：关于割礼，究竟还有没有商量的余地？有没有一种可以折中的“半割礼”，既能让犹太人满意，又能为外邦人接受？

第三件事：割礼到底有多野蛮——不是指折中的办法，而是完整的过程？莫非真让罗斯、夏洛克和那些犹太圣人给说中了？难道割礼真是人类最高职责的体现，象征文明而非愚昧？

第四件事：如果夏洛克不是来给他捣乱的——但他反正是得逞了——那他是来干什么的呢？

此刻，鉴于他想不出该拿比阿特丽斯怎么办，深感鞭长莫及，而且也不希望夏洛克再占据自己的思绪，于是，他决定先从割礼的问题着手。夏洛克说过，一切都始于割礼——“一切”即犹太人和外邦人之间自古以来的积怨——可是，难道割礼就能终结这一切吗？

早在他们恋爱之初，斯特鲁洛维奇的第一任妻子奥费莉娅－简就曾向他提出过：“要是我们结婚生子，我可不敢担保会允许你残害我们的儿子。”

尽管当时为时尚早，不过他们也早已彼此熟识，斯特鲁洛维奇已经敢这样反问她：“那你岂不是觉得我也是遭过残害的？”

“你是指生理上的残害吗？”

“反正就是你那个意思。‘残害’可是你说的。不过，‘残害’还能有什么别的意思？”

“还有心理学上的含义。”

“你觉得我可能受过精神上的残害？”

“呃，起码肯定吓坏了吧。我觉得你不可能不害怕。”

“这我得澄清一下。首先，感到‘害怕’并不等于受了‘残害’。因此，我是不是可以认为，你收回了‘残害’这个非难？其次，‘觉得不可能不害怕’并不支持你的论点，只是把它重复了一遍，换汤不换药。你以为我肯定被吓坏了，是因为你不喜欢这个仪式。因此，能不能简单地说，你是因为厌恶这个仪式才巴不得我害怕的吧？”

她把两只手按在头上，把头发捋到脑后，仿佛需要多给大脑腾些空间，来对付他的逻辑碾压。

“咱们别聊这个了。”她说。

然而这个问题却一直横亘在他们中间，挥之不去，就像对疾病的隐忧，或一次不了了之的不忠。而后，就在他们结婚前一周，她又提起了这件事。

“我真的还是接受不了。”她说。

“你说结婚？”

“那种残害。”

“那么，咱们可以生女儿嘛。”

“那怎么能保证做到呢？”

“咱们做不到。不过咱们也可以一个都不生。”

“这个要求过分吗？”

究竟过不过分？斯特鲁洛维奇也说不清。要是他能早点知道孩子的降生会给他带来怎样的影响——即使是不必行割礼的女儿，也能让他如此深切地领悟到“圣约”的真谛——他肯定会认为奥费莉娅－简这个要求确实过分了。可他当时还年轻，并不知道做父亲的滋味。他自己的想法尚未成形，也相信必要时自己一定能改变她的心意。除此之外，他的亲爹还威胁说要埋葬他，致使他很难正确看待他父亲用于掩埋他的那种信仰。让那一切都见鬼去吧。所以，不会，她的要求并不过分。

结果最后，他们都不信仰的上帝对两人会心一笑，在他们拥有那个可供残害的孩子之前，就制造了两人的分离。

然而，就算并没有什么儿子，经受过礼教摧残的阴茎依然是他们之间的障碍。

“我们之前聊过那种心理上的恐惧。”她发话了。

“谁的？”

“你的。”

“我怎么了？”

“你每次讲那些平庸无聊的笑话都是因为这恐惧。”

“我受了残害，怎么还变得爱插科打诨了？我要是真像你说的那么无聊，那就表示我还没被残害到位。”

“你对前因后果的理解可真够肤浅的。你插科打诨是为了掩饰伤痛。你受过极其野蛮的伤害，感到难以接受，于是就想嬉皮笑脸地把它打发掉——证据就是，你的笑话总是以生殖器为核心。”

他忽然感到一阵厌倦。“以某某为核心”这样的合成词对他总有这种效果。“你说得对。”他说。他无力再向她强调，自己并非天生爱开玩笑，也无力告诉她，自己在生理上和心理上都没觉得受过残害。那听上去像是虚弱的抵赖或凶残的麻木，只能让人更加觉得他曾受到过严重的摧残。

* * * *

接下来，他想问夏洛克一个问题：那份契约究竟给你带来了多大的乐趣呢？你要求安东尼奥如果无法偿还债务，就从身上任何部位割下整整一磅肉来，那是图什么呢？其中有多少开玩笑的成分呢——也就是说，你有几分是当真的，几分是在故意扮演人们心目中的恶魔？从解剖学的角度，你又是怎么考虑的呢？你是不是色迷心窍，甚至有意挑逗，想把安东尼奥的阴茎作为你指定的部位呢？要不是女儿的出走让你失去了开玩笑的心情，你原本盯上的——尽管重量有些离谱——就是他身上的那块肉吗？

此刻，他们正坐在特雷维索餐厅里，这是黄金三角地区最好的餐厅之一，米其林两星水准，意大利本土特色——这能让夏洛克感到亲切自在——还拥有英格兰北部最丰富的酒单。他俩刚一坐下，斯特鲁洛维奇便开口了，此前他只停顿了片刻，向斟酒侍从要了这里色泽最深的内比奥罗红葡萄酒[1]。

“我隐约有点希望，比阿特丽斯会挎着她那个球员的胳膊走进来。我知道这很傻，不过我想你会理解这种荒唐的。”

“这么说你还没去找她？”

“我不想让她有逃命的感觉。要是让她静静地离开，她很可能就不

[1] 意大利著名的葡萄酒之一，以其酿制酒龄长、口感细腻著称。

会走远。我听说他在这附近有一处房产。按理说她应该会去那儿，不过我想里面一定布满了前妻们的痕迹，说不定还挤满了前妻们本人。凭我对比阿特丽斯的了解，她肯定接受不了。她发现我还留着前妻的照片时，就恶心得不行。不只嫌我恶心，还嫌她母亲恶心，竟允许我留着它们。所以我猜他会带她去住酒店，肯定就在附近。我查了球赛出场名单，他这周末得代表斯托克波特队出场，所以他肯定走不远。至于比阿特丽斯，尽管她跟我相隔多少英里都无所谓，但她不愿离她母亲太远。你过去说‘**缚得劳，跑不了**[1]’，但那并没起什么作用，所以我的信条是，放长线，钓大鱼。”

“我想，是不是可以认为，你终究还是会同意这门亲事？”

“不，我绝对不会同意。这算哪门子亲事啊！我这些年可不是白管教她的。而且，这事现在已经发展成意志与原则之间的拉锯了。不过我还是得掂量掂量该怎么选。”

“选项里包括免了他的皮肉之苦吗？”

“未必。不过我一时还没想好怎么执行。”

他稍做停顿，想看夏洛克会不会有什么主意，但没有。

斯特鲁洛维奇又给他斟了些酒。

夏洛克也停下来，把自己的蜘蛛蟹意大利宽面，起码是蜘蛛蟹，分了一些给斯特鲁洛维奇，并盛赞这份意面美味。这番客套之后，在一种友好却模棱两可的气氛中，这两个男人终于可以比较自在地谈起夏洛克最初瞄准的是安东尼奥身上的哪块肉了。究竟是他的私处，还是他那颗心？

“你为什么如此笃定，我一开始就知道自己想要什么呢？”夏洛克问道。

---

[1] 出自《威尼斯商人》第二幕，第五场，夏洛克语。本文采自朱生豪译本，《莎士比亚全集》第二卷，人民文学出版社，1994年。

“你的意思是，你是随着事态的发展慢慢琢磨出来的？”

“我不必去琢磨。我就是为此而生的。犹太人说的话都带有历史的重量。我看得出，你说的话都是经过仔细斟酌的。你总担心会给人留下某种印象，但无论如何，他们还是会那样看你。当你走进一个房间，摩西也会跟进去。”

“我毕业于英国最古老的顶尖大学，”斯特鲁洛维奇提醒他说，“我要是走进哪个房间，那一定是追随了大主教和大法官们的脚步。”

“在你看来，也许吧。别人可未必。而且，你不仅无法摆脱他们的眼光，更难以背离他们的期待。犹太人一讨价还价，人们就觉得他必下狠手；犹太人一讲笑话，人们就认为他是在讽刺挖苦，所以，既然无法摆脱过去，你又何苦与历史抗争呢？”

“唯有抗争才能推翻它啊！”

“改天再来向我展示你的胜利吧。同时，既然你提到这个，还是听听我取胜的经验好了。我告诉安东尼奥说，即使你这样看待我，我也没什么好失望的。他跑来找我，把他的一腔憎恶一股脑地发泄出来，连最起码的谦逊都做不到，根本不会好好求人——不管怎么说，我还得心存感激，仿佛有求于人的是我自己——在这样的情形下，我怎么能不以其人之道还治其人之身呢？我又怎么能不去调动他所有的恐惧，去印证那些风言风语和荒诞的迷信呢？既然他的话不是比喻就是道听途说，那我也用比喻和道听途说来回敬他好了。不过你瞧，我说的话他根本就听不进去。他如此怠慢我，不把我当人看，以至于根本不屑去分辨我的话哪句是认真、哪句是玩笑，也搞不清我究竟是卑躬屈膝还是目中无人，甚至对我色眯眯的调笑都无动于衷、懒得动怒——我说要他从身上任意部位剜一块肉，这本来就带点色情的意味，似在暗示这件事与性有关，能给我带来肉体上的愉悦。他对我是如此漠视，实际上——别管犹太人长没长眼睛：犹太人不就在**那儿**吗[1]？——他根本就没考虑过自己可能面临的后果。他以商人的傲慢，放心大胆地做下这笔交易，更以外邦人的傲慢，完全无视与他交易的犹太人。我这个人根本不存在，我说的话也不存在，我的威胁、我的乐趣也统统不存在——存在的只是这份契约，还有他看中的、志在必得且不必承担任何后果的东西。在这种情形之下，我会在他违约后寸步不让，坚持要他按约偿还，又有什么可惊讶的呢？”

斯特鲁洛维奇刚要开口，夏洛克就举起一只手，把他给挡了回去。这甚至吓退了一位前来询问两位先生菜品是否可口的服务生。

“这么问只是为了修辞，”夏洛克接着说道，“我不认为你该感到惊讶。一切都在情理之中。安东尼奥违约了，接下来的一切都应该顺理成章——我该按约得到补偿。我的权利不容抹杀。于是乎，我在他眼中就成了那个东西的化身——我成了我立下的约。我不会再多说什么，我只要求拿回属于我的东西。我立下这约时，你曾蔑视我，那么现在，你必须且只能按约执行，别祈求什么人道的宽容。你过去的所作所为，让我没有宽恕你的理由。如今你又怎敢奢求它呢？既然你蔑视我，那么，就请你准备面对后果吧，那是你自己一手造成的，与我的人品无关。这话我是代表且仅代表这份契约说的。既然你教我作恶，那我可不会手下留情。”

斯特鲁洛维奇却说，尽管夏洛克解释得十分透彻，但并没回答他的问题。实际上他只有两个问题：起初，契约所针对的是不是安东尼奥的私处？以及，如果是的话，夏洛克又是如何跨过其间的物理距离和道德鸿沟，从这个部位转向安东尼奥的心脏的？

---

[1] 这句话改编自《威尼斯商人》第三幕第一场中夏洛克的一句话：“hath not a Jew eyes？”朱生豪译为：“难道犹太人没有眼睛吗？”在这本书中作者并未采用原文，而是根据写作需要改为：“hath not a Jew eyes：is not a Jew there”。译作“别管犹太人长没长眼睛：犹太人不就在那儿吗？”原文采自朱生豪译本，《莎士比亚全集》第二卷，人民文学出版社，1994年。

夏洛克觉察出了同伴的不满。“你这是要我解释一件根本没法说清的事嘛，”他说，“我是不是一开始就明白无误地知道自己想要什么？我事先有没有针对安东尼奥违约的情况拟订一套详细的计划，以满足自己内心深处的期望？你是不是该想想，我拿安东尼奥的私处来有什么用呢？或者，我要挟必须按约执行，究竟是为了好玩还是因为我的血统逼得我别无选择，只得去践行这惩罚，扮演人们心目中的犹太人？我这是按自己的意愿行事，还是在实现他们的期望？这些问题，你自己要是都能答得上来，再来问我吧。不过，我倒是有一点可以告诉你：如果说我第一次要求这补偿时，还带有戏谑的色情成分，那第二次可绝对没有了，这是我的失误。我让安东尼奥误以为我有意取他的心脏——哪怕这误解十分短暂，哪怕这一开始根本就不是我的本意。我差点儿就成全了他一直刻意营造的悲情形象——虽说他压根儿不配以这样的形象被如此景仰。不管怎么说，瞄准他的私处，反而能让他原形毕露——把他变回那个矫揉造作、卑劣德薄之人。我把他从笑柄捧成了英雄。”

斯特鲁洛维奇觉得还是就此打住为妙——他们已经开始引人侧目了。尽管他们的位置十分隐蔽，但夏洛克的声音实在洪亮，而且，自他们短暂的相识以来，这是夏洛克头一次情绪失控。特雷维索餐厅的顾客们常常会无法自持，不时有人当着同伴的面一走了之。不过他们中极少有人会说出“你既然教我作恶，那我可不会手下留情”。

而且，吃饭归吃饭。一会儿品酒的时候，他们还有的聊呢。

不过，斯特鲁洛维奇转移话题的真正原因，是他渐渐分了神，担心他没有阻止女儿出走，继而没去找她是个错误。当时，摆出一副讲理的样子，对她不加阻拦，似乎才是妥当的做法，能让她尽快回心转意。然而现在看来，这已经有些欠妥了。关键是，她现在人在哪里？

他依然期望她能与豪瑟姆一道出现在这里，冷冷笑着，艳光四射，俨然一个假扮妙龄女郎的小女孩。就在他不安地扫视餐厅里那些最暗的角落时，忽然瞟见了与一群年轻男子坐在一起的德·安东，他移开了视线。他任何时候都不想看见德·安东，更别说还是这个心焦欲裂的时刻了。那么，究竟是什么不断地把他的注意力拉回到那个方向呢？部分原因是德·安东正密切地观察着他。此外，跟他在一起的那帮人也有些不大对头。不过，直到他们起身离席——斯特鲁洛维奇觉得他们匆匆忙忙的，像是故意躲着自己——他才明白问题出在哪里。

葛兰顿·豪瑟姆就在其列。

他的第一种反应是挥起拳头倏然起身，第二种反应则是待在原地，第三种反应则是冲过去，走到那个踢足球的面前，嘲笑他。

这是个好兆头，不是吗？豪瑟姆单独出现在这里？豪瑟姆如此垂头丧气——这只能说明，他们肯定已经分手了。说明比阿特丽斯已经恢复了理智，赶走了他，人已经回家了。他竭力按捺住了第三种冲动，既然她已经离开他了，他又是何苦呢？他想象她已经在家里等着自己了。

对不起，爸爸。

但她并不在。

所以，苍天在上——确切地说，是普天之下——她究竟身在何处啊？

十五

德·安东并没有立即把信寄给那个犹太人。拖延并无益处，却能拯救他的灵魂。

他坐拥大笔财富，从不缺钱，而且生性不爱求人，更别说还是去求斯特鲁洛维奇了，那简直让他大倒胃口。巴纳比说不定会给普鲁拉贝尔另挑一件礼物。或者，运气好的话，斯特鲁洛维奇可能会突然把那幅所罗门·约瑟夫·所罗门的作品重新挂牌出售。那人虽然自诩收藏家，不过据说只要价格合适，偶尔也会出售些作品，德·安东没理由怀疑这种说法。就算有人说斯特鲁洛维奇在墙上挂满了表格，能反映世界各大城市最细微的艺术品价格波动，他也不会感到意外。德·安东不是个拖泥带水的人，但也绝不会盲目行事。他那郁郁寡欢的性格，让他懂得享受时间流逝得慢。既然做什么都不能换来真正的幸福，那就没什么可急的了。接着，葛兰顿又跑来找他，提出了一个新的请求——不，公平地讲，那还算不上是一个请求，更像是在倒苦水，或倾诉一种愤怒的困惑，仿佛他受了伤害，却没留下以兹证明的伤疤。

“我遇上点儿麻烦。”他告诉德·安东。

德·安东时常希望自己是个已婚男人、一家之长。我肯定会是个好父亲的，他想，尽管他想象自己与孩子们在花园里嬉戏的场面时，脑中浮现的全是男孩子。这与他的性取向无关。他不过是觉得男孩似乎要比女孩更忧伤些，仅此而已。每个男孩的身上，都会长出一道隐秘的伤痕。对此，他无以名状。他从没给自己的那道伤痕找到过一个恰当的名字。他小时候，常看见女孩们读书、画画、玩娃娃——好吧，也有玩兵人的——从她们身上，他看到一种忘我的专注，那是他自己所不具备的。他向来羞涩腼腆，不仅敏感脆弱，而且对伤害难以释怀，仿佛他唯一的消遣就是玩味自己曾遭受的蔑视。长大后，他也依然如故，还是喜欢玩味那些屈辱。不过，现在他转而替别人鸣不平——对象有男有女，但主要是男人。他们那英勇的脆弱和难言的伤痛（因为男人得表现得坚强而不是软弱）牵动着他的情感。他要是能帮助自己所见的每个苦不堪言的男人，带他们脱离苦海，他一定会动手去做。不过，你能无私帮助的人毕竟是有限的，于是德・安东总是对身边的朋友倍加呵护，关爱有加，甚至超出了他们需要的程度。就算被他们占了便宜，他也在所不惜。实际上，那些最爱占他便宜的人，也正是他帮得最多的人。因为，他们在精神上，必然——否则就不会净提些无理的要求——是最需要他帮助的人。

在这方面，葛兰顿和巴纳比——一个是因责任而爱，另一个是因爱而负有责任——不相上下。巴纳比的出身更优渥些，受过更好的教育，但他并没有什么出众的才能，徒有那种男孩子气的俊俏，不过，这对德・安东而言，正是他可爱心灵的外在表现——既然在这世上，天真无邪最易遭人摆布，那么，一颗如此纯真的心灵，就更该得到一切帮助了。葛兰顿则生在一个更残酷的世界，那是巴纳比所无法想象的。他缺乏教育，怎么说都算不上俊美，不过他具备诸多身体上的技能，能够凭体力自力更生。表面上，他不像是能唤起德・安东同情的那类人。但在他的内心深处，依然住着那个孤独而忧伤的小男孩。因此，他那些看似傻气的行为，比如那个纳粹礼，实际上并不像表面上那么简单。朋友的呼救声，德・安东是听得出来的。而现在，当这样的呼喊接踵而至，还来自两位挚友，他就别无选择了，只得把葛兰顿也纳入他的庇护之下。

他愿意像他跟普鲁拉贝尔坦诚的那样——也像帮葛兰顿找犹太姑娘时那样——为他做任何事。这话说得情不自禁，也没什么明确的指向。但当葛兰顿垂下了他一贯雄赳赳的头，宣称自己遇到些麻烦时，德·安东就明白牺牲的时候又到了——又该搭上时间、精力、影响力甚至金钱了。

“得先让你振奋振奋，”他对那位球员说，“今天晚上我要跟巴纳比和他的几个老同学一起去看个比赛什么的……”

“该不会是斯托克波特对科尔温湾吧？”葛兰顿闷闷不乐地说。此刻，就连他的事业也让他觉得味同嚼蜡。

“不是，应该是橄榄球。反正肯定很乐呵。”

这个“乐呵”与德·安东平素的谈吐大相径庭，连葛兰顿都觉得诧异。听上去就像神职人员说了句渎神的话。

“我不知道自己有没有那个心情。”葛兰顿说。

“咳，来吧。要不你就跟我们一起吃个晚饭，吃完咱俩再单独聊聊？”

葛兰顿还在犹豫，今晚比阿特丽斯肯定格外需要他陪。

“要是不方便的话……”德·安东说。

“不，不会。我想想办法。”

不过，他并不确定自己能有什么办法。

碰巧，当天傍晚，德·安东有另一件棘手的事要对付，为此他请巴纳比——就是这位的事——早点到餐厅跟他碰头。

“说吧。”德·安东开口道。

巴纳比指了指自己的左手。

德·安东耸耸肩。

“没发现少了什么吗？”巴纳比问。

德·安东数了数他的手指：“嗯，好像没少啊！”

“无名指。”巴纳比提示说。

“也在呢啊！”

“是啊，但戒指没了。”

“啊，难不成是那枚——”

“正是，普鲁丽给我买的那枚。”

“那你都能弄丢？”

巴纳比摆出那副总能让德·安东揪心的神情，看上去就像一个孤苦无依的小男孩。“确切说并不是弄丢的。”他说。

“给了个娼妓？”

“怎么可能。连忘在娼妓那儿都不可能。”

德·安东看出巴纳比正期待自己略微赞扬一下他端正的品行。

“嗯，我看不出你把它给了谁跟我有什么关系……”

“你为什么担心我把它给了别人？”

“担心？我说**担心**了吗？”

“我是说，替普鲁丽担心。”巴纳比说，心想自己是不是高估德·安东的醋意了。

德·安东深深地凝视着巴纳比慵懒的双眼：“那我该替普鲁丽担心吗？”

“不，不必。是我把它弄丢了。就是这么回事。”

“好吧，但愿普鲁丽能相信。”

“她为什么不信呢？”

“因为这听上去像个借口。”

“我就是弄丢了。”

“那就是在给你的粗心大意找借口。”

“天哪，德·安东，你就别多管闲事了。你简直跟她一样不可理喻。”

一阵强烈的倦意袭来，德·安东感到男女之间这种华而不实的戒指文化真是无聊透顶。早年，他自己也交换过戒指（不过必须得说，都是十分临时的，而且每次都是考虑到对方也许会喜欢），同时，他也明白赠予和丢失戒指意味着什么：只不过在对方手指上套个金圈，男人和女人就大言不惭地互许永恒的忠诚；而只要有一方脱下了它，他们就会搬出那些陈词滥调，指责对方不忠，仿佛这微不足道的仪式，素来就象征着信任与忠诚，是对方注定经不起的一种考验，或一个陷阱、一个无情的圈套，是套在树上用来捕兔子的绳索。这一切都让他感到错愕、沮丧和失望。普鲁拉贝尔在各方面都是一位杰出的女性，然而，巴纳比还是会担心她一旦发现自己没有珍藏她的信物——“他爱我，他不爱我”——就会变作骂街的泼妇。

“既然你不想让我多管闲事，那为什么还来找我？”德·安东问。

“对不起，德·安东，我不该说那种话。原谅我吧。”

德·安东觉得朋友像是在练习怎样给普鲁拉贝尔赔不是。他说不清这道歉有没有宽慰自己。虽然他心里不大舒服，但依然有些受宠若惊，于是缓缓地挪下了那张想象中的床。“那我能为你做点儿什么呢？”他柔声问。

“你能不能说是你借走了？”

“我？借你的戒指？我借它干吗？”

“噢，我哪儿知道啊！就说用来送给娼妓？”两人随即陷入了沉默，直到侍酒师出现，气氛才缓和下来。“对不起。”巴纳比再次向他道歉。

德·安东沉默了半晌。

“听我说，”终于，他提议道，“我就说是我让你摘下来的，因为我看有块宝石快掉了。”

“那上面没有宝石，就是个纯金的素圈。”

德·安东想起来了：那个完美无瑕、坚不可摧的指环，象征他们完美无瑕、坚不可摧的爱情。嗯，都是他干的好事。他最会给人做媒了。

他总能替别人找到幸福，自己却遍寻不着。

“那么，我就说我拿去帮你抛光了。我有自己的抛光师。”

“那玩意儿用抛光吗？”

“那不重要。”

“会不会被她看穿？”

“没什么可看穿的，因为根本就没有戒指嘛。”

巴纳比看上去满腹狐疑。

“还记得吗，你已经把它弄丢了。”

“啊，当然。那么然后呢？”

“我会说是**我**把它掉在拿去抛光的路上了。”

“真是个绝妙的主意啊。不过最好说你是抛完光回来的时候丢的。”

“有区别吗？”

“我想让普鲁丽知道我还给它抛了光。”

“随便你。”

巴纳比握住德·安东的手说：“我会永远记住你这份恩情的。”

德·安东的眼眶湿润了。“快别这么说。”他回了一句。

“那好。但起码让我保证，今后再也不给你添麻烦了。”

“我觉得这话你最好也别说。”

“我懂。”巴纳比说，尽管他并不懂。

不过，他的精神的确大为振奋，他15分钟前走进餐厅时，还是一副蓬头垢面的模样，现在简直判若两人。他往椅背上一靠，冲他的恩人一笑。

“那么，画的事办得怎么样了？”他接着说。

“耐心点。”德·安东说。

“你是说你还没让那个老吝啬鬼把画转给我？怎么就耽搁了呢？是他狮子大开口吗？”

“先让我处理完戒指的事吧。”

巴纳比又往椅背上靠了靠。的确，生活总是问题重重，但没有什么是别人不能替他摆平的。

“又来一个。”葛兰顿·豪瑟姆终于加入他们时，德·安东想。

葛兰顿看上去忧心忡忡的，与一身轻松的巴纳比形成鲜明的对比。

十六

稍早前：

在这样一个夜晚，比阿特丽斯想，我真不该这么对月枯坐。

斯特鲁洛维奇起码猜对了一点：他女儿并没走远。

比阿特丽斯在拉起男友、拖着行李离家出走之后，就直奔老钟楼，去寻求普鲁丽的庇护了。这是葛兰顿的主意。他们在普鲁丽家相识，在普鲁丽家眉来眼去，在普鲁丽家做过爱，现在来到普鲁丽家避风头。普鲁丽这几天不在，去给她的矫正手术做矫正了，不过她通过电话向比阿特丽斯表达了自己的欣喜之情，并称自己随时愿意效劳。然后，在与葛兰顿的通话中，她批评他不像话，但还是对他的选择赞赏有加。接着，她又与宅邸总管通了话，命其将全宅上下最美丽的房间安排给这对情侣。不是她之前腾出来供他们私用的那间，尽管那间已经够漂亮的了，还得换成一间更庄重、更浪漫的屋子。她想说的那个词大概是“婚房”。

比阿特丽斯和葛兰顿走进这间作为他们卧房的屋子时，发现枕头全是新换的，花瓶里插着新娘花束，一侧床头柜上放了一瓶巴黎之花美丽时光香槟[1]，另一侧还有一盒拉杜丽马卡龙[2]。要是他们稍加留意，就会发现，德·安东就在半独立起居室里，正把一幅画重新挂到普鲁丽的

[1] 世界十大香槟品牌之一，以其精妙的香槟酿造工艺以及融合艺术之美的酒瓶获得青睐。

[2] 巴黎著名高级甜点品牌。

会客厅墙上——普鲁丽喜欢一回家就看到这里已经被德·安东布置一新——他太全神贯注了，都没注意到这对恋人的到来。

对此，葛兰顿感到欣慰。他将德·安东视为某种监护人，希望他能循序渐进地接受这个消息，而且就算不一定支持自己，也能表示同情。最初，是德·安东把比阿特丽斯带进他们那个小圈子的，他也许会不愿看到葛兰顿将她据为己有。他都能想象德·安东会说什么："我带这姑娘来，不是为了让你跟她私奔的，葛兰顿。不是所有事情都以你的快乐为中心。"尽管爱之深责之切，但也是斥责啊！"以后别再这样了，"在葛兰顿行了纳粹礼之后，德·安东曾这样告诫他，还指了指葛兰顿的脑袋，"多用用这个。"

葛兰顿在斯托克波特队的经理人也爱这么说。

当然，德·安东很可能已经猜到是怎么一回事了——诚然，他正沉浸在沮丧的自我剖析中，但连他都注意到了走廊里此起彼伏的轻声细语、笨手笨脚的躲躲藏藏。就算他真没察觉，那么，陶醉在八卦幻想中的普鲁丽，也很可能早就向他吐露了真情。但要是他的确还不知道，那么葛兰顿就打算能瞒多久是多久，不向他透露自己的所作所为，尤其不能暴露他的同伴是谁。他只会十分小心地大致描述一番——只说她、他、那位父亲、割礼等。德·安东通晓世故，肯定能用一种抽象的方式为他解答：是否所有的犹太父亲都会要求有志娶自己女儿的外邦人去行割礼？他们在法律上和道德上是不是有权提出这种要求？这项权利是否会由执法者来贯彻？以及，那会不会很疼？

他把比阿特丽斯抱进门，放到床上，动作间缺乏比阿特丽斯心目中这种场合应有的隆重，还匆匆解释说自己得赶紧下去一趟。

"你上哪儿去？"比阿特丽斯在他身后喊道，但他已经没影了。"赶紧上来啊！"她只得自顾自地加上一句。

葛兰顿找到德·安东时，他正站在书架梯子上。“你看挂正了吗？”他目不斜视地问道。

葛兰顿满脑子都是自己的烦恼，根本没工夫关心一幅画挂没挂正，不过他还是选择了比较省事的回答说挂正了。

“怎么了？”德·安东从梯子上下来，开口道。他从葛兰顿满脸通红的样子看出这位是来谈什么要紧事的。于是，葛兰顿把事先编排好的话一股脑地倒给了德·安东，而作为回应，德·安东则邀请他一起去吃晚餐……

稍后：

“真不知道，”葛兰顿跑上楼时自言自语地说，“我这是要回去还是又要出门。”比阿特丽斯正盯着窗外出神，仿佛他会从那里现身。他对她说：“抱歉啦，不过我还得赶紧出去一趟。”

比阿特丽斯用难以置信的眼神望着他。

“你先是得下去一趟，马上又得出去一趟。谁都会觉得你肯定是不想跟我待在一起。”

她其实相当平静。她并没有把这看作他们的新婚之夜。他们已经一起睡过很多次了，此前的风波并不会让这个晚上显得更神圣、更能为社会或礼教所接受。这是他们即将共度的又一个夜晚，仅此而已。然而，还没等她打开行李，他就这样一会儿下楼、一会儿出门的，这绝对与她的期望、与任何女人的期望都相去甚远。

“我当然想跟你在一起啦！”葛兰顿说。他看上去似乎因为她的怀疑而深受伤害。

“葛兰顿！”

“怎么啦？”

“我们才刚到这儿啊！”

“我去去就回。”

“你刚刚上哪儿去了？”

“保密。”

“那你要去哪儿？”

“也保密。”

“这可不是个好的开始，葛兰顿。这一天已经够我受的了。”

他把她领到床边，揽入怀中，同时确保自己还能看着时间。“对我来说也不容易。”他提醒她。

“是不容易，但你比我大，还比我有经验。而且他又不是你父亲。今天晚上就别出去了吧。就今晚。”

然而葛兰顿已经与德·安东在特雷维索餐厅有约在先。他急需德·安东指点迷津——不是今后，不是明天，而是立刻、马上，要赶在他与比阿特丽斯私奔的第一夜到来之前。从比阿特丽斯家前往普鲁丽家的路程不长，却令人焦躁，他在途中忽然意识到，不论比阿特丽斯当下有多愤怒坚决，她很有可能一觉醒来就会改变对许多事情的看法——包括对他的。再张牙舞爪的父亲，也毕竟是父亲啊！而且，他还听说，犹太父亲尤其如此。他一点也不能掉以轻心。比阿特丽斯嘴上说的，常常不是她心里想的。他为自己能如此透彻地把握女人的心思而得意。为了比阿特丽斯，也为了他自己，他必须跟德·安东谈谈。不然他很可能会迈错下一步。也许会说出什么让自己追悔莫及的话，或者做出什么不该做的事。

“别让我交代刚才在哪儿、又要去哪儿了，”他央求道，“相信我就对了。等你知道了，你会觉得我做得对，这都是为了我们俩。”

“听上去你像是要去请个牧师来。可别。”

“我发誓不是。”葛兰顿把手放在胸前说，这个动作有点让比阿特丽斯想起了他那个恶评如潮的纳粹礼。

“你是不是有别的女人了？”

“什么别的女人！我们才刚到这里一个小时而已。”

那多久以后才该有呢，比阿特丽斯想。

“你会很快回来的吧？”

“我保证。”他保证道，又把手按在了心坎上。

“不用这样，”比阿特丽斯说，“清清醒醒地回来就是了。”

“清醒如泥。”

“烂醉才如泥呢。你该说清醒如昼吧。算了。保证回来就行。你带我来这儿总不是为了让我独守空房的吧？”

“怎么可能？”

他以澎湃的激情吻了她。他的目光第一次为她停驻那天，她打扮成男孩子的模样。那是普鲁丽的杰作。“我的犹太小男孩。”普鲁丽曾这样叫她。她这会儿又有些像那副模样了——更多是在使性子而非生气，更像个小女孩而不是女人，比起西方气质，更带东方神韵，像个混血儿似的，遗世独立，难以定义，难以捉摸。他还有什么不能为她去做的呢？

“我去去就回。”他说。

稍早前：

于是，在这样一个夜晚，比阿特丽斯独自一人，开始思考起自己的所作所为来。

她流泪了，这出人意料吗？

她擦干泪水，心想葛兰顿该不会是溜出去杀她父亲的吧。那样的话，她会介意吗？

那么，要是在后来的争执中，她父亲失手杀了葛兰顿呢？她又会介意吗？

疑问，一连串的疑问……

她开了那瓶香槟，尽管她不大喜欢喝这种酒，还尤其讨厌开瓶时那砰的一声。那会不会就是葛兰顿的枪声？或她父亲的枪声？她家距此不过一英里半。在这样的夜晚，黄金三角一片宁静，声音可以传得很远。

她想，干了这瓶酒之后，我估计都记不起葛兰顿·豪瑟姆是谁了。不过我肯定忘不了我父亲。

接着，她又想，我的整个人生都充斥着他制造的痛苦。她试图回忆，他哪次没有跟踪她、把她从派对上拽走，殴打她的男友，拿手背擦掉她的口红，抓着她的头发把她拖到街上，还捶胸顿足地好像要拿心脏骤停来要挟她似的。**看看你都给我造了什么孽啊。你快害死我了**。然而，其实是他——不是吗？——快害死她了。

她笑了，这出人意料吗？

记得有一回，他把她的手机扔进了湖里。跟她通电话的那个男孩还说着话呢，它就沉了下去，那该是两年前的事了。不知现在，那男孩是不是还在水下说自己迫不及待想再见到她呢，会不会还在一边夸赞她的美胸，一边咯咯直笑。

有一回，父亲在她的笔记本电脑上又踩又跳；有一回，他踹掉了浴室的门，一拳打碎了她的镜子；有一回，他威胁说要找人把她看上的那个男孩干掉，当时她只有十四岁，那男孩才比她大一岁；又有一回，他跳上了她一个成年男友的车的前引擎盖，比阿特丽斯却说，开你的，他没有平衡感，总会掉下去的；还有一回，他冲进一间酒店房间，谎称自己兜里有枪。

在她的生活中，还有什么戏剧性事件能与这些相提并论呢？葛兰顿怎么可能像她父亲那样让她劳心费神？

这些举动，竟都是为了证明他有多爱她吗？都是为了阻止她爱上别人？

她又流泪了，这出人意料吗？

疯狂的是——也是最不可理喻的——这些做法竟然奏效了。她无法再爱上任何人了。她试图把思绪集中到母亲身上，让眼泪为她而流，但她满脑子都是父亲的身影。

他怎么还没来找她呢？

他每次都会紧随在她身后，可这次怎么就没来呢——偏偏是这最要紧的一次。如果真算要紧的话。

他是不是放弃她了？她听过那个典故，说他的父亲，也就是她自己的祖父，在他跟一个外邦人结婚的前夜，在心里把儿子埋葬了。难道说，他也决定埋葬她了？**你嫁的人必须有个跟我一样的生殖器，不然我埋了你！**

她破涕为笑了，这出人意料吗？

这条戒令不管是惹人发笑还是叫人流泪，都只意味着一件事：他是爱她的。

在吃第五个拉杜丽马卡龙的时候，她脑中跳出一个意想不到的问题：要是葛兰顿答应她父亲的要求，那做父亲的是会希望手术成功呢，还是巴不得葛兰顿因失血过多而不治身亡呢？

稍后：

德·安东简直不敢相信自己的耳朵："他是这么说的？"

"对啊。"

"你确定？"

"他亲口说的。"

"原话就是这几个字？"

“字数我没数。”

“他说的是：‘你行了割礼你就可以跟我女儿在一起了’？他真说了这话？”

“他说的是：‘等你行完割礼我们再谈。’但现在已经没什么可谈的了。”

“你确定他不是在打比方？他说的不是心灵的净化？”

“什么叫心灵的净化？”

“过去，这里还是个基督教国家，你这样出身的年轻人会被送去上主日学校，接受圣保罗的教诲。圣保罗认为，我们只需理解割礼的隐喻，就能成为更好的基督徒，我们不必拘泥于律令的字句，而应当遵循它的精神。我们可以在心里把污秽除去。明白了吗？”

葛兰顿·豪瑟姆先是点点头，接着又摇摇头。不管德·安东是什么意思，反正都不适用于眼下的情形。“他怎么会，”他说，“希望我当个更好的基督徒呢？他已经嫌我身上的基督徒痕迹太重了。他是想让我当个更好的犹太人……呃，就是当个犹太人。”

“我就是这个意思。在心里成为犹太人。你确定他提的不是这个？”

“他没提要净化我的心灵啊！那我是肯定不能答应的。”

“就是说你答应了什么别的？”

“我说我得跟比阿特丽斯商量一下。”

“比阿特丽斯！”豪瑟姆拍了自己脑门一下。**我真是个白痴！**

跟德·安东碰面才两分钟，他就把什么都招了。他在想能不能编个什么别的比阿特丽斯出来，但还是觉得那样只会越描越黑。

“对，就是比阿特丽斯。”

“普鲁丽的比阿特丽斯？”

只好全力以赴了，豪瑟姆心想。“好吧，现在是我的比阿特丽斯了。你得理解我，德·安东，我爱上她了。”

“从什么时候开始的？”

“从我第一次见到她时起。”

“豪瑟姆，她还是个孩子啊！”

“她父亲也这么说。”

“嗯，你难道不觉得他说的有点道理吗？你比她大一倍啊！”

“那你是不是觉得我该让他们把我阉了？”

“我觉得你应该离那姑娘远点儿。”

“已经晚了，她跟我跑出来了。她现在就在普鲁丽家等我呢。”

“普鲁丽也知道？”

“知道。她打电话给我们道了贺呢，还给我们留了一瓶香槟。”

“哎，你知道，要我给你什么都成，但我不会开一瓶香槟为你庆祝这个。要是她父亲来找你，你想好怎么应对了吗？”

“我找你就是为了这个，我该怎么办呢？”

“把人家姑娘送回去。”

“我说过了，我做不到。我们是相爱的。”

“那她对她父亲的要求是个什么看法？她希望你接受吗？”

“她觉得他简直他妈的疯了。她恨他，恨他的犹太钱，还有他的犹太基金会。”

“基金会！什么基金会？”

“我不知道，德·安东。可能是叫什么鬼基金会吧，或者叫关我屁事基金会。我猜是斯特鲁洛维奇基金会之类的，别问我了。”

德·安东把刚喝进去的东西一口喷了出来，眼珠子都快掉下来了。

“你说斯特鲁洛维奇？”

“我想可能是这么念的。我不觉得我跟他女儿私奔了，就有必要去了解这人姓甚名谁。”

德·安东理了理头绪，让思维发散开来。比阿特丽斯·斯特鲁洛维奇……比阿特丽斯·斯特鲁洛维奇……这他之前知道吗？那时豪瑟姆对犹太女人正着迷，他和普鲁丽都觉得这十分有趣，那么他最初把她作为供豪瑟姆消遣的对象介绍给普鲁丽时，知不知道这就是她的名字呢？他自己是否鬼使神差地掺和进了这一团乱麻呢？他是不是明知比阿特丽斯的真实身份，或起码猜出了一半，却仍默许事情发展到这种地步呢？

不管他此前是如何设想的，他却并没料到葛兰顿会真的爱上那个姑娘，还落得唯有跟她私奔才能保住包皮的下场。

除非他早就……除非他一直就打算让那个做父亲的心碎，不管会殃及多少无辜。他将自己与此人之间的恩恩怨怨梳理了一遍，这位艺术收藏家、捐赠人、暴发户、手下败将、守财奴、蚊蝇、吸血鬼，这个西蒙·斯特鲁洛维奇，此事——对他而言——究竟会有助于缓和关系还是加剧敌对？

他还看不出葛兰顿·豪瑟姆带来的这颗重磅炸弹会如何影响他的计划。而且，他也记不起那个计划是什么了，于是又要了些白兰地。

等到葛兰顿终于回到住处时，他发现比阿特丽斯正赤身裸体地躺在地板上一动不动。

他发出一声可怕的哀号，弄得比阿特丽斯无可奈何，只得睁开眼睛，告诉他自己正在扮演他离她而去之后的空间。

“你怎么能扮演空间呢？”他好奇地问。

“在这样一个夜晚你怎么能丢下我呢？”她反问。

然而他已经答不上来了，一看到她的胸，他整个人都定住了。

这人真是一点儿艺术细胞都没有啊，比阿特丽斯想着，勉为其难地顺从了他。

十七

在黄金三角方圆一英里之内，同时有两场对话在探讨圣保罗的心灵净化论，这样的概率有多大呢？

这简直足以令降临此地的天外来客确信自己来到了一个基督教国家。

也许，把德·安东和他那位情绪激动的受益人葛兰顿·豪瑟姆之间的沟通称为“对话”，未免有些言过其实。斯特鲁洛维奇与夏洛克之间的交流亦然。尽管后者算不上是“谈话”并不是因为一边倒，而是因为尽管两人都明白对方的心思，却都心照不宣。那么，姑且说它是一场沉默的对话吧。或者，起码是一场意在言外的对话。

从餐厅回来之后，斯特鲁洛维奇发现比阿特丽斯并没有在家等他，旋即陷入一种连德·安东都望尘莫及的消沉。不论豪瑟姆自己在外面做什么，总之情况并非如他所料。他跌坐在一张椅子里，抄起一瓶威士忌，给夏洛克指了指酒柜。“咱们来个一醉方休吧，求你了。”他说。

“我醉不了，”夏洛克说，“我从没醉过，也喝不醉。这是我的一个缺点。”

“那就破一回例，陪我坐坐。”

夏洛克照做了。

他们对坐着凝视对方的脚，这姿势起码保持了一个小时。然后，夏洛克问能不能提个问题。

“你这不是问着呢嘛。”

“另一个问题。关于贝斯[1]……”

“贝斯！”

“就是割礼仪式。”

“我知道什么是该死的贝斯。我还以为这个词只能用在八天大的婴儿身上呢。”

“那个踢足球的多大年纪来着？”

斯特鲁洛维奇不怀好意地笑了。夏洛克要是走了，他会想念他的。他需要这样一个内心阴暗的朋友。犹太人已经变得太谨慎了。**要是你们欺侮了我们，我们难道不会复仇吗？**[2]不，我们不会。我们应该迎面接住，并心存感激。当然，在约旦和撒玛利亚地区除外，我们在那儿被指为纳粹。懦夫或纳粹——哪一个才是我们呢？斯特鲁洛维奇想，尽管里亚托并不是撒玛利亚，却也哺育出了一位铁骨铮铮的犹太人。要是给他撒玛利亚、里亚托和黄金三角三个地方，让他要么选择在其中一地当犹太人，要么死，那他肯定不会选黄金三角。

继而，他想起夏洛克其实从没见过葛兰顿。“你是开天眼了，还是怎么的？”他问。

“差不多吧，”夏洛克说，“我的视野比较开阔。不过，你的话我也听着呢。而且我还真瞄了他一眼，就在他离开餐厅的时候。一个Cavernicolo[3]。”

斯特鲁洛维奇把脑袋摇得像拨浪鼓似的，仿佛要把此前短兵相接的眼神接触甩出脑际。他怎么就没冲上前去，揪着对方的衣领把他拎起来

---

[1] 割礼仪式的希伯来文术语是贝斯米拉，意即“割礼的圣约”，一般简称为贝斯。

[2] 出自《威尼斯商人》第三幕，第一场，夏洛克语。采自朱生豪译本，《莎士比亚全集》第二卷，人民文学出版社，1994年。

[3] 意大利语，意即“穴居人”。

呢？“好吧，”他说，“贝斯怎么了？”

“你是不是后悔了？”

“你要是真开了天眼就该知道啊！”

“我知道你在怪我。你有权这么想。不过你还有机会改变现状啊，只要改主意就行了。等你放下了执念，就放他一马。给比阿特丽斯送上你的祝福。”

“她才十六岁啊！”

“你一直在强调这个。不过她可是个相当成熟的十六岁少女。”

“这就是问题之所在。”

“你以为杰西卡那会儿多大？”

“这我倒没想过。”

“对啰。年龄不是问题。”

“那什么才是问题？”

“那我问你：要是那个踢足球的同意了你血腥的条件——”

“等会儿。是你提议的**血腥的条件**——”

“不对，等等。我是你的客人，所以请恕我鲁莽。但你不能妄言我究竟有多残忍。你可以猜，但你不能断定……”

“你**自己**可以断定吗？”

“这个我们先不谈，回到我刚刚说的事情上来。要是那个踢足球的同意了你爱怎么形容都行的那个条件，你就高兴了吗？还是说你更希望他——更**愿意**他——拒绝接受，然后离开你女儿？”

“都希望。我希望他离我女儿远一点，也想给他行割礼，只要……”

“只要什么？别吞吞吐吐的。”

“只要执刀人是我。”

“我看你这是在自欺欺人。我觉得你下不了手，你没那个胆量。”

“那我倒要问问，你凭什么说我没胆呢？你才认识我几天啊！”

“那你以为得多久才能看出来？斯特鲁洛维奇先生，我认识你够久的了。”

“你知道这么说有多驳人脸面吗？”

“我不是有意的。不过我问你个问题啊，你参加过几次贝斯？”

“你不是开了天眼嘛，你说呗。”

“我说一次都没有。首先，你没有儿子。其次，你蔑视宗教仪式。不过你没去看过贝斯的真正原因，是因为你知道自己肯定会晕过去。许多男人都会，许多父亲、叔父、兄弟都会。那场面让人不大舒服。对出生不久的婴儿动刀子。”

“豪瑟姆又没那么年幼。”

“那只会让场面更血腥。再说了，你怎么会认为自己愿意看到他的生殖器呢？更别说还要从上面割一块肉下来了。你见过多少外邦人的生殖器？你又用手指头捏住过多少个？”

“我有权保持沉默。”

“但你确定想碰他的那个吗？”

“我会戴手套的……”

“捏住它、切下去、让它流血、再听他尖叫？你不过是虚张声势罢了，这你也知道。到时候你肯定唯恐避之不及。”

斯特鲁洛维奇抬起一只手。“等等，”他说，“等会儿。”

夏洛克举起双手，似乎知道自己说得有些过头。

“你倒跟我说说，”斯特鲁洛维奇问道，“咱们怎么说着说着，就从割礼的隐喻扯到实实在在的割礼上来了？一开始我只不过是想，既然那个外邦人跟我女儿搞在一起，那我可得让他证明诚意。一不留神，就在你的引导下，变成要从他的生殖器上割一块肉下来了。”

“这下咱俩可算是同病相怜了。”夏洛克说。

“照这意思，你起初说要取那一磅肉，也只是打个比方？”

夏洛克垂下眼帘，厌倦而反感地说："怎么又来了？"

"你回答了我就不问了。"

"那你就该问得有技巧些。犹太人与外邦人之间的每笔交易，都有象征意义。只有这样，我们才不至于相互杀戮。不过你要是问我当时说那句话有没有开玩笑的成分，那么好吧，是有点儿。"

"那是两码事啊！"

"不错，但我在一定程度上是认真的。"

"那我再问你：你是不是巴不得安东尼奥违约，好有机会害他？"

"开那个玩笑的时候，应该说并没有。"

"那是从什么时候开始有的呢？"

"故事在发展，人的想法也在改变。"

"那你是在什么时候下的这个决心呢？"

"应该是打他们从我身边夺走杰西卡的时候起，从莉娅的戒指失窃时起，从那帮人自以为可以替他赖账时起，从他们以为我会任由他们摆布时起，从我被逼得走投无路、别无选择时起……"

"到底是哪个啊？"

"都是，又都不是。我到现在也不知道自己是不是铁了心。故事已经结束了……没发生的，就是没有发生。余下的事情，只能是猜测，并不能归入哲学或心理学的范畴，也不是神学所能解释的。"

"但在故事结束前……你就有这个打算了，你的意图已经产生了呀？"

"**意图**，呃……什么是意图？不管亚伯拉罕怎么想，他难道真会去杀了以撒吗[1]？我像你一样，也不是个死读《旧约》的人，不过可想而知，

[1] 《圣经》故事，耶和华为试探亚伯拉罕的虔诚，要用以撒做祭品，最后亚伯拉罕答应以儿子做祭品的信心打动了耶和华，耶和华用了一只羊代替祭品。

我对这个故事情有独钟。”

“全世界都对这个故事情有独钟。”

“过去是。不过我怀疑现在还有谁会感兴趣。”

“**也许**吧。但我还是得问，亚伯拉罕真会去杀自己的儿子吗？”

“亚伯拉罕究竟有没有杀人的潜质？这也是个不合理的问题。”

“不合理还是没法回答？”

“都是。我们都没法知道‘究竟’该怎样。”

“那怎么问才合理呢？”

“应该问：亚伯拉罕此前表露出的性格中，有没有某种特质，会让人把他看作杀害儿童的凶手。”

“所以答案是否定的啰？”

“是的，他不会。我的情况也一样。在我过去的个人经历中——我得强调是个人经历，就是说，作为一个他们熟识的人，而不是那个令人恐惧、遭人憎恨的种族之一员——有什么能证明我是个嗜血的家伙吗？那些外邦人对此但凡起过一点疑心，肯定早就对我敬而远之了。可实际上呢，他们还抱怨我躲着他们。想想看吧：要是你明知自己一旦违约，某人真会挖走你的心脏，那你还会跟他签订有效合同吗？你敢偷这种人的东西吗？还偷的是珠宝？还把他的女儿夺走？还在大街上啐他？即便是滥杀无辜的嫌犯，都比我活得更有尊严，还更让人忌惮。所以，我得坚持要求按约执行，否则，他们肯定以为赔上几个达克特就能把我给打发了。从他们不屑一顾、趾高气扬的样子，你就可以看出，我空有暴虐的名声，实际上却非常无辜。”

“他们还喊你野狗，把你看成恶狼呢。”

“犹太人在他们眼中都是恶狼——不光指我，而是全体**犹太人**——但那实际上只是些连他们自己都不相信的诬蔑之词。基督徒从来就嫌我们不够好战。说我们是些阉人，还会像女人那样流血。正是因此，我们一旦奋起回击，就更会让他们觉得不可饶恕。败给犹太人等于败给弱者。”

“亚伯拉罕身上难道就没有一点骁勇吗？”

“有是有一点。但按照那个时代的标准，他就是个娘娘腔。”

“他既然如此平和，那他扬言要杀了以撒这事又该怎么解释呢？”

“只能说，他是不得已而为之。他是被情势所迫，才走上了杀人的道路。然而，即便在当时，他是真心想杀人吗？我们说不清，连他自己也不知道。一切就此打住，故事永远地结束了。”

“让亚伯拉罕沦落至此的是上帝。那你呢？”

“我也一样啊！”

斯特鲁洛维奇还想继续刨根问底，毕竟机不可失，时不再来。而且夏洛克这会儿看上去比方才放松了些，伸着腿坐在半明半暗的光线里，侧耳聆听着斯特鲁洛维奇的每一阵沉默，正好可以打他个措手不及。

“你一开始可不是这么说的，”斯特鲁洛维奇发起了新一轮的攻势，“你借口说故事结束了，避开了我的问题。故事是结束了，但你没有啊，你就在这儿呢。你有的是时间思考。”

“思考！我简直没干别的，光思考了。然而思考和行动是两码事。思考甚至无法帮助你理解行动，你的问题我可答不上来。我也不知道我会不会将计就计，顺势围着他的心脏剜下一圈肉来——甚或，既然你之前问过这个，我根本不知道心脏怎么就忽然被说成是我复仇的目标了。”

“啊哈！你说那是你的复仇。”

“没错，而且我是有意这么说的。我要报的仇太多啦。我的女儿、我的财富、我的名誉……”

“还要满足嗜血的天性？”

“这真像他们说的话。”

“那你说我错在哪儿了吧？你希不希望他们最后没把你给拦下来？”

“拦我？”夏洛克眯起了眼睛。刚才那种怡然自得的神情倏然消失了，“虽说这话毫无用处，不过我还是希望当时没有被人阻止。”

“这样你就能取走他的心脏了？”

“这样我就能搞明白我究竟下不下得了手了。”

“你希望自己下得了？”

“那又是另一回事了。我要是真下了手，他们肯定二话不说就会把我的心脏给挖出来。”

斯特鲁洛维奇摆了摆手，表示对此不感兴趣。他不关心后果，他很清楚他们会怎么对待犹太人，他感兴趣的是犹太人会怎么对待他们。“恕我冒犯，不过我还想再质疑一下你的心地，”他逼问道，“你真会下手吗？”

“那我只能再次声明——我不知道。我并不比你更嗜血。刚刚我提到那些在贝斯上晕厥的人，我自己就是其中之一，还晕过去两次。要不然，就是哭得比那个婴儿还响。我像你一样，心肠软得很，讨厌看到、闻到、哪怕想到血。然而，你得明白——我自己的血已经干涸了。我恨那个高高在上、历尽苦难、忍尽悲伤、故作姿态的人，仇恨在我的静脉中沸腾。我相信，我与他在这世上不共戴天，想必他也同意这一点。我们互不相容。他不愿按照我的方式去交易，我也不愿遵循他的。我代表秩序，他代表混乱。我们做这笔交易，毫无疑问都应该负起责任。做生意就必须担责任嘛。扮演丈夫、父亲、情人这些角色，也都附带着责任。我的交易责任是实实在在的——该付出付出，该收回收回。那是一份经各方确认生效的报酬合约，白纸黑字，清清楚楚。但他的交易责任却是虚假的。他只求付出，不求回报，不论金钱还是情感，他统统不要。他要的是永远牺牲、永远失望、永远孤独。他对谁付出，这些就在无形之中给谁套上责任的枷锁。我可适应不了他那个世界，太原始、太没章法了。而他也适应不了我这个理性的世界。在他看来，我在法律上的严谨妨碍了他，而他的情感勒索则妨碍了我。就是因为这个，我们才总想置对方于死地。所以，是的，我真有可能——好吧，岂止可能——在盛怒之下，我会想方设法、欣然乐意、尽职尽责地去取回于法于理都该属于我的东西——就像遵从哪位愤怒的神祇立下的戒条——对长达几个世纪的蔑视和诽谤做出迟到的回答，对他们心中毫无根据的恐惧报以完美的讽刺，把它们变为现实。是的，我很可能会采取一切必要手段——你管这叫神勇也好，狂喜也罢，甚至说我暴戾也没关系……我以公平正义为己任，这无须掩饰。我遵守的条款，他们也必须遵守。而且，一个人只要坚信自己是在替天行道，那他可什么暴力手段都使得出来。在你开口之前，我得说，我跟你一样清楚，赋予自己这样的权力，是在亵渎上帝。那么，我们姑且把这点也考虑进去好了，我本来都快鼓足下手的勇气了，所以，我要是真动了手，那就不啻于假借上帝之名杀人，行渎神之实了，然而，事情并没发展到那一步。所以，很抱歉，我没法告诉你杀人是个什么滋味，也不知道要是手上有把刀，我会不会挥下去。不过，我可以告诉你，差点杀人是种什么感受，全心渴望越过那条界线又是个什么感觉。这么说算回答你的问题了吗？”

然而，斯特鲁洛维奇已经倒在椅子里睡着了，他经历了太多的愤怒与沮丧，摄入了太多酒精，可能还提出了太多的问题，已经精疲力竭了。

不过，夏洛克对此另有一番解释。

这个斯特鲁洛维奇对此有种道德上的强烈排斥，因此无法醒着听完。

这个斯特鲁洛维奇光会提问题，却不想听回答。

犹太人喜欢顾影自怜，这个斯特鲁洛维奇也不例外，虽说他还没想好自己算不算犹太人。照他的理解，外人做下的那些事，犹太人是做不出来的。犹太人是不会害人性命的。他仰慕我，是因为我允许人伤害我，而不是因为我做了什么，或者能做什么。

好犹太人——挨踢；坏犹太人——踢人。

若被你们刺伤，我们难道就不流血吗，若我们还以颜色，你们难道就不流血吗？——这些，他都宁愿不知道。

夏洛克想去告诉妻子，我们那套闻名遐迩的道德体系，简直把我们自己搞得一团糟。像其他人一样，我们也是能杀人的，要是连这都不肯接受，我们就不会强大，只会没落。

你同意吗，我亲爱的莉娅？

然而此时天色已晚，再上外面去就太冷了。她居住的地方总是那样寒冷。

他明白，听了自己刚刚对斯特鲁洛维奇做的那番自白，莉娅肯定会识破其中的诡辩。他当时是有权处死安东尼奥的。**“法律许可你，法庭判给你[1]。”**那个尖声尖气的小个子律师曾这样告诉他。那就是历史赋予他的机会呀，别再说什么“我没法告诉你杀人的滋味是因为事情没发展到那一步”了：事情没到那一步，完全是因为他没答应。相反，他只是说，我拿了钱就走。

那就是懦弱，不是吗？或者说，是因为他谨遵犹太律法？全知全能的上帝禁止自杀，而他要是让安东尼奥流一滴血，就无异于自杀了。

不论哪一个是真正的原因——怯懦也好、虔诚也罢——是不是都意味着犹太人无论怎么口出狂言、复仇心切，也仍有一条不敢逾越的界线。

[1] 出自《威尼斯商人》第四幕，第一场，鲍西娅语。采自朱生豪译本，《莎士比亚全集》第二卷，人民文学出版社，1994 年。

难怪斯特鲁洛维奇刚才一直把他往这条界线上推，最后却打起盹来。

他终于还是不顾夜深天寒，到外面去接受莉娅的叱责了。虽然他在这世上已了无牵挂，却仍要选择活下去。他本可以除掉敌人，再到地下去与妻子团聚呀。所以，他为什么没有这样做呢？

十八

“亲爱的！我可算赶回来了。我简直都没法等他们给我做完。”

安娜·利维娅·普鲁拉贝尔·克娄巴特拉·美好的事物是永恒的喜悦·克里斯蒂娜手持一捧勿忘我和玫瑰手绑花束，跳进了房间。她的一只眼睛还打着绷带，活像个海盗，整张脸都肿得像嘴唇。

“你看上去真像个伴娘。”比阿特丽斯惊呼道，她简直不知道还能说什么。

“亲爱的，我也觉得自己像个伴娘呢。”

她用另一只眼睛扫了一眼床铺。

“你该不会是在看有没有血迹吧？”比阿特丽斯失声道。

“哪能啊。我找葛兰顿呢。”

随后，她询问似的朝浴室点了点头。

“他没在这儿。”比阿特丽斯说。

“你们没……？”

“嗯，我们没……”

“那么你们还是……？”

“嗯，还是。不过我们到这儿以后他就老不在。”

“就昨天而已嘛，对吧？”

“是啊。可就在这么短的时间里，他都上上下下、进进出出好几趟了。刚才他又不见了。我都不知道他在搞什么。”

“他也许在做些安排吧。”

“什么安排？”

普鲁拉贝尔冲她做了个近似于眨眼的表情：“你懂的。”

比阿特丽斯皱了皱眉，说：“我一时半会儿可不敢向你保证我们一定会结婚。”

普鲁拉贝尔那张饱受摧残的脸上闪过一丝失望，这动摇了比阿特丽斯前天晚上趁葛兰顿不在时下定的决心。他没有失约，回来得不算太晚——如果说他这种处境的男人也有个最晚回家时间的话——而且，像他保证的那样，清醒如昼。不过她决定不等他回来就睡——后来，又为了制造戏剧效果，决定不等他回来就死。

她躺在那里，听着卧室外的木地板嘎吱作响，那一瞬间，她确实想过会不会是她父亲来营救她了。这样的话——可是，不，她还是决定什么也不穿。就让他们看看他们都对她做了些什么吧。看她表演得是多么惟妙惟肖。

结果进来的却是葛兰顿。

她那该死的父亲！需要他的时候却从不出现。

她度过了一个奇怪的夜晚，躺在犹如普鲁丽双唇般柔软的靠枕上，像只干渴的蜜蜂一样咂着香槟，咽下马卡龙，并思考着人生中的种种悖论。

不管她如何反抗痴迷“圣约”的父亲——在她看来，这种斗争几乎贯穿了自己年轻的一生——但在灵魂中的某个角落，她对它依然充满敬畏。她敬畏的，究竟是“圣约”本身还是她父亲狂热的信仰呢？她感到，普鲁丽提供的这间新娘闺房，让自己根本无法厘清其中细微的差别。不过，她曾读到过，有时会出现这种情况，人质会爱上囚禁他们的人，认同那些人的观念，她确实想过自己是否属于其中之一——囚禁她的人是指她的父亲，而非葛兰顿。对此，她既无法解释，也不愿承认。但鉴于自己终于一劳永逸地终结了这场反抗，她就开始从另一个角度审视起他来，并意识到他也许是对的。当然，并不是说他的教育方式有什么可取之处，但对她严加管教却并没有错。她的许多女友都是来去自由，每个人都令人艳羡不已。其中有一个无神论者的女儿，从十三岁起，就跟男友一起睡在她那对随和的父母隔壁。另一个，是诗人家的孩子，家长允许她在家里办派对——她父母，甚至祖父母都会参加——就在这些派对上，比阿特丽斯闻所未闻的各种物质被注入她见所未见的各种人体器官，而种种超乎她想象的性行为都得到了公然的纵容。

那她为什么并不羡慕她们呢？虽然这话从她自己嘴里说出来可能有些奇怪，但她不羡慕，是因为她们缺乏良好的榜样。她们就像一扇扇合页脱落的门，不羁地荡来荡去，而她自己却必须学会反抗。把你的父亲看作对手，好过与他成为朋友。

比阿特丽斯，别跟那些煞星浑蛋浪费时间了，他会对她说。她父亲能这么想，难道不是她的福气吗？不过她想，可惜父亲会把煞星分为犹太和非犹太，以双重标准计算她花在他们身上的时间。其实不都一样是浪费吗？

她从不愿意当犹太人。“那是个多可怕的破词呀，”她记得自己还是个小女孩时，曾对父母这样说过，“**犹太人**。听起来像一种带尖刺的黑甲虫。”

那时，是她母亲赏了她一耳光。她记得父亲当时只是笑了笑。

“要是我们既不遵守那些犹太规矩，又没有犹太朋友，还不吃犹太食物，也不过犹太节，那我为什么就一定要找个犹太男孩呢？”她后来问过他。

“为了延续。”他回答她。

“你想让我延续什么呢？”

“你与生俱来的东西。”

“犹太人血统？”

“传承的使命。”

“我简直不明白那是什么意思。”

“我也不明白。但我知道你生来就不该放任自己。你不是随便的某个人，比阿特丽斯。你降生时不是孤身一人，所以也不能独自离去。人生是件严肃的事情，你要经得起每个一闪即逝的诱惑。”

你不是一扇合页脱落的门。

现在，为了让这传承继续——尽管真到了那个节骨眼上，他也不一定继续得下去——她的煞星浑蛋外邦男友必须付出血的代价，也许还得失血而死。告诉我该怎么做，爸爸……

也许他的确爱我，但他依然是个屠夫啊，比阿特丽斯转念又想。我爸爸的脑袋里装着一座屠宰场。

“这么说，出什么事了？”普鲁拉贝尔问道。于是，比阿特丽斯将整件事和盘托出。

* * * *

在德·安东看来，对待朋友，一碗水端平很重要。他现在得帮巴纳比搞定两件事：拿到所罗门·约瑟夫·所罗门那幅线稿，并在普鲁丽面前瞒过戒指的事。那他还能多帮葛兰顿做什么呢？其一，是把他从跟比阿特丽斯这团乱麻中解救出来，但葛兰顿似乎已经认定那姑娘了；其二，是请斯特鲁洛维奇发发慈悲，然而他一时还想不出怎么才办得到。除了比阿特丽斯本人之外，他拿不出任何斯特鲁洛维奇感兴趣的东西。就算他想方设法把她从葛兰顿身边撬走，送还给她父亲，那对葛兰顿又有什么好处呢？当然，其三，他还可以为手术介绍一位一流的外科医生——

比如某位曾主刀过皇家割礼的专家，假设还存在这种仪式的话——然而想到自己以任何方式为此推波助澜，他心里都怪不舒服的。我才不给那个犹太人牵线搭桥呢，他暗下决心。

随后，他想起几年前，斯特鲁洛维奇曾欲以父母之名开设一间英国犹太艺术画廊，却遭到了他的阻挠。要是他表示不再反对这项计划了呢？要是他非但不再阻挠，还动用自己不可估量的影响力，为此事提供方便呢？

我有意促成此事，斯特鲁洛维奇先生，只要您——他该希求什么样的回报呢？他又仔细盘算了一番，决定向斯特鲁洛维奇提出两个条件：让出所罗门·约瑟夫·所罗门的线稿，并免除葛兰顿的皮肉之苦。要是斯特鲁洛维奇只肯接受其中之一呢？要是斯特鲁洛维奇让德·安东来权衡二者孰轻孰重怎么办？葛兰顿的处境显然比巴纳比要严峻得多，但说句实话，两人当中德·安东更偏爱巴纳比，也更认同他的诉求。葛兰顿可谓自作自受，盲目地屈从于自己的某个部位，坦白说，那个部位确实该受惩戒。相形之下，巴纳比不过是想讨好一位反复无常的可爱女士而已。这其中，还隐含着他厚此薄彼的另一个原因：他更宁愿间接促成普鲁丽的幸福，而不是比阿特丽斯的，因为比阿特丽斯·斯特鲁洛维奇毕竟……呃，是个斯特鲁洛维奇啊！

在这样的考验面前，德·安东想，就算是所罗门本人——另一个所罗门[1]——也会犯难。讽刺的是，把德·安东面临的这个两难抉择拿到普鲁拉贝尔那档《厨房谋士》去裁决再合适不过了。可惜所罗门·约瑟夫·所罗门是为她准备的一个惊喜，而在节目中探讨割礼的是非，也势必会有损收视率。于是他转了一圈又回到原地，既想两全其美，又全然

[1] 即所罗门王，古代以色列王国的第三位国王，是犹太人的智慧之王。

不知所措。

不管怎么说，他提醒自己，此前的计划也未免太草率了，他竟想当然地假设斯特鲁洛维奇理当配合。他毫不怀疑，自己不是唯一心怀憎恶的人——不对，他并不憎恶斯特鲁洛维奇，不是吗？那么姑且说对方自然而然地令他厌弃、不适、喜欢不起来吧——这种情感是双向的。要是斯特鲁洛维奇宁愿留着所罗门·约瑟夫·所罗门，哪怕失去女儿也拒不接受德·安东纡尊降贵——他无疑会这么看——在那件造成两人龃龉的旧事上做出让步呢？犹太人当中，究竟有没有出过一个——只是随便问问——既懂得变通，又宽宏大量的人啊？

经过这番思量，德·安东很庆幸自己还没把那封信寄给斯特鲁洛维奇。现在还是不亮底牌为妙，最好别让斯特鲁洛维奇知道他的诉求。这岂不再次证明了，未雨绸缪绝不是白费工夫？于是他去找那封信，想再过一遍，缓和缓和语气，别那么告哀乞怜的，却发现信已经不在他桌上了。只有一种可能：他的助理，由于太想讨好这位忙于讨好他人的先生，已经亲手把信投往了信封上的地址。

德·安东朝书桌俯下身去，仿佛承受着剧痛，感到被投递给斯特鲁洛维奇的分明是他自己。他似乎看见，他的死敌正蜷着身子，像护着个钱袋似的，狰狞而心满意足地摩挲着他的字句。

他开始颤抖起来。现在，慑于那个犹太人淫威的，可不止葛兰顿·豪瑟姆一人了。

十九

时机啊，就是一切，斯特鲁洛维奇心想。要是他在去特雷维索餐厅前就收到了德·安东的信，还没撞见对方跟葛兰顿·豪瑟姆鬼鬼祟祟的样子，他倒还有可能善心大发，考虑一下信中的请求。好吧，说“善心大发”也许有些言过其实，但他起码会心存嘲讽的善意。这样一个人，竟得毕恭毕敬地求他帮忙，这简直太有意思了！对这样一个人开恩，更会给他带来莫大的满足感：把那幅所罗门·约瑟夫·所罗门的线稿原价卖给德·安东，褫夺他的乐趣，让他再也没法诬蔑自己是无赖和放高利贷的。他很欣赏这幅线稿所展现出的绘画天分和人体之美，但他还是更喜欢那幅精美无比的成稿。**那幅线稿**是无论谁花多少钱都别想从他手里买走的。但这幅草稿嘛——是的，尽管它如此可爱，但为了这份诱人的回报，他也舍得割爱。

拿去吧，德·安东，我亲爱的伙伴，你该知道你只管向我开口。我简直无法向你形容，看到你终于为犹太艺术所折服，我是多么喜不自胜。

咳，他说不定还会把那幅画当礼物送了呢。

然而现在，斯特鲁洛维奇知道了他是豪瑟姆的朋友，甚至还有可能是共犯。虽然这两人何以志同道合令他十分费解，但这与他无关。总之他俩显然是罪恶的同谋。豪瑟姆跟他女儿私奔的事，谁说德·安东就没参与其中呢？就在比阿特丽斯离家出走的这个傍晚，他俩就凑在一块，贼眉鼠眼的，这离奇的一幕让人联想到，德·安东当晚很可能为这对男女提供了藏身之处。谁知道他们现在是不是就在德·安东家里享受主人花哨的款待——花哨是斯特鲁洛维奇猜的。或许既花哨又简约——从日本细瓷瓶里斟着清酒，再举起贝里尼鸡尾酒，欢庆斯特鲁洛维奇的气急败坏？

斯特鲁洛维奇又看了一遍德·安东的信。他之前是不是没太注意其中的语气啊？起初读起来像乞求一般的字句，如今却像是恶意的作弄。他还喜滋滋地盘算着用最讽刺的方式答复对方呢。但要是讽刺人的是德·安东，而他斯特鲁洛维奇则是被耻笑的对象呢？

信中那个未具名的人，那位“风华正茂、泣歧悲染”的朋友，说想向一位女士献上此画，以表不渝痴心——此刻，他的身份可谓昭然若揭。毫无疑问，他就是豪瑟姆。

那么，毫无疑问，他痴情不渝的对象——**痴情不渝**！——一定就是比阿特丽斯了。

于是，这幅画的标题就相当耐人寻味了。《爱的第一课》其中的色情意味简直显而易见。德·安东还写道，这位年轻女士——这位向豪瑟姆学习色情艺术的学童——会对作品珍爱有加，完全不负他斯特鲁洛维奇的期望。这是什么意思呢？他这么说，要不就是在极尽讽刺之能事，要不就是在暗示斯特鲁洛维奇作为父亲的关切中，还隐藏着些许色情成分。

这就是在笑我啊！斯特鲁洛维奇恍然大悟。

他在客厅里踱着步子，把信扇来扇去，仿佛它是把扇子。

“好，那咱们就走着瞧。”他说出了声。

在屋外的花园里，夏洛克正跟他妻子说着话。

“我在想，”他说，“我们是怎么被自己高尚的道德情操缚住了手脚，无法像别人那样率性而为的。”

“此话怎讲呢，我亲爱的？”

“就说斯特鲁洛维奇这个人吧。我在他眼里是什么呢？我发现，他会趁我不注意的时候盯着我看。那目光就仿佛来自他心底最幽深的地方，我都不知道它最后会停在哪里。这让我十分困扰。就连你，我最亲爱的，也从没像那样全神贯注地盯着我看过啊！我不认为那是爱，也不是仰慕，而是一种强烈的好奇，就像父母和子女之间的那种，其中似乎夹杂着一丝困惑的骄傲，就好像他认为我不管在做什么、做过什么，都会遗传到他身上一样。我要么鼓舞他，要么辜负他，他对我无法漠然置之。我就是他的教训，他的先例。莉娅，我想听你告诉我，我对你从不是这样一种试炼，对杰西卡也不是。”

对他来说，提起杰西卡的名字一直相当艰难。有太多需要隐瞒、太多需要避而不谈，还有太多伤心的往事。这些，莉娅都听出来了吗？她会凭她无尽的才智，觉察出他为了避讳这个名字，花了多大的力气吗？对她而言，绝口不提女儿的名字，是否也同样艰难？

“不管怎么说，”沉默片刻之后，他若有所思地说，“这误把我塑造成了一个范例——我自己绝不愿去扮演这种角色——至于那让我成为范例的基础嘛，我只得不停地把它从脚下踢开。这些犹太人哪，莉娅，这些犹太人！他们都不知道是该替我难过，还是该撇清自己，或是该替我申辩。就像他们面对自己，也不知是该自我辩解，还是自我批判一样。他们总在等待一个时机，好证明自己并不像人家说的那样畏畏缩缩，然而当时机来临，他们却只会羞愧得直揪自己的头发。‘我们可是个濒临灭绝的种族啊，’斯特鲁洛维奇记性好的时候，总爱这么跟我说，‘我们不能指望任何人的帮助，只能靠自己。’而犹太人每次振臂而起准备自救，却总会发现自己其实缺乏勇气。被杀总好过杀人，我看他就是这么想的。瞧他现在，在房间里踱着步子，制订着复仇的计划，但最后肯定又不敢实施。这人不够果决啊，莉娅。给我拿个主意吧——我是该推他一把，还是随他去？”

他停下来，等她告诉他她的想法。她活着的时候，他们时常这样促膝长谈，聊个没完；她离去之后没人再这样陪他说话了——他感到像有人斩断了他和生命之间的纽带。他也会上犹太教堂，去跟其他男人聊聊，但没有谁能替代她的陪伴。他们不是在犹太教堂成的婚。彼此间只谈理念，不谈信仰。莉娅从来不受习俗和传统的制约。她就像一眼清泉，不断涌出清澈、鲜活的思想。因此，她一走，他的嗓子就随之干涸了，思想也枯萎了。他什么也不想看：既然无法与她分享，自己的所见还有什么价值呢？他拒绝听音乐，也停止了阅读，直到开始去坟前给她读书才重拾书本。他感到一切活动都毫无意义，于是长时间地枯坐，放空自己，置身于一片空茫之中，那状态与其说是悲痛，不如说是虚无。遇见莉娅之前他过着怎样的日子呢？他已经记不起来了。遇见她之前的时光压根儿就不存在。这把这个家变成了他女儿的地狱，他既拒绝让她唤醒自己，也不关心她的生活，并且对一切都听之任之。莉娅的去世，把他变成了一个不称职的父亲。或者，如果说他从不是一个好父亲——他活着只为爱妻子——那么在他挚爱的妻子去世之后，他就成了一个更糟糕的父亲。这样一来，杰西卡是多么、多么地可怜哪！她简直遭到了双重的剥夺。难怪了。不是替她开脱，但也难怪了。而且，纵然他后来重新打起了精神，也不是因为良心发现，开始关心起她的福祉来了。他曾希望能骗过自己，也希望能掩她耳目。**为了你，杰西卡，我重返生活，亏欠你的我都还记得**。然而真相并非如此。他是在外邦人的刺激下，才重燃生机的。他们的蔑视，反而给了他重生的动力。

激励人付诸行动的，往往是愤怒，而不是爱。

他抬起头时，看见斯特鲁洛维奇正独自在花园的一角来回踱步，这个无法与妻子商量的男人，此刻正陷在沉思之中，无声地念念有词。

他轻而易举就看出斯特鲁洛维奇是在说："我得做这些事情……"

他理解这种沮丧。他自己过去也可能会去做这些事情。

尽管我还不知道是哪些事情……

不过，斯特鲁洛维奇起码还可以寄希望于未来，尽管他并不知道将来会怎样。而他夏洛克却已经没了指望。他过去做过的事全都木已成舟，没来得及去做的事也已时不我待。

我想念未来，夏洛克想。

"那你告诉我，"他又向莉娅发问了，"我是该让他就此打住呢，还是该鞭策他，点燃他一直渴望的复仇之火？"

从莉娅栖身的寒冷泥土下，传来一声最深沉的低吟。

"太好了，"夏洛克说，"我什么都听你的，这次也一样。"

* * * *

"要说咱们怎么办，"普鲁拉贝尔说，"咱们就这么办。"

她竖起大拇指做了个动作，意思是把他们送走，送上火车、船、飞机，什么都行，总之让他们远走高飞。

德·安东却拿不定主意。"这人这么难缠，咱们惹得起吗？"他问道。

"那个犹太人？"

"对，就是那个有钱的犹太人。"

"那个希伯来人？"

"正是他。那个钱袋子，还能有谁？"

他俩笑了起来。就算眼下事情棘手，这些犹太梗还是一样好笑。

"你瞧，我都忘了说到哪儿了。你能好心重复下你的问题不？"普鲁拉贝尔央求道。

“我问去招惹这个犹太人明智吗。”

“你是说那条顶讨厌的狗——”

“别说了，普鲁丽！”

“再开个玩笑不可以吗？”

“不可以。我再问一次：去招惹他明智吗？”

“你还在不在乎咱们这两位朋友了？”

“葛兰顿我是在乎的。对那个犹太人的女儿我就没那么上心了，这点得请你见谅。”

“嗯，她对我可是举足轻重的。我可不会因为她管那头猪叫父亲就挑剔她。”

“猪肉他肯定不吃。”

“猪照样可以不吃猪肉啊！但听我的吧。她跟他是两码事，就像我也不是我爸。”

“我想，你父亲肯定跟他有天壤之别。”德·安东说。

“嗯，他反正不是以色列人、狼人、阉割者、吸血鬼这些玩意儿，要是你说的是这意思。”

“我差不多就是这意思，没错。”

“但不管她父亲是不是那个香肠嘴，我都喜欢她——我猜他的嘴唇一定很厚吧，虽然我没见过他。”

“又厚又湿。”他小心翼翼地让目光避开她的嘴唇。

“我猜也是。不过她的就饱满丰盈。”

“跟你的一样。”

“谢啦！不过咱们别跑题。葛兰顿爱她，所以你也得给我爱她。”

“那为什么不让他们待在你那儿，等风头过去再说？”

“因为风头可能总也过不去呀！而且我可不希望那个鹰钩鼻跑来砸我的门——我假设他长了副鹰钩鼻，先别管是不是。那些媒体你是知道的，他们就喜欢这种事情。况且，那对小情侣也得过过二人世界嘛。我觉得比阿特丽斯看上去有点怪怪的。她已经开始跟葛兰顿闹别扭了。她很容易就会觉得自己铸成了大错。你也了解葛兰顿这个人，但凡有两分钟不能称心如意，他立马就能去再找个老婆。”

“可是他们怎么走得开呢？他还得代表球队出场呢。他总不能每周末都回来一趟吧。”

“他不是因为纳粹礼那事被禁赛了吗？”

“那都是一年前的事了，也许还更久。”

“咱们就不能再让他禁赛一回吗？让他说出那个带‘纳’字的词儿？或者把谁揍一拳？”

“那只怕太容易了。不过咱们这么做对他没好处，再禁赛一场可能会毁了他的职业生涯。”

“那咱们就设法让他休事假呗。那些球队经理我都认识，没有一个不想上我的节目。”她甩了甩头发，明白这样说会让自己显得相当傻气——“或者我的床。相信我，我绝对搞得定。那人叫什么？”

“我真不知道这样做好不好。”德·安东说。事情越来越错综复杂了。他已经算不清每一步行动会如何影响别的步骤了。这么做的话，巴纳比的希望又在哪里？把那一对儿藏到国外，对德·安东自己的计划又有什么帮助呢？他本打算来个出其不意，向斯特鲁洛维奇许诺自己将支持他兴建画廊的提案，以换取那幅所罗门·约瑟夫·所罗门的画作。可忽然之间，人人都成了输家。而且，他也不知道让那对情侣单独相处、远离一切社交活动，会对他们的感情造成什么样的影响。普鲁丽是对的：葛兰顿很容易厌倦。至于比阿特丽斯，要是没有什么再能吸引她的新奇把戏，又不再需要对付父亲，她就很可能会发现跟葛兰顿根本没什么好聊的。甚至还有可能对他的身体产生审美疲劳，最终认定割礼还是可取的。抛开信仰因素，德·安东——热衷于欣赏一切形式的美——认为去除包皮其实比原封不动更赏心悦目些。犹太人——一个从不知美为何物的民族——是如何全凭自己得出这个结论的，德·安东不得而知。他本以为他们会正好相反——在不该长包皮的部位画蛇添足地加一层，丑化原本美好的事物。于是他只好假设，在他们脱离蛮荒的过程中，曾遇上过几位通晓男性之美的异教徒鉴赏家。不管这该作何解释，总之比阿特丽斯要是不久就转过弯来，变得跟他看法一致，他是不会惊讶的。如此一来，又当如何呢？

可能有一种情况是，葛兰顿会听从她的劝告，而比阿特丽斯则会与父亲和解，于是大家各自履行承诺，一场盛大的犹太婚礼将在海天厅、桑顿庄园举行，或者，鉴于斯特鲁洛维奇复杂的人脉，甚至有可能在查兹沃斯庄园[1]举行。

出于一些无法言明的原因，这样的前景让德·安东陷入了深深的沮丧。

“我真的不知道。”他重申道。

* * * *

早餐时，夏洛克说：“我不得不注意到，你看上去蓬头垢面、心烦意乱的。我想是因为没怎么睡，心绪又糟吧。”

“你可以直接说我看上去一团糟。”

---

[1] 海天厅（Haddon Hall）、桑顿庄园（Thornton）和查兹沃斯庄园（Chatsworth House）均为英国历史悠久的著名庄园宅邸。其中查兹沃斯庄园多次被选为英国最受欢迎的庄园。

“你也不是总这样。我能帮得上你什么忙吗？”

“我陷入了无边无际的优柔寡断。”斯特鲁洛维奇说。

“该回头是岸，还是勇往直前……”

“无边无际的优柔寡断就是这个意思。”

“你想选哪条路呢？”

“我要是知道，就不会一直这样进退两难了。”

“那可不一定。让你举棋不定的可能只是现实因素，其实你应该知道自己的心之所向。”

你什么时候走人呢？斯特鲁洛维奇心想。你为什么来？什么时候走啊？

他不是有意的。他在心中依然对夏洛克敬畏有加，也仍然愿意做他的朋友。然而，日复一日，特别是还出了比阿特丽斯那档子事之后，他发现夏洛克与其说是在语言上苛刻，毋宁说是道德上苛刻，要不索性称之为一种犹太式的苛刻吧，都愈演愈烈……

“我犹豫不决的原因，”他叹气说，“跟心之所向或现实因素都没有关系。”他很是花了些工夫才说出这两个词，仿佛它们的长度对他是种严峻的考验[1]。“真正的原因，涉及一个道德问题，那就是我作为犹太父亲的权利和资格，与我女儿作为——嗯，我不知道作为什么——的权利和资格之间，存在着矛盾。我有权去找比阿特丽斯再把她拖回家吗？她有权自己选择跟谁上哪儿去吗？我有资格逼她找个犹太丈夫，或者强迫她接受我为她打造一个接近犹太人的对象吗？她要是宣称我疯了，也是在行使她的权利吗？她的新朋友有资格耻笑我吗？要是我对他们的耻笑收取利息，要他们十倍、百倍地奉还，不管用光明正大的手段还是使阴招，也都是合情合理的吗？而且这也是我犹豫不决的原因之一——该怎么让

[1] 原文中的心之所向（preferences）和现实因素（practicalities）是两个比较长的单词。

他们吃点苦头？”

“最后那条不算道德难题。”夏洛克说。

“今天早上你实在是，”斯特鲁洛维奇回应道，“迂腐至极。我是不是也招惹你了？”

“没这回事。我就是想确认一下，我俩说的是不是一回事，这样我才好帮你。”

“要是你打算让我更加犹豫不决，我劝你还是打住。我头疼着呢。”

“我的建议不会给你平添困扰的。相反，它只会让你下定决心。”

“下什么决心？”

“索赔。”

“事由呢？”

夏洛克仅稍做迟疑：“违法行为。葛兰顿·豪瑟姆在你女儿不到法定年龄[1]时就占了她的便宜。”

“我女儿十六岁了。”

“豪瑟姆第一次跟她上床时她才十五岁，我想这在你们国家是违法的。”

斯特鲁洛维奇突然感到吞咽困难。他把双手摊在桌面上，仿佛要证明自己没在指缝中藏匿任何东西。他似乎想让夏洛克也这么做。“这你是怎么知道的？”他发问了。

“知道就是知道。天色已晚，你不该再审问我独特的办事方式了。”

“我问的不是你的办事方式，而是你的消息来源。你刚才提出了一项严重的指控。我得确认这是否可信。这消息你是从哪儿弄来的？”

“问出这些对你一点好处都没有，你还是直接说是我告诉你的比较好。去看看她的电脑吧，查查她的通信记录。”

---

[1] 在英国，女性的法定结婚年龄是 16 岁。

“你一直在看她的邮件？”

“我只不过建议你去看看。这也许有违你的道德，但你说过，你反正已经偷偷瞄过几眼了。那么不妨偷偷看个清楚。”

“这的确有违我的道德。”

“那你女儿跟个大她一倍的男人一块儿跑了，这人还在她十五岁的时候就跟她睡在一起了，这该怎么说呢？你的道德能把这事摆平吗？”

杜伯尔，你提起这事，真叫我心里难过。

可杜伯尔要是没说实话呢？

这点夏洛克想过吗？

听说你的女儿在热那亚一个晚上花去八十块钱[1]……

你“听说”，杜伯尔？你他妈的只是**听说**！

就凭杜伯尔这句“听说”——纯属道听途说——夏洛克就开始对他女儿立案侦查，还顺带把罪名加在了威尼斯所有的非犹太人头上，这注定是站不住脚的，终会酿成大祸。奥赛罗都不曾像他这样轻信[2]。

你把一把刀戳进我心里[3]。

杜伯尔是何居心？就为激怒朋友，逼他发疯吗？其实，不必追究他的动机。激怒朋友本身就是一大目的了。更重要的问题是，夏洛克为什么会欣然向那把刀子挺出胸膛，恰如安东尼奥欣然向夏洛克的刀子挺

---

[1] 出自《威尼斯商人》第三幕，第一场，杜伯尔语。本文采自朱生豪译本，《莎士比亚全集》第二卷，人民文学出版社，1994 年。

[2] 在莎士比亚悲剧《奥赛罗》中，奥赛罗因太过轻信，听信伊阿古的谣言，认为自己的妻子与他人有染，最终杀害了妻子。

[3] 出自《威尼斯商人》第三幕，第一场，夏洛克语。本文采自朱生豪译本，《莎士比亚全集》第二卷，人民文学出版社，1994 年。

出胸膛一样。他们都渴求被人刺穿，在这方面，他俩——商人和犹太人——可谓彼此的镜像。

至于杜伯尔所言是否属实嘛——事情进展得太快，向来无法查明。

然而，斯特鲁洛维奇还是被夏洛克披露的消息弄得很不自在，于是决定以其人之道还治其人之身。他胸中涌起一股冷酷的复仇欲望，有如胆汁。

“你想没想过杜伯尔也许骗了你呢？”

夏洛克立刻看穿了斯特鲁洛维奇质疑背后的逻辑：“你以为我会因为欺骗你而羞愧吗？我不是说了嘛：去她电脑上看看，你就知道我说的是真是假了。”

“就是说你但愿自己曾核实过杜伯尔的话？”

夏洛克把胳膊肘支在厨房餐桌上，两个拳头抵住下巴，用指关节碾着下腭，姿势看上去颇为痛苦。或许，斯特鲁洛维奇想，我才该担心会不会有拳头落到自己下巴上？但他并不急于让夏洛克开口。对方的沉默已经足以说明问题。你怀没怀疑过？

“他告诉我时，我没怀疑。”夏洛克一直等到终于该说点什么才开口。他的拳头还顶在下腭上，让他没法一气呵成地把话说完。

他就跟故意要口齿不清似的：“杜伯尔道出了我的恐惧，而我们总归都有那么点盼自己的恐惧成真吧。但后来回过头，我怀疑了。后来我问过自己，杜伯尔会不会参与了祸害我的事，我会不会是因为听信他的谣言才失去女儿的。我现在依然认为自己恐怕该负这个责任。我身处悲伤和愧疚的拉锯之中。但我再怀疑他又有什么用呢？我的杰西卡已经走了，这不消杜伯尔来说。她偷走了只有她知道在哪儿的东西。就算我把杜伯尔弄个半死，我又能从他嘴里抖出什么我爱听的消息呢？说她花的不是八十块钱，而是六十？还是四十？二百？”

“这种细节是很关键的。豪瑟姆跟我女儿上床时她是十五岁还是十六岁？这个答案可事关重大。”

“那就去瞧瞧她的电脑吧。我也就是个送信的。”

“杜伯尔肯定也会这么说。然而有时候，送信的还真跟他捎来的消息一样讨人厌。说自己‘就是个送信的’，也并不意味着这人就无可指摘了。要是杜伯尔从道德上就对自己传递的消息持姑息态度呢？”

“所以你就想让我把他的心给挖出来啦？没准儿你还真说对了。也许我是该把刀抵在他的胸膛上，而不是对准安东尼奥。然而，捎信的人即便没有别的用处，起码还能让你知道自己名声如何，所以说，他们总有可信的地方。杰西卡跑掉啦。她去了哪里、在那儿花掉多少钱，这些都不重要了。”

“那猴子呢？”

“猴子怎么啦？”

“要是杜伯尔在猴子的事上也没说实话呢？要是那只猴子是他出于犹太人的恐惧凭空捏造的呢？”

“猴子是有的。”

“要是他就想伤害你呢？”

“他为什么要那么干呢？”

“因为犹太人都跟魔鬼差不多，甚至对彼此也是一样。”

“猴子是有的。”

一小时后，斯特鲁洛维奇回到早餐桌旁，变得满脸通红、嗓音尖厉。看上去就跟喝多了似的，但他不过是刚看过女儿的电脑而已。

“我要杀了他。”他说。

很好，夏洛克心想。那咱们就来瞧瞧你有没有这个种吧。不过他只是说：“首先，你得找到他。”

二十

“Oy gevalto，咱们到了里亚托。”比阿特丽斯说。

葛兰顿大惑不解地望着她。此刻，空气中充斥着嘈杂的声音——贡多拉船夫的歌声、侍者们的吆喝声、运河涨水的潮音、教堂的钟鸣声，还有撑伞的声响。“你刚才说什么？”他问。

“Oy gevalto，咱们到了里亚托。”

他还是茫茫然。

“别管它了。”比阿特丽斯说。

她其实算不上有多失望。跟葛兰顿在一起以来，她已经这样安慰过自己多少回了？然而，既然说到失望，那她本来又在期待些什么呢？她没有任何期待——是吗？果真如此的话，她上这儿干什么来了？

跟葛兰顿在一起以来，她已经这样问过自己多少回了？

威尼斯她以前来过，跟她父亲来看双年展[1]。她陪着他一个接一个展台地逛，听他数落那些装置、视频、纯白的油画和漆黑的房间，无面的女人在房里尖叫着宣泄痛苦或达到高潮——都是她喜欢的作品。所以，她清楚跟一个暴躁的男人同游威尼斯是个什么情形。不过，她只见过天气晴好的威尼斯，而与她同游的暴躁男人则是为了捍卫美学原则气急败

[1] 威尼斯双年展（La Biennale di Venezia）是一系列艺术节，主要展览当代艺术及建筑艺术，拥有上百年历史，是欧洲最重要的艺术活动之一。

坏，并不是……对了，葛兰顿为什么暴躁来着？他难道已经把她当妻子看待了？她坐在滴滴答答的雨棚下，望着雨滴汇成水流，深深地叹了口气。威尼斯实在不该这样乏味，这才是她想说的。而与葛兰顿一同消磨的这些时间，足以令她意识到，在性的范围之外，他就只能这么乏味了。至于说，若是找个能听懂她笑话的犹太男人，会不会更有趣些——她可不会让父亲知道自己竟有这种想法，绝不能让他称心如意。但此刻，他要是看得见她脸上的表情，一定立刻就能猜透她的心思。

“你这些话没人听得懂，”他多年前就曾教诲过她，“文化典故他们是听不懂的。你只管记住——你的智慧已经有五千年历史了，而他们还只是无知孩童。他们一次只能想一件事，但你可以同时想十几件事。”

“我只不过想跟他们上床而已。”她有一次这样回答他。

他给了她一记耳光。

于是，她再也不打算据实相告了。

从那以后，她也想过很多次，自己为什么没有报警，或者把他告上人权法院。你总不能因为孩子出言不逊就动手吧。

还是说，他打她，不过是因为她幻想的对象是基督徒？

总之，现在那个疯子已经遭了报应。他最恐惧的事成了真——她离家出走，事实上算是嫁给了（或者说，要不是他还没离婚，她早就嫁了）一个外邦人，还是个一次想一件事都困难的人。而事情之所以发展到这个地步，都是他——她那个风声鹤唳的疯子父亲——给逼的。

要是我能确信自己现在正想待在这里，与身边这个男人携手，那我一定会感激他，比阿特丽斯心想。然而，她并不确信。她的处境，不能完全用不幸来概括。自普鲁丽和德・安东把他们塞上飞机以来，已经过去三天了，这段时间里，葛兰顿渐渐明白，她不喜欢每次两人一独处，他就匆匆忙忙跑来跑去的。于是，他一直陪伴着她，至少像尸体陪伴着守护者，也就是犹太守灵人那样。而这场雨也给她带来了些许安慰。不管怎么说，对她而言，踏着遮泥板穿过圣马可广场，然后坐在咖啡馆里，用杯子接雨，几乎要算是一种乐趣了。

现在，她要是还像从前一样，不过是跟父亲反对的某个家伙一起出来度个假，她就会把这当成一次无关痛痒的挫败，这在她年轻的生命中，早已屡见不鲜。但这可不是过去的某次度假，他们都紧张地等待着消息。他们时刻关注着警察的动向，她父亲很可能已经通知了国际刑警组织。葛兰顿担心自己违反了与斯托克波特队的合约，他觉得他们正想找个理由开除他呢。他已经开始不着边际地说要学意大利语（那完全是个笑话：他连基本的英语都没掌握），再加入威尼斯队[1]当替补队员了。

在机场时，气氛也有些不大愉快，普鲁丽和德・安东都明确表现出了不满——普鲁丽一改先前为他们欢欣鼓舞的态度，而葛兰顿则告诉德・安东说没想到自己都这个岁数了，还有人把他当小孩子对待。对此，德・安东回呛道："那就别再跟个孩子似的啊！"

因此，这趟冒险必须值回本钱——对他俩来说都是如此——不是吗？她必须藏起自己已经活了"五千年"的事实，假装这就是那个她愿意与之共度未来"五千年"的男人。而他得逗她开心，得学会谈笑风生。他必须对行为艺术感兴趣，听得懂她开的玩笑。当她望着他时，他应该让她感到双腿都在颤抖。他一开口就得让她骄傲，他还得显得十分高贵。

而他却恰恰相反。

"Oy vey[2]，我跑掉到底是为了什么呀？"比阿特丽斯问自己。

---

[1] 球队成立于 1907 年，曾获得 1940–1941 赛季的意大利杯冠军。

[2] 意第绪语感叹词，意为"哎呀"，用于表达失望、困扰等情绪。

* * * *

德·安东极少自己应门。要摆出一副仿若彬彬有礼的神情，会花去他不少工夫。在一个忧伤的人眼里，什么事都不能操之过急。况且，德·安东也不喜欢意外。因此，必要时，他会安排一位助理替自己应门。在黄金三角，人们登门之前一般会提前邀约，极少突然造访。一来，找上门来的很少是你想见的人；二来，从前门到你安排的泊车位，往往有很长一段石子路要走。所以，事先打个电话再到外面碰头，怎么讲都要方便得多。这也是德·安东之所以一直没装对讲系统的原因之一，基本用不着。另一个原因是，那东西怪难看的。他曾经从缅甸买回来一条编成麻花辫的拉铃绳，还是颇经过一番讨价还价才说服那个寺庙清洁工卖给他的。可是，他的常客中根本没人把铃拉响过，而德·安东更不会立一个丑陋不堪的告示牌，提醒他们使点儿劲。

这天，他的助理休假去乡下照料一位生病的亲戚了。黄金三角的居民，既不认为他们的居住地属于乡下，也不把它算作城里。于是，当那个沉寂已久的缅甸铃铛猝然发出悦耳的声响时，德·安东一下子跳将起来，又惊又恼。这下他可得亲自走出书房了，就像下午必须下山祈祷的僧侣那样走上一大段路。他一路赶到大门口，其间铃铛又响了三次。这人可真没耐心，德·安东想，而且举止粗鲁。所以，肯定不是巴纳比或者耶和华见证人[1]。不管是谁，他都拉得太用力了，德·安东简直怕他把铃铛从墙上拽下来。

“来了，来了，”他喊道，“我这就来。”

他这就来，意思是，他还穿着阿里巴巴那种鞋尖上翘的尼泊尔拖鞋。

---

[1] 耶和华见证人（Jehovah's Witnesses）是基督教非传统教派的一支。

他打开门闩，斯特鲁洛维奇出现在他面前。

这两个男人无论如何都不愿接触对方的目光，只好盯着彼此的肩膀。假如德·安东是个肩上站了只鹦鹉的海盗，那么斯特鲁洛维奇就是在对那只鹦鹉说话。德·安东的目光则越过来客，落在他身后，仿佛斯特鲁洛维奇的祖父母正披着头巾、戴着小圆帽，倒在哥萨克战马的铁蹄之下[1]，在自家熊熊燃烧的窝棚跟前，对着他们那发霉的神念念有词……不过够了，德·安东抑制住了自己的想象。

斯特鲁洛维奇率先开了口，他手拿一张带抬头的纸，德·安东一眼就认出那是自己的东西。

“我们在这儿解决，还是进去？”他说。

“解决什么？”

“嗯，我要是告诉你了，就算开始解决了。所以你愿意就在这儿啰？”

“我可不怕你。”德·安东说。

斯特鲁洛维奇整了整自己软塌的衣领：“我又不指望你怕我，毕竟大家都是君子。”

“是君子就会设法提前联络我，而不是直接跑来砸我的门。”

斯特鲁洛维奇大笑着说道：“砸？那个拉铃绳不是给人拉的啰？我这样叫门已经算最客气的了。我拽得够轻了，跟从挂毯上扯一根线头差不多。”

“于是就把它整个扯散架了……看得出来你已经读过我的信了。”

“要不我还能来干吗？你不是想要个答复嘛，那我就来答复一下。”

“可你没把画带来呀？”

“你也没拿我想要的来换它呀？”

---

[1] 在东欧的历史上，哥萨克人组成的骑兵队伍，是独立的武装力量，他们一度为波兰立陶宛联邦效力。哥萨克骑兵不守纪律，对百姓冷酷无情。

“我可以立刻就给你开张支票。”

“我不要支票。”

“那你想要什么呢？”

“不是什么，而是谁。”

“你女儿不在我这儿，如果你指的是她。”

“所以你承认知道我女儿的事啰，那咱俩也不必再兜圈子了。”

“我见过你女儿，没错。一个不幸的姑娘。”

“你有什么资格这样评价她？”

“我想，大概是凭她跑来找我诉苦吧。”

“她会来找你诉苦？你是她的谁啊？”

“朋友的朋友呗。不过这你是知道的，你撞见过我跟那位朋友在一起。”

“我是看见过你们在一块儿，就在比阿特丽斯走的那天晚上。奇怪的是他那天怎么会跟你出来，而不是和她待在一起。不管怎么说，他是你什么人啊？”

斯特鲁洛维奇很满意自己没有用“男妓”来回答自己的问题。

但德·安东猜出了他的言外之意。“我没有义务向你交代我们友谊的性质。”他说。

“我也没有义务提供你要的画。”

德·安东最不愿看到的，就是斯特鲁洛维奇在他家中上下打量，审视他的藏品，设想他的生活，但巴纳比郁闷的面孔却跃入他脑际，脸上已经露出了嗔怪的神情，似在责怪德·安东光顾着帮葛兰顿和他的不羁女秘密逃往威尼斯了，而他巴纳比的事还一样都没落实，就连普鲁丽随时可能问及的戒指一事，也还没帮上忙。在德·安东心里，有一幕场景：他伏在巴纳比肩上，双手轻轻蒙住巴纳比的眼睛，把他领向一面墙壁，上面就挂着《爱的第一课》。**给你的，去送给普鲁丽吧，因为我希望**

你们幸福。不过当然，还有一层言外之意：这是我送给你的礼物。

德·安东喜欢被人感激，不管是被谁。但巴纳比的感激，却有特殊的意义。

“实在不行就进来吧。”他招呼斯特鲁洛维奇。

他家没有大厅。他们直接进入了一间晨室，四壁从视线以上到天花板以下都挂满了微型肖像画。有象牙、牛皮纸和陶瓷质地的水彩画像，有搪瓷或镀铜的油彩画像，还有镶在精美黄金画框里的鼻烟盒盖子。斯特鲁洛维奇想，竟连一幅基陶[1]或科索夫[2]都没有，尽管他只是匆匆扫了一眼。

德·安东没请斯特鲁洛维奇坐下，“我没法跟你客套，特别是你还提了这种要求。我交不出你女儿。”他说。

“你是说她不在这儿？”

“我不是这个意思。不过她确实不在，从没来过。我不认为她会喜欢这儿。”

斯特鲁洛维奇听出德·安东是在质疑他女儿的品位，但他飞快地环顾了一下四周，明白这话没错。“是的，”他说，“她肯定不会喜欢。但她不在这儿，又在哪儿？”

“我就算知道，又凭什么要告诉你呢？”

斯特鲁洛维奇掸了掸那封信，他仍然把它捏在手里，像捏着一张传票。

“你以为我就那么想要那幅画吗？”

“嗯，可是有人想要呀。除非你只是在跟我套近乎。”

---

[1] 罗纳德·B. 基陶（Ronald Brooks Kitaj，1932—2007），美国犹太裔画家，大部分时间居住在英国。

[2] 莱昂·科索夫（Leon Kossoff，1926—），英国表现主义画家，父母是来自俄罗斯的犹太人。

“对，说得没错——是有人想要。”

“是葛兰顿·豪瑟姆吧。想送给我女儿当定情信物。鉴于这种情况，你可别指望能轻易从我手中得到它。”

“我要是说你猜错了呢？要是这完全是为了另外一个人，你会愿意出个价吗？”现在，德·安东寻思道，是不是该提我愿意重新考虑他建画廊的事了？不过随后又觉得时机尚未成熟。

“我的价码还是我女儿。”

“那么，你的要价就太高了。我总不能为了取悦一个朋友就去背叛另一个。”

“你不该把这看作是背叛朋友，你是在帮助一位父亲。”

“父亲也可能是恶棍，没什么了不起的。你女儿此前一直不快乐，直到遇见了葛兰顿。我即便能施加一定的影响，也不该干涉人家。而且，我不大可能会劝他回来接受你野蛮的条件。”

“你说‘回来’，就是说他们跑远了。”

“你女儿无疑已经到了能替自己做决定的年纪了。”

“现在她是够年龄了。”斯特鲁洛维奇说。

“什么意思？”

“就是说在你朋友对她下手的时候，她还不够。”

“我听不懂什么叫‘对她下手’。”

“那我就来点醒你。我手头有证据表明，葛兰顿·豪瑟姆在我女儿才十五岁时就跟她睡在一起了。这属于刑事犯罪，这点自不必说。并且，知情共谋者，以共犯论处，这点你可能还没想到，不过我建议你现在开始就考虑起来。不论怎样，我要我女儿回来，你的朋友也一起。我接下来会如何处置此事，就取决于你的合作态度了。”

德·安东感到必须找把椅子坐下了，尽管这里没有一把椅子看上去像是给人坐的。斯特鲁洛维奇心头涌起一阵莫大的满足。

* * * *

“我说，”普鲁拉贝尔断言，“他会不会是在虚张声势啊！”

“弄清比阿特丽斯当时的年龄并不难，就是说她和葛兰顿……”德·安东说不下去了。有些事情，即使涉及他所关心的人，他也不忍去想。

“我不是说他夸大了她的年龄问题，”普鲁丽不耐烦地说，“而是他会不会故意把接下来要采取的措施说严重了。”

“对葛兰顿？”

“对我们大家。”

“我们可不该为他俩的事负责。我们哪知道比阿特丽斯当时多大，葛兰顿又对她做了什么啊？”

“我知道。”

“你知道她多大？”

“我没问过她的年龄，不过我就算知道也不会做什么的。我第一次跟已婚男人交往的时候，是十二岁。”

“呃，那么……”

“但我知道他们睡在一起啊，是我给他们提供的房间。”

“那又不犯法。”

“可你问的是我知不知道啊！”

“你不是说了你不知道吗？”

“可是，万一我还得举证怎么办？我可不想招来警察，德·安东。理由有一万个。而且我猜你也不想吧。”

“普鲁丽，我是清白的。”

“是你，德·安东，把她带到这儿来的。葛兰顿喜欢犹太女人，你就找个犹太姑娘来满足他。这个点子你可觉得有趣得很，我也一样。”

“有趣是有趣，但仅止于此。我没想到会惹出这么大一摊子事……”

“还以为顶多不过是个桃色事件——你是这意思吗？我看这可帮不了你。特别是人家说不定还会发现，你是在自己讲课的学院里找到这姑娘的。”

“讲课”这个词让德·安东心虚了。“我没违反学院的规定。找她来又不是给我自己寻开心的。她根本就不是我‘找’来的。她就在那儿，惹眼得很，不是吗？”

“那跟这一切有一毛钱关系吗？等你上了法庭，谁也不会在意你遵没遵守校规、你替她拉皮条是为了讨谁欢心，或者她有多惹眼。”

“拉皮条！”

“醒醒吧，德·安东！看上去就是这么一回事。只会越描越黑。而且，越是猥亵的指控，人们越是愿意信。你或许觉得自己不会受到什么非难，但我觉得我肯定躲不过去。我的声誉怎么办？我的节目怎么办？要是有人指控我给恋童癖开妓院，那钟楼会怎么样啊？”

“噢，得了吧！”

“而且他们如果指控你是我的帮凶，那你的清誉岂不毁了？他们会喊我们老鸨啊，德·安东。现在这个国家的人最热衷于群起而攻之。媒体怂恿他们揪出每个变态。他们会说我们还在这儿豢养未成年女孩呢。葛兰顿会完蛋的，你会成为社交媒体上人人喊打的对象，而巴纳比说不定就会离开我了。”

“那你说该怎么办吧？”

“咱们就跟葛兰顿说他得回来，他最听你的了。让他回来。”

“回来干什么？”

“拿出点儿男人样。”

“那要是他拿出了男人样，结果却得在斯屈奇威斯[1]蹲三年呢？谁会为这个回来啊？”

“首先，他得回来给咱们解围呀。他得回报我的好意，偿还欠你的情嘛。因为咱们都是为了他才陷入这种境地的。而且，他要是回来了，说不定那个怪物还会手下留情呢。”

“你以为他能宽宏大量、冰释前嫌？他可不是那么宽容的人，也不是那么健忘的人啊，普鲁丽。”

普鲁丽沉思了片刻。这一席话间，她一直圆睁着双眼，眼睛和嘴唇都前所未有地肿胀，看上去就像古代悲喜剧中的一个角色，心急如焚，花容失色。她拽住德·安东的衣袖说：“要是葛兰顿满足了他的要求，把他要的东西给了他，说不定他会呢。”

“你在说什么啊？”

她心烦意乱地举起两只手，用食指和中指做了个剪刀手的动作。就算她亲眼见过夏洛克这么做，也不会模仿得更像了。“咔嚓，咔嚓！”她说。

[1] 斯屈奇威斯（Strangeways）是曼彻斯特监狱的俗称。

二十一

德·安东给葛兰顿发了条消息，让他回来面对现实。对此，葛兰顿立即做出了简明扼要的答复："没他妈的门儿。"

德·安东回复说，不准这么跟个一心为他好的人说话。

葛兰顿回复说，他们的友谊再也经不起更多考验了。

德·安东又发消息问比阿特丽斯想不想回来。

葛兰顿的态度跟开头那条回复中差不多："没他妈问她。"

德·安东又发去问为什么。

葛兰顿的回复是："烦死她了。"

"有什么具体原因吗？"德·安东问。

"她老跟我说外语。"

"什么外语？"

"我哪儿知道？反正是鸟语，我想是犹太话吧。"

"那你起码考虑下送她回来行吗？"

"没他妈的门儿，"葛兰顿回复说，"性生活太棒了。她也就那时候能他妈的闭嘴。"

由此，德·安东只得认为葛兰顿不愿意接受割礼，也不打算皈依犹太教。

* * * *

“现在怎么办？”普鲁丽问。

她跟德·安东和巴尼一起出了门，去了曼彻斯特的一间酒吧。他们不想在黄金三角讨论这些，免得让人听见。他们这会儿喝酒的地方，没人能听懂“割礼”这个词。

“咱们就看那个犹太人能做出什么来。”德·安东说。

“我觉得那没用。”巴纳比插话了——他这一开腔，把自己和同伴都惊了一跳。一般而言，他们商讨战事时，他只有听普鲁丽和德·安东说话的份儿。这种时候，他通常只需以可人的面貌出现，扮演抚慰人心的角色即可。但这一次，他的英名也同样危在旦夕。老钟楼要是成了妓院，那他成什么了？葛兰顿逍遥法外的事也惹得他相当不爽，尽管他对那项罪名只不过模模糊糊地知道个大概。葛兰顿虽然犯了错，费了一番力气，好歹还有机会去威尼斯待着，而他，巴纳比却平白无故要在柴郡忍受这种心浮气躁、剑拔弩张的气氛。而且，德·安东在别的方面也辜负了他，让他简直感觉糟糕透顶。

“你什么时候把我给你的戒指戴回去啊？”他们刚一落座，普鲁丽就问道，“你跟我发过誓的，说到死都要戴着它，结果你那根手指都光了有一个星期了。”

巴纳比目光炯炯地盯着德·安东。他们可是事先排演过的，不是吗？德·安东应该低头看看自己的左手，因为在拿给“他的人”抛过光之后，为了安全起见，他一直戴着它，随后他要浮夸地做惊惧状，发现它不见了。天知道是怎么回事呀，可能是掉下来滚到阴沟里或汽车轮子底下去啦，他只能猜是因为他的手指比巴尼的要细吧。“我宁愿失去左手，也不愿犯这种错误呀。”他本该这么说。于是，伴随着赔偿的承诺、深深的歉意、巴纳比的眼泪，如此种种，普鲁丽会拥抱他们两个，说他们之间情深意厚，她希望他们能永远这样彼此相爱，这远比一个小小的首饰重要得多。然而，德·安东陷在葛兰顿那堆麻烦里，竟忘了台词，眼神茫然，而且一反常态，不耐烦地斥责巴纳比浪费他的时间，还瞪了普鲁丽一眼，怪她小题大做。

“我回头再跟你算账，”普鲁丽对巴纳比说，“你等着。”

（于是他感到前所未有地需要那幅画。）

她也回瞪了德·安东一眼。

他这是要跟我争那枚戒指吗？她纳闷地想，而得出的结论让她很不舒服。

这样一来，他们那个彼此应和、相互顾忌的微妙圈子，那种既为忧伤所困扰，又靠忧伤来救赎的关系，在暴躁心绪的挤压之下，开始变形。于是，就有了巴纳比——怎么看他都是这一系列事件中唯一无辜的受害者——这番直抒胸臆。

“依我看，”他接着说，“犹太人是不会知难而退的。我从没听说过哪个犹太人会让步。宽容大度让他们觉得丢脸，也违背他们的信仰。我父亲跟不少犹太人打过交道，他就是这么告诉我的。他们都是铁石心肠。劝犹太人改变心意，就跟站在海滩上妄图喝退潮水一样，纯属徒劳。所以，要是葛兰顿自己不回来承担后果，那我们就别无选择，只能找个代理葛兰顿去替他满足那个嗜血的犹太人了。”

巴纳比竟如此了解犹太人并熟谙其信仰，令普鲁丽颇感意外，不过，她还是没能理解他这番话。“巴纳比，要说不可理喻的[1]葛兰顿，我还能理解，”她说，“但代理葛兰顿说白了是个什么玩意儿啊？”

我快受不了这两个男人了，她心想。实际上，她觉得自己快受不了

[1] 在原文中，不可理喻（poxy）一词与代理（proxy）一词拼写相近。

一切男人了。也许她才该跟比阿特丽斯私奔。

“某种替身。”巴纳比说。

“替代什么？”德·安东问。

“替代葛兰顿呀！给葛兰顿找个犹太人认可的替身。”

“这你可得解释解释，”普鲁丽说，“慢点儿说。”

巴纳比觉得自己已经说得够慢的了，意思也再明白不过了。

“找个人代葛兰顿受过。找个替罪羊，是这个词吧？替身。犹太人可以对这个人做同样的事。”

“你的意思是，他可以给这个人行割礼？”德·安东记不清问这句话的是他还是普鲁丽了，普鲁丽也记不清了，他俩的惊愕简直如出一辙。

“对，”巴纳比说，“他要的不就是这个嘛。”

“亲爱的，”普鲁丽说，“他可不是想随便找个成年人割着玩儿啊！给葛兰顿行割礼，是为了让比阿特丽斯嫁个犹太丈夫啊！”

“或者吓退他。”德·安东插话说。

“这我知道，我没你们想的那么傻。不过现在，不管比阿特丽斯作何打算，这终究只是个荣誉问题，不是吗？他要的可不是那块肉——谁会想要那个啊，还是葛兰顿的？——他是要捍卫原则。他才不在乎它是怎么来的，或者从谁身上来的呢。只要自己的债务有人清偿，犹太人才不会在乎还债的是谁呢。把他要的东西给他，我保证他今后一定会彻底消失。而鉴于咱们没法交出葛兰顿……那就只能另觅他人了。”

三人继而陷入了沉默，连酒吧也似乎静了下来。

“但我可不是在主动请缨哦，虽然我愿意为你们做任何事，”巴纳比接着说，“但我光是想到血都犯晕。”

“而我性别不符……”普鲁丽开口说。

“那就只有我了呗。”德·安东说。

* * * *

你们应该多去暗处坐坐，面对那些来听他自言自语的学生，德·安东会这样说。严格来讲，那算不上什么讲座，都不能算讲课。他想跟学生们保持些距离，而“讲课”这个词对他而言太过亲密了。接下来，他会说，生活在一个明晃晃的世界里，对你们并无裨益。我要是说，你们把太多时间花在屏幕前面了，你们可别当我是卫道士或勒德分子[1]。我所考虑的，只是你们美学上的福祉。光，是需要珍惜的，要像列奥纳多和卡拉瓦乔[2]这样的大画家一样珍惜它，是它点亮了意义，把象征理解力与鉴别力的光明与庸常黯淡的事物区分开来。如果一切都是亮堂堂的，你就会失去美感与分寸感。

他们之中有人听进去了吗？

嗯，他记得有一个学生听进去了。“在讨论明暗对照法时，您没有提到伦勃朗，”她举手说，“难道您不认为伦勃朗也许比任何画家都更善于运用光线来表现心理活动吗？”

那个学生就是比阿特丽斯。他在恍惚的回忆中，记起了她的面容，她举手的时候，金镯子在手腕上叮当作响，犹如摇着一面铃鼓。她与生俱来的幽暗迸发出光芒，仿佛被他自己的心理活动——索性称之为意念力吧——给点亮了。莫非就是在那一刻，他发现她可以供葛兰顿消遣？她难道就是伦勃朗那幅名作[3]中的苏珊娜，而他自己则是前面那位长

---

[1] 勒德分子（Luddite）是英国19世纪工业革命时期因为机器代替人力而失业的技术工人，后来引申为持有反机械化以及反自动化观点的人。

[2] 列奥纳多指的是列奥纳多·迪·皮耶罗·达·芬奇，卡拉瓦乔指的是米开朗基罗·梅里西·达·卡拉瓦乔。

[3] 指伦勃朗的名作《苏珊娜与长者》（*Susanna and the Elders*）。

者？虽然这样一个场景，并不能勾起他自己的欲念，但对于她会在别的男人身上激起怎样的欲念，他肯定做过一番猜想——要不怎么会选中她呢？所以，这难道不正说明他就是个引诱他人的同伙或共犯吗？或者按普鲁丽的叫法，一个老鸨？

最近，他已经有多少次审视自己的灵魂深处，却只看见“皮条客”这个字眼了？

他坐在黑暗之中——他的忧郁所散发出的黑暗，再加上电源可控的寻常黑暗——沉思着。

他但愿自己的眼睑能更厚重、更遮光。他读到过，比眼睑更薄的皮肤，只存在于包皮和阴唇上，然而鉴于自己并不会通过那些部位接收光线，他觉得这些知识并没有起到什么安慰作用。

那些他无论如何也无法屏蔽的光线，看上去都是紫色的，色泽接近于紫水晶。他从来不买任何紫水晶质地的镇纸或工艺品，原因在于，那种宝石太过华贵，光芒太过灼人了。他的神经衰弱是紫色的，有悖他品位的物件是紫色的，他反感的一切也都是紫色的。斯特鲁洛维奇就是他反感的对象之一，尽管在这件事上，他很难说清自己是先觉得反感，还是先看到了紫色。斯特鲁洛维奇会不会就是紫色的化身啊？他皮肤的光泽中，是不是也透着那种矿物般坚硬的淡紫色？他声音中迸发出的刺眼光芒，是不是碾碎了德·安东脆弱的神经？至于他在道德上为何憎恶斯特鲁洛维奇，反倒更容易解释些。他憎恶斯特鲁洛维奇的艺术品交易，尽管他自己也做艺术品交易。他自己不论买进还是卖出，都全凭一腔热爱，他与人置换，纯粹都是因为他对出手的那件东西爱不释手。而斯特鲁洛维奇呢，他猜想，他即便真会热爱艺术，恐怕也只是偶尔为之罢了，真正能给他带来狂喜的，是一份艺术藏品资产负债总表。德·安东做出这样的判断，并不是依据斯特鲁洛维奇的言行，也不是通过了解或观察他作为鉴赏家和买家的交易记录。他之所以得出这个结论，是因为斯特鲁洛维奇的举止不如他德·安东高雅。他不像德·安东那样历尽了生活的考验。他缺乏历练。他没有受过美的熏陶。要是这世上的美都消失殆尽，斯特鲁洛维奇会表现出任何不同吗？德·安东无法想象，除了强烈地熬炼人的感官之外，存在还能有什么别的意义。如果这世界突然失去了美，他存在的意义也会受到动摇。可在斯特鲁洛维奇这儿呢？没那回事，斯特鲁洛维奇压根儿不会在意，他太沉湎于事物实用的一面了。而一切实用的东西，在德·安东眼中，都是紫水晶的颜色。

比阿特丽斯也是。一头紫红色的头发，眼中闪烁着桑葚般的光芒，说的话像泡在糖浆里的梅子。

葛兰顿爱的就是这些吗——就是这女孩丰盈而跃动的形象？还有她那鄙俗而触手可及的身影？

肯定是了。

那么，他何以如此了解葛兰顿的喜好呢？

德·安东精于鉴赏微小的事物——微型画像、眼泪镇纸以及良知上的孔隙。尽管他生性平和，却也心怀一种只属于虚荣者的贪婪，对崇高的自我折磨无比贪恋。他会在精神上惩罚自己，只因自己太过富有、太有教养、品位卓著，还多才多艺。人们来向他求助时，他并不总会让他们得到期望的结果。相反，他所给出的总会远超过他们的期望。此刻，他置身于他那暴躁的自恋投下的紫色阴影中，细数自己的每一次失败，发现它们全都如出一辙，有如镜像，即太深地卷入了他所爱之人所经受的痛苦中。葛兰顿喜欢犹太女人，这到底算不算一种痛苦呢？然而他得满足朋友，不管那种欲望该如何描述。他得煽煽风、旺旺火。但他会不会也在自己心里煽起了某种类似的痛苦呢？在眼睑上紫色的血管之下，他自己是不是也染上了犹太人的颜色？而且，那腐朽的自尊，会不会比斯特鲁洛维奇更让人反感呢？

他不喜欢用“欲望”这个词。以前不爱说，以后也不会说。“自尊”二字就够了。但要是他心中真埋藏着某种隐秘、邪恶、上不了台面的自尊，那他可算把葛兰顿给害苦了，把人家逼上了一条曾让他德·安东跃跃欲试，但终究还是令他望而却步的路。我的确该补偿补偿这个小伙子，他想，尽管那酷刑让他胆寒，但他相信斯特鲁洛维奇肯定下不了这个手。

他上学的时候，喜欢读基督教殉道者的故事，还裁下了好些插图钉在卧室墙上。其中他最喜欢的一个，要数圣劳伦斯[1]被绑在火刑架上烧死的故事了。德·安东轻而易举就能在脑中勾勒出丁托列托那幅名作[2]，画的是劳伦斯殉道的场面：火光映照着他受难的身躯，而黑暗中还浮现出一些形象，残忍地戳他、捅他，以加剧他的痛苦。传说，劳伦斯还对折磨自己的人正色道，既然要烤了他，就得讲究火候。“给我翻个面，”他对他们说，“这面已经烤得差不多了。”

德·安东享受折磨。这是否也意味着，他欣赏折磨自己的人？

“给我翻个面吧。”他想象自己这样恳求斯特鲁洛维奇。

* * * *

“你真打算为我们这么做？”普鲁拉贝尔问道。

德·安东闭上了眼睛。有些时候，什么话都显得多余。

“你简直是个圣人。”普鲁拉贝尔告诉他。

---

[1] 圣劳伦斯（St. Lawrence，225—258），基督教圣人，因捍卫信仰，被罗马皇帝瓦勒良下令以火刑处死。

[2] 指丁托列托的作品《圣劳伦斯的殉难》（*The Martyrdom of St. Lawrence of Rome*）。

他依然闭着眼睛，摇了摇头。

此刻，他俩正一同坐在她的小会客厅里，他的品位在这里留下的痕迹，远远超过她本人的——他窃以为，她没什么品位。两人正在遣词造句，希望能借此平息那个恶魔的怒火，让已然岌岌可危的田园生活复归宁静。

普鲁拉贝尔问是否需要请一位太平绅士[1]来见证这份文书。德·安东则认为不必。他相信，只需在文书上做个标注就足够了。他正直不阿的品行是不容置疑的，这一点斯特鲁洛维奇应该比谁都清楚。

"本人特此保证，必将为您解除后顾之忧，"他写道，"请准予本人以人格担保，葛兰顿定当及早归国，两周为限。若其逾期仍未到案受罚，则其本当承担之责任，将由本人代为履行。除此之外，本人不再就豁免其罪责提出任何请求，望能借此了结此事。"

普鲁丽本想写一周，德·安东则主张限期一个月。两周是两人妥协的结果。

随后，他用斯特鲁洛维奇已经见识过的花体字署上了自己的名字。

他很想把《爱的第一课》也算进这笔交易里——本人不再就免除其罪责做任何请求，然如蒙转让所罗门先生之画作，定当不胜感激——可惜此事断不能对普鲁拉贝尔走漏半点风声。

德·安东叹了口气。他对别人的这些恋爱纠葛是多么厌倦啊！他多希望自己从没向任何人引荐过任何人。友谊的代价何以变得如此高昂。

"你简直就是个圣人，"看罢他拟好的字据，普鲁拉贝尔又重申了一遍，"不过我在课本里学到的圣人，都不如你有语言天赋。"

---

[1] 太平绅士（Justice of the Peace）源于英国，是由政府委任民间人士担任的职衔，负责维持社区安宁及一些较简单的法律程序。

受天性中潜藏的良知驱使——或者可能只是不耐烦——他没有接受她的恭维。“你要是知道更多事，”他说，“就不会这样夸我了。”

普鲁拉贝尔似乎来了兴趣。“给我讲讲呗。”她说。

他紧紧盯着她困惑的双眼。“你敢保证绝对保密吗？”他问。

“我发誓，”她说，“以我们的友谊发誓，以我们共有的神圣忧伤发誓。”

“你得保证，对谁都不能吐露半个字，连巴纳比也不行。”

“一个音节都不对他说。”

她话音刚落，他就把她拉了过来，像个情人似的，在她耳边说起放肆的话来。

普鲁拉贝尔当时的样子，足以让所有认识她的人瞠目结舌。她仰起头，放声大笑。那样子简直能彻底治愈她的忧伤。

“我都等不及了，”在这难得的欢乐之中，她说，“真想看看那个吸血鬼的嘴脸。”

“你是说那个犹太人？”

“对，就是那个希伯来人。”

“你一定是指那个以色列人啰。”

“没错，就是那个害死基督的凶手。那个歪鼻子……”

“普鲁丽，快别说了！”德·安东也笑了起来。

普鲁拉贝尔的乌托邦[1]已经好几个月没传出过这样的欢声笑语了。

普鲁拉贝尔打算尽力确保这项承诺顺利送达，也清楚在这件事情上自己跟德·安东一样难辞其咎，此外，她还想亲自一睹那个魔鬼的尊容，

[1] 乌托邦（Utopia）本义为“没有的地方”或者“好地方”。引伸为还有理想，不可能完成的好事情。

再加上她自己还有一点别的事情，总之，她决定亲自去送德·安东的字条。她开着管家那辆沃克斯豪尔，驶过她家与斯特鲁洛维奇家之间那段不长的路程，惊讶地发现自己竟与他住得这么近。她说不清自己为什么没选保时捷甚至甲壳虫，但当她发现车道上竟赫然停着一辆奔驰，却气不打一处来。

斯特鲁洛维奇替她开门时，普鲁拉贝尔为之一震。他接过字条的那只手，几乎把她的手冻住了。这下她更惊讶了，她可是做好经受炼狱之火的准备的。在她的想象中，斯特鲁洛维奇应该有着恶魔般的肤色和长着鳞片的手。而这场冰雪暴却令她始料未及。怪不得可怜的比阿特丽斯要离家出走呢。我的确应该收留她、温暖她，她想，也应该向她伸出援手。愿上帝帮助我们。

但她弄错了一件事。从她手中接过德·安东那封慷慨无畏的请命函的，并非斯特鲁洛维奇，他的名字叫夏洛克。

二十二

尽管斯特鲁洛维奇早已习惯了比阿特丽斯不在身边——她白天在学院，晚上鬼知道在哪儿——但他还是开始想念她了。诚然，他们一见面就吵架，但吵架也是一种爱的表现，不是吗？实际上，虽说他们过去在一起时也会争吵，不过自凯中风以来，这种以爱的名义进行的战争更有愈演愈烈之势。于是，他不得不问自己一个微妙的问题：在某种意义上，他是不是把她当妻子看待了？

答案应该是肯定的，因为自从比阿特丽斯出走以来，他开始花更多的时间陪伴凯。是因为孤独，对吧？或者是因为愧疚？他觉得两者皆是。但那会儿，同时想到两者其实是他的一种习惯。也是因此，他才对自己的犹太身份抱有一种反复无常的态度，时而把此看得高于一切，时而又觉得它一文不值。有时，这是犹太人思想上的一大弱点，有时，却反而是一种力量。面对凯的遭遇，他一方面遍尝了情理之中的每一种情感，另一方面又感到自己完全麻木不仁。麻木不仁也有好处，这样他和比阿特丽斯才得以继续生活。可要是没照管好比阿特丽斯，那么麻木不仁带来的这份好处，他有一半都受之有愧。因此，他觉得自己理应——鉴于他似乎确实没照管好比阿特丽斯——回到凯的身边，偿还自己欠她的情。

一从德·安东那里下完最后通牒回来，他就直奔她的身边，与她坐在一起。他那样子，就仿佛她等消息都等得不耐烦了。他深深地叹息，沉重地呼气，似乎在说，先让我喘口气。

“嗯，咱们得静观其变。”他终于宣称。

尽管她肺不大好，但她房间的窗户却常年敞开。要是哪个护理把它们关上了，她就会向另一位示意自己想让窗户开着。把消息带给她后，斯特鲁洛维奇沉默地坐着，望着翻飞的窗帘，仿佛它们是这房间里唯一的活物。他漫不经心地握着她的手，结果竟意外地感到她的手指上传来一阵极其轻微的握力。他不再注意窗户，而把目光转向她。她难道听懂他的话了？感受到他的焦虑了？知道比阿特丽斯不见了？

“你还好吧，我最亲爱的？”他问道，说罢竟怆然泪下。奇怪的是，他是被自己这句话给惹哭的，而不是因为她呆滞的双眼中流露出了什么情绪。他是在为自己而哭吗？

在她面前，他需要麻痹一切感官，封印一切与她有关的记忆与情感，否则他早该崩溃了。而且，凯既然已经这样了，再念念不忘、情深意切又有什么意义呢？他要是时时铭记自己深爱的那个她，恐怕只能每天一早就来她的房间，伏在她腿上从早哭到晚了。

眷恋教人灭亡，要活下去，唯有选择遗忘。

然而，他喊她“我最亲爱的”那一刻，她似乎又变回了他的挚爱，而他甚至可以大胆地相信，自己也是她的挚爱。

倘若果真如此——如果，在她那份早已被束之高阁的记忆之中，她对他的感情还能隐隐泛起沉渣，就像她房间里那副翻飞的金色窗帘——那她会乐意吗？再去惊扰这份深藏的记忆，对她岂不百无一用？或者，做得到的话，她是不是也会为这份伤感而恸哭？

他握紧了她的手。他不该冒刺激她情绪的风险，但他还是没有忍住。“你今天美极了，亲爱的。”他说着，吻了吻她的眉心。

这回，她的手指没了反应。就算她与他感受一致，那她这会儿应该也已经控制住了自己，重新关闭了感官，因为只有这样，她才能经得起情感的冲击。

“行吧，”他说，“至于此行结果如何，咱们就拭目以待吧。”

他继续坐在那里，垂着头，任凉风拂过面颊。他握着她了无生气的手，他欠这个女人太多了。她为他带来了长达数年的幸福生活，她为他诞下了女儿，她弥合了他与父亲之间的嫌隙，由此也促进了他与母亲之间的关系，还在其他诸多方面增进了他们母子间的感情。此外，他还欠下了许多人情债。距他母亲去世已一年有余，他又拿什么去纪念她了？他本打算以父母之名开一间画廊，最终却听凭这个计划无疾而终。面对德·安东的挑衅，他并没有全力应战，甚至可以说没有应战。他是个失败主义者——做什么都是三心二意，做儿子是这样，做父亲、丈夫是这样，捍卫起信仰来还是这样。经过这一番自我批判，他硬起了心肠，决心绝不轻饶德·安东。

在德·安东面前，他够心狠手辣了吗？

没有最狠，只有更狠。

德·安东，这个拐走他女儿的反犹主义者，不仅阻挠他孝敬父母，而且——通过暗示、联想、蓄谋，甚至单凭他的存在——对他妻子的现状负有责任。

“可能的话，我会杀了他。”他对她说。

他似乎从她眼中捕捉到一丝惊恐。他想象她在摇头。**斯特鲁洛维奇，不要啊！**

真能那样就好了。

“要是你觉得不应该，那我听你的就是了。”他说。想到是凯救了德·安东一命，斯特鲁洛维奇在心里更巴不得置他于死地了。

夏洛克转交的那张字条，简直让他恶心。德·安东是怎么做到既有求于人，又毫无恳切之意的呢？究竟是什么力量，让他愣把卑躬屈膝变成了出口伤人？

“要是条件允许，我一定会毁了他，”他告诉夏洛克，“不过现在这样做起码能让他付出血的代价。”

夏洛克摇了摇头。“我要是你就会更谨慎些，”他建言道，“照德·安东提议的方法，你既不能寻回女儿，又不能让那个踢足球的为伤害她付出代价。”

“那他们对我的伤害又怎么说呢？”

夏洛克移开了视线，似乎怕自己眼中燃烧的火焰会灼伤斯特鲁洛维奇。“你恐怕把自己看得太重了，”他说，“我觉得你太执迷于个人恩怨了。”

“个人恩怨？什么叫个人恩怨？”

“杀掉德·安东就属于**个人恩怨**。”

“对德·安东也许是，对我却未必。”

“但你应该对付的是那个踢足球的。”

“就那个小丑？对他我只是瞧不上罢了。”

“即使他糟蹋了你女儿？”

“我了解比阿特丽斯，她很会诱惑人。他要是在法庭上坚称自己原以为她比实际年龄大上十岁，也会有人信的。”

“恕我冒昧，可你干吗又坚持要他回来呢？一年前这事还违法的时候，你尚且默许了，而现在连法律都无从置喙了，你怎么反而不依不饶了呢？”

“她还是个孩子啊！”

“是归是，但看着不像啊！而且一点也不像。”

“可他究竟是个外邦人啊！你不是说宁愿杰西卡嫁给强盗的子孙，也不愿她嫁个信基督教的丈夫吗？”

“你断章取义了。那些信基督教的丈夫为了从我的魔爪下救出安东尼奥，曾争先恐后地出卖妻子。做父亲的肯定希望女儿嫁的男人能把她放在第一位，而不是朋友至上嘛。我对他们不予考虑，跟他们在教堂里拜什么偶像无关，而是因为哥儿们义气。而且反正……”

“反正什么？”

“虽然我的懊悔毫无意义，正如我的未来一片虚无。但我偶尔还是会想，我当初要是允许她嫁给那个基督徒，会不会也好过完全失去她。”

“那是你的事。在我这儿，要我接受她找的丈夫，除非我不认这个女儿。”

“你要是拿出改变的诚意，事情或许还有转机。”

“你是说，要是我张开双臂欢迎他们回来？”

“不用张开双臂，握个手就行。”

“握手是什么意思呢？表示我原谅他了？表示我会疼他？表示他可以保住包皮了？”

“那样可能就是你得放弃那块包皮了。”

“你这是要剥夺我的乐趣呀？”

“不是我要剥夺你。是你女儿的同居对象，还有你女儿本人不想成全你。是世俗的眼光不想成全你。”

“你忘了还有德·安东的提议呢。”

“可是，给德·安东行割礼，能达到你最终的目的吗？”

“能让我开心开心。”

“这种态度只会让你笑不出来。”

“你只需问问你自己，就能明白我的用心了。我也擅长黑色幽默。我的第一任妻子就这么告诉过我，第二任妻子也设法向我传达过类似的意思。”

“给德·安东行割礼既无意义，也没好处。”

“也许事情都进展不到那一步呢。他很可能会迫于威胁，交出葛兰顿。”

“他要是不呢？”

“那我就要不客气了。”

“那你就遂了他们的意了。”

“那我就遂他们的意，开开心心地把事情办了。就算让他们如愿以偿，也不会削减我的乐趣。”

“我再说一遍，你太执迷于个人恩怨了。”

“我难道就不该称心如意吗？”

“要是你一心只想满足自己，那么的确不该。”

“那我就换个说法。我难道不能按约执行吗？”

这招看来效果不错，夏洛克心想。

* * * *

“要是干了以后就完了，那么还是上我那儿去干[1]。”普鲁拉贝尔嘱咐夏洛克。

鉴于斯特鲁洛维奇热爱莎士比亚，她出门前还特意对着镜子把这句台词练了好几遍，指望这能借此软化他，与他达成和解，甚至迷倒他。她来送信的时候，发现开门的并不是斯特鲁洛维奇，但也不想白费心机。她并不知道自己是在跟谁说话，不过他严肃而咄咄逼人的姿态，表示他有权处理一切事务，应该是某个与斯特鲁洛维奇关系密切的人，从他的装束看，或许是个律师，说不定他留在这里出谋划策，正是为了应对她

---

[1] 改写自《麦克白》第一幕第七场台词，朱生豪译本。原意为：要是干了以后就完了，那么还是快一点干。

来传达的那件事。

“在你那儿干的事已经够多了吧？”夏洛克反问道。

错不了，他应该就是位律师，并且对她的来意了如指掌。普鲁拉贝尔刚才比前阵子精神了些，但这会儿，她被一阵寒意攫住了。既然斯特鲁洛维奇连律师都请好了，事情也都交代了，那就意味着针对她的司法程序已经切实启动了，届时她的丑闻将被公之于众，她梦中的乌托邦也将化为噩梦一场。

普鲁拉贝尔丰唇的钱没有白花。她冲夏洛克微微一笑，活像一株饥肠辘辘的捕蝇草。在法庭上，他也许是头野兽，但在她这个食肉的美人面前，他可得当心了。

从外表上看，普鲁丽大致就是如此了。但实际上，她心里却是翻江倒海。

有两股力量在她心中交战：一、尽可能秘密地完成此事；二、在当事人允许的前提下，尽量广而告之。尽管她十分注重隐私，却也相当喜欢抛头露面。我还从没因为不够审慎而捅过什么娄子呢，她想。一直以来，大家都盛赞我的坦诚，怜惜我的痛苦。保持沉默的理由是，多说误事。而昭告天下呢，则可以让斯特鲁洛维奇当众出丑。至于怎么作弄他嘛，她还没想清楚，不过她相信他在公开辩论中的表现肯定好不到哪去，这样一来，他的证词也会显得不足为信。比阿特丽斯既然有这样一个父亲，谁还能去责怪她以及那些帮助她的人呢，她不过是想逃离魔爪，去向另一个男人寻求慰藉罢了，这个男人即便确实称不上尽善尽美，但至少是真心爱她的呀！至于这与她密切相关的后半部分内容，究竟是会进一步削弱斯特鲁洛维奇的可信度呢，还是直接让他出糗，她尚且无法断言，不过，对这两种结果，她都相当期待。

德·安东又会怎么想呢？在保密与公开之间，他会站在哪一边呢？

她还没征求他的意见呢。她觉得他或许自己也没想好吧。她要是问他，他一开始肯定会说还是低调为妙，可只要她把一切建立在关于斯特鲁洛维奇的既成事实之上，他无疑就会对她相当满意了。有时候，什么样的抉择才对一个人最为有利，真是旁观者清。

同时，这个一本正经的律师在她的美唇诱惑面前竟不为所动，简直妨碍了她的计划。

“请你不要误会，”她说，“我虽有意和解，但并不代表我会认罪。那位姑娘是我的朋友，显然她在家中过得并不愉快。我也不知道她在我家屋檐下与人发生了不正当的关系。但凡知道，是绝对不会允许的。我亲密的朋友和顾问德·安东也与我看法一致，因此才勇敢地接受了你客户的条件。”

“我只是斯特鲁洛维奇先生的一个熟人，”夏洛克说，“并不代表他，也不受雇于他。”

“这样的话，我能跟他面谈吗？”

“他不在，你有话跟我说就是了。他把我看作他的良知。”

普鲁拉贝尔还不至于说出“良知！你说那种人还有良知”这样的话，相反，她说：“既然如此，那你应该明白他的要求是有些过分的。要说他会对我朋友德·安东造成身心的双重伤害也不为过。既然他要公然侮辱人，那么为了满足他这种怪诞的欲望，我准备——要是事情真到了这步田地的话——在我的花园里举办这场活动。”

“活动？”

“我想，斯特鲁洛维奇先生本人肯定不希望自己的提议湮灭无闻吧。既然他打算与他要求处置的对象探讨这项处置手段，那么，我就准备对这场舌战全程录影，以作为我电视节目的素材——”

“你还有个电视节目？”

普鲁拉贝尔顿时泄了气。她没料到竟还有人不知道自己那档节目。

这只能说明此人是多么高远而杰出。“叫《厨房谋士》。”她说。

“是个烹饪节目吗？”

“是，但不只——”

夏洛克举起一只手，示意她不必多说。“据我所知，斯特鲁洛维奇先生并不打算做什么辩论，也不承认有什么痛苦能与他受的委屈相提并论，有鉴于此，他不大可能会到你所说的那种节目上去谈论这些。我也很惊讶你竟然认为你的朋友会愿意上电视，厨房可不是行割礼的地方。”

普鲁拉贝尔灵机一动。不是还有“拌嘴斗舌”嘛。就是那个她已经弃置的聊天网站，但她坚信只要跟过去合作过的哪家社交媒体一联手，就能让它起死回生。她一边给夏洛克做着简要介绍，一边问，斯特鲁洛维奇先生对它会不会更感兴趣一些。

“我敢肯定，斯特鲁洛维奇先生不会有兴趣，”夏洛克斩钉截铁地告诉她，“这会把他的索赔要求变成拌嘴斗舌。”

“我明白，”普鲁拉贝尔立刻接茬道，“我并不想让此事大事化小。我的本意恰恰相反，所以才建议把事情办得隆重些。”

“你是准备搞场大露营[1]吗？”

“退一万步讲，要是葛兰顿真没把比阿特丽斯带回来，辜负了我们大家的殷切期望，那么没错，要我尽量搞大还是尽量低调，都全看斯特鲁洛维奇先生的意思。我只希望能皆大欢喜。如果斯特鲁洛维奇先生对我家有看法，不想进门，那么——”

“他为什么会不想进门？”

普鲁拉贝尔一时显得有些窘迫：“噢，你知道的……”

“因为那就是淫乱的现场？”

---

[1] 大露营（jamboree）指在国际间举办的大型童军集会，由不同的主办国每四年举办一次。

“这是诽谤。”普鲁拉贝尔说。

“所以你没什么好怕的啰。”

“我**本来**就没什么好怕的。”

“果真如此的话，你为了了结此事，也有点太不遗余力了。我看你这样不假思索，一定是问心有愧吧。不过你接着说，要是斯特鲁洛维奇先生不愿意踏进你的家门……”

“那我会安排在花园里搭个帐篷。”

“你凭什么认为他会区分你家跟你家花园呢？”

“我哪儿知道他会不会呀？我只不过是想尽地主之谊。”

“会有小点心吗？”

“只要他喜欢派对小点心。”

“我还是不明白，你干吗这么费心要把这事弄得尽人皆知？你刚刚还说这是对你朋友的侮辱来着。”

“因为，”她说，“我想表示最诚挚的歉意。”

“你的灵魂，”夏洛克说着，把目光从她身上移开，“真是光彩照人。”

恭维话普鲁拉贝尔是一听就知道的，听罢，她抿了抿嘴唇。斯特鲁洛维奇的这位律师朋友有种不苟言笑的魅力，她心想，尽管别人很难察觉出这种魅力，她自己除外。与德·安东或巴纳比不同——他完全是另一类男人，老实说，有些拒人于千里之外，还有点招人讨厌，甚至稍显傲慢无礼——可是，她已经见过太多平易近人的美男子和王子般的追求者了，他们全都排着长队猜她心思、讨她喜欢。而在这个男人面前，她反倒成了猜谜的人。不是说她对他有什么非分之想，他太老啦。但要是把他看作父亲——鉴于她对大自然派给她的那位父亲一直不以为然——是的，她可以想象自己又变回了那个少不更事的小女孩，竭力想讨父亲欢心。

“您自己有孩子吗？”她问他。

二十三

斯特鲁洛维奇做了个梦。

他梦见杰西卡和比阿特丽斯都约莫只有九岁光景，在他家花园里的一个塑料充气泳池中玩耍嬉戏，互相泼水。阳光照耀着她们稚嫩的身体，两人都还没长成诱惑女郎，仍是含苞未放，不会刻意惹人注意，甚至对她们躺在折叠躺椅上啜饮冰啤的父亲都浑然不觉。

真的有过这样天真烂漫的时光吗？有，都在斯特鲁洛维奇的梦里。

凯在园子里浇花，她手中的水管水流全开，蛇一般扭曲翻滚着。莉娅站在她身旁，发出威尼斯人特有的那种拖长音的笑声。

斯特鲁洛维奇自己在梦中却早已失却单纯，两个都想要。两个犹太妻子，加两个犹太女儿——难怪他那对正在凉荫下玩金拉米牌的父母会对他赞许有加了。

夏洛克则在酣睡。这是他斯特鲁洛维奇的梦，他在其中可以对夏洛克任意支配，于是安排他睡过去。那么，夏洛克会做着梦中之梦吗？梦里会不会也有两个犹太女儿、两个犹太妻子？

风烛残年的斯特鲁洛维奇泪如雨下，淹没了梦境。那是融融的金色眼泪。

它为谁而流呢？

在梦里这很难说。

* * * *

“里亚托那边有什么消息吗？”德·安东问他的助理。

得到的回答却总是那个一成不变的“没有”。

德·安东渐渐涨红了脸颊。

* * * *

斯特鲁洛维奇也向自己的助手提出同样的问题，也得到同样的答复。

斯特鲁洛维奇的脸上，已经好几天没有任何血色了。

没人搭理夏洛克，他只得在房子里四处转悠，欣赏斯特鲁洛维奇的美术藏品。他自小长在一个美轮美奂的城市，却自感被隔绝在它的辉煌之外。绝大多数艺术作品都存放在教堂内——实际上大部分教堂本身**就是**艺术品——他无缘瞻仰。要是瞥见什么心爱之物，他是不会声张的，甚至对莉娅也不会提，他不想让人看出自己有任何非分之想。

斯特鲁洛维奇家虽然四下无人，但在里面东瞧西看，也让夏洛克感到不大自在。这动摇了他对鉴赏家根深蒂固的怀疑。

一旦爱上人类的造物，下一步他就该爱上人类本身了。

所以，他开始勉为其难地在斯特鲁洛维奇的墙上搜奇选妙。其中有一幅马克·格特勒[1]创作的裸体小像，人物红润玲珑，俨然一副仅供犹太人一窥究竟却又恰好令他们不可企及的基督徒躯体；有几幅大卫·波

[1] 马克·格特勒（Mark Gertler，1891—1939），英国画家，波兰犹太移民。在现实主义之中融合了后印象、抽象、象征等风格。

姆博格[1]的木炭素描，画的是被战争摧毁的英国教堂；还有几幅吕西安·弗洛伊德[2]的早期作品，至今可能依然价值不菲，其人物眼神犀利、刻薄，却没有传达出夏洛克心目中真正的犹太情感，这位姑且称之为画家的先生，是在借精神分析学跟英国人套近乎呢。要是这些人都称得上是犹太画家，那么，他们为了讨好那些外邦评论家，也真可谓费尽心机了。

比较合他口味的，是弗兰克·奥尔巴赫[3]的三幅肖像。画家以一种令他惊叹的繁复笔触，呈现出头脑中纷乱纠结的景象，或者说，他咬着牙板着脸想我脑中的景象。

他不知该如何评价斯特鲁洛维奇的收藏——不仅针对每幅作品，还针对斯特鲁洛维奇的收藏行为。他以语言指导生活，这既是出于信仰，也已形成习惯。因此，对感官的刻画令他不安。上帝创造天地，靠的是语言——“要有……”——而不是画笔。如果上帝是个画师，这世界就该是另一番景象了。会更好还是更坏？反正不会有那么多的辩论和陈词，因此很可能不大适合夏洛克。在一个画出来的世界里，他还会认得自己吗？他用语言思考、用语言辩论，也用语言坚守立场。另一方面，他深爱着莉娅，他从见到她的那一刻起，就爱上了她的身姿、她的气质，爱熟睡的她，也爱行走的她，更爱她沉默的样子。她死后，维系他们关系的就仅剩谈话了——之所以说**仅剩**，并非指谈话的内容乏善可陈，而是因为这成了他们唯一的交流方式。要是没有这永不停息的对话，他根本就活不下去。然而，他依然难以忍受对她的思念，因此，他失去的，可不是她的言语，而是她

---

[1] 大卫·波姆博格（David Bomberg，1890—1957），英国立体主义、未来主义画家，波兰犹太裔。

[2] 吕西安·弗洛伊德（Lucian Freud，1922—2011），英国著名油画家及肖像画家，精神分析学说创始人弗洛伊德的孙子。

[3] 弗兰克·奥尔巴赫（Frank Helmut Auerbach，1931—），英国著名表现主义画家，犹太裔。

的身影、气息和触感。所以，要说他只会诉诸言语，对她未免是种亵渎。

同时，这也亵渎了他，而外邦人对此始终乐此不疲。他们坚称，犹太民族缺乏欣赏感官之美的能力。他们的所见、所感，都不过是道听途说，拾人牙慧而已。他们天生擅长法律，而法律由文字写就。因此，正因笃信文字，他们才变得如此不依不饶、冷血残酷，而且盲目，这纯属诽谤。可是犹太人——这对于一个冥顽的民族（也是诽谤）实属难得——默许了这一切。他们会对外邦人说，没错，你们是对的，我们陷入了语言冰冷的桎梏，把生命中一切美好的事物都留给了你们。我们负责思考，让你们去观赏。我们负责评判，让你们去享受。谎言，一派谎言。创造天地的那句话，也同样缔造了其间真真切切的美景。要有沧海，要有天穹，要有光，要有美。

因为不愿与异教徒的偶像为伍，犹太人的上帝，同样并未充分展现出感性的一面。而斯特鲁洛维奇则既拒绝追随这个太过与众不同的犹太上帝，又否认外邦人的诽谤，至少从他的藏品看来是这样。

夏洛克又慢悠悠地把画廊逛了一遍，忽然注意到一组此前没有留意的埃曼努埃尔·利维作品。这是一组肖像画，表现的都是些显得焦虑不安、提心吊胆的女人，笔触柔和而忧伤，性感却不肉感，不论画家与模特在现实中是什么关系，他都能感觉到其中洋溢的爱意。还有两幅伯纳德·梅宁斯基[1]的作品，他也同样喜爱，但觉得更显阴郁。他开始注意到，斯特鲁洛维奇收藏的许多作品，都对身为女性的焦虑怀有热切的同情。她们是犹太女人吗？多情的犹太男人是不是让她们应接不暇？他并不知道答案。不过在她们的影响下，他不再像一开始那样充满敌意了，想着莉娅曼妙的身姿，他对目之所及的一切都多了一分好感，他仿佛开

---

[1] 伯纳德·梅宁斯基（Bernard Meninsky，1891—1950），英国画家，乌克兰犹太裔出身，擅长以油画、水彩和水粉创作肖像及风景画。

了穷。要是他也曾为杰西卡买画来装饰她的房间——又会怎样呢？扮美她的居室，就能帮他留住她吗？

不过，如此说来，这为什么在斯特鲁洛维奇身上就没奏效呢？这里目之所及，都是美的痕迹，可比阿特丽斯又在哪里？

他想，自己知道个中缘由：对这项诽谤，斯特鲁洛维奇在心里是半推半就的。他一面把被遗忘的声色挂在墙上，一面又继续用言语指导生活，与身边的每个人争论。他买这些画，买的是一张入场券，指望迈入一个他打心眼里觉得自己高攀不起的世界。但他想错了。他该多想想自己拥有什么，夏洛克琢磨着，而且应该更频繁、更热切、更骄傲地去想。他应该欣然接受它们，并沉浸其中。他所拥有的，也正是他们拥有的。

购买艺术品没能帮他融入他们之中，只是让他成了他自己。

先不谈上帝对雕刻偶像的评价[1]。对这条训诫，还有另一种解读：把法律与美、信仰与艺术彼此分开的伟大分割者，正是上帝本人。遵从法律，符合犹太人的本性。热爱色彩、活力和高贵，也同样符合犹太人的本性，正像他深爱过莉娅，再见到她也会继续爱她那样，或者像绝望中的杰西卡不爱他那样。

不符合犹太人本性的，是同时爱这两样。

“里亚托那边有什么消息吗？”斯特鲁洛维奇又问了一遍，却没有得到想要的回答。

* * * *

比阿特丽斯和葛兰顿在新犹太区逛了一下午，正手挽着手，冒雨朝

[1] 指《旧约》记载的十诫之一，即“不可为自己雕刻偶像”。

圣马可广场走去。

“你已经享受过了，现在该我了。”比阿特丽斯笑着说。

葛兰顿不明白在犹太区逛一下午对他怎么就成一种享受了。

比阿特丽斯叹了口气，竭力按捺住对父亲的思念。

有一回，她吻过一个两颊凹陷的冯姓男孩。这个华人男孩他们家在曼彻斯特拥有三家中国超市、两家中餐馆。她想用幽默段子征服他，但没逗笑过他一次。

“笑嘛，冯。”她说，但他看上去就跟不会似的。

于是，她开始摆弄他的嘴，想把嘴角往上掰，摆出微笑的表情，再把两唇分开，结果就这样吻了他。霎时间，她父亲就从屋里杀了出来，指责她让希特勒得了逞。

冯笑了。

所以，为了不再思念父亲，她决定想念冯。

她觉得自己大概把其他人都想了个遍，跟谁一起游览威尼斯，都比跟葛兰顿一起有意思。

“这儿都没人认出我，”他一个劲儿地抱怨，“我还一个名都没签呢。”

“往好处想，”她告诉他，“这样你就能专心陪我了。”

他们在弗洛里安咖啡馆坐了下来，欣赏乐队的演奏，她很喜欢这里。她曾跟父亲一起坐在这里，听他说这勾起了他对维也纳一家咖啡馆的回忆，只不过那里是露天的——那真是有史以来最适合犹太人的地方啊！但后来，希特勒出现了，一切都毁了。“所以，”他滔滔不绝起来……她把后面的话都当耳旁风了。所以，他不允许她吻冯。不过，跟他一起待在这里让她觉得舒坦：他假装自己是个维也纳犹太人，而她则假装自己是个好女儿。

这种地方不适合跟葛兰顿一起来。“我不爱听这种音乐，”他说，“太腻了。我听了觉得堵得慌。”

“它就是要让你堵得慌啊！甜到发慌。”

“是烦得发慌。”

“那是因为你心不在焉。”

“我简直太心不在焉了。我在想你爸要阉了我的事呢。”

“试着听听吧。”

“我不喜欢小提琴，跟拉锯子似的。”

她没问他喜欢哪种音乐，她心知肚明。

约翰尼·卡什[1]、布鲁斯·斯普林斯汀[2]，那种苦役犯音乐。

她瞧不上他。

而他也瞧不上她。他们要是结了婚，她会不会还想把他拽去听这种音乐啊？听这些犹太人，起码是起着犹太名字的人，在台上拉来拉去的。

看到账单时，他更是火冒三丈。“我们不就喝了杯咖啡嘛。”他嚷道。

“我们还听了维也纳音乐，看着面前人来人往，而且身在威尼斯呢。想想那些花钱去看你罚飞点球、行纳粹礼的人，我觉得这算很值了。”

“我已经不行纳粹礼了。”他说。

当天晚上，她在赌场里玩起了轮盘赌，着迷似的一次次下零旁注[3]，一晚上输掉他八百欧元。

“这钱要是你爸给的，”他说，“我就不会介意了。”

“嗯，在某种意义上，这钱就是我爸给的，”她说，“你买我还没付钱呢。”

---

[1] 约翰尼·卡什（Johnny Cash，1932—2003），美国著名乡村音乐创作歌手，多次格莱美奖获得者。

[2] 布鲁斯·斯普林斯汀（Bruce Springsteen，1949—），美国摇滚歌手、词曲作者。

[3] 轮盘零旁注（les voisins du zero）指玩家买滚球会落入围绕0的轮盘区域，赢得的彩金将至少为初始投注额的两倍。

他没笑。

第二天早上，为了向他赔礼，她花自己的钱给他买了只玩具猴子，那是一只威尼斯狂欢节猴子，还戴着黑色的尖头面具。

他还是没笑。

* * * *

夏洛克想跟斯特鲁洛维奇聊聊绘画，一方面称许他的品位，另一方面劝他别再只局限于收藏犹太艺术了，因为追根溯源，一切艺术得算犹太艺术，不是吗？——别人要是愿意，就让他们去划分吧：尽管说他们那是后保罗艺术吧——不过，他眼下还得先去禀报另一件事：他与普鲁拉贝尔的那番交谈。

他并没有立即向斯特鲁洛维奇和盘托出。先得审时度势，而且，既然大家都想保全自己的利益，那他难道不该考虑考虑他的利益吗？

但他也不能一直对普鲁拉贝尔的提议缄口不言。

他找了一圈，发现斯特鲁洛维奇窝在一把深陷的椅子里，陷入了黑暗的沉思。墙上挂满了画，没留一寸空白，但斯特鲁洛维奇哪一幅都没看在眼里。

“要是你想拿这事做一番文章，他们会答应的。”夏洛克唐突地说。

“这事？”

“你知道是什么事。”

“他们指谁？”

“就是那位女士，堕落之家的女主人，或者随她怎么定位自己吧。我从种种迹象看出，也包括德·安东本人。”

“你**看出**？”

“我跟她聊过了，信是她送来的。我想这应该可以理解为一种明显的低姿态。”

“你怎么早没告诉我呢？”

“我看你已经够忙的了，还要斟酌怎么回那封信呢。我觉得执行方面的事可以放一放。”

夏洛克故意坐进斯特鲁洛维奇旁边的一把椅子里。从两人的位置上，都能看见下着小雪的阿尔德利崖。住在这里就像住进了一颗玻璃雪球，夏洛克想。不管这里有没有艺术品的装点，他突然间都很想离开。他怀念里亚托的热浪和喧嚣，也怀念它的简单粗暴。这儿不是犹太人待的地方，他常对莉娅这样说。他告诉她，在这个国家，他们随时都得绷紧神经。在这个地方，眼神能伤人，言语能杀人。我们的朋友斯特鲁洛维奇，就已经失去了我们民族天生的那种勃勃生气。他是如此介意他人的轻慢，简直跟那些个乡村牧师的老姑娘姊妹毫无二致。正是因此，他才无法判断什么是值得捍卫的。所以，他虽然是在较劲，却仅止于在精神上跟一切较劲。他听见莉娅在笑他。“就跟你自己有多克制似的。”她说。她说得没错。犹太人每个行过洗礼的地方，都跟一切过不去。只不过在这里，景致的轮廓是那么柔和，落在雪地上的脚步都阒寂无声，连挑衅也是那样微妙，才显得他们更加好斗罢了。

斯特鲁洛维奇坐在那里，用双手捂住眼睛。他不想再看见夏洛克了，也不想再看见雪了。他不想再看见现实世界中的一切了，宁可面对掌中的黑暗。

夏洛克在想自己会不会被轰出去，不管外面有没有下雪。你去吧！

不过，既然对方还没下达这个指令，他就静静地坐着，听那些糟心事在斯特鲁洛维奇的胸腔中怦怦直跳。

“那，这位女士，她是个什么样？”斯特鲁洛维奇终于开口问道。但他不等对方回答，就接着问："而且你说我可以拿这事做点文章，是什么意思啊？"

"你要是想要大场面，他们就会给你安排个大场面。你考虑具体怎么取你想要的那块肉时，也没跟我通气，弄得我都不知道你是怎么计划的了。譬如你打算怎么干、在哪儿干。更不知道会由谁来操刀、谁来负责称重。"

"重量我可不在意。"

"象征性地称一下而已。"

"我对象征性的事不感兴趣。我只要字面意思，不带任何修饰。"

夏洛克不打算跟他抬杠。"那怎么验货呢？你需要医生开具书面证明吗？还是你想亲自查验那块令人厌恶的组织？这些我当时都没做刻意安排，都是顺其自然。但我不建议你也这样，还是掌握全局为妙。就目前的情况而言，你还有机会决定仪式该怎么操办。他们似乎觉得你会愿意办个派对，反正那女人是这么想的。她说，可以由她来承办，地点就在她家里。"

"安排大家跳舞了吗，她说没说？"

"你想怎么搞都行。他们甚至可以安排烟火，只要你愿意。我想她应该是做宴会招待生意的，吃的肯定不会差。你要是有兴趣，她还提议从她的电视节目里辟出一期做个专题。"

"等等，等等，等等。你是说对手术全程录像？"

"我想主要是辩论部分。"

"什么辩论？辩论就表示还有商量的余地。但实际上并没有啊！"

"我要是没听错的话，那女人的意思是——"

"我毫不怀疑你的理解。哪有你不明白的事儿啊！"

"**要是**我没听错，那么德·安东该不该代葛兰顿接受割礼，将由公众投票决定。”

“要是公众觉得该呢？”

“我们还没聊到这一步呢。”

“要是他们说不该呢？”

“这也还没谈到呢。我自作主张，回绝了上电视的提议。我觉得自己有资格代你做这个决定，因为你似乎觉得是我害你卷进这一切的。”

“但你答应办派对了？”

“我说我会转达这项提议。”

“在你觉得合适的时候？”

“我觉得这整件事都不大合适。我来这儿又不是为了什么莫名其妙的个人恩怨。记住，是你在墓地里找到我，请我到你家来做客的。为此……”

“**我找你**？我想你大概是记错了吧，我上墓地是去寄托哀思的。我去那儿可是名正言顺，而你还没交代是什么风把你给吹去的呢。”

夏洛克此前从没脱下过他那顶绅士帽，现在却把它摘了下来，用手捋了捋头发。他看上去，就像一个不管主人愿不愿意都会随时夺门而出，走进雪地里去的人。走出房门，彻底消失。他脸上写着两个字：够了。真是够了。

他永远成不了我的朋友，斯特鲁洛维奇寻思着，而我也成不了他的。

不过，对客人还是该以礼相待。“请原谅，”他说，“对你的出谋划策，我十分感激。”

“要我说，那算不上什么出谋划策。”

“随你怎么说吧，我感激你所做的一切。感谢你耗费的精力和时间。”

“那么，据我判断，”夏洛克回应道，“你应该接受这个邀请。不是为了让他们高兴，而是为了取悦你自己。你可以从中获得许多乐趣——”

“乐趣！”

“没错，乐趣，只要你抓住机会，换一种态度看待这件事。就当是给犹太人办的呗。拿出点讽刺精神来，就把这当成一场盛大的户外**贝斯**。”

阿尔德利崖上的雪下得更大了。有心观赏的人，会觉得它很美。“会不会太冷了？”斯特鲁洛维奇问道，“我的意思是，对德·安东来说。”

“他们会搭个大帐篷的。我敢说里面肯定会供暖。”

“既然你自告奋勇要当我的活动策划，那么我问你，他们难道真打算让来宾见证整个过程？”

“看你怎么定义‘过程’了。如果你说的是公开了结这场纷争——也就是说，对事情盖棺论定，明辨赏罚，惩处罪人，赦宥无辜，或者与之相反：据我的经验，相反的情况更有可能发生——那么，是的。但如果你是指给德·安东切除包皮的手术，那我就很怀疑德·安东会愿意这样暴露在大庭广众之下了。他们说会找间诊所。”

“这个哭哭啼啼的胆小鬼。”斯特鲁洛维奇说道，权当是接受了普鲁拉贝尔倾囊提供的其他安排。

第五幕

又是一个让人生不如死的清晨，英格兰北部冬天常有的那种，不过，由于常年为忧伤所笼罩，位于威尔姆斯洛、莫特拉姆圣安德鲁和阿尔德利崖之间的黄金三角，此刻更显暗淡无光。

悲伤是一种工具，高贵者用它来制造距离，以远离那场吞没了芸芸众生的生存滑稽剧。多么不公、乏味，加倍的残酷。有些人天生就心怀更为宏大的哀愁，他们的悲伤就是证明。

恰恰也是在这样一个清晨，那些不悲不喜的人，却觉得太阳说不定还会露脸。也许不是在今天，甚至也不是在明天，但在接下来的几周、几个月里，它一定会出现。

普鲁拉贝尔本希望他们能再等一等，她的花园要到春天才能呈现出最美丽的姿态。无奈她只能听从急不可耐的斯特鲁洛维奇。而且实际上，德·安东也心急如焚。她自己其实也按捺不住急切的心情，毕竟夜长梦多。

“起床啦。”她对巴纳比说，而他却觉得星期天就该躺在床上。实际上，作为一个仅靠翩翩风度就能安身立命的男人，巴纳比相信大多数早晨都应该躺着度过，而且普鲁拉贝尔大多数时候都乐于成全他，因为他那颗缀满卷发的脑袋靠在她枕头上的样子实在好看。今天却是个例外。“我想要你做件特别的事，”她对他说，“猜猜是什么？”

巴纳比有种命悬一线的感觉。他疑心自己肚子里已经不剩什么答案了，也不知道还能怎样证明自己的一片痴心。德·安东依然没帮他搞来所罗门·约瑟夫·所罗门的那幅线稿，他也就没法向普鲁丽表达自己对她那份无与伦比的深切珍视。不过德·安东起码给他弄来了一枚戒指，看上去跟失踪的那枚差不离。所以，她要的肯定不会是**那个**。而且，他们头天晚上已经甜蜜地做过爱了，所以也不大可能是**那个**。

“给点提示更好哦。”巴纳比说，心里清楚在他们这段多选关系中，她会像往常一样给他三个选项。

“是为了今天这个场合，”普鲁丽给他指点迷津，“你也知道，今天是个大日子。”

巴纳比坐了起来，支起一条胳膊，把侧脸转向她。这个姿势一般都可以替他化险为夷。“你要不就是想让我在大门口迎宾，”他猜了起来，“要不就是想派我去发抽奖券，或者你想让我去给德·安东包扎伤口，这我可不干。”

普鲁丽摇了摇头。“你今天可以回避一下，”她告诉他，“或者你今天可以回避一下，以及你今天可以回避一下。”

巴纳比孩子气地问，还有没有第四个选项呢。

“你今天可以回避一下。”普鲁丽说罢，吻了吻他。

“你是不是怕我会晕血？”

“不是，我只是怕我那些女朋友会晕你。”

“你支开我不是因为这个，”巴纳比说，“我知道的。”

“不错。我不希望你出现，是因为你会让人联想到性的愉悦。你这么年轻，这么好看，又这么慵懒，看见你的人都会觉得我们在这儿不干别的，光满足肉欲了。我不想给人留下这种印象，特别是在今天这样一个日子。遇见你之前，我曾是个伤感的人，所以为了我们——你、我和德·安东——共同的目标，我今天最好还是重新伤感起来吧。”

“那好吧，”巴纳比说，庆幸她没提葛兰顿，“我开车去切斯特动物园转转。”

普鲁拉贝尔看得出他有些受伤。不过，这个日子，就是要叫人牺牲。

* * * *

斯特鲁洛维奇和夏洛克也起了个大早。

斯特鲁洛维奇试了好几套西装，全都是黑色的，几乎整个上午都花在了镜子前面。这种场合，该怎么穿才合适呢？

最后，他只得向夏洛克寻求建议。

“总的来说，”他问道，“你觉得这三条领带哪条最合适？”

他想起了自己结婚的那两个清晨。也是这样的回肠九转，也是丝毫不知对于今天这场盛会，自己是该期待还是恐惧。“按理说你不该打领带的。”夏洛克说。

“是啊，可我直觉今天应该打。”

“那就除了红色那条都行。”夏洛克说。

“依我看，”斯特鲁洛维奇说出了自己的想法，“你是不会换身行头了吧。”

夏洛克全然不动声色。“你别说，还真没准，”他答道，“我在考虑戴不戴帽子。”

“我猜你会戴。”

“不是你猜不猜的问题，而是我究竟**该不该**戴呢？”

“你戴着帽子显威严。”

“就是说我不该戴啰？”

“不，该戴。”

夏洛克望着镜中的自己。他也感到紧张，还回想起了久远之前的一幕。

最终的执行事宜，由数位比当事人更为专业的人士敲定，具体如下：

二人将由斯特鲁洛维奇的司机布伦丹驱车送往老钟楼，在那里，将有一场鸡尾酒会等待着他们。会上，如若葛兰顿与比阿特丽斯不回来面对后果——为了以防万一，普鲁拉贝尔已经请好了弦乐队[1]——斯特鲁洛维奇就要和德·安东展开一场最终的对话，在双方自行挑选的见证人面前，厘定协议条款，随后将由一辆非属当事双方的加长车送往斯托克波特一间可随时受理包皮环切业务的私人诊所进行手术——手术虽小，但早在数天之前，德·安东就已在同一家诊所接受了术前检查，以确保生理、心理状况良好。斯特鲁洛维奇将亲自目送德·安东进入诊所（并在门外稍做停留，确保对方不会临阵脱逃）再回到会场。届时——只要不出意外，手术过程将十分迅速——确认手术完成的文件将被送回老钟楼，斯特鲁洛维奇则将签署一份协议，保证不再对葛兰顿采取任何行动、不再限制比阿特丽斯的行为，也不再损害普鲁拉贝尔和德·安东的名誉。后者可在诊所休养，时间视其需要而定，同时享受斯特克波特顶级的护理服务，而斯特鲁洛维奇则将心满意足地离开。他愿意喝多少香槟就喝多少，愿意说上几句也没问题。

“作为伴郎，你也该说两句。”斯特鲁洛维奇对夏洛克说。

“我才不是你的伴郎。”

“开个玩笑嘛。”斯特鲁洛维奇说。

“我不爱听。”

“我可是好意啊！”

“我想咱俩都同意，笑话就没有好意的。”

---

[1] “面对现实”在原文中直译为“面对音乐”（face the music）。因此，普鲁拉贝尔请来弦乐队，准备葛兰顿一旦回来，就让他们“面对音乐”。

他们沉默了 15 分钟之久，气氛十分紧张，其间，两人都相继钻进盥洗间去照镜子。

还是斯特鲁洛维奇率先打破了沉默。“我在想，”他说，“我们是不还得确保诊所里的一切都万无一失。”

“还能出什么岔子？”

“意识形态方面的疑虑。”

“那可是专做包皮环切的诊所呀！”

“你总不能完全排除疑虑吧。”

“谁还会有疑虑？”

“大夫。”

“他整天都做这个手术，早就见怪不怪了。他就是干这个的呀！我要是你，就会更担心德·安东会不会现身。”

“德·安东！对德·安东我可是毫不怀疑。我早就摸透了他的脾气——当然这也不算什么，因为他本来就没脾气。不过我了解他，我是拿住他了，他跑不了。他急需展现自己的大无畏精神，好显得我们像没人性的恶棍。他说不定还巴不得我们把他杀了呢。只可惜咱们没法成全他。”

“咱们？”

斯特鲁洛维奇停下手中的活，向房间另一头的夏洛克望去，而对方却并没看他。“别告诉我该谨防你有二心。”

“我该对你忠心不二了？我什么也不欠谁的。我当然也不该伤害这位德·安东。”

“没错，你是不欠我和德·安东的。但你得为你的所作所为承担后果。”

“这话我听不明白。”

“给人带头可是要承担后果的。”

“我还成带头的了！就**我**？”

夏洛克此刻真想到斯特鲁洛维奇的花园里去，告诉妻子自己有多难以置信。“这位主人家，”他会对她说，“好像把我当成个榜样了。你敢相信吗？”

“我本来也怕你骄傲，我亲爱的，”他知道莉娅一定会这么回答，“不过你也一直都是我的英雄。”

“那你俩都是傻瓜。”

* * * *

尽管直到最后一刻，德·安东依然迫切希望能从里亚托那边传来点什么消息，但他可能要数所有人当中最镇定的一个了。**让惩罚之斧劈诛罢**[1]。该来的总会来的，只需准备就绪。

他尽管一开始相当抵触普鲁拉贝尔的计划，这会儿却明显精神多了。不过她还在继续做他的工作，设法让他明白，他的配合会关系到方方面面。她希望不必再向他强调，最终的结果也将让他自己受益匪浅。

不过，当天，她仍为他的冷静所折服。“是我们的浩然正气给了我力量。”他说着，拉过她的手贴在自己脸上。

“你内心的镇静也给了我力量。”她说罢，两人都笑了。

斯特鲁洛维奇和夏洛克到场的时候，一小批人正陆陆续续往一顶雪白的帐篷里聚集，里面给烘得暖暖的，用的是市面上最高效的户外供暖器。

没戴帽子的夏洛克充当起了介绍人。

“真奇怪，”普鲁拉贝尔在和斯特鲁洛维奇握手时说，“我们这才初次

[1] 出自《哈姆雷特》第四幕，第五场，朱生豪译本。

见面。”

“鉴于我们生活圈子不同，除了我女儿常出现在我身边，而你又常出现在她身边之外，几乎没什么交集，所以我不觉得这有什么奇怪。”斯特鲁洛维奇答道。然而，他很奇怪对方的脸上为什么会流露出一种受挫的惊愕——就像一个人在旱地里却偏偏溺了水——是成千上万次整容手术，把这种神色注入了普鲁拉贝尔的一颦一笑之中。但愿刀子在德·安东身上也这么不长眼，他暗自希望。

他跟我想象的一样可怕，普鲁拉贝尔心想，不由得又可怜起比阿特丽斯来。怨不得她自己的父亲从不待见犹太人呢。她第一次明白了他那几道替她考验追求者的题目有何深意。就是千方百计防止她落入这种怪物的魔爪啊！两人之中，她对夏洛克的印象就好得多，而且她毫不掩饰这种偏心，挽起夏洛克的胳膊，亲自陪他步入帐篷，撒金粉似的把他引荐给满场亲朋。

“这些人都是谁啊？”斯特鲁洛维奇跟在她身后问。

“都是德·安东的支持者和我的朋友啊，”她告诉他，“你也有权邀请人数相当的亲友来助阵哦。”

“我不需要助阵。”

“我保证他们反正不是来劝任何人变卦的。”

“没有人会变卦。我跟参与劫持我女儿的那个家伙，也就是你的同伙早就商定了，要是葛兰顿中午还不交出比阿特丽斯，他知道会有什么后果。我看现在已经没几分钟了。看样子他们不大会回来了。”

正午时分，德·安东走出房门，恰到好处地低眉垂目，看似有些倦怠地微微佝偻着脊背，走上前去会晤斯特鲁洛维奇。斯特鲁洛维奇注意到，他在大衣和夹克里，还穿了件衬衫，白得就像眼前的雪地，前三颗扣子都像低吟歌手那样敞开着。斯特鲁洛维奇觉得纳闷，他是不是忘了大家是来干吗的了。他难不成以为我是冲着他的心脏去的？

他们谁也没有要和对方握手的意思。

“看来事情已成定局了，”斯特鲁洛维奇边说边看表，“你得满足我的愿望，代替你的密友，葛兰顿——”

“他不是我的密友。”

“随你便。你得代替他满足我的愿望，事成之后——”

“你我之间的恩怨便一笔勾销。你不得再对我们任何人横加干涉，包括你的女儿。”

“我女儿还是我女儿，把她算作‘你们’的一员，我可不答应，不过你说得没错，不论她想做什么，我都会答应，只要我能拿到书面证明，确认你走出诊所时，已经跟进去的时候不一样了。”

“我认为，那超出了协议的范畴。这样，你今后不就有理由抱怨，我在方方面面都还是过去那个我吗？”

“你的‘方方面面’与我无关。你爱怎么保持你的思想、为人、爱好、脾性，还有你的偏见，都悉听尊便。这就跟狗改不了吃屎一样，我自己也不敢说能改变这些。你明白我要的是什么，我的要求仅限于特定的范畴。”

“就是说，情况允许的话，我出来的时候，就具备了成为你女婿的资格……”

“那你可永远都没戏。”

“我压根儿也不会愿意。我只不过是在描述你所谓的‘仅限特定范畴’。假使我愿意，就有资格成为你那个上帝认可的犹太丈夫。哈！”

不知为什么，那句“你那个上帝”惹得斯特鲁洛维奇很想灭了德·安东那个上帝。刚才，尽管时辰已到，他仍盼着比阿特丽斯会出现，不管是不是跟葛兰顿一起。但现在，他开始祈祷她不要出现了。

他点了点头，以示同意。

“那就放马过来吧。”德·安东说。

他四下张望，搜寻着巴纳比。只可惜他是替葛兰顿还债，而不是替巴纳比。献给巴纳比的诗句涌上了他的心头。“把你的双手给我，巴纳比，”他本可以这么说，“请容尊夫人判断一句，巴纳比是不是曾有过一个真心爱他的朋友[1]……”德·安东喜欢让那尾声渐渐弱下去。相形之下，换作“请容尊夫人判断一句，葛兰顿是不是曾有过一个真心爱他的朋友”，听着就不是那么回事了。

他本想让普鲁拉贝尔在巴纳比面前为他美言几句，可普鲁拉贝尔自己也忙得不可开交。“在事情了结之前，”她冲斯特鲁洛维奇说道，“我想再提最后一个请求。我能理解身为人父之不易。我父亲临去世前，还在为女儿将来恐将遭遇的不幸牵肠挂肚。我不能说他对我保护过度，不过他的深谋远虑却并没有保我一帆风顺。有的时候，做父亲的得放开双手，让子女到这个世界上去碰碰运气——”

“我已经放女儿去世界上碰过运气了，”斯特鲁洛维奇说，“而世界辜负了她。我做的这场交易，虽不能换回她，但交易归交易。这位先生素来以爱惜荣誉著称——当然，这是他自诩的。那么，看在荣誉的分上，他就应该满足我这微不足道的请求。”

“对他来说，那可不是什么微不足道的东西。”普鲁拉贝尔说。

斯特鲁洛维奇干咳了几声，转向夏洛克，希望他能佐证这纯属无稽之谈，不过旋即想起夏洛克并不喜欢帮腔。不戴帽子的他，显得和蔼了

[1] 原句为“请她判断一句，巴萨尼奥是不是曾经有过一个真心爱他的朋友。”出自《威尼斯商人》第四幕，第一场，安东尼奥语。采自朱生豪译本，《莎士比亚全集》第二卷，人民文学出版社，1994 年。

许多。虽然仍一本正经，却不失亲切。就像一位掌管进步主义中学[1]（但也不能太进步）的校长。

“这可是个手术啊，”普鲁拉贝尔接着说，“很有可能会酿成大祸。您不就是想羞辱人吗，现在就已经算是羞辱了。您难道还想害人性命不成？您或许觉得我有些夸大其词，但我这儿有——”她从兜里拿出一张打印纸，斯特鲁洛维奇注意到，上面还有维基百科的标志“关于事故的详细记录，其中甚至包括致命的事故，所以您真应该三思而后行。我是您女儿的朋友。也把自己看作她的保护人。为此，我请求您，为了您和她的信仰，请放过这个绝不会动她一根头发的男人吧。”

她简直是在死记硬背，甚至没有直视自己试图说服的对象。

“已经晚了，”斯特鲁洛维奇说，“协议已经达成了。咱们就快点把事办了吧，这样谁也不用再搭理谁了。我看，车应该已经等在外面了。”

他彬彬有礼地向德·安东摆了摆头。您先请。

他们正准备迈出脚步，却又停了下来。

“稍等片刻。在你们出发前，我还有话要说。”

斯特鲁洛维奇诧异地回过头。说话的是夏洛克，到目前为止，他一直做作地摆出一副冷若冰霜的姿态，对今天的一切漠不关心，对当事双方都不闻不问，这反倒更让他显得引人注目。百无聊赖的夏洛克、心不在焉的夏洛克，不过那是之前。这会儿，他仿佛让什么外力给激活了，完全变了个人。成了急不可耐的夏洛克、专心致志的夏洛克。此刻他语带宽慰，话音温柔，光着脑袋，苦口婆心，但确保全场都能听见他的声音。

“你这是干什么？”斯特鲁洛维奇问道。

---

[1] 指实施进步主义教育（Progressive education）的中学。进步主义教育运动始于19世纪后期，认为最好的学习方式是与他人在真实生活中交流、互动。

“耽误你们一点点时间，”夏洛克说，“仅此而已。”

“已经没什么可说的了。”

“还有。”

“是我遗漏了什么吗？”斯特鲁洛维奇问道，“还是你疏忽了？”

“遗漏？我反正是没有。”夏洛克稍做停顿，仿佛正仔细思索他俩是何等迥异，各自的记忆又是多么大相径庭，“不过你，确实忘了件事。”

忽然间，一道闪电划破了原本苍白乏味的天空。夏洛克做得出来。他能用自己的烦躁不安搅动气压，扰乱天气。斯特鲁洛维奇抬起头，窥见了过去和将来，他心中涌起一股先知般的倦怠。

“我没时间听这些陈词滥调，”他说，“我不需要人来教训。事情已经尘埃落定了。”说着，他把头偏向德·安东，不管夏洛克是什么意思，后者都已经坦然接受了自己的命运。

但夏洛克还没说完。“你当真接受这些条件了？”他第一次正视着德·安东的脸，问道。

德·安东低垂的眼睑恰似沉重的窗帘。“完全接受。”他说。

“你承认这是公平的？”

“公平？这跟公平有什么关系？”

“如果你认为它不公平，就不该接受。”

“我接受是因为我不得不接受。”

“但那是为什么呢？”

“我别无选择。”

“你也可以拒绝啊！”

“我要是拒绝了，我爱的人们就得承担后果。”

“那你呢？你该承担后果吗？”

“我自己不算。”

“那你甘愿献身啰？”

“心甘情愿。”

“因此，这项措施能让当事双方都得偿所愿，我说这就很公平。”

德·安东点了点头。

“那让我再问你一次：你承认这些条件是公平的吗？”

“残酷，但是公平。”

“但是公平？”简直跟挤牙膏似的，夏洛克心想。

“对，”德·安东终于承认。“公平[1]。”还被自己逗得面带笑意，“的确公平。”

但夏洛克并不觉得可乐，他点点头，转向斯特鲁洛维奇。“那么，”他说，**“犹太人应该慈悲一点……”**

对于该如何作答，斯特鲁洛维奇早已心中有数。有时你的确别无选择。

“为什么我应该慈悲一点？”他问道。

接下来，夏洛克也说出了属于他的台词：**“慈悲不是出于勉强，它像是甘霖一样从天上降下尘世[2]……”**

* * * *

斯特鲁洛维奇的藏品中有一幅蚀刻版画，作者是一位不知名的19世纪画家，表现的是尤利西斯为了抵御海妖们包藏祸心的悦耳歌声，命人将自己绑在他那艘帆船桅杆上的景象。斯特鲁洛维奇对其中鲁本斯风格

---

[1] 原文中的公平（Just）一词也可以用于表达说话前的迟疑。

[2] 以上三句台词均出自《威尼斯商人》第四幕，第一场，为鲍西娅与夏洛克的对话。采自朱生豪译本，《莎士比亚全集》第二卷，人民文学出版社，1994年。

的海妖形象颇不以为然，不过他欣赏画家描绘歌声的手法：音符像鸟儿一样朝尤利西斯飞去，冲击着他的全部感官。尤利西斯奋力想挣脱绳索，眼球鼓出眼眶，显然十分后悔绑缚自己的决定。可那些用蜡封住耳朵的水手们又当如何呢？他们划桨的时候，会不会有零星的音符飘进他们的耳朵？或者，他们的耳畔会不会徒留一片嗡声，只能看见美人鱼的哑剧表演？

斯特鲁洛维奇没法用蜡封住耳朵，不能屏蔽喋喋不休的夏洛克，只好故意充耳不闻，他把脑中黑暗的念头穿成一串，好似一串葬礼用的三角小旗（如果有这种东西的话），用两端各堵住一只耳朵。那里面包含了曾激怒过他的一切，每一次轻慢、每一次排挤、每一次欺侮，还有他自己的每一次不义之举。其恶劣程度，与夏洛克油腔滑调的夸夸其谈相比，绝对有过之而无不及。

要是他专心去听——不过即便如此，他也只会听到自己想听的——就会听见夏洛克在说：

“慈悲不是出于勉强……你问为什么你该慈悲一点，既然你从没在这个人那里获得一点慈悲，我却为什么要求你对他慈悲为怀——你问我为什么要你去回报你从未获得的恩情——那么我要对你说：去做个慈悲的榜样吧，慈悲待人，理当不求回报，只为它的真谛——因为慈悲不是用来交易的。该用真心去悲悯，而不求沾溉你的灵魂。缺乏悲悯之心将蒙住人的双眼，然而，悲悯却不能只为了重见光明。悲悯不屈从于利益或奖惩，也不屈从于自我陶醉，悲悯并不能替代宽恕，但哪里需要它，它就会在哪里谦卑地扎营。你可能会问，此时此刻，我们要它来做什么呢，这不过是个伸张正义的场合。原因只有一个：是上帝要我们这样做的。他关心的，你也应该关心，若非如此，你就不能以他的名义主持正义。上帝爱加害者甚于爱受害的人吗？不，他会给予你们同等的爱。没人能像上帝那样去爱，任何仿效的企图都可谓渎神。但你可以秉承上帝之爱的精神，去行善、去付出，哪怕那滋味就像品尝胆汁和苦艾，去宽恕那些不配得到宽恕的人，去爱那些不爱你的人——因为，若仅止于回报他人的爱，又算什么美德呢？——面对那些巧取豪夺之人，你也应该给予，而他们掠夺你的，要仁慈地不予追究，因为对方越是挑衅，心平气和就越是弥足珍贵的美德。展现你的 rachmones[1] 无损公正。具备 rachmones 的人认可公正的裁决，但做起事来，却会遵循那缔造了我们的法则。也即遵从上帝。”

斯特鲁洛维奇虽然不愿专心去听，却一直等到他说完。在犹太人称之为 rachmones 的那种慈悲之中，礼貌也是一部分。

“你说完了？”他终于问道。

夏洛克示意那些为他鼓掌的听众不必如此热烈。“是的，我说完了。”他答道。

“那么，我和我的签约人就要按约前往诊所了。”斯特鲁洛维奇说。

夏洛克向他鞠了一躬，他看样子也别无所求了。

不过，在出发前，斯特鲁洛维奇还得跟夏洛克说几句悄悄话。“所以你就是为这个而来的啰？”他用最小的音量问道。这是他俩之间的事，不足为外人道也。

“我更倾向于认为，”夏洛克也小声应道，“你找到我就是为了这个。”

夏洛克的瞳孔呈现出一片意外的湛蓝，令斯特鲁洛维奇感到眩晕。它们什么时候竟变了颜色？

“咱们俩谁找到的谁，这可不好说。”

“没错。”

[1] 意第绪语，意为“同情心”。

“对你的表现，我也十分赞赏。”

“你听都没听。”

“大概意思我听明白了。”

夏洛克颔首致意。他的头发比斯特鲁洛维奇想象中要稀疏一些，不过此前斯特鲁洛维奇也只见过他戴着帽子的模样。在另一个男人面前——尤其又同为人父——斯特鲁洛维奇特别容易多愁善感，他几乎就要凑上去亲吻夏洛克头顶上头发最稀疏的地方了。

夏洛克看透了他的心思。“我可不想认个儿子。”他说。

“我也不想再认个爹啊，”斯特鲁洛维奇说，“我想，对你这场表演我是很欣赏的。不过你不会真觉得这就能动摇我吧？”

夏洛克笑了。还腼腆地喘了口气。他什么时候也会笑了？“哪能啊，”他说，“我压根儿没打算动摇你的决心，并非每件事都是为了你。”

* * * *

当斯特鲁洛维奇扛着德·安东从普鲁拉贝尔的车道上席卷而过时，普鲁拉贝尔甚至都没注意到他们离开，她正目不转睛地盯着夏洛克呢。天哪，我真喜欢这个男人，她心想。我简直要爱死他了。

她很庆幸巴纳比不在。不让他出席真是明智之举，尽管她当时并不清楚自己究竟为什么会那么做。现在，她只希望他会迷路，再也找不回来。就让他待在曼彻斯特动物园吧。

她凑近自己生命中这个新的男人，把一只手搭在他的胳膊上。他的肌肉是如此坚硬，令她惊讶。“说得太棒了，简直令人肃然起敬。”她说。

夏洛克的瞳色又恢复了橄榄灰。“不过没起什么作用，”他说，“人家并没有慈悲为怀。”

“噢，不必在乎那个。”

“不必吗？”

“不管怎么说，我们哪儿知道什么会起作用啊，”她说着，仰起头望向他，露出肿胀的双唇，“我只能告诉你，反正在我身上是起作用了。”

“听到你这么说我很高兴。那么你准备对谁发慈悲呢？”

“对你，要是你愿意的话。”

“这我不需要啊！”

“那你需要什么呢？”

他顿了顿，似乎在等她说下去。“还有呢？”他说。

她蒙了：“我不明白。”

“我在等你的下文啊！你觉得谁有求于你的时候，不是一般都会给人准备个谜语之类的吗？”

她使劲摇着头，像是要甩开他刚才那句话似的。“你不用猜谜，”她说，“在你面前，我终于感到可以敞开心扉了。我知道你什么都不想要。不过，我还可以为你做些什么吗？”

他在想，她是不是马上就要提出打算捧红他了。我太老了，不适合这个，他思忖着。“清静，”他说，“我现在只想静一静。”

她会错了意，以为他在鼓励她更进一步。她当然能让他清静啦！“你可跟我想象的不大一样啊！”她锲而不舍。

“你以为我什么样？”

“我不知道嘛，不过我绝对没想过你会……”不管她没想过的是什么，反正她一时无法名状。

夏洛克帮了她一把：“没想过一个犹太人会这么像基督徒？”

她觉得他简直是把这几个字啐到她面前的。

“不，不，我想说的不是这个。我是想说，你在斯特鲁洛维奇家给我开门的时候，看上去多严肃啊，我做梦也想不到你竟会有如此充满人性的一面。”

“这不是一回事嘛。一见到犹太人，你就下意识地觉得他是个残忍的家伙。”

“我并没有意识到你是**犹太人**。我又不会专门看谁是不是**犹太人**。”

“那好吧——你先看见了残酷本身，然后给它安了一张犹太面孔。”

“我只是说，你跟我想象的不太一样。我也不是基督徒。我还是个小女孩的时候，就不再去教堂了。不过基督教的观点我还是耳濡目染了一些。听一个怒容满面的男人声情并茂地阐述这些观点，我是有些吃惊，可这又有什么错呢？要知道这些我过去只从布道台上听到过。”

“你是指一个怒容满面的犹太人？”

“我这话就是字面意思。”

“那我就照这意思回答你吧。没错，你不该惊讶。你也不该忘记自己那些可爱的基督教观点都是从哪儿来的。耶稣也是一位犹太思想家，从道德和历史的角度看，无视这个事实，都是极端错误的。而用他的话来攻击我们，则是既恶毒，又愚蠢。慈善本身就是个犹太理念。慈悲也是。只不过，你从我们手中夺走了它们，侵吞了它们。它们本是予取予求的，而你却偏要去偷。”

“我？”

“把你单拎出来是不是吓着你了？想必是的。人家拿我当典型时，我也挺震惊的。曾经，我仅仅因为自己所代表的一切，就被迫跪地爬行。所以，不错，就是**你**。你说我人性的一面出乎你的意料。你原本期望看到什么呢？你以为你在我身上瞥见的是谁的人性啊？是你自己的！你怎么敢来班门弄斧，还想把我立为道德的榜样，殊不知你这个榜样最早正是我树立的？真是厚颜无耻得令人发指啊，简直是一场旷日持久的盗窃，从古至今，只酿成一世悲哀。你的无耻，沾满了鲜血。”

普鲁拉贝尔看上去简直快哭了。她把一只手按在胸口，说：“我感觉就像被你下了诅咒一样。”

“这么说，你总算明白处在另一个位置上是什么感受了。”夏洛克说。

这一次，普鲁拉贝尔完全可以确定，他**真的**啐到她了。

* * * *

“这就是你说的‘告诉’他们啊！”莉娅说。

夏洛克紧了紧大衣领，承认道：“我事先是经过深思熟虑的。”

“依然精彩至极。”她说。

“太过深思熟虑，就会归于平淡，”他说，“人往往会筹谋太久。我说的都是些陈词滥调，其实还能说得更好的。”

“已经很好了。”

“仅此而已吗？”

“你做得已经够好了。但愿你不会奢望去改变历史。”

“我当然可以奢望。”

“那就不太明智了。”

“所以你是希望我保持沉默喽？”

“这我可没说。不过我确实希望你能对那个可怜的姑娘表现出一些rachmones。”

“切，才不用担心她呢。她简直爱死我了。”

“那我是不是该担心你了？”

“放心吧，她信仰不符。”

他并没有立刻离开，而是继续站在雪地里，感受她的近在咫尺。

有些日子注定比平日更加难熬。今天，他就特别希望能得到她的拥抱。他们沉默了，仿佛都在等对方先开口。最终，还是她率先打破了沉默。

“太看重信仰从没给我们带来过什么好处。”她说。

“这不能全怪我们。”他提醒她。

“对，不能全怪我们。但我说的是咱们，你和我，还有杰西卡。”

“噢，杰西卡不会有事的。”

但那长久的沉默，让他确信，她终究还是知道了杰西卡过得不好，也不会好了。

所以，莉娅一直以来都是知情的，却始终瞒着他？正如他一直在向她隐瞒实情一样？她明不明白，为了瞒住她，他愿意付出什么样的代价啊？她绝不该知道，女儿已经背叛了他们，辜负了他们的爱，辜负了他们的养育之恩，也辱没了自己的名节，而她所追求的那些人、那些事——随便怎么描述吧——却都一文不值。

如此看来，比起他自己，莉娅才更是忍辱负重。她躺在地下冰冷的坟墓中，日复一日，无人忏悔、无人交流，没有慰藉，还独自抱着他们的耻辱。

他感到心都快碎了。

* * * *

斯特鲁洛维奇回老钟楼等待德·安东的手术结果那会儿，夏洛克已经离开了，而普鲁拉贝尔的朋友们都忙着向她献殷勤，没人顾得上跟他说话。

下午仅有的光线，正迅速地消退，这让斯特鲁洛维奇觉得十分受用。在这里，他什么也不想看见。他在远离帐篷的地方找了张浮夸的长椅，掸了掸上面的雪，就坐了下来，也不怕受潮。他把德·安东送到了诊所，一路上既没看他，也没跟他说一句话。而德·安东在与夏洛克交锋之后，显然也只想一个人静静。斯特鲁洛维奇发觉他有些颤抖——不过也可能是因为惧怕即将面对的命运。下车的时候，德·安东终于重新鼓起勇气，说道："就这样吧，我们已经越过雷池了。"斯特鲁洛维奇却没理会他，只是沉默。至于犯人为什么会比行刑者更轻松，斯特鲁洛维奇没去深究。应该是一种虚张声势吧。就像他自己声称希望对方在手术刀下尖叫着死去，也是一种虚张声势一样。实际上，不管结果如何，他都已经无所谓了。德·安东活着，或者死去——这最终的结果，对他都无关紧要了。这能改变什么呢？既换不回比阿特丽斯，也换不回妻子，更不能结果了葛兰顿。而德·安东出院之后，也还会是那个德·安东。而且，这下他还占了理，更会加倍憎恨犹太人了。

他不知道此刻的夏洛克是否也有同感，是否也明白他那一席话终将徒劳无功。不仅是因为这件事里没有赢家，还因为这场胜利一文不值。输赢都同样荒谬。

在这个原点的前后，延伸出一条可笑的时间之线——从基督徒皈依犹太教的时代，一直到犹太人皈依基督教的时代。倘若这二者只择其一，世界是不是都会更好呢？比阿特丽斯跟不跟葛兰顿在一起，又有什么分别呢？他没能以父母之名开一间画廊，那又怎样呢？他卧病在床的妻子，还会在意自己生活在怎样的环境当中吗？夏洛克的故事可以被人为地中止，但时间不能。在时间里，他得以存续。那么，要是时间也随故事一同结束，他会不会更好过些呢？他带来的影响会更多还是更少呢？那种认为只消假以时日，一切总会好起来的想法——是最不可救药的异想天开。

他不知这样坐了多久，但直到听见普鲁拉贝尔大声宣布她得到了最新消息，才感到寒意侵入了骨髓。她的声音中夹杂着一丝不同寻常的嘶哑，听起来就像一个濒临破音的唱诗少年。她看上去瘦弱枯槁，晕头转向。斯特鲁洛维奇对她与夏洛克之间发生的一切并不知情，只觉得这想必是为德·安东担忧的结果。很好，就算没有达到别的目的，他起码播撒了不安的种子。有那么一瞬间，他又有点期望对手在手术刀下哀号着死去了。但普鲁拉贝尔这样激动，似乎有些不对劲。她宣布得到了消息的样子惨兮兮的。要是德·安东号叫着死在了手术刀下，她又怎么会磨磨蹭蹭还不宣布呢？为什么还摆出一副即将上台表演的姿态——步履蹒跚，呼吸沉重，还用一只苍白的手捂着眉头？

她这是在装腔作势，斯特鲁洛维奇心想。她不希望事情就此结束。他完全可以想象，她是多么盼望她那个脆弱的小圈子能完好如初，再也不受斯特鲁洛维奇的胁迫和恐吓。但这也无法解释她的做作。

一小群人又聚集到帐篷里，依偎在供暖器周围。“我收到了主刀大夫的一封信，你们可能都想不到，信是五天前写的。”普鲁拉贝尔终于宣称。她的声音突然变得洪亮有力、不怀好意，而且，就在她读信的时候，她那双刚才还悲悲戚戚的眼睛里，已经燃起了两团熊熊的火焰。

敬启者：

我已于今日有幸查验了这位尊敬的（匿名）病人之身体状况，以判断其是否适合接受钳引导法环切手术。在此，我十分高兴地通知您，经仔细查验，此手术方法及其他任何手术方法，均属冗余，因该位病人的包皮此前已被切除。经本人推断及病人追忆，其早在婴儿时期已接受过此类手术，居住于热带地区的家庭，大多有此习俗。

有鉴于此，本人自然无法为病人再次切除包皮。

您诚挚的

潘德里·马里克

有人欢笑吗？有人鼓掌吗？

这一下午，斯特鲁洛维奇已经是第二次充耳不闻了。如果说歇斯底里能导致失聪，那么理性也一定能让人故意耳聋。那些话既不能启迪你，又不能给你增光，听它做什么呢？既然那荒谬完全可想而知，为什么还要去自取其辱呢？

他对这些破事、对自己都变得颇不耐烦，已经没有闲心去追究这个让他出糗的诡计了。谁都没按规矩办事。他与德·安东之间唯一的区别是，他输了。而胜利——让德·安东付出血的代价——也并不能让他显得更高尚。

他唯一惊讶的是，自己并不怎么惊讶。他悄悄溜了出去，免得普鲁拉贝尔对他乘胜追击。让她自己欢天喜地去吧，他要先走一步了。他已经没必要再待在老钟楼了，也没什么可抱怨的，他对此感到庆幸。在思想开明的人眼里，被戏弄本身也包含了一种尊严，即印证了存在之荒谬。

我还是挺满意的，他想。尽管不合时宜，但心满意足。

他并没有直接回家。他找到布伦丹时，后者正跟别的司机聊得起劲。他让他先带自己兜几圈，去哪儿都行。最好开到那些冰雪覆盖的路面上去。满眼尽是皑皑白雪，两旁树木高耸，只听见轮胎压过雪地，发出静谧的嘎吱声，等天黑再回去。算来也等不了太久了。在这里，下午刚过一半，夜幕几乎就会降临。

布伦丹没有立即下来给斯特鲁洛维奇开门，而是回过头，递给他一封信，说："我的辞呈。"

"我猜到了，"斯特鲁洛维奇说，"希望为我工作没有太难为你。"

"我只是觉得，"布伦丹说，"人挪活嘛，先生。"

"你的确该听从自己的良心，布伦丹。"斯特鲁洛维奇对他说。

他闷闷不乐地想，这里既无妖魔，也无鬼怪，他却还要被布伦丹的良心鞭挞。

等终于回到家，他就直奔书房，给德·安东写了张字条。“战利品理应属于胜者，”他写道，“我会命人将所罗门·约瑟夫·所罗门作品遣至府上。相信它将造福于你信中所提之人，也能令你倍感幸福。你显得焦灼憔悴。但愿他对你的感激之情，和你们之间的友谊，能助你重整精神。人生在世，不该一味悲伤。”

歇息之前，他去看望凯，发现比阿特丽斯就坐在她身边，两个女人都神色平静。

“你什么时候回来的？”他问比阿特丽斯。

“刚回。”

“你好吗？”

她望了母亲一眼，仿佛在征求她的同意。她点头了？笑了？

斯特鲁洛维奇——真心诚意地——觉得，这一切对她太不容易了，太残酷了。她还是个孩子啊！“你看上去不错。”他撒了个谎。

“我才不信呢，”她说，“不过不管怎么说，谢啦！我人没事，要是你指的是这个。也没订婚，如果这才是你真正关心的。”

“你在就好。”

“我也这么觉得。”

她在这里，这就足够了。这意味着一切。不过，尽管按捺不住欣喜，他却还是克服不了做父亲的那种躁动难抑的吹毛求疵。“你要是早说你今天会回来，”他说，“大家哪至于费这么大一番周折啊！”

“也许我就是想让大家费点周折呢。”

斯特鲁洛维奇感到，她那股毫不宽容的执拗劲，跟夏洛克颇有几分神似。要问她是怎么想的，他相信她一定会这么回答：

我一定要出这一口气，你们这批东西一个都不放过。

致谢

在我看来，为小说撰写致谢辞并不合适，因为小说家很难说清自己究竟受益于何人、何事，也无法一一答谢：书籍、个人、记忆、被遗忘的冲突和往事，都有可能点燃火花——如果存在火花的话。

这部小说的情形却有所不同，这在我是一种前所未有的体验。它始于命题写作，却必然会超越对一部戏剧作品的深入重读。同时，在写作过程中，我还不时听取了他人的意见，并采纳了部分建议——其中一些，甚至直接涉及写作此书是否明智。

我不打算在此感谢这出戏剧的原作者，但我必须向霍加斯出版社的茱丽叶·布鲁克、克拉拉·法默尔和贝姬·哈尔迪致以谢意，是她们想到我或许可以拿它做点什么，还得感谢我可靠的经纪人约翰尼·葛勒尔同意了她们的提议。

同时，我还与一些人士就这部戏剧及这项写作计划展开过宝贵的交流，其中包括我的妻子，以及不可或缺的伙伴珍妮·迪·杨、我的老友约翰·麦克拉弗蒂和达默里斯·帕尔默尔，以及算是新朋友的唐纳德·扎克——96岁高龄的他，依然精神矍铄、活力四射。

半个世纪以来，我读过太多研究莎士比亚的书籍和文章，深知哪些令我受益最深。不过，在本次重新审视《威尼斯商人》的过程中，以下文献的全部或部分内容都为我带来了不可估量的价值，其中包括：詹姆斯·夏皮罗的《莎士比亚与犹太人》、约翰·格罗斯的《夏洛克》、阿诺德·维斯科尔的《夏洛克与其他戏剧》、肯尼斯·格罗斯的《夏洛克即莎士比亚》、林恩·斯蒂芬斯的《一群猴子》（收录于 B. J. 索科尔编著的《未知的国度：精神分析学与莎士比亚最新论文集》）、大卫·尼伦伯格的《反犹主义：西方的传统》，以及菲利普·罗斯的《反生活》。

女巫的子孙

[加拿大] 玛格丽特·阿特伍德——著
沈希——译

HAG-SEED

Hogarth
Shakespeare
-
Margaret
Atwood
-
The Tempest

北京联合出版公司
Beijing United Publishing Co.,Ltd.

女巫的子孙

[加] 玛格丽特·阿特伍德 著
沈希 译

图书在版编目（CIP）数据

女巫的子孙 / (加) 玛格丽特·阿特伍德著；沈希译. —北京：北京联合出版公司，2017.8 (2018.10 重印)
ISBN 978-7-5596-0299-2

Ⅰ. ①女… Ⅱ. ①玛… ②沈… Ⅲ. ①长篇小说—加拿大—现代 Ⅳ. ① I711.45

中国版本图书馆 CIP 数据核字 (2017) 第 088044 号

北京市版权局著作权合同登记号 图字：01-2017-2309 号

选题策划 联合天际
特约编辑 刘 默 王书平
责任编辑 喻 静 谢晗曦
套装设计 @broussaille 私制
美术编辑 晓 园

UnRead
—
文艺家

出 版 北京联合出版公司
北京市西城区德外大街 83 号楼 9 层 100088
发 行 北京联合天畅文化传播公司
印 刷 三河市冀华印务有限公司
经 销 新华书店
字 数 210 千字
开 本 880 毫米 × 1230 毫米 1/32 8.5 印张
版 次 2017 年 8 月第 1 版 2018 年 10 月第 4 次印刷
I S B N 978-7-5596-0299-2
定 价 49.80 元

关注未读好书

未读 CLUB
会员服务平台

本书若有质量问题，请与本公司图书销售中心联系调换
电话：(010) 5243 5752 (010) 6424 3832

理查德·布拉德肖，1944—2007

格温德琳·麦克尤恩，1941—1987

魔法师

“毋庸置疑，念念不忘的复仇者只会使自己的创伤新鲜如初，而那创伤本来是可以愈合的。”

——弗朗西斯·培根，《论复仇》[1]

“……虽然舞台上有好人，但也有一些让你毛骨悚然之人。”

——查尔斯·狄更斯

“在生命和苦难的大海里，
一定还有别样欢快的岛屿，
别样的精灵在那里的海湾，
自由地飞来飞去……”

——雪莱《尤根尼亚山中抒情》[2]

---

[1] 曹明伦译，《培根随笔集》。人民文学出版社，2006年，第13页。

[2] 江枫译，《雪莱诗选》。外语与教学研究出版社，2011年，第131页。略有改动。

序

放映中

2013年3月13日 星期三

放映厅灯光渐暗。观众们安静下来。

大屏幕上：

暴风雨

作者：威廉·莎士比亚

演出：弗莱彻监狱剧团

屏幕上：身披紫色天鹅绒短帔的旁白对着镜头举起一张手写的指示牌。另一只手握着一根羽毛笔。

指示牌：一场突如其来的暴风雨

旁白：您即将看到，一场海上风暴，
风在嚎叫，水手们在哀号，
船客咒骂着水手，因为情形愈发糟糕，
到处是惊慌的尖叫，宛如一场梦魇煎熬，

但眼前这些还不是全部，

话且住，往下瞧。

坏笑。

现在，演出开始啦。

旁白羽毛笔一挥，画面切换：漏斗状云柱里电闪雷鸣——一幅来自飓风海峡的风景截图。一连串怒涛滚滚的镜头。一连串倾盆大雨的镜头。阴风怒号。

镜头推进：一只用作浴缸玩具的船在一张印有鱼类图案的蓝色塑料浴帘上颠簸起伏。那些波浪是用手在下面制造出来的。

水手长特写：头戴一顶黑色线帽。一盆水从画面外泼到他身上。落汤鸡一只。

水手长：出力，手脚麻利点，否则我们要触礁啦！[1]

出力，出力！

快点，快点！当心！

当心！都给我使劲！

最好闯过去！

调整风帆，

和狂风作战，

除非你想和鲸鱼为伴！

画外音：我们要被淹死啦！

水手长：快快掉转！没时间闹着玩！

[1] 这句台词出自《暴风雨》第一幕第一场，朱生豪译。本书中凡涉莎士比亚原剧内容，译者均尽量注明出处，同时引用或参考了朱生豪、梁实秋、彭镜禧先生的译文，特此致敬。本书注释均为译者所加，后不再一一说明。

一桶水泼在他脸上。

画外音：听我说！听我说！

你不知道我们是王公贵族吗？

水手长：快点，快点！海浪可没长眼！

风在狂叫，雨在狂下，

你们只会干站着瞪大眼！

画外音：你醉了！

水手长：你个白痴！

画外音：我们完蛋了！

画外音：我们要沉了！

爱丽儿特写：他戴着蓝色泳帽和变色滑雪镜，下半边脸涂了蓝色彩妆。他穿着一件半透明的塑料雨衣，上头趴着瓢虫、蜜蜂和蝴蝶。他的左肩后有一个奇怪的影子。他笑不作声，用戴着蓝色橡胶手套的右手指了指天上。一道闪电划过，雷声乍裂。

画外音：祈祷吧！

水手长：你说什么？

画外音：我们要沉了！我们要淹死了！

再也见不到国王了！

跳船吧，往岸边游！

爱丽儿跳回镜头，得意扬扬地笑着。两只戴着蓝色橡胶手套的手各持一把大功率手电筒，手电筒开着频闪模式。

屏幕黑了下去。

观众里一个声音：怎么回事？

另一个声音：停电了。

另一个声音：肯定是暴风雪闹的。哪里的电线断了。

漆黑一片。屋外传来莫名其妙的吵闹声。有人在吼叫。开枪了。

观众里一个声音：怎么回事？

屋外好几个声音：一级禁闭！一级禁闭！

观众里一个声音：这儿是谁负责？

又是三声枪响。

屋里有人喊：别动！安静！把头低下！待在原地别动！

第一幕

黑暗的过去[1]

[1] 《暴风雨》第一幕第二场，普洛斯彼罗对米兰达说："在**黑暗的过去**与时间的深渊里，你还记得什么别的？如果你还记得来这儿以前的任何事情，那么你是怎样来到此地的，你兴许也记得了。"梁实秋译，略有改动。

1. 海岸边

2013年1月7日 星期一

菲利克斯刷了刷牙，接着又刷了他的另一副牙——假牙，然后将它们送进嘴里。除去粉色的基托，这副牙不怎么贴合，或许是因为他的嘴正在萎缩。他笑了笑：是幻想自己在笑。虚假，伪装，可谁会知道呢？

放在过去，他会打电话给他的私人牙医，预约一次门诊，然后那张奢华的人造皮革牙科椅就是他的了。那张写满关切的脸散发着一股薄荷漱口水的香气，而那双灵巧的手则摆弄着各种锃亮的器具。**啊，是的，我看见哪儿出问题了。别担心，我们会给您修好的**。像把他的车开进修理厂做调试一样。他兴许还能享受耳机里的音乐和半粒麻药片。

可他现在支付不起这样专业的诊疗了。他的牙科护理变成了低档的，他能指望的只有这副指望不上的假牙。这太糟糕了，因为他对即将到来的谢幕演出最担心的就是：假牙的崩溃。**我们的狂欢已经终止了。我们的这一息啊演员们**[1]……真要发生这一幕，他可就出丑出大发了。一想

---

[1] 《暴风雨》第四幕第一场，普洛斯彼罗的台词：“**我们的狂欢已经终止了**。我们的这一些演员们，我曾经告诉过你，原是一群精灵；他们都已化成淡烟而消散了。”朱生豪译。这里是主人公想象出来的，因为牙齿坏掉而念错台词的情景，所以此处故意写错。

到这儿，他的脸一直红到了脚跟。如果台词念得不漂亮、音高不准确、音调不能把握得恰到好处，那么咒语就会失灵。人们开始坐不住、咳嗽，然后在中场休息时回家。这跟死没什么区别。

“咪——嘛——哞——嗬”他对着厨房水槽上方那面溅着牙膏沫的镜子念道。他垂低眉毛，伸出下巴，然后咧开嘴：咧得像一只被逼到墙角的大猩猩，有点愤怒，有点威胁的意味，还有点沮丧。

他竟如此落魄，如此泄气，如此衰颓。靠着可怜巴巴的一点钱勉强度日，在一间被世人遗忘的死水旁的小破屋里自生自灭，而托尼——那个善于自我推销、装腔作势的小混混——却成天跟着名流显贵游山玩水，痛饮香槟，放肆地吃着鱼子酱、云雀舌和乳猪，参加各种庆典，并且十分享受他扈从、奴才和马屁精的工作。

他以前拍的可是菲利克斯的马屁。

这让他又气又恨。报复欲日益滋长。真想……

“够了。**抬头挺胸！**”他对着镜子里无精打采的影子命令道。接受现实吧！他知道自己开始长啤酒肚了，只是不愿意往下面看。也许他该找根带子。

不管了！扣好肚子上的扣！还有事情要完成，还有计谋要谋划，还有骗局要设计，还有恶棍要蒙蔽！**十四是十四，四十是四十。吃葡萄不吐葡萄皮儿**。

瞧，一个磕巴都没打。

他还干得来。即便困难重重，他也要把这件事干成。先用魔法叫他们乖乖听话，叫脱内裤就脱内裤——这不是说他喜欢看他们脱了内裤的样子。正如他对他的演员们说的，要让他们瞠目结舌。**让我们来玩一回魔法吧！**

也让那个两面三刀的狗杂种托尼尝尝我们的厉害。

2. 高强的法术

那个两面三刀的狗杂种托尼——是菲利克斯自己犯的错，或者说多半是他的错。十二年来，他常常责怪自己。他给了托尼太多自由而不加看管，他未曾留意托尼总是喜欢扮得派头十足。他没想过这背后会有什么问题，但任何不聋不瞎、脑子不傻的人都应该能看出点端倪。更糟糕的是，他对这个心如蛇蝎、趋炎附势、精于权术的马屁精一直信任有加。那套好话在他这儿总能吃得开：**区区琐事，小的代劳；让我替您办吧；派我去就行啦。**

他真是蠢到家了。

他唯一的借口是，他那段时间一直被悲痛搅得心烦意乱。他当时刚刚失去自己唯一的孩子，而且人是在糟心恐怖的状况下没的。他常想，要是他能这样或者那样，抑或是意识到什么，或许就不会……

不行，还是太痛苦。别再想这件事了，他一边扣上衬衫扣子一边对自己说："把它远远抛开吧。假装只是一场电影。"

可即便这件不堪回首的事情没有发生，他十有八九还是难逃一劫。他当时已习惯于让托尼打理演出的日常事务，因为菲利克斯毕竟是当艺术指导的——托尼总爱这么提醒他。而菲利克斯那会儿正好如日中天，人们在剧评中也反复说这样的话。所以，他理应有点鸿鹄之志，奋飞横绝之心。

他的确有飞的雄心，那就是要创造出史上最奢华、最绚丽、最叹为观止、最富有创意、最有神圣感和神秘感的戏剧体验，要把标准提升到月球的高度。要让每一出戏都令观众终生难忘；要制造出让大家齐刷刷屏住呼吸，然后齐刷刷舒一口气的效果；要让观众在演出结束、离开剧院时跌跌撞撞，像是酣饮美酒；要让梅克西维格戏剧节成为一个标杆，把其他所有二流、三流的戏剧节都比下去。

了不起的宏图大志。

为了完成上述伟业，菲利克斯组建了一支以他三寸不烂之舌能请来的最好的后援团。他雇的是最好的人，请的是最牛的神。或者说，那是他花钱请得起的最好的人。技术能手、灯光设计、音响技师，全经他精心挑选。负责舞台布景、服装设计的人，全是他能想到的、能说动的拔萃之辈。他们必须代表顶尖水准，或比这更高的水准（如果还有可能的话）。

所以，他需要钱。

找钱是托尼的事。而且是件相对不太重要的事，因为钱只是达到目的的手段，而目的比手段高到不知哪里去了——这是他俩的共识。如果说菲利克斯是天上腾云驾雾的法师，那么托尼则是地上跑“钱”忙后的杂役和掘金者。鉴于他们各有所长，这样的分工看上去还是合理的。就像托尼自己说的，他们该做各自擅长的事情才对。

白痴，菲利克斯自责道。他什么也不懂。至于他的如日中天，如日中天本身就预示着日薄西山。权力的巅峰，也就是除了下坡无路可走的地方。

托尼一贯热衷于将菲利克斯从他痛恨的例行公事中解脱出来，例如出席鸡尾酒会，巴结他们艺术事业的金主，和理事会成员把酒言欢，推动各级政府机关给予照顾，还有起草那些打动人心的报告。没有这些丝竹乱耳——这是托尼的原话——菲利克斯便可以把精力投入到真正重要的事情中去，比如他充满真知灼见的脚本说明、大胆前卫的灯光设计，以及如何把握时机、恰到好处地在舞台上撒下亮晶晶的五彩纸屑（在使用彩屑方面，他简直是个天才）。

当然还有他的导演事业。菲利克斯每个演出季都会奉上由他本人执导的一到两部戏。兴之所至时，他甚至会亲自出演剧中的核心人物。从凯撒到麦克白，从李尔王到泰特斯·安德洛尼克斯[1]，这些都是他得意的角色！每一部戏都是他的得意之作！

得意的还有评论家们，尽管戏迷甚至赞助人会时不时嘟囔两句。他们抱怨《泰特斯》里那个恣意淌血、几乎全裸的拉薇妮娅[2]实在是过于鲜活了，但菲利克斯却认为这完全符合原作。他们不明白：《伯里克利斯》[3]的舞台上为什么没有逐浪的船儿和异域风情，却搞了一堆太空飞船和外星人？还有，为何要用一只伏地做祈祷状的螳螂的头来代表月神阿尔忒弥斯？就算这样，菲利克斯还是在理事会上为自己辩解道："如果你们用心好好想一想，这些是完全合理的。"至于《冬天的故事》里的赫美温妮在复活时[4]变成了一只吸血鬼，这个是真的被嘘了。菲利克斯却很开心："效果简直太好啦！谁这么干过？哪里有倒彩，哪里就有新生！"

*

这些大胆出格的做法、天马行空的幻想、得意扬扬的杰作，都是早前那个菲利克斯的创造。正可谓情之所至、兴之所托。可就在托尼背叛他之前，事情起了变化。这些澎湃的激情暗淡了下去，而且来得那样突

---

[1] 莎士比亚早期同名悲剧里的主人公。泰特斯是罗马大将军，在征服哥特后，将哥特女王塔摩拉献给罗马皇帝为后，并同意用其长子血祭战死的将士。塔摩拉怀恨在心，遂用尽手段和毒计，将泰特斯家族斩尽杀绝，但自己也在这场杀戮中覆灭。该剧常被认为是莎士比亚最血腥的作品。

[2] 泰特斯之女，被塔摩拉的两个儿子奸污，并割掉舌头，砍掉双手。

[3] 莎士比亚同名悲喜剧里的主人公。伯里克利斯是提尔国国君，因遭安提克国王追杀而流亡西西里等地，途中娶五角国公主为妻，在船上生下一女。妻子因生产而死，船只又遭遇风浪，伯里克利斯不得不将妻子的尸体抛入大海，以平息海浪，并将刚生出来的女儿交由塔尔苏斯国王夫妇抚养。伯里克利斯的妻子后来神奇地复活，伯里克利斯经过重重险阻，也终于与妻女团圆。

[4] 莎士比亚传奇剧《冬天的故事》里的情节。赫美温妮是西西里王后，被丈夫怀疑不忠。她在狱中生下一女，但被丈夫下令遗弃。王后抑郁而死，丈夫这才追悔莫及。所幸女婴被一位牧羊人抚养成人，并与波西米亚国王子相爱。在该剧尾声，赫美温妮从一尊雕像中复活，与丈夫和女儿重逢。

然。**咆哮，咆哮，咆哮**……

可他不能咆哮。

*

他的妻子纳迪娅是第一个离他而去的，当时距离他们结婚仅一年。他结婚算晚的，而且很仓促：在娶她之前，他并不清楚自己能够驾驭那种爱情。正当他开始发觉她的好、开始真正了解她时，她却因产后葡萄球菌感染撒手人寰。在现代医学面前，这种悲剧仍无法避免。他想努力记住她的模样，让她再次为自己鲜活起来，可随着时间流逝，她还是悄无声息地从他身旁溜走了，就像一张宝丽来的老照片，慢慢褪色。如今，她只是一个粗糙的轮廓，一个填满了他的悲伤的轮廓。

他只好独自抚养刚出生的女儿米兰达。米兰达，他还能为这个失去母亲，和中年父亲相依为命的女婴想出别的什么名字吗？正是这个女孩让他免于堕入深渊。他竭力让自己重新振作起来，虽然效果不太好，但还是做到了。当然，他也雇人帮过忙——他需要一些女人，因为他不懂照顾小孩，而且他的工作也不允许他时刻陪在米兰达身边。但他一有空就会陪着女儿，虽然这样的机会并不多。

他从一开始便对她着迷。他曾经看得出神，啧啧称奇。她的手指、脚趾、眼睛，如此完美！赏心悦目！她刚一开口说话就被他直接带进了剧院。她是那样光彩照人。她会乖乖地坐在那儿，从头看到尾，不像其他两岁小孩那样躁动不安或是感到无聊。他有过这样的计划：等她大一点时，他可以带她一起旅行，看大千世界，教她许许多多的东西。然而，就在她三岁那年……

高烧。脑膜炎。她们——那些女人，想方设法联系他，可他正在排练，严禁被打扰。她们不知如何是好。直到他回家发现她们已经急哭，这才将人火速送往医院。可是，为时已晚……

医生们尽了全力：他们说了所有该说的话，表达了所有的歉意。可这些都不中用，她还是走了。被接走的，人们总爱这么说。但接到哪儿去呢？她不可能就这么从宇宙中消失了吧？他拒绝相信。

拉薇妮娅、朱丽叶、考狄莉娅、帕蒂塔、玛丽娜，都是死去的女儿，但她们中的一些还是被找回来了。为什么偏偏没有他的米兰达？

*

他该如何面对这样的悲痛？那感觉仿佛地平线上一片沸腾的巨型乌云。不，那感觉像一场暴风雪。不，不对，那是一种无法用语言描述的东西。他无法直面悲痛，只能把它想成别的什么，或至少将它幽禁起来。

在安葬完那副令人心碎的小棺材后，他直接投身到《暴风雨》的创作中。这是一种逃避，即便那时他对自身的状况也有清醒的认识。但同时，这也将是一种重生。

米兰达将成为一个没有死去的女儿。她是一个守护着他的小天使——当他们漏水的船在漆黑的海洋上漂泊时，她会给流亡的父亲带来一缕阳光。她没有死，而是成长为一个亭亭玉立的少女。借助他的艺术，他或许还能捕捉到在现实中无法获得的景象——尽管那只是他眼角的一瞥。

他要为他一心想要复活的米兰达打造一个配得上她的舞台。他要努力超越自己作为演员兼导演的最高水准。他要挑战极限，他要将现实吱吱嘎嘎地拧成一根麻花。在他很久以前的作品里，曾经有一股狂热的绝望，但最好的艺术归根到底不都包含着绝望吗？它永远都是对死神的挑战，不是吗？是悬崖边竖起的一根不服输的中指，不是吗？

至于他的爱丽儿，他决定让一个踩着高跷的异装癖来扮演，此人在重要时刻将化身为一只巨大的萤火虫。他的凯列班将是一个身上结痂的流浪汉——黑人或未开化的原住民——当然还得是个瘸子，利用一块超大的滑板在舞台上转悠。那么斯丹法诺和特林鸠罗呢？他还没想好，不过，圆顶高礼帽和遮羞布是要用的。还有杂耍：特林鸠罗可以把他从魔岛海滩上捡来的一些东西——比如乌贼什么的——抛来抛去。

他的米兰达将超凡脱俗。她会是个野孩子，照理说肯定是这样：小船遭遇海难，她在岛上生活了十二年，十有八九是光着脚到处跑，因为她上哪儿找鞋穿呢？她得有双鞋底，看起来跟穿了靴子一样。

经过千辛万苦的寻找，在拒绝了徒有漂亮脸蛋的年轻应征者后，他选中了一个儿时做过体操运动员的女孩。她曾经一路过关斩将，夺得北美锦标赛的亚军，后被国立戏剧学院录取：这个身体结实灵活、外形瘦削的小姑娘，正是一朵含苞待放的花蕾。她的名字叫安妮－玛丽·格林兰，十六岁出头，心气儿很高，也很有活力。她几乎没有接受过戏剧表演训练，但他知道该怎么循循善诱，令她演出自己想要的效果。一场青涩稚嫩的表演甚至算不上表演，因为它就是真实。通过她，他的米兰达将重获新生。

菲利克斯将亲自扮演米兰达的爱父普洛斯彼罗。护犊子，或许太护犊子了，但这只是因为他想为女儿争取到最大的利益。睿智，比菲利克斯睿智，尽管睿智的普洛斯彼罗曾经愚蠢地对身边的小人信任有加，并且过度沉迷于修炼法术。

普洛斯彼罗的法衣将由动物皮毛制成，但不是真的动物皮毛甚或仿真动物皮毛，而是把去掉填充物的毛绒玩具缝合起来：松鼠、野兔、狮子、老虎模样的东西，还有几只熊。这些动物会使普洛斯彼罗那股超自然却仍属于自然的力量焕发出天地万物的光芒。菲利克斯订购了一些人造树叶、喷了金粉的假花，以及用颜料染过的扎眼的羽毛，将它们编织在那些动物的皮毛之上，使他的披风流光溢彩、神秘莫测。他会挥舞一根在古玩店里淘到的魔杖：爱德华七世时期的精致拐杖，杖头有颗银质的狐首，它的两只眼睛似乎是玉做的。这根魔杖对于一个巫师来说不算太长，但菲利克斯喜欢在表现奢华的同时展现节制。这样一件八十多年的老道具可以在关键时刻制造出反讽的意味。在该剧结尾、普洛斯彼罗收场诗的部分，他计划营造出一片落日余晖的效果，让亮闪闪的彩色纸屑如雪花般从天而降。

这场《暴风雨》将会精彩绝伦，成为他的空前之作。回想当时，他对这部戏已经到了鬼迷心窍的地步。就像泰姬陵——一座为死去的爱人建造的绚丽的陵墓，或是一个缀满宝石、价值连城的匣子，匣子里头装着烈火化成的尘土。但不止于此，因为在他酝酿的魔法气泡里，他的米兰达将再次睁开双眼，重新回到人间。

可如果气泡破裂，他会更加痛不欲生。

3. 篡位者

就在他们排练的当口儿，托尼终于摊牌了。十二年过去了，菲利克斯还能回忆起那次见面的每一个细节。

谈话开始时挺正常的。他们每周二下午有个碰头会，其间菲利克斯会交给托尼一系列待办的差事，而托尼则会告诉菲利克斯最近需要他关注或签字的大小事项。事情通常不会太多，因为托尼行事实在高效，已经自行处理了那些真正重要的事项。

“长话短说。”菲利克斯习惯性地开口说道。他看着托尼的红领带上交错排列的野兔和乌龟，面露嫌恶：想装机智，肯定是这样。托尼的品味——越来越有纨绔子弟的品味——是追求奢侈的小物件。“我今天要交办的：第一，我们得换掉灯光，他没有做出我想要的效果；第二，关于法衣，我们得找到……”

“菲利克斯，我恐怕有些坏消息要告诉你。”托尼说。他今天又换了一身干净利落的新西装，这通常意味着要开理事会了。菲利克斯已经习惯于略过那些繁文缛节：理事会主席隆尼·戈登是个正派但无可救药的讨厌鬼，而剩下的成员都是些只会加盖橡皮图章的应声虫。他不在这些人身上浪费太多心思，因为托尼会把他们哄得服服帖帖。

“哦？什么坏消息？”菲利克斯问道。坏消息通常意味着某个不满的赞助人写了一封无关紧要的投诉信——李尔王非得把衣服**全部**脱光吗？抑或是某位不幸被卷入泼溅场景的前排观众寄来的干洗账单：麦克白血淋淋的头颅猛然飞上舞台；格罗斯特被抠出的眼球被施暴者捏得滑出手掌，那些恶心的胶状物质飞溅到一片印花丝绸上，怎么都弄不掉……

托尼会处理这类怒气冲冲的投诉，而且处理得游刃有余：他会奉上一坨坨混合着恭维的黏糊糊的道歉。但他不喜欢让菲利克斯介入，以防在后台入口处发生一些令人不快的近距离碰面。托尼说菲利克斯被批评时可能会反应过度，出言不逊。菲利克斯则称他的语言在这类场合一贯得体。托尼说那是当然，但赞助人从来都不觉得那些话好听，何况还可能见报。

“很不幸。”托尼这会儿开口道。他沉默了几秒，脸上有种奇怪的表情。那不是笑：他嘴角下拉，似在抑制着想笑的冲动。菲利克斯感到脖子上的汗毛像针般扎着自己。“很不幸，”托尼终于用他圆滑的嗓音说，“理事会投票决定，终止与您的合同。您不再是艺术指导了。”

现在轮到菲利克斯沉默了。“什么？”他说，“开玩笑的吧？”他们不能这么做，他心想。没有我，整个戏剧节将会是一团糟！捐助人会撤资，演员会退出，那些高级餐厅、礼品店和提供住宿早餐的旅馆也会停业关张，他年复一年苦心经营的梅克西维格镇将会再度陷入寂寂无名，因为这儿除了一个火车调度站还有什么可发展的产业？火车调度站可算不上什么主题，围绕它玩不出什么花样来。

“不，”托尼说，“恐怕不是开玩笑。”又一阵沉默。菲利克斯盯着托尼，仿佛第一次认识这个人。“他们感觉您在下滑，就是说您的**状态**。”又是一阵沉默。“我跟他们解释说您还没有缓过来，自从您女儿……自从您最近不幸丧亲。但我相信您肯定能挺过来的。”这样的阴招简直让菲利克斯喘不上气来。他们竟敢拿那个来说事？“我可是尽力了。”托尼补充道。

这是扯谎。他们俩对此都心知肚明。那个叫隆尼·戈登的主席绝不会凭空冒出开人的想法，而理事会其他成员都无足轻重。他们都是被挑选过的，被托尼挑选的。那些女人也是被挑选过的，一共两个。托尼推荐的，通通都是。

“我状态不好？”菲利克斯说，“我他妈的状态不好？”那谁比他更有状态？

“是您与现实过于脱节了，”托尼说，“他们觉得您有心理健康问题。我跟他们说这是可以理解的，因为您的……但他们不理解。那件用动物皮毛做的披风太出格了，他们看了样图。他们说您会惹来一大群动物保护人士，他们……”

“这太可笑了！”菲利克斯说，“那些不是真的动物，是小孩的玩具！”

“但您得意识到，”托尼怀着居高临下的耐心说，“这不是重点。它们看起来像动物。另外他们不只反对披风。他们确实下了死命令：凯列班绝不能是个瘸子。他们说这是非常恶俗的趣味。人们会以为您在取笑残障人士，观众中会有人退席或是坐着轮椅被推出去。我们的确有相当多的……我们的目标受众并不是三十岁以下的群体。”

“去你大爷的！”菲利克斯说，“屁大一点事儿都上纲上线！原著里就是这么写的，他就是个残废！而且恰恰相反，现如今凯列班是人们的最爱，大家都会为他叫好！我只是……”

“我理解，”托尼说，“但问题是，我们需要上座率来保障投资。最近的反响一直……毁誉参半，尤其是上一季。”

“毁誉参半？”菲利克斯说，“上一季的反响简直称得上是轰动！”

“那是我没给您看负面的东西，”托尼说，“有很多很多。都在我这个公文包里，您愿意的话可以看一看。”

“你脑子怎么想的？”菲利克斯说，“故意不给我看？我又不是三岁小孩。”

“负面评论容易让您暴躁，”托尼说，“然后您的怒气就会发泄到大伙儿身上。这会挫伤士气。”

“我从不暴躁！”菲利克斯吼道。托尼对此无动于衷。

“这是解约信，”他说着，从外套里层的口袋里掏出一个信封，“理事会决定给您一大笔退休金，同时感谢您多年以来的工作。我还给您多争取了点。”绝对是得意的假笑。

菲利克斯接过信封。他的第一个冲动是把它撕个粉碎，但他好像丧失了知觉。他在圈里行走都是跟别人吵，但从来没有被人炒——这是被排挤！被驱赶！被丢弃！他整个人都麻木了。“但我的《暴风雨》，”他说道，“那个可以继续吧？”他已然是在乞求了，“至少那个可以吧？”他最好的作品、他令人惊叹的珍宝，毁灭了，破碎了，在地上遭人践踏，被抹得一干二净。

“恐怕不行，”托尼说，“我们——他们觉得还是彻底了结的好，那部戏会被取消。您办公室的个人物品已经搬出来放在您的车旁了。另外，我需要您的通行证，这个不着急。”

“我要拿这个去找文化部长。”菲利克斯无力地说，他知道这么做毫无希望。他和文化部长萨尔·奥纳利曾经是同学，那个时候他们就是冤家。有一次，菲利克斯在一桩铅笔盗窃案引发的冲突中获胜，而萨尔对此显然耿耿于怀。他在数次直冲菲利克斯要害而来的电视采访中发表个人意见称，梅克西维格戏剧节应该多做一些诺埃尔·科沃德[1]的喜剧、安德鲁·劳埃德·韦伯[2]的戏以及其他音乐剧。这不是说菲利克斯排斥音乐剧——他戏剧生涯的处女作便是学生时期排演的《红男绿女》[3]——可全是音乐剧……

《音乐之声》，萨尔说过。《猫》《为你而狂》，踢踏舞。普通人能理解的东西。普通人完全可以理解菲利克斯的戏路啊！在《麦克白》里使用电锯有什么难理解的？很潮嘛，直接明了。

"实际上，文化部长对此完全赞成，"托尼说道，"我们自然要跟萨尔——跟奥纳利部长——通过气之后再进行最后的投票，以确保我们做出正确的决策。我很遗憾，菲利克斯。"他虚伪地加了一句，"我知道这对你是晴天霹雳。我们大家都很难过。"

"我想你们心中大概有接替人选了吧？"菲利克斯将音量强压到一个合理的水平。"萨尔"，都能直呼其名了，原来已经到了这个地步。他要保持风度，他要挽救自己支离破碎的尊严。

"确实有，"托尼说，"萨尔……理事会已经请，呃，请我接替。当然了，只是应付过渡期，直到我们找到一个称职的人选为止。"

"'过渡期'，当我傻吗？"菲利克斯心想。事情已经很清楚了：阴谋，破坏，心机婊的小伎俩，巨大的背叛。那个始作俑者一直是托尼，是他自始至终在捣鬼。他一直等待着菲利克斯最脆弱的时候，好出手一击。

"两面三刀的狗杂种！"他吼道。这一吼让他舒坦了些，但想想整件事，这只是一点可怜的慰藉。

---

[1] 诺埃尔·科沃德（Noël Coward，1899—1973），英国剧作家、作曲家，一生创作了大量音乐剧。

[2] 安德鲁·劳埃德·韦伯（Andrew Lloyd Webber，1948—），英国著名音乐剧作曲家，代表作有《猫》《歌剧魅影》等。

[3] 《红男绿女》（*Guys and Dolls*）是一部音乐剧，其中有不少角色是赌徒。

4. 法衣

紧接着，两个保安进屋了。他们刚才一定在门外候着，留意他们的信号——最有可能的就是菲利克斯的吼叫。他这会儿对自己被人算计得这么准感到懊恼无比。

托尼肯定跟这些保安演练过：没有这点本事人家怎么混？他们在菲利克斯两侧站定，一个皮肤黝黑，另一个棕黄，两只筋肉凸起的胳膊交叉着，面如金刚。他们是新雇来的，菲利克斯不认识他们。更重要的是，他们不认识菲利克斯，因此也没有什么忠诚可言。这多半是托尼一手安排的。

“用不着来这个吧？”菲利克斯说道。但此时托尼已觉得没有回应的必要了。他肩膀微微一耸，头一点——那是代表权势的耸肩，代表权势的点头——左右各一只铁手便架着菲利克斯的胳膊肘，礼貌而坚决地将他护送到停车场。

他的车旁有一堆硬纸箱。那是一辆二手的红色敞篷野马——他买这车是出于一股人到中年不服老的心气儿，那时候他还觉得自己能风驰电掣。从米兰达出生前，一直开到米兰达死后。车子当时已经生锈了，人走之后车锈得愈发严重。他本打算卖了它换一辆更沉稳的新车，但现在看来也只能停留于计划了——他还没拆开那封解约信，但他已经料到里面只会是一个最基本的数字。那是不够挥霍的，例如买一辆五成新的车。

外头下着蒙蒙细雨。两个保安帮菲利克斯把硬纸箱装上他那辆生锈的野马。他们一言不发，菲利克斯也是。有什么可说的呢？

纸箱湿透了。里面有什么，纸张？纪念品？谁知道呢，菲利克斯根本不关心这个。他正琢磨着要潇洒走一回：比如将东西通通丢在停车场，一把火点了。可拿什么点呢？汽油得要吧，或者其他什么易燃易爆的东西，可他什么也没有。而且何必要给托尼更多口实呢。（火警被喊来，警察被叫来，菲利克斯在尖叫和语无伦次中被铐走，然后以纵火罪和扰乱秩序罪被起诉。最后精神鉴定专家出场，托尼雇的。诊断出来了，**看见没有？**托尼会对理事会说：**“偏执狂，精神病。谢天谢地，我们没等他在剧场里发飙就把他给辞了。”**)

正当三人把最后一个湿漉漉的箱子装进车时，一个孤独的、圆嘟嘟的身影迈着沉重的脚步经过停车场。那是隆尼·戈登，戏剧节理事会的主席。他撑着伞，稀疏的头发像几根枝条一样耷在头顶上。他拎着一个塑料袋、一根棍子似的东西，怀里好像抱着一大团顶着一只白色的死猫的臭鼬皮。

靠不住的老东西。菲利克斯看都不想看他一眼。

踢里趿拉、摇摇摆摆、噼里啪啦地踏过一个个小水坑，胖胖的隆尼走上前来，喘得像一头海象。“我真的很抱歉，菲利克斯。”他走到车屁股时开口说道。

“鬼才信。”菲利克斯说道。

“不是我，”隆尼闷闷不乐地说，“我被多数票否决了。”

“放屁。”菲利克斯说道。那根棍子是他的狐首权杖；死猫是普洛斯彼罗的胡子；像臭鼬皮的东西——他现在看清楚了——是他的法衣。原来是他的法衣。它湿乎乎的，皮草皱皱巴巴，一双双塑料做的动物的眼睛像珠子般透过毛皮盯着他，多条尾巴耷拉着。在灰蒙蒙的光线下，这衣服透着一股蠢劲。但在舞台上，经过一番改造之后——织上叶子，喷上金粉，点缀上闪亮的小圆片——它将变得光彩熠熠。

“你这样想让我很难过，”隆尼说，“我觉得你可能想要这些。”他把披风、胡子和权杖塞给菲利克斯，但菲利克斯就是不接，只是瞪着他。气氛有些尴尬。隆尼真的沮丧了：他是个上了年纪、多愁善感、又傻又单纯的人。想到这悲惨的结局，他忍不住哭了出来。“求你了，”他说道，“权当留个念想吧。毕竟你付出了那么多。”他又把东西拿了出来。黑人保安接过去，径直塞进箱子。

“你用不着感到不安。”菲利克斯说道。

“还有这个，”隆尼说着拿出了塑料袋，“你的剧本，《暴风雨》。上头有你的批注。我冒昧读了一遍……应该会很精彩，”他的声音在颤抖，“兴许什么时候能派上用场。”

“你想多了，”菲利克斯说，“你和那个臭大粪托尼，你们毁了我的事业。你们心里清楚，你们大概还想过把我拖出去枪毙吧？”这句话说重了，但能用自己的痛苦去戳另一个人的脊梁骨，这对菲利克斯来说也是一种发泄。得找个心软、没骨气、一戳就疼的，不能和托尼一样。

“哎呀，你的未来肯定会很顺利的，”隆尼说道，“毕竟，有这样的创造力、这样的才华……肯定会有许多，嗯，别的地方……是个新的开始。”

“别的地方？”菲利克斯说，“拜托，我五十岁了。你不觉得已经来不及重新开始了吗？”

隆尼哽住了。“我能理解你……我们会在下次理事会上提议对你表示感谢，还有提议为你立一座雕像，你懂的，那种半身的雕像，或者可能是一个以你的名字命名的喷泉……”

“创造力”“才华”，这两个被圈里人滥用得最厉害的词，菲利克斯想来便痛心疾首。而这世上最没用的三种东西就是牧师的生殖器、修女的奶头，还有诚挚的致谢辞。“省了你们的雕像吧。”他说道，但他又心软了，“谢谢你，隆尼，我知道你是好意。”他伸出手，隆尼握了握。

那真的是一滴从通红的面颊上滑落的眼泪吗？那是他下巴的一丝颤抖吗？隆尼应该对炙手可热的托尼留个心眼，菲利克斯想道，尤其是当他流露出如此强烈的歉疚时。托尼是不会有任何顾虑的，他会消灭所有的敌人，惩罚任何摇摆不定的人，培植一群唯命是从的恶棍，砍掉所有没用的人。

“什么时候你需要推荐，”隆尼说，“我很高兴为你……不过……我理解有一个……可能在休整一段时间后吧……自从你的，令你心碎的那件事以后，你一直没日没夜地工作。我很难过，你的压力实在太大了，任何人都不该有……”

隆尼去了葬礼，两场葬礼都去了，第一场是纳迪娅的。米兰达的死让他非常难过。他往小小的墓穴里投掷了一小束粉色的茶花，菲利克斯当时觉得他挺夸张的，虽然他对这个举动心存感激。隆尼随后彻底崩溃，拿着一块桌布大小的白手绢哼哼唧唧地哭。

托尼也去了葬礼。这个卑鄙的硕鼠打着一条黑色领带，挂着悲伤的神色，但即便在那时，他也肯定是在盘算着如何完善他上位的计划。

“谢谢，”菲利克斯打断隆尼，又道了声谢，“我没事。也谢谢你们，”他对着那两个保安说，“你们帮了不少忙。感谢。”

“开车注意安全，菲利普斯先生。”其中一个人说道。

“对，”另一个人说，“我们只是奉命行事。”这算是一种道歉吧。他们大概对被炒鱿鱼的滋味深有体会。

菲利克斯钻进他那辆不合心意的轿车，驶出停车场，驶入他没有走完的人生。

5. 寒碜的洞窟[1]

他没有走完的人生。他曾觉得人生如此漫长。人生过得如此之快。人生有如此多的时光被虚掷。

---

[1] 《暴风雨》第一幕第二场，普洛斯彼罗对米兰达说道：“不要紧的。凡我所做的事，无非是为你打算，我的宝贝！我的女儿！你不知道你是什么人，也不知道我从什么地方来：你也不会想到我是一个比普洛斯彼罗——**一所十分寒碜的洞窟的主人**，你的微贱的父亲——更出色的人物。”朱生豪译。

人生转瞬即逝。

*

离开戏剧节的停车场，菲利克斯不觉得是自己在开车，而是感觉自己在被开动着，仿佛被一阵狂风驱使着。他觉得冷，虽然此时细雨已停，太阳正融融地照耀着，但他还是把暖风打开了。他受打击了吗？不，他没哆嗦。他是冷静的。

剧院连同它飞扬的三角旗、滋水的海豚喷泉、室外的露台、精心修整的花丛和舔着冰激凌前来观赏戏剧节的戏迷——迅速消失在视野里。梅克西维格的大街连同它昂贵的饭店，饰有古代诗人、猪、文艺复兴时期的女王、青蛙、侏儒和公鸡头像的酒吧，凯尔特羊毛制品折扣店，因纽特雕刻品商店和英国进口瓷器的商品店，偶尔可见住宿早餐标志的雄伟的维多利亚式黄色砖房都渐渐退去，接着是一排药房、修鞋点和泰式美甲站。而后，再经过几个信号灯，地毯折扣店的仓库、墨西哥食品摊，以及城区边缘大型商场的汉堡天堂也都被甩在了后边。而菲利克斯漂泊无依。

他在哪儿？他不知道。他的周遭是一片滚滚的麦浪，有春麦的新绿，也有大豆的深绿。树木组成的岛屿伸出羽毛般闪闪发亮的叶子，环绕着百年沧桑的农舍、那些仍然可供使用的灰色木质仓库，以及地平线上凸起的筒仓。道路变成了碎石子路，而且修葺得不好。

他放慢速度，环顾四周。他渴求一个窝，一个隐秘的洞穴，一个他不认识别人、别人也不认识他的地方，一处休养生息的逸所，因为他渐渐意识到自己已经伤痕累累了。

一两天内，最多三天，托尼就会在报纸上散布假消息，声称菲利克斯辞去了艺术指导的职位，另谋高就。然而，不会有人相信这种说法。如果他留在梅克西维格，不怀好意的记者会找到他的藏身之所，就他的大权旁落大炒特炒一番。他们会给他打电话、搞突然袭击、在镇上某间酒吧围追堵截、逼他回答各种问题，以为他会傻到在那种地方现身。鉴于他是出了名的暴脾气，他们会问他是否愿意置评，希望借此激怒他，让他冲他们大喊大叫。但喊叫只会是浪费口舌，因为有什么用呢？

太阳渐渐下沉，日光西斜，暮色越来越重。他出来多久了？管它**此处**是何处，他继续向前行驶。

*

路的不远处，在一条废弃的行车道的尽头，有一座奇怪的建筑。它看上去像建在低矮的山腰上，四周被土围着，只露出前面一堵墙。它有一扇窗，门敞着。从墙上冒出一只铁皮烟囱，绕了个弯向上而去，扣着一顶铁帽子。那儿还有一根晾衣绳，上头孤零零地挂着一只晾衣夹，夹着一小片洗碗布。谁也不会料到，菲利克斯会在这种鬼地方落脚。

看上去没什么危险嘛，菲利克斯是这么想的。

他把车停在路边，然后沿着那条行车道走下去，湿漉漉的草丛在他的裤腿上擦出窸窸窣窣的声音。那扇门被推开时一阵吱嘎乱响，但在合页上滴一点油就能修好。房子并不高，横梁是木头做的，曾经用石灰粉刷过，现在结满了蜘蛛网。房里有泥土和木头的气味，不算太难闻，还有一丝灰烬的味道：那是从壁炉里散发出来的，它的两个烧嘴和一个小炉灶虽然已经生锈，但依旧完整。一共两间屋子，一间大屋，还有一间在后头，应该是卧室。房顶有扇天窗——窗子的玻璃看上去还算新。还有一扇侧门，从里面反锁着。菲利克斯拧开锁，把门打开。眼前是一条杂草丛生的小路，通向户外的茅厕。所幸他不用屈尊去挖便坑：有人已经替他挖好了。

现成的家具只有卧室里一套老旧、笨重的木质衣橱，以及一张铺着富美家桌垫、印有银色卷纹图案的红色餐台，没有椅子。地上铺着宽木地板，至少不是一摊泥，甚至还有一个带手压泵的水槽。一盏电灯，竟然能亮。最近肯定有人来这儿住过，时间不会晚于——比如 1830 年。

虽然只有一些基本的必需品，但如果能找到房东达成一个协议，再稍微修缮一下，就能住人。

选择这样一处陋室，继而又想到随之而来的贫瘠生活，菲利克斯自然会闷闷不乐。他要面壁思过，玩那种自我鞭笞的隐者修行。**看我受罪吧**。他意识到这是一场没有观众、只有自己的独角戏，挺幼稚的，这种自我孤立。他还没有长大。

可他在现实中有选择吗？他太有名了，以至于无法找到别的工作；那些同样风光的工作不能找，他想做的也不能找。还有萨尔·奥纳利，他会利用手中的拨款权神不知鬼不觉地打掉任何高级任命，因为托尼不希望看到竞争对手。这个对手会联合菲利克斯借助有利条件超越梅克西维格戏剧节。托尼和萨尔显然已经联起手来，要确保菲利克斯永无翻身之日。既然如此，何必再正中他们下怀呢？

*

他沿原路开回梅克西维格，把车停在一栋小砖房前。他这个季度把房子转租出去了。自从经历了那段难以想象的日子……自从不再拥有一个家，他便选择了放弃拥有自己的房子。他租过几回房，手头尚有几件家具：一张床、一张桌子、一盏台灯，还有两把他和纳迪娅在前院旧货摊淘来的木椅。都是些个人的小物件，曾经美满生活留下的一些遗物。

当然，还有米兰达的相片。他总把它带在身边，每当感觉自己开始滑向黑暗时便拿出来看看。那张照片是他亲手拍的，当时米兰达快三岁了，那是她第一次荡秋千。她回过头，歪着脖子，高兴地笑着，在空中飞来飞去，两只小手紧紧地抓着绳子。清晨的阳光照在她的头发上，形成一轮光晕。她周围的相框被涂成了银色，一个银色的窗框。在这扇神奇之窗的另一侧，她依然活着。

但如今，她只能被锁在这块玻璃的后面，因为他的《暴风雨》被毁了，他一直想创造、兴许能死而复生的新的米兰达也因此而覆灭。

托尼连让他跟剧组见个面的机会都不给——去道个别，去表达一下他对《暴风雨》无法上演的遗憾。他就像犯人一样被催促着上路。托尼和他的小喽啰们是怕他吗？害怕他们集体反抗？他们真以为菲利克斯有那么大能耐吗？

*

他叫了搬家公司，问他们多快能到。他说这是急活儿，需要以最快的速度把所有东西打包装好，他可以支付加急费。他给自己的房东开了一张支票，结清了尾款。他去了趟银行，把托尼可怜的犒赏存了个活期，并通知银行经理他很快会有一个新地址，届时将去函告知。

好在他手头有点积蓄。他暂时可以保持人间蒸发。

*

他接下来的任务是找到山腰上那栋房子的主人。他驱车回到那条碎石子路，叩响了最近一处农舍的门。一个女人应了门。一个中年人，相貌平平，中等身高，普普通通的头发贴着头皮梳到脑后，扎成一束马尾辫。她穿着牛仔裤和汗衫，身后的油毡地上散落着一件小孩的塑料玩具。菲利克斯的心微微抽动了一下。

那女的叉着胳膊，横在门口。“我见过你的车，”她说道，“停在上头那栋破房子那儿。”

“是啊，”菲利克斯用他自以为最有魅力的语气说道，“我想打听一下，您知道那房子是谁的吗？”

“你要干吗？”那女人说，“不是我们的。我们不会为那房子交一分税的。老掉牙的东西，一文不值。之前什么人留下的，他们没钱的时候住在那儿。我跟伯特说过，那房子早就该一把火烧了。”

啊，菲利克斯心想，看来可以商量。“我病了，”他说道，这不完全是谎话，“我需要在乡下休息一阵。这儿的空气有利于身体恢复。”

“空气，”那女人哼了一下，“如果你想要的就是这个，那么这周围有的是空气。目前看来，还是免费的。你请自便吧。”

“我想住在那间小屋里。”菲利克斯露出纯良的微笑。他想给人一种蠢萌的印象，但不要太蠢萌，有点神经质，但不是疯子。“当然，我会付房租。现金。”他补充道。

事情立马转变了。菲利克斯被请进屋，在餐台落座，然后，双方好好谈了谈。那女人想要钱，对此她并不掩饰。伯特——就是她丈夫——靠种苜蓿挣不了几个钱，为了贴补家用干起了铺设丙烷管线的工作，外加冬天扫马路。他经常不在，各种事都得靠她来应付。她哼了一下，摇了摇头：“各种事”就包括应付菲利克斯这样的神经质。

她说那栋小屋先后住过一些人，最近是“两个嬉皮士，男的是画家，女的是成天跟着画家混的那种人”，那已经是一年前的事了。再往前是她的一个穷舅舅，而再往前是伯特的姨妈：她脑子缺根弦儿，只好被关起来。再往前她就不知道了，因为她还没来这儿。当地一些人说这房子闹鬼，但她不无嘲讽地表示，菲利克斯不该在意这些谣言，因为那些人很愚昧，说得也不对（显然，她认为对）。

双方达成一致：菲利克斯有权使用小屋，并且可以随心所欲地进行修缮。伯特在冬天会清扫道路，这样菲利克斯就不必踩着积雪走上山了；莫德——就是他老婆——负责收取现金。菲利克斯每月第一天要把房租装在信封里给她。如果有人问起来，她就说没有这回事，因为菲利克斯是她舅舅，住在那儿不收钱。她和伯特会提供壁炉用的柴火，他们十几岁的儿子会把木头搬到拖拉机上。她已经把柴火费算进了房租，如果菲利克斯愿意，她还可以给他洗衣服，费用另算。

菲利克斯表达了谢意，表示可以回头再说。他的要求是，莫德不能对任何人提起他，他说自己想要低调的生活。他有自己的理由，但不是因为犯罪。

她斜着眼打量了他一番。她不觉得他是个罪犯，但也不关心这个。“放心吧。”她说道。也怪，他还真信。

他们在门口握了手。她的手劲很大，跟男人似的。“你叫什么？”她问道，“我的意思是，万一被问起来，我该怎么说？”

菲利克斯犹豫了一下，**“不关你事”**这句话在嘴边打转。“杜克先生[1]吧。”他说道。

6. 时间的深渊[2]

菲利克斯不久便发现人间蒸发并不难，而他的蒸发对于整个世界来说也无足轻重。他的突然消失给梅克西维格戏剧节留下的空缺很快就被填补上了——补位的正是托尼。和众多作秀一样，这场秀仍在继续。

菲利克斯去哪儿了？这是个谜，但不是所有人都关心谜底。他都能想象那些街谈巷议：没准儿他崩溃了？从桥上跳下去了？他小女儿死时

[1] 原文是 Mr. Duke。“Duke”作姓名时可译为杜克，但本身也有公爵之意，此处暗指《暴风雨》的主人公普洛斯彼罗。

[2] 《暴风雨》第一幕第二场，普洛斯彼罗对米兰达说：“……你在过去**时间幽暗的深渊里**，还看不看得见其余的影子？要是你记得在你未来这里以前的情形，也许你也能记得你怎样会到这里来。”朱生豪译，略有改动。

他有多么多么伤心——啧啧，忒惨了——然后他是怎么一下子陷入令他疯狂到极点的《暴风雨》中无法自拔的——谁知道呢？不过，他们不用想太久，因为对所有想知道答案的人来说，更紧迫的问题是请谁来填补菲利克斯留下的空缺，并快速平息那些风言风语。大家的工作还要继续，各自还有要关心的事情。

这一杯，敬那个疯狂的老伙计！他能想象他们在各种各样的酒吧里，或是在其他任何戏剧节的演职员下班后习惯喝上几口的地方说这句话——**敬大师！敬菲利克斯·菲利普斯！无论他身在何处**。

菲利克斯将他的银行账户转到两座小镇开外的威尔莫特的一个分行，他在那儿还给自己租了一个邮局信箱。不管怎么说他还活着，还要寄送纳税申报单。除了不纳税，没有什么能让他们快速追查到他的下落了。这就是人活于世，在享受不停地呼吸、吃饭、拉屎等特权时最起码要付出的代价吧。他想到此，顿觉心酸不已。

他以F. 杜克先生的名义开了第二个银行账户，声称这是他的笔名。他对银行解释说自己是个作家。拥有第二重身份让他感到高兴，而且这重身份和他心酸的过往毫无瓜葛。虽然菲利克斯彻底失败了，但F. 杜克兴许还有机会，尽管他还说不好是什么机会。

为了纳税，他保留了原名，这样更省事。但在莫德和伯特面前，他是“杜克先生”；在他们皱着眉头、显然以为菲利克斯会吃小孩的小女儿克丽丝特尔面前，他是“杜克先生”；在他们正值青春期、态度不怎么友好的沃特面前，他还是“杜克先生”。在开始的几年里，每逢秋季，沃特确实会往菲利克斯的破房子运几摞柴火：那是在他离开家、搬到西边的亚伯达去工作以前。

曾经有一阵，菲利克斯出于聊以自慰的目的，会将莫德想象成他的《暴风雨》——那版冥想中的《暴风雨》——里的蓝眼女巫西考拉克斯，将沃特想象成半人半兽的运木人、洗碗工凯列班，但这种想象没有持续太长时间。他们完全不搭调：伯特不是恶魔，而胖墩墩的克丽丝特尔也很难同窈窕淑女米兰达联系起来。

除此之外，这个家也没人能出演爱丽儿，尽管菲利克斯花钱请伯特——他能熟练地使用各种工具——从他们的农舍加了一条电缆，配合之前已有的、显然是私搭的电缆一起使用。有了它，他便能在天冷时打开一台小电暖气，外加一台小冰箱和两个灶眼的电炉。当然这些电器不能同时使用，否则就会引起跳闸。他还买了一个电水壶。莫德估摸着他的用电量，然后会照此宰他一刀。如果说莫德一家真能对应《暴风雨》里的什么，他们代表的是比较次要的元素——一种力量，但不是非常强大，他调侃道。

除了每月第一天把装有房租的信封塞进莫德那双粗糙的手里，菲利克斯跟他的房东几乎没什么接触——如果他们算房东的话。莫德一家忙着自己的那摊事，菲利克斯也忙着他的那摊事。

*

但他有什么可忙的呢？

他尝试着不去关注戏剧、不阅读戏剧、不思考戏剧，那会伤到他，但他的尝试多是徒劳的。他发现自己还在买当地甚至周边城市的报纸，浏览剧评，然后将它们撕得粉碎，当作生火料。

在最初这段沮丧低沉的日子里，他把注意力放在了修缮陋宅上，此举颇有疗效。他把屋里打扫干净，清理掉蜘蛛网，将储物箱里的一些东西搬了进去。加一点油，给点水压，装一个新的橡胶垫圈，手压泵便可以用了。室外那间茅厕没什么稀奇的：它只是个解决内急的地方，到目前为止也不臭。他买来一包棕色颗粒物，上头介绍说适用于茅厕清洁，定期倒一些进去就可以了。他给卧室添了一块小地毯。他加了一个床头柜，米兰达的相片就在上面，照片中的米兰达开心地笑着。

尽管他可怜兮兮地专注于搞内务，但还是夜夜辗转，常常醒来。

他从威尔莫特一家五金店买了几样工具：一把锤子、一柄镰刀。他割了小屋前的杂草，擦了窗户，还冒险清理了天窗。他琢磨着开辟一个花园，种些西红柿之类的蔬菜。不，那样太离谱了。但他还是让自己忙忙碌碌，这就是他忙的事——把自己变得“忙忙碌碌”。

但还不够。

他去图书馆借了几本书。他一定要趁机好好读一读年轻时所有没读完的经典：《卡拉马佐夫兄弟》《安娜·卡列尼娜》《罪与罚》……可他做不到：书里有太多现实，太多悲剧。他反倒发觉自己被儿童故事深深吸引了，那里的一切到最后都很圆满——《绿山墙的安妮》《彼得·潘》《白雪公主》《睡美人》。在水晶棺材里或四根帐杆的床上沉睡的姑娘，一个爱吻让她们奇迹般地苏醒：这才是他想要的——命运的反转。

“您膝下一定儿孙满堂了吧？”和蔼的图书管理员对他说，“您给他们讲故事吗？”菲利克斯点点头，笑了笑。没必要告诉她真相。

可就连这个资源也在不久后被消耗殆尽。他开始将大把不该挥霍的时间用于呆坐在阴凉里，坐在一张他从车库旧货摊[1]买来的折叠椅上，仰望天空。当他久久地凝视天空时，会看到严格意义上说并不存在的东西，但这并未使他感到惊恐。云中的幻影，叶间的面庞，这些东西反倒让他觉得不那么孤独了。

静谧开始渐渐地吞噬他。也不完全是静谧——鸟儿唱着，蟋蟀叫着，风吹得树叶沙沙作响，苍蝇在茅厕里嗡嗡地飞着，像在齐奏和声一般。悠扬，舒缓。有时，为了逃离这持续不断的、似音乐又非音乐的声响，他会爬进那辆越来越不可靠的轿车，驶向威尔莫特，在一家五金店里买

[1] 通常在私家车库进行的闲置物品交易，比如衣服、玩具、家具用品等。

点什么，只为听听日常的人声。几年下来，他攒了一大把强力胶、一小座垃圾堆似的螺丝钉、没眼的钩子和照片挂钩。他开始变得步履蹒跚了吗？他是否被当地人认作一个无害的怪人，是否成了大家茶余饭后的谈资，或者说根本就没人注意过他？他连在乎都不在乎了吗？

如果不是，那他在乎什么？他想要什么？是像过去那样，梦想成为戏剧界惊天动地的巨擘吗？他现在的目标是什么？生存的意义何在？他的饭碗没了，还有他毕生的挚爱。事业、家庭他都爱。他处于停滞不前的危险中，正失去所有动力，变得懒散。可不管怎样，他没有堕落到让自己流连于小酒馆，借酒消愁的地步。

他也许会变成那些无所适从的中老年群体中的一员。他们对浪漫已经不感兴趣，也过了雄心壮志的年纪，在这世上漫无目的地游走着。他可以去旅行，他多少还付得起钱。但这些旅行不会太多，他也提不起兴趣，因为他想去哪儿呢？他可以勾引一些寂寞女郎，来一把激情，然后让双方都没有好下场。组建一个新家庭绝无可能，因为没有人可以取代已逝之人在他心中的地位。他可以加入桥牌俱乐部、摄影俱乐部、水彩画俱乐部。但他憎恶桥牌，不想拍照，也无法靠画画来拯救自己的生活。

但他想拯救自己的生活吗？如果不想，那怎么办？他可以吊死自己。他可以一枪打穿自己的脑袋。他可以举身赴了附近的休伦湖。

胡思乱想。他不是认真的。

所以呢？

*

他需要一个关注点，一个目标。为这个，他坐在折叠椅上想了许多。终于，他想出两件没有完成的事，两项还能让他获得满足感的任务。经过一段时间，他开始渐渐看清它们的面目。

第一，他必须把他的《暴风雨》捡回来。他好歹也要将它搬上舞台，不管用什么办法，在什么地方。他的理由超越了戏剧本身，不关乎他的名声、事业，跟这些通通无关。很简单，他的米兰达一定要从她的水晶棺中被解放出来，她必须得到重生。但要怎么做，上哪儿去找演员？演员可没长在树上，尽管他的小屋周围全是树。

第二，他要复仇。他渴望复仇。他天天做梦都想复仇。一定要给托尼和萨尔点颜色看看。他今天的悲惨全拜他们所赐，或者说大多是由他们造成的，他们对他弃如敝屣。但这样的复仇能以何种形式实现呢？

这便是他想做的两件事。每过一天，他对它们的渴望就多一点。可他不知道该如何行动才能实现目标。

7. 潜心探秘 [1]

他的《暴风雨》得被迫放一放，因为没有更好的资源：他手头没钱。所以首先，他会专心复仇。

怎么复仇呢？用一桶上好的阿蒙蒂拉多酒将托尼引到一个阴湿的地窖，然后用砖把他砌进墙里吗？[2] 可托尼并不贪嘴。他热衷的不是美酒

[1] 《暴风雨》第一幕第二场，普洛斯彼罗对米兰达道："我因为**潜心探究奥秘**，便把政治放到我弟弟的肩上，对于自己的国事不闻不问，只管沉溺在魔法的研究中。"朱生豪译，略有改动。

[2] 此处引用了美国小说家爱伦·坡的惊悚故事《一桶阿蒙蒂拉多酒》里的情节。故事的主人公蒙特雷索要对他的朋友福图纳托实施复仇计划，于是用一桶阿蒙蒂拉多酒（白葡萄酒的一种）将其引至地窖，趁他喝醉时，用铁链把仇人锁在墙上，然后在他面前一层一层地砌砖，直到把他砌进一堵墙里，然后扬长而去。

和美食本身：它们能取悦他，仅仅是因为它们能彰显他的地位。何况他不可能傻到不带上几个揣着家伙的保镖，就跟着菲利克斯去一个阴暗之地的地步，因为他很清楚地知道菲利克斯有足够的理由报复他。

菲利克斯会不会去勾引托尼的老婆，或者用更高明的办法，指使某个年轻小伙去勾引她？可托尼的老婆像个用冰冻石膏做的花瓶：她几乎就是个机器人，根本不会上钩。而且，就算她隐形的贞洁之锁能被顺利撬开，何必要糟蹋那个无辜的年轻小伙（不管他是谁）呢？为什么要让他承受托尼的淫威？他现在可掌握着许多摧毁前程的武器。青春易逝，韶华易老，只要时间还属于他们，就应该允许他们享受泳池和跟老板家的年轻主妇上床的大好时光。趁花朵还没枯萎，趁面容尚未憔悴，趁精力还未减退。

他会溜进托尼的住所、办公室或中意的餐厅，在托尼的午餐里下毒，让他患上不治之症，令他缓慢而痛苦地死去吗？然后菲利克斯便可以假扮成医生，在托尼的病房现身，心满意足地盯着他看。他读过一桩谋杀奇闻：受害者死于食用水仙花球茎。它们被混进了洋葱汤里，他记得是这样。

不，不行。纯粹的幻想。这样的复仇太离谱，他无论如何也做不来。他得更诡诈才行。

知己知彼，百战不殆——所有的顶级权威都这么建议。他开始关注托尼的行踪：他去了哪儿，在做什么，说了什么，在电视上的出镜。还有他的功劳簿——托尼喜欢攒功劳，并且要精心确保它们得到认可。

这种秘密跟踪开始并不难：菲利克斯唯一要做的就是买来梅克西维格的报纸（当时有两种），关注戏剧消息和社会要闻。托尼那会儿已是各类社交晚宴和筹款活动竞相邀请的对象，各种采访来者不拒。菲利克斯对托尼先后夺得年度艺术成就奖、学术推广奖恨得咬牙切齿。托尼获得学术推广奖的原因是他组织的戏剧节演出吸引了周边许多小孩，让他们老老实实地看完了整场《哈姆雷特》[1]。当一具具尸体在舞台上堆叠起来时，他们交头接耳，在那儿“咯咯”地偷笑。而那场戏其实是菲利克斯想出来的。事实上，托尼绝大多数的获奖名目都源自菲利克斯的创意。

菲利克斯流亡的第五年，又一个奖被托尼拿到手了：安大略最高荣誉勋章[2]。“瞧他那副德行，”菲利克斯低吼道，“您的西服翻领上又多了枚可供炫耀用的勋章。冒牌货！”

第六年，托尼改了行。他从戏剧节请辞，转而从政，发迹之地正是梅克西维格镇。他在那儿可谓家喻户晓，拿下了地方立法会的席位，摇身变成了议员阁下。文化部长还是萨尔·奥纳利，于是他们俩成了一丘之貉，想必会不遗余力地肥己营私。他们俩真是惬意啊。

用不了多久，托尼就会往内阁里钻，菲利克斯想道。已经有人预测他前途远大了。瞧他的照片就有一股部长范儿。

*

接下来，技术的发展给菲利克斯简陋的监视器材库又增添了一台新的“望远镜”：谷歌。菲利克斯原先有一台电脑，但它归剧组所有，所以在托尼赶走他时被没收了。他一度暗藏在威尔莫特的网咖店，全力跟踪托尼。他离开戏剧节时就关闭了自己的工作邮箱——接收那些伪善的同情信会让他觉得受了奇耻大辱。但他现在开了两个新账户，一个给自己，另一个给杜克先生。杜克先生还办了几张信用卡。他琢磨着给杜克先生弄一个驾照，但这恐怕太冒险了。

他感到自己在威尔莫特的咖啡店越来越显眼（可能被怀疑在偷看“毛片”），于是买了一台便宜的二手个人电脑。他从莫德家拉了一根电话线

---

[1] 《哈姆雷特》是莎士比亚所有剧本中最长的一部。

[2] 加拿大安大略省最高荣誉，用于奖励该地区杰出的居民。

到他的小破屋，使用拨号上网。但过了一阵，乡里的公路装了数字电缆，于是他升级为路由器和以太网，不仅加快了网速，同时还增强了私密性。

互联网获取个人信息的能力强大到令人吃惊。这边，菲利克斯独自在一个被遗忘的角落浏览着谷歌快讯；那边，托尼和萨尔满世界忙前跑后，根本不知道背后有一个尾随他们的影子、一双眼睛，一个蛰伏者、一个网络跟踪者。

菲利克斯在等什么？他不知道。是一次机会的到来、一场幸运的降临，还是一条通往正面对决的道路，抑或是一个力量的天平向他倾斜的时刻？那是可遇不可求的事，但他的怒火在心底已积压了许久。怒火，以及对正义的渴求。

*

他意识到自己监视的举动有点疯狂，当然只是一点点。但他渐渐陷入的另一种境地却令他有走火入魔的风险。

风险始于他计算米兰达如果活着该多大了。她该五岁了，然后是六岁，她该掉乳牙了，她该学习写字了……诸如此类。这一切，一开始只是思念造成的空想。

但思念造成的空想很容易滑向似是而非的执念——米兰达仍然在他身边，只是看不见。这叫自欺欺人，异想天开，装疯卖傻：他并不是真的相信这一点，但他沉迷于这种幻想，仿佛它是真的一样。他又捡起了去威尔莫特图书馆借阅儿童读物的旧习，只是这回他会在傍晚时分将它们大声朗读出来。这么做的部分原因是，他享受这样的朗读——他的嗓音还像以前那么好，这促使他坚持练习——但也有一部分是为了沉迷于自我制造的幻觉里。那儿是不是有个小女孩在听他读书？不，并没有。但“有”这个想法其实还是挺令人宽慰的。

米兰达五岁、六岁、七岁时，他坚持帮她温习功课。她自然是在家上学。他们会坐在富美家餐台旁，他坐在一把旧木椅上，而她坐在另一把椅子上。“六乘以九？”他会考她。她脑子真灵！几乎从不出错。

他们开始一起吃饭了，这是好事，否则他有时可能会忘记吃饭。当他吃得不够多时，她会轻声责备：“把盘子里的东西吃完。”她最喜欢通心粉和奶酪。

八岁时，他教她下国际象棋。她学得很快，不久便可以三局两胜。她思考棋局的样子真认真：轻咬着长辫尾巴。那条辫子全是她自己学着辫的。她取胜时，他心里别提多高兴了，但他表面上仍然装出一副沮丧的模样。然后她会嫣然一笑，因为她知道他是装的。当他心情低落时，她会满怀同情，多体谅人的孩子。他尽量从不在她面前发火——他对托尼和萨尔积压的怒火，这会让她困惑。当他在网上看到他们哗众取宠的行为，自言自语大声嘟囔时，她总是不在场。

白天她经常在室外，在小屋旁的空地或后院的小树林玩耍。他看到一群蝴蝶从草地上飞起：肯定是她吓着它们了。当林子里传来乌鸦的鸣叫时，他觉得是米兰达经过了那个地方，松鼠在朝她吱吱地问候，松鸡会在她靠近时拍着翅膀呼呼地跑开。暮色里，萤火虫替她照路，猫头鹰用低沉的呼声向她致意。

冬天，当路上扬起雪花、寒风呼啸之际，她会毫不迟疑地溜到外面。他总唠叨：“戴手套。”可她穿得还是不够多。不过，她安然无恙：既无伤风，也无感冒。事实上她从不生病，不像她父亲。当他难受时，她会踮着脚尖，焦急地在他身边走来走去。但他从不用担心她，因为她不可能受到任何伤害。伤害的魔爪够不着她。

她从来不问他们是如何走到一起、住进这间小屋并同外界隔绝的。他从不主动告诉她，让她知道自己不存在（或者是非同寻常地存在）会吓到她。

有一天，他听见她在唱歌，就在窗外。那并不是在做白日梦——尽管他一直以来都处于半梦半醒的状态。那不是他突发奇想而又感到绝望的一个幻景。他真的听见了一个声音，但它没有带来慰藉，反而令他惊悚不已。

“已经有些过头了，”他对自己断然说道，“菲利克斯，你得赶紧跳出来，振作起来，挣破你的牢笼，你必须接触真实的世界。”

8. 召唤小娄罗 [1]

于是，在他流亡的第九年——米兰达十二岁那年——杜克先生找了一份工作。那不是一份地位很高的工作，但它非常遂菲利克斯的心：他想保持低调。重新回到世界上，重新与人交往，他希望这份工作能让他立足现实。他现在才意识到自己已经快憋出精神病来了。太久地独自面对蚕食内心的忧伤，太久地活在怨愤中。他感觉自己正从一场漫长而伤感的梦中渐渐苏醒。

那份工作是他从当地一家网络报纸上发现的。附近一所弗莱彻监狱的任课教师突发疾病（后确诊为绝症），他承担的一个高中水平的“读文学，学文化”项目亟须补缺。这是一份临时工作，要求有一定经验，当然不需要太多——这是菲利克斯个人的理解——有意者请……

[1] 《暴风雨》第四幕第一场，普洛斯彼罗对爱丽儿说道：“你跟你的小伙计们把刚才的事情办得很好；我必须再差你们做一件这样的把戏。**去把你手下的小娄罗们召唤到这儿来**，叫他们赶快装扮起来，因为我必须在这一对年轻人的面前卖弄卖弄我的法术，我曾经答应过他们，他们也在盼望着。”朱生豪译。因朱生豪译本使用的是“娄罗”二字，故此处保留。

菲利克斯有意。他用杜克先生的邮箱发了一封邮件，先表明了意愿。然后他拼凑了一份假简历，伪造了数封几十年前的、来自萨斯喀彻温省几所鲜有名气的学校的推荐信，签名的校长大概已经搬到佛罗里达或者过世了。他有九成把握，对方绝不会核查这些信息，因为他顶多就是个临时救场的。他在求职信里表示自己已退休多年，感到有责任回报社会，因为自己这辈子已经得到了太多的馈赠。

他几乎是立马就收到了面试邀请，由此他猜测可能没有其他申请者。这样岂非更好：估计他们正发愁找不到人，而他不用竞争就可以得到这份工作。他这会儿是真想得到这个饭碗，他已经说服了自己。或许还真有点干头。

他把自己收拾干净——他一直放任自己的邋遢样——在威尔莫特的马克衣库[1]买了一件朴素的、深绿色的衬衫。他甚至修剪了胡子。这胡子他留了好多年，现在已经变灰，几乎就要变成白色，和他长长的白眉毛相得益彰。他希望自己看上去像一位贤者。

面试没有安排在弗莱彻监狱，而是在它附近的一家麦当劳餐厅。面试他的女人四十开外，打扮得格外讲究：金灰色的头发，其中一缕染成了粉色，闪亮的耳环，精心做过的指甲，时尚有格调的银饰。她叫埃丝黛，她主动介绍道。直说名字是个积极信号，说明她有意和他交朋友。她解释自己并不在弗莱彻工作，而是圭尔夫大学的教授，负责远程监管弗莱彻的课程。她在好几个顾问委员会为司法部做兼职。“我祖父是参议员，”她说道，“我有门路，会拉关系，你可以这么说。我还得告诉你，‘读文学，学文化’项目或多或少……好吧，是我的得意之作。为了它，我费了好大劲去游说！”

菲利克斯对此表示钦佩。埃丝黛说，大家都是尽人事吧。

---

[1] Mark's Work Wearhouse，简称 Mark's，加拿大大型零售商，主营服装、鞋类等。

她说："去世的那位老师人真的特别好，很多人都怀念他。噩耗来得太突然了。他真的很努力，在弗莱彻，他完成了……怎么说呢，他尽了最大的努力，在条件……在任何人都不怎么抱期待的地方。"

菲利克斯该点头就点头，该附和就附和，露出同情的神色，并有意识地进行目光交流。如此一来，埃丝黛频频现出笑意。一切都在按照预期发展。

预热过后，埃丝黛正式开始面试。她吸了口气："我觉得我认识您，杜克先生，"她说道，"虽然您有胡子，而且我不得不说它看起来很别致，但您是菲利克斯·菲利普斯，对吗，那个大导演？我从小就去戏剧节，我祖父从前经常带我们去，我收集了**超多**演出的小册子！"

第二重身份就这么被戳破了。"的确，"菲利克斯说道，"但我是以杜克先生的名义申请这份工作的。我觉得这样会让人少一些畏惧。"

"我懂。"她会心一笑，多了点怯生生的味道。一个手无寸铁、上了年纪的戏剧导演会让人畏惧？让那些冷酷的弗莱彻囚犯？真的吗？

"要是雇主知道我是谁，他们会说我这尊佛太大了，小庙盛不下啊。"她笑得更开了：埃丝黛更相信这话。"所以这是我们之间的秘密，"菲利克斯压低声音凑近道，"你可以做我的红颜知己。"

"哦，有意思！"她喜欢这个，"红颜知己！就像一出复辟时期的戏！《城市女继承人》[1]，或是……"

"阿芙拉·贝恩写的，"菲利克斯说道，"只不过那些红颜知己是盗贼。"他很钦佩：这出戏没多少人知道，他从没排过。

"或许我一直以来就渴望做一个盗贼，"她笑道，"不过，认真讲，太

---

[1] 阿芙拉·贝恩（Aphra Behn，1640—1689），17世纪英国女作家。著有长篇小说《奥鲁诺克》（*Oroonoko*）等。在《城市女继承人》（*The City Heiress*）一剧中，主人公维尔丁为了迫使叔叔蒂莫西恢复他的继承权，指使一批女性心腹扮成盗贼，偷取了蒂莫西的私人文件，其中包含蒂莫西叛国的证据。

荣幸了！你还在的那会儿，我在梅克西维格几乎看遍了你所有的戏。我特别喜欢你的《李尔王》！它特别，特别……”

“赤诚[1]。”菲利克斯说道。他引用了一条较为正面的评论的说法。

“对，”埃丝黛说，“赤诚。”她沉默了几秒，说道，“但这份工作……我的意思，对你确实是屈才了。你知道这只是兼职，一年只干三个月。不要对工资期待太——”

“不，不，”菲利克斯说道，“按标准来就好。我已退休多年，肯定不如以前中用了。”

“退休？你退得也太早了，”她下意识地恭维道，“这是浪费人才。”

“过奖。”菲利克斯说道。

一阵沉默。“你应该明白这是个监狱，”她终于提起了这茬儿，“你要教的人是罪犯。这个课程旨在提高他们基本的读写能力，有助于他们出狱后找到一份对社会有益的工作。你教他们是不是太浪费了？”

“会是一项挑战，”菲利克斯说，“我一直喜欢挑战。”

“我得老实告诉你，”埃丝黛说，“他们中有的人脾气很差，还有可能会跟你动手。我不想让你……”她脑海里显然浮现出了菲利克斯脖子上插着一把刀、倒在一片漫延的血泊中的画面。

“亲爱的女士，”菲利克斯操起扮演上流贵族的腔调，“在戏剧发展的早期，演员和罪犯是被视为同一类人的。我认识的许多演员——他们干的就是——跟你动手！这叫舞台爆发力。我有办法来控制这种力量。而且跟我学，他们肯定能更好地控制自我。”

埃丝黛仍然犹豫不决，但她说：“好吧，如果你愿意试试……”

“我得用我自己的方法教，”菲利克斯有点得寸进尺地试探道，“我想要一定的自主权。”新学期刚开始，那位去世的老师还没来得及上课，所

[1] 原文是 visceral，实际的意思是比较露骨、血腥，但剧评人一般会婉转地表达。

以菲利克斯还是可以设计一下的。“他们这门课一般读什么？”

“我们用的是《麦田里的守望者》[1]，”埃丝黛说，“还有斯蒂芬·金[2]的一些短篇，他们很喜欢。还有《深夜小狗神秘事件》[3]，好多人喜欢这个，通俗易懂，都是短句。”

“了解了。”菲利克斯说。去你的守望者，小儿科，他想道。教材中庸、保守，可是他们都是成年人，阅历远远超出这些作品的范围。“我的方法略有不同。”

“能斗胆问一下是什么好法子吗？”埃丝黛调皮地伸着头说。鉴于她已经同意给菲利克斯这份工作，她觉得尽可以放松下来和他调调情了。菲利克斯，留神节操，他警告自己：她没戴婚戒，你可是一枚猎物，别整那种你收拾不了的烂摊子。

“莎士比亚，”菲利克斯说，“这就是我的方法。”

“莎士比亚？”刚才一直探着身子的埃丝黛又缩回座椅。她要重新考虑了吗？“这个肯定是太……他的作品词汇量很大……他们会受挫。也许你该选一些水平更接近……坦率讲，他们有些人根本不识字。”

“你觉得演莎士比亚戏剧的演员的**阅读量**很大吗？”菲利克斯说，“他们就是些临时工，就像——”他凭空想出了一个可能不大好的类比，“就像砌砖的！他们从来不会读完整个剧本，只会记住自己的台词和出场提示，还有好多是即兴发挥。剧本并非阳春白雪，神圣得高不可攀。”

---

[1] 《麦田里的守望者》（*The Catcher in the Rye*），美国作家杰罗姆·塞林格（Jerome Salinger）的长篇小说。作品讲述了十六岁少年霍尔顿在逃学出走期间的所思所感，集中描绘了主人公在一个异化社会里精神的压抑和内心的孤独。

[2] 斯蒂芬·金（Stephen King，1947—），美国恐怖小说作家，著有《肖申克的救赎》。

[3] 《深夜小狗神秘事件》（*The Curious Incident of the Dog in the Night-Time*），英国作家马克·哈登（Mark Haddon）于2003年出版的一部长篇小说。主人公克里斯托弗在深夜发现邻居的一条狗被人杀害时，恰巧被狗主人撞见，于是含冤入狱。但他试图冲破阻力，找到真正的凶手。

“是，话虽如此，但……”埃丝黛说，“但莎士比亚可是经典中的经典啊。”

她的意思是，莎士比亚对他们来说水平太高。“但莎士比亚无意要成为经典啊！”菲利克斯的口气里多了一丝愤怒，“对他来说，经典意味着维吉尔、希罗多德这些人……他只是带领一帮演员为稻粱谋而已。我们遇见莎士比亚完全是撞大运！他生前甚至没出版过一部作品！那些作品是他的老朋友用一张张小纸片拼凑而成的，还有一大帮老演员的事后回忆——都是在这个家伙死了以后！”每当产生自我怀疑时，菲利克斯便告诉自己要滔滔不绝地讲下去。这是在舞台上忘词时的惯用招数：抛一句话出来，只要听起来能接得上就行，以便给提词员时间告诉你正确的台词。

埃丝黛一脸困惑。“是，我理解，但这个和我们的课程有什么关系……”

“我相信实践的力量。”菲利克斯努力摆出一副权威的样子。

“实践什么？”埃丝黛说，她现在是真的有些担心了，“你必须尊重他们的个人空间，你不可以……”

“我们要组织表演，”菲利克斯说，“我是这个意思。我们要把剧本演出来。这是你真正深入作品的唯一途径。别担心，任何规则我都遵守。他们得做作业，写论文，该干吗干吗。我会打分的。我想这门课有这个要求吧？”

埃丝黛笑了笑，说：“你太理想化了。论文？我真不敢想……”

“小的片段，”菲利克斯说，“写一写他们排的戏。”

“你真这么想？”埃丝黛说，“你能让他们做这些？”

“给我三个礼拜，”菲利克斯说，“如果届时行不通，我就讲《麦田里的守望者》。我保证。”

“好吧，我同意，”埃丝黛说，“祝你好运。”

*

最初几周确实不太容易。菲利克斯需要带着莎士比亚的作品艰难地在一片荆棘之地上开辟出一条道路，而且菲利克斯发觉自己对监狱的条件还是没有做足心理准备。他要树立威信，划设一些底线，有时甚至以罢课相威胁。有的人退课了，但留下来的一直很认真，渐渐地，弗莱彻监狱的莎士比亚课堂火了起来。尽管条件简陋，但它的艺术原创性绝对走在前沿，你还可以说它是——菲利克斯确实跟学生们提过这个词，还仔细解释了一番——先锋派[1]。还挺酷的。一学期后，报名的人排起了长龙。令人惊讶的是，他们的阅读和写作成绩平均提高了十五个百分点。高深莫测的杜克先生是怎么做到的？有人摇头表示不解，怀疑有造假之嫌。不过，客观测验却力挺菲利克斯：效果真实可信。

外界将大部分功劳记在了埃丝黛头上。学者们凑到一起，开了会，总结出各种理论，各级主管部门拨了款——但菲利克斯并不嫉妒她。他太忙了。他现在又回到了戏剧中，只不过是以一种全新的方式——一种他以前从未想过的方式——回归了。如果那会儿有人告诉他，未来他会和一帮犯人排练莎士比亚，那他一定会说他们在说梦话。

*

转眼间，他从事这项工作已经三年了。他在选剧方面很用心。从《裘力斯·凯撒》做起，然后是《理查三世》，接下来是《麦克白》。权力斗争，尔虞我诈，各种犯罪，这些主题立刻吸引住了学生，因为他们本来就是这一行的专家。

---

[1] 原词为 avant-garde，最初是指 19 世纪中叶法国和俄国带有政治性的激进艺术家，后来指各时期具有革新实践精神的艺术家。

对于剧中人物怎样才能做得更好，他们有自己独到的见解：让马克·安东尼在凯撒的葬礼上讲话简直太愚蠢了，因为这让他钻了空子，然后，瞧吧！[1]理查做得太绝，他不该把所有人都杀了，这样将来打仗的时候谁还愿意帮他解围？你想当老大就需要盟友啊，没头脑的家伙！至于麦克白，他不该相信那些女巫，因为这让他过于自信，绝对是自寻死路的节奏。一个人必须时刻留意自己的弱点，这是一条最重要的原则，因为任何有可能出错的事都一定会出错。这个大家都深有体会，是吧？大家纷纷点头。

菲利克斯巧妙地将这些观点布置为写作的题目。

他回避了爱情喜剧：对这帮人来说太轻佻，而且讨论关于性的问题也不是一个好主意，可能会引起骚动。《哈姆雷特》和《李尔王》也不在考虑之列，这另有原因：它们太压抑。弗莱彻原本就有很多企图自杀的人，并且有人已经成功了。目前他做的三部戏都还可以接受，因为虽然每一部戏最后都以一系列死亡结束，但它们同时都通过胜利者展现一个新的开始。恶行乃至愚蠢之举遭到惩罚，而美德或多或少都得到了回报。莎士比亚的作品永远都是“或多或少”——他很不情愿地告诉他们。

他教授每部戏的方法都一样。首先，大家要提前阅读他删节过的剧本。同时他会提供一份剧情梗概、一系列注释和冷僻词一览表。过不了这关的人通常会被退课。

接下来，当他有机会见到这个班时，他会把要旨列一列：这部剧讲的是什么？一般他至少会总结出三个要旨，有时更多。因为正如他对学生们说的：“莎士比亚很狡猾。他的作品有很多层次，他喜欢把东西藏着、掖着，直到——哇！——让你大吃一惊。”

---

[1] 《裘力斯·凯撒》一剧中，马克·安东尼在凯撒葬礼上的一番演说煽起罗马市民对刺杀凯撒者的仇恨，由此造成一场内乱。

他接下来的做法对他的教学法至关重要：他会限制课堂上使用的粗话。学生们可以挑选一组粗话，但只能从剧本里选。他们喜欢这个办法，而且这样也能确保他们仔细阅读剧本。然后他会组织一场比赛：说错粗话的扣分。如果剧本是《麦克白》，那么你只能说“你这脸色苍白的蠢货，让魔鬼咒你倒邪霉吧”[1]，说错的会被扣分。最后会有丰厚的奖品，包括菲利克斯偷带进来的香烟，这一招深得人心。

然后是对主要角色进行深入分析，在课堂上逐一探讨。他们为什么是这样的人？他们想要什么？他们行为背后的动机是什么？犯人们会激烈地辩论，提出双方观点。麦克白是个精神病患者，还是什么？麦克白夫人是一直这么疯疯癫癫的，还是出于愧疚才变疯的？[2] 理查三世本性就是个冷血杀手，还是时代和他那个彻底堕落的大家庭促成了他的命运——要么杀人，要么被杀？[3]

相当有趣，菲利克斯会说。不错的观点。他补充道，莎士比亚的有趣之处，就在于答案永远不止一个。

接下来他会分配角色，为每个主要角色指定一个后援小组：提词员、替角、服装设计等。小组可以用自己的话改写所饰演的角色的台词，使之更具时代气息，但他们不能改变剧情，这是规定。

演出结束后，他们要完成的最后一项任务是：如果角色还活着，创作角色的后半生的故事；如果死了，那么就写一篇文章，说说其他角色会对死者作何评价。之后这场戏就算完了。

剧本改造完成后，他们就会着手排练、制作音效、敲定道具和服装。

---

[1] 《麦克白》第五幕第三场。朱生豪译。

[2] 麦克白夫人怂恿丈夫弑君夺位，以满足自己的野心。一种解读认为她最后变成疯子是逼丈夫作恶的报应。

[3] 《理查三世》的时代背景是英国历史上充满杀戮的“玫瑰战争”时期（1455—1485），约克和兰开斯特两大家族为了争夺王权展开了残酷的斗争，大批贵族成为权力角逐的牺牲品。

菲利克斯会把一应物件从外头一点点运进弗莱彻。限制当然是有的：尖锐物品不行，易爆品不行，烟和注射品不行，土豆枪[1]禁止入内，而且他发现连人造血液也不行。人造血液可能被误以为是真血——监狱官员给出的理由是这样的——还具有煽动性。

之后他们会按照场景顺序来表演。他们无法进行现场演出：狱方担心将全监狱的人集中在一处可能会引发骚乱，而且弗莱彻也没有能容纳那么多人的礼堂。所以他们会把每场戏录下来，然后进行数字化编辑，以便菲利克斯对无数张验收表里的“获得的有用技能”进行逐项检查。[2]此外，拍片子意味着演员不用为念错台词而尴尬：他们可以从头再来。

加入特效和音乐后，片子就完成了。它会通过牢房的闭路电视向弗莱彻监狱的全体人员播出。当菲利克斯陪同狱长和一众高层坐在狱长办公室里观看演出时，监控系统里传来的牢房的欢呼声、掌声和议论声让他感到振奋。犯人们特别喜欢看打戏。为什么不呢？大家都喜欢打戏：这就是莎士比亚要把打戏写进去的原因。

表演或许有点粗糙，但却是诚意之作。“过去我手下的专业演员要是能有他们一半的热情就好了。”菲利克斯心想。亮相的时间虽短，地方虽不起眼，但他们依旧亮过相。

*

放映后会有一场剧组联欢，真正的戏剧界也是如此——菲利克斯坚持要搞这个。联欢会上有薯条和姜汁汽水，菲利克斯会为大家散发香烟。大家击掌、碰拳，相互庆贺，没准儿还会把滚着字幕的片尾再看一

[1] 一种借助空气压力或可燃气体进行发射的土制武器，可能因为经常使用土豆作炮弹而得名。

[2] 由于是政府资助的项目，菲利克斯要通过录像向拨款单位展示犯人们学到了哪些对日后就业有用的技能。

遍，发出阵阵欢呼。班里的每一个人——即便他只做了一点点工作，只是个替角——都会看到自己的艺名出现在屏幕上。而且用不着提醒，他们会像真正的演员那样满足对方的虚荣心。“嘿，布鲁特斯[1]，够狠啊！”“理奇[2]，你小子干得漂亮！”“来撞个胸！”笑逐颜开，颔首致谢，腼腆微笑。

看着一张张脸在观看他们扮演另一个人时的表情，菲利克斯发觉这场景莫名感人。他们在人生中第一次学会了自爱。

课程从一月持续到三月，菲利克斯在这几个月里情绪高涨。但夏秋两季，当他回到自己的陋宅无事可做时，他又陷入了阴郁。曾经风光无限的他，如今竟这般落魄，和一帮小偷、毒贩、贪污犯、杀人犯、诈骗犯、骗子一起排练莎士比亚的戏剧。难道他要这样过一辈子，在一潭死水中湮没无闻吗？

“菲利克斯，菲利克斯，”他对自己说道，“你在骗谁？”

“这是实现目标的手段，”他回应道，“你眼下还有一个目标。起码还是戏剧。”

“什么目标？”他回应道。

当然有。一个未开启的盒子，藏在一块岩石下面，刻着代表复仇的“V”字[3]。他不知自己要去往何处，但他必须相信：他会到达某个地方。

---

[1] 《裘力斯·凯撒》中参与密谋刺杀凯撒的罗马元老。

[2] 对理查国王这一角色的昵称。

[3] 英文的复仇一词是vengeance。

9. 珍珠之眼

2013年1月7日 星期一

时间来到弗莱彻监狱剧团开办的第四年。今天是这个小学期的第一堂课。菲利克斯在学期第一天总是有点紧张。截至目前，他做这个项目还算顺利，但那种地方总是可能出现意外、差池或反抗，还有一些无法预料的事。吃葡萄不吐葡萄皮儿。别磕巴。他告诫镜子里的自己，做好准备。

在清理并装好假牙后，菲利克斯整了整他的头发。还好，头发还算浓密。然后他修剪了络腮胡上的几撮毛。这胡子他已经留了十二年，现在形状刚好：茂而不密，不带尖尾巴。尖胡子是魔鬼的象征，而他要的是威严的气派。

他穿上工作服：牛仔裤，登山靴，马克衣库的深绿色衬衫，一件穿旧的深花呢夹克。不打领带。他要将自己扮成弗莱彻人熟悉的模样：一个和蔼又果断的退休教师及戏痴，有点怪癖跟幼稚；一个相信人有可能变好，愿意奉献出大把时间的好人。

其实也不完全是奉献，他的确有报酬。但那只是微不足道的一笔钱，所以他做这个不仅仅是为了钱。他的学生们总是怀疑别人有什么不可告人的目的，因为他们自己就有好多不可告人的目的。他们不许别人有贪念，而自己却只念着别人还欠他们什么。咱得讲“公平”——这种思维是许多纷争的导火索。菲利克斯已经领教了这一点。

他尽量不介入他们的私人恩怨。别把乌七八糟的事带进课堂就行，他对他们说：“我不负责解决谁偷了你的烟。我是搞戏剧的。一旦你进到这儿，就得摆脱平日里的自我。你要清空自己，然后换上一副新面孔。”他还告诉他们，“如果你是无名小卒，那么除非你脱胎换骨，才有可能成为了不起的人（这引用的是玛丽莲·梦露的话，这个名字他们听过）。而在这个地方，大家都是从无名小卒做起。对，我也一样。”

于是他们收敛起来：他们不想被逐出课堂。在一个他们真正能选择的东西不多的世界里，他们来到莎士比亚的课堂是因为他们做出了这个选择。这是一项特权——这句话他们可能已经听得耳朵起茧子了。监狱外的某些人会扼杀菲利克斯正在给予他们的东西。菲利克斯自己从来不说这种话，但这个意思却隐含在他说的每一句话里。

*

“我做这个不是为了钱。”菲利克斯大声说道。他转过身：米兰达正坐在桌旁，有些忧伤，因为一月来临，春季学期即将开始，她又要经常见不到他了。“我从不为钱。”他又说了一遍。米兰达点点头，因为她知道这是真的：贵族做事是不为钱的，因为他们有的是钱，而这就是他们成为贵族的原因。他们确实用不着考虑太多钱的事，他们行善事就如同树木吐露新芽。而在米兰达眼里，菲利克斯就是个贵族。他觉得这一点对他很重要。

米兰达如今已经十五岁了，一个可爱的姑娘。昨天她还是秋千上的小天使，这个形象依旧被封存在他床边的银色相框中。十五岁的米兰达苗条、善良，但脸色有点苍白。她需要多出去走走，像以前那样经常在田野和山林间奔跑，这会让她的脸颊多一点红润。没错，现在是冬天，而且下着雪，但她过去从不在乎；她会从雪堆上掠过，轻快得像一只鸟儿。

米兰达不喜欢他因为连续几个月上课而总不在身边。而且她很担心：她不想让他透支自己的健康。当他忙了一天回到家，他们一起喝茶、下棋，然后吃一点意面、芝士和沙拉。米兰达越来越注重饮食健康，她会坚持做绿色蔬菜，给他吃他不喜欢吃的甘蓝。他像她这么大的时候，还没有人听说过甘蓝这种菜。

如果她还活着，现在应该到了问题多发的青春期：不屑一顾，朝他翻白眼，染发，在胳臂上文身，在酒吧里闲逛或者更糟——他听过许多那样的事。

但这些都没有发生。她依旧单纯，依旧天真。她是他巨大的慰藉。

可最近她似乎有心事。她恋爱了吗？他当然不希望是这样！话说回来，她会跟谁恋爱呢？那个搬木头的傻小子沃特早就不在了，周围也没有别人。

“乖乖地等我回来。”他对她说。她有气无力地笑了：除了乖乖的，她还能怎样？“你可以做些针线活儿。”她皱起眉头：思想太老套。“对不起。”他说道，“那就做高等数学吧。”这话在任何时候都能让她开心地笑出来。

他知道她不会跑到离家太远的地方。她走不远，有个东西约束着她。

*

现在他要冒着雪、顶着严寒迎接每天的例行考验：他的车子能发动起来吗？冬天，他会把车停在路的尽头。那已不再是一辆野马，那辆车数年前就锈坏了。那是一辆蓝色二手标致，买它的时候杜克先生就快领到弗莱彻的薪金支票了。虽然路面的积雪已被清扫过，但可能还是不好走，而且在春天会变得泥泞不堪，所以他只在旱季（也就是夏秋两季）开车。如果扫雪车只清理了侧路，那么他只好从一溜冰面和过往车辆留下的一块块冻住的棕色雪泥里挖出一条道来。他搬进小屋时这条路就已经铺好，所以它现在成了一条交通干道。丙烷罐车会跑这条路，还有联邦快递的货车、学校的校车。

校车，满载着小孩子的欢声笑语。当它经过时，他会移开视线。如果米兰达活到那么大，她也该坐在里面了吧。

菲利克斯从门后的挂钩上取下棉袄，袖子里塞着手套和绒线帽。他需要一条围巾。他有一条，方格子的。他把它放到什么地方了，在哪儿呢？在卧室那个旧的实木大衣柜里，米兰达轻声提醒道。奇怪：他一般不把围巾放在那儿。

他打开柜门：里头有他曾经的魔杖——狐首权杖。他的法衣也在，被胡乱塞进了里面。一件失败的披风，一层从覆灭的自我身上蜕下的毫无生气的外壳。

不，不是毫无生气，而是起了变化。昏暗里，薄暮中，它正在自我蜕变，慢慢地有了生气。他停下来仔细观察。那上面是一块块毛茸茸的动物皮毛，这会儿落了点灰，有褐色的花纹，有灰白和黑色，有蓝色、粉色和绿色。奇珍异幻。许多珍珠般的眼睛正透过水底的幽暗朝他闪烁着。

自打十几年前那场阴谋和决裂，他再也没有穿过这件披风。但他也未曾将它丢弃，而是一直留着，等待时机。

他不会穿上它：现在还不是时候。

但他几乎可以肯定，时机很快就会来临了。

第二幕

出色的国土[1]

[1]《暴风雨》第三幕第二场，斯丹法诺对凯列班说：“这倒是一个出色的国土，可以不费钱白听音乐。”朱生豪译。

10. 福星[1]

2013 年 1 月 7 日 星期一

从扫雪车在横跨行车道尽头时喷出的一排积雪里，菲利克斯为他的座驾铲出了一条道。他告诉自己，你已经不是二十五岁的小伙子，连四十五岁的中壮年都不是，再这么干会搭上老命的，或许你应该停止这种退隐山林的游戏，租一处破旧的公寓，然后像其他和你同龄的糟老头那样，牵着一条狗在镇上四处溜达。

经过几次发动不着的痛苦尝试（他该买个预热器[2]），菲利克斯终于动身赶赴弗莱彻监狱。“小妖怪，小精灵，我来了，”他在车里默念道，“准备好了吗？”

他准备好了。

---

[1] 《暴风雨》第一幕第二场，普洛斯彼罗对米兰达说道：“……由于奇怪的偶然，慈悲的上天眷宠着我，已经把我的仇人们引到这岛岸上来了。我借着预知术料知福星正在临近我运命的顶点，要是现在轻轻放过了这机会，以后我的一生将再没有出头的希望。”朱生豪译。

[2] 发动机预热器（block heater），利用电能给汽车发动机加热，以方便发动的装置，在加拿大、俄罗斯等寒冷地区国家比较常见。

一个月前，也就是十二月中旬，菲利克斯收到埃丝黛的一封电邮。她说有好消息要告诉他，并且要当面讲。一起吃个午饭怎么样，或者直接共进晚餐？

菲利克斯选择午饭。三年来，凡是和埃丝黛吃饭，时间一律定在中午。他担心晚餐的时间太长，还要点酒精饮料，会把埃丝黛和他都搞得心潮澎湃。没错，他是个鳏夫，但这并不意味着他可以约会。她不是没有吸引力——真的，她有她的闪光点——但他还有孩子要照顾，这是第一要务。当然，他无法告诉埃丝黛关于米兰达的事。他不想让她认为自己活在幻想中。

他们从不在弗莱彻监狱附近的麦当劳吃午饭——埃丝黛说，有太多的弗莱彻员工下了班会去那儿，隔墙有耳，她不想让他们成为一项被议论的话题。按照埃丝黛的建议，他们选定了威尔莫特的一家高档餐厅，名叫真利时。这家店会根据时节变换而采用不同的装饰。他们吃午饭那天正好离圣诞节不远，所以橱窗里有一群小精灵，他们正忙着装点餐厅，制作玩具，在冰冷的窗户玻璃上绘制雪花。幸运的是，这家店有酒牌[1]。

“真行啊！”埃丝黛在餐厅一角的雅座跟他面对面坐下，“你可是搅起了不小的风浪！”她戴着一串亮晶晶的项链，菲利克斯从未见过：莱茵石做的，如果他没看错的话。

“尽力而为吧，”菲利克斯恰如其分地透着一股自谦，“我可没那么大功劳。你知道，这帮家伙一直很努力。”

“我不知道自己过去为什么会怀疑，”埃丝黛说，“你对他们做的一切简直太神奇了！”

“嗨，谈不上什么神不神的，”菲利克斯垂下双眼，盯着咖啡杯里说，

[1] 加拿大对酒的管理比较严格，餐馆售酒必须有酒牌（liquor licence），日常买酒也一般是去政府指定的专卖店。

“但进步是有的，我觉得这个可以承认。你的支持是对我莫大的帮助，”他审慎地补充道，“没有你我可做不到。”

埃丝黛听到恭维，红了脸。他得注意了：他可不想让她觉得自己得到了什么垂青，那样对他俩都没好处。“你知道吗，你这场风浪可是搅得好啊！两周前，我在渥太华参加我所在的一个委员会的会议，我跟一些人讲了你的事，你绝对想不到我为你争取到了什么，”她都有点喘不过气来了，“我想你肯定特别高兴！”

她过去几年在背后小心翼翼地运作，帮了他不少忙。多亏她的影响力，他才有能力购买所需的技术支持和服装道具。她设法为课程争取到一点额外的预算，还为他疏通了狱长这一关，使他通过安检时能容易些。她显然想讨好他。而他也表现出高兴的样子，尽管他希望没有表现得太明显。

“什么啊？”菲利克斯捋着胡子，动了动眉毛，“你做了什么聪明的事？”他的口气听上去像是在有所暗示地说，你做了什么淘气聪明的事儿啊？

“你将接待……”她收住话，压低声音，几乎是在耳语，“你将接待一位部长来访！甚至更隆重：两位部长！这种事从来没有过，两位部长同时到访！甚至有可能是三位！”

“真的？”他说道，“都有哪些部长？”

“司法部长，这算一个，”她说道，“他主管这块，而且我跟副部长一再强调你跟那些犯——跟你的学生们取得了多么大的成绩。这个可以作为改造犯人新思路的一个样板！”

“太好了，”菲利克斯说，“做得好！司法部长！正是萨尔·奥纳利。”萨尔的政党输掉地方选举后，他转向了联邦政治，谁承想还被选上了。凭借他的阅历和人脉，还有——这个不得不提——他筹款的能力，他迅速再次跻身内阁，而且这次级别更高。如今他已经独揽一方大权。

“没错，”埃丝黛说，“他首次入阁是担任文化部长，后来管过一段外交，但现在已经跳到司法部了。他们喜欢把人调来调去的。他一直在大谈自己‘严打犯罪’的计划，但他来这种地方看你的、你的——你所从事的工作，这一点体现了他的思想比一些人想象的要开放。”

“既然这样，希望他能喜欢我们水平有限的表演。”菲利克斯说道，“第二位部长是谁？”好像他不知道似的：托尼也效仿萨尔钻进了联邦政治圈，那里可以捞取的东西更多，圈里人的地位也更显赫。

“他是新人，刚被任命，”埃丝黛说，“他本人有从事戏剧工作的背景！你肯定知道他。安东尼·普莱斯[1]。他不是很多年前跟你在梅克西维格戏剧节共事过吗？”她一定把安东尼的维基百科词条翻了个遍。

“啊，那个安东尼·普莱斯！”菲利克斯说道，“是，他的确跟我共事过。他做事很有效率，是我的左膀右臂。”她难道没听见他怦怦的心跳声和他耳朵里的呼啸声吗？他简直不敢相信自己的运气。他的仇敌，两个全是。他们就要到弗莱彻来了！这是世上一处他尚可施展比他们更强的力量的地方——只要把握好时机。“这就像家人团聚。”他说道。

“对对对，就是这样，不是吗？”埃丝黛说，“实话跟你讲，一直有人质疑这个项目是否该继续办下去，要拿预算开刀，而且……我的很多同事，还有其他的顾问——他们就是看不到这个有什么意义，虽然我们做出这么好的……他们觉得监狱就是应该用来……但这是我的项目，我个人很在意，你知道的。所以我竭力推荐，几位部长终于同意至少过来看一眼。毕竟，你做的事可是引起了蜂鸣般的反响！”

“蜂鸣般的反响，”菲利克斯说道，“‘蜂儿吸蜜的地方，我也在那儿

---

[1] 托尼的大名。

吸蜜。[1]，我想这比把脚伸进马蜂窝里要好。”他开了个小玩笑。既然埃丝黛给了他机会，他便有意把脚伸进这个马蜂窝，越深越好。之后一定会引发一场“蜂鸣般的反响”。

埃丝黛笑了出来，有点小喘息：“呵呵呵！说得好。我们真是有幸能请他们过来看看这么不可思议的……我对那几位副部长说，这真是将纪律同教化完美结合的典范，说明了艺术可以作为一种治疗和教育的工具，通过极富创造性的、意想不到的方式发挥作用。我想他们俩至少会考虑在这个方面加强建设。两位部长都是如此。”她又说道，“他们想和全体人员来一张合影，包括那些犯……我的意思是……”

“那些演员。”菲利克斯说。他拒绝叫他们犯人，拒绝称他们为囚犯，只要他们在他的剧团里就不行。当然了，他心想：一张合影——这是天下所有部长出访永恒的主题。

“是，的确，和演员们。”埃丝黛笑了，“他们很乐意。”

“那他们知道我是导演吗？”他问道，这一点很重要，“我是说，我？我的真实姓名？”

“放心吧，他们知道的都是课程介绍里的东西。你在那上头的署名是杜克先生。我一直保守着我们的小秘密呢，我答应过你的。”她眨了眨眼。

“谢谢你替我保密。”菲利克斯说，“我知道你很靠谱。最好把关注点都放在演员们身上。他们什么时候来，部长大人们？”他问道。

“课程结尾吧，就在你用闭路电视放片子那天。今年是3月13号，对吧？我觉得这是让他们看到成果的最佳时间。他们会接见犯……演员们。就像首映之夜，你懂的，大腕云集……”她的脸颊上浮现出两片红晕。她为自己的这项成就而兴奋。她显然需要别人夸夸她，于是菲利克

[1] 《暴风雨》第五幕第一场，爱丽儿歌谣里的一句：“Where the bee sucks, there suck I.”此处参考了梁实秋、朱生豪先生的译文。菲利克斯的意思是他喜欢和埃丝黛一起为这个项目而努力。

斯就夸了两句。

“您就是一大明星啊，”他说道，“我对您感激不尽。”

埃丝黛笑了。“千万别客气，”她说道，“我乐意效劳。这特别值得……只要力所能及，任何有助于推进……你知道我会不遗余力地扫清障碍，为这个开路。”她靠过来，几乎碰到了他的手腕，但又止住了。“那么你今年选的莎剧是哪一出？”她问道，“我记得你想做《亨利五世》？配上长弓……还有那场精彩的演讲[1]，之后是……想想都激动……”

“我是在考虑这部戏，”菲利克斯说，“但我改主意了。”事实上，他刚改主意。卧薪尝胆十二年了，他的复仇欲一直在内心深处——那是一条永不封冻的暗流。尽管他一直在网上追踪托尼和萨尔，但他们总是那么遥不可及。但如今他们就要来到他的地盘了。怎么才能抓住他们、困住他们、偷袭他们？忽然间，复仇离他如此之近，近到他真能尝到复仇的滋味了。那味道像牛排，生的。噢，等着看他们那两张脸吧！噢，转动你的刀把。他想看到痛苦。“我们要做《暴风雨》。”他说道。

“啊！”埃丝黛惊讶道。他知道她在想什么：太欢脱了吧？“他们对偏战争题材的戏不是驾驭得很好吗？你觉得犯……演员们能适应……那些魔法、鬼怪跟精灵吗？你的《裘力斯·凯撒》可是扣人心弦啊！”

“嗯，演员们会适应的，这不成问题，”菲利克斯说，“这是关于监狱的一部戏。”

“真的吗？我从没想过……也许你说得对。”

“还有，”菲利克斯说，“这部戏写的是一个普世的主题。”他脑子里想的是复仇——这的确普世。他本来不希望她问关于主题的问题：复仇太消极了，她会这么说。尤其对于监狱的观众，这是个不好的示例。

---

[1] 长弓，中世纪英国军队使用的一种兵器。亨利五世利用长弓兵对阵规模更大的法国军队，取得奇效。这场战斗也是《亨利五世》一剧的高潮。亨利五世在开战前的演说至今被人们津津乐道。

她还有其他担忧："但你觉得我们的两位部长会……我们不想让别人再产生更多质疑……也许你可以选择一些不那么……"她的手焦虑地交缠在一起。

"他们也会适应的，"菲利克斯说道，"两位部长都可以。我保证。"

11. 小伙计们[1]

同一天

坐着他呼哧带喘的蓝色标致，菲利克斯开上了山，沿着蜿蜒的山路朝两道高耸的铁丝网驶去。铁丝网一共内外两层，网顶装有刺圈。又下雪了，来势更猛烈。所幸他的车里有一把铲子和一袋沙。傍晚，他可能不得不挖一条通往行车道尽头的路，而他刚刚才把自己从里头挖出来。心脏病，心脏病：他总有一天要把自己挖得不堪重负，跪倒在地，然后被发现的时候，已经冻成硬邦邦的死尸。这便是独处的危险。

他将车子停在第一道门前，等它缓缓打开，然后开到第二道门前，摇下车窗，出示通行证。

"杜克先生，请进。"门卫说道。菲利克斯现在可是名人了。

"谢谢你，赫布。"菲利克斯说。他开进阴冷的内院，把车停在指定的位置。锁车就不必了，在这儿没必要：因为不存在偷盗。他踩着雪嘎

[1] 《暴风雨》第四幕第一场，普洛斯彼罗对爱丽儿说道："你跟你的小伙计们把刚才的事情办得很好；我必须再差你们做一件这样的把戏……"朱生豪译。

吱嘎吱地走过人行道，那上面铺满了雪融化后形成的冰晶。他按下对讲机上熟悉的按钮，通报了姓名。

嘎嗒一声，门开了。他走进温暖的室内，一股独特的气味扑面而来：变质的油漆、令人眩晕的霉味、人们不情愿吃进去的恶心的食物，还有沮丧的气息——耷拉的肩膀、低垂的头颅、塌陷的身躯。一股无精打采的味道。带洋葱的屁味。冰凉的赤足，潮湿的毛巾，丧母的年岁。那是痛苦的味道，像魔咒般附着在屋里每一个人身上。但有那么几个瞬间，他相信自己可以解开这个魔咒。

菲利克斯通过安检。凡是进入这座建筑的人都必须接受检查，避免夹带违禁品。那机器可以探测到曲别针、大别针，也可以探测到剃须刀，即便你把它们吞进肚子里也没用。

“要把口袋掏空吗？”他问两个警卫。他们叫迪伦和麦迪逊，来弗莱彻的时间和他一样长。一个棕色皮肤，另一个黄色皮肤。迪伦是锡克教徒，戴着包头巾。他真名叫狄安（Dhian），但他把名字改了，因为——他跟菲利克斯说——迪伦这名字更好念。[1]

“可以进了，杜克先生。”两人齐刷刷地咧嘴一笑。像菲利克斯这样人畜无害、一把年纪的戏剧工作者，他能走私个什么物品呢？

台词才是你们应该担心的走私品，他对此想道。那才是真正危险的东西。因为台词是不会在扫描仪上显示出来的。

“多谢，迪伦。”菲利克斯一脸苦笑，他们仨都知道这样的例行公事对他毫无意义。他不过是个脑子有点糊涂的老家伙。这里头没东西，伙计们，走吧。

“今年排什么戏？”麦迪逊问道。和其他人一样，狱警们也喜欢看弗莱彻监狱的戏剧片。菲利克斯每年专门为他们做一场戏剧讲座，这样他

[1] Dhian是印度名字，对许多白人来说可能有些奇怪，而且不知道该怎么念。

们就会有参与感。但此举一直有个隐患，那就是他们可能会觉得犯人比狱警过得有意思多了。敌意可能会越攒越多，这会给菲利克斯制造麻烦。有人会搞破坏，关键道具和技术设备可能会不翼而飞。埃丝黛事先提醒过他这一点，所以他一直在抚慰相关的情绪。但目前还没有不测发生。

“那部《麦克白》真棒，”麦迪逊说，“让他们假装斗剑的法子好！”不用说就知道，真剑是不能使的。硬纸板实在是太万能了。

“是啊！**这就是篡贼的万恶的头颅**[1]，大爱麦克德夫，”迪伦说道，“就该弄死他。”

“太邪恶了！”麦迪逊说，“比如有一句，**有个恶人从这边过来了**——那句也很邪恶！”他把手指弯得像女巫的爪子一样，挤出一阵咯咯的笑声。只要有戏，每个人都想试一试——菲利克斯至今都觉得不可思议。

“蝾螈之眼，”迪伦用女巫的腔调说，“来一场射箭的戏怎么样？我在电视上看过一部电影。我记得里头有讲战犬的故事。”

“射箭，这个好，”麦迪逊说，“狗，这个也好。”

“是啊，”迪伦说，“但不能是真箭，也不能是真狗。”

“今年会有点不同，”菲利克斯说，“我们要排《暴风雨》。”

“那是啥？”麦迪逊问道，“从来没听过。”他们每年都拿这话跟菲利克斯打趣，他永远也不知道他们到底听说过什么。

“就是有一堆小仙子的剧，”迪伦说，“是吧？飞来飞去的那种。”他听上去不太买账。

“你说的是《仲夏夜之梦》，”菲利克斯说，“咱们这部戏没有小仙子，有小妖精。他们很邪恶。”他停顿了一下，“你们会喜欢的。”他向他们打包票。

“有打戏吗？”麦迪逊问。

[1]《麦克白》第五幕第八场。朱生豪译。

“某种意义上是有的，”菲利克斯说，“戏里有一场风暴，还有复仇。绝对的复仇。”

“太棒了。”麦迪逊说。他们俩兴奋起来。复仇是熟悉的事物，他们平日里见多了。腰上踹一脚，脖上抹一刀，淋浴房里一摊血。

“您排的都是好戏，杜克先生。我们相信您。”迪伦说道。傻帽儿，菲利克斯心想，永远不要相信一个拙劣的专业演员。

客套过后，该履行既定程序了。“这是您的报警器。”迪伦说。菲利克斯把它别在皮带上。这东西像一个寻呼机，遇到紧急情况可以按下按钮，呼叫狱警。佩戴报警器是必须的，尽管菲利克斯觉得这玩意儿有点侮辱人的意思。他处于被控制的状态，不是吗？正确的台词、正确的出场，这对他才是真正的安全。

“谢了，”他说道，“我进去了。今天第一天！万事开头难。祝我狗屎运[1]吧！”

“狗屎运啊，杜克先生。”麦迪逊竖起两根拇指。

“屎”（merde）这个法语词是菲利克斯教他们的。他对他们说，这是过去剧场的一种迷信，就是“祝你好运”的意思。他对旧时戏剧界的迷信介绍得越多越好：这有助于扩大他的朋友圈。

“杜克先生，有麻烦了就叫我们一声，”迪伦说，“我们都挺你。”

会有麻烦的，菲利克斯心想，但不是你说的那种。“谢谢，”他说道，“知道你们靠谱。”说罢，他向通道深处走去。

---

[1] 西方演艺界有一种正话反说的迷信，他们认为说“好运”反而晦气，说反话才能演出成功。此处原文是一个法语词“merde”，字面意思是“屎”，是“祝你好运”的意思。英文里有“break a leg”，直译为祝你断一条腿，也是演出前要说的好话（一种说法是，因为演员在谢幕时要频繁地行屈膝礼，像断了一条腿似的，借此形容演出很成功）。

12. 寸步难入[1]

同一天

通道并不像地牢般幽暗：这里没有锁链，没有镣铐，没有斑斑血迹——尽管它们会藏在一些隐秘的地方，他想道。墙壁被粉刷成柔和的浅绿色。有一种理论认为这种颜色有助于稳定情绪，不像刺激性的红色。要不是因为少了告示板和海报，这地方或许会成为一座颇为现代的大学建筑。地面是灰色的，铺地的材质有意模仿花岗岩，但其实不是。地上干干净净，抛了一点光。通道密不透风，弥漫着漂白粉的气味。

这里有几扇关着的房门。门是铁质的，但跟墙一样是绿色的，安了锁。但这儿不是关人的地方。牢区远在北面：那儿设有最高警戒区，里面的人菲利克斯从没见过，还有中级警戒区，他的演员都是从那里来的。

中级警戒区的犯人就是在这里参加所谓的改造项目的。挣学分的课程——心理辅导。这里配了几名精神科医生、一两名牧师。探班的维权律师会在这里跟犯人会面。他们来来往往。

菲利克斯和这些人保持着距离——其他的任课教师、维权律师、心理专家和牧师。他不想听他们的理论，也不想被他们对他和他工作的评价搞得心烦意乱。三年来，他们打过一些照面，但并不愉快。他们用斜眼看他，嘴里念叨着那些道德说教，令他感到十分厌恶。

他是个害人虫吗？他们感觉是。他不得不时刻提醒自己：他回敬——更确切地说是冲他们吼叫——的每一句话都会被记在小本子或什

[1] 《暴风雨》第二幕第一场，贵族阿德里安说：“……这岛上似乎很荒凉……不能居住，而且**几乎寸步难入**。”此处参考了朱生豪译文，略有改动。

么东西上，待这些专家被请去评估（这是他们说的）他的治疗和/或教学效果时用作攻击他的武器。所以，当他遭到他们虚伪的废话的轰炸时，他便管住嘴巴、一言不发。

杜克先生，这真的管用吗？让这些无药可救的人——让我们来告诉您他们有多么无药可救：许多人在童年时受过各种虐待或冷落，他们有些人去精神病院或是戒毒所会更好，那里比教他们学四百年的古文的监狱更适合他们——让这些脆弱的人接触带有精神创伤的情景，它们可能引发焦虑、不安或记忆的闪回，抑或更糟的危险的攻击性行为。你觉得这样做有好处吗？政治暗杀、内乱、巫术、斩首，小男孩在地窖被歹毒的叔叔闷死之类的情景？大部分和他们的经历太相似了。真的，杜克先生，您要冒这个险，担这个责吗？

这是演戏，菲利克斯在内心申辩道，纯粹想象的艺术！戏剧当然涉及精神创伤的情景！它召来恶魔是为了驱散它们！你们没读过希腊作品吗？Catharsis（情感宣泄）这个词你们懂不懂？

杜克先生，杜克先生。您过于脱离现实了。他们是实实在在的人，不是您戏剧艺术里无关紧要的走卒，不是您用来试验的小老鼠，不是您的玩物。请您尊重他们。

我很尊重他们啊，菲利克斯默默答道。我尊重才华：那种不发掘就会被埋没的才华，那种能从黑暗和混乱中召唤光明和生命的才华。为了这种才华，我开辟一个时空，赋予它称谓和居所，就算它们会转瞬即逝。但那又如何？一切表演都是转瞬即逝。这是我唯一认可的尊重。

大无畏的心态，他对自己说道。但自视甚高了，杜克先生，您不觉得吗？

*

他在一扇挡住去路的门前停下来，等待它滑动开启，然后走了进去。

门在他身后缓缓关闭。在这片区域的另一头有一扇类似的门。这两扇门在他上课期间都处于闭锁的状态。那样更安全，杜克先生。

这里没有和外面的警卫联系的音频，也没有视频。他坚持这一点：演员在排练期间不应受到监视，那样太束缚手脚。在他看来，他腰带上的报警器已经足够了，这种看法到目前为止是成立的。三年来，他从未碰上过要使用报警器的情况。

这里有一间厕所，左手边第一扇门。三间小一点的屋子，可根据需求用作排练间、更衣室或演员休息室。两间用于展示的牢房，一间是根据20世纪50年代的样式复制的，另一间是20世纪90年代的样式，它们曾用于西安大略大学的一门司法管理课程，但此后没住过人。每间牢房有四个铺位，两个上铺，两个下铺，门上有一道观察窗。

弗莱彻监狱剧团就是利用它们完成各场戏的摄制的。它们曾经是行军帐，是布鲁特斯、理查做噩梦的地方。配上红地毯和纸旗，它们就成了王宫大殿。它们曾经是苏格兰女巫的老巢、罗马元老院，也曾是伦敦塔的地牢，是两个蛰伏的凶手伺机将克拉伦斯丢进酒桶里淹死的地方。麦克德夫夫人和她的孩子在这里被屠杀，那一幕相当悲惨。一些演员突然想起了他们童年的不幸：暴力殴打、威胁、瘀伤、尖叫、刀子。

菲利克斯经过时，透过门上的窗向牢房里瞥去。屋里一片昏暗，但很整洁，铺着灰色毯子的床铺收拾得干干净净。谁会怀疑这儿发生过巫术、仪典和骚乱呢？而以后还会发生什么？

最后是一间最大的教室，这是他排戏前用来讲课的地方。二十张桌子，一张白色题板，还有埃丝黛搞到的一台电脑。它没联网，所以看“毛片”就算了，这是专供排戏用的。最重要的是，屋子里有一张大屏幕。演员们就是通过它看到自己努力的成果的。

屋里有两扇门，一扇在前，一扇在后。屋子没有窗户。这儿闻上去有股淡淡的咸味，还有一股臭脚的味道。

都在这儿了，菲利克斯默念道，我统治的岛屿，我的放逐之地，我的苦行。

我的剧场。

13. 导演训话

同一天

菲利克斯站在大屋前的题板旁，面对着今年这班学生。虽然他已经看过了注册名单，也发放了教材（包括剧本和注释），但他向来无法提前知道谁会最终出现。总有人来不了，然后再从候补的申请者中选一些上来。幸运的是，总会有候补的人。来不了还有其他原因，比如转移到别的监狱、提前假释，或是因伤请假。

他扫了一眼教室。学生中有熟悉的面孔，是参演他前几场戏的老人。他们向他点头致意，送来微笑。还有一无所知或略显困惑的新面孔，他们不知该期待些什么。都是些迷路的孩子，尽管他们已经不是孩子了。他们的年龄从十九岁到四十五岁不等。他们的肤色和发色各异，从白色、黑色到黄色、红色和棕色。他们犯的罪五花八门。除了身陷囹圄，他们还有一个共同点：都渴望加入菲利克斯的剧团。而他们的动机，在菲利克斯看来，各不相同。

他看过他们的资料——那是埃丝黛通过内部渠道为他弄来的——但表面上他装作没看过。他知道这些人为什么来这儿：有几个黑社会成员，他们给一名高层当替罪羊；有几个半吊子的毒贩；有偷东西的，从银行到私闯民宅和轿车，再到便利店；有个男孩是黑客天才，专门为他人窃取企业信息；有个盗用身份的骗子，是一名离经叛道的医生；有个会计，曾供职于一家体面的公司，因为侵吞公款而锒铛入狱；还有一名律师，是一个庞氏诈骗犯。

他们中的一些人已是颇有经验的演员，出演过数部他的作品。严格意义上，他们不能再选这门课了，但菲利克斯借助网上的指南和插件，通过在主课之外增设衍生课程的方式绕开了这一限制：在“戏剧技术”这门课中，他们学习灯光、道具、特效和数字化场景；在“戏剧设计”中，他们学习服装、化妆、假发和面具方面的知识；在“戏剧视频编辑”中，他们学习如何从母猪的耳朵里变出银色的钱包来。菲利克斯都会相应地给学分，而监狱管理层看到的成绩单都很漂亮。杜克先生就是这么好讲价：四门课，买一送三。

他同时培养了一批能够为他所用的行家里手。他有服装设计师、视频编辑师、灯光和特效师，以及一流的伪装造型师。他有时的确怀疑自己教的东西哪天会被用到歪处，比如抢银行或是绑架。但只要见到他们，他便会将这些无聊的想法抛诸脑后。

他环顾教室，脑子里已经在选角了。有了！他完美的那不勒斯王子腓迪南正用圆圆的、天真无邪的大眼睛盯着他，似乎已准备好恋爱一样——神奇小子，那个精明的骗子；那儿是他的爱丽儿（除非他看走眼）——纯真质朴、苗条机敏的空气精灵，闪耀着酷炫少年的智慧之光——八只爪，那个天才黑客；一个又矮又胖的贡柴罗，无聊但值得尊敬的老大臣——弯铅笔，那个贪污的会计；还有安东尼奥——法师普洛斯彼罗的诡计多端、篡夺了他的爵位的弟弟——蛇眼，庞氏骗局设计者兼地产诈骗犯，他左眼斜视，嘴巴是歪的，一副讥笑的样子；一个长得像怪胎的特林鸠罗——那个蠢货跟弄臣。只有酗酒的膳夫斯丹法诺，还没有目测到合适的人选。凯列班的候选者倒很多，他们一个个阴沉着脸，长满了肌肉，野蛮，有暴力倾向。他会选出来的。但在最终确定人选前，他得听他们念几句台词。

他露出自信的微笑，胸有成竹的微笑。接着，他引用了每学期开始时都会讲的开场白。

“早上好，”他说道，“欢迎加入弗莱彻监狱剧团。我不关心你们为什么来这儿，也不关心他们说你们干过什么。对于这门课，过去只是序曲。换句话说，我们要从零起步，一步一个脚印地走。

“从此地开始，从此时开始。

“从这一刻起，你们是演员。你们所有人都将参与到这部戏中来，每个人都会发挥作用，你们之前应该听有经验的人说过。弗莱彻监狱剧团只演莎士比亚的戏，因为那是学戏最佳、最完整的路径。莎士比亚的戏老少咸宜，因为这就是他的观众：所有人，上到王公贵族，下至平民百姓。

“我叫杜克，我是导演。这意味着整部戏由我负责，最终拍板的人是我。但我们工作时是一个团队，每个人都不可或缺。如果有人遇到困难，其他人应施以援手，因为最薄弱的环节决定了我们这部戏最终的成败，正所谓一荣俱荣，一损俱损。如果你们组有看不懂剧本的人，你要帮助他。你们要帮助彼此熟记台词，理解它们的意思，懂得如何有力地表现出来。我们必须以最高标准来要求自己。弗莱彻监狱剧团的名声需要精心维护，而我们共同打造的作品将为它增光添彩。

“刚才我提到了团队，你们当中和我一起排过戏的人都知道这意味着什么。每个主要角色都会有一个专门的小组，小组里的每个人都要背诵那个角色的台词。这是因为每个主演都必须有一些替演，以应对生病或者其他……其他意想不到的紧急情况，比如提前假释，或者在浴室里滑倒。戏比天大，这是戏剧界的规矩。在这个团队里，我们是彼此的后援。

“你们会有一些写作任务，要围绕戏的不同侧面来写，还要改写这部戏里你们认为——我们认为——可能对现代观众来说比较难懂的部分，让它更容易被人接受。我们将把作品拍成一个片子，在弗莱彻的……为弗莱彻全体人员播放。和我们之前的作品一样，我们的片子将是我们的骄傲。”

他露出温和的微笑，看了一眼教案，继续说：“接下来，你们需要给自己起一个艺名。许多演员过去都有艺名，包括歌剧演员和魔术师。哈里·胡迪尼[1]的真名叫埃里克·怀兹；鲍勃·迪伦[2]，实际上是罗伯特·齐默尔曼；史蒂夫·旺达[3]的真身是史蒂夫兰德·贾金斯。”这些名字是他从网上查到的，检索词是“舞台第二自我”。他只了解其中几位，每次讲这段开场白前会再补充几个较年轻的艺人。“电影明星起艺名，更不用说摇滚乐手和说唱歌手了，史努比狗狗[4]是卡尔文·布罗德斯的艺名。懂我的意思了吗？那就给自己起一个艺名吧。就像一个绰号。”

学生们纷纷点头，小声议论着。老演员们在之前的戏里已经有艺名了，他们这会儿笑吟吟的。他们喜欢回归另一个自我——就像立在那儿的一件戏服，等待主人款款进入。

菲利克斯停顿了一下，铆足劲开始了艰难的推销。“下面，今年的剧目。”他拿起红色水笔，在题板上写下：“**《暴风雨》**”。

“好了，”他说道，“你们已经提前拿到剧本和注释，应该有足够时间仔细研读了。”话虽有理，但他们中的一些人最多只有小学三年级的水平。然而，他们会有提高的：他们的团队会帮助他们进步，他们会被提携着一步步攀上文化的阶梯。

“我会从主旨讲起，”菲利克斯继续道，“这是我们在思考如何表现这部剧时必须考察的重要问题。”

---

[1] 哈里·胡迪尼（Harry Houdini，1874—1926），美国魔术大师。

[2] 鲍勃·迪伦（Bob Dylan，1941—），美国民谣歌手，作曲家，诗人。2016年被授予诺贝尔文学奖。

[3] 史蒂夫·旺达（Stevie Wonder，1950—），美国黑人歌手，作曲家，音乐制作人。

[4] 史努比狗狗（Snoop Dog，1971—），美国说唱歌手。

他拿起蓝色水笔，并写道：

这是一部音乐剧：莎剧里音乐和歌谣最多的一部。音乐的用途？

魔法：用途？

牢笼：多少间？

怪物：是谁？

复仇：谁想复仇？为什么？

看一眼他们的脸——面无表情，眉头紧锁，茫然困惑——他明白了：他们没懂。不像《裘力斯·凯撒》，不像《麦克白》，他们一看板书就明白。连《理查三世》都不像：那部戏是个挑战，因为他们有相当一部分人站在理查一边。

他深吸了一口气，说："大家目前有什么问题吗？"

"有。"飞毛腿说。他犯了非法侵入罪、侵犯人身罪。他是弗莱彻监狱舞台上的老人了，饰演过《裘力斯·凯撒》中的马克·安东尼、《麦克白》中的女巫，还有《理查三世》中的克拉伦斯。"我们读过剧本了，但是为什么要做这部戏？没有一场打戏，倒是有个什么，小精灵。"

"我可不演小精灵。"赤足鬼说。他曾在《麦克白》中出演麦克白夫人，在《理查三世》中饰演里士满伯爵。他是个嘴很甜的人；自称等他出去的那天，会有一大群守候着他的痴情美女。

"我也不演小姑娘。"说话的是刀片。他跟索马里的贩毒集团有瓜葛，在几年前的一次大型缉捕行动中被抓。他环顾四周寻求支持，大家都在没好气地点头，小声地附和。谁也不想演这两个角色：一个是爱丽儿，一个是米兰达。

菲利克斯面临着一场罢演危机，但他预料到了。他在另外几部戏里也遇到过性别问题，但那些女性角色都是成年人，而且要么是无关紧要的小人物，要么是彻底的恶势力，因此接受起来容易得多。《麦克白》里的女巫就很容易被他们接受：那些大男人对饰演邪恶丑陋的老太婆并不抵触，因为她们是怪物，而非真正的女人。至于卡尔普妮亚[1]，她只不过是次要角色。麦克白夫人和女巫相比更是怪物：赤足鬼说这人简直和他妈一模一样，并且把她演得入木三分。《理查三世》里的安妮夫人是个烈性子，她说话会喷火——实际上是喷口水，刀片可是借机好好表现了一次。

可米兰达不是怪物，也不是成年女性。她是个姑娘，弱不禁风的姑娘。哪个男的要是演了她，便会失去一切尊严，成为别人眼中的笑柄，众矢之的。演姑娘意味着他真的有可能被当成姑娘。演腓迪南的人也得遭殃：他不得不对着一个没好气的犯人说那些腻歪的甜言蜜语。

“我们先放一放这个姑娘的问题吧。”菲利克斯说道，“首先，这间屋子里的人都不用演米兰达。米兰达是个温柔天真的十五岁小孩。我没看出来你们当中有谁能演这个角色。”

下面响起了如释重负的嘀咕声。“那就好，”刀片说，“但如果这儿的人不演，谁演？”

“我会安排的……”菲利克斯犹豫了一下，重新组织语言，“我会请一位专业的女演员，”他说道，“货真价实的女人。”他进一步解释道，以便他们真正理解他的意思。

“她会来这儿？”赤足鬼说，“和我们演戏？”他们面面相觑，表示怀疑。有人已经对《暴风雨》产生兴趣了。

“你能整个小妞来演这个？”

神奇小子，那个拥有一双深情大眼的骗子开口说话了。“我觉得你不该把一个年轻姑娘带到这儿来。你会将她置于危险的境地。我当然不会打她什么主意，”他说道，“但说不好……我只是提醒你。”

“别扯了，你他妈肯定会的。”后头有个声音喊道，然后大笑起来。

“她要演一个年轻的姑娘，”菲利克斯说道，“我没说她就是个年轻姑

---

[1] 《裘力斯·凯撒》中的女性角色。

娘。当然，她也不老。”加这句是为了不让他们失望，“你们应该对她的加入感到荣幸。谁要捣乱——纠缠、猥亵、骚扰、讲下流话，我就让她走，也让你们走。我把大家视为专业演员，我希望你们表现得和专业演员一样。”专业演员也不一定是君子，他提醒自己。不过，这茬儿就不必提起了。

“那个演腓迪什么的呆子走运了，”飞毛腿说道，“那些火热亲昵的戏份都是他的。”

“呆子用对了。”赤足鬼说。

“那家伙会呆到连命根子都僵硬了[1]。”窃窃私语，偷笑。

“我们到时候再解决这个问题。”菲利克斯说。

“那太好了。”弯铅笔说。他是那个贪污的会计。这个艺名是大伙一致给他起的。他一开始不大高兴，坚持要起一个更体面的艺名，比如“圣手算盘”，他想保留那份优越感。

但他已经慢慢习惯了“弯铅笔[2]”这个艺名，因为他有什么选择呢？

弯铅笔在《裘力斯·凯撒》中饰演凯瑟斯。他喜欢跟细节较真，经常把人逼疯。菲利克斯觉得他很烦，因为他总想展示自己准备得有多充分。贡柴罗非常适合他，菲利克斯心想。

“很好，”弯铅笔继续说道，“但你还没有解决那个……啊，爱丽儿的问题。”

“对，那个精灵。”飞毛腿说。

“我们周五再讨论这个问题，”菲利克斯说，“现在，你们要完成第一项笔头练习。我要你们仔细通读剧本，列出剧中所有的粗话。我们在教室只能说这些粗话。谁要是被逮着用了别的词，就会被记一笔，从总分

[1] 此处是在拿 stiff 这个词开玩笑，stiff 有坚硬、呆板等意思，这里暗指生理反应。

[2] Bent Pencil，直译为弯了的铅笔。英文的 bent 有不正当、贪腐之意，而铅笔是会计在电脑前工作时最常用的文具。此外，弯铅笔也暗指性无能，有取笑对方年老体衰的意思。

中扣掉一分。计分全凭自觉，大家互相监督，明白了吗？”

老人们咧着嘴乐了。菲利克斯总要在课上设置一点挑战。

“这个戏有烟吗？”赤足鬼问道，“跟以前一样？”

“当然，”菲利克斯说，“你们把粗话列出来后，挑其中十句背下来，然后学着把它们拼写出来。这些话将作为你们特有的粗口，可以在教室里对任何人、任何事使用。如果你不懂什么意思，我很乐意告诉你。准备好了吗？注意了，现在开始！”

大家埋下头，打开笔记本，开始浏览剧本。铅笔唰唰地飞快运行。

一提脏话就来劲，菲利克斯想道，学文化就靠这点妖妇贱种的动力，还有烟，就知道狗娘养的香烟，但愿血瘟病瘟死他们吧。[1]

14. 任务一：粗话连篇

2013 年 1 月 9 日 星期三

周三这天，菲利克斯感觉轻松了些。他已经跨过了第一道坎。他挂出一张慈祥的脸，厚爱满满，但期待着最好的表现。“大家的粗话找得怎么样了？”他说道，“汇总后的那张纸在谁的手里？”

“弯铅笔那里。”刀片说。

“谁来读给大伙听听？”

“弯铅笔。”飞毛腿说。

[1] 这是在用《暴风雨》里的粗话骂这帮学生。

“因为他知道怎么读。”赤足鬼说。[1]

弯铅笔走到台前朗诵起来。他拿出开会发言时最优美的声音，读得有板有眼，声情并茂：“命该绞死的！愿你喉咙里长起个痘疮来吧，你这大喊大叫、出口伤人、没有心肝的狗东西！该死的贱狗！你这下流的、骄横的、喧哗的东西！大嘴巴的恶徒！歹毒的坏蛋！眼圈发青的女巫！浑身斑痣的女巫的子孙！你这泥块！你这乌龟！你这恶毒的奴才，是魔鬼和你那万恶的老娘合生下来的！但愿我那老娘用乌鸦毛从不洁的沼泽上刮下来的毒露一齐倒在你们两人身上！但愿一阵西南的恶风把你们吹得浑身都起水疱！癞蛤蟆、甲虫、蝙蝠，都咒在你身上！下流如你！可恶的贱奴！但愿血瘟病瘟死了你！女巫的子孙！愿太阳从一切沼泽、平原上吸起来的瘴气都降在——此处加名字——身上，让他的全身没有一处不生恶病！不要脸的怪物！居心不良的嗜酒的怪物！怪胎！穿花花衣裳的蠢货！浑蛋！愿你这怪物给牛瘟病瘟死，魔鬼把你的手指弯断了去！愿这傻子浑身起水肿！魔鬼生下来的杂种！坏东西！”[2]

“做得好，”菲利克斯说，“听上去相当全。我想不出有什么遗漏的。大家有什么问题和意见？”

“以前骂我的话可比这些难听。”赤足鬼说。

“为什么泥块（earth）[3]是骂人的话？”飞毛腿问。

“是啊，我们生活在土地上，”红狼说，“土地上长庄稼，对吧？还有乌龟（tortoise）。就是那种带壳的动物对吧？它在某些国家可是圣物。为什么是不好的词呢，一只龟？”

---

[1] 莎士比亚时代的语言比较古老，对许多犯人来说可能连见都没见过。干会计的弯铅笔是少数有教育背景的人。

[2] 取自朱生豪译本，有个别改动。大量的粗俗语的确是莎士比亚作品的特点之一。

[3] earth 有地球、泥土等意思。朱、梁、彭的译本均译为“泥块”。

“殖民主义，”八只爪开口说道，这位黑客在入狱前曾浸淫互联网多年，“普洛斯彼罗觉得自己很牛逼，高人一等，能镇压其他人的思想。”

充其量是多元文化主义吧，菲利克斯想道。他料到“泥块”会引起异议，但没想到“乌龟”也会。他先跳到第二个词。“‘乌龟’就是指行动迟缓的人，”他说，“在这部戏里是这个意思。”

“相当于——赶紧滚出来。”车火儿[1]在一旁帮忙。

“如果是这样，那么我提议禁用这个词。”红狼说道。

“随你们。”菲利克斯说，“至于‘泥块’，这里是和‘空气’相对的东西。它的意思是下贱的。”[2]

“我提议我们也不要用这个了。”红狼说道。

“还是随你们。”菲利克斯说道，“还有吗？”

“我要把这个记下来，”红狼说道，“谁叫我乌龟或泥块，给我等着。”

“行啦，随你。”飞毛腿说。

“我有一个，”刀片说，“一个问题。‘屎’是粗话吗？我们能用这个字吗？”

好问题，菲利克斯想道。理论上，“屎”可能算不上粗话，只是一种与大便有关的表述，但他不想成天听到这个字眼。这个屎，那个屎，你真屎。他可以请他们举手表决，但如果他不拿主意，做这帮三教九流之人的老大还有什么意义？“‘屎’不能用，”他说道，“你们的粗话里不能带这个字。”

“去年还能用‘屎’呢，”飞毛腿说，“为什么现在不行了？”

“我改主意了，”菲利克斯说，“我厌恶它了。太多的‘屎’就单调了，而单调不是莎士比亚的风格。现在，如果没有其他问题，我们来做一个听写测验。不许看其他人的卷面。我从这儿看得一清二楚。准备好了吗？”

---

[1] 原文是 HotWire，指用电线短路的方式将车子打着。

[2] 想想中文里对一个人说“**你真土**”。

15. 惊为天人[1]

2013年1月10日 星期四

菲利克斯已经锁定他心目中米兰达的人选了。就是他为十二年前被取消的《暴风雨》选定的那个女孩。安妮-玛丽·格林兰，曾经的体操女孩。

她一定已经长大了，他想道，但年龄应该不是很大，因为十二年前她还很小。凭借苗条、紧实的体型，她驾驭米兰达绝对没问题——前提是她没有发福。

他动了一番脑筋才找到她。他不想通过演艺中介，因为没有公司愿意让客户去监狱演出：他们可能要为此担责。他得自己联系她，说服她，说不定还得动用他可怜的预算付她酬劳。

互联网派上了用场：他一搜便很快发现了她的简历。在两家演员招募网站上都可以找到她的简历。自从他的《暴风雨》被取消后，她在梅克西维格扮演过几个小角色：《伯里克利斯》妓院里的妓女，《安东尼和克莉奥佩特拉》中的婢女，《西区故事》里的舞者。没什么重头戏。米兰达本来可以让她声名大噪，他本来可以令她充分发挥才能，教她许多东西。那本该是让她在演艺界站稳脚跟的一部戏。他不是唯一一个被托尼和萨尔毁掉前途的人。

在《西区故事》后，安妮-玛丽彻底转向了舞蹈界。她先以学徒身份参

[1] 《暴风雨》第一幕第二场，腓迪南见到米兰达时惊叹道："啊！惊为天人的您！（Oh you wonder）您是个少女，不是？" 彭镜禧译。米兰达（Miranda）名字的拉丁文 mirandus 即有令人惊叹的、不可思议的意思。

加了几个演出季，接着在基德中心[1]做特邀舞者：他在Youtube上发现了她跟两名男伴跳的一套高强度的固定动作。可惜由于伤病，她没等到公司那部轰动的《重回暴风雨》出品便离开了，自此消失了八个月。后来她作为编舞复出，利用业余时间指导了在多伦多上演的《为你而狂》。这是去年的事了。

安妮－玛丽的日子不好过啊，他猜道。她结婚了吗，有对象了吗，都没提到。

她有一个脸书账号，但最近没怎么更新。几张她的照片：清瘦，紧实的肌肉，淡黄色的头发，大眼睛。是的，她还能演米兰达。可她愿意吗？

菲利克斯在脸书上申请加她好友，用的是真名。神奇的是，申请通过了。

接下来是打招呼。她还记得他吗？他在线上问道。记得，她简短地回复。并没有喜出望外。她还能演戏吗？看情况吧，她回复道。他已经让她失望过一次了，他估计她会这么想，所以他凭什么觉得自己可以就这么重新出现在她的世界里，装作什么事都没发生呢？

她目前在一家叫荷瑞修的咖啡店做兼职咖啡师，地点就在梅克西维格镇。估计是想搭上戏剧节的便车，他猜道。他约了个时间见面，然后在荷瑞修门口接上了她。他并不担心被熟人认出来，因为他的外貌已经大变，胡子和眉毛都已花白。何况大多数老人都已经不在了：他通过公司官网核实过。

看到安妮－玛丽外表还算年轻，他心里一块石头落了地。如果说有什么变化，那就是她更瘦了。她把头发梳到脑后，扎成舞者的圆髻，两只耳朵上各戴着两只小金耳环。她穿着修身牛仔裤，白色T恤衫，看样子是荷瑞修咖啡师的工作装。

他带她绕过街角，来到一家人声鼎沸的酒吧。这家店的门脸是一只

[1] Kidd Pivot，加拿大舞蹈团体。据说艺术理念比较先锋和激进，认为舞蹈属于运动的范畴，所以喜欢加入一些突破肢体极限的动作，同时与古典杂糅，形成了平衡中带有风险、严谨与鲁莽并存的表演风格。

红眼巨人，笑得像一个令人毛骨悚然的跟踪者。他们面对面在乌木座椅上落座后，菲利克斯马上为安妮－玛丽和他自己各点了一杯当地手工酿造的啤酒。“吃点什么？”他问道。临近午饭时间了。

“汉堡、薯条，”她忽闪着两只帅气的大眼对他说道，“八分熟。”他想起了饥肠辘辘的演员须要遵守的第一条规定：永远不要错过白来的美食。他自己曾吃掉过多少演员休息室里的水果和奶酪呢？

“真是好久不见啊，”她说道，“你就像是人间蒸发了一样。大家都不知道你去哪儿了。”

“托尼把我给开了。”他说道。

“嗯，有人在传这事儿，”她说道，“我们中的一些人觉得是他炒了你。当头给你一棒，然后乱刀捅死。”

“差不多，”他说道，“就是那种感觉。”

“你连句告别的话都没有，”她责怪道，“对谁也没说。”

“我知道。对不起，我当时没办法，”他说道，“事出有因。”

她愠色稍减，朝他微微一笑。“你肯定很难受吧？”

“我特别对不住你，”他说道，“我没能执导你计划出演的那部《暴风雨》。你本来会非常抢眼的。”

“是啊，”她说道，“我也觉得很遗憾。”她挽起袖子——这种喝酒的地方热烘烘的——他看见她胳膊上文了一只蜜蜂。“找我什么事？”

“迟到总比没有强吧，”他说道，“我想让你扮演米兰达，《暴风雨》里的米兰达。”

“我的老天，”她说道，“你不是开玩笑吧？”

“绝对不是，”他说道，“这次的情况有点特殊。”

“每一次情况都特殊，”她说道，“不过我还记得台词呢。当时我花了多大力气背台词，我连做梦都在叨咕。你准备在哪儿演？”

他吸了口气，沉默了一下。“在弗莱彻监狱，”他说道，“我在那儿教一门课。教那些，呃，那些犯人。他们有些人很有表演天分，你会感到惊讶的。”

安妮－玛丽喝了一大口啤酒。“让我理理清楚，”她说道，“你想让我到关着一堆男囚的监狱里演米兰达？”

“他们没人愿意演姑娘，”他说道，“你懂的。”

“我知道。我不怪他们，”她的声音里带着一丝尖刻，“演姑娘我就进火坑了，绝对的。”

“他们特别欢迎你来，”他说道，“加入他们。他们盼着呢。”

“我不信。”她说。

“不，真的。他们会尊重你的。”

“一帮纯洁的腓迪南，是吗？”

“有安保措施的，”他说道，“电棒，警卫，全都有。”他沉默了一下，“其实并不需要，真的。”他又沉默了一秒，“有报酬。”又是短暂的沉默，然后放出最后的大招，“你不会再有第二次这样的表演经历的，我保证。”

“你是找不到别人来演了吧？”她说道。他知道事情快要成了。

“你是我第一个请的人。”他诚实地说道。

“可我年纪太大了，”她说道，“已经不是十二年前了。”

“你无可挑剔，”他说道，“你还新鲜热乎着呢。”

“就像一泡刚拉的屎。”她说道。他眨了眨眼。她那张脏嘴总是语出惊人。他永远没法防备随时从她孩童般的嘴里冒出来的一两句脏话。

“那是因为你觉得我长得像小孩，”她说道，“没有咪咪。”

不要轻易否认。“咪咪的重要性实在是被高估了。”菲利克斯说道——这对一个咪咪小的女人来说是好听的话——她莞尔一笑。

“你自己演普洛斯彼罗？”她说道，“不是让哪个抢银行的来演这个迷人的老头吧？因为我太爱这个人了，还有他的台词。我受不了听他们胡搞。”

“是的，”他说道，“在监狱里施魔法，这对我是一个挑战。在正规舞台上演出就像在公园散个步那么容易。这么说吧，这可能是我完成心愿的最后机会了。”

她突然大笑了起来。“你还是和从前一样疯狂，”她说道，“真不知道你中什么邪了！他妈的谁还会这么胡闹？好吧，算你赢了！”她伸出一只手准备和他相握，但菲利克斯还没说完。

“只有两件事，”他说道，“第一，我在那儿叫杜克。没人知道戏剧节——就是我原来的事……这个说来话长，我会找时间告诉你的。但‘菲利克斯·菲利普斯’绝不能提，这可能引起怀疑跟麻烦。”

“你什么时候怕麻烦了？”她问道，“你？”

“这会惹来大麻烦的。第二，不能说一般的脏话，这是我的规矩。他们只能用剧本里的脏话。”

她思忖了片刻。“行，我能做到，”她说，“现在就来怎么样，怪胎！来，亲吻你的《圣经》！[1] 说定了！”

这回他们握了手。她手劲大得像开罐器。贞操不会是普洛斯彼罗警告腓迪南同这位姑娘保持距离的唯一原因。腓迪南可不想在婚前就变成一个被大卸八块的新郎官。

“我喜欢你那只蜜蜂，”他说道，“胳臂上的文身有什么特殊寓意吗？”

她垂下双眼，看着桌面。“我和爱丽儿有过一段感情，”她说道，“你戏里的那个演员。一直都不错，但他伤了我的心。这只蜜蜂有点我们开玩笑的意思。”

“玩笑？什么样的玩笑？”他一说出口就意识到自己并不想知道答案。所幸汉堡上来了，安妮－玛丽用她洁白的小牙狠狠咬了下去，发出一声愉悦的叹息。菲利克斯看着她狼吞虎咽地吃掉汉堡，努力回想着自己饥饿难耐时的样子。

---

[1] 《暴风雨》第二幕第二场，斯丹法诺引诱凯列班喝酒时对他说的话。此处的“亲吻《圣经》”指饮酒。

16. 隐身[1]

2013年1月11日 星期五

周五一上课，菲利克斯便卖起了关子。“我有一些女演员的消息了，”他说道，“就是我说过要演米兰达的。”他控制着音量，把话又收住了。好消息还是坏消息？他们肯定在想。

他们神情专注，鸦雀无声。“很难啊，”他说道，“只有一位异乎寻常的女性愿意接这个角色。”他极轻微地点了点头，“她有不少顾虑，我做了很多工作。”他继续卖关子，“我觉得我可能失败了。但最后……”

“哈！”八只爪说，“你做到了！去……我是说，下贱得棒极了！”

“是的，最后我成功了！”

“遭血瘟的太好啦！”赤足鬼说。

“谢谢。”菲利克斯说。他笑了一下，微微鞠了一躬。他们期待他表现得正经一点。温文尔雅，这符合他扮演的老学究的气质。“她名叫安妮-玛丽·格林兰。”他继续说道，“她不仅是演员，也是一名舞者，运动健将型的舞者。”他补充道，“我带了一段视频给你们看。”

他提前把那段Youtube视频下载到了U盘里，这会儿他把U盘插进教室里的电脑。“请关灯。”

屏幕上出现了安妮-玛丽穿着黑色吊带背心和绿缎短裤练舞的视频。安妮-玛丽抛起轻盈的男伴，待男伴落地后，她像章鱼般用手臂和双腿缠住他，勒着他的脖子将他的头拉了回来。男伴用力挣脱，将她抛向空中，同时抓着她旋转一周，她的头几乎碰到了地面。安妮-玛丽时而在男伴的双

[1] 《暴风雨》第一幕第二场，普洛斯彼罗命令爱丽儿：“去把你自己变成一个海中的仙女，除了我之外不要让别人的眼睛看见你。去，装扮好了再来。去吧，用心一点！”朱生豪译。

腿间穿梭，站起来再次跃起，双脚弯曲着，时而又将男伴紧紧钳住，将他的一只胳膊肘扭成一个令人痛苦的直角。她结实的臂膀上的肌肉清晰可见。

“哇，”一个声音说道，“这是……这个穿花衣裳的蠢货是什么东西？”

“她能把一个狗娘养的撕得稀巴烂！”

“她有个妖孽般的文身！”

“生毒痘疮的！”

“这跳的是什么可恶的主题？”

“我猜是浪漫的爱情吧。”菲利克斯说道。他立刻感到羞赧，这种无心的玩笑不该出现在他期待他们笃信的魔法世界里。[1]

安妮-玛丽单足旋转，同时绕着舞伴转圈，后者则在地上翻滚着前进。她做了一个后空翻，双脚稳稳落地。又一位男伴跃入，将她举起并在肩上翻转，她的双脚如剪刀般翻飞。她再次落地，摆出一个拳击手的架势后马上跑开，两位男伴在后面追赶。她停下来，抬起一只脚，做了一个屈伸，然后叩击另外一只脚的脚跟。接着是下场动作，三人优雅地并驾齐驱，安妮-玛丽跃入空中，高度超乎想象。

屏幕黑了下去。

一屋子人惊呼了一下。

“请开灯。”菲利克斯说。灯光下，他看到一张张瞠目结舌的脸。“这只是新来的米兰达众多才艺的一小部分。待我们敲定角色安排后，安妮-玛丽会在下下周过来，跟大家用一个礼拜的时间过剧本。”

“她是不是那种，黑带高手？”飞毛腿好奇道。

“伙计，她可是……超狠毒啊，伙计！”赤足鬼说道。

“她一脚踢中你的蛋，能让它们从你嘴里直射出来，”蛇眼说道，“我

---

[1] 这种随口开的玩笑显得菲利克斯对艺术和他请来的人不尊重、不严肃，因此无益于犯人们认真对待演出。

赌她是个血瘟的拉拉——有一种办法可以验证！”没人发笑。

“她真是遭瘟疮的皮包骨头，”小药片菲尔说，“进食障碍症。”

“我喜欢遭瘟疮的更有线条感的女人。”赤足鬼说。

“叫花子还挑肥拣瘦。”忧郁的门诺派[1]教徒克朗普斯说。

“对，你个癞蛤蟆脸，”飞毛腿说，“在我眼里，她很性感！”

“她是个多才多艺的演员。”菲利克斯说道，他高兴地发现他们已经在使用自己挑选的粗话了，“我们有幸邀请到她和我们一起演出。但如果我是你们，我是不会冒犯她的。你们也看见了。”

“我敢打赌，她用那两只可恶的拇指就能杀人。”神奇小子悻悻地说。

“现在我们来讨论一下爱丽儿吧，”菲利克斯说，“谁愿意演这个角色？”

“绝对不行的，兄弟，”教室后排传来一个声音，“不演精灵，这是底线。我说过的。”蛇眼说一不二。

意见高度一致：没人举手，一张张漠然的脸。他能听见他们内心的声音：米兰达什么样，爱丽儿就什么样。太柔弱，太不够男子气概。没有商量的余地。

“你不是要拉一个演员来演米兰达吗？那就拉个精灵来演精灵呗。”刀片说。一阵“是啊”的附和声，然后是轻微的笑声。

菲利克斯可以问他们为什么觉得爱丽儿是个精灵，但他知道为什么。在天上飞，在花间睡，韶华易碎。模样像精灵，行动像精灵，他就是个精灵。至于爱丽儿那首像蜂儿一样吸蜜的歌——算了吧，但凡有点自我保护意识的人都不会唱这歌。爱丽儿不仅是个精灵，还是个超级能吸的精灵。唱歌的人会成为众人永远的笑柄，会遭到彻底的鄙视。从哪个角度看都糟糕透了。

---

[1] 门诺派（Mennonite），基督新教教派的一支，基本教义包括严格遵循《圣经》教义、成年再洗礼、政教分离、反对战争和暴力等，信徒主要分布在美国、加拿大、荷兰等地。门诺派被视为虔诚、温和的教派，不会制造社会矛盾。因此政府不容易对他们的货物产生怀疑，这一点正好被克朗普斯的团伙所利用。

菲利克斯强调爱丽儿不是精灵而是元素空气的化身也不会有用的，告诉他们“吮吸”（suck）[1] 这个词在莎士比亚时代并不具备、是在后来才获得的贬义也没用——因为这个词现在有了那些意思，而且是在他们排戏的现在。

“我们来讨论一下爱丽儿吧。”菲利克斯说。其实是他要讨论爱丽儿，因为屋里其他人都不愿触碰这个危险的话题。“我们之所以觉得这个角色是精灵，或许是因为我们的思维还不够开阔。”他停顿了一下，给大家时间领会他的意思。开阔思维？什么东西？

“所以在贴标签之前，让我们先来列举一下他的特点。他是怎样一种存在？第一，他可以隐形；第二，他能飞；第三，他有超能力，尤其善于制造雷电和风火；第四，他有音乐天赋；但第五点，也是最重要的一点，”他又停在半截，“第五点，他不是人类。”他的眼睛四下张望。

“如果他连存在都不存在呢？”红狼说，“好像普洛斯彼罗是在跟自己说话？也许他刚跟佩奥特仙人球[2] 握了个手？脑子嗨到翻，或是疯了？”

“没准儿就像他正在做的一场梦。”刀片说。

“也许船沉了——就是他们把他放进去的那条——然后整部剧就是在他溺水的过程中发生的。”这是个新来的，代号叫地溜星。

提米斯说：“我曾经看过一部那样的电影。”

“兴许是他想象出来的一个朋友，”赤足鬼说，“我们家孩子就有这么个朋友。”

“别人都看不见他。”飞毛腿说。

“他以鹰妖形象出现的时候，他们见到过他。”弯铅笔说。

“是听见他说话。”车火儿说。

“好吧，好吧，”红狼说道，“普洛斯彼罗没准儿是个口技演员。”

---

[1] suck 一词现今有吮吸、抽干、奉承、令人讨厌（的人或物）、口交等意。

[2] 佩奥特掌，一种产于墨西哥的仙人掌，其中含有的佩奥特碱是一种致幻剂。

“我们不妨假设一下爱丽儿在某种程度上是真实存在的。”菲利克斯说。他感到欣慰，至少他们正在讨论。“假设你们从没听说过这部戏，你们知道的所有关于这个叫爱丽儿的东西的消息仅仅源于我的口述，那么我刚才描述的这个东西是怎样一个存在？”

一阵嘀咕。“像是……超级英雄，”飞毛腿说，“神奇四侠、超人一样的存在。除非普洛斯彼罗拿到氪石什么的，否则他就会主宰世界。”

“类似《星际迷航》吧，”赤足鬼说，“他是个外星人，大概遭遇了太空飞船事故，最终来到了地球。他被困在这儿了，想飞回去，回到他所在的星球什么的，像《天外来客》(E.T.)。记得那个吗？用那个就全部说通了，对吧？”

“为普洛斯彼罗效力，这样普洛斯彼罗就会帮他回去，”这次是八只爪发言，“争取他的自由。”

“这样他就能和同类在一起了。”红狼说。

嗡嗡的赞同声。说得都有道理！一个外星人！比精灵强多了！

“你们觉得他的扮相该是什么样的？”菲利克斯问道，“长什么样？”他不会提及任何传统上塑造爱丽儿的套路：鸟翎、蜻蜓装、天使的扮相、蝴蝶的翅膀。他同样不会告诉他们，两个世纪以来，扮演爱丽儿的一直是女性。

“他应该是……比如说，绿色的，”赤足鬼说，“有一双昆虫的眼睛。就像外星人，都是大眼睛，没有瞳孔。”

“绿色代表树。蓝色更好，”飞毛腿说，“因为空气，爱丽儿是天上的空气。天空是蓝色的。”

“不食人间烟火，只吃花花草草一类的。”红狼说，“纯天然。大概是素食主义者。”

纷纷点头。有了这个理论，蜜蜂吸蜜就显得没有那么丢脸了，因为这就是大家眼中外星人干的事情——奇怪的进食习惯。

“很好，”菲利克斯说道，“下面一个问题：他在剧中的作用是什么？”

低沉的嘟囔声。“你说的‘作用’是什么意思？”弯铅笔说，“正如你在注释里提到的，他是个好仆人，他按主人的吩咐办事。而凯列班则是个坏仆人。”

“是的，没错，”菲利克斯说，“但在这部戏里，如果没有爱丽儿替普洛斯彼罗执行任务，没有了电闪雷鸣，没有那场暴风雨，会怎样？爱丽儿承担着整个剧情中最重要的一场戏，因为如果没有了暴风雨，也就没有这部戏，所以他至关重要。但他是在幕后施法，除了普洛斯彼罗，没人知道是爱丽儿在呼风唤雨、在放声歌唱、在制造幻象。假如爱丽儿今天来到我们中间，我们也许会把他称为特效师。”菲利克斯又进行了一次全景式搜索，寻找目光接触，“所以他就像一位数字技术专家。他做的是 3D 虚拟。”

想笑又不敢笑。“酷，”八只爪说，“贼酷。”

“所以在我们的戏里，爱丽儿不仅是这个叫爱丽儿的角色，也代表着那些特效，”菲利克斯说，“灯光、音响、计算机模拟，所有这些。而且爱丽儿要有一个小组来支持，就像他在剧中统领的那组鬼怪一样。”

曙光微露。他们太喜欢玩电脑了，这样的机会实在不多。

“丑八怪地真酷！”刀片说。

“那谁愿意加入爱丽儿这一组？”菲利克斯说，“有毛遂自荐的吗？”

所有的手都举了起来。既然有机会玩电脑，他们都想到爱丽儿这组来。

17. 喧嚣之岛 [1]

同一天

[1] 《暴风雨》第三幕第二场，凯列班对斯丹法诺说：“不要怕。这岛上充满了各种声音和悦耳的乐曲，使人听了愉快，不会伤害人。”朱生豪译。

太阳渐渐下沉，日光冷冷的，泛着苍白的黄色。两只乌鸦停在内层铁丝网的顶部，监视着四下。你们是没希望了，我的朋友们，菲利克斯想道，我是今天唯一一个活着走出来的人。他钻入冰冷的轿车。尝试两次后，车才发动起来。

外围的大门徐徐打开，是被一双隐形之手推开的。谢了，你们这些小妖，菲利克斯对他们默念道，你们这些铁丝网、电击枪和密不透风的高墙下的精灵——虽然你们不过是些弱小的精灵。[1] 他朝山下驶去，大门在他身后缓缓合拢，伴随着金属沉重的闭合声。天色已渐渐深了，探照灯在他身后亮起来了。

他的车沿着高速公路行驶，然后驶离主路，扎进一条积雪覆盖的窄路，朝他的小屋慢慢前进。这辆车似乎不是由他在驾驶，而仅仅是被他的意识所支配。他允许自己松了一口气，因为第一个，也是最大的一个障碍已被克服，他的第一个目标已经完成。他抓住了他的米兰达，而爱丽儿也被改头换面，受到认可。他感觉剩下的角色似乎正从迷雾中渐渐显露，他们的面孔虽不清晰，但已近在咫尺。到目前为止，他的魔法依然奏效。

他的车停了下来，像是抛锚了。所幸路上没有新的厚实的雪堆和冻结的烂泥要挖。他泊好车，锁好门，然后沿小路朝自己的小屋艰难地行进，雪在脚底发出嘎吱嘎吱的响声。从左侧田野里传来一阵水晶般清脆的低语：那是枯萎的野草杆，它们在雪中直挺挺地立着，身上结满了冰，被风儿轻轻拂动。叮当叮当，像铃儿在响。

屋里漆黑一片，窗口没有一丝光。他差一点就敲门了，可谁会应门

---

[1] 《暴风雨》第五幕第一场，普洛斯彼罗对小妖们说："你们山河林沼的小妖们；踏沙无痕、追逐着退潮时的海神而等他一转身来便又倏然逃去的精灵们；在月下的草地上留下了环舞的圈迹，使羊群不敢走近的小神仙们；以及在半夜中以制造菌蕈为乐事，一听见肃穆的晚钟便雀跃起来的你们：**虽然你们不过是些弱小的精灵**，但我借着你们的帮助，才能遮暗了中天的太阳，唤起作乱的狂风，在青天碧海之间激起浩荡的战争……"朱生豪译。

呢？他瞬时感到一股寒意，像听闻什么噩耗似的。他开了门。

空荡。空虚。空无一人。寒碜的小屋寒凉彻骨。他早上去弗莱彻前封了炉火，但他不喜欢在离开时开着电暖气，那样太危险。不过，米兰达肯定会帮他留意的，不是吗？

“傻瓜，”他自言自语道，“她不在这儿，她从来就不在。那是幻想，是一厢情愿，仅此而已。认命吧。”

他不能认命。

*

他生上火，打开暖气。这儿用不了多久就会暖和起来。他晚饭准备吃一个鸡蛋和几片苏打饼干，喝一杯茶，他不太饿。经过头一个礼拜的折腾，他有点倦怠了，当然也只是倦怠。但他感觉到自己的身体里有一丝脆弱，一点沮丧，一条意志的裂缝，一阵颤抖。

复仇近来似乎离他如此之近。他唯一要做的就是等待，等待托尼和萨尔莅临弗莱彻监狱，然后确保他们不和狱长一起在楼上观看演出视频，而是待在封闭的侧厅。他会在那儿等着他们，但一开始是躲在暗处。片子一旦播出，便会分成两版。其中一版在监狱其他地方播放，另一版会突然有真人现身其中，由他亲自执导、掌控，利用两个相似的场景来制造幻象——这是老祖宗的锦囊里最古老的戏剧魔术之一。

但他眼前的幻景这会儿正变得模糊不清。他凭什么确定自己能完成计划？他担心的不是这出戏——它届时已经成片了。但另一出戏——他脑海里为尊贵的仇敌准备的即兴大戏——该怎么演？他需要一群专业人士，但他没有，就算他能解决这个问题，冒这么大险也太鲁莽！有太多环节可能出问题，他的演员可能会被抓起来押下去，尤其是当着一个严打犯罪的司法部长的面，演员们届时可能会意气用事，有人可能会因此受伤。

“不要受伤，不要受伤。”他对自己说道。但确实很有可能受伤。他没有任何呼风唤雨的技能，没有什么真正的法术，也没有武器。

不如放弃。放弃复仇和复职的计划，跟过去的自我吻别，默默地走进黑暗。说到底，他这辈子取得过的成就，除去风光的几小时和几次短暂的成功——它们对于世界上大多数人来说无关紧要——还有什么？他凭什么觉得自己是上天垂怜委以重任的那个人？

米兰达不喜欢看他愁眉苦脸，这让她感到焦虑。也许这就是为什么她将自己隐身，虽然平时她就隐着身。那是她吗，在另一间屋子里？他是不是听见了一个低沉的哼鸣声？或许只是储酒的小冰箱在工作？

*

卧室有股药味儿，好像什么人生病了。一个病人，病了很久。不，她不在这儿。只有银色相框里的那张照片：秋千上的小女孩，封冻在时间的胶质里。虽然看得见，但人早就不在了。

他拧开床头灯，打开大衣柜的门，他的法衣在那儿，已经等了他十二年。它终究要化为尘土吗？那些眼睛在闪烁，苏醒了，生机勃勃。

“还不行，”他对这些神奇的动物说，“时机尚未成熟，还没到那一刻。”

他们的那一刻，就是他的那一刻，他复仇的一刻。肯定有法子完成计划，他当然还留有几手。

*

他回到前屋。“亲爱的。”他大声喊道。她出现了，在迎面的角落里。好在她穿着白衣，熠熠发光。他身上怎么有股躁动？她刚才还在想他烦心的事，可这会儿她自己开始担心起来了。

“我没事，”他说道，“也不会有事，我保证。凡我所做的事，无非是为你打算。”

但他的打算是什么？给她保护。没错，但是不是做过头了？他本来可以给她许多东西。她理应拥有其他同龄女孩视为理所当然的东西——可他不知道那些东西是什么。衣服，这是当然，漂亮的衣服，比现在更多的衣服。她外出的装束像是临时用来裹身的东西：由粗棉布和旧床单缝合而成。她应该穿丝绸和天鹅绒，或是超短裙和现在的女孩超爱的高筒靴。她应该有一部苹果手机，淡粉色的。她应该把指甲涂成蓝色、银色或绿色，和小伙伴们说说笑笑，戴着粉色的耳机听音乐，参加派对。

他这个家长当得如此失败，他该如何补偿她？令人诧异的是，她并没有因为跟一个寒碜的老父在此地相依为命而满腹牢骚，问题是她不知道自己该期待些什么。不过，他还是教会了她许多同龄女孩从来没有机会学到的东西。

“今天你都在忙什么？”他对她说，“来一盘棋吗？”

不情愿——那是不情愿吗？她走到棋盘前，照例在红色的富美家餐台上摆好一局。

黑棋还是白棋？她问道。

18. 我是岛主[1]

2013年1月14日

---

[1] 《暴风雨》第一幕第二场，凯列班对普洛斯彼罗说：“**这岛是我老娘西考拉克斯传给我**而被你夺了去的。你刚来的时候，抚拍我，待我好，给我有浆果的水喝，教给我白天亮着的大的光叫什么名字，晚上亮着的小的光叫什么名字，因此我以为你是个好人，把这岛上一切的富源都指点给你知道，什么地方是清泉，盐井，什么地方是荒地和肥田。我真该死让你知道这一切！……本来我可以自称为王，现在却要做你的唯一的奴仆，你把我禁锢在这堆岩石的中间，而把整个岛给你自己受用。”朱生豪译。

周一早晨，菲利克斯又找回了自信。他必须往前走，仿佛一切正按照弗莱彻监狱往常的节奏推进。这周他会带领全班深入探讨主要人物，算是为分派角色预热。既然爱丽儿和米兰达的问题已经解决，其他角色应该不会有太大困难，但凯列班是个例外，凯列班肯定会引起棘手的问题。

至于他的另一桩计划——那个神秘计划，他必须集中精神专注于此，随它滑向前方的未知。不管这计划以何种形式实现，都离不开对时机的精准把握。这是他最后的机会，唯一的机会。为了证明自己，为了恢复名誉，为了让他的仇敌得到惩戒。一旦错过，他便再也无力回天，因为目前他已经几乎回天乏术。

他不能退缩，不能犹豫，他得保持住这个势头。一切都取决于他的意志。

*

“最近怎么样，杜克先生？”迪伦对接受安检的菲利克斯问道。

“都好。”菲利克斯高兴地说道。

“那个精灵由谁来演？”麦迪逊说道。

“那不是精灵。”菲利克斯说。

“真的吗？”

“相信我。”菲利克斯说道，“顺便说一句，下周我会带一位客串嘉宾，一个非常出色的女演员，她名叫安妮－玛丽·格林兰，将出演这部戏的女性角色米兰达。”

“是啊，我们听说了。”麦迪逊说。小道消息在弗莱彻监狱流传得很快，至少在某些事情上是这样，原因或许出自监视系统。闲话就像流感一样传播。“我们很期待，是吧？”他咧着嘴笑道。

“她有通行证吗？”迪伦说。

“当然有。”菲利克斯装出不容置疑的语气。埃丝黛已经为他弄到了。

这件事费了很大劲——有人提出反对——但埃丝黛知道找哪条线上的人，也知道需要摆平哪些人。“我希望这儿的每个人——包括职员——我希望你们能欢迎她来。”

“她得戴上报警器，”迪伦说，“那个女演员什么的。我们会告诉她怎么用，以防万一。”他们的好奇心很明显，想了解关于这个姑娘的更多细节，但不能表现得太热情，以免露馅儿。要不要给他们点甜头，告诉他们在 Youtube 上可以免费看安妮－玛丽和两位男伴翩翩的舞姿？还是别了，菲利克斯心想。

“不会有什么问题的，”他说道，“不过，多谢帮忙。”

“别客气，杜克先生。”迪伦说。

“让您满意是我们的目标。”麦迪逊说。

“咱绝对靠谱。祝您愉快，杜克先生，”迪伦说，“狗屎运哦！”

“狗屎运，是吧？”麦迪逊说道。他朝菲利克斯竖起两根拇指。

*

“整部剧发生在一座岛上，”菲利克斯站在题板旁说道，“但这是一座什么样的岛，它本身是否具有魔力，我们无从知晓。每一个到达那里的人对它的描述和感觉都不一样。有的人怕它，有的人想控制它，有的人只是想赶紧离开它。

“第一个上岛的人是凯列班的母亲西考拉克斯，据说是个可恶的女巫。她在本剧开始前就死了，但死前在岛上生下了凯列班。凯列班在岛上长大，他是唯一一个真心喜欢这里的人。当他还是个小男孩时，普洛斯彼罗待他很好，但后来他因为性萌动而兽性大发，被关了起来。此后他对普洛斯彼罗和他的小妖们心存忌惮，因为他们会想方设法地折磨他。但他从来不惧怕这座岛，正因如此，这座岛屿有时会为他奏起甜美的乐章。”

他在题板上写下“凯列班”三个字。

“还有一个角色，他在岛上的时间跟西考拉克斯一样长，但他不是人类，这个角色就是爱丽儿。这座岛在他眼里是什么，我们不知道。他负责在岛上制造幻象，但他只是按照吩咐来办事。”

他在凯列班下面写下**“爱丽儿”**几个字。

“接下来抵岛的是米兰的正牌公爵普洛斯彼罗和幼女米兰达。他们被普洛斯彼罗邪恶的弟弟安东尼奥赶到一条漏水的船上，随波漂流。他们来到这座岛上算走运，否则可能被饿死或淹死。但他们只能在一个洞穴里安身，这岛上除了凯列班没有其他任何人，所以，普洛斯彼罗的主要目标是想办法让自己和米兰达尽快离开那儿，回到米兰。他要夺回爵位，让女儿嫁个好人家。如果他待在岛上，这些目标一个也实现不了。米兰达对此倒无所谓，她对这些事毫不知情，所以在遇到其他选择前，她觉得在这岛上挺好的。”

“普和米”，他写道。

“十二年后，另一拨人被一场普洛斯彼罗跟爱丽儿制造的暴风雨冲上了岸。暴风雨是幻象，但他们信以为真了，觉得自己遭遇了海难。对那不勒斯国王阿隆佐而言，这座岛是凄惨的夺命之地，因为他以为他的儿子腓迪南已经葬身大海了。

“对阿隆佐国王的弟弟西巴斯辛和普洛斯彼罗歹毒的弟弟安东尼奥而言，这座岛是机遇之地：它似乎给了他们谋杀阿隆佐和他的谋臣贡柴罗的好机会。这样一来西巴斯辛就可以继承那不勒斯的王位——即便他连怎么把自己弄回去都还没想好。这两个人将这座岛视为荒凉之地，没有任何魅力可言。

“心地善良的老臣贡柴罗认为这座岛是一个富饶丰产之地。为了找乐子，他描绘了自己准备在岛上建立的一个理想国度：所有的公民都是平等的，都是品德高尚之人，而且谁也不用干活儿。他的同伴则对他的愿景冷嘲热讽。

“这些人想的几乎全是如何成为统治者并且统治别人，谁来统治，怎么统治，谁该掌权，如何得到权力，如何使用权力。”

菲利克斯写下“阿、贡、安、西”四个字，在它们下方画了一条横线。

“下一个角色则迥然不同。他叫腓迪南，是阿隆佐的儿子。由于他是从另一处游上岸的，所以他以为他的父亲已经溺水身亡了。正当他为此而悲痛时，爱丽儿用音乐引他去了另一个地方。他最初以为这是一座奇幻的岛屿，所以当他看见米兰达时，便想当然地把她视为仙女。当他得知米兰达其实是人类的女孩，而且还没结婚时，他便对她一见钟情，向她求婚。所以这座岛对他是一处神奇之地，也是收获浪漫爱情的地方。”菲利克斯写了个“腓”字，又画了条线。

“最后两位是斯丹法诺和特林鸠罗，”他说道，“此二人既是蠢货，又是醉鬼。如同安东尼奥和西巴斯辛，他们也将这座岛视为机遇之地。他们想使唤容易上当的凯列班，于是想方设法要他做仆人，甚至还想着哪天返回文明世界的时候，将他作为怪物展出或者卖掉。不过，他们很快就在自己的邪恶计划里加入了偷盗、谋杀和强奸。凯列班对他们说，干掉普洛斯彼罗，这座岛就是他们的天下，米兰达也将成为唾手可得的尤物。他们关心的同样是统治者是谁，以及如何统治。他们是滑稽版的安东尼奥和西巴斯辛，或者你可以说安东尼奥和西巴斯辛是衣着更为光鲜的蠢货。”

“斯和特”，他写道。

他停下来朝台下望去：没有抵触，但也没有热情，他们干巴巴地看着他。“这座岛可能真的有魔力，”他说道，“或许它是一面镜子，每个人都在镜子里看见了内在的自我；或许它反映出你到底是怎样的人；或许你们应该从这个地方学到点什么。但从上述角色中，他们各自该学到点什么呢？他们学到了吗？”

他在角色列表结尾处画了两条下划线。“好了，”他说道，“这些是主要角色。把它们按这个顺序写下来，但不要写普洛斯彼罗和米兰达，我会出演普洛斯彼罗，而你们知道谁演米兰达。在每个名字后头标上数字——零到十之间的数字——“十”表示你非常想演那个角色，“零”表示你对它没兴趣。你们要考虑自己能不能胜任，比方说，腓迪南应该由年轻人来演，同样，演贡柴罗的应该是上了年纪的人。

“从现在起到我分配角色的这段时间，我们会进行一些台词练习。做完练习后，你们可能会改主意，想演别的角色了。如果有新的想法，你们可以随时改写数字。”大家纷纷开始动笔，教室里响起了铅笔写字的唰唰声。

这座岛有魔力吗？菲利克斯自问道。这座岛代表了许多东西，但其中一个他没有提到：这岛是一个剧场。普洛斯彼罗是一名导演，他安排了一出戏，其中又有另一出戏。只要他的魔法灵验，他的演出成功，他便会如愿以偿。但如果他失败……

“他不会失败的。”菲利克斯说道。几只脑袋抬了起来，几束目光朝他射来。他说这话的声音太大了吗？他是在自言自语吗？

留神这种倾向，他告诉自己，你可不想让他们觉得你是嗑了药。

19. 不要脸的怪物 [1]

2013 年 1 月 15 日 星期二

星期二上午，菲利克斯统计了一下报名情况。二十人的演出团队里，

---

[1] 《暴风雨》第二幕第二场，特林鸠罗对凯列班说道：“这个头脑简单的怪物要把我笑死了。**这个不要脸的怪物！**我心里真想把他揍一顿。”朱生豪译。

只有一人愿意出演正直的贡柴罗。好在此人是弯铅笔，那个贪污的会计。菲利克斯将他纳入名单。

阿隆佐国王和他的弟弟西巴斯辛无人问津，他们在大家的意愿排序里都很靠后，不过都不是零。

相比之下，普洛斯彼罗恶毒的弟弟安东尼奥更受青睐：有五个人写了九。

斯丹法诺和特林鸠罗：各有两人。也就是说一共有四个人觉得自己适合搞笑。

八位大侠认领了腓迪南，其中六人都属于痴心妄想：他们绝对不适合演爱情戏的男一号。但另外二人尚有可能。

爱丽儿，十二个人。广大群众似乎对外星人和特效都抱有浓厚的兴趣。

至于凯列班，结果惊人，有十五位候选人。

看来在周三要做出艰难的选择了，菲利克斯想道。他会从凯列班开始。凯列班是个内心富有诗意的角色，等到他们把这方面讲透，一部分参选者肯定会主动退选。他要告诉他们：凯列班绝不只有一张丑陋的面孔。

*

为了做好迎接艰巨挑战的准备，菲利克斯在锡质的澡盆里进行每周一次的沐浴。这是一项复杂的工程：首先他要烧水，要用到电炉和电水壶；接着，他要把热水和从手压泵里打出的凉水混合在一起；然后他得脱衣服；之后他不得不躺进去。在一年中的这个时节洗澡，人会冻得哆里哆嗦，还得冒着滑倒的风险。冷风从门底飕飕地往屋里钻，而就在此刻，冰雹正把窗户砸得乒乓响，一条磨秃的毛巾并不能使情况有所好转。他应该换一条新毛巾，但是什么阻止了他呢？他的设计感，新毛巾与简朴、禁欲的陈设不搭调。

出于羞怯，米兰达在他进行此种仪式时从不露面。她去哪儿了呢？

别处。懂事的姑娘。瞥一眼他细长的小腿和褶皱、干瘪的肉体丝毫不会减少一个青春期少女对她这位洞悉世事的男性家长的尊重。

普洛斯彼罗和米兰达在岛上究竟是如何洗澡的呢？菲利克斯一边思索一边轻轻地往胳肢窝下抹肥皂。他们有澡盆吗？不大可能，因为那里可能有瀑布。但米兰达每次在瀑布里洗澡时，是否有被好色的凯列班掳走的风险？肯定有，但普洛斯彼罗肯定已经把他关进他的岩洞里了。

一切都好。但普洛斯彼罗自己呢？为了不让魔法失效，他是否要一直穿着法衣，把他的宝典和随从带在身边？他不可能穿着法衣洗澡吧？所以他可能根本就不洗澡。这个老男人一定很臭，十二年都不洗澡。

但他忘了：爱丽儿会在一旁守卫的。他会展开鹰妖的翅膀，听话的小妖会组成普洛斯彼罗的侍卫队。剧本虽未提及爱丽儿有“侍澡大总管”一职，但肯定是有这层意思的。

在菲利克斯看来，许多戏剧文本都会省略这部分内容：没人洗澡（甚至连想都不想）、没人吃饭、没人拉屎。当然，贝克特是个例外。他总会写这些东西：红萝卜、胡萝卜、小便、臭脚——人体庸俗恶心的各个方面，全都有。[1]

他从澡盆里站起来，双脚嗞嗞地响着，然后迈到冰冷的地板上，三下五除二擦干身子，钻进他的法兰绒睡衣，把热水瓶灌满，然后把假牙放进盛着水的玻璃杯，里面的泡腾片吡吡作响。维他命片，可可粉。他无法冒着暴风雪到屋外上茅厕，只好尿进他专门准备的梅森罐，然后把尿液倒进水池。普洛斯彼罗从来不用应付下雪天：他用不着罐子。

这就上床了。

---

[1] 指爱尔兰荒诞派作家塞缪尔·贝克特（Samuel Beckett，1906—1989），其作品中有不少关于人类身体的描写。在贝克特的代表作《等待戈多》中，两个流浪汉在一片荒凉之地苦苦等待“戈多”的到来，他们为了打发时间没话找话，围绕是吃红萝卜还是胡萝卜展开了一番对话。

在他钻进被窝、关掉灯的一刹那，米兰达在黑暗中汇聚成形。“晚安。”他对她说道。微风拂动，那是她用手在他的额头轻轻拂过吗？一定是。

*

星期三的早晨，天气晴朗。早餐吃过一个煮鸡蛋后，菲利克斯驾车越过白雪皑皑的田野、银光闪闪的树林，一路开上山，驶向弗莱彻监狱，心里默哼着小调：“班，班，凯——凯列班。”此情此景，正好可以来上一曲。他会告诉他们，这首凯列班的歌谣可以说是早期说唱乐的样本。

“我们遇到了一个问题，”他在题板旁边站定后开口道，“你们有十五个人想演凯列班。我们得说道说道。”他拿起马克笔，“凯列班是个什么样的角色？”木然的眼神。

“这么说吧，”他换了一种方式，“大家都认为爱丽儿不是人类，而是某种外星人。那么凯列班呢？他有一个人类的母亲，大伙肯定都知道，所以他是人类还是非人类？”

“是人类。”车火儿说道。

“绝对的人类，”神奇小子说道，他四处张望寻找支持，“他太想扑倒米兰达了。”一阵同情的笑，轻轻的“嗯嗯”声。

有戏，菲利克斯心想。“如果用一个词来形容凯列班最好，你们会想到什么？”

“怪物，”赤足鬼说，“他们许多人都叫他丑八怪。”

“邪恶。”“愚蠢。”“丑陋。”“鱼，他们说他臭得像条鱼。”“类似食人鱼，就像……一个野人。”

“泥块。”小药片菲尔说。

“奴隶。”红狼说。“恶毒的奴隶。”他又补了一句。

“女巫的子孙。”暗黑系的黑客八只爪说道。

“这个最好。”

菲利克斯按顺序把这些词写到题板上。“这家伙不怎么样啊，”他说道，“你们为什么想演他呢？”

坏笑。

“他遭痘疮地酷毙了。”

“我们懂他。”

“所有人都欺负他，但他并不气馁，他心里想什么就说什么。”这是飞毛腿。

“他小心眼，”刀片说，“特别小心眼。谁拿他开玩笑，他就要报复谁。”

菲利克斯在这些词下面画了一条线。“我们从别人那里听到许多关于他的坏话，”他说道，“但别人的评价并不代表一个人的全部。每个人都有另一面。”他们点点头，看来他们买账。“凯列班的另一面有哪些？”他经常自问自答：

“首先，他热爱音乐，能唱能跳。”**热爱音乐**，他写道，“所以他有点像爱丽儿。”

“但不像精灵，”刀片说道，“他不搞花花草草。”

菲利克斯对此充耳不闻。“他了解这座岛，知道上哪儿找什么东西，比如吃的。”**土著**，他写道。“在整部剧中，关于这座岛最有诗意的一段话出自凯列班，那代表着他美好的梦想。”**浪漫，**他写道。“他感觉自己与生俱来的权利——占有这座岛——被普洛斯彼罗窃取，因而想把它重新夺回来。”**报复**，他写道。

“他这么做有一定道理。”蛇眼说道。

“所以他就像普洛斯彼罗，”八只爪说，“满脑子想着复仇，成天想当什么屎国王。”

“扣分，你刚才说屎了。”神奇小子说。

“这不算粗话，”八只爪说，“只是个叫法。”

“我想要告诉你们的是，”菲利克斯说道，“凯列班是个复杂的角色，你们必须认真考虑一下，这个角色不好演。”他停了一下，让他们慢慢体会。有人在窃窃私语。那十五个想演凯列班的人，是不是有人开始犹豫了？没准儿。

“你们说得对，凯列班是有点像普洛斯彼罗，”菲利克斯继续说道，“但普洛斯彼罗从不想在这座岛上称王，在这里建立殖民地，相反，这是他最不想干的事。但凯列班认为自己应该成为岛主，想在岛上繁衍子孙，为了这个他就想强奸米兰达。当他的愿望无法达成时，便转而投靠斯丹法诺和特林鸠罗，怂恿他们谋杀普洛斯彼罗。”

“这个主意不赖。”飞毛腿说道，伴随一阵嗡嗡的附和声。

“好吧，你们不喜欢普洛斯彼罗，”菲利克斯说道，“至于你们为什么不喜欢他，我们一会儿再来讨论。下面是你们的任务。我在第一天曾经说过，这部戏的一个主题是牢笼。”**牢笼**，他在题板最上方写道。“现在，我要你们通读剧本，找出所有的牢笼，包括出现在背景故事里，也就是本剧开始之前的牢笼。

“那是些什么样的牢笼，里头都关着什么人，谁是监狱的看守，谁把他们关进去一直囚禁在那儿的？”**囚徒，牢笼，看守**，他写道。“我找出了至少七处牢笼，你们也许会找到更多。”实际上有九处，不过就让他们超过他吧。

“如果实际上是一个地方，比如这座岛，但是在不同的区域，可以算成两处牢笼吗？”弯铅笔说，“还是算一个？”

“叫它们特别监禁事件好了。”菲利克斯说道。

“特别监禁事件？”飞毛腿说，“那等我出去那天，我就说，我过了四年生痘疮的、逊毙了的**特别监禁事件**。”众人哄笑。

“至少不是个特别**死亡**事件。”赤足鬼说。

“特别揍烂脸事件。”

“特别烂醉事件。”

“好了，”菲利克斯说，“你们懂我的意思就好。”当他说起话来特别像一位社会工作者时，他们就会打他的岔。[1]

“到底什么样的才算？”八只爪说，“比如，爱丽儿受困的那棵松树？”

“这么说吧，牢笼是你被置于的任何与你的意愿相违背的地方或情形，你不愿待在里面，但又无法逃脱，”菲利克斯说道，“所以，没错，松树算是牢笼。”

“狗娘养的！”车火儿说道，“在松树里关禁闭！”

“狗娘养的爽啊。”八只爪说道。

“橡树不如松树，”红狼说道，“橡树的木质更硬。”

“找到最多的人有奖励吗？有烟吗？”飞毛腿问道。

---

[1] 社会工作是以助人为宗旨、运用各种专业知识去解决社会问题的专门职业，一般由政府或民间组织提供专业化、规范化的服务。善意的社会工作者往往会用“特别监禁事件”（unique incarceration event）等委婉的说法代替“监狱”（prison）一类的字眼，以免在开展工作时伤害特定群体的感情。

第三幕

我们的演员

20. 任务二：囚徒和看守

课堂汇总结果

囚徒	牢笼	看守
西考拉克斯	岛屿	阿尔及尔政府
爱丽儿	松树	西考拉克斯
普洛斯彼罗和米兰达	漏水的船	安东尼奥和阿隆佐
普洛斯彼罗和米兰达	岛屿	安东尼奥和阿隆佐
凯列班	洞窟	普洛斯彼罗
腓迪南	法术 锁链	普洛斯彼罗
安东尼奥、阿隆佐和西巴斯辛	岛屿 法术 疯癫	普洛斯彼罗
斯丹法诺 特林鸠罗	泥淖	听从普洛斯彼罗命令的爱丽儿和妖犬

21. 普洛斯彼罗的小妖们

2013 年 1 月 16 日 星期三

菲利克斯用红色的印刷体在题板上列出了全班的搜索结果。“干得不错！”他说道，“你们找到了八个……”他停顿了一下，“八个特别监禁事件。”这回一定得让他们接受这个说法，他想道。而他们真的忍了：没再听见谁嘲笑。“然而，还有第九个牢笼。”大家一脸困惑。八只爪不信：“遭瘟的绝不可能！”

菲利克斯等在那儿，看着他们反复统计，百思不得其解。

“你就告诉我们吧。”赤足鬼终于忍不住了。

“等我们演完这部戏后，”菲利克斯说道，“待我们的狂欢结束后。当然，如果有人在这之前猜出来也行。”他赌他们是不会猜的，但他之前赌错过。“下面让我们来分析一下看守。有三个角色是被普洛斯彼罗以外的人囚禁的：西考拉克斯，她被阿尔及尔的官员丢弃在岛上；爱丽儿，他被西考拉克斯困在一棵松树里；而普洛斯彼罗本人则被安东尼奥和从旁协助的阿隆佐囚禁，开始是一条漏水之船，随后是那座岛。如果算上米兰达，被囚禁的则有四个，但她来到岛上时只有三岁，所以她并不觉得在这里长大是一种囚禁。这样算下来，一共有七人被普洛斯彼罗囚禁，看样子，他是这部戏里的狱霸。”

“也是奴隶的监工。”红狼说道。

“他不仅压迫凯列班，还压迫爱丽儿，”八只爪说，“他威胁爱丽儿，要把他钉进一棵橡树，独自待上十二载。没人性！”[1]

---

[1] 《暴风雨》第一幕第二场，爱丽儿想从普洛斯彼罗处要回自由时，普洛斯彼罗呵斥道：“你莫非忘记了我是把你从怎样的痛苦中解救出来的么？……**你若再抱怨，我要劈开一株橡树，把你塞进那多瘤的树心里去，让你再哭喊十二年**。”梁实秋译。

“他还盗取土地，”红狼说，“老不死的白人。他应该被叫作‘普氏地产’。他接下来就会在岛上发现石油并且开发它，用机关枪让所有人都离那里远远的。”

“你真是个遭瘟疙的。”蛇眼说道。

“嘴巴放干净点，满脸雀斑的兔崽子。”红狼说道。“别狗娘养的骂人，咱们可是一个团队的。”飞毛腿说。

菲利克斯让大家冷静下来。“我知道你们在这些事情上抵制普洛斯彼罗，”他说，“特别是他对待凯列班的方式。”他环顾教室，一个个眉头紧锁，咬牙切齿，对普洛斯彼罗充满绝对的敌意。“可他有什么选择呢？”

“选择！”刀片说，“我们才不管这坨……我们才不管这个泥块有什么选择！”

“别再让我听见泥块，”红狼说道，“提醒你一下。”

“别总是对号入座。”刀片说。

“给普洛斯彼罗一个机会吧。听听他的选择。”弯铅笔温和地说。他喜欢充当理性的角色。

“我会一五一十地告诉你们的，”菲利克斯说道，“我们不妨假设阿隆佐国王、安东尼奥、腓迪南和贡柴罗的船一直没有出现。在参加完阿隆佐女儿的婚礼后，那艘船在返航的途中驶近这座岛完全是机缘巧合。用普洛斯彼罗的话说，‘那是福星和幸运女神的把戏’。假设那艘船始终没有到达，那么普洛斯彼罗会怎样呢？他只能困在岛上，跟一个少女和一个比他更强壮的年轻男子待在一起，而后者成天想着怎么强迫米兰达就范。虽然普洛斯彼罗过去对那个野小子凯列班一直都很好，但长大了的凯列班却和他作起对来。他们谁都没有枪，也没有剑。论力气，凯列班可以轻易地杀死普洛斯彼罗。实际上，他一直在伺机而动。那么，普洛斯彼罗是否有权自卫呢？”

学生一阵嘀咕，满脸不爽的表情。

“我们投票决定吧，”菲利克斯说，“同意的举手。”

多数人不情愿地举了手。红狼不为所动。

“红狼？”菲利克斯说道，“难道他应该放着凯列班不管，冒着被他谋杀的风险吗？”

“一开始就不该到那儿，”红狼说道，“那不是他的岛。”

“是他选择在那儿上岸的吗？”菲利克斯说，“他算不上侵略者，他只是一叶浮萍。”

“但他依旧是奴隶监工。”红狼说。

“他可以把凯列班一直关着，”菲利克斯说，“可以杀了他。”

“他自己说的，要他拼命干活儿，”红狼说，“捡柴火、洗盘子，各种事。而且他对爱丽儿也一样，强迫他干活儿，违反他的意志，也不给他自由。”

“有道理，”菲利克斯说，“但他还是有权进行自我防卫的，不是吗？他只能通过法术来保护自己，而这一点只有让爱丽儿替他完成各种差事才能实现。如果被魔法绳——一根暂时有魔法的绳子——束缚的爱丽儿是你唯一的武器，你也会这么做，对吗？”

这一回，大伙基本同意。“好吧，”神奇小子说道，“但为什么要折腾别人？那个鹰妖的场景，那些疯狂的作为。为什么不干脆杀了仇敌，夺走他们的船？把凯列班留在岛上，驾着船回米兰不就得了？”

那样就没戏可演了，菲利克斯心想，或者就变成了大不相同的一出戏。但为了让这些角色在他们心里站得住脚，他不能那样解释。

“我相信那是他的一种欲望，”他说道，“他就喜欢把他们闹得天翻地覆。搁谁不会呢？他们之前对他做了那么多坏事。”大家纷纷点头，“可如果他用你说的那种方式复仇，虽然有可能拿回米兰，但考虑到安东尼奥和阿隆佐王已达成协议，米兰是处于那不勒斯统治下的，任何继承那不勒斯王位的人自然会对米兰怀恨在心。他们的国王和王子神秘失踪，他们对此不会善罢甘休，那些水手也会制造风言风语。那不勒斯新的统治者会再度把普洛斯彼罗赶下台或杀掉，然后扶植新人做米兰公爵。若此事失败，那不勒斯会向米兰宣战。由于那不勒斯实力更强，米兰面临着丧国的危险。普洛斯彼罗最好的办法是什么？”

“米兰达嫁给腓迪南，”弯铅笔说，“如此一来，米兰达便成了那不勒斯的王后，米兰和那不勒斯结为同盟，体面的和平，这就是所谓的王朝联姻。”他向其他人解释道。

“完全正确，”菲利克斯说道，“但普洛斯彼罗不是暴君，他不会像阿隆佐一样为了政治考量，强行给自己的亲生女儿指婚，他不愿意把米兰达的出嫁作为一场冷血肉体交易的一部分。相反，他希望年轻人——就是腓迪南和米兰达——能够真心相爱，所以他施展法术，安排他们相遇，或者只是从旁边助推了一把。”他们点头同意这样的说法。

“我也不会那么对自己的小孩，”飞毛腿说，“草草把她嫁掉。逊毙了。”

菲利克斯笑了。“普洛斯彼罗还需要创造条件，让阿隆佐接受这段婚姻，”他说道，“在正常情况下他不会接受，因为那不勒斯是一个王国，而米兰只是一个公国。阿隆佐无疑想让他的儿子腓迪南跟一个富庶的大国联姻，那样他的势力才会更强大，而对此，腓迪南只能唯父令是从。”

“子从父，是那个时代的规矩，”弯铅笔说道，“你必须遵守。”

“遭痘疮的规矩。”地溜星说道。

“所以，普洛斯彼罗让阿隆佐以为腓迪南已经淹死了，然后再让他有意外之喜，”八只爪说，“瞧！他还活着，酷！”

“然后他喜出望外，就算腓迪南想娶一只青蛙做老婆他也会一口答应。”蛇眼说道。

“没错，”菲利克斯说，“一方面，腓迪南之死的假象是对阿隆佐的惩罚——这是复仇，会让他极其痛苦；但另一方面，这也是精心筹划的计谋。”

“一石二鸟。”门诺派的克朗普斯说。

“还真不蠢，”蛇眼说，“好点子。”

“既然如此，普洛斯彼罗的做法是否合乎情理呢？想想他有限的选择，我们再来投票，”菲利克斯说道，“同意的举手。”

这一回，所有人都举了手。菲利克斯的肩膀松弛下来，如释重负。普洛斯彼罗得到了宽恕，至少目前是这样。“那么大家就达成一致了，”他说道，“现在让我们来探讨一下实施者们。”

“实施者们？”弯铅笔说。

“一切权力终究要依靠武力，”菲利克斯说道，“这座岛是一个牢笼，而哪里有牢笼，哪里就有实施者们。否则里面的雀儿岂不是轻轻松松就飞出去了？”学生们频频点头。

“但角色列表里没写什么实施者们啊，”弯铅笔说道，“在‘剧中人物’里没有。”他翻到剧本那一页，仔细查看。

“但他们确实存在，”菲利克斯说，“他们在凯列班大放厥词时就掐他、推搡他，还化作猎犬追赶斯丹法诺和特林鸠罗。”

“难道不是爱丽儿吗？”八只爪说，“我以为是他呢。”

“再想想。爱丽儿是指挥他们的人，”菲利克斯说，“这儿写着呢，**我的小妖怪们，**他们就是普洛斯彼罗的小妖。没有把他们列为角色是因为这些小妖是由当时退场的人客串的。只要带上一副面具，好啦，你就成了小妖。所以每个人在这部戏里都要分饰两角：一个是他们自己的角色，另一个是普洛斯彼罗的小妖。他们是受操控的媒介，也是复仇和惩罚的实施者。那些苦活儿、累活儿都由他们代理。”

啊，是的。他都能想象会发生什么：托尼和萨尔被一群小妖团团围住，被驱赶着抱成一团，被威胁恫吓，缩成一坨颤颤巍巍的果冻。**听啊！他们在狂叫，他想道，让他们被追猎个痛快，此刻，所有仇家都任凭我摆布**。[1] 他环顾教室，仁慈地微笑着。

---

[1] 《暴风雨》第四幕第一场，在普洛斯彼罗和爱丽儿的唆使下，精灵们化作猎犬，追赶着凯列班、斯丹法诺和特林鸠罗满场跑。爱丽儿说：“听啊，他们在狂叫。”普洛斯彼罗说：“让他们被追猎个痛快。此刻，所有仇家都任凭我摆布……”彭镜禧译。

“酷，”八只爪说，“我懂了，小妖就是我们。”

22. 剧中人物

2013年1月17日 星期四

截至目前，安妮－玛丽还没和这个戏剧班见过面。她一直在自己背诵台词，更准确地说是在温习台词。她在弗莱彻监狱的首次亮相被安排在周五，这一天菲利克斯会宣布角色分配。不过，他事先约她吃了顿午饭。他想给她打打预防针，让她对要去的地方心里有数，比如，谁会是她的腓迪南，她有权知道。

当他独处着享用早餐鸡蛋时——独处是因为米兰达溜到她特别的私密空间里去了，而且和所有青春期少女一样，她一直不愿告诉他这处小天地在哪儿——菲利克斯又浏览了一遍他初步敲定的人选。

对于这份名单，他思前想后良久。虽然演员们表达了各自的意愿，但长期以来的经验已经让菲利克斯学会忽视这些东西。演罗密欧的人自然不想演伊阿古，反过来不也是一样？

他应该按角色类型来挑选演员，还是反其道而行之？让丑陋的去演形象好的，让一个帅小伙去演凯列班？让他们扮演那种有助于逼出自身潜力的角色，还是说这样的潜力最好还是别开发的好？把熟悉的角色打扮成令人吃惊甚至可能引起不快的模样，以此来挑战观众的底线？

他过去在戏剧节可是出了名的“当人面无下限”。现在想想，他不过是偶尔会出格。平心而论，是比偶尔更经常些，而出格已经成了他的招牌。但这一回还是不要强人所难了。他打算给每个人有机会出彩的角色：他毕竟是一名导演，这是他的首要职责。演好戏比什么都重要，他的工作就是请演员帮他把戏演好。

他做了一套批注，部分供自己使用，同时也供安妮－玛丽参考。他会跟她强调：这些批注一定不能让他们俩以外的第三个人知道。既然他在课堂上说过“我不在乎你们之前做过什么”一类的好话，如果让演员们发现自己的犯罪记录被如此细致地罗列出来，他们一定会心灰意懒的。

他从上到下看了一遍暂定名单：

剧中人物

普洛斯彼罗，被废黜的米兰公爵：杜克先生，导演兼制片人。

米兰达，普洛斯彼罗之女：安妮－玛丽·格林兰，演员，舞蹈，编舞。

爱丽儿：八只爪，体型瘦削，东南亚裔，二十三岁左右，非常阳光；精通电脑，对技术很懂行；罪名有黑客、盗用身份、冒充他人、伪造罪，他自觉是替天行道、劫富济贫的罗宾汉，来对抗这世上像约翰王一样邪恶的资本家，被一个年长的同伙出卖，原因是他拒绝对难民慈善机构发动黑客攻击。在《理查三世》中扮演利佛斯勋爵。

凯列班：飞毛腿，三十岁上下，爱尔兰裔和黑人混血，红发、雀斑、魁梧，经常锻炼；老兵，曾在阿富汗服役，但退伍军人事务部没有为他支付创伤后应激障碍症的治疗费；**罪名**有非法侵入罪、侵犯人身罪；吸毒、酗酒，曾接受戒毒治疗，但该项目已被取消；曾饰演布鲁特斯，第二位女巫，克拉伦斯；演技精湛，但敏感易怒。

腓迪南，阿隆佐之子：神奇小子，看上去像二十五岁，实际年龄可能更大，有个斯堪的纳维亚人的名字；迷人，有型，帅气，貌似可信，看上去很真诚；罪名是诈骗，他向容易上当的老年人兜售虚假的人寿保险，外来移民尤其容易上他的当；出演过麦克德夫，《理查三世》里的黑斯廷斯。

阿隆佐，那不勒斯国王：克朗普斯，大概四十五岁，门诺派教徒，脸很长；曾是一个门诺派组织的成员，披着虔诚的外衣，以农业机械为掩护，从墨西哥向美国走私毒品；性格忧郁；饰演过《麦克白》中的班阔，《裘力斯·凯撒》中的布鲁特斯。

西巴斯辛，阿隆佐之弟：小药片菲尔，越南裔难民，一大家族省吃俭用供他完成医学院的学业，四十岁左右；感觉自己受到了错误的指控，**罪名**是用药过量杀死了三名年轻大学生，他多次为他们开具成瘾的止痛药，说是他们乞求他帮忙；很容易被人左右；扮演过《理查三世》中的白金汉。

阿德里安和弗朗西斯科，侍臣。

注：很多演出将这两个角色砍掉了，并把他们的部分台词匀给贡柴罗和西巴斯辛。这个做法不错，在此沿用。

贡柴罗，阿隆佐的老臣：弯铅笔，超重，秃顶，五十多岁，白人，会计；**罪名**是贪污公款；聪明，喜欢思考，自以为判决不公，大家尊敬他，觉得出去后他能帮他们钻制度的空子；演过《裘力斯·凯撒》中的凯瑟斯，《麦克白》里的邓肯。

安东尼奥，普洛斯彼罗之弟，篡夺了其爵位：蛇眼，意大利裔，苗条，经常运动，斜愣眼，三十五岁左右，法律学位，经查系伪造；**罪名**有地产诈骗，伪造文件并出售不在他名下的房产，经营一场小型庞氏骗局；能说会道，但只对喜欢花言巧语的人奏效；觉得世人都欠他的，以为别人容易上当，所以活该被骗；感觉自己只是因为忽略了法律层面的技术细节才被捕入狱；曾饰演麦克白、理查三世，是个反派专业户。

斯丹法诺，酗酒的膳夫：红狼，二十多岁，加拿大人；罪名有非法售酒、售毒，不觉得自己做错了，因为法律制度无论如何都不合理；演过《裘力斯·凯撒》中的马克·安东尼，《麦克白》中的第一位女巫。

特林鸠罗，弄臣：提米斯，父母一方是华裔，圆脸、苍白，艺名取自面包圈连锁店提米斯，因为他自称脑子中间啥也没有，其实本人并不蠢；偷窃技能娴熟；**罪名**是组织盗窃，专在零售品店作案，自称是被迫入伙的；《裘力斯·凯撒》中的预言者，《麦克白》里的门房，天生的小丑。

旁白：我们一贯配旁白，他在每场戏前会对剧情做一个概述，使观众能够跟上故事情节；正考虑让墨西哥裔的刀片担当此任，他来自一个新墨西哥人家庭，**罪名**是侵犯人身。曾为一个地方帮派充当打手。性格外向，嗓音优美。在《理查三世》中扮演格雷勋爵。

水手长：赤足鬼，非裔加拿大人；有音乐天赋——嗯，我知道那些陈词滥调。会跳舞，没有自我感觉的那么好，但还不错；**罪名**是涉毒、敲诈、侵犯人身、帮派纠纷；演凯列班会很好，但需要他出演别的角色。

伊里斯，刻瑞斯，朱诺：是个问题，菲利克斯写道，这些男人都不愿意扮演女神。但普洛斯彼罗把她们叫作木偶，所以干吗不用木偶代替呢？或者玩偶，带语音功能的那种，制造一种新鲜感，放在片子里应该不错。

还有不少角色和任务需要菲利克斯分配：技术特效，提词员，替演；负责道具和服装的人员；还有拍宣传剧照的，当然不会有任何真的宣传，但有一张穿戏服的剧照会让他们很兴奋；大家已决定改编部分音乐，再加一些别的东西进去，所以还需要唱歌的和跳舞的。说唱歌手和街舞演员吧，菲利克斯心想，安妮－玛丽可以帮他们编编舞。

他大致列了一个技术团队名单，但他届时还会根据每个人的能力大小进行调整。

暂定阵容

特效：八只爪，首席技师；神奇小子、刀片、赤足鬼、车火儿。

道具和服装：作为项目分派给各个组长，由各组自行提出思路。

宣传剧照：神奇小子。他对审美很有感觉。

音乐制作：飞毛腿、红狼、白脸李、饭团。八只爪负责声音编辑。

乐器：飞毛腿、墨西哥人刀片、赤足鬼、红狼、德斯上校。

合唱和舞蹈：赤足鬼、飞毛腿、提米斯、地溜星、饭团以及其他全体人员，根据要求随时抽调。

编舞：安妮－玛丽·格林兰、飞毛腿、赤足鬼。

主要的小妖[1]：饭团、德斯上校、地溜星。**罪名**有为获理赔而故意纵火、武装抢劫、涉毒指控。他们都是新人，能从别人身上学到很多东西，其中两人做过俱乐部或酒店的保安。

备用小妖：根据需求从队伍里随时抽调。

小妖们，菲利克斯想道，我的终极武器。他秘密计划的核心，复仇计划的成败，就取决于这些小妖了。他们该穿戴些什么？黑色面罩？会不会太像银行劫匪和恐怖分子了？他觉得这样再好不过：恐惧会令人大脑兴奋。有摧枯拉朽之力，你可能会这么说。

---

[1] 专司小妖一角。下文还提到备用小妖，由其他不在场上的演员临时客串。

23. 令人赞叹的米兰达[1]

同一天

菲利克斯和安妮-玛丽在梅克西维格的那个酒吧见面，一起吃午饭。她胖了点，看起来有些紧张，兴奋不已，浑身散发着能量。她的双眼似乎变大了，面容也更加舒展，看上去年轻了十岁。她穿着一件朴素的长袖衬衫，白色的。依照惯例，剧中米兰达的戏服就是白色，至少也是米色。

太棒了，菲利克斯心想，她正在慢慢融入角色，接下来，她便会赤足上场，即便是在寒冬。“啤酒？”他说道，“汉堡和薯条？”

“核桃蔓越莓沙拉和一杯绿茶就好，”她说道，“我已经差不多戒荤了。”现在的小姑娘都这么干，菲利克斯想道，他的米兰达也是。她们吃藜麦、亚麻籽、杏仁奶昔、坚果、浆果、西葫芦比萨。

“别太拼命了。”他说道。

“太拼命？”

“为了演出那份纯真，”他说道，“说真的，沙拉？”她笑了。

“好吧，那我来一杯啤酒，”她说道，“薯条再加沙拉。”菲利克斯给自己点了一个汉堡。距离他上次吃汉堡已经过去很久了。他们在那座岛上怎么补充蛋白质呢？他心里好奇。哦，对，鱼！这就是凯列班闻起来像条鱼的原因！他不仅会用长指甲挖花生，还会抓鱼。**我不要再筑堰捕鱼**。为什么菲利克斯从没联想到这一点？

---

[1] 《暴风雨》第三幕第一场，腓迪南对米兰达说：“**令人赞叹的米兰达**，真是绝顶令人赞叹，当得上世界的至宝！”彭镜禧译，略有改动。前面的注释已经提过，米兰达（Miranda）源于拉丁文，意思是“令人惊讶的”，作为人名时意为“她是被赞叹的”。

“准备得怎么样了，”他问道，“你那部分？”

“都记着呢，”她说道，“早就有了，在我脑子里。它只是在等待——被贮存在幽暗的过去和时间的深渊里。我找了个室友听我背词，几乎一字不错。”

“我期待和你合作那场戏，”菲利克斯说道，“关于**幽暗过去**的那一场。实际是整部戏。你会大放异彩的！”

她凄然一笑。“行啦，我知道你想说什么。跟一帮犯人演米兰达会让我一炮走红，对吧？讲得跟真的一样。好像一场真正的表演似的。”

“是真的，”他说道，“比真的还真，超级真，等着瞧吧。”

菜上来了，竟然没晚。两人吃了一阵。眼看时机成熟，菲利克斯开口道：“我分了一下角色，暂定的，可能还会有变动。我带了一份名单，这样跟他们见面前你可以先了解一下和你配戏的人，我在他们的资料上给你**做了**一些批注。”

他把夹好的一沓纸从桌子上递过去，她翻看起来。“你连罪名都加进去了，”她语带责备，“想得很周到，但这样做合适吗？你对一般演员可不会这么做。你过去常说，大家都是从零开始，彼此不带成见。”

“一般演员都在维基百科上，”他说道，“他们的罪行就是观众的差评，大家都能看见。说到底，这些不是真正的罪孽，而是别人给他们加的罪名。这是有区别的，我们不知道他们究竟做了什么。”

“好吧好吧，你总有理。”她说道，她的手指从上划到下，“侵犯人身、贪污公款、诈骗。还行，至少没有连环杀手或者猥亵幼童的。”

“那些人待在最高警戒区，”菲利克斯说道，“受到特殊监控，这是为他们自身的安全考虑。我的人鄙视那些行径[1]。”

---

[1] 一般的犯人可能会殴打甚至杀死最高警戒区里的犯人，因为他们认为猥亵儿童这类罪行是性质完全不同的邪恶之举。

“那就好，”安妮-玛丽说，“所以凯列班不会真的非礼我吧？”

“想都别想，”菲利克斯说，“其他人也不会让他得逞的。其中有一个是会计。”他指了指贡柴罗，“然后，这个人是你的腓迪南。”

“挺俊嘛，”安妮-玛丽说，“神奇小子，他自己起的艺名？”

“不知道，”菲利克斯说，“但他的形象很符合要求，像20世纪50年代男士剃须水广告里的模特，热诚。”20世纪50年代剃须水暴露出了他的大叔本质，但她没有奚落他。

“好吧，诈骗犯，专宰老年人，”她说，“这可不怎么样。”

“他没有伤害任何人，”菲利克斯辩护道，“没有造成身体上的伤害。他向老年人兜售虚假人寿保险，业绩很不错呢。他们死了之后都没发现。”

“你再说一遍？”安妮-玛丽歪着嘴笑道。

“好吧，是受益人察觉不对劲。但他下手的对象都还没死，所以也没有发生赔偿。据我所知，举报者是一个被他劈腿的女友。”

“有几个，被他劈腿的女友？”她听上去对这个扮演腓迪南的神奇的演员、这个虚构情郎的副本已经燃起了占有欲。

“许许多多女子，”菲利克斯引用戏里的台词，“但她们不及你万分之一。你如此完美而无双，记得吗？”[1]

“我能不知道吗？”她又笑了。他希望她在排练时能多发出些这样的笑——从自我嘲笑到眉开眼笑。

“他一看就特会甜言蜜语，”菲利克斯说道，“有的老人还去了他的庭审。他们希望法庭能从轻处罚，再给他一次机会。他们爱他，视如己出。如果说谁能将那些花哨的情话说进人的心里去，那非神奇小子莫属。”

“你是在向我暗示什么吗？”安妮-玛丽说道。

---

[1] 请参考《暴风雨》第三幕第一场中腓迪南对米兰达说的情话。

“事先提醒就能事先防备，”菲利克斯说，“这小子的嘴能让一座维多利亚女王的雕像宽衣解带。他会让你做他外边的女友，帮他往里带东西，这真不好说。别陷进去就好。他可能已经结婚了，”他为加强效果又补了一句，“和不止一个女人。”

“你觉得我会爱上他，是吗？”安妮－玛丽说，“你觉得我那么容易上钩？”她咬牙切齿道。

“不不不，”菲利克斯说，“绝对不是。但你入戏之后脑子必须转得过来。即便是你这种心如玄铁、难打交道的人。”

“你已经入戏了，”安妮－玛丽笑道，“扮演过分呵护我的父亲。但你知道那些青春期的少女，她们一看见肌肉凸起的小猛男飘过就瞬间忘了疼爱她们的爹地。别怪我，要怪就怪他妈的荷尔蒙。”

“好啦好啦，不掰扯这些了，”菲利克斯说道，“你做得很好，别骂人就行。记着，禁止骂人，尤其是米兰达。”

“知道了，”安妮－玛丽说，“我尽量。”她继续往下看名单，“我看你还准备做歌舞？”

“整个18世纪，《暴风雨》都是以歌剧形式呈现的，”菲利克斯说道，“所以我跟这帮家伙做宣介时把它说成了一部音乐剧，以便他们更好地融入情境。他们很难接受精灵和蜜蜂吸蜜一类的曲子。”

“嗯，这个我懂。”安妮－玛丽笑道。

“我在想你能不能帮忙给编编舞，给他们指点指点？”

“这没问题，”她说道，“应该没有芭蕾舞吧。咱们得看看他们的身体能驾驭什么样的舞蹈。”菲利克斯笑了，他喜欢“咱们”这个词。“你准备怎么处理蜂儿吸蜜？那一段弄不好会让他们罢演。”

“还得再看看，”菲利克斯说，“他们可以改词。在其他作品里我们就是这么做的，他们创作了一些新东西，替换他们觉得过时的内容，用的是，呃，现代大白话。”

“现代大白话，”安妮-玛丽说，“你的意思是垃圾话，汝到底想作甚(How now, grave sir)[1]？”

“这是课程培养读写能力的一块内容，”他略带歉意地说，“要练笔。但话说回来，从我们手头的剧本看，莎士比亚的剧团当年肯定也做过不少临时改动。”

“你总在突破下限，”安妮-玛丽说道，“伊里斯、刻瑞斯和朱诺怎么办？订婚派对上的假面舞会，诡异的一场戏。台词超级长，会让人无聊得想睡。我看这里说你正在考虑玩偶？”

“我无法要求这些男人穿成女神的样子。我们可以用蒙太奇……”

“什么样的玩偶？”

“我正想让你帮我出个主意，”菲利克斯说，“我对这个不在行。像成年人一样的玩偶。”

“你的意思是，有咪咪的那种。”

“反正不能是洋娃娃或者动物。你有什么建议？”他的米兰达尚处于玩泰迪熊的年纪——儿童玩偶是他的痛处。

“迪士尼公主吧，”安妮-玛丽不假思索地说道，“肯定好使。”

“迪士尼公主？比如……”

“嗨，你知道的。白雪公主、灰姑娘、睡美人、《阿拉丁》里穿着那种装模作样的裤子的茉莉公主、《美人鱼》里的爱丽儿、身披流苏的宝嘉康蒂……我有过一整套。《勇敢传说》里的梅莉达我没有，那会儿我已经长大了。”

菲利克斯感觉像听天书。什么《勇敢传说》？什么梅莉达？“不能

---

[1] 垃圾话（trash talk），现代竞技体育中为震慑或打击对手而说对方的坏话，往往是具有挑衅性甚至侮辱性的言辞。How now, grave sir 是莎士比亚时代的一句粗话，意思类似于今天的 what are you looking at（你看什么看），但现代读者可能听不出什么恶意。安妮-玛丽是在问菲利克斯他们是否在用现代的垃圾话来代替类似古老的粗话。

有爱丽儿，”他说道，“我们已经有一个爱丽儿了。”

“行，我可以再想想。这个效果会很好，真的！谁不想看见三个迪士尼的公主出现在他们的订婚派对上，向新人播撒祝福呢？不妨加上些亮晶晶的彩屑。”她知道菲利克斯以擅长天女散花而闻名，因此戏谑地补充道。

“您说什么就是什么，”菲利克斯毕恭毕敬道，“举世无双的小姐。”

“这些话留给粉丝去说吧。”她笑道。然而，他达到了目的：现在他们是盟友了。

可他们是吗？或许因为单纯，她的眼睛睁得还不够大；或许那是一种恐惧。在某个断裂的瞬间，他透过米兰达凝视的双眼看见了普洛斯彼罗——那个定格的米兰达忽然意识到：疼爱她的父亲是个十足的疯子外加偏执狂。当他对着某个不存在的人说话时，他以为她已经睡着，可她却听得分明，内心不由得惶悚。他说他能驾驭神明、唤雨呼风、连根拔树、徒手开墓、令死人行走，但那些放在现实中是什么？是绝对的疯狂。这个可怜的女孩被困在大洋当中，一边是被雄性激素驱使、成天想要强奸她的恶棍，另一边是天天见月月见、疯狂得无可救药的父亲。难怪她会对遇到的第一个看起来神志正常的少年投怀送抱。**把我从这儿弄走吧！**这才是她想对腓迪南说的。不是吗？

不，菲利克斯，不是的，他坚定地告诉自己。普洛斯彼罗并不疯狂。爱丽儿是存在的。普洛斯彼罗以外的人也能看见他、听见他。那些魔法都是真的。你要保持住法力。相信这出戏。

但这出戏可信吗？

24. 眼前这件事[1]

2013年1月18日 星期五

在威尔莫特的打印店，菲利克斯复印了他修改过的角色分配单（只有角色和演员姓名，没有批注），准备分发给演员们。之后他开车到梅克西维格，在安妮－玛丽与另外三个室友合租的房子外接到了她。他把埃丝黛托人弄来的弗莱彻监狱的通行证给了安妮。她开着一辆车表凹凸不平的银灰色福特跟他上了山，经过外面一道门，到达监狱停车场。

她从车里钻出来，用脚探了探地上的冰。他该不该伸手帮她呢？不，不要，他会被一句犀利的反击撂倒的。她扫了一眼铁丝网护栏和它顶部的刺圈、探照灯。“这地方真肃杀。”她说道。

“是，毕竟是监狱嘛，”他说道，“虽说‘监狱非是石墙筑，牢笼亦非铁棒成’，但它们确实有助于营造一种监牢的气氛。”

“这是哪出戏里的？”安妮－玛丽说道。

“不是戏，”他说道，“是一首诗。写诗的人因选错政治立场而身陷囹圄。[2]《暴风雨》里的确说过：‘思想多么自由’，可惜唱这句词的是三个傻瓜。[3]”

---

[1] 《暴风雨》第一幕第二场，普洛斯彼罗对米兰达说：“再听我多讲一点，然后我就把你带回我们**眼前这件事**：没有他，我这故事就不着边际了。”彭镜禧译。

[2] 出自英国17世纪骑士诗人理查德·洛夫莱斯（Richard Lovelace）的《狱中致阿尔西娅》（*To Althea: From Prison*）：“监狱非是石墙筑，牢笼亦非铁棒成。对清白、质朴的心，这儿只是隐士的居所。当我在爱情中享有自由，当我的心灵了无牵挂，只有天上的安琪儿，才能享受这种幸福。”1642年，洛夫莱斯因反对将英国国教的神职人员排除在议会之外，遭议会监禁。

[3] 《暴风雨》第三幕第二场，斯丹法诺对凯列班说道：“准你所奏，怪物，凡是合乎道理的事我都可以答应。来啊，特林鸠罗，让我们唱歌。（唱）嘲弄他们，讥讽他们，讥讽他们，嘲弄他们，**思想多么自由！**”朱生豪译。

“是挺让人失望的，”安妮－玛丽说道，“您这些天是不是又抑郁了？凛冬将至？倍感寒冷？”

“这边来，”菲利克斯说道，“入口在这儿。小心，有冰。”

*

“这位是安妮－玛丽·格林兰，”他对安检口的麦迪逊和迪伦说，“人家可是大腕儿，”他扯谎道，“这次是友情援助咱们剧团，帮着一起排戏。她有通行证。”

“您好，”迪伦对安妮－玛丽说，“您有问题随时找我们几个。”

“谢谢。”安妮－玛丽用“我能照顾好自己”的口气礼貌地答道。

“这是一个报警器，”麦迪逊对她说，“按这个钮。要不我帮您别在……”

“知道了，”安妮－玛丽说，“我自己来。”

“把您的包过一下，您从这边走。包里那个是什么，尖锐物品吗？”

“毛衣针，”安妮－玛丽说，“我织衣服用的。”

菲利克斯一愣——织毛衣跟安妮－玛丽，似乎不搭边啊。可迪伦和麦迪逊却宽容地笑了：女人的手艺活儿嘛。“抱歉女士，这东西得存在我们这儿。”迪伦说道。

“拜托，”安妮－玛丽说，“我会把谁给织死吗？”

“这些针可能会用来攻击您，”麦迪逊耐心地说，“任何尖锐物品都有可能。女士您可能不知道，这里的人很危险。您可以临走时再拿这个包。”

“算了，”安妮－玛丽说，“别把我的毛线弄乱了就行。”他们嬉皮笑脸的，可能只是对着她嬉皮笑脸，因为她显然让他们的心情不错。如何能不好呢？菲利克斯心想，除去伶牙俐齿，她是这阴暗之地的一束亮光，打破了乏味和单调。

菲利克斯领着她穿过授课区的走廊，把各间空房指给她看。“我们可以把这些房间和另外两个用作展间的牢房当成休息室和后台。”他补充道，“还有排练间。”

“不错，”她说道，“我要一间，用来排练舞蹈。”

大家已经在教室里了。菲利克斯介绍了安妮－玛丽。她迅速脱下外套：穿得很保守，白衬衫，黑色开襟毛衣，黑裤子。她的头发在脑顶梳成一个圆髻，戴着蜜糖色的发套。别着一对耳环。她冲着后墙的方向不走心地笑了笑，在教室前排菲利克斯指定的位子上坐了下来。她腰杆笔挺，头部匀称、端正：一个舞蹈演员的身板。坐姿不带一丝诱人的懒散。

“格林兰女士目前只是过来旁听，”菲利克斯说道，“接触和认识各位。她会在我们开始排练后正式加入。”屋内死一般的沉寂。她两边的人没有一个敢盯着她看：他们的眼睛瞥向了一旁。后边的人则使劲地盯着她，但除了后背他们什么也看不到。留神了，菲利克斯告诉自己，对她要多加留意，别以为你了解他们，想想你像他们那么大时是什么样，现在你是个残大叔，但谁没个曾经呢？

“现在公布角色分配，”他按部就班地进行，“作为导演，人选是我定的。也许你没能得到想演的角色，但这就是现实。别想对谁施压，别整什么私下交易，也别抱怨。戏剧界不是共和国，而是专制的王国。”

“还说是个团队呢。”地溜星没好气地说道。

“你们是啊，”菲利克斯说道，“你们是一个团队。但我是这个队伍的头儿。所有的决定都由我拍板。这个老演员们都明白，是吧？”有的老演员点点头。

他将角色分配单发了下去。屋内一阵强忍着的骚动。

“你要我演一个喝醉的印第安人？”红狼说道。他本来投的是斯丹法诺。

“不，”菲利克斯说，“我要你演一个醉酒的白人。”

“噢，我演傻子，”提米斯说，“这个我行！”

“腓迪南，”神奇小子说，“我就想演这个。”他朝安妮－玛丽后背的方向笑了笑，露出一口漂亮的牙。

“我不想演这个，”门诺派的克朗普斯说，“那不勒斯国王，他只会一个劲儿地唉声叹气。我应该演凯列班。”

“我知道你们好多人想演凯列班，”菲利克斯说，“但只有一个名额。”

“凯列班应该是原住民，”红狼说，“这显而易见。他的领地被窃取了。”

“绝对不是，”赤足鬼说，“他是非洲人。阿尔及尔在哪儿？北非，对吧？他妈妈就是从那儿来的。看看地图，痘疮脑子。”

“所以他是个穆斯林？狗娘养的我不信。”地溜星说。他也想演凯列班。

“他绝对不是臭鱼味儿的白人垃圾，”刀片瞪着飞毛腿说，“半个白人都算不上。”

“反正归我了，”飞毛腿说，“你听见他说的了，笨蛋，这是最终决定。忍了吧。”[1]

“扣分，你说错脏话了。”赤足鬼说。

“‘忍了吧’不是脏话，”飞毛腿说，“只是发泄而已。这个大家都懂。还有，让魔鬼收了你的手指吧！”

安妮－玛丽笑了出来。

*

他们接下来的任务是把各场戏研究透彻，包括剧情、怎么演、问题和难点等。菲利克斯有意在每一组中安排了一两名老演员：他们可以提供指导，或许从理论上讲是这样的。

大家分散到各个指定的房间开始练习。安妮－玛丽站起来，伸了伸懒腰，一条腿在身后弯了弯，打开到一个合适的角度。“他们好像没那么

[1] 原文是 suck it。如前文注释所说，suck（吮吸）是一句带有性暗示的粗话。

坏嘛。”她说道。

“我说过他们坏吗？”菲利克斯说。

“没，没那么说过。但……”她肯定是想起了他们的罪名。

“你还适应吧？”菲利克斯说道。

“嗯，没问题，”她说道，但语气不那么肯定，“那我下面做什么？我可爱的腓迪南在哪儿？我是不是该跟他开练那些肉麻的东西了？”

“他正舔嘴等着呢，但今天先不要，”菲利克斯说，“他们得慢慢地进入角色，自己琢磨怎么演。然后我会一场一场地跟他们说戏。因为最后是做成片子，我们可以等这帮家伙准备好，包括服装什么的都到位了再拍，然后像拼马赛克拼图一样将它们拼接起来。不过你要是愿意，咱俩现在可以把第一幕第二场快速过一遍。”

于是米兰达哭泣并乞求，普洛斯彼罗安慰了她，然后滔滔不绝地讲了起来。正当他讲到安东尼奥篡夺哥哥爵位的阴谋致使他们流落此岛时，八只爪出现在门口。

“我跟谁排练啊？”他说道，“腓迪南正在练习如何坐在岩石上郁郁寡欢，然后轮到我上场，用音乐把他引走，可我们还没音乐呢。说来说去，我第一句词是对你讲的，杜克先生。”

“啊，我的爱丽儿，”菲利克斯说道，“我有一些技术上的问题需要向你请教。”接着他转身对安妮-玛丽说：“咱们休息一下，你去转转吧，看看大伙练得怎么样了。”

“要整事儿了，是吧？”她对八只爪笑道，“炮制幻象吗？当心这个老法师，他会把你变傻的。”

“我知道，”八只爪咧嘴笑道，“他已经这么做了。”

菲利克斯一直等到她走开。他放低嗓音。“你对这儿的监控系统具体了解多少？”他问道。

八只爪笑了。“小意思，”他说道，“只要拿到我需要的东西，比如一些工具。有什么计划吗？”

“我想在不被发现的情况下看到所有地方，”菲利克斯说，“所有房间，外加走廊。”

“你要搞中情局那套东西吗？”八只爪说，“我给你开个购物清单。给我弄来这些东西，我可以做到。”

“你要是帮我干成这件事，”菲利克斯说，“我保证让你提前假释。”

“真的？”八只爪说，“我已经申请了，但要等上好久。你怎么能这么快？”

“咱有人。”菲利克斯神秘兮兮地说。

咱有身居高位的仇敌呢，他心里默念道。

25. 邪恶的弟弟安东尼奥

2013年2月6日 星期三

时间过得飞快，转眼间所剩无几。距离开演只剩五周了，菲利克斯痛恨的权贵将在那一刻进入他的领地，而他的计划宛如一朵含苞的花蕾，即将怒放。期盼令菲利克斯眼更明、心更慧，肌肉蹦得更紧。做足准备比什么都重要。

托尼和萨尔愈发沆瀣一气：他们参加宴会、出席庆典、像漫天散花一样到处接受采访，走到哪儿都会像野兽留下自己特有足迹似的拍照合影。菲利克斯借助网上的动态追查他们的行踪，就像蜘蛛通过网的振动感受着落网的蝴蝶，他搜遍了他们的每一张照片。他们各处逍遥，毫无察觉，那些狡猾的头脑从未想到菲利克斯·菲利普斯这个被他们的脏手流放的人正在暗中蛰伏、预设埋伏。虽然等了许久，但他告诉自己：复仇是一盘放凉了才好吃的菜。

他过一天就勾掉一天，计算着剩下的小时数。他们将在三月中旬来弗莱彻监狱观看演出。

*

可演出还没有为他们准备好，整个剧团距离万事俱备还差得远呢。菲利克斯心急如焚：他怎么做才能加快进度，赶紧把片子拍完、剪完跟修完，打磨成一颗宝石，按计划上映呢？

小精灵也在跟他作对。扮演备用小妖的人里有两个撂挑子的，但他把其中一个劝了回来，还有一个小妖进了医务室，不知是怎么伤的：据说是牵涉了一起指甲锉的交易[1]。飞毛腿对他说："跟我们一点关系也没有。"排练时总有骂人的情况出现，他一不留神就会发生一场混战。这种事很容易失控。但另一方面，他在导演每一出戏前都会做好思想准备。

他只拍了几场不成形的戏：粗糙，很粗糙。他通过中介订了一款电子键盘，但货还没到。"没货怎么做音乐？"他们说道。他们要他想办法连上互联网，这样他们就能下载音乐了，但这个要求实在太高：即便埃丝黛也爱莫能助，因为管理部门通常会反对。犯人们会滥用互联网，用它看"毛片"并策划越狱。即便菲利克斯说他们为排戏忙得焦头烂额，根本顾不上越狱也无济于事：他们不信这一套。而且，他很有可能是错的。他想方设法从外头带音乐片段进来，在教室的电脑上放给他们听——不行不行，这不是他们要的版本，他们会翻着白眼说道。难道他不知道门基乐队[2]很烂吗？

---

[1] 西方监狱文化里，经常有犯人用偷带进来的指甲锉破坏监牢、企图越狱的情节。

[2] The Monkees，美国摇滚乐队，活跃于20世纪60年代。

闹心的事简直没完没了。神奇小子和安妮-玛丽遇上了点麻烦。他们第一次排练的效果极好，但第二次效果全无：神奇小子并不走心，他只是在敷衍。

“怎么回事？”菲利克斯在周四喝咖啡时问安妮-玛丽。

“他向我求婚了。”安妮-玛丽说。

“他是得这么做，戏里就是这么写的。”菲利克斯不偏不倚地说。

“不是，我的意思是他真的向我求婚了，”安妮-玛丽说，“他说是一见钟情。我说这只是演戏，不是真的。”

“然后呢？”菲利克斯问道。她摆弄着自己的勺子：他知道事情不止于此。

“他差不多是抓住我，要跟我亲嘴。”

“然后呢？”

“我不想让他失望。”安妮-玛丽说道。

“但你还是这么做了？”

“只是暂时的，”她说道，“他感情受了伤，这是最要紧的。等他在地上打完滚，站起来后，我真的道歉了。”

这就解释了他为什么提不起精神，菲利克斯想道。“我找他谈谈。”他说。

“别，你会让他不自在的。”她说。

*

就连他的爱丽儿——八只爪——也会把事情搞砸。他们第二次排练第一幕第二场时，他上来竟然说了一句“胜利万岁，大怪物！”[1]，然后爆发出尴尬的笑场声，因为他脑子里的什么东西突然不受控制地从嘴里蹦了出来。

---

[1] 正常的台词应该是“All hail, great master!”（大王，万福！）

这帮人在他背后瞎闹腾，给他和普洛斯彼罗起外号，拿这部戏没正经——这正常——但八只爪必须记住自己该扮演什么角色。诚然，爱丽儿要兼顾许多任务——他知道普洛斯彼罗的秘密——但八只爪还是得保持清醒才行。

事情到了这个地步总是这么难吗？菲利克斯自问道，是，也不是。这次更难，因为他正在下一盘巨大的赌注。

还有十四节课，然后就是大考。他们还在犹豫选什么服装，还会念错台词，还会舌头打架。“吃葡萄不吐葡萄皮儿，”他提醒他们，“要清楚！每个字都要清楚！如果听不清，你们说什么都白搭！八百标兵奔北坡！别软绵绵的！”

放在过去，要是老剧团的人，他早就冲他们吼了。他会骂他们猪脑子，要他们沉下去找到角色，不断酝酿情绪直到一个临界点，然后叫他们把这一腔热血和痛苦使出来，**给我使出来**！但这些人的心理很脆弱。有人接受过情绪管理治疗，对他们大喊大叫会造成很坏的影响。对于其他人，抑郁离他们从不遥远，如果给他们的压力太大，他们就会崩溃，他们会放弃，连他的主演也一样，他们会直接甩手而去，这种事以前就发生过。

“你们是有天分的。”他对他们讲。而犯人们耸耸肩，态度消极，对此不屑一顾。“你们可以做得更好！”他该怎么办？拿监狱吓唬他们？没用的，他们已经在监狱里了。他没什么办法。

那股力量去哪儿了？上哪儿去找一丝火星来点燃这堆懒散潮湿的木头？我哪儿做错了？菲利克斯焦虑不安。

*

他一直依靠咖啡，优质的咖啡，而不是那种口味恐怖的速溶冲剂。他买了咖啡豆，将它们磨成粉带进来，还不忘分一些给迪伦和麦迪逊。在早间优质咖啡时间，蛇眼找到了菲利克斯，安妮－玛丽跟在他后面，做好了无论如何都力挺他的准备——菲利克斯这样猜道。她穿了自己的一套舞蹈排练服：针织暖腿套，孔雀蓝的运动裤，黑色的长袖 T 恤衫。他注意到还有踢踏舞鞋：应该会有一些打击乐。

“我们攒了一个东西，”蛇眼说道，“我这组，安东尼奥这组。”

“接着讲。”菲利克斯说道。

“你知道有一场戏，我指的是普洛斯彼罗对米兰达讲过去的事，事情的前因后果，还有他弟弟的事——”

“第一幕第二场，”菲利克斯说道，“是吗？”

“就是那块儿。”

“怎么了？”菲利克斯说道。

“太长了，”蛇眼说道，“而且无聊。连米兰达都觉得无聊，她都快睡着了。”[1]

他说得对，菲利克斯心想。那场戏对于所有演过普洛斯彼罗的人来说一直都是个挑战：如何在完成第一幕第二场——即普洛斯彼罗对悲伤过去的叙述——的同时还能引人入胜？这场戏太乏味了。“但观众需要了解背景，”他说道，“否则他们跟不上剧情。他们得知道他遭遇了哪些苦难，为什么要复仇。”

“是，我们知道，”蛇眼说，“所以我们想，为何不用倒叙的方式来呈现这场戏？”

“已经是倒叙了啊。”菲利克斯说。

“是，但你不是总说‘要表现，不要讲述；要动起来，给点劲才行’吗？”

“是，”菲利克斯说，“所以呢？”

---

[1] 在莎士比亚原剧中，普洛斯彼罗用了很长篇幅来讲述弟弟安东尼奥篡夺其公爵之位的背景以及他和米兰达被流放的遭遇。似乎是意识到这段背景可能会使观众昏昏欲睡，莎士比亚在普洛斯彼罗每交代完一段时都会让他对米兰达说上一句“你在听吗”。

“所以，我们把这段变成一首倒叙的曲子，只让安东尼奥来讲。我们一直在排这个。”

哼，他这是要砍我的戏份啊，把我挤到一边去，好突显他自己。太符合安东尼奥的风格了……可这不正是他要求他们做的吗？重新思考，重新构思，菲利克斯心想。“好啊，说来听听。”他说道。

“这帮小子会给我伴奏，”蛇眼说，“安东尼奥这组。我们把这首歌叫作《邪恶的弟弟安东尼奥》。”

“好啊，”菲利克斯说，“走一个吧。”

“记得数数啊。”安妮－玛丽在他们准备时提醒道。蛇眼在前，他的伴奏在后面站成一排：小药片菲尔，地溜星，还有不可思议的——门诺派的克朗普斯。安妮－玛丽要是让克朗普斯跳起舞来，那真是奇迹了。

“我洗耳恭听。”菲利克斯说道。

“从三开始！”安妮－玛丽说。她数道“一，二，三”，然后拍了下手，他们便开始了。

蛇眼努力寻找着安东尼奥的感觉：无情、自大。他摆出架势，摩拳擦掌，眯缝着左边的斜眼，一张歪嘴露出阴笑。要是有八字胡，他肯定会把它缠绕在手指上。他神气地踱来踱去，好像要把谁给杀了一样。他的组员则开始制造节拍：跺脚、拍手、打榧子。

不错，比菲利克斯预想的要好得多。这都要拜安妮－玛丽所赐，还是他们从什么音乐片里得到的启发，可能都有。**咚咚啪，咚咚啪，啪啪咚咚嘎**，伴奏响起，蛇眼上场：

我是公爵，我是老大。
米兰公爵，正是在下。
要想挣钱，就听我话。
这位子原先不是我的。

我叫安东尼奥，
当初微不足道，
这感觉很不好，
逼得人心急火燎。
嫉恨深入骨髓，
因我总也坐不上爵位。
不受尊敬，排行老二，
我一直强颜欢笑，违心言说，
一切都还凑合。

我哥叫普洛斯彼罗，
他才是真正的掌权者，
他是公爵，公爵是他，米兰公爵正是他。
呜啊—嘿！呜啊—嘿！咚啪，啪咚，嘎嘎咚。

但他很傻，不酷，不肯观察，不懂擦亮双目，眼观六路。
有权位不好生看护，
背后风声也不关注，
成天把头埋进书。
他说兄弟，你知道这堆国事如何运作，
那便代我好生掌管公国。
我说你才是那个老大，米兰的老大，
你说什么他们都会去做，
派他们去这儿，派他们去那儿，
派他们跑近跑远为你忙活，
为我敛财富，为我做新衣服，

我为所欲为，他们只能顺服。

书呆子埋头苦读，研习法术，
整日挥舞魔杖，搞这破玩物。
我呼来喝去，随心所欲，
凡我所求，我必为主。
我已习惯我行我素，
他却对此熟视无睹。
一天到晚心不在焉，
不觉背后渐渐生变。
好一个傻子，不酷，诱惑我乘虚而入，米兰全域，我颐指气使，
他却不知，我炙手可热。
这让我成了骗子，
成了邪恶的胞弟，走上一条罪恶之路，
我唯一能赢的歧途。

呜啊—嘿！呜啊—嘿！咚啪，啪咚，嘎嘎咚。

于是我找到国王，那不勒斯国王，
他欲将米兰并入其疆。
于是我们达成协议，
他帮我将爵位窃取，我对他纳贡称臣。
我们抓了我哥，那个普洛斯彼罗，
漆黑的深夜，
我们买通卫兵，
他们自然缴械。

我们将他扔上漏船，
万分之一也不可能生还，
捎上小孩以绝后患，
船入波涛，大海蓝蓝。
明日发昭告诉天下，
公爵离开要休个假，休——个——假。
热带岛屿风光无限，
公爵心里乐开了花。
若是日久人未回，就说他，
肯定淹死啦。

呜啊—嘿！呜啊—嘿！咚啪，啪咚，嘎嘎咚。

哦不！哦不再有普洛斯彼罗，
好悲惨，好悲哀，他们都说：
他已葬身大海。
所以现在，我主天下朝拜，
公爵之位，终尝其味，
米兰之主，非我莫属！

耶！
米兰之主，非他莫属！米兰之主，非他莫属！
咚嚓，咚嚓，咚咚嚓。
啪，啪，嘿！

唱到最后这个“嘿”字时，所有人都看向菲利克斯。他知道这眼神的意思——**说喜欢，不要拒绝，快说可以！**

“你觉得怎么样？”蛇眼问道。他拼尽全力地蹦啊跳啊，这会儿已经喘不上气来。

“有点意思。”菲利克斯说道。他其实想把他掐死。抢戏份的人！可他压制住了这种情绪。这是属于他们的演出，他自责道。

“比一般的还好点吧？哦，得啦，叫个好吧！”一直在教室后头看表演的安妮－玛丽说道，“发表一下感想，总结总结，这个可以留着！”

“跺脚跺得挺炫。”菲利克斯说道。

“这就是我来这儿的意义，”安妮－玛丽笑道，“叫我助人为乐小姐好了。编歌舞，搬柴火，干啥都行。”

“谢谢你。”菲利克斯说道。

“嫉妒了吧，杜克先生？”安妮－玛丽淘气地耳语道，她知道他在想什么，一清二楚，“你想到后头来伴奏，是不是？”

“别闹。”他低声回敬道。

“然后我们想，”蛇眼趁热打铁道，“在这个之后，我们切入船的镜头，就是他们坐的那条漏船，我们可以在片子中展现出来，而他——我的意思是你——同时讲那一段，就是米兰达对他说自己有多么累赘，船上一个三岁的小毛头，然后他说她就像天使一样守护着他，是天堂乐园的守护神。就是那段。”

“我知道那段。”菲利克斯说道，心如刀绞。“然后有些人不是已经有孩子了吗？”蛇眼说道，“他们有自己小孩的照片——这类照片是可以带进来的。家庭合影，如果你能搞到的话。然后我们拍那条船，我们可以用，比如说一条玩具船，先把它摔断，然后拼起来，这样就可以制造出解体的效果。然后在月黑风高的夜晚，我们在天空中放出这些孩子的照片：就像天使守护着他们一样，帮他们熬过艰难的日子。”

菲利克斯如何能拒绝？“试试看吧。”他说。

“八只爪说他分分钟就能把照片按照那种方式剪进去，”蛇眼说道，“就是做进视频。他说他可以让照片闪烁，每张就一秒，像星星一样。”

“听起来不错。”菲利克斯说道。他的嗓子几近哽咽。为什么这样一个俗气的点子让他如此崩溃？一摊伤感的烂泥！他要哭了吗？

小心了，他告诉自己，要稳住，普洛斯彼罗可是一直掌控全局的，或多或少。

蛇眼还有话要说，他正来回倒腾着两只脚。吐出来吧！菲利克斯想咬人了。还有什么花招，杀了我算了。

“杜克先生，我们在想你是不是也愿意放一点自己的东西进去。”他声音怯怯的，“如果你手头有一张特别的照片，也可以放到天上去。类似于客串，大家都欢迎你加入。”

他过世的米兰达，三岁，在秋千上，在天上，在她的银色相框里。她正高兴地笑着。**那的确守护着我**。

“没有，”菲利克斯几乎吼了出来，“没有，我一张合适的也没有！不过还是谢了，见谅。”他们这么做并不是有意刺激他。他们根本就不知道任何关于他的事，他和他的懊悔、自责，他的无尽的悲伤。

菲利克斯的视线一片模糊，几乎快要窒息。他踉跄着冲进20世纪50年代的牢房展示间，瘫倒在下铺。灰色的粗毛毯扎疼了他。他两只胳膊环抱着膝盖，将脑袋埋进胸口，像迷失在海上的一条船，一会儿漂到这儿，一会儿又漂到那儿。一只腐朽的破船，连老鼠见了也会自然地退缩开去。[1]

---

[1] 《暴风雨》第一幕第二场，普洛斯彼罗对米兰达说道：“他们把我们押上船，驶出了十几英里以外的海面；在那边他们已经预备好**一只腐朽的破船**，帆篷、缆索、桅樯——什么都没有，**就是老鼠一见也会自然而然地退缩开去**。他们把我们推到这破船上，听我们向着周围的怒海呼号，望着迎面的狂风悲叹；那同情的风陪着我们发出叹息，却反而增添了我们的危险。”朱生豪译。

26. 精巧的装备 [1]

2013 年 2 月 9 日 星期六

情绪过去。情况好转。忙忙碌碌总能让人好过一点。

周末，菲利克斯去多伦多挑选服装和道具。他上了火车，把座驾扔在了梅克西维格火车站，因为他受不了那儿的交通状况，也不愿费心费力找停车位。他已经无法再适应城市的拥挤了。

伙计们列出了要买的东西。他没有保证都买得到，但答应他们会尽力而为。安妮－玛丽又追加了三个迪士尼公主的玩偶。她本来可以网购的，她说道，但她的信用卡刷爆了。

他从联合火车站下了车，开始了寻找。安妮－玛丽之前用她的智能手机进行了一番搜索，给他做了一张图，把可能要去的地方在上头标了出来。

他的第一站是一家玩具品商店，距离有几站地铁远。他现在可以仔细打量这类商店了：米兰达已经过了玩玩具的年纪。他走过橱窗，又走了回来。不过是塑料和硬纸壳做的东西罢了，他当可冒险一入。

他深吸一口气，冲过门槛，闯进了这个充满破灭心愿和渺茫希望的世界。如此明亮，如此耀眼，如此遥不可及。他的胸口一阵颤动，但他稳住了自己。

等到安然进店，他便走向沙滩玩具的货区：所有可能漂起来的东西应该都在那儿了。当他对着货架上一堆花花绿绿的商品看得出神时，一位女店员走了过来。“有什么需要帮忙的吗？”她说道。

---

[1] 《暴风雨》第三幕第三场，阿隆佐一行人正准备享用浮现在眼前的一场宴席时，舞台指示：“雷鸣电闪。爱丽儿作鸟身女妖形象上。他用翅膀拍桌，然后，通过**精巧的装置**，酒宴消失。”彭镜禧译，略有改动。

“谢谢，”菲利克斯说道，“我想要两条船。一个类似于划艇，另一个可能要大一点，像帆船。”不，他不要模型组件，是能真正放进水里的东西，就像浴缸用的玩具，或者——

“啊，”女孩说，“给孙子孙女买的？”

“不完全是，”菲利克斯说，“我是当叔叔的。”他们一起选了船。小的可以往上面贴补丁，大的用作暴风雨里的那条应该不错。

“还需要别的吗？”女孩问道，“您对小孩的水上用品感兴趣吗？游泳圈，这种带蝴蝶图案的，很适合女孩子。这些棒也很受欢迎——游泳棒。”她看他一脸茫然，所以补充道。

“那个……”菲利克斯说，“你们有那种，呃，迪士尼公主吗？”

“哦，有的！”女孩笑道，“简直存货过剩不知凡几啦！”她大概是历史学或者类似什么专业的，因为谁还会用**“不知凡几”**这种词呢？“在那边。”她发觉菲利克斯挺奇怪滑稽的。没关系，他对自己说道，滑稽用在我身上挺合适。

“你能帮我把它们拿出来吗？”他带着一脸无助的表情问道，“我需要三个。”

“多好的叔叔！”她意外地抖了一下睫毛，“您具体想要哪位公主呢？”菲利克斯看了一眼清单。“白雪公主，”他念道，“茉莉公主，宝嘉康蒂。”

“哦……”女孩说道，“你也太熟悉了！这么懂女孩的心思。我敢说你除了侄女肯定还有闺女！”

菲利克斯皱起眉。唉，这地方就是地狱，他心想，而且我还出不去。[1] 天杀的安妮－玛丽，我真该拉她一起来，让她自己把这些东西买

[1] 借用自克利斯朵夫·马洛《浮士德博士的悲剧》第三场。浮士德问魔鬼梅非斯特是怎么走出地狱的，魔鬼回答道：“**嗨，这地方就是地狱，我何曾走出去过**：你想想我见过上帝的容貌，也品尝过天堂永恒的欢乐，如今丧失了享受永恒幸福的权利，难道不是在万重地狱里受着煎熬吗？”此处参考了戴镏龄先生的译文，有改动。

走。他讲了讲价，让那女孩把这些未来女神的包装盒拆了，用纸巾裹起来通通塞进一个袋子。委屈它们了，不过它们会有乘风下凡的一天的。

提着两个购物袋，菲利克斯来到安妮－玛丽为他标出的位于央街[1]的戏服和搞笑品大卖场。橱窗里是一个近乎全裸的女模特：她踩着细高跟，戴着缀满亮圆片的面具，穿着皮革束身衣，手里挥舞着一根鞭子。在卖场里，他看遍了吸血鬼的獠牙、蝙蝠侠的披风以及僵尸的面具，同时尽量避免让自己看上去像个恋物狂。柜台后是一个年轻的肌肉男，耳朵上戴着一串镀铬的装饰品，前臂上文了一个骷髅图案。

“想要什么特别的吗？”他抛来半个媚眼，“我们新进了一批皮革制品，特别好。我们这儿可以量身定制。各种口套、镣铐。”他以为菲利克斯是个施虐狂。这不算太离谱，菲利克斯心想。

“有黑色羽翼吗？”他说道，“或者其他颜色的，白的不要。”

“堕落天使吗？”那人说道，“有。蓝的可以吗？”

“那更好。”菲利克斯说道。他买下那对羽翼，一罐蓝色的面部彩绘颜料，一罐褐绿色的面部彩绘颜料，一套小丑的戏服，一顶绿色的、长满鳞片的怪兽哥斯拉的帽子（帽子顶部是蜥蜴的眼睛，它的上牙构成了帽檐），以及一条跳舞穿的蛇纹紧身连衣裤。这后三件是给凯列班的。此外还有一些狼人面具，这是他能找到的最像犬灵的东西。

店里没有飞边[2]，但有四件天鹅绒短披风，于是他给王公贵族们又置办了些。一条挂有硕大的仿制金挂件的链子，上面有狮子和龙。两件贴着金片的廉价长袍，还有一件是银色的，用来引诱那几个蠢货。[3]几包蓝色的亮纸屑，几张一次性的文身贴纸：有蜘蛛、蝎子和蛇等常见图案。

---

[1] Yonge Street，多伦多最繁华的主干道，长度据说绵延数十公里。

[2] 盛行于16、17世纪的白色轮状皱领。

[3] 普洛斯彼罗和爱丽儿曾变出金银两色的华服，诱使斯丹法诺等人行窃，然后对他们加以捉弄。

羽翼不便携带。他在一家箱包专卖店停下，买了一个带滚轮的大行李箱，把羽翼、船、迪士尼公主、狼人面具，以及一堆亮闪闪的杂物都装了进去。它们都被妥妥地放好后，箱子还有剩余空间。正好，因为还有东西要买呢。

下一站，体育用品商店。他告诉气色健康的年轻售货员想买滑雪镜：带变色镜片的那种。“这些是我们卖得最好的，”年轻人说道，“深成岩材质。”那款眼镜的镜片泛着蓝紫色的光泽，很大，可以盖住整个眼部，像昆虫的眼睛。“自己戴吗？”售货员挑起眉毛——显然，他难以想象菲利克斯滑雪的场景。

“不是，”菲利克斯说道，“给一个十来岁的亲戚。”

“滑雪好手？”

“希望是吧，”菲利克斯说道，“我还想要十五只滑雪面罩。”

“十五只？”

“是为一场派对准备的。不知你有没有那么多？”

他们只有八件存货，不过威尔莫特商场有一家马克衣库，他肯定能在那儿把剩下的补齐，外加十五双黑色弹力手套。他不确定到底需要多少小妖，但还是备足为好。

在角落一家卖雨伞和手提包的日用品小店，菲利克斯挑选了一件浅绿色、半透明的女士雨衣，上面有欢快的瓢虫、蜜蜂和蝴蝶。“要最大号的。”他对店员说道。尽管是女士的最大号，但对八只爪来说可能还是会很紧。他们一向这么做：把它从后面剪开，把两边别在他的衬衫上，只给观众看前面就好了。

在一家“加拿大轮胎”[1]专营店，他买了一张蓝色浴帘、一个订书机、一根晾衣绳、一些挂衣服用的塑料夹（后两样是给斯丹法诺和特林

---

[1] Canadian Tire，加拿大零售商，主营汽车配件、体育休闲用品和家用百货等。

鸠罗偷衣服那场戏准备的）和一个为宴席准备的绿色塑料碗，然后抓起东西迅速离开。

他接着去了一家邻近的“史泰博”[1]，购置了一大摞五颜六色的美术纸、一卷棕色的包装纸和毡头马克笔——用来制作仙人掌、棕榈树这类岛屿的布景。只要几样就够了：剩下的就交由想象来填补吧。

他的最后一站是一家女士泳衣精品店。“我想买一只泳帽，”他对一位优雅的中年女店主说道，“您有蓝色的吗？”

“给爱人买的？”女店主笑眯眯地说，“是去坐游轮吗？”菲利克斯本想告诉她这是给监狱的犯人买的，此人即将出演一个腾云驾雾的奇异的蓝色精灵，但他觉得女店主的说法更好。

“是啊，”他说道，“三月，去加勒比海。”他透露了点细节。

“听起来真不错。”她语带一丝欣羡。她这辈子一直在为别人的游轮之旅提供服务，可自己却从未享过福。

他看了几款泳帽，都不满意：一款带着野菊花，一款是浅绿底配粉玫瑰，一款有防水的蝴蝶结。“她喜欢特别朴素的。”他说道。他能看上眼的是一款俏皮的泳帽，上面是一层层交叠的、鳞状的橡胶片。“还有更大号的吗？”他问道，“要最大号的，她脑袋大，头发也多。”他感觉自己不得不解释一番。

“她个子肯定很高吧？”女店主说。

“高挑的美女。”菲利克斯说。

也许有办法把这顶帽子抻一抻，他抱着侥幸心理想道。他可不想让八只爪戴着超小的蓝泳帽、像顶着一只大蘑菇那样愚蠢可笑。

---

[1] Staples，加拿大连锁品牌，主营办公用品。

27. 你不知自己是何人 [1]

同一天

菲利克斯乘火车回到梅克西维格，然后拉着他的大行李箱穿过火车站的停车场，找到他的车。雪下大了，当他回到那条通往破屋的小路上时，他费了很大劲才把箱子拖过一摊摊新融化的雪水，拽到门口。

尽管这儿下着大雪，但在遥远的西南方向，太阳正在杏黄色的云团里渐渐下沉。银装素裹的田野边，树木投下一片蓝森森的影子。过去，不久前，米兰达会在此刻跑出家门，借着这最后一缕阳光，在雪中玩耍，攥一把玉屑抛向空中，或堆出一个个冰雪天使。他四下寻找着脚印：不，她刚才没出来。但他提醒自己：她走路很轻盈，不会留下什么脚印。

屋子里有一股泥土和灰烬的气味，是炉火熄灭后常有的味道。他打开加热器。它发出呜呜的声音，升温的金属砰砰直响。“米兰达？”他说道。

开始他以为她不在，心里一阵失落。之后，他发现了她：她在桌子旁的阴影里，在棋局旁边守着，等他继续上课。他近来正教她如何进行中盘对战。可当他打开那个新的行李箱时，她从桌子那边走了过来，好奇地看着他买来的东西。

这么丰富——金灿灿的衣服、蓝色的橡胶泳帽，还有小船！三个穿着华丽外衣的迪士尼公主：她觉得它们好看极了。

每一样东西是什么？她想知道。从哪儿来的？干什么用的？泳帽？滑雪镜？什么是游泳，什么是滑雪，她自然不知道这些东西：她对外面

[1] 《暴风雨》第一幕第二场，普洛斯彼罗对米兰达说道：“凡我所做的事，无非是为你打算，我的宝贝！我的女儿！**你不知道自己是何人**，也不知道我从什么地方来：你也不会想到我是一个比普洛斯彼罗——一处十分寒碜的洞窟的主人，你的微贱的父亲——更出色的人物。”朱生豪译，略有改动。

的世界知之甚少。

“演戏用的。”菲利克斯告诉她。接着他就得解释一部戏是什么，表演是什么，人们为何要假扮成另一个不是自己的人。他从未和她谈论过戏剧。实际上，当他离开这两个寒碜的房间时，她对他的去向很少感兴趣。但现在，她全神贯注地听着。

*

周一，当他一场一场仔细地过完第二幕，精疲力竭地从弗莱彻监狱回到家时，他发现她已经看过了《暴风雨》。他不该把多余的剧本四处乱放的。现在好了，她看过了本子，对这出戏着了迷。他本该料到这一点的。

他始终不愿让她从事戏剧工作。这份职业太辛苦，太摧残自尊心。这里有太多的拒绝，太多的失望，太多的失败。演员需要一颗铁做的心、钢做的皮肤、猛虎般的意志才能应付得过去，而这对女性要求更高。对她这样的女孩，戏剧将是一条尤其艰难的道路：她的心太软，感情太敏感。她一直被呵护着，从未接触过人性最阴暗的一面，一旦面对这些险恶，该叫她如何应对？她应该选一份更保险的职业，例如医生或牙医。当然，最终还是要嫁一个性格沉稳、真心爱她的丈夫。她不该学他，让自己长时间地迷失于一个有着消逝的彩虹、破碎的泡沫、高耸入云的楼阁的虚幻世界中。

但她肯定天生就有戏剧的基因，因为她这会儿已经下定了决心，坚持要参与这场演出。更糟的是，她想扮演米兰达。她对菲利克斯说，她觉得这个角色就是为她准备的，想想就让她满心欢喜！她迫不及待地想见到饰演腓迪南的人。她知道他们将是天造地设的一对。

“你不能演米兰达，”他斩钉截铁地说，“不可能！”这是他第一次直接拒绝她。怎么才能让她明白，除了菲利克斯，别人是看不见她的呢？她永远都不会信。就算信了，迫不得已才信的，那她又会变成什么样？

为什么不行？她不死心。为什么她不能演米兰达？他怎么这么小气！他根本就不体谅她！他对她就好像对……

“什么，喜怒无常地发脾气吗？”他对她说。

她是在噘嘴吗？她叉着胳膊是在表示抗议吗？可为什么呢？她想知道，为什么她不能演？

“因为我已经有一个演员来演米兰达了，”他说道，“对不起。”

她感到失望，这也让他感到失望。他讨厌伤害她的感情，这让他心如刀绞。

她消失了——是去外面，在黑夜和风雪中散步，还是在她的房间里，像其他青春期的女孩一样躺在床上生闷气？

可她没有自己的房间，他提醒自己，她没有床，她从不睡觉。

28. 女巫的子孙

2013 年 2 月 25 日 星期一

有了可以试穿的戏服，演员们更有干劲了。对他们来说，这部戏变得更有实感了。他们花大把的时间在二号房（现在已被重新命名为演员休息室）的镜子前臭美，从各个角度欣赏自己，做鬼脸，试台词，做菲利克斯教他们的热身练习。

吃葡萄不吐葡萄皮儿。他能听见他们在说话。**啊，啊，啊，忏悔啊——噫，噫，噫，损失！解放！——哎，哎，哎，可爱的精灵！——哇，哇，哇，完美！**那些要唱歌的人则按照安妮-玛丽教他们的方法在吊嗓子：**喔，喔，喔！铃儿叮当响！**

键盘到了，经过一番斗争终于通过了安检。菲利克斯将四号房用作音乐排练间。安妮－玛丽正在和舞蹈演员们排练。每堂课开始前他们都要热身：她会叫他们做俯卧撑和自由操。菲利克斯在他小小王国的走廊里来回巡视，偷听屋里的动静，他能听见她在说话：“保持节奏！一，二，踩上二的点！摇摆！摇摆！不摇你就停摆！动起来！数个数！你的腰，扭起来！就这样！”

这天，八只爪已经攻入了监控电视，下一步便是安装小型摄像头。此后他会装一些微型麦克风和对讲器，都是无线的：因为在墙上打孔是绝对行不通的。菲利克斯在他们大屋的角落里支起一张屏风，这里是他们用来看片子的地方。屏风后有一张桌子，桌面上摆了电脑屏幕和键盘，旁边有两把椅子：一把是八只爪的，另一把是他自己的。菲利克斯现在可以窥探到他领地里的任何一个角落了。

“演员休息室。”八只爪一边说一边切入相应的画面，“音乐排练间。牢房展示间，那间旧的。这是另一间。我在这儿把它们都标出来了，看见了吗？有音频和视频，两条轨都在记录。”

“这正是我想要的，”菲利克斯说道，“我出色的精灵！”

“你确定他们允许你这么干？”八只爪略带焦虑地说。他不想给自己惹麻烦：那样会耽误他假释。

“你完全不用担心，”菲利克斯说道，“这都是这出戏的内容，我负全责。我和主管解释过了，他们知道我们在干什么。”一半真话，但一半就够用了。“有任何问题，直接找我。”

“酷！”八只爪说道。

*

安妮－玛丽和神奇小子一直在抓紧排练对手戏——用他们都认为体面的方式。她是出水芙蓉、冰清玉洁；他是望穿秋水、一往情深——他在台下也是望穿秋水、一往情深，但安妮－玛丽只当没看到。她给自己的定位是像童子军的女训导员一样，让其他演员对她产生敬畏感，而非欲念。为此，她动用了烘焙的技艺：她带了焦糖布朗尼、巧克力曲奇和肉桂小面包，在茶歇时分发给大家。迪伦和麦迪逊也能尝到她的手艺，他们打趣说：这些东西简直是美食中的毒品，是不是戏剧人都喜欢吃这个？喜欢放荡不羁地狂欢？安妮－玛丽笑吟吟地看着他们，好像他们是一帮机灵的九岁小孩。

不可思议，菲利克斯想道，一个如此温柔的姑娘家怎么会表现得像个慈祥的中年妇女。他当初就没看错：她是个好演员。

她还掌管着诸女神：白雪公主将扮演信使伊里斯，她命令道，宝嘉康蒂将饰演丰收女神刻瑞斯，而茉莉公主则会扮演主管婚姻的女神朱诺。“但是她们不能穿这些垃圾。”她从菲利克斯手中接过这些女神时说。她已经在动手扒她们的衣服了。

“看出来了，”菲利克斯说道，“但从哪儿给她们找……”

“我的编织小组可以为她们量身定做。”

“我还是不懂你怎么会参加编织小组。”编织小组过去多由极其热心的大妈和“一战”时的家庭主妇组成，专门为前线的小战士织袜子，而不是服务于时髦的年轻女演员。

“织东西能缓解紧张情绪，你应该试试看。男的也有做的。”

“我就算了，”菲利克斯说道，“你觉得你那个小组愿意接这个活儿吗，做玩偶的衣服？”

“她们手艺可好了，”她说道，“她们会爱上这个的。伊里斯要用彩虹色；刻瑞斯得有水果和番茄，还有小麦捆一类的；朱诺要用孔雀羽毛的图案。”[1]

---

[1] 伊里斯（Iris）是彩虹女神，兼为诸神信使；刻瑞斯（Ceres）是丰收女神，在原剧中被描述为“你肥美的田地长满各种麦子和豆类”（第四幕第一场）；朱诺（Juno）是天后，孔雀是她的圣辇。

“女神穿毛衣？”菲利克斯问道，“难道不会让她们显得很臃肿吗？”“没品”二字正从周围什么地方冒出来，但这不是他喜欢的“没品”。

“会给你惊喜的，”安妮－玛丽说道，“她们不会臃肿，我保证。”

“问题在于，”他说道，“我在整部戏里最漂亮的一段台词紧接着这些女神。‘我们的狂欢已经终止了。’”他忍不住大声朗诵道：

我们的这一些演员们，
我曾经告诉过你，原是一群精灵，
他们都已化成淡烟而消散了。
如同这虚无缥缈的幻景一样，
入云的楼阁、瑰玮的宫殿、庄严的庙堂，
甚至地球自身，以及地球上所有的一切，
都将同样消散，就像这一场幻景，
连一点烟云的影子都不曾留下。
构成我们的料子也就是那梦幻的料子；
我们的短暂的一生，
前后都环绕在酣睡之中。[1]

“哇，你还是能演得这么好，”安妮－玛丽在他结束后说道，“这就是我为什么总愿意跟你合作。你就是大师。你都快让我哭出来了。”

“过奖，”菲利克斯微微鞠了一躬，“还凑合吧？”

“凑合？去你的。”安妮玛丽说。她抹了抹一只眼睛。

“好吧，不用‘凑合’了，”菲利克斯说，“但你不觉得这些穿毛衣的迪士尼公主可能有点……”他想说的那个词是什么来着，“可能有点碍手

[1] 《暴风雨》第四幕第一场。朱生豪译。

碍脚吗？对于这段台词，我很怕她们看上去特别可笑。”

“我上网搜过，而且看过三部作品，但凡女神的戏都有遭嘲笑的可能，即便真人演也一样，”安妮－玛丽说，“他们用过背面投影的办法，用过充气娃娃，几年前还上了高跷。但咱们的女神到时候不会是迪士尼公主的形象。我准备给她们化化妆。黑暗中的一抹亮色，我是这么想的，再加一些彩屑。每人都像是戴着面具。而且，既然她们在某种程度上是爱丽儿的傀儡，我们为何不采用日本文乐木偶戏的技法，就是用暗光[1]：让操纵她们的人戴着滑雪面罩和黑手套。这些东西反正你也有。用变音器来配音，制造出那种精灵古怪的效果。”

“值得一试。”菲利克斯说道。

2013年2月27日 星期三

距离行星汇聚、暴风雨肆虐还有两周。他们现在已经拍完了开头那场暴风雨的戏，包括行船倾覆、八只爪戴着泳帽和滑雪镜的镜头。录制过程出乎意料地顺利。菲利克斯下周会和爱丽儿演第一场对手戏。八只爪最近被技术工作搞得焦头烂额，他在台词方面得多下点功夫。

今天他们要拍凯列班的戏。他们会先拍他的特写镜头，之后再加远景。这是飞毛腿第一次着全套戏服出场：戴着布满鳞片的怪兽哥斯拉的帽子——帽子上的眼睛和嘴都被涂掉了，帽子边缘被弄成碎布条挂在他脸上；脸被涂成了烂泥色；两条腿上有蜥蜴皮肤的纹理，胳膊被贴上了蜘蛛和蝎子的一次性文身。这扮相跟菲利克斯见过的其他的凯列班相比差不到哪儿去，倒是比某些扮相还要好。

---

[1] 此处可能是指一种叫作净琉璃的日本木偶戏。舞台背景为黑色，表演者也穿着黑色的衣服，在打向舞台的一束冷色、昏暗的灯光下操纵木偶。

“好了吗？”菲利克斯说道。

“好了，”飞毛腿说，“呃，我们又加了点东西，安妮－玛丽帮我们弄的。”

菲利克斯转向安妮－玛丽说：“这样好吗？我们不能瞎胡闹，没时间了，得赶紧往下进行。”他确实曾鼓励他们加一些新料进去，所以还真没法抱怨什么。

“三分半钟，”她说道，“我计过时了，绝对特别好。我会骗你吗？”

“我不想回答。”菲利克斯说道。

“第一遍，”提米斯说道，“女巫的子孙。表演者：凯列班和女巫的子孙们。首先是一小段旁白，我们可以一会儿再录。‘眼前走来凯列班，囚禁石牢难动弹，为奴数载心里苦，怨天尤人穷嗟叹。不管有多难，他要把心里话谈一谈！’就像这样。”

菲利克斯点点头。“还不错。”他说道。

“别忘了呼吸，”安妮－玛丽对飞毛腿说，“用丹田之气。还记得我怎么解释愤怒的吗？就像燃料，找到那个感觉，把它使出来！这是你咆哮的机会！像火箭一样冲上天！一，二，走！”

飞毛腿暴跳起来，又蹲伏下去，猛挥一下拳头。提米斯、赤足鬼、地溜星和红狼站在一旁，用手打着节拍，辅以轻声的“啊－哦，啊－哦”的切分音[1]，飞毛腿这便放开了嗓：

我的名字叫凯列班，
指甲长长有鳞片，
我闻起来也像鱼一般，
很多人觉得我不像人，
我的另一个名字，

---

[1] 变换乐曲中强弱拍位置的一种节奏。

叫女巫的子孙，
他就是这么叫我的，
他送我许多外号，整出许多戏弄我的花招，
他叫我毒药、泥巴、贱奴，
将我囚禁，将我奴役，
可我是女巫的子孙！

我的母亲叫西考拉克斯，
他们说她是女巫，
是蓝眼睛的老太婆，
是邪恶的臭婊子，
她的男人也是恶魔，
这也是据他们所说，
所以我比他还邪恶，
可“羞愧”二字我从不觉得，
因为我是女巫的子孙！

他们把她遗弃孤岛，
她挺着大肚子，
沙哑哀号，
这是一个多么恶劣的玩笑，
我降临人世，她离我而去，
所以这是我的岛屿，
这里是我的王国，
我是这里的国君，
我统治一切：

我是女巫子孙之王！

之后来了个普洛斯彼罗，
和他的宝贝小骚货，
他觉得自己很厉害，
因为他是个贵族，钱还挺多，
我拿食物给他吃，
他拿我当宠物对我不错；
但如今我却落得如此下场，
只因为我想睡他的小姑娘，
这个岛上也没别的男人能满足她，
我本可以让她快活快活，
让这里人丁兴旺，
女巫的儿孙满堂！

他把我掐得浑身青紫，
我被迫劳作，
他却不是呼呼大睡，
便是满嘴魔法咒语，
他是如此无趣的人，
我不得不还嘴骂他，
他变本加厉地打我，
我疼得剧烈抽筋，
目涨头昏，
可我是女巫的子孙！

如果有机会，
我要把他的书撕碎，
将权杖折毁，
开怀大笑心里美；
然后我再砸烂他的头，
脑浆迸裂才是复仇；
我要让他的女儿成为女巫子孙的皇后，
管她叫声多凄美，
叫得越响，她越想把我追，
让她跪在我胯下为之倾倒，
管她号到天上去，
我让她云里雾里飞。
因为我是女巫的子孙！

记住了：
我，是女巫的子孙！

他演完了，喘得很厉害。

“哇，你做到了！”安妮－玛丽说。她鼓起掌来，然后几个伴奏也开始鼓掌，然后是菲利克斯。

“是啊，我都背下来了。”飞毛腿谦虚地说。

“不止如此，这是你目前过得最好的一遍！”安妮－玛丽说，“我们会在屏幕上放出来，这样你就能看见自己的表演了，然后我们在下次拍摄日再最后来一遍！我们得给伴奏，也要加上服装，他们应该戴上那些蜥蜴的帽子，很搭。”她对菲利克斯说：“我敢说你从没见过这种演法！”

“是，”菲利克斯说道，“我没见过。”他嗓子有点哽咽。飞毛腿为了他坚持到今天，不，不是为了他。飞毛腿为了安妮-玛丽坚持到今天，当然，也是为了这出戏，飞毛腿为了这出戏一直在坚持。"'哦，崭新的世界，竟有如此出色的人物！'"他说道。

"'对于你是崭新的[1]'，"她笑道，"可怜的老菲，我们没有把你的戏搞砸吧？"

"这不是我的戏，"菲利克斯说道，"这是我们的戏。"他信这个吗？信。不信。不全信。

信！

29. 临近

2013年3月2日 星期六

周六中午菲利克斯醒来时感到严重的宿醉，奇怪的是，他之前并没有喝酒。是用脑过度了，属于精力透支；还是想得太多，教得太累，关照的事太琐碎了；抑或是投入太多，讲话太多，奔波太多了？虽然已经睡了十四个钟头，但这连补充他精力的一点零头都不够。

穿着多年下来已经磨薄的烂糟糟的睡衣，他踉踉跄跄地走进客厅。光正透过窗户洒进来，由于屋外积雪的反射而倍加明亮。他眨了眨眼，像一只吸血鬼般缩了缩身子：为什么没有窗帘？他从未在意过窗帘，因为谁会往里看呢？

只有米兰达——当她在屋外时会透过玻璃偷偷地往里看，确保他安

[1] 这是引用《暴风雨》第五幕第一场里米兰达和普洛斯彼罗的对话。

然无恙。她上哪儿去了？上午可不是她出没的时间，尤其是正午太阳最高的时候：强光会让她隐没无形。她需要暮光才能熠熠生辉。

白痴，他对自己说道，你还要依赖多久这种“静脉滴注”般的幻觉？已经有够多的幻觉让你活下去了。拔掉针头吧，为什么不呢？撕掉你的伪饰、你的剪纸，丢掉你的彩色蜡笔，直面现实生活那原原本本的、未被粉饰的肮脏。

但现实生活是绚丽多彩的，他脑海里的另一个声音说道，它由所有可能的色调组成，包括那些我们看不见的颜色。大自然就像一团火：万物孕育、绽放、衰败。我们是那缓慢的游云……

他摇醒自己，挠了挠头。血流，血流，快充盈他头骨里正在萎缩的大脑。他需要来杯咖啡。他用电水壶烧开水，将磨碎的咖啡豆冲泡进去，滤出一杯，然后像醉鬼吞噬朗姆酒一样一口干掉。脑神经开始冒出火花。

他穿上牛仔裤和运动衫。他给自己弄了一份捣得黏糊糊的燕麦早餐，原料是三只盒子底部的残渣。该去买点吃的把橱柜填满了，他不能因为忘了吃饭而让自己沦为饿死数月后才被发现的隐士。那画面太生动了。

好了。现在他恢复了。现在他准备好了。

*

他打开电脑，搜索了一下托尼和萨尔。有了，他们俩和他们的采访片段，三百公里远。他们现在又多了一个同类：退伍军人事务部部长塞伯特·斯坦利——一个向来没骨气、只会说“是”的人；不过，选民信任他，因为他们了解他的姑父，所以总会选一个斯坦利家族的人。

他们不久就到了，而这对于菲利克斯是多大的诱惑！他们会认出他来吗？最开始不会，因为在小妖们作法时他不会出来。当他们发觉自己命悬一线时会作何反应？会痛苦吗？会，会有痛苦，加倍的痛苦。毋庸置疑。

他查了查日历上即将到来的一周：他亲自上阵的几场戏就要开拍了。时间只允许拍一遍，最多两遍：他必须争取一遍就过。他对自己的台词一贯非常自信——那些字句这会儿早已经融进他的血液——但那样明智吗？站姿、手势、面部表情的拿捏呢？还有力度跟准确性。他应该排练。**吃葡萄不吐葡萄皮儿**。

他打开大衣柜。那儿有他的法衣，上面的许多眼睛正透着亮光。他把它拿出来，掸掉尘土和几张轻薄的蛛网。十二年来，他第一次将身体滑入这件轻裘。

那感觉就像重新回到了蜕掉的皮之中，似乎是这件披风在穿他，而不是他在穿披风。对着小镜子，他掇弄起羽毛。挺直肩膀，呼了口气，鼓了鼓下腹，为肺部腾出空间。**咪——咪——咪，哞——哞——哞，嘛——嘛——嘛**。**精明的，荒谬的，狂暴的**。

你这个饱含暴力的精灵。可别喷口水。

下面轮到他的手杖了。那根银狐首的权杖跃入他的手心。他将它举到空中：他的手腕通了电。

“来啊，我的爱丽儿，来吧！”他吟咏道。

他的嗓音听上去立不住。那个纯正的音高、准确的语气去哪儿了？他凭什么认为自己能出演这个不可能的角色？普洛斯彼罗身上有太多矛盾！有权势的贵族、谦逊的隐士、睿智的老法师、心存报复的傻老头，急躁而不讲理，善良而又贴心；又想施虐，又要宽恕；疑神疑鬼，又轻易信人。如何才能传递这每一层微妙的意味和意图？这根本做不到啊。

几个世纪以来，他们在呈现这部戏时一直在作弊。他们删减台词，加工句子，试图将普洛斯彼罗限制在他们计算好的半径中，试图将他变成一种人或是另一种人，试图生搬硬套，将他套进去。

现在不能放弃，他对自己说道。他已投入太多，输不起。

他要再试一遍这句话。它应该更像是一道命令，还是一种邀请？他在说出（或是呼喊出）这句话时，觉得爱丽儿离他有多远？是轻柔的低语，还是大声的呼叫？他对这场戏的想法太多，以至于现在都不知道该怎么演了。他永远都无法满足自己对它的理解。

“来啊，我的爱丽儿。”他躬身向前，似乎在聆听，“来吧！”

就在他的右耳畔，他听见了米兰达的声音。那充其量只是轻轻的耳语，但他却听得真切：

大王，万福！威严的主，万福！
我是来满足您一切心愿的。
无论是在天上飞，
水里游，火里钻，或是腾上卷云，
只要是您权威的吩咐，
爱丽儿都全力以赴。[1]

菲利克斯扔掉权杖，好像被它烫到了一样。这真的发生了吗？是的，没错！他听到了！

米兰达做出了决定：她要当替补——爱丽儿的替补。对此，他当然无法提出异议。

她多么机灵，多么完美！她找到了一个可以让自己完美地融入排练的角色！只有他能时不时地看到她，只有他能听见她，其余的人全都看不见她。

“我能干的精灵！”他大声说道。他想给她一个拥抱，却不可能。普洛斯彼罗和爱丽儿从来不接触：你如何能摸到精灵呢？此时此刻，他甚至连见都见不到她。他只好先听听这声音了。

---

[1] 《暴风雨》第一幕第二场。此处参考了朱生豪、彭镜禧的译文。

第四幕

狂暴的法术[1]

[1] 《暴风雨》第五幕第一场，普洛斯彼罗说道："……但现在我要捐弃这种狂暴的法术，仅仅再要求一些微妙的天乐，化导他们（阿隆佐等人）的心性，使我能得到我所希望的结果；以后我便将折断我的魔杖，把它埋在幽深的地底，把我的书投向深不可测的海心。"朱生豪译，略有改动。

30. 卖弄我的法术[1]

2013年3月4日 星期一

星期一的早晨，菲利克斯提前醒来，可梦境依旧萦绕在脑海中。梦见了什么？那里有音乐，有一群人从他身旁掠过，溜进了一片树林里。他想叫出声，请他们等一等，可他说不了话，也动弹不得。

梦，他该把它写到题板上才对，这无疑是一个主旨。**我的精神好像在梦里似的，全然被束缚住了。**[2]这部戏里有多少人忽然睡去，或是在谈论梦境，**构成我们的料子，也就是那梦的料子**。可梦的料子是什么？**前后都环绕在酣睡之中**。环绕，这个词和**宏伟的地球自身**贴合得天衣无缝。莎士比亚一贯清楚自己在干什么吗？还是说他有一部分时间是在夜游，被一股力量推着走，在恍惚中写作，自身就受制于他施展的法术中？

爱丽儿是缪斯[3]一样的人物吗？菲利克斯可以描绘出一部截然不同

---

[1] 《暴风雨》第四幕第一场，普洛斯彼罗对爱丽儿吩咐道："……去把你手下的小娄罗们召唤到这儿来，我给你权力去调度他们，带到此地来，叫他们快些，我必须在这一对年轻人的面前卖弄**卖弄我的法术**；我曾经答应过他们，他们也盼望我施展一下。"此处参考了梁实秋、朱生豪的译文，略有改动。

[2] 《暴风雨》第一幕第二场中腓迪南的台词。腓迪南被普洛斯彼罗的魔法所控，感到软弱无力。

[3] 希腊神话中掌管历史、艺术、天文等领域的女神。

的《暴风雨》，而在这个版本里……

闭嘴，他对自己说，别再往这锅粥里添油加醋了，那些家伙已经够忙活的了。

*

喝着他的第一道咖啡，他朝窗外望去。天阴沉沉的，冷得要命：他冰冷的哈气在窗格上一团一团地延展。肯定有冷锋过境，昨晚一直雨雪交加。可能有输电线会坏掉，还会有暗冰，因为看不见而容易让车打滑。

不过，扫雪车势必已经上路作业了，所以只要开慢一点，他应该不会有事。

今天他们要拍摄他跟爱丽儿第一幕的第一场对手戏，着全套戏服。他将那件动物披风装进一只绿色的垃圾袋，连同狐首权杖一起装了进去。然后他把自己塞进一整套御寒服：棉袄，绒里的靴子，厚手套，红白两色、顶上有个小绒球的人造绒线帽——安妮-玛丽说，这是花两块钱在梅克西维格的“价值村”[1]买的，她买这个给他是不想让他的头受凉。“我们还指望着你脑袋里的破烂呢。”她说道。这是她粗犷的表达方式，她说自己鄙视腻歪的柔情。

“你跟神奇小子没事了吗？”他还是用不偏不倚的口气问她，“他还在烦你吗？”

“他想做我的笔友，”她说，“给我写信，从做完这部戏之后就开始。”

“这个想法太可怕啦！”他过于激动了，“那样他就会拿到你的住址，等他出来后，就会试着……你肯定没答应。”

“回头再说这些吧。”她说道。

---

[1] Value Village，加拿大有名的二手货连锁店。

“你这是在给他幻想，”菲利克斯说道，“这样好吗？”

“我们还没拍那场爱情大戏呢，”她说道，“你是导演。你想来一场‘哦’的戏，还是一场‘欸’的戏？因为如果我说，绝对不行，那就会是一场‘欸’的戏。”

“你太冷血了，这样是不道德的！”他说道。

“别说教，我是跟榜样学的。戏比天大，不是吗？这是你十二年前说的，如果我没记错的话。”

当时是说过，菲利克斯心想，放在今天，我会这么说吗？“我得跟他谈谈，”菲利克斯说，“把事情摊开来讲。”

“你又不是我老爸，”她说道，“我能处理，会没事儿的，相信我。”

她穿着戏服，绾成圆髻的头发已经散开，像是被风吹散的，还插了几朵纸花。这套戏服是她亲手做的：白色，但边角破破烂烂，配一条用麻绳编织的腰带。一只袖子从肩膀处被卸下。赤脚，这是自然。一点古铜，一点绯红，但不太浓。整体上楚楚动人。

这是菲利克斯梦寐以求的一场戏：她天真无邪，不谙世事；他全神贯注地施法。神奇小子那天堪称完美：毕恭毕敬又乞怜求情，内心的渴望被展现得淋漓尽致，当他念出“惊为天人的您！”并伸出手来，似乎要触碰她，又将手悬在半空，好像被玻璃挡住的时候，他简直能将钢铁熔化，他做到了，令人心悦诚服。

但愿她不会让他的希望破灭，菲利克斯心想。但别忘了他是个骗子，一个扮演演员的骗子。双重的虚假。

*

他对着镜子最后检查了一遍。过去的几周他瘦了，人略显憔悴。他的目光有如笼中老鹰一般坚毅，而这可以在戏里派上用场：怒目圆睁，炯炯有神；专注于猎物，又显得躁动不安、心不在焉。他把头转向一旁，瞥了一眼他的人物简介。来点恐怖的，一丝德古拉[1]的感觉？不，最好不要。

他把围巾在脖子上围好，跟随呼出的一缕白气出门走到车边。车子竟然神奇地发动了，这是个好兆头。他这会儿就想看到好兆头。

*

米兰达没有忘记她的决定：她铁了心要参与这部戏。她陪他走到车边——他能感觉到她在那儿，在他的左肩后面——但一开始不愿意上车。她害怕了吗？她是想起自己最后一次坐车的情形——三岁的自己发着高烧，被裹在毛毯里送往医院——了吗？他不希望是这样。

太晚，太晚了。他为什么没有早点注意到她脸红、气短、打蔫儿？因为他不在场，或者他在场，但沉浸在某个神秘的计划里。那个导致他不在场，那个他觉得比他的宝贝女儿更珍贵的项目，是《辛白林》[2]吗？他错了，那是他犯的最严重的错误。

他耐心细致地向她介绍了这辆车。这是一个神奇的飞行器，他对她说，就和船一样，唯一的区别是它用四个轮子在地上跑——他把车轮指给她看——冒烟并不是说着火了，那是发动机产生的，发动机是让它跑的东西。他负责开车，所以没什么好怕的。她可以坐后排，他的正后方。如果她想参与这场戏，就得乘车去那里，那感觉和在天上飞差不多。

幸亏周围没人，否则只会见他自顾自地大声说话，或是为一个不存在的人打开后座的车门。

---

[1] 德古拉（Dracula），爱尔兰小说家布莱姆·斯托克（Bram Stoker）同名小说中的吸血鬼形象。

[2] 是莎士比亚晚年的一部喜剧，不列颠国王辛白林，他的女儿与青梅竹马的恋人普修默私订终身，令辛白林大怒，一气之下将普修默放逐到遥远的罗马。之后普修默与其朋友就妻子忠贞与否打赌。奸诈的埃契摩为了赢得赌局，使出各种谎言与骗术，甚至还厚颜向公主求爱，但聪明的公主化解了埃契摩的所有骗局，证实了自己纯洁的心意。

他们一上路，她便显出对坐车很享受的样子。树木、农房和谷仓呼啸而过，她对这一切都充满好奇。有人住在那些房子里吗？是的，有人住。这么多人！这么多树！“好孩子，喜欢吗？”他问她。喜欢，她非常喜欢。可演出在哪里？

“我们离它越来越近了。”菲利克斯对她说道。

他们经过一个加油站，接下来是弗莱彻监狱附近的购物中心：五彩缤纷，节日的装饰还在上面！这么多不一样的飞行器！然后他们上了山，接着通过一道道门。他说那些铁丝网是为了把里面的人和外面的人隔开。“那里有警卫。”他说道。她没问为什么，只是担心警卫不让她进。“他们看不见你的，”他对她说，“你仍旧隐着身子。”[1] 她想这是个不错的玩笑。

到了安检口，她跟随他通过安检门，一点哔的声音都没有发出来。**我足智多谋的精灵！**[2] 他默默地送给她一个笑容。她安静地笑了。她这么高兴，对他来说真是莫大的幸福！

“戏排得如何了，杜克先生？”迪伦问他。

“我们正在抠细节，”菲利克斯说道，“另外我明天也会来，虽然不是上课的日子。我到时候要分发一些装备，你能把它们先放进柜子或者是什么地方，等我们回头来拿吗？”

“没问题，杜克先生。”麦迪逊说。菲利克斯必须说明他带进来的每一样东西的用途，或者表面上的用途——其他的秘密用途只有他自己知道，比如，他们曾问那些黑色装备——运动衫、裤子、滑雪面罩和手套——是干什么用的。“木偶戏，”他说道，“日本的玩法，暗光，像文乐

[1] 英文原文是“invisible as thou art”。这是《暴风雨》第五幕第一场中，普洛斯彼罗对爱丽儿下指令时说的一句话。原台词是：“**你仍旧隐着身子**，到国王的船里去。水手们都在舱口下面熟睡着，先去唤醒了船长和水手长之后，把他们引到这里来！快一些。”朱生豪译。

[2] 《暴风雨》第五幕第一场中，普洛斯彼罗夸赞爱丽儿的话。

木偶戏。”他向他们解释了具体做法。

“真的假的？”麦迪逊一脸惊奇。他们惊讶于菲利克斯竟然知道这么多关于戏剧的好东西。

迪伦又在好奇地问：“这袋子里装的是什么？你打猎去了吗，杜克先生？”

“我的戏服而已，”菲利克斯说道，“魔法披风，魔杖。”

“像《哈利·波特》里那样，”迪伦说道，“酷。”

他原想他们可能不允许带权杖，但他们没有。菲利克斯的好运气还在延续。

*

所有人已经在大屋里听候指示了。安妮－玛丽用她紫色的大布袋请来了三位女神，她们穿着新做的毛衣。“怎么样，行吗？”她问菲利克斯。

“给个意见？”他对众演员说道。他举起伊里斯：她穿着用长辫形的毛线织成的七彩霓裳，每根线上都缀有珠子；她的脸被涂成了橘黄色，头饰是一团团云朵状的棉絮。

“遭痘疮的，这是彩虹国啊。”飞毛腿说道。大家都笑了。

“这话的意思是点赞。”菲利克斯说道。接下来是刻瑞斯：她的衣服上是葡萄叶，鼓包状的头饰该不会是——他猜道——毛线织的苹果和梨吧；她的脸是绿的，额头上贴了一只蜜蜂。

“我见过一个跳脱衣舞的长这样。”又是飞毛腿。哄堂大笑，有人喊“脱了！脱了！”

“这是朱诺，主管婚姻的女神。”菲利克斯说道。她穿着一件线织的护士服，手中拿着一小瓶线织的血，脸上画着紧锁的双眉，嘴里加了几颗小犬牙，脖子上戴着一圈骷髅项链。

演员们不太喜欢朱诺。“遭血瘟的，她看上去像我老婆。”希夫说道。

一阵低声附和。

“下贱得真丑。”飞毛腿说道。

“回衣柜里去吧。”蛇眼补刀。

“别瞎抱怨了，白痴！”安妮-玛丽说道，“要不你来做自己的操蛋女神，还有，点心也别想了。”

犯人们咯咯地笑起来。“骂人了！骂人了！扣分！”飞毛腿说道。

“我本来就不挣分，省省吧，你。”他们都乐了。

“什么遭血瘟的点心？”赤足鬼说，“能吸吗？”[1]

“好了，安静！”菲利克斯说，“木偶手，去你们的排练间练习。凯列班和女巫的子孙们，我们今天要重录你们的歌谣，看看能否找到更好的角度。先做第一件事，第一幕第二场，我和爱丽儿的戏。现在开拍。”

八只爪进入了爱丽儿的模式。他的脸已经是蓝色的了。他扯了扯雨衣，整了整那只带鳞片的泳帽，把滑雪镜拉下来，戴上蓝色的橡胶手套。从“大王，万福”开始，他们完整地过了一遍。八只爪虽然一字不差，但他精神绷得很紧。

“再来一遍行吗？”他问道，“我刚才听到某种奇怪的回音，好像有个人在和我同时念台词。这个……就是……有点干扰到我，可能是话筒同步录音的关系。”

菲利克斯的心一悸：他的米兰达，在给人提词。“是男的还是女的？”

“一个声音而已，大概只是我的吧。我去检查一下话筒。”

“有可能。有些演员就是能听到他们自己的声音，”菲利克斯说道，“他们紧张的时候就这样。放松，深呼吸。我们再来一遍。”

他对米兰达悄悄说道：“声音别太大。等他忘词了再提示。”

“什么？”八只爪问道，“你要我声音小一点吗？”

---

[1] 暗指女性的乳房。

“不，不是。抱歉，”菲利克斯说，“我自言自语而已。”

31. 慈悲的命运女神，我亲爱的夫人[1]

2013年3月7日 星期四

时钟无情划过。行星正在汇聚。

棕榈树和仙人掌已从纸上被剪下，用的是儿童安全剪刀。塑料划艇和帆船已被损毁，在水中被浸透，在浴帘上被开动。歌谣已被吟唱、被弃用、被重写，再次被吟唱。对彼此间歌声的调侃也已经相互交换。

说唱诗已说唱完毕，双脚也已经咚咚地跺过。小伤痛已被演员们忍耐，受伤是因为用了长期沉睡的肌肉。自信心的危机已被克服，各种不满被挑起，伤痛被抚平。菲利克斯一会儿责怪自己太疯狂，要执行这样一个无望的宏伟计划，一会儿又庆幸自己拥有理智的判断。他的情绪时而跌入谷底，时而高涨激昂，时而又跌入谷底……

生活的常态。

*

整部剧几乎全拍完了，只剩几场戏，还有一些等待处理的编辑跟特效的工作。部分镜头需要补拍，一些画外音不是太清楚。三位女神在片

[1] 《暴风雨》第一幕第二场，普洛斯彼罗对米兰达说道：“**慈悲的命运女神——如今是我亲爱的夫人**——已经把我的仇家带到岸边了。”此处参考了梁实秋、彭镜禧的译文。

中大放异彩。身着黑衣的玩偶手们创造出了一种全新的效果：很显然，这些女神不过是为他者代言的幽魂。赤足鬼为她们创作了一段背景音乐，用钟和笛搭配某种诡异的哨声。当她们从混沌中消失时，八只爪采用叠影效果：她们的身影层层叠加，而且放慢了速度，这样看上去就像是女神们在半空中渐渐消散。整体感觉不错，菲利克斯为此向八只爪表示了祝贺。

距离开演还有不到一周的时间。正常情况下，他这会儿已经可以松口气了：他们有足够的时间进行打磨。但依现在看，他还有不少工作要做。

*

菲利克斯又坐火车去了一趟多伦多。他要给酗酒的膳夫斯丹法诺以及弄臣特林鸠罗搞两套戏服：前者要破旧的晚礼服；后者要红色紧身裤和一顶礼帽。他们俩都要化白脸[1]。他在“胜利者”[2]的男士内衣区给特林鸠罗挑选了一条红色秋裤，在乐施会[3]为斯丹法诺买到了晚礼服。他还给女巫的子孙们又买了些哥斯拉的头饰。

买好这些后，他到联合火车站一个隐蔽的角落，跟一个举止文雅、戴眼镜、四十岁、可能是韩裔的人碰头。这是冒险之举——万一这男的被跟踪怎么办？——但在熙熙攘攘的人群里，他们自然是不起眼的。牵线的是殷勤的八只爪：这人是他的铁哥们儿。为了让对方放心，他录了一段话，让菲利克斯装在U盘里偷偷带了出来。

交完钱后，菲利克斯拿到一小袋胶囊、一小袋粉末、一支注射针头，

[1] 指西方戏剧中小丑的扮相。

[2] Winners，加拿大折扣品连锁店，主营服装、鞋类、床上用品、家居设备等。

[3] Oxfam，全球性慈善组织，在多个国家开设了救济贫困者的二手店。

并得到了一丝不苟的指导。

“别用太多，”那人说道，“你可不想弄出人命，或是让他们永远变成疯子。这些胶囊是安眠药。把它们拧开，全部倒进杯子，它们会迅速溶于姜汁汽水。药效很快，即便只喝半杯；时效不长，你可能只有十分钟的时间，够吗？”

“看看吧。”菲利克斯说。

“另一种是神奇的精灵之尘。一勺水，四分之一勺的药量。别下得太猛。”

“我会注意的，”菲利克斯说，“最后究竟是什么效果？”

“就像你说的，等着瞧吧。但药劲很大。”碰头的说道。

“不会造成伤害吧？”菲利克斯说道，“永久性的？”他感到紧张——如果他被发现随身携带这些东西会怎样？这些药的成分到底是什么？他是不是有些不计后果？是的，但整个计划本身就是不计后果的。

“绝对不会！”那人用轻柔但确信的口气说道。

*

今天，菲利克斯在家办公。他早饭吃了煮鸡蛋，然后打开电脑。他在追踪托尼和萨尔声势浩大的行程。他们在偏远的小镇吃遍一场又一场无聊的筹款晚宴，抛出各种承诺，收进大笔捐款，记下一个个挑事的刺头和异见分子，留待秋后算账。他在墙上挂了一幅地图，用红色图钉不断标注出他们的路线。他高兴地看到仇敌的脚步越来越近，仿佛他们正被卷入他亲手制造的旋涡。

不过，在每日例行的谷歌搜索前，他先查了邮箱。他仍在使用那两个账号：一个以菲利克斯·菲利普斯的名义，用于纳税和处理其他类似事宜；另一个以杜克的名义。他将第二个地址给了弗莱彻监狱办公室，以防紧急情况发生（目前还没有）。他也给了埃丝黛，虽然她知道他的真名。

她一有消息就会通知他。一个真正的福星，他对她说道，她是他的幸运女神。她喜欢这样的褒奖。她喜欢这个计划和他离不开她的感觉。身居幕后而又至关重要，这让她无比兴奋。

今天，她给他发了条消息：**“需要尽快和你见面。刚出了点事。午饭见？”**

“没问题。”他回复道。

*

他们在老地方见面：威尔莫特的真利时餐厅。埃丝黛为他打扮得格外漂亮，比平时还漂亮。不过他凭什么认为是为他打扮的呢？也许人家天天都打扮得这么漂亮。她的头发是新染的，指甲也是新涂的。她还特意戴了球形耳环，耳环像迷你的迪斯科球，缀满亮瞎眼的粉色人造钻石。她的套装也是粉色的。她戴了爱马仕的围巾，上面有赛马和扑克牌的图案，还用金色的别针围成羊角的形状。她的睫毛膏似乎涂得太多了。菲利克斯在她落座时为她把好椅子。

“来点马蒂尼？”他说道。他们现在约会都以马蒂尼开场了，她喜欢这里面隐含的诱惑。

“哦，你不该诱惑我，”她淘气地说，“你这个恶棍！”

“我就喜欢诱惑你，”菲利克斯放胆地说道，他要看她不正经，然后再反过来逗他，“而且你喜欢被诱惑。找我什么事？”

她把身子靠了过来，神神秘秘的。她的香水充满花和水果的气息。她把右手放在他的手腕上。“我不想让你着急。”她说道。

“噢。是坏消息吗？”

“我的线人说，文化部长普莱斯和司法部长奥纳利正准备取消弗莱彻监狱的文化项目。”她说道。

“他们已经达成了共识，准备在声明里将这个项目称作放纵的行为，是对纳税人的抢劫、对文化精英的讨好、对犯罪行为的奖赏。”

“知道了，”菲利克斯说道，“真是铁石心肠。但他们还是会来的吧？来看今年的演出，之前定好的。”

“这没问题，”埃丝黛说，“他们表示会亲自看过这个计划的实施情况，给了足够的机会，但总体来说不值得……还有，他们的来访会在刑事司法系统里制造积极影响，表现他们对监狱工作者的关心。还有，还有就是，他们要曝光率。”

“好极了，”菲利克斯说道，“只要他们来就好。”

“项目要取消了，你不失望吗？”

说实话，菲利克斯反倒觉得很兴奋。这正是他用来鼓舞士气的法宝。等着瞧吧，那些小妖听到他们的剧团要被解散时是什么反应！那将让他们动力十足。

“我可是快气炸了，”埃丝黛说，“我们做了这么多工作！”

“有一个法子或许可以挽救，”他慎重地说道，“我有一个想法。但我需要你的帮助。”

“你知道你可以向我随便提要求的，”她说，“我能做到的，一定会去做。”

“他们一行人具体都有谁？”他说，“除了他们俩，你知道还有谁吗？”

“我正希望你问来着，”她把手伸进镶嵌银丝、造型优雅的钱包，“正好，我装在这里头了。我本来拿不到的，但我托了托人。别跟其他人说啊！”她使出吃奶的力气狡黠地眨了眨眼，想来是觉得自己的睫毛够厚。

菲利克斯并不想问这是什么样的关系：只要她继续为他本人开绿灯，一切就都好。他贪婪地扫过这页纸。萨尔·奥纳利，好。托尼·普莱斯，好。然后你能想到吗？这儿还有老隆尼·戈登，他还在担任梅克西维格戏剧节的主席！不过，他似乎也在经营一家咨询公司，牵头那个地方政党的筹款计划。“我注意到塞伯特·斯坦利把自己也弄进来了，”他说道，“他来干什么？”

“有传言说——实际上已经不是传言了——他想竞选党首。就在六月要开的全党大会上。他背景硬，家底厚实。”

“萨尔也准备参选，”菲利克斯说，“他一直有野心。我过去和他是同学，他也是个浑球儿。所以说他们俩要成对头了？”

“正是，”埃丝黛说道，“虽然塞伯特在他们那儿的小名叫‘软蛋’，圈里人觉得他没……不好意思……种，”她被自己的下流话逗得咯咯发笑，“而萨尔·奥纳利给自己树了好多敌。他的名声就是八个字：鸟尽弓藏，兔死狗烹。”

“这个我听说了。”菲利克斯说道。

“可他得罪的许多人在党内都有关系。他们恨的就是这兔死狗烹的行为。所以两个人都有缺陷。我觉得他们不相上下。”

“那骗子托尼呢？”菲利克斯问道，“幕后黑手托尼。他支持谁？”因为托尼一定会寻找最佳时机。他会跳下去，在弄沉一条船的同时浮起另一条船，然后到浮起的人那里邀功请赏。

“谁知道，”埃丝黛说道，“我的线人说，两个人的马屁他都拍过。”

“就知道阿谀奉承！”菲利克斯说道。他的手指从上划到下。“弗雷德里克·奥纳利是谁？部长的哪个亲戚吗？”

“萨尔的公子，”埃丝黛说，“让他失望的一个孩子。国立戏校的研究生，正在梅克西维格剧院实习。萨尔让隆尼想办法给安排进去的，他不好拒绝，这小子想干戏剧这行。我好多在文化部的朋友都觉得特好笑，因为他爸爸是那么反对艺术的一个人。这不正好是针对萨尔——当着他面的反抗吗？”

“他觉得他能演戏？”菲利克斯说，“这个小屁孩？”一个乳臭未干的纨绔子弟，觉得靠背景可以挤进戏剧圈，有了老爹的提携就可以扶摇直上了？对着星星许个愿，然后蓝精灵就会把他变成一个真正的演员了？他很可能就是个什么本事都没有的甜菜头。

“当导演，”埃丝黛说，“这是他的志向。他真的费了好大劲才征得他爸的同意，一起来参观。另外他看过你之前做的片子——我知道那些只限内部流通，但我是偷偷给他看的——他觉得它们，我引用原话啊，简直是天才之作。他说这儿的项目具有高度的创新性和前沿性，是戏剧服务大众的典范。”

菲利克斯对这个小伙子的看法有所改观。“但他不知道我是我吧？”他问道，“他不知道我是，你懂的，菲利克斯·菲利普斯？”他想说**那个**菲利克斯·菲利普斯，但或许他觉得自己已经配不上**那个**了。

埃丝黛笑了。“我可是一直守口如瓶，”她说道，“这些年来一直如此。我为你保守了秘密，甚至还替你做了些伪装。在他们——我们的贵客——的印象里，你只是个上了年纪的老头，一个叫杜克的教书先生。我到处讲这事，他们也信了。因为除了教书的糟老头，谁会跑到弗莱彻这种没前途的地方来教戏剧呢？再和我喝一杯马蒂尼好吗？”

“好啊！我们来点炸鱿鱼吧，”菲利克斯说，“敞开了喝！”那儿有多少瓶马蒂尼？菲利克斯感觉棒极了：萨尔之子的出现会让事情的发展更称心如意，这可是他求之不得的。“你最棒了！”他对埃丝黛说道。不知怎地，他们竟握着彼此的手。他醉了吧？“你是我能遇见的最好的幸运女神。”

“借用一句话，”她说道，“我黏着你，你是跟着我的好伴侣。他们那年在梅克西维格演的《红男绿女》简直太棒了！[1]哦对，十五年前，记

[1] 剧中有一首名为《幸运来做个女郎》(*Luck Be A Lady*)的歌曲，是一名赌徒在下注时演唱的。他将好运比作约会的对象，希望她在今夜一直属于自己，而不会跟别的男人溜走。其中有一句“stick with me baby, I'm the guy that you came in with.”（黏着我，宝贝，我才是陪你来的人。）

得吗？”

“我那会儿还没来，”菲利克斯说，“但我演过那出戏，年轻的时候。”

“你现在也还年轻呢，”她吸了口气，“心年轻。”

“可你更年轻，”他说道，“比春天还年轻。”是的，他醉了。“幸运女郎可是个好女人啊。”他们碰了杯。

“非常好的女人，”她说道，“如果你跟我一条心的话。”她抿了一口马蒂尼。不止抿一口。“我不知道你想干什么，但你有种豁出去的样子。如果是为了拯救剧团，我会挺你到最后一秒。”

32. 菲利克斯致小妖们

2013 年 3 月 13 日 星期三

就是今天了。他站在悬崖边。很快就会电闪雷鸣。但首先，战前演说。

在更衣室，他理了理仙气四溢的动物披风。这件法衣并不完全符合他当初的心意，但掸去金色涂层上的灰尘已经让它重焕生机。他把狐首权杖拿在左手，然后换到右手。他看着镜子里的自己：还凑合。**威严**可能是跃入脑海的一个形容词——得是碰上意气相投的观众。他捋了捋胡子，将头发整乱，扯了扯戏服，检查了一下牙齿：它们结实地固定在该待的地方。“吃葡萄不吐葡萄皮儿。”他对着镜子里的自己说道。

他沿着通道行进，朝休息室里看了一眼，确保那些葡萄已经就位。在离开小破屋前往弗莱彻之前，他花了一大早的时间，小心翼翼地用注射器往每一粒葡萄里都注射了东西。它们顺利通过了安检，没有引起丝毫的怀疑：毕竟不含金属。神秘的精灵之尘也差不多如此，它们被装进了一个原本盛放止痛片的塑料瓶。他把手滑进那只至关重要的口袋，只是为了确认：一切就绪。

*

大屋里，全体演员集结完毕。安妮－玛丽穿着米兰达的戏服：袒肩的朴素白裙，赤脚，头发上插着纸做的野菊和玫瑰。赤足鬼、希夫、提米斯、飞毛腿和红狼扮成水手模样，黑色的滑雪面罩被卷成帽子的形状。过一会儿，他们就会进入黑暗，屋子里的其他人也是。

八只爪待在屏风后，那儿藏着电脑、控制台、主话筒和两只耳机——一个给自己，一个给菲利克斯。

气氛紧张。这对经历了许多场首演的菲利克斯来说已经见怪不怪。一切蓄势待发，就好像候在舞台两侧、摆好出场姿势的舞蹈演员；就好像站在跳水台上屈膝扬臂的潜水员；就好像等待哨声响起的足球运动员；就好像等待枪声响起的赛马。他露出了微笑，其中透着鼓励。

“就这样了，”他对他们说，“已经不需要再做什么准备了。”一阵轻轻的掌声。“要提醒大家的是，”他接着说道，“这些政客就是要毁掉咱们弗莱彻监狱剧团的人。”一阵轻轻的嘘声。

“不要脸！”弯铅笔说。

“说得对，”菲利克斯说，“他们觉得这是在浪费时间。他们觉得时间不能浪费在**你们**身上。他们不在乎你们接不接受教育，他们要你们一直无知下去。他们对幻想的世界不感兴趣，而且感受不到艺术所蕴含的救赎的力量。最糟糕的是，他们觉得**莎士比亚**是在浪费时间。他们觉得这个人没什么可教的。”

“更加不要脸！”小药片菲尔说。菲利克斯上星期同他们所有人排练时所下达的神秘指令让小药片感到焦虑。他一直反对——这不是非法的吗？他们想干什么？——可班里大多数人都觉得那么干不错，所以现在他也随大溜儿了。

但菲利克斯没有安排菲尔出演领头的小妖：他可能会因紧张过度而破坏了法术。

"但只要齐心协力，我们可以阻止他们取消文化项目的打算，"菲利克斯说道，"我们可以把局面扭转过来！我们今天要做的就是给他们三思而行的绝妙理由；我们要让他们看到，戏剧是一个强有力的教育手段，对吗？"

犯人们低声赞同，纷纷点头。"哥们儿说得没错，"飞毛腿说道，"把甲虫都咒在他们身上！把他们吹得浑身都起水疱！"

赤足鬼说："看完戏，他们得给我遭痘疮地再考虑考虑。"

"跟他们拼了！"红狼说道，"给这帮怪物来个出其不意。"

"谢谢大家，"菲利克斯说道，"好，过一遍流程。首先，水手将他们引导到这儿，他们进来就座，你们奉上吃喝。蓝杯和绿杯，别把颜色弄混了！绿的给老奥纳利和隆尼·戈登，蓝的给托尼·普莱斯和塞伯特·斯坦利。爆米花所有人都有。记清楚了！"

"酒杯金灿灿，毒酒来相伴。"[1]弯铅笔说道。大伙都没听懂。

"透明的杯子是给自己人和弗雷迪的。你们都有黑手套了吗？"菲利克斯说，"很好。耳塞？收好别让人看见。屏幕一变黑就塞进耳朵里，把面罩拉下来，戴上手套。这样就真的看不见了。注意地面上的标记，八只爪一打出暗光你们就能看到。提米斯，摘掉他们报警器的任务就靠

[1] 原文是"The chalice with the palace is the potion with the poison."（好看的酒杯往往装着带毒的酒）。形容某种东西或情形看上去很好，但实际有害。在《麦克白》第一幕第七场中，麦克白也用到了这个比喻："我们树立下血的榜样，教会别人杀人，结果反而自己被人所杀；**把毒药投入酒杯里的人，结果也会自己饮鸩而死……**"朱生豪译。

你了。”

“不要怕，这岛上到处都是手指。”[1] 提米斯说道。

“大家要严格按照我们排练的来，”菲利克斯说道，“我会和八只爪一起，在屏风后面。注意听我们的提示。我们是能听到你们说话的，万一遇到麻烦，我们会派人支援。遇到麻烦的口令是‘卑鄙的怪物’。明白了吗？”

犯人们纷纷点头。“我不想让任何人受伤。”弯铅笔说道。他一直在担心：劫掠[2] 可不是他惯用的手段。

“要保证大家毫发无损，”菲利克斯说道，“除非他们试图反抗。他们不会。但如果有必要，赤足鬼、飞毛腿和红狼要准备控制住他们。紧紧抱住就行，但不要揍人。不要滥用武力，不管你们的手有多痒。能保证吗？”

“放心吧。”赤足鬼说道。

“办法多了。”红狼说道。

“现在讲一下场地，”菲利克斯说，“半个小时后，这间更衣室不再是更衣室了，它将变成普洛斯彼罗的山洞。20 世纪 50 年代的牢房展间将作为腓迪南搬运石头和木头的地方，小奥纳利会被放在那儿，就是马桶更旧的那一间。安妮 - 玛丽会替我们临时照看他：她已经做了充分的准备。”

“你确定这样道德吗？”安妮 - 玛丽说道，“我知道你有些旧账要算，我理解，但奥纳利的儿子从来没对你做过什么。”

“我们讨论过这个了，”菲利克斯说，“他不会受伤的。记住，十二年前你的前程被毁，一部分要归咎于他父亲。棕榈树已经放在那儿了，

---

[1] 借用自《暴风雨》第三幕第二场，凯列班对斯丹法诺和特林鸠罗说：“不要怕，这岛上充满了柔和的音乐，不会伤人。”

[2] snatch-and-grab，一种属于抢劫的犯罪行为。

是吧？”

“是，”神奇小子说，“还有美人鱼。”他看上去闷闷不乐。安妮－玛丽和另一个男人在一件封闭的牢房里共处让他感到不快。

“另一间展室，20 世纪 90 年代的那间，将用作阿隆佐和贡柴罗打盹儿的地方——抱歉，是给奥纳利和隆尼·戈登准备的，”菲利克斯说道，“就是有仙人掌的那一间。关键是把对应的人塞进对应的房间。等他们全部到了放映大厅，在我们开始前，希夫会在外面的大厅里把棕榈树和仙人掌的标志贴到门上。”

“知道了。”赤足鬼说。

“很好，时机是最关键的。小妖们，一切仰仗各位了，这部戏缺了你们就没法运转。”

“咱们能蒙混过关吗？”提米斯说，“警卫那儿怎么办？”

“没问题，他们不会察觉的，”菲利克斯说，“关键是要让这些达官显贵们在无人陪同的前提下顺利地进入我们的地盘。我有个颇有影响力的朋友，她会想办法帮我们搞定的。我们已经备好片子了，当我们跟这些政客在这儿进行互动表演的时候，监狱其他地方会像以往那样观看我们表演的视频。如果他们听到了尖叫——他们也听不到——会以为这是表演的一部分。”

“太他妈的天才了，兄弟。”飞毛腿说道。没人怪他说错了粗话。

“没有爱丽儿，我无法完成这件事，”菲利克斯说道，“没有他不成。他一直，一直都特别棒。你们大家都是。”他看了一眼手表，“现在，我们开始吧。大幕就要开启了。祝大家狗屎运。”

“狗屎运，狗屎运，”他们相互祝福道，“狗屎运，兄弟。狗屎运，伙计。”碰拳。

“《暴风雨》，第一幕第一场，”菲利克斯说道，“从头开始。”

33. 时候已到[1]

同一天

访客们抵达了监狱大门口，“弗莱彻”三个字赫然在目。两位有可能出任联邦领袖的候选人昂首挺胸，露着牙齿，争抢着镜头里最显眼的位置。其他人则在他们身旁聚拢。

尊敬的司法部长，萨尔·奥纳利；尊敬的文化部长，安东尼·普莱斯；尊敬的退伍军人事务部部长，塞伯特·斯坦利；以及戈登战略公司的隆尼·戈登先生，他也是梅克西维格戏剧节理事会的主席。陪同访问的还有奥纳利部长的儿子，弗雷德里克·奥纳利。

一年下来，萨尔的啤酒肚更大了；托尼穿着光鲜亮丽、极其讲究的西服，依旧一头靓发；塞伯特·斯坦利总是像一头海豹：小脑袋，几乎没有耳朵，小眼睛，鸭梨形的身材，看上去还算浑然一体；那个叫弗雷迪·奥纳利的男孩则帅气逼人：一头黑发，笑容纯洁——可他把头扭向一边，好像不喜欢与这帮人为伍，即便其中一个是他的父亲。

被簇拥在中央的是一群政府的小领导、小喽啰，以及弗莱彻监狱的头头脑脑。他们大概激动得一身汗，因为接待部长级官员来访可不是常有的事——实际上，是从未有过。

埃丝黛躲在后头，看不太清：她曾对菲利克斯说，她不喜欢在这种场合抛头露面。但她答应帮他出面干预：万一狱长那帮人着起急来，她就会安抚他们，分散他们的注意力。她把手表调成同步，确保两个片子

[1] 《暴风雨》第一幕第二场，普洛斯彼罗对米兰达说道：“**现在时候到了，我要多告诉你些。**”梁实秋译。

能够同时播出。“把我想象成润滑剂，”她说过，“我会让事情顺顺利利地进行，打包票。”

“怎么谢你？”菲利克斯曾问道。

“以后再说。”她笑答。

*

大门打开。一行人走了进去。大门关闭。

监控室里，菲利克斯在屏风后坐定。“接通赤足鬼的麦。”他说道。他戴上耳机。

耳边传来连续、低沉的声响。部长一行正逐个接受安检，和其他人一样没有例外——迪伦和麦迪逊礼貌地解释道。“完全正确，”萨尔·奥纳利说道，“看到你们严格履行职责，我很欣慰，哈哈。”

一片欢声笑语。菲利克斯从埃丝黛那儿听说，他们刚参加完当地一场政治酒会，想必是受到了热情款待。他估计他们喝了好几杯。在快速参观完这个圈养着无法适应社会的底层人士的牢房后，他们就会继续赶路，而且越快越好，因为预报有雪，甚至可能会有暴风雪。有一批基层单位就是供参访用的，那些先遣人员肯定在着急地看手表、掐时间。

*

萨尔感到十分轻松。他们接下来就是装模作样地走个过场，看看这个什么乱七八糟的戏，多半还是因为弗雷迪[1]坚持要看。萨尔觉得只要弗雷迪高兴就好——虽然他想让他成为一名律师，而不是举手投足间没个正经样的演员。但他会先迁就一下这孩子，然后等他们回到渥太华，萨尔就会宣布废弃这块华而不实的鸡肋，这个所谓的什么学文化项目。

[1] 弗雷德里克的昵称。

监狱是用来禁闭和惩罚的，不是用来假惺惺地去教育那些从本性上就无法教化的人。那句话怎么说来着？教养也改变不了他的天性。[1] 大概是这样，这是哪部戏里的吗？萨尔用脑子记了下来：问问托尼，他以前是搞戏剧的。

还是问弗雷迪更好。等到告诉他再不去法学院就断他月供的时候，这孩子肯定会垂头丧气。尽管这么做似乎很残忍，但萨尔只想为他选一条最好的出路。这孩子会被艺术耽误，这是一条死胡同，在托尼手下就更行不通了——萨尔碰巧知道这一点。

“您不能把手机带进去，”迪伦对萨尔说，“对不起，先生，我们会为您保管好。”

“差不多就行啦，”萨尔开口道，“部长也得……”他看见弗雷迪正盯着他。这孩子不喜欢萨尔摆官架子，但是官架子不用来摆还用来干吗？他还是把手机交了上去。

托尼心里正盘算着别的事。此刻，他正同两位有潜力的党首候选人萨尔和塞伯特在一起，而他们都想得到他的支持。萨尔觉得托尼是欠他的，因为他曾助托尼的事业一臂之力。取代菲利克斯·菲利普斯只是第一步，托尼此后就像氢气球一般直上青云。从以戏剧为生到拥有一段戏剧人生，你可以这么讲，而萨尔就是他的阶梯。可当你爬过了这架梯子，它还有用吗？如果你无意再爬下来，就应该一脚把它踹开。对托尼来说，更好的选择无疑是支持一个他无所亏欠的候选人，而后者倒要欠托尼的人情了。如何才能甩掉萨尔，倒向塞伯特？今后会怎样？

交出了手机，萨尔又掏出兜里的莱泽曼折刀和指甲锉。“再不行就该

---

[1] 这正是《暴风雨》第四幕第一场中普洛斯彼罗咒骂凯列班的话：“恶魔，天生的恶魔，**对他的本性（nature），教化（nurture）根本是白搭**；在他身上我枉费了苦心，我的好意全失败了，完全失败了；他的身体越长越丑，他的心也越来越恶毒。我要把他们全都收拾一番，甚至要他们叫唤。”此处参考了彭镜禧、梁实秋的译文。

脱衣服了啊。”他对两名警卫说道，伴随一阵逢迎的笑声。他的腰上被别了一只报警器。迪伦说：“这根本用不上，但没有例外，每个人都得发一个，先生。”

托尼双手举到空中，通过X光检查，装出紧张兮兮的蠢相。塞伯特则板着脸，在通过安检后将他小脑袋上的头发往后捋了捋。隆尼沮丧地迈着脚步，好像他为在这样一个叫作监狱的地方不得不设置这样一个叫作安检点的东西感到难过。弗雷迪睁着大眼，显得不自在：这是一个完全陌生的世界，一个他未曾过多留意的地方。

他们都过去了。而就在此时，角落里来了一伙人，他们穿得像——啥玩意儿，海盗吗？

“各位先生，欢迎你们，”领头的人说道，“欢迎来到‘暴风雨号’游轮，现在你们已经登船了。我是水手长，这些是我的水手。我们将带诸位穿越大海，造访一座荒芜之岛；旅途中可能会有些奇怪的声音，不过不用担心。这是演出的一部分，也是本剧初次尝试的互动环节，请您提前做好准备。”他献上殷勤的坏笑，“这边请。”

“前面带路。”萨尔说道。最好还是配合一下。他没忘记这些人是犯人，不过狱长和几名狱警就在后边笑呵呵地站着。只听狱长说道：“演出后见，好好享受。我们也会在楼上观看表演。”“希望你们喜欢。”埃丝黛·姓什么的说。她祖父是参议员，他在许多聚会上见过她，她好像是在哪个委员会里任职。此刻她正朝他们微笑摆手，好像是在向船上的人告别。看起来一切都还好，他跟着水手长走向左边的通道。

托尼和塞伯特紧跟在他的后头，而隆尼和弗雷迪紧跟在他们的后头。隆尼和弗雷迪后面有三个水手，他们在抛撒——啥玩意儿？——一把把蓝色的、亮闪闪的彩屑。“这是雨点，”水手长说道，“戏里有一场暴风雨，不是吗？”

“噢，是啊。”萨尔说道。在监狱里玩这些奇奇怪怪的花样，想干什么？这帮人简直要疯。

一扇门在队尾徐徐地滑动、闭合，传来咔的上锁声。再正常不过了，萨尔心想。这是为了安全，他感到更安全了。

远处雷声滚滚。

“就是这儿了，先生们。”水手长说道。他引导他们通过一扇门，进入放映厅。

“干得好，赤足鬼。”菲利克斯通过麦克风低声说道。他又看了一眼手表。

屋子前面立着一块大屏幕。出现了更多的黑衣水手护送宾客就座，他们用鞠躬和各种夸张的动作示意他们座位的位置。四名水手分发软饮——分别盛在蓝色和绿色的塑料杯里——还有小袋的爆米花，宾至如归的感觉。三位部长和隆尼在前排，他们身后是一排水手。

菲利克斯盯着屏幕，看见提米斯在第二排中间，圆月般的脸上挂着淡淡的微笑，敏捷的手指藏在袖口，待灯光一灭，他就会移除报警器。

其他人去哪儿了？萨尔纳闷道。哦，对了。在楼上跟狱长和那位漂亮女士一块。埃丝黛有点招摇，但显然很会搞人脉。回头他应该请她吃顿午饭。他靠着椅背坐着，感觉刚才那场宴会的酒劲上来了。

“那就开演吧。”他对托尼说道。他看了一眼时间。“他们至少没把我的手表拿走。”他笑道。他抓了一把爆米花：放了很多盐，他喜欢。他又灌了一大口姜汁汽水，绿色的塑料杯。他口干舌燥。姜汁汽水，想法不错！可惜无法畅饮。

*

弗雷迪坐在安妮－玛丽旁边，第三排。“嗨，”他向她打招呼，“我叫弗雷德·奥纳利。我猜你是戏里的米兰达吧？”

“是。安妮－玛丽·格林兰。”她说道。

“真的？”弗雷迪说道，“你是那个安妮－玛丽吗？你是在——你是曾经在基德中心跳舞吗？”

“被你发现了。”安妮－玛丽说道。

“太棒了！我看过你的视频，真的，不下一百次。作为导演，我想加入一些，比如说，更多的动作，还有一些交叉步——”

“你是导演？”安妮－玛丽说，“酷！”

“嗯，不完全是，”弗雷迪说道，“我的意思是，还不完全是我自己的作品。我更多时候是打下手，但我离梦想越来越近了。”

“为梦想干一杯吧。”安妮－玛丽举起她的透明塑料杯。弗雷迪举起了他的杯子。他深深地凝视着她那双蓝色的大眼睛。

“戏服很漂亮，”他说道，“很对路……”他这会儿看向了她裸露的肩膀。

“谢谢，”她把袖子稍微往上拉了拉，但不够遮住肩膀，“我自己做的。”

*

屋前的屏风后传来三声响亮的敲击声：菲利克斯手持狐首权杖，立于台上。八只爪的食指悬在“播放”按钮上方。在电脑光线下，他瘦削的脸上露出一副狡黠顽皮的表情。

菲利克斯的双眼在黑暗中焦急地转动着：他的米兰达在哪儿？她在那儿，在八只爪左肩后隐隐的微光中。

时机已到，她对他耳语道。

34. 暴风雨

2013 年 3 月 13 日 星期三

放映厅灯光渐暗，观众们安静下来。

大屏幕上：

暴风雨

作者：威廉 · 莎士比亚

演出：弗莱彻监狱剧团

屏幕上 : 身披紫色天鹅绒短帔的旁白对着镜头举起一张手写的指示牌。另一只手握着一根羽毛笔。

指示牌：一场突如其来的暴风雨

旁白：您即将看到，一场海上风暴，
风在嚎叫，水手们在哀号，
船客咒骂着水手，因为情形愈发糟糕，
到处是惊慌的尖叫，宛如一场梦魇煎熬，
但眼前这些还不是全部，
话且住，往下瞧。

坏笑。

现在，演出开始啦。

旁白羽毛笔一挥，画面切换：漏斗状云柱里电闪雷鸣——一幅来自飓风海峡的风景截图。一连串怒涛滚滚的镜头。一连串倾盆大雨的镜头。阴风怒号。

镜头推进：一只用作浴缸玩具的船在一张印有鱼类图案的蓝色塑料浴帘上颠簸起伏。那些波浪是用手在下面制造出来的。

水手长特写：头戴一顶黑色线帽。一盆水从画面外泼到他身上。落汤鸡一只。

水手长： 出力，手脚麻利点，否则我们要触礁啦！
出力，出力！
快点，快点！当心！
当心！都给我使劲！
最好闯过去！
调整风帆，
和狂风作战，
除非你想和鲸鱼为伴！

画外音：我们要被淹死啦！

水手长： 快快掉转！没时间闹着玩！

一桶水泼在他脸上。

画外音： 听我说！听我说！
你不知道我们是王公贵族吗？

水手长： 快点，快点！海浪可没长眼！
风在狂叫，雨在狂下，
你们只会干站着瞪大眼！

画外音： 你醉了！

水手长：你个白痴！

画外音：我们完蛋了！

画外音：我们要沉了！

爱丽儿特写：他戴着蓝色泳帽和变色滑雪镜，下半边脸涂了蓝色彩妆。他穿着一件半透明的塑料雨衣，上头趴着瓢虫、蜜蜂和蝴蝶。他的左肩后有一个奇怪的影子。他笑不作声，用戴着蓝色橡胶手套的右手指了指天上。一道闪电划过，雷声乍裂。

画外音：祈祷吧！

水手长：你说什么？

画外音：我们要沉了！我们要淹死了！
再也见不到国王了！
跳船吧，往岸边游！

爱丽儿跳回镜头，得意扬扬地笑着。两只戴着蓝色橡胶手套的手里各持一把大功率的手电筒，手电筒开着频闪模式。

屏幕黑了下去。

观众里一个声音：怎么回事？

另一个声音：停电了。

另一个声音：肯定是暴风雪闹的。哪里的电线断了。

漆黑一片。屋外传来莫名其妙的吵闹声。有人在吼叫。开枪了。

观众里一个声音：怎么回事？

屋外好几个声音：一级禁闭！一级禁闭！

观众里一个声音：这儿是谁负责？

又是三声枪响。

屋里有人喊：别动！安静！把头低下！待在原地别动！

35. 奇珍异幻

一只戴着黑线手套的手捂住了弗雷迪的眼睛，接着，一顶面罩套住了他的头，他从座位上被架了起来。“该死的搞什么？”他大喊道，“放开我！”

“你落水了，”一个声音说道，“地狱空空，所有的魔鬼都倾巢而出了！”

“这是监狱暴动，”托尼的声音，“保持冷静。不要刺激他们。按下报警器的按钮。哎，不对啊——”

“什么报警器？”塞伯特的声音，“没了！”

“等等！等等！”弗雷迪大喊道，“放开我！你掐我干什么？嗷！”他的声音一直传到屋子的后头。

“弗雷迪！”萨尔的声音在怒吼，“你们想干什么？他是我儿子！我要杀了你们！把他给我送回来！”

“闭嘴。”黑暗中一个声音说道，“让瘟疫降在这个喧闹的东西身上！头趴在桌上，双手背到脖子后边去！现在！”

门开了，又关上。

“他们要把他当成人质！”萨尔吼道，“弗雷迪！”

一声枪响。“他们杀了他！”萨尔哀号。

“你跟我们来，”一个声音说道，“快点走，现在，你也是。”

一阵窸窸窣窣的脚步声。“我看不见！”萨尔慌乱道。

“你们会为此付出代价的！”托尼说道，声音阴沉而平稳。

号叫声此起彼伏，渐渐达到高潮。

声音被淹没。雷声大作。嘈杂中有人在喊：

“我们遭难了！”“可怜可怜我们吧！”“我们遭难了，遭难了！”

*

弗雷迪在漆黑中踉跄前行，两只胳膊被死死地扣在背后。他身体两侧各有一个人，在架着他往前走。“你们，”他说道，“我们可以谈谈吗？我爸爸是部长——”一只手从面罩外捂住他的嘴。

“是，我们知道你爸爸是谁。司法部长。该生痘疮的人！愿血瘟病瘟死他！他现在死定了。”

“死定了。”

“对。他彻底完蛋了。”

弗雷迪挣扎着要说话，可他的嘴被布堵上了。门开的声音，弗雷迪被推了进去。左右肩膀各有一只手将他按到座位上。门关的声音，他能把面罩摘下来了吗？他能。他的双手是自由的，他拿掉头套。

他身处一间牢房，屋里一只灯泡亮着。他坐在一个铺位上，屁股下是粗糙的灰毛毯。墙上贴着用硬纸板做的、工艺粗糙的棕榈树，贝壳和一条乌贼。墙角放着一盒乐高塑料积木。一幅描绘海滨的可怕的油画，上头有条恐怖的美人鱼：妖娆的身姿，硕大的双乳，海藻绿的头发。底下印着四个大字：**海之仙女**。

这算什么？这是暴动，他们杀了他爸爸，把他当成交易的筹码，关进一间贴满棕榈树剪纸和放着乐高玩具的房间，搞什么名堂？

更重要的是，他吓尿了吗？差一点，对此他感到庆幸。好在屋里有一只马桶。他刚排空膀胱，就听见一段歌曲选段从一台微型的扬声器里飘出来——在那儿，天花板上消防喷嘴的旁边。两个人在唱，还是三个人？

令尊躺在五寻处，
骨骼已然成珊瑚，
珍珠乃是他双目。
全身无处变朽木，
全因海水来做造物主，
使其富丽珍怪成奇物。
躺在——躺在——躺在——躺在，
造物——造物——造物——造物，
富丽——富丽——富丽——富丽，
珍怪——珍怪——珍怪——珍怪……[1]

鼓声，笛声。我的天，弗雷迪心想，《暴风雨》里的歌。这是在开哪门子玩笑吗，他们不会二十四小时没完没了地放这个，把他逼疯吧？他听说过这招，会让人精神崩溃的。他们是在设法击溃他的心理防线吗？可为什么呢？

音乐弱了下来，门开了，安妮－玛丽·格林兰溜进屋，还穿着米兰达那件单肩袒露、性感迷人的戏服。她示意他到角落里，俯下身来听她耳语。

“对不起，让你受委屈了，”她说，“你还好吧？”

---

[1] 《暴风雨》第一幕第二场中，爱丽儿唱给腓迪南的歌谣。此处参考了朱生豪、梁实秋、彭镜禧的译文，有改动。最后四行系小说作者所加，是在描写回音。

“还好，可是——”

“嘘！这里装了窃听器，”她压低声音，“灯泡上方有麦克风。如果你不想受罪，就按我说的做。”

“这到底在搞什么？”弗雷迪说，“这是暴动吗？我爸爸在哪儿？他们把他杀了吗？”

“我不知道，”她说，“这儿有个人疯了，疯得像一条月圆之夜的狗[1]。就当他是普洛斯彼罗吧。不，我的意思是真的。他准备还原《暴风雨》，而你就是腓迪南。”

“什么鬼，”弗雷迪说，“这他妈的……”

“嘘！你照着剧本做就好了。我给你带了份剧本，你的台词都标出来了。拿着，念出来就好。离那盏灯近一点，这样他能听见你，不然他可能会情绪失控。他就是个火药桶。”

“你跟他们是一伙的吗？为什么你要……”

“我只是想帮你。”安妮－玛丽说。

“那你告诉我，那人是谁？”弗雷迪说，“哦对，顺便谢谢你。你不会惹上麻烦吧？”

“不必担心，”安妮－玛丽说，“他是个疯子，这是当下要紧的事。你得顺着他。从这儿开始。”

弗雷迪念道：

我的精神好像在梦里似的，全然被束缚住了。

父王的死，我的无力，

我所有朋友的遭难，对我都只是小事，

只要我每天能从监狱里，

[1] 西方文化认为人的神志受月亮的影响，月圆之夜往往也是最容易让人狂躁、疯癫的时候。

看见这姑娘一次。这地球的每个角落，
让自由的人们去受用吧，
我在这样的牢笼里觉得海阔天空。[1]

“不错，”安妮－玛丽说，“可以再有感情一点。假装你对我有意思。”

“可是，”弗雷迪说，“我好像真的对你有了意思。哦！惊为天人的您！”

“很好，”安妮－玛丽说，“继续啊。”

“不是，说真的，”弗雷迪说，“你有，那个，男朋友了吗？”

安妮－玛丽嗔然一笑：“这是在问我是不是处女吗？他在戏里这么说过，是吧？”

“我没演戏。别打岔，有没有男朋友？”

“没有，”她说道，平静地凝视着弗雷迪，“真没有。”

“那你介意我真的爱上你吗？”

“我觉得不行。”安妮－玛丽说。

“因为我觉得我已经爱上你了！”他抓住她的双臂。

“小点声！”她捏着嗓子说。她挪开他的手：“现在我们得继续念台词。”她把他带到灯泡近处，拍了一下手，倾慕地望着他，然后说道，“我从来不曾见过宇宙中有这样出色的人物。”

“傻丫头！”扬声器里爆出一个声音，“和大部分人比较起来，他不过是个凯列班！”

“我说什么来着？”安妮－玛丽低声说道，“一个疯老头儿！顺便问一下，你会下棋吗？”

---

[1] 《暴风雨》第一幕第二场，腓迪南被普洛斯彼罗用法术制伏时说的一席话。此处参考了朱生豪、彭镜禧的译文。有趣的是，原剧在“我所有朋友的遭难”后应该还有一句“这个人的恐吓制伏了我”，但在此处并未出现。

36. 误入迷津 [1]

司法部长奥纳利、文化部长普莱斯、退伍军人事务部长斯坦利，以及戈登战略公司的隆尼·戈登发觉他们的手被绑在背后，以不体面的方式被驱赶进一条貌似通道的地方，毫无尊严可言。他们不知要去哪儿：眼前漆黑一片，只有地上一些白色的标记在微微发光。

谁在驱赶他们？他们看不见，这些人全是一袭黑衣。四周狂风怒吼、惊涛呼啸、雷声乍裂，他们听不见自己的说话声。如果听得见，他们会说些什么？他们会不会在咒骂、央求，为他们的命运唉声叹气？都有可能，菲利克斯听着耳机里的嘈杂声思忖道。

队伍转了一个弯，又转了一个弯，然后第三次转弯。他们是在兜圈子吗？

暴风雨的声音加大了。然后突然间安静下来。门开的声音，他们被推了进去。依旧漆黑，不知这儿是什么地方。头顶的灯亮了：他们在一间有四张床铺的牢房里，两个在上铺，两个在下铺。一株株用棕色包装纸剪成的仙人掌装饰着墙面。

他们面面相觑，面如死灰，浑身发抖。“至少我们还活着，”隆尼说道，“我们应该为此感到庆幸！”

“说得对。”托尼转着眼球说。塞伯特·斯坦利试了试门：锁上了。他摸了摸小脑袋，然后透过铁窗望向外面的走廊。

“外头什么也看不见。”他说道。

---

[1] 《暴风雨》第三幕第三场，贡柴罗上来便说道：“圣母为证，我走不动了，陛下。我的老骨头在痛。**这真是在迷宫里走路**，一会儿直路，一会儿弯路！求您恩准，我得歇一会儿。”此处参考了朱生豪、梁实秋、彭镜禧的译文。

“我听见他们开枪了。他们打死了弗雷迪。”萨尔说。他瘫坐到一张下铺上。“我听见了，我听见枪声了。我的天塌了！”他抱着自己，上半身摇来摇去。

“唉，他们肯定没有，”隆尼说，“他们为什么要这么做？”

“因为他们是一帮禽兽！”萨尔几乎吼了出来，“他们全该被关进笼子里！他们都他妈的该死！”

“而不是被恩准参加什么学文化项目。”托尼冷冷道。

“他们没准儿在朝别人开枪呢，”隆尼说道，“或者只是在，比方说乱开枪。我觉得我们应该往好的方面想。不要轻易下结论。”

“什么？”萨尔说，“就没有好的方面！我失去了弗雷迪！我的孩子没了！”他将头埋进双手。闷沉的声音似乎是在啜泣。

“接下来怎么办？”塞伯特对托尼低声说道。

“等等看吧，”托尼说道，“我们没有多少选择。”

“他最好振作一点，真是太丢脸了。”塞伯特说道，“但愿狱警快点赶来。”他靠着墙，玩弄着手指。

“不管他们是谁，”托尼说道，他在屋里踱来踱去，十步一去，十步一回，“如果他们真杀了他的孩子，就得偿命。”

“高兴点，奥纳利部长，”隆尼对萨尔说道，“事情还不算糟糕！我们没有受伤，还待在一个温暖舒适的房间里，我们——”

“他会这样叨叨上几个钟头，”托尼对塞伯特嘀咕道，“和平时一样，他要把我们都烦死。”

“如果我能重新设计监狱体系，”隆尼继续说道，“我会试着给犯人更多自由，而不是限制他们的自由。他们可以投票表决一些事，可以自己做主。比如设计自己的菜谱，这说不定会成为他们可以培养的有用的技能。”

“做梦吧，”托尼说道，“他们要是有了机会，第一件事就是往汤里下毒。”

“行行好，”萨尔说道，“都什么时候了！别再说了！”

“我不过是想让你们别老惦记那件事了嘛。”隆尼委屈地说道。

“我累了。”萨尔说道。他的嗓音沙哑不清。他伸直手脚，躺在床铺上。

“还真别说，”隆尼说道，“我也困了，趁有时间休息一下也好。”他躺到另一张下铺上。转眼间，两个人很快睡着了。

“倒也怪了，”塞伯特说，“我一点不困。”

“我也是。”托尼说道。他查看了一下已经睡着的两人。“睡熟了。那么——”他压低声音——“你觉得自己有几分胜算？目前来讲？”

“萨尔的民调领先，”塞伯特说道，“我还没有把握追平他。”

“你知道我是支持你的。”托尼说道。

“是。谢谢，”塞伯特说，“非常感谢。”

“如果萨尔退出竞选，那就是你了，对吧？”

“对。你是什么意思？”

“魔挡杀魔，佛挡杀佛，”托尼说道，“这是我上位的方式。我在梅克西维格戏剧节那会儿就把菲利克斯·菲利普斯给搞掉了。这是我走实的第一步。”

“嗯，我懂你的意思了，”塞伯特说道，“但我根本没法把萨尔搞掉。他身上什么也没有，没有见不得人的丑闻，没有把柄。相信我，我把他的老底翻遍了，全都找过，总之什么也证明不了。而现在，如果他儿子在这次暴动中被杀——想想会有多少张同情票！”

“说到点子上了，”托尼说，“暴动。”

“你是什么意思？”

“暴动会发生什么？死人。谁知道怎么死的。”

“我没明白——你是说——”塞伯特拨弄着他的耳垂，拧来拧去的。

“这么说吧，”托尼说道，“放在几百年前，我们会趁乱除掉萨尔并嫁祸到暴动者身上。哦对，我们还得除掉隆尼：不能有目击者。不过今天，人身攻击会收到双倍效果。”

“比如？”

“你期望从一位领袖身上看到什么？”托尼说，“领袖的风范。我们可以这么说——当然要显得不情愿——萨尔在危急关头吓得腿都软了。是他们把他摁在马桶里溺死了。一个严打犯罪的司法部长，任凭他们摆布，这样的事他们做得出来。”

“可他并没有啊，”塞伯特说道，“没有被吓得腿软，或者说没完全被吓破胆。而且他们也没把他淹死在马桶里。”

“如果我们是唯一的幸存者呢，”托尼说道，“谁会知道呢？”

“你不是来认真的吧？”塞伯特警觉地说道。

“把它当成一种理论，”托尼死死地盯着塞伯特，“一种思维的试验。”

“好，我懂了，一种思维的试验，”塞伯特说道，“在这个思维试验里，隆尼会怎样？”他举棋不定，“我们不能就这么——”

“在这个思维试验里，隆尼会犯心脏病，”托尼说道，“他早就该犯了。我们可以用——比如说这个思维试验的枕头。要是有人对闷死这一点有疑问，我们就说是暴动者干的。很遗憾，但想想这帮人，还能干出什么。他们冲动鲁莽，控制不了情绪，干出这种事也是天性使然。”

“这便是思维试验。”塞伯特说道。

*

“都录下来了吧？”大屋屏风后的菲利克斯说道，“远超我的预期啊！”托尼正在按照本性行事。他肯定是蓄谋已久，而机会女神现在为他敞开了大门。这闹不好会出人命。

“清楚极了，”八只爪说道，“音频、视频俱在。”

“很好，”菲利克斯说道，“该进行下一步了，趁他们还没用枕头把老隆尼给闷死。按那个钮，播放叫醒铃声，你选的什么？”就像普洛斯彼罗对爱丽儿那样，他把魔岛主题曲的选择权也交给了八只爪——但歌单是由他提供的。

“金属乐队的《骑在闪电上》[1]，特别闹腾。”

“我足智多谋的精灵！”菲利克斯说道。

*

“我的神！”萨尔噌地坐了起来，神志极为清醒，“什么东西那么吵？”

“怎么回事？”隆尼一边说一边揉着眼睛。

“我听见有人在喊叫，”托尼说道，“是暴动分子——他们肯定又发飙了！准备好！把枕头挡在身前，防止他们开枪！”

“我的脑袋不对劲啊，”萨尔说道，“好像宿醉。我什么也没听见。”

“我只听见那种嗡嗡嗡的声音。”隆尼说道。

37. 法术圆满[2]

门悠悠地开了。外面通道的灯亮了。

“又是搞哪一出？”托尼说。

“这是个陷阱。”萨尔说。

---

[1] Metallica，美国金属乐队。《骑在闪电上》（*Ride the Lightning*）是其重金属风格的代表作。

[2] 《暴风雨》第五幕第一场，普洛斯彼罗说：“现在我的计划将告完成，**我的法术圆满无缺**，我的精灵们俯首听命，一切按部就班顺利地过去。”朱生豪译，略有改动。

隆尼战战兢兢地走到门口，探出脑袋。“外头没人。”他说。

*

“现在轮到庄重的音乐了，”菲利克斯对八只爪说，“只从演员休息室里放出来。水果盆都还在吧？葡萄都有吧？”

“应该都在。正在查看，”八只爪盯着屏幕，“有了，我看见了。”

“干得漂亮，小鬼们，”菲利克斯说道，“希望下头的机关已在运转了。”

“我们反复检查过了。这段音乐我选了莱昂纳多·科恩的曲子，”八只爪说，“《电线上的鸟儿》[1]。速度放慢了一半，我用键盘自己录的。”

“再合适不过了。”菲利克斯说道。

“我使用了大提琴，搭配类似特雷门琴[2]的伴奏，”八只爪说道，“那种呜——呜的效果。”

“呜——呜，好啊，”菲利克斯说道，“我洗耳恭听，播吧。”

*

“过道那头传来的。”塞伯特说。

“那是《电线上的鸟儿》吗？”托尼说。

“他们在戏弄咱们。”萨尔说。

“‘我已尝试用我的方式获得自由’，”隆尼说，“也许这是某个想帮咱们的人发出的信息。我们还是过去看看吧，否则就只能在这儿干坐着。”

“为什么不呢？”塞伯特啃着食指说道。

---

[1] 莱昂纳多·科恩（Leonard Cohen，1934—2016），加拿大唱作型歌手、诗人。《电线上的鸟儿》（*Bird on the Wire*）是一首节奏极其舒缓的情歌。

[2] 特雷门琴，一种电子乐器，表演者通过双手移动来控制两个可变震荡器之间的天线而使之发声。特雷门琴的音色比较单调、诡异，经常被用于制造电影中外星人出没时的配乐。

“让他们先走，”托尼对他小声说道，“万一有子弹呢。”

*

“他们出门了，”八只爪说道，“全部四个人。通道里的视线不太好，但看他们在那儿，沿着过道在走，进了休息室。”

“隆尼受这通罪让我过意不去，”菲利克斯说道，“但也没什么办法了，不管怎么说，他也是在为虎作伥。他们把话筒安在他身上了吗？”

“安了，”八只爪说道，“在他衣领上，状态正常。如果你需要打开它，翻到这儿，然后点返回。”

屏幕上，他们看着四人朝休息室门口走去。门两侧的墙上贴着剪纸画——左右各有一只霸王龙和一个太空生物——欢迎他们进入。

“此时无声胜有声。”菲利克斯喃喃自语道。

“这是啥，幼儿园吗？”塞伯特说，“先是棕榈树，现在又是这个！”

“谁在管这个地方？”萨尔说，“该改改样子了！”他摸了摸额头，“那是只恐龙吗？感觉好奇怪。我觉得我发烧了。”但他们都走了进去。

“这是什么？”托尼说，“像是剧院后台的休息室！竟然还有一盆水果！只有葡萄，应该放些饼干和奶酪的，摆在盘子上。”

“这音乐真好听！”隆尼说，“是《魔笛》里的歌吗？”

“管他呢，我饿了。”萨尔说。他的脚有点站不稳。

“不吃白不吃，”塞伯特说，“来个葡萄。”

“别碰那些葡萄。”隆尼耳边传来一个微弱的声音。是男人的声音，特别耳熟。

“什么？”隆尼说，“你是谁？”他摸了摸衣领，摸到了那个小话筒。他躲到后面，留下另外三人狼吞虎咽。

“味道怪怪的，”萨尔说，“我们不应该吃这些葡萄。”

“我们已经吃了。”塞伯特说。

“我有种奇怪的感觉，”托尼说，“我得坐下来。”

*

“吃这些够量了，”菲利克斯说道，“看样子已经起效了。你知道那里头有什么吗，我打进去的？”

“东加一点，西放一点呗，”八只爪说，“蝾螈之眼、K粉、鼠尾草、蘑菇，如果调和好了，绝对的上品。一眨眼的工夫，他们就会不省人事，起效很快，但时间不长。我这会儿也想给自己来点。”

“准备好打雷。”菲利克斯说道。

*

一声轰鸣，漆黑一片。然后，灯亮起：水果盆不见了，墙上出现一个恐怖的阴影——一只巨鸟，翅膀在反复开合。

“看上去不错。”菲利克斯对八只爪说。

“嗯，你选了一对超棒的翅膀。”

歌声响起，有点走调：

尔等皆有罪之人，
恶行从何处列陈？
心肠如此之坏，
令人感到悲哀，
疯掉也是活该！
菲利克斯毁于尔等之手，
被放逐天际，漂泊无依；
萨尔失去爱子，
这非同小可，岂是儿戏，

而你们的厄运才刚刚开启！

尔等务须忏悔，道歉赔礼，

若要好的下场，唯有遵守规矩。

这——指的就是——你！

“去哪儿了？”托尼说，“那个带翅膀的东西！那个恶魔！在那边！”

“我做了什么？”萨尔说，他哭了起来，“我可能也要死了！你们听见了！他们杀了弗雷迪，这全怪我！因为我们对菲利克斯做了不该做的。”

“太可怕了，”塞伯特说，“我们被下毒了！我的身子在哪儿？我在蒸发！”

“你们都中什么邪了？”隆尼说。

*

“这首诗真不怎么样，但起效果了，”菲利克斯说道，“还有那些葡萄。”

“哇，不可思议，”八只爪说，“他们都被吓坏了！那里头还放了什么？”

“先让他们受一会儿罪，看看腓迪南和米兰达怎么样了，”菲利克斯说，“把他们的实况录像调出来。他们演到哪儿了？”

“让我往回倒一下，”八只爪说，“好了，他们按照你的指示，用乐高堆了一堆木头，之后对彼此说了那些肉麻的情话。现在他们正在下棋。她在说——”

“好，”菲利克斯说，“他们在照着剧本推进。他们俩看上去很般配嘛。”

“大概是来真的了，”八只爪说，“满满的真爱，好动人。只是影像不太清楚。”

“够清楚了，”菲利克斯说，“再回休息室看看。”

38. 不再深究[1]

休息室里，局势并不太平。

萨尔蜷缩在角落，紧紧抓着膝盖，泪珠从他脸颊上滚下，他就是悲惨的化身。他似乎正在跟地板交流。“那儿黑漆漆的，伸手不见五指，”他说，“为什么那么黑？我得下去，下到黑漆漆的地方去，我要找到他！”

托尼正对着空气乱挥拳头。“走开！走开！”他喊道，“离我远点！”

塞伯特似乎认为自己身上爬满了虫子或其他形状的多足生物。“把它们弄走！”他呜里哇啦地说，“蜘蛛！”

神志清醒的隆尼躲在桌子后边，和他们保持着距离。

*

“你确定没有超剂量吗？”八只爪说，“那些葡萄，好像是放多了。”

“我按说明操作的。”菲利克斯说。他要制造痛苦，现在他得到了。但药物诱发的痛苦真的算数吗？会有什么副作用？能持续多久？“给别的牢房和狱长他们播放的正片还有多久结束？”他问道。

八只爪计算了一下时间。“大概还有三分之二。”他说道。

“咱们得加快进度，”菲利克斯说，“叫斯丹法诺和特林鸠罗出场。”

“他们已在候场。”八只爪说。

休息室的门开了，红狼和提米斯大摇大摆地走进来，身着全套戏

---

[1] 《暴风雨》第五幕第一场，普洛斯彼罗对爱丽儿说：“……克己比报复是更难得的：他们既已忏悔，**我就不愿再深究了**。去，释放他们，爱丽儿。我就去解除了我的符咒，我恢复他们的感觉，他们就会清醒了。”梁实秋译。

服。他们的脸被涂成了白色，嘴化成了小丑的模样。红狼穿着乐施会那件破旧的晚礼服；提米斯则套上了红色的法兰绒秋裤，礼帽俏皮地歪在头上。

“我神魂颠倒的时候可不想看见这个，”八只爪说，“个人意见。”

“这帮官老爷也一样。”菲利克斯说。的确，萨尔、托尼和塞伯特纷纷退到墙角，警觉地盯着他们。

“呦，瞧瞧，”提米斯指着他们说，“丑八怪！一群丑八怪！哎哟，怎么有股鱼腥味儿！”

“一群鱼腥味儿的丑八怪，”红狼说，“我闻到……腐败的气味！”

“干吗不让他们现现眼呢？”提米斯说，“胡言乱语的疯子。街头的游民。瘾君子。社会的渣滓。永久的笑料。”

“人们愿意砸钱看这个，”红狼说，“《司法部长吸毒后精神萎靡》，这个标题太亮！”

“请女巫的子孙们出来跳舞。”菲利克斯说。

“来了！”八只爪说。

说话间，凯列班和他的两位伴唱上场了。他们戴着款式相同的哥斯拉的混搭头饰。他们专门为这场戏谱了一首新曲。八只爪按下伴奏带，整个房间被摇滚的节拍爆棚。凯列班开口唱道：

你们一直叫我魔鬼，
可谁比你们更像魔鬼？
你们坑蒙拐骗，偷抢掠夺，
你们铲除异己，不分你我。
你们叫我渣滓、秽物，
叫我恶棍、歹徒，
可你们才是道貌岸然的伪君子，

成天伪造账上的数字，

搜刮纳税人的钱财，

我们知道你们卷走了什么，这样说来，谁比谁更像魔鬼？

谁比谁更像魔鬼？

谁比你们更魔鬼？

魔鬼，魔鬼，拍下来让世人看原委，

魔鬼，魔鬼，从头烂到尾，

魔鬼，魔鬼，全世界都会明白，

你们就是一群魔鬼！

我们知晓你们拿走了什么！欺世盗名的伪君子！

欺世盗名的伪君子！我们知晓你们拿走了什么！

“魔鬼！”托尼尖叫起来。

“我是个魔鬼！”萨尔号啕大哭，捂住自己的脸。

“他们知道什么？”塞伯特慌乱地环顾四周。

“谁告诉他们的？那是一笔合法开销！”

“先生们，先生们！”隆尼在桌子后边哀求道，“你们矜持点！”

*

“我知道他们是群浑蛋，想扼杀咱们的剧团，但这场面连我都看不下去了，”八只爪说，“这不光是受罪，他们都快吓破胆了。”

“这是计划的一部分。不管怎样，他们都是罪有应得。”菲利克斯说。

“你不为他们感到难过吗？”八只爪说。

米兰达一直在他身后悬浮着——一个阴影，一点微光——然而，她不声不响：到目前为止，还没有需要她提词的地方。可这会儿她却轻声说道："如果我是人类，主人，我会于心不忍的。"[1] 如此心软的姑娘。

八只爪听到她了吗？没有。但菲利克斯听见了。"你不过是一阵空气罢了，"他说道，"居然也会感觉到他们的痛苦，难道我的心反而会比你的硬吗？"

"我们是回到戏里了吗？"八只爪说，"我是不是该说，'如果我是人类，主人，我会于心不忍的。'"

"没，没事，"菲利克斯说，"我自言自语罢了。不过，你说得对，已经报复够了，不再深究，是时候释放他们了。叫小妖们来。"

"我去领他们来，主人。[2]"米兰达轻声说道，"你爱不爱我，主人？[3]"

39. 欢快地，欢快地

在黑衣小妖组成的方阵的包围下，俘虏们被押送着经过走廊，抵达大屋。屋里灯光昏暗，洋溢着蓝调音乐。他们已经平静了些：不再有哭声、喊声、吼声或呻吟声。不管葡萄里面有什么，那种东西定是在渐渐失效。

余下的演员已经集合完毕，除了还在牢房里陪着弗雷迪的安妮－玛丽和还在屏风后操作电脑的八只爪，菲利克斯也在屏风后等待上场。

[1] 《暴风雨》第五幕第一场里爱丽儿对普洛斯彼罗说的话。爱丽儿看到阿隆佐、西巴斯辛等人遭受反复折磨，充满忧伤和惊惧，所以感到于心不忍。

[2] 《暴风雨》第五幕第一场中，爱丽儿响应普洛斯彼罗吩咐的台词。

[3] 《暴风雨》第四幕第一场中，爱丽儿向普洛斯彼罗撒娇的话。

四位要员被请入前排就座，小妖们则在周围坐定，以防他们失控或逃跑。一切安排妥当，八只爪放出一组鼓声、一阵角号声，灯光熄灭，亮起金色的聚光灯。

瞧！

菲利克斯从屏风后踱步而出，披着那件汇集着各种动物皮毛的法衣，流光溢彩。他举起狐首权杖，召唤着大自然的乐章。八只爪为此选择了《彩虹之上》[1]——用慢和弦及小调演奏，并融入了两把低音萨克斯和一把大提琴。

“庄严的音乐最能抚慰迷惘的心灵。让这音乐来治疗你们的脑子吧，它如今毫无用处，只是在你们的脑壳里沸腾！[2]”他郑重其事地说。灯全部亮起。“谢谢你的帮助，隆尼——你至少过去待我不错，不像萨尔，尤其不像在场的托尼。”

四个人全都直愣愣地盯着他，好像对面的人是个疯子，或是他们自己疯了。“菲利克斯·菲利普斯？”萨尔说道，“我在做梦吗？你是从哪儿冒出来的？”

“相同的地方，”菲利克斯说，“虽然我在这里叫杜克先生。”

“你消失得无影无踪，我还以为你死了。”隆尼说。

“究竟怎么回事？”萨尔说，“你对弗雷迪做了什么？你是人是鬼？”

“问得好，”菲利克斯说，“也许我是这个魔岛产生的幻影。你们终究会明白的。欢迎你们，我的朋友！”

托尼的脸色很难看。“是你干的。”他说道。他的嗓音在残余药劲的作用下依旧含混不清。“耍鬼把戏，和往常一样哗众取宠。我一直觉得你

---

[1] 《彩虹之上》(*Somewhere over the Rainbow*)，美国电影《绿野仙踪》主题曲。

[2] 《暴风雨》第五幕第一场中，普洛斯彼罗对失去理智的仇人们说的话。此处参考了梁实秋、彭镜禧的译文。

是个妄想狂！你现在可以跟你苦心经营的‘读文学、学文化’项目告别了。”他停顿了一下，挣扎着要拾起他习惯性的做派，“我猜你往那些葡萄里下了药吧。这是违法的。”

“要是弗雷迪有个三长两短，”萨尔说，“你吃不了兜着走，我要告你……”

“我想不会，”菲利克斯说道，“萨尔，你是守护正义的部长，现在我想要一点正义。第一，我必须要回我过去在梅克西维格戏剧节的工作。我被无理解雇，给托尼腾地方，这是你们俩暗地里搞的鬼，你对此很清楚。”

“你疯了。”托尼说道。

“这还不是重点，”菲利克斯说，“你们刚才的经历被称为‘艺术浸养’。萨尔，你要对外界说的是，弗莱彻监狱的演员呈现了一场独具匠心的互动式表演，在领略它的风采后——不要提葡萄的事——你充分理解了它春风化雨的潜力，会在未来给予全力支持。作为文化部长的托尼则会宣布：保证这个项目未来五年的资金支持——是增加投入，我必须强调这一点。之后托尼会宣布辞职，他可以说想多陪陪家人。至于塞伯特，他将退出党首竞争。”

“这简直是疯了！”托尼说，“你凭什么觉得自己能——”

“我可都录下来了，”菲利克斯说道，“全部。萨尔在角落号啕，跟学猫叫一样，一看就知道是嗑嗨了；塞伯特说身体在蒸发的那些话；还有你，托尼，对着那些看不见的恶魔又喊又叫，精神失常。你们谁也不想看到这些东西在网上疯传吧，但如果你们偷奸耍滑，不按规矩办事，那就不好意思了。”

“这不公平。”托尼说。

“这叫找回平衡。”菲利克斯说道。他压低嗓音，直接对着托尼说：“我还录下了你和塞伯特在萨尔跟隆尼睡着时的那段精彩对话。真让人明白了什么叫忠诚。”

“我会派人来这儿搜的，他们会找到录像，然后销毁……”托尼开始反扑。

“省省力气吧，”菲利克斯说道，“那段视频已经储存在云端了。”这是唬人的话——东西在他口袋的U盘里，得等到他有机会时再上传——不过，他言之凿凿，托尼软了下去。“看来我们没有选择了。”他说道。

“我看是这样，”菲利克斯说道，“塞伯特？”

“这是要挟，”塞伯特说，“你陷害我们。”

“我给了你们时间和空间，也都被你们各自所利用。”菲利克斯说道。他转向萨尔：“此外，我要求给我的特效师提前假释。也就是说，如果满足了上述条件，我就原谅你们四个，过去的就算过去了。”

四人沉默了半晌。“可以。”萨尔说道。他是这项安排主要的受益者。托尼和塞伯特没吭声，但如果眼神可以杀人的话——菲利克斯心想——他已经死了不下十次了。

“好，”他说道，“你们都同意，我很高兴，我把咱们刚才做交易的一幕也顺便录了下来，以备不时之需。”

“所以这场暴动，还有禁闭……”隆尼说，“这些都是在……都不是……是演戏吗？”

“还有弗雷迪在哪儿？”萨尔说道，“他真的死了吗？我听见他叫来着。我听见枪响了！”

“我同情你，”菲利克斯说道，“我在这场迟来的暴风雨中失去了亲生女儿，无法挽回。”

“可是，”隆尼说，“那件事至少也有十二年了……”

“跟我来，”菲利克斯对萨尔说，萨尔要站起来，菲利克斯挽起他的胳膊，“我要给你看样东西。”

*

“他们来了，”安妮－玛丽轻声道，“菲利克斯和你爸爸，你要表现出惊讶。”她和弗雷迪盘着腿坐在牢房的地上，棋盘摆在当中，“他们马上会透过窗户往里看。记住词了吗？”

“都记住了。”弗雷迪轻声应道。

“好人，你在安排着作弄我。”安妮－玛丽用她最迷人的嗓音说。

“不，我最亲爱的，即使给我整个世界，我也不愿欺弄你。”[1]

牢门猛地开了。“弗雷迪！”萨尔喊道，“你活着！”

“爸爸！”弗雷迪回答，“你也活着！”

“谢天谢地！”他们紧紧拥抱在一起。

那位诗人在这一刻可是妙笔生花啊[2]，菲利克斯心想，不过他们把该说的也都说了。

在一番惊喜、拥抱和拍背之后，弗雷迪说：“爸爸，我想向你介绍我的新搭档，安妮－玛丽·格林兰。她曾在基德中心效力，而她刚刚饰演了米兰达。”

安妮－玛丽急忙站起来，衣服从肩膀上滑下去一大截，纸花也歪了。她俏皮地笑了笑，伸出手来等着被握。萨尔没回应，他眯起眼睛看着她。“事业上的还是感情上的？”他问道。

“都有，”弗雷迪说，“至少是……”

“等等，”安妮－玛丽说，“我们还没有真正谈过这个问题！我需要考虑一下！”

“今晚可以一起吃饭吗？”弗雷迪说。

“也许吧。”安妮－玛丽说。她挽起袖子，脸都红了。

菲利克斯转向萨尔。“真正的恋情，”他说道，“你赶也赶不走。总之，这是最好的结局。”

---

[1] 《暴风雨》第五幕第一场中，米兰达和腓迪南对弈时说的情话。朱生豪译。

[2] 莎士比亚出生在埃文河畔的斯特拉特福。人们常用“那位埃文河畔的诗人”（The Bard of Avon）或“那位诗人”（The Bard）来指代莎士比亚。

在同演员们道别后，这帮官老爷被护送着经过走廊，通过一道道有自动修复故障功能的大门，回到了接待区。神奇的是，报警器又出现在了他们的皮带上。

按计划，他们要在一场特别招待会上同狱长及其他高层举杯共饮，其间会安排照相。那儿会有扎着牙签的维也纳小香肠——毒性没有那些葡萄大；会有涂着奶油奶酪的饼干；会有一两种酒精饮料。埃丝黛会在那儿，听他们讲每一句话。她稍后会向菲利克斯转述招待会的情况。

会有人谈起他们是如何被十足地戏弄了一番吗？不会，菲利克斯想道。不会有所谓的暴动或囚禁，不会有什么奇异的幻觉，不会有杜克先生的身世背景。总而言之，不会有对这些访客形象不利的信息。

相反，弗莱彻监狱剧团高水平的演出将为狱长赢得一片赞誉。他会吃下一颗定心丸：上头不久就会宣布这个项目一定要继续搞，而且会增加拨款。大家会握手、干杯、互相道贺。

萨尔说起谎来绝对没有问题：他是久经沙场的政客。至于托尼和塞伯特，他们会三缄其口，这样起码能明哲保身，以免那段毒草一样的录像让他们身败名裂。如此，他们还能指望从政坛退出后，在各种大公司的董事会里谋个席位。作为回报，他们说不定哪天还会被擢升为参议员。

弗雷迪和安妮-玛丽已经动身前往狱长的招待会。但在此之前，安妮-玛丽吻了菲利克斯长满络腮胡子的脸颊。“你是最棒的，”她说道，“我真希望你是我父亲，那会让我有一个更好的父亲。”

“你做得很出色！”他对她说。

“谢谢，”她说道，“弗雷迪也有功劳。他几乎一下就懂了，而且真的很投入。”她的脸红了。

青春爱情，让人变得如此美丽，菲利克斯怅然神往。

*

菲利克斯留在后面协助八只爪收拾器材。微型麦克风要收回，扬声器摘掉，灯光卸下，所有东西打包，然后还给租赁公司。

菲利克斯埋头整理东西时，八只爪在检查他录制的最后一段音视频的质量——大屋里萨尔妥协的那一幕。真别说，这东西指不定哪天会派上大用场。

“我好像听见电台一类的声音，”八只爪说道，“我的耳机里，像是有人在唱歌。”

“什么样的歌？”菲利克斯问道。

“很微弱，但是，等等，有了。唱的是‘欢快地，欢快地’。”

“‘欢快地，欢快地我要流连，在那枝头悬挂的花朵下边[1]。’”菲利克斯说道。一定是米兰达，她又出现了。聪明的女孩，她钻进了爱丽儿的耳机里！但她似乎没有搞清楚剧本。“我们已经演过那段了，看看录像。”他提醒她。他们沿用了原剧中爱丽儿的歌谣，只是为了避免出现“吮吸”这个词而做了一点调整：**蜜蜂飞舞的地方，我也在那儿飞舞**。

“不是，”八只爪说，“不是那个。这里唱的是‘欢快地，欢快地，欢快地，欢快地，人生不过一场梦’。”

菲利克斯打了一个激灵，他脖子上的汗毛都立了起来。“我过去经常给她唱这个，”他喃喃自语道，“那时她三岁。”她竟然还记得？她记得自己三岁时的样子吗？她记得自己没有活到四岁吗？若是如此，那……

“真是太巧了，”菲利克斯说道，“我之前还想把这首歌放到背景里去呢。”他在编瞎话，“或许可以作为普洛斯彼罗在漏水的船上唱给年幼的

[1] 《暴风雨》第五幕第一场中著名的歌谣片段。普洛斯彼罗在答应爱丽儿不久即将获得自由时，爱丽儿情不自禁地唱了起来：“蜜蜂吸蜜的地方我吸蜜，我卧在莲香花的钟儿里，我一直睡到枭鸟的鸣声起；我骑在蝙蝠的背上飞去，快活地去追寻夏季，我现在可以欢快地、欢快地流连，在那枝头悬挂的花朵下边。”梁实秋译，略有改动。

米兰达的一首歌。这就是小孩子害怕时你要做的——唱歌给他们听。”

这就是你在病房里握着他们滚烫的双手、拍打他们的额头时要做的。但无论怎么努力，他们还是会从你身边轻轻地滑走，滑进幽暗的过去，滑进时间的深渊……

“我知道那首歌，用它很合适，”八只爪说，“说认真的，多谢你为我争取到提前假释。刚才那一招太天才了。”

“不客气，”菲利克斯说，“没有你，我不可能完成这整件事。那声音还有吗？”

八只爪听了听。“没有，消失了。”

“借我听一下好吗？”

八只爪把耳机交给他。菲利克斯听了听，又听了听。里面什么也没有，没有人唱歌，只是一片寂静。他的米兰达去哪儿了，她在试图传递什么？

*

外面已是黄昏。菲利克斯拖着沉重的脚步，朝他的车走去。预报的暴风雪已然扫过此地，但下得不大，零星的白雪在柏油路面上泛起微微的涟漪。

他安静地开车下山。放在真正的首演之夜，整个剧组会集体出动，找个地方聚餐，为彼此加油鼓劲，同时等待剧评出炉。和平常一样，菲利克斯今晚要吃一个鸡蛋，但只有他自己，除非他的米兰达愿意陪着他。她一定在车上的什么地方，只是没有她的迹象。

“不管怎么说，我成功了，”他对自己说道，“至少没有失败。”但为什么他有一种失落感？

“难能可贵的举动是善行而非复仇。”[1] 他脑子里的一个声音说道。

是米兰达。她正给他提词呢。

---

[1] 《暴风雨》第五幕第一场中，普洛斯彼罗的台词。彭镜禧译。

第五幕

这个坏东西[1]

[1] 《暴风雨》第五幕第一场中，在凯列班、斯丹法诺、特林鸠罗穿着他们偷来的衣服上场时，普洛斯彼罗对阿隆佐一行人说："各位大人，请瞧一瞧这些家伙们身上穿着的东西，就可以知道他们是不是好东西。这个奇丑的恶汉的母亲是一个很有法力的女巫，能够叫月亮都听她的话，能够支配着本来由月亮操纵的潮汐。这三个家伙做贼偷了我的东西，这个魔鬼生下来的杂种又跟那两个东西商量谋害我的生命。那两人你们应当认识，是您的人；**这个坏东西我必须承认是属于我的。**"朱生豪译。

40. 最后的任务

2013 年 3 月 15 日 星期五

最后一天课的前夕，菲利克斯买来二十袋“薇琪小姐”[1] 的海盐味薯条。他用剃须刀片在每个包装袋背后紧贴着波浪形封口下沿的地方划出一条缝，分别塞了十五支香烟。万宝路是他选择的品牌：他们似乎很喜欢。他不能太早完成这步，否则香烟抽起来就会有薯条的味道，不过也不能太晚。

他用简易摺缝机把口子密封好。每次在弗莱彻有演出时，他都会为剧组的联欢会准备一包包动过手脚的薯条。

他将薯条装进马克衣库的手提袋，祈祷一切顺利。

*

第二天，安妮－玛丽在停车场同他碰面，大家特别邀请她来参加这最后一堂课。这堂课从某种形式上是一场剧组的联欢，而正如飞毛腿指出的：她是演员的一分子，为什么要把她给落下呢？

“谢谢你能来。”菲利克斯对她说。

---

[1] Miss Vickie's，加拿大薯条品牌。1987 年在阿利斯顿土豆节上一炮打响，最初在魁北克省生产销售，后推广至加拿大全境。

“我当然不会错过，”安妮－玛丽说道，“弗雷迪也想来，但我说这次不行，这是为大伙组织的。”菲利克斯从这一点推断出弗雷迪仍然跟她好着呢，或者说他们对彼此都有好感。他笑了。

“弗雷迪没吃神奇小子的醋吧？”他狡黠地问道，“那些戏可是很带劲啊。”

“你说激情吗？是啊，是够激情的。但弗雷迪没看到，他当时正跟我下棋，”安妮－玛丽说，“不管怎样，神奇小子已经放弃了。他不介意。”

“不介意什么？”菲利克斯问道。

“不介意这只是一场戏。”安妮－玛丽说道。

*

一包包薯条顺利通过了安检。谁会怀疑这里夹带着违禁品呢？迪伦和麦迪逊最有可能。但即便如此，他们也是睁一只眼闭一只眼。也许他们觉得这是演员们辛苦后应有的回报。

“那部叫《暴风雨》的片子真棒，杜克先生！”迪伦将报警器递给菲利克斯时说，“我之前还不怎么感冒，因为一点打戏也没有，但后来还真看进去了。”

“是啊，所有人都看进去了，”麦迪逊说，“这出戏真是不可思议！”

“你讲得没错，杜克先生，戏里头没有精灵，”迪伦说，“那个蓝色的外星人，还有那首《女巫的子孙》的说唱——真绝了！你太了不起了，格林兰小姐、女士，你演的米兰达宛如天仙！”

“谢谢。”安妮－玛丽略显冷淡。

“您袋子里装的是什么？”迪伦说。

“没有扎人的东西。我给这帮家伙烤了点巧克力，还有就是些玩偶什么的。你们之前见过。”

“点心里没放什么奇奇怪怪的东西吧？”迪伦在坏笑。

“来，你们可以检验一下。”安妮－玛丽说道。她给每人分了一小块。

“这些玩偶是干吗用的？”麦迪逊说。

“今天是剧组联欢会啊，”安妮－玛丽说，“她们都是演员。在片子里，你们见过的。”

“呃……是啊。由她去吧，”麦迪逊说。他朝迪伦使了个眼色：古怪的艺术家。“确保把她们带出来就行，让人玷污了可不好。”

“她们能照顾好自己。”安妮－玛丽绷着脸说。她在搞什么名堂？菲利克斯纳闷了，跟玩偶较哪门子劲呢？

“明年打算做什么戏，杜克先生？”迪伦对菲利克斯说道。

“还没想好。”菲利克斯说。

“哎，不管做什么，祝您狗屎运！”麦迪逊说。

*

“一场精彩的演出，”菲利克斯对着聚在一起的演员们说，“天衣无缝！完美无缺！充分展现了互动式戏剧的魅力，也很好地体现了我们对戏剧艺术的实践运用。还有，”——他流露出由衷的笑容——“还有最令人高兴的是，通过每一个人的努力，“读文学，学文化”项目确保可以续办五年。弗莱彻监狱剧团保住了。”掌声同时响起，人们碰拳庆贺。

“狗娘养的太好了！”飞毛腿说。

“给你们自己评个五星吧，”菲利克斯说，“接下来，新一批的演员将能拥有和你们一样的特权，通过亲身实践掌握戏剧艺术的各项技能。我还想说，这是我执导过的最好的一出《暴风雨》。”他们无须知道这是唯一的一出，“因为无法超越，所以我今后也不会再排这出戏了。几个主演我已经单独祝贺过，但我必须要对所有人说，你们是世上最出色的一群小妖！让我们为所有人叫好！”

掌声更响，碰拳的人更多了。

“还要为我们勇敢的米兰达特别鼓一次掌！安妮－玛丽·格林兰小姐，在这个令多数女演员都望而却步的地方，她接过了米兰达的角色。她真是个勇敢的姑娘！”这一回，欢声雷动，“好”“了不起”的呼声此起彼伏。

飞毛腿举起手，菲利克斯点头示意。“我想代表所有人说，谢谢你，杜克先生，你是最伟大的。这出戏……”他长满雀斑的脸竟也红了起来。

“真他娘的了不起！”八只爪说道。掌声一浪高过一浪。

菲利克斯微微欠了欠身。“我很欣慰，”他说道，“接下来是你们的最后一项任务，占课程总分的15%。我们要请大家来讲一讲自己扮演的角色在剧终后的故事，之后我们将以联欢会圆满收场。会上有各种小零食，例如薯条。都准备好了。”他的意思是请他们放心，香烟已经被安全地带进来了。“爱丽儿这组先来。”他示意八只爪到台前来，然后在安妮－玛丽旁边的一张空桌子上坐了下来。

41. 爱丽儿组

八只爪忐忑不安。他来回倒腾着两只脚，清了清嗓子。他比以往任何时候都显得青涩。

“下面是爱丽儿组的报告。”他说道，“组员有我、神奇小子、希夫、赤足鬼和车火儿。我们在一起进行了讨论，每个人都贡献了想法。你们都很靠谱。”他对组员说。

“我们的任务是续写本组主要角色在剧终后的故事。那么我们这组的主要角色就是爱丽儿。我知道大家一开始都认为他是一个天外来客，但后来我们转变了看法。正如杜克先生说过的，这出戏的关键在于人的转变，而改变普洛斯彼罗的想法，让他放弃复仇、选择宽恕的正是爱丽儿。那些坏人固然劣迹斑斑，但当他们受尽惩罚时，他便动了悲悯之心，为他们的遭遇感到难过。所以，我们不妨也转变一下自己的看法。”

他环顾教室。大伙频频颔首，几只拇指竖了起来。

“很好。所以我们讨论的结果是：他不是外星人。如果他是那种外星人，他应该会被一艘宇宙飞船接走，或是瞬时穿越，像《星际迷航》里的那样。所以，我们有了一个不同的想法。

“我们觉得他就像是一个全息投影。这就是为什么他能行得飞快，隐而不现，还能那样将自己分身。都能说通吧？”他笑了，“你们想知道什么是全息投影对吧？我是不是应该详细解释一下？”他问菲利克斯。

“简短一点。”菲利克斯说。

“好。全息投影就像3D，唯一的区别是你不用戴眼镜。但如果爱丽儿是一个投影，那么是谁投射的他呢？是普洛斯彼罗吗？爱丽儿是从普洛斯彼罗的脑子里产生的吗？我们认为不可能是那样，因为当普洛斯彼罗说‘你可以自由地回到空中’[1]，放爱丽儿走的时候，他直接就消失了，忽然间就没了。这怎么说都不公平，毕竟他为普洛斯彼罗完成了那么多出色的任务。

“于是我们仔细研究了一下‘元素精灵’（elementals）[2]这个概念——多谢你的注释，杜克先生——我们认为他是一种类似于天气系统的全息投影。他是空气的精灵，此外他还能制造火和水[3]，而且能够随心驾驭这些东西。就像气象网络，你能从中看到尘卷风和水龙卷，还有

[1] 《暴风雨》收场诗之前，普洛斯彼罗还爱丽儿自由的一句台词。剧本中的原话是“爱丽儿……以后你便可以自由地回到空中（the elements），从此我们永别了！”根据舞台指示，爱丽儿在听到这句后直接下场。“elements”可理解为土、气、水、火等自然要素，也可以理解为天气、天空。

[2] 代表土、气、水、火四元素的精灵的统称。

[3] 爱丽儿在《暴风雨》开头制造海难时，曾经呼风唤雨，并让阿隆佐一行人的船着火。

云雾生成雷电的过程——能量就是从那儿来的，那便是爱丽儿用来完成普洛斯彼罗的任务的能量。因为那些任务要耗费许多能量，尤其是制造闪电。

“所以在剧终后，爱丽儿并没有被宇宙飞船接走，也没有在很远、很远的银河之畔的花丛中徜徉。或许他跟莲香花仙子什么的休假去了——他也该歇歇了，不是吗？但此后他留在了地球上，飞上天去应对气候变化问题了。类似于《X 战警》里的风暴女，只是他没有白色的眼睛，也不是女子。他非常乐于从事这项工作，因为他想帮忙，而且总是能帮上忙。他只是不喜欢一直按照别人的吩咐做事，而是要自己干一番事业，而且他比普洛斯彼罗想象的更具灵魂与情感——他的原话在剧本里明明白白写着呢。[1]

“我觉得我们的想法不错，而且能自圆其说。

“联署：八只爪、神奇小子、赤足鬼、希夫、车火儿。”

八只爪等在那儿，看上去紧张不安。屋里有人在点头，有人在议论。

“与众不同！”菲利克斯说道，“非常有创意！我怎么就没有想到呢。”——这不是在扯谎，他多多少少是这么想的——不要在意莎士比亚那个年代从没听说过气候变化：菲利克斯曾经要求他们做自己的解读，他们做到了。“有没有反对意见？”没有：今天是最后一天，大家的心情都不错。“满分。”菲利克斯说道。

爱丽儿组露出了开心的微笑。八只爪回到座位，组员们拍了拍他的肩膀。“下面是邪恶的弟弟安东尼奥这组，”菲利克斯说，“让我们来听听安东尼奥后来的命运。”

---

[1] 普洛斯彼罗曾在《暴风雨》第五幕中对爱丽儿说：“你不过是一阵空气罢了。”

42. 邪恶的弟弟安东尼奥组

蛇眼大摇大摆地走上前，酷似穿着一件立领风衣，戴着一顶低檐的男式软呢帽。他藏着一把看不见的枪，在他的腋下。他抬起下巴，垂低眉毛，扬起嘴唇的一角。他还沉浸在角色中吗？菲利克斯不好回答。回想这些年蛇眼扮演的每一个角色，都是清一色的恶人，几乎是罪大恶极的。他有时过于用力，几乎快让人笑出来，但又把握分寸，从未让这种错误发生。他比这个屋子里的任何人都更邪恶，因此也变得可怕，连空气都安静下来了。

“那么，安东尼奥这一组有我，这是当然的了，”他说道，“加上阿隆佐国王——我指的是克朗普斯，还有小药片菲尔，他扮演西巴斯辛，以及地溜星，他是我的替演，对这个角色研究得比我透彻。他们每一个人都对安东尼奥进行了深入的了解，所以他们能够准确把握，在那艘载着所有人的船驶往那不勒斯之后，他可能会做什么。我们都参与了这份报告，我不过刚好是作为发言的人。菲尔，多谢纠正拼写问题，但我不得不说你的字跟医生一样烂，你的批注好难懂。”紧张的气氛被打破了——课堂里响起笑声。

“好，下面开始。邪恶的弟弟安东尼奥组的报告。首先，安东尼奥是剧中最核心的反派。你想不出他干过什么不邪恶的事。他永远在追求自己的利益，即便他为了让西巴斯辛上位而去谋杀那不勒斯国王和贡柴罗，其实也不是为了西巴斯辛，而是为了他自己。因为他们的协议是米兰——也就是安东尼奥本人——不用纳贡了，这就像纳税一样，所以这像是一种逃税行为，只是伴随着谋杀。

“但站在安东尼奥的角度，我们不得不说普洛斯彼罗要承担一定的责任，因为他除了法术什么也不关心。这就像忘了锁车门：让安东尼奥很容易得手。所以还能怎样呢？普洛斯彼罗很蠢，他咎由自取。当然安东尼奥肯定从一开始就心怀叵测，否则也不会乘虚而入。

“但做的恶事越多，他就变得越邪恶，就像麦克白——你们演过那部戏的人都知道——就像他那句涉血的台词说的：‘我的两足已经深陷于血泊之中，要是不再涉血前进，那么回头的路也是同样使人厌倦的。’[1] 不是吗？我们中的一些人对此有切身体会，因为当你走上一条开弓没有回头箭的道路时，你只有硬着头皮走到底，干完它，不管是什么。”一些演员在心领神会地点头。

“总之，安东尼奥在干第一件坏事时没冒什么风险，因为普洛斯彼罗并没有察觉到。他的脑袋深深扎进了屁眼里——对不起，安妮－玛丽，这话太脏了——因为他埋头于法术而不能自拔，就像把头钻进沙子的鸵鸟，什么也看不见。他整天忙于对小鬼们呼来喝去，将死人从坟墓里召唤出来——他到底要干什么呢——连自己的身家性命都不管不顾。他自己承认这一点，在本剧的开头。他应该像安东尼奥那样：永远不要相信任何人，谁也不要信。

“这就是安东尼奥，有人爱他，有人恨他，我估计你们大多数人是恨他。但他有自己的追求，跟一般人没什么两样。于是他登上了开往那不勒斯的船，尔后，他又做了什么呢？

“记住，普洛斯彼罗只是**在某种程度上**原谅了他。我们之所以用**‘某种程度’**，是因为普洛斯彼罗说他**现在**不会揭发他们谋杀那不勒斯国王的计划。他说‘**现在**我不想揭发你们’，意思是他很有可能以后揭发，而那时安东尼奥就死定了。

“阿隆佐向普洛斯彼罗表达了歉意，但安东尼奥没有，他不感到歉疚。他很有可能疯狂到——真的丧失了理智，因为他被人抓住了把柄，再也当不成公爵，一辈子都可能待在监狱里，不然就是被砍头——他这样的叛徒都是这个下场。

---

[1] 出自《麦克白》第三幕第四场，朱生豪译。

“所以，他在途中伺机而动，等到他们快到那不勒斯时，他和西巴斯辛策划了另一桩谋杀。他们潜入阿隆佐王的船舱，然后闷死了他。这一幕被腓迪南撞了个正着，他拔剑相向。但腓迪南战败被杀，因为是二对一，而且他们耍了花招。

“然后他们捅死了普洛斯彼罗，因为这个蠢货那会儿已经放走了爱丽儿——真够蠢的——他丧失了法力。他们找到吓得半死的贡柴罗，要跟他做一笔交易，但是没等他们动手他就中风了，竟然一命呜呼。然后他们强奸了米兰达——对不起，安妮－玛丽，但剧情就是按照这个路数发展的——还把凯列班也拉了进来。被一个丑八怪强奸，这对她是加倍的凌辱，凯列班也终于如愿以偿。

“之后他们想把这个姑娘抛入大海，这样就把米兰的继承者铲除干净了。但凯列班非常不乐意，他想把米兰达留在身边，再多享用几回。他试图阻止他们，所以他们把凯列班也杀了。斯丹法诺和特林鸠罗没有介入，因为他们是胆小鬼，而且想保住自己在朝中的职位。这也怪不了他们，他们跟普通人没什么两样。

“完了。这就是我们的报告。安东尼奥的行事风格并不出人意料，普洛斯彼罗没有预见这些，是因为他一开始就没有预见到。我们知道这对剧中的许多人物来说并不是一个好的结局，但我们想以一种比较实际的态度告诉大家，什么是现实，这就是现实，现实中就会发生这些事。安东尼奥是个恶人，你能期待他干出什么事呢？多谢各位。”接着他对同组的人说，“多谢你们帮助大家认清生活本来的面目。”迈着目中无人的阔步，他回到座位上。

教室里鸦雀无声。

“好极了，”菲利克斯说道，“你们分析得很透彻，我无法质疑你们的结论，尽管它们并不令人愉快。”要对安东尼奥如此无情吗？他纳闷道。貌似是这样。莎士比亚同样表现得不留情面：在普洛斯彼罗宽恕他后，安东尼奥没有再得到一句台词。

“太残酷了。”安妮－玛丽说。

“是的，生活就是残酷的。”蛇眼说。

“我觉得安东尼奥这组可以给满分，”菲利克斯对全班人说，“你们认为呢？”

有人点头附和，其他人不喜欢这个故事：没有圆满的结尾，没有救赎。但考虑再三，他们不得不同意。

“有什么办法可以挽救普洛斯彼罗和米兰达吗？”菲利克斯问道，“还有凯列班。”他补充道。

赤足鬼举起手来。“水手，”他说，“也许他们可以。还有水手长，他能做到。”

“也许吧，”菲利克斯说，“并不是完全没有可能。”

大家稍稍松了口气，他们看到了一线希望，他们喜欢一线希望。可谁不喜欢呢？

43. 米兰达组

菲利克斯看了一眼名单。“下面是贡柴罗这一组，”他说道，“弯铅笔？”

鉴于弯铅笔这会儿还没有整理好他的发言稿，安妮－玛丽大步走了上去。“如果大家不介意，”她说道，“我也想讲几句。我知道我得不到分数、香烟或是其他什么东西，但是我也参与了这部戏，而且跟大家合作得很愉快，我不能把话憋在心里。菲利克斯？杜克先生？”

她在征求他的同意，但这只是出于礼貌：显然，她一定要把心里话都说出来。“请讲。”菲利克斯露出溺爱的笑容。

“听你们刚才说的，好像米兰达是一个布娃娃，只会懒洋洋地躺下来，把双腿岔开，像一坨湿乎乎的通心粉摊在家具上，身上贴着一张便签：**‘强奸我吧！’**可事情不可能是那样的。

“首先，米兰达是一个强壮的姑娘。她没受过紧身胸衣和水晶鞋这类宫廷事物的束缚。她是一个假小子，从三岁起就在岛上各处攀上爬下；第二，自从凯列班在米兰达大概十二岁时企图对她施暴之后，普洛斯彼罗就感觉有必要教她自卫，以免在她独处时再次发生意外，到她坐船去那不勒斯那会儿，她已经掌握了许多迅捷的招式。那些自高自大的男人们绝对料不到她有那种反击能力。她也是有些肌肉的——看看她为了不让腓迪南干体力活儿而将那些木头搬来搬去的样子就知道了。

“还有，普洛斯彼罗曾经说过，他教米兰达的东西是其他同龄女孩不会学的。[1]但我们并不知道他教的是什么，除了下棋，她只知道子宫是什么。我的猜测是她学了一点魔法。她肯定听过精灵们的声音，甚至见到过一些精灵，因为她曾把腓迪南当成一个精灵，而且她知道普洛斯彼罗用他的法术能做什么，例如制伏凯列班。你们觉得普洛斯彼罗在午后呼呼大睡时，这个姑娘会忙些什么？她在埋头苦读呢，读的是普洛斯彼罗的魔法书！有其父必有其女嘛。既然得到了宝典，就要用心地研究。

“这还不算完。她跟爱丽儿私下达成了一个协议。她是这样履行协议的：还记得你们都觉得很傻的那首歌谣吗？‘蜂儿吸蜜的地方，我也在那儿吸蜜，在一朵莲香花的钟儿里我躺着休息……’好吧，听上去是够傻的。但莲香花和蜂儿是爱丽儿在获得自由后想获得的事物。米兰达听

---

[1] 《暴风雨》第一幕第二场，普洛斯彼罗曾对米兰达说：“我亲自做你的教师，使你得到比别的公主小姐们更丰富的知识，因为她们大部分的时间都花在无聊的事情上，而且她们的师傅也绝不会这样认真。”朱生豪译。

到了这个愿望，于是她提前挖走了岛上的每一株莲香花，将它们通通带上船，她的整个船舱开满了莲香花！既然爱丽儿有做蜜蜂的夙愿，她便动用了她胳膊上施了魔法的蜜蜂——”安妮－玛丽挽起袖子，露出她的蜜蜂文身——“她用了一些从普洛斯彼罗的书中学到的法术，制造出一大群蜜蜂的幻影。这对爱丽儿如同魔咒，如同上瘾之物！他不得不跟随她左右，做她的帮手。这样他便得到了满足：莲香花和蜜蜂。”

才女，菲利克斯想道。她前途无量，但是什么样的前途呢？“那只是假蜜蜂，”他说道，“蜜蜂的幻影。”

“那又如何？爱丽儿不在乎，”安妮－玛丽说，“对他来说都一样：虚幻即现实。”

“你觉得有道理吗，爱丽儿？”菲利克斯对八只爪说，“你认同这个改写吗？”

“我没有想到，”八只爪说，“但听上去不错。为什么不呢？很酷。”

“下面才是安东尼奥的遭遇，”安妮－玛丽说道，“当他下手之际。”她脱掉衣服，甩掉靴子，褪去牛仔裤，露出舞者的紧身衣和绿缎短裤。她立起脚尖，劈了个叉，两只手向下撑住地面。她起立站直，单脚着地，抓住抬到背后的另一只脚，胳膊伸直，摆出拉弓射雕的姿势。屋里所有人的目光都集中到她身上。

这会儿，她双脚重新着地，探出身子，把手张开放在一只耳朵后边，在聆听什么。“那两个歹徒走近了阿隆佐的船舱。但爱丽儿看见了他们，并通知了米兰达，她指示他用闪电守护船舱，等待她驰援。她赶到现场时，腓迪南正在竭力退敌，但苦战不胜。于是，米兰达加入战局，一个高踢腿就折断了西巴斯辛的手腕。”安妮－玛丽示范了一下。她做了三个单足旋转，一个迅捷的阿拉贝斯克舞姿[1]，然后右脚蓄势猛踹出去，脚跟率先击中敌手。

[1] 一种芭蕾舞姿。

班里传来轻微的喝彩：他们向前探着身子。而这也难怪，菲利克斯心想，如果像他们这个年纪，他也会向前探着身子。事实上，他正向前探着身子。

“那是西巴斯辛持剑的手，”安妮－玛丽说道，“他另一只手里还有一把匕首，而安东尼奥既有剑，也有匕首；现在凯列班又来了，他露出利爪，局面变成了三对二，而腓迪南流血不止，于是米兰达使出了大招——女神出动！”

她单脚旋转到房间的另一头，唰地一下拉开了她的大布袋。伊里斯、刻瑞斯和朱诺从里头冒了出来：它们穿戴着线织的服饰，不过这一回，它们的眼睛被涂成了不透明的白色。她已经用绳子将它们拴好，还在它们身上绑上了几根长长的细皮带。“去吧，伊里斯！发动攻击！”她在头顶上挥舞着伊里斯，如同一把大刀。“啪！看招，安东尼奥！它横空飞过，将他的剑夺走了！下面是刻瑞斯！然后是朱诺！”她将它们拧成一个“8”字形：“女神们，将他们拿下！二位女神冲上前去！女神之力，正中要害！嘶——砰！成了瘪气球！你们强奸的诡计该收场了！”

“去死吧，安东尼奥！”赤足鬼喊道，众人一呼百应。“但它还要对付凯列班。他目露凶光，垂涎欲滴，猛扑过来。小心，有怪兽！”安妮－玛丽将女神们扔回她的编织袋，跳上菲利克斯的桌子，稳稳地立在边缘。她双膝弯曲，将手举过头顶，然后做了一个三百六十度的后空翻。这会儿她已经落地，两条腿像剪刀似的运动，交叉、翻滚、坐起，整套动作如行云流水，且力道十足。这是她在基德中心的一套常规动作。“凯列班长着鳞片的两只胳膊全被扭断了。”她宣告道。

“够疼的。”

她一跃而起，举起双拳，然后撒出两大把亮晶晶的彩屑。“大师。”她对菲利克斯说。然后她向观众鞠躬致谢。大家使足了劲鼓掌，掌声雷动。

“米兰达组和女神们感谢各位！”安妮－玛丽说。她行了一个舞台上的屈膝礼。她甚至都没有粗喘气，只是前额冒了点汗。她回到座位，拿起衬衫准备穿上。

“好，”菲利克斯说道，“耳目一新的演绎。我想我们可以茶歇片刻。”

44. 贡柴罗组

大家三三两两地站着，纸杯里是菲利克斯的精品咖啡，而安妮－玛丽则将巧克力曲奇分发下去。还不错，够吃。

“遭痘疮的太好吃了。”飞毛腿说。

“她烤点心真是狗娘养的一流。”蛇眼说道。

“要是里面放大麻就好了。”八只爪说道。一阵咯咯的坏笑声。

“大师级的表演，”菲利克斯对安妮－玛丽说，“不过那些女神真的有那么大能耐吗？它们不过是爱丽儿制造出来的热闹景象，并不是真的女神。”

“它们现在是了。”安妮－玛丽说道。

*

菲利克斯看了一眼手表。“好了，我们得往下进行了，”他说道，“还有两组报告。”纸杯被收集起来扔进垃圾桶，曲奇也被一扫而空。“下一位是弯铅笔。”

“在安妮－玛丽之后上场，我恐怕要让大家失望了，”弯铅笔说道，“我不怎么擅长舞蹈。”没人跟他唱反调，也没人发笑。他鼓起勇气，慢悠悠地走上前。

“感谢大家给我这个机会，”他开口道，“尽管受人尊敬的角色经常是费力不讨好，但扮演可敬的贡柴罗对我来说是一次有意义的经历。同样有意义的是我有机会参加这场……呃，富有创意的互动式表演，杜克先生这个礼拜可是让我们大开眼界。我相信那些一时兴起加入演出的贵宾们对此也是大开眼界。”回想至此，他不禁咯咯地笑了出来。

“太对了，”飞毛腿说道，“我们可是看清了他们的嘴脸！”

弯铅笔朝他淡淡一笑。“下面是贡柴罗组的汇报，”他继续道，“贡柴罗在本剧中没有任何盟友或同党，除了使他免遭毒手的爱丽儿以及在幕后运作的普洛斯彼罗。感谢德斯上校、提米斯和饭团的不吝赐教，帮助我完成了这份报告。”他朝他们绽放出长者慈祥的微笑。

“汇报：剧终后贡柴罗的命运。汇报人：贡柴罗组。

“我们可以将《暴风雨》中的人物分成乐天派和悲观派两种。乐天派代表了人性中相对积极的一面，悲观派则代表相对消极的一面。这样看，爱丽儿、米兰达和腓迪南是乐天派；阿隆佐、安东尼奥和西巴斯辛是悲观派；斯丹法诺、特林鸠罗和凯列班在两者之间摇摆不定：他们一心想发财，但也能狠下心来对他人施加暴力、杀戮和奴役。

“贡柴罗属于极端的乐天派，乐观到让我们怀疑他究竟是如何在阿隆佐的朝中保住谋臣之位的，那儿可净是些见利忘义、见风使舵和唯唯诺诺之人。他能够生存下来使阿隆佐是真心在忏悔这一命题具备了一定的可信性：他说的话是认真的。有了阿隆佐的全力支持，腓迪南和米兰达便可期待在未来顺利地完成权力交接。抛开他协助谋杀普洛斯彼罗不谈，如果阿隆佐一开始就没有善根，那么他也不会封贡柴罗为谋臣。

“但贡柴罗的力量很小。除了普洛斯彼罗，从米兰达到腓迪南，从爱丽儿到贡柴罗，乐天派的角色都不具备什么力量。即便是普洛斯彼罗，他拥有的也不是通常意义上的力量。正如凯列班所说，没有了魔法书，他什么都不是。

“至善的力量总是处于弱势吗？一个人在失去力量时才能成为好人

吗？《暴风雨》向我们提出了这些问题。当然，还有另一种力量，那就是善良抗拒邪恶的力量，莎士比亚的观众应该很容易理解这种力量，但它在《暴风雨》中表现得并不多。贡柴罗根本就没有受过诱惑。他用不着对着一个罪恶的诱惑说不，因为他从来就没碰上过这样的诱惑。

“我们组为贡柴罗设计的命运是这样的。

“我们不妨假设，我们那些悲观的朋友错了——安东尼奥并没有笑到最后，普洛斯彼罗没有被扔下船——事实上，一切在剧终时似乎都在按预定的轨迹发展。我们也不要管安妮-玛丽刚才富有激情地创造了米兰达和那些女神的有趣的幻想。这些话是我自己临时加的，因为贡柴罗组没有料到之前会有一段插曲。”

他朝安妮-玛丽一笑，不全是友好：“回到我们的报告。《暴风雨》这部戏宣扬了人是有第二次机会的，而我们对此也应该予以宣扬。”

“于是，按照普洛斯彼罗的吩咐，爱丽儿顺风吹送着一行人回到那不勒斯，腓迪南和米兰达举办了婚礼。普洛斯彼罗同他们告别后回到米兰，再次执掌公国，而且势必会监禁安东尼奥或将他废黜。普洛斯彼罗告诉我们，他在那儿将等待着长眠的一天[1]；不过在这之前，他还有很长时间可以想想怎么才能当好米兰的君主。但愿他这回能靠谱一点。

“在那不勒斯的王宫里，西巴斯辛无法再兴风作浪，因为普洛斯彼罗掌握了他谋逆的把柄——他将相关事实记录在案，交由米兰达保管，以备今后对付西巴斯辛时使用。至于贡柴罗，腓迪南和米兰达对他感激有加，而阿隆佐王也是打心底里感谢他，因为他过去做好事，所以现在他们答应满足他的一切要求。

---

[1]《暴风雨》第五幕第一场，普洛斯彼罗在带领众人离开海岛的前夜说：“明天早晨我要带着你们上船回到那不勒斯去；我希望我们所疼爱的孩子们的婚礼就在那儿举行；然后我要回到我的米兰，**在那儿等待着瞑目长眠的一天**。”朱生豪译。

“我们这组决定考验一下贡柴罗的善心。他选择和一群同样善良的人回到那座海岛，并在那里建立起一个国家，由他本人执政。在这个国里，没有等级之分，没有苦役，没有不道德的性行为，没有战争，没有犯罪，没有监狱。

“以上就是我们小组的报告内容。组员：弯铅笔、饭团、提米斯、德斯上校。”他朝台下再次露出灿烂的微笑。

“感谢，”菲利克斯说道，“那么，后来如何？”

“什么后来如何？”弯铅笔愣住了。

“贡柴罗的理想国。”

“贡柴罗组将这个问题留给大家去想象，”弯铅笔说，“贡柴罗没有驾驭精灵的能力，也无法令人起死回生。另外，他没有军队。他依靠的是人们向善的一面。不过，那个别名叫福星的万福之神或许会眷顾他。她同样是本剧中的一个角色。缺了她，普洛斯彼罗将永无翻身之日。她至关重要。”

“讲得不错，”菲利克斯说，“她的确很重要。干得好！给贡柴罗组满分！我的叔叔过去常说：‘与其腰缠万贯，不如好运相伴。’”

“我两个都不沾。”弯铅笔嘀咕道。他收获了一片笑声，很满足。

“可能你现在还不算走运，”菲利克斯说，“但你永远都猜不透福星。下面，谁是最后一个？啊，女巫的子孙这一组。”

45. 女巫的子孙组

飞毛腿慢悠悠地走上前。他红光满面，脸上的雀斑从未如此耀眼。他要表现出最好的一面：霸气外露的一面。他一条腿前伸，脚朝外撇开，然后骨盆一歪，另一条腿晃来晃去，像是被焊在膝盖上一样。他的目光扫过整个剧组，露出凯列班似的阴沉的脸，然后他慢慢地卷起袖子。

好演技，菲利克斯暗自称道，他这是在吊大家的胃口呢。“女巫的子孙组在此报告，长官。”他对菲利克斯说道。

这是假装军队的做派，不过也有博人一笑的意思。

“我要说的是一个非常显而易见的事实，”他开口道，“女巫的子孙，我指的是凯列班，没人跟他是一伙的。即便是他所谓的朋友和盟友——那两个醉醺醺的浑球儿——对他也并非忠心耿耿。他们嘲笑他，给他起外号，为的不过是在他身上找乐子，所以他在剧中没有什么队友。他有过的唯一的队友已经死了，那就是他妈妈，别人管她叫女巫。她对凯列班肯定是很有感情的，至少没有像小猫一样把他给淹死。她尽了最基本的职责，那就是让他活下来。想想看，你们还真得佩服她。她孤身一人在岛上，生孩子这些事都要靠自己料理。她也许有缺点，但能为他做的她都做了，她是个坚强的人。”

观众们频频点头：会犯错但意志坚强的母亲。他们记住了。

“之后她死了，凯列班独自长大。他最初对普洛斯彼罗是友好的，但如今普洛斯彼罗不停地折腾他，而爱丽儿只会袖手旁观——虽然他们从某种意义上来说都是奴隶。他们都因为害怕折磨而被迫服从，唯一的区别是爱丽儿选择了忍气吞声，而凯列班则不屈不挠，所以只有他会挨皮肉之苦。

“但我要高兴地告诉大家，我倒是有一个团队帮助我完成这次汇报，那就是女巫子孙的后援团和服装设计，我们在一起创作了那些歌谣。他们是：赤足鬼、提米斯、地溜星和红狼。你们真的很棒，没有你们我可不行。我们干了一场胜仗，这将成为我生命中永远美好的回忆。”他顿住了。

是故意为之还是几近哽咽？我教得太好了，菲利克斯心想，连我都分辨不出。

“那么，下面就是我们的汇报，”飞毛腿说道，“女巫的子孙组。这出戏结束后，凯列班的下场如何？剧终时没有交代，所以我们真的不知道。他会给普洛斯彼罗当一个好仆人吧，不然呢？

“于是，我们想了各种可能的情形。第一，凯列班留在了岛上，其他人乘船离开。他得到了这座岛，如愿以偿地做了国王。但岛上没有第二个人了，所以有什么意义呢？做国王是去做别人的国王，对吧？”

演员们在点头。他们听得专注：他们的确关心凯列班的命运。

“好吧，那我们把这种情况排除。下一种，也就是第二种情形，凯列班跟着其他人坐船去了那不勒斯，普洛斯彼罗被杀，米兰达被凌辱，就像刚才安东尼奥那组说的——不好意思，安妮-玛丽，现实中不会有什么女神，所以事情只会是那样——唯一不同的是米兰达没有被女巫的子孙强占。欺负她的只有安东尼奥，因为他太邪恶了，就像他自己说的。他随后将她杀害，因为他想成为公爵，不能留下任何竞争者，所以只能让她消失，这符合逻辑。凯列班因此气坏了，但无计可施，因为斯丹法诺和特林鸠罗这会儿用链子将他锁在了船底。

“回到那不勒斯后，他们按之前的打算，将凯列班当作展品来赚钱。他们向当地人介绍这是丛林里的野人，半人半鱼的怪物，还吃人。大家朝他扔东西，像对待一只笼子里的猩猩，还给他起了各种恶心的名字——普洛斯彼罗、米兰达、斯丹法诺和特林鸠罗都这么干过；他们用棍子戳弄他，逼得他怒骂咆哮，并以此为乐。他们还喂他垃圾食品。这样经过一段时间，他就得了一身病——他不是从没打过疫苗吗？——有一天他起了疹子，浑身发烫，翻腾了几下就断气了。”

屋里一片沉寂，这一切太像真的了。

“然而，我们觉得这样想太悲观了，”飞毛腿说道，“为什么戏里其他的角色都有重来的机会，唯独他没有？为什么做他自己就得受这么多苦？就像那种——你懂的——黑人或土著。从一开始他就被各种欺负。

他又不是求着要生出来的。”

更多人点头。飞毛腿抓住了观众的心。他要将他们引向何处？菲利克斯暗自揣摩。一处新奇之地，你从他的眼神里就能看出来，他准备让他们大吃一惊。

“我们是这样想的，”飞毛腿说，“我们想到了普洛斯彼罗的那句台词：**这个坏东西我必须承认是属于我的**。他是什么意思？仅仅是说凯列班在为他效劳，或类似于他的奴隶吗？这里的意思可不止于此。”他探身向前，玩起了目光接触，然后是更多的目光接触。“我们的看法是这样的。是真的。那就是：**普洛斯彼罗是凯列班的父亲**。”

大伙交头接耳，微微摇头。他们不信。

“听我说，”飞毛腿说道，“咱们把事情好好捋一捋。他妈妈是个女巫，对吧？西考拉克斯，一个坏透了的人！普洛斯彼罗是个男巫。他们干的好多事都一模一样：作法、念咒、呼风唤雨，还有限制爱丽儿的自由。区别在于普洛斯彼罗把这些事做得更高明，因此我们就倾向于认为是同样一件事，对他来说无可厚非，而对西考拉克斯则是邪恶之举。设想一下，他们此前在一场类似于巫师的法会上认识了彼此，然后发生了关系。就一晚，他留下种后逃回了米兰，而她则怀上了孩子，被抓起来遗弃在岛上。

“普洛斯彼罗漂上了岸。西考拉克斯这会儿已经死了，但他一眼就认出凯列班是谁的孩子。他对这位死去的母亲恶语相加，这是自然的；他对这孩子隐瞒了实情，但觉得可以调教他。这孩子肯定有一些好的特质，是的，因为孩子身上流着他的血液。刚开始时，普洛斯彼罗为凯列班感到骄傲，因为他能够自力更生，熟谙这座海岛，不管是花生、鱼还是什么别的，总能弄来吃的，热衷于讨好。所以普洛斯彼罗就惯着他，教他学东西，学语言什么的。

“不过，后来这小子打起了米兰达的主意，这也是自然的，或许不算好事，是不是你情我愿，谁知道呢，各有各的说法。但放任米兰达在凯列班的眼皮子底下乱跑，这是谁的错？普洛斯彼罗应该能料到会发生那种事，如果他觉得事态严重，就应该把她关起来。在这个问题上，普洛斯彼罗应该承担一定的责任。

“但他并没有这么做。相反，他心生怒火，恶语相向，诉诸暴虐，无视凯列班的优点，比如他的音乐天赋。但普洛斯彼罗最后渐渐明白，也许问题并不是都出在别人身上，而且，他意识到凯列班的阴暗面几乎就是他自己的阴暗面。他们都易怒，都爱谩骂，都满怀报复欲：他们就像连体婴儿一样，凯列班就是他另一个阴暗的自己。所以他坦承：‘我必须承认这个坏东西是属于我的。’他嘴上是这么说的，心里也的确是这么想的。

“所以在故事结束后，普洛斯彼罗尝试去弥补过去的错误。他将凯列班带上船，给他洗了澡，搓掉了鱼腥味，弄来一些新衣服，并给他剪了一个类似于娃娃头的发型，这样他就能学着用文明人的方式生活。他说了对不起，表示他们需要重新开始。他着重培养了凯列班的艺术天赋，这种天赋从那些美丽的梦就可见一斑了。[1] 当凯列班褪去污垢、穿上得体的衣裳、学会待人彬彬有礼时，人们就不再觉得他丑陋了。他们觉得他——那词怎么说来着——粗犷。

“就这样，普洛斯彼罗将他培养成了米兰国的音乐家。只要给机会，这小子就真能大放异彩。他能通过音乐勾出人们心中晦暗的情感。但他不能沾酒，因为对他来说，酒是毒药，会让他丧失理智。他自己也争气，一直都洁身自好。

“接下来的事，你知道的，那就是他成了明星。普洛斯彼罗由衷地为

[1] 《暴风雨》第三幕第二场，凯列班对斯丹法诺和特林鸠罗说：“不要怕。这岛上充满了各种声音和悦耳的乐曲，使人听了愉快，不会伤人。有时候上千种弦乐器在我耳边铮铮地响；有时候是歌声，在我酣睡醒来后又使我沉沉睡去；那时在梦中就好像云端里开了门，无数珍宝要向我倾倒下来；以至于我醒来之后，哭着愿意再回到梦中。”此处参考了朱生豪、梁实秋、彭镜禧的译文。

他感到骄傲，这孩子成了公国各类音乐会的大腕。他有个艺名，也是他的乐队名：**女巫的子孙和那些坏东西**。他可以说是蜚声海内外。这就是我们的汇报。希望大家喜欢。”

这一回，应者云集。

“好”“好样的”此起彼伏，一阵掌声逐渐扩展为有节奏感的击掌，然后是跺脚。“女巫的子孙！女巫的子孙！我们喜欢女巫的子孙！”

菲利克斯站了起来。不能任由他们闹得没边儿。“女巫的子孙组，相当出色。满分！非常有创意的解读！另外也给这堂课画上了圆满的句号。下面是剧组大联欢！大家准备好了吗？”

46. 我们的狂欢

一袋袋薯条和一罐罐姜汁汽水被分发下去。大伙谈着，汽水罐头叮当地碰撞着，一种低调而和缓的庆祝氛围。用不了多久，他们就会一个个地挪到菲利克斯跟前，腼腆地挤出一两句感谢之语。联欢会少不了这些东西，每次都是。除此之外，他们还会拆开薯条的包装，然后迅速把烟塞进兜里。

每袋里的烟都一样多。干吗要厚此薄彼呢？他们都做得这么好。菲利克斯一不在场，交易和讨价还价便开始了：烟是一种约定俗成的货币，是行贿、买卖和寻求关照的理想媒介。

“不是我平常抽的牌子。”弯铅笔说道。旁人暗自发笑：谁都知道他不沾烟。

“要是一头有个洞，另一头点着火，我就嘬上一口。”红狼说道。

希夫道："你说的是我的女人吧？"一阵哄笑。

"是啊，但哪头是哪头啊？"又一阵哄笑，"不好意思啊，安妮－玛丽。"

"注意点，"安妮－玛丽说，"别忘了，我有女神之力。"

"还是要说一句干得漂亮，安妮－玛丽同学，"菲利克斯说，"出乎我的意料。"

"你一直说魔法应该出人意料，"安妮－玛丽说，"我想给你个惊喜。"

"你确实给了我惊喜。"菲利克斯说。

"我们真的非常感谢你。我和弗雷迪。这……"

"用不着感谢，"菲利克斯说，"我乐意帮忙。"

"我们也给您准备了一个惊喜。"飞毛腿踱着步子加入他们。

"哦？"菲利克斯说，"什么样的惊喜？"

"我们谱的另一首曲子，"飞毛腿说，"我和女巫的子孙们。大家集思广益写出来的。我们正在创作，类似于一部音乐剧。"

"音乐剧？"安妮－玛丽说，"关于凯列班的？"

"嗯，关于这出戏之后发生的故事。在做那份汇报时我们有了一个想法：为什么凯列班不能有一出关于他自己的戏呢？"

"说下去。"菲利克斯说道。

"好吧，嗯，这出戏从斯丹法诺跟特林鸠罗把凯列班关进笼子、用来展出跟赚钱开始。但在这部音乐剧中，凯列班逃出了笼子。然后就是我们创作的这首歌——他逃出后唱的，说他不要再做奴隶或是活在笼子里。"

"嘣、嘣、嘣"，女巫的子孙们打起了节拍。飞毛腿开口唱道：

自由啊，节日啊！节日啊，自由啦！
自由，节日啊！自由啦！
冲破我的牢笼，此刻我怒火熊熊——
不再筑堰捕鱼，

不再捡柴生火，
听人使唤，
不刷盘子不洗碗；
不再奴颜婢膝，
亦步亦趋，
不再排行老末，
请把土地立即交还于我！

班——班，凯——凯列班，
不要什么主人，我不是你的跟班！
填上你的洞窟，归还你盗窃的赃物，
告诉你为时已晚，我心中满是炽火烈焰，
我摩拳擦掌，就要横冲直撞！
拒绝比最低工资还低的工作——
戴着镣铐生活，用木桶小便，
你自己挣钱，却把我关进牢监！

你对我拳打脚踢，将我丢弃在雪中，
因为我对你一文不值。
班——班，凯——凯列班，
你只把我当畜生，连常人都不算！

女巫的子孙遍天下，
不管你心情好或差，
女巫的子孙遍天下，
他有好多名字，趁夜色仗剑天涯，

你待他不善，现在他让你心惊胆战，

女巫的子孙！

班——班，凯——凯列班，

不要什么主人，我不是你的跟班！

来吧，砸开枷锁！扔掉它，丢掉它，

不要！不要！丢掉，丢掉！再也不要！

“有气势，”菲利克斯说，“很有气势。”

“何止有气势！”安妮－玛丽说，“这歌有种——真的能让人——那他逃出笼子之后呢？”

“我们觉得他大概会对所有虐待过他的人穷追不舍吧，”飞毛腿说，“像兰博[1]那样，来一场荡气回肠的复仇，将他们一个个消灭。从斯丹法诺和特林鸠罗开始。”

“那普洛斯彼罗呢？”菲利克斯说。

“还有米兰达？”安妮－玛丽问。

“他们可能不会出现在这部音乐剧里，”飞毛腿说，“没准儿也会。凯列班可能原谅了他们，也可能没有。他可能偷偷地跟在他们背后，扑到他们身上，然后用他的爪子行凶。我们还没想好。”

菲利克斯对此饶有兴致：凯列班逃离了《暴风雨》。他逃离了普洛斯彼罗，就像一个自行剥离躯壳、然后溜走的影子。终于，没有人能够束缚他了。他会放过普洛斯彼罗吗？或者报应会在黑夜里悄悄地爬进普洛斯彼罗的窗户，割断他的喉咙？菲利克斯浮想联翩。他战战兢兢地摸了摸自己的脖子。

[1] 20世纪80年代同名美国电影Rambo（中译《第一滴血》）里的主人公。兰博是一名退伍军人，从越战回国后，他被当地小镇的警察百般刁难和欺辱，终于忍无可忍，在袭警后逃入山林。他利用自己在战争中学到的本领，对前来抓捕他的警察展开了一场绝地反击。

“您兴许能执导一下，杜克先生？”飞毛腿说道，“咱们什么时候做这部剧？您可是，可是我们的第一选择啊。”他害羞地笑了。

“等你们出来之后吧。”菲利克斯说道。他对这个邀请有一种莫名其妙的满足感，虽然他肯定不会接这部戏。不会吗？或许会的，谁知道呢？

47. 至此结束

菲利克斯快要喝完他的姜汁汽水时，八只爪、飞毛腿和蛇眼凑到他跟前。

“还有一件事，”蛇眼说，“涉及这门课的林林总总。”

“什么事？”菲利克斯说，“我忘了什么吗？”

“第九个牢笼，”八只爪说，“我们只统计出八个。记得吗？”

“你说过，如果我们猜不出来就公布答案。”飞毛腿说。

“噢，对，”菲利克斯收起纷乱的思绪，“这出戏的结局对普洛斯彼罗来说并不完满，是吧？他拿回了属于自己的公国，但他对此再也提不起兴趣了。[1]所以他是赢家，也是输家。最重要的是他失去了两位挚爱：米兰达如今和腓迪南双宿双飞，即将去往遥远的那不勒斯；爱丽儿也不再服侍于他，头也不回地走了，普洛斯彼罗会想念他，但爱丽儿并没有表现出留恋：他很高兴能够重获自由。唯一可能跟着普洛斯彼罗的就是

[1] 《暴风雨》第五幕接近剧终时，普洛斯彼罗对阿隆佐一行人说：“请陛下和你的随从到我寒碜的洞里休息一夜……明天早晨我带你们到你们的船上去，到那不勒斯去，在那里我希望看到我们的爱子爱女举行婚礼；随后我就要退休到我的米兰，**也该不时地想想我的坟墓了**。”梁实秋译，略有改动。

凯列班了——这可不是什么值得高兴的事。既然普洛斯彼罗都要离开海岛了，为什么还需要凯列班呢？他在米兰也会有用人。或许他带上这个坏东西是出于某种责任感：凯列班是属于他的，而不是别人的。但在那一刻，普洛斯彼罗正为另一件事而歉疚。”

“你是怎么看出他内疚的？”飞毛腿说。

“在这儿，”菲利克斯说着，翻起了剧本，“他说，‘请再不要把我永远锢闭在这寂寞的荒岛’。[1] 普洛斯彼罗捐弃了魔法，折断了魔杖，将咒语典籍沉入大海，因此他再也无法施展法术了。现在，咒语的控制权掌握在观众手里，他说，‘如果他们不以鼓掌欢呼的方式对这出戏表示认可，那么普洛斯彼罗将继续被禁锢在岛上’。

“他在下面说，他还希望观众为他祈祷。他说：‘我的结局将要变成不幸的绝望，除非依托着万能的祈祷的力量，它能直达上天，得神垂怜，赦免可怜下民的一切过失。’换句话说，他想得到神明的宽宥。这部戏的最后两句话是‘你们有罪过希望别人不再追究，愿你们也格外宽大（indulgence），给我以自由’。这里有一个双关语。”

“对，注释里提到了。”弯铅笔说。

“我不记得了。”蛇眼说。

“赎罪券[2] 曾是一种能让人从地狱解脱的符券，”菲利克斯说，“人们过去可以花钱买。”

“现在也能，”蛇眼说，“放在今天叫罚款。”

“叫保释金，”飞毛腿说，“只不过没有人身自由，对吧？”

“叫提前假释，”八只爪说，“只是你不用交钱，得靠自己争取。”

“那让他歉疚的是什么呢？”安妮－玛丽说，“普洛斯彼罗做了什么

---

[1] 《暴风雨》剧终的收场诗。有关引文参考了朱生豪、彭镜禧的翻译。

[2] 指中世纪基督教士贩卖的赎罪券（indulgence）。

非常糟糕的事吗？”

“是啊，什么事呢？”菲利克斯反问道。又有一些演员聚拢过来。“他没有告诉我们。这是本剧留下的又一个谜。不过，《暴风雨》是关于一个人制造了一出戏的戏，一部源于他自身灵感和‘幻想’的戏。因此，他需要被原谅的错误或许就是这部戏本身。”

“漂亮。”安妮－玛丽说道。

“我不懂，”蛇眼说，“一部戏怎么能算犯罪？”

“是一种罪孽，”菲利克斯说，“这不是法律层面的过失，而是道德层面的。”

“还是不懂。”蛇眼说。

“所有仇恨的情绪。所有的愤怒。”菲利克斯说，“让他人遭受的苦难。”

“好吧，嗯，有可能。”蛇眼说道。

“好，那第九个牢笼呢？”八只爪说。

“就在收场诗里，”菲利克斯说，“普洛斯彼罗实际上对观众表达的意思是：**如果你们不助我一臂之力，我就得继续被禁锢在岛上**——也就是说他将被魔咒所缚。他的复仇欲将被迫再次点燃，然后不停地循环往复。那感觉就像是在地狱一般。”

“我在烂番茄上看过一个类似的恐怖片。”八只爪说。

“这出戏的最后几个字是‘还我自由’，”菲利克斯说，“如果不是失去了自由，你是不会说‘还我自由’的。普洛斯彼罗是他自己制造的这出戏里的囚徒。这下懂了吧——第九个牢笼就是这出戏本身。”

“好吧，这个酷。”八只爪说。

“奇妙的解释。”

“精巧。”安妮－玛丽说。

“我还是不能完全认同。”弯铅笔说。

“明年我们排什么戏？”希夫说，“你会回来吧？我们可是保住了这个项目啊。”

“我答应你们，明年会有一出戏的。”菲利克斯说，“这是我们所有人努力的目标。”

*

“我有种想哭的感觉，”安妮-玛丽在他们经过走廊时说，“因为结束了。狂欢到此结束了。而且是一场爽翻天的狂欢！”她挽起菲利克斯的胳膊。牢区的大门在他们身后关闭，发出沉闷的哐当声。

“狂欢结束了，”菲利克斯说道，“但只是这些狂欢，你还会有别的。你跟弗雷迪怎么样了？”

“还行吧。”安妮-玛丽说。她说话总爱留有余地。他瞄了一眼她的表情：绝对是在偷笑。

他们经过安检口，菲利克斯同迪伦和麦迪逊告别。“太棒了！”迪伦对他说。“点心太好吃了！”他对安妮-玛丽说。

“回头见，杜克先生，”麦迪逊说，“来年还是这时候吧？”

“三重狗屎运，是哇？”迪伦说。

“托您的福。”菲利克斯说。

在停车场，他再一次对安妮-玛丽表示了感谢，然后开着那辆呼哧带喘的车驶出大门，沿山路蜿蜒而下。路边是一排排脏兮兮的雪堆，雪融化成的水正从上面滴答、滴答地流下。忽然间，春意已经萌动。他在弗莱彻监狱里待了多久？恍若经年。

他的米兰达也离开联欢会了吗？她从安检口出来和他一起上车了吗？是的，她就在后排，在那个角落：阴影中的一个阴影。她同这群非凡之人在他们崭新世界里的相遇结束了，她正为此而伤感。

“对你而言是崭新的。”他对她说道。

尾声　还我自由

2013年3月31日 星期日

菲利克斯正在他简陋的小屋里收拾、打包，可也没什么好打包的。一些杂七杂八的零碎。他把几件旧衣服叠整齐，放进一只黑轱辘的行李箱。春天已经来到。屋外，冰雪在消融，鸟儿已在鸣唱，阳光透过敞开的门洒了进来——来得正好，因为菲利克斯的电被掐了。

此前，当他踩着湿乎乎的积雪跋涉到农舍、询问断电的原因时，他发现那儿已经人去房空了：莫德一家已经搬走，估计欠下了一屁股账没还。他们走得干干净净，好像从未来过，好像他们只是为了菲利克斯而现身，而后便化作一缕轻雾，弥散进田野和林间。你们这些山河林沼的小妖，他喃喃自语道。但最有可能的是，他们正坐在伯特的卡车上一路向西，寻找更好的落脚点。

他完成了复仇，仅此而已。他的仇敌受了苦、遭了罪，算是快事一桩。菲利克斯一边听托尼咬牙切齿，一边在那儿不计前嫌、仁心普照，真是太快人心。只要他将那段视频保存在云端，托尼一时半会儿就不敢同他作对——这个诡计多端的浑蛋肯定憋屈得很。但托尼已辞去了职务，他的话也就没人信了。他失去了权柄，丧失了施加影响的平台，他已经不再是什么有头有脑的人物。托尼出局，菲利克斯回归，这才是事情本该有的逻辑。

具体而言，菲利克斯恢复了原来的工作：梅克西维格戏剧节的艺术指导。如果他乐意，他可以将十二年来一直没有机会上演的《暴风雨》搬上舞台。

说来怪得很，他不再想这件事了。弗莱彻监狱剧团的演出是他真正的《暴风雨》——他永远都无法超越。既然已经做到极致，何必再费劲去搞一个逊色的版本呢？

至于艺术指导，他接受了这个职位，但仅仅是名义上的。他会做一个幕后大佬，在背后运筹帷幄。他将折断魔杖，毁弃秘籍，因为是时候让年轻人登台亮相了。

他聘弗雷迪为助理指导，让他在实践中学习。菲利克斯会带他一段时间，但实际上会把决定权交到他手上——这个过程已经开始了。这孩子学得很快，弗雷迪对他感激不尽，而这同样是一桩快事——有人对你感激不尽。

安妮-玛丽被邀请担任首席编舞，帮助弗雷迪实现他在梅克西维格的节目单中加入音乐剧的想法。《为你而狂》是他们合作的第一部戏：那里有足够多的舞曲供安妮-玛丽施展才华。她会来一场狂欢，把房顶都掀翻——她会这么做的，他敢肯定。

他们默契地配合着彼此，他们俩，好像天造地设的一对，如同一组花样滑冰冠军。看着他们仔细地斟酌服装草图、严肃地讨论美学观点、将数字化布景设计杂乱地铺展在屏幕上，菲利克斯有些哽咽，好像正在参加一场婚礼：那种怀旧中混杂着对未来的欣喜之情的奇怪而复杂的感觉。如今他不过是一个旁观者，一个祝福者，一个撒花的人。他们的道路不会一帆风顺，因为戏剧这行从来不会一帆风顺，但至少他领他们进了门。他的人生已经有了这样一个好的结果——不管它是否只是昙花一现。

可万物皆如昙花，他提醒自己，入云的楼阁，瑰玮的宫殿。有谁比他更清楚这一点呢？

*

他原以为萨尔·奥纳利会对弗雷迪气急败坏：他溺爱的长子被菲利克斯从他的眼皮底下抢走，逃离了萨尔原先要把他监禁的律师和政治圈，然后跟安妮－玛丽这种野丫头搞到了一起。但恰恰相反，萨尔似乎释然了：这孩子的未来有了方向，他过得快乐，而且最重要的是，他没有死！对这样一个溺爱孩子的父亲而言，这些都是好的方面。即便是溺爱的父亲，早晚也有放孩子单飞的一天。从现在开始，这孩子会和普通人一样，全力描绘属于自己的命运。

*

菲利克斯放下手头打包的工作，抽出身来清点杂物。想想吧，**寒酸**这个词都难以形容他的衣橱和他本人。他要理个发，不管怎么着都要弄一副好一点的牙。他过一会儿就去购物。他需要新衣服，因为他很快就要上游轮了。

埃丝黛为他安排了这趟旅行。在她的众多人脉里，有游轮公司的老板。“人生得意须尽欢嘛！”她说道。要抓住命运给你的机会。过了这么多苦日子，放松一下难道不好吗？背靠着躺椅，晒晒太阳，让咸咸的海风修复一下身心。

用不着他破费：只需做几场演讲，介绍一下他在弗莱彻监狱绝妙的戏剧实验就行。如果他觉得合适，甚至可以把那些片子拿出来给大家看，人们会惊叹他的方法是如此新颖！如果顾忌演员的隐私不便展示，最起码他可以谈一谈自己的方法嘛。而且，加勒比海每年到这个时候都是风景如画。她也会参加这趟游轮之旅。他们可以跳跳集体舞，或是一起干点别的什么，包准好玩！

菲利克斯开始并不情愿。一艘装满老头老太太的游轮，净是些比他还老的家伙，他们在躺椅上打盹儿或是齐刷刷地跳着集体舞——这就是他脑海中的画面，如果用地狱来形容还不够准确，至少也是在地狱的边缘。那状态就像停在黄泉路上的某个驿站。但转念一想，他有什么豁不出去的，黄泉路本来就是他正在走的一条路，所以干吗不在路上吃好喝好？

所以他答应了，但有一个条件。八只爪已经提前假释，他对埃丝黛说，他的良知不允许他对这个年轻人放任不管。他听说从监狱被放出来的日子甚至比当初被关进监狱的日子更加可怕，所以，八只爪必须同去。他可以在菲利克斯演讲时背诵一段爱丽儿的台词——这个他记得滚瓜烂熟了，他生下来就是当演员的料。而在这艘游轮上，这孩子有机会结识一些做数字技术的大老板——他们慧眼识英才，可以给他施展的空间。这个小伙子为菲利克斯辛苦了半天，该让他放松一下了。

埃丝黛给了菲利克斯一个紧紧的拥抱，首饰被碰得叮当直响：他们现在显然已经到了搂搂抱抱的地步。绝对没问题，她说道，灿烂的笑容洒在菲利克斯的脸庞。她会托人搞定的。在她看来，这大概是八只爪应有的福分，而海风将让他自由飞翔。

*

菲利克斯将他的动物法衣叠好，留下还是扔掉？他一时兴起，将它塞进了行李箱。他要带着它一起上游轮，这件衣服会为他的演讲增添一抹亮色和真实感。它为他营造的光环正在慢慢褪去，就像正午时分的节日灯火。再过不久，它就会沦为一件纪念品。还有他的狐首权杖，它已经不再是什么神物，只不过是一根木棍罢了。断了。他是不是该挖一个几英寸深的坑，把它埋进土里？那样太夸张了。折腾半天给谁看呢？

“再见了，我无所不能的魔法。”他对它说道。

他忽然有种感觉：他对这场《暴风雨》的认识一直是错的，错了十二年。这份执念的结局并不是要让米兰达死而复生，而是一个截然不同的结果。

他拿起装着米兰达照片的银色相框，她在秋千上快乐地笑着。她在那儿，三岁，消失在岁月的红尘中。但也不然，因为她同样在这儿，正看着他收拾东西，准备离开这个和他一起被禁锢许久的寒酸的洞窟。她已然在渐渐消逝，化为乌有：他几乎感受不到她的存在了。她正在问他一个问题——他还要强迫她陪自己走完剩下的旅程吗？

他是怎么想的？一直把她绑在身边吗？强迫她对自己言听计从吗？他多么自私啊！是，他爱她，那是他的挚爱，他唯一的孩子。但他知道她真正想要的是什么，他亏欠她的又是什么。

“自由地回到空中吧。”他对她说道。

终于，她自由了。

致谢

为本书搦管操觚实属一大乐事，部分原因在于这项工作让我有机会徜徉于莎士比亚和《暴风雨》的浩瀚海洋，通过阅读了解文学和戏剧之于监狱的价值。

下列书籍和电影对我尤其有帮助：

朱丽·泰莫（Julie Taymor）的电影《暴风雨》，其中海伦·米伦（Helen Mirren）饰演普洛斯佩拉。

环球剧场（The Globe on Screen）版《暴风雨》，其中罗杰·奥勒姆（Roger Allam）饰演普洛斯彼罗。

斯特拉福德戏剧节（Stratford Festival）版《暴风雨》，由克里斯托弗·普卢默（Christopher Plummer）扮演普洛斯彼罗。这场演出我曾到现场看过。

《莎士比亚诟谇语录》（*Shakespeare Insult Generator*）。

戴维·汤普森（David Thomson）引人深思的著作《表演的重要性》（*Why Acting Matters*）。

诺思洛普·弗莱（Northrop Frye）在其著作《论莎士比亚》（*On Shakespeare*）中关于《暴风雨》的论述。

斯蒂芬·奥格尔（Stephen Orgel）主编，制作精良、非常实用的牛津英文经典（Oxford World’s Classics）丛书之《暴风雨》。

伊萨克·迪内森（Isak Dinesen）的故事集《命运逸事》(*Anecdotes of Destiny*）中的《暴风雨》(*Tempests*)。

安德鲁·迪克森（Andrew Dickson）的《别处的世界》(*Worlds Elsewhere*)。该书介绍了历史上和世界各地丰富多彩的莎士比亚的演出活动。

监狱文学有着非常悠久的传统。在创作小说《别名格雷斯》(*Alias Grace*）和近来写《女巫的子孙》期间，我均零散地读到一些作品。除了诸如《女子监狱》(*Orange Is the New Black*）这类大热的当代作品，我这回对于讲述在监狱中教授和体验文学、戏剧的故事尤其感兴趣。斯蒂芬·里德（Stephen Reid）的文集《佛徒花园里的撬棍》(*A Crowbar in the Buddhist Garden*）和勒内·登费尔德（Rene Denfeld）令人拍案的小说《幻影重重》(*The Enchanted*）都给了我一定启发。阿维·施泰因贝格（Avi Steinberg）在《监狱里的图书馆》(*Running the Books*）中对于监狱图书管理员的叙述，以及安德烈亚·施罗德（Andreas Schroeder）的《狂野地摇动》(*Shaking It Rough*）均对我的写作有帮助。更值得一提的是劳拉·贝茨（Laura Bates）的回忆录《莎士比亚拯救了我的人生》(*Shakespeare Saved My Life*)，读来令人鼓舞。了解巴德学院主持的监狱大学项目对本书也有所助益。透过这扇窗，我还了解到了其他许多类似的项目。

在交代上述背景的同时必须说明，弗莱彻监狱当然是虚构的场所。很难想象现实中有一个和弗莱彻一模一样的地方，尽管许多监狱和它都有一些共同之处。

菲利克斯·菲利普斯（Felix Phillips）的姓源于已故的罗宾·菲利普斯（Robin Phillips)，这位戏剧导演长期活跃于加拿大安大略省的斯特拉福德戏剧节。如果你想了解他是怎样施展神奇法术的，可以去看《罗宾、马克和理查三世》(*Robin and Mark and Richard III*)。在这部精彩的纪录片中，他当着你的面令一个难以胜任角色的演员脱胎换骨，成了邪恶的理查国王。

安妮－玛丽·格林兰饰演米兰达的构想源自酷刑受害者医疗基金会（Medical Foundation for the Care of Victims of Torture）组织的一场拍卖。

此外，约翰·盖格（John Geiger）的《第三人因素》（*The Third Man Factor*）中有许多与死去挚亲对话的奇异经历。

我要感谢一直对我“逆来顺受”的霍加斯系列的编辑贝姬·哈迪和加拿大克诺普夫出版公司（Knopf）的路易丝·丹尼斯，他们一直在鼓励我讲出更多的故事；感谢我的文字编辑、完美收官公司（Strongfinish.ca）的希瑟·桑斯特。还有与我合作超过 26 年的麦克利兰斯图尔特出版社（McClelland & Stewart）的编辑埃伦·塞利格曼，她还没来得及看到这本书，就于 2016 年 3 月与世长辞。

同时要感谢我的第一读者：杰丝·阿特伍德·吉布森、埃莉诺·库克、桑德拉·宾利；我的英国版权商——柯蒂斯布朗公司（Curtis Brown）的维维恩·舒斯特和卡罗利娜·苏顿；我在北美长期合作的代理商菲比拉莫尔公司（Phoebe Larmore），以及露丝·阿特伍德和拉尔夫·西弗德。

还有企鹅兰登书屋（Penguin Random House）的路易丝·考特、阿什利·邓恩和蕾切尔·罗基奇，他们在出版阶段不断督促我加快写作进度。

还要感谢德文·杰克逊，协助我做了一些关于监狱的基础调研。感谢我的助手苏珊娜·波特、彭妮·卡瓦诺、设计我个人网站 margaretatwood.ca 的 V. J. 鲍尔。谢尔登·绍伊布和迈克·斯托扬对本书给予了持续关注。感谢迈克尔·布拉德利、萨拉·库珀、吉姆·伍德、科林·奎因、赵晓兰（音）和伊夫琳·赫斯金。感谢特里·卡曼和肖克·多克特斯，为我照亮了前方的路。最后，我要特别感谢格雷姆·吉布森——一位老法师，所幸不是本书中的那一个。

未读
UnRead
–
文艺家

凯特的选择

[美]安·泰勒——著
王嘉琳——译

VINEGAR GIRL

Hogarth
Shakespeare
-
Anne
Tyler
-
The Taming of the Shrew

北京联合出版公司
Beijing United Publishing Co., Ltd.

凯特的选择

[美]安·泰勒 著
王嘉琳 译

图书在版编目（CIP）数据

凯特的选择 / (美) 安·泰勒著；王嘉琳译 . -- 北京：北京联合出版公司，2017.8(2018.10 重印)
ISBN 978-7-5596-0371-5

Ⅰ . ①凯… Ⅱ . ①安… ②王… Ⅲ . ①长篇小说一美国一现代 Ⅳ . ① I712.45

中国版本图书馆 CIP 数据核字 (2017) 第 108036 号

VINEGAR GIRL

By Anne Tyler

北京市版权局著作权合同登记号 图字：01-2017-3425 号

选题策划　联合天际
特约编辑　刘　默
责任编辑　崔保华　李　伟
套装设计　@broussaille 私制

UnRead
文艺家

出　版　北京联合出版公司
北京市西城区德外大街 83 号楼 9 层　100088
发　行　北京联合天畅文化传播公司发行
印　刷　三河市冀华印务有限公司
经　销　新华书店
字　数　130 千字
开　本　880 毫米 × 1230 毫米　1/32　6.5 印张
版　次　2017 年 8 月第 1 版　2018 年 10 月第 2 次印刷
ISBN　978-7-5596-0371-5
定　价　49.80 元

关注未读好书

未读 CLUB
会员服务平台

本书若有质量问题，请与本公司图书销售中心联系调换
电话：(010) 5243 5752　(010) 6424 3832

第一章

厨房里电话响起时，凯特·巴蒂斯塔正在屋子后头的花园里忙活。她直起身子，侧耳倾听。妹妹就在屋里，不过这会儿可能还没起床。电话再次响起，接着又响了两次。最后总算听到了妹妹的声音，却是留言机发出的自动答复：“嗨！找我们的？看来我们不在家咯？留下——”

此时，凯特已经大踏步往后院台阶走去，一边将头发甩至肩后，一边嘴里愤愤地吐出一声“嗤”。她把手往牛仔裤上擦了擦，猛地拉开纱网后门。

“凯特，”父亲在电话里喊道，“终于接电话了！”

她拿起话筒问：“什么事？”

“我忘带午饭了。”

她的目光落到冰箱旁边的台子上，果然，他的午餐盒还放在昨晚她摆好的位置，动都没动。她总是用超市那种干净的塑料袋套在餐盒外面，里面放了什么一清二楚：一个特百惠沙拉盒和一个苹果。“呀！”她说。

“你能带过来吗？”

“现在？”

“是的。”

“天哪，父亲，我不是驿马快信[1]啊！”她说。

“你还有什么事要做？”他问道。

“今天是周日啊！我在给菟葵地除草呢。”

“啊，凯特，别这样。只要跳进车里，咻一下就到了。乖啦。”

“神哪！”她叹道，然后砰的一声扔下话筒，从台子上拿起午餐盒。

以上对话有几个奇怪之处。首先是这段对话居然会发生。她父亲一向是不信任电话的，事实上，他的实验室里压根就没装电话，所以他肯定是用手机打过来的。这同样是有违常态的，因为他当初会买手机仅仅是拗不过女儿们的坚持要求。刚用上手机时，他也曾心血来潮地买了一堆应用——大多是各种各样的科学计算器——之后便对手机彻底失去了兴趣，现在更是连碰也不碰一下。

第二个奇怪之处在于，他一周通常都会有两次忘带午饭，但以前他似乎从未留意过这事，其实这个男人基本上是不吃饭的。凯特下班回家时，经常会发现他的饭盒还放在台子上没有动过，即使这样，晚上她还是得喊上三四遍，他才会出来吃晚饭。他总是有比吃饭更有价值的事情要做，阅读期刊啦，翻看笔记啦。如果一个人过的话，他很可能会活活被饿死。若是他真的有了些许饿意，他也可以走出去自己买点吃的。他的实验室就在约翰·霍普金斯大学附近，三明治店和便利店随处可见。更别说这会儿都

[1] Pony Express，1860—1861年美国利用快马接力在密苏里州与加利福尼亚州之间传递邮件的快递系统。

还没到中午。

不过这一天阳光灿烂，微风和煦，尽管寒意尚存——但也是漫长难熬的严冬过后，第一个还算宜人的天气——所以，她其实并不介意有个理由到外面的世界走一走。但她不会开车，她选择步行。

就让他等着吧。他自己就从来不开车，除非是有什么设备要运的时候。他就是个健身狂人。

她走出门，把门带上时格外用力，因为邦妮睡到这么晚还没起让她满怀不爽。走道上的地被植物看上去有些芜杂凌乱，她默默记下：待会儿给菟葵地除完草后还要把这里修理一下。

她拎着午餐袋子打结的袋口，轻轻晃动着，经过明茨家和戈登家——这两家的房子和凯特家——巴蒂斯塔家的一样（尽管前者保存得更好一些），都是殖民时期风格的庄严气派的砖砌建筑，里面有一个中央大厅——然后转过拐角。戈登太太正跪在她的映山红丛中，往花的根部撒上护根[1]。“呀！凯特，你好啊！”她高声叫道。

“嗨。”

“看起来有点春天的意思了！”

“是呀。”

凯特并未放慢脚步，继续走着，她的鹿皮风衣被风吹动着，在身后飘舞飞扬。两个年轻女子——很可能是约翰·霍普金斯大学的学生——在她前面以蜗牛般的速度移动着。“我看得出他想约我，”其中一个说，“因为他老是清嗓子，他们男生总是那样，你懂的

[1] 用以保持植物水分、消灭杂草等的覆盖物，如稻草、腐叶或塑料膜等。

吧？然后又不说话了。”

“我就喜欢他们这种害羞得不行的样子。”另一个说。

凯特绕到她们前面，继续走着。

她在下一个街口左转，朝一个功能更为混杂的街区走去，穿过其间的公寓楼、小咖啡馆和隔断成办公室的房子，最后来到另一座殖民时期风格的砖砌建筑前面。这栋房子的前院比巴蒂斯塔家的小，但柱廊却更大，更气派。前门边上挂着六块或八块牌匾，上面写着各种不入流的组织和没名气的小杂志的名字。然而没有一块牌匾上写着路易斯·巴蒂斯塔的名字。这些年来，父亲从一个地方被调到另一个地方，漂泊不定，最后在这栋凄凉冷清的房子里落脚，这时他大概已经觉得没必要再挂上自己的牌匾了：房子离学校很近，但距离医学中心有几英里路。

门廊的一面墙上挂着一排信箱，信箱下面放着一把快要散架的长椅，上面成堆叠放着乱七八糟的广告传单和外卖菜单。凯特走过好几间办公室，其中只有“信佛的基督徒[1]”组织那间的门是敞开的。她往里面瞥了一眼，只见三个女人围着一张桌子站成一圈，第四个女人坐在那里拿纸巾擦拭着双眼（总有什么事发生）。凯特推开大厅尽头的一扇门，沿着一段木台阶往下走，来到底层，她停了一下，随即按下房间密码：1957——某位医学家定义自体免疫紊乱标准的年份。

一间狭小的屋子，里面的全部家具就是一张牌桌和两把金属折叠椅。桌上放着一个牛皮纸袋，看起来是另一个人的午餐。凯

[1] 指信仰或传播佛教教义的基督徒。

特把父亲的午餐摆在牛皮纸袋边上，然后走向一道门，动作轻快地敲了几下。片刻之后，她的父亲探出头来——秃顶的脑袋边缘窄窄地长了一圈黑发，橄榄色的脸上突兀地留着一撮黑色的胡子，架着一副无框的圆形眼镜。“啊，凯特，”他说，“快进来。”

“不用了，谢谢！”她说。她受不了这地方的味道——实验室本身散发出的稀薄却刺鼻的气味，以及小白鼠屋里的那股砂纸味。“午饭放在桌上了，”她说，“再见啦。”

“别，等一等！”

他背过身去，朝身后同在屋里的某个人说道：“皮奥德尔？出来跟我女儿打个招呼。”

“我得走了。”凯特说。

“你肯定还没见过我的研究助理。”父亲说。

“那又怎样？”

但是门敞得更开了，里面走出来一个身材结实、肌肉发达、留着黄色直发的男子，站在了父亲身边。他的实验室白大衣脏得发黑，几乎和巴蒂斯塔博士身上那件浅灰色的工装连体裤是一个颜色的了。“哦嗯！”他说，或者至少听起来是发出了这样的声音。他正满怀钦慕地盯着她看。男人初见她时往往都是这副表情。她的秀发，如深蓝色的波浪般一泻而下，直垂到腰际以下。

“这位是皮奥德尔·施谢尔巴科夫。”父亲向她介绍。

“是皮奥特尔。”男子纠正道，在短促的“特”和花哨的卷舌的“尔”之间不留任何空隙。接着是“施谢尔巴科夫”，爆破似的喷出一串含糊不清的辅音。

“皮奥德尔，来见见凯特。”

“嗨，”凯特打了声招呼。“待会儿见。”她对父亲说道。

“待一会儿再走吧。”

“为什么呢？”

“嗯，你得把我的三明治盒带回去呀，不是吗？”

“噢，你可以自己带回来，不是吗？”

突如其来地响起一声怪叫，两人同时朝皮奥特尔看去。“跟我们国家的女孩子一个样，”他说道，脸上笑盈盈的，“说起话来粗鲁无礼。”

“跟女人一样。”凯特语带责备地说道。

“对，女人也一样。老婆婆们，大妈们。”

她不再理会他。“爸，”她说道，“你能跟邦妮说一下，让她别每次带朋友过来都把家里弄得一团糟，好吗？你今天早上看到电视机房都成什么样了吗？”

“行，行。”父亲说道，然而却边说边走回实验室里头。接着又推着一个带滚轮的高脚凳折回来，把凳子停在牌桌旁边。“坐吧。”他对她说。

“我得回后院里干活了。”

“求你了，凯特，”他说，“你从没陪过我。”

她盯着他看：“陪你？”

“坐，坐，”他说，手指着凳子，“你可以吃点我的三明治。”

“我不饿。”她说。但她还是很不自在地坐上了高脚凳，眼睛仍然盯着他看。

“皮奥德尔，坐。你也可以吃点我的三明治，如果你愿意的话。这是凯特独家制作的，全麦吐司配上花生酱和蜂蜜。”

“你知道我不吃花生酱的。”皮奥特尔语气严厉地说道。他拉出一把折叠椅，在凯特斜对面坐下。他的椅子比凯特的高脚凳矮一大截，因此她可以看见他脑袋顶上的头发已经有点稀疏了。“在我们国家，花生是给猪吃的。”

“哈，哈！”巴蒂斯塔博士笑道，“他可真幽默，是吧，凯特？”

“什么？”

“它们连壳一起吃掉。”皮奥特尔说。

凯特注意到，他不太会发/th/这个音[1]，而且他的元音发得也不够长。她可受不了外国人的发音。

“我竟然用了手机，让你很惊讶吧？”父亲问她。不知为何，他还站着。他从工装连体裤的一个口袋里掏出手机。“你们说得对，它可真是方便。”他说道，“我打算从现在开始多用用它。”他皱起眉头，低头盯了手机片刻，好像在试图想起它是个什么东西。接着他按下一个按钮，把手机举到自己面前。他眯起眼睛，往后退了几步。然后响起一声机械的点击声。“看见没？还能拍照片。”他说。

“删掉！”凯特命令道。

“我不知道怎么删。”他说，手机又响了一下。

“该死，爸，坐下吃饭吧。我得回去干活了。”

“好吧，好吧。”

他收起手机，坐了下来。皮奥特尔这时打开了自己的午餐袋。他拿出两个鸡蛋、一根香蕉，把它们放在他面前铺平的牛皮纸袋

---

[1] 它们连壳一起吃掉，原文 They eat them with the shells on。其中 they 和 them 都包含 /th/。

上。“皮奥德尔钟爱香蕉，”巴蒂斯塔博士透露道，“我总跟他讲苹果的好，但他哪会听？”他也打开了自己的午餐袋，拿出他的苹果。“果胶！果胶呢！”他对着皮奥特尔说道，拿着苹果在他鼻子底下晃。

“香蕉是不可思议的食物。”皮奥特尔一边平静地说道，一边抓起自己的香蕉开始剥皮。凯特注意到，他的脸几乎就是个六角形——宽大的颧骨让脸颊两侧各突起一个角，棱角分明的颌骨斜下来交于下巴的尖角，构成另外两个角，最后是额头中央分叉开的两股长发，形成最上面那个角。“还有鸡蛋，”他又说道，“母鸡下的蛋！自给自足，精妙绝伦。”

“凯特每晚临睡前都帮我做好三明治，”巴蒂斯塔博士说，“她很会做家务。”

凯特眨了眨眼。

“然而，是花生酱的。”皮奥特尔说。

“嗯，是的。”

“是啊，”皮奥特尔说着叹了口气，怨念似的望了她一眼，“但不管怎么说都足够好[1]了。”

“你该见见她妹妹。”

凯特说：“哦！父亲！”

“怎么了？”

“这个妹妹在哪儿？”皮奥特尔问道。

---

[1] 原文为“pretty enough”，既有“很足够”之意，又有“很漂亮”的意思。皮奥特尔这里可能是一语双关。

“呃，邦妮才十五岁。她还在上高中呢。”

“好吧！”皮奥特尔说道，目光重新回到凯特身上。

凯特断然滑动座椅退到后面，然后站了起来。“别忘了带饭盒回家。”她对父亲说道。

“什么！你这就走了？怎么这么快？”

但凯特只说了声“拜”——主要是对皮奥特尔说的，他正目不转睛地打量着她——就大步朝门走去，一把将门推开。

“凯瑟琳，最亲爱的，别这么急匆匆的！”父亲也站了起来，“哦，亲爱的，这下全搞砸了！皮奥德尔，她只是太忙了。我从来没法让她坐下来歇口气。我有没有告诉过你，我们全家上上下下都是她一手操持的？她很会做家务的。哦，我已经说过了。而且她还有份全职工作，我有没有告诉过你她是学前班老师？她教小孩子特有一套。”

“你为什么要这样说我？”凯特质问道，转向父亲，“你是怎么了？我讨厌小孩子，你知道的。”

皮奥特尔又发出了一声怪叫。他正咧着嘴抬头朝她笑着。“你为什么讨厌小孩子？”他问她。

“这个嘛，或许你也注意到了，他们可不大聪明。”

他又怪叫了一声。这个声音，加上他手里拿的香蕉，让她觉得他活像只黑猩猩。她猛地转身，阔步走开，砰的一声关上门，两步并作一步地走上楼梯。

她听到门在身后再次被打开了。父亲喊道：“凯特？”她听到父亲跟着爬上楼梯的脚步声，但她继续大步前进，直朝房子前部走去。

踩上地毯后，他的脚步声变得轻柔了。“我只是来送送你，这样不好吗？”他在她身后喊道。

送送她？

但她在走到前门时停了下来。她转过身看着他朝她赶来。

“我把事情给搞砸了。”他说。他用一只手掌抚摸着自己的脑壳。他身上那件工装连体裤是均码的，中间部位特别肥大，让他看上去像个天线宝宝。“我不是故意惹你生气的。”他说。

“我没生气，我是……”

但她没法说出“受伤了”这三个字，因为她可能会抑制不住涌出眼泪的。“我受够了。”她这样说道。

“我不明白。”

对此她其实并不怀疑。接受事实吧：他确实摸不着头脑。

“那你刚才到底在搞什么？”她双手叉腰，质问道，“你为什么对那个助理表现得那么……奇怪？”

“他可不是‘那个助理’。他是皮奥德尔·施谢尔巴科夫，有他帮我做事是非常幸运的。他周日还到实验室来！经常这样。况且，他过来都快有三年了，所以我觉得你至少应该知道他的名字。”

“三年了？那恩尼斯呢？”

“老天啊！恩尼斯！恩尼斯都是上上个助理了。”

“噢。”她说。

她不知道他今天怎么这么容易激动。平时他说起助理时都不是这样的——事实上，平时他说起任何事情时都不会如此。

“我好像就是很难留住他们，”他说，“可能是因为在外人看来，我的项目不是很有前景吧。”

他以前从未承认过这点，尽管凯特经常会有这样的猜想。她突然同情起他来。她放下双手，垂在身体两侧。

“我千辛万苦才把皮奥德尔挖来我们国家，”他说，“不知道你发现没有。当时他才二十五岁，然而但凡在自体免疫领域有所成就的人都已听说过他。他非常聪明。他拿到的是 0-1 签证，这在如今可不多见啊。”

“嗯，挺好的，父亲。”

“0-1 就是杰出人才签证。就是说他具备某种我们国家的人所不具备的杰出技能或知识，而我所从事的正是一种杰出的研究，所以我需要他。”

“这是好事。”

“0-1 签证的有效期是三年。”

她伸出手来抚摸着父亲的额头。“当然了，你总在担心你的项目。”她说，希望自己听上去是在给他鼓劲，“但我打赌一切都会好起来的。”

“你真的这么认为？”他问。

她点了点头，笨拙地轻拍着他的臂膀，这一举动一定是他始料未及的，因为他看上去一副受宠若惊的样子。“我很肯定，”她对他说，“别忘了把三明治盒带回家。”

她推开前门，走入阳光里。“信佛的基督徒”那里的两个女人正坐在台阶上，交头接耳聊得正欢。她们因为什么事而笑得前仰后合，一开始都没注意到她，不过接着两人就各移到一边，腾出位置让她过去。

第二章

四岁班教室里，几个小姑娘正在玩分手游戏。一个芭蕾女郎娃娃要和一个水手娃娃分手。“我很抱歉，约翰，”她用清脆、一本正经的语气说道——实际上是吉莉的声音——“但我爱上了别人。”

“谁？”水手娃娃问。是艾玛·G在替他发声，她正抓着娃娃小小的蓝色水手服的腰身，把它举在空中。

“我不能告诉你，因为他是你最好的朋友，你知道了会伤心的。”

“好吧，这可真蠢，”艾玛·B在一旁说道，“现在他怎么着都是知道了，因为你说了是他最好的朋友。”

“但他也可以有一帮最好的朋友啊。”

“不，不可能的。如果是‘最好’的话。”

“不，可以的。我，我就有四个最好的朋友。”

“那你可真是个怪人。”

“凯特！你听见她刚才管我叫什么了吗？”

“有什么好在意的？”凯特反问。她此刻正在帮雅米莎把她画画时穿的罩衫脱下来，“跟她说她才是怪人。”

“你才是怪人。”吉莉对艾玛·B说。

“我不是。”

“你就是。”

“我不是。”

“凯特说你是，才说了的！”

“我可没说。”凯特说。

“你说了。”

凯特本想说“我没说”，但临时改成了：“好吧。不管怎么说，可不是我挑起来的。”

她们围聚在摆放娃娃的教室一角——七个小女孩和萨姆森家的双胞胎男孩，雷蒙德和大卫。在另一角，剩下的六个男孩全围在一张沙盘边上，他们设法将沙盘改造成了游戏场，在远处一端放上中空的吉露果冻金属模型，用一个塑料勺子把乐高积木弹进模型的凹槽里。大多数时候都没人能射中，但只要有谁进了一次，顿时就会呼声雷动，男孩们你推我挤，争着要抢那勺子，都想自己也试上一把。

凯特本该走过去让他们安静点，但她没有这样做。就让他们在疯玩中耗掉点气力吧，她想着。再说，其实她也并非这里的教师，她只是教师的助理，和教师差得远了。

查尔斯村小朋友学校是四十五年前由埃德娜·达令夫人创建的，她现在仍是这儿的掌管者。教师们莫不年事已高，都需要有个助理——每人配备一位助理，带两岁班的教师更为辛苦，所以每人有两位助理——毕竟她们都这把年纪了，谁还能指望她们满屋子地追着一群小坏蛋跑呢？学校建在阿洛伊休斯教堂的底层，但它的主体部分是在地上的，一对双开门正朝操场敞开，因此教室里总是阳光遍洒，欢声笑语。离门最远的一角用墙隔开了，辟出一间教师休息室，那些上了年纪的女人成日在那里饮茶品茗，聊着自个儿身体如何大不如前。有时助理们也会大着胆子走进休息室喝上一杯，或是借用一下那里尺寸适合成人使用的水池和马桶，然而她们总有种闯入了一场私人会面的感觉，因此，即使教师们都很和气，她们也大多不会久留。

说得好听点，凯特从未想过自己会在学前学校工作。只是因为她在上大学二年级时曾向植物学教授指出，他对光合作用的解释“愚不可及”。那之后麻烦便接踵而至，最后她被请出了学校。她当时很担心父亲对此的反应，没想到他在听完整件事的来龙去脉后对她说：“嗯，你说得对，这就是愚不可及。”于是事情就这么结束了。她回到家里，无事可做，直到她的塞尔玛姨妈出手相助，帮她在学前学校谋得了一个职位（塞尔玛姨妈是学前学校的委员会成员，她是好多机构的委员会成员）。理论上，凯特可以在第二年申请重返大学，但不知为何她没有申请。她父亲可能甚至都没有意识到她有这一选择，况且，有她在身边料理家务、照看妹妹，他自然会轻松不少。彼时她的妹妹才五岁，但已常常使他们那位年迈的管家智穷力竭。

凯特辅助的那位教师名叫昌西夫人（助理们对所有教师都称“夫人”）。她是一位肥胖无比的富太太，她管教四岁孩子的年数，比凯特这辈子活过的年数还多。平时她对这些孩子都是非常温和，睁只眼闭只眼的，但要有谁不听话了，她就会说：“康纳·菲茨杰拉德，我知道你在打什么鬼主意！”“艾玛·格雷，艾玛·威尔斯，眼睛向前看！”她觉得凯特太由着他们了。如果有个孩子拒绝在“安静休息时间”躺下来睡觉的话，凯特只会说：“好吧，那你就这样吧。”然后自己气呼呼地重步走开。这时，昌西夫人便会不无责备地瞪她一眼，然后对那孩子说：“有人没按凯特小姐说的做。”每当此时，凯特总觉得自己像个冒名顶替者。她有什么资格命令孩子睡午觉呢？她连一丁点儿权威也没有，所有孩子都知道这点。在他们眼里，她似乎只是一个长得特别高，比他们自己还要喋喋不休的四岁小孩。她来学前学校工作的这六年里，学生们从未称她为“凯特小姐”。

凯特也时不时地想另谋职业，然而从未有过结果。老实说，她面试的表现的确不尽如人意。再说了，她也想不出自己除了学前学校助理还能做什么。

大学时宿舍是男女混住的，有一回，她被拉去公共休息室一起下国际象棋。凯特不太擅长下象棋，但她胆大气粗，不循常规，竟使对手很长时间都处于守势。一小群和她一个宿舍楼的同学围在桌边观战，但凯特并没有注意他们，直到她听见有个男生在她身后小声对旁边的人嘀咕。“她啊，毫无计划。”他是这么说的。事实上他说的是对的。不出一会儿她就输了。

直到现在，她还会时常在早上步行去学前学校的路上想起这句话。帮孩子们脱靴子，帮他们刮掉嵌进指甲里的彩泥，给他们膝盖上贴上创可贴，再帮他们重新穿上鞋子。

她啊，毫无计划。

午饭是土豆泥意面。和往常一样，凯特坐在一张餐桌的上座，昌西夫人坐在餐厅另一边一张餐桌的上座，一个班的学生分坐两桌。孩子们入座前先得伸出手来，先是手背再是手心，让凯特或昌西夫人过来一一检查。接着所有人坐下来，昌西夫人用叉子叮咚一声轻敲杯子，大声说道：“祷告时间！”孩子们纷纷低下头来。“亲爱的主，”昌西夫人提高音量说道，“感谢您赐予我们食物和这些稚嫩的可爱的面孔。阿门。”

凯特这一桌的孩子们立刻生龙活虎起来。“凯特刚才是睁着眼的。”克洛伊对其他人说道。

凯特说：“是吗？那又怎样，头号虔诚小姐？”

萨姆森双胞胎听了咯咯地笑起来。“头号虔诚小姐。”大卫兀自念了一遍，好像是想记住这话以便今后能用上。

“如果你在祷告时睁着眼的话，”克洛伊说，“上帝会觉得你没有心怀感恩。”

“是吗？我确实没有心怀感恩，”凯特说，“我不喜欢这面。”

一片愕然的寂静。

“你怎么能不喜欢这面呢？”最后贾森开口发问。

“闻上去有股子湿乎乎的狗肉味，”凯特说，“你难道没觉得吗？”

“咦！”所有人都叫起来。

他们低下头凑近盘子闻了闻。

“是吧？”凯特问。

他们面面相觑。

“没错。”贾森说。

“就好像他们把我家的狗弗里茨放进了一个大蟹锅里给煮了似的。”安特万说。

“唠！”

“但胡萝卜还不错，”凯特说，她开始后悔自己挑起了这话茬，“继续吃吧，大伙儿。”

有几个孩子拿起了叉子。多数孩子却没动。

凯特把手伸进牛仔裤口袋里，掏出一条牛肉干。以防午饭难以下咽，她总会随身带一条牛肉干。她在吃方面是颇为挑剔的。她用牙齿咬下一块，开始咀嚼起来。幸运的是，没有一个孩子喜欢吃牛肉干，除了艾玛·W，而她此刻正埋头吃着意面，于是凯特便不用与人分享了。

“周一快乐，孩子们！”达令夫人说道，她正拄着她的铝制拐杖颤颤巍巍地走到他们桌子这边。她保持着这样一个习惯，即总会在每一组孩子用餐过程中的某一时刻走进餐厅，而且她总能把一周五天融进招呼语中。

“周一快乐，达令夫人。”孩子们咕哝道，凯特此时则悄悄地把还在满口咀嚼的牛肉干塞进了左边的腮帮子里。

“怎么只有这么少人在吃饭？”达令夫人问道。什么事都逃不过她的法眼。

“面条闻起来像湿乎乎的狗肉。”克洛伊说。

“像什么？老天啊！”达令夫人将那只满是皱纹和老年斑的手按在垂挂下来的胸脯上。“我听出来，你似乎忘记了‘好话原则’，”她说，“孩子们，有谁能告诉我‘好话原则’是怎么说的吗？”

没人吭声。

“贾森？”

“如果你说不出什么好话，”贾森咕哝道，“那就什么都别说。”

“‘什么都别说。’这就对了。有没有人能对我们今天的午餐说点好话？”

寂静。

“凯特小姐？你能说点好话吗？”

“那个，午餐显然……油光发亮的。”凯特答道。

达令夫人久久地看着她，目光凛然，然而她只说了一句：“行吧，孩子们。用餐愉快。”接着便重步走开，到昌西夫人那桌去了。

“跟油光发亮的湿乎乎的狗肉一样油光发亮。”凯特小声对着孩子们说道。

孩子们爆发出尖声大笑。达令夫人站住了，然后撑着拐杖原地转过来。

“对了，凯特小姐，”她说，“今天‘安静休息时间’你能到我办公室来一趟吗？”

“当然可以。”凯特说。

她终于咽下了那口牛肉干。

孩子们一个个瞪大了眼睛转向她。即使才四岁，他们也都知道被叫去办公室可没什么好事。

“我们喜欢你。”片刻之后贾森说道。

“谢谢，贾森。”

“我和我弟弟长大后，”大卫·萨姆森说，“我们要娶你。”

“是吗？谢谢你。”

接着她轻拍双手，说：“知道吗？今天的甜点是曲奇饼冰激凌哦。”

孩子们小声地发出“嗯”的应答声，但看上去仍都一脸担忧。

五岁的孩子们才刚刚吃完冰激凌，便站在餐厅门口，互相打闹起来，整个队伍歪歪扭扭的。他们一个个人高马大，犹如令人胆寒的巨人，对于凯特而言，他们似乎是闯入她小小世界的异类，尽管就在去年他们还是她带的四岁班学生。“我们走吧，孩子们！”昌西夫人一边高声说道，一边吃力地站起身来，“我们让人家等着啦。对华盛顿夫人说谢谢。”

“谢谢您，华盛顿夫人。”孩子们异口同声地说道。华盛顿夫人此刻站在通往厨房的门边，听到后她微微一笑，仪态尊贵地点了点头，用手在围裙上擦了擦。（小朋友学校十分重视举止礼仪）四岁孩子勉强排成一队，鱼贯而出，经过五岁孩子身边时，他们一个个畏畏缩缩，恭恭敬敬，大气不敢出。凯特走在最后，经过五岁班助理乔治娜身边时，低声对她说：“我得到办公室去一趟。”

“哎呀！”乔治娜说，“好吧，祝你好运。”她很年轻，长着一张可人的脸蛋，两颊粉扑扑的，已经怀上了第一个孩子，肚子大得出奇。她肯定从来不会被叫到办公室去，凯特在心里打赌。

回到四岁班教室，她打开储物柜，拖出成堆的铝制小床，孩子们等会儿要在上面睡午觉。她将一张张小床在屋子里放好，然后将孩子们放在自己小壁橱里的枕头和毯子都分发下来。她还一如往常地阻挠了四个最饶舌的女孩子想要一起睡在一个角落里的企图。在“安静休息时间”，昌西夫人一般都会待在教师休息室，然而今天她吃完午饭回到了四岁班教室，此刻在她的桌子前坐下，从自己的帆布包里拿出一份《巴尔的摩太阳报》来看。她肯定已经听说凯特被达令夫人叫到办公室去的事了。

利亚姆·D说自己不困。他每天都重复同样的话，可是快到操场玩耍时间的时候，偏偏就是他，每次还睡得跟昏死过去似的，凯特小姐好容易才能叫醒他。她把毯子的边缘叠到他身下，他喜欢这样——一条白色的法兰绒毯子，上面有两条黄色的条纹；如果身边没有别的男孩会听到的话，他至今仍管它叫“毯毯”。吉莉则需要凯特帮她把马尾辫放下来，这样发夹就不会在她躺下时刺到她脑袋。凯特把发夹放到吉莉的枕头底下，对她说：“记住放在那里，这样你醒来时就能找到了。”到时候她应该能回到教室提醒她，但是万一她回不来了呢？万一达令夫人叫她立即收拾东西走人呢？她轻轻地抚摸着吉莉的头发，帮她解开辫子——浅棕色的头发，摸起来如丝缎般柔软，上面有宝宝洗发水和彩色画笔的味道。她没法再陪着他们，帮助安特万解决被人欺负的小小烦恼，也永远不会知道艾玛·B会如何和她即将在六月从中国过来的新妹妹一起生活。

她不是真的讨厌孩子。至少有些孩子她还是挺喜欢的。她只是不是所有孩子都喜欢，就好像他们是一模一样的个体，清一色地属于某个微小门类或是什么的。

但当她对昌西夫人说“马上回来”时，语调却是轻快活泼的。

昌西夫人只是朝她笑了笑（是她并不知情，还是暗含同情？），把报纸翻过页去。

达令夫人的办公室挨着二岁班教室，这里的孩子太小了，为了防止他们从床上滚下来，他们是睡在地板的垫子上面而不是小床上的。他们的教室里灯光暗淡，透过门上唯一的玻璃能望见里面，那里似乎弥漫散溢着一种浓密厚重、有意为之的寂静。

透过达令夫人办公室门上的那块玻璃，能看见她正坐在桌边一边打电话，一边迅速翻阅着一沓纸。然而凯特一敲门，她就立刻说声“拜拜”后挂了电话。“进来。”她说。

凯特走了进去，跌坐在桌子对面的一把直背椅上。

“我们终于估算出了换掉那块弄脏的地毯所需的成本。”达令夫人对她说。

“嗯。”凯特说。

“然而，问题是，地毯为什么会弄脏？很明显，是因为某种疏忽，除非我们找出这一疏忽，否则换上一块新地毯就是毫无意义的。”

对此凯特无话可说，所以她就没吭声。

“好吧，”达令夫人说道，“这事儿就说到这里吧。”

她动作麻利地叠好那堆纸，把它们装进一个文件夹里。然后她伸手去拿另一个文件夹。（是凯特的文件夹吗？会有凯特的文件夹吗？里面究竟会有什么呢？）她打开文件夹，盯着最上面那张纸看了一会儿，然后透过眼镜镜框的边缘凝视着对面的凯特。“那么，”她说，“凯特，我是在想，你到底，会怎样评价自己在这里的表现？”

“我的什么？”

“你在小朋友学校的表现。你的教学水平。”

“噢，”凯特说，“我不知道。”

她指望用这一回答勉强对付过去，然而达令夫人继续盯着她看，显然是等着她说点什么，于是她只好加上一句：“我是说，其实我并不是老师，我是一名助理。”

“什么？”

“我只是助理。”

达令夫人继续盯着她看。

“但我觉得我做得还不赖。”凯特最后说道。

“是的，”达令夫人说，“大多数时候，确实不赖。”

凯特试图不流露出惊讶的神情。

“事实上，我可以说孩子们看上去很喜欢你。”达令夫人说。

她未说出“不知出于何种神秘的原因”，然而这话却静静地悬浮在房间里。

“不幸的是，我不认为他们的父母是这样想的。”

“噢。”凯特说。

“以前也提过这个问题，凯特，你还记得吗？”

“是啊，我记得。”

“我和你就此讨论了一下。是相当严肃的讨论。”

“是的。”

“刚才是克罗斯比先生——雅米莎的父亲。”

“他怎么了？”凯特问。

“他说他周四找你谈了下，”达令夫人拿起最上面那张纸，正了正眼镜查看起来，“周四早上，他送雅米莎来上学的时候。他跟你说他想和你谈一下雅米莎吮吸拇指的问题。”

“吮吸手指。”凯特纠正她。雅米莎有吮吸中间两根手指的习惯，小拇指和食指则在两边竖起，好像在做“我爱你”的手势。凯特之前多次看到过这一手势。本尼·梅奥去年的时候就会这样做。

“吮吸手指。好吧。他让你每看到一次就制止一次。”

“我记得。”

“那你还记得自己是怎么回答的吗？”

“我说他不用担心。”

“就这么一句？”

“我说时间长了，她肯定会自己改过来的。”

“你说的是……”说到这里达令夫人照着那张纸大声念起来，“你说，‘很可能不出多久她就会自己改掉的，一旦她的手指长长到把自己的眼睛都给戳出来。’”

凯特笑起来。她都没意识到自己当时回答得如此机智风趣。

达令夫人说：“你觉得克罗斯比先生听了这话会是什么感受？”

“我怎么会知道他什么感受？”

“你可以试着猜一下，”达令夫人说，“但我还是直接告诉你吧，为什么不呢？这话让他觉得你……”她再次大声朗读起来，“……非常轻浮，傲慢无礼。”

“噢。”

达令夫人放下那张纸。“有朝一日，”她对凯特说，“我能想象你成为一位真正的老师。”

“真的吗？”

凯特以前从未注意到这里也会有职业阶梯。显然，到目前为止，并未有过此类先例。

“我能想象你管理一整个班级，等你成熟以后，”达令夫人说，“但是凯特，我所说的‘成熟’，并不仅仅指年龄上的增长。”

“噢，不是的。”

“我是说你需要具备某些社交技能。某种策略，某种克制，某种圆滑的技巧。”

“好的。”

“你明不明白我在说什么？”

“策略，克制，圆滑。”

达令夫人端详了她片刻。“因为如果你不具备的话，”她说，“我不能想象你能继续待在我们这个小小的地方，凯特。我希望可以想象。看在你亲爱的姨妈的分上，我希望把你留下来，但你现在的状况是不尽如人意，甚至岌岌可危的，我希望你明白这一点。”

“明白了。”凯特说。

达令夫人看上去仍不放心，但停顿一下后她说：“很好，凯特。你走的时候请把门开着。”

“当然，达令夫人。”凯特答道。

“我觉得自己进入考察期了。”凯特对三岁班的助理娜塔莉说。她俩并肩站在操场上，管着玩跷跷板的孩子，确保没人受伤。

娜塔莉说：“你不是已经在考察期了吗？”

“噢，”凯特说，“或许你说得对。”

“你这次是犯了什么事呢？”

“我侮辱了一位家长。”

娜塔莉做了个鬼脸。她们对家长都有同样的感觉。

“就是一个神经质的控制狂老爸，”凯特说，“一心想把自己孩子调教成小小完美小姐。”

可就在这时，亚当·巴恩斯带着他的几个两岁学生过来了，于是娜塔莉赶紧转开了话题。（每当亚当在场时，她总会试图展现好脾气的样子）“怎么了？”他问她们。娜塔莉说：“没什么大事。”而凯特则只是傻乎乎地冲着他傻笑，把手塞进牛仔裤口袋里。

“格雷戈里想玩一玩跷跷板，”亚当说，“我就跟他说没准哪个大孩子会让他玩一次。”

“当然可以！”娜塔莉说。“唐尼，”她叫道，“你能让格雷戈里玩一小会儿跷跷板吗？”

换作亚当以外的其他人，她可不会这么做。孩子们应该要学会耐心等待——即使是两岁的孩子。凯特眯起眼睛盯了她一眼，然后听到唐尼回答：“可我才刚坐上！”

“噢，是这样啊，”亚当立刻插进来说，“那就不公平啦。格雷戈里，你不想不公平地对待唐尼，是吧？”

然而似乎格雷戈里正是想这样做。他瞬间泪眼汪汪，下巴开始颤抖起来。

“我知道了！”娜塔莉说，语气热情过头，“格雷戈里，你可以和唐尼一起骑！唐尼当你的大哥哥，和你一起骑跷跷板！”

凯特感觉自己要吐出来了。她差点就要做出把手指伸进喉咙里的手势，但她忍住了。幸亏亚当这会儿没往她这边看。他正在帮着格雷戈里坐上唐尼前面的位子，对此安排唐尼至少并无异议，然后他又走到另一头，把一只手搭在贾森后面，增加重量以保持平衡。

亚当是学校里唯一的男助理，这个英语专业的年轻人长得高高瘦瘦，面目和善，深色的头发乱蓬蓬的，唇上长着弯弯的胡子。达令夫人似乎觉得当初聘用他是个相当大胆的决定，尽管当时大多数学前学校都是有多名男性教职工的。达令夫人先是让他带多数是男生的五岁班，这个班也叫预备班，因为那里的孩子已经到了上幼儿园的年纪，只是最好再接受一年的社会化训练。达令夫人觉得，男教师应该能让这个班纪律严明、组织有序。然而，亚当实际上是个非常温和的男人，对孩子们轻声细语、关怀备至，于是进来后才做了半年，达令夫人就让他和乔治·安娜换了岗位。

现在他心满意足地照顾着两岁孩子，帮他们擦鼻涕，安慰偶尔吵着想要回家的孩子，每天快到“安静休息时间”时，都能听到他一边漫不经心、催眠般地弹着吉他，一边用含混不清、略带沙哑却盖过吉他的声音唱着摇篮曲。与多数男人不同，他比凯特高出一大截，然而不知为何，只要有他在场，她总觉得自己个头太大，笨拙难看。她会瞬间渴望自己能够温柔一点，娇贵一点，淑女一点，然而却每每因为自己缺乏优雅而羞赧汗颜。

她暗自希望自己有个母亲。当然了，她曾经有过母亲，但她希望的是有个教会她如何更好地为人处世的母亲。

“在‘安静休息时间’我看见你经过我们教室，”亚当一边帮孩子们玩跷跷板一边对她说道，“达令夫人对你有意见？”

“不是……”她说，“你知道的。我们只是在讨论一个我关心的孩子的问题。”

娜塔莉用鼻子哼了一声。凯特瞪了她一眼，于是她又做出一脸夸张的“噢，我错了”的表情。如此显然易见，娜塔莉就是这样。每个人都知道她对亚当迷恋得不能自拔。

上周，全校沸沸扬扬地传着一件事：亚当送了索菲娅·沃森一个他亲手做的捕梦网。“哇哦！”每个人都惊叹道。但凯特觉得，他这么做可能只是因为索菲娅是和他一起带二岁班的助教。

策略，克制，圆滑。

策略和圆滑有什么区别？或许“策略”指的是礼貌地说话，而“圆滑”指的是根本就不说话。不过，“克制”不是包含这个意思吗？“克制”不是可以涵盖这三点吗？

人们习惯于挥霍语言，凯特注意到。他们说的话远超过必须说的。

她不紧不慢地走回家，因为天气很好。早上的时候还是冷飕飕的，后来便暖和起来，这会儿她没穿外套，而是把它随意地搭在肩头。走在她前面的是一对信步闲逛的情侣，女孩正在讲着一个很长的故事，故事的主人公是一位名叫琳达的女孩。凯特打算赶超他们两人。

她经过某户人家的花园时，看见大花盆里栽着浅蓝色的平凡的三色堇，她想着不知这花种在自己的后院里能否长得好。她家后院的光线不好。

她听到身后有人叫自己的名字。她回过头，只见一个浅色头发的男人正朝她奔过来，举着一只手臂好似在拦一辆出租车。她一时想不出这个人和自己有什么关系，然后认了出来，他就是父亲的那位研究助理。脱下了那身实验室外套，他好像变了个样：穿着牛仔裤和一件纯色灰毛线衫。“嗨！”他追上她时打招呼道。(“凯。”听上去好像是这个音。)

“彼得……”她回应道。

“皮奥特尔。”

“最近怎样？”她问。

“我担心自己可能感冒了，”他对她说，“流鼻涕，还总是打喷嚏。昨天晚上开始的。”

“真糟糕。”她说。

她继续走路，他跟着她的脚步一起走着。“今天在学校还不错吧？”他问。

“还行吧。”

他们现在离那对年轻情侣只有一步距离了。“琳达就应该甩了那家伙，”女孩这样说着，“她和他在一起并不开心。”可那个男孩说：“哦，我不知道呢，我觉得她看上去挺好的啊。”

“你眼睛在哪里呢？”女孩问他，“每次他们在一起时，她都是看着他的脸，而他总是看向别处。所有人都发现这点了——帕斯蒂、宝拉和简·安——最后我姐姐看不下去了，直截了当地对琳达说。她说——”

皮奥特尔一下子抓起凯特的上胳膊，拉着她绕过前面两人。一开始她吓了一跳。他和她差不多高，但她却很难跟上他的脚步，然后她突然想，自己为什么要跟上他呢，于是她放慢了脚步。他也放慢了脚步。“你不是应该在工作吗？”她问他。

“是的！我只是出来走走。”

实验室离这里隔了两个街区，况且还是在相反方向，所以他一定是在乱说，但这也不关她的事。她瞟了一眼表。她喜欢赶在邦妮回来之前先回到家，虽说邦妮一个人在家的时候是不应该让男孩子过来的，但现在她有时就会这样干。

“我们国家有句谚语。”皮奥特尔说。

你们的谚语何止一句，凯特心想。

“我们说：‘工作被分割成块时，比一次性完成更快更省力。’”

“挺上口的。”凯特说。

“这头发你养了多久了？”

话题的转换让她有些措手不及。“什么？”她说，“哦。可能从八年级开始的吧。我也不知道。我只是再也受不了那种喋喋不休的凯西[1]似的姑娘们了。”

“喋喋不休的凯西？”

“美容院里。聊啊，聊啊，聊啊。那种地方充斥着聊天。女人们还没坐下就开始聊起来——聊男友、丈夫、婆婆、室友、嫉妒的女友，还有仇怨、误解、罗曼史和离婚。她们怎么会有这么多话题可聊？我的话，从来想不出有什么可聊的。给我做头发的人也觉得我很没劲。最后我干脆走人，‘搞什么。我以后再也不剪头发了’。”

“你实在是很迷人。”皮奥特尔说。

“谢谢！”凯特说，“对了，我要在这里拐弯了。你没发现实验室在后面那边吗？”

“噢！是在后面那边！”皮奥特尔说，他看上去似乎并不太介意，“好吧，凯特！再见！和你聊天很开心。”

凯特已经自顾自地走下另一条街道，只是挥了挥手臂，没有回头看。

还未走进屋里，凯特就听到了一个确凿无疑的男性声音。

“邦妮！”她用最严厉的语气喊道。

“在这儿呢！”邦妮叫道。

凯特一把将外套丢在客厅躺椅上，走进起居室。邦妮正坐在长躺椅上，一头花哨的金色卷发，一张天真无邪的脸，身上穿着

[1] 美国美泰玩具公司在1959—1965年间生产的一款会说话的娃娃，在六十年代的风靡程度仅次于同公司生产的芭比娃娃。这里，凯特是在抱怨。

远还不是当下季节穿的轻薄的露肩罩衫。隔壁明茨家的那个男孩就坐在她边上。

事态有了新发展。爱德华·明茨比邦妮大好几岁，是一个长得病恹恹的年轻人，下巴上留着参差不齐的浅褐色的胡子，凯特觉得简直像层苔藓。前年六月他就从高中毕业了，然而一直没上大学。他母亲说他得了“那种日本病”。“那是什么病？”凯特曾经问过她。明茨太太说：“得了这种病的年轻人，整天把自己关在卧室里，不肯重新面对生活。”爱德华倒是不只窝在卧室里，还喜欢待在围着玻璃的门廊里，门廊正对着巴蒂斯塔家餐厅的窗户，他们成天都见他独坐在那里的一把长椅上，抱着膝盖，嘴里抽着小得奇怪的香烟。

嗯，好吧，至少没有谈恋爱的危险（邦妮的必杀型是踢足球的）。尽管如此，还是家有家规，于是凯特说：“邦妮，你知道你不应该一个人在家的时候招待客人的。”

“招待客人？”邦妮大叫起来，眼睛瞪得圆溜溜的，一脸茫然。她举起膝盖上摊着的一本线圈本：“我在上西班牙语课呢！”

“你真的是在上课？”

“我问过爸爸的，记得吗？麦吉利卡迪夫人说我该请个辅导老师，然后我问了爸爸，他说好的，记得吗？”

“记得，可是……”凯特开口。

记得，可是他指的肯定不是让这个邻居家的瘾君子来教。然而凯特忍住没说（圆滑）。她转向爱德华，问他：“爱德华，你的西班牙语是特别流利吗？”

“是的，夫人，我上了五个学期。”他说。她不知道这个“夫人”

是自作聪明的幽默还是认真的称呼。不管怎样，这都让人生气：她还没那么老呢。他说："有时，我甚至是用西班牙语思考的。"

邦妮听了这话，小声地咯咯笑起来。邦妮对什么事都喜欢咯咯发笑。"他已经教了我这么多了？"她说。

邦妮还有个恼人的习惯，就是喜欢把肯定句说成疑问句。凯特喜欢假装自己真以为她是在提问，以此表达不满，于是她说："这我怎么知道，我刚刚又没和你们在一起。"

爱德华说："什么？"

邦妮对他说："无视她吧？"

"我每学期西班牙语课拿的都是 A 或 A-，"爱德华说，"除了毕业那年，而那也不能怪我。我当时精神上有点压力。"

"好吧，不过，"凯特说，"邦妮是不能在没有别人在家的时候让男性访客进来的。"

"这真是太羞辱人了！"邦妮叫道。

"算你倒霉，"凯特对她说，"继续吧。我就待边上。"说完她就走开了。

在她身后，她听到邦妮小声嘀咕："丑八怪[1]。"

"丑八婆——这名词词性是阴性。"爱德华装出老学究的语气纠正她。

两人爆发出一小阵偷笑声。

邦妮实际上远没有别人认为的那般可爱。

凯特甚至都从未搞懂为什么会有邦妮。她们的母亲——一位

[1] 原文为西班牙语。

弱不禁风、沉默寡言的女子，一头金粉色秀发，有着和邦妮一样的星辰般的眼眸——在凯特人生的头十四年里，永远出没于各种各样的所谓的“休息场所”。然后某一天，邦妮突然出生了。凯特很难想象，父母为什么会考虑再生一个。或许他们压根未加考虑，或许他们只是没头没脑地行一时之乐。然而这是更难想象的。不管怎样，第二次怀孕使塞娅·巴蒂斯塔心脏的某个毛病暴露出来，甚或这个毛病正是再次怀孕所导致的，然后在邦妮一周岁生日前夕，她去世了。对凯特而言，因为她从来都很少见到母亲，这也算不上什么变故。邦妮对母亲更是全无记忆，尽管她的有些动作不可思议地和母亲神似——比方说，矜持端庄地捂着下巴，还有动作优美地轻咬着食指指尖。这简直就像她从还在母亲子宫里的时候就开始观察母亲了。她们的塞尔玛姨妈总是说：“哦，邦妮，我发誓，一看见你我就要哭起来了。你怎么那么像你可怜的母亲啊！”

然而凯特却一点儿也不像她们的母亲。她肤色偏深，骨架很大，笨手笨脚。要是她轻咬指尖的话，一定显得滑稽可笑，而且也从未有人叫她甜心。

凯特是个丑八婆[1]。

“凯瑟琳，亲爱的！”

凯特吃了一惊，从炉边转过身。她父亲站在门口，脸上挂着灿烂的微笑。“今天过得怎样？”他问她。

“还算过得去。”

---

[1] 原文为西班牙语。

“一切都好？”

“就那样吧。”

“棒极了！”他仍然站在门口。一般来说，他从实验室回来时都是满怀心事的，脑子里还想着白天在研究的问题，但今天他可能是取得什么突破了吧。“你是走着去上班的，我猜。”他说。

“嗯，当然。”她说。她一般都是步行，除非天气实在太糟。

“那你走回来的路上也挺开心的咯？”

“是啊，”她说，“对了，我碰到你的助理了。”

“真的吗？”

“是啊。”

“太棒了！他怎么样？”

“他怎么样？”凯特重复道，“你难道不知道他怎么样？”

“我是说，你们俩聊了什么？”

她试图回忆。“头发？”她说。

“啊。”他继续微笑，“还有呢？”最后他问。

“就这样了，我想。”

她转身回到炉边。她正在加热他们每天晚上吃的大杂烩。他们管这个叫肉糜，但主要材料其实是干豆角、绿色蔬菜和土豆，每周日傍晚她还会加一点炖牛肉，所有这些混合搅拌成一种浅灰色的糊状物，他们一周七天都吃这个。这是她父亲发明出来的。他想不明白为什么人们不全都采用这一做法，大杂烩提供了人体所需的所有营养物，还节省了大把时间，免去了动脑筋的麻烦。

“父亲，”她说，一边调小了电炉火力，“你知道邦妮让爱德华·明茨当她西班牙语辅导老师的事吗？”

“爱德华·明茨是谁？”

“隔壁的爱德华，父亲。今天下午我下班回家时，他就在这里。就在我们家里，顺便提一句，你应该记得这是违反我们家的家规的。况且我们还不知道他到底会不会教书呢。我甚至不知道，她是怎么跟他说我们会支付报酬的。这事她和你商量过吗？”

“嗯，我想她……是的，我好像想起来了，她说过她西班牙语学得不怎么样。”

“是说过，然后你说她应该去找个辅导老师，但她为什么不去那个帮她介绍数学和英语老师的机构问问呢？为什么要聘用一个邻居家的男孩呢？”

“她一定是有她的理由。”她父亲说。

“我不知道为什么你会这么想。”凯特对父亲说。她用勺子敲着炖锅的一边，让一块粘在上面的肉糜掉下去。

父亲对于一般人的日常生活简直一无所知，这一点总是让她惊叹不已。这个男人生活在真空当中。他们的女管家以前常说，这是因为他太聪明了。“他有非常重要的事情要想，”她会这么说，“消除全世界的疾病之类的。”

“嗯，那也不代表他就不能同时想想我们呀，”凯特说，“就好像他的那些老鼠比我们还重要！好像他根本就不关心我们！”

“哦，他当然关心了，亲爱的！他关心的。他只是不会表达而已。就好像他……从来没学过表达关心的语言之类的。好像他来自另一个星球。但我保证他是关心你们的。”

他们的女管家肯定彻头彻尾赞同达令夫人的“好话原则”。

“我那天提到过皮奥德尔的签证问题，”她父亲说，“我不太确定你有没有完全明白这个问题。他的签证有效期是三年。他在这儿已经待了两年零十个月了。”

“嘘，”凯特说，她关灭炉子，抓着两边的握柄端起炖锅，“让一让。”

他退到门外。她从他身边经过，走进餐厅，把炖锅端到常年放在餐桌正中央的三脚架上。

尽管餐厅里有不少她母亲的祖辈们留下的家具，风格雅正，然而自她去世以后，这儿便开始变得混乱无序起来。橱柜的银餐具上堆满了维生素瓶、开封的信件和各种各样的办公用品。餐桌的一端乱糟糟的，上面放着一叠发票、一个计算器、一本记账簿和一沓个税申报表。报税的事一般都是凯特负责的，此刻她满怀不安地瞥了父亲一眼，后者紧跟着她走进了餐厅。离报税截止日已经没剩下几天了，然而父亲一心想着自己的事。

“你看到困难了吧。”他说。他又跟着她回到厨房。她从冰箱里拿出一盒酸奶。

“让一让。”她再次说道。

他又跟着她再次来到餐厅。他的两只手握成拳头揣在工装连体裤前面的两个深口袋里，让他看起来好似揣着个热水袋。“再过两个月，他就要被驱逐出境了。”他说。

“你就不能帮他续签吗？”

“理论上，我能这么做。但一切都在于谁为他申请续签——在于这个人的项目是否足够重要，但我怀疑有些同事觉得我的项目已经没戏了。不过，他们知道什么，对吧？我这次就快成了，我真的能感觉到：我就快发现唯一的、统一的解决自体免疫紊乱的钥匙了。然而，移民局还是会说，没了他我照样可以进行研究。自从‘9·11’以后，移民局就变得不可理喻了。”

“哎。”凯特说。他们又回到了厨房。她从台子上的果盆里挑了三个苹果，问：“那么你要找谁来替代他呢？”

“替代！”她父亲叫道。他盯着凯特看。“凯特，”他说，“他可是皮奥德尔·施谢尔巴科夫！既然我和皮奥德尔·施谢尔巴科夫共事过，我就再也不能接受其他人了。”

“好吧，但听起来你似乎不得不接受其他人。”凯特说。“让一让。”她又说了一遍。她回到餐厅，在每个盘子上分别放一个苹果，她父亲依然跟在她身后。

“我要完了，”她父亲说，“我完蛋了。我还不如干脆放弃研究算了。”

“老天啊，父亲。”

“除非，或许，我们可以给他……换一个身份。”

“噢，好啊。给他换一个身份。”

她从他边上擦身而过，走到外面的客厅。“邦妮，”她朝楼上喊道，“吃晚饭了！”

“我们可以把他的身份换成‘一位美国人的配偶’。”

“皮奥特尔和一个美国人结婚了？”

“嗯，现在还没。”她父亲说，他跟着她重新回到餐厅，“但他长得帅气逼人，我觉得。你不同意吗？我们楼里那么多女孩子，总喜欢找各种理由跟他聊天。”

“那么他可以娶一个你们楼里的女孩吗？”凯特问道。她在自己位置上坐下，抖开餐巾。

“我觉得不行，”她父亲说，“他不……很可惜，他们也就聊聊天，从未有进一步发展。”

“那么和谁呢？”

她父亲在桌首坐下，清了清嗓子，然后说：“你，或许？”

“真有趣，”她对他说，“哦，那女孩到底在哪儿？伯尼丝·巴蒂斯塔！”她大声喊道，“赶紧下来吃饭！”

“我已经下来了，”邦妮说着出现在门口，“你用不着把我耳朵震聋。”

她在凯特对面的位置懒洋洋地坐下来。“嗨，老爸老爸。”她说。

长时间的沉默，其间巴蒂斯塔博士像是从深渊里挣扎着爬出来。最后他说：“哈啰，邦妮。”他的声音听起来忧伤而空洞。

邦妮朝凯特挑了挑眉毛。

凯特耸耸肩，拿起了手里的勺子。

第三章

“周二快乐，孩子们。”达令夫人说道，然后让凯特再到她办公室来一趟。

这次凯特没法在“安静休息时间”离开教室，因为今天昌西夫人生病没来。而且每逢周二，凯特还要负责放学后的“额外托管”。因此，她不得不从午饭时间起，一直惴惴不安地等待到下午五点半。

关于达令夫人找她所为何事，她一无所知。不过话说回来，她从来都很少知道。这个地方的规矩复杂而神秘！或是习惯，或是惯例，或是别的什么……比如说不能给陌生人看你的脚底板，或是类似的。她试图回想自己可能做错了什么事，可是从昨天下午到今天中午的这点时间里，她能做错什么事呢？她已经刻意避免与学生家长之间的交流了，而且她觉得达令夫人也不可能听说今天早上她因为拉不下安特万的外套拉链而小小发了顿脾气的事儿。“愚蠢的、活见鬼的、该死的现代生活。”她当时嘀咕道。但她咒骂的是生活，而不是安特万。安特万肯定明白这点。再说，他看起来也不像那种会跑去打小报告的孩子，即使他有机会这么做。

那是一条双拉链，就是那种可以拉开下面那头，而上面那头保持合拢的拉链，最后她不得不把整件外套从他头顶上拉出来，这才把它脱下来。她讨厌这种拉链。这真是种自以为是的拉链。它想要未经准许将你一切可能的需求一并解决。

她试图回想前一天达令夫人是如何斟词酌句地警告她的。她没说过“再犯一次错你就走人”之类的话，没有吧？是的，她说得更加婉转些。是大人们在吓唬孩子时总会用的那种意义含糊的“否则就……”，孩子们最终会明白，事情并不会像大人们说的那般严重。

达令夫人提到了“岌岌可危”这个词，她隐约记得。

要是没了工作，她每天能干些什么呢？显然她生活中除了工作外再无任何事情可做——没了工作，她都想不出每天早上还有什么起床的理由。

昨天在“展示与讲述”时间，克洛伊·史密斯讲了她上周末到一家宠物农场去玩的经历。她说她看到了一些小羊，凯特脱口而出：“真幸运！”她特别喜欢羊。她问克洛伊：“它们有没有在嬉戏玩耍，就像羊儿们在高兴时那样？”

“是的，它们当中有一些才开始学着飞呢。”克洛伊说。她的描述是如此实事求是，如此细致具体而又不动声色，凯特的内心因此激荡起一阵纯粹的快乐。

在你尚未意识到某样东西可能还值得珍视之前，你就不得不想象失去它的情景，真是好笑。

五点四十分的时候，最后一位母亲接走了最后一位孩子——五岁班的一位母亲，阿莫斯特夫人，她儿子在这里上了这么久的学，她从来都是迟到的——凯特给了她最后一个虚假的微笑，紧闭双唇，以防不小心说出任何会让自己倒霉的话。她挺直身子，深吸一口气，然后径直走向达令夫人的办公室。

达令夫人正在给她的室内植物浇水。这很可能是她为了打发时间想出的最后一招。凯特暗自希望她没有因为无所事事而变得暴躁易怒，如果凯特自己是等待的那个人的话，她就会这样。于是凯特首先道歉："我真的，真的很抱歉来迟了。全怪阿莫斯特夫人。"

达令夫人看起来对阿莫斯特夫人毫无兴趣。"坐吧。"她对凯特说，她自己一边理平身下的裙摆，一边在办公桌后坐下。

凯特坐了下来。

"艾玛·格雷。"达令夫人说。她今天显然是单刀直入。

艾玛·格雷？凯特脑中飞速闪过各种可能。然而就她所知，没有一种可能是对头的。艾玛·格雷从没惹过什么麻烦。

"艾玛问你四岁班上谁画画最好。"达令夫人说，她正查看她放在电话机旁的便签簿。"你说——"她接着一口气读完，"可能是贾森吧。"

"是的。"凯特说。

她等着听到关键句，但达令夫人放下了便签簿，仿佛她觉得刚才那个就是关键句了。她双手手指相扣，凝视着凯特，脸上带着"就是这样？"的表情。

"我就是这么说的。"凯特补充道。

"艾玛的母亲非常不安，"达令夫人对她说，"她说你让艾玛觉得自己不如别人了。"

"她就是不如别人，"凯特说，"艾玛什么都不会画。她问我真实的想法，我就诚实地回答了她。"

“凯特，”达令夫人说，“这里有太多点值得商榷，我都不知道该从哪儿开始了。”

“有哪里不对吗？我不明白。”

“好吧，你本来可以这样说：‘哦，这个呀，艾玛，我从来没把艺术视为比赛。你们所有人都很有创造力，这让我激动极了！’你还可以说：‘不管你们画什么，所有人都尽了最大努力。’”

凯特试图想象自己这样说话。然而她无法想象。她说：“但艾玛不会在意的。我发誓她不会的。她只说了一句：‘哦，是啊，贾森。’然后就继续自顾自做事了。”

“她要是真不在意，就不会把这事告诉她母亲了。”达令夫人说。

“可能她只是没话找话。”

“孩子们不会‘没话找话’，凯特。”

按照凯特的经验，没话找话恰恰是孩子最喜欢做的事情之一，但是她说：“好吧，不管怎么说，那都是上周的事了。”

“你的意思是？”

对于这一问题，凯特的惯常回答是：“哎呀，可惜你错过了。”然而这次，她把这话咽了下去（练习克制这事有个扫兴之处，就是没人知道你正在练习克制）。

“所以我的意思是，我不是这两天说的那话，”她说，“那甚至都是我和雅米莎父亲那事之前的事了，是在我保证会改过自新以前。我是说，我记得自己做出的保证，并且正在努力改正。我现在表现得非常圆滑，非常有策略。”

“我很高兴听到你这么说。”达令夫人说。

她看上去将信将疑。但她也没告诉凯特她被炒了。她只是摇了摇头，对凯特说：“就到这里吧。”

凯特回到家时，发现邦妮把厨房搞得一团糟。她正在煎一块白色的什么东西，电炉的温度高得离谱，整个房子都弥漫着中国餐馆里那种烧过了头的油和酱油的味道。“这是什么？”凯特大声喝道，冲到她前面关小了火。

邦妮往后一退。“看在上帝的分儿上，别这么气冲冲的。”她说。她举起铲子，好像那是个苍蝇拍。“这是豆腐？”

“豆腐！”

“我要当素食主义者？”

“你在开玩笑吧！”凯特说。

“在我们国家，每小时就有六十六万无辜的动物为我们而死。”

“你怎么知道的？”

“爱德华告诉我的。”

“爱德华·明茨？”

“他从来不吃长着脸的东西？所以从这周开始，我要你别在我们的肉糜中加任何牛肉。”

“你想吃没有肉的肉糜。”

“这样更健康。你不知道，我们体内积攒了多少毒素。”

“你怎么不去入个什么教派呢？”凯特问她。

“我就知道你不会理解的！”

“哦，去准备餐桌吧。”凯特精疲力竭地说道，然后打开冰箱，拿出那锅肉糜。

邦妮不是一直这样愚蠢的。大概从十二岁那年起，她开始变得喋喋不休。这种改变甚至体现在她的头发上。以前她扎着两条得体大方的辫子，而现在好好的头发却变成了一大簇金色的短波浪卷，如果你站在合适角度的话，还可以透过她的卷发看见日光。她习惯于微启双唇，眼睛睁得大大的，一副天真无邪的样子。她穿的衣服也稚嫩得夸张，腰身高至腋窝以下，非常非常短的裙子裹在大腿边沿。凯特觉得，这些变化都和男孩子们有关——为了吸引男孩子。只是她为什么觉得青春期的男生会着迷于孩子气的打扮呢？尽管显然正是如此，邦妮的追求者多不胜数。在公众场合，她总是双脚撇成内八字走路，而且经常是踮着脚尖的，给人一种小心翼翼的感觉，尽管这种感觉实在是大错特错。然而私底下，比方此刻在厨房里，她还是以正常姿势走路的。她双手捧着一摞盘子重重地走进餐厅，咣咣地把它们分别放到桌子上。

凯特正从台子上的果盆里挑选苹果，这时她听到父亲走进前厅里。“我就告诉凯特一声，让她知道我们来了。”他这样说着，接着叫道：“凯特？”

“什么？”

“是我们。”

她和邦妮交换了一个眼神，后者正在往一个盘子里倒一块豆腐。

“我们是谁？”她问道。

巴蒂斯塔博士出现在厨房门口，边上站着皮奥特尔·施谢尔巴科夫。

“哦，皮奥特尔。”她说。

“卡啰[1]！”皮奥特尔说。他穿着和昨天一样的灰色毛线衫，一只手里拿着个小小的牛皮纸袋。

“这是我的另一个女儿，邦妮，”巴蒂斯塔博士说道，“邦－邦，过来认识下皮奥德尔。”

“嗨，你好啊！最近怎样？”邦妮问他，浅笑嫣然。

“已经两天了，一直在咳嗽、打喷嚏，”皮奥特尔说，“还流鼻涕。是某种微生物，我觉得。”

“哦，真可怜！”

“皮奥德尔要和我们一起吃饭。”巴蒂斯塔博士宣布。

凯特说：“他和我们一起吃饭？”

她本想提醒父亲，按照一般的规矩，人们都会提前通知主厨有客人要来，然而事实是在他们家里，从来没有什么规矩——以前从未有过这种情况。自打凯特记事以来，巴蒂斯塔家从未来过和他们共进晚餐的客人。邦妮已经招呼起来。

“好呀！”邦妮是那种觉得人越多越热闹的类型。她从洗碗机里又拿出一个干净的盘子和一套银餐具。与此同时，皮奥特尔把他的牛皮纸袋递给凯特。

“客人带来的礼物，”他对她说，“甜点。”

她从他手里接过纸袋，往里面瞧了瞧，纸袋里放了四条巧克力。“嗯，谢谢！”她说。

“百分之九十可可含量，含有类黄酮、多元酚。”

“皮奥德尔对黑巧克力情有独钟。”巴蒂斯塔博士说。

[1] 皮奥特尔发音不准，将“hello”念作“khello”。

“哦，我爱极了巧克力！”邦妮对皮奥特尔说，“我就像上瘾了，怎么都吃不够？”

凯特庆幸邦妮进入了滔滔不绝的状态，因为她自己不太有心情招待皮奥特尔。她从果盆里拿起第四个苹果，往餐厅走去，经过父亲身边时没好气地瞟了他一眼。他朝她一笑，搓了搓手。“多一个人陪陪！”他悄悄对她说道。

“嗯哼。”

她重回厨房时，邦妮正在问皮奥特尔最想念故乡的什么。她正抬头凝视着他的脸孔，眼神痴迷，手里还捧着新拿的餐具，歪着头示意自己在侧耳倾听，那样子活像是月度明星主妇。

“我想念腌菜。”皮奥特尔不假思索地回答。

“腌菜有那么让人着迷吗？”

“去将餐桌准备好，”凯特对邦妮说，“晚饭这就好了。”

“什么？等等，”巴蒂斯塔博士说，“我本来想可以先喝几杯的。”

“喝几杯！”

“在起居室里喝几杯。”

“对啊！”邦妮说，“我能喝点酒吗，老爸？就一点点儿？”

“不，你不行，”凯特对她说，“你即使不喝，大脑发育都已经够迟钝的了。”

皮奥特尔发出一声他惯有的怪叫。邦妮说道：“老爸！你听到她说我什么了吗？”

“而且我是认真的，”凯特对她说，“我们请不起别的辅导老师了。还有，父亲，我都快饿死了。你今天回来得比平时还晚。”

“行吧，行吧，”父亲说，“对不起，皮奥德尔。恐怕还是主厨说了算。”

“没关系。”皮奥特尔说。

其实都一样，因为据凯特所知，这个房子里唯一的酒还是去年新年留下来的一瓶基蒂安酒[1]，而且是开了封的。

她把一锅肉糜端进餐厅，放到三脚架上。邦妮同时在自己边上给皮奥特尔留出了座位。他们不得不全挤在桌子的一头，因为另一头堆放着个税申报单。“亲人们怎么样，皮奥德尔？”他刚一坐下邦妮就问起来，这个姑娘真是不知疲倦，“你不想念故乡的亲人吗？”

“我没有亲人。”他说。

“一个都没有？”

“我在孤儿院长大。”

“天啊！我还从来没遇见过孤儿院来的人呢！”

“你忘记给皮奥特尔倒水了。”凯特对她说。凯特正在给全桌人盛肉糜，从每人手里接过空盘子，再把盛满的盘子递给他们。

邦妮往后推开椅子，正要站起来，皮奥特尔举起一只手，再次说道：“没关系。”

“皮奥德尔觉得水分解了酵素。”巴蒂斯塔博士说道。

“什么？”邦妮说。

“消化酵素。”

“尤其是加了冰块的水，”皮奥特尔说，“会在食管当中冻结酵素。”

“你们听说过这个理论吗？”巴蒂斯塔博士问两个女儿。他看

---

[1] 意大利基蒂安地区出产的一种红葡萄酒。

上去很高兴。

凯特心想，真遗憾，她的父亲不能自己和皮奥特尔结婚，既然他一心想要改变这个人的身份。他俩看上去可真是天造地设的一对。

每逢周二，凯特的菜谱会有所不同，她会煎好玉米薄饼，再来一罐辛香番茄酱，用肉糜做成的肉馅做玉米圆饼。皮奥特尔对肉馅玉米圆饼倒是没有意见。他给自己那份浇上一大勺番茄酱，然后埋头吃起来，同时聚精会神地听巴蒂斯塔博士说话，还时不时地点点头。她的父亲正在详细分析为什么女人相比男人更容易罹患自体免疫紊乱疾病。凯特搅动着自己盘里的食物，却并不送进嘴里——她并不像她以为的那样饿。坐在她对面的邦妮对她的豆腐看上去也兴趣缺缺。她用叉子切下一角，不大放心地尝了一口，吃进去时仅用门牙咀嚼。她的绿色植物——两根颜色暗淡的芹菜茎——更是一口未动。凯特预计，她的无肉生活大概只会持续三天。

巴蒂斯塔博士正和皮奥特尔说到，有时他觉得，女人的皮肤就是……比男人的薄，可他突然停住不说了，而是盯着邦妮的盘子看。“那是什么？”他问。

“这是豆腐？”

“豆腐！”

“我不再吃肉了？”

“这明智吗？”她父亲问道。

“真可笑。”皮奥特尔说。

“看到了没？”凯特对邦妮说。

“那她从哪里摄取维生素 B_{12} 呢？”皮奥特尔问巴蒂斯塔博士。

“我觉得她可以通过早餐谷物来摄取，”巴蒂斯塔博士沉思着说道，“当然，这是假设她吃的是添加维生素的谷物。”

“还是很可笑，”皮奥特尔说，“是如此美式、如此简化的食物！在别的国家，人们想要健康的话，只会多加点食物，美国人则是越少越好。”

邦妮说：“那个，金枪鱼罐头，怎么样？金枪鱼本身是没有脸的。我能从金枪鱼罐头中摄取维生素 B_{12} 吗？”

凯特对于邦妮竟然脱口而出“本身”[1] 这个词惊讶不已，以至于她一时都没注意到她们的父亲对于金枪鱼这个提议的反应大得夸张。他用两只手包住脑袋，前后剧烈晃着。“不，不，不，不，不！”他呻吟道。

他们都盯着他看。

只见他抬起头来，说：“金枪鱼含汞。”

“啊。”皮奥特尔明白过来。

邦妮说：“好吧，我不在乎。我拒绝吃小牛犊的肉，它们一辈子都被关在牢笼里面，脚都没碰过地面。”

“你扯得太远了，”凯特对她说，“你说的那是牛犊肉！我从不在肉糜中加牛犊肉的！”

“牛犊肉，牛肉，柔软的毛茸茸的羊羔肉……”邦妮说道，“我一个也不要吃。这太邪恶了。告诉我，皮奥德尔，”她说着遽然转向皮奥特尔，“像你这样折磨小老鼠的，怎么能够问心无愧的呢？”

---

[1] 原文为“per se”，来自拉丁语。

“小老鼠？”

“或是你们在实验室里折磨的别的什么动物。”

“哦，邦-邦。”巴蒂斯塔博士悲伤地说道。

“我没有折磨老鼠，”皮奥特尔义正词严地说道，“它们在你父亲的实验室里生活得很好。繁殖交配！互相陪伴！它们有些还有名字呢。它们可比野外的老鼠生活得好。”

“除了你们要用针戳它们。”邦妮说。

“这没错，但是——”

“那些针会让它们生病。”

“不，目前这些针并不会让它们生病，你看，这很有意思，因为——”

电话响了。邦妮说：“我来接！”

她一把推开椅子，把地板蹭得嘎吱嘎吱响，跳起来向厨房跑去，留下皮奥特尔坐在那里说到一半，嘴巴还张着。

“哈啰？”邦妮说道，“哦，嗨啊！嗨，是你啊！”

凯特听得出，对方是个男孩子，因为邦妮换上了那种带着短促呼吸声的声音。不可思议的是，她们的父亲好像也觉察到了。他皱了皱眉头，问道：“是谁打来的？”接着他转过身去喊道：“邦妮？是谁打来的？”

邦妮没理他。

“哇，”他们听到她说，“哇，真是太贴心了！你这么说真是太贴心啦！”

“她在跟谁打电话？”巴蒂斯塔博士问凯特。

凯特耸了耸肩膀。

“她吃饭的时候不停地收到那些……短信，这已经够糟的了，”他说，“现在他们都直接打电话了？”

“别看我。”凯特对他说。

凯特要是在电话里这样说话，她自己都会窘得说不下去。她试图想象这一情景：接到某人，哦，比如说亚当·巴恩斯的电话，无论他说什么，都夸他真是太贴心了。一想到这儿，她就尴尬得脚指头都弯了起来。

“你昨晚跟她谈过那个明茨家男孩的事吗？”她问父亲。

“哪个明茨家男孩？”

“她的辅导老师啊，父亲。”

“哦。还没呢。”

她叹了口气，给皮奥特尔又舀了一勺肉糜。

皮奥特尔和巴蒂斯塔博士开始围绕淋巴组织增生讨论起来。邦妮打完电话后回来，在他俩中间坐下，不快地嘟着嘴，把她那块豆腐切成极小的一块块（她不习惯被人冷落）。晚餐将尽时，凯特起身从厨房里拿来那几条巧克力，但她懒得收拾盘子再换上干净的，于是每个人都直接把巧克力的包装纸扔在残余食物上了。

凯特咬了一口巧克力，做了个鬼脸。百分之九十的可可含量太高了，极限是百分之六十，她得出结论。皮奥特尔似乎觉得这很有趣。

“我们国家有一句谚语，”他对她说，“如果药吃起来不苦，别指望它治好病。”

“我不期望甜点能治好病。”凯特说。

“好吧，我觉得这个味道棒极了。”巴蒂斯塔博士说。他可能没注意到，自己的嘴角是耷拉下来的，就像一个四岁班上孩子画的愁眉苦脸的表情。邦妮看上去也不太喜欢这种巧克力，但她跳起身来到厨房，从那里拿回一罐蜂蜜。

“往上面蘸点这个。”她对凯特说。

凯特摆了摆手表示不要，然后伸手拿起自己盘子上方的苹果。

“老爸？往上面蘸点这个。”

“哦，谢谢，邦妮，”她父亲说，他把巧克力的一角往罐子里蘸了蘸，“来自邦妮的蜂蜜。”

凯特翻了个白眼。

“蜂蜜是我最喜欢的营养品之一。”父亲对皮奥特尔说道。

邦妮把蜂蜜罐递给皮奥特尔。“皮奥德尔？”她问道。

“我很好。”

不知为什么，他正看着凯特。他有种独特的让眼皮半睁半闭的方式，这让人感觉他在观察她的过程中得出了什么不同寻常的结论。

一声响亮的按键音。凯特吓了一跳，转向父亲，只见他正朝她挥舞着手机。“我觉得我能搞懂这东西。”他说。

“哦，别弄了。”

“我只是想练一练。”

“给我拍一张。”邦妮央求道，她放下巧克力，迅速用餐巾抿了抿嘴，“拍一张，然后发到我的手机上。”

“我还不知道怎么弄，”她父亲说，但他还是给她照了一张，然后说：“皮奥德尔，这张你被邦妮挡住了。过来坐到凯特旁边，让我给你俩拍张照。”

皮奥特尔立马换了位置，但凯特说道：“你到底是怎么了，父亲？你买那个手机有一年半了，可以前你连正眼都没看过它。”

“是时候该融入现代社会了。”他对她说，然后再次把手机举到眼前，好像那是个柯达相机似的。凯特推开椅子站起身来，试图不让父亲拍到她，按键声再次响起，接着她父亲放下手机，查看拍好的照片。

“我来帮着一起洗碗吧。”皮奥特尔对凯特说。他也站了起来。

“没事的。邦妮会帮我的。”

“哦，今晚就你和皮奥德尔一起洗吧，”巴蒂斯塔博士说，“邦妮还有作业要做呢，我敢肯定。”

“不，我没有作业。”邦妮说。

邦妮几乎从来都没有作业。真是让人大惑不解。

“好吧，但我们得聊一聊你的数学辅导老师。”巴蒂斯塔博士说。

“她怎么了？”

“西班牙语辅导老师。”凯特提醒道。

“我们得聊一聊你的西班牙语辅导老师，过来。”他说着站了起来。

“我不知道关于他有什么好聊的。”邦妮对父亲说，但她也站起来，跟着父亲出了餐厅。

皮奥特尔已经在收拾盘子了。凯特说：“说真的，皮奥特尔，我自己对付得过来。还是谢谢你。”

“你说这话只是因为我是外国人，”他对她说，“但我知道美国男人是洗碗的。”

“在我们家不是。实际上，我们谁都不洗碗。我们只是把碗扔进洗碗机里，等堆满了就让洗碗机一次性洗掉。下次吃饭时再拿出一些碗来，吃完再放进去，等满了再让洗碗机洗。”

他想了想。“这就是说有的碗是洗了两次的，”他说，“即使它们用都没用过。”

“洗过两次或六次，你猜到了。”

“而且有时候你们用的可能是吃过的碗，凑巧的话。”

“除非我们当中有谁把盘子舔得非常、非常干净，”她说，然后笑起来，“这是一个体系，父亲发明的体系。”

“啊，是啊，”他说，“体系。”

他打开水槽里的水龙头，开始洗起盘子来。她父亲的体系里没提到先擦洗，他只是规定，有任何没洗干净的碗的话，就放进洗碗机里再洗一次。其实即使不洗第二回，他们至少也知道所有碗都是消过毒的。但她觉察到皮奥特尔对他们的做法不以为然，于是她也没试图阻止他。

尽管他哗啦啦地放着热水，而这样做是极不环保的，她父亲见了定会抓狂。

“你们没有女佣？”过了一会儿皮奥特尔问道。

“现在没了，”凯特说，她把肉糜重新放回冰箱里，“这就是为什么父亲发明了各种体系。”

“你们的母亲过世了。”

“死了，”凯特说，“是啊。”

“对你的遭遇我深表遗憾。”他说。他说出的每个字都好像是事先背下来的。

“哦，没什么，”凯特说，“我跟她没那么熟啦。”

“你为什么跟她不熟？”

“她在生完我之后就得了抑郁症。”凯特现在来到了餐厅，正在擦着桌子。回到厨房后她继续说：“找了个人照看我，然后自己就一蹶不振了。”她说着笑起来。

皮奥特尔没有笑。她记得他说他是在孤儿院长大的。“我猜你跟你母亲也不熟。”她说。

“是的，”他说着，同时把盘子一个个插进洗碗机里，它们看上去已经干净得能直接拿起来吃了，“我是被捡来的。”

“弃婴？”

“是的，在门廊上捡到的。放在一个黄桃罐子里。纸条只留了三个字：两天大。”

当他和她父亲聊天时，他听起来还算聪明，甚至是蛮有思想的。然而一碰到离科学远一点的话题，他就又会暴露出语言障碍。比如说，她找不出他使用或是不使用冠词的形容词的任何规律，冠词和形容词的使用有那么难掌握吗？

她一把将洗碗布丢进储藏柜的篮子里。她父亲偏爱全棉洗碗布，习惯于用过一次后就把它们漂白洗净。他对海绵怀有一种近乎迷信的恐惧。

“行了，都做完啦，”她对皮奥特尔说，“谢谢你帮忙。父亲在起居室里，我觉得。”

他站起来看着她，或许是等她来给他带路，但她往后倚靠在水槽边上，双手交叉放在胸前。最后，他终于转身离开了厨房，凯特则来到餐厅处理那堆个税申报单。

“今晚不错，对吧？”父亲问她。

送走皮奥特尔后，他游荡到餐厅来。凯特算完一栏总数后才抬起头来，问道：“你和邦妮谈了吗？”

“邦妮？”

“你和她谈了爱德华·明茨的事吗？”

“谈了。”

“她怎么说？”

“关于什么怎么说？”

凯特叹了口气。“来，我们集中下注意力，”她说，“你有没有问她为什么不直接从那个机构找个辅导老师？你问出明茨收多少钱了吗？”

“他不收一分钱。”

“好吧，这并不是好事。”

“为什么？”

“我们要找的是一个专业的老师。我们想要的情况是，如果他帮不上邦妮的话，我们能够把他开了。”

“你愿意嫁给皮奥德尔吗？”她父亲问。

“哈？”

她靠到椅背上，瞠目结舌地看着他，计算器还在她左手上，圆珠笔在右手上。这个问题的全部意义是在延迟了几秒钟之后迎面向她击来的——就像对准上腹部的猛然一拳。

他没有说第二遍。他只是站在那里，满怀期望地等待她回答，双手握紧拳头插在工装裤口袋里。

“请告诉我你不是认真的。”她说。

“现在，就只是考虑一下这种可能性，凯特，”他说，“三思之后再做决定也不迟。”

“你的意思是让我嫁给一个我认都不认识的人，为的只是让你能留住你的研究助理？”

“他不是什么普通的研究助理。他是皮奥德尔·施谢尔巴科夫，而且你对他也稍有了解。起码我对他的推荐也可以让你略知一二了。”

“你这些天都在暗示这事，对吧？”她问。她听到自己的声音在颤抖，这让她感到羞辱，希望他没注意到，然后接着说：“这些天来你都在把他跟我撮合到一起，我居然迟钝到现在才发现。我猜我只是不能相信我的亲爸爸会想出这种事。”

“凯特，你反应过度了，”她父亲说，“你早晚都得嫁人的，对吧？而现在有一位如此出类拔萃、如此天赋异禀的人选。如果他不得不离开我的项目，这对人类而言都是莫大的损失。而且我也喜欢这个人！他是个好人！我可以肯定，你在进一步了解他之后一定会和我有一样的感受。”

“你就永远不会让邦妮来做这事，”凯特语带苦涩地说道，“你亲爱的宝贝，邦妮－宝。”

“那个，邦妮还在上高中呢。”他说。

“那就让她辍学。知识界不大可能因此遭受损失吧？”

“凯特！这样太不近人情了，”她父亲说，“再说了，”顿了一下后他又补充道，“邦妮有一大群小伙子在追呢。”

“然而我没有。”凯特说。

他没有反驳她这句。他只是一言不发地看着她，满怀期待，双唇紧闭，以至于他的小黑胡子挤在了一块。

如果她保持面无表情，如果她不眨眼睛，甚至不张口多说一字，她或许可以止住随时会奔涌而出的眼泪。于是她保持沉默，一点一点地站起身来，注意不让自己撞到任何东西，然后放下计算器，转过身，昂着头走出了餐厅。

“凯瑟琳？”父亲在身后唤道。

她来到客厅，穿过客厅，接着一步一步地爬上楼梯，泪水早已夺眶而出。她泪流满面地走上二楼，绕过楼梯端柱时，迎面撞上了邦妮，她正往楼下走。“嘿？”邦妮一脸惊愕地说道。

凯特一把将圆珠笔摔在邦妮脸上，然后跌跌撞撞地走向自己的房间，重重地摔上了门。

第四章

如果有人伤透了你的心，你绝对能感觉到身体上受了伤。在接下来的几天里，凯特发现了这点。之前她也曾多次有此体悟，然而这次就好像是恍然大悟，如锋利的刺刀般扎向她的胸口。这种比喻不符合逻辑。为什么是她的胸口？归根结底，心脏不过是两堆被神化的突起物而已。然而，她的心还是伤痕累累，又紧缩又肿胀——如果这话听起来自相矛盾，也随它去吧。

她每天还是走路上班，路上她感觉自己的孤单是那样赤裸裸，那样扎眼。路上的每个人都好似有人做伴，有人一起开怀大笑，吐露心扉，互相轻推胳膊小声提醒。所有那些成群结队、对世事了然于心的年轻女孩；所有那些十指交扣、并肩贴耳轻声私语的情侣；所有那些在出门上班前站在汽车边上说长道短的邻里妇女。她们议论古里古怪的丈夫、不可理喻的青少年、多灾多难的朋友，然后她们会突然停下来，跟凯特说“早”——即使是那些并不认识她的人。凯特装作没有听见。有时她把头垂得很低，头发飞舞到面前，把她的整个侧脸都遮住。

现在春意越发浓了，水仙花初绽娇容，枝头鸟儿喧叫不息。如果她可以自由支配时间，此刻她定会在后院里忙活。干园艺活总能安抚她的内心。然而不行，她还是得每天早上到学校去，并在走到校门口面对送孩子们上学来的家长时，在脸上贴上转瞬即逝的笑容。尽管一学年已过大半，有些低年级孩子还是不肯离开家长，他们会紧抱着家长的大腿不放，把脸贴在他们的膝盖上。这时家长们会一脸无奈地望着凯特，凯特只得摆出一副看似满怀同情、实则虚假无比的表情，对着孩子问道（不管这孩子是谁）："想要我拉着你的手一起进去吗？"她之所以这么做，是因为达令夫人就站在大门口，想着伺机找个理由将她解雇。不过，真要是解雇了，又能怎样呢？又会有什么大不了呢？

在走向四岁班的路上，经过那些互相聊着天的教师或助教的时候，她至多点头示意。她和昌西夫人打了招呼，然后往储物柜里放进自己的东西。接着孩子们走进教室，一个个争先恐后地跑来向她汇报最新消息——谁家宠物学会了新本领啊，谁做了个噩梦啊，谁收到祖母送的礼物啦——经常几个孩子都是一起说话的。凯特则站在他们中间，如大树般一动不动，只是说着："真的呀。嗯。真不可思议。"她好像是拼尽全力说出这话的，然而没有一个孩子觉察到异样。

她依次走完"展示与讲述""故事时间""活动一小时"等常规日程。然后她在教师休息室歇了一会儿，鲍尔夫人正在那里讨论白内障手术的问题，费尔韦瑟夫人则在询问有谁得过滑囊炎，凯特进来时，她们会停下来和她打招呼，凯特会咕哝着答应一声"嗯"，然后让长而浓密的头发披落在面前，自个儿往卫生间走去。

四岁班这阵子似乎尤为纷争不断，所有小女生都不跟利亚姆·M说话了。"你对她们做了什么？"凯特问他。他答道："我不知道我做了什么。”凯特也觉得他讲的是实话。那些小女生经常会玩弄阴谋，耍些复杂的心思。她对利亚姆·M说：“好吧，别在意，她们会慢慢忘记这事的。”他听后点点头，重重地叹了口气，鼓起勇气挺直背脊。

午餐时间，她会无精打采地搅动着盘中的食物：什么东西闻起来都像涂蜡纸的味道。周五那天，她忘了带牛肉干——实际上，是她发现家里放牛肉干的抽屉空了，尽管可以发誓应该还有一些的——于是她只吃了几颗葡萄，但这就够了。她不但胃口欠佳，还感觉像是吃得过饱，仿佛她肿胀的内心涌到了喉咙里似的。

在“安静休息时间”，她坐在昌西夫人的桌子后面，目光直视前方。换作平时，她一般会随意翻看昌西夫人看完不要的报纸，或是整理收拾最容易变得乱糟糟的游戏区域——乐高积木区或是手工桌——然而现在，她只是目光空洞地发着呆，心里愤恨着父亲的种种不是。

他一定觉得她一无是处。在他一心一意追寻科学奇迹的道路上，她不过是一个用于交换的筹码。说到底，她的人生又有什么真正的意义呢？而且他肯定觉得，她根本不可能找到一个真心爱她的男人，那么为什么不干脆把她转手卖给一个对他有用的人呢？

然而凯特并不是从来没交过男友。高中时代男生们确实有点怕她，但高中毕业后那会儿，她曾经交过很多男友。或者说至少是很多初次约会的对象。有些甚至还有第二次约会。她父亲无权认定她嫁不出去。

再说了，她才二十九岁，还有的是时间来物色丈夫呢！当然，这是假设她想要丈夫的话。事实上，她对此并不太确定。

周五下午在操场上时，她百无聊赖地在硬邦邦的地面上踢着一个瓶盖，脑中回放着父亲对她说过的每一句话，尽管这么做让她痛苦不堪。

他说，他喜欢这个小伙子，好像这就足以作为让他女儿嫁给这个人的理由！还有关于皮奥特尔离开他的项目会使整个人类蒙受损失的那段。他的项目已经成了目的本身，它不服务于任何意图、任何目的，它只是不断地进行下去，在这一过程中衍生、迂回、掉头重来。除了其他科学家以外，都没有人知道这个项目到底是什么。最近，凯特甚至开始怀疑，其他科学家究竟知不知道。不无可能的是，他的赞助者早已忘记了他的存在，他们继续给他提供资金仅仅出于惯性。他很久以前就被撤除了教职（她想都能想到他当老师是什么样子），安置在一个又一个实验室里，几经辗转，每次分到的实验室都越来越小。在约翰·霍普金斯大学成立独立的自体免疫研究中心时，他们也没邀请他加入。或许是他拒绝了他们的邀请，她也不太确定。不管怎样，他只是一个人默默地继续着他的研究，显然没人特意来调查他有无进展。不过谁又知道呢？或许他取得了多方进展也未可知。然而此时此刻，凯特想不出有什么伟大的成果，能够为他牺牲自己大女儿的行为洗白。

她错将一丛青草当作那个瓶盖，一脚踢了上去，边上一个等着玩秋千的孩子看上去吓了一跳。

娜塔莉可能已经俘获了亚当的心。她看上去漂亮可人，温婉诗意，此刻正蹲下身子安慰一个手肘擦破皮的小女孩，亚当站在她边上，充满同情地看着她们。

“你为什么不带她进去贴个创可贴呢？”他问，“我来看着玩跷跷板的孩子吧。”

娜塔莉说：“哦，真的吗？谢谢，亚当。”她说着动作优雅地站了起来，领着孩子往室内走去。她今天穿了条裙子，这种打扮在助理中并不常见。裙摆在她的小腿肚上飘扬，发出撩人的沙沙声。在凯特看来，亚当盯着她的背影望了过长的时间。

有一次，那是几个月前，凯特也曾尝试过穿裙子来学校。不是那种沙沙作响的裙子，实际上是一条镶有铆钉的前拉链牛仔裙，但她觉得它多少可以让她显得……柔和一点。年长的教师们一眼看穿了她，神秘地眨着眼睛。“某人今天很卖力哦！”鲍尔夫人如是说。凯特则回答说：“什么？这个？我穿它只是因为别的衣服都洗掉了，就是这样。”然而亚当似乎并未注意到她穿了裙子。不管怎么说，事实证明她穿裙子是不切实际的——爬立体方格铁架时很不方便——而且她也摆脱不了在教师休息室的全身镜里看到的自己样子的困扰。她想到了“老来俏”这个说法，尽管她知道自己并不老，至少尚未如此。第二天，她又换回了牛仔裤。

此刻亚当信步走到她身边，对她说：“你注意到没有，有些日子特别容易出事？”

“容易出事？”

“刚刚那个孩子，手肘擦破了皮。然后今天早上，我班上的一个男孩子把自己的食指放进了削笔刀里——”

“哎呀！”她说，不自觉地缩了一下。

“就在午饭前汤米·巴斯把门牙给摔掉了，我们只得打电话给他妈妈，让她把他接走——”

“哎呀，今天的确是多事之日，”凯特说，“你把那颗牙齿浸在牛奶里没有？”

“牛奶里？”

“你把它浸在一杯牛奶里，兴许它还能重新植上呢。”

“哦，不，我没有，”亚当说，“我只是用一张纸巾把它包住了，没准他们要把它留给牙仙。”

“嗯，别担心。只是一颗乳牙而已。”

“你怎么知道可以浸在牛奶里的？”他问。

“噢，我就是知道的。”她说。

她不知道该怎么摆放双手，于是便开始前后甩动手臂，然后她想起邦妮说过这样子看上去像个男生（记上邦妮一笔）。她停下摆动，把手插到后口袋里。“我九岁的时候，有次被橄榄球撞掉了一颗已经长成的牙齿，”她说出口之后才意识到这话听起来太不像个女生会说的了，于是又补充道，“我正好在回家路上经过一个球场，就这么被撞掉了。但我们家的女管家知道要把牙齿浸在牛奶里。”

“是吗，这招肯定管用，”亚当说，他现在正更加仔细地打量着她，“你的牙齿长得真好。”

“哦，你真是……你这么说也太贴心了吧？”凯特说。

她开始踮着穿着球鞋的脚在操场地上画弧线。接着索菲娅走了过来，然后她和亚当聊起了一种免揉面包的制作方法。

在下午一小时的活动时间里，那个芭蕾舞演员娃娃和水手娃娃又换了一种方式上演分手（凯特都不记得他们是什么时候复合的）。这次他们分手是因为水手娃娃表现不得体。

“求你了，科迪莉亚，”扮演水手的艾玛·G说道，“我下次再也不会不得体了，我保证。”

但芭蕾舞演员说："嗯，很抱歉，但我已经给了你一次又一次机会，现在我对你的耐心已经到极限了。"接着雅米莎从一把凳子上摔了下来，额头上肿了一个巨大的包，证明了今天的确是亚当所说的多事之日，凯特好容易才哄完她，克洛伊和艾玛·W又互相大叫着吵了起来。

"姑娘们！姑娘们！"昌西夫人说道。她对于不和的忍耐度相比凯特要低。克洛伊叫道："这不公平！艾玛·W霸占了儿童玩具！她有'尿裤子娃娃''尖叫宝宝'和'生理娃娃'[1]，而我只有这个又旧又傻的木头匹诺曹！"

昌西夫人转向凯特，显然是希望她从中调停，然而凯特只是对她俩说："好吧，你们自己解决吧。"说完就离开她们，走去看男孩子们在做什么。有个男孩也有一只娃娃（她看到的是一个小人娃娃），他把它头朝下在地板上滑动着，嘴里说着"呼，呼"，好像那是辆卡车。这看上去有点浪费，因为小人娃娃现在供不应求，但凯特已无力再管这事。

受伤的情绪从她胸口一直蔓延到了左肩，她都怀疑自己是不是要心脏病发作了。真要这样她倒求之不得。

一天结束后走在回家的路上，凯特回想着和亚当的对话。"哎呀！"她是这么说的，而且不止一次，还说了两次，用的是那种她所鄙夷的造作的女孩子气的语调，她的声音也比平时要尖一点，每个句子的末尾故意音调上扬。愚蠢，愚蠢，愚蠢！"你这么说

[1] Anatomically Correct Dolls，一种展露人体第一或第二性征的娃娃。

也太贴心了吧？”她是这么问的。戈登太太的小型鸡爪枫[1]在她经过时轻扫她脸颊，她恶狠狠地朝树叶打去。快走到明茨家时，他们家的前门打开了，她赶紧加快步伐，免得要和任何人说话。

邦妮还没回家，正好。凯特把包甩在客厅的躺椅上，来到厨房找点东西吃。她的胃后知后觉地发现她跳过了午饭。她给自己切了一块切达干酪，边大声嚼着边在厨房里晃荡着，思考明天她要在杂货超市买些什么回来。如果下周的肉糜都不放肉的话（她已经决定就这么做，让邦妮尝尝没肉的滋味），她就得增加其他配料的量——或者是小扁豆，或者是黄豌豆。因为父亲制定的晚餐配方是定额定量的，因此他们每周五晚上正好吃完那锅肉糜。但这个星期是个例外：邦妮因为改吃素食而没动肉糜，即使加上周二晚上皮奥特尔狼吞虎咽吃下的一大份，也未能解决邦妮没吃的那部分。所以他们明天得吃剩菜了，父亲肯定会不高兴。

她老大不情愿地从购物清单里删去炖牛肉这一项。清单是电脑生成的——她父亲发明的，上面按照超市货架的顺序列着家里的日常所需品——凯特每周所要做的就是划去那些不需要的东西。今天她划去的是邦妮平常当零食吃的腊肠棒；她没有划去牛肉干，还加上了洗发水。后者在她父亲开的那张标准清单上是没有的，因为他觉得一块普普通通的肥皂照样洗得干净，价格却只是洗发水的几分之一。

在以前，他们还有个管家的时候，家里的采购还不是这样严格刻板。不是巴蒂斯塔博士没尝试过用他那套，只是拉金太太不

[1] 即日本枫树。

拘小节的性子总让他实施未果。“想到需要什么的时候就把它记下来，这有什么不对的呢？”每次他催她采用他那张标准清单的时候，她都会这样反问道，“这又不是什么难事：胡萝卜、豌豆、鸡肉（拉金太太以前会做一种非常美味的鸡肉馅饼）……”在他没听见的时候，她还会悄悄告诫凯特，千万别让男人插手家务活。“他会被家务冲昏脑袋的，”她说，“你的生活从此就不再由你做主了。”

凯特关于母亲的寥寥记忆中，有一件事是某次她和父亲的争吵，原因是父亲向母亲指出她把餐具放进洗碗机的方式不对。“勺子应该柄朝下放进去，刀叉应该柄朝上放，”他说，“这样刀叉就绝不会戳到你，对吧，而且清空洗碗机的时候也能更快地把银餐具拿出来整好。”显然，说这话时他还未想出干脆再也不清空洗碗机的点子。在凯特听来，父亲的方法很有道理，然而母亲最后却气得泪眼汪汪地转身走回自己的卧室。

台子上的水果盆里放着一个小柑橘，还是凯特在二月买回来的一盒水果里剩下来的。她削了皮吃起来，尽管它已经有点干瘪了。她站在水槽边，看着窗外小小的红色鸟巢，那是她上星期挂在山茱萸树上的。到目前为止，还没有鸟儿驻足于此。她知道自己不该连这种事都放在心上，这样很愚蠢。

皮奥特尔知道她父亲在暗中策划什么吗？他不可能不知道，凯特觉得。太丢人了！毕竟他是需要扮演角色的——那次他“碰巧”遇上她，对着她的头发大惊小怪，以及和他们一起吃晚饭。还有，他看上去也不像是为签证即将到期而忧心忡忡的人。很可能他一直理所当然地认定她父亲的计划能够救他。

不过现在，他可不会再觉得什么是理所当然的了。哈！现在他肯定已经听说她拒绝合作了。她真想看看他知道时脸上是什么表情。

凯特·巴蒂斯塔可不是那么容易搞定的。

她提着一个洗衣篮上楼来到邦妮的房间，往里面装进邦妮放在待洗篓里的衣物。照她父亲看来，洗衣这事的费时之处在于，洗完后还得把不同人的衣物分拣出来。于是他下令给每个人定一个单独的洗衣日，邦妮的洗衣日是每周五。虽然不用猜都知道，不管哪天，洗衣服的人总是凯特。

邦妮的梳妆台上散乱地堆放着各种化妆品，散发出一种烂水果的味道。许多本该放进待洗篓里的衣物凌乱地丢在地上，但凯特没有理会它们。捡衣服可不是她的分内事。

地下室里尘埃弥漫，光线昏暗，一走进去她就顿时觉得四肢沉重酸痛。她放下洗衣篮，在那里站了一会儿，一手贴着额头。然后她挺了挺身子，掀起了洗衣机的盖子。

邦妮回来时，她正在后院里忙活，清理车库旁铁线莲丛的一些老枝。这时邦妮拉开屋后的纱门，叫道：“你在那儿吗？”

凯特转过身，用袖子擦了擦额头。

“我们有什么吃的啊？”邦妮问她，“我快饿死了。”

凯特问道：“是不是你把我最后那点牛肉干给吃了？”

“谁，我吗？你忘了我是素食者了吗？”

“你是素食者？”凯特重复道，“等等，你是素食者？”

“素食者，素食主义者，随你怎么说。”

“如果你连这两个词都分不清——”

“我的衣服洗好了吗？”

“在烘干机里呢。”

“你没把我那件露肩罩衫放进去洗，对吗？”

“你放在待洗篓里的我都洗了。”

“凯特！你不是认真的吧！你知道我那几件白衬衫是要留到衬衫日穿的。”

“如果你要留出什么衣服的话，你应该人在这里看着我洗的。”凯特说。

“我在参加啦啦队队长训练！我不能同时出现在多个地方！”

凯特转身继续忙她的园艺活。

“这个家真是逊爆了，别人家都是把不同颜色的衣服分开来洗的。”

凯特将一把缠绕的枝叶丢进垃圾袋里。

“别人家不是都清一色穿灰色衣服的。”

凯特自己从来只穿深色和格子图案的衣服。她不觉得穿什么衣服这个问题值得讨论。

吃晚饭时，凯特的父亲滔滔不绝地夸奖着她。“咖喱粉是你自己磨的吗？”他问（每逢周五他们会把肉糜做成咖喱菜），“吃起来真是原汁原味。”

“不是。”她说。

“那么，或许跟你放的量有关。我真喜欢这种辣味。”

过去三天他都是这个样子。看着真是可怜。

邦妮在吃一片芝士烤土司，一面上盖着青葱马铃薯片。她坚持称马铃薯片就是她的蔬菜。不错，就让她得坏血病死掉吧。反正对凯特来说都一样。

有那么一阵，餐桌上唯一的声音就是咀嚼薯片的嘎嘣声，和刀叉碰到盘子的叮当声。然后巴蒂斯塔博士清了清嗓子：“其实，”他小心翼翼地开口，“其实，我注意到我们的报税单还放在这儿。”

“没错。”凯特说。

“啊，是啊。我提起这个只是因为……我想起来报税单提交是有截止日期的。”

“真的吗？”凯特说着惊讶地挑起了眉毛，“截止日期！真想不到！”

“我是说……不过可能你现在已经记住这点了。”

凯特说：“你猜怎么着，父亲？我觉得今年你应该自己来算个税。”

他的嘴巴张成“0”字形，眼睛盯着她看。

“你算你的，我算我的。”凯特说。她的个税再简单不过，实际上，她都已经搞定寄出了。

她父亲说：“哦，为什么……你很擅长这事的啊，凯瑟琳。”

“我保证你能算出来的。”凯特说。

他转向邦妮。邦妮朝他淡淡一笑，然后她望向桌子对面的凯特，一只手捏成拳头挥向屋顶。“滚，凯瑟琳！”她说。

好吧。凯特还从未见过那阵势。

邦妮上了一位母亲的车，车里满载一群尖叫大笑的十几岁少女，她们探出每扇打开的车窗疯狂地招着手。从车载录音机里传出鼓点声。“你带了手机没？”凯特问，然后又为时已晚地补问，“你去哪儿？”

邦妮只是说了声：“拜啦！”接着就出门离去。

凯特给父亲准备好第二天要带的午餐，然后关灭厨房和餐厅的灯。她父亲正在起居室里阅读期刊。他坐在真皮扶手椅上，头顶上的台灯洒下一圈黄色的光晕，乍看之下他似乎心无旁骛，然而当凯特经过客厅时，他的坐姿却一下子变得僵硬了，他注意到了。然而未待他开口和凯特说话，她就骤然左转，两步一个台阶地上了楼梯。她听到身后传来皮椅的嘎吱声，但他并未试图叫住她。

尽管暮色尚未降临，她还是早早换上了睡衣。浑浑噩噩忙活了一天，她感到精疲力竭。刷完牙后，她望着浴室镜中的自己，任由自己的头向前倾侧凑近镜子，最后贴在镜子玻璃上面，她往里面看着自己的眼睛，从这个角度看起来，她的两个眼袋几乎和虹膜的颜色一般深。她回到自己的房间，爬上床。她把枕头支在背后靠到床头板上，调整好台灯的阴影，然后从床头柜上拿起书读了起来。

她在看一本以前读过的史蒂芬·杰伊·古尔德[1]的书。她喜欢史蒂芬·杰伊·古尔德，喜欢非虚构作品——关于自然历史或进化的书。她不怎么看小说。尽管时不时地，她也会津津有味地读一本精彩的时空旅行小说。每当难以入眠之时，她总会幻想自己穿越时空回到寒武纪。寒武纪远在5.42亿至4.88亿年前，那时唯一的生物体还只有无脊椎动物，而它们还没有一个是生活在陆地上的。

---

[1] 史蒂芬·杰伊·古尔德（Steven Jay Gould，1941—2002），美国著名古生物学家、科普作家。

第五章

去年秋天，凯特在后院的紫荆树下播下了一捧杂色的番红花种子，最近几周她一直密切关注着它们，然而至今未有一颗破土而出，真让人纳闷。周六一早从杂货超市采购归来时，她又去检查了一下，却愣是连株球茎都没摸着。是鼹鼠惹的祸，还是田鼠，或是别的什么讨厌鬼？

她停下手在泥土里的摸索，站起身来，把头发甩至肩后，这时厨房的电话响了。邦妮已经醒了，她知道——之前她听到冲澡的声音了——然而电话铃却响个不停。等她来到房里，留言机已经“嗨啊”一声说了起来，接着是她父亲的声音：“接电话啊，凯特。我是你父亲。”

然而她已经看见他落在台子上的午餐袋了。她不知道之前自己怎么没注意到。她在后门进来那里站住了，恶狠狠地瞪着那个午餐袋。

“凯特？你在吗？我忘带午餐了。”

“哦，是吗？这岂不是太他妈糟糕了。”凯特在空无一人的厨房里自语道。

“你能帮我带过来吗？拜托了。”

她转过身，朝外面走回去。她把小铲子丢进园艺工具篮里，伸手去拿蒲公英除草器。

电话再次响起。

这次，她赶在留言机跳到自动答复前走进房里。她一把抓起话筒，说道：“你以为我还会上几次当，父亲？”

“啊，凯特！凯瑟琳。我好像又忘带午餐了。”

她没有说话。

“你在吗？”

“我猜你得挨饿了！”她说。

“什么？求你了，凯特。我对你要求不多。”

“实际上，你对我要求很多。”她对他说。

“我只是让你把我的午餐带过来。从昨晚吃过饭到现在，我还什么都没吃呢。”

她想了想，然后说：“好吧！”接着没等父亲回答就砰的一声挂上了电话。

她走到客厅，朝楼上喊道：“邦妮？”

“什么事？”邦妮说，声音传来的位置比她预料中近得多。

凯特从楼梯口转过身，来到起居室门口。邦妮正和爱德华·明茨紧挨着坐在躺椅上，膝盖上放着本摊开的书。“嗨，是你啊，凯特！”爱德华热情洋溢地打招呼。他穿了条破破烂烂的牛仔裤，长满毛的两个膝盖突出来露在外面。

凯特没理他。“父亲要我们把午餐给他送过去。”她对邦妮说。

“送到哪儿？”

“你觉得送到哪儿？电话响的时候你为什么不接？”

“因为我在上西班牙语课啊？”邦妮愤愤不平地说道，把手移开露出书页。

“那就休息一下，往实验室跑一趟。”

“你爸周六还在实验室？”爱德华问邦妮。

“他总在实验室？”邦妮说，“他一周七天都要工作？”

“什么，周日也工作？”

“我不知道为什么你不给他送去。”邦妮没有回爱德华的话，而是对凯特说道。

“我在干园艺活，这就是为什么。”凯特说。

“我开车送你去，”爱德华对邦妮说，“那个实验室具体在哪里？”

凯特说：“抱歉，邦妮不能和一个男生单独驾车出去。”

“爱德华不是一个男生！”邦妮抗议道，“他是我的辅导老师？”

“你知道父亲定的规矩。直到你年满十六岁。”

“但我开车很当心的。”爱德华对凯特说。

“抱歉，这是规矩。”

邦妮重重地合上书本，把它摔在躺椅上。“我学校里很多女孩比我年纪小好几岁，天天晚上和男生单独驾车出去玩。”她说。

“跟父亲说去，不是我定的规矩。”凯特说。

“也差不了多少。你和他一个样子，一片豆荚上的两颗豌豆。”

“我什么？收回这句话！”凯特说，“我和他一点都不像！”

“哦，真是不好意思，我错了。”邦妮说。嘴角浮起一个甜美的微笑，凯特以前认识的所有七年级的刻薄女孩都会有这种笑容。她站起来说：“走吧，爱德华。”

他也站了起来，跟在她身后。“我是这个家里唯一一个正常人。”她对他说。凯特跟着他们穿过客厅。在厨房门口，她只得站到一边，因为邦妮已经拿好东西从厨房气势汹汹地走出来，用力晃动着手里的午餐袋。“另外两个都是疯子。”她对爱德华说着。他像个宠物狗似的一路跟着她来到了房门口。

凯特打开冰箱，拿出早上在熟食店里买的烤牛肉三明治。尽管她都还没做好下周的素食肉糜，她已经开始觉得好久没吃肉了。

就在她剥开三明治包装纸这会儿，她恰巧往窗外瞟了一眼，看见明茨家的那辆小货车正从他们家车库里倒出来。邦妮坐在副驾驶座上，眼睛直视前方，那个得意劲儿俨然像是皇室出行。

好吧，行啊，就这样吧。如果她父亲那么在意他那些宝贝规矩的话，他就应该下定决心坚持执行。

“我怎么不记得我之前不能和男生单独驾车出去。”当初父亲宣布这条规矩时，她曾这样对他说。

“我怎么不记得有哪个男生约你出去过。”她父亲回答。

凯特允许自己稍作幻想：有一天邦妮也会变老，会以金发女郎中常见的那种不幸方式老去。她的头发会干枯如稻草，她的脸颊会像熟透的苹果那样皱巴巴的，红得过了头，而双唇却暗淡无色。她长大了竟出落得这样令人失望，她们的父亲会私下里对凯特说。

后院靠围墙的地方有一把混凝土长椅，表面斑驳凹凸，长出了青苔。从来没人坐过这把椅子，但今天凯特决定不在厨房里吃饭，而是把三明治带到这里来享用。她在长椅的一端坐定，放着三明治的盘子摆在她边上，她把头微微后仰，望着头顶上的树。

较低的树枝上停着一只狂躁的知更鸟，跳来跳去，发出清脆尖厉的叫嚣声，让她不得清净。或许它在那里筑了个巢吧，尽管凯特一个鸟巢也没看见。房子外边的小巷对面，有一棵参天橡树，树上停着另外两只鸟儿，凯特看不见它们，只听到两只好像在聊着天。“杜威？杜威？杜威？”一个说。另一个说：“休！休！休！”凯特不知道第二只鸟儿是在和第一只打招呼，还是在教训它。

干完园艺活后，她要把她的肉糜食材一股脑儿地放进慢炖锅里，然后给所有的床换上干净的床单，清洗换下来的床单。

然后呢，做什么？

她一个朋友也没有了。他们都随着自己的生活一个个走远——大学毕业，在遥远的城市找了工作，有些甚至都结婚了。圣诞节时他们或许会回巴尔的摩探亲，但大多数已经不会再给她打电话了。他们之间又有什么好聊的呢？现在，她唯一会收到的短信，就是告知她邦妮放学后被留了下来，需要她开车去学校载她回家。

杜威和休这会儿安静下来，知更鸟也飞走了。凯特告诉自己，这说明知更鸟认为她是值得信任的，尽管这当然只是她的想象。她咬了一口三明治，专心致志地凝视着附近的一丛风信子，借此表明她可没兴趣抢它那愚蠢的鸟窝。风信子的白色花朵层叠绽放，卷曲的花瓣让她想到羊排外面那层褶皱的锡纸。

“卡啰？”

她停下咀嚼。

皮奥特尔从后门走下后门的台阶。他今天穿着实验室大衣，当他穿过草坪向她走来时，大衣前襟敞开来，拂在里面的T恤衫上。

她不能相信。她不能相信他居然还有胆量来她家。

“你是怎么进来的？”他一走近，她就厉声问道。

“前门敞开着啊。”他说。

该死的邦妮见鬼去吧。

走到她身边时，他停住了，站在那儿低头看着她。至少他还算识相，没有试图跟她聊起来。

她想不出他有什么理由出现在这里。他肯定已经知道她不想和他有任何关系，即使她父亲出于某些原因尚未告诉他这点。但是她父亲应该是告诉他了，她能感觉到。往常她见到皮奥特尔时，他都是略带蹦跳地来到她面前的（她回忆时突然想到），似乎在说“我来啦”，然而今天他却一脸严肃，面带愧色，站姿几乎如军人般笔直挺立。

“你想要干什么？”她问他。

“我来向你道歉。”

“噢。”

“巴蒂斯塔博士和我怕是冒犯到了你。”

他竟然了解这点，让她既感到欣慰，又觉得受辱。

“让你欺骗你们政府，是有欠考虑，”他说，“我觉得美国人可能对于这种事有负罪感。”

“何止是有欠考虑，”她说，“这简直是贪心自私，侮辱他人，而且……可耻可鄙。”

“啊哈！鼩鼱[1]。”

“哪里？”她问，然后迅速转身往她背后的灌木丛里张望。

[1] 原文为“shrew”，除了“鼩鼱”之外，还有“悍妇”的意思。

他笑起来。“真有喜感。”他说。

“什么？”

她转过身，发现他正笑意盈盈地低头看着她，脚后跟和脚趾交替点地让身体前后晃动着，双手插在裤袋里。显然他自行想象他们已经和好如初了。她拿起自己的三明治，挑衅似的狠狠咬了一大口，然后开始咀嚼起来。而他只是继续对着她微笑。他看上去好像不紧不慢，悠然自得。

“你知道你可能会被逮捕，”吞下那口后她对他说道，“为了得到绿卡和某人结婚，这是犯法的。”

他看上去并不担心的样子。

“但我接受你的道歉，”她说，“那么，回见。”

其实她这辈子都不想再看他一眼。

他长长地舒了口气，手从口袋里掏出来，走过来和她并排坐在长椅上。这是凯特未曾料到的。她的餐盘隔在两人中间，似乎处境危险，但是如果她拿起盘子的话，他可能会觉得这是在暗示让他靠近一点。于是她索性不去管它。

“不管怎么说都是愚蠢的念头，”他说，目光呆滞地对着前面的草坪，“显然你可以随心所欲地选择丈夫。你是个非常独立的姑娘。”

“女人。”

“你是个非常独立的女人，你的一头秀发让你从来不必往美发店跑，而且你看上去有舞者的气质。”

“别夸过头了。”凯特说。

“有佛朗明哥舞者的气质。”他说。

“哦，”她说，“是弗拉明戈。”

用脚踏击地板，嗯，确实叫弗拉明戈更说得通[1]。

“好了，皮奥特尔，”她说，“谢谢你过来一趟。”

“你是我认识的人当中唯一念对我名字的人。”他难过地说道。

她又咬了一口三明治，咀嚼起来，目光和他刚才一样直直地望着前面的草坪。“为什么你管巴蒂斯塔博士叫‘父亲’，而你妹妹管他叫‘爸爸’？”他问道。

“是他让我们叫他‘父亲’的，”她说，“但你知道我们家的邦妮妮。”

“啊。”他说。

“既然谈到这个话题了，”她说，“那么他叫你‘皮奥德尔’，你为什么叫他‘巴蒂斯塔博士’？”

“我可不能叫他‘路易斯’，”皮奥特尔用大受震惊的语气说道（“路威－维斯”他发的好像是这个音），“他太出名了。”

“真的吗？”

“在我们国家就是这样的。很多年来他的名字都是如雷贯耳。当我宣布要前往美国做他助理时，我所在的研究所里抗议声一片。”

“这是真的吗？”凯特说。

“你不知道他的名气？哈！就像我们一句谚语说的：‘全世界敬重仰慕的人却——’”

“没错，我知道你的意思了。”凯特忙不迭打断。

“他有时确实有些独断专行，但我还见过别的像他这样厉害的

---

[1] 弗拉明戈，Flamenco，西班牙一种特色舞蹈，皮奥特尔发音不准，说成了比 Flamingo，意为火烈鸟。Flamenco 本意为逃跑的吉卜赛人，所以作者才在分析说，用脚踏击地板。

人更加不通人情的。他都从来没冲我吼过！看他对你妹妹的宽容态度就知道了。”

“我妹妹？”

“她挺没大脑的，对吧？你知道的。”

“轻浮愚蠢，”凯特说，“不是开玩笑的。”

就在这会儿，她自己也感到飘飘然地荡漾起来。她开始微笑了。

“她头发烫成大波浪，眼睛眨个不停，还拒绝摄入动物蛋白质。而他都没有指出她的这些毛病。他人真的很和气。”

“我不觉得这是因为他为人和气，”凯特说，“我觉得这是因为他偏心。这再常见不过——那些疯癫天才科学家被傻乎乎的金发女郎迷得神魂颠倒，越蠢的他们越喜欢。这几乎都成规律了。很自然，金发女郎也会对他们着迷，很多女人都是这样。你真该瞧瞧我父亲在塞尔玛姨妈家的圣诞聚会上有多受欢迎！所有这些女人都围着他转，因为她们觉得他难以读懂、遥不可及、神秘莫测。她们觉得自己会是最终破解这个未解之谜的人。”

对着一个不能完全听得懂英语的男人大讲一通，让凯特感觉得到了某种释放。她可以畅所欲言，而其中一半的话都会化作他耳边的一阵风，尤其是她不假思索匆匆说出的那些话。“我不知道邦妮怎么会变成这样，”她对他说，“她刚出生时，我或多或少是把她当成自己孩子的。当时我正处于小孩子都会经历的那种喜欢照顾小宝宝的年纪。而她小时候也是把我当妈妈的，她会模仿我的一言一行，她哭的时候，我是唯一能让她破涕为笑的人。但自打她十几岁开始，她就有点……怎么说呢，有点弃我而去了。她变成了一个全然不同的人，一个社会化的人，一个社会化的、外向的人。然后不知怎么她就把我看成了一个事事跟她作对的阴险老女佣。实际上我才二十九岁。我都不知道这一切是怎么发生的！”

皮奥特尔说：“不是所有科学家。”

“什么？”

“不是所有科学家都喜欢金发女郎。”他说，突然他那中分盖头下的眼睛斜瞥了她一眼。显然她刚才说的话他一个字也没听进去。这让她觉得好像做了坏事没被发现似的。

“嘿，”她说，“要吃剩下的这半块三明治吗？”

“谢谢！”皮奥特尔说。他毫不犹豫地拿起三明治，咬了一口。他咀嚼时下巴那里会有一块突起的肌肉。“我想以后我就叫你‘凯特娅’吧。”他嘴里塞满了三明治说道。

凯特不喜欢有人叫自己“凯特娅”，但既然她再也不用看见他了，她也就懒得告诉他自己的感受。“噢，好吧，随你吧。”她漫不经心地说道。

他问她：“为什么美国人说话时总是一点一点进入正题呢？”

“不好意思？”

“他们每说一句话，开头总要加上‘哦……’，或是‘好吧……’，或是‘嗯……’，或是‘不管怎么说……’。他们总以‘所以……’开头，即使前面没提到任何可能引出结论的原因，或是以‘我是说……’开头，即使他们之前没说任何需要澄清意思的话。一阵沉默之后他们就直接这么来了！‘我是说……’，他们的开场白。他们为什么要这样呢？”

凯特说：“哦，好吧，嗯……”慢悠悠地拖着长音。他一时没反应过来，不过接着就爆发出短促响亮的笑声。她从来没见过他大笑。这让她也情不自禁地微笑起来。

“话说回来，”她说，“你们为什么这么唐突地说起来呢？你们一上来就自顾自说起来了！‘这个啊那个啊’，你们的开场白，像个锤子似的毫无余地地砸下来。一锤定音，确凿无疑。你们说的每一句话听起来都像是——政府条令。”

“我明白了，”皮奥特尔说，接着又好像是纠正错误似的补了一句，“噢，我明白了。”

现在她也笑了，嘴角微扬。她又咬了一口三明治，他也咬了一口。片刻过后她说：“有时候我觉得外国人喜欢特别的口音。你知道吗？听一个外国歌手演唱一首美国流行歌曲，比方说，或是听外国人讲个故事，他们偏喜欢拖个南方式的长音，或是带上牛仔腔的鼻音。他们明明可以发得很标准，完全听不出口音！他们明明可以学得和我们一模一样。这时候你就会发现他们其实根本不想像我们那样说话。他们以带有口音为荣。”

“我并不自豪，”皮奥特尔说，“我巴不得不带口音。”

说这话时他低头看着自己的三明治——他双手捧着三明治，垂目凝视，中分盖头遮住了他的眼睛，她因此猜不到他在想什么。突然她想到，他真的在想什么——只是他那个外在的自我总发错 /th/ 的音，在辅音之间停顿时间过短，然而他内在的所思所想却和她本人的别无二致，同样复杂多面。

好吧，行吧，这本来就是再显然不过的事实。然而不知为何，仍然是个意外。她感到心中某种东西发生了调整——视野的微调。

她把三明治的面包皮放到盘子上，在裤子上擦了擦手。“你现在打算做什么呢？”她问他。

他抬起头来。“做？”他说。

“关于你的签证。”

“我不知道。”他说。

“抱歉我帮不了忙。”

“没关系，”他对她说，“这是真心话。感谢你的安慰，不过我感觉会有解决办法的。”

她看不出能有什么解决办法，但这次她决定践行克制原则，对此闭口不言。

他吃完了他那一半三明治，连面包皮也一起吃了，然后掸了掸手掌上的面包屑。但他并没有起身离开的意思。“你们的后院真好看。”他四下环顾，说道。

“谢谢。”

“你喜欢干园艺活？”

“是啊。”

“我也喜欢。”他说。

“我没从大学退学以前，甚至还想着我会成为，哦，一位植物学家或是类似的什么。”

“你为什么从大学退学？”

然而现在她已经聊够了。她看出他肯定已经觉察到自己对他似乎温柔了些，他是在得寸进尺。毫无预兆地，她站了起来，说道：“我送你到你停车的地方去吧。”

他也站了起来，一脸诧异。“不急的。”他对她说。

但她已经往前院走去，就像没听见他的话，他迟疑了一下也跟了上来。

就在他们绕过房子走到前面去时，明茨家的小货车正好开进他们家车道，邦妮从副驾驶座窗户里伸出手向他们挥舞着。她看上去对于凯特撞见她坐在爱德华的车上毫不介意。“嘿，又见面了，皮奥德尔。”她叫道。

皮奥特尔朝她的方向挥了挥手臂，但没有回答，凯特则转身回去继续干自己的园艺活。今天真是美好的一天，她意识到。她还在发狂似的生父亲的气，但她告诉自己父亲硬要塞给她的这个男人至少不是个浑蛋，这点让她隐约感到了些许安慰。

第六章

“凯瑟琳，我最亲爱的！”她父亲说道，“凯特宝贝！我的掌上明珠！”

凯特从书中抬起头来，说：“嗯？”

“我感觉肩上好像卸下了一个沉重无比的包袱，”他说，“我们来庆祝一下。邦妮在哪儿？我们的那瓶酒还在吗？”

“邦妮去朋友家过夜了。”凯特说。她折下一页书角，把书放到身旁的躺椅上，“我们庆祝什么？”

“哈！说得好像你不知道似的。跟我来厨房。”

凯特站起身来。她已经开始觉得不对劲了。

“那个皮奥德尔还挺机灵的，对吧？”她父亲边说着边在她前面走进厨房，“他在邦妮和她辅导老师还在家里的时候偷偷从实验室溜了出去，招呼都没打一声。他没告诉我那消息之前，我怎么都没想到他来找你了。”

“什么消息？”

她父亲没有回答。他打开冰箱，蹲下身子在冰箱里找着什么。

“你说的到底是什么消息？”凯特问他。

“啊哈！”他说。他直起身转向她，手里举着一瓶基安蒂红酒，酒瓶木塞在上次喝完后没盖紧。

“那都是几个月以前的酒了，父亲。”

“是的，但这段时间它一直都保存在冰箱里。你知道我那套系统的。给我拿几个玻璃杯。”

凯特伸手够向瓷器橱柜的最上一层。“告诉我，我们到底为什么喝酒？”她递给他两个落满灰尘的玻璃酒杯时说道。

“为什么？皮奥德尔说你现在喜欢上他了。”

“他这么说的？”

“他说你们两人一起坐在后院里，你请他吃了顿美味的午餐，你和他还相谈甚欢。”

“好吧，我只能说他讲的这些或多或少是真的吧，从某种角度上来说，”凯特说，“然后呢？怎么了？”

“然后他有信心了啊！他觉得有戏了！”

“他居然那么想！哦，真该绞死他！他就是个疯子！”

“现在，现在。”她父亲和气地说道。他正把酒倒进玻璃杯里，然后退后一步看看倒了多少，这样做时他嘴上的胡子挤到了一起。“五盎司。”他说，基本是自言自语。他递给她一个玻璃杯，“十六秒。”

她把杯子放进微波炉里，按下相应的按钮。“这只能说明，”她说，“好心没好报。我是认真的！他不请自来，都没跟我说一声就闯进家里，尽管前门确实敞开着，邦妮从来都不关，让我加上一句——我们完全有可能被抢劫一空，反正她也不会在意——然而尽管如此，他趁机擅闯还是粗野无礼的。打扰了我本来吃得好好的午餐，还吃了我一半的烤牛肉三明治，我承认是我主动问他要不要的，但他也可以拒绝啊，只有像他这样的外国人才会那样不假思索地扑上去——”

“你不打算拿出来吗？”她父亲问。他的下巴朝微波炉方向侧了侧，示意在说微波炉，它在刚才已经响过“叮”的提示音了。

“——看看他是怎么歪曲事实的！”凯特边说着，边把第一杯酒拿出来，换上第二杯。她再次按下按钮，“我还能怎么做呢，傻坐在那儿一声不吭？我肯定会和他说话啊，但我已经能不说就不说了。可他现在居然有胆说我喜欢上他了！”

“但他确实挺讨人喜欢的，不是吗？”她父亲问。

“可我们不是仅仅在谈论喜欢不喜欢，”她说，“你是要我嫁给那人。”

“没有，没有，没有！没有让你马上嫁，”她父亲说，“别说过了头。我仅仅是要求你三思而后行。稍微考虑一下我的方案。不用想太多。当然，眼看已经四月了。但——”

“父亲！”凯特语气严厉地准备说起来。

“酒呢？”他又侧了侧脑袋，提醒她。

她从微波炉里拿出第二个杯子，他则高高举起第一个杯子。“祝酒！”他提议，“敬——”

她知道他接下去肯定要说“敬你和皮奥德尔”，然而他说的却是“敬保持思想开放”。

他呷了一口。凯特没喝，她放下杯子搁在台子上。

“真美味，”他说，“我该把这套方法分享到《葡萄酒爱好者》杂志上。”

他又更深地啜了一口。现在天气暖和了，他终于脱掉了穿了一个冬天的方格纹长袖汗衫。他挽起工装连体裤的袖子，露出光溜溜的前臂，胳膊细细瘦瘦的，长着黑色的体毛，显出奇异的脆弱之态。凯特一时间对他顿生怜悯，忘记了自己此前的怒火。他看上去是这样笨拙无能，却要赤手空拳地与他所身处的世界周旋。

她几乎是柔声细语地说道：“父亲。接受事实吧。我永远不会答应嫁给一个我不爱的人。”

“在其他文化的社会里，”他说，“包办婚姻是——”

“我们不是其他文化的社会，而且这也不是包办婚姻。这是人口拐卖。”

“什么？”他一脸惊恐。

“嗯，难道不是吗？你试图在违背我意愿的情况下将我卖掉。你要把我送去和一个陌生人同居，和他睡觉，而这全都是为了你自己的利益。这不是拐卖是什么？”

“哦，天哪！”他说，“凯瑟琳，老天啊。我从来没想过让你和他睡觉。”

“你不是这样想的？”

“怪不得你这么不情愿。”

“那么你想的是什么？”她问。

“呀，我只是想……我是说，老天！没必要做那种事的。”他说着，又喝了一大口酒，然后清了清嗓子，“我想的只是，我们基本上可以一切照旧，除了皮奥德尔会搬过来和我们一起住。这点，我觉得是没法避免的。但他可以住在以前拉金太太睡的那间房，你还继续待在你的房间。我以为你都知道这些。我的天啊！”

“你没想过移民局可能会怀疑我们？”凯特问他。

“为什么怀疑？很多夫妻都是分房睡觉的，移民局不可能不知道。我们可以说皮奥德尔打呼噜。没准他真的打，谁知道呢。看看，现在……”他开始在工装裤的各个口袋里翻寻，然后掏出他的手机。“看看，我可下了功夫呢。”他说，“我知道他们会看什么。我们需要提供你俩相识相爱的记录，向他们证明……”他眯着眼低头看着手机，按下一个键，然后再按下一个，接着又眯起眼睛。“照片，”他对她说，一边把手机递给她看，“陆陆续续拍下来的。记录了你们的共同时光。”

屏幕上，凯特和皮奥特尔两人在凯特父亲实验室的桌边斜朝对方坐着，凯特坐在一把高脚凳上，皮奥特尔则坐在一张折叠椅上。凯特穿着她那件风衣，皮奥特尔套着实验室大衣。他们面带惊讶疑惑的神色看着观察者。

她滑到下一张照片。还是一样的姿势，只是这张上面凯特直接在和拍照人讲话，可以看到她脖子上有两块尖锐突起的肌腱，她自己以前从来没注意过。

下一张照片是从后面拍她的，她伫立在人行道上，离镜头有点远，模模糊糊的，只见她正转向一个跟在她身后的男人，但照片是从后面拍的，看不清楚那个男人是谁。

再下一张照片，那个男人抓住了她的手臂，两人一起超过了前面的另一对男女。

原来父亲在跟踪她。

然后是她和皮奥特尔两人面对面坐在巴蒂斯塔家的餐桌边，不过这张邦妮抢镜了，她手里举着的蜂蜜罐头挡住了皮奥特尔的脸。

然后还是在餐桌上，这次是皮奥特尔坐在凯特边上，偷拍者站在皮奥特尔身旁，没拍到凯特的头。这是最后一张了。

“我正打算把这些照片发给你，等我研究出怎么传照片，”她父亲说，“我之前在想，你还应该开始给他发短信。”

“你说什么？”

“前两天我在报纸上看到说移民局有时还会问夫妻要他们的手机。他们会检查里面的每一条短信，以确保两人之间的关系是真实的。”

凯特把手机递给父亲，但他正忙着往自己酒杯里倒酒。不知不觉地他已经喝完一杯，现在连那酒瓶都快见底了。他把重新倒满的杯子递给她，说：“十四秒。”

“只要十四秒？”

“嗯，现在微波炉里面已经热起来了。”

他接过自己的手机，放进口袋里，然后站在那儿等着，凯特则转过身把他的杯子放进微波炉里。

“其实，我本来没想谈论这事的，”他说，“但我觉得这次就快成了。我可能已经离一个重大突破不远了，可就在这时那些大人物开始对我的项目失去信心了。如果皮奥德尔能继续留在实验室，如果我们真的能成功……你知道这对我将意味着什么吗？打了太久的持久战，凯特。一场旷日持久，让我精疲力竭、心灰意冷的持久战，让我告诉你吧，我也知道有时候我看起来肯定就像只在意我的研究似的——我知道你母亲以前就是这么觉得的。”

他打住了，又向微波炉方向侧了侧下巴。凯特拿出酒杯递给他。这一次，他一口气喝下了半杯，凯特不知道这样做是否明智。他并不经常喝酒。但从另一方面来说，全亏了酒精的作用他才突然变得健谈起来。“我母亲？”她想听他继续说下去。

“你母亲觉得我们应该过周末，甚至还要有假期！她不懂。我知道你懂的，你更像我。和我一样更加通情达理，脚踏实地。但你母亲，她那个人非常——敏感脆弱，就是这样。她讨厌一个人待着。你能想象吗，鸡毛蒜皮的小事都能让她心生绝望。她曾不止一次对我说过，她觉得人生没有意义。”

凯特将双臂抱在胸前。

“我对她说：‘是啊，你当然会这么觉得，最亲爱的。我也没法问心无愧地说人生是有意义的。难道你以前曾经相信人生是有意义的？’然而这话也不能安慰她。”

“是吗？”凯特说。

她伸手拿起自己的酒杯，猛灌了一口。“很多女人，在有了宝宝之后都感到幸福美满，”她一吞下就说道，“她们不会突然而然地觉得活着没有意思。”

“嗯？”她父亲正郁郁寡欢地盯着自己杯底的酒渣。然后他抬起目光。“哦，”他说，“这和你没有一点关系，凯特。你是在想这个吗？她在你远未出生的时候就一蹶不振了。恐怕错的人是我，起码从某种程度而言。恐怕和我结婚把她给害了。无论我说什么，好像她都会误会我的意思。她觉得我轻视她，觉得我总表现得比她聪明。这当然是没有的事。我是说，毫无疑问我确实比她聪明，但智力不是婚姻中需要考虑的唯一因素。不管怎么说，她好像一直都没有从低落情绪中走出来。我感觉自己好像是站在沼泽边缘，眼看着她被淹没。她也尝试了各种各样的治疗方法，但最终都会说它们无济于事。吃药，她也不是没试过。各种抗抑郁药——

SSRI[1] 和其他种种。没有一个有用，有些还有副作用。最后我一个从英国来的同事告诉我他发明了一种药，在欧洲已经开始用了，美国这里还没批准，但他见证过这药的神奇功效，他给了我一些，你母亲服用了。然后，她就像是变了个人：精力充沛！活力四射！生龙活虎！你当时念八年级，她突然开始兴趣盎然地参加教师家长协会[2]的会议，还自告奋勇地陪你们班同学去野外旅行。我重新找回了从前的塞娅，找回了我当初遇见的那个女人。然后她说想要再生个孩子。她说她一直想要六个孩子，我说：'嗯，这是你的决定，亲爱的。你知道在这些事情上我都听你的。'没多久她就怀孕了，然而当她去找医生确认情况时，我们才知道那个神奇的药损害了她的心脏。欧洲人已经开始怀疑了，他们正在把这药从市场上撤下来。只是我们还没听说这事。"

"她心脏的毛病就是因为这个引起的？"

"是的，我承认我对此负全部责任。如果不是因为我，她永远不可能知道那个药，也不会需要那个药，你姨妈总这么说。"他饮尽最后一口酒，放下酒杯搁在旁边的台子上，动作有点过于郑重其事。"虽然，"顿了一下后他说道，"我猜这事确实给我那同事提供了宝贵的数据。"

"她曾经和我一起野外旅行？"凯特问，她努力让自己想象有过这样的事，"她对我感兴趣？她喜欢我？"

"是啊，当然了。她爱你。"

---

[1] 一类抗抑郁药，学名为"选择性 5- 羟色胺再摄取抑制剂"。

[2] PTA，Parent-Teacher Association。

“此刻我真想念她！”凯特说，听起来简直像一声哀号，“我不记得了！”

“你不记得你们以前怎么一起去购物的了吗？”

“我们有一起去购物过？”

“她可开心了，她说，有个女儿能一起做女孩子才会做的事情。她带你去买衣服，在外面吃午饭，有一次你还去做了美甲。”

这让她有种奇怪的、无所适从的感觉。不仅是因为她轻描淡写地遗忘了她本以为会毕生珍藏的记忆，还因为这段记忆中她竟然做着她本以为自己会深恶痛绝的事。她可没法忍受购物！然而显然她那时是自愿跟着母亲一起去的，甚至可能还很享受购物的过程，就好像孩提时代的凯特和成年之后的凯特是两个截然不同的个体。她低头看着自己没有颜色的不光滑的手指甲，怎么都不能相信它们曾经被专业人士之手搓平、磨亮并涂上指甲油。

“所以我们就有了邦妮。”她父亲继续说道。或许是喝了酒的缘故，他的声音有点含混不清，眼睛的镜片也模糊起雾了。“当然，我很高兴我们有了她。她长得漂亮可人，又没心没肺的，活脱就是你母亲结婚前的样子。但她有点，这么说吧——智力平平。她也不像你那么有勇气，有条理。凯特，我知道自己太过于依赖你。”他伸过手，将指尖贴在她手腕上，“我知道自己对你的指望超过了应有的程度。你照顾妹妹，操持家务……我担心你永远都嫁不出去。”

“哦，谢谢你。”凯特说着遽然将手腕从他指尖下抽走。

“不是，我是说……哦，我总把话说得这么不中听，不是吗？我只是说，你没有一个可能遇见丈夫的环境。你成天关在家里，你在花园里忙东忙西，你在学前学校里照顾孩子，仔细想想，学前学校真是世界上最不可能……我太自私了。我本该让你重回学校的。”

“我并不想重回学校。”凯特说。她当真不想，顿时一阵丧气感涌上心头。

“然而还有别的学校，如果那所大学不适合你的话。我并不是不知道这点。你可以在约翰·霍普金斯大学完成学业的！但我一直在纵容自己。我对自己说：‘哦，她还年轻，还有的是时间，同时我们家需要她。我也喜欢让她陪着我。’”

“你喜欢我陪着你？”

“这或许，也是我想着撮合你和皮奥德尔的另一个原因。‘我还能把她继续留在身边！’我一定是这样想的。‘不会伤害她的，这只是名义上的婚姻，她可以继续待在这座房子里。’你完全有理由生我的气，凯特。我欠你一个道歉。”

“哦，好吧，”凯特说，“我猜我理解你的立场了。”

她想起她从大学回家的那个晚上。她事先没通知就拖着几个行李箱——她去上学时带的全部家当——回来了，当出租车把她放在家门口时，她看见父亲正在厨房里，身上的那件工装连体裤外面套了件围裙。“你在这里干什么？”他这样问道。她回答说：“我被开除了。”说得甚至比实际情况还严重，因为她只想先把最糟糕的部分给交代了。“为什么？”他问道。她就跟他说了那个教授愚不可及的关于光合作用的课。当她父亲说“嗯，你是对的”时，她感到一种压倒一切的如释重负感。不，不仅仅是如释重负，是开心，纯粹的开心。她真诚地认为那可能是她平生最快乐的时刻。

此刻她父亲正把酒瓶举到窗户前，显然是希望瓶底还有一两滴剩余。

她说："你刚才说'名义上的'……"

他回头望着她。

"如果只是走个形式，"她说，"如果只是做件法律意义上的小事，就能让你改变他的签证状态，在此之后我们还能再变回来……"

他把酒瓶重新放回台子上。他紧张地站在那里，很可能是屏息凝神的。

"我觉得这也不算那么不得了的事。"她说。

"你这是同意了？"

"哦，父亲，我不知道。"她满心疲惫地说道。

"但你可以考虑一下。你是这个意思吗？"

"我想是吧。"她说。

"你真的可能为我这么做吗？"

她迟疑了一下，然后对着他浅浅地点了下头。下一秒钟她就问自己到底是在想什么，但来不及待她思忖，她父亲已经一把将她拉过来，给了她一个势不可挡的熊抱，然后又一把将她推开，欣喜若狂地凝视着她的脸。"你会这么做的！"他说，"你真的会的！你真的很在意我，才会这么做！哦，凯特，我的宝贝，我都不知道该怎么表达我的感激之情了。"

"我是说，看起来这件事也不会对我的生活造成太大的影响。"她说。

"不会有一点影响，我发誓。你都不会知道多了他这号人，一切都会和从前一样哦，我会尽全部努力把事情给你安排得顺顺当当的。一切都将改变！一切都有了希望！现在我能肯定我的项目会成功了。谢谢你，甜心！”

停顿片刻，她说：“不客气。”

“所以……”他说，“然后……凯特？”

“什么？”

“你觉得你能帮我算完我的个税吗？我试着自己算了，但是——”说着他退后一步，滑稽地张开他瘦长的双臂，一副无助的样子，“你知道我这个人。”

“是的，父亲，”她说，“我知道的。”

第七章

周日　上午 11：05

嗨，凯特，我给你发短信呢！

嗨。

在家吗?

拼写完整，看在上帝的分儿上。你又不是什么小年轻。

你现在在家吗?

不。

芭蕾舞演员娃娃和水手娃娃结婚了。水手娃娃还是穿着他那件旧海军服，但芭蕾舞演员娃娃换上了一袭白色纸巾做的全新婚纱，前面用一张纸巾，后面用一张纸巾，在腰际用一条马尾辫扎头绳绑在一起，底下因为塞了蓬蓬的芭蕾舞裙而鼓起来。婚纱是艾玛·G做的，但那条扎头绳是吉莉添上的，艾玛·K则知道新娘怎么走下教堂过道，怎么在圣坛与新郎走到一起。显然艾玛·K不久前某个时候才刚在一场婚礼中做过撒花女童。她巨细靡遗地向大家讲解了持戒男童、抛撒花束，还有那个“摩天大楼那么高的婚礼蛋糕”是怎么回事，其他小女孩听她说着，如痴如迷。她们没想到问问凯特这些细节，尽管她们玩这场过家家婚礼的起因正是凯特不久要结婚的消息。

凯特开始想的是不告诉任何人。她会在一个星期六结婚——五月的第一个星期六，离现在不到三个星期了——然后在接下来那个星期一照常来学校，神不知鬼不觉。但她父亲得知她还没把消息放出去之后大失所望。移民局肯定会来她工作的地方调查情况的，他说，到时候如果她同事都以为她还单身的话，就太可疑了。“你应该勇敢点，告诉大家这个消息，”他说，“明天你应该满面春风地走进去，到处向别人炫耀戒指，然后编一个关于你俩恋爱长跑的动人故事，这样移民局来调查的时候就可以听到详尽的细节。”

移民局成了家里的最新威胁。凯特将移民局想象成“他”——一个西装革履的男人，相貌英俊却没有特征，就像黑白片中的侦探。他的声音甚至都会像黑白电影中那样，穿透力强，一听便是老辣之人。“凯瑟琳·巴蒂斯塔？移民局。想问你几个问题。”

于是第二天，星期二的早上，她来学校上班时戴着她姑婆的那枚钻石戒指，还没去四岁班教室就先进了教师休息室。大多数教师和几名助理都在那里围着烧水壶站着，她走过去静静地伸出了左手。

鲍尔夫人是第一个发现的。“哦！”她尖叫起来，“凯特！这是什么？是订婚戒指吗？”

凯特点了点头。她不太能做到“满面春风”这一点，因为鲍尔夫人教的是二岁班——就是亚当做助理的那个班。她肯定会径直来到二岁班，告诉亚当凯特订婚了。自从凯特决定卷入这事以来，她一直在想象把消息告诉亚当的情景。

接着所有女人都围了过来，惊叫着问着她各种问题，如果说凯特看上去不愿多谈的话，她们很可能将其归结为她惯常孤僻性格的表现。“你可真狡猾！”费尔韦瑟夫人说道，“我们都不知道你有男朋友了！”

“是啊，嗯。”凯特嘟囔着说。

“男方是谁啊？叫什么名字？他是做什么的？”

“他叫皮奥德尔·施谢尔巴科夫，”凯特说，并非刻意为之，但她这次却和她父亲发了一样的音，想让这个名字听起来不那么像外国人名，“他是个微生物学家。”

“真的啊！微生物学家！你俩怎么认识的？”

“他在我父亲的实验室工作。”她说，然后望了昌西夫人一眼，说道，“哎呀，四岁班没人看着。”试着以此为借口脱身，不让她们有机会问更多问题。

然而她们当然没有那么轻易地就放过她。皮奥特尔是哪里人？他肯定不是巴尔的摩的男生。她父亲赞成他们在一起吗？什么时候举行婚礼？“这么快！”得知日期后她们叹道。

“嗯，三年前他就在了。”凯特说。严格来说，这算实话。

“但你有许许多多计划得做！”

“还好，就是个很低调的婚礼。只有家人参加。”

她看得出，这让她们失望了。她们本是想着能参加婚礼的。“乔治·安娜结婚时，”费尔韦瑟夫人提醒她，“请了整个班的孩子，记得吗？”

“我不会搞那样的婚礼，我们俩谁都不想穿礼服。”她说，“我们”这个词说起来不太顺口，听着也很别扭，就好像她嘴里蹦出了颗石子似的，“我有个舅舅是牧师，他会为我们主持一场私人婚礼。只有我父亲和我妹妹做见证人——我甚至都不会请我姨妈。她对这事歇斯底里。”

在教堂举行婚礼实际上已是妥协后的结果。凯特本来只想在市政厅快速了事，然而她父亲却想办一场正式的婚礼，现场照片可以作为说服移民局的有力证据。显然她的同事们与她父亲意见一致，她们彼此之间交换着难过失落的眼神。“那次孩子们就坐在乔治·安娜至亲的后面那排，每个孩子手里拿着一枝黄玫瑰，你还记得吗？”费尔韦瑟夫人问林克夫人。

“记得，因为乔治·安娜的婚纱是黄色的，最浅最漂亮的那种黄色，她丈夫则系了条黄领带，”林克夫人说，“双方母亲都因为她没穿白色婚纱而感到震惊。‘别人会怎么看？’她们说，‘谁听说过有新娘不穿白色婚纱的？’”

“然后乔治·安娜说：‘嗯，很抱歉，但我一穿白色就显得面色苍白。’”昌西夫人说。

有时候，凯特会惊诧于教师休息室里的女人们在聊个不停的时候，听起来竟和四岁班上叽叽喳喳的小女孩们殊无二致。

是昌西夫人向凯特的班级宣布结婚消息的。“孩子们！孩子们！”全班刚唱完“早上好”之歌，她便拍着她那肥厚的手掌说道，“我有大好消息要宣布。猜猜谁要结婚了？”

一片沉默。然后利亚姆·M第一个猜道：“您，难道是？”

昌西夫人一脸郁闷，她结婚都三十五年了。“凯特小姐，是她！”她说，“凯特小姐订婚了。给他们看看你的戒指，凯特小姐。”

凯特伸出手来。一群小女孩喃喃地发出赞叹声，但大多数孩子看上去一头雾水。“这行吗？”贾森问凯特。

“什么行吗？”

“我是说，你母亲同意吗？”

“嗯……当然了。”凯特说。

萨姆森双胞胎明显不高兴了。课上他们没说什么，但那天上午后来在操场上活动时，他们走过来找凯特，雷蒙德问她：“现在我们娶谁呢？”

“哦，你们会找到的，”她安慰他们，“找到和你们年龄更为接近的人，我保证。”

“谁呢？”雷蒙德问。

“这个嘛……”

“有雅米莎呢。”大卫提醒他。

“哦，也对。”

“还有——”

“行了，我就要雅米莎。”

“那我怎么办？”大卫问他，“我总是惹雅米莎生气。”

凯特没能听完这场讨论，因为就在这时亚当走了过来。他手里拿了件小小的粉色连帽运动衫，看上去神情阴郁，抑或这只是她的想象。“那个，”他说着来到她身边，目光望向远处的秋千，“我听说消息了。”

“消息？”她明知故问道。

“她们说你要结婚了。”

“哦，”她说，“那个啊。”

“我都不知道你有交往对象。”

“我没有，”凯特说，“我是说，算是有吧，但……这事非常突然。”

他点了点头，神情还是很阴郁。他的睫毛浓密漆黑，让他的眼睛也像是蒙上了层黑灰色的阴翳。

有那么一会儿，他们注视着一个三岁的小女孩，她正俯躺在一把两边绳子被她缠在一起的秋千上。她一圈一圈地打着转，如抓住救命稻草似的拽着绳子，脸上是高度专注的表情，然后她转够了，跳下秋千跌跌撞撞地走开了，活像个小小醉汉。

亚当说道：“你觉得，这样……明智吗？急匆匆做出这么大的决定？”

凯特飞快地瞟了他一眼，但他还在盯着那个三岁小女孩的背影看，所以没法看到他的表情。“或许不吧，”她说，“或许不明智吧。我不知道。”

沉默良久后，她说道：“但是这可能，你知道，只是暂时的。”

现在他终于看向她了。“暂时的！”他说。

“我是说，谁知道一场婚姻能否持久呢，对吧？”

那双眼睛的灰黑色阴翳更深了，眼帘垂了下来。“但它是一种**契约**。”他说。

“是的，但是……是的，没错。一种契约。你说得对。”

她又有了那种感觉，觉得自己长得太高大了，觉得自己说话太直白冒失了。她突然注意起了安特万，他在立体方格铁架上爬得太高了，看着有点危险，于是她没撂下一句话就走开去管安特万了。

周二　下午 2：46

嗨，凯特！我去学校接你下班怎么样？

不用。

为什么不用？

今天轮到我负责“额外托管”。

我晚点来接你？

不用。

你太客气了。

拜。

一张新照：凯特僵硬地站在家里的前廊上，皮奥特尔站在她边上，笑容灿烂，尽管他的鼻子周围有点泛粉色。他们渐渐发现，他所谓的感冒其实是对某种室外东西的过敏反应。

然后是凯特和皮奥特尔坐在一家餐厅的长躺椅上。皮奥特尔如主人似的将右手伸在凯特身后的座位靠背上，这个动作让他看上去有点扭曲，显得用力过度，因为座位的靠背相当之高。同时他眉头微皱，正在努力适应室内的昏暗，他抱怨说美国餐厅的光线不够明亮。当然了，凯特的父亲也在场，因为得有人拍下照片。他和凯特各要了份汉堡，皮奥特尔要了份牛排配块根芹泥，上面洒着石榴糖蜜，然后皮奥特尔就和巴蒂斯塔博士讨论起了食物菜谱的“遗传算法”。凯特注意到，当皮奥特尔在专心听别人说话时，他的脸上会格外平静。他额头舒展，纹丝不动，注意力全落在说话者身上。

下一张，凯特和皮奥特尔坐在客厅的躺椅上，两人之间空着一英尺的距离，皮奥特尔咧嘴笑得正欢，又是那个把手伸在凯特身后的座位靠背上的动作，凯特则面无表情，只是僵硬地把左手凑到拍照者面前展示她的钻石戒指。或者也可能只是人造宝石。没人能说得准。这位姑婆以前是珠宝店售货员。

凯特和皮奥特尔在洗盘子。皮奥特尔穿了件围裙，举着一只洗完第一遍的盘子。凯特站在那里，斜眼看着他，仿佛不知道此人是谁。邦妮被拍进了一部分，她正朝镜头翻着她那双蓝色的大眼睛，一副不可置信的表情，仿佛不知道身旁**两人**是谁。

是邦妮教父亲如何将照片转发到凯特和皮奥特尔的手机上的，他本人对此一窍不通。她又翻了一个白眼，但还是向他演示了怎么做。然而她丝毫不掩饰自己得知这场婚姻计划后的惊愕。

“你变成什么了？”她问凯特，“奴隶吗？”

“只是暂时的，”凯特对她说，“你不知道现在实验室的情况有多糟糕。”

“不知道，我也不在乎。那个实验室和你没关系。”

“但它和父亲有关系。它是他的生活重心！”

“**我们**才应该是他的生活重心，”邦妮说，“他是怎么了？这个男人可以一连几个月忘记我们的存在，但同时又觉得他有权利告诉我们该坐谁的车，该和谁结婚。”

“宾格[1]。”凯特下意识地纠正邦妮的语法错误。

---

[1] 邦妮前面那句“……该坐谁的车，该和谁结婚”中的两个“谁”用的是“who”，正确的应该是用“who”的宾格“whom”。

“快醒醒吧，闻闻咖啡香，老姐。他这是拿你做祭祀品呢，你难道没看出来？”

“哦，行了，没那么严重，”凯特说，“这只是名义上的，记住了。”

但邦妮还是心烦意乱，以至于她手机响时，泰勒·斯威夫特都快把那首铃声歌曲给唱完了她才想起要接电话。

周五　下午 4：16

嗨，凯特！明天我和你一起去杂货商店。

我喜欢一个人购物。

我过来是因为你父亲要和我一起做晚饭。

什么！

我明早八点开车来接你。

拜。

他的车是一辆老式大众甲壳虫，她很多年都没见过这种车了。车身是孔雀蓝的，整辆车饱经风霜，陈旧不堪，显得那蓝色好似不是漆上去的，而是用彩色粉笔刷的。然而除此之外，车子的状况却无可挑剔。考虑到他的开车方式，这不啻于一个奇迹。是否有什么自然法规定了科学家都是不会开车的？即使他们可能会开车，他们也因为一心沉浸在高深思考中而无暇看路。皮奥特尔则是盯着凯特看，边讲话边把脸完全侧向她，于是他的甲壳虫沿着41 号街一路横冲直撞，别的司机只得刹车鸣笛，纷纷避让，车厢后排座位上的东西更是东倒西歪，书本啦，实验室大衣啦，空水瓶啦，快餐包装纸啦，全部乱成一团。

“我们得有猪大排骨，”他说着，“我们得有玉米粉。”

“瞧瞧你在做什么，看在上帝的分儿上。”

“这家店有卖枫糖吗？”

“枫糖！你们到底要做什么菜？”

“炖猪肉波伦塔[1]撒上枫糖。”

“上帝啊。”

“你父亲和我讨论过了。”

“食物菜谱的遗传算法。”凯特说，她想起来了。

“啊，你有注意的。你有听我在说什么的。”

“我没有在听你说什么，”凯特对他说，“我只是没法不听你们在我耳边鬼扯个不停。”

“你有在听我说。你喜欢我！你对我着迷了，我觉得。”

“皮奥特尔，”凯特，“让我们把话说清楚。”

“这条路上怎么能开这么大的卡车呢！”

“我这么做只是为了帮我父亲的忙。他好像觉得让你留在他的国家是头等大事。等你一拿到绿卡，我们就分道扬镳了。这个计划从头到尾都没有一步涉及到谁对谁着迷。”

“或许你也可能决定不要分开。”皮奥特尔说。

“什么？你在说什么呢？你听到我刚才说的话了吗？”

“是的，是的，”他忙不迭地说道，“我听着呢。没有谁要对谁着迷。现在我们去买猪肉吧。”

---

[1] 用玉米、大麦、栗粉等煮的粥。

他把车倒进超市的停车场，熄了引擎。

“我们为什么要买猪肉？”凯特跟着他一起穿过停车场时问道，“你知道邦妮不吃的。”

“我对邦妮并不很在意。”他说。

“真的吗？”

“我们国家有句谚语：‘小心甜如蜜糖的人，因为蜜糖没有营养。’”

这倒是很有趣。凯特说：“好吧，在我们国家，他们说用蜂蜜比用醋能捕到更多的苍蝇。”

“是的，他们会这么说。”皮奥特尔神秘兮兮地说道。之前他领先凯特几步走在前面，现在他倒走回来，毫无预兆地伸出一只手臂环住她的肩膀，把她拉到自己这边，“但你为什么想要捕苍蝇呢，哈？回答我，醋女孩。”

“放开我！”凯特说。靠得很近，能闻到他身上有新割的干草的气味，他的臂膀在她肩上纹丝不动、霸道坚决。她终于还是挣脱了他。“谢天谢地！”她舒了口气。穿过停车场的剩下路程里，她领先几步走在前面。

来到商场门口，她先发制人地抢来一辆推车，径直走了进去，但皮奥特尔追上她，伸手夺来了推车。她都开始怀疑他是不是有什么硬汉综合征了。“随你便。”她对他说。他只是笑了笑，推着空车漫步在她身边。

作为一个三句不离维生素的人，他竟然对蔬菜区域兴趣缺缺，实属稀奇。只见他懒洋洋地把一颗卷心菜丢进推车里，然后边环顾四周边问凯特：“玉米粉，哪里能找到玉米粉呢？”

“看来你还真喜欢这种时髦花哨的菜呢，”凯特给他带路时说道，“就像你在餐厅里点的那东西，块根芹泥那个。”

“我只是重复了最后那个。”

“不好意思？”

“那个侍者，当他来到我们这桌时，他说得太复杂了。他说：‘来向你们介绍几款今晚的特别菜品……’”皮奥特尔竟把侍者的巴尔的摩口音模仿得惟妙惟肖，真是怪事，“然后他开始报起那串菜名，每个都是超长的，由各种东西拼成。他说到了放养、石地、自家腌制等等，最后听得我云里雾里。所以我就直接重复了他最后说的那个。‘牛排块根芹泥’，我重复道，因为那名字还留在我耳边。”

“那么，或许今晚我们可以还是按老样子做点家常菜。”凯特说。

但皮奥特尔说：“不，我不要。”讨论到此结束。

电脑生成的购物清单今天没派上什么用场。一方面，从上周六到现在剩下的肉糜堆积如山，这也是凯特想要今晚继续吃剩菜的原因。在晚餐方面，这一周的确和平常迥然不同，不仅是那次父亲为了拍照特意安排与皮奥特尔在餐厅进餐，而且在那之后的第二天晚上，皮奥特尔又坚持要带他们去一家餐厅（除了邦妮没去，她说‘适可而止吧’），然后在周二，他又不请自来，捧着一桶肯德基炸鸡现身，宣称是为了庆祝那天刚刚落下的一场短暂而反常的春雪。

接下来的这周，凯特还得定一天请塞尔玛姨妈过来吃个饭。巴蒂斯塔博士已经嚷嚷着要让她见见皮奥特尔了，还有她的丈夫，可能还要请塞隆舅舅一起过来，如果在时间上和他的牧师义务没有冲突的话。他们总得咬咬牙忍受一下，巴蒂斯塔博士说。他和塞尔玛姨妈关系并不算太好（塞尔玛姨妈认为他是导致自己妹妹罹患抑郁症的罪魁祸首）。“但是考虑到移民局，”他说，“要向尽可能多的亲戚表露你的结婚计划，我觉得这是聪明之举。既然你不答应让你姨妈参加婚礼，那么另一个策略选择就是请她过来吃个饭。”

凯特不让姨妈参加婚礼的原因是她太了解姨妈这人。按照她的做派，定会带着六位伴娘和整个唱诗班隆重现身。

但给她吃什么呢？当然不能是没有肉的糊糊了，尽管如果能这样解决掉那些该死的剩菜真是省心省力。或许就随便弄点鸡肉吧，这个凯特肯定还对付得过来。就在皮奥特尔在猪肉区瞧瞧看看这会儿，她挑了几只公鸡，然后又折回到蔬菜区，买了芦笋和褐色土豆。

当她回到肉类区时，她从远处看见皮奥特尔的身影，他在和一个系着围裙的黑人男子聊得正欢。就在这瞬间，皮奥特尔那件加长版型的灰色毛线衫，和他那看上去脆弱纤细的光溜溜的脖子不可思议地触动了她。陷入这个进退两难的处境，也不能全怪他，她想。有那么一会儿，她试图想象如果自己孤身一人客居他乡，手上的签证即将失效，而对于一旦签证失效后将去往何方或将如何养活自己，心里都没个谱，这样的自己不知会是什么感受。别提还有语言问题！当初，她的语言课成绩还算中等偏上，但如果让她真的生活在说另一语言的国家中，她肯定会感到孤苦无助。然而皮奥特尔却好好地站在这里，兴高采烈地和别人讨论着切哪块猪肉，展示着他一如往常的亢奋情绪。她忍不住笑了，嘴角微扬。

当她走到他身边时，他说道："哦！这是我的未婚妻。这位好心的绅士说新鲜猪腿肉要比猪腰肉好。"

瞬间她又恼怒起来。未婚妻？去他的！而且她向来讨厌"绅士"这个词的圆滑发音。"你自己随便挑吧，"她对他说，"对我来说都一样。"说着她把买好的东西倒进推车里，又自顾自到别处逛去了。

然而结果是，皮奥特尔对于给塞尔玛姨妈做烤鸡肉的主意不甚满意。当他在糖浆和糖蜜区走道上再次遇到凯特时，她失算地告诉了他自己计划中的菜谱，他听完的第一个问题是："鸡能切成一块块吃？"

"你为什么想做这个呢？"

"我想的是你可以做炸鸡，像肯德基那种。你知道怎么做炸鸡吗？"

"不知道。"

他等待着，眼里满是期待。

"但你可以学吧？"他最后问道。

"要是想学的话应该可以吧，我想。"

"那你会想学的吧，或许？"

"呃，皮奥特尔，如果你这么喜欢肯德基，我为什么不直接买点回来呢？"凯特说。她很想看看如果她真这么做的话，塞尔玛姨妈脸上会是什么表情。

"不，你得自己做点菜，"皮奥特尔说，"费心费力做点菜。你是要表达你对姨妈的欢迎。"

凯特说："你见过塞尔玛姨妈以后，便会知道我们最怕发生的事就是让她觉得自己过于受欢迎。"

“可她是家人！”

他说到“家人”的时候俨然像在说一个神圣的词语，发音中满是不易觉察的小心翼翼。“我想认识你所有的家人——你的姨妈，她的丈夫和儿子，还有你那牧师舅舅。我很想见见你的牧师舅舅！他会试图让我皈依，有可能吧？”

“你在开玩笑吗？塞隆舅舅都没法让一只小猫皈依。”

“塞隆。”皮奥特尔重复道。他发的音听起来像是“Seron[1]”。“你是在故意折磨我吗？”

“我怎么了？”

“这么多带 /th/ 的名字！”

“噢，”凯特说，“是啊，我妈妈叫塞娅。”

他发出一声哀号。“那这些人姓什么？”他问。

几乎没有停顿，她回答：“塞威特。”

“上帝啊！”他以手扶额。

她笑起来。“我逗你玩呢。”她对他说。他放下那只手注视着她。“我开玩笑呢，”她澄清道，“其实他们姓戴尔。”

“啊，”他说，“你在开玩笑。你开了个玩笑。你在戏弄我！”然后他开始围着推车一蹦一跳地打转，“哦，凯特。哦，我风趣的凯特。哦，凯特娅我的……”

“打住！”她说，别人都在看着他们，“别这样了，告诉我你要哪个糖浆。”

他不再蹦跶，停下来像是未经多想地随便挑了一瓶，然后将

[1] “塞隆”的原文是“Theron”，皮奥特尔分不清 /th/ 和 /s/ 的发音。

它丢进了推车里。“这瓶有点小，”她说，低头看着他挑的糖浆，“你确定够用了？”

“我们不需要过多的糖浆，”皮奥特尔严肃地说道，“我们需要平衡，需要微妙。哦！如果一切很成功的话，我们可以用糖蜜给你姨妈做个菜！我们可以把鸡肉盖在一层……某种不寻常的东西上面，再撒上枫糖。你的姨妈就会说：‘这可真是人间美味啊！’”

“塞尔玛姨妈绝对不可能说出这样的话。”凯特对他说。

“我可以也叫她‘Selma 姨妈’吗？”

“如果你说的是‘塞尔玛姨妈’的话，我劝你还是等她允许你这么叫她了再叫。毕竟，如果不是非得这么做的话，我不知道你为什么要主动把她认作你的姨妈。”

“但我从来没有一个姨妈！”皮奥特尔说，“她将是我生平第一个姨妈。”

“真是幸运。”

“不过，我还是会等她同意了再这么叫她，我保证。我会深怀敬意。”

“可别为了我对她恭敬得过了头。”凯特说。

然后皮奥特尔就径直向巴蒂斯塔博士汇报去了，说他们这次的超市购物之行“非常开心”。这是那天下午三四点的事，当时这两个男人正在厨房里做饭。凯特挎着她的园艺工具篮从后院走进来，父亲眉开眼笑地看着她，好像她刚拿了个诺贝尔奖似的。“你在超市逛得很开心！”他说。

“有吗？”

“我早跟你说，皮奥德尔是个好小伙！我就知道你最终总会发现的！他说你俩的超市之行很开心，很友好。”

凯特恶意满满地瞪了皮奥特尔一眼。他正在给他的新鲜猪腿肉拍上各种各样的调味料，嘴上挂着浅浅的微笑，垂着目光。

“吃完晚饭后你们俩或许可以去看个电影。”她父亲建议道。

凯特说：“晚饭后我要洗头。”

“晚饭后？你要在晚饭后洗头？为什么要那个时候洗？”

凯特叹了口气，一把将她的工具篮扔进扫帚柜里。

皮奥特尔说：“我们在想，你可不可以向我们解释一下什么叫‘炖’。”

“我也不知道什么叫‘炖’。”凯特说。她走到水池前洗手。水池里有一些沾着血迹的鲜肉包装纸，还有一个卷心菜菜心，以及几片最外层的菜叶。她父亲向来是“随手清理，不留垃圾”这一原则的狂热信奉者，所以她很肯定地知道是谁留下了这片狼藉。“你竟敢在洗完菜后丢下不管，让厨房乱成这样。”她边洗手边对皮奥特尔说。

“我会把一切都搞定的！”皮奥特尔说，“爱迪留下来吃晚饭吗？”

“爱迪是谁？”

“你妹妹的男朋友。在起居室里呢。”

“你说的是爱德华。不，他不吃。‘爱迪’！天哪！”

“美国人都喜欢别人叫他们昵称。”皮奥特尔说。

“不，他们不喜欢。”

“不，他们喜欢。”

“不，他们不喜欢。”

“拜托！”巴蒂斯塔博士说道，“够了。”他正往电炉上的一只锅子里搅动着什么。他带着痛苦的表情望向两人。

“再说，他也不是她的男朋友。”凯特对皮奥特尔说。

“不，他是的。”

“不，他不是。他比她大那么多，不可能当她男友。他是她的辅导老师。”

“你妹妹在学微生物？”

“什么？”

“她膝盖上放着一本《微生物学方法杂志》。”

“什么？”

“是真的吗？”巴蒂斯塔博士惊呼道，“我都不知道她对这感兴趣！”

“哦，天哪！”凯特低声自语。她一把将抹布甩在台子上，转身离开了厨房。

“我知道有句谚语就是这么说的。”凯特走开时听到皮奥特尔这样对她父亲说道。

“饶了我们吧！”凯特回敬过去。她穿着运动鞋，穿过客厅时无声无息。她一边猛地穿过起居室门口，一边叫着，“邦妮——”

“呀！”邦妮猝不及防，她和爱德华两人一下子跳开了。

《微生物学方法杂志》已经不再摊在她膝盖上了。现在它被放在长躺椅的远处一端。尽管如此，凯特还是踏了四个大步，走到房间那头，把杂志拾起来，然后丢在邦妮面前。“这不是你现在需要看的。”她对邦妮说。

“不好意思？”

“我们付钱给他是让他教你西班牙语的。”

“你们什么都没付给他过啊！”

“呃……我和父亲说过，我们应该付他钱的。”

邦妮和爱德华面面相觑。

“邦妮才十五岁，”凯特对爱德华说，“她还不能谈恋爱。”

“没错。”他说，他不像邦妮那样善于自以为是地伪装无辜。他脸红了，闷闷不乐地低头看着自己的膝盖。

“她只能和成群出现的男生见面。”

“没错。”

邦妮说：“但他只是我的——”

“别告诉我他是你的辅导老师，如果真是的话，那我昨天为什么还得在你拿了 D⁻ 的西班牙语测试卷上签字呢？”

“那个考的是虚拟语气？”邦妮说，“我从来没弄懂过虚拟语气？”她好像是在问，这个解释有没有一丁点可能让人信服。

凯特一下转过身走了出去。然而就在她已经走到客厅中央时，邦妮从躺椅上跳起来，追上了她。“你是说我们俩再也不能见面了？”她问，“他只是在我家见我而已！我们又没有出去约会什么的。”

“他肯定都有二十岁了，”凯特对她说，“你不觉得这有什么不对？”

“那又怎样？我十五岁了。非常**成熟**的十五岁。”

“别搞笑了。”凯特对她说。

“你就是嫉妒我。”邦妮说。她现在跟着凯特穿过餐厅，“就因为你自己只能和皮奥德尔——”

“他叫皮奥特尔，”凯特咬牙切齿地说道，“你可以学学怎样正确发音。”

“好吧，你可真时髦，花哨小姐儿。至少我不用靠父亲来给我找个男朋友。”

说这话时，她们两人已经一路走到了厨房。两个男人吃惊地扭过头来瞟了她们一眼。“你女儿是个傻瓜。”邦妮对她父亲说道。

“不好意思再说一遍？”

“她是个爱打听、爱嫉妒、多管闲事的傻瓜，我拒绝——现在看看吧！”她的注意力一下子跳转到窗外的动静上。其他人也转过身来，只见爱德华弓着肩膀偷偷溜了出去，从紫荆树下穿过后院直奔回自己家。“这下你能满意了！”邦妮对凯特说。

“为什么会这样，”巴蒂斯塔博士对皮奥特尔说道，“只要我和女人们待在一起，哪怕只是一会儿，到最后我总会问：‘刚才发生了什么？’”

“你这样说太带性别偏见了。”皮奥特尔严肃地说道。

“别怪我啊，”巴蒂斯塔博士说，“我这个结论完全是建立在经验证据之上的。”

周一　下午 1：13

嗨，凯特！我们去领结婚证了！

我们是谁?

你父亲和我。

嗯，我祝你们幸福。

第八章

“你好吗，皮奥德尔？”塞尔玛姨妈问道。

“嗯！”凯特插进来。

然而，已经太晚了。“我前阵子过敏得很严重，但现在好多了，”皮奥特尔说，“可能是因为他们在灌木根部周围放的那种味道刺鼻的木头。”

“我们管那个叫护根，”塞尔玛姨妈告诉他，“它的作用是在漫长炎热的夏季保持住树根的水分。但我相当怀疑你是否真的是对护根过敏。”

塞尔玛姨妈每当有机会纠正别人都会十分高兴，而皮奥特尔更是始终笑容满面地望着她，对她的赞美之意溢于言表——而赞美恰恰是正中她下怀的。或许这个晚上会比凯特想象中过得顺利。

他们聚集在门厅里：凯特、她父亲，还有皮奥特尔，塞尔玛姨妈和她丈夫巴克莱姨夫。塞尔玛姨妈是位六十出头的漂亮女人，个子小小的，一头柔顺的金色短发，脸上妆容明艳。她穿了一身米色的真丝衣裤套装，一条色彩斑斓的丝巾绕了好几圈系在她颈上，末端飘至肩后（凯特以前会想象，她姨妈一年四季都系围巾是为了隐藏什么——过去动过手术或者，谁知道呢，没准是被蛇咬过留下的几处伤口）。巴克莱姨夫身材清瘦，长相英俊，满头灰发，身着一套考究昂贵的灰色西装。姨夫手下掌管着一家欣欣向荣的投资公司，他似乎觉得巴蒂斯塔博士和他的两个女儿古怪好笑，就好像是一个小镇上自然历史博物馆里的展品。现在，他正带着宽容的微笑看着他们，风度翩翩地闲立在门廊上，双手插在裤袋里，西装外套的边缘因此起了优雅的褶皱。

其余几人都穿上了自己最好的衣服。凯特穿了那条牛仔短裙，上身穿的是格子衬衫。皮奥特尔穿着牛仔裤——外国人的牛仔裤，皮带刚好系在腰部，宽松的裤腿看上去胀鼓鼓的——但他上身搭配了一件熨烫挺阔的白衬衫，鞋子也不是他惯常穿的球鞋，而是一双棕色的尖头牛津鞋。甚至连巴蒂斯塔博士都努力了一把：他穿上了他唯一的那套黑色西装，里面穿了件白衬衫，系了一条细细长长的黑色领带。每次只要不是穿着他最爱的工装连体裤，他看上去总是瘦骨嶙峋，犹疑不决。

“真叫人激动。”塞尔玛姨妈刚要开始，凯特就与她同时说道，“我们到起居室去吧。”她和塞尔玛姨妈之间经常会出现抢着说话的问题，“塞隆舅舅已经到了。”凯特边说边带他们进去。

“真的吗？”塞尔玛姨妈说，“嗯，那肯定是他来得太早了，因为巴克莱和我是准时准点到的。”

凯特对此无话可说，因为塞隆舅舅确实是早到了，这是他们事先特别约定的，为的是能一起商量下婚礼事宜。

塞尔玛姨妈带头走在前面，走进起居室时她伸出双臂准备拥抱邦妮，后者刚从躺椅上站起来。“邦妮，亲爱的！”塞尔玛姨妈说道，“天哪！你不冷吗？”

这是今年真正热起来的第一天，邦妮再怎么样也不至于冻着。塞尔玛姨妈其实只是为了指出邦妮的背心裙过于暴露，这条裙子只有一般人的衬衫那么长，肩膀处绑了两个巨大招摇的蝴蝶结，看上去像是天使的翅膀。再者，她凉鞋的后跟那里是光溜溜的。这可不行。

多年来塞尔玛姨妈给女孩子的许许多多条教诲中，有一条便是：永远不要在社交场合穿露后跟的鞋子。这条的重要性仅次于“第一规矩”：永远，永远，无论在任何情况下，都不要在餐桌上抹口红。塞尔玛姨妈的每一条规矩都根深蒂固地印刻在凯特的脑海里，尽管凯特天生就不会去买露后跟的鞋子，也不会抹口红。

然而，邦妮一般不会深究塞尔玛姨妈的话中之意。她只是说：“不冷啊，我都快热死了！”说着轻快随意地在她脸颊上啄了一下。“嗨，巴克莱姨夫。”她说，然后在他脸上也啄了一下。

“塞隆。”塞尔玛姨妈仪态尊贵地说道，俨然像在颁布某项特许令。塞隆舅舅从椅子上站起来，两只胖乎乎的长满金毛的手十字交错地紧攥在胯部前面。他和塞尔玛姨妈是双胞胎兄妹，所以两人名字的头一个字都是“塞”（其实他们的小妹妹的名字也是这样的），但塞尔玛姨妈是“先出来的那个”——按她自己的说法——因此多少有点家中老大的自信劲儿，而塞隆却是个胆小懦弱的男人，至今未婚，甚至都从未有过任何正儿八经的经历。或者他曾经有过，只是自己没意识到。他似乎总在朝什么眨着眼睛，好像在试图让自己理解这是一种最稀松平常的人类行为，他今晚穿了件黄色短袖衬衫，看不出牧师身份，这让他有种剥去了外皮，丝毫没有反抗之力的感觉。

“你难道不激动吗？”塞尔玛姨妈问他。

“激动啊。”他重复着，显得忧心忡忡的。

“我们要把凯特嫁出去了！你可真是匹黑马，不是吗？”她在一把扶手椅上坐定，对着凯特说道。与此同时，坐在摇椅上的皮奥特尔把椅子拖过来挨近塞尔玛姨妈。他仍然目不转睛、满怀期待地盯着她的脸，他的脸上也仍是笑容洋溢。“我们都不知道你有人追，”塞尔玛姨妈对凯特说，“我们还担心邦妮会比你早走上圣坛呢。”

“邦妮？”巴蒂斯塔博士说，“邦妮才十五岁呢。”他的嘴角耷拉下来，而且他到现在都还没坐下。他就直愣愣站在壁炉前面。

“坐啊，父亲，”凯特说，“塞尔玛姨妈，我给你倒点什么喝的？塞隆舅舅喝的是姜汁汽水。”

她特意提到姜汁汽水是因为她方才知道父亲只买了一瓶酒——是她的错，她不该把这事交给他来做——所以她希望在晚饭前没人提出要喝酒。然而姨妈说：“请给我来点白葡萄酒。”说完便转向了皮奥特尔，后者仍然屏息凝神地等待着可能从她口中吐出的任何金句珠玑。“来，告诉我们，”她说，“你们是怎么……”

“我们只有红酒。”凯特说。

“那就红酒吧。皮奥德尔，你们是怎么……”

“巴克莱姨夫呢？”凯特说。

“嗯，给我来点红酒吧。”

“你和凯特是怎么认识的？”塞尔玛姨妈终于问出了这个问题。

皮奥特尔立马回答：“是她到巴蒂斯塔博士的实验室来。我本来不抱期望的。我想的是，‘住在家里，没男朋友’那种女孩。但她就这样出现了。高挑，头发像意大利电影明星那样。”

凯特起身离开房间。

她拿着红酒回来时，皮奥特尔已经讲到了她的内在品质，塞尔玛姨妈微笑地点着头，看上去像是着了迷。“她有点像我家乡的女孩子，”他这样说着，“真诚，坦率，想什么说什么。”

“这我同意。”塞尔玛姨妈小声嘀咕。

“更重要的是她心地善良。很有思想。”

“哎呀，凯特！”塞尔玛姨妈像是恭喜她似的叫道。

“很会照顾人，”皮奥特尔继续说着，“照顾小朋友。”

“啊。你还会继续下去吗？”塞尔玛姨妈接过酒杯时问凯特。

凯特说：“什么？”

“你结婚后还会继续在学前学校工作吗？”

“哦，”凯特说，她还以为塞尔玛姨妈问的是她的这出假戏打算唱多久，“是的，当然了。”

“她可以不用去的，”皮奥特尔说，“我可以养她，”说着他甩出一只手臂，动作幅度惊人，险些打翻自己的酒杯（很不幸，他也要了酒），“如果她愿意，她现在就可以辞职。或是去上大学！上约翰·霍普金斯大学！我会出钱。她现在由我负责了。”

“什么？”凯特说，“我不是由你负责！我是由我自己负责的。”

塞尔玛姨妈发出啧啧声。皮奥特尔只是微笑着环顾屋里的其他人，仿佛在邀请他们分享自己的快乐。

“好姑娘。”巴克莱姨夫出人意料地来了句。

“好吧，等你有了孩子，这可就不好说了，”塞尔玛姨妈说道，“我能问下我们喝的这是什么酒吗，路易斯？”

“嗯？”巴蒂斯塔博士郁郁寡欢地看了她一眼。

“这酒很好喝。”

“哦。”他说。

他看上去并不太兴奋，尽管这可能是有史以来塞尔玛姨妈头一回夸奖他。

“告诉我，皮奥德尔，”塞尔玛姨妈说，“你们家人会来参加婚礼吗？”

“不会。”皮奥特尔说，依然满面笑容地看着她。

“老同学呢？同事？朋友？”

“我确实有个研究所的朋友，但他人在加利福尼亚。”皮奥特尔说。

“哦！你们走得近吗？”塞尔玛姨妈问。

“他人在加利福尼亚。”

“我是说……你想邀请他参加你的婚礼吗？”

“不，不用了，那样会很滑稽。婚礼才五分钟。”

“哦，当然不会那么短的。”

塞隆舅舅说：“他说的是真的，塞尔玛，他们要的是一场简化版本的婚礼。”

“我理想中的仪式，”巴克莱姨夫赞许地说道，“简短干脆。”

“安静，巴克莱，”塞尔玛姨妈对他说，“你不是说真的。这可是一辈子仅此一回的大事！所以我才不能相信你和我没有收到邀请。”

随之而来的是一阵令人不适的沉默。最后，还是塞尔玛姨妈自己的社交本能占了上风，她率先开口，另起话题。“告诉我，凯特，你打算穿什么衣服？”她问，“我很乐意带你去购置礼服。”

“哦，我想我准备好了。”凯特说。

“我知道你不可能指望穿得进你那可怜的母亲在她当年结婚时穿的婚纱……”

凯特默默希望塞尔玛姨妈能有一次，就这一次，在提到她母亲时不要加上“可怜的”。

也许她父亲和她想的一样，因为他打断姨妈问道：“是时候把晚饭端上餐桌了吧？”

“是的，父亲。”凯特说。

她起身时，塞隆舅舅正在问皮奥特尔他的国家是否允许信仰宗教。“我为什么会想要那个？”皮奥特尔不解地反问道，脸上是真诚的好奇。

凯特很高兴能离开房间。

两个男人在下午早些时候就做好了菜——煎鸡肉配豆薯粉，洒上红胡椒酱——那天晚上做的枫糖不尽如人意。凯特只需要把盘子端过去放到餐桌上，搅拌好沙拉即可。她在厨房和餐厅之间来回走动这会儿，断断续续地听到从起居室里传来的聊天内容。她听到塞隆舅舅说到“婚前咨询”这几个字，她一时呆住了，但皮奥特尔却说：“真是伤脑筋，这两种‘咨询[1]’。我总把它们两个的拼法给混淆起来。”听到这里，塞尔玛姨妈高兴地抓住机会，给他上了堂英语课，于是刚才那茬儿就这么过去了。凯特不确定他是否是故意转换了话题。

---

[1] 英语中“counsel”和“counseling”都可作名词，“counsel”有“建议、忠告”的意思，“counseling”是“咨询”的意思。

她发现，他的表现有时会出乎她的意料。渐渐明晰的一点是，想当然地以为他听不懂她的话中之意是很危险的。他领会的比他假装出来的多得多。另外，他的发音也有所进步。或者只是她开始习惯他的发音问题了？而且他也开始偶尔在句子开头加上一个“嗯”或“哦”。他似乎相当热衷于发现新的习语——比如说“操之过急[1]”，过去几天里他动不动就要在说话时用上这个短语（“我想着晚间新闻应该已经在放了，却发现我……”接着是一阵沉甸甸的停顿，最后他得意扬扬地蹦出一句“操之过急了”结束全句）。时不时地，他会用上一个让她觉得熟悉得诡异的表达。“老天啊”，他说，还有“呀”，有那么一次还是两次，他还用了“还算过得去”。每当这种时候，她都感觉像是有人无意中瞥见了她镜中的模样。

然而，他仍然无可辩驳地是个外国人，甚至连身体姿势都是外国人的。他走起路来像外国人那样笔挺笔挺的，步子也迈得较小。他像外国人那样喜欢直溜溜地夸人，把那些赞美之语重重地丢到她脚下，仿佛一只猫邀功似的向她展示捕来的死老鼠。“傻子都看得出你有所企图。”她会这么说，而他则会装出一副不懂她在说什么的样子。现在听着他在起居室里大谈特谈冰水的隐形危害，她觉得很尴尬，也为他感到尴尬，心中交织着对他的怜悯与不耐烦。

但就在这时，一双细高跟鞋蹬蹬地从餐厅走了过来。“凯特？你需要帮忙吗？”塞尔玛姨妈用动人的假音高声喊道，片刻之后，她就悄悄穿过了厨房门，一只手环住凯特的腰，带着酒味的吐息低语道，“他太可爱了！”

---

[1] 原文为英语习语“jump the gun”，意思是在赛跑时，号令枪还未打响就跑了出去。

所以显而易见，是凯特太挑剔了。

“他的皮肤有种金色的色调，眼睛在眼角处微微上扬……还有我爱极了他那头粘丝似的黄发，”姨妈说道，“他肯定有点鞑靼人血统，你不觉得吗？”

“我不知道。”凯特说。

“那个是‘鞑靼人’吗？”

“我真的不知道，塞尔玛姨妈。”

晚餐上，塞尔玛姨妈提议说由她来办宴席。“什么宴席？”凯特问，但她父亲斜瞟过来朝她使了个眼色。她猜得出他的意思：他是想着如果他们设宴庆贺的话，就能让移民局彻底信服。

“我得承认，他们确实是真的结婚，”黑白片里的侦探会这样向上级汇报，“因为新娘家大张旗鼓地为两位新人举办了一场宴席。”

在凯特的想象中，移民局的人喜欢用二十世纪四十年代的俚语词[1]。

“不让你的亲朋好友参与你的幸福时刻，这样太自私了。”塞尔玛姨妈这样说着，“对了，理查德和他老婆呢？”

理查德是塞尔玛姨妈和巴克莱姨夫的独子，属于过于自信的那类人，头发永远是精心吹过的。他在华盛顿当政治说客，习惯在发表高见前挺一挺身子，煞有介事地深吸一口气，听得见气流吹过他胡子的声音。他怎么也不可能关心凯特幸福不幸福的。

“我想如果你真的不想请我们出席典礼，这也是你的决定，”

---

[1] 指的是上一句原文中的“shindig”一词，是个现已不太常用的口语词。

塞尔玛姨妈对她说道，“我对此不高兴，但这毕竟不是我的事。然而，不管怎么说，我们还是应该受邀参加。”

简直就是恐吓。凯特可以想象，要是塞尔玛姨妈没法办成她心心念念的宴席的话，她很可能会举着个标语牌在教堂前面示威抗议。她看向皮奥特尔，他仍然挂着那个巨大的满怀希望的笑容。她又看向塞隆舅舅——她故意跳过了父亲——他正鼓励似的朝自己点着头。

“好吧，”她最后说道，“好吧，我考虑一下。”

“哦，真棒。这真是非常，非常完美，因为我刚刚重新布置了起居室，”塞尔玛姨妈说，“你会爱死我给躺椅上铺的罩布的：这种条纹缎子，贵得要命，但一分钱一分货。我还把每个人的座位都安排好了，起居室现在总共能容纳四十人。五十也行，挤一挤的话。”

“五十人！”凯特叫道。这就是为什么她不想让她姨妈参加婚礼——她总是这样自说自话，兴奋过了头。“所有我认识的人加起来都没有五十个。”凯特对她说。

“哦，肯定有的。老同学啦，邻居啦，学校同事啦……”

“没有。”

“那你有几个？”

凯特想了想。“八个？”她也说不准。

“凯特。光是小朋友学校的人就不止八个了。”

“我不喜欢人多拥挤，”凯特对她说道，“我不喜欢夹在人群中间。我不喜欢因为自己没有不停走动，跟新到的客人打招呼而感到愧疚。”

“啊，”塞尔玛姨妈脸上露出了精明计算的神色，“那么请大家坐下来吃顿小小的便饭如何？”

“这个小小的便饭请多少人呢？”凯特警惕地问道。

“嗯，我那家餐桌只能坐十四人，所以你知道不会来太多的。”

在凯特听来，十四人已经够多了，但总比五十人好点。“嗯……”她犹豫着，然后她父亲抢着插进来说：“来，我们看一看，有你、皮奥德尔，我和邦妮，塞尔玛、巴克莱和塞隆，还有理查德和他老婆，还有……哦，可能还有我们的邻居，希德和罗丝·戈登夫妇——他们在你母亲去世后很照顾我们。还有……那个谁叫什么名字来着？”

“你说的是谁？”

“你高中时候最好的朋友，叫什么名字来着？”

“哦，爱丽丝。她已经结婚了。”凯特说。

“很好，她可以带上她丈夫。”

“但我都好多年没见过她了！”

“哦，我记得爱丽丝的，她总是很有礼貌。”塞尔玛姨妈说道，“所以，现在有几个了？”她开始掰着手指头数数，“九，十……”

“我们又不是非要凑到某个最低人数不可。”凯特对她说。

“十一，十二……”塞尔玛姨妈数着，假装没听到凯特的话，“十三，”她数完了，“哦，亲爱的。一共十三个人——不幸的数字。”

“或许还能加上拉金太太。”巴蒂斯塔博士建议道。

“拉金太太已经死了。”凯特提醒他。

“啊。”

“拉金太太是谁？”塞尔玛姨妈问。

“以前照顾她和邦妮的女佣。”巴蒂斯塔博士说。

“哦，对哦。她死啦？”

“我们可以请爱德华！”邦妮冒出一句。

“你为什么会想邀请你的西班牙语辅导老师来参加结婚宴席？”凯特不怀好意地问她。

邦妮坐在椅上的身子猛地跌落了一截。

“路易斯，”塞尔玛姨妈说，“你那个姐姐还活着吗？”

“是的，但她住在马萨诸塞州。”巴蒂斯塔博士说。

“或者……我知道你在小朋友学校肯定有个私交最好的同事，”塞尔玛姨妈对凯特说道，“有没有某个特别要好的朋友？”

凯特想象亚当·巴恩斯那蒙着黑灰色阴翳的目光越过塞尔玛姨妈的薇吉伍德[1]瓷器望向她的样子。“没有。”她说。

一阵沉默。所有人都责备地看着她——甚至包括塞隆舅舅，甚至包括皮奥特尔。

“一桌十三人又怎么了？”她问他们，“你们真的都那么迷信吗？我一个都不想请！我不知道我们为什么在讨论这个！我以为只是一场小小的简单朴素的婚礼，只有父亲、邦妮、皮奥特尔和我参加。现在一切都失了控！我都不知道这是怎么一回事！”

“来，来，亲爱的。”塞尔玛姨妈说道。她隔着餐桌伸过一只手拍了拍凯特的餐具垫，这是她能够着凯特的唯一方式了。“那就一桌十三人吧。”她说，“我只是想要依循传统，仅此而已。我们一点儿也不迷信。别为这事苦恼。一切都不用你操心。告诉她，皮

---

[1] Wedgwood，英国传统瓷器品牌。

奥德尔。”

皮奥特尔就坐在凯特边上，他靠拢过来甩出一只胳膊绕在她肩上。“别担心，我的凯特娅。”他说道，吐出红胡椒的呛人气味。

“真甜蜜。”塞尔玛姨妈柔声夸赞。

凯特把肩膀从他胳膊下挪开，伸手拿起水杯。“我就是不喜欢小题大做。”她对着所有人说，然后喝了一口水。

“这是当然的，”塞尔玛姨妈安慰她说，“不会搞任何小题大做的，你看着吧。路易斯，酒呢？给她倒杯酒。”

“恐怕已经喝完了。”

“你只是有点紧张，仅此而已。这是新娘常有的不安。来，凯特，我就再问你一个小小、小小的问题，然后我就闭嘴：你们没有打算婚礼当天就离开，对吧？”

“离开？”凯特说。

“度蜜月啊。”

“没有。”

她懒得解释说他们根本就不度蜜月。

“太好了，”塞尔玛姨妈说道，“我总觉得，才举行完婚礼就急匆匆地开始一场漫长的耗费体力的旅行，真是大错特错的决定。所以也就是说我们可以在那天晚上举行我们的小小宴会。这样就好多了。我们会早点开始，因为这天肯定够你受的了。五点或是五点半左右，开始端上喝的。就这样。我要说的都说完了。现在我们换个话题吧。这鸡肉可真有趣！是你们两个男人做的吗？让我刮目相看。邦妮，你不来点吗？”

“我是素食主义者？”邦妮说。

“哦，是吗？理查德有个阶段也这样。”

“这不是一个……”

“谢谢，塞尔玛姨妈。”凯特说。

这一次，她说的是真心话。姨妈表现得如此镇定自若，让她莫名地感到慰藉。

这不是新娘常有的不安，而是“为什么每个人都同意这事？你怎么能允许这事？难道没人来阻止我吗”？

上个星期二——轮到凯特负责“额外托管”——在把最后一个孩子送上最后一个过来的家长的车上后，她回到四岁班，只见所有的教师和助理一下子从小朋友坐的迷你椅上跳了起来，齐声喊道：“惊喜！惊喜！”原来就在她离开的短短时间里，他们都从各自躲藏的地方出来，在昌西夫人的桌子上铺了纸餐布，往上面摆好点心、纸杯和一叠纸盘子，那张堆乐高积木的桌子上则倒放了一把蕾丝阳伞，里面堆满了用薄纸包起来的各种礼物。亚当弹着他的吉他，达令夫人在潘趣酒碗后面主持着局面。“你事先知道吗？你猜到了吗？”他们不停地问凯特。凯特说：“从来想都没想过。”这倒是大实话，“我都不知道该说什么！”她不断这样说着。

他们把礼物塞给她，附带没完没了的解释：我本来订的是蓝色的马克杯，结果送来的却是绿色的；这个沙拉碗可以放进洗碗机里直接洗；如果她已经有了套切肉刀具的话，也可以把这套拿去换掉。他们让她坐在宝座上——昌西夫人的写字桌——给她端上粉白相间的纸杯蛋糕和自家烤的布朗尼蛋糕。亚当唱起了《忧愁河上的桥》，然后费尔韦瑟夫人问她能不能给大家看一下皮奥特尔的照片（凯特给他们看了她手机里存的那张在餐厅拍的照片。有几个人说他长得很好看）。乔治·安娜想知道凯特打不打算把他带到四岁班来，在“展示与讲述”时间和大家见个面，但凯特回答：“哦，他一刻也没法从研究中抽身。”说这话时她想象着，皮奥特尔要是有机会露露面，该会如何地欣喜若狂，然后他又会如何把整件事搞得热闹张扬。鲍尔夫人还给了她一条忠告，让她打一开始就要让他明白得自己捡起袜子。

现在他们似乎对她另眼相看了。她有了地位，她变得重要了。突然之间，他们都对她要说的话感兴趣起来。

在这之前，她从未完全明白自己一直是无足轻重的，这种变化让她感到生气，却又匪夷所思地觉得不无欣慰。同时她又觉得这一切都是假象。真是搞不懂。

结婚会不会对她的晋升有所帮助呢？她忍不住想。自从宣布订婚消息后，她发现自己还一次都没被叫到办公室去过。

亚当送她的礼物是一个捕梦网。“网面是用柳枝做的。”他说。他用仿鹿皮的绳子把它们编在一起，再饰以珠子——就像他在乔治·安娜快当妈妈时送给她的那个一样，和羽毛——就像她送给索菲娅的那个一样。“看，中间这块空的地方，”他从凯特手里拿过网向她演示，“是用来让美梦穿透进来的，这条环绕边缘的带子是用来挡住噩梦的。”

“这真可爱，亚当。”凯特说。

他把网放回她手里。他看上去有点悲伤，抑或这只是她的自欺欺人？他直视着她的眼睛说道：“我希望你知道，凯特，我祝福你的生活永远美好。”

“谢谢你，亚当，”她说，“这对我而言意义非凡。”

天气预报说那天会下雨，所以凯特是开车来上班的。回家的路上，堆在后排座位上的马克杯、锅碗和烛台格格地响着，它们和她父亲的实验室器材放在一起。她突然一把将手掌打在方向盘上。“这真可爱，亚当，”她用造作的尖音重复自己的话，“这对我而言意义非凡。”

然后她捏紧拳头，捶打着自己的前额。

塞尔玛姨妈问凯特是否打算改名为凯特·施切尔巴科夫（她发这个姓的音和她妹夫一模一样）。“当然不会。”凯特说道。即使这场婚姻不是暂时性的，她也反对新娘要在结婚后更名的观念。让她松口气的是，皮奥特尔同声附议：“不，不，不。”不过接着他又补道，“应该是施谢尔巴科夫·娅。女名结尾，因为她是女孩子。”

“女人。”凯特说。

“因为她是女人。”

“我就姓巴蒂斯塔。”凯特对她姨妈说道。

塞隆舅舅或许是恰逢其时地插了进来：“我刚才在起居室里跟皮奥德尔说到，我习惯在为新人们主持婚礼前建议他们做点咨询。”

“哦，这个主意好啊！”塞尔玛姨妈惊呼，好像她是头一回听说有这种做法。

“我们不需要咨询。”凯特说。

“诸如你是否打算更改姓氏之类的问题，尽管……”塞隆舅舅絮叨起来。

“别担心，”皮奥特尔连忙说道，“不是重要的事。只是一个桃子罐头的品牌。”

“什么？”

“我们两人之间会商量决定的，”凯特对大家说道，“谁还想要鸡肉？”

鸡肉没问题，她觉得，但红胡椒酱味道怪怪的。她盼着等人都走后拿出自己贮藏的牛肉干吃个够。

“我不知道凯特有没有提起过，”塞尔玛姨妈对着皮奥特尔说，“但我是个室内装潢师。”

“啊！”

凯特感觉皮奥特尔对于什么是室内装潢师压根一点概念也没有。

“你们俩以后是住独户房子，还是公寓？”塞尔玛姨妈问他。

“公寓，我想你应该会这么叫。”皮奥特尔说，“不过是在一栋房子里面，寡妇的房子，墨菲太太的。我住在顶层。”

“但结了婚后，他是搬过来和我们一起住的。”巴蒂斯塔博士说。

塞尔玛姨妈皱起了眉头。皮奥特尔也是。邦妮说：“和我们一起住？”

“不，”皮奥特尔说，“墨菲太太家整个顶层都是我一个人住的，不用付房租，因为我负责把墨菲太太从轮椅上抱进车里，还帮她换电灯泡。步行就能走到巴蒂斯塔博士的实验室，而且从每个窗口望出去，我都能看见树木。今年春天还有了个鸟巢！起居室，厨房，两间卧室，卫生间。没有餐厅，但厨房里有餐桌。”

“听起来很迷人。”塞尔玛姨妈说。

“但是，结了婚以后，他会住在这里。”巴蒂斯塔博士说。

“我可以使用整个后院，因为墨菲太太没法推着轮椅到那里去，很大，非常大，大极了，阳光普照的后院。我种了黄瓜和小萝卜。凯特也可以种点东西，”他转向凯特，“你想种点蔬菜？或者只种花卉也行。”

“哦，”她说，“嗯，是的，我想种点蔬菜。至少，我觉得我想这样。我从来没拥有过一个菜园。”

“但我以为我们已经讨论过了。”巴蒂斯塔博士说。

“我们是讨论过了，但我没答应。”皮奥特尔说。

塞尔玛姨妈露出幸灾乐祸的表情。“路易斯，”她说，“接受事实吧。你的小姑娘长大啦。”

“我意识到了，但本来的意思是她和皮奥德尔住在这里。”

邦妮说：“没人告诉过我！我以为他们会住到皮奥德尔家！我以为现在凯特的房间就归我了。有窗下座椅的那间？”

“让他们住在这里要好得多，”她父亲对她说道，“我们几个人可以就在这座大宅子里面晃晃悠悠地住着。”

“那么‘天涯海角随君行[1]’的古训怎么办？”邦妮问。

塞隆舅舅清了清嗓子。“事实上，”他说，“这句话是对婆婆说的。人们好像从来没意识到这点。”

“对婆婆说的？”

“整整一层顶楼，”皮奥特尔对巴蒂斯塔博士说着，“第二间卧室现在是书房，但我会把它改造成凯特的卧室。”

塞尔玛姨妈警觉地直起身子。她丈夫咧嘴一笑说道：“嗯，这个嘛，我严重怀疑凯特是否还需要有自己的卧室。”

---

[1] 原文为“Wither thou goest, I will go”，语出《旧约·路得记》。

塞尔玛姨妈竖起耳朵等着听皮奥特尔的回答，就像一只导盲犬眯缝起眼睛瞄准一只鹌鹑似的，然而皮奥特尔却光顾着目不转睛地盯着巴蒂斯塔博士，企图在气势上压倒后者。

有可能就像她在大学里住的男女混住宿舍，凯特想道。她很喜欢男女混住宿舍。她在那里感到很自由，适意随性，无拘无束，她从未和那里的男生交往，却都彼此相处愉快。

她不知道皮奥特尔喜不喜欢下象棋。没准他俩还能在晚上一起下盘象棋。

“我说全怪那首流行歌曲，”塞隆舅舅说着，“天涯海角……”他开始唱起来，细腻高亢，略带颤音。

“邦妮还太小，不能一人在家，没人看着，”巴蒂斯塔博士对皮奥特尔说道，“你应该最清楚我工作起来没完没了的。”

这倒是真话。还没等你反应过来，她就会把成打的小男生带回家里来。凯特眼看着那个很大、非常大、大极了的阳光普照的后院从指缝间溜走，不禁感到怅然若失。

但皮奥特尔说：“你们可以雇个人。”

这也是真话。凯特一个激灵振奋起来。

塞尔玛姨妈说：“反驳不了了吧，路易斯。哈！看来你遇上对手了。”

“但是……等等！”巴蒂斯塔博士说道，“这完全不是我本来所计划的！你们这说的根本是另外一套方案。”

塞尔玛姨妈转向凯特说道：“我很乐意到你们的公寓来，给你俩免费做一次装潢咨询。如果是某位约翰·霍普金斯大学老教授的房子，我打赌它肯定大有潜力。”

“哦，是啊，很有潜力。”凯特说。若是承认自己连看都没看过那地方一眼，未免叫人生疑。

甜点只有从超市里买来的冰激凌，因为无论是皮奥特尔还是巴蒂斯塔博士对此都毫无头绪。所有人都满怀期望地看着凯特，她只好说：“好吧，我来看看能找到什么。”于是晚餐将尽之时，她起身来到厨房，从冰箱里拿出一盒奶油胡桃冰激凌。就在她把一叠小碗放在台子上摆成一排时，厨房和餐厅之间的门突然打开，皮奥特尔走了进来。他来到她身边，用胳膊捅了捅她的肋骨。“别这样。”她对他说。

“进展顺利，不是吗？”他在她耳边低语，“我觉得他们挺喜欢我的！”

“就算是吧。”她说，然后开始把冰激凌舀进碗里。

接着他热情洋溢地甩过一条手臂环住她的腰，将她拉近自己，在她脸上亲了一口。有那么一瞬，她没有抵抗。他的臂膀坚实有力，将她环绕，他身上那股新割的干草的味道也很好闻。然而接着，她就“咳”地叫起来，立马跳开了。她转过身气势汹汹地对着他。“皮奥特尔，”她一脸严肃地说道，“你记得我们之间的约定的。”

“是的，是的。”他说着退到后面，举起两只摊开的手掌。“没有谁对谁着迷，”他说，“我能帮你把这些碗拿进去吗？”

“请帮我吧。”她对他说，于是他拿起最前面两个她已经装好冰激凌的碗，退回敞开的厨房门向餐厅走去。

但他说的是真话，他们看上去的确挺喜欢他。吃冰激凌时她注意到这点——巴克莱姨夫在问他有关他们国家有没有对冲基金的问题，塞隆舅舅则对他们国家有没有冰激凌更感兴趣，塞尔玛姨妈靠过来与他亲密交谈，让他也叫她“塞尔玛姨妈”。他立刻将其简化为“塞尔（Thel）姨妈”，或者更准确地说，是“Sel 姨妈”。巴蒂斯塔博士在关于凯特住处问题的讨论之后一直闷闷不乐，一声不吭，但三位客人都显得兴致勃勃。

是啊，也难怪。他们高兴于不久便可摆脱她了。

一直以来，她都是个不服管教的异类——一个总惹麻烦的孩子，一个阴郁内向的少女，一个失败的大学生。他们能拿她怎么办？但现在有答案了：把她嫁出去。他们再也不用考虑她了，一点都不用了。

所以当塞隆舅舅提醒她和皮奥特尔得去领个结婚证时，她没好气地说道：“是啊，父亲和皮奥特尔已经领好了。父亲把表格也拿来了，让我填了给移民局看。”说完她挑衅似的环顾餐桌。

这话本应让她的姨妈、姨夫和舅舅坐直身子，嗅到异常的，然而塞隆舅舅只是点了点头，接着他们就继续聊了起来。对此最容易的解释，便是告诉自己他们没听懂她的话。

“等一等！”她想要告诉他们，“你们不觉得我值得拥有更好的？我本可以不用忍受这一切的！我应该谈一场真正的恋爱，有个真正爱我、视我如珍宝的人，一个送我许许多多鲜花、手写情诗、做捕梦网的人。”

但她什么也没说，只是兀自搅动着碗里的冰激凌。

第九章

离婚礼还有几天的时候，皮奥特尔下班后开车来到凯特家，他和凯特准备把她的东西装进车里。其实也没多少东西，不过是衣柜里的衣服，已经打包进几个行李箱里了，还有一个装满新婚礼物的盒子，以及一个服装防尘袋，里面放了几件挂在衣帽间的最近在穿的衣服。行李箱和礼物盒轻轻松松地就放进了皮奥特尔的后备厢里。装衣服的防尘袋则被他平铺放在后驾驶座上。

邦妮不冷不热地跟皮奥特尔打了声招呼，之后就晃到别处去了，巴蒂斯塔博士还待在实验室。凯特怀疑他是故意不露面。自从凯特定下新住处后，他就一直回避着他们，一个人独来独往。

皮奥特尔住在距离约翰·霍普金斯大学咫尺之遥的一栋给教师住的大房子里，这是一座老旧的殖民时期风格的住宅，房子表面是白色的护墙板，绿色的护窗已经斑驳褪色。他把车子停在门前的路边，尽管边上就有一条车道。他告诉凯特，这是为了不挡着刘太太出来的路。刘太太是墨菲太太的护理者，平时就住在这房子里。

他们一次性就把所有东西搬进了房子——凯特拖着那几个行李箱，皮奥特尔提着礼物盒，装着衣服的防尘袋则垂在他肩膀上。

来到门廊时，他放下礼物盒，拿出钥匙来开门。

“把这些东西拿上去以后，我们就去见墨菲太太，”他对她说，“她想见见你。”

“她不介意我就这么搬进来住？”凯特这才想起来问，的确为时已晚。

“她不介意的。她只担心你过不了多久就说我们要搬出去自己住了。”

凯特轻轻哼了一声。毫无疑问，墨菲太太一定是把她想象成了那种系着一条皱巴巴围裙的标准人妻。

前厅一片昏暗，有股发霉的气味。一面边框镀金的镜子悬在一个红木餐具柜上方，柜子的四只脚是爪子状的，两边的门都是紧闭的，这让凯特放下心来。她可不想每次走进走出的时候都得和那两个女人打招呼。还有，她看得出来，房里的其他地方并非如此幽暗。午后三四点的阳光透过他们头顶的一扇窗户照射进来，落在她眼前的楼梯上，因此她和皮奥特尔沿着楼梯越往上走，光线就越明亮。

第二层楼的走廊铺着地毯，但是顶楼那层——过去应该是仆人住的，凯特猜想——却只有光秃秃的松木地板，地板边缘的木饰条是蜂蜜色的，不像屋里其他地方那样是厚重暗沉的深色调。凯特感到一阵释然。没有门将这一层与下面隔开来，然而身处顶楼，她听不到下面传来的任何声音。她可以预见，自己在这里将不受打扰，乐享清静。

皮奥特尔领着她走到右边，穿过走廊来到一间房前。“这是你的房间。”他对她说。他退后一步请她先进，然后跟在后面走了进去。

显然，这里以前是他的书房。房间的一头摆着一张巨大的书桌，上面堆满了各种电脑设备，书桌对面的墙上靠着一张睡卧两用长椅，上面铺了层花里胡哨的豹纹天鹅绒罩布。窗户旁边是一张古色古香的写字桌，体积虽小但对于凯特已然足矣，房间的一角还有一把带搁脚凳的垂着过时裙边的扶手椅。

“书桌会搬到起居室去，”皮奥特尔对她说，他把礼物盒放到写字桌上，然后走到衣柜前把装衣服的防尘袋挂起来，“后面我们会买张小点的书桌，你当学生后要用到。”

“好啊。谢谢你，皮奥特尔。”

“墨菲太太觉得或许她能给我们张桌子。她有很多没用的家具。”

凯特放下手中的行李箱，走到窗前向外眺望。楼下的后院映入眼帘，院子形状颇为修长，四周种着一圈灌木，她觉得其中一些可能是玫瑰灌木。以前家里的院子总是阳光不足，种不了玫瑰。在院子的最边上，挨着尖桩栅栏的地方，她发现一片长方形的松过土的园地，这一定就是皮奥特尔的菜圃了。

“来看看屋里其他地方。”他对她说。

他回到房间门口，但接着就退到边上，让她先走出来，当她从他身边擦肩而过时，她突然强烈地感觉到他与自己靠得如此之近。尽管此前她一直都是把这里想象成又一个男女混住宿舍，然而此时她意识到，自己其实是要单独和一个男人住在一起。当他穿过走廊，打开另一道门对她说“我的房间”时，她都没进去细看（只看到一张双人床，一个床头柜……）就走回门边。或许他觉察到了她的不自在，因为他快速地把门给关上了。

“卫生间，”他说着挥手指向走廊尽头那扇半开半掩的门，但他没有请她进去看一看，“只有一间。抱歉我们只能共用了。”

“噢，没事。我在家里和两个人共用呢。”她说，然后自己小声笑了下，而他却没有笑。

接着他带她来到起居室，里面只有一把海绵松弛的躺椅，一张人工木纹的咖啡桌，以及一台放在带轮子的金属电视柜上的老式电子管电视机。“躺椅旧巴巴的，但很柔软。”他说。他好像在聚精会神地观察着这把躺椅。这间房里没有别的什么可看的，但他却没有要离开的意思。

“高中时有一次，”他说，“我和同学一起回家做项目。晚上我在他家睡了。躺在床上，我听见他父母在楼下讲话。嗯，这个同学不是孤儿，而是个正常的男孩。”

凯特好奇地瞟了他一眼。

“我只听见他父母的声音，没听见他们在说什么。父母一起坐在起居室里。妻子说：‘咕哝咕哝？’丈夫说：‘咕哝咕哝。’妻子说：‘咕哝咕哝，咕哝？’丈夫说：‘咕哝咕哝。’”

凯特想象不出皮奥特尔到底是想说什么。

他说：“或许你哪天会和我共坐在这间起居室里？你会说：‘咕哝？’然后我说：‘咕哝咕哝。’”

“或者可以你说‘咕哝’？然后我说‘咕哝咕哝’。”凯特提议。言下之意是她不懂为什么他不能是怯声怯气的那个，让她当更加肯定的那个。但她看得出他没明白自己的意思。他皱起额头盯着她看。“当然，”最后她说，“哪天我们可以这样。”

“好嘞！”他说，然后重重地舒了口气，展颜微笑。

“厨房呢？”她提醒他。

“厨房。”他说着挥手指向厨房门。

厨房位于房子后部，靠近楼梯的最高处。它曾经一定是间储物室，墙板是雪松木的，仍能闻到淡淡的木质清香。房间是二十世纪五十年代风格的，却有种说不出的魅力：锈迹斑斑的白色金属橱柜，表面剥落的富美家[1]塑料贴面台子，漆得厚厚的白色木质餐桌，配上两把红色的椅子。“真漂亮。”凯特说。

“你喜欢？”

“是的。”

“你喜欢整个地方？”

“是的。”

“我就知道不是我的一厢情愿。”

“非常漂亮。非常舒适。”她说，这是真心话。

他又舒了一口气。“现在我们去见墨菲太太吧。”他说。

他再度退后让她先走出厨房，这次他退到屋里面，给她留出了大得夸张的通行空间，好像是为了表明自己不会越界逾矩似的。显然，她刚才未能掩饰住内心的尴尬。

墨菲太太身材高大敦实，满头银发，身穿一条蕾丝花边的连衣裙，脚上穿一双矫形鞋。刘太太个子小小的，清瘦却结实，和许多上了年纪的亚洲女人一样，她穿着看上去像是男装的衣服：敞开的卡其色工作衬衫，宽宽大大的褐色长裤，以及白得炫目的运动鞋。两个女人仿佛嵌入到带罩布的椅子和过于花哨的小桌子，以及摆满各种旧玩意的架子共同构成的背景之中，现身时，她们

[1] Formica，著名的家具塑料贴面品牌。

是从这一背景中一点一点地走出来的，皮奥特尔和凯特进门过了几秒钟后，刘太太才推着墨菲太太的轮椅向前移动。“这就是我们的凯特吗？”墨菲太太大声说道。

凯特差点没背过头去看背后还有谁，她难以相信自己竟会被唤作“我们的”凯特。然而还没等她反应过来，墨菲太太已经张开双臂，一把将她拉向自己，然后握住他们两人的手。墨菲太太的手宽厚肥大，手指肉乎乎的。事实上，她全身上下都如此肥大，凯特忍不住好奇皮奥特尔是如何抱起她来的。“你和皮奥德尔描述得一模一样，”墨菲太太说道，“我们以为或许他因为爱得神魂颠倒而言过其实了。欢迎你，亲爱的凯特！欢迎来到你的新家。”

“嗯……谢谢。”凯特说。

“他带你四处转过了没？”

“除了院子，我全带她看过了。”皮奥特尔说。

“哦，你可得瞧瞧院子，当然了。我听说你打算大干一番，种上好些东西。”

“嗯，呃，要是您觉得可以的话。”凯特说。她这才想到，自己都还不知道皮奥特尔有没有征求过墨菲太太的同意。

“何止可以，”墨菲太太说道，与此同时刘太太插话，“不过，会种花的，对吧？”尽管刘太太的发音和皮奥特尔的大不相同，但她似乎也不大会用代词，“这个皮奥德尔就只有实用的东西！黄瓜啦，卷心菜啦，小萝卜啦！她没有诗意。”

“他没有诗意。”皮奥特尔纠正她，就连皮奥特尔都不会混淆性别，“凯特既会种花，也会种蔬菜。或许哪天就成了植物学家。”

“太好了！你也应该当个植物学家，皮奥德尔。多出去晒晒太阳。多苍白啊，看到没？”刘太太问凯特，“他就像个蘑菇。”

要是刘太太站得离皮奥特尔更近一点，她一定会用胳膊捅捅他，凯特怀疑。事实上，两个女人都既觉得好笑又充满爱怜地看着他，而皮奥特尔则肆意享受着她们的凝视，脸上似笑非笑，带着种安详。他偷偷瞟着凯特，似乎想确认她喜欢他这个样子。

“但先把我们的蘑菇男人放到一边，”墨菲太太宣布，“凯特，你得告诉我们你对这住处有什么要求。除了书桌，我是说，我们已经知道你需要一张书桌。但厨房呢？你觉得厨具够了吗？”

“哦，够了。”凯特说。其实她连厨房里的一个抽屉都还没拉开过，但她只是不想让墨菲太太对她的印象减分。“一切都很棒。”她说。

“你去看看我们厨房有没有多出一件的东西。”墨菲太太对刘太太说道。转身时，她的一只脚从轮椅的搁脚板上滑了下来，皮奥特尔未经她察觉地帮她把那只脚移回了原位。“我知道我们至少有两个电搅拌机，”她说，“一个立式的，一个手提式的。我们当然不用两个。”

“或许不用吧……”刘太太不太确定地回答。

“我们现在去看看院子，”皮奥特尔决定，“改天再说搅拌机吧。”

“好的，皮奥德尔。回头再来看看我们，凯特！还有，缺什么东西千万要告诉我们。”

“一定，”凯特说，“谢谢。”接着——显然她仍置身于墨菲太太对她的好印象所产生的魔力之中——她走上前去，再次伸出双手与墨菲太太的手相握。

走到外面的门廊，皮奥特尔问她：“你喜欢她们吗？”

“她们真的很亲切。”凯特说。

“她们很喜欢你。”他说。

“她们都不了解我！”

“她们了解你。”

他正带着她绕过房子边缘，来到将前院与后院隔开的尖桩栅栏。“车库里有园艺工具，”他说，“我会告诉你我把钥匙藏在哪里。”

他抬起后院门闩，然后退到后面让她进去。这次他还是给她让出了过多的空间，但她突然想到，他这样做或许不仅是为她着想，也是为他自己着想。不知为何，他们两人在对方身边都有点不好意思。

第十章

婚礼当天早上，凯特睁开眼睛，看见邦妮正坐在她的床脚。“所以呢，你是来看我的窗下座椅的？”她问道，尽管邦妮压根连看都没看那个窗下座椅。她穿着娃娃装睡衣，盘膝坐在那里，目光紧紧盯着凯特，仿佛想凭念力把后者唤醒。

“听着，”她对凯特说，“你不是非得这么做。”

凯特把手伸到后面，立起枕头背靠到床头板上。她瞥了一眼窗外的天空：光线有点泛白，她不禁担心会不会是要下雨了，尽管天气预报说是大晴天。塞尔玛姨妈过去一周每天都向他们通告天气预报，因为她一心想着在“婚礼宴会”——她是这么说的——开始前先招待客人们在她家的露台上喝点饮料。

“我知道你觉得自己做的不过是一点名义上的小事，为了把移民局糊弄过去，”邦妮说，“但这个人已经开始搞得像他是你的主人了！他在指挥你，告诉你该用什么姓，以后住在哪里，是否还要继续工作。我是说，我的确很想换间更大的房间，但如果代价是我唯一的姐姐要被人驯服，剥去个性，彻头彻尾地变成另一个人的话……”

“嘿，邦－邦妮，”凯特说，“谢谢你这么想，但难道你对我一点儿都不了解？我能搞定的。相信我。我难道不是一辈子都在跟一个独裁者打交道吗，说到底。”

“独……”

“我没那么容易被打败。相信我，我一只手缚在后面都不会怕他的。”

“行吧，”邦妮说，“如果你觉得生活的乐趣在于吵架打架的话，那随你吧。但你所有时间都是要和他待在一起的！甚至都没人提起要过多久你才能跟他离婚，但我肯定至少也得一年。不仅如此，你要共处一室的这个人都不说‘请’和‘谢谢’，以为‘你好吗’就是‘你怎么样’的意思，而且每次说话的时候都跟人站得特别近，还从来不对别人说，‘我觉得或许可能怎么样怎么样’，而永远都是直截了当，‘你错了’‘这不好’或是‘她很蠢’——没有灰色过渡，全是黑白两色和‘我说了算’。”

“嗯，你说的部分上只是语言问题，”凯特说，“当你连基本意思都表达得磕磕巴巴的时候，你不可能还管什么‘请’啦，‘可能’啦。”

“最糟糕的是，”邦妮继续说，好像凯特没说过话似的，“最糟糕的是，你会像在这里一样苦不堪言，一点差别都没有——和一个科学狂人住在一起，你的每个小动作都要被定个体系，一有机会就滔滔不绝地讲起他那套老年人保健理论，吃一餐饭都要计算其中的多酚或是什么的。”

“也不完全是这样，”凯特说，“还是会有**很大**差别的。皮奥特尔不是父亲！他会倾听别人，你看得出来，他会注意听的。你听到他那天晚上说我可能还想重回学校的话了吗？除了他还有谁稍微为我着想过呢？在这个家里，我就是一件家具，一个无处可去的人，再过二十年，我还是那个帮父亲料理家务的老处女女儿。‘是的，父亲。不，父亲。别忘了带上你的药，父亲。’这是我重写人生的契机，邦妮！来场翻天覆地的逆转！你能怪我这样想吗？”

邦妮将信将疑地看着她。

“不过谢谢你，”凯特想起来加上一句，然后往前挪了挪，拍拍邦妮光着的脚，“你能担心我，这很好。”

“好吧，”邦妮说，“别说我没提醒过你。”

直到她离开房间，凯特才想起来，邦妮刚才说的话没有一句是以问号结尾的。

看到她们的父亲白天在家感觉怪怪的。凯特下楼时他正坐在早餐桌旁，肘边放着一杯咖啡，面前摊着报纸。“早上好。”凯特对他说。他抬头看她，调了调眼镜说道：“哦，早上好。你知道世界上正在发生什么事吗？”

“什么？”凯特问他，但他肯定不是特指某个新闻，因为他只是一脸绝望地朝报纸挥了挥手，然后就继续读报了。

他穿了件工装连体裤。凯特觉得这样挺好，但过了一会儿当邦妮走进厨房时，她立马提出了质疑：“你不会打算穿着这个去教堂吧。”

“嗯？”父亲哼了声，翻过一页报纸。

“你得表现出点尊重，爸爸！教堂对某些人来说是神圣的地方，我不管你自己的信仰是什么。你再怎么说也得穿上正常的衬衫和裤子。”

“今天是周日，”她父亲说道，“教堂没别人的，只有我们和你舅舅。”

“但我们是要拍照给移民局看的，这算哪门子结婚照啊？”邦妮问道。有的时候，邦妮会狡猾得不可思议，“你穿着工作服。有点儿太明显了，你不觉得吗？”

“啊！是啊，你说得有道理。”他说着叹了口气，合上报纸站了起来。

邦妮自己穿了件带天使翅膀的背心裙，凯特则穿了件浅蓝色的直筒式棉布连衣裙，这还是她大学时代的衣服——之所以选这件，是因为她觉得塞隆舅舅隐约表达了类似建议。她不习惯穿浅颜色的衣服，穿上这件让她感觉特别扎眼，浑身不自在；她担心自己看上去会不会太刻意了。不过显然邦妮觉得没什么问题。至少，她没表示异议。

凯特从冰箱里拿出一盒鸡蛋，问邦妮：“要个煎蛋饼吗？”但邦妮回答：“不用了，我要自己打个健康果昔。”

“好吧，那你得保证做完之后弄干净。上次你做完果昔，厨房一片狼藉。”

“我等不及了，”邦妮说道，“赶紧离开这里，别整天在我后面念念叨叨了。”

显然，她已经不再担忧她唯一的姐姐即将被转手出去的命运了。

几天前，凯特雇了一位名叫卡罗尔太太的女人，请她每天下午过来稍微做点简单的家务，在巴蒂斯塔博士下班回来前陪着邦妮。卡罗尔太太是塞尔玛姨妈的女佣——塔伊玛的姑妈。塞尔玛姨妈一开始推荐的是塔伊玛的妹妹，但凯特想找个经验老到之人，不管邦妮要什么花招都招架得住。“她可比一般人以为的狡猾得多。”凯特是这么叮嘱卡罗尔太太的，后者回答：“我听到了。是的，知道了。”

吃完早饭，凯特回到楼上，把最后一些零零碎碎的东西装进了她的帆布包里。然后她一边帮邦妮换好床单，一边想着，下次再看见这间房时，里面一定会完全变样。镜子周围会贴满各种照片和美图明信片，书桌上会堆满化妆品，衣服会乱七八糟地丢在地上。但想到这些并没有让她心烦意乱。她觉得自己已经用够了这个房间。她已经过够了这种生活。等到皮奥特尔拿到了绿卡，她也不会再搬回来住，不管她父亲是怎么设想的。她会自己找一个住处，即使她的工资只够在某个地方租一间小小的屋子。或许那时候她就拿到文凭了，或许她就能有份新工作了。

她把自己的床单扔进待洗篓里。现在它们就留给卡罗尔太太处理了。她提起帆布包，走下楼去。

她父亲坐在起居室的躺椅上一边等着她，一边用手指敲着自己的膝盖。他换上了黑色西装，被邦妮说服后，他尽了最大努力。“啊，你来了！”她走进来时他叫道，然后站起来换了一种语气对她说，“我的亲爱的。”

“什么？”她问，因为听上去他似乎准备宣布什么事情。

然而他犹豫着：“啊……”接着清了清嗓子说道，“你看起来真的长大了。”

她一头雾水。就在几分钟前他才看见过她，样子压根没一点变化。“我的确长大了。”她对他说。

“是啊，”他说，“但这多少有点让人意外，你知道的，因为我还记得你出生时候的模样。你母亲和我以前从来没抱过婴儿，你的姨妈还得手把手教我们。”

“哦。”凯特说。

“而现在你都穿上这条蓝色连衣裙了。”

“嗯，哎哟，这件旧衣服你都不知道见我穿了多少次了，”凯特说道，“别这么大惊小怪的。”

然而她情不自禁地感到很高兴。她知道他想说却未说出口的话。

她突然想到，如果以前她母亲也能明白父亲渴望说出的那些话——如果她能读懂他的暗示的话——他们四个人的生活可能都会幸福很多。

生平第一次，她发现自己竟慢慢能读懂他人的暗示了。

她父亲开车，因为坐别人的车让他紧张不安。他们家的车是一辆沃尔沃老爷车，保险杠上密密麻麻地布满了他以前开车时留下的刮痕，后排座位上杂乱无章地堆放着他们三个人的东西——橡胶实验室围裙、一大沓期刊、一张写着字母“C”的美工纸海报，还有邦妮的冬大衣。凯特不得不坐到后排座上，因为邦妮抢先蹿上了副驾驶座。车子驶到约克路上的一个红绿灯时猛地一个急刹车，一半的期刊滑落到凯特脚下。走高速的话就会平坦顺畅点，更不用说会快很多了，但她父亲不喜欢和其他车子挤在一条路上开。

“三株杜鹃花只要 25 美金”，路上经过她常去的园艺市场时她读着外面的招牌，就在一瞬间，她突然希望自己今天是在那里购物，希望这是一个正常的周六上午，她照例忙着各种平淡无奇的琐事。到底还是个晴天，看着路上行人缓慢悠然、恍恍惚惚地走在路边的样子，便知道这天的温度也是再宜人不过了。

她感到肺里快缺氧了。

塞隆舅舅的教堂名叫“科基斯维尔联合教堂”，是一座灰色的石质建筑，最高处矗立着一根小型尖顶——那种简化版的尖顶。教堂就位于约克路后面，那里附近尽是成排的古玩店和寄售店。

停车场空荡荡的，只停着塞隆舅舅的那辆黑色雪佛兰。巴蒂斯塔博士把车子倒在它边上，熄了引擎，然后垂下头把额头贴在方向盘上，他每次成功把车子停在一个地方后都会这样。

“还没见着皮奥德尔。”过了一会儿他终于抬起头来说道。

今天上午轮到皮奥特尔负责实验室的例行工作。“看到没？”巴蒂斯塔博士之前这么说，“从今以后我就有个靠得住的女婿了，可以放心地让他来顶替我。”然而，才这么一会儿他已经想到了好几个细节问题，担心皮奥特尔或许没注意到。他们还没从家里出发时他就问了凯特两次：“我要不要打个电话给他，问问情况怎么样了？”不过接着他就自己替她回答了，“不用，没事的。我可不想打扰到他。”这或许不仅是因为他的手机过敏症，也归结于最近他和皮奥特尔关系的变化。他还在为上次的事生着闷气。

他们按照塞隆舅舅先前说的来到教堂后部，敲了敲一扇普普通通的，像是通往某间厨房的木门。门上有块玻璃窗，挂着蓝白方格布的窗帘。片刻之后，方格布被拉开，露出塞隆舅舅那张向外探看的圆脸。见是他们后，他咧嘴一笑，打开了门。他穿着西装，系着领带，凯特感动地发现——他真的像对待一件大事般庄重。“新婚快乐！”他对她说。

“谢谢。”

“我才和你姨妈通完电话。我猜她大概还抱着一丝希望，想着会不会在最后一刻收到邀请，但她表示她打过来只是问问我觉得皮奥德尔会不会不喝香槟。”

“他为什么会不喝香槟？”

“她觉得他可能想喝伏特加。”

凯特耸了耸肩。“至少我不这么觉得。”她说。

“她或许是怕他会把酒杯砸到家里的壁炉上或是怎么的吧。”塞隆舅舅说道。凯特注意到，当塞尔玛姨妈不在场时，塞隆舅舅说起他姐姐时变得肆无忌惮许多。“进来到我办公室坐坐，”他说，“皮奥德尔知道要敲后门吗？”

凯特瞟了父亲一眼。“知道的，我告诉他了。”后者说道。

“我们等他的这会儿可以先看看誓词。我知道我们说好了一切从简，但我想让你看看你做出的是什么样的选择，这样你就知道你们两人的承诺意味着什么了。”

他领着他们经过一条狭窄的走廊，来到一间四壁皆书的斗室。架子上密密麻麻的全是书，写字桌上和两把折叠椅的椅面上也都堆着成摞成摞的书，就连地上也堆满了书。只有写字桌后面那把转椅是能坐的，但塞隆舅舅一定是觉得自己坐下而让其余三人站着有失礼貌。于是他背靠着写字桌前部，半坐在桌角上，从一摞书里拿来最上面一本，翻到里面折过角的一页。“现在开始，”他说，手指划过上面的一行字，“‘亲爱的爱人’诸如此类的。你不介意吧，我想。”

“不介意，可以的。”

“然后我会问：‘谁将这位女士送向新郎手中？’”

巴蒂斯塔博士吸了口气准备回答，但凯特抢先一步说了“不需要”，于是没有听到他本来想说的话。

“然后我想我们就省去顺从丈夫这条承诺吧——我知道你的，凯特，嗯，实际上这年头几乎没人还说这条了。我们就直接进入‘无论祸福’吧。‘无论祸福’可以的吧？”

“噢，当然。”凯特说。

他能这么顾及自己，真是善解人意，她想。他对巴蒂斯塔一家人没有信仰这点也只字未提。

“你都不知道现在有的夫妻想要省去多少部分，”他说着合上书把它放在一边，“还有他们自己拟的誓言，有的你根本没法相信。诸如‘我保证每天不会就狗狗的趣事谈论五分钟以上’。”

“你开玩笑的吧。”凯特说。

“恐怕不是。”

她想到可不可以让皮奥特尔保证再也不引用谚语。

“那么照片呢？”巴蒂斯塔博士问道。

“照片怎么了？”塞隆舅舅问。

“我能拍几张吗？说誓言的时候？”

“嗯，我想可以吧，”塞隆舅舅说，“但都是些很简短的誓言。”

“没事的。我只是想，你知道的，留个纪念。或许结束后你可以帮我们四个人拍一张。”

“当然可以，”塞隆舅舅说，他看了看表，“好了！现在我们就只等新郎了。”

现在是十一点二十分，凯特知道，因为她自己也才看过手表。他们原本的安排是十一点开始。但她父亲信心十足地说道：“他就快到了。”

“他带了结婚证吗？”

“我带了。”巴蒂斯塔博士从内侧胸袋里掏出来递给塞隆舅舅，“周一我们就开始找移民局办这个事。”

“嗯，我们先到教堂去吧，你们在那里等可以舒服点，好吗？”

“他们在申请之前必须真正结婚，”巴蒂斯塔博士说道，“显然结婚必须是既成事实。”

“你们见过布鲁德小姐没？”塞隆舅舅问。他在走廊边上的另一道门前停下。一个面色苍白的女人从写字桌上抬起头来，朝他们微笑，她大约四十五岁，额头上如少女般夹着枚发卡，把一头短发别到后面。“布鲁德小姐是我的得力助手，”他对他们说道，“她有时一周七天都过来，尽管这只是个兼职职位。安菲仕，这是我外甥女凯特，她今天结婚，这是她妹妹邦妮，我姐夫路易斯·巴蒂斯塔。”

“祝贺祝贺。”布鲁德小姐边说边从椅子上站起来。不知为何，她的脸上泛起两片红晕。她属于那种脸红时眼睛会变得水汪汪的人。

“跟他们说说你为什么叫‘安菲仕[1]’。”塞隆舅舅说道。接着，还不等她开口，他就自己告诉他们，“她是在一辆出租车上出生的。”

“哦，老天啊，”布鲁德小姐发出银铃般的清脆笑声，“他们可不想听那种故事！”

“是一次意外生产，”塞隆舅舅解释道，“我的意思是，出人意料得快，当然，生产本身是在意料之中的。”

“嗯，是自然发生的！妈妈可不是故意把我生在车上的。”布鲁德小姐说道。

巴蒂斯塔博士说：“谢天谢地不是赫兹[2]。”

布鲁德小姐再次发出银铃般的笑声，但她的目光仍然没有从塞隆舅舅身上移开，手漫不经心地摆弄着颈上的那串白色玻璃珠项链。

---

[1] 原文为“Avis”，即著名租车服务品牌“安飞士”。

[2] Hertz，也是著名租车服务品牌。

“好吧，继续往前走……”塞隆舅舅说。

布鲁德小姐重新坐回到椅子上，一边用手飞快地拂了下裙子的背面，脸上仍然笑意盈盈。塞隆舅舅领着其余人沿着走廊继续前进。

在许久以前的某几次圣诞夜和万圣节，凯特曾经来这个小教堂，里面看上去还是颇为现代的，从一面墙到对面墙的整个地面上铺着米色的地毯，两边的窗户素朴干净，中间是一排排的金色木质长椅。“你们怎么都不坐下，”塞隆舅舅对他们说道，“我先回办公室去，这样皮奥德尔敲门时我能听到。”

凯特之前就在担心这个——他们会不会错过了皮奥特尔的敲门——所以她很高兴看到他折回去。再者，他们三个人单独待着时就不用没话找话。他们可以静静坐着，互不说话。

她凝神倾听舅舅从走廊上走过去的脚步声，因为她好奇他在经过布鲁德小姐办公室门口的时候是否会停下来，或者至少放慢脚步。但是没有，显然他直接急匆匆地走了过去。

“我和你母亲就是在这个教堂里结婚的。”巴蒂斯塔博士说。

凯特吃了一惊。她从没想过问问自己的父母是在哪儿结婚的。

邦妮惊问：“真的吗，爸爸？是那种盛大华丽的婚礼吗，有伴娘的那种？”

“哦，是的。她的全部心思都扑到这场该死的闹剧上了，”他说，“塞隆当时才被聘到这里担任助理牧师，所以理所当然地由他主持婚礼。我姐姐大老远从马萨诸塞州赶过来，和我母亲一起。那个时候我母亲尚在人世，尽管身体已大不如前，但是，哦，他们都说：‘我们需要你的家人出席，你难道一个朋友都没有吗？同事呢？’我找了我的博士后学生做伴郎，我好像想起来了。”

他站起身来，开始沿着中间的过道来回踱步。每当他不得不无所事事地傻坐着时，哪怕只是一会儿，他总是会烦躁起来。凯特望向上面的讲台，和教堂里的长椅一样，它是金色木质的。讲台上面放了一本巨型的书，摊开着，可能是《圣经》，书页间的几片红色丝带书签垂落在外面。讲台前面是一个低矮的木质圣坛，上面放了一个装满郁金香的花瓶，瓶底置于一片装饰垫子的中央。她试图想象，她的母亲曾经也是站在那圣坛之上的新娘，身旁是一个年轻时候的，还没像现在这样一本正经的父亲，然而她怎么都只能想到一个病怏怏的、有气无力的母亲，身着一袭白色婚纱，旁边站着秃顶弓背的巴蒂斯塔博士，正看着他的手表。

邦妮收到一条短信，凯特听到了她手机的蜂鸣声。邦妮从钱包里拿出手机，看着屏幕咯咯笑起来。

她们的父亲在一排长椅边停下，从赞美诗册子自取架上拿过来一本。他仔细看了看册子的封面和封底，然后又把它放回到架上，重新踱起步来。

“但愿实验室里没出什么问题。”他在下一次经过凯特身边时对她说道。

“能出什么问题？”她问他。

她是真的想知道，因为无论可能出什么问题，都好过仅仅是因为皮奥特尔临阵脱逃——他最终还是不想娶她，尽管他能娶她已是占尽便宜。“这不值当，”她都能听到他这么说着，“这么个**难搞**的女孩！这么没规没矩的。”

但她父亲只是这样说：“可能出任何问题。可能出太多问题了。哦，我有种感觉，不该留给皮奥德尔一个人管的！我知道他能力超群，但不管怎么说，他终究不是我。”

接着他又继续朝教堂后部踱去。

邦妮正在打着一条短信。啪，啪，啪，速度和老电影里打电报时的按键一样快，两手拇指并用，几乎都用不着看屏幕。

最后，塞隆舅舅终于再次出现了。“那么……”他从门口那里喊道，径直走向邦妮和凯特坐着的那排长椅，巴蒂斯塔博士也立马折回来与他们会合。

“那么，皮奥德尔是要从大老远赶过来吗？”塞隆舅舅问道。

“就从我的实验室过来。”巴蒂斯塔博士回答。

“难道他遵从的是某种外国的守时标准？”

他问这话时看着凯特。她回答：“某种外国的……好吧，可能吧。我不太清楚。”

然后她从他脸上的表情看出来，她应该要清楚，如果他们真的交往了很久的话。在被移民局问话时她得记住这点。“哦，真拿他没办法！”她要轻松欢快地对他们说，“我告诉他我们得在六点钟到朋友家，但他竟然直到七点才开始换衣服。”

如果他们真的能走到被移民局问话那一步的话。

“或许可以打个电话问问他是不是需要什么指引。”塞隆舅舅说。

但凯特就是不想打电话，尽管她知道这样很愚蠢。她想起了上七年级时女孩子们之间那些让她至今仍难忘怀的讨论——她们是怎样不愿让别人看出自己“倒追男生”。即便对方是即将和自己结婚的男生（姑且这么叫吧），这样做也是不对的。他爱多晚露面就多晚露面吧！看看她到底在不在乎。

她心里没底地说道：“他可能在路上了吧。我不想让他开车分心。”

“那就给他发个短信。”邦妮提议。

“嗯……”

邦妮啧了一声，把她的手机放回钱包里，然后朝凯特伸来一只手，手心朝上。凯特盯着她的手看了片刻才明白过来。然后，她只能慢吞吞地从帆布包里掏出自己的手机，递给邦妮。

啪，啪，啪，邦妮敲起字来，看上去连想都没想一下。凯特斜瞥过去看看她打了什么。“你在哪？”她读道，就显示在皮奥特尔给凯特发的上一条短信下面，那条短信已经是好几天前发的了，只有寥寥几字：“好的，拜拜。”

现在这最后一条短信似乎成了重要线索。

没有回复。甚至连那种表示他正在写着回复的小圆点都没有。他们一个个满脸无助地看着塞隆舅舅。“要不打个电话？”他再次提议。

凯特镇定下来，从邦妮手中拿回自己的手机。就在这时，手机发出一声柔和的嗡嗡声，她着实吓了一跳，以至于一阵慌乱中弄掉了手机，幸好只是掉在膝盖上。邦妮又啧了一声，帮她捡了起来。“出大事了！”她念出来。

她们的父亲惊叫：“什么！”他身子前倾越过塞隆舅舅，从邦妮手中夺过手机，盯着屏幕看。然后他开始打字。尽管他的确只是用一个食指点击着，凯特还是大开眼界。他们每个人都看着他。最后他问：“现在我做什么？”

“你做什么，这是什么意思？”邦妮问他。

“我怎么发送？”

邦妮啧了一声，从他手里拿过手机，开始啪啪按键。凯特越过她肩头瞟着屏幕，只见父亲打的短信是：“什么什么什么。”

众人等待着。巴蒂斯塔博士连呼吸都不规律了。

又是一声嗡响。“老鼠没了。”邦妮念出来。

巴蒂斯塔博士发出一声怪叫，好像被扼住了喉咙快要喘不过气来。他双腿一软，瘫倒在他们面前的长椅上。

有那么一会儿，凯特没想到“老鼠”意味着什么。老鼠？老鼠跟这一切有什么关系？她是在等着她结婚的消息。塞隆舅舅看上去也是同样茫然。“老鼠！”他不解地重复，脸上带着厌恶的表情。

“父亲实验室里的老鼠。”邦妮向他解释。

“他实验室里有老鼠？”

“那里一直有老鼠。”

“是啊……”塞隆舅舅说，他显然没领会两种说法有什么区别。

“是豚鼠[1]。”邦妮补充道。

塞隆舅舅看上去完全一头雾水。

“我不能相信，”巴蒂斯塔博士微弱无力地说道，“我怎么都不能接受。”

手机再次发出声响。邦妮举起来念道：“动物权利保护者把它们偷走了，项目一败涂地什么都没了，没戏了。”

巴蒂斯塔博士发出一声呻吟。

“啊，是啊，那种老鼠。”塞隆舅舅说着额头舒展了些。

“他说的是 PETA[2] 人士吗？”邦妮朝着他们说道，“难道有什么法则规定成年人不能用缩写词，还是怎么的？‘PETA’，你个白

[1] 又称“天竺鼠”，常用作科学实验对象。

[2] 善待动物组织，该组织反对用动物做实验。

痴！就说‘PETA’，看在上帝的分儿上！‘动物权利保护者’，哈！这人实在是……太古板了！还有你们看，他在每个能用定冠词的地方都用上了定冠词，尽管他说话的时候几乎从来不用。”

“那么那么多年的心血，”巴蒂斯塔博士喃喃自语，此时他弯着腰把头埋在手臂里，所以很难听清楚他说了什么，“那么那么那么多年，都付诸东流了。”

“哦，亲爱的，当然不至于那么糟糕的，”塞隆舅舅安慰他，“肯定还有挽救办法的。”

“我们可以给你买些新的老鼠！”邦妮附和道。她把手机递还给凯特。

凯特终于有点明白过来了。她对邦妮说：“即便是你，也应该明白只有那些老鼠才有用。它们是一代代繁衍的漫长遗传链中的最后一批老鼠，它们是特殊培育的。”

“然后呢？”

“这些人是怎么进入实验室的？”巴蒂斯塔博士哀号着，“他们是怎么知道进门的密码组合的？哦，上帝，我得从头再来了，可我太老了，没法从头再来。至少还得再花二十年时间。我不会有资助了，我只能关了实验室，然后以开出租车为生。”

“千万不能这样！”塞隆舅舅的语气中带着真实的惊恐。邦妮叫起来：“你打算让我辍学打工，是的吧。你打算让我去某个牛排店里端那种血淋淋的生牛上腰肉。”

凯特不解于两人为什么都在考虑此类完全不适合他们的职业。她说：“别吵了，你们俩。我们都还不能肯定是不是真的……”

“哦，你在意什么？”她父亲厉声发问，猛地抬起头来，“你在幸灾乐祸吧，我估计，因为现在你就不用被逼着结婚了。”

凯特说：“我不用怎么？”

她舅舅插进来：“她为什么要被逼着结婚呢？”

“还有你！”巴蒂斯塔博士转向邦妮，“你辍学又怎么样？没什么大不了的！你从来没显露过一点点天分。”

“老爸！”

凯特木然地盯着面前的赞美诗册子自取架。她正努力让自己恢复过来。她好像一下子灰心丧气了。

“所以就是这样，”她父亲黯然地说道，“原谅我好吗，塞隆？我得回实验室去了。”他一点一点地站起来，迟缓得犹如一个老人，然后步入过道里。“我为什么还要继续活着呢？”他问凯特。

“我一点儿也不知道。”她没好气地回答。

看起来，她又得住回自己的老房间了。她的生活将一切照旧，如同未曾中断过一样。周一回去上班时她会和别人解释说，事情出了岔子。她会告诉亚当·巴恩斯，她最终还是没结成婚。

想到这些她一点也高兴不起来。说真的，亚当和她并没有什么关系。他总让她觉得自己体格庞大、表情冷淡，与周围格格不入。和他在一起时，她永远都会斟词酌句，生怕说错了话。他不是那种真正喜欢她本来面目的人，无论祸福。

最后这四个字让她心间隐约泛起悲伤的余韵。过了一会儿她才想起来为什么。

她站起身，跟在邦妮后面走进过道。她感觉胃里沉重得好似有铅压着。教堂仿佛在一瞬间变得黯然失色，她此时才看清这是一个如何索然无趣的地方——死寂之所。

她和邦妮站在那儿等着父亲，他正握着她们舅舅的手——或者说更像是双手并用抓着他的手，好像垂死之人抓住救命稻草似的。“还是谢谢你，塞隆，”他的声音听上去像是将死之人，“抱歉占用了你的……”

“凯罗？”

皮奥特尔站在走廊口，他的左肩后面露出布鲁德小姐忧心忡忡的笑脸。只见皮奥特尔衣衫褴褛，看上去简直像个流浪汉：他穿着一件脏兮兮的白T恤衫，因为穿了太久而变薄变透了，领口那里也撕破了，下身套着一条宽松肥大的格子短裤，非常短，凯特不禁担心他是不是把内衣穿出来了，脚上是一双红色的橡胶人字拖。

“你！”他极其大声地吼道。对象是邦妮。他气势汹汹地冲进教堂里，布鲁德小姐吓得退到一边。“一分钟都不要妄想你不会被逮捕起来。”他冲邦妮喝道。

她哼了声：“嗯？”

他径直走到她面前，都快把自己的脸凑到她脸上了。“你这个……素食者！”他对她说，“你这个同情心泛滥者！”

邦妮退后一步，用一只手的掌根轻轻擦了下脸颊。一定是他刚才说话时把唾沫星子吐到她脸上了。“你在搞什么？”她问他。

“你在半夜三更闯进实验室。我知道是你干的。我不知道你把老鼠放在哪儿了，但我知道这事就是你干的。”

“我！”邦妮叫道，“你觉得是我干的！你真的相信我会把我自己父亲的项目给捣毁了！你疯了。告诉他，凯特。”

这时巴蒂斯塔博士挤到他们中间说：“皮奥德尔，我需要知道。情况有多糟？”

皮奥特尔从邦妮面前转过身去，伸出一只手重重地拍了拍巴蒂斯塔博士的肩膀。“很糟，”他对他说，“这是事实。要多糟有多糟。”

“它们全部没了？一个也不剩？”

“一个也不剩。两个架子都空了。”

“但这是怎么……”

皮奥特尔牵着巴蒂斯塔博士朝教堂前部走去，手还放在他的肩膀上。“我起了个大早，”他说，“我想着要早点去实验室，然后就能准时赶来结婚。我来到实验室门前，门还是像往常一样锁着。我按了组合密码。我走进去，来到老鼠培育室。”

他们越走越慢，在离圣坛还有几英尺的地方停了下来。塞隆舅舅、凯特和邦妮还停在远处，看着两人。接着皮奥特尔转身回望凯特。“你在哪儿呢？”他问她。

“我？”

“快过来！我们结婚。”

“哦，”巴蒂斯塔博士说道，“我不知道是否真的……我想我现在还是赶紧回实验室去吧，皮奥德尔，即使已经无法……”

然而凯特却说：“等我们说完誓言再走吧，父亲。你可以待会再去看实验室。”

“凯特·巴蒂斯塔！”邦妮叫道，“你不会真的还要继续进行吧！”

“嗯……”

“你听到他刚才怎么跟我说话了吗？”

“好吧，他有点急躁。”凯特对她说。

“我没有该死地急躁！”皮奥特尔粗声吼道。

“你知道我的意思。”凯特对邦妮说。

“现在就过来！”皮奥特尔喊着。

塞隆舅舅说：“老天，他可真的是急躁。”他暗自发笑，摇了摇头。他沿着过道走到圣坛，然后站在那里从身体两侧伸出双臂，宛若一个前来报喜的天使。“凯特，亲爱的？”他问，“过来吗？”

邦妮不可置信地嘘了一声，凯特转过身来，把自己的帆布包递给她。“好吧，行，”邦妮对她说，“就这样吧。你们俩挺般配的。”

但她还是接过了帆布包，然后跟在凯特后面走上过道。

来到圣坛，凯特在皮奥特尔身边坐下。“我一开始还没明白过来，”皮奥特尔对巴蒂斯塔博士说着，“显而易见发生了什么，但我还是没明白过来。我只是干瞪着眼。两个空空的架子，笼子没了。架子旁边的墙上写着一行字，直接写在墙上的：动物不属于实验室设备。看到这行字后我决定报警。”

“报警，哦，算了吧，警察能做什么？”巴蒂斯塔博士说，“做什么都太晚了。”

“警察要过很久很久才过来，好不容易等到了，可他们一点也不聪明。他们对我说：‘你能描述一下这些老鼠吗，先生？’‘描述！’我说，‘有什么可描述的？它们就是很普通的小白鼠，没什么别的好说的。’”

“啊，”巴蒂斯塔博士说，“说得也是。”然后他说，“连你都没穿礼服，我不知道我为什么要穿得这么正式。”

“她是嫁给我，不是嫁给我的衣服。”皮奥特尔说。

塞隆舅舅清了清嗓子，说道：“亲爱的爱人……”

两个男人转过背来面对着他。

“在主的见证下我们聚集于此……”

“但是，肯定有什么办法能把它们追回来，”巴蒂斯塔博士对着皮奥特尔小声嘀咕，“租个猎狗或是什么的。不是有专门用于这种目的的狗吗？”

“狗！”皮奥特尔说着微微侧向巴蒂斯塔博士，“狗会吃了它们的！你想要这样？”

“那或者找侦探吧。”

“你，凯瑟琳，”塞隆舅舅用一种不同寻常的坚定有力的声音说道，“是否愿意与这个男人，皮奥德尔……”

凯特能感觉到皮奥特尔很紧张，因为他的身体僵硬极了，站在他另一边的她的父亲激动不安，从她身后则传来邦妮的阵阵抗议。只有凯特自己心如止水。她挺直站着，目光注视着她的舅舅。

等他们到了“你可以吻新娘了”那里，她父亲已经转身准备离开圣坛了。

“行了，我们现在就走。”皮奥特尔说，即使此时他还倾身向前，在凯特脸颊上啄了一记。“警察想要——”他对巴蒂斯塔博士说，然后凯特直直地走到他面前，双手捧住他的脸，非常温柔地吻了他的双唇。他的脸颊凉凉的，但微微开裂的嘴唇却是温暖的。他眨了眨眼睛，退后一步。“——警察也想和你谈谈。”他有气无力地朝巴蒂斯塔博士说完。

“祝贺你们二人。”塞隆舅舅说。

第十一章

为了坐上皮奥特尔的车，凯特得从驾驶座那里进去，艰难地跨过变速杆爬到副驾驶座上，因为副驾驶座那边的车门好像被什么东西砸凹陷了，再也没法打开。她没有问怎么造成的。显而易见，皮奥特尔刚才开车时比往常还要不专心。

她把帆布包放到车里散落着杂七杂八没用的传单的踏板上，然后把手伸到身子底下摸出一个硌着她的突起物。原来是皮奥特尔的手机。他在方向盘前坐定后，她便伸手将手机递向他，问道："你开车的时候在发短信吗？"他没回答，只是一把从她手里夺回手机，塞到自己短裤前面的右边口袋里。接着他扭转点火开关，引擎伴着刺耳的吱吱声轰鸣着发动起来。

然而，还没等他从停车位置倒出来，巴蒂斯塔博士就冲过来用指关节敲打着皮奥特尔这边的车窗。皮奥特尔摇下车窗大吼："什么！"

"我先把邦妮载回家，然后就直接去实验室，"巴蒂斯塔博士对他说，"我检查完情况后就会去跟警察谈话。我们在警察局前台见吧，我想。"

皮奥特尔只是点了点头，接着就以急猛之势启动倒车。

他们极速驶出琼斯瀑布高速，一路上皮奥特尔不停地强迫自己重新回想这场悲剧结尾处的每一个瞬间。

“我站在那里，想着：‘我看到了什么？’我想着，‘只要闭一闭眼睛，然后一切都会恢复正常。’于是我闭了闭眼睛，然而架子上还是空空如也。没有盒子。墙上的字看上去好像在吼叫着，喧嚷着。然而屋子里非常，非常安静，没有一点动静。你知道平时老鼠总是动个不停摩挲作响，吱吱尖叫。它们一听到有人进来就蹿到前面，它们感觉人类……充满希望。现在，什么都没了。一片死寂。只有四五片雪松碎屑散落在光秃秃的地上。”

他那边的车窗仍然开着，风吹打着凯特的头发，让它们缠绕起来打了结，但她决定不提这事。

“我实在太不愿相信这是真的，于是我转身走进另外一间房。好像老鼠或许会自己跑到别的地方去似的。我说，‘凯罗’，我不知道我为什么说‘凯罗’，好像它们会回答我似的。”

“你该在这个岔路口往左拐。”凯特提醒他，因为他们仍在飞速行驶，他好像没有要拐弯的意思。在最后一秒，他猛然一个急转弯，把她甩到了车门上，没过多久，他又一个飞速的右转弯，连路况都没看一看就上了北查尔斯街。显然他毫不介意和其他车子挤在一条路上开。“我从来不相信那个邦妮，从一开始就不相信，”他对凯特说，“完全像个小孩子。就像我们国家的人们说的……”

“不是邦妮干的，”凯特对他说，“她没那么大胆子。”

“当然就是她干的。我跟警察说了是她干的。”

“你说什么？”

“侦探在笔记本上写下了她的名字。”

“哦，皮奥特尔！”

“她知道门锁的组合密码，她还是个素食者。”皮奥特尔说。

“很多人都是素食者，但这并不代表他们会入室抢劫。”凯特说。她用双脚抵着车底以求稳住自己，因为他们快驶到一个黄灯前了。“再说，她也不是真的素食者。她只是这么说而已。”

皮奥特尔开得甚至更快了，不顾黄灯直接冲了过去。“她就是素食者，”他说，“她让你在肉糜里不要放肉。”

“这没错，她还一直在偷吃我的牛肉干。”

“她偷吃你的牛肉干？”

“我得每隔几天就换个藏匿处，因为她老是能找到。她和我一样都不是素食者！这只是一个阶段，只是十几岁孩子会有的三分钟热度。你得告诉警察不是她做的，皮奥特尔，告诉他们你搞错了。”

“不管怎么说，”皮奥特尔阴沉着脸说道，“是谁干的又有什么关系呢？老鼠消失了。我们那么精心地照看它们，而现在它们却在巴尔的摩的大街上东蹿西跳。”

“你真的以为动物爱好者会把一群笼子里养大的老鼠放生到车水马龙的大街上？他们还是有点常识的。那些老鼠肯定被藏在哪里了，安全地保护起来，它们体内的抗体或是别的什么肯定还好好的。”

“请不要跟我顶嘴。”皮奥特尔说。

凯特朝车顶翻了个白眼，两人谁都没再开口说话。

巴蒂斯塔博士原本计划让凯特在办完婚礼后就戴上她母亲的结婚戒指，这天她也把戒指带到了教堂。然而宣读誓言时塞隆舅舅没有提到戒指——或许，这正表明这场大混乱让他也慌了阵脚，尽管他并未明显地表现出来——于是这时她弯下腰，从帆布包里抽出自己的皮夹，从硬币隔层中取出了那枚戒指。这是一枚黄金材质的结婚戒指，而她的订婚戒指是白金材质的，但她父亲说这样完全可以。她默默地将它套到手指上，然后把皮夹放回了帆布包里。

他们一路呼啸着飞驶过北查尔斯街，每次恰巧赶在黄灯跳成红灯时冲过路口。皮奥特尔一次也没有停下过！他们嗖嗖地经过盛开的樱花树和布拉德福德梨树，每棵树下都落满了粉色或白色的花瓣，一堆堆，一簇簇，煞是烂漫。当他们开到约翰·霍普金斯大学校园附近一片混乱的建设工地时，皮奥特尔连信号灯都没打一下就急不可耐地转弯离开了北查尔斯街，还差一点撞倒了一群提着野餐篮子的年轻人。现在快到下午一点了，整个世界似乎都在浩浩荡荡地奔赴午餐——每个人都欢笑着，呼朋唤友，不紧不慢地信步闲逛。皮奥特尔不出声地咒骂了一句，然后摇上了自己的车窗。

在墨菲太太的房子前面，皮奥特尔靠着路边停下车子，轮胎在地面上发出刺耳的摩擦声，然后他熄灭了引擎，打开车门走出去，关门时差点把门打在凯特的脚踝上，因为当时她正一声不响地跨过变速杆，穿过驾驶座。“看着点！”她对他说道。不过至少他还未风度尽失，仍然退到后面，等着她从车里出来，但他还是一言不发，然后一等她下车就狠狠关上了车门，力度大得过了头。

他们踩着人行道上铺洒的一层淡粉色落花走过。他们爬上三层前阶，在门廊上停下。皮奥特尔拍了拍他的前裤袋，接着又拍了拍他的后裤袋。“真该死。”他说着，然后用手指按响门铃，就那么按着，一直不拿开。

一开始，感觉没人会来应答。然而，最终里面传来了嘎吱声，接着刘太太打开了门，厉声问道：“你按门铃干什么？”

她看上去还穿着凯特上次见到她时的那套衣服，但这次她却不再是满面笑容。她连瞟都没瞟凯特一眼，只是凶神恶煞地瞪着皮奥特尔说：“墨菲太太在睡午觉。”

“我不需要墨菲太太，我需要进屋里来！”皮奥特尔大喊。

“你有屋子的钥匙！”

“我把钥匙锁在车里了！”

“又是这样？你又这样了？”

“不要对着我呱呱乱叫！你这样非常粗鲁！”皮奥特尔说着把她推到一边，自己直接大踏步向楼梯走去。

“抱歉，”凯特对刘太太说道，“我们不是有意打扰你们的。我已经订做了一把备用钥匙，周一就能拿，所以以后不会再这样了。”

“他自己才是非常粗鲁。”刘太太说。

“他今天过得够呛。”

“他经常过得很够呛。”刘太太说。但她最后还是退后一步让凯特进了屋。然后她这才问，“你们结婚了？”

“没错。”

“祝贺你们。”

“谢谢。”凯特说。

她暗自希望刘太太不是在可怜她。上次，她对皮奥特尔的怜爱溢于言表，可现在，他们看上去却像冤家对头。

她追上皮奥特尔时，后者已经走上二楼了。她赶超他向着她那间房走去，准备把她的帆布包放到那里。皮奥特尔在她身后说：“我的备用钥匙放哪儿了？”

她停住了，转过身。他在三楼平台上站住，出神地环顾着四周。平台上空荡荡的，别说一件家具一幅画什么的，就连墙上的一个挂钩都没有，所以看上去他怎么也不可能是把钥匙藏在了这里。但他就站在那里，一脸困惑不解的表情。

她的第一反应是反问他：“我为什么会知道你把备用钥匙放哪儿了？”但她压下了这一冲动。她把包放到地上，问他：“你平时把它们放在哪儿的？”

“厨房抽屉里。”他说。

“那我们为什么不看看厨房抽屉呢？”她说。她比平时说话放慢了语速，语气也更为平缓，尽量不让自己听上去怒气冲冲的。

她带头走进厨房，开始一个个抽开台子下面古里古怪的白色金属抽屉：一个抽屉里放着商店出售的廉价刀叉勺子，一个放着杂七杂八的厨房用具，还有一个里面放着洗碗布。全部翻完后她回到那个放厨具的抽屉前，这个看上去是最有可能的，尽管她自己是不会把钥匙藏在这种地方的。她叮叮当当地翻出几个刮刀，一个搅拌器和一个手状曲柄打蛋器……皮奥特尔就站在那，双臂无力地垂在两侧，没有要帮忙的意思。

“看吧。”最后她说道，手里举着一个铝制浴帘吊环，上面串着一把房门钥匙和一把大众车钥匙。

“啊！”皮奥特尔说着便扑上来想要夺走，但她退后一步，把钥匙藏到了身后。

“首先你要给警察打电话，”她说，“告诉他们邦妮的事是你搞错了。然后你才能拿到钥匙。”

“什么？”他说，“不行。把钥匙给我，凯瑟琳。我是你丈夫，我说把钥匙给我。”

“我是你妻子，我说不行。”她寸步不让。

她以为他会从她手里硬抢过去，甚至觉得在他脸上看到了这个念头一闪而过的痕迹。然而他只是说：“我只会告诉警察邦妮有可能不是素食者。成吗？”

“告诉他们老鼠不是她拿走的。”

“我会告诉他们你觉得不是她拿走的。”

凯特觉得这已经是她所能期望的最好结果了。“那就这样吧。”她说。

他从右前裤袋里掏出手机。然后又从后裤袋里摸出皮夹，从里面抽出一张名片。“分管我这个案子的侦探，专门的。”他不无骄傲地说道。他举起名片让她念上面的字。“你们怎么念这个名字？”

她瞟了眼。“麦肯荣。”她说。

“麦肯荣。”他按了按手机，盯着屏幕看了一会儿，然后开始艰难费力的拨号过程。

即使从她站的地方，也能听见才响了一声便传来一个男人的声音，说的是事先录好的一段话。“他肯定是把电话挂掉了，”她对皮奥特尔说，“留个言吧。”

皮奥特尔放下手机，不可置信地瞪着她。“他挂掉了？”他问。

“所以他的语音信箱才会这么快接起来。留个言吧。”

“但他说我全天二十四小时都可以打给他，还说这是他的私人电话。”

“哦，看在上帝的分儿上。”她说，然后一把将手机从他手里夺过来，贴到自己耳边。“麦肯荣侦探，我是凯特·巴蒂斯塔，”她说道，“我想说的是皮奥特尔·施切尔巴科夫实验室遭闯入那个案子。他跟你说我妹妹邦妮有很大的嫌疑，他这样说是因为他以为邦妮是素食者，但实际上她并不是。她吃肉的，而且她昨晚全夜都待在家里，我保证如果她出去过我肯定会知道，所以你可以把她从嫌疑人名单上去掉了。谢谢。拜。”

她结束通话，把手机还给皮奥特尔。谁都料不准，她刚才那通话是不是说得太晚了，没来得及被录下来。

皮奥特尔把手机放进裤袋里。他说：“侦探对我说：‘这是我的名片。’他对我说：‘你如果想到别的什么，随时给我打电话。’而现在他理都不理我。救命稻草，他是我最后的救命稻草。我这辈子都没遇上过这么糟糕的一天。”

凯特不由自主地觉得受到了侮辱，尽管她知道这样想有点不近人情。

她默不作声地把钥匙交了出来。

“谢谢，”他魂不守舍地对她说，然后又加了句，“嗯，谢谢。”——不常说的那声“嗯”稍稍缓和了他的语气。他抬起手摸了摸自己的后脑勺，整个人看上去虚弱苍白，精疲力竭，突然显出了与他年龄不符的老态。

“我从来没跟你说过，”他说，“但待在这儿的三年里我过得真的不容易，寂寞孤独，困惑迷茫。所有人都表现得好像身在美国是一种恩赐，但我觉得算不上百分百的恩赐。美国人说的话很容易误导人。他们看起来热情友好，一上来就直呼大名。他们看起来不拘小节，随和率性。然后他们却会挂掉电话。我真弄不懂他们！”

他和凯特面对面站着，相距至多一英尺。两人靠得如此之近，以至于凯特都能看见他髭须上反射的微不可察的金色闪光，以及糅杂在他幽蓝双眼中的细小棕色斑点。

“或许，这也是语言的一部分，”他说，“我认识单词，但我还是没学会随心所欲地运用这种语言。当我仅仅是对着你说话时，没有一个专门的词用来指称‘你’。英语中只有唯一的一个‘you’，所以当我对一个陌生人说话时，我也只能用同样的这个‘you’。我没法表达出我的亲昵。我在这里思乡得厉害，但我觉得要是现在回到自己的国家，我又会反过来思念这里。我已经没有故乡可以回去了——无亲无故，工作也没了，我的朋友三年来都过着自己的日子。我没有自己的容身之所，所以只能假装自己在这里过得很好。我只能假装一切都……你怎么说来着？倍儿棒。”

凯特想起父亲几个星期前的那次袒露心扉，他向她诉说这么多年来自己是如何备尝艰辛。男人似乎只是过于迷信某种观念，即认为他们应当将痛苦深埋心底，好像承认痛苦是件丢人的事情。

她伸出手，摸着皮奥特尔的手臂，然而他似乎对此毫无察觉。“我打赌你连早饭都没吃吧。”她对他说，除了这话她想不出还能说什么，“就是！你肯定饿死了。我来给你弄点东西吃吧。”

“我不想吃。”他说。

在教堂里，她以为他不管不顾地把婚礼进行到底或许是因为内心深处，他……嗯，有那么点儿喜欢她。然而现在他却连正眼都不瞧她一下，他似乎都毫不在意她就站在那，和他靠得那么近，手摸着他的臂膀。“我只想找回老鼠。”他说。

凯特垂下她的手。

“我倒是希望小偷就是邦妮，”他说，“这样她就能告诉我们它们在哪儿了。”

凯特说：“相信我，皮奥特尔，不是邦妮。邦妮不过是个跟屁虫！她只是对爱德华·明茨有那么点着迷或别的之类的，所以当爱德华说他是素食……”

她停住了。皮奥特尔还是没朝她看，或者甚至都没听见她在说什么。“哦，”她说，“是爱德华。”

他唰一下朝她看过来。

“爱德华知道实验室的位置，”她说，“他跟着邦妮去过实验室，就是邦妮给父亲送午饭那次。他当时肯定是站在她边上，看着她按组合密码的。”

皮奥特尔一直把钥匙握在左手，现在他突然把它们抛上空中，又一把接住，然后走出了厨房。

凯特叫道：“皮奥特尔？”

等她来到平台时，他已经在一楼楼梯上走到一半了。“你去哪儿？”她趴在栏杆上冲他喊道，“等你吃了午饭再说啊，然后给侦探打个电话，你说呢？你觉得你这是在干什么啊？我能跟你一起去吗？”

然后她只听到他踩着人字拖啪嗒啪嗒走下楼梯的声音。

她应该硬要他带着她一起去的。她应该追上他，二话不说跳进车里。或许，她是因为内心受伤才没这么做。自从婚礼之后他一直对她恶语相加，就好像他觉得既然两人已经结了婚，他就可以对她为所欲为了。他甚至都没注意到是她帮他找到了那几把愚蠢的钥匙，也没注意到她好心好意主动说要给他弄点东西吃。

她从楼梯口转身回去，穿过走廊来到起居室，走到那里的一扇窗前，望着下面的街道。那辆大众车已经开始驶离路边。

在电影里，女人们总能用冰箱里七零八碎的食材轻松变出一桌精美饭菜，然而凯特实在看不出皮奥特尔冰箱里的东西能让她做出什么菜来。里面只有一罐蛋黄酱，几听啤酒，一盒鸡蛋，几根颜色惨兮兮的芹菜，还有揉成一团的“麦当劳”塑料袋，她连看都懒得打开来看一眼。

台子上的果盆里孤零零地躺着一根熟得长了斑点的香蕉。“不可思议的食物。”她似乎都能听到皮奥特尔这样说道。他就是这样矛盾，既钟爱香蕉，又离不开“麦当劳”和“肯德基”。她一个个查看台子上头的橱柜，只见里面全是一排排的空容器——各种壶、瓶子和罐子，每个都擦洗得一尘不染，完美地保存着。简直会让人觉得他有意改行做罐头食品。

唯一的选择就是炒鸡蛋，她想着，但随即她意识到，他连黄油都没有。没有黄油能做炒鸡蛋吗？她可不打算冒险尝试。那么，要不做辣椒粉蛋吧。至少她还有蛋黄酱。她把四个蛋打入平底锅里——这个底部凹陷的锅子还是她在炉子下面的抽屉里找出来的——然后浇上水，把蛋煮熟。

但愿他没有干什么蠢事。他本来就应该直接找警察的。但没准他现在就正往警局赶去，也许是他只身一人直奔那里，也许他先回实验室与她父亲会合。

她重新回到起居室，再次望向窗外，尽管没有任何明确的目的。

自从皮奥特尔把他的书桌从书房搬过来以后，起居室显得不再那么空荡荡了。现在这里堆满了各种杂物，它们显然是和书桌一起从书房迁过来的——没用的邮件、一摞摞的书、卷起来的延长线绳，以及电脑设备。她拿起一张挂历，想知道他有没有标记他们的结婚日，然而日历还停留在二月，而且没有一个日子上有任何标记。她把日历放回桌上。

她回到平台，拿起她的帆布包，拎着进了自己的房间。睡卧两用长椅上那块豹纹罩布消失了，表面光秃秃的，只剩下霉迹斑斑的蓝白条纹椅垫，连条床单或毯子的影儿都没见着。一个同样光秃秃的枕头丢在一旁的地板上。他就不能至少换个新点的枕套吗——总该让她感觉温馨一点吧？她的衣服防尘袋挂在衣柜里，礼物盒放在写字桌上，然而她都无法想象她在这个地方会有任何归属感。

房里空气不通，有股阁楼里的味道，她走到窗边，费了好大劲想要打开窗子，但怎么也没把它推开。最后她放弃了，重新走出去回到厨房。她看了看鸡蛋，想知道熟了没有，但她怎么能够判断呢？在家里，她都是用一个指示灯会变颜色的塑料小蒸蛋机的，它最初是拉金太太用的。于是她就让蛋多煮了几分钟，自己在一边把蛋黄酱舀到一个塑料搅拌碗里，再从桌子上拿起两个调料瓶，往碗里撒上些盐和胡椒粉。然后她又继续做清点工作，一个个查看台子下面的橱柜，但几乎都是空空如也。午饭过后，她要整理那个新婚礼物盒，取出其中的厨房器具。想到这里，她多少打起点精神。一项工程！她知道该把她的绿色马克杯放在哪里。

她关掉鸡蛋下面的炉子，把平底锅端到水槽里，用冷水冲淋鸡蛋，直到它们表面凉下来，可以握在手里。当她开始剥第一个鸡蛋时，凭蛋白的触感她可以知道是煮熟了，然而不幸的是，蛋壳异常坚硬难剥，剥下来的都是一小块一小块粘连着蛋白的尖锐碎片，最后剥完的鸡蛋只剩下原来的一半大小，坑坑洼洼，奇丑无比，更别提她的指尖还在滴血。“该死的。”她说着，把鸡蛋拿到水龙头底下冲洗，然后举到面前，盯着它思忖着。

行吧，那就做鸡蛋沙拉。

这是个明智的决定，因为另外三个蛋剥完后皆如第一个那般奇形怪状。她用一把钝得不行的刀把鸡蛋切开，然后又切了一些芹菜，因为没有砧板，她只能直接在台子上操作。多数芹菜都太老了，只好把不能吃的部分拔下来扔进水槽下面的垃圾桶里。甚至连最里面的茎都有点蔫巴巴了。

她想起来，新婚送礼会上有人送的是一只沙拉碗，于是她回到自己房间把它找了出来。包在碗里的是她的捕梦网。她把捕梦网拿出来，举着它缓缓地在房间中央打转，犹豫着把它挂在哪里好。最理想的是悬在床正上方的天花板上，她想，但那样做似乎有点麻烦，她也不知道皮奥特尔有没有锤子和钉子。她将目光投向窗户。窗上只有一层黄色的遮阳罩纸，然而以前这里肯定装过窗帘，因为罩纸顶上两端各有一个支架，中间架着一根可伸缩金属杆。她放下捕梦网，把角落里的那把扶手椅前面的搁脚凳拉过来，然后脱掉鞋子，站到搁脚凳上，把捕梦网挂在了窗帘杆上。

她不知道皮奥特尔有没有见过这种玩意。他很可能会觉得很稀奇。嗯，它的确是很稀奇。他会抱着双臂，头侧向一边，静静地久久地端详着捕梦网。他似乎总对各类事物怀有莫大的兴趣，而且总是目不转睛地看着她——至少在今天以前都是如此。她不习惯被人注视，但也不能说不喜欢这种感觉。

她从搁脚凳上跳下来，把它拖回扶手椅前面，然后重新穿上了鞋子。

警察会不会已经让他陪同他们一起去爱德华家实施逮捕了？没准。

快下午两点半了。所谓的结婚宴席定于五点开始，因此他们还有足够的时间，然而另一方面，塞尔玛姑妈家远在肯塔基州，而且皮奥特尔出发前还得洗把脸，换套衣服。实验室狂人们总不记得看时间，对此凯特再了解不过。

也许他还得填点材料、担保书，或是书面证词什么的。

她把剩下的新婚礼物也都拆了出来，把它们一一安置在厨房里。然后她清空了自己的行李箱，把东西一件件放进写字桌的抽屉里，一开始堆得乱糟糟的，然而时光缓慢，百无聊赖，她索性把每样东西整整齐齐整理好叠起来。接着她把帆布包里的东西整理出来——把发刷和梳子放在写字桌的桌面上；把牙刷拿到卫生间。要是把它插在皮奥特尔的牙刷筒里，和他的牙刷挨着放的话，未免显得过于亲密，于是她来到厨房，找了一个果冻杯，插进自己的牙刷，然后把杯子放在卫生间的窗台上。没见着药箱，只有水槽上方一个窄窄的木质架子，上面放着剃须用品、一把梳子和一管牙膏。他们要共用这支牙膏吗？她是不是应该把自己的牙膏带过来的？还有，他们到底怎么分担家庭开销呢？

种种细节问题，他们甚至都没想过从何谈起。

淋浴间边上，一根镀铬杆上挂着一条用过的毛巾和浴巾，而马桶边上的另一根杆子上则挂着一组全新的毛巾和浴巾。一定是为她准备的。看到这个，她刚才因为那光秃秃的床垫而受伤的内心多少好受了点。

已经过了三点。她从帆布包里掏出手机查看来电，以防万一她错过了他的电话，然而连条信息都没有。她把手机放回去。就自顾自吧，先吃点东西再说。一时间她忽然感到饥肠辘辘。

来到厨房，她舀起一点鸡蛋沙拉盛到一只碎了的白盘子上，然后拿了一把叉子和一张厨房纸巾（她没找到餐巾），在餐桌旁坐下来。但当她低头看自己的午餐时，却在一块蛋黄上发现了一滴鲜红的血迹：她自己的血。她又发现一滴，然后还有一滴。事实上，她的鸡蛋沙拉整个看上去都像花了过多的手工劳动，反而不是那么干净——认真过了头。她站起来，把盘里那份刮进了垃圾桶里，接着把碗里剩下的鸡蛋沙拉也全部倒掉，最后铺上厨房纸巾盖住了这一片狼藉。厨房里没有洗碗机，于是她把盘子拿到水龙头下面冲洗，然后又用一张厨房用纸擦干，把它们收了起来。销毁证据。

她突然想到，当年在男女混住宿舍里的生活远比这有趣多了。她低头看着自己的右手，白金戒指和黄金戒指真的不搭。她当时是怎么想的，竟然会听从父亲在时尚方面的高见？其实，像她的这种手，因为指甲又短又糙，边缘还嵌着花园泥土，根本就不适合戴戒指。

她从冰箱里拿出一罐啤酒，拉开拉环，仰着头猛喝起来，走到楼梯平台时已经解决了一大半，手里还拿着罐子。她信步走向皮奥特尔的房间。门关着，但管他呢，她旋开把手，走了进去。

和这里的其他地方一样，房间里家具寥寥，却打扫得干干净净。唯一有点扎眼的，是房间中央支起来的一张烫衣板，上面放着一个熨斗，侧边上垂挂着一件烫得挺括的白色礼服衬衫。这让她产生了之前看到新毛巾和浴巾时的那种感觉。唤起点希望。

窗下的双人床上铺着一条红色缎面被，边上的金线都起了毛，就像廉价旅馆里的那种被子，床头板上夹了一盏台灯，看着随时都可能掉下来。床头柜上放着一瓶阿司匹林，还有一幅嵌着凯特照片的镀金相框。凯特的照片？她拿起来。哦，原来是凯特和皮奥特尔的合照，只是因为凯特的凳子比皮奥特尔的椅子高出一截，所以抢了镜头。她脸上是吃惊的神色，额头因此皱成了难看的样子，那件麂皮夹克里面的T恤衫上还沾着泥土。这不是张拿得出手的照片。它和父亲抓拍的其他照片的唯一区别——后者中有些至少还把她拍得稍微好看点——只是它是第一张，是父亲在她和皮奥特尔初见那天拍下的。

她陷入了片刻的回忆中，然后把照片放回到床头柜上。

写字桌上放着一块落满灰尘的雕绣橱柜罩布，很可能出自刘太太之手，还有一个茶托，里面有几个硬币和一枚安全别针。除此之外，别无他物。桌子上方挂着一面很旧很旧的胡桃木镶边镜子，凯特往里面看时，简直像隔着层薄纱——整张脸顿显苍白之色，瀑布般的一头乌发也蒙上了暗淡的灰色。她又猛喝了一口啤酒，拉开一个抽屉。

她有一种迷信的想法，觉得偷窥他人私密空间的人会意外遇上令他们伤心的发现，作为对他们行为的惩罚。然而皮奥特尔的抽屉里只有少得可怜的一点衣服，每件都仔细地折起来叠着。有两件她见他穿过好几次的长袖毛线衫，还有两件短袖 polo 衫，一小摞成对卷好的短袜（全是白色菱格运动袜，只有一双深蓝色的休闲袜），几条白色针织短裤，就像四岁班的小男孩穿的那种，还有两件外国样式的汗衫，薄得跟纸巾似的，两条肩带靠得特别紧。没有睡衣，没有配件，没有花哨玩意，更无轻浮之物。她唯一的发现就是，他的生活简朴到令人动容。简朴而……正派，她想到了这个词。

在他的衣柜里，她发现了一套西装，一定是他为婚礼准备的——光面的深蓝色西装——还有两条牛仔裤，一条还系着皮带。衣杆上横挂着一条鲜艳的紫色领带，上面是黄色的闪电图案，衣柜最下面放着一双棕色的牛津鞋，边上是他的球鞋。

凯特又猛喝了一口啤酒，离开了房间。

回到厨房，她解决了那听啤酒，把罐子丢进一个看上去应该是皮奥特尔循环使用的纸袋子里。她又从冰箱里拿了听啤酒，走回自己房间。

她径直走到衣柜前，拉开防尘衣袋的拉链，取出那件她准备穿去塞尔玛姨妈家的礼服。这大概是她唯一一件适合宴会场合的衣服——一条红色的低圆领棉布裙。她把裙子挂在衣柜门的挂钩上，退后一步打量效果。她要不要用皮奥特尔的熨斗稍微烫一烫？不过这似乎挺麻烦的。她边思考边呷了口啤酒，然后放弃了这个想法。

和屋子里其他房间一样，她的卧室四壁空空。她以前从未注意到，一个地方如果没有照片竟会如此索然乏味。有那么几分钟，她设想着可以在墙上挂点什么聊以自娱。要不从她家里的卧室拿点东西过来？但那些也都是陈年旧物了——她早已不再喜欢的摇滚乐队的泛黄海报，当年打篮球时的队员合影。她应该找点新的东西，从头开始。

然而这一次，一项工程的酝酿却未能使她振作起来。突然之间，她感到精疲力竭。也许是啤酒的作用，也许是因为她昨晚没睡好，反正她真想睡个午觉。要是床上铺了床单的话，她早就睡午觉了。最后，她在角落的那把扶手椅上坐下来，蹬掉鞋子，两脚伸直放在搁脚凳上。尽管窗户是关着的，还是听得见外面的鸟鸣声。她专心倾听。“特威里克，威里克，威里克！”它们好像在唱。慢慢地，眼皮越来越重。她垂下手把啤酒罐放到地板上，然后滑入了梦乡。

楼梯上响起了脚步声，啪嗒啪嗒。

“凯罗？”脚步声穿过平台，“你在哪儿？”皮奥特尔叫道。下一秒她的房间门口出现一束硕大无比的牡丹，皮奥特尔就站在后面。“哦，你在休息啊。”他说。

她看不见他的脸，被牡丹挡住了。整株植物种在一个绿色的塑料培育盆里，已经有几朵含苞待放的花蕾，不久后会开出白色的花朵。她坐直了些，精神还有点迷迷糊糊的。就不该大白天喝啤酒的。

“怎么样？”她问他。

他没回答她，而是反问：“你为什么不到床上去睡？”然后他猛一拍脑袋，差点没扔掉手里的牡丹花。“床单，”他说，“我买了新床单，但新买来的床单可能会有有毒物质，所以我把它们洗掉了。还在楼下墨菲太太的烘干机里。”

可笑的是，这话竟听得凯特心里暖融融的。她伸出脚够着鞋子套了进去。“你告诉警察没？”她问。

“告诉他们什么？”他反问，听着令人恼火。他把牡丹花放到地上，然后站到后面掸了掸手里的泥土。“哦，”他漫不经心地开口，“老鼠回来了。”

“回……来了？”

“如你所说就是爱迪干的。”他说，“我当时想：‘是啊。有道理。是爱迪。’于是我开车来到他们家，猛敲大门。‘我的老鼠在哪里？’我问他。‘什么老鼠？’脸上明显是伪装出来的惊讶表情，我一眼就看出来。‘只要告诉我你没把它们放生到大街上。’我说。‘放到街上！’他叫道，‘你真的觉得我会那么残忍吗？’‘告诉我它们还关在笼子里，’我说，‘不管放在哪里。告诉我你没把它们和任何普通的、城里的老鼠混在一起。’他噘起嘴，拉长脸。‘它们好好地待在我房间里。’他说。他母亲冲着我大吼大叫，但我没理她。‘我要叫警察了！’她喊道。但我还是径直跑上楼梯，找到他的那间房间。老鼠还在它们的笼子里，一个个笼子堆得高高的。”

“哇！”凯特惊叹。

“所以我才去了这么久，为了让爱迪把老鼠带回实验室。你父亲也在实验室。他给了我一个拥抱！镜框后面的眼睛噙满泪水！然后他们逮捕了爱迪，但你父亲并没有，怎么说来着？诉诸公堂。”

“真的吗？”凯特说，“为什么不呢？”

皮奥特尔耸了耸肩。“说来话长，”他说，“我们是在侦探来了以后决定的。这一次，侦探接了电话！大好人。非常可爱。植物是刘太太给的。”

“什么？”凯特感觉自己好似被蒙着眼睛，一圈圈打着转。

“她让我带给你的。结婚礼物。可以种在后院里。”

“那么她现在没事了？”凯特问。

“没事？”

“她刚才不是很生气吗？”

“哦，是的，每次我没带钥匙时她总没好脾气。”他语调轻快地说道，然后走到窗边，像是毫不费力似的推上窗框。“啊！”他叹道，“外面可真漂亮！我们不是迟到了吗？”

“不好意思？”

“宴席不是五点开始的吗？”

凯特瞥了眼手表。五点二十分。“哦，上帝。”她说着跳了起来。

“来！我们开快点。你可以在车上给你姨妈打电话。”

“但我还没换衣服。你也没换衣服。”

“我们就这样过去，都是一家人。”

凯特伸开双臂，露出睡过午觉后被弄得皱巴巴的裙子前部，以及裙边附近的那块蛋黄酱污渍。“就给我半秒钟，行吗？”她说，“这裙子穿不出去。”

“很漂亮的裙子。”他说。

她低头看了看，然后垂下双臂。“好吧，是条漂亮的裙子，”她说，“随你怎么说吧。”

但他已经走到外面的平台上了，直奔楼梯，她也只好跑起来追了上去。

第十二章

塞尔玛姨妈身穿一袭拖地印花礼服长裙出来应门。老远凯特就闻到了她身上的香水味。“你们好，我的亲爱的！”她大声唤道。看到他俩穿成这样，她不可能没吓一跳，但她并未流露半点惊讶。只见她出来走到游廊上迎接他们，倾身向前贴了贴凯特的脸颊，然后给皮奥特尔也来了一下。“欢迎来到你们的结婚宴席！”

“谢谢，塞尔姨妈。”皮奥特尔说着甩出双臂，热情洋溢地抱了上去，险些将塞尔玛姨妈撞倒在地。

“抱歉我们迟到了这么久，”凯特对姨妈说，“抱歉我们没来得及换身衣服。”

“嗯，你们至少来了，这就够了。”姨妈说道——她的反应比凯特料想的温和不少。她用手整了整刚才被皮奥特尔弄乱的一边头发。“快到后面来！大家都在喝东西呢。真是幸运，今儿天气多好啊！”

她转过身去走在前面带着他们穿过两层楼高的前厅。前厅中央悬着一盏硕大无比的水晶枝形吊灯，乍看就像一棵倒挂的圣诞树，皮奥特尔放慢脚步，痴痴地抬头盯着它看了一会儿。巨大的起居室里，笨重地躺着几张组合式长椅，仿佛一群庞然站立的犀牛，有两张咖啡桌，每张都足有双人床那么大。“皮奥德尔，凯特父亲都跟我们说了，你今天可真够折腾的。”塞尔玛姨妈说道。

“是相当折腾。”皮奥特尔说。

“他今天话特别多，跟他平时相比。我们一下子学到了好多关于老鼠的知识，真是太不可思议了。”

她推开通往后院的落地窗。尽管距离太阳落山尚早，院子里的树上却已经点起了一盏盏纸吊灯，罩在网里的蜡烛在每张桌子上闪烁着幽微的光。当凯特和皮奥特尔踏在石板上步入院子时，客人们齐刷刷地转过身来，看上去人数一下子比实际上增加了许多。凯特感觉他们的注意力势如疾风般扑面而来，她愣在原地，让帆布包低垂在身体前面以挡住那块蛋黄酱污渍。

“他们来了！”塞尔玛姨妈一边欢唱着宣布，一边气度非凡地抛出手臂欢迎两人，“有请——谢尔巴科夫先生和谢尔巴科瓦[1]太太！哦，反正就是他俩。”

人群中齐声响起“啊”的欢呼声，然后是稀稀拉拉的掌声，因为大多数人手里都还拿着酒杯，只能用指尖轻拍着手腕内部。凯特少女时代的好友爱丽丝和凯特上次见到她时相比胖了一点，她丈夫臂弯里抱着个小婴儿。塞隆舅舅穿了一套与他的牧师身份截然不符的卡其色上衣，下面是一条夏威夷短裤，但其他男宾都穿着西装，女士们则身着春装连衣裙，尽显一个冬天下来捂白的玉臂和美腿。

巴蒂斯塔博士是拍得最响亮的一个。他把杯子放到桌上空出

[1] 塞尔玛姨妈不熟悉皮奥特尔·施谢尔巴科夫的外国姓氏，因此在介绍时先是误说成了“谢尔巴科夫”，又说成了“谢尔巴科瓦”。

双手，脸上红光满面，激动之情溢于言表。邦妮则远远地坐在院子的角落里，压根就没拍手。只见她手里捏着一个百事可乐的罐子，正挑衅似的怒视着皮奥特尔和凯特两人。

“好了，大伙儿，我们现在喝香槟吧。”巴克莱姨夫大声说道。他举着两杯浮着泡沫的香槟来到皮奥特尔和凯特面前，“喝吧，好酒呢！”他对他们说道。

“谢谢。”凯特说着接过自己那杯。皮奥特尔也说：“谢谢，巴克莱姨夫。”

“你看上去像是才起床，皮奥德尔。”巴克莱姨夫带着一丝黠笑说道。

“这是最新的潮流。”凯特对他说。她实在受不了再道一次歉了，“他是在川久保玲店里买的。”

“不好意思？”

她猛喝了一大口香槟。

“你和皮奥德尔能再靠得近点吗？”她父亲两只手捧着手机，问她，“不能相信我竟然连一张婚礼的照片都没拍。虽说当时我脑子里想着各种事情，但是……或许你舅舅能给我们重办一次。”

“不要。”凯特直截了当地回答。

“不要？噢，好吧，”他眯起眼睛低头看着自己的手机，“不管你怎么说，亲爱的。今天真是个好日子！我们都该谢谢你，是你把我们引向明茨家那小子的，不然我绝对怀疑不到他。”

他边说话边又拍了好几张照片，他终于掌握了点窍门，开始不再那么笨手笨脚了。但仍然不用指望能拍出什么好效果，因为凯特正埋头喝着酒，皮奥特尔则正转身从塞尔玛姨妈端来的盘子里抓起一片鱼子烤面包。“要不我拿两片吧，”他说着，“我早饭和午饭都没吃。”

“哦，真可怜！拿三个吧，”塞尔玛姨妈说道，“路易斯？鱼子酱？”

“不，不用了。巴克莱，你能给我和新郎新娘拍张照吗？”

“乐意效劳。”巴克莱姨夫回答。与此同时塞尔玛姨妈对他说：“你得先看看大家杯里的香槟。凯特已经喝起来了，而我们还没举杯祝酒呢。”

凯特不好意思地放下手中的杯子，尽管实际上该怪巴克莱姨夫。是他让她喝掉香槟的。

她父亲说道：“让我耿耿于怀的是，我至今仍然不明白为什么会发生这样的事，我是说动物保护者做的这个事。我的老鼠过着幸福无比的生活！比很多人类活得还要健康，事实上。我和我的老鼠一直相处得很好。”

“好吧，有它们陪着总比没人陪好，我想。”塞尔玛姨妈说完拿着盘子翩然离去。

塞尔玛姨妈的儿子理查德正向他们走来，身边携着他的妻子，后者是一位面色苍白、冷若冰霜的金发女郎，皮肤光滑不见毛孔，粉色的双唇如珍珠般娇美。凯特拉了拉父亲的衣袖，小声问他：“快，理查德老婆叫什么来着？”

“你问我？”

“第一个字母是‘L’。赖拉？利亚？”

“表妹！”理查德兴高采烈地叫道，他一般不是这么友好亲和的。“祝贺你们！祝贺你，皮奥德尔，”他边说边重重地拍着皮奥特尔的后背，“我是凯特的表哥理查德。这位是我的妻子，珍妮特。”

巴蒂斯塔博士冲凯特挑了挑眉毛。皮奥特尔跟他们打招呼："里奇，很高兴见到你。珍，很高兴见到你。"

凯特等着看到理查德吸一下鼻子以示不满，然而他这次并没有理会。"不敢相信我们终于把这姑娘给嫁出去了，"他说，"整个家族都大大松了口气。"

这话印证了凯特最糟糕的猜想，她感觉被戳到了痛处。珍妮特连忙打住："哦，理查德。"这反而让凯特更感受伤。

皮奥特尔却说："我也松了口气。我以前都不知道凯特会不会喜欢我。"

"哦，她当然喜欢了！你就是她的款，对吧？"

"我是她的款？"

理查德刚才那股自信劲突然有点消退了，但他还是解释道："我是说你们是属于同一种环境或是什么的。她从小到大接触的那种科学环境。对吧，路易斯叔叔？"他问道，"正常人是没法理解你们的。"

"到底是哪里让你觉得难以理解？"巴蒂斯塔博士问他。

"哦，你懂的，那些科学术语，我一时也说不上来——"

"我研究的是自体免疫紊乱，"巴蒂斯塔博士说，"'自体免疫'确实有四个字，但或许我可以帮你分解一下这个词……"

凯特感觉有只手悄悄地环住了自己的腰，她吓了一跳，然后转身发现爱丽丝就站在自己身边，笑容满面地对她说："祝贺你，陌生人。"

"谢谢。"凯特说。

"我无论如何都不会错过这次宴会。你这几年来怎么样啊？"

"我还行。"

“你看见我那个小乖乖了吗？”

“是的，我注意到了。是男孩还是女孩啊？”

爱丽丝皱了皱眉头。“是个女孩，当然了，”然后又立刻展颜说道，“你赶紧自己也生一个，这样他们就能一起玩了。”

“哦，天啊。”凯特不知该说什么。她环顾四周想找鱼子烤面包，但它们显然已经在院子的另一边了。

“跟我说说你的男人！你在哪里遇见他的？认识他多久了？他很性感呢。”

“他在父亲的实验室里工作，”凯特说，“我们认识三年了。”她意识到，这话说多了渐渐就像确有其事了。她甚至都可以从他们长久的相识中信手拈来几段细致具体的回忆。

“那边那两个是他父母吗？”

“什么？哦，不是，那是戈登夫妇，”凯特说，“跟我们隔了两户人家的邻居。皮奥特尔没有父母。他一个亲人也没有。”

“真幸运，”爱丽丝说，“我是说，对他来说当然很惨，但你很幸运：不用跟公公婆婆打交道。你哪天真该见识一下杰瑞的母亲。”她露出牙齿咧嘴朝丈夫飞去一个大大的微笑，对着他摆了摆手。“她觉得他应该娶那个做神经外科医生的前女友为妻的。”她边保持微笑边说道。

巴克莱姨夫走到院子中央，大声问客人们：“现在每个人都有香槟了吧？”

人群中一片含糊的应答声。

“那我们就举杯祝酒吧，”他接着说，“敬皮奥德尔和凯瑟琳！祝你们像我和你们姨妈一样幸福。”

四下响起小小的欢呼声，每个人都抿了一口酒。凯特不知道该如何作答。事实上，她以前从未被人祝过酒。于是她只是将手中的酒杯微侧向众人，对着他们点了点头，然后偷偷瞥了皮奥特尔一眼，看他怎么回应。他笑得合不拢嘴。只见他把酒杯高高举到空中，然后又放下来，头往后仰，一口饮尽了杯中的香槟。

关于席上每人的座位，都被塞尔玛姨妈安排得一丝不苟，就好像这是一个隆重正式的宴会场合似的——新郎新娘彼此挨着坐在一张长餐桌一边的中间位置，然后一家人按照远近亲疏依次排开，坐在他们的左右两边。有点像《最后的晚餐》里的场景。

"你父亲坐在你右边。"塞尔玛姨妈领着凯特进入餐厅时对她说，尽管其实她用不着解释，因为每个座位的餐盘上端都立着一张字体优雅的名牌。"邦妮坐在皮奥德尔左边。然后我坐在你父亲的另一侧，巴克莱坐在邦妮的另一侧。塞隆坐在餐桌的这一端，理查德坐在那一端，剩下的每个人就按'一个男生—一个女生—一个男生—一个女生'的次序坐在你对面的那排。"

然而出了点问题。首先，邦妮拒绝坐在皮奥特尔边上。她走进餐厅，看了座位名牌一眼后说道："我不要和那个人坐在一起。跟我换一下位置，巴克莱姨夫。"

巴克莱姨夫一脸惊讶，但他很随和地答应了。"当然可以。"他说着替邦妮拉开他座位的椅子，然后自己在皮奥特尔旁边的椅子上坐了下来。"看起来你的这个小姨子不好对付哦，老弟。"他小声跟皮奥特尔嘀咕道。

"是的，她对我十分生气。"皮奥特尔面不改色地说道。

凯特凑近父亲，他正在铺开自己的餐巾。“她生什么气？”她小声问他，“我以为你没有诉诸公堂。”

“这事有点复杂。”她父亲说。

“怎么个复杂法？”

然而她父亲只是耸了耸肩，把餐巾摊平在双腿上。

接着是爱丽丝对她的座位安排不太满意，尽管她没有表示得那么直白。她本来应该坐在凯特和皮奥特尔对面的那一长排上，但她悄悄来到塞尔玛姨妈身边对她说：“我不知如何开口，但不好意思，能给我换到两端的座位上吗？”

“两端的座位？”

“我过会儿要给宝宝喂奶，手肘需要有点活动空间。”

“当然可以，”塞尔玛姨妈说，“理查德，亲爱的？”她叫道，“你能和爱丽丝调个位置吗？”

理查德可没有巴克莱姨夫那么随和。“为什么？”他问道。

“她需要有点空间来给宝宝喂奶，亲爱的。”

“给她宝宝喂奶？”

塞尔玛姨妈在凯特父亲的另一侧翩然入座。理查德在停顿了好一会儿之后，还是站起来移到了旁边一个座位，挨着戈登先生，爱丽丝在一端的位置上坐下，伸出手来抱着宝宝。

虽然不太情愿，凯特还是渐渐对塞尔玛姨妈产生了某种敬意。有点像她在长大以后重读《飘》的感受，那时她蓦然发现梅兰妮才是小说真正的女主角。事实上，她都有点后悔没邀请姨妈参加婚礼了。不过考虑到婚礼搞成了一团糟，或许还是不邀请为好。

皮奥特尔和凯特挨得很近，所以每当他想和她分享对某样东西的欣赏时，只需要戳戳她的手肘。让他中意的东西的确也不少。他喜欢头一盘菜，维希奶油浓汤[1]——凯特发现，凡是有土豆或卷心菜的食物都深得他意——他也喜欢第二道上来的羊排。他喜欢巴克莱姨夫的音响系统上播放的巴赫的变奏曲，也喜欢音响系统本身，它有四个小巧秀气的扬声器，分别置于房顶饰板的四个角落。他尤其被爱丽丝的孩子——它被妈妈举起来向大家展示，结果却把奶吐了出来——给逗乐了，真的大笑了出来。凯特连忙戳了戳他让他闭嘴。当塞隆舅舅告诉戈登太太他们教堂的唱诗班指挥最近都在“敷衍了事”时，皮奥特尔更是得意忘形。“敷衍了事！”他冲凯特重复着这句话，一边戳着她正在切羊排的手臂。他胳膊肘上的疙瘩碰在她光着的手臂上，感觉粗糙却温暖。

在她的另一侧，她父亲突然弯下腰去。他好像是想爬到桌子底下去。“你在干什么？”凯特问他。他说：“我在找你的那个包。”

“你要那个做什么？”

“我只是需要把这些纸塞进去。”他说着匆匆向凯特展示了一下——几张折了三折的纸，看上去像是商务信笺。然后他又迅速把头缩到了桌子底下。“给移民局看的纸。”他压低声音说道。

“哦，看在上帝的分儿上。”凯特愤愤地自语，然后狠狠地叉起一块肉，力度大得没有必要。

“路易斯？你丢了什么东西吗？”塞尔玛姨妈大声问道。

“不，没有。”他说，然后坐了起来。他的脸因为刚才这阵忙活而发热泛红，眼镜也从鼻梁上滑落下来。“只是放点小东西到凯

---

[1] 用韭葱、土豆等烹制的奶油浓汤，通常冷食。

特的包里。”他说。

“哦，是啊。”塞尔玛姨妈赞许地应答。她大概以为他指的是钱，她对于他就是这样一无所知。“路易斯，我不得不说，你把这两个姑娘养得还不错。”她对他说道。“总的说起来，”她说着朝他侧了侧酒杯，“我不得不承认这点。我当初觉得你应该把她们交给我来抚养，但我现在看出来了，你当时坚持自己带她们或许是对的。”

凯特停下了嘴里的咀嚼。

“是啊，嗯。”巴蒂斯塔博士说。他转向凯特，压低声音对她说：“我知道这些官僚语言一开始看着都会有点吓人，但我给你附了一张名片，上面有莫顿·斯坦菲尔德的电话号码。他是一位移民事务律师，他会帮你适应这些的。”

“好的。”凯特说。然后她又拍了拍他的手，再次说：“好的，父亲。”

爱丽丝请求邦妮帮她切肉，因为她用披在肩上的开襟毛衣掩护着给宝宝喂奶。珍妮特正试图和理查德对上目光，他刚刚又给自己倒上了酒，这最起码已经是他的第三杯酒了。珍妮特一直把身子向前倾着，竖起一只食指，就像是想要提出什么修改意见似的，然而理查德却存心不看向她，眼睛始终盯着别处。戈登太太听说明茨家的男孩劫持了皮奥特尔的老鼠后，此刻正在向他表示深切同情。她坐在皮奥特尔对面那排，两人之间还隔了好几个位置，所以她得提高音量说话。“吉姆·明茨和索尼娅真该踏上板子[1]了。”她大声

[1] 原文为“step up to the plate”，原为棒球术语，指的是击球手踏上本垒板准备击球，后成为美国俚语，表示“开始着手做某事”，这里戈登太太的意思是明茨夫妇该开始管管爱德华了。

说道。凯特下意识地缩了一下，因为邦妮肯定会听到这话。

“踏上板子……”皮奥特尔若有所思地重复着。

“击球手的板子，”巴克莱姨夫提示他，“棒球里面。”

“啊！真棒。很有用。我还以为是盘子[1]呢。”

“不，不是。”

“在爱德华还小的时候，”戈登太太继续说着，“吉姆和索尼娅就对他放任自由。他从小就是个与众不同的孩子，但不知他们有没有注意到。”

“听起来他们只是敷衍了事。”皮奥特尔对她说道。

他说这话时是那么高兴，得意之色尽写在脸上，以致巴克莱姨夫都忍不住笑了起来。“皮奥德尔，你可真的是喜欢我们的美国式表达，对吧？”他说。皮奥特尔也笑了，回答：“我爱死它们了！”他整张脸都容光焕发。

“好兄弟，”巴克莱姨夫充满爱怜地赞道，“敬我的兄弟皮奥德尔一杯！”他高声宣布，举起手里的酒杯，“让我们欢迎他加入大家庭。”

餐桌周围响起一片喧动声，人们纷纷附和，伸手去拿自己的酒杯，然而还没等他们举杯祝酒，就听见邦妮的椅子在镶木地板上划出刺耳的尖声，然后她一下从座位上跳起来。“好吧，我可不欢迎他，”她说，“我说什么都不会欢迎一个袭击无辜者的家伙。”

凯特惊道：“无辜？”然后又像是才反应过来似的加上一句，“袭击？”

---

[1] plate 既有“盘子”的意思，也有“板子”的意思。

“他告诉我你的所作所为了！”邦妮说着转向皮奥特尔，“你就是不能好好跟他说，让他把老鼠还给你。哦，不。你偏要过去揍他一顿。”

所有宾客齐刷刷地盯着她看。

“你揍了他？”凯特问皮奥特尔。

“他有那么一点儿不大愿意让我进他们家。”皮奥特尔说。

邦妮说：“你差点打掉他的下巴！也许你真的把他下巴打掉了。现在他母亲想着要把他送到急救室去。”

“很好，”皮奥特尔边给一片面包抹上黄油边说道，“也许他们会把他的嘴给缝起来。”

“你们听见没？”邦妮问其他人。巴蒂斯塔博士插进来：“好了，邦邦。好了，亲爱的。控制一下情绪，亲爱的。”凯特同时问道：“到底发生了什么？等等。”

“他几乎把明茨家的门都给砸掉了，”邦妮对凯特说，“冲着爱德华大喊大叫，揪住他的衬衫衣领。可怜的明茨太太心脏病都被吓出来了，当爱德华试图拦住他时——他当然会拦他了，那是他的私人住宅——皮奥德尔一拳把他朝后打倒在地，然后自己飞跑上楼梯，一间一间地闯进明茨家的私人房间，直到最后他找到了爱德华的那间房，便冲着爱德华吼道：‘上来！现在就上来！’然后他逼着爱德华把所有笼子带下楼梯，放进明茨家的那辆小货车里。明茨太太大惑不解地叫道：‘这是干什么？停下来！’他用那种令人忍无可忍的声音冲着她喊：‘给我让开！’而她根本一无所知！她以为爱德华只是帮朋友代养那些老鼠的！而且他也的确是帮一个朋友代养的，一个他在网上认识的宾夕法尼亚州某个组织的成员，那人下周就会过来，把老鼠带到一个供人领养的无安乐死庇护所里，他说的——”

巴蒂斯塔博士发出一声呻吟，显然他是在想象自己的宝贝老鼠落入一群满是细菌的宾夕法尼亚人手里的场景。

“——然后他们开车到了实验室以后，爱德华非常配合地帮着他们把老鼠从小货车上卸下来，再搬回到老鼠室里，相信我，这可不是件容易的事儿。但他得到的是什么回报呢？皮奥德尔叫了警察。他叫了警察来把爱德华抓走，在爱德华已经完全弥补了损失之后。本来这个时候爱德华就蹲在监狱里了，我敢保证，要不是最后明茨太太也叫了警察，要把皮奥德尔抓走……”

“什么？”凯特惊道。

“我跟你说了事情有点复杂。”她父亲说。

其他客人看上去都好似着了魔一般。就连爱丽丝的小婴儿都目不转睛地盯着邦妮，嘴巴张成 0 字形。

“可怜的爱德华，”邦妮继续说，“被打成重伤，一边脸肿得跟个南瓜似的，所以他母亲当然叫来了警察。所以说，父亲……”邦妮说着转向巴蒂斯塔博士，这是十几年来凯特第一次听见她叫他“父亲”，“父亲是迫不得已才不起诉的，谢天谢地，要不然明茨他们家也会起诉皮奥德尔。这就是一场辩诉交易[1]。”

“嗯，我觉得辩诉交易不是这个……”巴克莱姨夫插进来。

---

[1] Plea bargain，指在法院开庭审理之前，作为控诉方的检察官和代表被告人的辩护律师进行协商，以检察官撤销指控、降格指控或者要求法官从轻判处刑罚为条件，来换取被告人的有罪答辩，进而双方达成均可接受的协议。邦妮这里是错用了。

“你就是因为这个才不诉诸公堂的吧？”凯特问父亲。

“这样比较妥当。”他答道。

“但皮奥特尔是被激怒了！”凯特说，“他是情急之下才打了爱德华的，不是他的错啊。”

“这是真的。”皮奥特尔点点头。

塞尔玛姨妈说：“无论什么情况……”

“你当然会这么说了，”邦妮对着凯特说道，“你当然会觉得皮奥德尔不会做错什么了。你不知为何就变成了某种僵尸似的。‘是的，皮奥德尔；不，皮奥德尔。’神情呆滞地跟在他后面转。‘不管你说什么，皮奥德尔；你想让我做什么我就去做，皮奥德尔；我当然会嫁给你了，皮奥德尔，即使你只是想找一个美国公民跟你结婚。’你对他说。然后你在自己的结婚宴会上迟到得没边没谱，你们两个人甚至都没穿礼服，衣服乱糟糟皱巴巴的，就好像你们一个下午都在亲热似的。真恶心，就是这样。哪天我要是有了丈夫，你绝对不会看到我像你这样逆来顺受。”

凯特站起来，把餐巾放到一边。

“很好。”她说。她感受到皮奥特尔的眼睛正盯着她——每个人都盯着她——巴克莱姨夫显然被逗得乐不可支，塞尔玛姨妈则高度紧张地等待着在第一时间插进话来，结束这一切。然而凯特只看着邦妮一人。

她说：“你想怎样对你的丈夫随你便吧，但我同情丈夫们，无论我的丈夫是谁。做个男人很不容易。你有想过这点吗？不管有什么烦恼，男人都觉得他们得藏在心里。他们觉得自己看上去应该是独当一面、掌控局面的。他们不敢暴露自己真实的感情。不管他们是内心受伤、绝望无助，抑或是悲伤难过，不管他们是郁郁寡欢、乡愁难解，还是心中有种巨大的挥之不去的负罪感，抑或是他们即将在什么事情上一败涂地——‘哦，我没事。’他们都会说，‘一切都好。’其实仔细想想，他们要比女人们不自由得多。女人从一两岁时便开始研究他人的感受；她们不断完善自己的探测雷达——包括她们的直觉、同情心，或是人际交往中的什么能力。她们知道无数事情的隐秘法则，而男人们则执迷于体育比赛、战争与功成名就。就好像男人和女人是来自两个不同的国度！我不是‘逆来顺受’，不像你说的那样。我只是允许他进入我的国度。我只是与他分享一个我们都可以做回自己的空间。求主怜悯，邦妮，对我们宽容点吧！”

邦妮跌落到自己的椅子上，目光茫然。或许她并未心服口服，但至少她不打算再争吵了，目前看来。

皮奥特尔站起来，一只手环住凯特的肩膀。他微笑地看着她的眼睛，对她说：“亲亲我，凯特娅。”

她照做了。

后 记

路易·施谢尔巴科夫的父母和他约法三章：如果他们把他留在家里让保姆看管，他就得自己解决晚饭问题。小小年纪的他已然厨艺了得，远在他妈妈的水平之上，几乎和他爸爸不相上下。今年秋季他就上一年级了，到时候他们就会开始允许他在有大人在的情况下使用电炉，其实现在他就已经可以使用微波炉和吐司烤箱了，还有银质刀具，只是不能碰那几把锋利的刀。他用厨房剪刀切起牛肉干来相当熟练。

今晚他的父母要去华盛顿，因为母亲要在那儿领奖。她荣获了植物学联合会颁发的植物生态学奖。整整一周，路易逢人就说："妈妈拿到了屁股阿尼克[1]联合会颁的奖。"他这样说着，然后自己笑得满地打滚。大多数人对此只会报以礼貌的一笑，但要是他父

[1] 植物学联合会中的"植物学"一词原文为"botanical"，路易在这里开了个玩笑，将单词分解为"bot"和"anical"，前者与"butt（屁股）"发音相近。

亲听到后会和路易笑得一样厉害。他父亲大笑的时候，外眼角会向上勾起来。路易笑起来眼睛也会那样，他还遗传了他父亲的黄色直发。他妈妈的塞尔玛姨妈说他和他父亲简直是一个模子刻出来的，甚至看上去有点滑稽，但路易看不出这有什么滑稽的。她是在说他没有父亲那样的大块头手臂肌肉吗？但他也快了。

他把两片面包放进吐司烤箱里，然后把小矮凳拖到食物橱柜前，站到上面取下一罐沙丁鱼。他并不是那么喜欢吃沙丁鱼，但他喜欢用那个小小的拉环打开罐头。开了沙丁鱼罐头后，他从厨房台子上的果盆里拿起一根香蕉，因为香蕉是不可思议的食物，他剥开皮，用一把银质刀把香蕉切成片状。然后他走到外面的平台上，喊道："我们有四季豆吗？"

"什么？没有！"他母亲在她和父亲的那间房里回喊道。

"太糟糕了。"他喃喃自语。在外公家时他经常吃四季豆，外公会把它们和一大堆其他东西捣碎搅拌在一起。他喜欢四季豆那种味道。

"你要四季豆做什么？"他母亲大声问他，然后她又压低声音加了一句，"我还是搞不懂为什么我不能穿裤子去。"

"但这是正式场合啊，"他父亲对她说道，"我自己就穿了西装呢。"

"你至少有时还会穿正装。而我看上去活像被某个神经病小孩打扮得花里胡哨的宠物狗。"

路易回到厨房，再次爬上小矮凳，取下挤压瓶装的番茄酱。来点红色应该不错，他想。红色、银色和淡黄色，番茄酱、沙丁鱼和香蕉。"绿色食物在哪儿呢？"他爸爸总喜欢这样问，但他妈妈会说："哦，消停一下吧。我知道有的小孩直到上大学之前都只吃白色食物[1]，他们也长得好好的。”

大多数时候，他的保姆就是外公，因为邦妮阿姨已经嫁给了她的私人教练，婚后搬去新泽西生活了。外公家里有一本纸页泛黄的老书，名字叫《写给青少年的有趣科学事实》，当外公坐下来休息时，他就会拿来这本书念给路易听。尽管路易听得似懂非懂，但这总让他感觉自己备受重视与关爱。但今晚外公也要去华盛顿，塞尔玛姨妈、巴克莱姨夫和塞隆舅舅也一起去，所以路易就只好到楼下和刘太太一起待着。

不过，这样也行。刘太太会让他喝可口可乐，她的朋友墨菲太太有个玻璃门板的橱柜，里面放着些很酷的稀奇玩意儿：一个水晶镇纸，里面飞舞旋转的不是雪花片而是金子做的星星；一个顶上是开着的，里面会喷出一只只微型的白色大象的鲜红色浆果；还有一个顶部是褐色的鞣料木晴雨指示箱，指示箱有好几扇小门，其中一扇会出来一个小人——预测晴天会出来一个女人，预测下雨会出来一个男人，然而几乎所有时间出来的都是那个女人，手里捧着一个小小的喷水壶，而男人则总是站在后面的阴影里，撑着一把指甲大小的雨伞——即使外面下着倾盆大雨也是如此。路易的爸爸说这真是太不精确了。

刘太太说什么都不肯收他父母给的托管费，因为她说她是路易的姑姑。小时候，路易还真以为她是他姑姑呢，因为他俩的名字几乎一模一样，但妈妈向他解释说，刘太太只是一位名义上的姑姑。墨菲太太也是，因为他们住的这个房子是她的，尽管路易的外公很想让他们搬去和他一起住。但路易的妈妈说她不想搬家。她说她在

---

[1] 指白糖、通用面粉等加工食品，或土豆、米饭、通心粉等淀粉类食物。

这里都住了十一年了，一切都让她称心如意，他们为什么还需要更大的空间呢？只会增加打扫卫生的负担，爸爸表示完全赞同。

路易从吐司烤箱里取出吐司，把它们放在台子上，在一片吐司上盖上香蕉片，然后再铺上沙丁鱼，一条一条整整齐齐地排放，然后再把番茄酱按竖波浪形状挤在香蕉和沙丁鱼上面。最后他把第二片吐司放在第一片上面，用力压下去，大功告成，然后他从抽屉里找出一个三明治盒，把三明治装了进去。刚才压面包时，有点番茄酱溅出来洒在了台子上，但并不多。

去年冬天他爸爸和他外公拿奖时，他们是到另外一个国家去领奖的，所以路易也只好跟着一起去。颁奖仪式无聊透顶，妈妈便允许他在她手机上一遍遍玩着电子游戏。这次他们把他留在家里，他可不觉得有什么遗憾的。

他舔掉手指上沾到的番茄酱，从架子上拉下干毛巾，把T恤上能擦掉的番茄酱渍都擦了个干净。这时他可以听见父母说话的声音。“我们办完正事一分钟都不要多待，”妈妈说着，“你知道我有多讨厌应酬闲聊。”接着两人出现在厨房门口。妈妈的黑发长至肩上，光泽闪耀，她穿了一件红色的晚礼服，下面露着两条光溜溜的笔直的腿——路易都不知道妈妈还有这身衣服。爸爸穿着蓝色的西装，系着那条漂亮的紫色领带，上面是黄色的闪电图案。

“我们看上去怎么样？”妈妈问他。路易回答：“你们就像那个晴雨指示箱里面的一男一女。”

但他随即发现其实父母和那对小人并不相像。他们的确也站在门边，但他们是紧挨着彼此站在同一扇门边的，没有谁在前谁在后，而且两人手牵着手，满面笑容。

未读
UnRead
–
文艺家

新来的男孩

[美]特蕾西·雪佛兰——著
高翔——译

New Boy

Hogarth Shakespeare
-
Tracy Chevalier
-
Othello

北京联合出版公司
Beijing United Publishing Co., Ltd.

第一部分

上学前

一

冰激凌苏打，樱桃上面撒，

谁是你的心上人，快点告诉我吧！

3

迪伊比所有人都先注意到他。为此，她高兴了好一会儿。这种感觉有点特别：有那么几秒钟，他只属于她。紧接着，他们周围的世界仿佛跃动起来，这一天里再也没有停下来过。

上课前的操场很热闹，很多同学都提前到了学校，有的已经开始玩抛接游戏了，有的则在踢球，还有的在玩跳房子游戏，等上课铃声响了可就玩不了这些啦。不过，迪伊今天倒是没有早到。早上出门前，妈妈让迪伊上楼换件宽松的上衣，说她把鸡蛋沾到衣服上了，尽管迪伊自己并没有在衣服上看见任何蛋黄的痕迹。因为出门晚了，迪伊不得不在上学路上小跑了一段，一路上，她的辫子不停地打在自己的后背上，直到碰到同样朝学校走去的同学才让她放下心来，确信自己没有迟到。在第一次铃响前一分钟，迪伊终于赶到了操场。

迪伊已经来不及加入她最好的朋友咪咪和其他女生正在玩的跳双绳游戏了，于是，她朝通往教学楼的操场大门走去，布拉班特先生和其他老师已经在那里等着同学们按班级顺序排队了。布拉班特先生站得笔直，留着一头棱角分明的中分短发。有人曾经跟迪伊说，布拉班特先生参加过越战。迪伊并不是班里最优秀的学生——这个荣誉属于“一本正经的帕蒂”——但是，迪伊乐意找机会取悦布拉班特先生，让他注意到自己，尽管她知道自己有时被大家称为“老师的乖宝宝”。

迪伊站到了队伍的最前面，朝四周看去，她的目光落到了还在一旁跳双绳的女孩子们身上。然后，迪伊发现那个男孩静静地待在旋转木马旁。四个男孩正在玩旋转木马，伊恩、罗德和两个四年级的男生。他们转得太快了，迪伊确信很快就会有老师来阻止他们继续这么玩下去——曾经，有个男孩被甩了下来，摔断了胳膊。那两个四年级的男生看起来有点害怕，但他们控制不住旋转木马，因为伊恩正老练地踢着地面，让它始终保持着高速旋转。

和其他穿着牛仔裤、T恤衫还有运动鞋的男生不同，疯狂旋转木马旁边的那个男孩穿着灰色喇叭裤、白色短袖衬衫和一双黑色的鞋子，就像某个私立学校的校服一样。但最特别的却是他的皮肤，他的肤色让迪伊想起了几个月前，学校组织学生们去动物园实地考察时，他们看见的熊：尽管被称作“黑熊”，但它们的皮毛实际上却是深棕色的，毛尖上还有一抹红。它们大部分时间都在睡觉，或是闻一闻饲养员为它们倒在围栏里的食物。只有当罗德为了吸引迪伊的注意力而朝它们扔去一根棍子时，才有一只黑熊有所反应，露出黄色的獠牙，大声咆哮着。同学们又是尖叫又是大笑，但迪伊没有反应，她朝罗德皱了下眉头就转身走开了。

新来的男孩没在看旋转木马，而是在研究“L”形的教学楼。这是一所典型的郊区小学，建于八年前，看起来就像两个由红砖砌成的鞋盒被生硬地挤在了一起。迪伊开始读幼儿园的时候，这里还有点新房子的味道。但是现在，它就像一条穿了很多次的裙子，这里撕破了，那里留了渍，下摆处还有已经脱落的印迹。她熟悉这里的每一间教室、每一段楼梯、每一道扶栏和每一个卫生间。同样，她也熟知这片操场的每一寸土地，正如她熟知教学楼另一边那个低年级学生所使用的操场一样。她曾经从秋千上掉下来过，在滑梯上扯破过紧身裤，也曾因为太害怕，不敢从攀登架上爬下来而被困在上面。曾经，她宣布，操场的一半是“女生小镇”，并且和咪咪、布兰卡、詹妮弗一起，把任何胆敢越界的男孩子赶走。曾经，她和同学们一起躲在体育馆入口处的角落里——值周老师注意不到那个角落——试着涂口红、看漫画书、玩转瓶子游戏。她在操场上度过了自己的小学时代，欢笑过、哭泣过、怦然心动过，建立过友谊，亦树立过敌人。这是她的世界，对她来说，一切熟悉得如此理所当然。一个月后，她就要离开这里去上初中了。

现在，某个与众不同的新人闯入了这片疆域，这让迪伊得以重新看待这里。她突然发现这里很破旧，而自己是身在其中的一个陌生人，就像他一样。

他现在走动起来了，步态不似熊那般笨拙迟缓，反而更像一匹狼，或者——迪伊试图想象出一只毛色发暗的动物——一只黑豹。她先想到的是家猫的样子，然后把它放大了好几倍。不管他此时正在想什么——或许他在想，自己作为一个新人，出现在了充满与自己肤色完全不同的陌生人的操场上——他朝校门口走去。老师们正在那儿等着他，潜意识里他们都很确信，总有人知道他的身体是如何运转的。迪伊感到胸口一紧，不禁吸了一口气。

“噢，噢，”布拉班特先生说道，“我想我听到了鼓声。”

站在他身边的是另一名六年级老师——洛德小姐窃笑道：“杜克夫人说这个男孩是从哪儿来的？”

“我想是几内亚，还是尼日利亚？总之是非洲啦。”

“他是你班上的对吧？最好是你班的，别是我班上的。”洛德小姐整理了一下裙子，又摸了摸耳环，可能是为了确保它们都还在。这是她紧张时经常重复的一个动作。她的外貌保持得优雅整洁，除了波波头里翘起来的几束短而卷曲的金发。今天，她穿了一条柠檬绿的裙子和一件黄色衬衫，耳朵上还挂着一对环形耳环。她的鞋子也是绿色的，低方跟。迪伊和她的朋友们很喜欢讨论洛德小姐的着装。她是个年轻老师，但是她的衣服却和学生们那些又粉又白的T恤、褶边绣着花的喇叭牛仔裤完全不同。

布拉班特先生耸肩道：“我倒不觉得会有什么问题。”

“是的，当然不会有问题了。”洛德小姐一直用她那双蓝色的大眼睛盯着自己的同事，仿佛不想错过一丝一毫能帮她成为更好的老师的教学智慧，“您觉得我们是不是应该……呃，跟学生们说一些关于他的事情？关于……我也说不好……关于他**和别人不一样**？鼓励同学们欢迎他？”

布拉班特先生哼了一声：“收起你的小心谨慎吧，黛安，就因为他是黑……一个新生，也不需要因此受到特殊对待。”

“是的，但是……当然，确实不需要。”洛德小姐的眼眶湿润了。咪咪跟迪伊说过，有一两次他们的老师真的在课堂上哭了。学生们背地里称她为“爱哭鬼洛蒂”。

布拉班特先生的目光落在了在他前面等着的迪伊身上，他清了清嗓子。“迪伊，去把其他女生召集起来。”他指了指跳双绳的女生们，“告诉她们，如果在第一声铃声响起后还在跳，我就把绳子没收了。”

布拉班特先生是学校里为数不多的几个男老师之一。尽管老师的性别本不应该会有什么影响，但迪伊总觉得这让布拉班特先生成了那种你永远会遵从的老师，那种你一旦有机会，就想让自己给他留下印象的老师——就像她对自己父亲的感觉那样，每次父亲下班回家，她总是想取悦他。

她赶忙向正在跳双绳的女孩子们跑去。她们正用两根粗粗的绳子击打着混凝土地面，一边唱着歌谣，一边轮流跳绳。迪伊犹豫了一会儿，因为现在正轮到布兰卡跳。她是迄今为止学校里跳双绳跳得最好的人，绳子落下来的时候，她跳得特别敏捷，以至于能跳上好几分钟都不被绊倒。选歌谣和跳法时，其他女孩子都想挑一些能让布兰卡把别人喊进来一起跳或者是能把她自己送出去的歌。布兰卡当然想要待在里面一直跳，今天早上，她成功地让她们唱道：

冰激凌苏打，樱桃上面撒，
谁是你的心上人，快点告诉我吧！
是A，是B，是C，是D……

如果正在跳绳的女孩子没有在念到字母时被绊住，她们就会继续念从一到二十的数字，然后是她们最爱的各种颜色。布兰卡现在正跳到颜色环节，她那长长的黑色鬈发上下翻飞，尽管穿着厚底凉鞋，双脚却依然灵敏地移动着。迪伊永远也没法穿着这种鞋子跳绳，她更偏爱她的白色匡威，这双她竭尽所能保持干净的运动鞋。

迪伊朝正在抡绳的咪咪走去。

“这是她**第二轮**跳到颜色了，”咪咪嘀咕道，“炫耀。”

“布拉班特先生说，如果你们现在不停下来，他就要把双绳没收了。”迪伊转述道。

“很好。”咪咪放下双手，她这头的绳子松了下去，而另一个抡绳的女生又继续抡了几秒钟。布兰卡的双脚被绳子绊住了。

“你干吗停下来？”她噘着嘴质问道，“我差点被绊倒！还有，我本来可以跳回字母，然后就可以停在C了！”

迪伊和咪咪翻了个白眼儿，开始卷绳子。布兰卡正在疯狂迷恋卡斯珀，他是六年级中最受欢迎的男生。平心而论，他似乎也对她很着迷，尽管他们经常闹分手。

迪伊一直都很喜欢卡斯珀。不仅如此，他们都觉得彼此之间的感情比其他人来得更轻松，他们不需要特别努力来保持友谊或互相尊重。去年的时候，她想过该不该喜欢上他，甚至是更进一步——和他谈恋爱。卡斯珀有着一张迷人坦率的脸庞和一双让人安心的淡蓝色眼睛。然而，尽管那样做十分自然，但是她却没有那样看待过他。对于迪伊，他更像是一位兄长，他们参加相似的活动，努力向前而不是互相对视。对卡斯珀来说，和一个像布兰卡那样麻烦而有活力的人在一起似乎更合理。

“天哪，那是谁？”布兰卡喊道。尽管她在课堂上极少发言，但是，她在操场上总是很大声，一副满不在乎的样子。

迪伊不用看也知道，布兰卡是在说那个新来的男孩。“他来自尼日利亚。”她一边随口说道，一边把绳子卷在她的手肘和手掌中间。

“你怎么知道的？”咪咪问道。

“老师们说的。”

“一个黑人男孩，在我们学校……难以置信！”

“嘘……”迪伊试图阻止布兰卡，她有点尴尬，生怕那个男孩会听见。

迪伊把绳子夹在手臂下，同咪咪和布兰卡一起，朝正在排队的同学们走去。他们在布拉班特先生面前的空地上排队，由迪伊负责维持秩序——她知道，这让布兰卡感到嫉妒，正如她和咪咪的友谊一样。

“为什么她这么奇怪，你还那么喜欢她？”布兰卡曾经有一次说道。

“咪咪并不奇怪，”迪伊在那时捍卫了她的朋友，“她很……敏感。她能察觉到一些事情。”

当时，布兰卡耸耸肩并开始唱起《鳄鱼摇滚》[1]，以表明她俩的对话到此结束。三人行是一种微妙的关系：总有一个人感觉自己被忽视了。

肯定有个老师告诉了那个新来的男孩应该去哪里，所以他现在站到了布拉班特先生面前的那个队伍的末尾。布兰卡蓦地停下所有动作，显然是吃了一惊。“现在我们该怎么办？”她喊道。

迪伊犹豫了一下，然后向前迈了一步，排在了他身后。布兰卡紧跟了上去，大声地耳语道：“你敢相信吗？他在我们班！我敢打赌你不敢碰他。”

---

[1] 《鳄鱼摇滚》（*Crocodile Rock*），英国摇滚唱作人艾尔顿·约翰（Elton John）的一首歌。

“别说了！”迪伊嘘了一声，希望他没有听到。她研究了他的背影。新来的男孩有着最优美的发型，光滑、平整，甚至连形状也很完美，就像用陶工的圆盘做出来的陶器一样。迪伊都想伸手把它捧在手心了。他的头发剪得很短，就像在蜿蜒的山脊上密集分布的森林那样——和时下流行的厚重爆炸头截然不同。当然，并不是说迪伊周围能见到什么爆炸头。迪伊所在的学校里没有黑人学生，郊区的邻居里也没有黑人居民，尽管到1974年，首都华盛顿的黑人人口已经多得让它被称为“巧克力之城”了。当她和家人去市中心时，她会看见顶着爆炸头的黑人男女；当她在咪咪家看《灵魂列车》这档电视节目时，她会伴着地、风与火乐队或是杰克逊五人组的音乐跳舞[1]。她从没在自己家里看过这些节目：她的母亲绝不会允许她看黑人在电视节目里又唱又跳。迪伊迷恋着杰梅因·杰克逊[2]，尽管她喜欢的是他那俏皮的露齿微笑，而不是他的爆炸头。她的朋友们都更喜欢小迈克尔[3]，对迪伊来说，这个选择似乎太显眼了一些。就好像要选学校里最帅气的男生去喜欢一样，这或许就是她为什么从来没有那样看待过卡斯珀——这也正是为什么布兰卡会如此喜欢卡斯珀。布兰卡永远在追求最显眼的选择。

“迪伊，今天由你来照看我们这位新来的男孩。”布拉班特先

---

[1] 地、风与火乐队（Earth，Wind and Fire）和杰克逊五人组（Jackson Five）均为20世纪70年代活跃于美国的黑人音乐团体。

[2] 杰克逊五人组成员之一。

[3] 即迈克尔·杰克逊（Michael Jackson），当时同为杰克逊五人组成员之一。

生站在队伍前端向她示意道，“带他去看看餐厅、音乐教室、卫生间。当他在课堂上不明白的时候，给他解释一下，好吗？”

布兰卡吸了口气并轻推了一下迪伊，后者红着脸点了点头。为什么布拉班特先生选了她？他是在因为某些事情惩罚她吗？迪伊从来都不需要惩罚。她的母亲确保了这不可能发生。

在迪伊周围，同学们正傻笑或窃窃私语着。

“**他**是从哪儿来的？”

“树林里！”

“嘿嘿嘿……啊，好痛！”

“别这么幼稚了。”

“可怜的迪伊，还要去照顾他！”

“为什么B先生选了她？一般来说是男生照顾男生的。”

“也许没有哪个男生愿意吧，我就不愿意。”

“我也不愿意！”

“是的，但是，迪伊可是B先生的乖宝宝——他知道她不会拒绝的。”

“有道理。”

“等一下——这是不是意味着那个男生要坐在我们的桌子边上？”

“哈哈！可怜的邓肯，你得和新来的男孩待在一起啦！还有帕蒂。”

“我会搬走的！”

“B先生不会让你搬的。”

“我会的。”

“做梦吧，兄弟。”

新来的男孩朝他身后看了一眼。他的神情没有迪伊预想的那么警惕和谨慎，相反，却很坦率和热情。他的双眼是黑色的，仿佛闪烁的硬币，满眼好奇地凝视着她。他挑起眉毛，进而睁大双眼，迪伊感觉浑身有一阵电流穿过，这很像她有一次大着胆子去摸电网时的感觉。

她没有和他说话，而是点了点头。他也回应地点了点头，然后转身再次面向前方。他们排在队伍里，很安静，又有点害羞。迪伊朝四周望去，想看看是不是还有人在盯着他们看——每个人都在看他们。她把目光落在了学校对街的一幢房子上——实际上，那是卡斯珀家的房子——希望他们都会认为她正在想大千世界里更重要的事，而不是她面前的男孩——这个看起来仿佛触电般颤抖的男孩。

然后，她注意到了操场周围铁丝网围栏的一端站着的一位黑人妇女，她的一只手正攥着铁丝网网眼。尽管个子不高，但她头上用红黄相间的围巾包成的高耸头巾，让她看起来高了一些。她身着一条亮丽的长裙，裙子外面搭了一件灰色冬衣——尽管现在已经是温暖的五月初。她正看着他们。

“我妈妈认为我不知道该如何当一名新生。”

迪伊扭过头，诧异于他竟然说话了。如果她是新来的男孩，肯定一个字也不会说。“你以前也当过新生吗？”

“是的。六年来已经有三次了。这是我念的第四所学校。”

一直以来，迪伊都住在同一座房子里，在同一所学校念书，交往着相同的伙伴，她习惯了支撑着她做每件事的那种熟悉感，难以想象自己变成一名新人，在陌生的环境里——尽管几个月后，等她从小学升到初中，她就只认识四分之一的同级生了。虽然迪伊在很多方面都比学校里的同龄人成熟，而且她也准备好去一所新学校了。但是，一想到身边都是陌生人，迪伊有时就会感到一阵肚子疼。

咪咪站在旁边另一排六年级学生的队伍里，目瞪口呆地听着他们之间的对话。迪伊和咪咪几乎一直都是同班。但是，在小学的最后一年里，她们被分到了不同老师带的班级，迪伊因此不能和她最好的朋友整天黏在一起，只能在操场上玩的时候将就了。这让她感到很心痛。同时，这也意味着，和迪伊同班的布兰卡有机会接近迪伊了——正如她现在正在做的那样，一只手搭着迪伊的肩膀，整个人“挂”在迪伊身上，盯着新来的男孩。布兰卡一直很喜欢肢体接触，经常用手臂揽着别人，摆弄朋友的头发，或是往她喜欢的男生身上蹭。

迪伊从布兰卡身上挣脱开，专心地和新来的男孩聊起来。“你来自尼日利亚，对吗？”她问道。迪伊急于想让男孩儿知道，自己已经对他有所了解。**你可能有着不一样的肤色**，她心想，但是我了解你。

男孩摇了摇头：“我来自加纳。”

“噢。”除了确信加纳肯定是在非洲以外，迪伊对这个国家一无所知。他看起来还是很友善，但是脸上的表情已经凝固，没有刚才那么真诚了。迪伊下决心证明自己对非洲文化还是有点了解的，她继续说道，“你妈妈穿的是大喜吉装[1]吗？”她知道这个单词，因为她的嬉皮士婶婶送了她一条带有大喜吉装图案的裤子当

[1] 即黑人穿的颜色花哨的短袖套衫。

圣诞礼物。为了让婶婶高兴，迪伊在圣诞晚宴上穿着它，因此不得不承受母亲的皱眉和哥哥的嘲笑，她哥哥说，家里已经有桌布了，为什么还要再穿一条在身上呢？在那之后，迪伊就把那条裤子塞进了衣橱的最里面，再也没碰过。

“大喜吉装是非洲男性穿的上衣，”男孩说道，他本可以批评或是嘲笑她，但是他没有，而是一本正经地说，“或是美国黑人想要表达些什么的时候才会穿的衣服。”

迪伊点了点头，虽然她心里很好奇美国黑人想表达的到底是什么。“我记得杰克逊五人组在《灵魂列车》这档节目里穿过这个。”

男孩笑了笑：“我想到的是马尔科姆·艾克斯[1]——他曾经穿过一次大喜吉装。”他现在看起来有点嘲笑她的意思。迪伊发现，自己并不介意这是否意味着他严肃而冷漠的神情消失了。

“我妈妈穿的是用肯特布做的裙子，”他继续说道，“这是产自我的祖国加纳的一种布料。”

“为什么她穿着冬天的外套？”

“除非我们在加纳，否则，即使外面很温暖，她也会觉得冷。”

“你也觉得冷吗？”

“不，我不觉得冷。”男孩用完整正式的语句回答了她，就像迪伊和同学们在每周一次的法语课上做的那样。他的口音没有美国味，尽管句子里有一些美语词组。他的发音里有一些英伦腔。迪伊的母亲喜欢看《楼上楼下》这部电视剧，他的口音听起来有点像电视剧里的那种腔调，尽管发音没有那么清晰高贵，而且又

[1] 马尔科姆·艾克斯（Malcolm X.，1925—1965），美国黑人民权运动领袖人物之一。

多了几分一听就知道来自非洲的韵律感。他那表意完整、毫无漏洞的句子，语调轻快的发言和饱满夸张的元音，都让迪伊想笑。但是她不想失礼。

“放学后她也会来接你吗？”她问道。除了开家长会，迪伊的妈妈从来不来学校，她不喜欢离开家里。

男孩笑了笑：“我已经求她不要来了。我知道回家的路。”

迪伊也笑了笑：“可能这样更好。只有在低年级操场玩的小孩子才会让爸妈接送上下学。”

第二声铃声响了。四年级的老师来了，带着他们那几队孩子，从操场穿过入口，走到了学校里面。随后是五年级的学生，最后是六年级的。

“需要我帮你拿绳子吗？”男孩问道。

“噢！不用，谢啦——绳子不重。”它们其实有点重。然而，从来没有哪个男生提出过要帮她拿绳子。

“给我吧。”男孩伸出双手，于是迪伊就把绳子交给了他。

“你的名字是？”迪伊问道，他们排的队开始动了。

“奥赛。”

“奥……”这个名字太异域了，迪伊觉得简直找不到任何记忆点，就像试图在一块滑溜溜的鹅卵石上面爬过一样。

他笑着回应了她的困惑，显然是习以为常了。“还是叫我‘奥’容易一点，”他说道，把自己的名字带到了大家都熟悉的字母上，“我不介意。甚至我姐姐有时候都会喊我‘奥’。”

“不，我可以说出来的，奥——赛——这个名字来自你的母语吗？”

“是的，它的意思是‘高尚的’。请问你的名字是？”

“迪伊，全名是丹妮拉，不过大家都叫我迪伊。”

“迪伊？就像字母D那样？”

迪伊点了点头。他们看着彼此，这简单的名字首字母之间的联系让两人不禁放声大笑。奥有着一口美丽而整齐的牙齿，他黑色的面庞中仿佛有一束光芒，在迪伊内心掀起了某些波澜。

虽然，伊恩正忙着摆弄旋转木马，让它飞速地运转起来，吓得那帮四年级的小孩尖叫不已，但他还是马上发现了新来的男孩。伊恩总是可以注意到任何一个闯入他地盘的人，因为操场是他的。自升入六年级以来，操场就一直是他的，因为已经没有比他更年长的男孩子来统治了。他将有好几个月的时间来品尝这种统治权。任何新来的男孩都意味着对他的挑战。而这个新来的嘛，嗯……

伊恩不是六年级学生里个子最高的，也不是跑得最快的。他不是把足球踢得最远的，不是投篮时弹跳最高的，也不是在单杠上做引体向上最多的。他在课堂上发言不多，他的手工作品上从来没有贴上过金星，也没有在年底获得任何最佳数学家、最佳书法家或者荣誉公民的奖项。他当然算不上是荣誉公民。他也不是最受女孩子们欢迎的男孩——卡斯珀才是。

伊恩是最精明、最精于算计的，能在面对新情况时第一个反应过来，并将它转化为自己的优势。当有人蠢蠢欲动地要打架时，伊恩会对结果下注，并确保打架双方不会退缩。他很擅长预测谁会打赢。有时候，他会打赌打架会持续多久，或是哪个老师会出来阻止。他经常以糖果为赌注，赢了之后再转手卖掉——他自己并不爱吃甜食。有时候，他会索要别人买午餐的钱，但在其他时候，他又会庇护小一点的学生，防止他们的钱被人偷走，然后自己再拿一份抽成。他喜欢把事情搅乱，让其他人云里雾里。最近，他说服父母让他开了个银行账户，他们没有追问他是如何攒下这么多钱的，他的哥哥们在他这个年纪的时候也跟他一样。

体育课上，当全班同学都在绕着街区跑步时，伊恩会主动提出回去接那些跑得慢的同学。这给了他一个研究白天外面都发生了些什么的机会——谁在送信，谁在洗车，谁在修剪玫瑰时忘了关上自家的门。伊恩永远在寻找对自己有利的角度来看待事情。

他并不是每次都能成功。

比如几天前，一场暴风雨突然而至。当时，洛德小姐正试着讲解什么是等腰三角形，伊恩举起了手。洛德小姐的橘红色裤装上全是粉笔灰，她的表情很困惑，仿佛几何学超出了她的能力范围似的。她停止讲课，吃了一惊，因为伊恩极少举手。“伊恩，有什么事吗？”

“洛德小姐，外面开始下雨了，国旗还升在上面。我能出去把它拿下来吗？”

洛德小姐朝窗外天空中堆积的乌云看了一眼，又看了一下在学校前飘了一整天的国旗。“你知道，这是由布拉班特先生班上的女生负责的。”

“可是她们不够快。而且，布拉班特先生今天也不在，不能提醒她们。如果我现在就跑过去，国旗就不会被打湿了。”

洛德小姐犹豫了一下，然后朝着教室的门点了点头：“那好吧——快一点。还有，带一个同学跟你一起去，把国旗叠起来。”

对于美国国旗，有很多条规矩：它绝不能在夜晚或是雨天飘扬，也绝不能碰到地面，应当怀着敬畏之心对待它。过去，伊恩只能透过窗口嫉妒地看着迪伊和布兰卡每天早晚去旗杆那里，炫耀着她们的特权。她们通常都做得很认真，但是，伊恩也看见过她们草草叠起国旗的时候，让它的一角碰到了地面。他听见她们唱歌——有时候是爱国歌曲，但更多时候是广播里放的歌曲。她们喜欢享受这段时间，攀谈、漫步、欢笑。

他选了咪咪跟他一起去，这让大家很是吃惊——包括洛德小姐、罗德和其他男生，以及全体女生。女生们都掩面笑了起来。咪咪看起来则不仅仅是惊讶，更是震惊和害怕。在升入五年级之前，男生和女生有时候会一起玩耍，并宣称彼此是朋友。但在校园里的最后两年，他们会分开，和自己的同性朋友玩——除非是在老师视线之外度过的秘密时光，比如，躲在体育馆后面，或是晴天时小树林的阴凉角落里。上周，在体育馆后面，伊恩曾把手搭在咪咪身上，悬在她开始发育的、隆起的胸部，但是他被罗德打断了，因而没能更进一步。罗德提议把自己的牛仔裤和内裤脱了，让女生们看看自己有什么。咪咪和其他人一起尖叫着，并从伊恩的臂膀中挣脱开——伊恩感觉到，她是不情愿地挣脱开的。

咪咪跟着伊恩走到教室外面，朝着旗杆走去的时候，天空已经下起了雨。不过最可怕的暴雨还在天上的乌云里酝酿。伊恩小心翼翼地没有对她投去太多关注，而是专注于把绳子从旗杆上齐腰高的挂钩上解开。随后，他把国旗降了下来。“抓住下面。”他命令道。

咪咪照做了，国旗降下来的时候，她抓住了它的两个角。伊恩把另外两个角从绳子上解开，然后，他们就像整理床单那样把国旗在两人中间拉紧。伊恩朝她意味深长地多看了一会儿，她站得笔直，眼睛睁得老大。她有一双晶蓝色的大眼睛，其中还缀着零星深色的斑点，这双眼睛里闪耀着的光芒常常令他分神。她长着一头红发，以及红头发人种——可能是爱尔兰裔——常有的布满雀斑的皮肤，嘴巴很大，嘴唇没有遮挡住在牙齿间闪烁着的牙套。她的长相太不常规了——两只眼睛分得太开，嘴巴太大，额头又太宽——很难称得上“漂亮”。但是，咪咪有着其他某些引人注目的东西。这是他们在同一所学校度过的第七年了。伊恩曾经在三年级时撞倒过她，仅仅是因为他能够做到这件事。但直到最近，他才真正开始关注她。他之所以关注咪咪，是因为她和自己很像——和操场上的每个人都保持着距离。尽管她的姐姐妹妹看起来都很正常，而且又有人见人爱的迪伊当她最好的朋友，但咪咪看起来总是十分孤独，沉浸在自己的世界里，即使是在摇跳绳或是玩跳房子游戏的时候，她都是出了名的“游离于状况之外”“在不恰当的时候意识模糊”“说得很少，却关注着每件事”。也许那就是她吸引人的地方：他不希望她说太多话。

他轻轻摆了摆右手，示意他们应该把长边折三次。然后他们把另一边叠在上面，得以让国旗的宽度只有原来的三分之一。伊恩又一次盯着咪咪看了很久，她脸红了。“你来叠，”他说，“你知道该怎么叠吧？”

咪咪点了点头，然后把她的那头按对角线叠起来，折成一个三角形，然后叠了一次，又叠了一次，咪咪和伊恩靠得越来越近。伊恩将自己那头的国旗捏在胸前，咪咪不得不向他靠近。当她离自己只有一英尺远，正准备叠最后一下的时候，伊恩拽了一下国旗，让她扑进了自己的怀里。他向她的嘴扑了过去，而三角形的国旗随之在两人中间被挤扁。他们的牙齿碰撞在一起，咔嗒作响，咪咪退缩了，但她不能后退，否则国旗会掉到地上。

她的牙套弄疼了他的嘴，但是伊恩迅速恢复了，并把自己的双唇牢牢地贴在她的双唇上，开始吮吸起来。过了一会儿，咪咪开始回应，也开始吮吸。两人制造了一片真空和大量的口水，尽管她的嘴巴紧紧地闭着，以至于他的舌头完全无法进入。**她之前就经历过这个**，伊恩意识到——他不太喜欢这一点。他抽开身子，尽管他很享受并且感觉到了身体的某种变化。他猜想她也注意到了。接过她手中的国旗，他叠完了最后一下，并把多出来的布面折成两半，好让整面国旗紧紧地扣在一起，就像小孩子们为了当桌面足球弹来弹去而做的纸三角。“你不应该和别人那样做。”他说。

咪咪看起来有点迷茫，甚至有点害怕。“我没有。”

“你不是很会撒谎。你亲过其他男生——菲利普、查理、邓肯，甚至是卡斯珀。”伊恩提了几个很聪明的猜想，至少有一个他是猜对了，尽管他不知道是哪一个。咪咪低下了头。雨开始下得更大了，落在她的脸上，看起来她就好像是哭起来了似的。

“如果你想跟我在一起，你最好连看都不要看这些男生。你想跟我在一起吗？”

咪咪点了点头。

“那我们亲嘴的时候，张开你的嘴，让我把舌头伸进去。”

“布拉班特班上的女生们就要来了——她们会看见我们的。”

“不会的。我观察过了——她们恐怕要花上一辈子才能赶到这里。国旗总是被弄湿，然后迪伊就只能把国旗带回家放到烘干机里。来吧，继续。”

他又亲了她。当她张开嘴的时候，伊恩把舌头深深地探了进去，他让她背靠着旗杆，以便能用力地吸吮，探查她的牙齿、面颊、舌头。他把自己的髋部顶向她的，以确保这次她能清楚地感受到自己身体的变化。

分开时，两人都气喘吁吁。亲吻她让他觉得头晕目眩，而且，仅此一次地让他感觉到自由自在。绳子在雨中摇晃着。伊恩握住它，朝四周看了一眼，然后把叠成三角形的国旗交给了咪咪。“退后。我准备给你看个东西。”他把绳子末端绑在手上，身体向外倾斜，绷紧绳子，绕着旗杆跑了起来。随后，他跳了起来，离开地面，朝着外围扑过去，然后又回到地面。他又一次跑了起来，然后朝外，再向上绕着旗杆一圈一圈地跑着。大雨消失了，咪咪和学校也消失了，他感觉到的只有飞翔的快感。

当他耗尽力气停下来的时候，咪咪正抱着国旗看着他。伊恩感觉太舒服了，于是决定慷慨一下。“你想试试吗？来吧，很好玩的。”他把国旗拿回去，把绳子交给她，“跑快一点，然后跳起来。”

她犹豫了。“杜克夫人可能会看到我的，或者是老师们。我们会被发现的。”

伊恩轻蔑地哼了一声：“没人在看。他们都忙着学三角形呢。你难道不想试试看吗？”

咪咪似乎已经做出了决定，只见她突然跑起来，冲向空中，身子尽量远离旗杆，以便能绕着旗杆摇摆。随着双脚离开地面，她不停地笑着。伊恩从来没见她这么开心过。他笑了起来，这是一件转瞬即逝而又珍贵无比的事情。当她停下来的时候，他又亲吻了她，这次温柔了一点。当来取国旗的迪伊和布兰卡出现在校门口的时候，他们刚好分开。迪伊表情滑稽地看了他们一眼，显然是惊讶于看见他们居然在一起，尽管，伊恩不确定她是否看到了之前两人的亲吻。不过这无所谓。“你们女生总是太慢。”他一边断言道，一边从她们身边信步走了过去，手臂下夹着叠好的国旗。咪咪跟在后面，满脸通红。

不幸的是，伊恩的动作也太慢了，国旗还是弄湿了——而这正是他跑出去要避免发生的事情。洛德小姐攥了攥他放在她桌上的国旗三角，皱起了眉头。

“那是等腰三角形吗，洛德小姐？”他问道，希望能够转移话题。

“噢！”他的老师斜眼瞥了下国旗，“我不知道。但那个——詹妮弗，把它拿到布拉班特先生的班上去。”

“我可以保管它，”伊恩插嘴道，“等雨停了我可以再把它升上去，然后今天放学时把它拿下来。”

“我更希望把这个职责留给布拉班特先生的班级。现在，回去坐下吧，伊恩。今天的搞破坏到此为止了。”

伊恩踢了自己一脚，懊悔自己花了太多时间在绳子上荡。那种快感让自己失去了获得另一项特权的机会——尽管他觉得洛德小姐永远都会把这项特权转交给布拉班特先生。

操场上，第一声铃声响了起来，伊恩抓住旋转木马的控制杆让它慢了下来。其中一个骑在旋转木马上的男生看起来快吐了。伊恩假笑了一下，然后踢了控制杆一下，让旋转木马又加速转起来。“给我十美分，我就让它停下来。”他对男生喊道，这个男生悲惨地点了点头。伊恩把脚伸了进去，旋转木马戛然而止。其他男生朝着每个班级在门口排的队伍跑去，他们松了口气：这次总算没成为伊恩的关注对象。而那个落在后面的倒霉男生则呆呆地站着，肩膀低垂，耷拉着脑袋。

“现在把钱给我。”伊恩说。

男生耸耸肩，眼睛盯着地面：“我没带钱。”

“你本该在旋转木马上就想到这点。”伊恩向他走近，“回去，我会让你旋转到呕吐。”

“我……我明天给你。我保证。”

“明天不行。现在比较好。你身上还有什么？有糖吗？”

男生摇了摇头。

“棒球卡片？”

男生再次摇头。

“好吧，那你有什么？”

男生又耸了一次肩。

之前，伊恩通过留心观察发生在这个男生周边的所有事情，收集了不少关于他的信息。此时，他在脑海里快速浏览了一遍当时所记住的事情。“把你的风火轮玩具车给我——那辆红色的大黄蜂。”

他成功了，男生开始在自己的口袋里搜寻。“我这儿有五美分。我可以先把这个给你，其余的明天再给你——或者今天午饭后。我可以在午饭时间回家再拿五美分。”

但是，伊恩已经去拿男生扔在围栏边上的帆布书包了——几分钟前，当他天真地把包扔在那儿的时候，上学前玩旋转木马看起来还是一件有趣的事情——伊恩拿出了一辆低底盘的红色玩具跑车，跑车有着很宽的轮胎，它们完美地嵌在伊恩的手掌心。它还闪烁着光芒：显然是最近刚买的。伊恩把跑车放进自己口袋的时候，他听见男生嘟囔了一句“笨蛋”。

伊恩把车子从口袋里拿出来，松开手，任其掉到地上，然后用脚踩了上去。车轮“啪”地绷得老远，车门爆开了，车顶一部分陷了下去，引擎盖的红色油漆也剥落了。“哎哟。”伊恩说，然后就把它留在了地上。过了一会儿，他懊悔自己被愤怒冲昏了头脑，白白浪费了一辆很好的风火轮玩具车，他曾经被骂过比“笨蛋”难听得多的称呼。但是，看到男生脸上比在旋转木马上更难受的表情，这着实令人满意。

在整个过程中，伊恩始终分神盯着在操场边缘徘徊的那个新来的男孩。现在，他掉转方向，朝新来的男孩走过去——朝这个黑人男孩走去。他的肤色非常黑。伊恩在某一次关于“有个新来的男孩要来六年级”的真相调查任务中得知了关于他的信息，但是，伊恩错过了至关重要的一条——他的肤色。随着伊恩逐渐靠近男孩，并感受到他黝黑的肤色和黑色的双眼，以及贴着头骨的短发上闪烁的汗珠，他下意识地退缩了一下。**掌控局面**，他想道。**接近你的朋友，更要接近你的敌人**。这是他的父亲喜欢引用的一句话。“上课铃声响了，你得去排队。”他说，“就在那儿，你在布拉班特先生的班级。”

男生点点头说：“谢谢。”简简单单的两个字，以及他说话的方式——即使带着异国腔调，也能听出他的直截了当和自信满满——还有他随后走向队伍的样子，仿佛已经熟知并掌控着这片操场。这些一下子点燃了伊恩心中的怒火。

“妈的。”罗德悄悄跟了上去，像一只拿不定主意的狗。罗德长得又瘦又小，留着一头蓬松散乱、垂至肩膀的深色头发，双颊在心烦意乱时很容易变红。它们现在就很红。“这鬼地方，到底发生什么了？”伊恩的小弟经常在他身边咒骂不休，他显然觉得这让他听起来很强硬。伊恩自己从来不骂人。他的父亲很早就用皮带让他明白，只有他自己才可以骂骂咧咧，他儿子不行。

伊恩忍受罗德很久了，但是并不把他当朋友——尽管他曾经听罗德说把自己当作他最好的朋友，这种话一般只有女生才会说。对伊恩来说，罗德只不过是一个维持自己在操场统治地位的跟班，在自己打赌时、拿别人的午餐钱时或是以折磨其他小孩为乐时，罗德帮忙盯着老师，给自己望风。对一个小弟来说，自己的大哥和其他人一样瞧不上他，这实在是一种困境。罗德软弱、爱发牢骚，而又常感绝望。他现在就在发牢骚：“看看，她在跟他说话。我永远都没机会跟她在一起了！”

咪咪的朋友迪伊加入了队伍，排在了黑人男孩的后面，她正在和他聊天。伊恩看着他们，几乎对迪伊的勇敢刮目相看。但是，当她把跳绳交给男孩并开始笑起来的时候，伊恩皱了皱眉。“我不喜欢这个。”他嘀咕道。他必须对此采取一些行动了。

*

咪咪有节奏地摇着双绳，让它们有规律地击打着地面。她能够感觉到身边的操场随着大家的活动在搏动。不远处，两个女生正在为一个画歪了的跳房子格子而争吵。三个男生沿着操场的长边在赛跑，其中一个在快到终点时超过了其他两个。有个女生坐在一面矮墙上，她正在读书。另外一边，一排男生背对着学校，远离了老师们的视线，正在比试谁能通过铁丝网围栏向人行道尿得最远。而三个女生正因为一本阿奇漫画[1]笑得前仰后合。一个男生正在树下的沙坑踢沙子。

操场上两个区域的活动吸引住了她，这是两种截然不同却互相平衡的活动。一边，伊恩在旋转木马边上折磨着四年级学生。咪咪已经知道结局会是什么了。她自己和伊恩也像是在某种旋转木马上，但是她不知道他们之间的结局会是什么。三天前，当她绕着旗杆转圈的时候，她感到既兴奋又害怕，就像秋千荡得很高时，身体后仰，双目圆睁，以便能在向前落下的同时看到并感受着那种令人反胃的俯冲。自那天起，她就觉得自己被伊恩掌控了，而且不知道自己是否想要挣脱开来。

在高速转动的旋转木马上，骑在上面的人总是觉得自己快被甩出去了。那个新来的男孩则完全相反。新来的黑人男孩——他的肤色让人难以忽视——正一动不动地站着，他的静止给自己带来了很多关注。咪咪想，如果她是转学生，她肯定会在操场上到处走，在人群中穿行，尽量不在某个地方多作停留，免得自己成为他人的目标，被人注意到。虽然咪咪从来没当过转学生，但她也从来没有真正融入进学校。作为迪伊最好的朋友，现在又是伊恩的女朋友——也许你会以为，这些具体的关系会拴住咪咪，但事实并不是这样。她觉得自己仿佛悬浮在这个操场上。

---

[1] 阿奇漫画公司是美国的一家漫画出版社，总部在纽约佩勒姆。该公司出版了多个系列漫画，其中以阿奇·安德鲁、小女巫撒布丽娜、娇西少女队等虚构的青少年形象为主角的漫画而闻名。

旋转与静止。运动与停止。白色与黑色。如果操场曾经是不均衡的，随着新加入的元素，它已经有了一种令人迷惑的平衡。咪咪摇了摇头，甩掉了这种感觉。

这个动作让她的手臂摇了一下，连带着其中一根绳子跟着抖了一下，绊住了跳绳的人——一个五年级女生，她开始抱怨，直到咪咪看了她一眼才停下来。她知道那女生被绊住是自己的错，但是她没有表现出来，她不能道歉或解释，否则她那“最可靠的摇绳者”的名声就会受损。咪咪是个可靠的摇绳者，同时也是个心思敏锐的女生。她必须抓住这些与众不同的天赋，因为那是她仅有的一切。它们，现在还有伊恩。不过他算不上是上天的恩赐。

五年级女生偷偷地走了，咪咪很后悔，因为布兰卡顶替了她的位置。布兰卡，六年级最漂亮的女生，穿着一身拉低了自身美感的俗艳服装：一件粉红色紧身上衣，展示出了她穿着的运动文胸的轮廓和每一根肩带；一条牛仔短裙，一双米色平底凉鞋，头上戴着一枚红发卡，上面贴满了亮晶晶的粉红宝石，她的手臂上则戴了半打金手镯，随着她的跳动叮当作响。她跳啊，跳啊。布兰卡跳绳稳得就像咪咪摇绳一样，她们在各自领域的天赋都让对方感到无趣。

咪咪任由布兰卡跳啊跳，保持着节奏。伴着击打声，咪咪看着整个操场逐渐把注意力转移到新来的男孩身上。准确地说，没有人停下自己正在做的事情，至少没有停很久，只是吃了一惊，或是在捉人游戏时暂停了一下，在抓子游戏里抓球并再次扔起来的间隙犹豫了一下，或是在交谈时沉默了一会儿。随后，他们又继续玩起捉人游戏、抓子游戏，继续聊起天，但是都分出一只眼睛或耳朵关注着这个男孩。咪咪感觉操场和操场上的人就像是随机交织着的线绳，现在它们开始排列，最终都指向一点。**他怎么能承受住如此的关注**？她想。

迪伊来了，在这片线绳上激起了阵阵波纹。她妈妈把她的金发梳成了高高的马尾辫。迪伊的妈妈坚信，女生的衣服能掖进去多少，就掖进去多少。迪伊过来是为了告诉咪咪停下来，稍后，她将会拿走绳子，然后站到队伍里，就站在新来的男孩边上。到时候，她将会完完全全只关注他一人。咪咪已经知道会是这样了。她总是能知道。

她是对的：迪伊只是匆匆搭理了咪咪和布兰卡一下，随后就站在了新来的男孩旁边。咪咪排到了自己的队伍中，但是，她忍不住去看迪伊和新来的男孩。每个人都在瞧他们。旁人无休止的好奇心让两个人看起来仿佛被闪烁的光环包围了，就像咪咪偶尔快要头痛发作时，闭上眼会看到的那样。实际上，现在她的脑袋里就有着头痛前会有的那种嗡嗡作响、难以忽视的感觉，就像是暴风雨来临前空气中的那种压迫感。

然后，迪伊把宝贵的班级用跳绳交给了男孩，再往后，两人开始笑起来，笑得前仰后合，仿佛周围没有观众，而只有他们两人，正在为彼此表演。这太出人意料了——哪个学生会在来到新学校的第一天就笑上五分钟？——对此，咪咪发现自己也在笑，吃惊地、赞许地、有样学样地笑。她不是唯一一个——其他人也被感染了，情不自禁地微笑着、大笑着。

但伊恩没笑。她的男朋友——因为现在大家都这么喊他们了，男朋友和女朋友——正站在另一边，盯着迪伊和男孩，脸上压抑着咆哮，击碎了咪咪的愉悦。

我不能再和他在一起了，她想，**我不能和一个面对欢笑有着这种反应的男生在一起**。有那么一会儿，咪咪想起了在旗杆周围飞翔的感觉，还有伊恩用舌头和髋部向她压过去的感觉，那种她以为自己不会喜欢，实际上却十分受用的感觉，就像身体上的一盏灯被蓦然点亮。但是，她不能让一个像伊恩这样的人点亮这盏灯。

她思忖着该什么时候告诉他自己打算和他分手。也许今天放学，这样她可以在告诉他之后就跑回家，第二天假装头痛得要命不来上学。明天是星期五，过了周末之后，她希望伊恩的怒火会在三天内自己熄灭。然后，她只需要忍受这学期的最后一个月，就可以迎来暑假，躲开伊恩，去一个新学校迷失自我了。

既然有了一个计划，她感觉好多了——除了看着迪伊和新来的男孩一起走过校门时产生的一阵嫉妒感。两人的步伐已经像朋友或是情侣一样一致了，保持着同样的节奏。

是的，她感觉好多了。咪咪眼睛里潜藏着光芒，她的太阳穴逐渐被一阵疼痛占据。在她的脑袋被完全占领、她向疼痛屈服之前，那种感觉都不会消失，这就像是一个她为了重获轻松和自由而不得不通过的测试。

*

奥赛老练地观察着操场。在此之前，他已经观察过三个新操场了，他知道如何解读操场。每个操场都有着相同的元素：秋千、滑梯、旋转木马、单杠、攀爬架。为了垒球和足球而在沥青地面上画出的标线和相应区域。操场一头有一个篮球筐。也有跳房子和跳双绳的区域。这个操场有两个不同寻常的特点：一艘海盗船，上面有可供攀爬的旗杆和索具；还有一丛小树林旁边的沙坑。

接下来，你永远能看到在做着同样事情的孩子们。男生，吵闹地追逐着，消耗着会让他们在课堂上闹个不停的精力；他们也可能是在玩球，是的，男生们总是在玩着某种球类运动。女生呢，不外乎跳房子、抓子游戏或者跳双绳。独处的人通常是在读书，或是坐在单杠上面，或是在角落里躲起来，或是站在老师身旁的安全区域。混世魔王们则到处巡逻，宣布着自己的统治权。还有他自己，这个新来的男孩，静静地站在这些校园老手中间，扮演着自己的角色。

看着这些孩子，他同样希望能侦察到一些别的：一个盟友。具体来说，一个和自己一样的盟友。另一张黑色面庞，或者，如果那不现实的话，一张棕色面庞或是黄色面庞也行。波多黎各人、中国人、中东人，任何人都可以，只要与在这里四处巡游的、粉红奶油色的郊区美国白人不一样就可以。但这样的人在这里一个也没有。这类人通常很少见。即便有，也往往没有什么帮助。他在伦敦的学校里有另一个黑人同学——一个父母来自牙买加的女生，但这个女生从来不和他有眼神接触，竭尽所能地和他保持距离，仿佛他们是磁铁的两极，互相排斥。她已经找到了属于自己的、尚不稳定的憩息处，不想卷入他为了寻找安全区域而做的挣扎。他在纽约的学校里则有着一对中国双胞胎兄弟，受到刺激的时候会用功夫打架，虽然伤害对手，但却取悦了旁观者。他们也和奥赛保持着距离。

慢慢地，他学会了隐藏自己作为一个新生在思考的事情。

他的父亲也许算是家里的外交官，但是奥赛也可以算是个外交官——在每所学校施展着自己的外交技巧。每当他父亲从新单位下班回家，在饭桌上和妻子以及孩子聊起他的新同事，聊起他都不知道应该在哪儿停车，或是在哪里上厕所，奥赛其实可以说："我今天也是这样的。"每当他父亲说他忘了他的新秘书的名字，所以只能叫她们"小姐"时，奥赛本可以说，他已经学会了一点——在维多利亚时代的英格兰，人们会把所有女仆称为"阿比盖尔"，无论她们的名字是什么，这样他们就不用记住新名字了。奥赛还可以说，他也不得不搜寻在脑海里储存的所有成年人的名字，力图选出站在全班同学面前的那位老师的名字，因为称呼他们为"先生"或"夫人"的礼节会让他们感到吃惊，也会让其他学生笑话，进而更加孤立他。奥赛还可以说，他也有一份新工作——成为一名新生，试着去融入——或是，试着不去融入。但是，他没有说上面的任何一点。他早已学会了如何尊重长辈——不要去质疑或者违抗他们。如果他父亲想知道儿子一天生活的任何细节，他会问的。然而，他的父亲从来没有问起过，所以奥赛保持沉默。

今天，他再次面临着一个新操场，一个和往常一样充满了盯着他的白人小孩的操场。这里，又有一群男生在打量着他，又有一阵全世界都一样的上课铃声，又有一位站在队伍前面不安地打量着他的老师。他经历过这所有的一切，再熟悉不过了，除了她。

她就站在自己身后，奥赛感觉到了，就像一团火焰。他转过身，她便开始把目光往下移。她一直盯着他的脑袋。奥赛以前也发现过别人在看它。他身上最突出的特质似乎就是他头骨的形状，浑圆对称，没有任何凸点或是突起。他的母亲很喜欢提醒他说，自己是剖腹产生下他的，因此，他的头骨才没有在出生时被挤压变形。“不要说了！”他每次都会叫道，奥赛实在难以想象那是一幅怎样的画面。

当迪伊——她的名字也能用一个音节来称呼，多美妙呀——抬起双眼，那团火焰蹿起来，蔓延到了奥赛的全身。她的双眼是棕色的，像是清澈明亮的枫糖浆。不是他在那些操场里见惯了的那种蓝色，那种英格兰、苏格兰和爱尔兰人祖先的蓝色；那种德国和斯堪的纳维亚半岛的蓝色；那种北欧人——他们来到北美洲定居，征服了棕色眼睛的印第安人，又把拥有黑色眼睛的非洲人从非洲大陆掳来为他们卖命——的蓝色。奥赛用自己的黑眼睛看着她，她则用自己棕色的双眼回应——那种可能是来自地中海、西班牙、意大利，或是希腊的棕色。

她是“美丽”的——这个词通常不会被用来描述一个十一岁的女生。“可爱”是个更为普遍的形容词，或是“漂亮”。“美丽”这个词达到了她这个年龄段的女生通常还承受不起的深度。但迪伊确实是美丽的。她有着一张猫一样的俊脸——她的面颊、鬓角，还有下巴——就像折纸般棱角分明，和大部分女生枕垫一般丰软的面庞形成了鲜明对比。她的金发被编成了两条法式长辫，像绳索一样垂在身后。奥赛闻到了一丝洗发水的香味，满是迷迭香嫩枝的花香。这是“草本精华”牌洗发水。他姐姐茜茜最爱这个牌子，但是却不能用，因为它的精油含量不够，不适合非洲人的发质。她对此颇有怨言，还有标签上画着的那位被粉色花朵和绿色树叶围绕着的金发白人女郎也让她感到不满。不过，她还是买了一瓶，只是为了闻闻味道。

不过，这个站在他背后的女生的美，不仅仅是外表上的。对奥赛来说，她就像是被某样东西由内而外地点亮着。这种东西，其他孩子要么没有，要么藏得太深：这就是灵魂。奥赛觉得，永远不会有人讨厌她，而这是举世罕见的一件事。她的出现是为了让一切变得更好。而她已经在让他的一切变得更好了：跟他聊天，陪他欢笑，为他负责。其他学生盯着他们，取笑他们，这些都不重要了。奥赛眼里只有迪伊，无视了其他一切。

两人正朝着他的新教室走去，奥赛知道，他可以向她求助，解决一件困扰着自己的小事——相对于宏大而难以解决的“身为全是白人的学校里唯一的黑人学生”这个问题而言，这件事渺小而具体。“请问，你有笔袋吗？”他问道。

迪伊看起来很困惑，她说：“有，在我的课桌里。为什么这么问呀？难道你没有吗？”

“我有，只是……”他把绳子夹在臂弯里，打开了自己的书包。一个不起眼但令人感觉十分舒服的深绿色背包，这个背包陪着他走过了三所学校，从没引起过别人的关注。但是，他拿给迪伊看的笔袋就不一样了，奥赛只露出了笔袋的一截，这样其他人就看不到了。这是一个粉红色塑料笔袋，长方形，光滑的表面上装饰着凸起的红色草莓球，仿佛巨大的盲文一般。奥赛找不到自己的笔袋——它被藏在一个搬家时用的盒子里，最近一次搬家后还没能打开过——他的母亲坚持让他带上草莓笔袋。在茜茜上高中以前，它一直是属于她的。当奥赛问母亲为什么要让一个男生用粉红色草莓笔袋的时候，她眨了眨眼说道：“奥赛，一名学生需要一个笔袋来装他的铅笔。我不会让我的儿子不带着铅笔就去学校的。”

他不能与母亲争辩，也不能阻止她亲手把笔袋装进他的书包里，连带着一块他永远不会用到的手帕、一块他不知道是否会需要的三明治，以及一听他怀疑学校不会允许他喝的可乐。书包里一样有用的东西也没有，但他还是把它背在肩膀上，带到了学校。不过，他没能按自己希望的那样，把笔袋藏起来，因为他的母亲几乎全程陪着他走到了校门口，即使在他恳求她让他自己一个人走之后。至少，她没有和他一起走到操场，尽管她还留在围栏那里看着他，直到他走进去。没有哪个学生的家长会那样做——至少不会在六年级的时候这样。

迪伊看见草莓笔袋的时候，惊得目瞪口呆。她没有把它拿出来握在手里，在大家面前让他难堪。反倒是伸手去碰了碰其中的一颗草莓，用手指反复摩挲着凹凸不平的表面和整体的形状，就像茜茜以前在餐桌上写作业的时候，心不在焉地摸笔袋上的草莓。不过，那是在她开始把作业拿回自己房间写之前的事了，从那以后，她都是待在房间里，开着收音机，关着门。现在，奥赛都不确定她当时到底是在哪儿写的作业了——又或者，她是否真的写了作业。

“这个笔袋是我姐姐的，”他解释道，“不过她现在上高中了，十年级，已经不用笔袋了。我找不到自己的笔袋，所以只能用她的了。”

奥赛陷入了沉默，想起了他的姐姐。小时候，茜茜总是会为他挺身而出。他们在同一所学校的时候，她会保护他，倾听他抱怨同学们是怎样对待他的，并向他保证，这些都会随着他们长大而逐渐好起来的。他们曾心照不宣地约定不向父母告状，帮着彼此圆谎，比如，为了掩饰被偷走的书包、洒上墨水的衬衫、流血的嘴唇，还有一次，茜茜的辫子末端被剪掉的一束头发（奥赛不得不为此背了黑锅，还被他父亲打了屁股。但他没有任何怨言）。

但是，当茜茜升入初中，和奥赛去了不同的学校以后，她开始远离她的弟弟和父母。放学后，她不再与奥赛一起玩，而是把自己关在房间里，打好几个小时电话，和她那些刚刚在学校一起度过了一整天的朋友聊些毫无意义的话题。奥赛知道那些对话毫无意义，因为他有时会用电话分机偷听，直到他受够了她们对电视节目和同学的讨论，以及对男生和衣服的迷恋。吃晚饭的时候，茜茜会大着胆子和父母顶嘴，或是一直闷闷不乐——在父亲旁边，或许这是更安全的选择。

茜茜对待奥赛的方式是青春期的女生最为擅长的——居高临下。这很伤人，奥赛不再告诉她学校里发生了什么，而是自己独自面对——在罗马被扯破的衬衫，还有在纽约因为被绊倒而擦伤的膝盖。他也不会再和她分享开心的事情：被拦截的进球、和他聊天的女生，以及老师对他的《弗里斯比太太和实验室的老鼠》的读书笔记出人意料的赞誉。他觉得她应该已经没兴趣了。她不再读《埃及游戏》《柳林风声》或是《时间的皱纹》这样的作品，而是去读《去问爱丽丝》这样的青少年读物，或是关于黑人的书：拉尔夫·埃里森的《看不见的人》、钦努阿·阿契贝的《瓦解》、玛雅·安吉罗的《我知道笼中鸟为何歌唱》。

他们的母亲对茜茜的变化倒是挺乐观的。“奥赛，你姐姐正在长大，”她安抚道，“她现在不想让她的小弟弟待在身边了。但你知道她还是爱你的。对她来说，等长大一点后再表现对你的爱会更容易些。你一定要对她耐心一点，她会回来的。”

他们在纽约的第二年，茜茜满十五岁的那年，她突然变成了一个更加疏远的人，甚至到了他得提醒自己这是他姐姐的地步。刚开始的时候，她抛下了学校里的白人朋友，由于她学校里的学生全是白人，这意味着她一个朋友也没有了。随后，她开始和在别处认识的黑人孩子一起玩，还开始用夹杂着俚语的美国口音说话。“棒极了。”她开始这样说道。“你妈的。”她开始这样去辱骂别人。在她把白人称为“白鬼”的那天——尽管不是在他们的父母面前这样说的——奥赛知道，两人所走的路已经彻底岔开了。

这种愤怒的黑人女孩的表现仅仅持续了一两个月，随后，就发展成了某种更为复杂，同样也令奥赛更加困惑不已的状态。茜茜不再说美式俚语，而是加强了她和奥赛小时候的那种加纳说唱口音。她开始穿用肯特布做成的颜色明亮的束腰上衣——这让母亲很高兴。不过，当她看见茜茜的爆炸头因为长得太长、太重而弯下来的时候，科科特夫人可就没有那么高兴了。当她批评她女儿的时候，茜茜笑着用手环抱着她的母亲说道：“但是，妈妈，我让头发回归自然，你应该高兴才对，因为这是上帝希望非洲人的头发长成的样子。”

平常放学之后，还有周末的时候，她开始更频繁地出门。奥赛在她门外偷听时得知她向父母撒谎了——关于她去了哪里，和谁在一起。有一天，他悄悄地跟着她去了中央公园。在那里，她和另一群他不认识的黑人青少年坐在一起。他们的穿着跟茜茜相似，穿着大喜吉装或者其他由肯特布做成的上衣，留着巨大的爆炸头。因为隔着一段距离，他听不清他们在说什么，但是通过他此前听到的电话可以猜到：他们是美国人，但准备采用具有新非洲主义色彩的名字，比如瓦库纳、马莱卡，或是亚香缇，而且他们会在对话里夹杂着对马尔科姆·艾克斯、马科斯·加维[1]、黑豹党[2]的言论的引用，夹杂着诸如“黑人权利”“黑即是美”等口号，还有一些他听不懂的词语，比如“白人至上”“泛非洲主义”[3]“内化歧视主义”。每当有人加入或是离开的时候，奥赛都能看到茜茜举起拳头，那是致敬黑人权利的行礼方式——他认出这个手势和她房间里贴着的海报里的运动员所做的一样，那是汤米·史密斯和约翰·卡洛斯在1968年的墨西哥奥林匹克运动会中举着拳头的样子。这让他感到不安。她才十五岁，现在就成为一个激进主义者是不是太早了点呢？他想念两人曾经共度的愉快时光，想念当时玩金拉米纸牌游戏或是试着学《灵魂列车》里的舞蹈。他甚至怀念起她愤愤的青春静默期。他不想听她谈论压迫者和被压迫者。

那天，奥赛没有露面，而是悄悄从中央公园溜走了。事后，他什么也没有和茜茜说，也没有告诉父母他们的女儿在做什么。科科特夫妇似乎很盲目乐观，对女儿的最新动向毫不知情。

---

[1] 马科斯·加维（Marcus Garvey，1887—1940），20世纪初牙买加政治家、出版家、记者、企业家及演说家，被认定为黑人民族主义开创者。

[2] 黑豹党（Black Panthers），活跃于20世纪60年代的一个美国黑人左翼激进政党。

[3] 泛非洲主义，是非洲的一种民族主义思潮，呼吁非洲国家政治上的联合。

另一方面，就在他们要离开纽约去华盛顿的时候，他的母亲让他去理发，把他的爆炸头剪掉。一直以来，他都为自己的爆炸头而感到骄傲，无论去哪里，他都会在后口袋里放一把梳子，用来梳理头发，使它保持干净平整。奥赛通常不会反抗父母，但这一次他极力反对理发。“为什么？”他不停地问道。

“咱们家里对发型强调得过头了，”他母亲委婉地坚持着，“最好能有一个崭新的开始。”

当奥赛继续抱怨的时候，他的父亲插话道：“儿子，你必须听你妈说的，你不能质疑她的判断。她知道自己在说什么。”

那次争执，和爆炸头一起，就此终止。“我很遗憾，弟弟，”茜茜看见他理的新发型时笑着说道，“你就像一只刚被剃了毛的绵羊！”

他注意到，她的爆炸头丝毫没有受到影响。

奥赛和迪伊一起走进了教室，他的新老师已经让另一个学生搬走了，这样他们就可以坐在一起，四人一组，两两相对，形成一个长方形。这显然是一个不寻常的安排，因为奥赛可以听到教室里的窃窃私语。直到老师清了清嗓子，整个教室才安静下来。

“你有铅笔、钢笔、尺子和橡皮吗？”他在问他的新学生。

奥赛僵住了，他不想拿出他的草莓笔袋，因为他能预见到随之而来的嘲笑。但他也不知道还能怎么办。不过，迪伊知道。她伸手从书桌里把自己的笔袋拿出来放在膝盖上，然后把它滑向奥赛。没有人看见这个过程。

“是的，我有……”

“布拉班特先生。”迪伊低声说道。

“布拉班特先生。”奥赛举起笔袋。它是白色的，一种奥赛不会选择的颜色，不过至少不是粉红色。笔袋上面有史努比，查理·布朗连环画里的那只狗，坐在它红色的狗屋上面，俯身对着打字机。史努比还不错，相比霸道的露西和可悲的查理·布朗，奥赛更喜欢它。讲道理的莱纳斯也可以接受，或是弹钢琴的施罗德。不过史努比相比他们有一个优势：它的皮肤不是白色的，而是黑白相间的。

教室里的一个女生——长得很漂亮，但是被浓艳的装扮所拖累，反而显得有些难看——当众惊呼了出来，很明显，她认出了那是迪伊的笔袋。

不过，布拉班特先生不是那种对每个学生的笔袋烂熟于心的老师。他只是点了点头，开始点名。迪伊的姓氏是贝内代蒂。奥赛猜对了——意大利血统。其他学生的姓氏大多是常见的美国姓氏，比如库伯、布朗、史密斯、泰勒。但是也有很多有移民色彩的姓氏：费尔南德斯、科尔沃斯基、汉森、奥康纳。尽管这些姓氏兼收并蓄，但他的名字在布拉班特先生的花名册最后一栏里，依然显得很扎眼——奥赛·科科特。

老师转过身的时候，奥赛把史努比笔袋递还给迪伊。然后，他把草莓笔袋里面的东西全部拿了出来。“给你。”他低声道，然后把笔袋放在了她的膝盖上。

“噢，”迪伊吸了口气，“你确定？”

“是的。”

“谢谢你！”她笑了，开始把铅笔往草莓笔袋里装，然后，她拿出了清空的史努比笔袋给他，“我们交换吧。”

“你不必这样做。”奥赛低声说道。

“我想这么做，我很喜欢它。”迪伊捏着他姐姐的笔袋，接着拿出她自己的笔袋，“我希望你拿着我的。”

奥赛接过史努比笔袋。坐在迪伊对面的女生——她有一头笔直的灰褐色头发，额前的刘海儿仔细梳理过，穿着一件无袖格子连衣裙——正目瞪口呆地看着他们的交易，厌恶之情溢于言表。奥赛朝她瞪了一眼，她立即垂下了目光，脸也红了。

“那是帕蒂，”迪伊说，“还有邓肯。”她朝他对面那个敦实的男孩点了点头。他正和教室里其他组的朋友交换眼神，同时努力地不笑出来。奥赛把目光定在他身上，最终，当他们四目相对时，邓肯不再继续笑了。

奥赛把他的文具装进了迪伊的笔袋里，尽管他有一点后悔把姐姐的东西给了出去。这个草莓笔袋陪着他们去了很多地方，无论在哪儿，它都能让他想起茜茜在餐桌上写作业时那熟悉的情景。放暑假的时候，她甚至把它带到了加纳，跟她一起玩的厨师的女儿们都很渴望得到这个笔袋。实际上应该把笔袋送给她们才对，不过也许她们现在已经长大，不再关注这个笔袋了。尽管如此，这种感觉还是像失去了一段家族记忆一样，让人不太舒服。

迪伊用手指抚摩着每颗草莓，就像茜茜以往做的那样。奥赛喜欢看她这么做。还有，当她用满是欢迎的脸庞对着他微笑的时候，他刚见到她时内心感受到的火焰又燃了起来。

第二部分

晨歇（上午的课间）

—

奥赛和迪伊，在树上，坐在一起

亲——嘴——巴，在——一——起——

先相恋，后成亲

再然后，迪伊就推着婴儿车哩！

上午课间休息的时候，布兰卡径直来到操场找咪咪。咪咪还在为早上洛德小姐教给他们的 X 和 Y 们而头晕。“严格来说，你们要到八年级才学代数，”她宣布道，“不过七年级数学会用到一些代数知识点，将来你们的老师教到这个的时候，我可不想我在这所学校教过的学生脑子里一片空白。而且，布拉班特先生已经开始让他的学生学方程式了。你们可不能落后。”

洛德小姐受不了其他班的学生比自己班的学生学习进度更快，因为别的班有更具经验的老师和更聪明的学生，比如帕蒂、卡斯珀和迪伊。不过，咪咪本可以告诉她，布拉班特先生班级里的每一个聪明的帕蒂，都对应着一个布兰卡：一个穿着紧身上衣，上课偷吃“此刻未来”牌糖果而染红嘴唇的布兰卡。当她抓着咪咪叫喊的时候，空气中弥漫着一股人造樱桃的味道：“迪伊把她的笔袋给了那个新来的男孩——我看见他拿着它！”

“什么？史努比？”和很多女生一样，咪咪可以逐条列出她朋友的行头和财物，尤其是令她羡慕不已的东西：布兰卡的圆点弗拉明戈鞋、迪伊的猫头鹰项链，还有她姐姐那件锃亮的红色雨衣。

她知道谁有以《鹧鸪家庭》为主题的午餐盒，知道谁有笔头上有巨魔娃娃[1]橡皮擦的铅笔，也知道谁有笑脸胸针。她当然也知道迪伊的笔袋长什么样，正如迪伊也知道她的笔袋是用旧牛仔布做的，外面有一个口袋，放着咪咪的“救生圈”牌冬青味急救糖果。

“我简直不敢相信！”布兰卡把手臂搭在咪咪的肩膀上，好像两人是最要好的朋友似的。她总是自以为与别人很亲密，尽管其他女生并无同感。

咪咪从布兰卡的手臂下挣脱开：“所以，迪伊打算拿什么来当笔袋呢？”

布兰卡耸耸肩：“不知道。而且，他们还坐在一起，还一直在聊天！我敢打赌他们已经在桌子底下牵手了。”

“你带上跳绳了吗？”

“迪伊会拿来的。我们去海盗船上等着吧。”

海盗船是木制的，有一个可以在里面扭动前进的船舱，还有一块倾斜的甲板，仿佛正在狂风中航行。船上有一根长长的桅杆，上面有一个瞭望台，可以通过绳索或是绳梯爬上去。这艘船是为了纪念亨特夫人而建造的，她在学校当了二十五年的校长，几年前刚退休。女生们喜欢在倾斜的甲板上躺成一排，把脚抵在船舱上方，看谁的泡泡糖吹得最大。课堂上，她们是不能嚼泡泡糖的，所以她们等到上了船才会在嘴里塞满“大家伙”牌泡泡糖，有粉色的、红色的，还有紫色的。只有咪咪不能这么做，因为泡泡糖会粘在她的牙套上。

---

[1] 巨魔娃娃，又称印第安毛孩，由丹麦人托马斯·丹始创于1959年。

两个四年级男生正顺着绳索往上爬，不过他们看了一眼咪咪和布兰卡之后就跳下来走了。咪咪叹着气在甲板上躺下。“明年我们就是操场上最年轻的几个了，”她闭上眼睛，脸朝着太阳说道，“初中的操场上甚至没什么东西可以玩。没有秋千，没有滑梯，没有海盗船。我敢打赌，他们连跳绳都没有。”

“你说得对，不过我已经准备好了。”布兰卡一边“啪嗒啪嗒”地嚼着泡泡糖，一边用她光溜溜的长腿踢打着甲板，“我受够了这所学校。我想要认识一些新朋友。”

咪咪笑了，双眼依旧闭着：“你指的是新来的男孩吧？”

“迪伊才是认识新来的男孩的那一个。我可不确定是否要认识他。”布兰卡轻描淡写地说道，好像只要她愿意就可以拥有他一样。

“为什么不呢？你甚至连他是怎样的都不知道。”

“我明白，但是……这会很奇怪呀。”

咪咪睁开眼，看着布兰卡：“奇怪在哪儿呢？”她很喜欢看布兰卡陷入尴尬。

“嗯，比如说，他的头发摸起来会是什么样的呢？会不会很油什么的？”

咪咪耸了耸肩说道：“那又有什么关系呢？你会摸卡斯珀的头发吗？”布兰卡和卡斯珀分分合合已经有一年了，咪咪并不确定他们现在是不是在一起。通常，这取决于卡斯珀有多么受不了布兰卡的黏人程度——不过，他们在一起的时候，看起来似乎比其他尝试着在一起的“情侣”更名副其实。显然，比她和伊恩之间的关系要真实得多。

“还是觉得很奇怪。”布兰卡吹了一个粉红色的泡泡，旋即把它吹破，落在她丰满的嘴唇上。

“也许他还会觉得你很奇怪呢。”

“我可不奇怪！你才奇怪！”

两人的斗嘴本可能会升级，不过迪伊此时加入了进来，把她们的注意力吸引到了她身上。“跳绳呢？”布兰卡问道。

“噢，我忘了。”迪伊看起来很迷糊，一副大梦初醒的样子。

布兰卡笑了起来：“真不敢相信，你居然给忘了！某人真是坠——入——爱——河——啦。”

咪咪朝地面光滑的跳绳区域望了一眼，那里已经都是人了。有两组跳单绳和一组跳双绳的挤在一起，其中两组人是五年级学生，只要她们想就可以把她们赶走。但是，迪伊却在一旁安顿了下来，她和布兰卡看起来都不急着回去取跳绳。“不好意思，我迟到了，”她说道，“我刚才在跟奥赛说男厕所在哪儿。”

“奥赛？”咪咪重复了一遍。

“就是新来的那个男孩。他说我们可以叫他‘奥’。这个早上我都在照顾他。不过，他其实并不需要——他很适应新学校。过去六年他已经去过三所学校了。”

“他人怎么样？”

“超级好。真的。而且很聪明。顺便说一句，他来自加纳。我之前弄错了。你听过他的口音吗？太可爱了。我可以一整天都听他说话。”

她陷得不轻啊，咪咪心想。“他为什么来华盛顿？”

“他爸爸是个外交官，被派到了市中心的大使馆。”

“不过，为什么是现在？再过不到一个月，这个学年就结束了。他在这里当新生只有这么短时间，然后九月又得在一所新学校重新来一遍，这看起来很不值呀。”

“他说，他爸妈觉得他应该在这所规模较小的学校里先认识些朋友，即使是短短几周，这样他升入初中的时候就能有些认识的人了。”

“真是疯了，”布兰卡插话道，“谁会想当两次新生呢？”不过她已经对这个话题没兴趣了，她的眼睛盯着卡斯珀，后者正拿着一个红色的大橡皮球从海盗船旁边走过。“卡斯珀，要一起来吗？”

卡斯珀朝她们笑了一下。他平易近人的笑容、齐肩长的波浪金发和天蓝色的双眼，使他成了操场上到目前为止最帅气的男生。“不行——我们要去踢球。”

“希望你们队能赢！”

咪咪朝迪伊看了一眼，希望她能和她一起朝着布兰卡的愚蠢言论翻白眼。不过，迪伊的目光始终盯着操场入口。“希望奥赛别迷路了，否则他会来不及踢球的。”

咪咪苦恼了。现在，迪伊做的每一件事、说的每一句话，都与这个新来的男孩有关。只要有机会，她就会提起他，迫切地大声说出他的名字，细细品味着它的特殊含义，完全无视了周遭的一切。而这种秘密的感觉，其实也是美妙的一部分。甚至，咪咪也曾经短暂地陷入过这种感觉，在旗杆下与伊恩在一起之后，她也会不自觉地比平常更多地提起伊恩。

现在，奥赛走过来了，慢动作一般地从海盗船边路过，他把头转过来，朝着迪伊微笑，仿佛她是操场上唯一的女生。咪咪有一种被排除在外的强烈感觉，就好像站在一个被围墙包围着的美丽花园之外。这种感觉让她想像一只猫一样大喊出来。**我应该试着对他友善一点**，她斥责自己道，**迪伊是我的朋友，即便她现在打算把所有的时间都花在他身上，她依然是我的朋友**。

她朝着男生们看了一眼，他们在操场一角，像蜜蜂一样簇拥在伊恩和卡斯珀的周围。儿童足球是少数男生和女生可以一起玩的游戏之一，不过，这个操场上有个不成文的规定：上午课间休息的时候，只有男生可以玩；下午课间休息的时候，女生也可以加入。

“我敢打赌，伊恩会选择奥赛加入自己的队伍。”她主动提道。不过，她现在说起伊恩的名字时已经不会像迪伊说起新来的男孩时那样兴高采烈了。咪咪和伊恩才在一起三天，但她已经觉得自己该从这段关系里脱身了。当她想起今天放学时和他分手的计划，肚子不禁疼起来。他是那种永远不会忘记自己被轻视过的男生，那种会等着机会复仇的男生，即便要等上好几年。她估计只能等他厌倦自己了。不过，她也不知道这需要多长时间。

和他在一起只有一件事情是好的——咪咪还是会怀念起抓着绳子末端、绕着旗杆飞翔时的快感。无论伊恩现在让她产生什么样的感觉，至少他给了她那一瞬间的自由。

“卡斯珀可能会选择奥赛到他的那队。”迪伊说。

“我们不会是坐在这儿看男生们踢球吧？”布兰卡抱怨道，“太无聊了吧！我宁愿去看跳双绳。”她跳下海盗船，朝着跳绳区走去。布兰卡总是很擅长插话，她总有一次能成功。咪咪的眼神随着她跟了过去，她心动了。

“你们说，奥赛脑袋的形状是不是最美的？”迪伊说道，“还有他的眼睛——当他看你的时候，他是真的在看着你，你们明白吗？”

“我没注意到。”实际上，咪咪注意到了，“布兰卡跟我说你把史努比给他了。”

“是的，我们交换了。他给了我一个上面有草莓的粉色笔袋。太可爱了，你一定会喜欢的。啊，他真的好大方。”

咪咪考虑过向迪伊指出，交换算不上是大方，因为他也得到了一个笔袋。但是她想了想，觉得还是不要说比较好。她站了起来。看跳绳可绝对比听迪伊聊新来的男孩要好得多。

“不要走。”迪伊把手放在咪咪的手臂上，“我真的觉得你会喜欢奥赛的。早上我们上地理课的时候，要在世界地图上填各国首都的名字，我是跟他一起完成的。他填得特别快，而且全都填对了。你知道他在罗马住过吗？还有伦敦，还有加纳的阿克拉，现在他到了这里。他在四个首都城市居住过了！啊，还有纽约。”

“他会说意大利语吗？”咪咪不由自主地提起了兴趣。

“我没问他，不过你想知道的话我可以帮你问他。他能来这里我真是太高兴了。我喜欢他，胜过以前任何一个男生。”

“迪伊，他是个黑人。”咪咪的言辞比她的本意要更激烈一些，但是她想要摇醒她的好朋友——还要小小地惩罚她一下，惩罚她为了一个男生而抛弃了自己。

迪伊“扑哧”一笑：“所以呢？”

“所以……你不介意吗？”

“这有什么关系呢？”

“因为他和我们不一样。他很显眼。”咪咪也不确定，自己为什么这样说，她甚至不确定自己是否真的这样想。她也明白，她听起来和几分钟前的布兰卡一模一样。但是她还是坚持着，她想警告她的好朋友，警告她自己隐约感觉到即将要发生的事情。“大家都会嘲笑你的。他们会说，你和一只猴子在一起。当然，不是我，但其他人会这样做的。”

迪伊盯着她：“你在开玩笑吗？你对他只有这一点想说的吗？你想告诉我，他和别人太不一样了，所以不能和他在一起？”

“不是的，我……忘了我说的吧。我是你最好的朋友，我只是想确保你不会受伤害——不是被他伤害，而是——”

“他的名字是奥赛，咪咪。为什么你不叫他的名字呢？”

“好的，奥赛。他看起来人挺好的。但是，你如果和他在一起的话，会遇到很多麻烦的。还有，你妈妈会怎么说呢？她肯定会大发雷霆的！”

咪咪提到迪伊母亲的时候，迪伊的脸瞬间就变得苍白了，她随后用蔑视的表情掩饰了自己的担忧。“我不在乎其他人怎么想——包括我妈妈。我喜欢他，正是因为他的**与众不同**。”

男生们此时已经分好组，开始踢球了。迪伊始终远远地看着运动场上背对着她的奥赛。“你知道吗？”她补充道，“我本来可以挑你和伊恩在一起的刺儿的，但我没有这样做。”

这可能是我应得的，咪咪心想。“我很抱歉，”她说，“我只是想帮你，别生我的气。”

“我没有。我本可以生你的气，因为你说的这些话很冒犯人——对于奥赛，对于我，都是如此。但是我知道你不是故意的。别担心，我可以照顾好我自己。”迪伊这一连串成年人式的情感表达在咪咪看来并不是很有说服力，而且让人感觉带着一种优越感。不过她只是点了点头，庆幸自己的朋友没有生气。此时的迪伊深陷爱河，又怎么会生气呢？

咪咪扭过头，看着伊恩把球掷向第一个踢球手，她可以感觉到在她脑海里和肚子里愈演愈烈的紧迫感。最终，这种感觉必须要被释放。

*

上午课间休息的铃声响起时，奥赛松了口气。尽管教室里更安全——他有自己的课桌，他应该待着的区域；他还有自己的课业，他应该做好的事情；最重要的是，他还有迪伊一直关照着自己——然而，一个半小时之后，教室里变得很闷，无论操场上有怎样的危险，他都已经准备好迎接新鲜空气了。

这个教室和他以前待过的很像——尽管，它可能比英国和意大利的学校要更自由主义一些。墙上到处贴着学生们的各种家庭作业：画着学生自画像的艺术作品，关于光合作用、熊猫、澳大利亚、马丁·路德·金的海报。窗台上放着各式各样的岩石碎片：石英、大理石、花岗岩、玄武岩。有一面墙上全是关于“阿波罗号”太空任务的内容，还有一个阅读角，放了很多靠垫和豆袋椅，完成作业后就可以去那里休息。墙上还贴满了有和平标志和披头士的《黄色潜水艇》专辑封面的海报。迪伊悄声告诉他，这是由一个对“开放式课堂”概念充满热忱的助教建起来的，不过布拉班特先生不是很认可这个阅读角，在背后称她是一个嬉皮激进分子，只有在助教在的下午，他才允许让学生使用阅读角。

布拉班特先生的办公桌在教室前方，他端坐在桌子后面，仿佛一名注意力集中的士兵，让全体学生也安安静静地端坐着。他穿着西服，打着领带，看起来一本正经。奥赛喜欢这样的老师；当他们很严格时，你知道自己所处的位置。只有当他们想和你成为朋友的时候，误会才会产生。不过，布拉班特先生冷冷地注视着他，眼睛中并无热情，而是充满机警，就好像他在等着奥赛做一些能让他进行惩罚的事情一样。奥赛很熟悉这种情况，他必须要注意自己的举止。

等布拉班特先生问完奥赛关于笔袋的事情，而他悄悄地跟迪伊做完交换之后，老师说道："好了，同学们。"于是，每个人都站了起来，面朝着门口挂着国旗的角落。他们把右手放在左胸心脏的位置，开始背诵道："我宣誓，向美利坚合众国国旗效忠……"迪伊看了奥赛一眼，看见他开始和其他人一样说出这些话，她明显地松了口气。他成功忍住了想笑的冲动，否则这会削弱誓言的严肃性。奥赛以前从来没有在美国以外的学校里做过如此爱国的行为——不过，他确实有一次在伦敦罗德板球场的板球比赛上吟唱《天佑女王》[1]的经历。那次比赛，他是和他父亲一起去的。从来没有人质疑过《效忠宣誓》[2]，除了他在纽约的学校里的一部分同学，他们说"被上帝庇佑的国家"这一说法侵犯了他们作为无神论者的公民权。就在他们争个不停的时候，奥赛却保持了沉默——他没必要给自己带来更多的负面关注。而且，等他发现无神论者意味着什么之后，他知道，如果母亲听见他自称无神论者，

---

[1] 英国国歌，歌名和歌词随在位君主的性别而有所改变。例如，男性君主在位时，歌词中的"女王"改成"吾王"。

[2] 指向美利坚合众国及其国旗表达忠诚的行为。宣誓词最初由弗朗西斯·贝拉米撰写，并于1942年被国会采纳。迄今为止，该誓词一共被修改过四次。

一定会尖叫出来。奥赛自己倒是不太确定上帝是否存在。在教堂里面，主的存在是很合理的，但是当他刚离开学校就被摁倒在地上挨揍的时候，他不知道那时上帝在哪里。

后来，当他告诉他姐姐茜茜无神论者说的话之后，她哼了一声："他们如果想知道什么是公民权，应该来问你才对。"那时候她正在经历"试着听起来更像美国黑人而不是非洲人"的阶段，说话的时候音调更高，语法更随意，元音拖得更长。奥赛还不觉得自己已经准备好跟她一样，尽管，只要他愿意，他随时都可以听起来像个美国人。他们早年在加纳待了几年，此后每年夏天会回去一下，从那以后，他们就能够像水龙头一样，自如地开启或关闭他们的口音，这点和他们的父母大不一样。有时候，这个能力可以给他们带来很多便利。

奥赛已经决定好了，在这所华盛顿的学校，他将会强调自己的非洲特性。白人似乎觉得非洲人的威胁小一点。当然，也不是一直如此。不过他能感觉到白人对美国黑人的恐惧——而后者也找到了利用这种恐惧的方法。这似乎是美国黑人的唯一优势了。

在背诵完《效忠宣誓》后，布拉班特先生递给迪伊一块红、白、蓝三色的三角布，她和另一个女生要离开一会儿了。在那之前，迪伊轻轻地对他说道："我得去把国旗升上去，马上回来。"奥赛完全不懂她在说什么，不过她一走，他就觉得自己更加暴露了。他能够听到周围的耳语和窃笑，他试着去无视这些。他对面的帕蒂正从刘海儿下面偷看他，被他发现后，她脸红了。帕蒂旁边的邓肯则更加公然地打量着自己，表情很困惑，像是正在努力想出一个关于奥赛的笑话，不过失败了，因为他不够聪明，他自己也知道。

奥赛不想承认这一点，但是当迪伊回来坐回他旁边的座位时，他确实松了口气。

虽然布拉班特先生很严格，但是整个早上他都允许迪伊低声向奥赛解释各类事情。她显然是老师的最爱——老师的乖宝宝，在美国，大家都这么说。奥赛从来没有成为过老师的乖宝宝，因为别人从来都没有真正弄明白如何去看待他。他足够认真：完成作业，上课专心，不做坏事。不过，他不会积极举手，或是写很有趣的故事，或是画一幅好画，或是阅读超出能力范围的书籍。因为搬家频繁，他的知识面经常有断层，这让他犯了好几次错。他是一个不折不扣的B类学生。

奥赛怀疑，老师们显然松了一口气——他没有因为调皮捣蛋、考试不及格或是积极表现而引人注目。显然，某些老师会预感他有不端行为。他们也许会因为一个黑人学生让他们难堪而感到有点紧张，不过其他人可能会希望他这么做，这样他们就可以惩罚他了。有时候，他们会很惊讶于奥赛在数学突击测验中拿一百分，或是知道青铜是由锡和铜制成的，柏林有一面把它一分为二的墙壁。他们会对他投去怀疑的眼光，好像他在用某种方法作弊，尽管实际上，他是因为听到她姐姐做作业时说起过才知道的。

不过，其他时候，他会被最简单的事情难倒：不知道美国内战中的两位主要将领，不知道是谁刺杀了亚伯拉罕·林肯，也不知道约翰·汉考克[1]有一个精心设计的签名。他学的长除法是英

---

[1] 约翰·汉考克（John Hancock，1737—1793），美国革命家、政治家，是《独立宣言》的第一个签署人。

式的，和美式的大相径庭——不过他依然得出了相同的答案。每当他犯错的时候，奥赛能够感觉到老师们在默默点头，心里窃喜。这就是他们所期待的——一个黑人男孩，搞砸了。

一个小时之后，全班同学突然集体站了起来，把奥赛也带着站了起来。一个中年女人出现在门口。她那一头灰色的头发如同头盔一般，身穿一件深绿色的裙装，戴着一串厚重的假珍珠项链，浑身散发着威仪。奥赛知道，她一定是校长，亲自过来看看自己。

“杜克夫人。”迪伊低声说道。

“早上好，同学们。”她说。

“早上好，杜克夫人。”他们答道，语调顺从，和奥赛在其他学校听到的一样。

“大家请坐吧。我是来和我们的新同学奥斯·科科特打招呼的。”她把他的姓氏念对了，不过把他的名字念成了“奥斯”，带着厚重而刻意的重音，仿佛得努力一下才能说出这个名字。奥赛没打算纠正她。

“奥斯来自加纳。对吗，奥斯？”她的眼神刚好落在了他的头上。

“是的，夫人。”他自然而然地答道。

“杜克夫人。”迪伊再次低声说道。

“嗯，奥斯，你能不能站起来跟大家说说关于加纳的事儿？”尽管她的语调在话尾处提高了，但这很明显是命令而不是询问。

“好的，杜克夫人。”奥赛站了起来。他没有很担心，他以前也不得不做这些。

“加纳是西非的一个国家，”他开始了介绍，“坐落在多哥共和国和科特迪瓦之间，大西洋沿岸。加纳拥有九百万人口。首都是阿克拉，我就出生在那里。加纳过去是英国殖民地，一直到1957年加纳宣布独立——就像美国在1776年那样，”他加了一句，因为他可以看见其他同学困惑的表情，“阿昌庞将军在1972年发动了政变，成了国家领袖。”奥赛还记得回到加纳的那个夏天——机场里的坦克和端着机关枪的士兵。他们一家没有待在阿克拉，而是直接去了他爷爷的村庄，那里的一切还和往常一样。

同学们更困惑了。美国从来没有经历过政变，他们怎么会知道呢？奥赛回到了大家更熟悉的话题上。“加纳属于热带气候，全年都很温暖，春天和夏天是雨季。它的主要产物是可可、黄金和石油。”

他停了下来，看着杜克夫人，判断她是否希望自己继续。他不喜欢把充满活力而又复杂的祖国简化成苍白的寥寥数语。但是他知道，那就是她想要的。

整个教室都安静了。布拉班特先生朝窗外看着，眉头紧蹙。但是杜克夫人点了点头，她很满意。“很好，奥斯。你说得很清楚。我一直都很欢迎本校新来的学生教其他同学一些关于这个世界的知识。”她对着全班同学说道，“我希望你们能欢迎奥斯，让他在接下来的一个月里像在家里一样。”

她要是在那里打住就好了。

“他过去可能不像你们一样，在这所学校拥有这么多机会，所以我希望你们能够抓紧每一次机会，把我们可以提供的一切提供给他，这个没有那么幸运的学生。”

最后半句话让奥赛咬牙切齿。杜克夫人的言论让他想起了雪莉·杰克逊[1]的短篇小说《您先请，亲爱的阿尔方斯》，在小说里，儿子将一位黑人朋友带回家，而儿子的母亲则暴露出了对其的偏见。那一年的早些时候，纽约的一个老师出于好意，让全班同学阅读并讨论这篇小说，她以为他们已经足够成熟，能够应对这个话题了，而且这个话题能够帮助他们了解“人际关系”，她的原话是这么说的。但是，从那节课之后，他的同学在他身边总是表现得异常尴尬。

校长对布拉班特先生点了点头：“谢谢各位同学。你们可以继续上课了。”她走了之后，她的香水味儿——浓浓的花香——还在教室里弥漫着。

下课铃声响的时候，迪伊低声说道：“现在是晨间休息。”奥赛松了口气，他甚至不知道自己一直吸着这口气。不过，他还是不紧不慢地走到了外面，先朝厕所走去——在迪伊的带领下。她似乎很不想离开他，即使是在他坚称自己认识去操场的路之后。“你的朋友在等着你。”他说。

她耸耸肩：“她们可以等的。”

“她们会说你的闲话的。”

她笑了。

“真的，”他最后说道，“我没事。你先走吧。”

她脸红了，然后就走了。她刚走，奥赛就希望她能马上回来。有人这么明显地关心着自己，这实在让他受宠若惊。

厕所里没人，这让他轻松了一点，不过他还是去了隔间，而

[1] 雪莉·杰克逊（Shirley Jackson，1916—1965），美国著名哥特惊悚小说家，代表作《摸彩》。

不是小便池那儿。这样一来，就算有人进来，他也不用忍受别人为了偷看他的“装备”的颜色和大小而投来的尖锐目光了。

以新来的男孩的身份来到操场，第二次比第一次要更艰难，因为第一次的时候，惊讶通常会带着他抵达课桌这个避风港。而现在，随着他走出教学楼，走进操场，奥赛知道大家在等着他，看他在做什么，尽力表明他和他们不一样。

这种感觉，和他每个夏天与家人一起抵达阿克拉机场时的感受截然不同。从机场走到外面时，热浪迎面而来，让他的头皮直冒汗。车马喧嚣，鸣笛声无处不在，出租车司机叫喊着招揽生意，四周都是高高低低的声音与响动——这是一个不会隐藏自己感受的社会所发出的尖叫和呐喊。除了这些，奥赛总是能感受到一些更深刻的东西：和跟自己长得相像的人在一起的那种轻松。他的族人不会盯着他，也不会对他的肤色评头论足。当然，他们很快就可能会评论他的其他方面——人类总是抑制不住去与他人攀比的心——穿着、财富、学校里学的课程、父亲的职业、去哪里度假，或是头发的造型。但是那种一下子就能感受到的归属感，还有在相同肤色的人群中作为一个无名者的感觉——是奥赛每个夏天所期盼的，也是他在一整年剩下的时间里所怀念的。

他站在操场上，看着大家的蓝眼睛朝他看过来。进行中的对话逐渐平息，空气变得稀薄，一切的一切，都变成了对他过分密切的关注。

不过，这种感觉没有持续很久。和以往一样，体育活动拯救了他。比起课程表、突击测验和美国历史年表，奥赛对球、球垒、得分和球队要有信心得多。体育是他熟练掌握的一门语言，因为他不需要在每次搬家后学新的东西。板球和垒球虽然有区别，但是挥动球杆、抓球、跑动——这些动作能够被很轻易地运用到另一项运动中。

六年级男生正在操场的一头集合，准备踢球。奥赛知道自己最好能够加入他们。参与进去是比一个人待着更稳妥的选择。他在加纳和罗马学会了踢足球，在伦敦学会了板球，在纽约学会了垒球和篮球。儿童足球有点像垒球，也有点像英式棒球，都有垒、跑垒、外野手，还有一个投手会把一个篮球那么大的红色橡胶球向你滚过来，然后你踢一下球，开始跑。要认真对待一个弹来弹去的球有点可笑，踢的动作则让每个人都看起来有点可笑。但是这个玩起来还挺有意思的，而且你不需要很擅长踢球或是接球。每个人都有机会玩好。甚至美国女生也会玩这个，但是奥赛过去从来没见过意大利或英国女生踢足球。

他倒是不担心游戏本身，但是，选择队伍对他来说就像是进入温热的游泳池之前必须要经历的冷水澡一样。作为新人，他可能最后才会被选中，因为他是一个未知数，也没有可以指望的同盟。这种感觉总是很屈辱：站在那里看着身边的人一个个被挑走，左右两边的人逐渐减少，直到只剩下一两个人——孱弱的、生病的、没有朋友的，还有黑色皮肤的。通常，他会把目光锁定在远处的某样东西上，这样他就不用忍受他们的笑容，以及——更糟糕的是——怜悯的表情。如果队长们还有点仁慈之心，他们不会拖沓，而是迅速地把剩余的人分队。不过有时候，有的队长会慢慢地挑选，研究谁被剩了下来，还会大笑或是对着队友说一些羞辱人的话，奥赛只能站在那里，双拳紧握，想象着母亲的话“拒绝暴力，奥赛，打架不是解决问题的办法”。奥赛并不是每次都听从母亲的话。

今天，他站在一旁，已经想好了等着和其他失败者一起面对残局。至少，远方有值得他看着的人：迪伊正在操场的海盗船上和她的朋友们坐在一起，她正朝着他微笑。

奥赛正用微笑回应着迪伊的时候，感觉有人轻轻推了他一下。“嘿，”他旁边的一个大块头跟他说，“伊恩选了你。”

奥赛抬起头，他很惊讶。两边的队长——卡斯珀和伊恩——已经各自选了一个队友，正在开始第二轮的选人。伊恩是那个告诉奥赛在早上上学前站在哪里的男生。他的眼睛是像板岩一样的灰色，带着一丝防备，让人难以看透。奥赛理解这种眼神里的遮盖意味，他自己也曾这样做过——为了自保。实际上，他现在也正这么做着。

“你——你叫什么名字？”伊恩问道。

奥赛犹豫了。**我是以阿桑提国王**[1]**为名的**，他想说，**我的名字寓意“高贵”**。但是他一句也没说，尽管他为自己的名字感到十分骄傲。也正是因为这一点，他想保护自己的名字，让它免受欺凌和玩笑。“叫我奥吧。”他说。

“奥，你以前玩过儿童足球吗？”

“玩过——在纽约。”

周围一阵沉默。他注意到，提到纽约总是能激起其他城市居民的敬畏，他们总觉得纽约是一个庞大而危险的城市。他并不打算告诉他们，自己去的是一所平淡无奇的私立学校——同样也

---

[1] 阿桑提帝国曾位于非洲西部，部分疆域覆盖现今加纳的位置。

全是白人——而不是一所更具挑战性的公立学校。另一名队长卡斯珀点了点头，以示尊敬。奥赛看出了他是哪种类型的人。他有点像《鹧鸪家庭》里金发的大卫·卡西迪[1]。茜茜曾在她房间的墙上挂着他的海报，这持续了几年时间，不过后来，就被马尔科姆·艾克斯的一张海报替换了。

“好的。”伊恩随后说道，并侧头示意让奥赛加入。

“他想干吗？”大块头对旁边的男生说道。奥赛正尴尬地朝伊恩的队伍走去，他感到十五双眼睛正盯着自己，这让他倍感压力。

直到他走到队伍这边，伊恩才说道：“黑人都很擅长运动，对吧？”

其他男生纷纷吹起了口哨，哈哈大笑。

奥赛没有面露嫌恶，没有揍伊恩，也没有走开。嗯，这是个心直口快的家伙。能够公然听到这种偏见，这反而让人轻松了。现在，他也可以坦率地面对了。“我这个黑人男生很擅长。”他说。

他决定要狠狠地踢爆那个该死的球。

他们队掷硬币输了，所以要先进行防守。伊恩没有分派每个队员的位置，不过奥赛径直走向表现机会少一些的外野，他知道，自己最好不要去选出风头的一垒或是游击手。在长草区和弱者一起等待机会来临，这已经让他很满足了。

和垒球一样，儿童足球也有四个垒，选手要在它们之间跑动才能得分。如果外野手在你踢完球，成功跑垒之前，就把球扔到了垒，或者你在成功跑垒之前就被触杀了，又或者你把球踢到空中，但是外野手在球触地之前就把它接到了，这些都意味着你出

---

[1] 大卫·卡西迪（David Cassidy，1950—2017），美国演员、歌手、词曲作家、吉他手。

局了。如果某一队三次出局，那么两队就交换球权。成功跑垒次数最多的队伍获胜。

一个叫罗德的男生先发起进攻。他把球踢得又低又猛，皮球从一垒和二垒之间穿过，朝着奥赛左边笨拙的外野手飞去——那是个动作迟缓的男生，他抓住球，用力地把它扔了出去。不过由于用力过猛，皮球朝着奥赛飞了过去，而不是向内野。等他捞起球，再往内野扔去的时候，罗德已经抵达二垒了。队伍里传来阵阵抱怨声，伊恩还说了一句“**老天**”，不过，至少这些不是冲着奥赛来的。对于刚才的情况，他已经尽力了。

无论如何，能够摸到球的感觉还是很棒的。在第一次触球之后，他总是能感到更加自信。

下一个男生把球踢得又近又高，投球手伊恩轻易地就把球接住了。一人出局。此后，对方球员做了每一个有判断力的球员都会做的事情——利用对方队伍里最弱的点——他们有意针对奥赛左边的男生。他们第一次这样做的时候，球落在了行动缓慢的男孩的另一侧——太远了，奥赛帮不上他——以至于一垒手不得不跑去接球。那一次，罗德跑到了三垒，踢球者跑到了一垒。不过，后面一球踢得又高又猛，那个行动缓慢的男孩伸开双臂站在下面，希望能刚巧在那个瞬间奇迹般地发挥自己的运动潜能，然后成功地抓到球。奥赛本可以把他撞开，自己抓住球——当时的时间足够他完成这个计划。但他没有那样做。强行挤开虚弱的人，他总觉得这样做不太对，况且，这对两人也许没什么好处。所以他跑了过去，站住，看着球从男孩的双臂间掉下。然后他捡起球，用力地朝二垒扔去，而守垒员设法触杀成功，对方跑垒员出局了。

第二个人出局了，不过，罗德全垒得分了。

第一轮里面就剩下一个跑垒员了，这时卡斯珀走上前，准备踢球。对于有些男生，哪怕你以前从未看见过他们的表现，也能一下子知道他们能做得很好。出于对卡斯珀的能力的尊重，奥赛和其他几个内野手后退了几步。他们知道，他这一脚，将会前所未有地猛烈。同样，卡斯珀也是个值得尊敬的对手：他不打算把球朝弱者踢过去。奥赛朝海盗船看了一眼，发现女生们都在看卡斯珀。他感到心脏被猛捶了一拳，因为有另一个人抢走了全部的注意力，哪怕这个人是像卡斯珀这么善良的孩子。伊恩把球向他滚过去，卡斯珀踢了一脚——高高地直入天空，旋转着，旋转着，朝着奥赛降落。他几乎不用动——只需要往前一步就能够碰到球。皮球猛地落在了他的双臂之间，刺痛了他的脸颊，猛击着他的胸口。不过他坚持住了，没有松手。卡斯珀出局了。

队里爆发出了尖叫声。“干得漂亮，奥赛！”有人喊道。随后，他拿着球朝伊恩走去，伊恩正对着他点头，大家都在尖叫着他的名字，远处的女生们正庆祝着。有那么一瞬间，奥赛忘却了对自己黑皮肤的极度敏感，感觉自己只是操场上一颗闪耀的新星。

他向投球手的位置走去，经过卡斯珀身边的时候，卡斯珀说：“接得漂亮。”卡斯珀的话里，没有一丝嫉妒或嘲讽，他说的是心里话。他的坦率和自然流露出的自信很吸引人。但这些，还是让奥赛想把他绊倒。

奥赛没有想当然地认为一次漂亮的接球就能让他成为队里的明星，也不认为伊恩会因此把他放在跑垒踢球手的最佳顺位之一，比如第四位或者第五位，这时候垒上已经有很多人，一脚好球能够赢得好几个跑垒。

伊恩确实没有那样做。“显然，你很擅长投球，也很擅长接球，”伊恩在队伍集合到本垒的时候说道，“不过，你能踢球吗？”他用他那浑浊而灰暗的双眼意味深长地看了奥赛一眼。他的眼睛靠得太近了，当你看着它们的时候，会感觉失去了平衡。随后他朝本垒做了个手势，奥赛意识到，这是希望他先上的意思。

这并不是一个疯狂的策略。如果你不知道某人的表现会有多好，你可以让他们作为首发出来试试，全队依然有很多能得分的机会。当然，如果首先上场的男生把球踢得很远，那就太浪费了，因为他除了自己的跑垒外，无法为本队赢得任何跑垒。

而这正是奥赛打算做的，也是他必须要做的。他不能表现出投球、接球很棒，踢球却很糟。他甚至都不能仅仅踢出一个中等水平的球——一个足够达到一垒的球。他必须要踢出一个本垒球。

走向本垒的时候，奥赛听到了从球场上传来的窃窃私语，他很高兴地看见对方的外野手们都向后退了几步。他们对他抱有极高的期待。迪伊和咪咪此刻正站在海盗船上朝这边看着。实际上，这种感觉就像整个操场都在屏息以待。

在罗马的学校里，奥赛在踢球的时候经常是当守门员的。其他男生不喜欢和黑皮肤的男生有肢体接触，要最大限度地避免这一点，那就得让他当守门员。在那个位置，他至少学到了如何把球踢得又高又远。通常，一个守门员是站定着踢球的，所以，当卡斯珀出人意料地把球快速向奥赛滚来的时候，他花了几秒钟估算，然后跑着迎上去，感觉到他的脚趾和皮球接触上了，结结实实地接触上了。这个球肯定能踢得很远。

这个球，确实飞得很远。皮球高高地飞过了所有外野手的头顶，飞过了操场四周的铁丝网围栏，弹在了街对面停着的一辆蓝色奥兹莫比尔超级短剑跑车的顶上。场上传来了一阵欢呼声，来自女生们的，来自整个操场的——除了奥赛的队友，他们正在抱怨。

他四下张望，对他们的反应感到很困惑："那不算是本垒跑吗？"

"如果球飞出操场就不算了。"伊恩解释道。

"是的，"邓肯加了一句，"而且，如果球飞出操场我们就不能继续玩了。这是老师们的规定。他们很讨厌出去拿球。瞧，球都一路滚到枫树那里了。"

皮球滚到街上，撞到了停在路边的汽车的轮子，正朝着路口滚去。路口的司机们只能急转弯避开皮球，并按着喇叭抱怨。

"我很抱歉。我不知道会这样。"

"你知道吗？你把球踢到卡斯珀爸妈的车上了，"伊恩补充道，"他就住在街对面。"

"噢！我会道歉的。"

伊恩耸了耸肩。比起因比赛结束而生气，伊恩似乎更为奥赛的窘迫而感到好笑。

不过，这并没有持续太久。迪伊从海盗船上跑了过来。当她碰到奥赛的时候，她用双手抱住他，说道："刚才真是太不可思议了！"

奥赛僵住了，操场上的其他孩子也僵住了。欢呼声停住了，嘈杂声安静了。伊恩的笑容也止住了。

"她碰了他！"帕蒂低声说道，语气里混杂着敬畏和恐惧。这时，人群里又传来了新的声音。

"不仅是碰到了——她还拥抱了他！"

“靠！”

“我可不会这样——你呢？”

“你觉得他们是不是在一起了？”

“肯定是的。”

“只要她想，她可以和任何一个男生在一起，然而她竟然选择了他？”

“迪伊是疯了还是怎么的？”

“我不知道——他确实挺可爱的。”

“你在开玩笑吗？他是——你懂的呀！”

“不仅如此——他是新来的。她甚至都不了解他。”

“是啊，他有可能是拿着斧子的杀人犯，或是《驱魔人》里那个假扮成圣诞老人把女生勒死的人。”

“你看过？我爸妈绝对不会允许我看的。”

“我也看过《驱魔人》。和我哥一起偷偷看的。把我吓得屁滚尿流——尤其是她说话时那奇怪的声音。”

奥赛没有听见他们在说什么，不过这并不重要。他们都是见证者，见证了他跨越一条他从来没有打算跨越的红线。

*

迪伊抱着奥赛的时候，注意到他的身体变硬了，而当她从他光滑的手臂中离开的时候，她意识到了他们周围僵硬的气氛。咪咪盯着地面；男生们——伊恩、卡斯珀、罗德，还有其他人——双手放在身体两侧，像士兵一样伫立着。帕蒂轻轻地摇着头。迪伊碰到了奥赛，当着所有人的面。整个操场的人都抱着不赞成的态度，甚至奥赛本人看起来也是。这种感觉太强烈了，她不得不闭上眼睛。“我们去小树林吧。”她说道。那是她的避难所。

柏树林是这个操场最令人惊讶的特点。校园的设计师一定是对树林情有独钟，因此，这片柏树林在建校时没有被铲除，而是被保留了下来。设计师在它们周围建了这个操场，它们因此得以挺立在操场一角。可能是为了给留下柏树林找个合理的说法，那里还建了一个沙坑，但是从来没有人用过——这里属于高年级学生的操场，但是挖沙子是只有小孩子才有热情去玩的游戏。于是，它成了操场上的中立地带之一，各个年级的男生和女生都会来这里一起玩。

迪伊带着奥赛到了树林里，然后坐在了沙子上。他犹豫了一下，然后也坐了下来。两人并排坐着的时候，操场渐渐地又热闹了起来。男生们把皮球捡了回来，开始玩躲避球——伊恩和罗德扔得特别起劲，把穿着短裤的男生的小腿砸得满是红印。女生们玩起了跳房子，咪咪坐在沙堆不远处，和她的同班同学詹妮弗玩抓子游戏。布兰卡开始跳双绳了。

“刚才那一脚，踢得真是太棒了。”迪伊说道。

奥赛耸耸肩说：“可是它砸到卡斯珀家的车了，而且它终结了比赛。”

“嗯，可是你又不知道。伊恩应该在比赛开始的时候就把规则告诉你。”她掬起一捧被露水打湿的沙子，慢慢地松开手指，让沙子从指缝间落下去，只留下柏树针叶和果子，“你在纽约玩过儿童足球吗？”

“我玩过一点。”奥赛一只手来回抚摩着沙子，把沙堆的一部分弄平。

“纽约怎么样？我总听到很可怕的传言。人们老是被抢劫，或是被谋杀。而且，纽约很脏。”

“噢，没有那么糟糕。我们住在城市里较好的位置。”奥赛停顿了一下，仿佛提起纽约让他回想起了一些事。

“怎么了？”

迪伊能够感觉到他心里正在权衡，考虑哪些该和她说，哪些不该说。“告诉我吧，”她说，“你可以告诉我任何事。”迪伊想要更了解他的渴望，几乎成了一种恳求。

“我们住在上东区，那里的大部分公寓都有看门人。”看着她一脸郊区人特有的茫然，奥赛微笑了一下，“他们坐在每幢楼的入口处，就像保安那样。不过，他们也会帮你打包东西、购物、叫出租车，诸如此类的。上东区那一带，没有很多……像我们这样的人。所以每次我路过一个看门人的时候，他都会仔细打量我，然后吹口哨让隔壁楼的看门人注意，然后他也会打量我，吹口哨。这种口哨会在整个街区传下去。通常，他们只有在有漂亮女生路过的时候才这样做。甚至在他们认识我之后，每天看见我路过，长达几个月之后，他们还是这样吹口哨。他们说这只是个玩笑，也许对他们来说，过了一段时间后，这确实成了一个玩笑。但是对我来说，这从来都不像是一个玩笑。这种感觉，就好像是他们在等着我做些什么。”

“做什么呢？”

“偷东西、抢劫，或是扔石头。”

“那真是……”迪伊不知道怎么形容。她还在试着弄明白他是住在一幢公寓里，而不是像她和她的朋友那样住在一座房子里这个概念。但是，她住在郊区，那里没有很多公寓。“那你自己的看门人呢？”

“他后来还行。他被某些看门人取笑了，不过我父亲在圣诞节给了他很多小费，这起了作用。不过，他从来不为我们招出租车，甚至在我们看见有空车路过的时候，他也会说没有空车，或者说他在忙别的工作。我们住在那里那么久，我只坐过两次出租车。”

迪伊自己从来没有坐过出租车——也从来不需要。多么异域的生活呀，还需要出租车！“跟我再说说加纳吧。”她说道，她只是为了多听听他说话。

奥赛坐得端正了许多。“关于我的祖国，你想知道些什么？”提及加纳，似乎令他变得更加严肃了。

“呃……”迪伊停了一下，思忖是否要提起她第一次听说加纳时就在她脑海里萌生的想法。不过，她喜欢他——真的很喜欢他——所以她想尽自己所能地对他坦率。“那里的人……吃人吗？”

奥赛笑了：“你想到的是巴布亚新几内亚，不是加纳。巴布亚新几内亚在澳大利亚附近。”

“噢！抱歉。”

“没关系。我姐姐茜茜在罗马的一个老师也犯过那个错误，后来她让茜茜做了一份关于食人族的课堂报告。她先在我这里练习了一下，所以我全都听过。”

这比看门人和出租车还要令人吃惊。“意大利语里‘食人’怎么说呀？”

“Cannibalismo.”

迪伊咯咯地笑了，随后又变得严肃起来。“那么，或许你可以给我解释一下，为什么人类要吃掉对方。我一直无法理解。这真是太恶心了。”

“嗯，食人的其中一个原因是，有时候，人们没有足够的食物，比如闹饥荒了，或是被困在没有食物的地方。你听说过两年前的安第斯空难[1]吗？那起事故的幸存者只能靠吃死人的肉才能活下来。”

迪伊打了个寒战，她也不明白怎么把对话引到这个方向上了，不过她也不确定是否要换个话题。她从来都没有机会和任何男生——就此事而言，也没有和任何女生——聊过这么严肃的话题。

“大多数时候，食人和饥饿没有关系，”奥赛继续说道，“人们会在击败对方后吃掉对方，作为战利品。或者，有时候，人们会在心爱的人去世之后，吃掉他们身体的一部分，就好像把他们带回人间——就像，用自己的身体让他们复生。”

“啊！好恶心！”

奥赛笑了起来：“在加纳，我们会在人去世之后唱歌跳舞，但是我们可不会吃了他们！”

迪伊想起了她祖父的葬礼，在南加利福尼亚州教堂里，他的遗体平躺在敞口棺材里。那是庄重而难堪的一幕，而且，她的新鞋子让她痛苦不堪。“有人去世之后，你们会跳舞？”

“是的。那是一个持续一整晚的大派对，有食物，有乐队演出，还有很多很多人。逝者的家人会在城镇里挂上告示牌，然后大家都会过来。我们会花很多钱在葬礼上——和我们花在婚礼上

[1] 1972年10月13日，一架载有45名乘客的客机从乌拉圭前往智利，后因遭遇风暴坠毁在安第斯山脉。机上45名乘客中有21人当场死亡，其余24名幸存者中，8人葬身于雪崩，16人生还。幸存者为了在恶劣环境中存活，不得不以遇难者的尸体果腹。

的一样多。”聊到加纳的时候，他的口音似乎变得更非洲了，元音更加突出，声音也更坚定有力了。

“这很奇怪。你会经常去加纳吗？”

“我们每年夏天都会去看我爷爷奶奶和外公外婆。”

“你喜欢这样？”

“当然。”

“你去的时候是住在城里还是乡下？”

“都有。我们在阿克拉有一座房子，在我爷爷的村庄里也有一座房子。”

迪伊想问他家的房子是不是泥土做成的泥屋，上面有用草做成的顶棚，就像她在父亲的《国家地理》杂志上看到的非洲照片里的一样。不过，此前在食人族和大喜吉装上犯的错刺痛了她，让她不敢问他别的问题，以免暴露出更多的无知。

她想自己还可以问些什么。在沉默中，她清楚地意识到，两个人正在柏树下一起坐着，操场上大家都很活跃，不过每个人都在朝他们看。她真希望两人是在散步、在爬攀登架，或是在荡秋千，而不是静静地坐着。

“你们那儿是不是有很多野生动物？”问了这种显而易见的问题，迪伊本该踢自己一脚的。不过，两人似乎快要无话可说了。这种情况通常是在男生和女生突然都感到难为情的时候发生。

“是的。我们那儿有水牛、狒狒、疣猪、猴子，还有很多其他动物。”

“有大象吗？”

“有。”

尽管他看起来很愿意接受提问，但他却没有问她任何问题。不过，男生们很少这么做——比起倾听，他们更擅长说话；比起说话，他们更擅长行动。迪伊从来没有和一个男生坐着聊天聊这么久过，从来没有。

因为他没有发问，迪伊也不能主动告诉他关于自己的任何事情。如果他问了，她会跟他说什么呢？会说她的父母很严厉。会说她喜欢数学，但假装不喜欢。会说她惊讶于自己在学校受欢迎的程度，尽管她的母亲给她施加了诸多限制：她不能和她的朋友去逛商场，她从来没有过过生日派对——从来没有滑过旱冰或是带大家去看过电影。会说她偶尔会莫名地感到沮丧。会说咪咪最近帮她解读了卡罗牌，并告诉她一切很快会发生巨大的变化。迪伊本以为她指的是秋天升到初中去，不过现在，看着奥赛一次又一次地抚平、弄乱又抚平沙子，她觉得，“很快”来得比她预期的要更快。

然后，他抬起头对她笑了一下，他的脸半转过来，看起来有点调皮。于是，所有说过的和没说过的话、问过的和没问过的问题，还有尴尬的沉默，都被穿过她身体的暖流一扫而光了。迪伊从来没有像布兰卡或者其他几个女生那样，主动靠近、追求男生，鼓励他们对自己产生兴趣。她的衣服既不紧身，也不闪亮。她不会挺起她正在发育的胸部，而是含着胸让它们不那么显眼。她没有和男生们在体育馆门边的角落里试着卿卿我我过，只有在课间休息玩转瓶子游戏的时候才有过亲吻的经历——也只有那么两次，因为老师发现他们在玩什么之后，这个游戏就被禁止了。但是她对奥赛的反应却不是试探性的。**这就是我在等待的**，她想，**就是这个**。

这种感觉，让她做出了上午上课前，她站在他身后时就想做的那件事：她把手伸向奥赛，摸了摸他的头，顺着他完美的头型，感受着他毛茸茸的头发。

奥赛没有后退，他的笑容也没有消失。他也靠了过来，把手放在了她的脸颊上。迪伊把脸转过去，靠近奥赛的手，仿佛一只被宠爱的猫。

“你有一个美丽的头型。”她说。

“你也是，你有一张美丽的脸庞。”

一瞬间，她被惊喜与轻松所淹没。他的感觉和她一样，他们能够在彼此的陪伴下放松下来。迪伊现在明白了，真正的情侣不需要表白便能在一起：他们已经在一起了。表白是幼稚的，就像对孩童说的玩笑话。她和奥赛早已经远超于此了。

他们保持着这个姿势，就像一尊当代的情侣雕像，脑袋、笑容、手臂，伸展着，互相联系着，把整个世界屏蔽在外。迪伊听见隔壁的咪咪低声说道：“迪伊，你在做什么？”远处，布兰卡开始唱道：

奥赛和迪伊，在树上，坐在一起
亲——嘴——巴，在——一——起——
先相恋，后成亲
再然后，迪伊就推着婴儿车哩！

一阵哨声响起的时候，两人依然抚摩着对方。在操场值班的老师通常会在任何人做不该做的事情的时候鸣哨：比如推搡另一个学生、在单杠上倒挂、扔沙子、爬围栏。每当有哨声响起的时候，学生们都会停下正在进行的活动，看看周围是谁惹了麻烦。

奥赛当然不会知道这个，但是他肯定猜到这意味着什么了。因为布拉班特先生一边朝着他们大步走来，一边继续吹着他的哨子。他把手从迪伊滚烫的脸颊上放了下来。而她，因为有点晕眩，把手在他的头上多放了一会儿。

“住手！你们两个，马上站起来！”他的声音就像一根在抽打的鞭子。奥赛匆忙地站了起来。尽管迪伊很想抵抗，但继续坐在沙子上等着大家涌过来盯着她似乎显得太尴尬了。不过，她还是慢慢地站了起来，把牛仔裤上的沙子掸掉，没有直面布拉班特先生的怒火。

“你不可以如此不当地抚摩其他同学。在你们那儿可能不是这样，而你也不懂，”他对奥赛说道，“但是在这所学校，男生和女生不能像那样抚摩对方。”刚才的抚摩让他困扰的程度，似乎远超于他在一年里总是抓到的六年级学生的亲吻。也许是因为他感觉到抚摩更有深意、更直击心灵、更亲密——对于校园里的操场来说，太过于亲密了。他又对着迪伊说：“你让我很惊讶，迪伊。你本应该更懂事的。你进去，把数学习题发下去。”

迪伊从来没被停学、留校，或是在学校接受过任何形式的处罚，因为她不需要。这一次，她也能轻松地免受责罚。放在其他任何一个学生身上，他们都会被送到校长办公室接受训斥，甚至有可能被打电话叫家长。但是，她只是被指派了一个她本来也会很乐意做的工作。布拉班特先生似乎没办法过于严厉地处罚自己最喜爱的学生。

要是在其他时候，他所说的话和他说话的语气会让她难过不已，因为整个学校的成年人里，布拉班特先生是她最想要取悦的。但是今天却有点不一样，迪伊突然找到了另一个人，这个人的想法，让她更在意。而布拉班特先生批评了这个人。迪伊不喜欢他说话的语气。但是，她不能违背自己的老师。她决定了，最好的回应就是慢悠悠地行动，而不是急急忙忙地去取悦他。她开始慢悠悠地从布拉班特先生身边走过，朝着入口处走去。她能感觉到他在盯着自己，显然是诧异于她从未有过的态度。这让迪伊觉得自己很强大。

*

大家等着布拉班特先生按照应有的方法处罚新来的男孩。伊恩可以向他展示该怎么做：传统的好方法，用尺子打在他胆敢抚摩迪伊的黑色手掌上。在他看见他们双手环抱着对方的那一瞬间，伊恩的体内就充满了他现在依然难以控制住的怒火。但是，布拉班特先生看起来很迷茫——而且很苍老，他的眼袋看起来更显眼了。老师的乖宝宝终于还是反抗了，而他不知道该如何是好。

伊恩咳嗽了一声来打破僵局。总得有人这么做。布拉班特先生摇了摇头，很明显是在努力让自己振作起来。他伸着下巴，死死地盯着奥赛。“小子，小心点。”他说。

奥赛看着老师，什么也没说。两人之间的停顿似乎要持续到永远。直到洛德小姐气喘吁吁地出现，这一切才被打破。“一切都还好吗？”她问道，她的声音很尖，语气中充满了紧张。

“最好如此，”布拉班特先生吼道，“都会好的，等到某个男生了解这所学校的规矩之后。对吗，奥赛？”

“是的，先生。”

“奥赛，在这里我们不会简单地称呼老师‘先生’或‘夫人’，”洛德小姐插嘴说道，她的语气比她的同事布拉班特先生要温柔一些，“我们这儿都直呼老师的名字。你应该叫他布拉班特先生，叫我洛德小姐。”

“好的，洛德小姐。”

“我可以搞定他，戴安。”

“当然，我不是故意要——”铃声响了，拯救了她。

“好了——去排队吧。”布拉班特先生提高了嗓门儿，对周围的所有学生说道。

奥赛动了起来，不过行动很迟缓——就像迪伊刚刚做的那样——以清楚地表明他不是在听从命令，而只是碰巧要往同一个方向走去。

“我错过了什么吗？”洛德小姐压低了声音问道。

“行为不检点，”布拉班特先生抱怨道，“他在摸迪伊，真是个典型的黑人。”

洛德小姐看起来很困惑：“天哪。你……你和很多……黑人相处过？”

“有一个排的人这么多。”

“噢，我……抱歉，我不是故意要问那……那次的。”

“看着他的手放在她身上让我感到恶心。”

洛德小姐瞟到了伊恩在偷听，用手肘轻推了布拉班特先生一下。“好了，伊恩，过去排队吧。”他命令道。

“我会的，布拉班特先生。我把球拿回来就去。”

布拉班特先生咕哝了一声，朝着正在排起来的队伍走去。洛德小姐紧随其后。

穿过操场一半的时候，咪咪和奥赛步调一致，走到了一起。

伊恩看着他们走在一起，攀谈着。在某一时刻，奥赛朝伊恩的女朋友靠了过去，好像是为了更近地去听她说话，然后他点点头，说了些什么，接着咪咪笑了起来。

伊恩皱了皱眉头。

“那个浑蛋，竟敢摸她。这让我也感到恶心。”罗德正拿着皮球，走在伊恩旁边。

伊恩盯着他的女朋友：“我没看见。他刚才摸了她？”

“不是咪咪，是**迪伊**。他在树底下抚摩迪伊。而且**她**也在抚摩**他**。”罗德正在自己发脾气，他的脸颊红得发亮。

“他会摸所有女生，”伊恩咕哝道，“他马上就会对她们都下手的。像他那种男生就是这样的，除非我们阻止他。”

“没错。”罗德把球在地上弹了几下，好像它是篮球似的，“我们该怎么做呢？”

“我们要让她背叛他。”伊恩想了一会儿，“不，那样太明显了——迪伊不会中计的，她太聪明了。或者……让他背叛她。对，那可能更好，而且更有趣。”

“什么？你不会伤害迪伊吧，不会吧？因为这么做不公平。我只想有和她在一起的机会，仅此而已。”

“我没有打算伤害她，我只是要……让他们分手。”

“那很好。不过，伊恩……”

“怎么？”

“为什么踢球的时候你没有选我？”

伊恩暗自叹了口气。他打算把罗德甩了。他本打算在升入初中之后再这么做——换学校总是会引起朋友圈的洗牌。不过，他不太确定自己能不能等这么久了。罗德开始要求得越来越多，比起他带来的价值，伊恩为他付出的努力太多了。

“我必须给新来的男孩一个机会，”伊恩解释道，“现在我希望自己当时没有这样做，尤其是因为他用那一脚把比赛给终止了。”

“但是你本可以选他的同时也选我。”

“是的，不过那样的话两边的实力就不平衡了。我是说，你无疑是个好球员。任何人都可以从你的脚法上看出来这一点——而且今天你完成了队里唯一的跑垒得分，没错吧？”

罗德两眼放光了。

“如果黑人小子也很厉害，那我们队有了你和他，就过于厉害了，比赛就没意思了。我只是想让两边势均力敌一点。”

罗德皱了下眉头，对这个模棱两可的称赞感到困惑，不过他依然很享受被表扬的感觉。

“去排队吧，”伊恩命令道，“我一会儿就到。”

罗德点点头，然后又把球弹了一下，停在身体前方，在球落下去的同时朝队伍踢了过去。他起跑追了过去，就像一只健忘而又欢快的狗。如果只是这么简单就好了，伊恩想。他待在树下没有动，看着学生们朝他们的老师走去。他需要一点空间来思考。

早上，在黑人男孩走进操场的那一瞬间，伊恩就感觉到有些东西发生了变化。那一定就是地震的感觉，地面被重新排列，变得不再可靠。学生们几乎有一整年——准确地说，是过去七年在小学的时间[1]——加入到了他们目前所在的团体里，这个团体里有各

---

[1] 根据美国教育制度，小学实行八年制教育。

种阶级，包括领导者和跟随者。这个体系运转得很顺畅——直到某个男孩的到来，打破了一切的平衡。对皮球的猛力一脚，对女生脸颊的轻轻一触，整个秩序都改变了。他仔细研究着排在队伍里的奥赛，他能够看到，全新的安排里包括了奥赛这个新的领导者——学生们下意识地朝他看去，仿佛他是他们追随的光，就像植物追随着阳光那样，转变就这样发生了。伊恩看着奥赛的时候，卡斯珀从奥赛后面追了上去，开始和他聊了起来。卡斯珀指了指围栏，显然是在和奥赛讨论之前那一脚，然后两人点了点头。就这么简单，黑人男孩已经获得了全校最受欢迎的男生的尊重，他已经在和全校最受欢迎的女生交往，而且也已经和伊恩的女朋友一起说笑——这都还没到午餐时间呢。

“受欢迎”绝不是会被附加在伊恩身上的词语。没有人和他聊天嬉笑。已经很久没人这样做了。他不确定到底为什么，就变成了一个让别人感到害怕却得不到别人尊敬的人。他并不是这样计划的，但是，当他升到四年级，升到高年级学生的操场时，他的哥哥升到了初中，伊恩发现自己继承了一个毋庸置疑的权威。权威带来了好处：其他学生上交的午饭钱；只要他想，随时就能得到的、老师看不见的体育馆门边的位置；儿童足球和垒球队默认的队长职位；还有罗德，他的助手和守卫者——尽管要是没有这个小丑当他的左右手的话，伊恩可能会做得更好。

哨声响了，伊恩抬头看了一眼，知道这是为自己吹的。队伍已经在里面解散了，洛德小姐在朝他挥手，让他进去。甚至，老师们也会有点怕伊恩。她不会因为他的拖沓而惩罚他，尽管晚些时候，她会在教师休息室里抱怨。有一次，他在门外听到一个老师对另一个老师说："伊恩是墨菲家最小的，对吗？没有什么妹妹之类的悄悄跟着吧？在带过他哥哥和他之后，我觉得我带不动下一个了。欠这一家子的债，我已经还清了。"

"噢，他的翅膀会在初中被剪掉的，"另一个人答复道，"大池塘里的小鱼仔，诸如此类的。"两个人都笑了。因为这个笑，伊恩把两人的车都给锁住了。

据他所知，他的哥哥们现在还是大鱼。他的哥哥已经在抽烟了，而且，他自称已经和他的女朋友什么都做过了。

伊恩开始朝校门口走去，走到他们班的队伍后面，他不得不努力地去放松自己紧绷的下巴和握紧的拳头。

路过布拉班特先生的班级门口时，他朝里面看了一眼。奥赛坐在他的课桌边上，低头看着一张作业纸。迪伊站在他后面，正在给卡斯珀递一张纸，卡斯珀则用他与生俱来的魅力对着她笑。一个外人看见他们这样，可能会误以为两人是男女朋友。而这个黑人男孩完全没有察觉到这一切。

伊恩狡黠地笑着，匆忙地跑去追上他的同学们。他知道他该怎么做了。

在洛德小姐班级隔壁的饮水器那儿，一个四年级学生正在弯腰喝水。这时候，如果把她朝水龙头推一下，弄得她嘴唇出血，那简直是易如反掌。伊恩对很多学生做过这种事。不过今天，他脑海里正在诞生的计划让他显得十分宽宏大量。他从女孩旁边走过，碰都没碰她一下。不过，她还是下意识地躲了一下。

第三部分

午餐时间

—

有一天，我走在路上
啊，去集市的路上
遇见一个小姑娘
花儿插在她的头发上

噢，小姑娘，摇一摇
如果可以，请你摇一摇
像奶昔一样，摇一摇
再来一次，摇一摇

噢，她摇着到下面
她又摇着到上方
她转呀转呀转呀
最后只好停下啦!

午餐铃声响起的时候，整个上午潜伏着的紧张气氛已经占据了咪咪的脑海。上拼写课的时候，咪咪的头开始抽痛，余光处的闪光逐渐模糊了她全部的视线。在全班同学即将上完不规则不发音字母这节课的时候，她几乎已经看不见黑板了。因此，她也没法抄下黑板上需要他们作为家庭作业学习的单词。这些单词是洛德小姐为了和其他课程同步而特意从莎士比亚作品里挑选的：

憎恶（abhor）	猴子（monkey）
侵蚀（gnaw）	微妙（subtle）
混乱（chaos）	宝剑（sword）
诚实（honest）	舌头（tongue）
无赖（knave）	可怜虫（wretch）

“洛德小姐真搞笑，挑了这些词语，”旁边的詹妮弗嘀咕道，“它们甚至都没啥难度！况且，我们从来都用不着它们。这个‘knave’到底啥意思来着？”

“一个调皮的小男孩。”咪咪回答道。几周前，她和迪伊在电视上看《罗密欧与朱丽叶》的时候听到过这个单词。咪咪深深迷上了罗密欧。

“她说莎士比亚是谁来着？”

“你应该知道的呀！他写了《仲夏夜之梦》。”六年级的两个班正准备在学年末表演这部剧。咪咪扮演一个仙女。她摇了摇头，尽管她知道这并不能帮她清除脑海中的画面。“你能把这些词念给我听吗？”

詹妮弗满脸同情地说：“头又痛了吗？”

“是的。”在过去的六个月里，咪咪经常头痛，但是她没有和太多朋友说起过这件事，因为她不想被大家关心个不停。不过，她很难瞒住坐在她旁边、看起来又很关心她的詹妮弗。詹妮弗帮她保守着秘密，尤其是当咪咪要从教室里跑出去的时候。“月经。”她会跟洛德小姐悄声说，而洛德小姐往往会紧张地点点头。对于六年级学生来说，生理期是一个庄严的话题，尽管很多女生还在等待它的到来。而对于那些已经开始来生理期的女生来说，她们可以利用老师们对此的尴尬去做许多事。但是，詹妮弗的谎话其实比她所知道的要更接近真相，因为，咪咪开始头痛的时间和她第一次来月经的时间的确差不多。她母亲告诉她这是长大的标志，但咪咪还是放心不下。

她今天不需要冲出去，估摸着她应该可以撑到吃午饭的时候。在詹妮弗的指导下，咪咪抄写着拼读单词清单，她忽略了脑袋里的挤压感和眼前闪动着的钻石般的光芒，直到午餐铃声响起。甚至，在这个时候咪咪也没有拔腿就跑，而是和其他同学一起陆陆续续走了出去。正当她准备朝地下室的女厕所走去的时候，有人抓住了她的手臂——是伊恩。一瞬间，她感觉更糟糕了，极度地恶化了。

“等一下，”他说，“随便哪个人都觉得你在躲着我。你在躲着我吗？没有吧？”他脸上的表情很复杂：微笑着，好像是在开玩笑。但是咪咪知道他并不是在开玩笑。在他笑容的背后，是岩石般刚硬的内心。

“没有，”她说，“我只是头痛。”她试着朝他笑回去，不过恶心的感觉正在急剧增强，“我真的得去——”

“我需要你帮我做件事。”

“什么？”

“卡斯珀有给过迪伊什么东西吗？笔记、首饰，或者随便什么东西？”

“我……我不知道。可能给过吧。但是他俩之间不是那样的，真的不是。”除了去洗手间，咪咪脑子里什么都没在想。

“弄清楚到底给了什么，然后，无论是什么，把它给我拿过来。”

“好的。我真的要去……”咪咪从伊恩那儿挣脱开，飞奔着下了楼梯，朝女厕所跑去。跑进一个隔间后，她跪下来，对着马桶吐了起来。吐完之后，她冲了水，然后靠着隔板跪坐着，闭上了眼睛。所幸，没人去问她是不是有事，然后跑去叫老师过来。

犯恶心不仅清空了她的胃，闪动的钻石光芒消失了，她的头也不再疼痛。真是神奇。厕所里很安静，除了水池里缓慢的注水声。这里散发着消毒剂和校园厕所独有的劣质棕色厕纸的臭味儿。厕所的墙壁被漆成了蓝灰色，混合着荧荧灯光，让每个人看起来都丑陋而病态，甚至还包括布兰卡和迪伊。不过，尽管有这种光线和味道，女生们还是喜欢在这里玩：这是少数几个老师除了巡逻极少会来的地方，因为老师们有自己的厕所，就在教师休息室边上。

咪咪此刻最想做的就是趴下来，将脸颊贴在凉爽的瓷砖地板上，大脑放空，让一整天的时间从她身上慢慢流淌过去。

但是，她不能那样做。地上漂白水的味道太浓了，况且，一定会有人进来，而且，咪咪的朋友们正在餐厅等她，如果她一会儿还没到，她们会注意到的。她漱了漱口，往脸上拍了几下水，然后盯着镜子里的自己。她看起来糟糕极了。她拿出从她姐姐那里偷来的一支口红，朝脸上点了几下，然后用手涂开。在学校里，女生是不允许化妆的，不过她希望没人会注意到。她又看了自己一眼，试着笑了笑，然后大声说道："给他他想要的——然后他就会放你走了。"这将成为她的策略。

咪咪惊讶地发现迪伊和奥赛一起在餐厅外面，两人额头碰额头，低头对着什么。迪伊是少数几个回家吃饭的孩子，因为她家离学校很近。她母亲期望着她会准时回家。过去几年里，咪咪曾有几次放学后和她一起回家玩。咪咪注意到，迪伊的母亲薄薄的嘴唇很少笑，看表时表情很犀利，她的家里没有零食，晚餐吃的是动物肝脏，迪伊的父亲回家时，空气里的不安会再度加剧，还有他在发现一个意料之外的客人时，会眉头紧蹙。这让她更加感激自己的父母。渐渐地，她和迪伊转向了自己家，她的妈妈会给她们好几盘奥利奥饼干，还会让她们看电视。

此刻，迪伊看了看走廊上的钟，把一样东西塞进了笔袋里——

她之前和咪咪说的那个粉红色笔袋——随后把笔袋装进了书包。她和奥赛说了句话，朝四周看了看，然后快速地亲了他一下，紧接着一溜烟儿地跑了。咪咪本该被这个吻吓到，尤其是因为如果被老师看见了，他们会陷入麻烦。但是，继两人在操场上明目张胆的互相碰触之后，这似乎就显得平平无奇了。咪咪还是能回想起两人的手臂，黑色的和白色的，伸向对方的身体。这是她看见过的最性感的事情了，甚至比罗密欧和朱丽叶在阳台上亲热的一幕还要令人震撼。

迪伊跑的时候，粉红色笔袋从她敞开的背包里掉了出来。她跑得太急了，忘了拉上背包的拉链。咪咪喊了她，但是她的朋友已经跑远了。奥赛也已经朝着餐厅的方向走开了。于是，咪咪走了过去，把笔袋捡了起来。咪咪用手来回抚摩着凸起的草莓，正如迪伊说的那样，她觉得这个笔袋确实很可爱，尽管它并不是咪咪喜爱的类型。她打算在午饭后把笔袋还给迪伊。咪咪把笔袋藏进自己的背包，朝餐厅走去。

布兰卡从一张餐桌上朝她招手，同时指了指她帮咪咪留的空位——在这个拥挤的餐厅里，这很不容易。“你去哪儿了？”她喊道，“每个人都想坐这个位置！”

“我马上过来，”咪咪回道，“你要来点什么吗？”

“再来点炸土豆！”

正如她热爱每种感官体验一样，布兰卡热爱食物，因此，咪咪经常把炸薯条、什锦水果沙拉里的樱桃，或是一盒盒的巧克力牛奶让给她。此时，尽管肚子空空，她的胃却很痛，所以她想要的只是“酷爱”牌饮料。不过，她还是逼着自己拿了一个餐盘，餐厅阿姨会在这上面放上索尔斯伯利牛肉饼、炸土豆和薄薄的一个柠檬酥皮馅饼。布兰卡和其他人会很高兴地吃掉所有咪咪不想吃的东西的。

在队伍里等着取餐的时候，她看着奥赛，他就在她前面的前面。餐厅阿姨也都是黑人，咪咪以为她们会给他一个特别的微笑，以显示他是她们中的一员。不过，当盛牛肉饼的阿姨看见他的时候，整个人都僵住了，手中的勺子也停了下来，番茄酱从那块带骨头的肉上面滴下来，滴到了奥赛的餐盘上。她旁边的阿姨笑了。“快点呀，把他的牛排给他！”她一边说，一边给了奥赛两大勺炸土豆。

等他往前走了之后，咪咪听到索尔斯伯利牛肉饼阿姨对其他餐厅阿姨说：“那可怜的孩子。”

“你什么意思呀，‘可怜的孩子’？”炸土豆阿姨质问道，“这是所好学校，他能来这里很幸运。”

“别告诉我你不知道我是什么意思。你希望自己的儿子走进一个自己和大家都不一样的操场吗？”

“如果他想接受良好的教育的话，当然。况且，他是新来的。新来的男孩总是得面对一个艰难的开局。他会适应的。”

“你是傻了还是怎么的？不是他要去适应这些。是白人要适应！你觉得他们可能吗？他们会让他好看的——还有在教室里，我敢打赌也是这样的。老师们和孩子们一样可恶，甚至要更糟，因为他们应该懂得更多。”

咪咪拿着餐盘呆呆地站着，听着她们之间的对话。尽管这几位餐厅阿姨为他们服务已经有很多年了，但除了她们一边盛土豆泥一边问的“一勺还是两勺”以外，咪咪几乎没有听她们说过话。很明显，她们从来没有谈论过哪一个学生，更没有讨论过这种话题。

盛炸土豆的阿姨突然意识到了咪咪的存在，推了一下另外两人。“亲爱的，你要炸土豆吗？我们这儿还有很多。”咪咪还没来得及开口，她就给她盛了满满三勺，“丹尼斯，你来，给她一大块派，最大的。她看起来很憔悴。”

咪咪无法阻止她们把她的餐盘堆起过多的食物。“好了，”炸土豆阿姨说，“好了吗？拿到你需要的了吗？”她看着咪咪的眼睛，不必要地多看了一会儿。

咪咪点点头离开了，心里满是困惑。

奥赛在她前面，一动不动地拿着餐盘，看着四周都是人的餐桌。咪咪不知道他是否听到了午餐阿姨刚才说的话。她为他感到很遗憾，因为他站在那儿不知道可以坐在哪里。至少现在没有人盯着他看了，餐厅里也没有像刚才的操场那样整个安静下来。面对食物的时候，学生们总是会吵闹一些。

有一瞬间，她考虑过邀请他坐在她和布兰卡等人的旁边。如果女生们挤一挤，可以让他也塞进来。她猜想，如果迪伊在的话，她肯定会这么做。但是咪咪不会这么做：她比迪伊更实际。男生和女生不坐在一起，这是餐厅里的潜规则，如果他们这样做了，由此引起的骚动几乎会和他的肤色引起的一样。

咪咪看到伊恩在其中一张桌子旁，正准备站起来，不过这时，离奥赛更近的卡斯珀朝他打了个招呼，邀请他过去，并让身边的人让一下，给这个新来的男孩腾出个位置。奥赛坐了下来，突然被其他男生紧紧包围，就像国际象棋里的棋子那样。伊恩还是保持着半站的姿势，眼睛四下张望着，看有没有人注意到他被中途打断了，就像有人说话但其他人却没有听，都继续聊天，把说话的人晾在一边那样。在伊恩身边的男生肯定感觉到了，都小心翼翼地专注于吃饭、开玩笑，或是看向别处。只有咪咪在看他，被他逮了个正着。他瞪了她一眼，她扭过头，匆匆走向了座位。

“哇，你走运了，”布兰卡一边嚼着炸土豆一边惊叹道，“瞧瞧你拿到了多少菜！你打算吃那个派吗？”

咪咪摇了摇头，把餐盘推到桌子中间，自己只拿了一杯“酷爱”牌饮料。布兰卡和其他女生纷纷扑向这些多出来的食物，连难咬的牛肉饼都不放过。这让咪咪感到反胃，但是，她又怕抬头再看见伊恩，于是她就盯着桌子底下的背包。包里面装着迪伊的草莓笔袋。笔袋上的拉链没有拉，开口处伸出来一张小字条。咪咪知道她应该别管它，她不该看这个。但是她忍不住：看着笔袋上浮现出迪伊和奥赛头碰着头依偎在一起的画面，让咪咪也想拥有一点两人所拥有的东西，即使这意味着要翻看她朋友的东西。咪咪抬头看了一眼：对面的女生们正争论着怎么分享柠檬酥皮馅饼。她抽出了这张字条。

字条上写着一个名字、地址和一串电话号码：

奥赛·科科特

尼科西亚大道4501号，511号公寓

652-3970

她想了一会儿。这里是郊区，大部分人住在房子里。咪咪只认识一个住在公寓里而不是住在房子里的女生，而且，那是一个和单亲妈妈一起生活的女生，她的父亲在她小时候就离开了。她的公寓在小镇比较穷的那一侧。但是，尼科西亚大道是一条宽敞的街道，有着各式各样的办公室、花哨的商店，还有崭新的公寓楼，公寓楼有着大理石做的入口，还有代客泊车服务，就像宾馆里的一样。她听说有些公寓甚至有直达房间的电梯。如果他们住在那里，奥赛一家就不像那个和单身母亲一起生活的女生一样穷了。显然，他们家很富裕。

她完全可以想到，迪伊把地址写了下来，这样两人就可以在学校外见面了。他们绝不会去迪伊家——她如果和任何一个男生见面，她母亲都会为此杀了她，更不用说和一个黑人男生了。奥赛的家庭肯定不会那么关心这一点。咪咪得做好为迪伊找不在场证明的准备了——她估计这只是第一次，接下来肯定还有很多次。她叹了口气。

“我们准备去跳双绳了，”布兰卡说道，她正站立着做拉伸运动，粉红色上衣拱了上去，露出了上腹部——显然，这种暴露不是个意外，“你来吗？”

“嗯。”咪咪把字条塞回笔袋，然后犹豫了一下要不要把拉链拉上。迪伊会发现它被动过吗？最好还是别管它了。

“你在干吗呢？”这一次，布兰卡居然对别人产生了兴趣。

“没什么——我刚刚把果汁洒到膝盖上了。”咪咪用力地擦了擦书包，同时把笔袋朝书包深处推了几下。

“来吧！”布兰卡跑到卡斯珀和其他几个男生面前的桌子旁，手放在了他的肩膀上，下巴靠在他的头上，长长的鬈发滚落在了他的脸上。“卡斯——珀——”她拖长了音节哼道，“你来吗？”

“呃。”卡斯珀把她的头发拨到一边，看起来有点尴尬，“去哪里呢，布兰卡？”

“你不记得了吗？你承诺过要来看我跳双绳的！”

“我说过吗？”

“卡斯珀！”布兰卡站直身体，用力地拍打他的手臂，“你今天早上跟我说会来看的！你还能看到我跳舞呢。”她开始唱歌，假装对着隐形的双绳跳了起来，并适时地用手指打起了响指：

有一天，我走在路上
啊，去集市的路上
遇见一个小姑娘
花儿插在她的头发上

“噢，天哪，”咪咪低声道，她偷瞄到了奥赛的双眼，他正憋着不笑出来，“布兰卡，停下来！”

但是布兰卡没有停。她背对着卡斯珀，脑袋从肩膀上侧过来，噘起嘴巴，一边跳一边开始来回扭动臀部。

噢，小姑娘，摇一摇
如果可以，请你摇一摇
像奶昔一样，摇一摇
再来一次，摇一摇

“好吧，好吧！”卡斯珀抗议道。为了把大家从进一步的尴尬中解救出来，他站了起来，让布兰卡把他拉走了。不过，他保持着笑容。无论布兰卡身上的哪一点吸引着他——她的活力四射、她的热情关注，或是她绽放出来的性感——他一定是对她有意思。

咪咪跟着他们一起走的时候，她感觉到伊恩就在邻桌，他的眼睛仿佛钻进了她的脑袋，穿透了她的思想。这种感觉让她急于跑到外面的操场上去。

*

对于一个新生来说，最艰难的时刻之一就是在餐厅里找个吃饭的位置。餐厅里既拥挤又混乱，而且，由于座位不是指定的，所以每个人都和他们的朋友们坐在一起。但是一个新生还没有什么朋友，所以没有什么显而易见的可以坐的地方。奥赛以前经历过这个，他知道有两种解决办法。你可以第一个冲进食堂，然后坐在一张空桌子旁，让他们向你走来。这样的话，你就不会犯下“和潜在敌人坐在一起”或是“用力过猛地试图让自己加入一个群体”的错误了。他们可以来选择你，他们更喜欢这样。不过另一方面，这么做也有风险，那就是没有一个人愿意和你一起坐，这样的话你最后就只有一个人，一圈空位子围着你，就像一片无人之地围绕着放射性垃圾场一样。

或者，你可以等着，站在队伍最后面，等大家都坐下了，你就可以找一个位置插入。如果餐厅里人很多的话，通常就只有几个位置剩下了，坐在那儿的人也不能选择站起来挪走，把你一个人无依无靠地晾在那儿。不过，很多时候仅有的空位置都是和不受欢迎的孩子一起的：羸弱的、愚蠢的、臭气熏天的，或者是因为一些没人理解的诡异原因而不受大家欢迎的。用这样的方式（和这些人坐在一起）开启你的校园生活，显然不是个好主意，因为无论他们遇到了什么问题，你都会被波及。

奥赛两种方法都试过，通常，他会选择第二种。他更喜欢那种能够掌控住或者至少是能预见到要发生什么的感觉。就算他最终要和被大家抛弃的人坐在一起，但至少还能主动选择自己的命运。

不过，今天他却没什么可选的，因为迪伊拖住他要了他的地址和电话，这样她就能打电话给他，约他做点什么事，或者在某天放学后过来找他了。他发现，她并没有提供自己的地址和电话给他。他没有问为什么他不能去她家，因为他知道为什么：他不是一个让家长们感到高兴的人。他去其他男孩子家里玩的经历都不太成功。在这些经历中，有的家长对他的肤色感到震惊，有的沉默，还有的过于礼貌。奥赛从来没被留下来吃过晚饭。

下课后，他和迪伊落在大家后面聊天，直到她看了看时间，惊叫道："太迟了，我妈妈会杀了我的！"

他的母亲会因为他迟到而斥责他，但仅此而已，她会把尖叫和眼泪留给更重要的事情。但是迪伊的母亲似乎完全掌控着她。迪伊抓起书包，正准备跑出去，不过，随后她朝四周看了一眼，亲了他一下，这才匆匆跑走。尽管这一吻很短暂，但是这个动作让他不禁笑了起来。他不敢相信自己如此幸运，像迪伊这样的女生竟然会想亲自己。

她离开的一瞬间，整个世界被夷为平地，陷入了一片黑暗。迪伊让奥赛的上午变得可以忍受。远不止这样，她赋予了它色彩。现在，没有了她，一切都回到了黑与白。

奥赛以前也和女孩子做过朋友。不是在美国，而是在加纳：每个夏天去那儿的时候，他都会和爷爷的村庄里跟他从小玩到大的女生一起。和她们在一起很轻松——他不会觉得自己像个局外人，不需要解释这些那些，也不需要避讳什么。他们共享着一种熟悉感，就像他和他的姐姐茜茜一样，而这让他们的相处变得很容易。

他甚至在纽约的学校里和女孩子更进一步交往过。就在那一年早些时候，每个人都开始在操场上跃跃欲试，男生女生们午饭时间刚在一起，放学的时候就分道扬镳了。他们从来没有做过很多。这就像给某人贴上标记然后就跑走了一样。有时候，他们会牵手或是接吻，快速而草率。有一个男生碰了一个女生的胸部，尽管那里其实还没有什么。他被扇了一巴掌，还因此被休学了。这件事情被大家谈论了好几个礼拜。

奥赛惊讶于自己竟然能够得到一个女生的关注，因为很少有人能够接纳他。但是，某一天，在每个人似乎都成双结对的时候——这就像流感一样降临到操场，传染给了所有学生——一个叫托妮的女孩子走到了他身边，对他说："你喜欢我吗？"在那之前，她从来没跟他说过话。

"你挺好的。"他试着让自己听起来像美国人一样随意。她看起来很失望，很难为情——奥赛看出来这种情绪的组合可能会产生潜在的危险——于是他逼着自己再仔细地看了她一会儿。她穿着一条格子喇叭裤和一件绿色高领毛衣，毛衣很紧，紧得让他能看出她刚隆起的胸部。"我喜欢你的毛衣。"他补充道。她笑着看着他，期待的眼神让他知道自己应该再多说点什么。他知道自己必须说什么，因为那个星期他听见其他人说了很多次这句话。“你愿意和我交往吗？”他问道。

托妮四下张望，似乎是在找朋友支援。他们已经走到了一边，笑着悄声谈论，奥赛几乎要说“算啦，请忘了我的请求吧”，但是接下来她说了“好”，于是他就和她在一起了。在一起意味着一些事，包括在他人的指指点点和掩面偷笑下站在一起。“你有兄弟姐妹吗？”终于，他出于礼貌问道。没想到这个问题让托妮也笑了出来，奥赛忍无可忍，于是就走开了。“我要跟你分手！”她在他后面喊道，“你被甩了！”

奥赛几乎要对她竖中指了，但一想到他母亲要是看到了这个粗鲁的美式手势——尤其还被用到了一个女孩子身上——会作何反应，最终他没有这样做。

第二个女孩子——帕姆——他更进了一步。他知道了她有两个姐姐，她最喜欢的颜色是黄色。他们绕着操场散步，甚至还牵了手。不过，当他要去亲她的时候，她把他推开了。“你身上有味道，”她说，“我就知道。”

“好吧，”奥赛回答道，“反正我也不想和你在一起。”先主动甩人而不是被甩，这似乎是很重要的一步。

帕姆跑向了在操场另一头的她的朋友们，从那里传来了其他女生愤怒的尖叫声，这让她们听起来像一群气鼓鼓的海鸥。奥赛在学校的最后几个月里，她们远离了他，就好像他有毒似的。只要一有机会，她们就会瞪他，模仿他说话的样子来嘲笑他。每当他排到队伍里，她们就会夸张地从他身边走开。女生比男生更刻薄，也比男生更记仇，而不是像男生一样用打架来发泄积怨。她们对待他的方式比他预期的要更加难以忍受，也正因为如此，搬到华盛顿，换一所学校，远离她们，让他松了一口气。

对他来说，托妮和帕姆像是为了一部他接下来要和其他人一起出演的戏剧而做的彩排——除了偶尔因肢体接触或者仅仅是想起这种接触而产生的快感，其他时候，这一切就像是在毫无感情地通读台词。

和迪伊在一起的感觉则是完全不一样的：这是一种诱人而复杂的感觉，夹杂着身体吸引力、好奇心，还有他此前从未在别人那里得到过的被接纳的感觉。她问了他很多问题，而且真的在倾听他的答案。她那枫糖浆一样浅棕色的双眼牢牢地盯着他的眼睛，一边点头，一边向他靠过去。迪伊绝不会和她的朋友们一起笑他，或者说他有体味，或者戏谑地盯着他看。通过对奥赛的接纳，她成功地平衡了对奥赛与众不同的特点而产生的好奇心。这让奥赛想要把手臂环绕在她周围，抱着她，感受她身体的温度，抹去整个学校甚至是整个世界里其他的一切。

现在，迪伊不在了，他站在餐厅里，端着一盘冷掉的食物，等会儿还要逼着自己吃下去。他怀疑刚才给他打菜的餐厅阿姨在背后议论他。他又看了看喧闹的餐桌，边上满是叫喊着、大笑着的学生们，有的用吸管在牛奶盒里吹泡泡，有的把炸土豆扔到空中然后试着用嘴去接住。这里又热又吵，闻起来一股肉味儿，除了留给失败者的餐桌上的空位外，没有别的位子了。那张桌子上坐着三个人：其中一个是在踢球游戏中和奥赛一队的菜鸟，看起来他可能就是肉味的来源；另一个人眼睛斜视；第三个人则看起来总是处在悲伤之中。他们三人正害怕地盯着奥赛。他们可能是怕一个黑人男孩和他们坐在一起。不过奥赛有种感觉，可能不止如此。不，他们是怕和一个**成功的**男孩坐在一起。一个能把球踢到他们做梦都不敢想的那么远的男孩，一个正在和迪伊交往、现在被主动邀请到两个位子上而不是和他们坐在一起的男孩。当卡斯珀朝他招手，并向旁边的男生点头示意挪一下位置的时候，奥赛看见了三人眼神中如释重负的神情。与此同时，伊恩也站了起来。奥赛将要在他们之中作出选择。

实际上，他也没什么可选的。自古以来，在黑暗与光明之间，难道有什么可犹豫的吗？你会向绽开的微笑走去，而不是皱着的眉头。奥赛假装没有看见伊恩，他向卡斯珀点了点头，走过去坐在他旁边。即便是在这么做的时候，他也知道他做了一个可能会走火的艰难抉择。伊恩是那种不喜欢被忽视或拒绝的男生。

“嘿。”卡斯珀说。

“嘿。”奥赛重复道，他明白自己应该通过模仿他们来融入。在纽约，人们会说“嗨”；在这里，他们却说“嘿”。奥赛弯腰越过餐盘，拿起一把餐叉，用餐叉把看起来糟糕透顶的肉饼推到了它的汤汁周围，想起了他落在课桌里的可乐和母亲亲手为他做的三明治。他把希望寄托到炸土豆上，它们至少看起来名副其实，然而想起母亲做的烤土豆，奥赛还是不禁叹了口气。

“这里的食物很糟糕，”卡斯珀笑道，“还算可以的就只有星期五那天的了，到时候会有比萨。”

每所学校都有一个卡斯珀，受欢迎的程度让他足以真心对别人好。他甚至可能对另一桌那三个失败者都很好，因为他可以这样。卡斯珀拥有特权。奥赛的父亲常喜欢说，和一个出身于世代富裕家庭的人做朋友，永远比和一个靠自己一步步爬上来，并对自己出身之地的人很糟糕的穷人要好。后者指的就是伊恩。

“关于你爸妈的车子，我真的很抱歉。”奥赛说道，他想把这件心事赶紧说出来。

卡斯珀看起来一脸困惑，问道：“车子怎么了？”

“我之前那一脚球砸到它了。”

“噢。”卡斯珀挥了挥手，“不要紧的。”

“但是车顶可能会凹下去的。”

“不会啦，奥兹莫比尔坚不可摧。”

有那么一阵子，卡斯珀和他周围的男生在自顾自聊天，奥赛因而得以平静地吃了会儿饭。随后，在谈话间歇，卡斯珀抛出了一个问题，自然而然地把奥赛拉进了对话里。“你住在纽约的时候，是喷气机队[1]的粉丝还是巨人队[2]的粉丝？”

对于这个问题，奥赛想都不用想。“巨人队，”他马上回答道，“我永远都不会支持一个四分卫穿连裤袜的球队！”

整个餐桌的人都炸了。喷气机队的四分卫——乔·纳玛什[3]最近在一个商业广告里穿了连裤袜，桌上的每一个男生对此都想说上几句话。

---

[1] 纽约喷气机队（New York Jets），是美国国家橄榄球联盟中来自新泽西州东卢瑟福的球队。

[2] 纽约巨人队（New York Giants），是美国国家橄榄球联盟中另一支来自新泽西州东卢瑟福的球队。

[3] 乔·纳玛什（Joe Namath，1943— ），美国橄榄球名人堂成员，职业生涯中共完成255次触地得分。

“基佬！”

“我是和**我妈**在同一个房间里看到那个广告的。真是太尴尬了！”

“他们一定是付给了他很多钱，让他做这些。”

“他为了那个广告**剃了腿毛**！你能看到他的腿光溜溜的，而且不用透过连裤袜就能看到。他剃了腿毛！”

“你绝不会抓住我做这种事，无论给我多少钱！”

“基佬！”

“不，他不是同性恋——广告最后有个女孩亲了他。”

“就算这样，他也是同性恋！”

在这些争论中间，卡斯珀对奥赛咧嘴一笑。“而且，纳玛什投出太多截球了，”他说，“无论什么时候，我都会选桑尼·于尔根森。哪怕他老了，走背运，他都投得比纳玛什好。”

奥赛点了点头，尽管他并不确定桑尼·于尔根森是谁。但他一定是华盛顿红皮队[1]的四分卫。如果要和这些男生相处好，奥赛得去多了解一下这支球队。就他自己而言，他更喜欢棒球，但是这个城市并没有棒球队。

一群女生朝他们的桌子走来，使奥赛免于暴露自己对本地的橄榄球队的无知。女生中最吵的那个坚持要卡斯珀去看她跳绳，还毫不知羞地跳着可笑又尴尬的舞。女生中还有迪伊的朋友咪咪，奥赛在晨歇时和她说过话，人看起来还挺友善的。她的脸颊红扑扑的，像是擦了什么东西，而且，她的牙套在一闪一闪的。她那一头亮红色的头发，如果是在奥赛的爷爷的村庄里，一定会被大

[1] 华盛顿红皮队（Washington Redskins），美国国家橄榄球联盟老牌劲旅之一。

家评头论足。她的白皮肤已经十分令人惊讶了，再配上一头红发——好吧，那简直像是恶魔一样。“拜托，布兰卡，”她一边温柔地说，一边拉着吵闹女生的手，“再这样下去我们就没机会跳绳了。”她看了奥赛一眼并朝他苦笑了一下，奥赛微笑地回应了她。

“都怪卡斯珀，”布兰卡反驳道，“他才是拖了这么久的人！”

被布兰卡拉走的时候，卡斯珀用夸张又懊恼的表情朝奥赛叹了口气并耸了耸肩。

他没有邀请奥赛加入他，可能觉得这是在帮他：哪个男生会愿意去看一群女生跳绳？不过，他刚走，周围的气氛就变了。有卡斯珀做他的护卫，奥赛一直是安全的，他也因此开始放松了，可能是有点太放松了。和他坐在一桌的这些男生的运动神经和受欢迎程度让他们能够和卡斯珀一起玩，但是，当卡斯珀不在，他们就不够自信了。奥赛觉得他们都把身子挪远了一英寸，无论是在物理距离上还是象征意义上，他们都和奥赛拉开了距离。于是，奥赛再一次成为局外人。关于乔·纳玛什的笑话不足以拯救他。现在，他必须要启动他的戒备了。

邓肯，这个在课堂上坐在他对面的男生，又开始研究他了。当奥赛直直地看着他的时候，他的眼神瞥到了一边。“我能问你件事吗？”他说。

“那要取决于你问什么了。”

“你是怎么洗头发的？”

奥赛已经对这种问题习以为常了。白人喜欢问很多关于头发护理的问题。还有，黑人是不是曾经接受过美黑或是被太阳晒黑的？他们是天生更擅长运动吗，如果是，为什么呢？他们是不是跳舞跳得更好？他们是不是有更好的韵律感？为什么黑人没有皱纹呢？在他母亲让他理发之前，他有一个很不错的爆炸头，有时当奥赛站在队伍里的时候，排在他后面的女生会惊叹着伸出手去摸他的头发，紧接着她们会在衣服上擦拭手指。他不能转过身对她们做同样的事情，否则她们会尖叫，他就会因此而陷入麻烦。他会很乐意摸一摸她们的头发——一个白人女生如丝缎般顺滑的长发对他来说，就像自己浓密的爆炸头对于她们来说一样新奇。在和帕姆分手前，他曾经轻拂过她的头发。但今天上午用手在迪伊头上来回摩挲，是他第一次完全地触摸一个白人女孩的头发。但即便是那时候，由于她的头发被梳成了辫子，所以他没能获得真实的体验。等她吃完午饭回来，他打算请求她把发辫解开，这样他就可以感受它散开时的感觉，还可以用手指缠绕她的秀发。

“嘿，你听到我说什么了吗？”

“什么？”对迪伊头发的念头让奥赛分了心，他忘了回答邓肯的问题，“哦，我用含椰子油的洗发水就好了。”

邓肯皱了皱鼻子，好像是闻到了什么怪味儿似的。“油，那个不会让头发变得油腻吗？”

“其实不会的。”

邓肯看起来并不接受这个说法。奥赛站立着，他宁愿在外面的操场上，而不是被困在这个座位上，试图向一个白人男孩解释非洲人的头发护理方法。

有那么一秒钟，他想着放学后告诉茜茜这件事，然后和她一起笑谈这个关于头发的问题是如何在伦敦、罗马，或是华盛顿被一再问起的。但他随后想起来：茜茜不会在家的，他没法跟她聊天了。

当他们的父亲被派往华盛顿的时候，她被击垮了，她乞求过父母让她在纽约一个朋友的家里住到学年结束。对于得到自己想要的东西，茜茜正变得越来越聪明：她不会直接要求在纽约再留两年，直到高中毕业。不过奥赛知道她在计划什么，因为他在电话分机里偷听到（奥赛不得不屏住呼吸，以免被她发现）她跟朋友聊起过自己的计划。“黑即是美。”她每次挂电话前都会说这句话。

茜茜太有说服力了，以至于他们的父母同意让她在学年剩余的时间里待在朋友家，而科科特一家其他人则搬往华盛顿。奥赛想告诉父母他所了解的她的行动，但是他决定先跟她聊聊。就在要搬家前一天晚上，他去找她，坐在她的床头，看着茜茜在梳妆台前，在头发上系上丝绸头巾，在脸上和手臂上抹上可可油。他过来的本意是想求她看在一切的分儿上还是跟他们一起搬去华盛顿吧。“那里有人起非洲名字，穿非洲服饰，讨论黑人解放，你可以和他们做朋友。”他当时打算让她确信这点。但是他实际上在想的是：**别离开，不要让我一个人和父母相处。如果我需要和人说说话怎么办？难道我不是和泛非洲主义或者黑人权利一样重要吗**？他已经准备好要说出来了——甚至已经张开了嘴——但这时茜茜通过镜子饶有兴致地看着他说：“怎么了，我的小弟弟？你是过来借玩具的？你可以都拿走。”说着，她指了指放满了她不要的玩偶和桌游的架子。

“算了。”他嘟囔道，然后大步走了出去，完全无视她在后面喊他“等等，奥赛，怎么啦”。当她敲响他的卧室房门时，他喊道：“走开！”然后调高了收音机的音量。相比告诉她自己的真实想法，被她的优越感激怒要更容易一些。不过现在，他希望自己当时开了门，或者，至少关于她的计划和他爸妈说点什么。

在华盛顿，他非常想念她，甚至是她那最新的激进形象，特别是现在，她已经化为电话线另一头的一个小圆点了。在他入学的头天晚上，他们简短地在电话里聊了一会儿，但是茜茜没说什么重要的事情，而且她又一次叫了他“小弟弟”。“有一天，我会长得比你高的。”他打断了她。而她无视了他的话，问了些关于新公寓的蠢问题。他发现她根本没问任何关于她的卧室的问题。他知道，现在他已经不能再和她分享自己在新学校里发生的任何事了——其他孩子对他说了什么、做了什么，那些每天不断地提醒他与别人不一样的瞬间，以及所有这些加起来而产生的与日俱增的疏离感。

奥赛最后唐突地挂了电话，不假思索地说了一句：“黑即是美，就像你说的。”他故意用与她不同的方式强调了这句话。他在茜茜的抱怨声中“砰”地挂掉了电话。

黑即是美吗？他其实都不愿意逼自己去想这种问题。他只想玩玩球类游戏，和大家一起笑笑乔·纳玛什，抚摩一下迪伊的头发，再闻闻她头发上“草本精华”牌洗发水的味道。

奥赛走出餐厅的时候，伊恩走到了他旁边，这倒是让他松了口气，因为有人在你旁边跟你一起走到操场总比一个人去要好——即使这个人是像伊恩这样的男生。奥赛甚至可以原谅伊恩早前发表的“黑人更擅长运动”的言论。他听过比这个糟得多的话。不过，他不确定伊恩是否原谅了**他**选择和卡斯珀坐在一起。

显然，伊恩原谅他了。“嘿。”他只说了这么一句。

“嘿。”奥赛小心地重复道。

两人一起在操场上闲逛，有个叫罗德的男生跟在他们后面，一直到伊恩挥手让他走开。四年级学生正在踢球。有几个五年级学生在海盗船上掰腕子。女生们在玩跳房子或是跳双绳。布兰卡正往卡斯珀身上靠过去，卡斯珀则优雅地忍耐着。和伊恩每走到一个地方，奥赛都会注意到在他们靠近时，其他同学会眼神低垂，就像不想和一只你不知道下一秒会做出什么的狗有眼神接触一样——它可能是友善的，但也同样可能会来咬你一口。两人路过的时候，奥赛看到有几个同学的表情很奇怪。和伊恩走在一起，感觉像是被招进了一个他不确定自己是否想要加入的帮派——或者，他其实都不确定这个帮派是否想要他这个成员。他想知道该如何抛下伊恩而又不冒犯到他。

他们停在海盗船边上看别的同学掰腕子。其中一个男生显然要更强壮些，但是他的对手把手臂摆成了一个奇特的角度，并有效地利用了由此带来的杠杆效应，所以，两人正僵持不下，手臂都因为发力而颤抖着。

伊恩朝周围看了看，又停顿了一下，显然他的注意力在更远处的事情上。“哼，”他说，“我不喜欢这个。”

“你说什么来着？”

“没什么。”伊恩耸了耸肩，“嗯——我也不懂。不，没什么啦。”

伊恩不像是一个犹犹豫豫的人。“你不喜欢什么？”奥赛追问道。

伊恩转过身淡淡地看着他说：“我想我看到了什么，仅此而已。不过我可能看错了。”

“你看到什么了？”

伊恩盯着他看了好一会儿，以至于都让人有点不舒服了。“好吧，兄弟，你看跳双绳那里。”

你可不是我兄弟，奥赛心想。他很反感白人用这个词语，他们没有黑人的黑皮肤，也没有因此付出代价，却试图享有黑人文化中的那些酷酷的元素。不过，他还是看向了操场另一边。那里有两组女生在摇绳子，还有两个女生在跳绳——其中一个是布兰卡——其他人则站在旁边观看。一切都十分自然，他看不出什么。这样的场景，他在不同的操场上看见过很多次了。女生们热爱跳绳。奥赛自己倒是看不出跳绳有什么吸引力。他喜欢做一些需要移动并且能够最终到达某处的事情，而不是待在同一个地方。“我该看什么？”

“那里，你看，又来了，卡斯珀。”

卡斯珀是这群女生中唯一的男生。此刻他正在从一个手心向上，向他伸过去的手掌里拿什么东西。那是迪伊的手。奥赛的女朋友已经回来了，而他对此一无所知。而且，她没有直接来找他，并且，在喂另一个男生吃东西。就在奥赛的目睹之下，卡斯珀把拿到的东西塞到嘴里吃了起来。

“那是什么？”

伊恩朝两人那边眯了眯眼。过了一会儿，他转过身对奥赛说：“草莓。”

一瞬间，奥赛怒火中烧，他只能用尽全力压抑着。但伊恩脸上一闪而过的笑容告诉他，自己并没有成功隐藏住。

*

一句话就能轻易激怒这个黑人男孩，这真是令人印象深刻。

不走运的迪伊刚巧带着一把草莓出现，伊恩这次做得比他原本计划的都要好。

奥赛朝跳绳区走去，但伊恩伸手拦住了他——不过他小心地没有碰到奥赛黑黢黢的皮肤。“我们看看他们还会做些什么。那是她给他的第二颗草莓了。”他加了一句。就在他们看着的时候，卡斯珀把草莓叶子摘掉，把果实塞到嘴里，并冲着迪伊笑了笑，迪伊也用笑容回应他，显然很高兴。

“那一定是一颗很好吃的草莓，”伊恩评论道，“真不知道她会不会把所有草莓都给他吃。”

奥赛的眉毛皱了一下，不过他马上就像铺床单一样把它展平了。“我很喜欢草莓。”他用轻松的语气说道，不过这并没有骗过伊恩。现在，伊恩只需要再逼他一下就万事大吉了，这就像按压一块一开始似乎并不会痛的瘀青。

“那些草莓可能是迪伊妈妈的果园里的，”他说，“她亲自种的，你懂吧？它们可比你在杂货店里买到的要甜多了。”

“你吃过吗？”

“我？没有。我只是听说过。”伊恩决定不告诉他迪伊每年都会带草莓给班里的同学吃这件事。

“第一个尝鲜的，这很像卡斯珀的风格。”

奥赛再一次很快地回应道：“你什么意思？”

“呃……他能得到一切他想得到的，难道不是吗？女生们都为他疯狂——所有女生都是。”

“但是——他是个友善的男孩。他对我挺好的。”

“他当然会对你好了。那是他为了得到想要的东西所能采取的最简单的办法了。”

“他想得到什么？”

伊恩不慌不忙，审视着他熟悉的操场和所有正在操场上进行着的活动。他即将去读高年级学校，去到更有挑战的操场，他将离开这一切。“我不想说什么，因为这跟我无关。”

奥赛转身面对着伊恩，同时把目光从迪伊和卡斯珀身上移了回来，问道：“什么事跟你无关？”

伊恩耸耸肩，他正乐在其中，没必要着急。

“如果你有什么要对我说，请现在说。”尽管他脸部的其他部位还保持着平静，但奥赛黑色的眼睛看起来已经很狂躁了。伊恩有点好奇跟他打架会是什么样的。

“你瞧，你和迪伊交往这是很好的，”最后，伊恩终于开口了，“令人敬佩，考虑到你是个黑——一个新生。你动作很快，才一个上午就实现了这一切！或许这样也是可以的。”

“但是……我知道后面还有一个‘但是’。”

伊恩摇头晃脑的样子，看不出是“是”或者“不是”。“在六年级学生里，恐怕男生们最想交往的女孩子就是迪伊了。”

“不是布兰卡？”

伊恩哼了一声：“她太招摇了。太……廉价。我很惊讶卡斯珀能一直忍着她。”

“那咪咪呢？”

伊恩僵住了。“她怎么了？”他试着让自己的语调听起来很随意。

“她……挺有意思的。她告诉我她有时会看到幻象。”

“什么？”

这一声吼叫吓得奥赛的脑袋抽搐了一下，伊恩马上试着控制住自己。

“她是你女朋友吗？我很抱歉，我不知道。”

伊恩不知道为什么奥赛觉得他需要道歉。“她说什么了？”

“没什么，真的没什么。”

“咪咪说什么了？”伊恩轻描淡写地重复道，不过，言语之外的威胁已经很明显了。

这下轮到奥赛耸肩了。“没什么大事。她只是说她有时候会头痛，而且还会在幻象中看见闪烁的光。她把这个称为‘先兆’。她说这给她一种某件事情即将发生的感觉。”

“真的假的？”咪咪在搞什么，竟然告诉这个黑人男生这些她从没有和自己说过的事情？他们只是在课间休息时说了几分钟话而已——显然，她是在短短几分钟内说了很多。她一定是想要这么做。伊恩对她的头痛和预感没兴趣，但是他不喜欢别人抢先一步获得关于她的信息。

“算了，你刚刚才说迪伊……和卡斯珀。”

“对，”伊恩逼着自己泄掉心中膨胀的怒气，因为这可能会破坏他精心布置的陷阱，“卡斯珀是整个学校最受欢迎的男生，而迪伊是——这么说吧，如果是在高中，他们会被选为返校节[1]的国王和王后。你知道那是什么吗？”

---

[1] 返校节（Homecoming），一般在每年秋季开学后不久举行，是一年一度的校友集会，学校会举行各种表演和体育比赛，各学生团体也积极参与，用以欢迎和招待校友回母校。

奥赛点了点头。

“他们会在一起。”

“但是她和**我**在一起。”

“当然，你说得对……但她没有拿草莓喂你，不是吗？”

奥赛摇了摇头，就像一只对受伤的爪子困惑不已的熊。“迪伊不会那么快转变对我的心意的，我们才刚刚开始交往。”

“当然，当然。”伊恩显得好像是在让步，“你是对的。忘了我说的吧。而且，迪伊可能还会再拿草莓来的，你到时候就可以吃一点了。”他停顿了一下，“不过，她回到学校没有直接来找你，你难道不觉得奇怪吗？你确定你们在交往吗？”

“你是说她抛弃我了？这么快就已经？就在午餐铃声和现在这短短的时间里？”奥赛的声音开始变大了。

“我不是这个意思，”伊恩安抚他说道，“我只是在说：注意着她一点。还有，和卡斯珀相处的时候，当心点。当然他会表现得友好，但那不表示他是友好的。”

伊恩本可以再多说一点，但是没时间了——迪伊看见奥赛了，她正穿过操场向他跑来。“我想办法早点回来了，”她跑到他身边时一边说，一边把一只手放在他的肩膀上，“我告诉我妈妈要为学年末的大戏排练，她竟然相信我了！”迪伊的语气流露着难以置信，是那种不习惯于撒谎却出人意料蒙混过关的人才有的，“嘿，或许你也可以来剧里表演。”

“你们表演的是什么？”奥赛问道。

“莎士比亚的《仲夏夜之梦》。我们已经排练过一阵子了，但是还有很多角色。你可以演一个精灵，或者剧里的其中一个农民。”

“你扮演的是什么角色？”

“赫米娅——其中一个女主角。”

“她不是和男生一个一个陷入爱河的那个吗？”伊恩插嘴道，“她就是那么多情，这些小子真走运。”

“她会这样都是拜**你**所赐。那只是魔法罢了，”迪伊解释道，她看见奥赛的脸色阴沉下来，“这是个喜剧，所以是大团圆结局。”

“**你**演的是什么？”奥赛质问伊恩。

“他扮演帕克，”迪伊说，“让一切灾难发生的精灵头目。现在，看看我带了什么！”她举起了一个纸袋，“草莓！当季第一批。我带了一些给你。”

“是只给我一个人的吗？”

“我不知道你以前吃过草莓没有。在加纳你们会种草莓吗？”

“我以前吃过——在纽约和欧洲吃过。不是在加纳。”

“嗯，吃一个试试。你一定难以想象它有多甜。”迪伊伸手到纸袋里拿出了一颗闪着光的、亮红色的、完美的心形草莓。

“我不饿。”

迪伊笑了：“我吃草莓是因为喜欢它的味道。这和饿不饿没关系呀。”

伊恩在一旁满意地看着两人的对话。他刚才的言语轻而易举地就把这个黑人男孩变成了一尊冷峻的雕像，而迪伊却有些忘乎所以了，以至于她似乎完全感觉不到男朋友的变化。伊恩等待着，等着即将来临的伤害像一把刀一样刺入她的身体。

但奥赛随后却放松了起来。“好吧。”他接过草莓，抓住它的叶子，一口吞了进去，过了一会儿他笑了，“哇。的确很**好吃**。非常好吃。你妈妈自己种的吗？”

迪伊脸上的表情混杂着困惑和惊讶，同时还混合着她对奥赛的回复的喜悦。“你怎么知道的？”

伊恩向前一步说：“我可以吃一颗吗？”

“噢，当然可以。”迪伊从袋子里拿了一颗草莓，放在了伊恩伸出的手掌心里，伊恩则观察着奥赛的反应。奥赛光滑的眉毛又皱了起来，而且，随着伊恩咬下草莓并让汁水顺着下巴流下去，奥赛的眉头越发紧蹙了。伊恩尝得出来，这个草莓很不错，尽管他对草莓或是任何甜的东西都不太感兴趣。

“卡斯珀喜欢你给他吃的这个草莓吗？”他边用手背擦着嘴边问道。

迪伊跟她男朋友一样，皱起了眉头。“对。来吧，我们去树林那边。”这句话她是只对奥赛说的，因为她同时牵起了他的手，把他朝沙坑和柏树林拉过去，把伊恩晾在了一边。

不过伊恩并没有独处多久：罗德急急忙忙地从海盗船那里跑了过来，他刚才一直在掰腕子的男生旁边等着。“成功了吗？”他期待地看着走开的两人问道，“看起来不像是这样！”

伊恩仔细地揣摩着奥赛和迪伊，两人正在树下手拉着手，迪伊又喂奥赛吃了一颗草莓；而卡斯珀正用他的招牌式的姿态看着布兰卡跳双绳。他们就像一部剧里的角色，需要再来一幕戏、一根线，将他们紧紧串联在一起。而伊恩正捏着这根线。把他们都击垮——不只是这个黑人男孩，还有学校里的那两个金发男孩和金发女孩，这一定很让人满足。卡斯珀和迪伊就像他妈妈煎蛋时用的特氟龙平底锅——什么都不粘。他过去从来都没机会动他们——他们在一个伊恩难以企及的层面上。大家都用一种他从未体验过的方式尊重着这两个人。如果他可以征服他们，这将是告别校园的绝佳礼物。当然了，他也很可能跟他们一起倒霉，不过这个风险和他此次掌握着的权力一样令人兴奋。

他看了一眼迫切想要加入的罗德，随即作出了决定。“去找卡斯珀，跟他说几句话惹恼他让他揍你，”他即兴发挥道，“不过如果事后老师问起来，别说任何我跟你说的之类的话。他们肯定会问的。”

罗德大张着嘴：“什么？为啥？我不想挨揍！而且，这件事和卡斯珀有什么关系？”

“间接出击——而且这是最好的办法。黑人小子不会知道你和我跟这事儿有任何关系。”

“和哪件事有关？”

“我们要让他觉得迪伊在他和卡斯珀中间脚踏两条船。要做到这一点，最好的办法就是让迪伊对着奥赛说很多关于卡斯珀的话。让她为卡斯珀说话。这会让奥赛疯掉的。他已经有点怀疑卡斯珀了。这样做会让他忍无可忍的。”

罗德摇了摇头，好像呆了似的。“我听不懂你在说什么——这太复杂了。为什么我们不干脆揍那个黑人小子一顿？”

“因为那样什么目的也达不到。咱们不想让他成为受害者——那样只会让迪伊更喜欢他。”伊恩解释起来有点困难，因为对于这个策略，他也还没完全想清楚，不过他直觉上觉得能成功，他对这种事情的判断一直都挺准的，“你瞧，你想不想有机会和迪伊在一起？”

罗德注视着迪伊和奥赛，两人现在正坐在沙子上。奥赛一边把手放在迪伊背后，一边开心地笑着，露出了一口和他的皮肤形成鲜明对比的洁白牙齿。罗德转身对伊恩说：“我跟他说什么好？卡斯珀从来不会发火。”

“说点关于布兰卡的事情，说点下流的。”

罗德的脸变得更红了。

“我敢肯定你能想到些什么的。”伊恩加了一句，“去吧，只管做就是了，否则那个新来的小子会把你的女孩抢走的。那就是你想要的？一个**黑人小子**和迪伊交往？相信我——事情会一直这样继续下去的，除非你跟卡斯珀打一架。”

罗德深吸了一口气，挥起双拳，步履蹒跚地朝着跳绳的女生们走了过去。

伊恩叹了口气。要是能找一个更得力的人来帮他做事就好了。

他知道，自己现在不应该公然地看着罗德和卡斯珀——那可能会透露出他就是打架事件的幕后主使。况且，看着罗德把事情弄得一团糟会让他心痛不已——而罗德很可能会这么干。如果罗德搞砸了，伊恩会撇清跟这件事的关系，而且他知道，要是和罗德对质，自己肯定能赢的。

他走向了海盗船上正在掰腕子的男生那里。男生们已经把这个较量弄成了某种锦标赛，有两组人同时在进行半决赛。伊恩看着两个男生赢得了胜利并转身面对着彼此。

“现在下注吧。”伊恩宣布道。当他设立赌局的时候，他会拿走作为赌注上交的糖果或钱的百分之四十作为抽成，辩称他承担了万一被老师发现而被停学的风险。有时候，他也会惊讶于没人抗议他的高额抽成。他们似乎不敢跟他讨价还价。

掰腕子的人和下赌注的人猛地把头转向了伊恩说话的地方，一阵不安随之在他们当中散开。有几个男生有点恼火，明显是觉得他们的乐趣被玷污了。伊恩记住了这些表情，为了将来的某天而记住的。

“来吧，你们不想让这变得更有趣吗？”他继续说道，“否则，这就太无聊了——只是掰腕子而已。如果下了注，你们会更在乎谁赢了的。”

他没能看到自己能从赌注中赚到多少，因为从操场那边传来的喊叫声打断了他们：“干一架！干一架！”

男生们抛下了海盗船，纷纷像老鼠一样跑去加入了在跳绳区域周围形成的一圈人墙。每过几周就会有打架事件发生，这还是操场娱乐活动的重头戏，尤其是当你自己没参与其中的时候。伊恩走得更慢一些，因为他知道打架的人是谁，也知道他会看到什么。

*

迪伊才刚刚为奥赛把自己的辫子解开，就听到了一阵熟悉的叫喊声：“干一架！干一架！”他们看了一眼对方，虽然不情愿，但是这个喊声太大了，两人还是加入了旁观的人群。

迪伊惊讶地发现，在一圈学生中间针锋相对的是卡斯珀和罗德。卡斯珀从来不会打架的。

“你说什么？”他大吼道。

“你听到了。”罗德一边答道，一边紧张地踮着脚尖跳来跳去。

“收回这句话。”卡斯珀要求道。

“不。这是真的！”

“卡斯珀，别让他说那件事！”布兰卡喊道。她站得离他很近，咪咪拉着她，以免她冲进两个男生中间。

“收——回——这——句——话。”

“不！”罗德似乎扑向了卡斯珀，佯装打了一拳，而卡斯珀也回敬了一拳，既是为了挡住他，也是为了发起进攻。他的拳头结实地打了下去，正中罗德的脸，罗德立马就倒下了。大家都倒吸了一口气，布兰卡开始尖叫。罗德躺在地上，紧紧地捂着眼睛，而胜利者站在他面前，双拳仍然紧握着，一脸困惑，好像他无法接受自己刚刚的所作所为。

迪伊看了一眼身边的奥赛。他正用一种她不太能读懂的表情看着卡斯珀：惊讶、着迷，还有某种别的东西。警惕心。距离感。还有对他的评判。当奥赛开始拒绝吃她的草莓的时候，她在他的眼睛中瞥到了一丝一闪而过的黑暗。

被咪咪搀扶着的布兰卡正尖叫个不停。迪伊知道，自己应该过去帮她，但是又退缩了，因为不想被牵扯进这场闹剧里。布兰卡会不停地说起这件事，直到学年结束，甚至可能会说到升初中之后。

很快就有两个老师来到了现场——洛德小姐一边扶着罗德站起来，一边用湿润的棕色纸巾按着他的眼睛，带着他去医务室；布拉班特先生抓着犯事者卡斯珀的手臂，把他往校门口拉过去，卡斯珀一直低着头。

他们走开以后，周围的一圈围观者还在成群结队地讨论着刚刚发生的事情。迪伊偷听着周围的谈话。

“罗德什么也没做——卡斯珀就揍他了！”

“他一定是做了**什么事**。”

“你能相信**卡斯珀**会那样做吗？他从来不打架的！我觉得他在学校这么多年从来没打过架。”

“为什么他会不顾自己的名声做出这种蠢事呢？”

“罗德跟他说了些什么。我看见了。他走上前去跟卡斯珀说了几句话。”

“他说什么了？”

“一定是对卡斯珀来说很糟糕的事情，否则他也不会有这种反应。”

“肯定很不好。”

“对，最不好的那种。”

“我听见罗德说了些关于布兰卡的事情。”

“不，是关于卡斯珀妈妈的事情。”

“关于他妈妈的什么？”

“谁知道呢？”

咪咪绝望地看了迪伊一眼，于是，她离开了奥赛，过去和咪咪一同安抚哭得歇斯底里的布兰卡。由于卡斯珀被布拉班特先生带走了，所以布兰卡哭得更大声了。无论是谁都会以为是**她**而不是罗德被打了。

迪伊失去了耐心。“看在上帝的分儿上，你就不能安静一点吗？”即使在她说这句话的时候，她也能听到自己脑海里回荡着母亲的声音，告诉她不要不敬地引用上帝的名字。

布兰卡啜泣着：“你说得容易，完美小姐。又不是**你**受到了别人的侮辱，也不是**你的**男朋友捍卫了你，更不是**你的**男朋友可能要被停学！”

咪咪用头示意了一下，两人随后带着布兰卡到了一个安静点的角落。她们现在可以接管这个地方了，因为卡斯珀和罗德已经离开了，而布兰卡的观众们也正在散开。

“罗德到底说什么了？”迪伊问道。

“我不能说——这太可怕了！”

“布兰卡，如果你不告诉我们，我们就帮不了你。”迪伊坚持道。

布兰卡靠着校园的砖墙，说道：“他说——他说……”她停了下来，嘴唇颤动着，又开始哭了起来。这一次她看起来是真的难过了。

“深吸一口气，然后再吐出来。”咪咪命令道。迪伊很佩服她在面对这样的情绪时还能保持果断。而且这奏效了，布兰卡断断续续地吸了口气，又呼了出来，终于冷静了下来。

“你就快速地重复一下他说了什么——一口气说完。”

“罗德说我很下贱，说我跟卡斯珀发生了关系。可我没有！”布兰卡用手捂着脸，显然是为重复这种指控而感到尴尬不已。

迪伊几乎快要哼出声了，不过还是忍住了。男生们总是说关于女生们的这种话。这次又有什么不同呢？

布兰卡仿佛是读懂了她的想法，放下双手补充道：“他说得太大声了，当着所有女生的面，当着四年级学生的面！这太让人尴尬了！现在好了，卡斯珀揍了他，**每个人**都在谈论这件事。他们都会觉得我很下贱的！”

“布兰卡，你应该担心卡斯珀，”迪伊反驳道，“他才是可能被停学的那个。”她无法想象被停学是什么样的。她在学校里的纪录是清白无瑕的，卡斯珀在今天以前也是一样。她想起来，布兰卡曾经在五年级的时候被停学过，因为她穿了一条不仅露出了肚脐眼，还露出了髋骨的紧身超短热裤到学校。而只有像罗德这样的学生才会经常因为扔石头，或是在操场上烧树叶这类事情而被停学。

布兰卡正奇怪地看着她：“你的辫子怎么了？”她肯定是已经有点恢复过来了，所以才会问出这个问题。

“奥赛想看看我头发松下来的样子。”迪伊难为情地回复道。辫子让她的头发变得像波浪一样，从她的头上涌出来，跟嬉皮士的头发似的。她的母亲如果看见了肯定会生气的。迪伊只能在回家前再把辫子梳上了。

“哦对了，迪伊，你落下了你的——”咪咪突然不说了，因为伊恩走了过来。

“你还好吗，布兰卡？”他说。

布兰卡用手背擦着眼睛。“我很难过。”她说道，尽量让自己听起来十分高贵，这让迪伊很想笑，因为这和她平常热情奔放的形象相差太大了。“而且，我很担心卡斯珀，”她补充道，“他可能会被停学的！”

“罗德是个蠢货，”伊恩说，“只是，卡斯珀这样做太可惜了。现在没人会相信他了——甚至他的朋友也不会了。比如你的男朋友。”他对迪伊点了点头。

“你什么意思？”

“他真的很震惊。卡斯珀之前对他那么好——你知道吧，他没必要对一个黑——一个新来的男孩这么好的。所以奥赛现在看到卡斯珀的另一面之后，完全不知道该作何感想。”

“卡斯珀没有‘另一面’！”迪伊抗议道。

“那么，你跟你男朋友说去吧，因为他正困惑着呢。”

“我会的。”

咪咪正对着伊恩皱眉头。迪伊发现他们在一起的时候很吃惊。两人太不一样了：咪咪很特别、很敏感；而伊恩——好吧，他就是个小流氓，尽管他除了三年级那次之外就再没骚扰过迪伊，那次他在她的裙子上抹了胶水，并且告诉她说自己要追着她回家。不过，即使在那时候，这也让人几乎感觉是他在按名单对每个人使坏，一个一个地使坏。

而现在，伊恩似乎有关于奥赛的内部消息了，这让她很困扰。迪伊很认可她的男朋友和卡斯珀做朋友，但是看见他和伊恩说话却让她很紧张。准确地说，迪伊也不是不喜欢伊恩，但是她也不信任他。

这更让她下定决心和奥赛谈一下卡斯珀了。他和卡斯珀待在一起要比和伊恩待在一起好多了。她会让他放心，告诉他卡斯珀揍罗德并不符合他本人的性格，只是为了捍卫布兰卡。奥赛会理解的，她很肯定。奥赛也是个有荣誉感的人。

她离开了咪咪、布兰卡和伊恩，排到了队伍里。有几个同学站在了奥赛后面，但是他们什么也没说就退后让她插了进来。她对奥赛微笑了一下，但让她惊讶的是他并没有回应，而是一脸严肃。**他一定是在想卡斯珀的事情**，她想，**至少这件事我可以解决**。

“别担心，”她安慰他说道，“我敢打赌，他们不会让卡斯珀停学的。等他们听到罗德说了布兰卡什么之后……”她的声音逐渐弱了下来，面对奥赛脸上一闪而过的嫌恶表情，她有点不知所措。

“为什么我要担心卡斯珀呢？”

“呃，他是朋友啊。”

“可能是你的朋友。但不是我的。”

“他当然是你的朋友了！”

奥赛的表情很怪异。“迪伊，我来这里才一个上午。**没有人**是我的朋友。”当他看见她的脸色变了的时候，语气缓和了下来，“好吧，除了你。但是我不知道任何其他足够能和他们做朋友的人。我是新来的男孩——新来的，黑人男生。一整天下来，我不挨揍就已经很幸运了。”

“你太夸张了。老师们不会让这事发生的。”

奥赛叹了口气：“迪伊，让我告诉你一件关于老师们的事情吧。在纽约的学校里的时候，一个老师让我为全班同学做一篇关于加纳的报告。不是我今天早上为你们班做的那种简短的报告，那个更长。我要报告加纳的历史、文化、生产和出口什么样的农作物。所有的客观事实，你明白吧，所以我收集了信息。有一些我本来就知道，但我也去了图书馆阅读关于加纳的书，还问了我的父母。然后我提交了报告。你知道老师给我所付出的这些努力打了什么分数吗？一个D！我觉得，如果可以的话，她肯定会给我一个F，但是只有你根本不做作业的时候才会得F，而我显然是做了作业的。”

“她为什么给你打D？”

“她觉得我捏造了其中的一部分内容。”

“你捏造了什么？”

“我什么也没有捏造！我报告里的一部分是关于奴隶制的。你知道吧，很多加纳人被奴隶贩子抓住并且被带到了美洲和西印度群岛。”

“我——知道。”迪伊如实回答道，这样更容易些。她以前并不知道奴隶是来自加纳的，尽管他们可能上课时教过这个，而她忘了。“所以……那不是捏造的，你说的这个。”

“当然不是。但是我也解释了，有一些部落的首领和白人奴隶贩子做了交易，献出了一部分他们的人民，以换取部落里其他人的安宁。但老师觉得我在撒谎，于是给了我一个D。她甚至说我是歧视自己民族的种族歧视者。”

“所以那是真的吗？部落首领做这种事情？”迪伊试着隐藏她的诧异。

“是的，是的，但重要的不是这个。”

“你怎么做的？你有让你的父母和她谈谈吗？”

奥赛停了一会儿没有回答，脸上浮现出一个苦涩的微笑。“是我**父亲**建议我和全班同学讲部落首领的事情，说这是为了让整个故事更全面公正，这样他们就不会为奴隶制的这部分内容而感到太糟糕了。这样比较有**外交手腕**。我什么也没跟我父亲说。我可不打算告诉他，他的外交政策最后是个什么下场。所以，你明白了吧，甚至连老师们也不是站在我这边的，而是在想方设法让我犯错。我不能相信老师，也不能相信同学。”

“不是这样的！你可以相信我。你可以相信咪咪——她是我最好的朋友。”迪伊把脑海里咪咪对于她和奥赛交往所发出的警告压了下去，“而且，你也能信任卡斯珀。”她加了一句。

“为什么你说他也是呢？他刚刚毫无缘由地打青了罗德的一只眼睛。”

“他揍罗德是事出有因——他在捍卫布兰卡。我敢打赌，如果有人把说她的那些话用在我身上，你肯定也会这么做的。”

终于——有件事奏效了。奥赛站得直了一些，这样更容易进入他高贵的、时刻护着女朋友的男友角色。“我会把他们两只眼睛都打得乌青。”

迪伊把手滑进了奥赛的手里，两人十指紧扣地跟着队伍往前向教室走去。“那你就能理解我们为什么要支持卡斯珀了。他什么也没做错。”

奥赛看起来一下子就低落了，试图把手拿开，但是迪伊握紧了他的手——直到布拉班特先生朝她皱了皱眉并摇了摇头。如果她不够小心的话，她自己也可能要被停学。于是，她松开了奥赛的手。

迪伊跟着奥赛走上楼梯向教室走去的时候，老师喊住了她。迪伊想大喊奥赛让他也停住，不过，如果这样的话，布拉班特先生可能会责备他们两个人手牵手。她知道他不喜欢这个新来的男孩，他会抓住每一个机会来表现这一点。

但是布拉班特先生接下来的话让她吃了一惊。“你的头发怎么了？”

“噢！我……我把辫子解开了。”迪伊脸红了。布拉班特先生从来没谈起过任何关于她头发的事情，不过他没有任何理由要这么做。在今天之前，她一直都把头发束得又紧又齐。

“看起来乱糟糟的。”

迪伊想张嘴道歉，然后又停了下来，因为她想起了早前在操场上对布拉班特先生的反抗。“把头发弄成这样并不违反学校的着装要求。”

布拉班特先生皱了皱眉说：“是的，不违反。不过这个样子不像你。”

迪伊耸耸肩说：“我喜欢把头发弄成这样。”

“是吗？”

“是的。”实际上，她的头发弄得她脖子发痒，而且时不时地就钻进她的嘴巴里。但是迪伊可不打算告诉布拉班特先生这些。

“那太遗憾了，因为这并不适合你。相信我。”

迪伊低下头，她不想和老师的目光对上。她感觉自己就像是在被父亲责骂一样。

“好吧。上去吧，到教室去。”

迪伊压抑着心中的不安，匆匆走开。

回到教室，坐在课桌前，迪伊总是忍不住去看她隔壁小组里卡斯珀的空座位，希望他能奇迹般地再次出现。她能听见布兰卡在教室的另一边抽泣着，她正利用这个新场景来进行表演。

“够了，布兰卡，”布拉班特先生说，“安静。我们不要把操场上的事情带到教室里。现在，我们来做一个关于美国总统的突击测验。拿出你们的铅笔。奥赛，你也可以参与测验，不过我不会给你打分的。突击测验能告诉你，你现在的状况和所需要掌握的知识之间的差距，这样你就能着手弥补这些差距了。你可能只会在我的班里待一个月，不过这段时间也不会白费的。”

迪伊皱了皱眉头。她想反驳布拉班特先生，他仅仅因为奥赛是非洲人，就假设他不知道美国总统。她希望她可以为自己的男朋友挺身而出，就像卡斯珀为布兰卡做的那样。但是，在布拉班特先生刚刚那样和她说过话以后，她不能这样做。而且，奥赛似乎没有被这个假定所影响：他只是点了点头，并把史努比笔袋从课桌里拿了出来。他的史努比笔袋让她吃了一惊，直到她想起两人早上交换笔袋的事情。

她把手伸进自己的书包，然后拿出了——她什么也没拿出来。她在包里四处翻寻，把书本推开，一件羊毛开衫、一包纸巾和一个装着抓子游戏道具的小包。但没有草莓笔袋。她打开课桌盖，尽管知道笔袋不在里面，她还是去找了找。她能感觉到奥赛的眼睛在看着她。

“我能借一支铅笔吗？”她轻声道。

“你不是有草莓笔袋吗？”

“我有。”迪伊回答得太快了，她知道这一点，于是她试着控制接下来几句话的语速，“我吃午饭的时候把它拿回家了，肯定是落在家里了。实际上，我现在想起来了——我把它拿给我妈妈看了。它在厨房的餐桌上。”

她永远都不会把笔袋给她母亲看的，因为她会说这个太轻佻，然后把它没收了。正是因为这个，迪伊才不得不把之前的史努比笔袋藏起来。

接过奥赛递过来的铅笔时，迪伊发现自己不敢直视他的双眼。才没多久，她已经对他撒了第一个谎。

第四部分

下午课间休息

一

泰迪熊，泰迪熊
请你转个身，
泰迪熊，泰迪熊
请你摸下地，
泰迪熊，泰迪熊
请你秀出鞋，
泰迪熊，泰迪熊
这样就行啦！

泰迪熊，泰迪熊
请你走上楼，
泰迪熊，泰迪熊
请你来祷告，
泰迪熊，泰迪熊
请你关上灯，
泰迪熊，泰迪熊
请你说晚安！

下午课间休息时间到了，大家正往外走，这时，咪咪把伊恩拉到了一边。伊恩没料到她会这么做。她不是那种会主动行动的人——更不用说当着同学的面了。把他和其他同学分开，这让他显得很弱，而且控制不住场面。这是他该对她做的事情，以便让大家明白谁是老大。伊恩很生气，在过道里站得离她远远的。“干吗？”如果他不快点赶到操场上，踢球游戏就开始了，他就当不了队长了。

“我想跟你说点事情。”咪咪的表情很温柔，这是女孩子们想要表达自己感觉的时候的那种表情。伊恩听了不寒而栗。这是他现在最不需要的事情了。

他打断了她：“你拿到迪伊的什么东西了吗？”

咪咪停了一会儿，舌头在牙套上打转，显然是忘了她本来想说的话。她看起来很痛苦，很不开心，脸上还有很多污渍。“我拿到了。”她继续犹豫着。

“嗯？你拿到什么了？”

咪咪从包里拿出了一个粉红色的塑料长方体，上面印着几颗草莓。

“这是什么鬼东西？”伊恩质问道，“不管是什么，这东西真难看。”他的语气让她畏缩起来，而这正是他想要的——这让他重新回到了主导地位。

“这是奥赛的——新来的男孩的笔袋。他把它给了迪伊。迪伊不小心弄丢了，我把它捡了起来。我知道你说过想要一些卡斯珀给迪伊的东西，不过这个能替代吗？”

伊恩的注意力立即转移到了笔袋上，仿佛像聚光灯落在了舞台上的一个角色上那样。咪咪不安地来回踱着步。伊恩则微微一笑。这正是最合适的东西，而她完全不知道这意味着什么。咪咪不像他那样有战略思维。她完全不明白操场上的事情和它运作的机制，也不明白一个像奥赛这样的男生的出现会对事情本来的秩序产生多大的干扰。她不能像伊恩即将做的那样，试着把一切恢复到原来的样子。真的，她应该感谢他。

“谁知道你拿了这个笔袋？”

“没人知道。”

“很好。”伊恩伸出手说，“把它给我。”

咪咪站着停了很久，手里拿着笔袋，看起来就像一只被困住的动物——一只自愿走进陷阱但现在开始后悔的动物。伊恩耐心地等着。最后她会把它交给他的。

不过他首先等到的却是她的讨价还价，这让他出乎意料，同样让他感到意外的还有咪咪提出的要求。“我不想再跟你交往了，”她说，“只有你答应跟我分手，并且不再来找我，我才能把它给你。”她的脸上充满了痛苦——与几天前在旗杆下的粉红脸颊和兴致盎然截然不同。

伊恩隐藏起自己的愤怒。他没让她觉得自己因为被拒绝而受到了伤害，也没让她觉得自己想知道她不喜欢自己什么。因为他已经知道是因为什么了：他们一点也不像。他很冷酷，而她很奇怪。

倒不是他有多么喜欢她。但是伊恩不想让其他人发现咪咪把自己给甩了。等晚些时候，他会去男生中间放话，她拒绝跟他发生关系，或者他可以说她已经和他做了，然后他把她给甩了。他得想想如何从目前的处境全身而退。尽管如此，他还是想要这个笔袋。“好吧。”他说。

咪咪不为所动。“你不能说我的坏话，或者说一些像罗德说布兰卡那样的话。”她好像听到了他的心声一样。

“我什么也不会说的。但是，你也什么都不能说。”他加了一句，然后不耐烦地摆了摆手，“好了，你到底打算给我还是不给我？”

咪咪咬着嘴唇。她递出笔袋的时候，他能看到她的手在颤抖。她不擅长这种谈判，手上没有任何能约束他的筹码。他可以轻而易举地把分手转向对自己有利的一面。

“那你继续往外走吧，”他接过笔袋说，“我一会儿就到。”

咪咪盯着已经被伊恩牢牢地拿着的笔袋。她看起来很害怕，眼睛里闪烁着的奇怪斑点，让她的眼睛转了起来：“你打算拿它做什么？”

但是伊恩已经转身去他们教室隔壁的衣帽间了。“不关你的事。”他侧过头说道。他在衣钩上翻找自己的外套时，还能感觉到她在走道上一动不动，这让他咬牙切齿。“蠢货。”他嘟囔道。他现在的感觉和在旗杆那儿对她的感觉相差十万八千里。他找到了自己的夹克衫——简单朴素的海军蓝，因为过去几周天气越来越暖和了，已经有一阵子没穿了。在把刚拿到没收的财产装进口袋前，他打开了笔袋，看看里面有什么。里面没什么特别让人感兴趣的东西：不同长度和颜色的铅笔、几块橡皮、一个塑料铅笔刀、一把短短的尺子、一枚一角的硬币、一块火箭筒泡泡糖、一张小字条、一个装满了魔术橡皮泥的塑料鸡蛋。他留下了硬币，拆开了泡泡糖——看也没看就把附赠的色彩亮丽的漫画扔了——塞到了自己嘴里。他看了一眼字条：字条上用一种特别的、有很多圆圈的字体写着奥赛的名字、地址，还有电话号码。他想象着自己可以用这个号码打的骚扰电话，不禁笑了起来。这个机会不费吹灰之力就送到他的眼前了。

伊恩把其他东西都扔到了一个纸盒子里，其中装满了一堆课堂垃圾：断掉的粉笔、用旧的黑板擦、灰色的金属书架、美工纸片。他从一本关于美国主要农作物（玉米、小麦、棉花、牛肉）的习题册里抽出一沓纸，盖在了从笔袋里拿出来的东西上面。一直到本学期结束，暑假开始，洛德小姐来打扫衣帽间之前，几周之内都不会有人发现它们的。那时候他早就走得远远的了——去另一所学校，去整其他倒霉蛋。

笔袋清空之后，伊恩开始仔细打量它。天啊，这真是太可怕了。只有女生才能受得了用这么俗气浮夸的东西。这个笔袋唯一有趣的特点就是上面的浮雕草莓，球状的点点在塑料表面上凸起，让他想到了乳头。他在过去几年偷来的《花花公子》杂志里看到过这样微微凹下去的乳头。他偷瞄过的女生的乳头——当他偷窥她们换衣服去体育馆时，或者他逼迫五年级女生为他把上衣撩起来时——很小、很光滑，就像鸟嘴一样。伊恩摸了其中一颗球状草莓，随着指尖的触感传到他的下腹，他笑了起来。或许这就是黑人小子会有这个笔袋的原因吧，如果它对他也有同样的效果的话。

但是他绝对不能留着这个笔袋。用它来把操场上的事情搅浑，要比拿它在更衣室里让他兴奋来得有用多了。伊恩可以用其他东西来获得快感。不过，他该用这个笔袋做什么呢？如果想要对奥赛产生最大的影响，就需要让卡斯珀得到它，这样它才能成为伊恩在奥赛那里种下的疑问的确凿证据。但是卡斯珀不会拿着这样一个东西。稍微有一丁点自尊心的男生都不会拿着一个上面有草莓的粉红色塑料笔袋的。

如果卡斯珀不会拿着，那就得找一个和他走得很近的人。有了。伊恩笑着，自顾自地点了点头，他已经想到要怎么做了。他穿上了夹克衫——虽然外面已经暖和了，但是他需要一个能藏东西的地方——他把笔袋塞在内袋里，朝外面走去。

六年级学生已经聚集在一起，准备玩下午的游戏了，下午，女生们和男生们一起玩。由于平日里的队长——卡斯珀和伊恩——都不在，两个替补队长担起了这个角色：罗德——还有，让伊恩感到惊讶的是，另一个是奥赛。一个新来的黑人男孩，怎么能如此快速而轻易地爬上操场的等级阶梯呢？伊恩以为他的同学们会更有出息一点的，不过他们看起来都是娘娘腔，主动地滚开，让这个新来的统治他们。伊恩得快点行动了，否则奥赛将会彻底接管这里。

罗德一看见伊恩就跑了过来，喊道：“伊恩！伊恩到我这队。”他右眼周围的皮肤已经变成了墨蓝色，不过，除了被卡斯珀打到的地方，其他地方倒是完好无损。伊恩感到了一阵恶心。

“我要被留校了，”当伊恩走近之后，罗德悄声对他说，“杜克夫人说，如果不是因为这个乌青眼眶的惩罚已经足够，她会让我停学的。我的眼睛好痛！”

“你提到我了吗？”

“没有，我说了我不会，当然没说。”

“很好。”

“嘿，现在没轮到你选，罗德！”有几个学生喊道，“轮到奥赛选了。”

伊恩站着，等着奥赛思考接下来为自己这队选哪个人。他已经选了几个人，包括迪伊和咪咪。尽管伊恩厌恶这个黑人男孩，但是当奥赛的眼神落在伊恩身上时，这种关注还是让他激动不已——这是积极的关注，而不是他更习惯的来自其他人的望而却步的不安。

奥赛对他点了点头：“伊恩。”

伊恩点头回应，并走过来加入了队伍，罗德在一旁念叨道：“妈的！”

奥赛和罗德继续选队友的时候，伊恩发现了他在寻找的人：布兰卡，她正一个人坐在海盗船上生闷气。她不会来玩游戏，而是喜欢公开舔舐自己的伤口。完美。

他们抛硬币输了，要先去外野区。伊恩没有等奥赛告诉他去哪个位置，就径直走向了靠近海盗船的外野区三垒。幸运的是，迪伊在外野区的另一面，离他很远，而奥赛背对着伊恩投球。他们都不太可能看见草莓笔袋。伊恩得以偷偷溜到布兰卡那里，布兰卡正坐在船的甲板上，双臂搭在上面的栅栏上，头靠着其中一条胳膊。她的厚底凉鞋踩在栅栏的下沿，如果伊恩换个角度，他就能看到她的裙底了。不过，他没有调整到一个更好的位置，因为他需要专注。“布兰卡。”他轻声喊道。

布兰卡没有回应，于是他又稍微大了点声喊了一遍她的名字。她无动于衷地看了过来。在两人同校的几年里，伊恩从来没能成功地控制住或是吓唬到她。布兰卡太自我陶醉了，以至于她根本不会怕他。她有她自己的一股力量，能够制造出自己的灾难。伊恩对她来说什么都算不上——或者说，在今天以前什么都算不上。现在，他可以改变这一切了。

“我有样东西给你。”他继续说道，停了一下，并不急着说完。一个女生一脚把球踢到了游击手那儿，第一个出局，伊恩和他的队友一起拍手叫好。“是卡斯珀给你的。”他终于说道。

布兰卡猛地抬起头，脚落到甲板上。“什么？”她尖叫道。

“嘘。这是个秘密——一个只给你的东西。”伊恩不希望她现在就把注意力拉到他们这边——在他自己安全脱身以前可不行。他凑近了一些，“他在校长办公室，要去厕所的时候，我碰到了他。他让我把这个给你。”伊恩从夹克衫口袋里拿出了笔袋并递给了她。

布兰卡惊呼了一声：“哇，这太可爱了！”她用手指来回抚摩着草莓，就像伊恩刚才做的那样，“等我拿给其他女生看吧！”

“别！现在先不要。”

“为什么？”

一个男生把球踢向了外野区，在一垒和二垒之间，并且开始向一垒跑去。

“卡斯珀希望这能成为你们之间的秘密——一个只有你和他共享的东西。只是暂时的。况且，你应该在展示给大家看之前先感谢他。”只要运气稍微好一点，卡斯珀几天之内都不会回来，如果伊恩可以让黑人男孩看见谁得到了这个笔袋，到那时候，奥赛和迪伊之间的裂痕就形成了。他知道，自己现在正利用惯性滑行着，就像不握刹车，骑行在下坡路上。但是明知道自己可能会撞上什么东西——正是乐趣的一部分。

“好吧……”布兰卡看起来很困惑，“卡斯珀没事吧？他被停学了吗？”

“我不知道。”伊恩这次倒是可以诚实回答。

“他担心我吗？他应该担心我。每个人都知道罗德说了我什么，我还得坚持在学校。”伊恩没有发出她所期待的同情的声音，于是她补充道，“太糟糕了！当女生太难了。你根本不会懂的。”她摆弄着她的黑色鬈发来强调自己说的话。

“我想肯定是这样的。”伊恩表示同意，因为这样要更容易些。

罗德上场了。“快让那个浑蛋出局，”布兰卡嘘嘘道，“他敢伤害卡斯珀，我简直想杀了他！”

她的话仿佛有魔力似的，罗德把球高高地踢向了伊恩。他本可以故意漏接这个球，不过，这次他向前一步迎了上去，稳稳地用胸部接住了球。布兰卡大声地欢呼着，好像她在他们队里似的，这出人意料的欢呼让伊恩心里充满了骄傲感。

他们轻易地就让对方三振出局了，两支队伍交换场地，在接下来的比赛里，罗德的队伍要去外野区。奥赛的队员们聚集在他们的队长周围，听候队长发布踢球手的顺序，伊恩低声对他说：“通常我们会让一个女生先踢。你可以问问迪伊。每个人都会希望你让她先踢的。”

奥赛点点头，说道："先是迪伊，然后是邓肯，然后伊恩，我，还有……"他依次点着剩下的队员。

迪伊是第一个上场踢的，和平常一样，她踢出了一脚短击球，然后奔向了一垒，罗德是那儿的守垒员。她尽可能地站得离他远，以表现出自己对他侮辱布兰卡和激怒卡斯珀的行为蔑视。实际上，大部分女生都开始排挤他了，甚至包括被他选到队里的那些女生。罗德耷拉着头，显然是不太喜欢他"操场贱民"的新角色。伊恩一边走向奥赛的旁边站定，一边得意地笑着。

不过现在他得开始行动了。"你组建了一支很棒的队伍。"

"谢谢。"奥赛的目光落在邓肯身上，他是下一个踢球手。

"我看见布兰卡从卡斯珀那儿拿了个东西，"伊恩说道，"我猜他肯定很喜欢她，还送她礼物。"

"噢。"奥赛没有在专心听。伊恩可能需要说得更直白一些。

"我从来没想到她是个喜欢**草莓**的女生，真是莫名其妙，"他说，"如果可以根据她嘴唇的颜色判断的话，她应该更喜欢'此刻未来'牌樱桃糖。"

奥赛转过身说："哪种女生？"

"喜欢草莓的女生。"

"喜欢草莓的什么？"奥赛的声音中透着一丝怒气。他的猎物如此轻易地就上钩了，这让伊恩心满意足地想笑。不过，他谨慎地保持着脸上不动声色。

"她有一个新的笔袋，上面有草莓。她说是卡斯珀给她的，还说她想玩这个笔袋，而不是来玩游戏。"他耸肩说道，"女生啊女生。"

“她在哪里？”

伊恩伸手指了指。布兰卡依旧坐在海盗船上，笔袋放在膝盖上，一会儿拉开拉链，一会儿又拉上。如果你不是有意在找笔袋，你不会注意到的——正如待在一垒的迪伊没发现那样。咪咪也没发现，她正和其他踢球手一起坐在长椅上。不过奥赛已经知道他在寻找什么了。当他看见布兰卡膝盖上的那闪闪的粉红色时，他整个人都僵住了——完全僵住了，以至于没有去看邓肯远远地把球踢过了迪伊所在的二垒，最后落在了一垒上。

伊恩开始认为自己不需要再多做些什么了——毒药已经开始生效，他可以轻松地放手，看着它散播开来。他只需要小心一点，让自己看起来超然冷静，并且否认自己和这些有任何联系。

做完该做的事情了，他总算可以上前走向体育场，带着一整天都没有感受过的轻松——可以说是一整周、一整年都没感受过的轻松。他向外朝全是队员的场地看去，按理说，这些都是他的队员，而不是罗德的。他想着：**我要踢出一个本垒球，让你们看看，我是怎样统治着这片场地的**。他瞄准了操场最远的一角，朝着向他滚来的球跑去，触球，将它踢向了他的目标位置。

*

每当有人成功地踢出本垒球，每个在垒的球员都会在回到本垒的途中进行庆祝，走路、跳舞，或是围着他们跳来跳去，笑着喊着炫耀他们的荣耀，刺激他们的对手。迪伊欢跳着，她很激动奥赛的队伍已经得了三分，很可能要压倒性地赢得胜利了。奥赛第一次当队长就取得了这样的结果。这是个绝佳的开头。**他会在**

这所学校过得很好的，她想，**而他是我的男朋友。**

她跳着回到了本垒，双脚跳到了垒上，然后开始和她的队友击掌。邓肯在她后面跑到了本垒，他伸出了一只手。“来击掌吧。”他说。

迪伊和他击了掌，掌心对掌心。

“再来黑色这面。”两人用手背再次击了掌。

“再击下拳吧。”两人把手捏成拳头，上上下下碰了几下。

“我懂你呀！”他们拇指交叉握了握手，就像他们在电视里看见黑人所做的那样。

迪伊一直在笑，直到她看见了奥赛。奥赛面无表情地看着他们的庆祝仪式。迪伊脸红了。“噢，奥赛，我……”她停住了，有点难为情，不仅是因为，从他的眼里看来这个击掌仪式现在看起来像两个试图耍酷的白人小孩之间的滑稽表现，还因为他转身离开她，走向了本垒。他站在那里，一脸严肃，等着球回到投球手的地方。

迪伊盯着奥赛，刚才她还在为得分而感到愉悦，此刻却错愕不已。显然，他不会因为这个愚蠢的击掌而生她的气吧？身为白人去说“黑色这面”是冒犯人的吗？看着他愤怒的背影，她费解得想哭。

“他在生卡斯珀的气，就这么简单。”她听到背后有人说话。伊恩刚跑完几个垒，正站在附近，他平日里浑浊的灰色眼球此时闪着光，脸颊也红了。他伸出了手，掌心向上。

出于礼貌，她也跟他击了掌。伊恩稍稍弯曲了一下手指，整个拉住了她的手掌。这种感觉太惊悚了，迪伊立马把手抽了回来，不过她随后意识到他可能生气了。“那一脚真不错。”她说，随后又奇怪自己为什么要安抚他。

“谢谢。我想，你肯定能让他在卡斯珀的事情上稍微好受一点。”

“我……”**那真的是问题所在吗**？迪伊想着，但是并没有说出口，因为她不想和伊恩谈论奥赛。

“有一个黑人男朋友不容易啊，”伊恩毫不留情地继续说道，“大部分女生都不会这样做的。你需要各种各样的支持。如果卡斯珀和奥赛成了朋友，一切对你来说就会容易一点了。有一个像卡斯珀这样的人和你一起，你可以做任何你想做的事情——如果你愿意，甚至可以和黑猩猩交往。”

迪伊刚张开嘴，又停住了。他正在对她微笑。“我喜欢你把头发弄成这个样子。”他说道。

迪伊转过身来，心里充满疑问。他是在说奥赛是黑猩猩吗？不，不是的，她走向队里的队席坐下时想清楚了，不过他的言辞很奇怪，就像已经有一点变酸但又还没发出臭味的牛奶那样。然而她不确定如何反驳这一点，因为伊恩看起来似乎是真的想要帮忙。

在伊恩的本垒球之后，奥赛踢的一脚看起来有点漫不经心。不过，他到达了一垒，然后站在那里，他并没有朝迪伊这边看，而是穿过场地朝布兰卡坐着的海盗船看去。迪伊皱了皱眉。事情有些不对劲，而她不知道到底是哪里不对劲。她真希望伊恩不要再盯着她看了。

“卡斯珀！”布兰卡尖叫道。她跳下了海盗船，奔向了卡斯珀家对面的铁丝网围栏。他刚出来，走到了前门的走廊。踢球的孩子们中间响起了一阵窃窃私语。

“我从来没见过布兰卡跑这么快。我都不确定有没有见过她跑！”

“所以他确实被停学了！”

“会停学多久呢，你觉得？”

“我不敢相信卡斯珀回家了，现在还没放学呢！”

“他一定会想念语法测验的。”

“有测验？”

“你白痴吗？布拉班特先生这一整周都在提醒我们这个！”

“真希望是我而不是卡斯珀回家了。”

“哇哦，就一下，他就把自己的完美纪录给毁了。”

“他妈妈肯定会很生气的。”

“我敢打赌，他爸爸回家后肯定会揍他的。”

“真不知道他爸会不会像伊恩老爸那样用皮带。”

“伊恩的爸爸会用皮带揍他？”

“我是这么听说的。”

“哦，天哪，你看他们在干吗？”

“她握着什么？”

“他的鸡鸡？”

“很有意思。哇哦——她撒手了。”

学生们边聊天边看着布兰卡和卡斯珀。她刚示意他从门廊里走出来，穿过马路来找她。两人正透过铁丝网围栏接吻。

“幸亏他俩中间还有围栏，要不然他们肯定整个都搂抱在一起了，”詹妮弗对坐在板凳上的迪伊嘟囔道，“卡斯珀肯定吓坏了，否则他不会让她像这样当着大家的面亲他的。她真是太爱表现了。”

迪伊傻笑着，因为她知道詹妮弗期待她这么做。不过她还是忍不住去看了。看着另外两个孩子如此真实而热情的表现，她很难过。因为她和奥赛两人似乎已经越过这一段了，这一切太令人措手不及了。

她想过去和咪咪坐在一起，她现在一个人坐在长椅一头，闭着眼睛向后靠着。她的朋友对她的态度很奇怪：不是刻薄，也不是生气，而是疏远。迪伊问她发生什么事了的时候，她说她的头痛快过去了。迪伊感觉那并不像是全部的真相。

迪伊四下看去。除了咪咪，其他六年级学生——奥赛、詹妮弗、罗德、邓肯、帕蒂——都还在看着布兰卡和卡斯珀。只有伊恩没有，他在看着奥赛，而且嘴上挂着微笑。

为什么一切都不太对劲？她想，**今天上午还很开心，可是现在……**

至少，在跳绳的四年级女生们毫不知情。迪伊能听到她们在她背后，唱着她最爱的歌曲之一：

泰迪熊，泰迪熊
请你转个身，
泰迪熊，泰迪熊
请你摸下地，
泰迪熊，泰迪熊
请你秀出鞋，
泰迪熊，泰迪熊
这样就行啦！

泰迪熊，泰迪熊

请你走上楼，

泰迪熊，泰迪熊

请你来祷告，

泰迪熊，泰迪熊

请你关上灯，

泰迪熊，泰迪熊

请你说晚安！

歌词一刻不停地重复着，迪伊不得不忍住去扇她们耳光、让她们安静下来的冲动。她摇了摇头，对自己感到大吃一惊。无论在操场上传播开的是怎样的毒药，它对自己也已经产生效果了。

*

奥赛从来不会把自己称作一个愤怒的人。在他去过的学校里，他见到过很多愤怒的学生：对老师的不公平对待感到愤怒，对家长们的拒绝感到愤怒，对朋友的不忠感到愤怒。有些甚至对诸如越战、尼克松和他的水门密友[1]等全球事件表达了愤怒。而他的姐姐茜茜，当然了，现在也经常愤怒。在过去一年里，她抱怨过白鬼，抱怨过政客，抱怨过美国黑人镇压非洲人以及非洲人太依赖西方援助。她甚至抱怨过马丁·路德·金太被动。有时候，他们的父亲会和她辩论，责令她永远都不能说对马丁·路德·金如此不敬的话。不过，她的愤怒太令人厌烦了，他们的父母往往只是

[1] 水门事件，指20世纪70年代发生在美国的一场窃听丑闻。

交换个眼神而已，有一次，奥赛惊讶地发现母亲翻了白眼——他以为这是只有小女孩才会做的动作。“很正直。”母亲这样评价茜茜的脾气，而这并不是赞美的意思。

不过奥赛觉得，自己对于愤怒是比较迟钝的。正如父亲喜欢提醒他的那样，愤怒是一个轻易的选择。相比之下，收着自己的性子，并且用考量过的言语和行动来解决问题，可要难得多了。那正是一个外交官被训练着去做的事情，也是他的父亲希望奥赛长大后会去做的工作——外交官，或者当一名工程师。不足为奇的是，他从来没想过把茜茜培养成一名外交官。

所以，当奥赛发现自己体内的怒气像稳步上涨的河水一般涌出时，他很惊讶。一开始，这还很难被察觉，突然之间，水流就已经到了它本不该出现的位置——田野里、道路上、房子里、校园里、操场上。它已经在那儿了，你没法把它弄走，或者让它转变方向。

这是从迪伊喂卡斯珀吃草莓时开始的，在她向自己为卡斯珀辩护时，愤怒的水位已缓缓升起。但那个让河水突然暴发冲破堤岸的引爆点则是在他看见布兰卡手中的草莓笔袋的那一瞬间。奥赛愤怒的一部分原因是不协调——一个陌生白人竟然拿着在奥赛看来和他姐姐有着紧密联系的物品，况且，那还是在她姐姐更年少、更快乐、更善于交流、更像一个姐姐的时候。现在它在操场上被传来传去，它的独特历史完全没被关注到，仿佛它曾经属于茜茜这一点完全不重要似的——仿佛茜茜不重要似的，而实际上，她对奥赛来说比任何人都要重要。比迪伊都要重要，他意识到。迪伊还没有争取到她在自己心中的位置。现在他已经不确定她是否会有那么一天能做到了。

因为她对他撒谎了。迪伊跟他说，笔袋落在家里了，而它很明显没有被落在家里。她把它送人了，或是扔掉了，然后它莫名其妙地落在了布兰卡——卡斯珀的女朋友手里。果不其然，卡斯珀和这件事以某种方式联系起来了。奥赛不知道具体是怎么联系起来的，但是他感觉到了，而伊恩则确认了这一点。迪伊的谎言、卡斯珀的参与，都逼迫着他，让他脑袋里的一股压力越来越大，势必要爆发。

在一垒的时候，他看着布兰卡坐在海盗船上，膝盖上放着草莓笔袋。她正用手指来回抚摩着草莓，就像每个其他女生会做的那样。然后她跑向了卡斯珀，他不得不看着两人公然秀恩爱，热烈地靠在围栏上亲吻，以及他们亲吻时她的手里握着笔袋，直到后来，她把它弄掉了。这正好让他的内心的愤怒涌到了表面。只要有一个人就能将它释放。

那个人就是迪伊。课间休息结束的铃声响起的时候，布兰卡和卡斯珀还在热吻，笔袋还被丢弃在地上，而迪伊向他跑了过来。

“奥赛，怎么——”但是她没有机会说完。他不想跟她当面对质，让她当着他的面，跟他说话，说更多的谎话，一面把他当作男朋友，一面又把他当作白人操场上的黑人男孩。像一只黑绵羊，在名字旁边刻着一个黑色的标记。被排挤，被勒索，被加入黑名单，被诬蔑黑心肠。[1] 这真是黑暗的一天。

---

[1] “被排挤，被勒索，被加入黑名单，被诬蔑黑心肠”分别对应以“black”，即“黑色”开头的单词：blackballed，blackmailed，blacklisted，blackhearted.

守着他愤怒的水坝倒塌了。“别来烦我！”他喊道，用力地把她推开——他是如此用力，以至于迪伊双手摇摆着，像一个卡通角色在空气中一个劲儿乱抓，最后，迪伊向后摔倒在地上。她的脑袋撞在沥青地面上发出的可怕声音终于让大家把注意力从布兰卡－卡斯珀表演秀转移到了这出新的戏剧上。

“迪伊！”咪咪一边尖叫道，一边跑过来跪在朋友身边，迪伊闭着眼睛平躺着，“迪伊，你还好吗？”咪咪把她的头发从脸上拂去的时候，她的眼睑动了一下，然后睁开了眼睛。

奥赛在她们之间徘徊，他突然感到很羞愧、很难受、很无助。

迪伊看了看四周，始终很困惑，直到她的眼睛对上奥赛的眼睛，她才退缩了一下说道：“我没事。”

咪咪抬头看着奥赛。“你**怎么回事**？”她生气地对奥赛说道，“你疯了吗？为什么要这么做？”

奥赛浑身颤抖，充满了对自己的厌恶。但是他的愤怒并没有得到平息。它堵住了他的嘴巴，也绑住了他的脚，所以，他只是安静地站着，双手放在身侧。

他听到了身后的脚步声，他知道，肯定是老师来了。他闭上了眼睛，只有那么一会儿，不过他知道，这给不了他自己想要的，也就是让灵魂远离这片操场，远离这些白人，尤其是这些成年白人。他们现在会围上来——斥责他，把他送到校长室，让他停学，喊他的家长来。他想到了母亲听到他做了什么事时脸上的表情，不禁感到一阵难受。

“这里发生什么事了？”洛德小姐跪在迪伊另一边说，“你受伤了吗，迪伊？”

“奥赛推了迪伊！”罗德站在聚集起来的学生里，愤愤不平地喊道，“他把她撞倒了，这个黑浑蛋！”

“注意用词，罗德。”洛德小姐警告道。

“但是他就是这么做了！”

“够了。他的肤色和这件事没关系。迪伊，你能坐起来吗？”她和咪咪帮着迪伊坐起身来。她看起来还是有点头晕。

“好了，现在告诉我，哪里疼？”

迪伊把手放在她的头后面说：“这里。”

“觉得头晕吗？”

“有一点点。”她没有看奥赛。

布拉班特先生也来了。“各位同学，去你们班上的队伍里，”他命令道，他的权威显而易见，围观的咒语被破除，大家都开始行动了。“不包括你，”奥赛跟着其他人走向校门口的时候，他加了一句，“你做了什么，奥赛？”

奥赛一言不发。

“他什么也没做，”迪伊回答道，“我……我撞到了他然后摔倒了，就是这样而已。”

咪咪开口说：“迪伊，那不是……”

“这并不是奥赛的错。他还试着想抓住我。”

布拉班特先生挑了挑眉毛：“是吗？”

“是的。我很笨拙的。您知道我有多笨手笨脚的。”

“如果你是被绊倒的，你应该往前摔，而不是向后摔，不是吗？你在课堂上学了足够多的动量知识了。”

“我摔倒了，”迪伊一边坚持道，一边挣扎着站了起来，“我没事，真的。”她还是没有看奥赛。

布拉班特先生和洛德小姐看了对方一眼。“好吧，”布拉班特先生说，“去医务室，让校医好好给你检查一遍，然后为你脑袋上的包准备一个冰袋。你跟她一起去，咪咪，照顾好她。还有，弄一下她的头发，否则她母亲会抱怨个不停的。”

奥赛低头盯着地面，没有让自己看着两个女生离去。他不敢抬头看。迪伊为自己掩饰并没有让事情变好一些，反而更糟糕了。他的愤怒并没有退去，而是凝固成身体里的一个肿块。这倒算不上是对她的愤怒，而是对自己的愤怒。他推了一个女生。他不该这样做。他的母亲会很恐慌的，她甚至不会尖叫或是哀号，她会讨厌他的。即便是对白人义愤填膺的茜茜都无法宽恕奥赛的所作所为。

他低头站着，等着两个老师的批评，他能够感觉到他们的眼睛盯着他。

“我以前就见过你这种类型的学生。你打算当这所学校的问题学生是吧，小子？”布拉班特先生低声说道。

“不是的，先生。”他脱口而出，就像条件反射一样。

“因为我们不会对这种行为心慈手软的。”

“是的，肯定不会，先生。”

“你很走运，有个喜欢你喜欢到愿意为你撒谎的女生。天知道她到底为什么会这么做。”

奥赛研究着沥青地面——很多膝盖摔伤的地方。他很奇怪为什么操场上不覆盖一些更具保护性的草皮。

“我对一个黑——”他看了洛德小姐一眼说，“对你没有太多期待。而且，我今天也不觉得惊讶。不过如果真发生什么事了，而你就在周围的任何地方的话，校长会把你开除的，无论哪个漂亮女生如何为你说话。你听到我说的了吗？”

奥赛一直咬着牙，直到他觉得它们要裂开才松口。过了一会儿，他点了点头。

“好了。”布拉班特先生提高了嗓门儿，“你们都站在这里干什么？为什么还没排到队伍里去？我数到十，你们最好都赶到那里，否则就要有人被留校察看了！”

两个老师夹在操场上匆匆行走的学生中间，不紧不慢地走着。奥赛慢慢地跟在后面，他不能忍受跑在他们前面去排队的侮辱，即使这意味着被留校察看。

“理查德，我……”洛德小姐犹豫着说道。

“干吗？”布拉班特先生吼道，仿佛是在和一个学生说话，“抱歉，戴安。怎么了？”

“好吧——我不知道，我们是不是对他太凶了点？”

“对他太凶？他刚把一个女孩子撞倒了！”

“是的，但是……这对他来说肯定不容易的，在学校里孤零零的一个人。”

“生活对每个人都不容易。要说真的有什么的话，他过得太容易了。多亏了咱们的“平权法案”[1]，他长大后能轻易得到一份好工作，一份本应该让更有资格的人来做的工作。”

---

[1] 平权法案又称“积极平权措施”，旨在终止种族歧视，更正其之前造成的后果，并为少数族裔提供一个更公平、更开放的社会环境。

“那是发生在——当我没说。”洛德小姐叹了口气，“天啊，今天是怎么了？先是卡斯珀，现在又是这样。他们在午饭里放了什么吗？”

“你知道为什么，”布拉班特先生阴沉着脸应道，“这所学校还没有准备好接收一个黑人男孩。”

“也许是吧。”

“而且今天还没结束呢。你知道，俗话说得好，‘祸不单行’。”

*

咪咪的头痛已经慢慢缓解了，那些光影都消失了，一切都开始恢复到了原先的对焦，变得清晰起来。之前的感觉就好像是在透过一个望远镜看东西，不断地调整着旋钮，直到它们卡扣到位，她才能看清楚此前一直模糊的事到底是什么。

也许这一切都归功于伊恩让她回归单身，不再来骚扰她。自星期一早上在旗杆边上，她答应做他的女朋友以来，她就觉得来自他的关注时刻压迫着她，就像一床厚被子把她钉在了床上。即使伊恩不在她的眼前，他也能鬼使神差地让她感觉到自己的存在——要么是他的朋友罗德，为了帮他盯着咪咪而持续不断地关照着她，要么就是操场上的运转机制：孩子们或是跟着他，或是害怕他，或是无视他，各司其职，就像一台以伊恩为中心的机器。咪咪曾短暂地被他拉进这个中心，而这个地方太怪异了，她无法在这里运转——无论是作为学生、作为女朋友，或是作为一个朋友。用草莓笔袋向他买回自己的自由是值得的，因为在踢球游戏时，她觉得自己现在已经不重要了。伊恩的注意力已经转移到别人身上了，咪咪可以再次呼吸了，她可以闭上眼睛，找回属于自己的、没人监视的领地。

但她觉得很内疚：她本能地意识到，伊恩拿着这个笔袋——还有奥赛的地址和电话号码——不会做出什么好事。她后悔没有想到在把笔袋交给他之前先把字条拿走。她最后悔的是背叛了迪伊，因为自己把她的一件宝贵东西交给了别人。这是背叛。

她叹了口气。**至少现在我能帮上迪伊了——那也是做了点什么**，她心里一边想着，一边用手搀着她的朋友，陪她上楼去看校护。

蒙塔诺小姐的办公室在二楼，这是一个小小的房间，有一个洗手间，还有一个永远调到WPGC频道（本地电台热榜前40名）的半导体收音机。他们以前都因为割伤、肚子痛，或者发烧而去过那儿让蒙塔诺小姐看病。因为头痛，咪咪经常来这里。门半开着，在广播里《乐团上路》[1]的音乐下，咪咪能听到呜咽声和护士“不要再像个小孩子一样了”的训诫声。

她和迪伊在走廊上的一排椅子上坐下等着。她们对面的墙上贴着海报：有提醒大家如厕后要洗手的，也有解释如何对付头虱的，还有介绍水痘、腮腺炎和麻疹的症状的，以及通知肺结核检查、眼睛检查、接种天花和小儿麻痹症疫苗的。光是坐在这些成年人该面对的信息的对面就已经让她精疲力竭了。他们总是很擅长把世界变成一个可怕的地方。有那么一秒钟，她希望她的母亲和她们坐在一起，替她们承担忧虑的重担。

---

[1] 《乐团上路》（*Band on the Run*），前披头士成员保罗·麦卡特尼（Paul McCartney）和英国流行摇滚乐团Wings一起发行的专辑，内含同名单曲。

办公室里传来了更多的叫喊声。咪咪推测有人擦伤了膝盖，蒙塔诺小姐会用碘酒来处理这种伤口。这有可能是一个年纪小的学生，一个二年级或三年级学生。她已经有无数次坐在那里了，这些声音她都听过了。

迪伊身体后仰，闭着眼睛。咪咪想问她感觉怎么样了。实际上，她想问她很多事情，也有很多事想对她说。但是基于她自己头痛的经验，她知道这时候烦她对她不会有任何帮助。于是她决定还是务实一点。“我准备去接点水。你要来点吗？”

“好的，帮我倒一点吧。”

咪咪从墙上的分配器上取了两个迪克西谜语杯，下楼去走廊的饮水器那儿接水。等她回来的时候，广播里在播放史提利丹乐团[1]的《昏头昏脑的几年》，而迪伊正在哭。咪咪坐下来，把杯子递给迪伊说：“喝吧。”

迪伊一口气把水喝完了，然后连杯子上的谜语都没读就把纸杯捏扁了。咪咪喝了一口水，看了一眼杯子上印着的笑话。**当你对一面镜子说笑话的时候，它会怎么样？它会笑裂**。杯子上的这些笑话从来都不好笑。

“好了，”她说，“我要帮你把辫子编起来了。一个辫子还是两个？”

“一个。”

---

[1] 史提利丹乐团（Steely Dan），1972年成立的美国乐团，主要成员有唐纳德·费根和沃尔特·贝克尔，乐团名称取自美国诗人威廉·巴勒斯（William Burroughs）的诗作《裸体午餐》（*Naked Lunch*）。

“法式？”

“法式。啊不，还是普通的吧。编得简单点。”

“转过身去。”

迪伊转身背对着咪咪，咪咪侧身坐在位子上，从朋友的肩膀上拉过她的头发。她开始梳理迪伊的缕缕长发，同时用手指抚平并捋直。她很少看见迪伊散着头发。再次把它束缚起来，这看起来很让人惋惜。不过，现在这样显然让大人们很困扰。

咪咪把迪伊的头发分成了三股。“现在，告诉我吧，怎么了？”她一边编辫子一边问道。

“噢……”迪伊摇了摇头说，“没什么。”

“不是这样的。外面到底发生什么了？”咪咪此前都闭着眼睛坐在一旁，有意识地让自己远离操场，因此只看到了迪伊摔倒在地的场景，只见她的头猛地撞在地面上。但是，她看见了奥赛脸上扭曲的怒火，她知道迪伊并不是像她说的那样是被绊倒的。

“我不知道他为什么生我的气。”迪伊用一只手擦着眼睛，“我不知道我做了什么。本来一切都很好，然后……突然就不好了。就像一个开关被按到了，比如有人跟他说了一些关于我的什么话。但是能说我什么呢？我什么也没做错！除了……”

“什么？”

迪伊摇了摇头：“没什么。”

她看起来不打算细说了，咪咪于是摇了摇头说：“男生们都很奇怪。”

“你和伊恩——”

“我们刚分手。”咪咪想起了她和伊恩的交易——草莓笔袋换来两人的分手——内疚让她的肚子一阵痉挛。她应该告诉迪伊。但她有胆量这么做吗？

迪伊转过来看着咪咪。“噢！那真是——”她显然咽下了一句话，但是，她看起来似乎松了口气——这比咪咪原先想的更让她难过。很明显，她对男友的判断被怀疑了，哪怕迪伊在这过去几天里没有提起过这些。

“那很好，”咪咪接了下去，“我知道。我一开始和他在一起的时候也不知道是什么让我着了魔。”

“好吧……”迪伊总算是笑了，“我们都有点奇怪。他和你太不一样了。”

“我想，我是受宠若惊了吧。在此之前，没有男生想和我交往，因为我很奇怪。”

“不，你不奇怪！”

“不是的，我很奇怪。你知道我很奇怪的。我一直都在边缘地带。我什么都不是很擅长，不能考出好成绩，不能跑得很快，不会画画，不会写作，也不会唱歌。我总是动不动就有这种该死的头痛。大家都觉得我是个女巫什么的。有时候我都很惊讶我是你最好的朋友。”**尤其是当我把你的东西给了别人，并对你撒谎的时候**，她无声地加上了这句话。

“别傻了，你是我认识的最有趣的人——不过，现在是除了奥赛以外最有趣的人了。”

咪咪感觉到妒忌的尖牙咬噬着自己，她有一种用力猛拉手里的辫子的冲动。但相反，她用辫子卷住自己的手，仅仅是轻轻地拽了一下，她说：“好了，你有发圈吗？”

迪伊把手伸到牛仔裤口袋里翻找。“你也很擅长甩双绳。”她说着，递给咪咪一根紫色的橡皮筋。

咪咪不确定迪伊有多么认真，她想这肯定是个玩笑。她大笑起来。“是的，我很擅长这个。”她放下辫子说，“搞定。”

“谢谢。”迪伊把头靠回墙上，随后皱了皱眉并调整了一下姿势，用手抵着脸颊，“好痛。”

“头上那个包？”

“是的。”

“你摔得不轻。你有觉得头晕或者恶心吗？”

“没有。”

“很好。那应该说明你没有脑震荡。校护担心的就是这个。”

两人又沉默了。现在该是咪咪向自己的朋友坦承关于笔袋的事情了。她吞了下口水，张开了嘴巴——但什么也没说出口。要承认自己的不良行为太难了。而且，迪伊现在把头发梳回了辫子的样子，看起来更冷静，更像她自己了。咪咪很舍不得让她不高兴。

另一首歌开始播放了，这个瞬间就这样过去了。咪咪和迪伊坐了起来。

我听说他有一副好歌喉

我听说他有自己的风格

所以我来看看他

听他唱上一会儿歌

即使是细弱无力的广播声都掩盖不住罗贝塔·弗莱克[1]魅力四射的嗓音。自这首歌几年前推出以来，女生们就为它疯狂。一个嗓音洪亮的五年级女生今年凭借这首歌赢得了学校的才艺表演秀。不过，咪咪曾偷听到布拉班特先生对洛德小姐嘀咕说，这首歌让一个十岁小孩来唱是完全不合适的。迪伊开始跟着音乐一起哼。

他用手指漫不经心地拨弄着我的苦
用他的话语唱出我的一生
用他的歌声温柔地杀死我……

她突然停了下来：“噢，咪咪，我不知道该怎么办。”

“你喜欢奥赛吗？”

“是的，很喜欢。和他在一起的感觉太棒了。他和这里的每一个人都太不一样了。”

咪咪保持着沉默，试着不把迪伊刚刚的那句话当作批评。

“他去过那么多地方，聊起天来滔滔不绝。他让别人都显得无趣。包括我也是，住在这个无聊的郊区。这让我想做些更冒险的事情，比如更频繁地去市中心逛逛。你上次去华盛顿是什么时候来着？”

“复活节的时候——我们家带着堂兄弟姐妹去华盛顿纪念碑。”

“我这个周末要邀请奥赛和我一起坐公交车——我们可能会去

[1] 罗贝塔·弗莱克（Roberta Flack，1937— ），美国黑人女歌手，文中提到的是弗莱克的大热曲目——《用他的歌声温柔地杀死我》（*Killing Me Softly with His Song*）。

乔治城[1]。”

“你妈妈怎么办？”

“她怎么了？”迪伊脸上又渐渐浮现了她早前对布拉班特先生露出过的抗拒的神情。

“算了，如果需要的话，你可以说你跟我在一起。”

“如果他还生我的气的话，我就不需要了。我觉得我们要么和好，要么就得分手了。”

“他刚才推你了吗？”

迪伊没有回答。

“因为如果他推了你的话，那很糟糕，不是吗？”

“这是个意外。他不是有意要伤害我的，我敢肯定。”

“你确定？”

“我更担心他在那之前对我的表现，在踢球时的表现，甚至是在那以前的表现。为什么他变得这么快？为什么他看起来好像还很关心我，然后突然就变得愤怒而疏远？”

咪咪耸了耸肩：“我不明白男生们的想法。他们也不理解我们。”

“噢！”她们听到里面传来的声音，然后是“吉米，就快好了。坐好了别动”。

他唱歌，就好像他认识我似的

在我各种黑暗的绝望中

然后他一下子看透了我

---

[1] 美国首都华盛顿哥伦比亚特区的一个社区。

迪伊又在哭了。咪咪知道，最好还是让她一个人静一下。

也许，她应该把草莓笔袋从伊恩手里拿回来，在他用它搞出什么状况之前——把它卖掉或者在策划别的什么。她要硬着头皮去问他。

办公室里传来一阵拖脚走路的声音，在门完全打开之前，迪伊及时地擦了擦眼睛。一个小男孩瘸着腿跳了出来，他的膝盖和手肘上贴着膏药。蒙塔诺小姐跟在后面，她穿着一件白大褂，脸上是亘古不变的镇定表情。

"回到班上去吧，吉米，"她说道，"下次走路小心点。说真的——男孩子啊。"她低声说道，然后转身对着咪咪和迪伊说，"好了，姑娘们。又头痛了吗，咪咪？"

"不，蒙塔诺小姐，我只是陪迪伊来的。洛德小姐让我陪她来的。她头上摔了个包。"

"是吗？迪伊，进来，我给你检查一下。"她对咪咪点点头，"你可以回班里去了。如果没什么问题的话，迪伊可以自己回去。如果她伤到了，我会送她回家。"蒙塔诺小姐的轻松令人感到安心，因为这个责任已经巧妙地从咪咪身上解除了。让大人们来处理吧。

她捏了捏迪伊的手说："一会儿见。"

迪伊点了点头，站起来跟着护士走了进去。"谢谢你，咪咪。"

"没事儿。"

她们进去之后，咪咪还是坐在原来的位置上，一边等着罗贝塔唱完她的痛苦之歌，一边想着下一首会是什么歌，会不会蕴藏着什么征兆。她没有和迪伊或是其他人说，不过她困惑的时候，有时候会在事物里寻找征兆。她的脑袋现在正嗞嗞作响；她需要给它喂些知识，以便能理解今天所发生的一切。

当约翰博士[1]开始唱关于“在错误的时间出现在了正确的地点”的歌时，咪咪点了点头。在她看来这个征兆是有意义的：这一整天都感觉像是错误的时间。她已经等不及想让它快点结束了。

[1] 约翰博士（Dr. John），原名Malcolm John Rebennack，美国歌手、歌曲作家、演员、钢琴家和吉他演奏者。

第五部分

放学后

一

我妈妈告诉我

如果我乖了

她就会给我买

一个橡胶小玩偶

我姐姐告诉她

我亲了一个士兵呀

现在她不会给我买

这个橡胶小玩偶

现在我已死

我在坟墓里

在我身边的是

一个橡胶小玩偶

放学铃声响起的时候，迪伊总算松了口气。她觉得自己等待这一刻仿佛已经好几个小时了。她从校护那儿回来时已经错过了语法测验，她坐下时奥赛没有微笑，而在下午剩余的时间里，他一直无视她。在下午的美术课上，每个小组分发了美工纸、杂志、棉纸、闪光粉、烟斗通条等材料，同学们要用这些材料来制作母亲节贺卡。迪伊和奥赛并排坐着，迪伊一边做着卡片，一边都能感觉到他的冷淡。当一个人就坐在你身边，却又彻底排斥你的时候，这种感觉特别令人痛苦。

美术课一直是迪伊期待的一门课，布拉班特先生离开了，由兰多夫夫人来接管一切，一切都变得柔和而灵活了。你可以一边忙着做手工，一边和你的朋友聊天。兰多夫夫人鼓励大家这样做。“当我们感到轻松自在的时候，我们才能创作出最好的作品。”她会一边这样说，一边挥挥手，手腕上无数串复古手镯叮当作响。她的嘴唇上总是涂着亮红色的口红，一部分膏体渗进她细密的唇纹中。“光明，以及热情。这就是我们所寻找的。像法国人那样[1]。”兰多夫夫人去过巴黎好几次，她喜欢在鼓舞同学的发言里夹杂几句法语来提醒大家这一点。

她希望他们为各自的母亲制作不同寻常的卡片，不是画几朵花，然后在卡片里面印上“母亲节快乐，妈妈”。“看看所有这些你们可以用来制作卡片的材料，”她说，“感受它们。”她把棉纸抛到空中，快速翻了翻杂志，又摇了摇几瓶银粉，“让它们激发你的灵感。想想你们的母亲和她们为你们所做的一切，”看着学生们一脸困惑，她又补充道，“她们有多么爱你们，为你们的幸福牺牲了多少。在这张纸上向她表达你对她的爱吧。”她拿着分发下去的其中一张白色卡片说道，“表达你们心中所想，让你们的母亲感到骄傲吧。啊，对母亲的爱是美好的！[2]”

迪伊紧张地咯咯笑着，侧过头看着奥赛。他没有抬头看。他一脸严肃，眼睛牢牢地盯着他的卡片。迪伊咬着嘴唇看向对面的帕蒂，后者同情地朝她努了一下嘴。“你的头怎么样了？”她直率地问道，又朝奥赛皱了皱眉，仿佛是在提醒迪伊，她应该生他的气。

在她旁边的奥赛退缩了。

这个提醒很及时。她应该生气——她有权这么做。他刚刚推了她，不公正地伤害了她。他本该不停地道歉。她本应该盯着他看，坚持要求换座位，这样她就不用和他坐在一起——可能搬到隔壁小组卡斯珀的空座位上。其他女孩子会这么做的。要是布兰卡的话，她一定会借题发挥，并享受着她借此制造出来的混乱

---

[1] 原文为法语。

[2] 同上。

场面。

然而，迪伊没有感到生气，而是内疚——好像是她应该向他道歉，而不是反过来。她觉得，他有权生她的气，有权喊出来，有权把她推开。他是个黑人，一整天，他们都那样对待他，用对待其他新生不一样的方式来对待他。迪伊知道，自己觉得他有趣是因为他是黑人，而这并不一定是个好原因——因为别人的肤色而喜欢一个人。她看着他的手，是父亲早上喝的咖啡的棕色，他的双手正用剪刀在红色美工纸上剪出一个看起来不对称的心形。他的指甲修长方正，透着粉。

“迪伊？”

帕蒂正盯着她看，迪伊惊跳了一下：“我没事。我的头还好。”她快速地捡起了一个蓝色的烟斗通条，却不知道该拿它怎么办。

“这位是咱们的谁呀？”兰多夫夫人来到了他们的课桌前，“你一定是新来的吧。我敢肯定，否则我肯定会记得你的！”她低头对奥赛微笑道，巨大的门牙上沾了一些口红。

奥赛停了下来，但是没有抬头看：“是的，夫人。”

兰多夫夫人笑道：“噢，没必要跟我那么正式！你叫什么名字？”

“奥赛。”

“多有趣的名字啊！好吧，奥赛，你可以喊我凯。”兰多夫夫人总是试图让学生们直呼她的名字，但从来没人这么做，“这儿没有等级之分。在艺术里，永远都没有阶级，只有表达。而今天我们正是在表达对我们的母亲的爱和敬意。你要怎么做送给她的卡片呢？”

迪伊想告诉他不要担心，想告诉他兰多夫夫人会在某个时间点上对每一个人施以这样令人尴尬的关注。你只需要咬牙忍着，然后，只要她走过去了，你就可以坐好在她背后笑话她了。不过，当然了，迪伊不能说这件事，显然不能在他明显地屏蔽她的时候说。

他抬头看着兰多夫夫人说："我在为她剪草莓。那是她最爱的水果。"

迪伊的胃凝固了。兰多夫夫人拍了拍手。"**令人赞叹**！你为母亲选择了一个具体的事物——太棒了！那么，不要被这里的材料所限制。如果你不想的话，你甚至都不一定要用剪刀。如果你想，可以从纸片里撕出几颗草莓来！你想撕吗？"比起杂乱无章，平整的线条似乎让兰多夫夫人更头疼。

奥赛低头看了一下，又开始继续剪纸："我用剪刀吧。"

"当然，当然！"兰多夫夫人紧张地尖声说道，"**非常棒**！那么，迪伊，你在干吗呢？你会怎样为你的母亲庆祝呢？"

"我……我……"迪伊摆弄着手里拿着的烟斗通条，在它上面扭了一圈，让它变成了一个毛茸茸的圆环。她完全不知道该给她的母亲做什么。贝内代蒂夫人不是那种你会为之"庆祝"的母亲。

"蓝莓！"兰多夫夫人喊道，"那是**你**妈妈最爱的水果吗？也许你们这桌会成为水果桌。奥赛，你正掀起一股潮流呢！"她充满期待地注视着邓肯和帕蒂的卡片，希望能看到香蕉或者橘子。不过，邓肯头枕在手臂上睡着了。尽管布拉班特先生永远不会允许邓肯在课堂上睡觉，但兰多夫夫人却仁慈多了。帕蒂煞费苦心地在做一朵棉纸花，一年前，女孩子们在另一个更传统的美术老师那儿学会了这个。有那么一瞬间，兰多夫夫人看起来是想把那朵花从帕蒂手上扯过来，然后撕个粉碎。不过，她没有那么做，而是灿烂地笑了一下，并转身去了另一个小组。“我们会在这儿发现什么呢？妈妈们最爱的蔬菜？”她毫不压抑自己那夸张的笑声，迪伊不禁畏缩了一下。

如果邓肯现在醒了，如果现在是一天刚开始的时候，是她和奥赛还快乐地在一起的时候，他们四个——甚至是拘谨的帕蒂——本可以一起嘲笑兰多夫夫人——他们对她嗓音的模仿和对她说的话的背诵可以持续好几天，成为他们圈子里的玩笑话。然而，他们什么也没说，只是艰难地做着卡片。而在他们周围，迪伊能够听到她的同学们正无忧无虑地笑闹着。

帕蒂申请去洗手间，但是，她回来的时候没有直接回到自己的座位，而是在教室一边的朋友那儿闲晃，比较着彼此制作的花朵，回避着她自己那死气沉沉的小组。迪伊想要她回来加入他们，或是把邓肯踢醒，只是为了能在她和奥赛之间有其他同学作为缓冲。但是，两人不得不呆板地坐着，假装另一方不在现场。

透过眼角的余光，她看见他的贺卡已经成形——三颗草莓粘在正面，而白色卡片被涂成了和铅笔袋一样的粉红色。卡片里面，他用看起来十分欧式的字体——在字母H、P、Y上画了长长的圈，写了非常正式的话：“亲爱的妈妈，希望您度过一个非常快乐的母亲节，您的儿子，奥赛。”

那是他生气的原因吗——笔袋的事情？迪伊不知道它去哪儿了。她刚才从护士那儿回来的时候，悄悄地检查了书桌里面，希望它能莫名地再次出现，然而它并不在那儿。尽管奥赛并没有转过头，她能感觉到他知道自己在找什么。她是把它落在哪儿了吗？她本该去失物招领处看一下的。

放学前十分钟，兰多夫夫人拍了拍手，让学生们把做好的卡片放在书桌上，并让大家走过去看看其他同学的卡片，然后让大家开始整理。迪伊跳了起来，松了口气，对她而言，最后这半小时就像是为自己所犯下的却并不知情的错误而接受惩罚。而且，她最终做了一张愚蠢的、正面有着蓝莓的卡片，她妈妈甚至都不吃蓝莓。她看上去似乎抄袭了奥赛的卡片。

他看起来似乎也急于离开他们小组。当她在四周欣赏着棉纸做的花、画出来的花，以及几个水果（但没有蔬菜）的时候，迪伊发现自己极度敏感地知道他和自己所处的位置。没多久，他似乎彻底消失了，直到最终她发现他在阅读角，坐在一把豆袋椅上，翻阅着一本别人留在那儿的《疯狂杂志》[1]。

“奥赛，我们现在要清理一下，在下课铃响之前搞定。”

他只是点了点头，然后没精打采地起身朝课桌走去。迪伊回想起上午他是怎样自信满满地行走在操场上的。那股自信去哪儿了？

他们一起把废纸、蜡笔、几瓶埃尔默胶水和烟斗通条扔到纸板盒里的时候，奥赛压低了嗓门儿说：“放学后在操场上碰头。”

迪伊可怜兮兮地点点头。她妈妈等着她回家，但是她会跟她说自己留下来跳绳了。

下课铃声响起的时候，她嘀咕道：“我一会儿就到。”然后，她就匆匆离开教室，去了大堂的失物招领处，其实就是校长办公

---

[1] 《疯狂杂志》(*Mad*)，1952 年起在美国开始发行的幽默杂志。

室门外的一个盒子。

失物招领的箱子里，有着一坨蓝蓝的东西、一件蓝色羊毛衫和几只单只的蓝色运动鞋，迪伊跪下来，开始在这堆东西里面翻找笔袋。这时候，她听到了杜克夫人在打电话：“不，他并不是真的做错了什么事。不是什么需要惩罚的事情。但是，他被卷入了和一个女生相关的事件中——不，不是那种事，她摔倒了，撞到了头。”沉默，“我只是想让您知道这件事。”沉默，“我理解。当然，适应一所新学校是需要一些时间的，特别是在您的孩子所处的……这种环境里。他可能还不习惯于我们所期待的行为方式。”沉默，“不，我不是在暗示——”沉默，“当然。我不是在暗示您没有做好您该做的。我们给他点时间适应，好吗？我们会密切关照他的。”沉默，“没有这个必要。过几周吧，科科特女士，我们到时候再联系，好吗？恐怕现在放学铃声响了，而且，我要开个职工会议。下回再聊。”她挂上电话的时候嘀咕道，“上帝，给我力量吧！”

隔壁办公室的校长秘书笑道：“她让你很为难，对吧？”

“我更愿意把它称为傲慢。感谢上帝，我们只需要留他一个月。让下一所学校来对付他吧。”

“你认为他推了迪伊·贝内代蒂？”

迪伊僵住了。如果她动一下，秘书就会看见她。

“我知道他那样做了。好几个孩子告诉我，他们看见他那样做了。但是，迪伊不会说他那样做了，这就让所有指控都显得很尴尬了。”

“怎么，他把她迷得晕头转向了，对吧？让她尝到了巧克力牛奶的滋味？”

杜克女士嘟囔了一声：“可以这么说吧。”

“不会持续多久的。这些小孩子上午休息时刚在一起，午饭时候就会分手。只是青春年少罢了。”

“我也不知道。戴安跟我说，迪伊把辫子解开让他摸她的头发。她的母亲不会高兴的。我真不敢给她打电话。你知道贝内代蒂夫人是怎样的人。”

“哦，是的。”秘书又笑了，“不过，迪伊实际上并没有破坏任何校规，对吗？所以你不必给她母亲打电话。”

“我必须给她打，跟她说一下迪伊头上的包。但是，我只需要跟她说迪伊绊倒了，不必提到那个男孩，谢天谢地。算了。我估计我总会抓住他的，无论有没有迪伊。”

然后，秘书抬头看见迪伊趴在失物招领盒上面：“迪伊，你在这儿干吗？”

“没什么！只是找点东西。它不在这里。”迪伊站起来的时候，听见了椅子的摩擦声，然后是脚步声，然后杜克夫人出现在了门口——不过在她出现之前，她的香水味先飘了过来。她看起来惊讶不已。

“迪伊，你刚才一直在偷听吗？”

“不，杜克夫人。我在失物招领处找个东西。”

“你在找什么？”

“一个……一个笔袋。”迪伊发现自己根本不可能直视她的眼睛，于是，她就把视线集中在杜克夫人的珍珠项链上。杜克夫人有时会用一个蜘蛛胸针替代它，或者，在冬天的时候，她会戴一枚装饰着水晶的雪花胸针。

迪伊和她的朋友称她为“蜘蛛女”“雪花女”或者“珍珠女”，这得取决于她戴哪个配饰。

“它长什么样？”

“粉红色的，上面有草莓。不过它不在这儿。它……找不到了。”

“好的。那么，你走吧。”

迪伊匆匆离开了，但杜克夫人又把她喊住了：“等一下。”

像成年人在和孩子说话时常做的那样，校长双手抱胸说道：“你的头怎么样了？”

“还好。”

“我很担心你，迪伊。我担心下午发生的事情你没有说出全部的实情。”

迪伊略感不快地答道：“我**确实**说了真相。我绊到了，摔倒了。”

“你确定吗？”

“是的。”

杜克夫人盯着她看了很久，这段时间里迪伊紧闭着嘴，伸出了她的下巴。最终，校长转过了身。“好吧，我就这么跟你妈妈说，”她侧过头说，“我现在就给她打电话。你回家吧。”

当她走在过道上的时候，迪伊想到如果她母亲知道今天实际上发生的事情会说什么，不禁不寒而栗。奥赛已经等在攀爬架边上了。她深吸一口气，走了出去。

*

除了下雨天，伊恩从来不会一放学就回家。家里什么都不能做。他的哥哥们要晚一点才能回来，况且，他们也没兴趣和他一起玩。当他去周边打篮球、扔垒球或者踢易拉罐的时候，他会注意到，他来了之后，其他孩子会找借口离开，声称他们要做家庭作业或是妈妈需要他们去趟商店。有一次，伊恩骑着自行车转悠，发现十分钟前刚离开本地的一个公园的那群男生在另一个空场里继续玩垒球——没有跟他一起。那一次，他藏了起来，羞于让他们发现自己。但是，他把他们每一个人的名字都记在了脑海里，在此后的几周里，他系统地检索并惩罚了他们，不是用他惯常的霸凌手法——压榨他们的钱、伤害他们的身体，或是让他们知道自己的出现。他选择了更隐秘而刻薄的做法——割他们的自行车轮胎，在人群中摸一下他们中某人的妹妹，课间休息时在别人课桌里倒颜料。

放学后，伊恩更偏爱待在操场上。尽管很多学生都离开学校回家了，操场还会再为那些想留下来玩耍的学生开放一小时，有一个老师监督着。今天是洛德小姐。那很好——她太怕他了，所以不会怎么干扰到他。此时，她正在和另一片操场上的一个低年级学生的家长说话。很快，她就会坐下来读书，时不时抬头看看。

伊恩看见奥赛在攀爬架边上——这是一个由多根金属棍按照合理的角度组成的框架，做成了高达十二英尺的盒子状，可以让人爬上去。周围有几个学生，但是没有一个是在攀爬架那儿。也许他们是在躲开新来的男孩。

伊恩不紧不慢地走了过去。没必要着急，那样会显得不体面。他还在女生一定会跳双绳的区域逗留了一会儿，现在各个年级的学生都在那里。咪咪也在里面，正在给一个四年级学生摇绳子，她一边跳，其他女孩子一边唱道：

我妈妈告诉我，
如果我乖了
她就会给我买
一个橡胶小玩偶

我姐姐告诉她
我亲了一个士兵呀
现在她不会给我买
这个橡胶小玩偶

他没有待多久，更没继续看下去——她还太小了，跳绳的时候胸部还不会抖动。当他离开的时候，她们还在唱着：

现在我已死
而我在坟墓里
在我身边的是
一个橡胶小玩偶

伊恩继续走到一群在玩弹珠的男生那儿，站在边上，让他的影子整个笼罩在人群上。男生们抬起头，懊恼地正准备抱怨，但是，当他们意识到这个影子的主人是谁的时候，就什么也没有说。伊恩又待了一会儿，刚好让进攻者错过那一击，然后才继续往前走。

他还没有走到攀爬架，罗德就追上了他。罗德乌青的眼眶在几个小时的膨胀之后更明显了。罗德真的快把他惹毛了——甚至在今天以前就这样了。他不应该自己去为自己赢得战争，去俘获女孩子的芳心吗？难道他跟着伊恩还不够久，不会自己做这些吗？他当了太久的小弟了，伊恩现在更想自己单干了。

“兄弟，我有点不明白。”罗德又开始了。伊恩自顾自地往前走着，罗德跑到了他前面，站在他面前拦住了他。愤怒的火焰在伊恩心中蹿了起来，不过他忍住了一拳揍在罗德胸口的冲动。罗德不重要，他要把这个动作留给别人。

“你保证我可以和迪伊在一起的，”罗德继续哭哭啼啼地说道，“但是，现在我都不知道谁是我的竞争对手了。是他还是他？”他用其中一条瘦弱的手臂朝攀爬架边上的奥挥了一下，另一只手则朝向卡斯珀，他正潜伏在体育馆的入口处——洛德小姐的视线盲区。伊恩微微一笑：卡斯珀，这个校园金童，学到这些打破规矩的方法也太晚了。他已经被停学了，他现在应该在马路对面，接受他父母的惩罚——禁足，扣零花钱，因为他的父母不太可能用他应得的皮带惩罚他。但恰恰相反，他回到了学校，而且可能正在等布兰卡。他现在品尝了行为不端的滋味，正沉湎其中吧。

“我甚至不明白为什么我要挑起和卡斯珀的那一架，”罗德补充道，“他和布兰卡在一起，谁都看得出来。你看见他们在课间休息时接吻了。为什么你让我去找他麻烦？是他。”他又朝奥挥了挥手，奥这时皱了皱眉，“他和迪伊在一起，而且他伤害了她！我应该和**他打一架**。”他紧握着拳头，以显示出自己的勇敢，但是这并没有掩盖住他打量着对手时内心的恐惧，“不过，我也不知道，我也许会受比跟卡斯珀打架更严重的伤。”

“可能是的，”伊恩表示赞成，“不过别担心，我想这一切很快就会变了。再等一小会儿。把奥留给我。”他再次开始朝攀爬架走去，不过又停了下来，伸出手掌让跟着他的罗德站住，“就我自己。”罗德落在了后面，像一只被抛下的受伤动物。伊恩将会想一个办法把他甩开。明天。今天他有另一个目标。

奥一直在看着他。当伊恩来到攀爬架的时候，他说：“**他**想怎么样？”

伊恩坐在其中一根金属棒上，把手放在两侧的金属棒上：“罗德吗？没什么，他什么也不是。”

奥看着罗德，此时他正偷偷摸摸地朝海盗船走去。“看起来不像是什么事也没有。他想对我怎么样？”

伊恩让自己陷入盒子状的架子里：“罗德喜欢迪伊，所以他嫉妒。眼红的怪兽，我爸是这么说的。而且——”伊恩盘算了一会儿，然后决定试试，“迪伊也喜欢他。”

奥僵住了，双眼发狂：“什么？连他也是？！”

伊恩微微一笑。奥已经处于一个会相信任何事的状态了——甚至是相信一个像罗德这样骨瘦如柴的人也能入迪伊的眼。“看起来你是选错人了，我本应该告诉你的。”

奥双手抱胸，把手塞在腋窝里。他看起来正试着控制自己的怒火。“她选了我。”他顿了一下，“她一会儿会在这里见我。我已经准备好要告诉她，没关系，我已经不生气了。但是我不能相信她，对吗？”他看着伊恩，仿佛是想要一个证据的提示。

于是伊恩给了他想要的：“笔袋，还记得吗？卡斯珀是怎么得到它的？”

即便是在他说的时候，伊恩也知道，笔袋的效力只能持续到有人提出质疑之前。一旦奥或者迪伊问卡斯珀或者布兰卡这个笔袋是从哪儿来的，伊恩的介入就会被曝光。那就是这个策略的缺陷——他可能会被卷入其中。必须现在就引起伤害——引起足够大的伤害，以至于事后伊恩到底扮演了什么样的角色都显得无足轻重了。

就在这时，布兰卡从楼里跑了出来，来到了体育馆边上的角落，卡斯珀在那里等她。两人拥抱的时候，布兰卡放下了书包。草莓笔袋塞在书包正面的口袋里，刚好可以看见。

“你问起迪伊笔袋的事情时她怎么说的？”

奥的脸沉了下来：“她说落在家里了。”

“所以——”伊恩朝布兰卡，还有笔袋，点了点头，“那么为什么迪伊要对你撒谎呢？是因为她觉得跟你撒谎没关系，反正你也不懂？因为你很笨？”

他没有加上“因为你是黑人”，没必要——奥已经自己得出这个结论了。他整个人似乎被抽空了，就像沙滩上的沙堡，向内轰然倒塌。“不要这样说。”

“我只是实话实说。迪伊平时是个好女孩。我只是想试着了解她想要什么，以及为什么。你瞧，她不习惯黑人。所以，也许她只是想和你试试，就像试试一种新的冰激凌口味那样。”

奥闭上了双眼。

够了，伊恩想，**我说得够多了。时间也很完美**。

“迪伊来了，”他说，“不打扰你俩了。”

*

过去，当孩子们说了什么或做了什么——比如把香蕉放在课桌上，发出猴子般的声响，交头接耳地说他闻起来和别人不一样，或是问他的祖父母是不是奴隶时，奥赛都保留了足够的距离，来缓冲这些事情对自己的打击，这样就不会显得那么伤人。他甚至能经常对此一笑而过，晚些时候跟茜茜重复一遍，取笑他们的无知或是在偏见上缺乏创造力。“他们就不能想出一些比猴子更有创意的点子吗？”他会跟他姐姐说，“为什么他们从来没有喊我是黑豹呢？它比猴子还黑呢。”

茜茜那时候会笑着说：“因为白鬼们怕黑豹呀。”她举起拳头致敬。

在某些方面，基于无知的公然歧视要更容易对付一些。伤到他的是更微妙的挖苦。在学校里对他友善却从不邀请他去他们的生日派对的同学们——甚至在他们邀请全班其他同学时也是如此。当他走进一个房间时戛然而止的对话，为了他的出现而保留的短暂的沉默。还有他们发表的各种评论，以及随后补充的“哦，我不是说你，奥赛。你不一样”或是像“他虽然是黑人但是他很聪明”这种评论，以及他们无法理解为什么这么说是冒犯人的这一点。还有他更擅长运动的这个假设，因为黑人就是——你懂的——**天生如此**，还天生会跳舞，或是天生会犯罪。人们谈及非洲时仿佛它只是一个国家的论调。无法把不同的黑人区分开，所以，穆罕默德·阿里[1]和乔·弗雷泽[2]、蒂娜·特纳[3]和艾瑞

---

[1] 穆罕默德·阿里（Muhammad Ali，1942—2016），著名拳击运动员，荣获世界多项重量级拳王荣誉。

[2] 乔·弗雷泽（Joe Frazier，1944—2011），他是世界上第一个击倒拳王阿里的选手，前WBA（世界拳击协会）重量级拳王及前WBC（世界拳击理事会）重量级拳王。

[3] 蒂娜·特纳（Tina Turner，1939—　），瑞士籍美国歌手、演员。

莎·弗兰克林[1]，或者是菲利普·威尔逊[2]和比尔·科斯比[3]会被弄混——尽管他们一点也不相似。

比起对迪伊生气，他更生自己的气。有那么一会儿——一个上午——他放松了警惕，让自己认为她是不一样的，认为她是喜欢他这个人，而不是他所代表的东西——一个黑人男孩，充满异域风味，与众不同；一个未知的、待探索的领域。现在，他看着她从操场上向他走来，感觉到自己的感情在悲伤、愤怒和遗憾之间来回转换。如果他忽略伊恩说的，他能感觉到一些更积极的事情：感激她的关注，生理上的吸引力，因她对自己的兴趣而产生的兴趣。但是他怎么能忽略草莓笔袋呢？这个谎言改变了一切。他向迪伊敞开了心扉，但她已经不可信赖了。突然，他希望茜茜在家里，他可以跟她说："为什么黑人要如此受伤？"

"回非洲去吧，小弟弟，"她会这么回答，"那里黑人是常见的，白色肤色才被嘲笑。"这个提议很诱人。如果他要求去加纳的寄宿学校，他的父母可能会很高兴。

"嘿。"迪伊来到了他这边说道，她看起来很犹豫，又有点害怕。

奥把嘴巴扭曲成了一个丑陋的蔑笑。"你去哪儿了？"他质问道，听起来比他自己感觉到的要更专横。

"哪儿也没去。我只是……去失物招领处找了点东西。"迪伊

---

[1] 艾瑞莎·弗兰克林（Aretha Franklin，1942— ），美国著名歌手，曾在知名音乐杂志《滚石》（*Rolling Stone*）评选出的"史上最伟大的百名歌手"中排名第一，当选灵魂歌后。

[2] 菲利普·威尔逊（Flip Wilson，1933—1998），美国著名演员，以20世纪60年代至70年代《菲利普·威尔逊秀》等一系列电视节目而闻名。

[3] 比尔·科斯比（Bill Cosby，1937— ），著名演员，积极参加黑人社团的活动。

不太情愿地说，犹犹豫豫，看起来很痛苦。

“你丢什么了？”

迪伊短暂地犹豫了一下，他把一切都看在眼里，看着她试图想说出什么来，一切都写在她的脸上了。另一个谎言即将加入她的第一个谎言。

“一……一件卫衣。我想我是那天跳双绳的时候落在操场了。”

“你找到了吗？”

“没有。”

“可能你把它落在家里了吧。”

迪伊沉默了。

“你确定不是在找别的吗？”

迪伊呆住了：“你是什么意思？”

奥赛朝体育馆旁的布兰卡和卡斯珀点了点头。她正坐在他的膝盖上，双手绕着他的脖子，一边聊天一边笑着。奥赛感觉到自己对他们幸福的嫉妒像锋利的尖刀，刺穿了自己的身体。

“他们怎么了？”

“看看布兰卡的背包。”

迪伊眯眼看了看：“我不知道我应该看什么。”

在两人所在的地方很难看到笔袋，除非你知道你在看什么。“爬到最上面——你在那儿能看得更清楚。”奥赛开始往上攀爬。

迪伊在下面犹豫道：“为什么你不干脆告诉我找什么呢？”

“上来。”奥赛坚持道。

她站在那儿，不愿上去。

迪伊开始爬了，缓慢而小心地爬着，直到她爬到了最上面，她坐在其中一根金属棒上，紧紧地抓着另外两根。“我四年级时有一次被困在这里了。布拉班特先生不得不把我抱下去。”她看起来有所期待，但是当奥赛什么也没说的时候，她感到很失望，“所以我为你爬上来可是很重要的一件事，”她补充道，“你想让我看什么？”

“那儿，看看布兰卡的背包口袋里是什么。那是你之前在找的东西吗？”

迪伊找了好一会儿，然后金属棒上的手抓得更紧了：“它是怎么跑那儿去的？”

“你跟我说你是在吃午饭的时候落在家里了。”

“我以为是这样的。”

“是吗？真的？”

迪伊叹了口气：“我不知道它在哪儿。”

“所以你对我撒谎。”

“我……我以为我会找到它的……我以为把它落在别处了，可以找到的。我不想跟你说，我不知道它在哪儿，而让你不高兴。”

“所以那就是你在失物招领处找的东西。”

迪伊点点头：“我知道这是你姐姐的，如果我把它弄丢了，你肯定会不高兴。我想试着找到它，这样你就不用知道它曾经找不到了。”

有那么一会儿，奥赛相信她了。他想相信她，而且她看起来真诚而抱歉。然后他的眼角瞥到了一个动作——伊恩正和罗德坐在海盗船上，他们俩把腿悬在边上，来回晃荡着。

“或者，你是这么说的。”他继续说道。

“真的是这样！”

“那么，布兰卡是怎么拿到笔袋的呢？”

“我完全不知道。我们去问她。”

“我不需要——我已经知道了。她是从卡斯珀那儿得到的，而卡斯珀是从你这里得到的，你送给他的。你把我姐姐的笔袋给了另一个男生。”

“不是的！为什么我会把它给卡斯珀？”

“我不知道。为什么你会把它给卡斯珀？”

她看着他，一脸困惑，还有一丝对他卑鄙地把她刚刚说的话扔还给她的愤怒。如果他不是那么愤怒的话，他一定会为自己感到尴尬的。

“你在脚踏两条船，是吗？你和卡斯珀在一起了。”

“什么？！”

“可能今天以前就已经是这样了。可能每个人都知道，还会觉得你对黑人男孩撒谎很有趣。”他朝操场看去，操场已经变成了一个战场，充满了敌人。

“奥赛，不是的！”

“伊恩是唯一一个对我坦诚相见的人。至少他告诉我到底发生了什么。”

“伊恩？他……”迪伊的表情从难以置信变成了恍然大悟。她摇了摇头，“你知道，你不应该总是相信伊恩说的话。他说的话是为了自己的利益。”

“不要试图用抹黑别人来为自己辩解。”

“但是……”迪伊明显努力地振作了一下精神，“奥赛，我从来都没有和卡斯珀在一起过，”她小心翼翼地说，“我认识他一辈子了，但是没有对他有我现在……之前……不，就是对你的那种感觉。而且你看，”她朝卡斯珀和布兰卡指了指，“你可以自己看，他和布兰卡在一起。”

奥听着她结结巴巴地说完不同时态的动词，在开口说话前留出了一段沉默。“为什么你不停地跟我说那么多关于他的事情？”

“因为他可以是你的好朋友。他可以帮到你。伊恩说……”她停了下来。

“伊恩说什么？”

但是迪伊开始凝视着海盗船，伊恩和罗德正在上面悠闲地朝玩弹珠的男生们扔石子。

奥赛体内的愤怒再次涌起，他对她在重要的事情上分散注意力感到如此愤怒，以至于他想抓着她摇醒她。他开始伸过去抓她的手，但是迪伊已经在往下爬，到了下面的横档，所以刚好碰不到。“迪伊。”他说。

她继续往下爬，然后，等她到了地上，她开始向船上的伊恩大步走去。

“不要从我这儿走开，迪伊！”他喊道。

他的声调让男生们的视线离开弹珠而抬头，让女生们停止了跳双绳。他得到了他们的所有注意力，尽管他并没有要求这一点。但是既然他现在已经得到了，他可以用它惩罚她。

“别走开，”他重复道，这一次提高了他的声音，然后他加了一个他曾经听过但从来没想象过自己会用，或是知道该如何使用的词语，“婊子！”

这个词就像一声惊雷，响彻整个操场。任何一个之前没在听的人现在也都在听了。甚至是布兰卡和卡斯珀也从亲热中抽离，四下张望着。

迪伊站住了，身后的那只脚僵住了，她的单边马尾成了她背后的着重线。罗德从船甲板上跳了起来，但伊恩制住了他。

操场另一边，洛德小姐放下她的书。“我是不是听见……”她看起来很困惑，也很尴尬，因为孩子们转过来盯着她看。她大吸一口气，低着头，捡起了书。

“你们知道这个女生是个婊子吗？”奥赛说道，把他的话朝向他的观众们：玩弹珠的男生们、跳绳的女生们、卡斯珀和布兰卡、伊恩和罗德。这让他感觉充满力量，最终得到了恰如其分的注意力。他笑了，露出他侧面的牙齿，看起来像一只嚎叫的狼。“你们知道吗，她说她可以跟我发生关系，”他继续说道，再次提高了嗓门儿，“就像她和卡斯珀已经那样了！”

布兰卡一声惊呼，从卡斯珀膝盖上跳了起来，开始摇他的头。

迪伊缓缓地转过身，瞪大了眼睛，张大了嘴巴，浑身发抖着瞪着在攀爬架上方的奥赛。她掌心向上，伸出手哭喊道：“为什么你要那样说？”

一阵内疚快速地穿过他的身体，但是大声说话以及被倾听的力量最终占了上风，彻底征服了他，奥赛几乎已经不知道自己在说什么了。“她甚至还摸过我的那里，她是如此地渴望它。所有白人女孩都如此渴望它。”

玩弹珠的男孩们喊了起来，然后爆发出紧张的笑声。跳绳的女生们集体惊呼了一声，迪伊的目光快速转移到了她们——她的团体身上。她们显然被震惊了，有几个女生用手捂住嘴巴，另外几个转身和旁边的人窃窃私语。随后她们开始偷笑——除了咪咪，她正摇着自己的头，仿佛是想驱赶一个不走开的蜜蜂。

那就是迪伊崩溃的时候。伴随着一声尖叫，她转身跑了起来，比奥赛所能想象的要更快，她的双脚踩在沥青地面上，踉踉跄跄地向朝马路开着的校门跑去，她最终把它打开了，跑了过去，并狠狠地把它摔上。她消失在街角的时候，罗德跳下船，踉跄地跟在她后面，不过迪伊已经领先他太多了，追不上了，于是他很快又转过了身。

她走了之后，操场变了，仿佛太阳被一团乌云遮住了。操场上的孩子们立刻开始聊了起来。

“我的天哪。先是卡斯珀，然后是迪伊。今天是怎么了？”

“你敢相信他说的话吗？”

“我信。”

“不！”

“我不介意。如果她摸一下我的那里。”

“闭嘴！”

“不，你闭嘴！”

“可怜的迪伊！”

“迪伊不会这么做的。对吗？”

“我不知道。今天早上她把手全都放在他身上了。”

“而且她午饭时亲了他——你看见了吗？”

“他们在沙坑那儿又在干吗呢？”

“她是有一点风骚，我一直都这么想的。”

“没错。”

咪咪站在跳绳的女孩子们中间，盯着奥赛看。布兰卡双手抱胸对卡斯珀大吼着。洛德小姐不再读书了，但是正犹豫地站着。在混乱之中，伊恩继续在船上休息着，面带微笑。

我要怎么跟茜茜解释这一切呢？奥赛想。她知道该对这些白人说些什么。“黑即是美。”他嘀咕道。他从来都没如此想要相信这句话过。

他希望他能把头放在他姐姐肩上放声哭泣。

*

当她盯着奥赛的时候，咪咪经历了一种似曾相识的感觉，那种仿佛已经经历过某些事情的感觉。这种感觉更像是熟悉的感觉，也是与现实世界脱离的一种感觉。有时候，咪咪一天会经历好几次这种似曾相识的幻觉，而且最近已经开始变得像她在颤颤巍巍地经历交织着缕缕现实的梦境。现在觉得自己已经体会到了迪伊蒙受羞辱的心情，以及新来的男孩在攀爬架上错误判断之下的得意扬扬——不过，当然了，她并没有经历过这些。迪伊以前从来没被羞辱过。奥赛也从来不是得意扬扬的。

她擦了擦脸，试图来清除她刚刚目睹的画面，然后走向了攀爬架。通过眼角的余光，她看见伊恩从船上闲荡了下来，她知道自己的时间不多了。

“奥赛，你为什么要撒谎？”她对他喊道，“你知道那不是真的。”

奥赛像一个新登基的攀爬架国王一样朝下看着她说：“我知道我所知道的，我有证据。”

“什么证据？你会那样说迪伊，最好是对你有利的证据。”

“上来，你可以自己看。”奥赛朝操场边上的体育馆示意了一下。

咪咪皱了皱眉，不知道他是什么意思，但是又担心自己会看见证明他是正确的确凿证据。她不能忍受这一点。她和迪伊几乎做了一辈子的好朋友了，她不想发现自己其实根本不懂她的朋友。

但是好奇心，以及伊恩的逼近，促使她开始往上爬。咪咪才爬了六英尺高，正想问奥赛“我应该找什么”的时候，她感觉到有双手抓住了她的脚踝，然后一阵猛拉把她从攀爬架的横杆上拽了下去。她只在空中停留了一瞬间，就脖子朝地狠狠地摔了下去，涌向她整个身体的疼痛感是如此之强，以至于她都没感觉到她的头撞在了沥青地面上。眼前的星星爆炸了，像蝌蚪一样在眼前游来游去，然后她昏过去了一会儿。

当咪咪醒过来时，她的头很疼，比任何一种头痛都要更糟糕和更集中。她一动不动地躺着，勉强才能呼吸。疼痛太严重了，她甚至都不能喊或是哭出来，只能希望它会像海浪一样穿过她的身体并慢慢退下去。然后，她睁开双眼，发现伊恩正站在她旁边，面无表情，用最细微的动作摇着头，这个动作是只做给她看的。奥赛坐在高高的攀爬架上，他忧虑的面庞悬在伊恩上方，就像一轮黑色的月亮。“你还好吗，咪咪？”他喊道。

随后布兰卡把伊恩推到一边，跪在她身边，背包从肩膀上掉了下来，落在了咪咪旁边。“我的天哪，咪咪！”她喊道，双手捧着她的脸颊，“你死了吗？”同时卡斯珀推开伊恩说道：“你那样做到底是想搞什么？”

咪咪的目光滑到了背包上和塞在外面口袋里的草莓笔袋。她屏蔽了周围的喧闹和尖叫，以便能够专心在离她的脸如此之近的草莓上。看见它们让她松了口气。它们没有出现在它们本该出现的地方，但是她不记得那是什么地方了。她闭了一会儿眼睛来回想。

“她死了！”她听见布兰卡在尖叫，“她正在我面前死去！就在这里！”咪咪没有睁开眼睛来安抚他们或是让布兰卡闭嘴，而是躺在黑暗中，驾驭着脉冲式的疼痛。

然后她听到了洛德小姐的声音，对孩子们喊着让他们退后，但是她被男孩子们的争吵声淹没了。

“你怎么能对咪咪这样？”卡斯珀喊道，“你伤害到她了！”

“放开你的手，浑蛋，”伊恩反驳道，“你凭什么当操场警察？况且，你还有脸说，罗德的眼睛都已经青了。”

“嘿，兄弟，我们看见你把咪咪拉下来了。你现在有大麻烦了。”

“比你还大的麻烦吗？你不是被停学了吗？如果我没记错的话，被停学的学生是不能出现在校园里的。你甚至都不应该在这儿。如果老师们看见你，他们会把你驱逐出学校的。你死定了，兄弟[1]，所以，帮我们大家一个忙，快滚出这里吧。”

愤怒，蔑视，恐惧，狡猾。闭着眼睛，咪咪的听力提高了如此之多，以至于她能够监测到伊恩试图把注意力转移到卡斯珀身上时语调中的每一个变化。而且，他正在咒骂，他以前从来不会这样。**为什么我以前会跟他在一起**？她想，**我们真是史上最不搭的一对情侣**。

“孩子们！停下来！布兰卡，到一边去。”洛德小姐现在也跪了下来，正在轻拍着咪咪的脸颊。

---

[1] 原文为西班牙语 amigo，有“朋友、密友”等意思。

她眨着眼睛，睁了开来。“她还活着！”布兰卡尖叫道。

“咪咪，你感觉怎么样？哪里疼吗？”

“我头疼，但是除了这之外，我什么也感觉不到了。”咪咪试着动一下腿，但是并不确定自己是否成功了。她整个人都僵住了。

“罗德，快去让杜克夫人叫救护车。”

洛德小姐让自己的声音保持冷静，但是咪咪能够听出她心底的慌张。“哦，理查德去哪儿了？他会知道该怎么做的！”

罗德正低头盯着咪咪。

“请快一点。”洛德小姐提高了嗓门儿，“快去！还有布兰卡，快去找到布拉班特先生，告诉他来这里。”

布兰卡和罗德清醒了一下，朝校门口跑了过去。

早前忽隐忽现的光晕又出现在咪咪的幻象里了，她知道自己正走向头疼的根源。她把目光对准还在攀爬架顶上的奥赛。他看起来糟糕极了，他深色的肤色闪耀着一种令人惊讶的灰色光泽。她并不知道黑人也会变得苍白。

丛林之王，她想，**但是，他是一个可悲的王**。

“奥赛，”她对他喊道，“这就是你想让我看的吗？”咪咪把头朝笔袋转去，尽管这很疼。

奥赛点了点头。

“咪咪，现在最好别说话，”洛德小姐打断道，“只要休息。”她又把嗓门儿提高了，“所有人——该回家了。还有卡斯珀，你在这儿干吗呢？你被停学了！”

但是没有人在注意她。

“你认为布兰卡是如何得到那个笔袋的？”咪咪说。

奥赛皱了皱眉：“卡斯珀给她的，在迪伊把它给他之后。她也在和他交往。他脚踏两条船，就像迪伊一样。”

卡斯珀摇了摇头：“不，兄弟，我不知道你在说什么。我没有和迪伊在一起，从来都没有。而且布兰卡也是一直这样说起这个笔袋的，她不愿意听我说的，这不是我给她的。”

伊恩也在摇头，对咪咪说道：“别说。”

咪咪无视了他。他已经伤害到迪伊了。他还想怎么样呢？“奥赛，我敢打赌布兰卡是从伊恩那儿得到这个笔袋的，也是伊恩告诉她这是卡斯珀给她的。”

洛德小姐的目光在几个人之间转来转去。“你们在说什么呢？”她问道。

奥赛盯着咪咪：“你怎么知道的？”

“因为是我把笔袋给伊恩的。迪伊不小心把它弄掉了，我没有把它还给迪伊，而是交给了他。”

“可是为什么呢？为什么你要这样？”

“你们想知道咪咪做了什么吗？”伊恩开口了，“她可真是个小贱人。”

“伊恩！不许说这种话！停下来，你们所有人！噢，理查德在哪儿呢？杜克夫人在哪儿呢？我不知道该怎么办！”洛德小姐现在已经哭起来了。

“我把笔袋交给伊恩，是因为他想要，”咪咪只对着奥赛说，“而我是用它来让他跟我分手。否则我永远都摆脱不了他的控制，而我无法承受这一点。我很抱歉，”她补充道，“我不知道他会用它来对付你。”不过，就在她说这些话的时候，咪咪也知道自己在回避真相。她在把笔袋给伊恩的时候就知道，伊恩只会用它做坏事。

奥赛正盯着她。**我是不是连你也不能信**？他的表情说道。

咪咪眨着眼睛忍住眼泪，克服了自己被牵连进这件事的懊悔，这太不像自己了。她要学会忍受这些。

现在，奥赛把注意力转移到伊恩身上："为什么你要做这种事情？"

伊恩耸耸肩说："因为我做得到。"

洛德小姐一直听着孩子们的对话，仿佛她刚拿到了一道完全无法推解的数学题。"咪咪，这是谁的错？"她低声道。

"伊恩，"咪咪答道，"这都是伊恩的错。"

洛德小姐深吸一口气，抹了一下眼睛，站起来问道："伊恩，你想为自己说些什么吗？"

"没什么，我没什么好说的了。"伊恩绷紧嘴唇，以显示他不会再说一句话。他让咪咪想起了一个正在调皮捣蛋的时候被抓个正着的小男孩——一个流氓，她想道，整个人昏昏欲睡——闭着眼睛，想着如果自己看不见别人，或许别人也看不见自己了。他开始准备逃跑了，眼睛看看这里看看那里，仿佛是在寻找逃跑的路线。

一个成年人沉重的步伐朝他们踏来。"看在上帝的分儿上，这儿到底发生什么事情了？"在看到他之前，咪咪先听到了布拉班特先生的声音，"迪伊在哪儿？"

"她回家了，"卡斯珀答道，"我猜。"

"她还好吗？"

"应该吧。"

"你什么意思，'应该吧'？"

卡斯珀沉默了。

布拉班特先生咆哮的脸进入咪咪的视线的时候，上面的表情是咪咪见过的最可怕的。他几乎没有看地上的咪咪，就把他的愤怒转向了上面。“奥赛，你对咪咪做了什么？立刻给我下来！我警告你！”

他的话似乎并没有影响到奥赛：这个新来的男孩还是蹲在攀爬架的上方，冷漠地盯着他的老师。

救护车的警报声正逐渐接近。

“理查德，我不觉得——”

“你听到我说的话了吗，小子？”布拉班特先生怒火中烧，就像一颗要爆炸的灯泡，“从那儿下来，黑鬼！”

咪咪猛地抽了一下头——那是她唯一还能动的部位。她的父母教过她，你永远不能用这个词。绝对。永远。想都不能想。

听到这个词被布拉班特先生大声地说出来，其余学生都静止了，沉默了，震惊得僵住了——除了伊恩，他正继续从现场一点一点后退。

“住口！”洛德小姐喊道，涨红了脸，咪咪以为她在让伊恩停下来，但她还在继续说，“立刻住口！你**不能**说那种话，理查德。**不可以！**”

布拉班特先生似乎完全没有听到她说了什么，而是盯着奥赛。新来的男孩现在在移动了：不是爬下来，而是站了起来，在攀爬架最上方的杆子上保持着平衡，摇摇欲坠的样子。他松开双手，在操场上空摇摆着。然后他把手捏成一个拳头，高高地举起，在做这一切的时候，他都凶狠地低头瞪着布拉班特先生。咪咪以前看见过这个手势，在别处的一张照片里。

“你知道吗？”他说道，声音并不大，但依然有穿透力，**“黑即是美！”**

“奥赛，请你现在下来吧。”杜克夫人冷静而威严的声音从咪咪背后的某处传来，随之而来的还有她让人倒胃口的香水味，“我想我们这一天已经经历了足够多的闹剧了。”

奥赛看着她。“你希望我下来？”他答道，与她同样平静。

“是的，请你下来。”

他把目光移回到布拉班特先生身上。“**你**希望我下来吗？”他这句话稍微大声了一些。

虽然布拉班特先生依然盯着奥赛，但他还是点了点头。

“好的，我现在就下来。”奥赛举着拳头，开始来回摇摆。这是意外还是故意的呢？咪咪不确定。

“停下来！”布拉班特先生喊道，不过他现在肯定意识到自己的话是徒劳了。

咪咪想补充一句：**不要像我一样收场**。因为她已经不能移动她的双腿了。这一定是她在操场上的最后一天了。而伊恩——卡斯珀已经抓住他的手，阻止他逃跑了。伊恩肯定会被停学，也许比这更糟。而迪伊——在这一切以她的名义说出来的话和做过的事情以后，她还能回来吗？

只剩下奥赛了，这个国王在他的王座上摇摆着。你将要作出选择。你已经作出选择了，咪咪意识到。就在他坠下来之前，她听到洛德小姐喊道：“奥赛，不要！”然后黑暗吞噬了她，整个画面变成了黑色。

新来的男孩

〔美〕特蕾西·雪佛兰 著
高翔 译

图书在版编目(CIP)数据

新来的男孩 / (美) 特蕾西·雪佛兰著 ; 高翔译
. -- 北京 : 北京联合出版公司 , 2018.9
ISBN 978-7-5596-2393-5

Ⅰ . ①新… Ⅱ . ①特… ②高… Ⅲ . ①长篇小说－美国－现代 Ⅳ . ① I712.45

中国版本图书馆 CIP 数据核字 (2018) 第 172210 号

NEW BOY

By Tracy Chevalier

北京市版权局著作权合同登记号 图字：01-2018-5153 号

选题策划	联合天际
责任编辑	夏应鹏
特约编辑	刘　默　王书平
美术编辑	冉　冉
封面设计	@broussaille 私制

UnRead
文艺家

出　　版	北京联合出版公司 北京市西城区德外大街 83 号楼 9 层　100088
发　　行	北京联合天畅发行公司
印　　刷	三河市冀华印务有限公司
经　　销	新华书店
字　　数	134 千字
开　　本	880 毫米 × 1230 毫米　1/32　6.25 印张
版　　次	2018 年 9 月第 1 版　2018 年 9 月第 1 次印刷
I S B N	978-7-5596-2393-5
定　　价	55.00 元

关注未读好书

未读 CLUB
会员服务平台

本书若有质量问题，请与本公司图书销售中心联系调换
电话：(010) 5243 5752　(010) 6424 3832

UnRead
–
文艺家

寻找邓巴

[英] 爱德华·圣奥宾——著
陈以侃——译

DUNBAR

Hogarth
Shakespeare
-
Edward
St Aubyn
-
King Lear

北京联合出版公司
Beijing United Publishing Co.,Ltd.

1

“我们没有吃药。”邓巴说。

“我们停药了，我们疯掉了。”皮特唱了起来。“我们病好了，我们停药了！昨天，”突然，他把声音压低，像是在密谋什么，“我们的口水还滴在毛巾布的睡袍领口上，可现在我们都停药了！药我吐在花瓶里，那些一叶兰此刻镇静至极！要是你每天收的那些百合……”

“一想到那些百合是谁送的……”邓巴吼起来。

“冷静啊，老家伙。”

“我的帝国被她们偷走了，换来了什么？这些破百合！”

“呀！你也把帝国给丢了啊，”皮特突然换成一副热心过头的女主人的样子，“那我一定得把三十三号房间的加文介绍给你认识。他在这里用的是假身份，其实他是，”皮特又压低了声音，“**亚历**

山大大帝。”

“全是胡说八道，”邓巴斥骂道，“那人死了好多年了。”

“没错，”皮特此时成了哈莱街[1]的心理医生，“要是这些百合有所困扰，被检查出了一些精神分裂的倾向——注意，只是倾向，只是朝可能的分裂型人格有所倾斜，绝非实打实的那种——那么，它们的症状是可以缓解的，只会留下一些可以忽略不计的副作用。”他朝前探出身子，窃声道，“那些杀人的药我就吐在花瓶里，跟你的百合在一起！”

“过去我真的有过一个帝国，”邓巴说，“我跟没跟你说过它是怎么被偷走的？”

“说了很多回了，老弟，很多回了。”皮特的心思又不知飘到了何处。

邓巴费劲地从扶手椅上站起来，跌跌撞撞地走了几步，终于挺直了身子。阳光斜斜穿透特等病房的加厚玻璃，他眯起眼睛看。

“我当时跟威尔逊说，我的职务会变成‘非执行董事会主席’，”邓巴开始了，“保留飞机、随从、房产和必要的特权，但是把重担——”他伸手拿起那一大瓶百合，小心地摆到地板上，“把日常管理信托的重担下放。自今日起，我就是这样跟他说，世界是我无忧无虑的游乐场，假以时日，也将成为我一人独享的收容所。”

---

[1] 伦敦中部一条街道，自19世纪开始聚集了大量知名的私人诊所。（以下若非特别说明，均为译者注）

“哟，这句好，”皮特说，“世界是我一人独享的收容所，这句之前没说过。”

“‘但一切都是归于信托的，’威尔逊跟我说，”随着故事的进展，邓巴也激动起来，“‘送掉信托，你就什么都没了。没有一样东西是可以既被送走，又能保留的。’”

“这是无法维系的立场，”皮特插了一句，“就像 R.D. 莱恩[1]跟那个主教[2]说的一样。”

“我讲事情的时候请不要打断我，”邓巴说，“我告诉威尔逊这只是为了避税，我把公司直接交给姑娘们，就没有继承税了。‘还是交点税吧，’威尔逊说，‘否则你就是在剥夺自己的继承权。’”

“啊，这个威尔逊我喜欢，”皮特说，“听上去像是个聪明人，像是个有药——不，是有脑子的人。[3]”

“他只有一个脑袋，又不是怪物，”邓巴不耐烦地说，“我那两个女儿才是禽兽。”

“只有一个脑袋！”皮特说，“这家伙可够没劲的！我只要吃了抗抑郁的药，脑袋多得就跟女帽里的蜜蜂似的[4]。”

---

[1] R.D. 莱恩（R.D. Laing，1927— ），苏格兰精神病学家，1960 年发表《分裂的自我》，对精神分裂症的阐释影响深远。“无法维系的立场”是他在《自我和他者》一书中探讨的一个概念，指因对自我发出多个无法同时满足的指令而产生心理问题。

[2] 皮特在这里借用了英文里的一个固定表达，“就像女演员对主教说的一样”，一般用来暗示之前所说的话里有下流或好笑的隐藏含义。

[3] 此处，皮特为了说俏皮话，把押韵的“heads（脑子）”和“meds（药）”混淆，让威尔逊的脑袋变成了复数，也造成了后文的指涉。

[4] 借用了英文的固定表达“a bee in a bonnet（帽子里飞进了一只蜜蜂）”，形容有烦心事。

“得了，得了。”邓巴说。他抬头望向天花板，然后模仿威尔逊厉声喝道：“‘没有权力本身，你就不要迷恋权力衍生的那些花样了。否则，就只能算是，’”他停顿了一下，像是在寻找一个能替代的说法，但最后还是放任那两个词从头顶上方的石灰涂料砸向自己，“‘堕落、放浪。’”

“啊，堕落、放浪、衰败、死亡，”皮特用悲剧演员的颤音说道，“踏着每个音节，我们走下窄窄的坟墓。台阶上的脚步多么轻盈，就像一群弗雷德·阿斯泰尔[1]，但手里旋动的不是拐杖，而是镰刀！”

“见鬼，”邓巴涨红了脸说道，“你能不能不要总是打断我？以前我说话从来不会被打断，他们只会温顺地听着。就算开口也是为了恭维我，要么是在跟我暗示什么生财之道。而你……你……”

“好啦，朋友们，”皮特说，就像眼前聚着一群愤怒的暴徒，“给这位先生一点空间，我们听听看他有什么可说的。”

“‘我的事用得着别人指手画脚？’”邓巴吼道，“我当时就是这么跟威尔逊说的。‘我现在只是通知你我的决定，没有问你的意见。你只管实现它！’”

邓巴又抬眼看天花板。

“‘我不只是你的律师，亨利。在你还剩下的朋友里，我是和你交情最久的一个了。我说这些是为了保护你。’

“‘友谊也是有范围的，’我怒喝道，‘我自己一手创办的公

[1] 弗雷德·阿斯泰尔（Fred Astair，1899—1987），美国演员、舞者、歌手。

司，不需要别人来教我怎么做。'”邓巴举起拳头朝天花板挥了挥。“那句话说完，我抓起书桌上放在一堆纸巾中的一个‘法贝热蛋’[1]——已经是那个月第三个了：那些俄国人所谓的‘皇家气派’是如此无趣，就是一群犹太暴发户、窃国者，扮起了罗曼诺夫家族的皇亲国戚——我才用不着这些‘该死的俄国垃圾’，我一边骂一边把那枚彩蛋扔进了书桌后面的壁炉里，里面一下全是珍珠和碎珐琅。‘这玩意儿我女儿怎么说来着？’我问威尔逊，‘布灵布灵[2]！该死的俄国布灵布灵！’

“威尔逊依然不为所动。我的这些小孩脾气几乎成了日常，这让我的医疗团队也有些担心。你看，”邓巴对皮特激动地说道，“现在我已经完全能读懂他心里的想法了。我已经有了……”

“恐怕你已经有了‘精神紊乱洞见’[3]。”哈莱街的皮特医生说道。

“呸，别再给我演医生了。”

“那我该演谁？”

“见鬼，就演你自己。”

“啊，这个我还不太会，亨利。点一个更好模仿一点的吧。约翰·韦恩[4]怎么样？”皮特没有等回复，“得从这破地方冲出去了，

---

[1] 法贝热蛋（Fabergé egg），制作者为法贝热（Karl Gustavovich Fabergé，1846—1920），俄国金匠、珠宝首饰匠人、工艺品设计师，其作坊精制的复活节彩蛋被俄国和其他各国皇室视作珍品。

[2] 音译 Bling，指浮夸、闪光的饰物。

[3] 指精神病患者在困惑阶段过去之后，会建立一种假想的秩序，于是外部世界对他们来说又变得清晰可懂了。

[4] 约翰·韦恩（John Wayne，1907—1979），美国演员，以擅长扮演西部英雄著称。

亨利，”他拖长了语调说道，“明天日落，我们这两个掌握自己命运的真男人，就该在温德米尔[1]的酒馆问店家要酒喝了。”

“我一定得把我的故事讲出来，”邓巴哀号起来，“上帝啊，别让我发疯。”

“你知道，”皮特对邓巴的哀伤似乎视而不见，“我是，我过去是——曾经是——但谁又说得清我过气了没有——一个有名的喜剧演员，但我患了忧郁症，一种戏剧性的病症，或者说，是喜剧人的悲剧性病症，或者说，是悲剧性的喜剧人的具有历史意义的病症，或者说，是过气喜剧人假想的悲剧性病症。”

“停下行吗？”邓巴说，“我脑子乱了。”

“嘿，我抗抑郁了，我抗抑郁了，”皮特从椅子里跳起来，一边唱一边勾住邓巴的手臂，想让他也旋转起来，“抑郁抗过头嘞，我变**躁狂**啦。”他的歌声突然停止，还一下松开了邓巴。“这时传来一阵刹车时轮胎摩擦路面的声音，”插播完一句话外音，皮特又开始了他的哑剧表演，“他像个男人一样打着方向盘，在悬崖边将车停住。”

“我看过你的各种面孔，”邓巴含糊地应道，“在各种银幕上。”

“啊，我也没说我是独一无二的呀，”皮特的神色中有种谦逊的自豪，“不是只有我一个皮特·沃克。1953 年，因为母亲的疏忽，我被抛入这‘泪谷’[2]，事实上，当时，光伦敦的电话簿里就有两

---

[1] 英格兰最大的自然湖，位于坎布里亚郡的湖区。

[2] 原文“vale of tears”，基督教习语，指充满哀苦的尘世。

百三十一个皮特·沃克。非但不缺，简直过剩。”

邓巴站在房间正中，像被定住了一样。

“是我扯远了，”皮特欢快地说道，“跟我说说你的‘医疗团队’吧，老头儿。”

“我的医疗团队，”邓巴脑中一片翻腾，这熟悉的词就像手边的栏杆一样被他抓住，“没错，没错，就在我把决定告诉威尔逊的前一天，我的私人医生鲍勃自己找到威尔逊，跟他说我‘大脑中有些小异样’，还说‘其中尚未发现什么值得大家过分担心的问题’。”

“这世上难道还有什么本该让人**过分**担心的事吗？”皮特忍不住问道，“难道需要我们‘适当’担心的事还不够多吗？”

邓巴摆摆手，没有多加理会，像是赶一只特别执着的苍蝇。

“可是，根据那个满嘴胡话的医生——那条光鲜的毒蛇、狡猾多变的‘十二面人’——他应该医术很精湛才对啊，毕竟他唯一的病人可不是别人，是我啊，亨利·邓巴，”他一边说着一边拍起了胸膛，“亨利·邓巴。”

“不会是那个加拿大传媒大亨——亨利·邓巴吧？”皮特问道，一副兴奋难耐的样子，“世界上最有钱的人之一，或许还可以说是这个世界上最有权势的人？”

“是，是，就是我，至少是我的名字——我现在说到某些话就连不起来，像掉到漩涡里，不停转着圈儿。总而言之，根据那个可恶的叛徒——我的那个医生的指示，应该尽量少让我发脾气，就算发了脾气也随我去，不要太当回事。”

“明天下午，‘风暴亨利’穿过湖区时，‘脾气’将达到顶峰，”皮特播报着，“建议电视机前的观众爬进地窖，并把自己绑到大石头上。”

恼人的苍蝇越来越多，邓巴挥舞起了手臂。

“我……我刚说到哪儿了？啊，对，看我小小发了一下火，威尔逊还是没什么反应，大概觉得不理我才是对的。这时候，我注意到壁炉里那个彩蛋似乎没受到什么伤害。蛋壳是磕坏了，但里面是金子做的，并没有顺从我的意愿摔个粉碎。我走过去，将我的雷霆之怒全踏到这个要把人逼疯的玩具上，但这东西比我想象中更难对付，一踩就滑走了。还好我及时抓住了壁炉架，才没有跌个颜面扫地。我看见忠诚的威尔逊站起来，又重新坐下。被这一吓，我怒气尽消，顿时伤感起来。

“‘我老了，查理。’我一边跟威尔逊说，一边捡起那个彩蛋，努力压制心里的恐惧。这种恐惧自从达沃斯那次莫名其妙的意外之后就一直纠缠着我：怕摔倒，怕这居心叵测的身体再背叛我。‘我不想再负担这么多事了，’我说，‘姑娘们会照看我的，她们不是最喜欢替老爸瞎操心吗？’”

“简而言之，”皮特用浓重的维也纳口音说道，“‘他把自己的女儿变成了他的母亲！’就像弗洛伊德在‘乡愁大道’和‘远游渴望’[1]的拐角上对主教说的那样。”

“我把离我最近的窗打开，”邓巴不受皮特干扰继续说着，“把彩蛋投给了吹过的风。‘有人今天要收到大礼了。’我说。

[1] 以上两个地名分别为Heimatstrasse和Wanderlust，应是皮特随口联想出来的两个德语词，根据拼写，有“乡愁大道”和“远游渴望”之意。

“‘前提必须是没被砸破头才行，’威尔逊说，‘脑袋可比金块要脆弱多了。’”

“啊，这个威尔逊可真有智慧。”皮特说。

“‘要是砸到早听见叫声了，’我让他放心，也在桌边坐下，‘人都擅长隐藏喜悦，遮掩痛苦就没有这么在行了。’我这样说着，想送威尔逊一个礼物，‘这玩意儿你拿一个去吧。俄国布灵布灵我太多了，要做个法贝热蛋都绰绰有余。’我打开抽屉，把同样一个亮闪闪的花哨东西丢了过去。威尔逊跟我和我的家人玩这种抛接球的把戏已经好几十年了。最早是一个周日他来吃午餐，看到我们都在花园里打棒球，像个普通的家庭一样——像个努力演绎普通家庭的家庭。威尔逊轻松接住彩蛋，扫了一眼深红色的蛋壳和上面细小钻石纵横交错构成的网格。他不予置评，把它滚到扶手椅边的桌子上。彩蛋碰到梅森[1]咖啡杯，摇摇晃晃靠住了。”

“细节太棒了，亲爱的，”皮特说，他现在成了喜不自胜的戏剧导演，“特别特别好。”

“‘你应该至少保留一部分股份，’威尔逊说，‘而且我现在就可以告诉你，他们不会再允许“环球一号”供你私用的。747不可能归在个人名下。’

“‘允许？’我咆哮起来，‘**允许**？！邓巴的想法谁敢阻拦？邓巴的愿望谁敢拂逆？”

“邓巴啊，还用问吗？”皮特说，“除了他自己，谁也没有这

[1] 德国著名瓷器品牌，被誉为“欧洲第一名瓷”。

样的权力——他曾经有，过去有。”

“没有这个条件，我的礼物就不给了！我说到做到，非照我的意思来不可！”

这时，敲门声响起。邓巴立刻噤声，表情变得像是被捕的野兽。

“就提醒一句，”皮特说着一下蹿到他身边，“老头儿，记得吃药的样子要有，但别真吞下去。”他悄声叮嘱道，“明天是大逃亡的日子，是我们伟大的越狱时间。”

“没错，没错，”邓巴也低声应道，“大逃亡的日子。进来！”他随即很有气势地喊了一声：“进来！”

皮特刚才就在哼《碟中谍》的主题音乐，这时突然朝邓巴眨了下眼睛。

邓巴也想回应，但他无法分别控制左右眼睑，结果就变成对着皮特同时眨了眨双眼。

两位护士推着小车进来了，上面全是药瓶和塑料杯。

“先生们，下午好呀，”罗伯茨护士说道，她是其中岁数比较大的一位，“你们今天觉得怎么样啊？”

“你有没有想过，罗伯茨护士，”皮特问道，“我们可能有不止一种心境，更何况是两个人加在一起？”

“你又要跟我来这套了，沃克先生，”罗伯茨护士说，“今天你们有没有去聚会啊？”

“我们的聚会我们去过了，很高兴地向您汇报，在一派温暖祥和的气氛中，我们成功地和大家一起感受到了大家庭的温暖。”

摩尔顿护士忍不住咻咻笑起来。

“别怂恿他，”罗伯茨护士叹气表示批评，“你们不会再偷偷跑去酒吧了吧？”

“你把我当成什么人了？”皮特问。

“一个彻头彻尾的酒鬼啊。”罗伯茨护士嘲讽他道。

“天底下还有什么东西能把我诱出这片举世公认的人间乐土？”皮特又用出了他悲剧演员的颤音，“在这个百忧不侵的避风港湾，到处是天然的抚慰剂，山谷里温情的河流像乳汁般流淌，如绸如缎，灌溉那些被娇惯的客户的躁郁的心。”

“行了，”罗伯茨护士说，“我们会盯紧你的。”

“在这梅豆米德皇宫里，”皮特说，瞬间变身为一名德军统帅，“我们的防卫做到了百分之九十九点九。那百分之零点一差在哪里？就是你们这些家伙把己方的一名军官锁到了窗台上，整宿的霜冻啃掉了他一根手指！”

“瞎扯也扯够了吧，”罗伯茨护士说，“这花瓶怎么在地上？摩尔顿护士，能麻烦你一下吗？然后，请你送沃克先生回他自己的房间，邓巴先生需要午休。现在大家道个别吧，让邓巴先生也能有片刻的安宁。”

“到时见了，伙计。”“约翰·韦恩”说着朝邓巴眨了下眼睛。

邓巴还是双眼同时眨了好几下，表示他明白对方的意思。

另外两人出去之后，罗伯茨护士推着车进了卧室。

“如果你问我意见，我倒觉得你少跟沃克先生待在一起为好，”她说，“他总让你心神不宁的。”

“是的，”邓巴态度谦卑，“你说得很对，护士。这人是有些乱七八糟的，有时候甚至有些可怕。”

“亲爱的，你觉得可怕我一点也不意外。实话跟你说，我从来都不爱看《千面人皮特·沃克》——每次都换台。我觉得无论怎么比较，都是丹尼·凯[1]更好呀。那时大家更单纯一些。还有迪克·埃莫瑞[2]，真是笑死我了。”她一边拍打着邓巴的枕头一边念叨着，而邓巴就坐在床沿，俨然一副老年人不知自己身在何处的模样。

“现在，我们该吃下午的药了。”罗伯茨护士说道。她挑出两个药瓶，又从摞在推车一角的塑料杯中取了一个。

“我们先吃这个绿色加棕色的药，这药可好啦，吃了会觉得很暖和、很舒坦，”她使用尽可能简单的语言，这样可怜的老邓巴才容易听懂，“然后再吃这个白色的大药片，这样就不会胡思乱想，不会觉得女儿们不爱我啊之类的。可不就是女儿们出了钱，让你能在梅豆米德这儿舒舒服服地放个长假吗？我们当了这么多年大人物，多忙多累啊，真该好好休息一下了。”

“我知道她们是爱我的，真的，”邓巴接过小杯子，“我就是有时候会觉得迷糊。”

“迷糊是正常的，”罗伯茨护士说道，“所以你才会来这儿呀，这样我们就可以照顾你了。”

“我还有一个女儿……”邓巴刚开了个头。

---

[1] 丹尼·凯（Danny Kaye，1911—1987），美国演员，个人特色是滑稽的肢体动作、另类的哑剧表演，以及连珠炮似的歌曲。

[2] 迪克·埃莫瑞（Dick Emery，1915—1983），英国喜剧演员，20世纪六七十年代英国家喻户晓的电视明星之一。

“还有个女儿？”罗伯茨护士说道，“天哪，我真得去跟哈里斯医生商量一下你的剂量了。”

邓巴把药片倒进嘴里，接过罗伯茨护士递过来的杯子，喝了口水。他感激地朝护士笑了笑，在床上躺好，不再说话，直接把眼睛也闭上了。

“美美地打个盹儿吧，”罗伯茨护士推着小车朝外走，“做个好梦！”

一听到房门关上的声音，邓巴唰地睁开眼睛。他坐起来，把药都吐在手上，然后从床上爬下来，缓缓踱到客厅里。

“禽兽，”他嘟囔着自顾自地骂道，“秃鹫，撕扯我的心、我的内脏。”他想象着它们头顶蓬乱的羽毛中全是血污和烂肉。奸诈、淫荡的贱货，居然腐化了他的私人医生——这人可担负了给邓巴检查身体的重责啊，他有权利采集邓巴的血样和尿样，检查他是否有前列腺癌，用手电筒照他肿起的扁桃体。不可想象，不敢想象——他的私人医生竟被腐化成了她们的……她们太过独享的“妇科大夫”，她们的男妓，她们的交媾工具，蛇蝎般的假阴茎！

他用颤抖的大拇指把药片从花瓶的瓶颈处按了下去。

“你们以为用这些药物就能让我疲软吗？嗯？”邓巴说，“挺好，你们最好当心，贱货们，我要回来了。我还没玩儿完。我要报仇。我要——还没想好要做什么——但我……”

词句迟迟不来，决心表达不出，但怒火在他的胸腔中越烧越旺，直到他开始咆哮，如同一匹正待发起进攻的狼。咆哮声很低沉，也越发骇人，只是他想不出要如何收场。突然，邓巴把花瓶举过头顶，要砸向牢房的窗户，但他定住了，既砸不出去，也放不下来。“无所不能”和“一无所能”在他身体里鏖战，所有行为都因此抵消了。

2

“可你们为什么就是不肯告诉我他在哪里呢？”弗洛伦斯说，“他也是我的父亲啊。”

“亲爱的，我怎么会故意瞒你呢？”阿比盖尔的声音有些沙哑，加拿大口音之外涂了一层厚厚的英式教育的漆。她把手机往脑袋和肩膀中间一夹，点了一支烟，“就是那鬼地方的名字我真的一下子想不起来了，今天我就让人给你发邮件——我保证。”

“威尔逊跟着亨利去伦敦就是因为他很不放心，”弗洛伦斯说，“结果一到伦敦就被解雇了。他们可是有着四十年的交情啊……”

“我知道，多让人痛心啊，对不对？”阿比盖尔说，隔着卧室的窗户，她眼神空洞地望着曼哈顿被阳光照亮的一片片街区，“爸爸最近太暴躁了。”

“威尔逊说他从来没见过亨利这么生气，”弗洛伦斯说，“听说他被你送去做什么心理监测，后来就气得在汉普斯特德大街上一个劲儿地骂过路的人。取款机把他的卡都吞了，他又发现自己的手机也被停机，气得把手机扔在大街上，被一辆巴士给碾碎了。我想不通事情怎么会到这个地步。”

“是呀，你也知道他这人最没什么耐心。”

“我不是说这个，我是说他的卡和手机怎么——”

“亲爱的，他完全是失心疯发作了。警察找到他的时候，他正躲在汉普斯特德荒野[1]的一个树洞里，**自言自语**。”

“要是每个自言自语的人都要被关进精神病院，那还找得到人去照看他们吗？”

“你这腔调就真的有些讨厌了。”阿比盖尔说，“鲍勃医生，”她低头朝鲍勃医生笑了笑，觉得这“戏剧性讽示”[2]真是妙不可言，“确认爸爸当时的‘思觉失调’很严重。”

鲍勃医生朝她竖起两根大拇指，表扬阿比盖尔用对了这么专业的词汇。

“现在呢，他已经被安置在瑞士最高端、最舒适的一家疗养院了。”阿比盖尔说，“啊，我怎么就想不起它的名字来了呢？就在嘴边上。跟你说实话，我看到他们网站的时候，”她像是在吐露什么秘密，“我自己都想住进去了，那真叫一个**美轮美奂**。抱歉我刚刚可能有些不耐烦，但我们爱爸爸爱得可一点也不比你少，照收益

---

[1] 伦敦北部的公园，占地 320 公顷，是伦敦人亲近自然、休闲娱乐的首选去处之一。

[2] 指剧中人未察觉而观众却能领会的讽示。

累积的算法，我们更早开始，说我们更爱爸爸也不为过吧。好了，说真的，在股民眼里，他依然是信托的掌控者。要是消息传出去，说亨利·邓巴脑子不好使了，我们明天一起床股票可能就掉了好几十亿，再睡一觉，又二三十亿没了——不用别的，一条流言就够了。”

“股票我一点也不关心，我就想确认他没事。要是他遇到了什么麻烦，我想帮忙。”

“啊，你可真崇高！”阿比盖尔说，“这么跟你说吧，不是你，是我们，正在帮他打理邓巴信托的日常运营。可能你不知道，自打我们出生起，这就是老爸所有的心血。我懂，你是自己选择退出了这‘肮脏的权力游戏’，去做你的艺术家，去让你的孩子能在一个‘神智正常的环境’里长大。股票价格这么粗鄙的东西怎么入得了您的法眼呢？只要投资组合证券收益能源源不断朝你账户里打钱就行了。”

“别这么没完没了的，阿比[1]。我只是想见到他，仅此而已，”弗洛伦斯说，“麻烦你尽快把疗养院的地址发邮件给我。”

“我马上就发，亲爱的。我们不要吵架，吵架真是……哦，她已经挂了。”阿比盖尔一边说着，一边把手机关了，重重地丢在床头柜上。“天哪，这姑娘真是烦死人，”她任由自己的睡袍滑落到地板上，爬进被窝，“我有时候真觉得自己能亲手杀了她。”

“不明智，”梅根躺在鲍勃医生的另一侧，脸上那种百无聊赖

---

[1] 阿比盖尔的昵称。

的表情有些瘆人，“应该交给专业人士。”

“你觉得这个能免税吗？”阿比盖尔问，“‘专业服务花销’。”

尽管梅根一直自豪于自己阴愠的性情，此时也忍不住露出微笑。

“姑娘们！”鲍勃医生假装听不下去了，“你们说的可是自己的妹妹啊。”

“同父异母的妹妹。”梅根纠正道。

“要是你能动个手术把她身上那些不属于邓巴家的东西都切掉，我们一定全心地接纳她。对吧，梅格[1]？”

“这个妥协很公道。”梅根说。

“她的长腿就像她妈。”阿比盖尔说。

“眼睛也像。”梅根说。

“不管怎样，只要再糊弄她五天就行了，”阿比盖尔说，“会是周四开，到时我们就有了董事会的支持。爸爸那个‘非执行董事会主席’的头衔也可以拿掉了吧——就跟问别人要‘不湿的水’一样——再也不想收那些该死的‘备忘’了。”

“你那封邮件我要笑死了，”梅根说着突然兴奋起来，“‘你没收到“备忘”吗？**爸爸是长生不老的**！’”

“我知道这样笑他不好，”阿比盖尔说，“但我总会想到他站在汉普斯特德大街上，吼着，‘给我实现它！实现它！’”

“他活到现在情商加起来也就是这样了，”梅根说，“只会喊，‘你只管实现它！’然后要么得逞，要么有人被炒。你记不记得我

[1] 梅根的昵称。

们告诉他去伦敦不能用‘环球一号’的时候，他什么表情？”

“我问他，‘你为什么非要用747呢？’”阿比盖尔说，“‘你可以挑一架“湾流”嘛——温馨多了。’我觉得他当场就要心脏病发作了。”

“‘湾流？’”梅根开始模仿她的父亲，就像模仿一个任性的孩子，“‘你们把我当成谁了？当成谁？！你们认错人了吧？你们是不是把我当成一个**普通**的有钱人了？’”

“他一直教育我们生意场上没有情分可言，我们只是照做而已。”阿比盖尔温驯地说道，“当初争夺抚养权的时候，他把妈妈关到精神病院可是没讲什么情分。自己配的药，自己也该尝尝。当然了，还有你的药，”她补充道，就像是担心鲍勃医生会觉得自己被冷落，“你给他吃的是什么？”

“一种非特异性的抗抑郁药，让他更容易产生联想。说白了，就是一旦他遇到了什么不好的事情，就会变得更像个妄想狂。”鲍勃医生虽然嘴上说着，心里却担心这房间里说不定装了窃听器。

“真是没用，来这么两下就不行了，”梅根说，“你的百折不挠哪儿去了，邓巴？”她语带讥讽地问道，“没了钱，没了电话，没了车，没了随从，我们这位精神科医生只是提了几个犀利点的问题，再稍许把妄想症调了调高——就这么一点点小事，至于哭哭啼啼躲到汉普斯特德荒野的树洞里去吗？”

“他能找到那个树洞已经算他运气好了。”阿比盖尔说道，就像一个保姆让自己照看的小孩不要哭闹，让他想想自己是多么有福气。

“最妙的是他把自己最忠诚的盟友给炒了，”梅根说，“简直难以置信。要我们自己搞掉威尔逊可不容易，但要‘遗憾’地接受父亲最后一条清醒的指令——把他的律师从董事会中移除——真是求之不得。”

“而我想说的是，”鲍勃说，他实在不想继续讨论他那位前病人的垮台了，“我一定是这世上最幸运的男人。”他开始在弓起的大腿上打起节奏，唱起了一首他从《歌厅》[1]中听来的歌曲，最近总在耳中响起：

> 啦啦啦，嘞嘞嘞
> 女士有两位
> 啦啦啦，嘞嘞嘞
> 女士有两位
> 男人就我一个，嘿！

“能不能别再唱这首烂歌了，”梅根说，“我们这个为了方便而临时拼凑的**三角关系**，缺什么也不会缺首主题歌。”

“说得对。”阿比盖尔说着，先是假装在鲍勃医生胸口一个假想的烟灰缸里拧灭手中的香烟，最后还是作罢，用了床头柜上一

[1] 《歌厅》(*Cabaret*)，音乐剧，改编自约翰·范·德鲁顿（John Van Druten，1901—1957）创作于1951年的话剧《我是一个相机》(*I Am a Camera*)，该话剧则改编自克里斯多福·伊舍伍德（Christopher Isherwood，1904—1986）创作于1939年的小说《柏林故事》(*The Berlin Stories*)。

个真的烟灰缸。

“你们两个这么同气连枝，”鲍勃医生说，“男人有时会觉得害怕。”

“不要否认你其实很享受这种‘有点害怕’的感觉。”阿比盖尔捏住鲍勃医生的一个乳头，狠狠揪了一下。

鲍勃医生深吸一口气，闭上眼睛。

“再用点力！”他的话里都是喘息声。

梅根饥渴地扑上来，对着鲍勃医生另一边的胸膛深深地咬了一口。

“天哪！”鲍勃说道，“过头了！”

梅根抬头看他，笑个不停。

“天哪。”他重复道，扭动身子从中间下了床。两个斜躺着的女人像是一对残忍的括号。

“娘娘腔。”阿比盖尔说。

“不好意思，请允许我失陪一下，我得去把奶头重新缝上。”鲍勃医生说，“我可不想被逼成美国第一个只能用假胸的男人。”

鲍勃医生提起医药箱，看起来更像是个名牌公文包，赤裸着身子匆匆进了洗手间。他想看看镜子里自己的胸口到底伤成了什么样，却发现自己的目光染上了一层蓝晕（多么优美的副作用），“伟哥”的这阵兴奋让他的面色变得极为阴沉。他的身体已经快要毁在这对姐妹的欲求无度之中了，他最害怕的副作用是“勃起不退”。

打开医药箱他立马有种安心的感觉，这正是他迫切需要的。箱子上半部分放了许多小罐，装的是可供注射的药水，用带有尼龙搭扣的皮带绑住：氯胺酮[1]、海洛因，还有他一上来就要用的盐酸利多卡因[2]，麻醉他被咬破的乳头，好让他重新缝好。他把第二排中间的那瓶盐酸利多卡因拿出来放在洗脸池的边缘。医药箱的下半部分有一个盘子，里面装了一套工具：手术刀、牵开器、插管、骨锯、听诊器、止血钳，等等。每件都安置在特定的紫色丝绒插槽中。他把这个隔层抬起来，下面还有一层紫色丝绒，好几排整齐划一的橘色塑料药管紧紧码在定制的储物空槽中。他取了两管对乙酰氨基酚[3]，一饮而尽，转念一想，为了抵消止痛药的催眠效果，又服了一剂右旋安非他命[4]，让自己保持清醒。在邓巴姐妹身边脑子昏昏沉沉的，那就是自取灭亡。

把盐酸利多卡因注射进胸肌之后，鲍勃医生从箱子里一个特制的小格中取出一副有放大效果的半月形眼镜。他打开小化妆镜周围的一圈灯带，检查自己那个被照亮和放大的伤口。这个手术并不容易，你得用镊子把伤口打开，同时再用持针器和黑线缝合伤口边缘。但鲍勃医生经验丰富、医术高明，不仅针脚好看极了，还干净得只在缝合处的最末端留出一点细细的线头。

梅根的凶残让他不由得再次惊叹，应该被送进疯人院的不是她的父亲，而是这位女儿。鲍勃医生可以想象（朦朦胧胧地）以后跟阿比盖尔一起生活，只是阿比有点太老了，而且她当年住在

[1] Ketamine，快速麻醉剂。

[2] Lidocaine hydrochloride，局部麻醉剂。

[3] Percocet，止痛药。

[4] Dexedrine，强力中枢神经兴奋剂。

英国寄宿学校时倾心的那种上流人士的慵懒气度也有些过了头。她基本没有道德感，对于那些对自己没什么妨碍的事，有时候也会讲些道德，但更多时候，只要有机可乘，她就无所顾忌——换句话说，就是个正常人，跟他自己一样。而梅根则是个变态，应该规定她只许在医院里表达爱意，否则后果难以收拾。到时候这两个女人他都会甩掉的，但目前他已经接受了她们的贿赂：董事会里的一个席位，一年六百五十万的收入，以及相当于邓巴股票1.5%的期权。对方要他开一个证明，确认一个被人为加重了焦虑症状的八十一岁老头儿不适合再掌控这世界上最错综复杂的商业帝国之一，而上面就是他开出的条件。这交易不亏。过去的十二年，他一直在慢慢累积邓巴的股票：老头儿过圣诞的时候会送他一点，而他自己一有闲钱也全投在邓巴信托里。

有人敲门，鲍勃医生下意识就去拿那卷绷带，觉得需要给伤口额外再加些保护。

“我能进来吗？”梅根低声问，竟似乎还能听出悔恨之意。

“进来吧。”鲍勃医生说，迅速剪了一大条绷带。

梅根走进来，亲了一下他的肩膀。

“对不起，我知道自己刚刚过头了。”她说。

“我原谅你。”鲍勃医生说。

她的指甲轻柔地从他的胸廓滑到髋骨。“伟哥”起效了。

“就在这里，”梅根坐上了大理石台面，双腿缠在鲍勃医生腰间，“就在这里做。”

鲍勃医生把绷带放下，抓住了梅根膝盖内侧向上一点的位置。

梅根用强壮的大腿把鲍勃医生的手压向台面，然后像捕猎的猛禽一般，用尖利的牙齿飞快地在医生的伤口处啄了一口。

“没想到吧。”她说，志得意满地大笑起来。

鲍勃医生退了几步，抽出双手。

“你这疯婊子！”他吼道。

“你要是再敢这么跟我说话，”梅根说，“我就像杀鱼一样把你的五脏六腑全抠出来。”

鲍勃医生数了十个数。他一直建议邓巴想发脾气的时候也这样做，只是老头儿从来不听他的。

“我很抱歉。”他说。

“希望你是真的觉得抱歉。”梅根说着从台面上跳下来，站在鲍勃医生跟前。她捏住他缝合伤口留下的那个黑色线头，使劲扯了一下。

“这是你刚刚骂我骂得那么难听的惩罚。”她说。

“该罚。”鲍勃医生说。伤口又开了，鲜血淌了下来。

“好了，你们继续恩爱，”阿比盖尔从洗手间的门口探进头来，“我要去见我那可怕的丈夫了。”

“我也得去陪我丈夫的骨灰了。”梅根说，侧身绕过阿比盖尔，进了走廊。

“别忘了今晚你要过来一起吃晚饭。”阿比盖尔对鲍勃医生说。

“我怎么会忘呢？”鲍勃医生说。他怎么可能会忘？他们三个人就像日落时悬崖冰壁上用绳索互相连接的登山者，已经分不开了。

3

“我是谁？”

“你是亨利·邓巴呀，这都忘啦？”罗伯茨护士一边拉开窗帘，一边答道。

“我不是问你我叫什么名字，你这个愚蠢透顶的女人，”邓巴吼道，“我是说，有谁能告诉我，我是谁，我到底是个什么样的人。”

“我可不喜欢别人骂我蠢，你说话还真是客气。”罗伯茨护士说，“你要问你是谁吗？此时此刻你就是一个该向罗伯茨护士道歉的无礼老头儿。”

“抱歉，罗伯茨护士。”在一片纷乱的思绪中，邓巴还没有忘记今天有重要的事情要发生，自己不能招惹麻烦。

“这才对嘛，”罗伯茨护士说，“我们都是人，都有早上起来觉得浑身不对劲的时候，你说是不是？”

“的确是，”邓巴说，“几乎每天都是。”

“好了，那我们是准备在自己房间里孤零零地吃早饭，还是加把劲，到餐厅里和其他客人开开心心地聊会儿天？”罗伯茨护士问道。

“我们会加把劲。”邓巴说。

“这样说话我就爱听了。”罗伯茨护士说着，俯下身努力推动了邓巴其实根本不需要的轮椅。他们从厚厚的地毯上穿过，邓巴仰头朝她可怜巴巴地笑了笑。

他怕自己舌头下面的药片要开始化了，假装一时咳嗽得停不下来，成功把药吐进了手帕里。停药之后，他觉得更有精神了，但更容易生气，也更容易激怒别人。遐想和渴望的齿轮越转越快，他的确感到了更多能量，但它们似乎不受控制，保不齐哪天会全部转飞出去。他想起那次在汉普斯特德见了个心理医生，之后感到万念俱灰。他不能再回到那种痛苦中去了。不要再让他回去了，可以吗？就像一点坚实的东西都没有了，就像他脚下是一幅没有完成的拼图，而且有个残忍又暴躁的小孩正要把它拆掉——最糟糕的在于，那个小孩或许就是他自己——一切背叛，怪不了别人，都怪他自己。最让他恐惧的，说到底，是他自己想事情的方式。

“今天你可不能出门了，刚刚咳得多吓人，”罗伯茨护士说，“我不明白你把这厚靴子穿上干吗？换上拖鞋不是更舒服吗？”

“不要再回去了。”邓巴嘟囔着。疯狂在侵蚀他，让他受不了，但他也受不了这个侵蚀他的疯人院。他需要皮特帮他逃跑。要是今天不逃，可能就永远也走不了了。可能死前最后一刻，是罗伯茨护士拍着他的手背，周围是满满一屋子令人作呕的百合花。

“你刚刚说什么，亲爱的？”

他一定得控制好自己的情绪，他必须做一个滴水不漏的两面派。这个以直率著称的邓巴，以想法强悍著称的邓巴，以惊世骇俗的合并与收购著称的邓巴，现在要学着做一个两面派。

“没什么，”邓巴说，“今天我不会出去的，就缩在那团蓝焰旁边。”

“蓝焰？”罗伯茨护士问道，觉得这词莫名有种情色的意味。

“就是电视，”邓巴说，“我一直觉得它像壁炉里摇曳的蓝色火焰。”

“哦，”罗伯茨护士说道，松了口气，“这样听上去还真是温馨。”

“是很温馨，”邓巴说，“特别是在你想到，里面有几个电视台是你的，而且手上有个节目火了，广告收入飙升的时候。”

“嗯，”罗伯茨护士推着邓巴的轮椅进了餐厅，“还记得哈里斯医生跟我们说过的话吗？现在已经不用再担心生意的事了，有人替你仔细照看着呢，我们要做的就是好好地休息一下。”

这家疗养院的核心是一幢维多利亚时代的大房子，这个餐厅就是其中的一部分。内壁的威廉·莫里斯[1]墙纸是颇为用心的复制品，而几张古董橡木桌子恐怕是当时保留下来的。虽然，对于一个维多利亚时代的大家庭而言，这个餐厅绰绰有余，但是，现代

---

[1] 威廉·莫里斯（William Morris，1834—1896），英国画家、设计师、手工艺人、诗人和社会改革家，曾和几位艺术家一起合开公司，生产家具、织物等，最有名的是墙纸。

社会不断需要更多的空间来遗忘其疯癫、老病和等死的成员，让这个阴沉的老房间难以应付。于是，他们又往外扩建了一间阳光房，不但能让更多的病人同时就餐，也提供了一个轻快、明亮的社交场所。沙发和扶手椅上铺的全是张扬的花卉图案，鼓吹着大自然的神奇疗效，枝繁叶茂得让人如在亚马孙森林。在这些热带织物中间，四处摆放着玻璃台面的藤桌，略小的圆桌可能在等候着一杯杧果汁，而更大一些的方形桌子上已经铺满了皱巴巴的旧杂志，跟到了牙医诊所一样。夏日里，双开门外是一大片摇摆的长草和野花，但今天隔着窗玻璃上的雨珠，只见到外面乳白色的水坑、踏倒的茎秆和小簇小簇彼此断绝往来的败草。再远处，还有一片壮美的湖泊，不分四时，只要不被浓雾和雨雪遮蔽，布满乱石的崎岖湖岸也是这怡人景致的重要组成部分。

邓巴在餐厅中搜寻着皮特·沃克，但很小心，怕让罗伯茨护士看出自己的急切。在后者眼中，邓巴的这位同伴只知道捣乱生事，肯定会把人带坏。

“我们想去哪儿呢？”罗伯茨护士问道，然后像是担心邓巴失去了语言功能，她不留间隙地自问自答，“我们最喜欢那张公共大桌了，对不对？因为这样就有机会结交新朋友了。”

自从到了疗养院，邓巴一直避免与陌生人结识，就在护士把他推向此类随机社交的万丈深渊时，他瞥见皮特站在阳光房远处的门口。皮特头顶上方是个绿色的标识，“火警出口”几个字旁边那个奔跑的人形，可能也是因为罗伯茨护士炼狱般的相亲会正往外逃吧。

“啊，你这人真是有福气，”罗伯茨护士说，就好像命运对邓巴如此眷顾让她感到愤慨，“哈罗德夫人旁边正好空了一个地方给你。”邓巴于是被塞进了一个空当，身边这位女士显然心情不佳。

“我已经完全记不住事情了。”哈罗德夫人说。曾经，她的言谈中常有会让大家传颂的犀利驳斥，此时那种尖刻的自信似乎还在。“绝不道歉，绝不解释。”她补充道，带着点不假思索的狠辣。

“是啊，所以才要雇会计嘛。”邓巴心不在焉地应道。

“聊天，”哈罗德夫人说，“有时候是印度象，有时候是非洲象，但不可能既是印度象，又是非洲象。”

“失陪一下，”邓巴看到罗伯茨护士踏上了下一段行医或做媒的征程，含混地对哈罗德夫人说了一句，“我看到一个朋友。”他把碍事的轮椅往后一推，站了起来。

“我现在已经不爱来伦敦了，像到了外国一样。”哈罗德夫人说。她突然伸手抓住了邓巴的臂膀。

“我会死在这里吗，还是会先去别的什么地方？”她问道。

“我……我不知道。”邓巴说，这问题里的眩晕感他听得懂。

“我父亲以前常说他一出生就从事外交了，”哈罗德夫人说道，又恢复了端庄，“让他父母不至于每天从早吵到晚。”

邓巴尽可能温柔地把哈罗德夫人的手移开。

“我以前来过这里吗？”哈罗德夫人的问题听上去有种刺骨的悲怆。

邓巴没有试着回答，而是快步走开了。

“皮特！”邓巴穿过众人朝“火警出口”走，已经等不及喊了起来。

“啊，老头儿，你终于来了。”皮特转过身来，假装在邓巴肩膀戳了一拳。

“我们是要死在这里，还是会先去别的地方？”邓巴问。

“我们先去一个别的地方，”皮特回答，已经朝前走去，“先去温德米尔的一个酒吧，或者是格拉斯米尔、巴特米尔、米尔米尔[1]——细节我无所谓。我对此间地理知识的掌握尚嫌匮乏，但我对在这方面提升自我的劲头会让华兹华斯相形之下就像一个在沙发上下不来的电视迷。我们去拿外套和围巾吧，然后折返，从厨房过，杀狱卒一个出其不意。”

“厨房？”邓巴问。他想在贴着精美瓷砖的走廊里赶上皮特还有些吃力。

“放松就好。”皮特故意做出一副忧心过度的人才会有的咬紧牙关的样子，让邓巴一下紧张起来。

挂外套的钩子都标了数字，他们找到了自己的衣服。邓巴的黑大衣是双排扣加皮草领口，重得都有些不好拿。相较之下，皮特只有一件绿色的短款滑雪衣，里子是戈尔-特斯[2]面料，拉链顺滑。邓巴的米色羊绒围巾看上去有几米长，在脖子上绕了好几圈，而皮特只有一条巴勒斯坦式的格子围巾，随手打个结就算戴好了。

---

[1] 以上四个地名原文分别为Windermere、Grasmere、Buttermere、Meremere，前三个均为湖区的游览胜地，最后的“Meremere”是即兴的文字游戏，可能也带有“仅仅（mere）是米尔”之意。

[2] Gore-tex，一种防水、防风、透气的面料。

“对，就是厨房，”皮特又用起了悲剧演员的腔调，“知道加里吗？就是那位天才创造了我们那个不管是鱼肉还是鸡肉，只要是菜就能浇的万能调味汁，更不用说他的那个奶油浓汤了，里面是豌豆、韭葱，还是胡萝卜，蒙上眼睛根本分辨不出来——就是我们这位深受爱戴的好朋友加里，准许我穿过厨房到外面去抽一支违禁的烟。**放松就好**。”他再次轻声督促道。

“请不要再说这句话，听得我很焦虑。”邓巴说。

“而让**我**焦虑的是什么呢？”皮特说，“是钱。我的钱都被没收去抵我的治疗费了。唉，有问题的疗法，”悲剧英雄皮特又吟诵起来，“却被说成是在治疗有问题的人。”

“我没有钱，”邓巴说，“而且我的卡都被冻结了。”

“什么？”皮特喊道，一下不知所措，“可你是有十几亿身家的富豪啊。我没指望你能突然掏出个捕兔器，让我们可以依靠大自然活下去，我也没指望你有架悬挂式滑翔机，能带我们飞出这阴曹地府——那湖假模假式的，其实就是个水潭——飞到一个正经的湖边小镇，鹅卵石的街道两旁排满古朴的酒馆……可我的确有件事是指望你的，那就是钱啊。”

“倒是有张卡，”邓巴说着，偷偷露出几分激动，“那两个贱货应该不知道——瑞士的一个账户。”

“瑞士账户，”皮特上蹿下跳起来，“限额多少？”

“没有限额。”邓巴说，突然感到害怕。

“没有限额！”

“请不要再重复这句话了。”邓巴说。

“我们可以租辆豪华轿车，”皮特说着搂住邓巴，带着他往厨房的弹簧门走，“让我赶快滚出这‘国家公园’吧。我们可以去伦敦！我们可以去罗马，在全世界最棒的废墟和古迹间喝内格罗尼酒[1]！”

“我不想要什么古迹和废墟，”邓巴说道，忽然扬起一丝往日的权威，“我得把我的帝国要回来。”

“那是自然，老家伙，”皮特一路搂着邓巴的肩，把他领进了厨房，“而且你一定可以的。”

“你好啊，皮特。”加里说。

“大师你好！”皮特说，又转过来对邓巴介绍道，“在你眼前的就是湖区的埃斯科菲耶[2]。”

“又要去抽你那两根破烟了？”加里问，把一坨炒蛋铲到了一个银色的盘子里，像块形状不规则的砖头。

“我试着把这恶习踹掉，没想到这玩意儿它踹起我来更狠。”皮特说。

“没问题，”加里说，“不过你可得先来一段你的奥逊·威尔斯[3]。”

“我的奥逊·威尔斯？”皮特说，已经完全进入角色，“嗯？听不懂。”他仓皇退后两步，往左右两边张望，就好像那个传奇演员随时会出现，然后重重地靠在不锈钢吧台上。

---

[1] 由杜松子酒、苦艾酒等混合而成的酒。

[2] 埃斯科菲耶（Auguste Escoffier，1846—1935），法国烹饪大师，以首创“高级烹饪法”著称。

[3] 奥逊·威尔斯（Orson Welles，1915—1985），美国电影导演、编剧和演员，代表作《公民凯恩》，一生沉迷莎士比亚，自导自演了很多莎剧。

“不要问我想吃什么，”皮特的声音里有威尔斯演《奥赛罗》时那种丰富的变化，爱与仇恨间的踌躇也表现得意蕴万千，“你明明知道这一样东西我**非吃不可**。”他停了一下，用充满悲情的声音高喊：“烤鱼！”

“烤鱼，”加里呵呵笑着，“这句每次都能把我逗乐。”

“你那些美味的调味汁他都不能吃，”皮特说，“因为他的食谱是限定的。那句话倒是他亲口对洛杉矶一个服务生说过的，当时他正在跟戈尔·维达尔[1]吃午餐。”

“所以，这还算是段历史喽？”加里说。

“有个秘密不妨透露给你，加里。一切都是历史。一件事只要被你注意到，它就已经发生了。那个叫‘当下’的家伙是个有名的骗子，每每从认知的缝隙间溜走。小心缝隙！”皮特高喊，就像在火车上打开车门提醒乘客的站长。

“请不要再说这种话了。”邓巴央求着，靠在柜台上怕自己跌倒。

“那行吧，”加里说，“你先去抽烟，但回来的时候必须给我来一段你的莱昂纳多·迪卡普里奥。”

“你这税率还挺高。”皮特一边说着，一边把不明所以的邓巴引向后门。

“那是，大明星的代价呗，是不是呀，皮特？”加里说。

“成交。”皮特拧门把手的时候朝后喊道。

“别让那人占你便宜，”邓巴说，“只要把自己那些事情打点清

---

[1] 戈尔·维达尔（Gore Vidal，1925—2012），美国小说家、剧作家和散文家。

楚了，平均下来完全不需要付超过 7% 的税。”

“或许吧，”外面的寒气击退了厨房门口的那点热量，皮特拉起了外套拉链，“但我自己的事情没打点清楚的时候——比如，出个车祸什么的——我希望去的医院能用超过 7% 的力气招待我呀。”

“我们的司机可靠吗？”邓巴问道。“车祸”二字在他脑海引发了一些生动的伤残画面，让他心惊。他仿佛看到自己血肉模糊横在一堆扭曲的金属和破碎的玻璃中间，救护队却只是站在一旁，看着他的纳税申报单摇脑袋。他给国库的贡献不够，他没有履行好社会契约中自己那一方的义务，他付出的不够。于是，他们就这样看着他流血而亡。

皮特竖起食指放到唇边，还皱了皱眉头。

邓巴顿时想起来他们正在干什么。之前他的心思飘到别处去了。他怎么会提到司机呢？整个计划都差点被他毁了。他觉得自己好蠢，简直愚蠢透顶。他母亲曾经也这样皱眉头，其他什么都不用做，邓巴就已经服帖了。他以为自己早就忘了羞辱有着怎样不可违逆的力量，就像几条古老的矿道，多年来被权力和财富的乱石充塞，直到最近的磨难把它们一下炸开。此时皮特的皱眉在炙烤着他，让他想隐形，就好像这几十年来他努力变得越来越不可一世，变成亨利·邓巴，变成一个家喻户晓的大人物，只是为了压制一个更深层的渴望——消失。这是怎么回事？他怎么会这么容易就把过去给忘记了呢？他对自我的认知太脆弱、太偶然了，可能随时会消散，就像一幅雨中的水彩画。

“对不起，对不起。”他说，跟着皮特到了室外。他怕皮特就此把他抛下，因为发现了他是这样的一个老糊涂，“对不起，你还愿意带上我吗？我还能来吗？”

“当然了，老家伙，”皮特说，“我就是怕我们的计划被发现了。这个古拉格[1]最讨厌客人没尽兴就走。老天，可真够冷的。我也希望我们有辆车，有个靠谱的司机，但实际情况就是我们只能自己走。12 月的坎布里亚郡——就算只能看到冰雹和风暴，依然游人如织，斯科费尔峰[2]上只有站票卖。”

两人经过一些用颜色标识的巨大的垃圾桶。前面有条林间小径，最适合出逃，直接通往外面的一条乡间小道，比疗养院的车道地势要低得多。正要走出院子的时候，他们发现墙后停着一辆越野小卡车，钥匙还插在上面。

“您的意念是何等强大！啊，天神！”皮特用史诗剧的配音腔说道，“太初有意，意在邓巴，邓巴言**车**，于是便有了车，邓巴觉得这是好的。”

“这真是我干的吗？”邓巴上车后挨着皮特坐下，难以置信，“可要是我想到了什么坏事怎么办？”

“别担心，亨利，这也不是那么灵验的，比方说，你就没有变出一个靠谱的司机来啊。至少我开车还没有人抱怨过太靠谱，特别是酒精浓度超标的时候——我真心希望今天稍晚些能达到那样的状态，至少超它个二十倍吧。”

---

[1] 在英文语境中，一般指斯大林时期的苏联劳改营。

[2] 位于英国坎布里亚郡湖区，是英格兰最高峰。

引擎发动时哧哧作响，小卡车往前一蹿，驶向树林。沿着泥泞的窄道一路颠簸时，皮特化身为一个烦人的汽车发烧友，不顾喧嚣的引擎声，像个兴奋的孩子一般不停喊出专业名词和参数信息，但邓巴没有听，他在思考自己的超能力。以前，他总认为自己或多或少可能是有一点超能力的，而今天他凭空变出这辆他们正好用来穿越荒野逃跑的交通工具，邓巴第一次对自己的超能力确信无疑。他感觉命运如同电流从头顶到脚底通过自己的身体。他闭上眼睛，觉得一时间心澄如水。一切都会回来的，等他重新掌权之后，他会惩罚那两个坏心的女儿，然后他会把帝国留给弗洛伦斯。

父亲爱子女不能偏心，这他向来都清楚，但他掩饰不了女儿中最让他倾心和欢喜的就是弗洛伦斯。她继承了母亲的美，还有那种让人卸下防备的同情心。有时候，邓巴其实是自寻烦恼，但只要说给弗洛伦斯听，那些心结就自动松开了；这种功效也不是她有意为之，更像是种自然现象，如同冰到了某个温度会融化一样。除了弗洛伦斯自身的品格，他爱这个女儿还有个简单的原因，那就是她母亲凯瑟琳是他的一生所爱。这份爱，或者是这份爱留在他心里的样子，因死亡而不朽，它不会腐坏，也不会被“习以为常”侵蚀。庸常的生活不能把爱慕变成容忍，把容忍变成厌烦。在这澄明的一刻，他看清了当时在凯瑟琳车祸离世之后，他把弗洛伦斯抓得太紧，间接造成了她对于独立的渴求，最终也让她决心和邓巴的生意划清界限。当时，他只能觉得像是又被抛弃了一次，又一次被剥夺了什么，他的另外两个女儿也怂恿他这么想。

她们一直憎恨父亲的厚此薄彼，并且始终不遗余力地靠模仿他的无情，以及对权力的热爱来取悦他。她们最终说服了他，让他相信弗洛伦斯的股份必须被剥夺，然后分给她们俩，因为她们才真正尊重父亲的成就，并且会继承他的事业。多么糊涂啊。他现在明白了，在某种意义上，弗洛伦斯的固执和骄傲才是真的，她就那样离开了，从来不曾动摇。

车子在减速，这让邓巴有些意外，就把眼睛睁开了。他看到哈罗德夫人正站在路中间摆手让他们停车，她脚边的路面凸起一块灰色石头，上面长满了青苔。皮特只得停下来。

“你是出租车吗？”哈罗德夫人绕到了皮特旁边。

“厄休拉！”皮特说，“你这是要去哪儿？”

“我想回家。”

“正好我们也回家！”皮特说，“你乘车费带了吗？”

“我有自己应急的钱。”哈罗德夫人说着，从大衣口袋里抽出一个皱巴巴的信封。皮特一点，有三张五十英镑的钞票。

“正好是你的车费，”他说，把信封塞进了外套口袋，“上车吧。”

“我们不能带上她，”邓巴低声说，“这女人疯得什么都不知道了。”

“亨利，亨利，”皮特说道，满是责备的语气，“我们所在的这个地方，它那些‘小小的、无名的、被忘却的善心和爱意’[1]可是流传古今的，而且不管怎样，一旦你驾起一艘愚人之船出了航，

[1] 皮特引用的是威廉·华兹华斯的诗《廷腾寺上游几英里处的诗行——记重游怀河河岸》(华兹华斯虽然是和湖区分外相关的诗人，但其实诗中所写的是威尔士的怀河。)

总不会缺乘客的。”

“但缺位子啊。”邓巴说着不情愿地在车座上挪了挪。

“啊哈，”皮特说，“看到标识了！”

他指了指一块标牌，上面写着：普朗戴尔（骑马专用道）。

“我们这宝贝马力强劲，”皮特说，“驾驭得了这条马道，但我们那些狱卒开的是寻常的车辆，拖着那样笨重的车队，是断然追不上来的。”

越野小卡车再次出发，开上了这条新的林中小道，邓巴的心情却没有征兆和过渡地崩塌了。他认清了皮特是靠不住的，后者只是出来大醉一场、浪游一番。自然，他也不能指望这位精神错乱的哈罗德夫人。他待会儿只能自己一个人走了。树上的叶子都落光了，黑色枝丫歇斯底里地朝各个方向伸展，在他眼里它们就像中枢神经系统被疾病摧残之后的展示：对人类苦痛的精微读解就这样铺陈于冬日的天空。

4

弗洛伦斯呆呆地看着中央公园水池里喷起的晶莹水柱，但她发现自己心动的并非其中充沛的能量，而是那片刻的飞扬之后，重力又是如何把水拽了下来，就像孩童的兴高采烈被父亲严厉的只言片语扑灭一样。她滑开露台的门，再次回到客厅里。她之前出来是觉得太热了，现在进去又因为太冷，很快她又会觉得太热的。什么都不对，什么都无法让她安下心来。之前，跟阿比盖尔通话后她很不安心，直接飞来了纽约，想面对面质问她那两个姐姐，到底把父亲藏到了哪里。但她刚到，那两人就溜走了，依旧没有理睬她的信息和邮件。只有马克依然在城里，他是阿比盖尔已经疏远了的丈夫。昨天晚上，弗洛伦斯跟他通了电话，但他完全不知道邓巴此刻身在何处，也不知道阿比盖尔到哪里去了。

“她们只告诉我，”弗洛伦斯说，“亨利正在瑞士的一家诊所里。”

“那么，至少这个国家你可以排除了，”马克本想再添一点空洞的笑声，但听上去勉强只算一声闷哼，“即使毫无必要的时候，阿比撒起谎来也凶猛得很。你也知道，她觉得说实话是种缺陷。真相，大体上来说，一般只有一种情况——亨利要么是在瑞士，要么不在——但撒谎却有无限种可能，能用来抵挡那两个姑娘最害怕的一件事——单调。”

“大致就是这样吧。”

“醒醒吧，弗洛[1]，”马克说，“就是你这位姐姐曾经在你的摇摆木马支架上动了手脚，要让它在你摇得正起劲时断裂，最好你的脖子也跟着断裂。”

“她也很苦，当时我有母亲，而她……”

“你太宽容了，”马克打断她，“我是跟她一起生活过的人，第一次听她讲这个故事，我还以为她要我欣赏她的诚实，或者她是如何摆脱自己的艰难童年。现在我才明白，她是在吹嘘自己那么小的年纪就显露出将来的‘不凡’。”

“既然如此，你为何不离开她呢？”弗洛伦斯问。

“因为恐惧，”马克说，“必须是她自己想要结束才行，如果是我提出，她会有办法毁了我的。”

弗洛伦斯想不出来能如何接话。他们聊到最后，马克给了她一句模棱两可的承诺，他说他会帮忙的，但前提是他得确保自己不会到头来也被关进一家疯人院。

---

[1] 弗洛伦斯的昵称。

马克提到“疯人院”的时候，其实在婉转地指代残暴的刑囚。父亲消失之后，弗洛伦斯意识到要是两人尚未和解，父亲就遭遇不测，那么在她的记忆里，这段关系就会像公园中那些崩塌的水柱一般，被失望和反对所占据，这让她难以忍受。直到一年前，邓巴对她还是十分宠溺。弗洛伦斯一直觉得，不管是面对她的姐姐们，还是董事会，还是父亲的朋友、潜在买方还是他的四万名员工，邓巴永远会偏向她。可当她承认不想插手家族企业，想和本杰明、孩子们一起住到怀俄明州的乡下去，过一种所谓的简单生活，邓巴急怒攻心，把弗洛伦斯从董事会移除，剥夺了属于她的那份遗产，而且怀着愤恨不让她的孩子们再与“信托”有任何关联。他把弗洛伦斯对生意的漠然视作对他个人的冒犯，并且认定这是一种幼稚的行为，假以时日，一定会被他企业中弥漫的自傲氛围所溶解——邓巴传媒帝国所有臣民都觉得历史不是被见证，而是被他们创造的。弗洛伦斯明白历史肯定不只是一版鼓动性、偏向性十分明显的新闻报道，但她和亨利的关系破裂，不是因为这一点上的意见不合。她理解父亲如此狠心是因为她的独立不仅拒绝了他的传承，同时也是她拒绝继续被当成母亲留存于世间的那片残影。她之所以能独立，正因为她曾经被呵护，但像亨利这样占有欲太强的父亲，是无法把女儿的自主引以为傲的。同时，他也没有足够的抵御力不把另两个女儿的贪婪当成对自己的敬爱。

母亲去世时，弗洛伦斯十六岁。在之后的很长一段时间里，孝心使然，她的整个生命都朝着母亲留下的空缺不断收缩。但丧母之痛又同时不受控制地不断扩散，直至连老师的情绪、食物的味道和草地的颜色都受其影响，似乎全变了样。麻木了一年之后，一点一滴的，被忘却的关于母亲的记忆开始流转于弗洛伦斯的梦中，出现在和某些人的对话中，他们记得母亲的言谈、往事和姿态。她在女儿的头脑中重新活过来了。对亨利来说，这样的事情没有发生过，妻子被冻结在了她最为完美的样子，而弗洛伦斯被分配到的职责就是将凯瑟琳身上为邓巴所爱慕的美好品质长久地留存在他的生活中。这是亨利·邓巴所擅长的：合并、收购、委派、重塑。他把弗洛伦斯的现世和凯瑟琳的鬼魂合并了，重塑成同伴、密友、温柔女子和理所当然的继承人，他的心理架构需要这些支撑。当她选择了自己的丈夫，而不是他，选择了后代，而不是父辈，弗洛伦斯知道此举在父亲看来是女儿在毫无心肝地摧毁他的最后一道防线，逼他认清凯瑟琳早已荡然无存于人世间。弗洛伦斯了解亨利的性情，并不意外他会把自己的哀痛化作怒火，她没有想到的是过了这么久，父亲依然抗拒和解，而且，他们之中可能有一方等不到那一天了。

邓巴当时说了一些本不可原谅的话，但弗洛伦斯把父亲的发作看成是某种碰巧包含污言秽语的癫痫。可即使是在那样的状态，亨利肯定也知道，就算弗洛伦斯真该为此尝尝一贫如洗的滋味，他也是办不到的。她绝对不至于穷到因为经济原因向父亲妥协，尽管按“邓巴标准”她已经和乞丐没什么两样了。她此时住的公寓就在自己名下，她继承了母亲的财产（邓巴一边提醒女儿，这都是他给的——弗洛伦斯的**一切**都是他给的——一边骂自己那么大方真是瞎了眼），还是一个附属信托的受益人，这个信托就是邓巴特意为几个女儿创立的，而且威尔逊告诉他已经不能撤销，也不能更改弗洛伦斯受益人的身份。她把邓巴信托的股份还给了父亲，没有怨言，也没有要退股金，这是在用慷慨让他难堪。

弗洛伦斯把门滑开，又走到露台，既惊叹于自己实在是太好预测，又怀疑自己做了那些预测到的事情只是为了显示她的先见之明。她一晚上没怎么睡，看着指针慢慢挪动，等一个能够给威尔逊打电话的钟点。过去一年，威尔逊一直设法保护她，同时也一直是父亲最忠心的盟友，但被解雇之后，他带着家人撤到了温哥华岛上的托菲诺，那是他们度假的地方，现在打电话过去还太早。就在她又算起还要等多久的时候，电话响了。来电显示上正是威尔逊的名字。

“威尔逊！我刚刚正在想现在打电话给你太早了。”

“我这边也忍了好几个小时了，昨天晚上我听说没有人找得到亨利，就担心得没法睡觉。”

“你有没有什么大致想法，觉得他可能在哪儿？”

“我有一帮实习生在给全欧洲和北美的私人医院、诊所打电话，找亨利·邓巴，还有几个他以前住酒店用的化名，目前一无所获。”

“我能做什么？”弗洛伦斯问。

“离决定性的董事会会议还有四天，我也打了不少电话，但看上去你的两个姐姐已经拿下她们需要的多数票了。大部分董事会成员都是你父亲在我的帮助下挑选的，都不糊涂，他们都见过那份把所有实权移交给阿比和梅根的关键声明，虽然我恳求过亨利不要签。现在她们还有鲍勃医生的一份报告，可以用来支持为什么应该把亨利‘非执行董事会主席’的头衔拿掉，你的两个姐姐想让亨利完全出局。他目前的影响力还是太大，就算法律上没有实权了，只要他本人出现，董事会那帮人还是会想方设法讨他欢心的。”

“要是他没有能力处理相关事务，应该有份授权书的，我确定他把代理权交给了你。”

“确实交给了我，但有个先决条件，就是我得是他的雇员，而他也确实把我给解雇了。你应该猜得到我的继任者是谁。”

“那我们能不能说——”

“没用的，”威尔逊打断她，“即使我们拿回代理权，只要你两个姐姐的职位由董事会通过，她们下一秒就又能把我炒了。”

“天哪，她们这次的政变真是天衣无缝啊。”

“实在太让人费解了，没有谁比你父亲更明白权力是怎么回事，过去四十年，每一块大陆上都有他的生意，而且其中至少二十年吧，任何新闻事件，他都可以让它们成为头条、变味或消失，他想要跟任何国家的领袖说话都可以，他可以影响选举，摧毁对手，但突然间，他一觉醒来，只想要那些虚头巴脑的玩具，不再要那些真实的东西了。我目瞪口呆，之前他对那些玩具从来不在意的，但不管那些乖谬想法从哪里来，也不能以此为借口绑架、羞辱……”

“还有呢？”

“我不知道，我不知道她们能干出什么样的事情来。但我知道，我还从来没见过你父亲像那天在汉普斯特德那么害怕。他像是恐慌症发作，他怕天空、怕光，像一个有旷野恐惧的人——要知道，这个人可就是因为喜欢看空旷的天空，在新墨西哥州买了一百万英亩的大牧场啊。”

“我感觉自己像是被火警吵醒，”弗洛伦斯说，“就像我和本杰明在一起的生活只是一场昂贵的幻影。与此同时，我的姐姐们正在劫持信托，绑架父亲。”

“可能是时候穿上你的邓巴铠甲了。”

“啊，不开玩笑，铠甲已经穿上了。他一刻没有安全，我就不会脱下来的。”

“我只能想到一个软肋和一个渺茫的机会。软肋是马克，他还留有一丝类似良心的东西，关键是他对阿比已经只剩下鄙视了。有些话他可能不会对一个刚退下来的律师说，但对一个人见人爱的小姨子，就另当别论了。”

“别想了，我已经跟他通过电话，他太害怕了。”

“尽管如此，还是值得花几个小时听听他有什么可说的。或许他不敢和阿比直接对抗，但我知道他很纠结，可能会给你一些提示。”

“那个渺茫的机会是什么？”弗洛伦斯问。

“那个吉姆·萨奇你还记得吗？就是那个‘环球一号’的机长。”

“当然，他以前想教我怎么开飞机。”

“要是她们用了飞机，他就应该知道她们在哪里降落过。他不会想到要瞒着你，除非她们已经关照过，不过估计她们还没想到这个层面。我现在就把他的手机号码发给你。”

“好，我们聊完我就联系他。”

“今天晚上我就到纽约，跟克里斯一起来。亨利作为教父一直待他不错，他想帮忙。再过二十分钟会有一架水上飞机来接我们去温哥华，我现在该收拾东西往码头赶了。”

“谢谢你做了这些，查理。被那样对待之后，你其实可以退休不管的。”

“这也是我妻子的想法，但我还没有准备好过一个观潮人的生活，还不想隔三岔五找一个联合国教科文组织颁布的世界文化遗产去观光。我会战斗到你父亲重新掌权，战斗到邓巴信托能好好过渡，不至于伤害那四万名员工。而且真要说句心里话，我是不想看到你的姐姐们得逞的。”

挂了电话，弗洛伦斯觉得只在露台上走来走去已经不够了，她一定得去公园里把自己焦躁的心情捋顺，然后再做个决断。仅仅一年之前，她那么毅然决然地从家庭政治中抽身，这一次，她得想好要介入到什么程度。要确保父亲安全，似乎只能让自己陷入一场和姐姐们的战争，要去勉强一个犹犹豫豫的姐夫，要摆出道理去动摇董事会。但她告诉威尔逊的话是真的：她已经穿上铠甲，投入战斗了。这个决定从她看似温和的性情中浮现，更显得深沉，就像一条只在冬天才不干涸的地下水流，因为一场暴雨从山侧杀出，但之后却能拔起树木，冲开巨石。

公园的煤渣小道九曲十八弯，但在弗洛伦斯看来，并不比周围那些方阵街道多出多少人情味。在这个问题上，她的恼怒经常让朋友和家人觉得很不像她。这些小道似乎在刻意提醒她该放松了，而消遣是一定要迂回和延迟的，这才不同于那种“两点之间直线最短”的愚笨功利心。但她一点也不想去绕一下所谓有趣的远路，不想照别人的想法去放松，去享受散步本身。她想要直奔主题，她想要采取行动，这样才能救她父亲。她选了条自己的路径，直接从草地上穿了过去。这时，威尔逊的邮件传到她手机上了，弗洛伦斯点了一下吉姆·萨奇的号码。

“你好。”

“是吉姆吗？我是弗洛伦斯，弗洛伦斯·邓巴。”

“嗨，是弗洛伦斯啊，能听到你的声音真是太好了，”吉姆的语气里都是爱惜，“我有什么能帮忙的吗，还是你想明白要学开飞机了？”

“怎么猜得这么准？”弗洛伦斯随机应变道，“昨天过来的这趟飞行太糟糕了，这才想起你跟我提过可以自己去考一个资格证。你会不会太忙了？我现在在纽约，或许我们可以商量个时间之类的。”

“我特别愿意，弗洛伦斯，只不过我现在还在曼彻斯特，不知道什么时候能回去。你姐姐的行程没有邓巴先生那么固定。”

“曼彻斯特？”弗洛伦斯说，“你们在那儿干吗？”

“完全不知道。为什么来这里就不该我管了。不过我可以告诉你，这儿的天气那是又暗又糟。”

“行吧，那等你回来，你带着我飞。”弗洛伦斯想赶紧把这边的通话结束，把消息转给威尔逊。一会儿他就会被老式水上飞机的颤动和吼声湮没。

“一言为定。”吉姆说。

她挂了电话，立马接通了威尔逊。

“弗洛伦斯！”威尔逊喊道，背景里都是浪涛拍岸的声音，“我正在上飞机。”

“曼彻斯特，”弗洛伦斯说，“我跟吉姆通过话了，他告诉我，他们是在曼彻斯特降落的。让那些实习生把注意力放到英格兰，尤其关注曼彻斯特附近，而不是伦敦。”

“好的，”威尔逊说，“干得好。他们要发动引擎了，不过克里斯要我代他问好。”

“也代我向他问好。”弗洛伦斯说，几天以来第一次露出微笑。

5

国王头盔酒店离梅尔沃特湖只隔了一小片草坪，草坪正中立着一根旗杆。邓巴坐在飘窗前，看着那面迎风挣扎的圣乔治十字旗，觉得旗杆顶端的绳子就快要拽不住它了。寒风朝着湖岸的方向呼啸，把一湖黑水抽打出紧张的白色浪花，又把这些浪花匆匆砸碎在酒店前一片窄窄湖滩的乱石之上。为了标记草坪的边缘，他们立了一排夯实的白色柱子，柱子间吊着粗重的黑色铁链。这样的配色不仅与湖水相合，也对应了邓巴面前这杯还没有碰过的健力士黑啤。从外到内，从内到外，从湖水到酒杯，从酒杯到湖水，中间隔着铁链，他很容易想象自己会如何被绊倒，然后一头栽向湖边的乱石。他那宝贵的、不可靠的脑子四处飞溅，水浪急切地拍打着，那一面旗帜在风中颤抖、皱缩，他的鲜血和旗上十字的颜色正相同。

邓巴抓住桌沿，给自己一点支撑。事物间的相似让他的心神支离破碎。他一定要把东西留在它们该待的地方：湖中是水，杯中是酒，身体里流的是血。

“再来一轮！”皮特站了起来，欢天喜地地喊道。

虽然哈罗德夫人只抿了一口她的姜酒，邓巴尚未开始喝他那一杯健力士黑啤，皮特那一大品脱的健力士已经见底了。他进门时就点了三大杯威士忌，假装他们一人一杯，当然也早已被他自己喝光。

他快步走到吧台边，魅力四射。

“我们三个人都想再来一份大杯的威雀威士忌，然后还要两品脱健力士黑啤，谢谢。我们那位女士尚在‘品赏’那杯姜酒。”

他又随口加了一个三明治拼盘，拿出一张五十英镑放在吧台上，反复拍打，一方面是让大家注意，虽然他点酒菜十分奔放，但付钱也爽快；另一方面，还是他下意识里舍不得这张钞票。这花出去的已经是哈罗德夫人的第二张五十英镑了，他手里只剩下最后一张。当然付出去的一百块会有找零，但现在确实也到了怂恿邓巴动用他那张瑞士信用卡的时候了。要是那个用不了，他只好丢下这两个人，找一家只能外带的酒铺，酒吧里实在不划算。现在除了大醉已经没有退路，喝酒有步骤，他已经到了这个份儿上，只能再仔细引导自己经历接下去的几个阶段：断片儿，即兴给讶异的陌生人表演，最后神志恍惚地出现在一些无法解释的地方，可能是一个他不认识的城市，可能是一个他不记得的房间。如果不能自由，就让自己严重迷失。

“我会把你要的东西一起送过来的，先生。”调酒师说道。

“我帮你端威士忌。”皮特好心好意地说。

回到座位，他把三杯双份威士忌都倒在了一起。

“我一直都很鄙视英制计量单位，”皮特说，“要是我们能去碧雅翠丝·波特的世界[1]——就在旁边，不去可惜——我们应该可以见到那个可爱的小顶针，最早的‘一份酒’就是这么量出来的。当时的人算得很精确，这点威士忌给一只刚出生的松鼠喝刚刚好，或者给一只小气的榛睡鼠。”

“啊，我可喜欢碧雅翠丝·波特了，”哈罗德夫人说，“我们去吧。”

“**在我这儿**，这就叫一‘口’酒[2]。”皮特举起他那杯巨大的威士忌，用他的约翰·韦恩语调说道，然后一饮而尽。他放下酒杯，好似再寻常不过，但也看得出些许得意。

“那座山不就跟圣诞布丁一模一样吗，是不是？”哈罗德夫人隔着湖水指着远处一座圆润的小山，“顶上还撒了点糖粉呢。”

“等一下。”邓巴说。哈罗德夫人又提出了一个相似之处，让他更觉眩晕。

“你说得没错，”皮特接话道，“山顶上有些冬天会变成铁锈色的欧洲蕨，又抹了薄薄一层白雪，厄休拉，你真是有一双发现超大布丁的眼睛，有人这样说过你吗？”

---

[1] 根据英国儿童文学女作家碧雅翠丝·波特（Beatrix Potter，1866—1943）的故事所建造的主题公园。彼得兔是她的作品中最知名的角色。

[2] 原文“a shot”，指单杯的烈酒，容量不超过两盎司。

“没有，没人跟我说过。”哈罗德夫人说着害羞起来。

“可这是千真万确的。”皮特说。

“行了，听着！”邓巴坚持道，试图靠发火来压制自己的焦虑，“我们不去见鬼的碧雅翠丝·波特的世界，也不会去爬圣诞布丁，我们要找辆车，去伦敦，把整个局面**掌控住**。”

“绝对的，老头儿，”皮特宽慰他道，“先把你手上这酒给我，一会儿就温了，没喝头。”他说着拿起邓巴的酒杯，一口就半杯下肚，“新的一杯马上就到，得赶紧把这杯先解决掉。”他把这品脱喝完，浮夸地咂巴了下嘴唇，“我们先要看看你那张瑞士卡有没有用。有用的话，我们就可以给出租车司机提一个他不得不照办的要求了。”

“不要在外面提起我的卡，”邓巴从桌子那头探过身来，压低嗓子用气声训斥道，“这是个秘密账户。”

“你的秘密厄休拉不会泄露出去的。”皮特说。

“什么秘密？”哈罗德夫人说，“你们在说什么呀？”

皮特得意扬扬朝邓巴笑，但这老头儿气还没消。

“顺便问你一句，厄休拉，”皮特说，“你的应急款项还需要再补充一下吗？亨利和我等会儿要去自动提款机，或许可以顺便帮你取点钱？”

“我的卡他们一张也没给我留，因为我记不住号码。”

“恶魔，”皮特说，“没心没肺的禽兽。”

“你的卡也是你女儿拿走的吗？”邓巴问。

“不是，是我的银行，”哈罗德夫人说，“我觉得他们这么做还挺有道理的，天知道有卡我会干出什么事情来。”

三明治和啤酒送来的时候，皮特有冲动再点两杯威士忌，但他克制住了，问酒保最近的取款机在哪里。

皮特和邓巴狼吞虎咽地把食物吃完了。

“最近我已经不去伦敦了，”哈罗德夫人说，“那里现在跟个外国城市一样。”

“要是这样，你应该高兴，因为我们今天不准备把你拖到伦敦去。”邓巴冷冷地说。

皮特坐到哈罗德夫人旁边，握住了她的手。

“听好了，厄休拉，我们去取钱，一会儿就回来，你要坚守岗位。”

“我们这是在哪儿？”哈罗德夫人问。

“国王头盔，”邓巴说，“我们在国王头盔酒店。”

“这个你还要吗？”皮特指了指邓巴的酒杯。

“你喝吧，”邓巴不耐烦地说，“反正你看上去很爱喝的样子。”

“啊，我真是口渴难耐，”皮特用浓重的爱尔兰口音说，“我那忧思重重的心中有一团烈火在焚烤，悲凉的人间只有一物能将它扑灭。”

“哦，你好可怜，”哈罗德夫人说，“你应该寻求专业帮助啊。”

“你瞧，幸亏有了我们这位健力士医生，”皮特说，夸张地朝哈罗德夫人眨了眨眼，“我已经感觉好多了，感谢您的关心。”

普朗戴尔大街上只有一家银行，从国王头盔酒店出发沿着路往山下走几百码，拐个弯就到了。人行道上有个取款机，室内还有一个。

“我们进去吧，暖和一点。”皮特说。

“里面可能装了监控。”邓巴说。

“而你的女儿们正密切关注着北岩银行频道。”皮特说道，就好像这种事情他最清楚。

“我怕的正是这个。”邓巴说。

“明白，”皮特说，“那就让我们留在这未被监视的大街上，何惧它切肉刀般的寒风，还有那争先恐后要落下雨点的黑云。”

邓巴把自己裹进大衣的皮草领口中，对此类气象恐吓无动于衷。特别是他把瑞士信用卡从钱包中取出时，仿佛参禅入定一般，而等他把卡插进机器里，那种威严是皮特在这个老头儿身上从未见过的。他点击屏幕上的各种选项，遮挡皮特好奇的目光，将自己的身份认证号码输了进去，在此过程中，他一直在变得越来越高大。但直到自动点钞机发出唰唰声，作为对他申请五百英镑的首肯，邓巴才真正挺直了身躯，像是重新掌控住了这笔两人都十分渴望的财富。在世人眼中，邓巴和钱是不可分割的，其实在他自己心里也是一样。而皮特想到的是一个搁置在地上的热气球，布料上全是褶皱，而燃烧器一旦将热气喷入其中，它就不断膨胀，向上伸展，直到拽紧连着吊篮的牵绳。

“成功！”邓巴从提款机亮出的牙齿间抽出钞票。

“太棒了！”皮特一边拍手一边上蹿下跳，仿佛成了自己刚刚想象中的大气球，“再试一次！我们离伦敦还有三百英里，谁知道汽车公司派豪华车跑这一趟得多少钱？”

“一英里的收费是两到三英镑。”邓巴说。

“是啊，就说嘛，我们至少还要这么多的现金。你手上的钱只够送我们到伯明翰。”

“我到时刷卡就行了，”邓巴说，“这卡里……”他一下说不出口。

“没有限额！”皮特说，“没有限额！”

邓巴闭上眼睛，想屏蔽那些向他涌来的意象，但那些意象却越发鲜明了：一根断掉的绳索，一个与母舰分离的宇航员翻滚着落进冷寂的黑暗中。周围的星辰都太远了，暗淡的星光落在面罩上的时候，那颗恒星或许早已湮灭。等飞船消失，一切方向废弃，没有重力，也没有实在的表面和有意义的参照点，只有无边空间的苍白统治，四万一千二百五十三平方的无情。

他可以感觉到皮特搂着他的肩膀，又轻轻地把他转过来面对取款机。邓巴被方才那些地狱般的画面吓坏了，又鬼使神差地把取钱的操作完成了一遍。皮特抽走那一沓二十英镑面额的钞票时，他也没有阻止，看着皮特把钱塞进裤子口袋里。

“不用担心，老头儿，钱我拿好了，”皮特说，领着邓巴沿大街往回走，“我们已经准备好上路，现在只要回到酒店，预订普朗戴尔最好的包车服务。可能是有酒吧、能把腿伸直的豪车，甚至可能是带浴池的那种也说不定，也可能是个移动的洗羊池，但不管用什么方法，我们要去伦敦的花花世界了。迷雾之城，万都之都！”

转过拐角的时候，皮特突然抬起手臂，顶在不明所以的邓巴的胸口。

“后退，后退，”皮特说，“我看见国王头盔酒店门口停了辆梅豆米德的面包车，他们很可能正在用‘水封闭’审讯厄休拉。凭她的记忆，我们照理是没有危险的。可惜，我们还问了酒保，最近的取款机在哪里。赶紧走吧，我的天哪。”

皮特脚步沉重地沿人行道向前走，经过罪证之一的银行，看见第一条岔路就拐了进去。邓巴一直跟着，但转过梅尔沃特街的拐角，他喊皮特走慢些。

“没事，”皮特说，“你可以慢慢走，只要沿着下山朝湖泊去的那个方向就成，车子到前面开不过去的。不过我得去前面探探，看步行有没有出去的路，否则今天这里就要变成罗伯茨护士的游乐园了。她可以摇下车窗，尽情地朝我们射麻醉飞镖。”

“别说这种话，”邓巴说，“画面太生动了。”

“别怕，老头儿，我们会有办法的，”皮特说，“我们可能需要沿湖岸跋涉回国王头盔酒店，要两个房间住一晚。只要他们在那里一无所获地离开了，绝不会再回头来找我们的。”

这方案的失败之处邓巴一下想到好几个，但还没来得及说，皮特已经奔出去探路了。两人都没有手机。邓巴的手机被碾碎在伦敦巴士底下，而皮特因为执着地反复尝试逃跑，只能交出手机作为他留在梅豆米德的条件。而他之所以要留在梅豆米德，因为有人答应，只有这样才会让他再拍新一季的《千面人皮特·沃克》。要是邓巴有手机，他立刻就能叫一辆出租车。刚才他弄清楚了，他们正在布朗戴尔的梅尔沃特路。他可能速度不快，但善于应对实际问题，且体壮如牛。冬天回加拿大的时候，他会去越野滑雪；夏天回加拿大，他就会在自己的湖里游很长的距离，那片湖可比此刻展现在他眼前的这片大多了——小路已经走到尽头。

“亨利，这里，”皮特说，从邓巴右侧的一扇小门里钻出来，“快，趁那些狱卒还没找来，我们得先消失。”

邓巴急忙进了那扇门，跟着这位神采飞扬的同伴沿一条小径往前走。

“一切都刚刚好，”皮特说，“我在前面看到本土的某种树上高高低低贴了张塑料地图，原来我们现在走的是一条环湖的公共小径。此处林木茂密，又全是分岔小道，他们铁定找不到我们的。我们要是现在往山上走就太显眼了，但如果绕到对岸，可以爬到一个山口，过去就是另一个山谷了。”

邓巴哼了一声表示认可。他已经慢慢进入了大踏步前进的节奏，不愿在无根无据的闲扯中分散自己。他要保持精力，沉浸于那个唯一的目标——回到伦敦，不管用什么方法，重新掌控信托。最近他自己一直搜寻不着的理智，此刻被他的身体找回来了。因为这种目的的狭隘感，他感觉自己的固执和注意力也开始归位。这正是他所需要的，要借它们来对抗那种——他不能再想了——那种“无限”之感。他一定不能再想这件事，但你不去想它怎么知道自己不该想的是什么？他一辈子都只专注于——有些人会说，就是那些总爱琢磨心理学的人，他们会说这已经成了执念——一件事：一笔交易、一次并购，有时候是一个女人，并且不去考虑为什么。一切看起来都是那么不可避免、无法抗拒，亦无须解释。但现在他知道为什么了，他真的知道为什么了。他就像一条跳进水里追逐木棍的狗，一只从天空俯冲着扑向麻雀的鹰，因为不这样的话，他就会坠入虚无，失去方向，失去归宿。天哪，他不要再想这回事了，他不是说了他不要想吗？为什么已经吩咐下去的事情没人理睬？是不是四个秘书都擅离职守修指甲去了，而他对着无人接听的电话嘶吼：**“我不要再想这件事了，你到底明不明白？”**

“湖对岸还有一个停车场，”皮特说，“都说不准，或许那里还会有台付费电话。我之前从梅豆米德有过几次未经授权的外出，发现在这与世隔绝的乡下，淳朴的百姓还没学会破坏公用电话，有些居然还能用，而且——你听好了——它接受硬币。”

皮特摇了摇口袋中的硬币，让邓巴知道如果有那样的机会出现，他已准备妥当。

“不错，”邓巴说，“不管是电话，还是山口，我都没问题，总之这件事非成不可。”

他大步朝前走去，就像是把犹疑都在脚底踏碎了。他语气中的冷峻让对话无法继续，两人沉默地沿着湖行走。不用再迎着风，邓巴才透过枝丫和树干看到，这一段拥有天然屏障的湖岸不像酒店前的那段浪花四溅，只是远处湖水中的动荡辐射到这里，成了颤动的、环环相扣的涟漪。邓巴的视野突然开阔，让他几乎不由自主地停了下来。面前银黑色的湖滩，几块巨石出现的位置像是在日本园林，有种一丝不苟的天然。隔着湖水童山濯濯，高处有条带状的积雪，山坡抹着一道道飞速流动的云影。以前，他去“周边郡县”开完会，或是在白金汉郡的契克斯别墅[1]或某个

---

[1] 伦敦西北白金汉郡英国首相的别墅。

乡村味浓到始料未及的宅邸中享受完周末，在疾驰回伦敦的车中，邓巴见过这个小岛和它清新的乡村景致，但今天它又是如何制造出如此陌生而销魂的荒野之气的？他发现自己又在晃神，迷失在波动的水面上纵横交错的光影中。他狠了狠心，逼自己从那个空地走开，又回到了林木间的小道上，回到行路时那种抚慰心灵的节奏中。他大踏步朝前走着，忧惧的感觉总算平稳了一些，让他心里有地方可以思念弗洛伦斯。这种情绪和忧惧一样，排山倒海而来，只是不会激荡起那种不适之感。他是如此渴望与女儿讲和，如果此时弗洛伦斯真的出现在他面前，他可以双膝跪地，求她原谅。他是如何变成这副样子的？或者该问，为什么他之前不是这样？为什么他不是始终认为人生惊恐而哀伤？接下来这半小时里，他始终在想，自己是终于回到了自然的状态，还是恰恰相反，他已经背离真正的自我。邓巴还没得出什么结论，思绪就被皮特打断了。

“要是现在能来杯酒就好了。”

“你今天喝得已经足够多了。”邓巴严厉地说。

“足够？”皮特抗议道，“你用的是哪门子的标准？我喝得太不足了，我要对我喝酒不足的罪行供认不讳，请把我扭送到海牙国际法庭。”

“那是停车场吗？”邓巴隔着林子看见一片空地，问道。

“停车场！是的！”皮特又兴奋起来，“我先跑过去，搜个电话出来。”

“等一下！”邓巴喊，但皮特已经沿步道冲过去了。

邓巴再次发现皮特的时候，他正垂头丧气站在问询处旁边，周围是空荡荡的停车场。

“是坏的。”他说。

“那我们只能过山口了。”邓巴说，根本不给自己留怨天尤人的空当。

“老家伙，我觉得自己可能没这个力气了，”皮特说，“要爬好长一段山，又下了雪，我看了地图，去纳丁可不近，路又难走，我觉得我们应该回酒店。”

他从问询处拿了一个小册子，把路线指给邓巴看。

“要走五个小时啊，”皮特说，“还没走到天肯定已经黑了。”

“我有手电筒和瑞士军刀。”邓巴说。

“你还真是喜欢瑞士的东西，”皮特说，“但实话跟你说，我不喝口酒不可能走那么远的，我到时叫辆出租车到纳丁把你带上。”

“不可能的，你一回去就会被抓住。”

“不是，你不懂。”

“我当然懂了，我这一辈子也见过不少酒鬼。”邓巴说，“你觉得自己别无选择，但我认为你的选择是错的。不管怎么样，”他说着从口袋抽出一只羊绒帽，在头上戴好，“谢谢你把我从那鬼地方弄出来，没有你我不可能到这里。顺便说一句，从我这里拿走的钱你留着吧，这样你抢占先机的可能性还稍微大些。”

“你是个好人，亨利·邓巴，比我原以为的要好得多。”皮特说着抱住了邓巴，还稍嫌太过用劲地在他背上拍了好几下。

邓巴立起领子，没有多说什么，朝停车场另一头的山路进发了。

6

之前在飞机上，身前身后都有员工，阿比盖尔和梅根只能克制，现在她们已经住进曼彻斯特最高级酒店的总统套房，邀请好了鲍勃医生共进午餐。鲍勃医生深知他接下来要打的这个电话可能招来大祸，但他内心有股勇气让他不畏艰险，因为他明白那两个姐妹早就玩厌了，只能靠不断增加变态的剂量来刺激胃口。他的身体铺满了火红的鞭痕、发黄的瘀青，还有胸口那排近日新添的针脚，全都尖叫着要复仇。而他的良心，虽然因为背叛自己之前的病人而稍有不安，又扭曲地把即将对邓巴两个女儿的背叛看作是某种因果报应。

这家酒店把“请勿打扰”标牌换成了“我觉得我需要一点属于自己的时间”。鲍勃医生把牌子挂起来，在办公桌前坐好，掏出了预充值的手机，他知道自己常用的手机已经被阿比盖尔某个积极的助手装了窃听器。他背下了史蒂夫·科尼桑蒂的私密号码，从而不让两人间的联络留下任何痕迹。史蒂夫是联合通讯公司的总裁，有个人魅力，也善于自我宣传。他的公司大家都简称为“联讯”，是世上唯一比邓巴信托还大的传媒机构。众所周知，两家公司在纽约第六大道的总部只相隔两个街区，两座高层巨塔黑漆漆的窗户上是彼此的投影，他们在好莱坞的制片厂也在重申这种尴尬的亲密。虽然多年来，联讯和邓巴信托一直在追逐着相同的猎物，为相同的电视台、电影明星、回天乏术的地方报纸拼斗，但他们一直不敢直接攻击对方，怕吞并不成很可能会招致自毁的结局。

星期天早上八点给大多数人打电话都太早了，但史蒂夫亲口告诉过鲍勃医生（虽然成百万上千万《华盛顿邮报》《金融时报》和《财富》的读者也早已知晓）：每周日到这个时间点，一套格外冗长的科尼桑蒂锻炼流程正好接近尾声，他应该在口述邮件和备忘，而动感单车前方的屏幕上除了模拟环法自行车赛的3D场景之外，下方还在滚动播报“彭博商业新闻”。这段时间之内，那些拥有他私人号码的少数幸运儿就可以给他打电话了，同时他也开始跟已经醒过来的世界通话。史蒂夫给联讯的高级主管和编辑发出的指令追随着日头的移动：不可一世的亚洲午后淌进了不可一世的欧洲清晨，等那个光芒四射的圆球经过了曼哈顿，东海岸的吹嘘又会转换成西海岸的畅想，一次对话中被剥离的资产在另一场讨论中却有化腐朽为神奇的潜质。有时候，去吃晚饭的路上，他会再给他的亚洲员工打个电话，没有具体的事情，只为让他们暂停瑜伽晨练，或放下手中当天的第一杯咖啡，训斥他们一晚上过去了，却还是一事无成。

“鲍勃！”听史蒂夫这声问候，你会以为鲍勃是他最好的朋友，两人多年未见，饱受相思之苦。

“现在方便吗？”鲍勃医生问。

“岂止方便，简直恰到好处！”史蒂夫说。史蒂夫睡觉时会佩戴一副巧妙嵌入了耳机功能的耳塞，朝他封闭的耳洞中轻声念出各种励志的话语。经生产商仔细设定，它的音量即使醒着时也不足以听清，但能在用户的潜意识中灌输一种无往不利和万物皆备于我之感，这让史蒂夫受益匪浅。“在睡觉时也让你的自信得到锻炼，你配得上生命所能赋予的最大奖赏”——收到最近一任妻子的最近一份圣诞礼物时，史蒂夫还对此类推广文案颇为质疑，但现在，他已经很难想象没有这副“睡眠力量”耳塞，漫漫长夜要如何度过。在自然界的所有大谬之中，史蒂夫一向认为睡眠是最为荒唐的，比“舍己为人”还要难以解释。你每天有三个小时——对于那些真正暴殄天物的人来说，这个数字是八——无法赚钱！即使一笔投资在半夜里大赚了一笔，那种成功也只是因为旧的决策。在这个把消极当义务的牢笼中，任何真正的新决策、大胆的决策、具有攻击性的决策，都无法做出。而用了“睡眠力量”，他至少知道自己正打造一个刀枪不入的自我认知，帮助他面对“道奇城”[1] 的突发新闻和永恒争斗。

---

[1] Dodge City，位于美国堪萨斯州，被认为是“狂野西部”最暴力的地方，人们习惯用它来指代“无法无天”。

“你有什么要让我知道的？”史蒂夫说。

“大致就是，”鲍勃医生说，“我已经确认，她们只能给到市场价百分之十五的溢价。周四早晨董事会一旦接受给出的方案，她们这个叫作‘鹰石’的家族基金就会收购股票，将邓巴信托私有化。”

“只到百分之十五？”

史蒂夫的短句间听得出他略微有些气喘吁吁，对于一个正在环法自行车赛爬山路段的人来说，这是可以体谅的——他正在比利牛斯山一条很陡的斜坡上。“那个会我得听直播，到时就用你笔记本电脑上的麦克风。”

“她们可能会再往上提三个百分点，”鲍勃医生说，“但不会再多了。还有一件事，她们想把邓巴‘非执行董事会主席’的头衔也摘掉。”

“什么？这对姐妹想在没有邓巴首肯的情况下把这事做成？她们的支持者还真有信心啊！”

“迪克·比尔德在帮她们打点。”

“维克托的老搭档，”史蒂夫说，“他跟梅根走得很近吗？迪克基本上就是她丈夫唯一的朋友了吧？”

“是的，可我想这位风流寡妇用铁链拖着的爱奴队伍里并没有他。”鲍勃医生说。

“这可能就是失策。”

“不管怎样，她们会让我加入董事会，”鲍勃医生说，“然后……”

“行了，我知道这样她们一定觉得高枕无忧了，”史蒂夫在他的虚拟山路上转了个发卡弯，“你好像还没搞明白，我是花了钱在买资讯，我要的是真材实料的东西，比如她们会为什么样的事情睡不着觉？”

“中国。”鲍勃医生说。史蒂夫突然变了个语气，让他很沮丧。

“什么？就因为她们跟周的卫星合同没谈成？联讯拿下了那个项目。你以为我不知道吗？是我一手操办的。现在业内都知道了，邓巴在中国举步维艰。”

“不是，不是，你没明白。周给了她们一份很可观的补偿，他不希望你们两家之中有任何一家对中国记恨在心。交易数字都很惊人，让两个姑娘夜不能寐的是，她们怕那个好消息会被提前捅出去，这样她们完成收购之前股价就会飞涨。”

“你总算拿了点东西出来，”史蒂夫说，“那她们打算怎么处理老头儿？”

“你看，我现在正在曼彻斯特……”

“曼彻斯特？现在什么时候？1850年吗？”史蒂夫说，“这年头谁会去曼彻斯特啊？”

“邓巴正在附近的一家疗养院，”鲍勃医生说，“我们想把他转移到一个安全的地方。”

“那种开在地下六英尺的[1]？”史蒂夫说完，立刻发出那种没有破绽的笑声，既不太邪恶，也不过分轻佻。“那不行的，”他又说道，像是在阻拦别人误入歧途，“我很喜欢老邓巴，他建起了一个了不起的帝国——这也是为什么我会想把它抢过来。不过你还

[1] 英文中此说法指坟墓。

是得确保别让邓巴掺和进来，你明白吗，鲍勃？”

“我会的。”鲍勃医生说，往嘴里丢了一颗阿德拉[1]。他喝了一小口水，让自己更有势在必得的决心，“唯一的变数是他的小女儿弗洛伦斯，她也在找邓巴。”

“她能坏我们的事吗？”

“她有可能在关键会议之前，让邓巴回到游戏之中。”

“所以，应对策略是什么？”

“我们会带他去奥地利，那里才是真正的戒备森严，不会像他现在待的这个英国疗养院这么客气了。”

“你们用公司的飞机是不是太显眼了？”史蒂夫的消息总是最灵通的。

“所以我们会把‘环球一号’留在曼彻斯特，算作某种障眼法，然后租一架飞机从利物浦走。就算让弗洛伦斯找到了邓巴的飞机，也不会让她更接近父亲一步。”

“她手头有股票吗？”

“没有，她跟父亲闹翻的时候，那些股票都分给她两个姐姐了。”

“但现在却是她在救爸爸？这是什么情况？越虐待，越忠心吗？斯德哥尔摩综合征？”

“也有可能，但具体到弗洛伦斯，我觉得是因为她爱她爸爸。”

“你认为她是个好人？这就是你的解释？你有没有想过……”

“抱歉打断你，史蒂夫，我另外一个手机刚收到一条阿比的消

---

[1] Adderall，精神兴奋性药物，用于治疗注意缺陷多动障碍和嗜睡症。

息，说有紧急情况要我过去。”

“她们拴你的这根皮绳可够紧的。”

“你都没法想象。”

“坚持住，朋友！只要挺到周四晚上就好了。”

鲍勃医生挂了电话，明白如果不赶紧现身，阿比会亲自过来找他的。他心跳加速，皮肤灼痛，嘴唇干燥，头皮发痒，整个人快要散架了。他只是一系列失控症状和凶猛副作用的集合。

沿走廊到总统套房还有一点距离，他想起了自己这段时间的睡前读物，《残忍与独特的惩罚》。他刚才在飞机上读完一章，描写的是如何处决雅各宾派[1]的叛徒，先是一次留有余地的绞刑，然后再阉割加开膛破肚，趁受刑者还没死——或许是有些过于考究了——最后要把身体生生扯碎。此时，鲍勃医生很脆弱，而且有种几近癫狂的疲劳感，眼睑内侧好似换成了砂皮。脚底地毯上混乱的缤纷色彩，设计本意是让它看起来像是出厂时就已经承受了天下所有的灾祸，方便掩护污渍，但在鲍勃医生眼中，就像刚刚发生了一场过于放纵的刑虐，这是块垒满刑虐成果的绞架木板。鲍勃医生在墙上靠了一会儿，忍不住一声抽泣。他想到了在火药阴谋事件[2]中被供出的埃弗拉德·迪格比爵士。行刑者把他的心脏挖出来，举在空中大声宣布：“这就是叛徒的心！”迪格比爵士居

[1] 法国大革命后发展起来的最为激进和残暴的政治团体，协助罗伯斯庇尔政权在1793—1794年间施行恐怖统治。

[2] Gunpowder Plot，1605年发生在英国，天主教徒密谋炸毁议会、炸死国王詹姆斯一世，最后并未成功。

然剩下一口气喊道：“你说谎！”

鲍勃医生想沿着墙壁滑下去。成功蒙蔽敌人的自豪在哪里？突然占上风的激动到哪里去了？他整个人的核心是一个冷血的混蛋，此时此刻，最该让这层人格来接管自己。但事实上，他却在为一个死了那么久的天主教殉难者而哭泣，感动于他的不屈和正直，就像在哀悼一些他永远不会拥有的东西：为了一个原则、一个群体、一种理想而牺牲自我。这到底是什么样的一种体验？

他往墙上捶了一拳，很奇怪，有种不假思索的凶狠。这不是他的心绪使然，而是强加在他此时的感受之上的：既然残忍找不到抒发对象，就只能拿自己的指关节代受其过了。疼痛把他震出了那种哀怨的状态，鲍勃医生挺了挺身子，继续朝走廊那头走去。他提醒自己，到了周四晚上他就会经济自由了，不是通过无聊的工作，也不是堕落地靠继承一大笔钱，他是靠自己的才智、自己的狡猾、自己的魅力，还有他能超越那种束缚庸常之辈的奴性道德观。周五，科尼桑蒂会给他的瑞士账户打一笔钱。合并之后，他手持的邓巴股票估计能翻倍。他还有一个聪明的地方，就是尽管眼看着要在背后捅那姐妹俩一刀，他还是坚持工资不能少发。之前他作为百万亿富翁的随从医生，已经习惯了某种生活。把前面说的那些钱加在一起，至少能营造出一种他也过上了那种生活的假象。用这些钱去投资，能获得的收益的确还不太够，但他没有孩子，而且一旦自己没了掌控局面的能力，也无心苦苦延续生命，他并不介意到时把钱花个干净，带着负债离世。

等走廊尽头那双扇门“砰”地打开时，他的步伐中已经添了几分自得了。

“你他妈上哪儿去了？”梅根说。

“不要再往你那两个肺里充气了。”鲍勃医生一边微笑着，一边朝她走去，“瞧你这副焦躁难耐的样子，还是小心些吧，否则弄不好哪一天你就——”他停下脚步，突然在梅根眼前一寸的地方打了个清亮的响指，“因为心脏病或中风猝死。”

梅根被噎得哑口无言，一脸的不安。这女人要驾驭起来也真是容易。邓巴家的这两个姑娘，自负、跋扈、强硬，但强硬并非强大，跋扈也不是威信，而自负只是因为有钱而自豪罢了。不管是钱还是自豪，都不是她们靠自己挣来的。

“你是在威胁我吗？”梅根问。

“怎么可能？谁脑子坏了会去做这种事？”鲍勃医生让人消气地轻声笑了一下，“我是说，要是你一直保持在这种焦躁程度，那是你自己在威胁自己。我是你的医生，梅格，相信我，你一直给自己这么大的压力并不好。”他走上前，像长辈一样按了按梅根的肩膀。鲍勃医生心里想的是，这周结束之前，还是不要显露太多不服和敌意为好。

“我跟你说，我们现在遇到了一个大麻烦，所以刚刚可能不是我最心平气和的时候，”她承认道，“爸爸从疗养院逃出去了。等我们把他找回来，看我不把那鬼地方告得一块砖都不剩。”

“我相信你一定做得到。”鲍勃医生一边说着，一边跟梅根进了客厅。但他立马闭了嘴，因为阿比盖尔正举着手机在客厅里走来走去。

“我警告你，”阿比盖尔听完了对方的话之后说道，“我们今天下午最晚五点钟会到你那儿，要是到时我父亲不在他的房间里，你会读到关于梅豆米德的一系列报道，帮你重新定义什么叫声名扫地。”

她挂断电话，把手机扔到沙发上，低吼一声表达恼怒。对于她方才所做的威胁，鲍勃医生不以为然。他跟随邓巴多年，当然经常看他私下里骂骂咧咧要毁了谁的名声，但他从来没有听过老头儿直接威胁过任何人。威胁，都应该是绝不言明，但又明确无疑的。像阿比盖尔刚刚那样把它暴露于几句气话之中，除了必定显得手段猥琐，也必然包含一个致命错误，那就是承认了她所贩卖的新闻不过是一件让她由着性子用来打击报复的工具。现在的实际情形就是，即使只为了避免全世界一半的媒体就此被这样的任意妄为所驱使，他也有责任破坏姐妹俩的计划。虽然这周过去的时候，大家会觉得邓巴帝国被毁他是罪魁之一，但实际上他是帮它避免了堕落和腐化，帮它躲过了自己的不肖继承人。在后世的眼中，他很可能被视作邓巴帝国的拯救者，当然，近期他是不指望会收到什么感谢信的。

“你他妈能相信吗？”阿比盖尔说，“早餐之后就没人见过他，那帮人居然到现在都不知道他是否还在他们管辖的区域之内。”

“虽然在他的年纪，邓巴的身体算是格外好的，但没有钱、没有手机，他走不远。”鲍勃医生说话的语调很宽慰人。

“他就不该被放走，”阿比盖尔说，“这次行动本来应该神不知鬼不觉就能顺利完成的。”

“这也是为什么那些报道梅豆米德丢了你名人老爸的文章，还是要先放一放。”

“我只是要他们打起精神来。”阿比盖尔说。

“空洞的威胁永远都是虚弱的标志。”鲍勃医生说。

“还是省省你那些幼稚园级别的马基雅维利[1]吧，”阿比盖尔说，“别忘了自己是谁。”

“也别忘了我们是谁。”梅根补充道，很高兴能和阿比盖尔联合起来欺负这个刚刚用医疗建议吓她的男人。

鲍勃医生差点冲上去抽她们姐妹一人一记耳光，甚至，更狠的，想到刚刚和史蒂夫·科尼桑蒂的那通电话，他差点开始笑话她们是如何的大错特错。但他还是挖掘自己深不见底的虚伪储备，重新打定主意要用心演好最后几天的卑躬屈膝。

“抱歉，运用权力这件事上我自然怎么学也赶不上你们。它在你们的DNA之中——这表达不管多没意义，总之大家都爱这么说。”

“四十五分钟之后，大堂见。”阿比说完，转身不再理会这个被管教好了的奴才，走开了。

“太棒了。”鲍勃医生说。这一回他的微笑完全没有演戏——没时间上床受罪了，这足够让他相信真有一个守护天使在保护着他。

---

[1] 马基雅维利（Niccolò di Bernardo dei Machiavelli，1469—1527），意大利哲学家、历史学家、政治家和外交官，其政治哲学方面的作品常用来指代“不择手段的权谋之术”。

7

山坡正中间有道溪流淌下来，邓巴走的路就和它平行。潺潺的水声像一种白噪音，或多或少帮他掩盖了心中焦急的杂音。他把每一个步伐和每一次呼吸都包裹成独立的关注对象，每次双脚落地时都短暂地停歇一下，再重新上路。上山的路又陡又难以辨析，但他只要迈出下一步就行了，只要有那个不松懈的向前的动力就行了，而这一点不正是他成年之后所有生活的写照吗？他一向都是勉力朝未来伸展的。他把生意带到新的大陆上，把新的技术带到他的生意里，这往往不是他对技术本身有多了解，或是他自己有多爱用，而是它们都散发着新玩意儿好闻的气息。虽然他顽固的脾性还在推着他前行，但他现在的信心太脆弱了，只能把探看的目光集中在眼前的一小片土地上，就如同黑夜已然降临，引导他的只有一盏灯笼，在他脚前几码处洒下一小池淡淡的光。

随着溪水四溅的声音越来越近，他准许自己抬头，看到小路马上会和溪流汇合，有一排方石可以充作临时的小桥。他又低下头，只顾向前，但他发觉自己现在心无旁骛地把视野缩得越小，其中显露出的内容就越复杂。路边的灰石上覆盖着白色和亮绿色的地衣，而积水的缝隙和孔穴中生长着小簇丝绒般的深色苔藓。小路的碎石上看得到几丝铁锈红，片刻间还有水晶般的光彩。就像沙滩上的孩子一般，他想捡起那块光滑的暗色石头——上面环绕着矿物质的白色纹理，但他知道就算自己捡起来了，旁边也没有人看他展示他的宝贝。

等他走到了溪上，觉得只往下看已经不足以保护自己，向下的目光似乎只会把他拽入细节的漩涡中，那是一个他不需要显微镜就能想象的微观世界，每一小块地衣都是一片色彩诡异的孢子森林，石头是坚硬的星球，树干从中立起。胡思乱想让邓巴重新警觉起来，他决定在溪流中停下，抵御两方面的冲击：一面是脚下要吞噬他的万象之态；另一面，本来以为更艰巨的，就是要面对自己在这片空旷荒野中的孤立和渺小。

他站在方石之上，朝着下游的方向，看着晶莹的溪水漫过灰石，滚入不远处冒着泡沫的小潭。他想象这样的水正流过他慌乱的心，替他冲刷那些眼看就要控制他的困惑与恐惧。溪流一路下山，像把山坡切开一般。顿时，他觉得后背也有把手术刀，正在往下把他的躯干一分为二。他赶紧把注意力转向那一片宁静的梅尔沃特，但他和皮特道别的停车场现在看起来这么遥远，仿佛一股丧亲之痛袭来，又让他忙不迭地想要回避。最后他终于敢抬头了，薄薄的碎云笼在头顶，再高一些，满是天光和冷漠的蓝。湖两侧的山峦，对着他身后的山口收拢，于是那些云也好像会聚着朝他飞速涌来，让他感觉自己被钉在了一个水平V字形的交会点上。除了这个叫人心怵的幻觉，他还有一些散乱的愧疚感，就仿佛这些碎云本是一只无比珍贵的青花瓷花瓶，交由他保管，结果被他愚蠢地摔碎了。在主人回来之前，他不管怎样都必须把它拼回去。

“请不要让我发疯。”他喃喃道。迟疑片刻之后，他又想掩盖自己的第二重困惑：刚刚他是让谁对自己网开一面？他朝溪流格外恭敬地鞠了一躬，希望自己这具有讽刺意味的礼仪能带来一些纾解，但他的需求太急迫了，开不得玩笑。

“求你，求你，求你了，不要让我发疯。”他求饶道，再也不带一点戏谑的口吻。他进一步承诺以后再也不会如此轻佻，只求这种感觉能放过自己。

他绝望地转过身，努力不让自己失去平衡，想大致看一下离山口还需攀登多久。转身过程中一直在喃喃念着“求你，求你，求你”，他希望自己的乞求能如溪水般流畅，也和溪水一样流向一个更广阔、更平静的地方。

他站的这一小块山坡已经在阴影之中了。山口虽然还有阳光，但被积雪覆盖。太阳西沉，有些云朵已经染上了暮色，日光从高处冲入靠近地面的污浊空气，同时也在从光谱的蓝色往红色一端移动。日落不过就是这样：一场尘与土的狂喜。或许他的孙辈会永远活在一片红色的天空之下，就像被割了喉咙之后倒挂起来的牲畜，那是死去的大自然用血注满的苍穹。

“尘与土！”邓巴吼道，庆幸终于找到一个自身之外的谴责对象，尽管这样的谴责也持续不了多久。

踏过溪涧之后，邓巴加快了脚步，就如同高速运动真能剥离那些可怕的想法似的。这个自以为是的幻念很快就消散了，只让他认识到了自己的衰朽，然后，这种衰朽之感又被另一种意象取代。那是一个着了火的人想靠奔跑来灭火，结果只是让自己燃烧得更为剧烈了一些。不管怎样，他不愿放弃，即使病态的想象不遗余力地想要击溃自己，他也不能放弃。天黑之前，他一定要翻过山口，勘察一下对面山谷的样子，大致判断哪里有遮风避雨之所可以过夜。光在消逝，温度在跌落，但不管他心里是什么感受，腿脚必须往上爬，否则他会死，他真的会死——这回不再是他以为自己要死，然后鲍勃医生做些检查，证明并没有什么致命的疾患正在作怪（可能医生还会赞叹一下他的体格，或者加一颗药丸到他的药片盒里）。

想到鲍勃医生，邓巴不得不停下来，他怕如此急切的登攀加上如此让人窒息的愤恨，会让自己的心脏无法承受。一面是自己的女儿、自己的血肉，一面是雇来照料自己的血与肉的人，居然勾结了起来。背叛对于邓巴来说尤为难以接受，因为在他令人惊叹的上升过程中，忠诚一直是他的标签之一。这一点上他很像拿破仑，后者也是让自己的军士成为元帅，让他们的名字在凯旋门上闪耀。邓巴最初继承的那家温尼伯[1]广告人也不过是在地方上小

[1] Winnipeg，加拿大第八大城市，马尼托巴省的省会，位于加拿大中南部，靠近美加国境线。

有实力，而他就带着威尔逊和原始团队的那点人，在全球所有值得争取的地域都获得了无可匹敌的政治影响力。正是这样的力量，被他的女儿和医生偷走了。他们是他血与肉中的病灶。除非在溪流中打开动脉，让疾病随鲜血流出，他如何能治好自己？他感受到大衣口袋里瑞士军刀厚重的金属分量，想象自己跪在溪流中，一缕缕的鲜血扭曲着随清澈的水往山下奔去。日落时，动物被屠戮。想法与意象在碰撞，凯瑟琳就死在一场碰撞之中。真实的过往与他适才凭空的想象有种诡谲的平等：他们都是想要争夺他心智控制权的想法和意象。倒不是像凯瑟琳之死这样的过往显得不真实了，而是他的每一个想法都感觉那么真。可能这就是为什么宇宙在膨胀，因为想法都是真实的，人越来越多，想法越来越多，一点一滴把包裹宇宙的膜往外推。

“求你了，求你了，求你了，”他抽泣道，“不要再给我大的想法，求你了。”

他想跪倒，像一个祷告的人，把屈辱用谦卑抵消。但他还有一个更强烈的冲动，就是继续向前，离开他此刻站立的地方，这里环绕着他可怕的心绪。要是他跪倒，一定更加难以自拔，所以邓巴又出发了。高处雪坡上隔一段时间会有几束阳光洒下来，他就时不时抬头看太阳在什么位置。此时光亮已很接近山巅了，很快就将越过这整片大地。

一个为竞争对手效力的记者曾对他有过一个评判，此刻被他想了起来，就像炸弹碎片留下的伤口重生一般，在他眉心搏动。很多号称要概括他职业生涯的评判都很愚蠢，这就是其中之一，甚至语言本身就没什么才华，只是偏颇得叫人印象深刻：低息借债，低贱格调。太不准确、太不写实了。勤奋和忠诚怎么不提？更不用说还有勇气、魄力和酷。怎么在他最需要恭维和宽慰的时候，人都跑光了？他知道头上顶着一个空洞赞美的光轮是怎么回事，但现在，连皮特都已离他而去。他到梅豆米德之后很快就习惯了皮特帮他分心，逗他开心，给他关心。他是皮特的听众，皮特也是他的听众，不过两个人都不能算传统意义上完全在听，因为他们从来都无法真正摆平自己内心的想法和感受。但知道有一个人在总是好的——一个除我之外的人，仅此而已；可能就像大家说的，人际关系总是必要的。到了这山上，活的东西都不多，要建立人际关系就更难了。暮色渐浓，连乌鸦都聪明得不会飞这么高，而当地有种毛色深而质地粗糙的绵羊叫“赫德威克”——皮特因为是梅豆米德的常客，对这种羊很熟悉，常形容它“数量过多，数不胜数”——但就连这种以吃苦耐劳著称的生物也退缩了，只留邓巴孤零零地朝山口艰难前行，脚下是嚓嚓的踏雪声。

山势突然变得平坦，邓巴停了下来，他被一个出其不意的景象攫住了。最后一段上坡路的前方是一个圆形的小湖，原来山溪的源头就在这里。在路的左手边，与湖水隔着一段美不胜收的湖滩，上面覆着一层积雪，让人不自觉地想过去歇息、冥想。大部分湖面是薄薄的乳浊色的冰，只有与溪水接通的湖口是深暗而流动的。湖对岸带着弧度猝然立起一个陡坡，就像湖的眉眼上方做了一个高耸的发型。邓巴觉得这种美穿透了他，几乎美过了头，就像是舞台和剧本都已备妥，只等待一场华美的赴死，而方圆几英里之内并无他人，主角只能是他自己。他赶忙往前走，脚下山石因为下了雪而容易打滑，他不敢走得太急，但还是尽可能地加快了脚步，这种迷信就像一个孕妇意识到自己走在墓园的围墙边时会画个十字。这条路绕着小湖接上了已经全然没入阴影的山口，只有远处的山巅会时不时亮起，就像是被泼到了些金色的冷光。

任何景致，不管再如何动人，都被他阴森的想法和恒久的恐惧所污染。再也找不到别的解释了，这都是对他的惩罚，惩罚他的背叛。他对女儿和医生感到怒不可遏的时候，怎么不想想自己呢？对于钟爱的妻子，他是不忠的丈夫：在生意比较集中的所有办公地，他都养着情人；如果要怂恿一个女子踏入禁区，他还会谎报自己的婚姻状况。对弗洛伦斯，只因为女儿有自己的想法，他就满心怨愤，剥夺她的继承权，惩罚她，不认她这个女儿。他的罪行比梅根和阿比盖尔严重多了，更不用提鲍勃医生。邓巴背叛了自己最爱的人，而他的女儿应该有一项道义上的优势，那就是她们恨他，而说到鲍勃医生，这人不过是一个发现了机会的投机分子罢了。若是换了别的语境，比如到了太阳谷的金融峰会[1]上，或者是和某财政部部长对谈，他甚至可能把他们的所作所为称作“实干”或“进取”。这个嗔恨的父亲和愤慨的病人，其实最懂得背叛的扭曲和复杂。此时，他被命运这个公正的判官提到这块用于献祭仪式的石壁与冰面之前，不需要插着羽毛的祭司从他

[1] 自 1983 年起，每年 7 月在爱达荷州的太阳谷举办，为期一周，全球众多传媒、科技、金融巨头都会前往，探讨合作。

的胸膛里掏出那颗奸诈的心，愧疚和悲痛的压强已足以把它炸开了。

他因为恐惧而反胃，迫不及待要远离这片邪恶的湖。邓巴蹒跚踏入这段山口前最后的上坡路。上次降雪之后没人走过这条山道，他根本不知道随风而动的积雪之下，原本的道路藏在哪里。他能做的只是朝着山口直线前进，寄希望于每踏下一步，积雪都足够厚实，能抵挡那些藏于其下的尖利的石块和突然的坑陷。虽然他事先已经将裤脚塞进了靴子里，但冰水还是巧妙地钻过脚踝处的松紧带，死命爬上了他的裤管。等他爬上山口，膝盖以下已经冻僵，而上半身则大汗淋漓，心跳得十分激烈，耳朵里响着血液奔腾的轰鸣声。

碗状的山谷在他眼前打开，邓巴感受到这其中的空旷。干砌石墙浅浅地交错着，但没有树，没有湖，一切都暴露在天空下。纳丁在哪儿？去纳丁的路标在哪儿？周围开始真真正正地黑下来了，虽然积雪依然保有一种诡异的清光。这最后的亮光并不能让他安心几分，因为要从中获益，唯一的办法是被它冻死。他回身最后看了一眼自己花了一天艰难穿越的山谷，之前想从中逃脱是为了安全，但现在回头去看那个村庄和林中的停车场，感觉像是他把安全抛在了身后。之前，还没走到这么高的时候，他跨在溪上见到的被染了色的碎云不见了，取而代之的是一团蓄满了雨、雪、雹的黑云。它们目前还在湖的另一边，大致位于国王头盔酒店的上方，但它们会追上来的，会把冰冷的杀意泼在他可怜的衰老的头顶。向回走和向前去一样，毫无益处，只有栖身之所才有意义。但他望去，眼前没有栖身之所。

8

若不是今天的状况，国王头盔酒店的客房一定会让梅根很心醉的。那床边的四根帷柱，窗玻璃上的铅条花式，还有墙上滚滚而下的小玫瑰花。残暴之人通常很欣赏自己多愁善感的一面，梅根正是如此：狗和马侥幸未得她的垂青，湖区姑娘的装扮她也毫无感觉，但她抵御不了英国乡间别墅改建成的酒店。国王头盔酒店是她心中返璞归真的天堂，连壁炉里放的那张恳请客人不要生火的卡片都那么美好。而且，妙就妙在，不但这壁炉只是摆设，整座房子也从来不是什么乡间别墅。多愁善感给了梅根的一个假期，让她可以暂时不用听命于性格里剩下的严苛的部分，任由自己踢掉鞋子，扭动脚趾，找个幼稚的电视节目，就像个普通人一样——她想象中的普通人，一大片大同小异的混沌无趣，远在她自己那个恶毒而刺激世界的城墙之外。

在这个严寒的周一清晨，雨点拍打在嵌了铅条的窗玻璃上，空壁炉里全是风在冲撞、呼啸，而父亲依然无影无踪，这一切实在让她恼火。在重新将他投入奥地利一家更安全的机构之前，这温馨的英伦氛围她片刻也享受不了。显然，奥地利的群山就让人信服多了，全是嶙峋的山峰和冰冻的山坳，不像这里低矮、勾连、驼背的山——如同一窝睡着了的幼犬，事实证明——就是供人逃跑的。梅根觉得自己好不容易挣得的享受被人骗走了，决心用自励想象的技巧实现想要的结果：爸爸被鲍勃医生用了镇静剂，只会在旁边傻傻地欣赏她；面包是用心烤制的，她把黄油和草莓酱抹在那坑坑洼洼的“月球表面”；未被尘世污染的湖区姑娘手忙脚乱、争先恐后地给她添凝脂奶油和手指三明治，梅根感谢的目光让她们奶油加草莓酱色的脸孔红得不可收拾，她们也能感知她想要什么，但因为过于单纯，不敢确定。这真是太不公平了！那个自私的老头儿把一切都毁了！梅根睁开眼睛，腾地从椅子里坐起来：此时太过动气是要坏事的。男欢女爱这方面，鲍勃医生好像在罢工，而据她所知，这家酒店的员工只有两个百无聊赖的波兰裔服务员、一个澳大利亚调酒师、一个留着银灰色短发的体面女记账员，和她方才自励想象出来的“乌龙女校”[1]外加布歇[2]的场

---

[1] 指英国喜剧电影《乌龙女校》(*St Trinian's*)，最初是20世纪四五十年代的漫画作品，后来改编成一系列电影，核心都是围绕几位严厉的教师和一群不服管教的女学生之间发生的故事。

[2] 弗朗索瓦·布歇（François Boucher，1703—1770），法国洛可可风格代表画家，他的神话、田园主题作品中常常会加入情欲暗流的个人风格。

面还是不尽相仿的。

男人的问题就在于他们没有几个能达到她的要求，而能始终保持在那个水准的更是压根儿没有。她喜欢男人能完全掌控局面。当然所谓的“局面”，在更广泛的意义上，就是成为她的奴隶，而且这个奴隶的职责是帮助主人顺利完成她最喜欢扮演的角色——不知所措的新手。这种新手会一边技艺高超地用手、用腿、用嘴裹住对方，然后忐忑地抬头问道：“我这样对不对？”她喜欢一边轻声说着“这是我的第一次”，一边紧张地夹紧双腿，尽管这场景她已经演练过一千遍了。如果能找到时机，她会皱眉、蹙眼、倒抽气、咬嘴唇，就好比她被面前强壮、粗鲁的侵犯者弄疼了，但又不敢抗议。那些就此停下来问有没有事的男人是最先要被踹走的，而在第一周的反复破处和伪装入门指导中如鱼得水的男子，会接着被领进梅根爱与痛完全颠倒的地牢。在她看来，“痛”就是用来钉住“爱”这种纸币汇率的金价。痛往往是可以测量的，而爱甚至经常不能被定位。一种未见得比谣言强出多少的东西，为什么不用实在的体验慢慢将它取代？为什么不把一种稍纵即逝的、时刻想要反转自己的感情换成一种可以重复的刺激？

等到她能抽得出时间来，会把一个地方从地球上抹掉，这个地方就是梅豆米德。哈里斯医生和最后看到邓巴的那个可笑的护士，他们的愧疚程度还远远无法满足她和阿比；当然歉是道过了，但他们似乎并未表现出足以填满马里亚纳海沟的悔恨，而且，姐妹俩也没觉得找到邓巴后他们会顺理成章地自杀谢罪。实际上，两位女儿愤怒的三板斧砍过之后，哈里斯医生开始说些“我们办的不是监狱”之类的话，而且指出，鲍勃医生和他在汉普斯特德的同事谎报了邓巴的身体状况。换句话说，他开始有些不服帖了。昨天下午，她就坐在这医生的办公室，看着他桌上的镇纸，想象着用它敲破这个自以为是的英国佬的脑袋——就像电影里他们正式要杀人时会说的，带着些“极端的偏见”。这时那个脚踝臃肿的护士也插话进来，说没有必要给他们“宣读《取缔闹事法》”[1]，他们都清楚事态的严重性，而且已经抓回两个和邓巴一起逃跑的病人，还从其中一个不太昏聩的病人那里了解到邓巴想搭顺风车去科克茅斯。护士要他们放心，说疗养院已经派两个工作人员去了科克茅斯，当地警方正密切关注进程，也很明白应该谨慎、低调行事。只是爸爸搭顺风车这个画面太不真实，梅根要求见一下这位证人，结果进来的是喜剧演员皮特·沃克，他对自己的难处毫不掩饰。

“我有很严重的酗酒问题，”他一进哈里斯医生的办公室就哭得惨不忍闻，“那就是我把酒给喝光啦！”他拍着大腿，笑得气都接不上，“还是经典的最好笑。”

梅根和阿比坚持要带皮特在疗养院周围散散步，好让他尽情说一说和邓巴一起经历的“奇妙”旅程。然后她们做了件淘气的事情，就是以酒为诱饵把皮特带回了国王头盔酒店，想以此控制他，弄清楚究竟发生了什么。皮特声称他是在普朗戴尔大街的街角和邓巴分了手，又加了个巧妙的细节，说他**觉得**自己好像看见

---

[1] 英文中“宣读《取缔闹事法》”是固定表达，有一个意思是：（尤指对孩子）提出严重警告。

邓巴进了一辆银色的沃克斯豪尔 - 雅特车。他们领着皮特到那个地方时，天开始暗下来，本在远处叫嚣的暴风雨滚滚而来。回到酒店，仲冬的周日夜晚居然还有不少空房间，梅根他们自己要了其中最好的三间，又要了四间标准间，给两个保镖、一个司机和皮特。梅豆米德打来电话、发来信息，问知不知道皮特在哪里，她们未予理睬。

吃饭的时候，皮特想喝多少威士忌，她们就点多少，还从鲍勃医生的药箱里拿了一管药剂给他。要是他知道这一管药剂是什么，或者有得选，他绝对不会想喝的。虽然皮特不知道药剂里有解除抑制的效果，但为了应付这种效果，他的酒确实越喝越快了，而且他一旦变得焦虑，就会更迫不及待地想取悦别人。

“那些懂的人，”他说道，有意无意地模仿起杰克·尼科尔森[1]的腔调，“都**懂**你父亲是**最了不起的**——你懂说什么吗？”

“不太懂。”阿比烦躁地说。

“既然他是**最了不起的**，”鲍勃医生打断了阿比的敌意，通情达理地微笑道，“那我们最好快弄清楚他人在哪里。要是他没有躲过这场暴风雨，可能此刻正苦不堪言呢，这是我们谁都不想看到的。你懂**我**在说什么吗？”

“我懂。”皮特含混地应道，不再那么确定邓巴的女儿会比暴风雨更可怕。一想到因为自己，他的这位朋友此时性命堪忧，他

[1] 杰克·尼科尔森（Jack Nicholson，1937—），美国著名男演员、导演、制片人和编剧，扮演过许许多多极具挑战性的角色，其中包括大量偏执甚至神经质之类有精神类病症的角色。

就心慌意乱。

“要是你不确定自己是否看见他上了那辆银色的汽车，”鲍勃医生已经尽量温暖、体贴，谁要是还嫌不够就有些不讲道理了，“要是你还有别的想法，觉得他可能在别的地方，我真的很想知道，那样我们就可以赶过去确保他的安全了。”

“我真的感觉有些奇怪，”皮特此时的直白他们都没见过，“我现在说话的方式就像是……”

“你自己。”鲍勃医生帮他把这句话补完了，同时发出一声心有戚戚焉的大笑，“要说到奇怪，你才是**最了不起的**。”

“我是……我是最了不起的。”皮特局促地接受了这份赞誉。

“你要来片安定吗？”鲍勃医生问。

“啊，要的要的要的，”皮特说，“我真的很想来一片安定。”

“是吗，立马就可以给你一片，我可是个医生！”鲍勃医生说，“我知道你晚上需要好好睡一觉，那种‘把忧虑的乱丝编织起来的睡眠’[1]。”

“啊，我**需要**解开那些打结的乱丝，”皮特说，“真的需要。”

“你的意思我明白，”鲍勃医生说，拎起凳脚边的药箱，“我会把你需要的东西给你，要是你能想到其他可能找到亨利的地方，说一声就行。”

“纳丁。”皮特嘟囔了一句。

---

[1] 语出《麦克白》，朱生豪译。麦克白杀死睡梦中的国王之后觉得也永远地谋杀了自己的睡眠。

“要是‘什么也想不到’[1]，那片安定你也别想了。”阿比愤怒地说。

“我觉得他说的不是那个意思，”鲍勃医生用一种精心营造的心平气和修复阿比对皮特造成的伤害，“那是个地方，对不对？”

“对，”皮特说，“纳、丁。”

鲍勃医生倒真是显了回本事，皮特完全被他摆弄在掌心。梅根看着医生施展才华的样子，心里有种接近于佩服的情绪——严格地说，这种情绪她是不具备的，总觉得像是走投无路之人的走投无路之举，类似卖血给血库，像她这样养尊处优的人是不大会去干的——只是在这样朦胧的、似佩服非佩服的时刻，她最讨厌跟其他人分享鲍勃医生。她和阿比自小情谊深笃，也从来一致对外，不管是在寄宿学校合伙欺负别的女生，还是筹谋股东大会上该如何投票。但是现在，她想把鲍勃医生据为己有。她才是寡妇啊！阿比的婚姻虽然完全是场闹剧，可她现在根本没有嫁人的资格。真快要被阿比气疯的时候，她也想到过向鲍勃医生求婚，但说到底，她还不想就这样背弃这么多年的姐妹同心。早年间，她们无可争议的一个经典之作——她至今感叹她们俩在那个岁数就有那样的**执行力**——是对付寄宿学校里一个年纪稍长一些的姑娘，据说她在暑假里打掉了一个孩子。她和阿比真是加班加点地布置，确保那位失望的母亲回到宿舍的时候会看到房间里塞满了母婴用品：一张挂着风铃的精美旧式婴儿床、成堆的尿布、昂贵的乳液、

[1] 英文中“纳丁”（Nutting）和“什么都没有”（Nothing）发音相近。

吸奶器、好几摞可爱的宝宝卫衣、织工极为精巧的毛衫，还有五花八门的布绒玩具从一个抱枕后面露出来，或者在架子边缘悬垂着腿。她们简直是把斯劳[1]那家母婴宝的分店买空了。这次恶作剧带来的快感很短暂，那姑娘太过敏感，真是自找的痛苦，居然当场精神失控，被马上送回家后就再也没有出现过。第二天开大会，女校长承诺要对“这起让人震惊的残忍行径”追查到底。等她稍加“追查”，发现“底”上是邓巴姐妹时，校长居然出乎意料地遭到了攻击。阿比盖尔说，她们从小受到庇护，像堕胎这样的事真是闻所未闻；没错，她们听说某位年长一些的姑娘怀孕了，理所当然以为看到那些礼物她会开心的。或许是她们幼稚，但既然学校把她们天真的幻象砸了个粉碎，一旦媒体知道这件事，以后大家都会把这里叫作“引产营”，那多让人遗憾。姐妹俩先后当了学生代表，她们令人难忘的统治没有被弗洛伦斯打扰，这个最小的“妹妹”被她那个心疼女儿的母亲送到曼哈顿一所没什么意思的走读学校去了。

见证过少女时代如此冷血的高超手段，梅根简直无法理解，阿比为何在昨晚成了一个有心无力的恶霸。不过她的确努力在弥补，大半夜派了两个人冲进了暴风雨中。其中一个是凯文，他们安全团队的负责人，还有赫苏斯[2]（他喜欢大家叫他 J），一个英俊的新保镖。他之前是“绿贝雷帽”[3]的，似乎光用眼神就能拧断你

[1] Slough，英国小镇，距离伦敦约三十千米。

[2] 赫苏斯即 Jesus，字形和英文中“耶稣”相同，此处应是西班牙语名字。

[3] 美国特种部队。

的脖子。他们赶到纳丁时，凯文报告：这里连个“地方”都不算，只有四间农舍、一个仓房和一个嵌在墙里的红色邮箱。他说没发现邓巴的踪迹，等天亮后，他们会沿着普朗戴尔和纳丁之间的小路反方向找回来。如果皮特说得没错，邓巴应该就是从那条路过去的。已经天亮三个小时了，所有人都在等消息。

糟糕的天气意味着他们不能使用直升机。梅根在酒店迎宾区看到了志愿组织“梅尔沃特山地救援协会”的小册子，但此事不能声张，自然也就不能考虑这一帮人了。如果有直升机，他们一定能逮住邓巴，如果还装了热成像仪那就更不在话下了。她之前用直升机打过猎——阿拉伯半岛的瞪羚、新西兰的野牛、得克萨斯的野猪——有些爱铺排场面的人总要硬拉她去，保证一定特别好玩儿，但说实话，戴着耳机和护目镜，被关在那个摇摇晃晃、哆哆嗦嗦的空中机械里，真是无聊透顶。而且，他们每分钟都会把成百上千的空弹壳吐到底下的原始村庄之中，让她觉得自己是在公共场所乱倒垃圾。那些动物也没劲极了。面对飞来金属发出的轰鸣声，它们会拔腿飞奔，似乎觉得自己掌握了出神入化的逃命技术，但从制高点俯瞰，它们不过是在用慢动作实施一些错误的决定。小野猪永远都会忠诚地跑在母亲后面，所以你一旦射死或射伤了母亲，大家一致认为好心的人应该把孩子也了结了。于是，你要把飞机兜转回来，再俯冲一次，而且始终要咧嘴笑着，好像一辈子没干过这么好玩儿的事。

敲门声打断了梅根的回忆。

“谁呀？”

“我，”阿比说，“开门。”

阿比已经穿好牛仔裤、厚套衫和靴子。她没等梅根让开，径直走进房间，汇报起了最新进展。

“是这样，两个小伙子刚打来电话，说他们正在大湖上方的一个小湖边上——反正我听着他们是这么说的，即使他们那部什么卫星电话高级货在这样的天气里也挺吃力——不管如何，他们没找到任何线索，山上雪下得大，就算有足迹也被盖住了。我让他们从这一侧下山，和我们在那个停车场碰头。皮特说他和爸爸也是在那里分手的，我觉得可以把他带过去，帮他恢复一下记忆。”

“要是他一直在骗我们……”梅根说，不太确定该如何描述脑子里的一些想法。

“我明白，”阿比说，“不过还没到那一步。我已经给他送去了一份香槟早餐，他就不会着急要带着宿醉回梅豆米德了。”

“真贴心。”梅根说。

“后面我还给他备好了一份大礼。”

“什么大礼？”

“你到时看。”阿比说。

两人说好尽快在楼下碰头。阿比之前已经关照过鲍勃医生要管好皮特。

梅根很高兴她的姐姐又回来了：一个敏锐、果断、顽皮的阿比，一个懂得如何找乐子的女人，而不是最近几周这个脾气急躁、行事不力，而且还有些浮夸的阿比。从爸爸手里接过生意，两个人都有些紧张是自然的，但如果不把它弄得好玩儿一些，那费这么多事又意义何在?

因为离停车场只有两三英里的车程,阿比告诉乔治她来开车。其实是因为乔治是个老臣,她们还没来得及清理(要做的事太多了!)。他不停地在关心"邓巴先生怎么样了",问得姐妹俩要发疯了。

"可是要把人都接回来的话,还需要一辆车啊。"乔治说。

"没事,我们会有办法的。"阿比说,砰地关上车门,"只要不用跟你坐在一辆车里,让他们多走几步也没关系。"她咬紧牙关低声说道。

"再见。"梅根隔着车窗与那个风雪中莫名其妙的司机挥手道别。

"说起来,那家伙至少今天早上还是办了件好事的。"阿比朝后视镜里的皮特微笑着说道。

"什么好事?"皮特问。

"他帮我们买了一箱威士忌。"

"一箱?一整箱吗?"皮特说,"我何德何能,如何就这样受到命运的眷顾?"

"你跟我们说了去哪里找爸爸,不是吗?"

"你们找到了吗?"皮特问,"找到你们的爸爸了?"

"还没有,"阿比说,"我们现在就去你们两个分手的那个停车场,你就可以用你不可思议的回想、模仿功力重现当时的场景了。"

"我不是都告诉你们了吗?当时……"

"到了之后再演示给我们看吧。"阿比打断他。

他们很快转出湖畔小路,进了那个废弃的停车场。

“我觉得我的焦虑症上来了，”皮特对鲍勃医生说，“能再给我一片安定吗？”

“恐怕不合适，”鲍勃医生说，“苯二氮䓬类药物很容易上瘾的。”

“好啦好啦，我承认自己是个瘾君子！现在能给我一粒了吗？要是一个人焦虑症发作的时候吃安定还不合适，什么时候合适？”

“看到他们了，”鲍勃医生跟阿比说，“就在问询处边上那个躲雨篷下面。”

“看到谁了？”皮特问。

阿比在那个雨篷边上停了下来。

“这才叫合适，”她说，“‘问询处’，皮特，我们要‘问’你要些准确的信息。”

“但我已经把知道的都告诉你们了啊。”

“下车。”

“怎么能下车呢？不是，你看看这天气呀，树都在横着飞啊。估计待会儿就能碰到什么极端天气频道来这里拍片子……”

“该死的给我下车！”阿比吼道，“我父亲还生死未卜，可能关键就在你忘记告诉我们的某个细节上。快！下去！”

皮特手忙脚乱下了车，整个人几乎被风撂倒。

“小心了，皮特。”凯文说着搂住皮特的肩膀，领着他到了雨篷下面。“把威士忌拿来。”他跟赫苏斯说。

“啊，我才明白，”皮特说，“我们是来饮酒作乐的！为什么要留在那个舒服到让人抑郁的酒店，坐在‘湖景厅’里慢慢喝着小杯的鸡尾酒呢？我们明明可以在这不足零摄氏度的公共停车场往自己喉咙里灌苏格兰鸡尾酒的。你这小伙子真是懂我的心思。”

“坐下，皮特，”凯文说，“歇歇脚。我倒是真的需要休息休息，也难怪，凌晨三点就起来去找我老板的爸爸，两个小时之前我还在齐腰深的雪里，眼前屎都看不见。你知道我当时在想什么吗？我就想，要是皮特误导了我们，我一定要把他钉上十字架！”

“可我没误导你们呀，”皮特说，“我保证。”

“抓住他的手，J。”凯文说。

皮特的臂膀被赫苏斯扭到椅背之后，压得动弹不得。凯文拧开两瓶威士忌的瓶盖，把它们慢慢倒在皮特头上。头发湿透了，酒从脸上淌下来，浸湿了衬衫和外套领口。倒完之后，凯文把空瓶子放了回去，又拿出两瓶。

“这叫什么花样，小伙子？”美军上校皮特问道，他为了第二回倒酒时能多吮到几口，一脸的扭曲，“‘威士忌封闭’吗？它应该作为犯人的基本权益被写进《日内瓦公约》。”皮特看没人睬他，又把身份换成了不满的顾客，“年轻人，我不知道你接受了多久的调酒师培训，但我可以给你介绍一个核心概念：你需要一个酒杯或者任何形式的容器，比如一个鸡尾酒调酒器、一个椰子壳，或者根据你的情况，可以是两片缝起来的大树叶，就用你们肩膀中枪、吸出子弹之后用来缝合的针线……”

凯文还是无动于衷地一瓶接着一瓶把威士忌倒在皮特身上，阿比、梅根和鲍勃医生在躲雨篷周围站好。

皮特又变身了，成了一个大舌头的西班牙裔发型师：“朋友们，我坦白说吧，这种鸡尾酒喝法流行不起来的，太费钱了，而且喝到后面衣服都给糟蹋了！”

“给我闭嘴，”凯文说，“除非有什么话可以帮我们找到邓巴先生，否则你要是再敢说一个字……”

“可是我已经全讲了啊。”皮特说着哭了起来。

“你知道这是什么吗？”阿比说着举起一把银色的小手枪，她对着自己的太阳穴扣动扳机，枪口喷出凶猛的一小团火焰，“这叫飓风打火机，就是为这种天气设计的。”

“差点漏了裤子。”凯文说着又泼了不少威士忌在皮特的裤裆、大腿和膝盖上。

“不要，”皮特说，“不要，不要，不要，不要，求你们了。”

阿比在长椅上皮特身边的位置坐下，不停地点火、熄火，就像紧张时的下意识动作。

“所以你昨天和我父亲就在这里分开。”她说。

“就是我之前跟你说的，”皮特好像呼吸有些困难，“我们就在那儿分开的……那棵大树下面……我们握了手……我跟他说山口那里有积雪的……你们真的要相信我啊！”

阿比被那个熊熊的圆锥形火焰迷住了，没有听到皮特说了什么。她把打火机移到皮特脸侧。

“我发誓我说的都是真的。”皮特哭着说道。

“被审问的人我见过很多，”凯文说，“这个说的是实话。”

阿比熄了火，拿滚烫的枪管插进皮特被威士忌浸湿的头发。

“好疼！”皮特尖叫，“你烫伤我了！你父亲说得没错，你就是一个禽兽，禽兽！”

“是吗？”阿比说，“他真是这么说的？”她平静地把手枪移到皮特肚脐的高度，把他衬衫的一角点燃了。

“这真的有必要吗？”鲍勃医生疲惫地说道，“他今天说的是实话，昨天说的也是实话，因为他心里早就打算这么做了。”

精美的蓝色火焰慢慢在皮特的衬衫和裤子上散播开，他尖叫起来。

“他得懂些礼貌，”阿比说，“谁也不能叫我禽兽。”

“那是他在引用，我们得先去找他引用的那个人。最晚周三之前一定得找到，之后我们就要回纽约了。把他放开吧，否则我们还得送他去医院。”

阿比点头准许，J放开了皮特。他疯狂地拍打自己的胸口和胯部，想要灭火。他从躲雨篷下跑出来，很快大风大雨就把火给扑灭了，但他头脑中似乎有根弦已经绷断，一路胡言乱语尖叫着往湖边跑。

“真是个戏精。”阿比说。

“这跟汽油完全不一样，”J说，“刚刚的状况高级的法国餐厅里就很容易发生。”

“橙香火焰可丽饼[1]的附带伤害。”鲍勃医生说。

“正是如此，先生。”J说。

“快看，他真的在冒烟，”梅根说，“我得拍张照。”

---

[1] Crêpe Suzette，一种用热的橘子黄油甜汁做调味品的薄饼卷，端上桌时浇烈酒并点燃。

“我建议您不要拍照，夫人。”J 很恭敬地说。

“有道理，”梅根说着，握住 J 满是文身和肌肉的小臂，“我有些高兴过头了。”

她们看着皮特蹚进湖水中，仰头朝天空骂着连不成意思的话。蹚出几步，脚下石头松动，皮特一个趔趄跌进水中。这下阿比和梅根实在忍不住了。她们的笑声互相传染，笑到前仰后合，唯有抱成一团才能保持平衡。

“我总算明白为什么大家会觉得他好笑了。”梅根说着，为在冰水中挣扎的皮特鼓起掌来。

“我实在不愿意坏你们的兴致，”鲍勃医生看完手机抬头道，“不过，我刚收到吉姆·萨奇的一条信息，他说弗洛伦斯马上就会飞到曼彻斯特，还问了他你们在哪儿。”

“不用理会，”阿比立刻行动起来，“吉姆不知道我们在哪儿，他没什么可说的，但我们也不要关照他什么都别说。好吧，我们再去趟纳丁，可以开始打听一下了。你们昨天半夜应该没进那四间屋子吧？”

“没有，我们不想惹人注意。”凯文说。

“我步行前往，夫人，”J 说，“这样，他要是折返回来，我正好可以逮住他。”

“好主意。”阿比说。

“你真是太厉害了。”说着，梅根又把手放回到 J 的手臂上，后者全身散发出的能量让她沉醉。这样的男人除了两件事——干敌人、干女人——其他几乎一无所知，完全是上天的恩赐。

“我只是做好自己的工作，夫人，” J 说着把背包甩到肩上，“我们纳丁见。”

“亲爱的，你看啊，” 梅根对阿比说，“他在小跑。”

“就像他自己说的，这是他的工作。”

梅根一路注视着 J 消失在树林中。

“走了，走了。” 阿比用手指敲打着方向盘催促道。

梅根爬进后座，和鲍勃医生坐在一起。她回头扫了一眼，看见了皮特。这个人现在显得那么无关紧要，梅根已经完全把他忘了。皮特回到了岸上，瑜伽老师会说他现在用的是婴儿式：双膝跪地，背部弓起，前额抵在交叉的双臂上。

“先后经受了火的洗礼、水的洗礼，” 鲍勃医生说，“要是他没获得重生，我都不知道怎样才能重生了。”

“别说了，” 梅根抗议道，“说得我都有些羡慕了。”

9

邓巴尽可能偷偷摸摸地翻过了干砌石墙的木台阶，直到伏在墙的另一侧，他才回过头看了看这个叫纳丁的扫兴的小村子，还有他昨晚住了小半夜的仓房。他不确定自己有没有被人发现，但只要他还在这山谷里，就会像窗玻璃上爬过的虫子一样显眼。他本打算天亮之后请当地居民帮他打电话，叫一辆去伦敦的出租车，但他想到要打这次交道就觉得疲惫，怕自己太混乱了，已经无法与人沟通。要是他看上去跟他的思想一样疯狂，恐怕到时坐上的不是出租车，而是救护车、警车。他的这种混乱既是手头的、实际的，也是根本的、内在的，就像在一艘倾斜的沉船上，钢琴滑过甲板，他努力伸长手臂够到琴键，但脑子里本来熟记的曲谱此时只剩下片段。

跟人打交道太难了，邓巴心里或多或少庆幸暂时不用面对这种挑战。他似乎迫切地想与自己的疯狂独处，而这种独处又迫使他越发疯狂。或许过了某个临界点，无序会成为一种新的秩序，或至少成为一种新的视角，就像飞行员好不容易冲出密布的阴云，从目不见物一下子到了对流层之上那静谧的光辉之中。机翼之下是云海，刚才蒙蔽视线的东西此时全在他眼底。没错，邓巴想要的就是这样，这正是他迫不及待想要的。

他着急离开纳丁也是出于无奈，昨晚来过两个人，轻声念出过他的名字。邓巴知道这两个人是来搜捕他的。幸好两捆干草之间有个空隙，让他躲过了他们探查手电的光束。仓房一侧堆着捆好的干草，另一侧养着几头牛，它们的呼吸和体温让空气有些温暖。对着入口停着一台拖拉机，散发着机油、泥土和潮湿金属的味道。他比那两个杀手早到了几个小时。当时他用手电筒都是短促、惊惧地闪一下就关掉，总觉得这光亮更多会引来不必要的注意，帮自己找需要的东西倒在其次。经过这忽明忽暗的调研，他终于发现了拖拉机旁的角落里有一堆空麻袋，而干草堆中间有个空隙很适合当床。外套沾满雨水，变得很重。邓巴将它脱下，给自己盖好干麻袋，再把外套铺在最上层，这样它的分量和温暖的毛皮里子能帮他入睡，衣服外层也能干得更快些。如此条件之下，这可谓是营造居家温馨的一件杰作，但他太饿、太警觉了，不可能睡得很沉。仓房门只是稍微一开，短暂地放大了风雨之声，他就醒了，心怦怦地跳。一开始他听不清他们在说什么，但门再度关上，他们移到仓房中间，正好在他藏身处的下方。干草堆中间有个缝隙，他们的每句话都清晰地传了过来。

“邓巴不会半夜三更去敲陌生人的门，”第一个人说，邓巴觉得自己应该认得出他的声音，“他喜欢坐驾驶座，不喜欢欠别人人情。就算他此刻正躲在其中一间屋子里，正确的处理方式也是明天早上再回来，就说我们‘闲逛俱乐部’一个老头儿在暴风雨中走失了，好担心。”

“我爸妈在得克萨斯的农场上也有一个仓房，但和这个完全不一样。”第二个人说。

“真有意思，J，”第一个人说，“我们坐下来吧，然后我好好听你讲讲你爸妈的仓房怎么样？我们今天过来不就为了干这事的吗？是不是啊？”他轻蔑地大笑，“检查一下拖拉机的驾驶座，他可能会在里面睡觉。”

他们在邓巴下方转来转去，看了拖拉机的驾驶座，还掀开了犁和推车上盖着的柏油帆布。

怎么刚刚会想不起来呢？那个英国口音的就是阿比盖尔安全团队的负责人——凯文，对，是叫凯文——特种部队出身的、凶神恶煞的英国佬。所有的保镖都是特种部队出来的，现在这些人要用他们的特殊能力摧毁他的头脑了，就像把空中的泥鸽[1]射得粉碎。这是他们的专长：拖延对方肉身死亡的时间，让他见证自己精神的崩溃。不过他是不会让他们活捉的，或许他可以把最上面的那个干草垛推下去，砸断凯文的脖子。邓巴一定会战斗到最后一刻——只要他还是邓巴。

---

[1] 指练习射击用的泥质盘形飞靶。

“那个肥胖的老家伙是不可能爬到这么个稻草城堡上面去的，”凯文说，“但你还是不妨溜上去瞧一眼，我去查查这些牛肉。”

“这些叫干草捆，那些牛是奶牛。”J还是念念不忘自己的乡村背景。

“哦？真的吗？”凯文说，“这他妈是干吗？皇家农业大学上课吗？我会不认识名种奶牛吗？我每天都替她干活。但现在我可是有机会向一个真正的牛仔请教了，怎么能不好好把握呢？”

J爬上来的时候，干草捆吱呀作响，邓巴担心得身体都僵硬了。他藏身的地方大概在干草堆一半的高度，一下子是看不见的，但找起来并不难。

凯文嫌弃地走近牛群，手电强大的光束捕捉到了它们警惕起来的木讷眼神。大概是感受到了凯文的不怀好意，奶牛开始有些不安，这种不安互相传染，有一两头发出吼叫声，另有几头开始冲撞围栏的铁门，哐哐作响。没过多久，一条狗叫起来，然后是另一条。

就在邓巴听到J爬上干草堆顶的时候，他也听到下方凯文在用气声喊话：“快下来——整个农场都要闹翻天了！”

J轻松地几下跳跃就到了地面。“反正上面也什么都没有。”他说。

“我们快滚吧，否则一个叫麦克唐纳的老家伙就要端着猎枪冲进来了。”凯文说。

两个男人钻出了仓房，邓巴只觉得心里一派平静祥和。他好像不记得自己像现在这样高兴过。这几头牛保护了他，外面的狗保护了他，就跟之前刚越过山口时一样。他下到没有积雪的高度之后，周围的山坡在黑暗中一无可以辨认之物。他在雪雹的抽打中蹒跚，不知该往何处去。这时他听见远远的一声犬吠，然后另一条狗也应了一声（就跟刚才一样），再接着是有人在呼唤它们进屋，或是让它们不要再叫了；具体说的什么听不清，但命令中明显是哄劝的口吻，不见得在生气。这一串声音给了他正确的方向，后来他看明白，那亮光是照在这个仓房门前的院子里。刚才又到了危急时刻，动物再次插手。他欣喜地意识到大自然是支持他的，对于他两个女儿的人性沦丧，大自然也义愤填膺，要和邓巴联手惩治她们。

他和大自然之间向来极为亲密，年轻时，他一直将避暑的房子看作自己真正的家。那是在安大略的一片树林之中，旁边的湖至今仍是他的个人财产。到了夏天，他就在那里划独木舟、驾帆船、修树屋、远足、露营，在清凉的湖中游泳时喝上几口清凉的湖水，只觉周遭的花草树木和动物们与他自己联通无碍。岁数和财富让他疏远了这些关系，但当他又被逼到极限，就找回了心底的本能，恢复了一层久远的身份。凯文说他是“肥胖的老家伙”，不可能爬上这干草堆。多么荒谬！他就好端端躺在这里，而那两个迫害者只会在仓房里没头没脑地瞎转。他天生精力过人，向来如此，只要睡足三个小时，就可以正常工作一整天。那个裹在肌肉里的笨蛋根本没弄清他要对付的是什么样的人，他太着迷于自己的体能和好强斗狠了，永远不会知道什么是真正的内在力量。

几分钟之内，邓巴的振奋就上升到最高点，然后又消失得无影无踪。他开始怀疑凯文和他的行凶学徒是否真的离开了，还是就躲在几码之外，望远镜的镜头就对着仓房的大门？那个武器精良的麦克唐纳会不会想确认自己的看门狗和奶牛为何惊扰，此刻正在赶来？他得赶快想个办法出去，否则可能就出不去了。只有大门前的院子有光，要是拖拉机后面那扇高高的移门没锁，而且他有力气打开的话，应该不会被发现。他从草堆上爬下来，捆草的绳子绷得很紧，脚下不知往哪儿踩的时候手指被勒破了。他握住后门把手，使出全身力气一拉，发现门一下就开了，轨道顺滑得把整个人都带了过去。他从打开的门洞钻出，把门关好。虽然天气依然恶劣，但已经不是漆黑一片。邓巴竖起衣领，拉低帽子，立马选定了方向，他要尽量远离自己最后被人看到的地方——如果皮特没有泄密，就是国王头盔酒店，否则的话就是那个停车场。

刚刚上坡并没有什么阻碍，现在他已经在干砌石墙后面藏好，回头看小村庄和那个仓房。此处离山顶只剩三片田地的距离，天已经很亮了，该往哪里走很清楚，但他自己也很容易暴露在敌人的视野中。去纳丁的山路最后有个拐弯，离那个弯两百码的地方停着一辆黑色的路虎，车头正好和他上坡的方向相反，所以除非有人一直从车里通过后窗观察，否则他应该不会被发现。但相比于这里的其他房子和车辆，这辆路虎让邓巴忌惮得多。他在石墙后进退两难之时，路虎的车门打开了，两个男人下车，打开后车门，拿出两个背包甩到肩上，像两名军人一样迅捷地朝梅尔沃特步道的方向进发。邓巴看不清他们的脸，但很确信就是开始狩猎的凯文和J。

他背靠石墙蹲下，惊骇于刚才差那么一点点就被逮住了。现在，他只能等那两人过了山口再行动，否则他们随时转过身来都可以看到山谷另一侧的自己。他剧烈的心跳是因为恐慌，明白他们如果早一分钟从车里出来，就可能抬头看见他正从木台阶上翻过石墙。之前那次逃过一劫，让他满是感激，一心认定命运的安排和大自然的好意；但这第二份好运把他推往相反的方向，加深了他潜藏的恐惧，感觉自己就像一个被凶恶巨浪慢慢吞没的人，时不时能看到那片本不该离开的太平洋海滩，而每一波浪涛卷来，都把他往下拖得更深、更久。他几乎无时无刻不被一种迷失感笼罩着，就像是总要忘记如何系鞋带，忘记身边那些日常用品叫什么名字，但这种迷失感之外，他时不时会被一种更深层的迷惘蹂躏。比如现在，他感到一种根本性的困惑，就如同他刚刚见证了一件不可能的事情，大自然的规律被逆转了，一颗被抛到空中的石头没有落下来，而是加速升入天空。

土地又湿又硬，距他只有几英尺远，土地是他的朋友。他渴望向土地跌落，这意味着他不用再无止境地跌落进天空了——闭上眼睛，心思折回那个他丢失的家。邓巴在墙角躺下，尽量展开身体，为的是尽可能多地碰触地面。他不想被带走。他胡乱地搜索着额外的缚系之物，右手握住了墙上凸出的一块石头，手指摸索着它粗糙的表面，另一只手紧紧拽住一簇野草。他想起小时候死命地抱住桌角，不让母亲把他拖走，去接受惩罚。有一回他被打是因为点火，而这个火是大人“明确”关照他不准碰的。“明确”这个词曾像鬼魂一样纠缠着他，但直到很久之后他才知道这词什么意思。他还以为有些事用“邪恶”在道义上不够分量，要用这个可怕的词才能传达。当他终于弄懂了这个词的意义，它不偏不倚的那种精准让他很是不解。这么拘谨、狭隘的一个词，母亲怎么会想到用它来传递这么重的恐怖和暴力？

“明确。”邓巴喃喃道。

他依然伸展四肢躺在泥地里，靠草丛和石块抓住土地。他蜷着脚趾，全身肌肉紧绷，手上的力道一点都不放松。他说不上来在那里待了多久。他对时间的感受和对其他所有事情一样，是扭曲的：时间对他有噩梦里那种亲切的权威感。他沉浸在母亲要惩戒他的怒气中，浑然不知过了多久，那种体验似乎在时间之外，因为它虽然属于过往，但身处那段过往时，他无法想象那种氛围有一天会消逝。另外，像“无限”和“空间”这样的概念，虽然只在他脑海中一闪而过，却让他充满了将在地狱受永世之苦的无望。

他最终还是动了，先是强忍膝盖疼痛慢慢跪起，然后双脚麻木地站定。他的头依然保持在墙沿之下，怕的是追踪他的人正隔着山谷用强大的望远镜往这里看。又停了一会儿，他悄悄探头往山谷那边扫了一眼，想看看他们上到哪里了，但外面什么人都没有。他的视线从车到山口巡察了一遍，但只看到被风撕扯的雨线在抽打着几只湿漉漉的黑羊。可能他的追捕者已经消失在遮蔽山顶的云层中了，但应该没这么快。他到底躲了多久？那两个人会不会已经在回来的路上了？他是不是应该回纳丁自首？让他们直接报警，而不是叫出租车，反正不管说什么，他们也一定会先找警察的。还是他应该被带回梅豆米德，重新开始吃药？

不行，他不会重新往山下走的，他不会这样轻贱自己，不会再被自己的孩子管教，被自己的狱卒侮辱。饥饿可以分解他的肠胃，寒霜可以冻碎他的血液，但他不会自己折腰。他强迫自己继续往前走。追捕者离开是暂时的，他必须尽可能地领先他们。现在他们是一群追踪了错误踪迹的猎犬，气喘吁吁地翻越山口去梅尔沃特了，但他们速度太快，一旦发现山口那头什么都没有，就会咆哮着涌过栅栏扑回来，会把他不断往山中赶去。而他就像一只四肢发颤、肺中如焚的牡赤鹿，蹚过一道道小河，只希望猎犬能丢失它的气味，最后被堵在一片灌木丛或池塘之中，精疲力竭。这整个过程，他曾在卢瓦尔河谷[1]见过。后来，他们把内脏丢给猎犬作为奖励，奖励它们没有肢解那头无路可逃的牡赤鹿，奖励它们有足够的纪律性，把穿透那头野兽心脏的快感留给了这场狩猎的真正主人。

---

[1] The Loire Valley，位于法国中部，卢瓦尔河的中段。

10

他们发现这一行人中只有威尔逊去过曼彻斯特，他告诉弗洛伦斯，自己曾经和邓巴去那里买下一家电视台。

“你们把它买来干吗？”弗洛伦斯问。

“我们把它关了。”威尔逊说。

“这就是你们让对方心动的合作方案？”

“略有出入。”威尔逊朝她微笑着说。他们之前正聊起弗洛伦斯十几岁起就对父亲商业帝国提出的种种质疑，她那时开始热衷于鼓吹工人权益、环境保护和严格的新闻诚信，整日战斗不止。

弗洛伦斯也朝他微笑。威尔逊其实早已是家人，或者更准确地说，威尔逊让人无比尊敬的地方就在于他始终立身于他们**家庭之外**，但弗洛伦斯自出生起便和他熟识，爱他的忠诚和幽默。

“租这架私人飞机我觉得好罪过，”她说，“最近才让我的孩子相信，因为碳足迹[1]的关系，这种行为是多么不道德。”

“你得这么想，”威尔逊说，“有时候买电视台是不得已，因为你要摧毁对手；有时候租私人飞机也是不得已，因为你要赶上对手——这次是你的两个姐姐。”

“最后时刻还多了一个乘客。”弗洛伦斯睁大眼睛表达意外，但没有多说什么。

“是啊，”威尔逊也是慎言为上，“我觉得我们还是去用一下你租的那两张危害环境的床吧，这样不至于到了曼彻斯特就累瘫。说话间就到了。”

“去年我种了七万棵树。”弗洛伦斯说。

“正好从空中给它们送些养料，”威尔逊说道，把手放在弗洛伦斯的肩头，“晚安，弗洛，我们相约‘北方经济引擎’[2]再见。”

“晚安。”弗洛伦斯也按了一下威尔逊的手背，作为疲倦的道别。

她很快躲进自己卧舱隔音的紧凑空间中，踢掉鞋子，褪下裙子，摘掉胸罩，换了T恤，几乎无意识地刷了牙，瘫坐到床上。她扭动身子钻进被窝，戴上耳塞，套上眼罩，再把眼罩撩起来一点，关灯。

那个她不愿聊起的意外旅伴就是马克，怕多说什么被他听到。威尔逊和克里斯还在从温哥华赶来的飞机上时，马克来电话说他

---

[1] 碳足迹，英文为 Carbon Footprint，是指企业、机构、活动、产品或个人通过交通运输、食品生产和消费以及各类生产过程等引起的温室气体排放的集合。

[2] Northern Powerhouse，一系列促进英格兰北部经济发展的计划，由原英国财政大臣乔治·奥斯本在 2014 年最早提出。

想帮忙找回岳父。几个小时之前他还为了自身安全置身事外，现在又突然变卦，这让弗洛伦斯拿不准是怎么回事，但她直觉上感到对方一种脆弱的诚意。马克对阿比盖尔强烈的恨在纠结与愧疚的重压下，有些踌躇不前，这很好理解。要是威尔逊坚决反对他加入，那发给马克的邀请她随时可以收回。但在那之前，她觉得不妨让大家都聚到拉瓜迪亚机场[1]再说。

“朋友可以走远，但敌人一定要留在身边。”弗洛伦斯说了马克的情况之后，威尔逊回了这样一句高深的话。

“你从哪里看来的,《教父》还是《孙子兵法》？”弗洛伦斯问。

“不知道，”威尔逊说，“我刚瞎掰的。”

“威尔逊！我需要一些正经的建议。”

“你要这样想，一方面我们根本就没计划，所以马克不可能把我们想干吗出卖给你两个姐姐；但另一方面，他倒是有可能告诉我们一些有用的东西。综合来看，我觉得可以带上他。”

威尔逊的那队调研员一听到邓巴被关在英国西北某处的消息，就找出了三家值得深入调查的私人医院，但对方的接待人员都不承认接待过这位病人。而这是出于保密、无知，还是主角本身的确实缺席，就不得而知了。等威尔逊到达拉瓜迪亚机场的时候，他的某位实习生说除非跟她沟通的那位夜班接待员凭借那段表演即将拿到奥斯卡，她很有信心把调查对象减少到两个。她还给威尔逊表演了对方表现出的难以置信，那个英国口音夸张到迪

[1] 纽约三大机场之一。

克·凡·戴克[1]相比之下像是打一出生就在伦敦东区替人打扫烟囱。

“什么？**那个**亨利·邓巴吗？那个鼎鼎大名的亨利·邓巴？他不在我们这里啊，亲爱的，否则我能不知道？这种地方哪里守得住那样的秘密？”

弗洛伦斯和威尔逊都觉得报告中的这份轻率实在可信，决定（没有告知马克）第二天一早兵分两路去查看剩下的两个怀疑对象。

“我跟克里斯一队。”弗洛伦斯说，“你更适合探究一下马克的动机究竟是什么，反正，”她补充道，“我也想跟克里斯一队。”威尔逊一直很爱她这种能让谈话瞬间塌陷的直陈心迹。

“当然，”威尔逊假装他也很认可这方案的可行性，想的却是他和邓巴曾经多少次探讨过成为亲家的可能，“我也希望有机会能查明她们姐妹见我离开董事会为什么那么高兴。有些事情可能马克都不知道他自己知道——但或许我能通过一些细节摸出她们的大致方向。”

如果说弗洛伦斯现在正失眠——这也是事实——其中一部分原因是她想到要和克里斯独处，他们要在以风光秀丽著称的湖区开车找寻一个叫作梅豆米德的地方。两人都没来过湖区。虽然此行本质上很是急迫和凶险，但弗洛伦斯忍不住想起他们曾经那么多次一起去旅行，尤其是二十岁出头两人恋爱的时候。的确有些

[1] 美国演员迪克·凡·戴克（Dick Van Dyke，1925— ）在1964年的迪士尼经典电影《欢乐满人间》（*Mary Poppins*）中饰演一位打扫烟囱的少年，其伦敦土腔被很多人认为是“电影史上最糟糕的口音”。

尴尬的是，弗洛伦斯对男女之事最难忘和最美好的记忆都来自她和克里斯在一起的时光。一开始是纯粹的痴迷，穿衣服只是脱衣服无聊的铺垫，每次参加派对他们都忍不住私奔去他们的汽车后座，一会儿再神情恍惚、蓬头散发地回到这些像电梯音乐般几乎可以忽略的“其他人”中间。她二十三岁的时候两人同去欧洲游历，从他们卧室的落地窗可以看到圣乔治的红砖钟楼[1]，薄薄的窗帘被潟湖的微风鼓起，又慵懒地跌回窗框之中，于是钟楼也随之时隐时现。弗洛伦斯记得当时心想，自己以后再也不会感到像此刻一样完整。她现在还会沉浸在两人一起去新墨西哥州的那段记忆里，他们找到一个浅色赭石的洞穴，里面的地是那么顺滑，而石屑是如此温暖、柔软、厚实，很难找出一个不舒服的姿势——天知道他们做了多少种尝试——他们在石屑中跪倒、扭曲、翻滚……天哪，那已经是很久之前的事了，但依然比其他所有东西都离她更近，至少此时此刻，在这个房间隔断如此单薄的小飞机上，她是这么想的。

对本杰明不忠是不可能的，至少目前为止是这样。跟一个占有她身体比丈夫更早的人偷情，是否比寻常的偷情更恶劣，抑或只是复原了之前被婚姻打断的自然秩序？她怎么能问出这种问题？她爱本杰明这个丈夫，一个和她有了孩子的男人。之前跟另几位前任交往时，弗洛伦斯都很仔细地避免怀孕，只有跟克里斯是个例外。当时两人像是交往在一个军事缓冲地带：一方面，太

---

[1] 应指威尼斯圣乔治·马焦雷岛上的圣乔治·马焦雷教堂。

年轻，太飘忽不定，未来想怎样自己也说不清；另一方面，又太激情澎湃、不计后果，意外难免。在某种意义上，她和克里斯的意外是她居然没有怀孕，等到她能表达悔意的时候，两人已经毫无余地地分开了。这种分开和发脾气冲出对方公寓是不一样的——这后一件事，两人谈恋爱的时候每隔几周就会发生。

她和克里斯的感情之深，几乎隐约有些乱伦的意味。邓巴这教父当得不亦乐乎，克里斯从童年时代起就经常在她身边，漫长的暑假他一大部分都是跟邓巴一家在“自家的湖”度过的。尽管在童年末梢，他们有了一次牙齿碰撞、鼻梁抵触的初吻，但克里斯很容易就可能落入一个兄长的角色，或至少熟悉到不再诱人，所以那段不曾相见的岁月就显得至关重要了。有好多年威尔逊去执掌公司的欧洲总部，克里斯被送进了英格兰的寄宿学校，夏天也开始在意大利和法国度过。尽管邓巴去欧洲出差常能见到自己的教子，但弗洛伦斯错过了他的前半个青春期。两人再次相见都十七岁了，她有种怪异的迷人感触，那是在一个她曾以为无所不知的人面前觉得羞涩，就像发现自己住的房子有一侧的厢房不知为何以前从未留意，但现在却十分渴盼能住进去。两个人都不知道那些龃龉的水流要怎样融合。多年之后，他们在玛瑙斯看两河交汇的奇景，怠懒的黄色亚马孙河与迅捷、潇洒的内格罗河在河道中并行数英里而互不相混。对弗洛伦斯来说，那个夏天就像这奇观一样：曾经对克里斯的那种轻松的喜爱新添了一股强烈的渴望，有很长一段时间她不知道该如何将它们合并起来。直到第二年的圣诞，他们才开始一吻就好几个小时，不过第一次做爱又等到了夏天。弗洛伦斯此时的一个想法把自己也吓了一跳，在这样原始的关系面前，她的婚姻才算是偷情——她一定得睡一会儿了。她从一个五年前备的药箱里摇出一片扎普宁[1]，因为几乎从来没吃过药，药效发挥彻底，她很快没了意识。

她在人造睡眠的深井底，敲门声几乎触碰不到她。可乘务员微微推开门，告诉她飞机准备降落时，弗洛伦斯已经有意识地谢了她，并且问她除了平常喝的一壶绿茶，能否再做一杯双份浓缩的玛奇朵。她摸索着穿好衣服，大口饮下咖啡，系好安全带，又很快在这个硕大无比的皮椅中打起了瞌睡。

曼彻斯特的天气很恶劣，但在司机的伞下，弗洛伦斯看着哆嗦的水坑，感受着闪过雨伞吹到她脸上的提神的雨点，有种置身事外的愉悦。穿过柏油碎石路面，她坐进了路虎的高背后座中，克里斯进来坐在她旁边。就像两人分手后的这十五年瞬间消弭，她喃喃念了句“我真的还得再睡一会儿”，然后就横着倒下来，把头枕在克里斯的大腿上。克里斯十分乐意接受这份出其不意的负担，还怕突然刹车她会被抛出去，温柔地揽住了弗洛伦斯的腰。

刚醒来的几秒钟，弗洛伦斯完全不知道自己身在何处。意识到自己正枕在克里斯的大腿上，她试着感到惊慌，但很快接受了此刻的甜蜜和自然。

“不好意思，我一定是睡着了。”她起身时说。

“其实你算是申请过了。”

---

[1] Xanax，阿普唑仑的商标名，又名佳静安定，一般用于抗焦虑和催眠。

“所以你这次不会因为个人空间被侵犯要告我了？说我因此给你造成了精神上的痛苦，伤害了你的自尊？”

“这次算了，”克里斯说，“但我们还是应该拟一份合同，找好见证人，签字。”

弗洛伦斯捏了一下他的手，但什么话也没接。她觉得这样斗嘴既太像调情，又配不上他们感情的深沉。

“确切地说，我们现在到哪儿了？”她问司机。

“根据导航，”司机想把她的用词回敬给她，“**确切地说**，我们离目的地还有 9.6 英里。”

“对于一个三十六个小时之前还在怀俄明州的人来说，听上去可真近啊。”

“在我看来，**粗略计算**你已经完成 99.8% 的行程了。”克里斯说。

“那得是他在那里才算。”

哈里斯医生说他哪有工夫开玩笑。

“你的两个姐姐难道没告诉你发生了什么吗？”

“她们什么都没告诉我，”弗洛伦斯说，“我们之间不交流的。”

“好吧，那我要说，遗憾的是她们倒很乐意跟我交流。”哈里斯医生说，“昨天我有这个荣幸得到了她们的当面羞辱，而今天她们已经把这活儿交接给了几个极为咄咄逼人的伦敦律师。”

“布拉格斯的吗？”弗洛伦斯问。

“是的。”

“那我大概有办法让她们不要这样。”

“那好，不管怎样，”哈里斯医生还不愿被调停，“这游戏不是只有一家会玩。我从来都没说我开的是密不透风的监牢，纵然没看住他们，但和你两个姐姐的所作所为比起来根本不值一提。她们不仅绑架了我的一个病人，据他所说，还用酷刑拷问了他，就为了获取关于邓巴的消息。我们一个小时之前在普朗戴尔找到他时，他简直吓得魂不附体，那样子真是太可怜了。我们只能给他服用镇静剂，还把他放进了自杀观察室。到时看法庭会怎么说吧。”

“酷刑？”弗洛伦斯说，“我能和他聊一会儿吗？”

“什么？然后你也想试试能不能把他点着？今天他跟你们这家子人的接触，够他消受一辈子了。”

“我不属于‘我们这家子’。”弗洛伦斯说。

“哦？你这句深奥的话，今天余下的时间我会好好琢磨的。”哈里斯医生说，“无论如何，要是你们以后还用得着私人疗养院，请往**别处**申请去。”

“哈里斯医生，别着急。”克里斯说。

“我要把话说清楚，”哈里斯医生站起来，隔着桌子朝两位客人俯身说道，“你的两个姐姐和她们派的代表吓唬不了我。我对你父亲的失踪深表遗憾，但更遗憾的是我一开始接收了他。名人引发的麻烦向来大过他们带来的好处，但说到你父亲这权倾天下的大人物，他的到来完全就是场灾难。”

“你们为了找他采取了哪些措施？”克里斯问。

“能用的都用了，”哈里斯医生说着直起身，双手交叉在胸前，“我们正准备向警方和山地救援队求助的时候，他的女儿——**另外**

两个女儿，”他特别强调，“决定接管一切事宜。接下去会造成什么结果我一概不负责。”

“我们不关心让谁负责，只关心亨利·邓巴的安全，”克里斯说，“他之所以在暴风雨中入山，是因为相比于闪电、冰雪和体温过低，阿比盖尔和梅根对他来说是更大的威胁。我从小就认识他，知道他除非完全丢掉了自我，否则就不会失去他的坚韧和对权力本能的索求，因为他最了不起的也正是这两点。”

“只可惜……人是会完全丢掉自我的，”哈里斯医生因为听出克里斯在试图安抚他，也回报以更为平和的语调，“我们每天面对这样的人。邓巴虽然时常有幻觉，而且极度暴躁，但不用说，他一定还没被拖垮到那个地步。至于他的行踪，我们只知道最后有人看见他是在昨天下午，位于梅尔沃特湖边的一个停车场，他正要朝一个叫纳丁的地方去。”

哈里斯医生办公室墙上有幅全国地形测量局绘制的地图，他走过去指给弗洛伦斯看邓巴理应会走的路线。克里斯没有起身，坐在那里发消息。

“这个时节谁走这段路都不容易，更何况是八十岁的老人。还好暴风雪倒快停了。”

“这的确是个好消息，”弗洛伦斯说，“但归根结底，就像克里斯刚刚说的，你很难遇到比我父亲更坚定——或者说更固执的人了。”

“接下来这样，”克里斯看完手机，抬起头来说，“我们半个小时之后跟我父亲在纳丁碰头，他会联系警方和山地救援队，也会帮忙挡一下布拉格斯那些喊打喊杀的邮件。”

“他不是去查另外一个地方了吗？曼彻斯特另一头的那家？”弗洛伦斯说。

“一发现是这里我就告诉他了，”克里斯说，“他已经在赶过来了。”

“你们说的不是藤波格洛夫吧？”哈里斯医生忍不住问道，“那地方很可怕的，希望你们不是在考虑要把谁送去吧？”

“我们没在考虑要把父亲往哪儿送，”弗洛伦斯说，“我们在考虑怎么把他带回家。”

“那个，我觉得我们该动身了。”克里斯说着跟哈里斯医生握了握手。

“你那位病人的情况之后也麻烦让我知道一下，”弗洛伦斯说，“在自杀观察室的那位。听你刚刚所说我很难受，如果我能帮上忙的话也请告诉我。”

“我会的。”哈里斯医生说，“今天她们的攻势不让人喘息，很抱歉之前我以为你是第三波。”

“考虑到你今天的遭遇，会这样想也是自然的。”克里斯给了医生一个肯定的笑容。

汽车驶离梅豆米德，弗洛伦斯对克里斯说：“你现在好有效率，我还记得你以前……”

“完全一团糟。”克里斯说。

“好吧，的确一团糟。”她笑着承认。

“我觉得，亨利很固执这一点我们已经传达清楚了。”克里斯尽量做出乐观的样子。

“只能希望他足够固执了。”弗洛伦斯说道。她看向车窗外，不想让克里斯发现她在哭。她也不知道究竟是什么样的情绪组合在一起让她流泪了。她没转头，只摸到了克里斯的手，举到唇边吻了一下。

“啊，他的固执一定够的。”克里斯说道。两人手指交缠，他反过来用力握住她的手，也举到了唇边。

11

一段段支离破碎的故事就像攫住邓巴头脑的幻象，他独处太久，这些白日梦驾轻就熟地就能找到那些他不想感受、不愿想象的画面，他想甩是很难甩掉的。最新的这段就是一只上了年纪的马戏团老虎在某个寒冷的地方逃出笼子，自得其乐地穿过一群尖叫着四散奔逃的百姓，邓巴能感受到它步态中奇异的力量。在一片供人休憩的稀疏的林子里，它找了一圈食物，然后站到了树林边缘，这时邓巴看到一颗子弹撞进它的头颅，留下一片血肉模糊。

要如何从一个醒着的梦中醒来？他想到、看到的一切都裹挟其中。有一层棕色和紫色的云碎在渐渐变黄的天空，让他想起母亲的玳瑁梳子。他以前会闭着一只眼睛拿它对着灯光瞪好久，直到斑驳的光和暗影填满他的整个视野。那时他还小，还没有开始问母亲那些难以回答的问题，还没有开始质疑她那些随便的答案。

他们还没有变成敌人。现在所有人都成了他的敌人，因为他自己出了问题。

群山被暴雨滋润，此时在午后的阳光中湿淋淋地闪耀着。他非要把自己笨重的身体拖进这曼妙的水景中是多么唐突！就像一袋淋过雨之后结块、开裂的水泥，被丢在除它之外一尘不染的山坡上。

但另一方面，他又觉得如此轻盈、如此空乏，就像他和其余人类的联系已磨损殆尽。他完全可以想象自己从生命中滑离，和那些被暂时拦阻的明亮雨滴一样，悄无声息地从灌木滑向草丛，再从草丛落向土地。

他的整个机构都被两个女儿掌控，而他连自己的“解构”都掌控不了，怎么和她们对抗？“机构”“解构”——都是这些让人发狂的词，把他当成腹语表演者手上的玩偶，更不用说那些被温柔屠戮的老虎了。它们在邓巴脑中那台电视深灰色的屏幕上闪烁，就因为九天之上一个拥有天下所有生物头脑中所有频道的神，那个有虐待狂倾向的混蛋，他把节目安排和遥控器都当成了自己的玩具。

“为什么不放弃？为什么还要把他惨痛的肉身拖往下一个山谷？为什么要在生命的悲苦中坚持？因为我就是一个坚持的人啊。”邓巴心想。他勉强站起来，再次挺直了身子，握紧双拳捶打起了胸膛。让那个吃孩子的天神尽力使坏好了，从他的那些卫星上如降雨般洒下信息，把地狱般的声像——白噪音和焚烧的身体——直接送入邓巴脆弱的头颅。要是那个神有这能耐，不妨再把他的大脑分成两个半球；要是那家伙有这胆子，何不再用语言的绞索把他勒死。

“来吧，”邓巴用粗哑的嗓音低声说，“来吧，你这混蛋。”

接下来发生的事情，就是他完全忘记了刚才发生的事情。他双手自然垂下，完全忘我地沉浸在观察一滴在叶尖鼓起的水珠，看它变幻颜色，闪耀着落入土中。他渴望那瞬间的彩虹，渴望被大地接纳——或者，如果大地不要他，那就在空中蒸发，化入万物，什么也不参与。再没有角色，再没有关键，再没有方法，再没有规律，再没有思想。

这个地方没有什么可以改进的了，除了拿掉他自己。他想象自己被删除，就像老师擦去黑板上不雅的涂鸦，再写出一个辉煌的公式，指代空无一物的山谷。是的，是的，他必须要走了。虽然他的膝盖在求他坐下，他的腰在求他躺下，他的浑身肌肉在求他就此长眠，他还是要尊重山谷想要送走他的无可厚非的愿望。他开始温顺地在湿草地上拖动脚步，使尽全力让自己向前。污染一个仙境实在不应该，他能做到的最微不足道的事，就是离开。

在运营一个全球性商业帝国的时候，他的残忍、记仇、谎言和脾气都可假装是有决断的最高统帅所必备的特质。但在此刻赤裸的状态下，他那些行径中所展露的赤裸本质向他歇斯底里地大吼，就像被释放的囚犯在街上认出了曾经对自己动过刑的人：“是他！就是他！他拔了我的指甲，他敲碎了我的膝盖，他解除了我的婚姻，他逼我辞职，他把我送进了监狱……”他身体太弱，割不破他们的喉咙；他伤势太重，没有办法逃脱。此时的处境让他很不习惯。他只能站在那里听对方的观点，他不能解雇也不能摧毁他们，因为他们既不是他的员工也不是他的对手。他们是他的记忆，在他自己的困乏和脆弱中变换着形象。跟法院申请对他们的禁制令，或者让编辑放出攻击犬咬烂他们的名声，都无济于事。他们已经忙不迭地在奚落他了，他还怎么指名道姓地嘲笑他们？所有他伤害过的人——竟真有黑压压的一片——正把他们的伤口变作利刃。为了躲避那些与他为敌的记忆，他努力加快脚步，还趔趄了几次。确实，他们都是从他心里追来的，可能他真的没法逃避自己体内迸发出的东西，但或许这下一个山峰前方就是峭壁——要是这世上还存有一丝怜悯和正义，这下一个山峰前方应该就是峭壁——他会从那里一头栽向山下的乱石，把脑浆摔出来，做个必要的大脑摘除手术，把烦恼从头颅中拿走。他将大方承认，救他性命唯一的办法就是终结它。

所有曾让他萌生过悔意的事情，现在都像被提取制成了一种药物，成分纯粹是他的残忍。以眼还眼——这是铁律。他们正把他的头按下，用钳子夹住，要割下他的眼睑。别，求你们，不要割眼睑。他越爬越高，视线越发模糊，似乎真的是过往的罪孽毒性太强，要把他毒瞎。他用有力的双手抓住自己的脑袋，示意他被夹得有多紧，同时也寄希望于能莫名生出些力量把钳子挣开，不让腐蚀性的汁液一滴滴滚烫地落在他珍贵的、无助的眼球上。不要，求你了，求你了，求你了。他的心要被痛苦撑破。最后几码他手脚并用爬到山顶，累瘫在地。

片刻间，他的惊恐因绝望的另一记暴击黯然失色。山顶另一侧的坡度并不比刚刚爬来那段更陡，要是你想扭伤个脚踝或摔断条腿还勉强够用，但远远不足以达到他心中的目的。没有悬崖的纾解，只能继续窝囊地承受痛苦，他甚至没有能力为自己指定一场便捷的死亡，只好苟延残喘，像牲口一样被电棍顶着走在屠宰场的迷宫里。一路是饥饿、风雨、疫病和错乱，或许，还会更糟，他会被救回去，像战败的君王一样，拖着手铐脚镣，成为女儿们凯旋仪式上的展览品，接受老百姓砸来的污秽、馊食和嬉笑怒骂。

的确，他也曾经把梅根和阿比盖尔从邓巴信托的重要职位上炒掉，但只是为了能把她们安排到别的职位上去，而且（这点毋庸置疑）都是为了她们好，让她们更强大，让她们明白，光靠裙带关系是不行的，她们必须能和他手下最强的那些主事人员一样文雅、一样野蛮。当然，到最后他还是会回到——或早已回到——朝代承继的角度去思考问题；把事业传下去才是至关重要的。他现在明白了，如果她们当时误会了父亲的动机，那些解雇的确可能让她们想要找机会报复。或许她们气的是那么小就被剥夺了母爱，或许她们没明白他是在保护她们，因为她们的母亲当时已经疯得可能会伤人。他现在可以体会她们的痛苦了。如果他的女儿是禽兽，那也是他一手抚育出来的。他试图弥补，把一切都给了她们，真的是一切，但她们拿到了一切之后，唯一想到的就是：他曾经怎样对她们的，她们现在也要怎样对他。但是他对她们再如何粗暴，也无法和他对待弗洛伦斯的方式相比，要是还有什么理由非活下去不可的话，那就是要跪在弗洛伦斯面前求她原谅。但话又说回来，之前他憧憬山顶前方是个悬崖，可以让他从那里往下跳，他这样做的最迫切的理由同样是因为想到了弗洛伦斯。唯有如此极端的自戕才能表达他的悔恨。他辜负了这世上他最爱的人——凯瑟琳的女儿，唯一不愿合伙背叛他的女儿，虽然她是最有理由这样做的。

他伸手保护自己的眼睛，但发现它们根本没有被什么液态的火焰烧空，反而全是湿湿的寻常的泪水。他很意外，还有点气愤，但他又太多疑了，不愿就这样上当。火只是暂时被灭了，好延长对他的折磨，就像切断快被绞死之人的绳子，只为了换一种更细腻的方法杀他。

他知道这世界是如何运转的：消防员就是纵火犯，杀手穿着医生的大褂，魔鬼扮成神父替主人收割灵魂，接受家长重托的老师把孩子洗澡的视频拍下来发到暗网[1]上——这些报道他都读过，每天吃早餐的时候他读的都是这些事。就像演木偶戏除了牵动绳子还要给角色配音一样，邓巴在一定程度上——虽然带着鄙夷——和他的理想读者是重合的：憎恶小混混、社会福利的食客、性变态者和瘾君子，也憎恶纨绔子弟、大款、避税者和名流。他们憎恶一切，除了同类。这些人的共同点就在于：一样东西只要引发他们的妒忌或恐惧，就立马成了他们憎恶的对象。邓巴是那个在他们舌尖上放圣饼的人，把带有腐蚀性却消极、麻木的恐惧和妒忌化体[2]成精力充沛、心无旁骛的恨。作为精于此类小伎俩的

---

[1] 指那些储存在网络数据库里，不能通过超链接访问，而要通过动态网页技术访问的资源合集。

[2] 指圣餐变体（transubstan tiation），《路加福音》中，面饼和葡萄酒代表耶稣的身体和血。

大祭司，他在此刻万难预料的新处境下不得不承认，当时他从圣坛上看去和盲人又有什么区别?

要是他无法立刻杀死自己，那是因为他配不上这么轻描淡写的死；要是他的眼睛暂时还得以保留，那是因为更挠心的恐怖画面正要刻上他渐渐褪色的视网膜，在即将到来的黑暗中挥之不去。他四下搜寻可以躲避命运的路径。远处似乎有块小小的山壁，底下是乱石堆成的斜坡，但是以他目前的状况，要上到那里没有直升机接送怕是不成，可他此刻最不想见到的恐怕就是一个和蔼、可靠的飞行员，鼓励他欣赏美景，又告诫他不要离悬崖太近。

他先是跪在地上，继而双手撑地痛苦地站起身，为的是放远视线，观察周围的地形。身前、身后两座山谷都没有任何建筑，甚至一点人造的东西也没有：没有门、没有木台阶、没有墙，甚至一路上隔三岔五总会陪伴他的赫德威克绵羊也不见了。它们大概也觉得这些光秃秃的山坡和雪峰太荒僻，没有必要冒险深入。邓巴想到“在荒芜正中心”这个词，感到它正是被自己的鲜活拖累才让这么多人用成了陈词滥调。没错，他此刻就在荒芜的正中心——没有比它更贴切的词了。此前他一直生活和工作在各种区域概念的中心，此时他发现自己又在某种意义上成功延续了这个习惯，虽然这次被他占据中心的区域叫“荒芜”，虽然拥有地址的满足并不能完全弥补缺失遮风避雨之所的事实，无法阻拦冰冷的风从衣服的缝隙钻进来，也不能变成食物，不能变成火。他开始发抖，又感到深入骨髓的寒意，他害怕夜的降临。

“救命！”

邓巴清楚这里除自己之外别无他人，完全想不出怎么会听见人声。

“什么？”他喊道。

“救命！”

有片刻间他以为是自己脑海中最新创造的人物——那个直升机驾驶员——到了，但他找不到这个飞行员存在的证据：要是喊的人真是个直升机驾驶员，那他的直升机呢？总之就是说不通。

等他看到一个土堆裂开，幻化作人形，邓巴的迷茫顿时成了惊惧。这个男人穿了件污秽的棕色外套，胡子上挂满了泥，他坐起来，擦掉了脸上一些尘土，重申了自己的请求。

“救命，”他说，“帮我把这两只靴子脱了吧。我要被它们折磨死了。”

“跟我两个女儿一样，”邓巴说，为这样的巧合感到不可思议。一阵同仇敌忾之感涌上来，他在这位呻吟的新伙伴身边蹲下，开始解他盖满了泥块的鞋带。

“我几乎感觉不到我的脚了，可每次有感觉，我都希望那不是我的脚。其实我只能感觉到水泡。”

“我眼睛里长了水泡。”邓巴说。

“那你看得见吗？”

“几乎什么都看不见。”

“‘盲人若由盲人领着，两人会一起掉到坑里。’《马太福音 15：14》。”

“听上去像是个有头脑的家伙，”邓巴说，“你应该找一只导盲犬，会轻松很多。”

“我以前是个牧师——西蒙·菲尔德教士——可我迷失了，我跌到《马太福音》说的那个坑里。”

“你看上去不像牧师，更像个流浪汉。”邓巴直言相告。

“我是个隐士。”

“牧师成了流浪汉就叫隐士，”邓巴说，“那我就是乞丐，几十亿身家的富翁流浪起来就叫乞丐。”

“我是输给了自己的赌瘾，”西蒙说，“我为了还赌债让他们把教堂屋顶的铅皮抽走了。”

“我的天，”邓巴说，“你的脚成什么样子了，都在流血啊。”

“接下来抽走的是铜水管，”西蒙说，“我押错了大选的结果。本以为同情心会成主导因素的，但我们活在一个属于野心的时代，那才是大众的安非他命。当他们把那些大暖气片抬出教堂之后，我只能向教众宣布，教堂被抢了。”

邓巴将西蒙的两只袜子的“残骸”塞进自己皮靴的鞋帮子里。地上一摊新下的雨水，又清又凉，他捧了一点出来，浇在西蒙满是创伤的脚上。

“我错就错在把这些事都袒露给了‘教堂屋顶委员会’的主席。我以为我们是相爱的，结果他把我的事卖给了媒体。”

“《同性恋牧师往自己的铅笔里加铅料》[1]。”邓巴说，用自己

[1] “往自己的铅笔里加铅料”是英文中很俚俗的一种表达，指男子用某种方法提升自己的性冲动，铅笔象征性器官，此处当然也和西蒙偷教堂铅皮屋顶双关。

的围巾把西蒙的脚擦干。

“啊，看来你对当时媒体的那次造势很熟悉，”西蒙说，“‘**同性恋教士脱下法袍……跟他偷去抵债的铅皮一样弯……**’诸如此类。”

“我知道，我知道，”邓巴说，“我们不该对你那么穷追猛打的。我只庆幸当时关于你自杀的信息果然只是谣言。我一个编辑发邮件跟我说：‘我发现那个基佬牧师大概自行了断了。可喜可贺。’我告诉他这就过分了，格调太低。那新闻我们没有上——这是自然的。”

“那些我现在全都不在乎了。”西蒙说，“我知道附近有个山洞，我们晚上在那儿休息，至少不会这么冷了。我来带路——如果这能叫带路的话。”

“谢谢你，”邓巴说，帮着把西蒙的靴子重新穿上，“你真是好心，尤其是考虑到……”

“那些事就别提了，”西蒙说，“我们现在就往山洞走吧，既然雨停了，说不定我们还能生个火。”

邓巴伸手拉着西蒙站起来。日落过于俗艳，像喝醉了酒在镜子上用口红胡乱涂写的道别，作为他们离开的背景。但很快色彩从天空泻去，只剩空气中一种透彻的灰。西蒙一瘸一拐地走着，每一步都像是要停下来单膝跪地，但每到最后一刻又都站起身继续往前。邓巴佩服自己的这位新同伴，开始学他走路的样子。远远的雪峰抛来冥冥的暮光，勾勒出他们的身形。每次屈膝，邓巴都想象自己是跪地祈求宽恕，一个接着一个，朝着所有被他伤害过的人。

12

现在是凌晨三点，虽然服了几粒氯硝西泮[1]，躺在床上瞪着天花板的鲍勃医生还是感觉像刚刚被电击过。附近某棵树上，一只猫头鹰叫得他十分恶心。在他这个常看电影的大都市人听来，这段背景音效大概会用在那场叫人断肠的戏里：主人公躺在床上，其忧心不难想见，这场景本该剪掉，但一个愚笨或居心叵测的剪辑师故意把它留在那里恶心观众。昨天太忙乱了，还烧了个皮特·沃克（真是莫名其妙的放肆行径），再加上那些徒劳无获的奔波——他们去了纳丁和其他所有邓巴可能逃去的地方。似乎整个下午，他都在泥泞的院子里不知何去何从，当然，他也会坐在车里，隔着路虎满车窗的雨点，看凯文审问那些想帮忙却毫无线索

[1] Klonopin，用于治疗癫痫、焦虑、失眠等。

的坎布里亚人。他们蓝色的工作服、宽大的套衫和拖泥带水的家禽都构成朦胧的背景，而鲍勃医生关注的是手机角上线条清晰的三个字：无信号。对他的最终目的而言，能否找到邓巴已经无足轻重了，要紧的是科尼桑蒂的钱有没有打进来。

终于回到国王头盔酒店，网络是有了，但他的账户余额并没有变动，上一笔进账还是邓巴信托上周打进来的六百五十万。日内瓦的那家银行已经下班，但他关照过自己的个人账户经理，会有两千五百万美元到账。那个经理发来邮件自告奋勇地说，如果鲍勃医生愿意拨冗提供一下款项来源，他可以帮忙追踪一下。鉴于瑞士银行一向标榜的服务，他感到询问任何资产的来源都是极度违背职业道德的，于是他写了封不苟言笑的邮件，告诉经理只需等资金到账知会他即可，他自己会从“他这一头”去查一下打款的情况。不过，晚餐之前打电话给科尼桑蒂是来不及了，写邮件会留下重大线索，不是聪明人的做法，虽然他确实很想随手给那家伙发一个美元标志过去，后面再拖上二十五个问号。

近傍晚时天气变得晴朗，预报中说周二也是好天气，所以吃饭的时候阿比盖尔通知吉姆·萨奇，第二天一早开直升机去普朗戴尔体育场接上凯文和J。那里是他们能找到的唯一空地。鲍勃医生会和阿比、梅根留在住处，直升机团队一旦发现邓巴，他们就会驱车前往。酒店里也有很多事够他们忙的。近在眼前的董事会会议有不少问题要他们处理，收购股份需要的信贷支持必须打点妥当。与此同时，光是遮掩和中国方面交易的最新数据就要费不少思量。要是这些大买卖在市场上走漏了任何风声，那姐妹俩收购之前股价就会飞涨，甚至会有知晓内情者比她们开出更高的价格也说不定。替科尼桑蒂暗中运作的确是种享受，只是少了那两千五百万“叛变费”让鲍勃医生觉得有点美中不足。

他要确认阿比和梅根完全睡着了再打电话给科尼桑蒂。幸运的是，阿比太累，没有召唤他去房间，而梅根对赫苏斯满是肌肉的抚弄极为饥渴。她并不掩饰这种渴望，从公共墙上床头的撞击声，以及她同时表现欢畅和惊惧的呼喊，虽然略嫌浮夸，但听得出她还意兴正酣。梅根不再需要他的陪伴，自然对鲍勃医生是种解脱，而且他也理所当然看不起那位聒噪的、傻头傻脑的替代者，可他也很惊讶自己居然会如此嫉妒。两个姐妹都是属于他的。他受不了这两个女人是另一回事，他也的确马上会背叛她们，但这并不构成她们不再渴望他、依靠他的理由。背叛已经变节的人根本没有满足感。就像《远离尘嚣》中那只着了魔的牧羊犬，它本来是打算把自己这一小群绵羊赶下悬崖的。不管目的多么扭曲，它依然认定自己的基本功很说得过去，不想因为自满放松让猎物随便走丢。

他为什么要把自己比作电影里的牧羊犬呢？说起来，白天倒是的确见过几只这样的狗。或许是那两粒氯硝西泮让他的思维松弛下来，昏昏欲睡之中变得更会联想了，但仅仅是意识到这一点又给了他一轮新的焦虑。他怎么会如此幼稚呢？科尼桑蒂已经不再需要他了：对方已经知道了交易的时间，准备好了要截和；他已经把价值连城的细节一个接一个地拱手赠出——姐妹俩用的银行、最不愿冒险的董事会成员、“鹰石”之后会背多少债务、负债的具体条件是怎样的……他居然半点疑虑都没有地把一切都透露给了科尼桑蒂，简直不可思议！而且，最糟糕的是，他的敌人——他现在已经开始把科尼桑蒂看作敌人了——知道他已经不可能重新投靠那对姐妹。他能怎么说呢？“我本来要背叛你们的，但现在看起来我要投靠的那个人马上要背叛我了，所以我又要背叛他了。”这段自荐显然赢得不了几分信任。

那只该死的猫头鹰，又在叫了！牧羊犬正赶着坠落的绵羊，入眠。猫头鹰和牧羊犬飞过月亮，或坐筛子出航，或坠落山巅。他们都是从山巅坠落的入眠的绵羊，穿过陡峭的灰色虚空，坠向无尽的睡眠。

邓巴醒的时候天还是黑的，月光尚算皎洁，他看得清自己呼出的水汽在苦寒的空气中消散。他意识到自己跟西蒙一样，双脚没有知觉了。显然，只要住在此处，这就是难免的。这里只是一处凹陷的山壁而已，算不上西蒙口中的山洞，但它有横出的岩架遮挡，也还能遮风避雨，而且地势朝下倾斜，所以比周围更干燥。

以前有个叫亨利·邓巴的人，他极为熟悉全世界一些最热门的地产，对它们的傲人和不足之处都了若指掌，但那个人此时已找不到了，像被太阳晒褪色的窗帘上的花纹那般熟悉却难以辨认。真的邓巴是这个快要冻死在岩架下的男人，麻木的感觉从双手双脚正朝他的心蔓延；他的心脏从未像此时一样勉力输送血液，也从未像现在这样有如此多的感触，但很快它就会在这冰冷的山坡上停止跳动。

“西蒙！”他喊道，“西蒙！”

没有听到回应。邓巴坐起来，冷得连寒战都打不出来。他哆嗦着从大衣的内口袋里找到手电筒，照了照这个山坡中的凹陷处。什么人都没有。西蒙去哪儿了？他是个信教之人，不会就这样抛弃邓巴的。他一定是去求救了，或者去拿藏在附近的食物。可他要是再不赶紧回来，邓巴就会在这可怕的黑暗中死去，死在孤独和未被原谅里。

弗洛伦斯醒的时候心怦怦直跳。她的父亲此时处境危急，她可以感觉到父亲的生命正从他身体中流出，流入饥渴的大地。她梦见父亲正在一个岩架之下，快要被冻死了。虽然离天亮还有一个半小时，她开始穿衣服。警方和登山救援队的行动会从黎明时分开始。他们有一架直升机，而弗洛伦斯也会自己坐一架跟在后面。

弗洛伦斯不相信自己，马克并不怪她，但她对此丝毫不加掩饰还是让马克有点伤心。他没法说服别人自己已经正式与妻子为敌，而不是在替她刺探情报，因为一旦缺了某些关键信息或不可回头的风险，诚实与欺瞒的外在形式并无差别——都不过是狂热地坦陈心迹。他很想递上一份实在的自我牺牲或左右局势的礼物，但他和阿比冷战多年，对后者的安排和计划一无所知已经很久了。两人的行程偶尔也有会聚的时候。坐在豪车里去慈善晚宴或是颁奖典礼，一路上他们可以半句话都不说，回程也不会交流所见所感，一路无声地回到他们的大公寓。这公寓的体贴之处就在于它将空间分散在三个楼层，马克的几个房间在底楼，旁边还有厨房、泳池、健身房、影视厅和几间客房，而阿比住在顶层。中间那层都用来放松娱乐，马克几乎从不会在那里出现。如果两人不得以相聚在圣诞节、复活节，或是夏天在“自家的湖”共度一周，他们所表现出的厌烦是如此相像和老到，就如同联合国会议大厅里敌对国的代表在听对方发言的同声传译。

两人已经如此遥远，再谈什么分居似乎也没有多大意思。马克的家产历史太悠久了，遇到阿比的时候大部分已经烟消云散；但阿比看中他的出身，而他看中阿比家财万贯。马克的祖先之一（第一位马克·拉什）曾是坐“五月花号”穿过大西洋的清教徒。当他身着那套阴森的黑衣，在吱呀作响的甲板上跌来倒去，喃喃祈祷和叱骂自己家人的时候，他哪知道自己乘坐的是人类史上最合风尚的航线之一。相比之下，克莉奥佩特拉那艘在香风中慵懒的画舫[1]不过是一件带些异国情调的玩物罢了。那位“五月花号”乘客的曾孙试过在曼哈顿种田，只能算小有所成；他的孙子看透传统作物回报有限，开始在那些田地和果园中收割街道和广场。拉什家的运势在19世纪末达到顶峰，但积累的财富尚经得起好几代人优雅的管理不善和（变成最为风光的家族之后）昂贵的离婚协议。

阿比·邓巴二十三岁时认识的这一代马克·拉什，是一位软弱但帅得不由分说的单身汉，正经接受过一流的教育，结识很多一流的人物，继承了一幢在哈德逊河畔暂且还不用卖掉的大房子。

[1] 莎士比亚在《安东尼和克莉奥佩特拉》中描绘安东尼第一次见到克莉奥佩特拉时的场面，后者坐的那艘船香得连吹过的风都像染了相思病一样会流连。

这些品质似乎让阿比很称心，很快就决定自己宁可成为一个“拉什”，也不想嫁给什么法国或意大利的伯爵，或者成为英格兰某个继承人的妻子，刚过门就得操持着翻新继承的那幢糟心宅子三英亩大的屋顶。

尽管一开始两情相悦，但是马克的婚姻很快就失去了活力，最终在发现阿比不能生育后正式熄灭。在那之后，虽然两人性格里都绝非随便之人，还是同意伴侣想干什么就干什么。本该是诉诸宽厚的事，在这段婚姻里主要是冷漠和投机在起作用。马克经常飞到南卡罗来纳跟朋友们狩猎鹌鹑，并带上多年来的情人明迪。明迪家的财富流失得比马克家更无可挽回，已可算作穷苦，但有明迪在身边，马克常能忆起更单纯的童年。那时，父母的友人会带自己的孩子来家中伴他玩耍，他们会在花园或儿童室里消磨时光。明迪是这世上最让他觉得自在的同伴。

这种状况即使无止境地延续下去，马克也无所谓，阿比把他的盲目安逸打乱了——她绑架父亲，把他关进了疯人院。这样做就是不对。马克自己的祖父也是个脾气暴躁的独裁者，后来也变得行事古怪，连最基本的事情都记不住，于是家人把他赡养在纽约州北部的一幢老房子里，因为这是对的做法。遇到这样的局面，你要做的就是累积一大堆让人津津乐道的祖父趣闻：有一次他开车睡着，冲进邻居的牧场，把别人的一匹拿奖的赛马撞死了；有一次他穿着那件从伦敦腾博阿瑟[1]买来的加厚丝绸睡袍，非要爬上

[1] Turnbull & Asser，创立于1885年的伦敦服装品牌，以定制男式衬衫著称。

屋顶，跟老门房哈罗德一起清理檐槽；有一次他朝一个邮递员开枪，因为他以为自己发现了一个日本兵……纵然做正确的事要劳累一些，但这样的趣闻都是无价之宝，完全是值得的。

有些事，不对就是不对。这种冲动一部分是正义感，一部分是家族传承，一部分是长年累月对妻子的厌恶终于爆发，让马克挺身而出，想要帮忙救援他的老丈人。那位大家长，说到底，也是他们所有人能如此衣食无忧的原因。只可惜他帮不上什么忙，马克遗憾地想着，拿起电话订了份早餐。他想把这些烦心的事告诉明迪，她一直会有很棒的想法和实用的建议。但现在打电话过去还太早，还不如先叫一份水煮蛋加腌鱼送到房间吧，他很久没吃过腌鱼了。

阳光潜进那个凹陷处时，邓巴正蜷在他那件巨大的外套中，整个人快要结冰了。光束落在他脸上未被盖住的部分，有微弱的暖意，还有被点亮成粉色的眼睑，这零星的热量让他知道自己还没有死。

过去几个小时，他的精神世界里有过些什么，邓巴讲不出来，不过他相信其中并不包含睡眠，那只是一段连休息都算不上的空白。

他试着睁开眼睛，眼睑扑闪一会儿之后，终于可以眯起朝这个浅浅“山洞”的洞口看了。似乎有个人蹲在那里。

“西蒙？”

“我在。”

“你刚跑哪里去了？”邓巴虽然声音很轻，但听起来依然是焦急的训斥，“我昨晚差点死在这里。恐怕我已经没有力气再动了。”

“没事，”西蒙说，“我们这就离开这儿。我是过来带你去一个更好的地方的，这里只是为了能有个挡风的地方过夜而已。农庄里有热腾腾的食物在等着我们，一英里都不到。我就是被派来接你过去的。”

“我动不了。说实话，我真应该昨天晚上溜走的。”

“下回再溜吧，现在你需要的是早饭。‘凡事都有定期，天下万物都有定时：生有时，死有时，栽种有时，拔出所栽种的，也有时。’《传道书 3：1》。”

“知道，知道，”邓巴不耐烦地说，“这段他们葬礼上经常会念。拉我一把，行吗？”

西蒙把他扶了起来。邓巴摇晃着挪动脚步，努力在找平衡。

“我站都站不住，”他抱怨道，“啊，我的脚，我的脚上刺痛，就像靴子里钻满了蝎子一样。啊，我的脚，真是要命了！”

“好现象，说明血液在流通，你的脚趾都保住了。来吧，这边走，”西蒙说，缓缓起步，“要转个弯，农庄就在山脚下。”

“那里有人在等我们？”邓巴问。

“对啊，所有东西都准备好了。”

邓巴一只手搭在西蒙的肩头，一瘸一拐朝前走。他发现走路已经耗费他所有的注意力，已经没有心思再说话了。西蒙善解人意地配合起邓巴的精神状态，两人都默默地只管前行。

J 完全就是个王八蛋，凯文觉得，J 还是个蠢货，蠢到头了，居然和那女人折腾了一整晚，出来吃早饭的时候像个僵尸，而且还是个满面春风的僵尸。这事他们都干过，显而易见。凯文也干得她死去活来，那个要不够、叫不停的骚货，但他从来不会在第二天有大任务的时候乱搞。现在为了不让J眼皮粘在一起，只能给他两粒莫达非尼[1]了。在鲍勃医生面前，最乱街区里最嚣张的毒贩子也会像个戒毒中心的牧师，因为他不但你要什么给什么，还会附赠好多你听都没听过的东西。但这次要等他们回美国，鲍勃医生才能补充弹药，而凯文吃起莫达非尼从来都像是抱了桶巧克力豆的孩子一样。他喜欢自己紧张、犀利的状态，不喜欢松弛下来，所以J不停地榨取他的储备让凯文非常生气——他妈的王八蛋！

“嘿，凯文，”J回到大堂，已经穿戴好了行动的装束，把背包扛在肩上，“我感觉好多了。说真的，我感觉棒极了。”

“真的吗？”凯文说，靠近J，压低了声音，“会不会是因为你他妈抢了我最后两颗兴奋剂？”

凯文还剩八颗，刚好只够他吃到回纽约。

“我还以为那是我们俩一起用的。”

“它们是由我来按需分配的。”凯文说。

“好像一直是你需要，对吧？”J开玩笑道。

“别他妈质疑我的指挥，”凯文凑近J的耳朵，咬牙切齿地说，“你可能刚刚和老板搞到一起了，但在这个小军队里我依旧是你的长官。”

---

[1] Modafinil，觉醒促进剂，主要用于特发性嗜睡或发作性睡眠症。

“是，长官。”J说。

凯文嗑药嗑得太多了，分辨不出J的顺从是不是带着讥讽，但不管如何，酒店的大堂都不是教训下属的地方。

两人走出酒店，穿过马路就是体育场，吉姆·萨奇和直升机已经等在那里。他正和一个女士聊天，她套着一件大衣，戴着围巾。

“早啊，小伙子们，”吉姆说，打开直升机的舱门，“欢迎登机。我正在跟这位太太解释，我们是因为要展开救援行动才紧急降落在这里的。”

凯文一言不发地挤进了直升机。

“嘿，吉姆，好兄弟！”J说着给了这位叔叔辈的飞行员一个特别阳刚的拥抱。“没错，夫人，”他转过来对这位当地的女士说道，“我们有一条性命要救呢。”

他的双眼突然泪光迷蒙，然后出奇用力地捶打了几下自己的胸口。

“满满的爱。”他深吸一口气道。

“我都要吐了，你他妈快给我进来。”凯文说。

可怜的亨利，威尔逊想着，没有谁比亨利更不适合参加这个自我认知速成班了，更何况是到了这个岁数强行让他参加。理查二世[1]怎么说来着？“我是天生发号施令的人，不是惯于向人请求

[1] 理查二世（Richard the Second，1367—1400），1377年登基成为英格兰国王，1399年被废除王位。

的”[1]？这句话用来概括老邓巴最合适不过，虽然他自己最喜欢说的一句是：“你只管实现它！”只有命令，没有评述。或许，理查的那句话应该说成：“我生来不是为了指挥，而是为了评述。”——完美表述自己的悲惨处境，从而瓦解改变现状的动力，这个问题从来没有困扰过亨利。实际上，他永远都活在未来；他朝前冲刺的速度太快，一路上发生了什么自己连个大致印象都未必有，更无须用辞藻消磨旅程的单调了。目标始终清晰，只是围绕目标的那些经历有些朦胧罢了。不管此时亨利在哪儿，威尔逊只希望他有幅地图。只要他有地图，他就有了目标；只要他有目标，他就能抵达。

听到敲门声，威尔逊起身开门。他没有细想，以为是弗洛伦斯或者克里斯，但很快就顺从眼前的现实，将马克迎进屋。

“哇，这里看巴特米尔真是美不胜收，”马克说着朝威尔逊房间的飘窗走去，“可能我们还要感谢阿比推荐了一家迷人的酒店。”他说完还故作轻松地笑了笑。

“你过来是想说什么？”威尔逊问道。

“我刚才跟我的朋友明迪聊了聊。”马克说。

“明迪我认识。”威尔逊说。在马克的平行婚姻中，这个女子已经当了他十年的妻子，“朋友”这个称谓让威尔逊有些生气。

“是这样，她刚刚提醒了我几周前告诉她的一件事情。你比谁都清楚，在这个家里，大数目进进出出最正常不过，所以我告诉

---

[1] 出自莎士比亚历史剧《理查二世》，朱生豪译，略有改动。

明迪之后就忘了。”

“然后呢？”

“那天我正好在阿比的书房，我不是去窥探，只是在找一个墨盒——这不重要，我看到她桌上有个便笺本，上面写着‘6.5’，然后画了一个箭头，指着一个大写的字母‘B’。总之，我有种感觉，只是感觉而已，她要给鲍勃医生打一大笔钱。”

“的确如此，”威尔逊说，“这件事我们已经知道了。那笔钱是公开的。他会加入董事会，除了董事会成员的正常所得之外，他还作为邓巴的私人医生得到了一份‘多年尽心奉献’奖金。”

“啊，”马克说，“原来你都知道了。”

“董事会里大部分人都跟我关系不错，所以有什么最新进展我都清楚。如果你有鲍勃医生违背医德的证据，那才有用，我们就可以证明，他的‘尽心奉献’给的不是邓巴，而是阿比和梅根。”

“这东西我怎么可能拿得到？”马克问。

“你可以再咨询一下你的朋友明迪啊。”威尔逊把垂头丧气的马克往门口引，“弗洛伦斯起飞之前我还有几句话跟她说。我们有架直升机过来帮忙找亨利。”

“我能一起去吗？”马克问。

“直升机上只有三个座位，它只会跟着警方，这样就不用等他们把人找到了，我们再急忙赶过去。弗洛伦斯和克里斯会一起跟着。我们觉得还是不能把飞行员赶下去，”威尔逊说，“即使是为了你。”

阿比看着吉姆的直升机朝纳丁飞去，消失在山谷中。要是运气好，她想，最好他们发现父亲的时候，他已经死了。这是最简单明了的解决方案。追踪耗费了太多时间，此刻她们实在应该已经回到纽约，为公司创立以来最重大的时刻做准备：让邓巴信托退市，把这个星球上最强大的传媒机构之一完全置于她们的掌控之下。老邓巴该走开了，不要再恋栈权位，不要再阻碍一件他真正应该感到骄傲的事——两位大女儿夺走对公司的掌控。一切都安排好了：百分之三十的员工会被建议重新构想他们的未来，感情用事的那些职位会被廉价出清，整个公司会变成一台印钞机，她们会收管所有权限——这本来的确是父亲挣得的，他也一直小心提防着，从来没有下放过。周四，她们就会让董事会通过决议。董事们都明白，交易结束之后，他们的财富会增长不少，把一些法律文件签完就可以回家了。要是他们敢向外界透露只言片语，那就是给自己找大麻烦。

阿比听见身后桌上手机咕隆作响，她瞄了一眼，电话是哈里斯医生打来的。她现在最不想跟这个人说话，但官方有什么重大消息可能会最先通知他——最好是发现了她父亲的尸体。

“你好，哈里斯医生，我能为你做什么？”

“拉什太太，现在你最该做的就是给警方打个电话，跟他们说你会全力配合办案。”

“配合办什么案？”阿比问，“调查你有多失职吗？”

“调查你对皮特·沃克的自杀需要承担多少责任。”

“自杀？”

“是的，我很遗憾地告诉你，虽然我们采取了所有预防措施，皮特今天凌晨还是在淋浴房里自缢了。他的死不但骇人听闻，而且本来完全不该发生，我绝对不会让你逃脱罪责的。”

“你还不让**我**逃脱罪责？”阿比瞬间怒不可遏，“是我让一个痛苦的酗酒者从疗养院逃脱的吗？是我让他拖着我年迈而且——毋庸讳言——身份无比尊贵的父亲一起出逃，让两条性命堪忧的吗？我们只能祈祷找到我父亲的时候他还活着，否则你的罪行就是屠戮**两条**生命。你尽可以把对我的控诉落到白纸黑字上去，哈里斯医生，这样我就可以告你诽谤了。”

“放心，我已经有白纸黑字了，拉什太太，罗伯茨护士也一样——”

“那个蠢婆娘！我等不及放一窝皇家法律顾问咬死她——”

“拉什夫人，皮特跟我们说了你对他做过什么，”哈里斯医生打断她，语气平静而明确，“我们毫不怀疑他说的都是实情。皮特的确有酒瘾，但他是个极其聪明的人，而且毫无精神错乱的症状。”

“真是见了鬼了，他的错乱还不够有名吗？”阿比说，“一个不能用自己声音说话的人——除了哭的时候。”

“我明白这方面你的确很有发言权。”

阿比挂断了电话，把手机丢在桌上。

“该死！”她声嘶力竭地吼道，“该死！该死！该死！”

为什么会发生这样的事？她那么接近一场伟大的胜利，她到底做了什么，要用这种乌七八糟的事来惩罚她？真是**太**不公平了！

邓巴踩到了一些松动的石头，没站稳，差点摔倒。

“能好好选条路吗？”他朝西蒙抱怨道，“这里太陡了。我在平地上都动不了，你给我们挑的这个山崩一样的路我怎么走？”

自从一年前达沃斯那次愚蠢透顶的事故，他最怕的——或者说最怕的事情之一——就是摔倒。把世界上最重要的人召集到一起，再把他们往滑雪胜地1月份结了冰的街道上赶，本来就不是什么好主意；说是开峰会，或是他们爱用的那个词“论坛”——说实在的，完全用错了，因为论坛都是在公众的广场或集市上，从来不需要那些特别的邀请函或者人人觊觎的白色标牌。他那天到达沃斯比预定时间晚了两个小时，正匆匆赶往一个至关重要的会议——一个“非论坛”、幕后会议——也是唯一有意义的那种会议。他走在通往小木屋的路上，雪花一直在轻柔地拍打他，照理说下雪倒是好事，只不过有些热爱“论坛”的支持者把路上新下的雪都铲走了，只剩黑黢黢的冰。邓巴大步走着，快到门口时却摔了个四脚朝天，头都撞在地上了。他一下颜面尽失，而且就在这个政治圈最会经营面子的商人面前。就因为着迷于守时，结果他在医院里损失了六周，而且他花了一年时间铺垫的卫星转播合同也付诸东流。之后一切都变得有些不同了。那是他真正跌落的开始，过去的一年都是他慢镜头一般的跌落。此时在这太容易打滑的山坡上，他正努力避免给这次跌落一个致命的终结。

“今天你好像没什么可说的嘛。”邓巴说，抓着西蒙肩膀的手更用力了，“我都不知道这么远的路你是怎么走下来的。”

要是他的抽筋和腱鞘囊肿再糟一些，他就真的无法挪动脚步了。现在他已经完全效法起西蒙独特的步态，整个人像要被压垮一样，屈膝的程度都像是再也无法应付接下来的那一步。要是疲惫真能完全压过自己的恐惧，他很愿意躺倒死在这里，但此刻恐惧压倒了疲惫，他只能继续前行。

在他眼里，周遭的风景似乎散发出一种流云才有的柔韧和引人遐思，但它所造出的形象似乎寥寥无几，才不让它的变幻太过狂野。邓巴只发现了一个个蜷伏着的动物，身上有白雪的斑纹，头抬起，嘴往前探，手脚要么伸在外面，要么埋在地底，让它出击时更有致命的力道。他左侧是刻克耳柏洛斯[1]那可怕的脑袋，或许一阵乱石滚落，或是一具身体坠地，便会把它吵醒；它圆滚滚的蛇尾化作山势，正隐藏在几百码之外，但随时会在邓巴满是瘀青的脚掌下现形。从右侧山体上插起的是斯芬克斯[2]伸出的四肢，狮爪牢牢扎在土地中。邓巴没有勇气回头看那匹白色背脊的狼，它正张大嘴巴等流动的山石掀起最后一浪，以便借势扑来撕破邓巴的喉咙。他真的要快点赶到西蒙说的农庄去，据说山路一拐就到了，就藏在这不断塌陷的、要吞噬他的风景之后。他只希望西蒙不是在瞎走，把他引到某条歧途上。这个牧师今天出奇地沉默。提醒一句，邓巴是很习惯别人在他面前不敢说话的，其中甚至包括总统和首相。他们都在盼着邓巴的恩赐：“我之前对你的政府有所质疑，直到你开始朝恐怖分子开枪……我明白你的策略，总统先生，你可以放心，我们一定支持……你的成就，恐怕只是把个

[1] Cerberus，守卫冥府入口的有三个头的猛犬。

[2] Sphinx，带翼的狮身人面怪，传说常叫过路行人猜谜，猜不出者即遭杀害。

人债务危机转化成了公共债务危机。”

“等一下！”邓巴突然被惊出了他的遐想，从头到脚都恐慌起来，“你有没有听见空中‘突突突’的声音？快躲起来！快跑！”

他松开西蒙的肩膀，用那饱经摧残的双腿朝最近的大石头踉跄着狂奔，希望能把自己藏起来。武装直升机正在迫近，舱门打开了，机枪已经架好。再过一会儿，他的背上就会布满弹孔，从肩膀到肾脏拉开一条大大的口子。一股不寻常的能量突然接管邓巴衰朽的身体。脚下时而有乱石凸起，时而又是泥泞洼地，但一种兴奋莫名的恐惧让他觉得自己好像有了足不点地的轻身功夫。天上声音越来越响，到巨石边上的时候他并不清楚直升机的具体方位。等呼啸声扫过头顶，他背靠大石蜷缩起来，把头埋在双腿之间，祈祷自己没有被发现。

虽然临近黎明的时候他睡着了一会儿，但自己岌岌可危的养老方案让鲍勃医生满心愤怒和焦虑，几乎才合眼就又醒了。连续三晚严重失眠之后，他满脑子都是垂直的下坠、盘旋的降落，还有飘忽的鬼影。他已经背叛了邓巴，又背叛了与他同谋背叛邓巴的那对姐妹，但到头来他在这场背叛的比拼中输给了科尼桑蒂。他的财务安全受到了威胁，权谋之术上的自负备受打击，两道彼此矛盾但同样汹涌的洪流争夺着他的思想，一道是疲惫不堪，一道是杀心四起。只有一件事他是肯定的，就是他必须做一件变态的事情，比他那些彻底变态的对手还要变态，只是制定其中的细节比他预料的要麻烦得多。

用阿比和梅根背叛科尼桑蒂太危险了，这一点他已经看清，因为要这样做就必须暴露他本来打算背叛她们姐妹。他无奈之下瞎琢磨，觉得可以先帮助弗洛伦斯找到她父亲，然后给她递一封匿名信，提醒她联讯会对邓巴信托出手。老头儿应该会有办法重整军力、击退敌军的。至少董事会能把科尼桑蒂的如意算盘砸烂，并且破坏阿比和梅根的计划——现在他对两姐妹恨之入骨，不管接下来发生什么，他无论如何要确保她们不能成功。

从国王头盔酒店的餐厅看出去，鲍勃医生发现了乔治。这个忠心的老臣一直在热切和恭敬地打听邓巴的情况，这把阿比惹恼了。过去三十多年，只要邓巴在欧洲，都是让他开车。如果能让他觉得某件事是为老头儿做的，应该很容易就可以说服他帮忙。

“能听见吗？”克里斯对着耳机上的麦克风说。

弗洛伦斯微笑着点了点头。

“好，飞行员说话用的是另一条线路，我们聊天儿没人会听到。如果他需要跟我们说话，会提醒我们的。”

“那就好，”弗洛伦斯说，“因为除了我们之外，我不希望有其他人知道我跟吉姆商量好的事情，可能会给他惹麻烦。”

“明白，”克里斯说，“用手机尽量低调一些，严格意义上来说，飞行员是禁止乘客使用手机的，虽然手机信号并不影响他的驾驶。”

弗洛伦斯又点点头，伸过手去握住了克里斯的手。

从酒店门前草坪起飞的时候，直升机略微朝后仰，然后沿着一条弧线从湖面上掠过。

吉姆觉得自己好像看到了什么，还好凯文和J正忙着斗嘴，没有注意。他不可能冒险再绕回去确认，直接就把方位用短信发给了弗洛伦斯。他之前答应让弗洛伦斯有五分钟的领先优势。

“你知不知道一个叫‘亚当之跗’的地方？”克里斯问飞行员。

“他听不见你说话。”弗洛伦斯提醒他。

“对对。”克里斯说，微笑着拍了拍飞行员的肩膀。

“我联系警方。”弗洛伦斯说。

克里斯点头，示意飞行员把耳机打开。

“快，我们要出发了。”阿比疾步穿过餐厅，朝鲍勃医生拍了几下手。梅根跟在她后面，戴着墨镜，打着哈欠，“吉姆给我发消息，说发现爸爸了。”

“终于听到了个好消息。”鲍勃医生说，跟着姐妹俩到了酒店门口。

“带我们到‘亚当之跗’。”阿比钻进路虎的时候吩咐乔治。

“开足马力。”鲍勃医生坐到副驾驶的位子上，跟乔治说道。

“我说，吉姆大哥，”凯文说，“我们在找的是一个做生意的八十岁老头儿，不是参加奥运集训的马拉松运动员。掉头。”

“你说的大概是对的，”吉姆说，“他应该没走这么远。”

“我说的当然对，蠢货。”凯文说。

吉姆朝五分钟前他觉得可能看到邓巴的地方转回去，飞了个十分悠闲的大弧线。他方才通知了阿比，但没让这个满嘴污言秽语的雇用兵发现。他心里只是希望弗洛伦斯能早一步赶到。

邓巴在口袋中摸索一番，终于找到了自己的瑞士军刀。他的手已冻僵，指关节肿起，但还是把最大的那把刀掰了出来。他握住刀柄，朝空中刺了两下。一旦被抓到，他要跟他们其中一个同归于尽。他一定会战斗到最后的。他是亨利·邓巴，只要是跟邓巴过不去的，必定要付出代价。

他侧身从大石头的边缘探头张望，疑惑西蒙到哪里去了。底下的山坡和山谷中都空无一人。他知道自己对时间的判断力出了问题，但还是真心讶异于西蒙似乎在几分钟之内就消失得无影无踪。也挺好，西蒙是神职人员，估计搏斗起来派不上什么大用场。

“跟我女儿的专业杀手，”邓巴喃喃道，“来一场正面交锋吧。”

他竖起耳朵。他们来了。他可以听见螺旋桨抽打空气的声音。

“开错方向了，你这傻瓜！”阿比喊道。

“哦，天哪，”乔治说，“你确定吗？我真的很抱歉。”

阿比给梅根看自己的手机，上面跳动的蓝色的点代表他们的位置，的的确确是离目的地越来越远。

梅根之前一直昏昏沉沉的，突然激动起来。

“给我下车！”她说。

“我很抱歉。”乔治说。

“滚下去！”她尖叫道。

“怎么了？”乔治问。

“我来开，你这蠢货。”

乔治停车，忧心忡忡走了下来。梅根把他推开，进了驾驶座，用力拉上门。

“我要把这混蛋撞翻。”梅根说。

“不行，”鲍勃医生说，把手刹拉了起来，“我不允许。”

“你什么？”梅根大笑道。

“哦，梅格，”阿比说，“他可能也有点道理。我忘了跟你说，那个叫皮特什么来着的糟糕的喜剧演员，他自杀了，可能会引起一些法律上的麻烦。”

“你忘了说？”鲍勃医生问道。

“唉，要操心的事太多。”阿比说。

“好吧，好吧，直接走吧。”梅根说。

鲍勃医生松开了手刹。

“我跟你说了别往他身上放火。”鲍勃医生说。

“得了，别总啰唆这件事了。”阿比说。

他还没来得及答话，梅根飞快倒车，碾过乔治的脚，换挡之后又碾了第二遍。

“哎呀，不好意思！”她娇柔地道了歉，外面传来乔治痛苦的尖叫。

“天哪，梅根！”鲍勃医生说，“让我下车。”

“干吗？”

“检查一下他被你伤成什么样了。我是医生，怕你忘了。”

“怕**我**忘了？”梅根说，“亲爱的，你可没有发过什么《希波克拉底誓词》[1]，你发的是‘希波克利特’[2]誓词，我是怕**你**忘了。”

她加速朝前开走。

鲍勃医生回头看了一眼躺在路边的乔治，他紧紧握着自己的小腿，不让被碾碎的双足着地。乔治已经完成了自己的使命，只要运气不算太坏，弗洛伦斯应该拿到了时间上的优势。但不管怎样，这些暴力都是如此的没有意义，完全体现了他正和一对怎样被宠坏了的幼稚鬼合作。梅根残忍的孩子气每每留下这样的局面，之后还得他回来清理。鲍勃医生心里又涌起一波对这两个女人的憎恶，她们就是这样被带大的，觉得不管自己闯什么祸都会有人替她们打扫干净。他听到一声轻轻的铃声，有消息进来，把手机从口袋里掏出，他低头看了眼屏幕。

“很高兴地向您汇报，钱款已成功到账，对于延迟，我们十分抱歉。致意，克里斯托弗·李希特–古拉格。”

好吧，耐心向来不是自己的长项。现在他和科尼桑蒂的联盟又恢复了，还好他没有犯什么决定性的错误。一切都可挽回，虽然科尼桑蒂正盼着邓巴已经被干掉，而不是能在董事会开会之前

---

[1] 医学誓言，是古希腊“医学之父”希波克拉底（前460—前370）警诫人类的古希腊职业道德圣典，是向医学界发出的职业道德倡议书。

[2] Hypocrite，英文中的“虚伪的人”“两面派”，音近上文希波克拉底，Hippocrates。

赶回纽约。

只是他现在脑子太乱了。或许他可以直接警示邓巴。不用把所有事都告诉老头儿，只要能让梅根和阿比一败涂地就行。一旦科尼桑蒂成了最后的赢家，那两姐妹的确会失去权力，但她们手持的股票会大涨，钱更花不完了。他想要看这两个人被毁掉，承受无穷的屈辱。此时他心中的恨意很可能是他活到现在最真切的情感了。他的养老计划中不能只有钱，还应该包含这姐妹俩的悲惨结局。

弗洛伦斯在积雪和蕨丛间往那块巨石走去，她知道父亲正躲在后面。

“亨利？”她喊道，“爸爸？我是弗洛伦斯。”

她已经能从大石头上方看见邓巴的半个脑袋了。

“我是弗洛伦斯。”她重复道。

邓巴缓缓现身，他的白发黯淡、污秽，一脸的胡子，人很消瘦，大衣上挂了不少泥土，右手举着一把袖珍折刀。他惊愕地看着弗洛伦斯，不明白自己看到了什么。

“我是来照顾你的。”弗洛伦斯说。

折刀还握在手里，但是他把手臂放下了。

“可我做了那样的事。”邓巴说。

“可你也经历了这样的事。”她说。

弗洛伦斯走到可以伸手碰到父亲的距离。

“我们一定要把西蒙也带上，”邓巴说，眼里都是泪水，“他受了很多苦，我们要帮帮他。”

“我们会的，”弗洛伦斯说，“他在哪儿？”

“我说不上来……我比以前更容易迷糊了。他刚刚还在这里。”

“先跟我们回去吧，警察会找到西蒙的。”弗洛伦斯说。

“我们不能任由他死在这里，”邓巴哭着说，“你一定要找到他。”

“我们会的，”弗洛伦斯说，“不用担心。”

“我这段时间总是特别担心。”邓巴说。

“我知道，爸爸，”弗洛伦斯说，“不过现在没事了。”

邓巴松开手，折刀掉在地上。他朝前走了几步，把双手搭在弗洛伦斯的肩上。

“我们给你带了一副担架。”

“我觉得要是你扶我一下，我能自己走。”

弗洛伦斯揽着父亲的腰，他搂住女儿的肩膀，两个人慢慢地在一块块积雪和冬天棕色的蕨丛间朝等着他们的直升机走去。

13

“他睡着了，”克里斯说着从邓巴的卧房出来，走进飞机的主舱，“医生说他很乐意跟我们去伦敦，但他的护照还在凯西克[1]，所以去不了纽约。他认为，考虑到亨利经历了什么，他的身体还算可以，就是很容易产生幻觉。”

“不管怎样，都应该让他尽量多补觉，”弗洛伦斯说，“我们真的非得去伦敦转机吗？”

“相信我，一切都仔细盘算过了，”威尔逊说，“我已经说服了几位律师赶到范堡罗机场[2]去，亨利连床都不用起。只要我们行动够快，把一些法律上的程序走掉，应该可以让我们在对付你两

[1] 英国坎布里亚郡的一个集镇，人口不足五千。

[2] 位于英格兰汉普郡的机场。

个姐姐的时候有很大优势。然后他就又能睡觉了。只要半个小时，他就能挽救自己花了五十年心血打造的公司。你那两个姐姐真的是恶人，警方正要找她们问话。有个人自杀了，就是那个喜剧演员，皮特·沃克。”

“我的天哪，”弗洛伦斯说，“他自杀了？不是一直有人在观察他的吗？”

“没有防住他在浴室上吊，”克里斯说，“他拔了电视机的电线，藏在腰间。”

“我想，一个人真的想做一件事，总能想到办法吧。”威尔逊说，“说到我们想做的事情，之所以要律师们到伦敦跟我们碰头，其中一个原因就是跟你两个姐姐制造利益冲突。如果我们请布拉格斯控诉梅根和阿比盖尔，说她们和鲍勃医生串通，把你父亲囚禁在梅豆米德，那他们就不能在皮特自杀这件事里再担任你两个姐姐的辩护律师了，因为我已经把皮特描述成了帮助你父亲逃跑的一个朋友。当两方有利益冲突的时候，先雇用律师的那一方可以让另一方无法使用相同的律师事务所。”

“要是梅格和阿比先跟他们联系了呢？”

“她们还没有，而且现在来不及了。我已经提交了初步申请。”

“这样说的话，既然这方面没问题了，那为什么还一定要去伦敦呢？”

“有些文件，”威尔逊说，“只能放在伦敦：他有个遗嘱是关于他那些非信托财产的，可以改得对你有利一些。信托的确是在特拉华州成立的，但出于过去一些具体的原因，他把个人遗嘱立在了这里。”

“我不想要他的财产，我只想要他好起来。”弗洛伦斯说，“再说，他目前的状况，我不相信律师会同意他改任何东西。”

“你说得很对，”威尔逊说，“这是双赢。如果我们能拿到面上想要的东西，当然很好。我们可以改掉遗嘱，你可以拿到代理权，但如果布拉格斯拒绝我们的要求，我们就坚持要他们提供一份鉴定亨利精神状况不佳的文件。有了它，我就可以提出亨利本来就未必有资格交出自己的权力，否则，如果他精神没有问题，又为什么会被送进一家精神病院。换句话说，这样我就可以制造麻烦，为他的恢复赢得时间。我在董事会有盟友，如果能拿到那份文件，他们会坚持要我出席会议的。”

“所以说，我们要的其实不是我们要的东西？”

“妙就妙在这里——两种结果对我们都有利。”

“半个小时？”弗洛伦斯说。

“应该半个小时最多了。所有的文件都已经准备好，到时会有一整队人过来：一个高级合伙人、几个见证人，还有一个很厉害的美国律师帮忙处理一些国与国之间牵涉的问题——英国代理权到了美国就没用了，所以他还准备了一份美国的授权书。这些一搞定，亨利可以连睡十个小时，一直睡到纽约，醒过来才周二傍晚。这样会议之前他还能休息两个晚上。”

“行，就这么办吧。”弗洛伦斯说。

“我可以告诉机长我们准备好起飞了吗？”克里斯问。

“去吧，”弗洛伦斯说，“飞的时候我就坐在父亲旁边，他可能会醒过来。”

弗洛伦斯走进邓巴的卧房，看到医生站在床尾，双臂交叉在胸前。

“啊，你好，”医生说，“他刚睡着。吃了东西，困意挡不住的，而且他这么久没睡觉了。你是不是想和他单独待一会儿？”

“是的，谢谢你，”弗洛伦斯说，“飞机马上要飞了，你也应该找个位子坐下。”

弗洛伦斯在父亲身边躺下。要是起飞时震动太剧烈，她随时可以抱住他，尽量不打搅他休息。飞机在跑道上加速，然后就陡直地爬升，冲出了曼彻斯特。飞行平稳之后，弗洛伦斯盘腿坐起，后背倚一个小枕头，靠在灰色的皮质床头。她低头时才意识到自己还从来没有这样从高处往下看过父亲的脸。在她眼里，父亲对所有人都该是居高临下的。有一次他生病，弗洛伦斯去洛杉矶看他，邓巴斜躺在高高的床上，背后堆了不少枕头，弗洛伦斯几乎是下意识地在他床边的椅子坐下来，好让她依然可以抬头看着父亲，这才是正常的等级秩序。她还记得四五岁的时候，父亲躺在“自家的湖”一个游廊的沙发上睡着了，胸口还摊开着一本书，她过去满怀爱意地拍父亲的脸，直到母亲轻声喊她走开，不要吵父亲睡觉。时过境迁，她还没见过父亲失了光泽的白发留这么长，常年干干净净的脸上盖着至少长了三天的胡楂。他瘦了一些、老了一些，额头、眼角和松垮的双颊上，皱纹比以往更深了。

自从几个小时之前在那个光秃秃的山坡上找回父亲，她其实还没有跟他说上什么话。在直升机上，她递给他头戴式耳机，他不但不要，还双手紧紧抱头，直往后躲，就像这是一把钳子之类可以用来刑虐的工具。她决定直接把直升机开到曼彻斯特机场，让马克和威尔逊带着行李坐车过来。虽然邓巴一路都在喃喃自语，但他说了什么弗洛伦斯听不到，而她跟克里斯以及飞行员说的话邓巴也听不到。幸亏如此，她得以反复强调要把直升机停在她那架飞机的远端，借此挡住“环球一号”。虽然她的飞机本来就停得够远了，但在那片柏油碎石的停机坪上，随便从哪个角度都看得到邓巴那架亲爱的大波音，只能靠什么东西来挡住视线。“环球一号”一直是父亲最喜欢的玩具。对他来说，这就像一个家一样，一个没有固定地址的家。里面的装潢全是照他的意思来的，书房全贴着让人惊叹的木墙面，地上是淡金色的波斯地毯，书架间挂着夏尔丹[1]和威廉·尼克尔森[2]的静物画。弗洛伦斯还小的时候，最让她不可思议的是那个土耳其浴室。墙和座席上都贴好了瓷砖，她看着那些橘色、绿色、黑色的几何图形隐入水蒸气之中，心里很清楚在三万英尺之下是格陵兰的冰川，或者是新墨西哥州的荒漠。

弗洛伦斯以为如果让父亲看到这架属于他的飞机，又不让他登机，会更让他神昏意乱，可等到把父亲在租的这架“湾流”中安置好，她又觉得刚刚的担心或许是多余的。她想要替父亲阻隔掉的这份困惑，就邓巴的清醒程度而言其实早就不用担心了。他

[1] 夏尔丹（Chardin，1699—1779），法国画家，西方美术史上的静物画巨匠之一，同时也擅长描绘市民阶层生活的风俗画。

[2] 威廉·尼克尔森（William Nicholson，1872—1949），英国静物、风景和人物画家。

似乎对自己上了一架飞机本身就感到很不解。他一直在问西蒙有没有安全、皮特是否到了伦敦？弗洛伦斯那时还没有听到皮特离世的消息，不过她也没有告诉父亲皮特回到了梅豆米德，因为邓巴似乎无论如何也要见到他。她问到西蒙是谁，邓巴就只会说他是个信教的人，救了自己的命，另外强调他们一定要确保西蒙安好，然后“给他一份领钱的差事”。他似乎能明白弗洛伦斯是个好心人，在他迷路的时候找到了他，而就算他一闪念间明白了两人的关系，也会反复忘记这关系究竟是什么。

对于那两个帮他逃跑的恩人的命运，邓巴着急得语无伦次，可等到威尔逊和马克一个小时之后坐车赶来，他的焦虑又变成了其他情绪。邓巴瞪着威尔逊的眼神里有种化不开的执着，就像他无论如何也要把这张面孔想起来，似乎终于给了自己一个说法，又觉得实在荒唐，只好立刻抛弃。

但见到马克，瞬间点燃了他的怒火。

“你！你！”邓巴喊道，指着面前这个一身公子气却已经略显发福的女婿，“不行！你走！把他赶出去！他也是同谋，把我关了起来。别想再把我抓走！”说完这几句话，他从椅子上蹿起来，沿着飞机的走廊一路奔跑，身手出奇敏捷，最后把自己关在了其中一间卧室里。

威尔逊和弗洛伦斯毫不犹豫地让马克另找一架飞机回纽约。弗洛伦斯总觉得更让马克懊丧的不是邓巴见到他时的反应，而是他想到自己大概不得不去搭乘客机了。

“这是自然，”他说，一贯的温文尔雅此时也显得残破了，“亨利似乎完全迷糊了，真可怜。希望你们能跟他说清楚，我在这里面是怎样一个角色，告诉他我正是因为强烈反对囚禁他，才会出现在这里的。”

医生忙着准备他的听诊器、血压仪、手电筒和反射锤，邓巴悄悄进入了一种神思不属的状态，就好像他眼球中拉起了一块幕布，投影了别的什么故事。弗洛伦斯觉得这飞机、这飞机上的人，和接下来的大小安排，并没有从他脑海中完全消失，但它们就像昏暗影院里的那个“出口”标识，是无论如何不能和电影本身争夺观众注意力的。喝了一点鸡汤、咬了几口面包之后，他几乎立刻就睡着了。

坐在父亲旁边，一只手轻轻地放在他肩头，弗洛伦斯感到宽慰的是她终于可以保护自己的父亲了。她也很不安，因为她太渴望与父亲重归于好，但他在两个女儿逼他开启的这条精神流亡之路上走得太远了，不知道还回不回得来。她一路飞到坎布里亚的荒野中把他找到，但她不知道在心灵荒野中的父亲要如何去找。邓巴一路飞黄腾达，然而，其中没有任何一种经验能帮他承受过去几周——尤其是过去几天——发生的事。这些体验似乎冲垮了他的头脑，让他无力去分析、理解。就像洪水冲刷着岩石地质的大平原，没有坡度疏导，没有泥土吸收，大水抹去了所有熟悉的地标，却没有带来新的生命。在这毫无生机的洪水中，她怎么才能把父亲拉回来？

飞机快要降落到伦敦时，碰到颠簸气流，邓巴在睡梦中皱起了眉头，半睁开眼睛。看到上方弗洛伦斯的脸，他的质疑接近于气愤。

“有没有人跟你说过你长得很像我的小女儿？”相比入睡前的样子，他这问题问得格外清晰。

“我就是你的女儿，”她说，“我是弗洛伦斯。”

“不会的，”邓巴说，“你不可能是她。不过你们长得的确很像。”

他举起手，描画着面前的空气。

“我最近总是没有办法，”他说，手指在脑袋边上乱画，就好像要弄清楚瘀青到底有多大多深，“把我的想法理顺。”

“我明白。”弗洛伦斯说。

“不该走在铺路石的缝隙上的，但其他地方却全都走不了……”他停顿了一下，手指还在摸索，像是盲人在认脸，“……无论如何绝对要避免的事情却是唯一发生的事。”

“我懂，”弗洛伦斯说，“但你现在安全了。”

“安全？”邓巴苦涩地说，“要是你真这么想，那就太笨了。生而为人是坠落，一旦你意识到了这一点，坠落就不会停止。我说的话你能听懂吗？下面没有土地，没有能接住你的东西……”

邓巴所说的弗洛伦斯能听懂，但想不到该如何回答。要说服一个人忘掉某种感受是没有意义的，更何况现在这种感受是一切都不安全，那宽慰他并非如此，听上去也只会像好声好气地要和他争辩。邓巴吃了一点食物，休息了一下之后，似乎更清醒了一些，但这种清醒只是用来让他更好地描述自己的困惑和绝望。弗洛伦斯能做的，也就是和他待在一起，祈祷他能快好起来。

“怎么回事？”飞机降落的时候有些颠簸，吓了邓巴一跳。

“我们到伦敦了。”弗洛伦斯说。

“皮特到了吗？”邓巴急切地问道。

“没有，他留在坎布里亚。”

“傻子，”邓巴说，“我们本来要去罗马喝内格罗尼酒的，他自己说的，说会在全世界最美的废墟中喝酒。是他帮我从那个集中营逃出来的，我们一定要给他找个差事。”

“我们会的，爸爸。”弗洛伦斯下了床。父亲的访客们马上就要到了。因为有些文件要为她而改，她觉得自己应该离场。这其中倒有种很微妙的胁迫人家的意味了。再者说，就算她不在屋里，威尔逊口中的那么多人也没法同时挤进来。

“你刚刚叫我什么？”邓巴说，“弗洛伦斯，是你吗？”

“是我。”弗洛伦斯说。

“我一直在到处找你。”邓巴伸出双臂说道。

弗洛伦斯移到父亲一侧，跪在床边，亲吻了他的两侧脸颊。

邓巴伸手，犹豫着摸了摸弗洛伦斯的头顶。

“你能原谅我吗？”他说，“跟你和你的孩子们断绝关系，把一切都给了那两个禽兽！我是那么傲慢、那么霸道，还有最糟糕的一点，我是那么愚蠢。”

弗洛伦斯抬起头，看到父亲的脸上淌满了泪水。

“原谅，当然原谅，”她说，“我才是那个傲慢的人，我应该很久之前就主动找你的。”

“不是的，”邓巴坚持道，“问题都是我那坏脾气引起的，还有我要掌控一切的习惯。哈！”他短促地大笑了一声，像是摆脱了一些执念。“我现在甚至不能掌控——有时候一个念头像是快要完成，我却已经忘了为什么会想到它。”

“不管如何，我们再也不要闹翻了。”弗洛伦斯亲吻父亲的前额，把头在父亲的胸口靠了一下。

“再也不要了。”邓巴说，疼惜地用双手捧住她的脸。“我亲爱的凯瑟琳，”他难以置信地摇着头说，“我以为自己已经失去了你，可你还活着。”

14

弗洛伦斯得手之后，梅根在迷茫和哀怨之中闪过一个很难得的念头：她希望自己的丈夫没有在去年意外亡故。他们俩相识之初，维克托·艾伦精彩的华尔街生涯已经为他赢得了一个“疯狗”的雅号；做夫妻的最后十年，他升级成了“坏×”[1]。全世界只要有大宗交易最后敲定，其中一些维克托甚至一眼都没瞥过，但在那个会议室里必定会有人不安地问一句：“这次‘坏×’没出手？”这个称号本身太朦胧，没有什么可称道之处，他的很多同事就配得上，但维克托却很自豪把它变成了自己的头衔。如今的商界，他的对手一般都被视作“达斯·维达”[2]“魔王索伦”[3]和

[1] 原文 Evil Fuck，表意或许更接近“没有人性的混蛋”。

[2] Darth Vader，《星球大战》中的头号反派。

[3] Lord Sauron，《魔戒》中的终极魔王。

“伏地魔”[1]，所以维克托觉得自己的诨名还是一种成熟的标志，它就由两个日常的英文字构成，完全没有引用什么少儿影视作品。一般来说，别人的辱骂会让维克托兴奋，而夸赞会让他厌烦，因为他认定后者要么是无须多言的废话，要么是榨取他财富的特洛伊木马。这个绰号他后来越来越珍视，但你很难确指他得之无愧是因为某个具体的交易或发明：他会利用几乎违法的税收漏洞，会累积灾难性的债务，会不断动用更加复杂和更具欺骗性的金融工具，会毫不犹豫地肢解一个老牌成功企业，让整个社区瘫痪，让成千上万家庭失去经济来源，就为了让几个富得能引发动荡的投资者更富有。但这些行为本身出现在华尔街上就像人们会在烘焙坊里找到面包一样，毫不稀奇，只是维克托手里项目的规模、欺诈的程度，还有他戏讽对手的力度和胜利时的嘴脸，都意味着他像一个跑近终点还能冲刺的马拉松选手，一定会从同代人纷纷攘攘的“坏 ×”大部队中脱颖而出，率先冲过终点。

要是他还在就好了，或者更称心的是，他可以像热门电视剧里的客串明星一样，回来一周再消失。在维克托的追悼会上，作为一个身份极为尊贵的遗孀，梅根其实费了很多心思也没想出多少歌颂亡夫的好词。但此时此刻，梅根甚至可以为那个贫乏的场合写首诗。就在赫苏斯忙着让她达到高潮的时候，她开始考虑那首诗该怎么开头。“维克托，你为何不活在此刻？”一个传统而有力的开头……“我们需要你的毒液和债务……”她一下子想不出接

[1] Voldermort，《哈利·波特》中主角的死敌。

下来怎么跟“债务”押韵，但总而言之，她写诗的灵感就在于维克托一定会临时想出一个凶悍加狡诈到让你赞叹的招数，确保对邓巴信托的收购可以完成。他的老搭档迪克·比尔德在领军抵抗，但这个人有没有魄力采取一些极端的战法就不好说了。

哟，刚刚那一小下倒是舒服得出乎预料！赫苏斯让她回过神来。毫无疑问，单就努力程度而言，可以给他打“A”，而且刚才那下舌技可圈可点——至少跟他在隔壁枕头上呢喃几句乏味的夸赞相比，这回才算把舌头用对了地方。赫苏斯的那些情话，是为了表现自己不仅仅是个冷血的杀手，还是个羞怯的小男生。他的得克萨斯州口音里一方面有种柔和的气声，那是西班牙裔母亲给他的影响（这一点在他的教名上也已足够明确了吧），而他的口音里更多的是种坚硬和苍白，因为他“老爸”是个挥着皮带、开着卡车、饮酒无度的可怕老兵。所有事她都听得不想再听了。

她意识到自己很久没有大口喘息了，应该要喘一喘。甚至可以呻吟几声。

“别停，”她说，深吸一口气，“千万别停。”

他只要一停下来，就有可能说话。权衡利弊，还是维持现状的好。虽然她心里很想沮丧地大吼，却还是在床上翻来覆去，假装她迷乱到好比癫痫发作。

当然，飞行一定会遇到气流颠簸，这一点她有准备，但过去这几个小时就有些荒唐了。因为皮特·沃克的自杀，英国警方想讯问她的团队，要不是“环球一号”起飞及时，他们就被逮住了，几分钟之内就可能被带到某个可怕至极的地方警局。然后布拉格斯也表现得怪怪的，说因为利益冲突，不能接这个案子。显然哈里斯医生比第一眼看上去狡猾得多。不管怎样她问心无愧：一个脑子完全不正常的人，在一个疯人院的浴室里上吊自杀，跟好几英里之外的她们有什么关系？有人会把责任推给她和阿比一点也不奇怪，邓巴家一直都是众矢之的。纯粹就是妒忌，还用多想吗？妒忌是人性的一部分，你是没有办法的。第一天去幼稚园的时候，母亲就曾这样警告过她，但恰恰是在此刻看它冒出丑陋的头来，尤其叫人失望。

弗洛伦斯还跟往常一样，完全就是个噩梦。她们成功地摆脱了她一年，但现在她又回来掺和一些她根本不懂的事情了。不用说，接到爸爸的是她，向来都是这样——最晚到的女儿，却是第一个真正引起他注意的。梅根这一辈子，就是看着弗洛伦斯什么都没干，却得意扬扬地霸占了父亲的爱，而不管她和阿比如何恭顺、谄媚、学他的样子，却连一丝一毫的父爱也分不到。这一回不再是儿戏了，不是弗洛伦斯凭靠父亲的专宠就能得逞的。她现在妨碍的是梅根和阿比拿到她们为之奋斗了三年的目标。弗洛伦斯被父亲的爱惯坏了，就像一头吃草吃到铁轨上的奶牛，而一列火车正从拐角处高速驶来。在梅根看来，结局已经不可避免。

弗洛伦斯当然可以声称她的突然现身完全出于对父亲的担心，但是，第一，他住的是一流（收费何其昂贵）的机构，享受着最好的专业护理；第二，他也不是随便一个垂暮的老人住在疗养院，需要不断地去探望（到了合适的时候她自然会去的）。邓巴是个强大的符号，各种各样过时的、反动的力量都会朝它聚集的。她和阿比私下一直在结交那几个最不假仁假义的董事，为了让他们拥护“鹰石”的收购，还给了一些不能算完全光明正大的诱惑。她们没敢勾搭邓巴和威尔逊的老盟友，但把自己手上的牌和新加入董事会的鲍勃医生算进去，姐妹俩觉得纵然差距微弱，多数票还是颇为稳妥的，只希望其余的董事到时会被丰厚的额外收入所打动。

“鹰石”的收购价会比目前股价高出百分之十五，对于普通的股东来说，无异于一笔横财。当然把大量债务强加在信托身上的确不太人道，毕竟负债过重会导致大规模裁员、附属机构的清仓甩卖，以及很多优秀老牌企业的分崩离析——换句话说，这正是她们想要的结果！她们会让信托变得更加精悍，五年后再让它的浓缩升级版上市。根据迪克·比尔德的估算，到时会有十四亿美元分别进入她和阿比的账户——似乎也不是很多，考虑到这事居然如此烦心——但她们只是按照合理的商业逻辑行事，而且既然公司要承受这件事，那与其落到一个外来的劫掠者手中，还不如让她们这些真正爱它的人来吧。确实没什么好顾虑的。“鹰石”有一份很清晰的、友好的、法律上刀枪不入的并购提案，资金支持充分，而且邓巴信托把卫星合同输给联讯之后，以目前的价格不会再有人横插一腿的。

“哦，天哪，刚刚好舒服。”她呻吟道。

她对情人的厌倦速度之快，简直可怕。昨天晚上的J还是那么激动人心，年轻的肉体会发光，而且他那种狂热的专注不亚于一个争分夺秒解除核爆装置的拆弹兵，只不过这种专注被用来带给她一波接一波的快感。但此时，为何J带来的浴火重燃已经感觉像是一场误会？应该不会只是因为鲍勃医生不在隔壁房间吧，让她放任自己一阵阵加大音量尖叫没那么好玩儿了？她应该还没这么肤浅，虽然知道鲍勃医生在墙的另一侧妒火中烧，或至少辗转难眠，让她有种惩戒坏人的畅快。在一个更美好的世界里，J应该至少能用几个星期，或者就留在身边作为性工具，在她觉得合适的时候享用，但时局所迫，她不得已要他帮自己一个特别的忙了。她已经来不及把这份请求打扮成别的样子，只能给它营造一点伤心欲绝、别无选择的氛围。她会默默地泪如雨下，真诚地体会到自己的负担多么沉重，让她不得不提出如此不合理的要求，但她也凭直觉知道J在她的眼泪面前是无力抵抗的，他激烈的童年大部分时间都在自家房屋的一角安慰被打的母亲。J会足够郑重地答应她，然后组织一套说辞解释为什么他认为梅根做出这样艰难的决定才真正需要勇气。她的回应会是黏得更紧，然后再从她的泪腺挤一点液体出来，落在他光滑的胸膛上。在两人全然静止的一刻，或许他吓人的胸肌之间会形成一个小小的泪潭。梅根自己都感动于这份用心的编排。

或许问题就出在这里：因为她已经把J想象成一枚发射出去的热导飞弹，再和他如胶似漆好像违背本能，甚至有自寻死路之感。但她其实心里知道这次情欲的暴跌只是大规律中的一个小细节。她的情人似乎一次比一次躺在离悬崖更近的地方，海岸侵蚀会有停下的一天吗？是不是塌方会继续到她也摔下悬崖，栖身于海滩上的那堆尸体之中？

情爱当然无一例外都是戏。她是那个从来不会满意的导演，也是那个作为全剧灵魂的大明星。如果男主演因为某种原因被开了，自然有预备演员顶替。说到底，除了她，演员表里的其他人都无关紧要。他们并没有独立存在的理由，他们都是乘号之后的零。她还记得自己十岁的时候有过一次数学上的顿悟，这也是她唯一的一次，就是在一个数字之后添零，它会变成自己的十倍，但不管多大的数字，只要乘以零就会消失。考虑到这个淘气的“零”每次都会接到不同的角色，她更愿意把它们想成“乘数零”，而不是那个更“圆满的零”。

说到J，这段关系会格外短暂，因为等到他替自己做完那件小事之后，两人再被看到一起出现就不合适了。实际上，很叫人悲伤的，凯文可能需要去消除一切能够追踪到她的痕迹，可问题就在于，一旦叫人去消除痕迹，他们自己就变成了痕迹。谁来消除消除者？曾经也有一段时间——她从来没有跟别人说过，甚至她自己都抗拒这段记忆——她是可以完全凭自己的心意主动行事的。谢天谢地，当时的塌方很彻底，把她动手脚的痕迹都抹掉了。那时她是如此年轻、如此残忍。自那之后，所有她做的那些恶事，都有实在的理由。只有那时，是出于纯粹的憎恨。虽然也花了些时间准备，但它依然是冲动之举，可能因为她的憎恨每次要退落时都会再次强烈地涨回来，根本就没留给她权衡利害的间歇。多年前自己所做的事或多或少还是会让她讶异，所以她不愿多回想，讶异这种情绪太天真幼稚了。

估摸着应该是自己尖叫的时候了，她开始大口喘息，绷紧身体。她发现自己很享受把J的脑袋夹在双腿之间，便开始弓起背脊，把腿夹得更紧了。她忍不住想，可能J从“绿贝雷帽高级武术中心”训练毕业之后，就再也没有身处于这样难以自保的境地了。要是她足够突然，或许可以扭断J的脖子，然后把他瘫软的身体踹下床去。她发现这个场面对自己有不可抵御的吸引力。本来她正要演绎史上最虚伪的高潮，但因为自己的小幻想，不可否认确实越来越兴奋了。

“啊，我的天哪，”她说，想象着脖子断裂的声音，“啊，我的天哪。”

她越发用力地夹紧双腿，背脊越挺越高。现在只需要她突然一扭，一个多么简单的动作。

“啊，我的天哪……我高潮了！”她屏住呼吸说道，其中的惊异并不是演出来的。

J起身爬过来，瘫在梅根依然颤抖的身体旁边，轻轻地按摩自己的脖子。

“你的大腿还真有力。”他这句话里都是欣赏之意。

“哦，J，你是个艺术家，”梅根说，“我没法说清楚你给了我多少灵感。”

“那也只是因为你给了我灵感，亲爱的[1]。”J说，高兴得几乎冒出一股傻气。

他那些咬着舌头的情话和那副痴心的样子一下子就让梅根感

---

[1] 原文 querida，西班牙语。

到生气。

“哦，J，”她说，“我自从……自从昨晚……还从来没有这样高潮过。”她微笑着，用指甲蹭着J的胸廓。

“亲爱的，我想一整晚都抱着你。”这位神魂颠倒的战士说道。

“抱住我，抱住我。”梅根说。

“不知道对你来说这是不是常事，”J说，“只是这让我觉得自己以前从来没有真正爱过。”

“好让人感动，”她说，“这当然不是常事。这种感觉是如此强烈，我都觉得眩晕了。”

她吻了一下J的胸膛，成功从眼睛里逼出了一小滴眼泪。经过一段长到让她烦躁的旅程，泪水从她鼻翼滴落，正中靶心。

“亲爱的！”心思无比细腻的J无法承受他怀中的女人——他的女人——在哭泣，“你怎么啦？[1]”

“哦，没事。”梅根勇敢地说。

听见自己刚毅的声音让梅根自怜不已，又漏出一滴珍贵的眼泪。她动用起自己会的所有“方法派”技巧——梅根在李·斯特拉斯伯格学院[2]待过两个学期之后退学了——沉浸于那个情绪中。她闭上眼睛，试图勾勒折磨她的所有不幸。好不容易发现了一个真正好用的性幻想，她却立刻要亲手葬送它。她明白这套幻想没

[1] 原文“Que passa？”，西班牙语。

[2] Lee Strasberg Institute，纽约表演学校，1969年由俄罗斯出生的美国喜剧导演、教师和演员李·斯特拉斯伯格创立，推崇“方法派”表演法。

法随便用在别人身上，它和J的军人身份休戚相关，也在于她能掌控一个杀手，在于她能让一个着迷于自己孔武身体的男人随时送命。所以她就更不应该掉进大利拉[1]的陷阱了，梅根想到，不该偏离自己的目标，重又盘算起自己寻常惦记的那些事，不该把参孙锁在某些用来威胁她的柱子上，使他随时可以推倒她的整座生命大厦，把她埋葬。做了他应该做的事情之后，J不能留。或许他们还可以再干一回，现在毕竟才周二。没错，再来一次肯定可以，今晚回到城里就可以，或者等到明天早餐前。然后她就要放他走了。一枚飞弹是最标准的“乘数零”：一旦击中目标，它就消失了。

多亏了马克，他们能领先对手一步。他登上“环球一号”之后，不停地吐出有用的信息，省了他们好几个小时的调查研究。他关于自己为何会出现在曼彻斯特的解释毫无可信度，但和敌军眉来眼去一番之后，他显然是看清和妻子并肩而战才真正对自己有利。他之前偷听到弗洛伦斯准备剥夺她两个姐姐对于非信托财产的继承权。这婊子胃口还不小。

所有的这些不幸：弗洛伦斯拿下搜捕之战，还夺走了父亲所有私人财产；为了全面击败讨厌的“妹妹”这个更高的目标，她牺牲了自己的情人；还有，最要紧的是她觉得自己永远都要坚强，

[1] 《圣经》中的人物，参孙的非利士情人，将参孙出卖给了非利士人。她反复询问参孙他力量的源泉在哪里，参孙告诉她是自己的头发，于是参孙在梦中被剪去头发，又被非利士人带走，绑在柱子上。参孙头发重新长出，撞倒整个庙宇，压死了自己和众多非利士人。

都要警觉，都要掌控，都要先人一步，这些不断累积的重担突然引发了她一直在努力达成的崩溃。泪水滂沱的她全身都在颤抖、抽泣，她把自己的保护者搂得更紧了。她曾经去看过一个心理治疗师，太气人了，几乎是刚用就把他炒了。她以为自己讲的那些好玩儿的故事可以让医生领略一个他永远不可能接近的世界，但后者一直打断她，插一些这样的话："那么在这个炫目的派对上，梅根小朋友在哪里呢？她躲到哪里去了？"此时，她没有想到自己居然又听到了他的声音和这些可笑的问题，竟因为真正的哀痛而号啕大哭。

就跟梅根预料的一样，J 抱着心爱女子哭泣的身体，那么无助。

"亲爱的，告诉我吧，"他央求道，"只要能让你不哭，我做什么都可以。"

梅根又抽泣了一会儿，坐起来，伸手摸到床边的手绢盒，擤了擤鼻涕。

她重新把头枕在 J 的肩上，继续默默哭泣。她找到了那个躲在壁橱里的梅根小朋友，终于开口时诡异的声音就像一个害怕的、犹疑的小孩。

"什么事都可以？"她轻声问。

"什么事都可以，"J 说，"我发誓，没有例外。"

15

弗洛伦斯的飞机降落在纽约的时候，机上每个人都忧心忡忡，不知会面临什么，除了邓巴。他几天来第一次休息，几周来第一次安全，睡得很沉。在伦敦跟布拉格斯把文件全都签好了，目前没有别的事情可做。弗洛伦斯决定等到父亲自然醒，便让克里斯和威尔逊先去酒店。他们说好周三早上再商讨第二天的战略，如果邓巴愿意，到时再让他重新恢复威尔逊顾问的原职。克里斯和威尔逊固然信誓旦旦要夺回公司，弗洛伦斯却有两种心思：一方面，她想跟着他们拿下这场应得却又未必能得的胜利；另一方面，她想把父亲带回怀俄明州，彻底保护他。她觉得父亲需要的是更深层地放弃权力，而不是回到过去。为什么不能直接转机就走，让威尔逊和克里斯独自去为正义而拼斗呢？为什么要把她饱经摧残的父亲再次拖入一场商战？

弗洛伦斯在飞机上耐心地等着。她知道飞机租赁公司会很乐意给她再找一位机长和副驾驶员，让她能带父亲回家，可能还来得及吃上一顿早餐。她可以让父亲沉浸在安宁与爱意之中。她可以给父亲一个有壁炉的房间，让炉火熊熊地烧着，宽阔的窗户外面是能让心上空无一物的风景，宁谧的田野、雪中的森林，而这一切都被远处的群山如城墙般围起。她知道，比起一摞塞满柱形图、法律论据和电子表格的文件夹，家中的那个场景一定更能帮助父亲的思想复原。只不过，这决定不该由她来做。即使她的意图跟两个姐姐的正相反，她也不能采取相同的策略。即使是为了治好父亲，她也不能劫持他。她必须等他醒过来，问他的意见，听他想怎么做。

阿比对于警方调查皮特·沃克的自杀感到颇为不安，只是不愿表露出来。等待“环球一号”起飞的时候，她已经接近恐慌。那段拖延太难熬了。她也想到过责怪自己一时过于放纵，扣动那个愚蠢打火机的扳机，一下酿成这一系列问题，但那也只是想到而已。等飞机到了爱尔兰上空的巡航高度，伴随着一阵恼怒，阿比意识到沃克那是自找的，那是对他怯懦的惩罚。把沃克点燃几乎是个善行，让他知道，他对于被烧的恐惧其实比真的被蓝色火焰的斗篷包裹几秒要令他难以忍受得多，后者无非就是模仿一下火焰雪山[1]或者圣

[1] Baked Alaska，甜点，也有“冰山大火”等其他称法，由蛋糕和冰激凌制成，最后需浇上糖浆和威士忌并点燃。

诞布丁。一个正常人可能会奋起或者还击，但沃克的脑神经全都打了结，一辈子的生计居然就靠不知道自己是谁。像这样一个人类的渣滓还能有什么好的结果？

虽然对她的指控明显荒唐至极，但准备好大致该如何给自己辩护还是要紧的。关键就在于商量好怎么说，然后让别人相信。尽管她妹妹未免过于明目张胆地爱上了凯文的新兵，但毫无疑问，替罪羊只能是赫苏斯了。她不能牺牲鲍勃医生，他马上就要进入董事会，而留下凯文也方便一些，毕竟他跟了自己很多年。

没错，这就是事情的经过：J不顾众人的劝阻，点着了那个不幸的喜剧演员，虽然没有刻意要烧伤沃克，但他为了让后者说出实情，的确行事过激了。但J也情有可原，她年迈的父亲在坎布里亚风雪交加的荒原里走失，几乎不可能生还，他们所有人都担心得有些情绪失控。而老人之所以会陷入这样悲惨的境地，无非是这些原因的共同作用：他自己神志恍惚、梅豆米德骇人听闻的无能和沃克恶劣的酒瘾。如果J——这时候鲍勃医生可以证实，赫苏斯因为在伊拉克的英勇作战得了“创伤后应激障碍”，一时间回到了巴格达的一条小巷中，想起自己在那里所遭受的野蛮虐待，实际上是把沃克当成了一个抵抗军——愿意在监狱里待个两三年，作为对社会的补偿，那么他重获自由之时会有几百万美元在等着他。阿比越想越觉得平静。像这样的危机以往她在睡梦里都能应付，但因为这回信托退市造成的紧张气氛，所有事都被小题大做了。

一般而言，想到钱的无所不能，她都能高兴起来。如果地球之死能用碳税[1]、生意兴隆的污染额度[2]来换算，不过是一起与公众无关的傻乎乎的自杀而已，她怎么会糊涂到觉得不能用钱来解决呢？这只能证明她现在压力太大了。等这一切都定下来，她会去峡谷牧场[3]，放自己一个月长假。这是她应得的，就算因此要让春天改期也没问题。

“你还爱着她，是不是？”威尔逊说。

“是，”克里斯说，“望不到头。”

他们的车沿着麦迪逊大道往城外开，两边的店铺在黑暗的冬夜用繁华的光夹击着他们。克里斯已经开始想念弗洛伦斯了。她会一直是那个他爱得没有半点保留的女子，那个让他爱慕并且喜欢的人，那个一起出门会觉得骄傲而留在家里也一样欢喜的人，那个既让他兴奋又让他安心的人。过去几天他们一直待在一起，虽然明天早上还会见面，但这段旅程已经结束了。今天晚上她住到了自己的公寓里，很快就会回到自己的家人身边。从伦敦回来的路上，他们感觉到以后再也不会像这样亲密地谈话了，彼此祝贺两人共同的克制，话语间交缠的幽默和遗憾听得出他们离放弃克制曾那么近。认可他们这一回的成熟，让克里斯更无以复加地渴望着弗洛伦斯。克里斯觉得亲吻一下是他们的权利，作为到现

---

[1] 也称“烟尘排放税”，针对二氧化碳排放所征收的税。

[2] 污染排放量低于规定的企业和国家可以把空出的额度出售给排放量高出规定标准的污染主体。

[3] Canyon Ranch，峡谷牧场在美国有两处度假村，以温泉疗养为特色。

在还没有亲吻过的奖励。说实话，考虑到两个人一直表现得如此懂事，他们应该可以开始同居生孩子了。如果做正确的事会让人如此痛苦和困惑，那干吗不反过来做错呢？他不知怎的，居然在没有复合喜悦的情况下成功收获了分手的刺痛。

“一部分的我觉得现在的这种渴慕是因为她的不可得，”克里斯说，“我们真住在一起的时候，每几个月就要分一次手。”

“有时候感觉是每几个小时，”威尔逊说，“我记得有次跟亨利去中国，回来的时候我们说：‘怪了，这俩小孩居然没分手！’结果是你们趁我们不在这工夫，已经分手又复合了。”

“的确是那样，”克里斯说，“不过现在不一样了。”

他停下来，想到自己这位前女友婚姻美满，有两个孩子，还有一个低调却了不起的好脾气丈夫，他提醒自己现在与她如此谈得来，不仅徒劳，也很讽刺。车子终于开到七十六号大街，停在了酒店门口，他松了口气。他期待抵达之后的忙碌和实务能驱散自己的愁思。

“谁知道以后会怎样。”克里斯说。

威尔逊伸手碰了碰儿子的小臂，无声地表示他和儿子站在一起。

鲍勃医生坚持下飞机后一定要有一辆车单独来接他，他迫切需要跟科尼桑蒂谈谈。仅仅为了安排这次通话，他们就费了不少心思。时间定在 11:15。到时候，史蒂夫·科尼桑蒂参加完宴会回家，一个人坐在车中，没有妻子陪同，跟司机隔开，可以分配给鲍勃医生宝贵的十五分钟。鲍勃医生预订了一辆正儿八经的加长豪华车，为的也是能和司机隔开。平时，他下“环球一号”，一般都是搭顺风车，或至少叫一部正常一点的车——那种适合开在摩加迪沙[1]战火纷飞的街道、可以运送半个海军陆战队的车，而今天他要的那辆，简直像是从摇滚音乐纪录片里开出来的。还好他的旅伴们都心事太重，没有注意到，更没有加以评论。

虽然鲍勃医生在飞机上小睡了几个小时，但过去一周那种釜底抽薪式的疲惫用任何药物都救不回。只要运气不太坏，回到公寓之后他可以完全瘫倒，睡足十个小时，第二天起来用阿德拉应该就会有些效果。或许他的声音在史蒂夫听来会是昏昏沉沉的，但需要传达的重要消息只有一条——邓巴回到了游戏中。

现在才 11:02。史蒂夫是个守时成癖之人，鲍勃医生允许自己闭上眼睛，让头脑休息一会儿。他一时也想不出自己该想什么，这样也好，反正脑子现在也根本想不动。过去一周他一直在想，没有停过，现在他撞到了一堵墙上，连一个想法也凑不起。

妈的！他一定是睡着了。开到哪儿了？他茫然地瞪着黑色皮革后座上嘎嘎作响的便宜手机，这时才想起来自己本该做什么，急切地拿起电话。

“史蒂夫！”他说，声音明显太响也太突然了。

“鲍勃！怎么回事？你睡着了吧？我正要挂电话呢。”

“没，完全没有，”鲍勃医生说，“我只是刚刚上车，要把手机从包里取出来。飞机比预计的延误了一点点。”

---

[1] Mogadishu，索马里首都。

鲍勃医生不是很明白自己为什么要费力去撒谎。他在这方面比邓巴的两个女儿收敛多了，觉得无谓地撒谎只会叠加被拆穿的风险。照常理来说，他是会承认自己睡着的，但科尼桑蒂制造了一种疯狂猜忌和疑虑的气氛。他尽管表现得和蔼可亲，却十分不可信，还总像在搜寻对方的弱点，如同一头拍打着冰面的北极熊，想要挖出躲在冰层背面的海豹幼崽。

“奥地利怎么样？”史蒂夫说，“把老头儿关进安全的地方了吗？围墙外面有没有阿尔萨斯狼狗巡逻呀？”

“好吧，这件事的进展的确和我们的计划有出入。”鲍勃医生说。他立马觉得自己好像做错了什么，担心科尼桑蒂还有办法把钱拿回去。

“怎么了？”

“弗洛伦斯比我们先找到她爸爸，而且已经把邓巴带回来了。”

“这太他妈掉链子了，鲍勃，”史蒂夫冷冷地说，“这违背了我们的约定。邓巴是这个星球上最难对付的谈判者之一，我们要让他出局。他现在的身体状况有可能参加他们周四的会议吗？”

“绝对不可能，”鲍勃医生说，“他在湖区的暴风雪中走失了快三天，没有食物，也没有睡觉的地方，能活下来已经是个奇迹。马克·拉什今天早些时候看到过他，说他已经完全语无伦次，身体也废了。我很抱歉没能关住他，弗洛伦斯当时找了警察……”

“我不关心发生了什么，”史蒂夫打断他道，“我只朝一个方向看——正前方。这个电话结束之后，我需要你把现在用的这台手机毁掉。我也会一样毁掉我的。”

“那我怎么找你呢？”

“你不用再找我了。这是我们最后一次交流，直到收购完成。到时我们再见面一起庆祝。”

“好的。”鲍勃医生说。他还从来没听过有谁这么不想跟他“一起庆祝”的。他还准备说句什么话友好地结束本次交流，却发现那头已经挂断了。

“行，你也可以他妈去死了。”他喃喃骂道，降下右手边的有色车窗，把那只“联讯手机”投到了繁忙的高速四车道上。

就像一个游泳的人要把流进呼吸器里的水先喷出去，然后再回到那种放大了的、让人安心的呼吸节奏中去，邓巴也要先卸下那些梦境的重量。他梦见一头牡赤鹿被猎犬追逐，后面跟着要刺穿它心脏的猎人。他的意识浮现在一个能听见自己吃力呼吸的层面，知道自己一直在做梦，但没法完全醒来，不知道自己在哪里。他的思维是纯粹的情绪留下的瘀青，体会不到方向和前因后果。每一次恐惧、渴望、希冀的搏动都像用药过量一样把他重新推入梦中。他想象自己从粗暴的海水中爬出，要爬到一片石滩上去，但每次都被浪头不容置辩地逮住，拽回到流水中。第二次尝试醒得更多一些。他手脚并用终于爬到了崩碎的浪花够不到的地方，半梦半醒中，那些尖利的石块割破了他的手和赤足。裂开的肌肤一阵阵刺痛，他的意识越发清晰，进入一个更理智的区间，海滩的意象退却、消散了。他的迷茫不再是那些难以招架的画面，变成了一系列无法回答的质询。他记得不久前见到过凯瑟琳，他知道这一定是幻觉，除非他已经死了，但他又觉得自己应该还没有死。见鬼，现在到底是什么情况？

他睁开眼睛。他绝对没有死，除非死是对生的完美复制。或许人一旦死了会被送走，就像被博物馆埋起来的雕塑一样，幸免于酸雨和好奇人群的损害，而它们的复制品正代替它们俯瞰公共广场和发掘出的古城。在这样有争议的边界上，似乎一切都是可能的，但这条边界分隔的是什么呢？生与死，还是疯与不疯？他已经分不清什么才是只属于他自己的事了。

“有人吗？”他喊得很轻，不知道自己会请来的是帮助还是伤害。然后他又喊得更响了一些，因为不知道正发生什么比可能会发生坏事更让他痛苦。

“有人吗！”

门开了，走进来一个美丽的女子。最近发生在他身上的事之前被梦和猜想掩藏，此刻突然明朗起来了。

“弗洛伦斯，”他说，“真的是你。”

“是我，爸爸。”

“我走失的时候是你救了我。”

弗洛伦斯走过来，靠着父亲在床边坐下，下意识伸手把他挡在额前的头发撩开，然后捧住他一侧脸颊，就像她自己的孩子发烧时她会做的那样。邓巴抬起手盖住女儿的手背。他有多久没有感受到温存了，泪水不受控制地溢出眼眶。

“我们之前在一架飞往伦敦的飞机上。”他说。

“是的，现在我们又在往纽约飞了。”

“纽约。”邓巴说，就像他曾经听过这个地方，但从来没想到自己也会去。

“我一直在等你睡醒，想着，如果你愿意，我们可以去我在城里的那个公寓，或者，”弗洛伦斯犹豫了，“我们可以回我在怀俄明州的家。你还没去过，特别温馨，周围的原野风光也很漂亮。”

“我不要再看原野风光了。”邓巴说。

“你会在一个安全的地方看它，”弗洛伦斯说，“不会在其中走失了。”

“不要原野风光了，”邓巴肯定地说，“我不是还有个会要开吗？威尔逊刚刚也在的，他说有个会。”

“那个会你不想开就不用去。你现在最需要的是休息。”

“我已经休息过了，”邓巴说，起身斜靠在枕头上，“现在是什么时间？”

“周三凌晨两点半，”弗洛伦斯说，看到父亲那种唯我独尊的旧习又回来了，半是高兴，半是紧张，“除了我们，所有人都在睡觉，所以暂时无事可做，只能先回家安顿。”

邓巴又平息了下来，就像他刚才在敬一个极其庄重而严苛的礼，现在收到了稍息的指令。

“无事可做。”他说。泪水淌在他脸颊上高高低低的褶皱间。这个词似乎能让他从痛苦中脱身片刻，但他立刻又冲了回去。

“你能原谅我吗？”他问，“我太糊涂了，不只是最近，是一直都——”

“没有什么需要我原谅的。”她打断父亲道。

“这才是最重要的。”他说着握了握女儿的手。

“如果这才是最重要的，”弗洛伦斯说，“我们可以直接离开，不要管那个会了。”

“但这也是其中的一部分，”邓巴说，又陷入了那种情绪，“我不能让你那两个姐姐夺走信托，我要把它留给你和你的孩子。”

“我们挺好的，”弗洛伦斯说，“我们不缺什么。”

“不缺什么，”邓巴又困惑了，“你们不缺什么，现在无事可做。”他任由这句话闪耀了一会儿，就像把钻石举到灯光前检查有没有难以发现的瑕疵，然后，他把钻石还给了弗洛伦斯。他摇了摇头，如同他从来就没有打算要买这两颗钻石。

“不能就这样放过她们。”他说。

“她们就是这样的，”弗洛伦斯说，“就给她们好了。”

“不行，”邓巴说，“这是我要留给你们的东西。”

16

现在是凌晨五点，赫苏斯走出梅根那幢公寓楼。当他穿过前厅的大理石方格地板时，那个值夜的门房自以为看透一切，露出半是困倦半是鄙夷的样子，没有一点要给艾伦夫人的最新“私人教练”开门的意思。

派克大街[1]还很昏暗，但温暖得不像冬天。身边有出租车飘过，但J想走一走，让自己能更沉浸于那种正在体内弥漫开的奇妙感觉。他活到现在第一次爱上一个人，无可救药地爱。他想把自己完全交给梅根，和她融为一体，成为她意志的延伸。还在很小的时候，他的确也曾这样依附于一个女子，那时候全身心地爱自

[1] Park Avenue，也作公园大街，位于纽约。街上多豪华的大公寓，常和奢华时髦阶层联系在一起。

己的母亲是很自然的事。但后来，母亲无法照看他，反倒需要他的保护和安慰。当然，从人身安全的角度来说，他一定会保护好梅根的；但往深了说，梅根是他一直在幻想的女子，一个可以替他打点一切的人。她说他们以后会一起生活，说她只希望他能一直在自己身边，因为J让她同时觉得安心和兴奋，这样一个男人是所有女人的梦。等他帮了梅根那个特别的忙，她会带他去自己位于毛伊[1]的一个住处,“一个真正的人间天堂”。她给J看过不少照片，那是在夏威夷小山顶上一幢巨大的白色房子，一条通往私人海滩的小道，还有伸手就能从树上摘下来的杧果。看照片的时候，他脑子里一直放着一部电影，演绎着他可以让梅根意乱情迷的各种方式，然后他又厌弃地推开了那些情色幻想，因为这比床中事大得多了：他和梅根之间包含一切，如同一人。即使现在只是暂时与她分开，他也觉得像是手被绑住，脸上挨了一拳又一拳。他们注定是要待在一起的，片刻也不分离。

他在全身心享受这种美妙的感觉，不会让任何东西偷走他的注意力。他身体里藏着一个新兵教官，一个不讲情理的混蛋。除了那种美妙感觉，其余的一切都可以让教官代理，那个混蛋只求把事情做成，不会浪费时间问自己对这件事有什么感觉。要是需要把谁教训一顿，找他就对了。要是有人无法无天，为了让他好好明白什么叫恐惧。教官已经开始行动。只要你开口。没有问题。任务完成。

---

[1] Maui，位于太平洋中北部，夏威夷群岛中的第二大岛。

马克也不能说为自己的所作所为感到自豪，但他的自豪总体上像一个多样化的大型投资组合，其中某只股票的暴跌，或者说某个独立事件中的羞耻，并不影响大局。再者说，搭乘一下自家的飞机真那么羞耻吗？他从弗洛伦斯租的飞机急匆匆赶去“环球一号”，刚登机的时候氛围的确有点怪异，毕竟那里可以算作是敌营，但一路上他越想越明白，他本质上就跟瑞士一样是个中立国，借着山势高踞于守卫森严的城墙之后，下觑泥泞的平原战场上声势浩大但战法拙劣的两方军队。他没有偏向，只是心怀厌恶和遗憾地看着他们互相厮杀。如果有一件事比他妻子如何对待邓巴更让他反感，那必然是邓巴对待他的方式：摇着那根像是控制不住颤抖的手指，给他安上各种没有根据的罪名，让他在所有人面前——在威尔逊和他儿子面前难堪。而说到那个一本正经的臭小子，他明显是想和弗洛伦斯复合想疯了，毕竟这姑娘已经骑着白马杀回了家族事业，救了老头儿不说，还顺便掳去了他的所有非信托财产。说实在的，这一切在他看来真是太肮脏了。

马克此时正坐在自家的早餐室里享用热带水果和黑咖啡，这个房间位于公寓的中间一层，周围的木墙面会让用餐的人觉得格外舒适。他请玛奴艾拉再给他倒杯咖啡，便把视线转向面前早餐桌上精心折好的早报。不管结局如何，中立是当下的最高准则。回程的机票或许是他出价太高了——他把从弗洛伦斯那里获悉的事情巨细无遗地全说了，但从现在起，他不再参与这些玉石俱焚的冲突，他会比瑞士人还瑞士。今天中饭时能见到明迪，真是谢天谢地。她总能让他喜欢自己，喜欢他真正的自我，喜欢他所坚持的东西。她会提醒他，拉什家在的时候还没有邓巴家，邓巴家烟消云散之后，拉什家还会在这里。

马克拿起《华尔街日报》，匆匆翻过前几版那些熟悉的标题。低油价、下跌的股市，最后他停在了一篇文章上，他知道这篇文章会巩固他一直以来的观点：政府的公文红带[1]像绞索一样在美国商界清白的脖子上越勒越紧。他对懒于思考的喜好并不亚于他对生活安逸的热衷，这种对精神舒适的追求甚至可以演变成某种愤怒，或者真到必要的时候，演变成末日来临的悲观情绪，只是面临毁灭的东西可能是他毫不在意的，比如压力与日俱增的中产阶级，或者每年消失速度相当于比利时国土面积的亚马孙雨林（还是北极冰冠？）。比利时变成了衡量生态灾难的单位，每次他都觉得好笑，要知道在他刚懂事的时候，比利时都是被拿来形容波兰或匈牙利的某个家族丢掉了多少地产（可比丢冰块和森林让人动容多了）。

他为了拿起来方便一些，把《华尔街日报》对折，这才注意到早餐室墙上的电视屏幕——永远的彭博电视台，但声音开小了，调出了字幕。主持人身后“邓巴”两个字格外醒目。这条新闻不仅把他的注意力从手中的文章引开——过度监管的丑闻他本来一定会读得很高兴的，而且他本来以为自己一定会体验那种愤慨下的自得，结果完全收获了相反的情绪。联讯对邓巴信托的普通股发出收购要约，而且给出的溢价颇为激进。马克快速地算了

[1] 英文中的固定表达，用捆扎公文的红带指代官僚气的规则和监管。

一下，22%左右，比大多数情况下较市价15%～20%的溢价又提了一大截。他立刻感到各种互相抵触的冲动扭成一团。作为结婚礼物，老丈人给过他五十万邓巴股票，几分钟之前，这些股票值两千三百万美元，现在它们的价值可能超过两千八百万，但要享受到这五百万的心醉神驰，他先要有失体统地在背后捅他妻子一刀。

钱要多少才算够？他发现这个问题让他由衷地困惑，因为已有的钱给他的满足是那么少。似乎比起拥有的快乐，他一直在为失去所有担惊受怕。只有一件事是肯定的，那就是如果他想离开阿比，又不希望自己的余生很短暂或很难熬，那他就不能再向邓巴家索取更多。算上他的其他资产，这两千八百万会让他的身家凑成整齐的五千万。马克还隐约记得曾经的岁月，那时的自己或许会觉得这数目颇为可观，但生活在亿万富翁中间的这二十载让它显得出奇地不足。

啊，管他呢！跟一个自己爱的女人生活在一个乡间小屋，也比跟这个可怕的妻子一起住在宫殿里强。再会了，“环球一号”！再会了，“自家的湖”！再会了，和比利时一样宽广的土地！他会和明迪私奔，去康涅狄格过一种简单的生活，或者去棕榈滩（只有五千万，在这个地方也确实只能过得简单一些），甚至（疯狂的念头接二连三地涌上来），去圣巴巴拉？跟明迪一起住在海边会是多么惬意，他终于可以去读那些他一直想读的书了，也可以去旅行，去那些他一直想去或去不厌的地方。齐普里亚尼酒店游泳池边的日子挺好过的。“一贝里尼在手，胜过百贝里尼在墙。”当年他不肯被拖到威尼斯拥挤的街道上，不想去看某个博物馆或教堂，执意要留在那个美妙的酒吧里，马克的父亲说出了这句流传后世的话[1]。

联讯的要约收购也和同类收购一样，需要在一定时间内获得控股权，这就是问题所在。如果他把自己的股票拿出来，而联讯又没能完成收购，阿比就会知道他做了什么事，他悲惨的余生就只能被钉在十字架上度过了。更聪明的做法是再等一等，看风往哪边吹。他见过科尼桑蒂（典型的暴发户）一两回，但直接去接触还是太冒险了。现在要了解联讯进展如何，最简单的办法还是在阿比最艰难的时刻火速赶到她身边，分担她对科尼桑蒂不讲理的盗匪行径的担忧，更重要的是搞清后者离成功还差多少。要是把他的股票作为砝码扔进去，能改变天平的倒向，能成为那个毁掉邓巴信托的人，那会是命运何等的眷顾！

威尔逊掌管邓巴信托的法律部门四十年，被解雇的那天确实震惊，但那种震惊和今日的难受相比，却又不值一提了。面对联讯的恶意收购，信托的防御却已经不由他来指挥。最早的怨恨后来被同情所取代，因为他发现自己的老友是陷在怎样的混乱中，而他此刻所感到的忧虑又被那种同情所助长。

他能帮上什么忙呢？威尔逊列了张单子，上面是影响结果的

[1] 那句话中“在手”的贝里尼是一种鸡尾酒，由威尼斯哈利酒吧的首席调酒师齐普里亚尼发明，据说是因为酒的颜色让他想起贝里尼的一幅画。这位齐普里亚尼 1958 年在威尼斯创立了前文提到的豪华酒店。

种种因素。但他一边写着一边意识到，他回答不了那个隐含着的问题：这个单子是写给谁看的？弗洛伦斯和亨利没有办法实施它，阿比盖尔和梅根不配见到它，此外，直到最近还是他统领的法律部门被规定不能向他透露任何信息，也不能向他咨询任何跟公司有关的商务事宜。问题的核心在于公司已经没了领袖。和邓巴相比，所有人都只能是冒牌的篡权者，但邓巴自己也成了一个冒牌的邓巴，会被他本该最熟悉的东西吓到，也疏远了那些塑造邓巴帝国的原动力。以前他管理自己的感情生活一直像管理一个信托的附属机构，可以靠谈判、奖励、惩罚、放逐来控制。现在都反过来了，他能带到生意场中的只有自己混乱的情感。那个唯一能拯救公司的人自己需要被拯救。不过董事会还是有可能会追随他的，只要明天的会上，他有从前一半的说服力和条理就行。他之前放弃权力，在伦敦几次奇怪的疯病发作，被拘禁又逃脱，这些事所带来的巨变或许最终对他自己的灵魂有好处，但对目前的危机而言只能是灾难性的。

威尔逊继续列着自己的清单，既是为了发现可能的作战策略，也是让自己平静下来。这里面有个反垄断的角度。他们应该马上起草一份抗议，投给联邦贸易委员会和司法部，把放任联讯这样规模的传媒公司吞并邓巴这样规模的传媒公司会对市场竞争造成怎样的危害好好概括一番。威尔逊又在黄纸上画了条横线，写上一个词：内鬼。难以想象有谁会犯这种错误，但总有着急赚钱的人，永远不要低估他们的贪婪和笨拙。会不会是哪个跟科尼桑蒂走得过近的人，或者某个空壳公司预先知道了要约收购之后股价必然会上升，所以提前购入了大量邓巴股票？这个疑问自然又带出他接下来写的两点：爬行收购[1]和伙同方。联讯有没有长期以来一直在悄悄地占有股份，或者靠第三方机构在帮他们做这件事，以便今早能成功会师、协同作战？

虽然思考并未松懈，但威尔逊的信心却因为缺乏明确的目标而在动摇。如果邓巴和弗洛伦斯不能撑起信托，那唯一的出路就只剩下支持阿比盖尔和梅根掌握权力，让她们主持抵抗行动，保护公司员工和资产不被恶意收购。这个局面威尔逊会尽力避免。他要在两条战线上拼斗，同时不得不认清他有可能必须和其中一方敌军结成联盟。一般来说，威尔逊乐于下这种三维象棋，他思路清晰，总能领先对手好几着儿，本来他会很享受这种熟悉的体验，但这一回却突然被忧伤和失落所浸没。

他把笔丢在笔记本上，向后倒进自己的扶手椅中，瞪着酒店套房壁炉上的永生花。他回想起第一次见到亨利时的场景，那时他还跟第一任妻子住在跑马径[2]的那个老房子“鹰石”里。威尔逊才二十九岁。平时跟邓巴打交道的那个高级合伙人度假去了，为了保全自己的周末计划，他把这次会面委托给了威尔逊，事后看来是多么不明智。开门的女仆领着他从房子里穿过，到了一个露台上，前面是花园斜斜的草坪。邓巴正在组织一场家庭棒球赛。阿比和梅根还小，虽然觉得无聊但还算听话。她们的母亲穿一条

[1] Creeping tender，收购方一点点慢慢买入目标公司的股份，直至获得控股权。

[2] Bridle Path，多伦多的富豪社区。

亮黄色的裤子，一手拿着烟，已经半醉，正在临时勾画的棒球场边大声嘲笑参赛选手。邓巴很快发现了威尔逊，大踏步从草坪上走过来招呼客人，于是那个本就松动、不满的比赛结构也就此瓦解。但只需要那第一眼，威尔逊就看明白邓巴不管什么时候都要组织一些什么，都需要竞争，都要做积极主动的一方，即使是周日下午跟不情愿的家人打球也不例外。他的身体中带着一种不可思议的活力，与他任何形式的接触都因此变得紧迫和刺激。

邓巴那时候还散发着一种壮志未酬的光芒，相较于已经做成了什么，他更在意一个人想做成什么。和威尔逊相处短短几个小时，邓巴就让他辞职，负责建设一个法律团队，帮助公司上市。不知为何，他立马就觉得要为邓巴效力，而且，邓巴所激发的那种竭智尽忠的程度，后来占用了他几乎所有的周日。威尔逊大胆地离开了自己的法律公司，还带走了一大块重要的业务。他知道自己和邓巴能成就一些了不起的事情，比他在斯通、拉科和怀特的多伦多分部慢慢往上爬要了不起得多。

威尔逊又拿起了纸笔，他不能分心。如果亨利能振作精神打这最后一战，或许他们依旧可以让他一生的心血不被乘人之危的联讯夺走。

和赫苏斯过了狂浪的一夜之后，梅根一直睡到了周三的午餐时间。她扫了一眼自己的手机，来自阿比和几乎所有公司高管的未接电话数量相当惊人，但她目前还不想处理。此外，“鹰石”对信托的收购计划中要用到的银行也打来不少电话。没办法，这些人也只能排队等候了。董事会开会之前总有很多事情要处理，但眼下，她要把自己所有的注意力和演技都放在接下来和凯文的这次会面上。她想让凯文替她干掉J。为了不让自己的要求显得过于任性妄为，她必须要给凯文清除自己的新同事一个可信的理由。她最终决定幻想自己不小心泄露了一个公司机密，可能值几个亿，而J正在敲诈她，威胁她要把这个机密透露给竞争对手——联讯就是个简单明了的选择。

啊，他来了！梅根听到了门铃声，做好一副焦虑、心事重重的悲剧面孔来迎接他。

邓巴很清楚自己在哪里：他正在弗洛伦斯纽约的公寓中，喝着午餐后的一小杯咖啡。弗洛伦斯正在跟威尔逊通电话。啊，当时不讲道理地解雇了这个老朋友，他还欠威尔逊一个道歉。阳光从露台的玻璃门一个劲地涌进来，让这房间里的每样东西都很明亮，甚至有些亮得惊人。他曾离疯狂和死亡那么接近，他曾经因为害怕死前再也见不到弗洛伦斯而不知如何是好，但现在他就好好地坐在她的公寓里。回归正常并非回到不好不坏，一切都从来没有这般好过。几周来他第一次觉得自己的身体是用同一种材质构成的，而不再像他以前很喜欢的一个玩具，用破布、胶带和绳子绑在一起。他开始正常饮食和睡眠。鲍勃医生和哈里斯医生强行喂他的那些不好的药，也似乎被坎布里亚的磨难清洗干净，不再污染他的头脑和情绪。以前，他一直觉得身体强健是顺理成章的事情，终于在被夺走之后才注意到它。仅在此时，对于它的回归也跟失去它时一样叫人意外。那种熟悉和怪异之感是不相上下的，就好像夏初刚回到“自家的湖”那第一个小时，一千个被遗忘的细节蜂拥而至，非要你承认它们从来不曾离去。

那一团纠缠的新知和旧识之下，邓巴很难确指他到底感受到的是什么。这些东西都是有一个根基在支撑的，但他几乎从来都没有弄清过，或许凯瑟琳答应他求婚的时候是例外，但那次太欣喜若狂了，不像这回，似乎是持续地体会到了某种根本性的东西。或许是感激，或许他的这个立足点就应该称为“感激”。真的，他感觉自己——他正在用一些之前不会碰的词汇——有福气。照他以往的性格来说，感受只用分成两类：他喜欢的和他不喜欢的，没有必要分辨得再细了。他从来就没有这样的一套语言去探究自己的动机，也没有动机去发展这样一套语言。他永远都沉溺于行动中，动力来源于一条他认为不证自明的真理：没有任何事能比积累权力和财富更有意义。开启这条自省之旅或许是有些迟了，但他知道自己别无选择。过去几周不只是精神错乱，它们把他带出了事实、数据和律法的世界，带进了一个比喻、洞见和幽微关联的领域。他现在并不是飞出了一个他再也不用回去的战场，他依旧在那个迷宫里，要想出去只能穿过它的中心。不管怎样，他觉得自己离中心很近了，应该能找到出去的路，只要再给他一点时间。

“好啊，爸爸。”弗洛伦斯回到餐厅。

“亲爱的！”邓巴说，“我刚正在想自己现在是多么开心，说真的，是多么有福气。”

弗洛伦斯双手搭在他肩头，俯过身去亲吻了父亲的头顶，“我应该从来没听你用过这个词。”

“是啊，”邓巴说，“第一回。”他朝女儿微笑，有点尴尬。

她轻轻按了按父亲的肩膀，让他安心。

“要是你觉得没问题，威尔逊想五点过来跟你商量几件事情。”

“好的，好的，”邓巴说，为了表现自己的歉疚有些用力过猛，“我一定要再好好道个歉。今天早上我已经谢过他了，还把工作还给了他。”

“那份工作其实他一直在做，”弗洛伦斯说，“但我知道，能重获你的信任一定让他很高兴。”

“我也想重获自己的信任。”邓巴说。

“你的自信真的在回归，太棒了，”弗洛伦斯说，“我刚刚在想，要是你愿意的话，我们可以去公园里散会儿步。天气特别好，而且威尔逊也要几个小时之后才来。”

“好的，我非常乐意。”

两人一起坐电梯下楼，邓巴发现所有东西都能让自己感到一种无法解释的快乐。他们进电梯的时候弗洛伦斯跟丹尼打招呼，他是电梯管理员，像圣徒般与人为善；电梯角上那个三角形的棕色纽扣皮座椅紧凑、新奇、好玩儿得就像一个小模型；深灰色和金色配搭的大厅里，镜子和鲜花都闪着光。门卫显然爱上了弗洛伦斯——这能怪他吗？事实上，此情此景都让邓巴想起了自己很小的时候最喜欢的一本书，叫《公园里的一天》。书里有个叫鲍比的小男孩，穿着短裤和黄色套衫，跟他妈妈一起去中央公园买气球。他妈妈特别优雅，穿了一条米色的百褶裙，还戴着一副墨镜。

这个故事几乎什么意义也没有，但邓巴四岁时却着迷不已，那种感觉就跟他此刻莫名的喜悦很像。他和弗洛伦斯肩并肩穿过第五大道，朝中央公园最近的入口走去。

弗洛伦斯问他想往哪边走，邓巴选了一条蜿蜒着朝“保护水域”去的小路，那里会有人在水上开模型船。

“我一直在想我们昨晚在飞机上说的话，”他说，“休息过了之后，我现在觉得精神多了，而且觉得……”

“很有福气？”弗洛伦斯微笑着说。

“我就知道自己会被嘲笑的，”邓巴也对女儿微笑道，“我本来想说的是‘坚实’，但又觉得说出来有些奇怪。其实我想告诉你的是，我接受你的邀请，跟你回怀俄明州。”

“那真是太棒了。”弗洛伦斯说。

“至少要待几周，或许更久。”

“你想待多久都可以。”

“有件事你的两个姐姐还不知道，而且按程序还得董事会通过，但总之我觉得威尔逊的话有道理，我已经出高价要买回一些信托的资产。它们不属于核心业务，就是很好的投资项目而已，温哥华、多伦多还有其他一些大城市边缘的土地，价值接近十个亿。这些都会留给你和你的孩子，还有那些艺术品和房子……”

“我觉得我们真的不缺什么，”弗洛伦斯说。她犹豫了一下，让父亲明白他的好意她是感激的，“我们为什么不设立一个基金呢？买一些土地，但**不用**它们。”

“你确实很懂怎么激怒一个地道的资本主义者。”邓巴说。

“这笔生意很公平，”弗洛伦斯说，“你每开发一英亩地，就再买一百英亩，不要动它们。”

“我考虑考虑。”邓巴说，已经知道自己会同意的。“就让它们废着。”他补了一句。

“废着只是对我们而言。”弗洛伦斯说。

“是的，”邓巴说，“我懂。”他声音越来越轻。“你的两个姐姐，”他说，重新给自己找回立足点，“对权力贪得无厌。我也不会假装不知道她们这一点是跟谁学的，但此时此刻，我想不出来为什么不能把她们想要的给她们。无论让谁去管，邓巴信托依旧会是这世界上最了不起的企业之一。那就是我留下的东西……”

邓巴停了下来。弗洛伦斯的手按在脖子一侧，脸上是极度痛苦的表情。

“怎么了？”邓巴问，握住女儿的手臂。

“不好意思，我就是突然脖子上感到一种很强烈的刺痛，像是被蜜蜂蜇了一下。只是这个季节，蜜蜂不可能还在活动吧。”

“给我看一眼，现在气候全乱了，说不准。”

弗洛伦斯松开手。

“有一小股血淌出来了。”邓巴说。

“可能哪家小孩在玩气枪吧。”弗洛伦斯漫不经心地说，但脸色惨白，看上去不太舒服。

“我们得找个医生看一下。”邓巴说道。他的心怦怦直跳，耳鸣声突然吵得周围什么声音都听不到了。

“哦，不需要医生，”弗洛伦斯说，“我只要回去之后消消毒，然后在你和威尔逊说话的时候休息一下就好了。”

“那我们回去吧。”邓巴说。才几分钟之前还声称自己坚实的他，现在已经没那么有信心了。

虽然没空详细调查比对，但阿比的结论已经出来了：今天是她活到现在为止最糟糕的一天。一连好几个小时，她都在跟信托的高级主管和预计明天十点出席会议的董事通电话。在这个前所未有的危机中，梅根的电话居然一直打不通，直到下午三点她终于接起电话，听到消息的时候，居然惊讶万分，但这个新闻自从股市开盘前几秒出现在各大通讯社网络时起，所有人都在讨论，根本没有停过。两人终于聊完，阿比实在很难相信梅根对联讯的收购一无所知，甚至怀疑，因为那么高的溢价，梅根已经把自己的股份卖给科尼桑蒂了。这当然是只有疯子才干得出来的事情，但永远不要低估梅根。

她和梅根各占15%的股份（一开始是10%，弗洛伦斯背弃公司之后她的股份被二人瓜分），只要再多搞定20%的股份就能阻止对方拿到控股权，避免公司被强行吞并了。她们本来悄悄计划明天就让信托退市，现在看来她们提供的股价要比联讯低得多。这会儿还要苦苦思索防御措施，真是要把人气死。她想或许更高超的做法是把“鹰石”的私有化收购刻画成一个全副武装、正好在附近的白衣骑士[1]，已经准备好为了拯救公司将它买下。但要把“鹰

[1] 英文中有“救星”之意，也用来特指在某公司遭受恶意收购之时，提出合理竞价的公司和个人。

石”说成是预备多时、就为了应付此类险情的救援方案也不可能了，因为阿比听到了那天第二坏的消息：邓巴已经重新启用威尔逊作为他的顾问，两人会一起出席明天的会议。

但最根本的问题还不是这些，而是资金。她和比尔德要举更多的债了。“鹰石”本来就要欠摩根大通、花旗银行和摩根士丹利很多的钱，但现在他们可能要卖掉一些非核心资产，筹集收购公司剩余部分的资金。事情越来越复杂，简直让人崩溃。为什么她不停地给比尔德打电话但他都不接呢？只有他才能想出办法，并且实现它。

弗洛伦斯公寓门厅里的电梯快要关上的时候，邓巴又感谢了威尔逊一次。之前他向威尔逊道歉，一点也不费力，而威尔逊表达自己怨气尽消也是同样地自然。他们商谈了三个小时，威尔逊已经说服邓巴再最后一次披甲上阵。一方面是联讯的要约收购；另一方面，一些因为忠于邓巴和威尔逊而不顾明哲保身的董事传出消息说，阿比和梅根可能在试图让公司退市，这让邓巴决定推迟宣布完全退休的计划。

他着急要去看看弗洛伦斯，从公园回来之后，她一直在休息。关于明天那场大战，他知道自己的态度有了根本性的变化，好像他身上有什么东西连他自己也认不出了。按理说，以他命名的信托被联讯吞没，一想到应该就很反胃，而他两个女儿要累积大笔的负债，解雇大量员工，并且把一些收益相对较少，但影响深远和广受关注的资产分割出去，只为让公司退市，这当然也是极其可憎的一种远景。但听到这样灾难性的消息，他的反应中明显缺了什么。反复琢磨，他突然意识到，自己没有感到怒不可遏。就像一幅熟悉的画作，只有等它被拿掉，空留的挂钩和积灰的轮廓才会被注意到一样，只因为现在没了怒气，他才终于明白过来。过去自己那种所谓闻名遐迩的“活力”，大多只是他对世间万物本质上都不如意的永恒批驳，有时一场大胜的确能平息那种无边无际的挫败感，但它很快又能恢复。与弗洛伦斯和解带给他的宁静是如此深沉，即使是一场如此牵涉个人情感的企业大战也不能扰动。明天，他和威尔逊会去试着把公司的控制权从他那两个贪婪、自私的女儿手中夺回，交给他最信任的两个高级主管。他们会把自己要说的话说了，最后一次齐心协力争取拯救公司，但最后的胜败他就留给那些董事，留给命运。不管结局如何，他明天都会和弗洛伦斯一起离开，去过一种属于家庭和慈善的生活。他已经被回炉重铸了，这不是他寻求和预想的，但现在他似乎已经丢掉了所有愤怒和野心，只剩下爱。邓巴伸手撑住墙壁，呼吸似乎卡在了喉咙里，这是因为他想到自己身上的转变是何其巨大，也想到自己本来很可能没经历过这些就离开人世。

17

尽管疲惫不堪，心里的焦虑还是夺走了鲍勃医生的睡眠。他呻吟一声，又骂了句脏话，把被子踢开，双腿甩出床沿，坐了起来。现在才五点，但他还是起床好了。这一天必将是他一生中最难熬，也最关键的一天。他只需要撑到今天结束就行。科尼桑蒂和邓巴两姐妹给的钱已经足够他退休，成为他自己的私人医生，以后他可以一人独享鲍勃医生恣意的药方和专业的照料，但他得先确保自己的叛变没被阿比和梅根完全发现。另外，科尼桑蒂对他没有驱逐邓巴始终存着一股令人胆寒的失望，不要再给他机会加剧这种失望了。他给自己留的退路是一张晚上九点去苏黎世的机票，但现在他要打起精神。鲍勃医生摇出两颗三十毫克的阿德拉到手心里，用放在床头柜上的水灌了下去。想到最近这药的效力变得何其不济，他又服了第三颗。

“该死的怎么回事，迪克？昨天你一天没接我电话，现在又早上六点半打给我。”

“阿比，”迪克·比尔德说，“我诚恳道歉，但昨天是我职业生涯所遭遇的最惨烈的一次伏击。联讯是游泳池里的一颗手榴弹。我们在用担架往外抬人，我看到业内最强硬的几个交易员满眼含泪在干活儿。我让整个团队都把精力放到一个任务上，就是拿下那20%的股份，把‘鹰石’推过终点线，至少能阻止联讯的并购。今天本该是我们一个本垒打的日子，现在要想成功，只能在已经筑起的债台旁边再筑一个了。”

“那些股份你应该早点搞定的。”阿比恨恨地说。

“不用你教我怎么做生意，”迪克说，带着一点威胁，“要是你太早回购，股价就高了，从伦敦到纽约的每一个套利秃鹫会啃食你的收益，把你的心脏都扯出来。反正，现在我们有五家最好的证券经纪商在慢慢替我们购入股份。本该你们今天董事会会议开到一半的时候锁定结果的，但昨天这些王八蛋一个接一个说他们还没搞定，或者买不到足够的股份。我觉得是这些王八蛋把股份卖给科尼桑蒂了。肯定有混账告诉了他该去哪里购物。”

“是你机构里的人吗？”

“阿比，我刚说过了，昨天办公室里都是在那儿哭哭啼啼的大男人，他们的圣诞奖金全都黄了。这个‘鹰石’的项目是我们三个月的心血，事务所里每个人都百分之百地在拼命。”

“这回真是总统级的一坨烂屎了。”

“别慌成这样，”迪克说，“我们还是有办法的。就算是残羹剩饭，也要先把它们搞到手。我们可以做个‘反广告’，诉诸老邓巴股东的忠心。证券经纪商的确买了不少股份，但在‘股东大天地’中还有几百万普通人，他们手里的股份更多。问题就在于我们只能重新谈判我们的借款，才能出价比联讯更有竞争力。”

“行吧，那就快按这个办法去做啊。”阿比说。

“我已经在做了。”

邓巴有些犹豫，不知该不该敲弗洛伦斯的房门，怕她还没醒。昨天跟威尔逊道别之后，他去看了一眼女儿，她抱歉地说自己觉得有些恶心，想多躺一会儿。她把手按在小腹上，说肚子在绞痛，邓巴还很通情达理地以为女儿在暗示她来了月经，所以就没有多问。她说她想晚上好好睡一觉，因为第二天还有这么多事要做。

还不着急，可以让她多休息一会儿。弗洛伦斯毕竟不去开会，而威尔逊也还要再隔一个小时才会来接他。现在他要把自己打点好也够忙一阵的了。他摊开自己的白衬衫、深灰色西服、褐红色领带（上面有低调的褐红色菱形花纹）和金袖扣。他过去几十年穿的都是这样的衣服，但现在却感觉奇怪，甚至有些滑稽。

几分钟后他站在淋浴龙头下面，让水在身体上形成一道道水流，就跟在山坡上淋雨一样。似乎这样就够了，其他什么也不用做。他感觉到一种未曾有过的平静。联讯可能吞噬他的公司；他的两个女儿可能会让它私有化；它也有可能毫发无伤，今后就由他忠诚的高管来经营——此刻，他可以接受其中任何一个结果。他感到自己对命运的顺从既是隐藏的，又是显见的，就如同他可以感到自己的泪水刺痛眼角，但它又消失在冲刷过他面孔的水流中。他因为感激而哭，也感激自己的泪水。他甚至不介意自己会变成那种整天哭哭啼啼的蠢老头儿，不再试图自制真是一种解脱。他之前总想象自己一生的事业是建成这世界上最强大的机构之一，但现在他觉得一切都是铺垫，高潮是最后重塑他的天真。之前还以为是一段环形的旅程，逼他再次爬回自己的童年，没想到穿过坎布里亚的磨难助他又往后走了一程，到了此刻似乎是第二次出生。表面上的环形在最后一刻打开入口，里面的世界一切都像是本该如此又恰到好处。

邓巴总算还没完全脱离实际，回过神将水龙头关掉，踏出淋浴房，把自己裹在一条浴巾里。缓步走进卧室，扫了一眼床上的衣服，觉得此时应该开始穿戴这个想法不能当真。他反而把自己沉进了角落里的一张扶手椅，在窗和五斗橱中间，惊讶于自己到了这个岁数还能第一回体验某些事情。

有人敲门，他还没来得及去开，弗洛伦斯已经穿着晨衣，摇摇晃晃走到床边，一下瘫坐在床垫上。她的脸色白得吓人，很明显不太能掌控自己的身体。

“抱歉，爸爸，”她说话也很艰难，“一般我是不会这样乱闯你的房间的，但我真的感觉很糟糕。不知道身体出了什么问题，我一直在吐。实际上，我现在没办法，只能待在一间儿童房里，我自己那间需要打扫。我控制不了……这对你真不公平……”

弗洛伦斯话说到一半停住了。她双手合抱胸前，身子前倾，痛苦地呻吟起来。

“我的天，”邓巴说，坐到她边上，搂住她弓起的背，“我们一定要找个医生了。”他用力抓住女儿的肩膀，既是安慰她，也是安慰自己。

“我已经给他打电话了，”她喘着粗气说道，“你到时可以帮我开一下门吗？”

“当然可以。”

“我的天！”弗洛伦斯说着朝前一冲，呕了些什么东西在地上。

“亲爱的，”邓巴说，“你这是怎么了？”

“我不知道……”

“躺下来，躺下来，我去拿个碗。”

他站起身，心脏疯狂地跳着。他低头时大为惊恐，因为地上的那摊呕吐物完全被鲜血染红了。他趔趔趄趄走出房间，感到一波难以控制的恐慌和激烈的抵触情绪——要是真有上帝，而他又让弗洛伦斯受到什么真正的伤害，那他和一个丧心病狂的罪犯有什么区别？

医生人呢？医生他妈的人呢？

凯文自说自话地要来一起吃早饭，“商量几个安防细节”，所以不出意外，现在按门铃的应该就是他。不过J正好忙着在制作自己发明的那个增强肌肉、提升能量的“思慕雪”，他要启动旋转刀片的时候，不来四个壮汉是拦不住的。他还悠闲地开好了烧水壶，才踱到开放式公寓的门口把凯文迎了进来。室内装饰极为简朴，有榨汁机的叫嚣和水沸腾前的呲呲声作为背景音，一圈白墙上只有一件装饰品：远处小硬板床的床头，几乎隐形的钉子上横架着一把微微弯曲的黑色日本武士刀。

“怎么样啊，哥们儿！”凯文说。他的和蔼可亲立刻让J起了疑心，显然这人下一句话就要提一个会让气氛尴尬的请求，或者报告什么不好接受的消息。

“你怎么样啊？”J说，回到厨房台面。就在烧水壶达到它颤动的高潮，咔嚓一声自我切断的时候，他关掉了榨汁机。J回味着这样无瑕的高效和浑然天成的协同效应。自从他跟梅根走到一起，一切都变得行云流水一般。这跟完美的性爱有点像，或是完美的直觉，你可以在隔断物的正确位置上开一枪，听见那头被击中的身体倒在地上。

他并不太在意凯文这个尖酸的老家伙来抱怨什么，明天他就会和梅根坐着私人飞机去毛伊岛了，去接那里从树上掉下来的杧果。他不但享受着高人一等的感觉，也同样期待他那份美妙的饮料——一大品脱新做的黑咖啡加一大品脱泡好的浅绿色的蛋白粉，能给他巨大的能量提升。这时，烧水壶拱起的不锈钢表面上细微的光线变化引起了他的注意。他在反光中看到凯文放大、变形的手，伸进了棕色的皮衣，出于片刻之前刚触发的那种战斗磨砺出的警觉，他知道凯文一定在拿武器。

还没完全转过身来，他把水壶往空中一甩，带状的热水从凯文的手腕一直泼到脸上。他同时飞起一脚，尽全力踢在对方双腿之间。正待凯文向自己扑来，J把水壶砸在他的脑门，并擒住凯文右臂，扭到他手枪掉落在地。J把枪踢到房间另一角，先是狠狠在凯文的侧脸上抡了一拳，然后走到床头取下弯曲的黑色武士刀。

说句公道话，凯文真是个战士，虽然被严重烫伤，几乎目不见物，而且挨了那两下。要是常人早失去行动能力了，但他还是站了起来，从灶台上方的磁力条上抓起一把小刀。J丢开刀鞘，朝自己的对手走去，他收住剑锋，随时准备挥出。

“老兄，你会妒忌我猜到了，”J说，“但我没想到你会这么妒忌。”

“妒忌？”凯文说，强咽下身体的剧痛，“就是那女人他妈的派我来的。”

“把这句肮脏的谎话收回去。”

“这是真的，哥们儿，她说你在勒索她，她要你死。”

“不会的，”J吼道，“不会的！”

即使在否认，J也明白凯文没有说谎。在这个屎一样的世界里，他能相信的只剩手里的这把武器。

“不会的！”他又喊了一次，划开了凯文的喉咙。

J用水槽边一块整整齐齐叠好的茶巾把武士刀擦拭干净。收刀回鞘的时候，他把所有想法都从脑袋里清空了，只留下一个念头——复仇。

“你应该去开会。”弗洛伦斯说。

“我不会丢下你的，”邓巴说，“威尔逊可以替我去。”

“查清楚这是怎么回事之前，你们两个我谁也不会丢下的。”威尔逊说。

“救护车还有六分钟就到。”医生说。

“啊，你们两个能不要这么表忠心了行吗？”弗洛伦斯说。可即使她想尽量显得讲求实际和无忧无虑，但也不得不再一次转过头去，朝一个已经满是鲜血和胆汁的碗里呕吐。“其他的不说，”她补充道，“我首先就不想让任何人看到我现在的样子。”

“那至少我可以留下吧？”克里斯说。他坐在床沿，一只手隔着被子搁在弗洛伦斯的腿上。“你忘了，”他微笑道，“我们一起去过两次墨西哥，你这样子我都习惯了。”

“这次不一样，”弗洛伦斯第一次透露出恐惧，“这次我就像要把自己吐出来，我从来没这样吐过。”

当她看到父亲的表情，弗洛伦斯立刻就后悔了，直接跟克里斯说话能缓解痛苦，她一时没有忍住。

“见了鬼的，”邓巴朝医生喝道，就好像给医生的情感压力只要足够大，他就会良心发现，把疗法说出来，“你就不能干点什么吗？”

“这不是我寻常出诊会碰到的情况，”医生不带情绪地回复道，“等救护车一到，我们会给病人注射强力止吐药，开始用活性炭洗胃，把她伤口的血样和皮肤样本送到急症病理实验室检测。病人会在半个小时之内被送进长老会医院[1]的重症加强护理病房，有全世界你能找到的最好的医疗资源。如果我们现在能尽量平静一些的话，对病人是有帮助的。”

邓巴瞪着医生说不出话来。

---

[1] 即纽约长老会医院，成立于1868年的原长老会医院1998年与纽约医院合并，现在是纽约规模最大的综合医院，也是目前全美首屈一指的医疗机构。

“重症加强护理病房。”他沙哑地低声重复道。

梅根坐在车的后座，神情恍惚地等着阿比从她的公寓楼里出来，急切地等着凯文的短信。他们有暗号。他和J的早餐会在一小时之后，她发了一条短信，单纯让他董事会议之后到邓巴大楼找她。如果他成功处理了J，凯文会回复，“明白”；如果出现任何麻烦或拖延，他会回复，“到时见”。但到目前为止，什么回复都没有。

她拒绝担心，就是拒绝，但跟她那些听话的随从不一样，梅根的焦虑拒绝了她的拒绝，掌控了她的想象。万一凯文跟赫苏斯达成了某种协议，合作起来了怎么办？他们这些战场上下来的总有些兄弟情谊。对于一帮有官方许可去损伤、杀害、折磨他人的人，谁知道会产生怎样的情感联系？要是J赢了呢？她有没有这样的本事再说服他，是凯文妒忌心烧坏了脑袋，而她会点一千根蜡烛感谢上苍没有夺去J宝贵的生命？

“嗨，”阿比说，出神的梅根吓了一跳，“这一天真是他妈的糟透了……”

“哦，嗨，见到你我也很高兴。”姐姐出现之前，千万个问题眼看着要把梅根卷走，此刻她只能把讥讽当成救命稻草抓住，才不至于在那道洪流中淹死。

“抱歉，”阿比说，“我是因为早上刚跟迪克·比尔德通了一个特别气人的电话。他完全把事情搞砸了。我们定下的股份居然还没买好。我们得继续借钱，这样就会损失利润……”

“这狗屁会议还不如别去算了。”梅根说。她发现跟坐牢的恐惧相比，自己突然对赚钱没了兴趣，心头也是一惊。

“胡说什么呢，梅格。”阿比刚开了个头，瞥见妹妹咬紧牙关的侧脸，一下不说话了。她几乎从来没见过梅根害怕，也从来没见过梅根绝望，此时这两种情绪就融合在同一个僵硬的凝视中。阿比把自己的怒气都转移到了司机头上。

“你还在等什么？走啊。”

“接下来这个应该挺有意思，”科尼桑蒂说，打开了自己的电脑，“我接通了一位董事会的新成员，因为他的身份不便公开，所以我就简单称呼他为‘鲍勃医生’好了。”

“那个混蛋，”迪克·比尔德说，“他怎么会进董事会的？”

“他帮了姑娘们一些忙，这是奖赏。”

“这忙是‘强力版对乙酰氨基酚’的忙，还是‘邓巴信托’的忙啊？”

“我猜想这位医生的处方药应该是滚滚而下的吧，不过他也在邓巴失势的大戏里扮演了关键角色。”

“显然还不够关键，”比尔德说，“我听说老头儿昨晚已经回到了城里。过去，甚至连维克托都避免和亨利·邓巴正面交锋……大概这也是为什么我们要旁听吧，看他是不是还找得回过去的威风。”

“威风？”科尼桑蒂说，“这家伙两天之前还是医学上认证了的疯子。没有你，‘鹰石’的收购早该搁浅了。他还能干吗呢？发表一个激动人心的演说？解释给董事会听，为什么拒绝一份22%的溢价是他们信托人的神圣职责，然后余生都用来应付愤怒股东的官司？”

史蒂夫拿了几瓶日本冰啤酒放到桌上，就像这两个男人正准备坐下来好好看场足球赛。

“这笔生意已经没有变数了，迪克，”史蒂夫说，伸手过去调高电脑的音量，“你就好好欣赏这场演出吧。”

18

“不，”邓巴说，“弗洛伦斯不会的。”

“抱歉。”医生说，语言的匮乏比平时更让他张口结舌。

“我们必须给她换器官，”邓巴说，“换的过程中就用那种机器维持她的生命。要是来不及到别的地方去找需要的器官，就用我的。我知道它们都老化了，但还能用的。”

邓巴剥掉自己的西服，把领带从脖子上扯了下来。

“邓巴先生……”医生说道。

“她先死不合天理，”邓巴说，解开领口的扣子，“顺序错了。她需要什么都可以拿去：心、肺、肝、肾、眼睛，只要能救她的命，都可以。”

“邓巴先生，我们什么都做不了了，”医生说，把手按在邓巴的手臂上意欲劝阻，“我很抱歉。整个身体都被感染了，新的器官只要放进去马上就没用了。”

弗洛伦斯中的毒叫“相思子”，本身就没有解药，而且杀手还加了其他毒素，不但确保她的死亡，而且死得会很痛苦。她的体内组织已经全都清洗过一遍，血也换过了，能拖延一点时间，但这具肉身已经被拽入一个不可逆的衰竭流程中去了。

邓巴还在解扣子，直到腰间，上半身的衣物都敞开了。

“你在干吗？”弗洛伦斯问，从重度镇静剂中醒过来。

“我要捐献……”

“哦，爸爸……”弗洛伦斯说，眼睛里都是泪。

邓巴伸过手去握住弗洛伦斯的手。很多年前，当听到凯瑟琳“挺不过去”的时候，邓巴感到一种如同药物引发的麻木感蔓延全身。此时他既感到宽慰又觉得恐惧，这一回，这种麻木感没有出现。他的心房周围再没有城垛拖延他向哀伤的荒凉投降。这属于自我认知的胜利吗？一个人应该更清晰地承受痛苦？但他昨天才生平第一次觉得有福气啊。对于自己新头脑这种一视同仁的清晰，他总觉得有些无耻的意味。要是他之前就跟弗洛伦斯去怀俄明州就好了，要是他能再早一点点放弃权力就好了。现在他就像一个视力刚刚恢复的人，正巧坐着轮椅被推到了《给玛息阿剥皮》[1]跟前，无法动弹，也离开不了，心里明白他再也见不到其他的画作了。

---

[1] *The Flaying of Marsyas*，典故出自希腊神话。玛息阿是森林之神，他自认为是比阿波罗更出色的乐手，在一场音乐比赛中输给阿波罗后被后者剥下皮囊以示惩罚。提香和布龙奇诺等很多大师都描绘过这个场面。

“我们就在门外，”医生对弗洛伦斯说，“如果有需要，按这个按钮就可以。”

弗洛伦斯点点头，但什么也没说，就像她只剩有限数目的字词，想省着用。等医生和护士一出病房，她又勉力开口了。

“不是我怕死，”她说，“其实我更担心的是它会伤害其他人……还有浪费了的爱。”

她朝克里斯扫了一眼，就像是要他代表每一个将被她的死所伤害的人原谅她。

“浪费了的爱。”邓巴重复道。他被女儿的判决摧毁了，眼前是一片爱的荒原。

“哦，爸爸，”弗洛伦斯说，声音虽轻，字字有力，“我很高兴我们的和解没有太晚。”

“可它就是太晚了。”邓巴没法克制自己。

“我懂……”她说，“孩子们——他们的失望是我最无法承受的，他们还太小了。”

对于女儿这种毫无过错的歉疚，邓巴找不到免罪的配方。说话看起来还是太耗费精力了，邓巴还在想着如何缓解女儿的痛苦，她自己已经闭上眼睛，一动不动地躺在床上，连呼吸都几乎感觉不到。

“她在休息，”威尔逊说，“我们坐一会儿吧。”

邓巴坐进女儿房间角落的一张扶手椅中，整个人似乎塌陷了。下半身很正式，是他锃亮的黑色皮鞋和炭灰色的西裤，再往上是一道袒露的胸腹，画面极不协调。他看着几簇白色的体毛随着自己的呼吸起伏，就像在观察别人的身体是否还有生命迹象。

“这个世界没有仁慈，”邓巴双手按在自己的脑袋上，“其他的世界也没有。”

他觉得疼痛像个金属头箍一样掐住他的脑门。很快，又有第二个疼痛的环在他胸口收紧。他交叉手臂，牢牢抓住身侧，像是长久分别之后拥抱自己，然后他又瘫坐回椅中，难以呼吸。他觉得那种无垠的恐惧又起来了，他又想到了那片死气沉沉的漆黑的太空和翻滚在其中的宇航员。过了一会儿一股凶猛的洪流冲进他的头脑，就跟他在达沃斯仰面跌倒、脑壳撞到地上时一样，他似乎滞留在昏迷前那块厚厚的门槛上，能感受到急迫，却又有种奇怪的抽离感，满脑子奔涌着万事俱灭的先兆。

他还没意识到是怎么回事，医生已经在他身边，朝护士喊着指令。邓巴听到“心脏除颤器”和“氧气”，觉得一种紧张的气氛向他围拢，就跟之前攥住他的头和心脏的痛感一样。

“别担心，邓巴先生，”医生说，手里已经准备好了注射器，“我们立刻就可以消除这种疼痛。”

“请不要消除，”邓巴呼吸艰难地说，“我已经受够了，我已经看够了。”

“我知道你现在很难过……”

“你是不想让我错过什么呢？”邓巴问，“是看着我女儿死在我面前？”

“那么你想让你的女儿怎么度过她最后几个小时呢？”医生反问道，“看着你死在她面前？”

邓巴明白医生说的是至理，无奈地伸出手臂让他打针。弗洛伦斯的最后一刻他必须陪伴着她，自己的毁灭暂且推迟，生命力和善意不管还剩多少，都倾注给女儿吧。

“继续活着，”他喃喃念道，清澈的液体汇入他的血液，头颅和胸膛中绷紧的东西纾解了，“你介不介意我跟威尔逊和克里斯单独说两句话？”

“当然不介意。”医生恭敬地说，就像两人的想法从来都是一致的。

“查理，”邓巴凑上前去想跟老朋友说几句更贴心的话，“我不想聊……我没法……”

“我明白。”威尔逊说。

“等这些都结束了，你能别让这些混蛋救我命吗？”

“我们可以做一份‘活遗嘱’[1]。”

“实现它，”邓巴说，就像在努力凭记忆引用别人的话，“别让公司落进那两个姑娘手里。如果没有其他办法阻止她们拿到控制权，可以帮助科尼桑蒂。还有，查清楚她们之中是否有人跟弗洛伦斯中毒有关，如果确实如此，一定要让她下半辈子在牢里度过。”

“这是一定的，”威尔逊说，“阿比因为皮特·沃克的自杀已经被英国警方追捕了。”

邓巴又瘫坐回椅中。

---

[1] 生前嘱咐，一种书面声明，表示如本人将来由于患不治之症等原因康复无望时，可任其自然死亡，不必再用人工方法延续生命。

“他自杀了？”他问。

“抱歉，我以为弗洛伦斯已经跟你说了。”

“没有。”邓巴说，怔怔地看着房间另一头，就像太多的惨剧把他一时间清空了，就像已经没有空间再容得下想法和言语，以及任何特定的哀伤。他可以看到弗洛伦斯一动不动地躺在床上，双眼紧闭。克里斯坐在她旁边，看着她呼吸。

“没有，她没说。”邓巴终于说道，“可怜的皮特，他是我的朋友。没有他，我逃不出来的。”

他看着威尔逊，像是按捺不住自己的怀疑。

“怎么就成了这样了，查理？为什么你的儿子在看着我的女儿死？为什么我第一次开始理解它们的时候，一切都毁了？”

“我们每个人都会被毁作尘埃的，”威尔逊说，“但理解不会被毁，它毁不了的，只要还有一个仍愿意说出真相的人没有倒下。”

寻找邓巴

［英］爱德华·圣奥宾 著
陈以侃 译

图书在版编目（CIP）数据

寻找邓巴 /（英）爱德华·圣奥宾著；陈以侃译
．—北京：北京联合出版公司，2018.9
ISBN 978-7-5596-2366-9

Ⅰ．①寻… Ⅱ．①爱… ②陈… Ⅲ．①长篇小说—英国—现代 Ⅳ．① I561.45

中国版本图书馆 CIP 数据核字（2018）第 166178 号

DUNBAR

By Edward St Aubyn

北京市版权局著作权合同登记 图字：01-2018-4822

选题策划	联合天际
特约编辑	刘 默 潘俊秋
责任编辑	楼淑敏
封面设计	尚燕平

出 版	北京联合出版公司 北京市西城区德外大街 83 号楼 9 层 100088
发 行	北京联合天畅发行公司
印 刷	三河市冀华印务有限公司
经 销	新华书店
字 数	132 千字
开 本	880 毫米 × 1230 毫米 1/32 7 印张
版 次	2018 年 9 月第 1 版 2018 年 9 月第 1 次印刷
I S B N	978-7-5596-2366-9
定 价	55.00 元

UnRead
—
文艺家

关注未读好书

未读 CLUB
会员服务平台

本书若有质量问题，请与本公司图书销售中心联系调换
电话：（010）5243 5752 （010）6424 3832

UnRead

—

文艺家

黑城

[挪]尤·奈斯博——著
沈希——译

Macbeth

Hogarth
Shakespeare
-
Jo
Nesbø
-
Macbeth

北京联合出版公司
Beijing United Publishing Co.,Ltd.

第一部分

第一章

晶莹的雨点从天而降，穿过黑暗，朝下面肮脏的码头那点点微光坠去。凛冽强劲的西北风裹挟着这滴雨，越过将这座城纵向切分的干枯的河床，以及斜向割裂的废弃的铁道。四片城区是按顺时针方向编号的，除此之外，它们没有名字。居民们无论如何也想不起什么名字。若是你遇到那些远在异地的本城居民，问他们是从哪儿来的，他们多半也会说记不得这座城市的名字了。

雨点穿过煤烟和毒气，由晶莹变为灰暗。尽管近年来工厂接连关停，尽管失业者再也付不起烧炉费，尽管这里有变化无常的狂风和没完没了的雨水，但这些脏东西依旧笼罩在城市上空，仿佛一层永不消散的薄雾。有人说，这雨是二十五年前，第二次世界大战被两枚原子弹终结后才开始下的。换句话说，是肯尼斯当上警察局局长那会儿。二十五年来，不管谁当市长、有什么计划，不管首府的当权派说什么，肯尼斯局长一直雄踞警局总部顶层的办公室，用铁腕推行对这座城市的暴政，而这个国家曾经最重要的第二大工业中心却渐渐陷入一个腐败、破产、犯罪和混乱的泥潭。六个月前，肯尼斯从他夏季别墅的一张椅子上摔倒，三周后便气绝身亡。葬礼由城市埋单，这是很早以前肯尼斯顺带操控的市议会的决定。一场独裁者应享的葬礼后，议会和市长任命邓肯为新任警察局局长。他是一位天庭饱满的主教之子，曾担任首府有组织犯罪处的一把手。于是，市民心中又燃起了希望。这项任命令人感到意外，因为邓肯不属于政治上擅用手腕的传统官僚，而是新一代受过良好教育的优秀警务管理者：他们支持改革、透明、现代化和打击腐败——这是城中多数当选后便很快致富的政客所不赞同的。

邓肯将高层的守旧派换成了他精心挑选的警官——此举使市民越发感到振奋：他们终于有了一位正直、诚实和富有远见的局长，有望将这座城市拽出泥潭。这群年轻警官都是单纯的理想主义者，真心实意地想把这里改造得更好。

雨点随风飘过四区西面和这座城的最高点——位于演播大楼顶层的广播塔，那儿传出沃特·凯特在表达希望时义愤填膺的孤独的声音。他发着十足的卷舌音说，他们终于有了救世主[1]。凯特是肯尼斯生前唯一敢公开批评并指控他某些罪名的人。这天晚上他报道称，市议会将竭力收回肯尼斯在城中蛮横推行的警员霸权。但与此相悖的是，这意味着肯尼斯的继任者、讲民主的老好人邓肯要费很大力气才能推行他想要的，也是应有的改革。凯特还说，即将到来的市长选举是“久居现位，从未挪动，因此也是国内最胖的市长图特尔一个人的独角戏。绝对的独角戏。谁能跟图特尔这只老乌龟[2]竞争呢？他成天摆着一副和蔼可亲的笑脸，道德品质又没有污点，再多诟病也拿他没辙”。

四区东面，雨点飘过方尖塔——一座二十层楼高的玻璃幕墙

[1] 救世主的英文是saviour，这里的卷舌音是指最后一个音节的发音。

[2] 原文是tortoise（乌龟）。图特尔（Tourtell）的发音和英文“乌龟”一词的发音相似，所以被凯特拿来调侃。

酒店和赌场。它宛如一根灯火通明的食指，耸立在周围四层高的棕黑色破楼中。许多人都不理解：为什么工业和就业越萎靡，就越会有人到城里的两个赌场里把钱输得精光。

“这是一座停止给予、开始掠取的城市，”无线电波里，凯特用颤抖的声音说，“我们首先放弃了工业，然后是铁路，这样谁也无法逃离。然后，我们开始向城里的人贩毒，提货点是他们过去买火车票的地方，这样可以方便我们实施抢劫。我本来打死也不信自己会说‘真怀念那些贪婪的资本家’，但至少他们从事体面的交易。不像另外三个至今还能发财的行当：赌场、毒品和政治。”

三区，饱含雨水的风跨过警局总部和因弗尼斯赌场。街上的行人大都被雨赶回家里去了，但还有一些人在四处寻觅或逃窜。风跨过中央车站，这里不再有火车到达或驶离，而是成了鬼魂和流浪汉的聚集地。鬼魂属于昔日的城市建设者和他们的后代，这些人依靠信仰、职业道德、上帝和技术造就了一方天地。流浪汉为了“精酿”混迹于全天候的毒品市场，那玩意儿是一张通往天堂，当然，也是通往地狱的车票。在二区，风穿过城里两家刚被关停的最大工厂——格立坟和哀思戴，在烟囱里呼呼作响。这两家工厂原先都生产一种合金，但其中的成分连操作熔炉的工人也说不清，只知道现在韩国人已经开始制造价格更低的同类产品了。也许是这里的气候让衰败如此扎眼，也许是幻想，也许只是破产和毁灭的宿命让这两座工厂静静地、死气沉沉地矗立在那儿。用凯特的话来说，它们就像“在一个失序和没了信仰的城市里被资本主义洗劫的天主教堂”。

雨向东南方向飘去，跨过一条条路灯已被砸烂的街道。警觉的豺狼靠着墙紧紧抱成一团，以躲避天上的淫雨，它们的猎物则朝着有光亮和更安全的地方蹿去。在最近一次采访中，凯特问邓肯局长：“为什么这儿的抢劫率是首府的六倍？”邓肯高兴地回答说，他终于碰上了一个简单的问题：因为这儿的失业率高出首府六倍，而瘾君子则有十倍之多。

码头上停放着满是涂鸦的集装箱和破烂的货船，船长们已见识到码头荒废的港口和那些腐化的掮客。他们递上棕色的信封，以确保尽快进港并获得泊位。这笔开支船舶公司只能记在各类杂项账下，他们发誓再也不接来这里的货单了。

这堆船里有一艘名叫“列宁格勒号”的苏联机船，船体上大片的锈迹在雨中剥落，看上去像是流着血开进港的。

雨点飘进一束锥形光，光源是一栋两层木屋的顶灯。屋里有一间仓库、一个办公室和一所业已关停的拳击俱乐部。雨点顺着墙体与一只生锈废船之间的空隙落下，打在一头公牛的犄角上，顺着犄角落下，掉在一辆摩托车的头盔上，又沿着头盔流下，滴落在一件绣着哥特字体“诺斯骑士[1]”的皮夹克的背面。接着，它流到一辆红色的印第安首领牌摩托车的车座上，并最终滑向它缓缓转动的后轮。从而它不再是一滴雨，而是在被第二次甩出之际，沦为沾染城中万物的脏水。

这辆红色摩托车后跟着十一辆车。它们从码头一座黑乎乎的二层小楼外的壁灯下经过。

壁灯的光透过楼下一间海运办公室的窗洒在一只手上，那只手停放在一张海报上，海报上写着“‘格拉姆斯号’货船招募厨师”。那只手手指纤细，像音乐会上钢琴家的手，指甲也精心修剪

[1] 原文是 Norse Rider。“Norse”一词有挪威的、挪威人的意思，挪威的别称也叫诺斯兰（Norseland）。

过。然而那张脸却隐没在黑暗中，令人难以看清那炯炯有神的蓝色眼眸、坚毅的下巴、单薄的嘴唇、咄咄逼人的鹰钩鼻，以及从下巴一直延伸至额头、如白色流星般闪耀的疤痕。

“他们来了。”德夫警督说着，希望缉毒处的手下没有听出他嗓音里不由自主的颤抖。他原以为“诺斯骑士”会派三四个，或者最多五个人来提货，但他从黑暗中前前后后数出了十二辆摩托车，最后两辆车的后座上还有人。十四个对他的九个。而且，绝对有理由相信“诺斯骑士”带了武器——全副武装。不过，让他声带发颤的原因并非看出了对方人数上的优势，而是他盼来了自己最想见的人——那位首领。他终于近在咫尺。

此人已消失数月，但唯有他拥有那顶头盔和红色的印第安首领牌摩托车。据传言说，那辆车是1955年纽约市警察局在绝密状态下制造的五十辆车之一。车身侧面有一把曲线形的钢制刀鞘，钢身泛着寒光。

斯威诺。

有人说他死了，有人说他逃出国后改换身份，剪掉金辫，坐在阿根廷的某个阳台上抽着铅笔般粗细的香烟，安度晚年去了。

可他在这里现身了。“二战”后不久，这位匪首兼警察杀手伙同他的小队长们建立了“诺斯骑士”，挑选无家可归的年轻人——大多来自肮脏的河道旁破败的工厂宿舍——然后加以训练、管教和洗脑，直到将他们打造成一支听凭斯威诺差遣的无畏之师，以逐步控制这座城市，垄断不断扩张的毒品市场。斯威诺曾经几乎就要成功了，当然，肯尼斯和总部并未加以阻拦，相反他已买通所有需要打通的关节。是竞争坏了他的事。赫卡忒自制的毒品“精酿”物美价廉，而且货源从不间断。不过，如果德夫收到的那条匿名线索准确无误，那么这批货物足以解决“诺斯骑士”一段时间内的供应问题。德夫希望但不太确信用打字机写给他的那封短信是否是真的。这简直就是送上门的一份大礼。如果处理得当，这位缉毒处的领导就能爬得更高。邓肯局长还没把警局总部所有的重要岗位都换成自己人。例如，团伙犯罪处，肯尼斯的旧臣考德警督还在位，因为他们还没掌握其贪污的确凿证据——但这只是时间问题。何况德夫还是邓肯的人。邓肯有可能被任命为警察局局长那会儿，德夫就在首府替他大力宣传，还略带自负地说：如果市议会不选邓肯做新局长，而是选了肯尼斯的心腹，那他就辞职。对于这样无条件的效忠，很难说邓肯不会怀疑德夫有私心，但那又怎么样呢？德夫诚意支持邓肯建设一支优先为市民服务的可信赖的警察队伍，真的。但他也渴望在总部拥有一间离天堂尽可能近的办公室。谁不想呢？他渴望把对面那个人的头砍下来。

斯威诺。

他既是手段，同样也是目的。

德夫看了看手表。时间和信中所提的刚好吻合，分秒不差。他把手指放在手腕内侧，感受自己的脉搏。他不再希望，而是准备笃信这一切了。

“他们人多吗，德夫？”有人轻声问道。

“立大功是绰绰有余了，西登。其中一个绝对是条大鱼。他要是倒下，全国都会震动。”

德夫抹去窗户上凝结的水珠。十名神情紧张、汗流浃背的警官挤在一间小屋里，都是些通常接不到这种任务的人。作为缉毒处的领导，德夫决定不让其他警官看到那封信。他准备只用处里的人发动突袭。腐败和泄密的传统由来已久，他不敢冒险。至少邓肯问起来时他会这样回答。当然，邓肯也不会吹毛求疵，只要他们能将毒品和十三个“诺斯骑士”当场抓获。

是的，十三个，不是十四个。他们中的一个会倒在战场上。如果机会来临。

德夫咬紧牙关。

“你之前说只来四五个的。”西登凑到窗边说。

“担心了，西登？”

“不，应该担心的是你，德夫。你找来的九个人，只有我盯过梢。”他说这句话时没有抬高音量。他是个清瘦、结实、秃顶的男人。德夫不确定他来警局有多久，只知道肯尼斯当局长时他就在了。德夫过去总想甩掉西登。不是他有什么把柄在西登手里，只是因为西登身上有种东西，有种他无法指摘的东西，让他很反感。

“你干吗不带特警来呢，德夫？”

“越少人掺和越好。”

“是越少有人抢你的功劳越好吧。如果我没看走眼，那个人要么是斯威诺的鬼魂，要么就是他的真身。”西登冲那辆印第安首领牌摩托车点点头。它停在“列宁格勒号”的舷梯旁。

“你刚说的是斯威诺吗？”他们身后的黑暗中传来一个紧张的声音。

“对，他们至少来了十二个，”西登盯着德夫大声说道，“至少。”

“噢，该死。”第二个声音嘟囔道。

“该不该给麦克白打电话？”第三个声音说。

“听见了吗？”西登说，“就连你的人都想让特警接手。”

“闭嘴！”德夫捏着嗓子说。他转身指向墙上的一张海报：“那上头说‘格拉姆斯号’周五早上六点开往首府，现在正在招聘厨师。你们说过想参加这次行动的，不过现在我谨祝你们去那里应聘成功好了。那份工作赚的、吃的都比现在的工作强。想去的举手。”

德夫望向那团黑暗，看着一个个静止不动、看不清面目的人影。他试图去理解这沉默，心里已然在后悔自己的激将法了。万一真有人举手呢？通常他不会置自身于被动的境地，但这会儿他需要依靠面前的每一个人。他妻子说他倾向于单独行动，因为他不喜欢和别人共处。这或许有点道理，但事实大概恰恰相反——是人们不喜欢他。并不是所有人都那么讨厌他，虽然有些人是这样，他的性格里有种让人反感的东西。他只是不知道那是什么。他知道自己的相貌和自信可以吸引某一类女人，何况他还彬彬有礼、见多识广，比他认识的大多数人都聪明。

“没人吗？真的？好，那我们就按计划行动，但略作调整。等我们出来制伏他们后半队人马后，西登带着三个人往右，我带着三个人往左，而你，席瓦，冲到左边的暗处，在黑暗中跑一个弧线，绕到‘诺斯骑士’的身后，堵在舷梯前，以防他们逃上船。都明白了吗？”

西登清了清嗓子：“席瓦年纪最小，而且——”

“——最快，”德夫打断了他，“我要的不是反对，而是你们有没有听懂我的指示。”他扫过眼前那一张张茫然的脸，“那我就当是懂了。”他转身朝向窗户。

一名身材矮小、罗圈腿、戴着船长白帽的男人冒着倾盆大雨蹒跚着走下舷梯，停在红色摩托车前。对面的骑士没摘头盔，也没关引擎，只掀起头盔上的面罩。他坐在车上，双腿沿座椅懒散地叉开，听那船长讲着什么。头盔下面露出两根金辫，搭在“诺斯骑士”的标志上。

德夫深吸一口气，验了一下枪。

最糟糕的是麦克白打过电话了。他也接到了一通反映相同线索的匿名电话，于是主动要给德夫派特警队。但德夫婉拒了，表示麦克白他们唯一要做的就是开一辆卡车过来，并且要求麦克白对此事保密。

戴维京头盔的人示意了一下，其中一名骑士走上前去，在船长面前打开一个手提箱。德夫看见他皮夹克上臂的袖标。船长点点头，举起手，随后传来铁与铁之间尖锐的摩擦声。起重机的灯亮了，吊臂正从码头掉转过来。

“快成了，”德夫的声音越发坚定，“等到货款两清，咱们就上。”

半明半暗中，大伙默不作声地点头。他们之前把计划仔细梳理过一遍，但预想最多也就五个人来提货。难不成斯威诺已得知警方可能会插手了？这是他们如此兴师动众的原因吗？不。如果是那样，他们会取消交易的。

“你能闻到吗？”西登在一旁耳语道。

“闻到什么？”

“他们的恐惧。”西登闭上眼，鼻毛在颤抖。德夫望向这多雨的夜。他是不是想让麦克白派特警队了？德夫用细长的手指抹了一把脸，拂过纵长的疤。事到如今已没有退路，他必须这么做，他一直以来都必须这么做。斯威诺在这里出现了，而麦克白和特警队还在床上呼呼大睡。

麦克白平躺下去，打了个哈欠。他听着雨水滴答滴答地落下，感到有些麻木，于是朝一侧翻身。

一个白发男人掀开防水帆布爬了进来，坐下来一边发抖，一边在黑暗中骂骂咧咧。

“淋湿了，班柯？”麦克白问道。他放下手掌，感受着帆布下方那粗糙的天台。

“我一个痛风缠身的老头，要待在城里这么个破地方，真是见鬼。我应该领了退休金搬到乡下去。在法夫附近给自己整一栋小别墅，坐在洒满阳光、有蜜蜂和鸟叫的阳台上。”

“而不是半夜待在集装箱码头的一处天台。你在开玩笑吗？”

他们轻声笑起来。

班柯打开一只钢笔粗的手电筒：“给你看看这个。”

麦克白拿过手电筒，照向班柯递来的一张图纸。

“你的加特林机枪。怎么样，漂亮吧？”

“问题不是看上去怎么样，班柯。”

“拿给邓肯看看好了。跟他说，特警队需要这个。急需。”

麦克白叹了口气：“他不想要。”

“告诉他只要赫卡忒和“诺斯骑士”有火力更强的武器，我们就打不过。跟他说说，一杆加特林有多牛。两杆有多厉害！”

“邓肯不会同意升级任何武器的，班柯。而且我认为他是对的。自他当上局长后，枪击事件已经越来越少了。”

“可犯罪仍然在使这座城市的人口下降。”

“事情才刚刚开始。邓肯心里有数，他做的事不会错。”

“好，好，我不反对。邓肯是个好人。”班柯咕哝道，“就是太天真。有了这个武器，我们就能横扫——”

他们的对话被防水帆布上的轻拍声打断。“他们开始卸货了，长官。”有点大舌音，说话的是特警队新一代年轻的神枪手奥拉夫森。加上同样年轻的警官安格斯，只来了四个人，但麦克白知道所有二十五名特战队队员其实都会毫不犹豫地答应坐在这里，和他们一起挨冻。

麦克白关上手电筒，还给班柯，将图纸收进他黑色的特警队皮夹克里。他拉开防水帆布，爬到天台边缘。

班柯匍匐到他身旁。透过面前的泛光灯，他们看见“列宁格勒号”的甲板上停着一辆外观陈旧的军绿色卡车。

“ZIS-5。”班柯低声说。

“战时制造吗？”

“没错。‘S’代表斯大林。你怎么看？”

“我觉得‘诺斯骑士’的人手比德夫的人手要多。斯威诺显然不放心。”

“你觉得他会怀疑有人和警察通过气了吗？”

“他要是知道就不会来了。他害怕赫卡忒。他知道赫卡忒的耳目比我们多。”

“那我们怎么办？”

“静观其变。德夫没准儿能自己搞定。这样的话，我们就不介入。”

“你的意思是，你大半夜把这帮小孩叫来，就让他们坐下来干瞪眼？”

麦克白咯咯地笑起来：“他们是自愿的，而且我说过有可能会有些无聊。”

班柯摇了摇头：“你真有闲工夫，麦克白。你该成个家了。”

麦克白举起双手。他的笑脸让他黝黑的脸上的胡子生动了起来：“你和这帮孩子就是我的家，班柯。我还有什么可追求的？”

奥拉夫森和安格斯在他们身后开心地乐出了声。

“这帮孩子什么时候才能长大？”班柯没好气地嘟囔道，拭去他雷明顿700步枪瞄准器上的雨水。

整座城市都在波纳斯脚下。他面前的玻璃窗从地面一直延伸至天花板。如果没有云幕低垂，整座城市便可一览无余。他举起香槟酒杯，两个穿骑马裤、戴白手套的男孩中便有一人飞奔过来，给他斟满。他该少喝点的，他知道。香槟酒很贵，但掏钱的不是他。医生说过，像他这个年龄的男人应该开始注意自己的生活方式了。可它实在太好喝了。是的，就这么简单，太好喝了。就像牡蛎和大虾仁，柔软宽大的椅子，还有小男孩。倒不是说他都会占有，再说他也从未提过要求。

他从方尖塔的前台被挑选出来，然后被带到这间位于顶层的豪华套房，一面是海港的风景，另一面是中央车站、工人广场和因弗尼斯赌场。迎接波纳斯的是个大人物。他有柔软的面颊、友善的微笑、卷曲的黑发和冰冷的双眼。此人名为赫卡忒，或叫“隐形之手”。“隐形”是因为没几个人见过他，用“手”这个字是因为十年来，多数城里人都在某些方面受他活动的影响——那便是他的产品，一种他自制的名为“精酿”的合成毒品。按照波纳斯的粗略估算，这个东西使赫卡忒跻身城里四大富豪。

赫卡忒在窗边的立式望远镜旁转过身：“雨里看不大清楚。”他一边说一边系紧自己的骑马裤，从搭在椅背上的粗花呢夹克里拿出一个烟斗。早知道他们会穿成英伦狩猎聚会的风格，他就不穿这件不起眼的普通西服，而是选点别的衣服了——波纳斯想道。

“不过，起重机在工作，这说明他们在卸货。他们的招待如何，波纳斯？”

“吃得太好了，”波纳斯啜了一口香槟酒，“但我得承认，我不太明白我们在庆祝什么，而我为什么有资格来这儿。”

赫卡忒笑了。他举起拐杖，指向窗户：“我们在庆祝这番景象，我亲爱的比目鱼。作为生活在海床上的鱼，你只见过这世界的一角。”

波纳斯笑了。他从不敢反对赫卡忒这样和他说话。这位大人物手里有太多能让他得到好处的权力，以及一些不那么好的东西。

“从这上头望去，世界越发美丽了，”赫卡忒继续说道，“不是更真实，而是更美丽。我们当然要庆祝这件事。”那根拐杖指向海港。

“这件事是指？”

“史上最大一批走私货，我亲爱的波纳斯。4.5 吨纯苯丙胺。斯威诺把俱乐部的所有本钱都砸了进去，比那还多一点儿。你看到的是一个把所有鸡蛋都装进一个篮子里的人。”

“他为什么要这么做？”

“当然是因为绝望。他知道骑士平庸的土耳其货远远不如我的‘精酿’，但有了这么一大批从苏联运来的上品，加上批量优惠和节省的运费，便能在每公斤的价格和质量上具备竞争力。”赫卡忒将拐杖立在墙与墙之间厚实的地毯上，摩挲着镀金的手柄，“好一把算盘，斯威诺。如果他做成了这笔买卖，就足以打破城里的均势。所以这杯酒，致咱们可敬的对手。”

他举起酒杯，波纳斯跟着效仿。可当酒杯刚要碰触到嘴唇时，赫卡忒仔细观察了一下杯子，抬起眉毛，指了指什么东西，然后把酒杯递给其中一个男孩——他迅速用手套把那东西清理掉了。

“可惜斯威诺不走运，”赫卡忒继续说道，“通过全新的渠道进这么一大批货，很难不被某位同行察觉到。不走运的还有，这个‘某位’似乎已向警方匿名提供了关于交易时间和交易地点的可靠线索。”

“比如你？”

赫卡忒得意地笑了。他接过酒杯，朝波纳斯撅着大屁股，对着望远镜俯下身去。“他们在卸货。”

波纳斯站起来走到窗边：“我不明白你为什么不对斯威诺出手，这样你便能一举除掉唯一的对手，还能得到 4.5 吨上乘的苯丙胺，拿到街上卖好几百万。”

赫卡忒抿了一口酒，盯着望远镜："库格，他们说这是最好的香槟，所以我只喝这一种。可谁知道呢？如果有人给我奉上别的东西，我可能也会上瘾，换成别的牌子。"

"除了'精酿'，你不想让市场接触别的东西？"

"我笃信资本主义，自由市场是我的信条。可每个人都有权利遵从本性，为了垄断和统治世界而奋斗。社会的责任是要抵制我们这些人。我们只是在做自己该做的事罢了，波纳斯。"

"说得不错。"

"嘘！他们在交易货款。"赫卡忒搓了搓手，"好戏就要开始了……"

德夫在正门口站定，握着门把手。他听着自己的呼吸，跟下属们交换了一下眼神。他们在他身后狭窄的楼梯上站成一排，脑子里乱成一团。打开保险栓。给身旁的人最后的提醒和最后的祷告。

"手提箱交出去了。"西登在一楼喊道。

"行动！"德夫吼道。他猛地拧开房门，身子紧贴墙壁。

警员们从他身旁接踵而出，冲进黑暗。德夫紧随其后。他感到雨水打在头上，看到一个个人影在移动，几辆摩托车被人丢弃在一旁，他把扩音器放到嘴边：

"警察！别动，举起手来！我重复一遍，警察。站在——"

第一枪击碎了他身后的门玻璃。第二枪击中了他裤腿的内侧。接着传来一阵仿佛他的孩子周六晚制作爆米花的声音——自动武器，他妈的。

"开火！"德夫厉声喊道。他扔掉扩音器，弯腰试图拔枪，这才发现自己掉进了一个水坑。

"别开枪。"一个声音在他身旁低声说道。德夫抬起头。是西登。他纹丝不动地站在那儿，朝身旁放下步枪。他是要破坏这次行动，还是要……

“他们抓住了席瓦。”西登低声说。

德夫眨掉眼睛上肮脏的雨水，努力寻找，一名“诺斯骑士”映入眼帘。他冷静地坐在摩托车上，正用枪指着他们。没开枪，怎么搞的？

“谁他妈都别动，大家就都不会有事。”

这低沉的声音从光圈外传来，清晰得无须扩音器。德夫先是看见了那辆丢在地上的印第安首领牌摩托车，然后看见两个人影在黑暗中逐渐会合成一个。他们当中个儿高的那个戴着头盔，上面伸出两只犄角；前面被控制的那个比他矮一头——越看越觉得要矮两头了。斯威诺架在席瓦喉咙上的利刃闪着寒光。

“下面要做的，”斯威诺低沉的嗓音从掀开的头盔面罩里嗡嗡地传出，“我们带着东西，体面、安静地离开。为了不让你们干傻事，比如追赶我们，我留两个人在这里，明白吗？”

德夫缓缓地躬身，想要站起来。

“我要是你就会待在水坑里，德夫，”西登轻声说，“你已经搞得够糟了。”

德夫深吸一口气，然后呼出来。又吸进一口。该死，该死，该死。

“现在怎么办？”班柯拿着双筒望远镜盯着码头上的人。

“看样子我们还真得让这帮年轻人活动活动了，”麦克白说，“但不是现在。先让斯威诺和他的人离开现场。”

“什么？就让他们开着卡车、带着所有货跑了？”

“我没这么说，亲爱的班柯。但如果现在开打，就是一场血战。安格斯？”

“长官。”这迅捷的应答声来自一个有着深蓝色眼睛的小伙子，他的心情全写在那张开阔的大脸上。他留着一头金色的长发，这在别的队长那里怕是不允许的，但麦克白除外。安格斯和奥拉夫森已经受过训练，现在只需多一些实战经验。安格斯尤其需要强化意志。他在面试时解释自己之前退训去做牧师是因为发觉人们不信神。人只能靠自救，才能去救更多的人，所以他现在要做一名警察。麦克白很欣赏这一点，他喜欢安格斯无畏的心态，这个男孩愿意承担信仰之重。但安格斯还得学会控制感情，理解特警队队员要做务实的行动派，化身为法律狭长而锋利的宝剑。反思这种事留给别人去做就行了。

“从后面下去，把车准备好，在门口待命。”

“是。”安格斯起身离去。

“奥拉夫森？”

“是。”

麦克白朝他瞥了一眼——永远松弛的下巴、口齿不清、半开半合的眼睛，以及在警察学院的成绩，这些都意味着当奥拉夫森找到麦克白、求他把自己调到特警队时，麦克白确实犹豫过。可这小子铁了心要来，麦克白决定给他一次机会，因为有人曾经也给过麦克白机会。他需要一个神枪手；就算奥拉夫森的理论科目并不突出，但他绝对是个天才型射手。

“最后一次射击考试，你破了他保持了二十年的纪录。”麦克白朝班柯扬了扬下巴，“祝贺你，了不起。你知道此时此刻来这儿的意义吗？”

“呃……不知道，长官。”

“那就好，因为什么意义也没有。你到这儿就是要多看，听班柯警督的吩咐，然后多学。今天还轮不上你扭转局面，那是以后的事。明白吗？”

奥拉夫森松弛的下巴和下嘴唇在动，可就是吐不出一个字，所以他干脆点点头。

麦克白伸出一只手放在这个年轻人的肩上：“有点紧张？”

“有一点，长官。”

“正常。试着放松。还有一件事，奥拉夫森。”

“是。”

“别搞砸了。”

“什么情况？”波纳斯问道。

“我知道接下来会发生什么，”赫卡忒直起腰，把望远镜从码头转向别处，“所以我不需要这个。”他在波纳斯身旁坐下。波纳斯之前就注意到他这个习惯——坐在你身边，而不是对面。好像他不喜欢你直视着他。

“他们搞定斯威诺和苯丙胺了？”

“恰恰相反。斯威诺抓了一个德夫的人。”

“什么？那你不担心吗？”

“我从不把希望只寄托在一方身上，波纳斯。我更关心大局。你觉得邓肯局长怎么样？”

“他扬言要抓你吗？”

“我完全不担心这个，但他把我在警局的许多老朋友都搞掉了，这一点已经影响了市场运行。大胆说说嘛，你看人还是挺准的。你见过他，听过他说话。他真像他们讲的那样，不惧金钱的腐蚀吗？”

波纳斯耸了耸肩：“谁都值个价吧。”

“你这话说得不错，可这个价不见得总以金钱来衡量。不是所有人都和你一样愚蠢。”

波纳斯无视侮辱的方式是不把它视为侮辱。“要知道怎么能让邓肯受贿，就得知道他想要的是什么。”

“邓肯想要服务民众，”赫卡忒说道，“得到市民拥戴。立一座不用他自己定制的雕像。”

“这就难办了。比起邓肯这样的社会栋梁，贿赂我们这种贪婪的害虫更容易。”

“你对贿赂的看法是对的，”赫卡忒说道，“对社会栋梁和害虫的看法却不对。”

“哦？”

“资本主义的根基是什么，亲爱的波纳斯？个体对财富的追求让整体变得富有。这是纯粹而简单的定律，不以我们的意志为转移。你和我才是社会的栋梁，不是那个受骗的理想主义者邓肯。”

“你真这么想？”

“道德哲学家亚当·手[1]这么想。”

“生产和销售毒品对社会有好处？”

“任何满足社会需求的人都是建设社会的功臣。像邓肯这种讲究规范和约束的人是有违常理的，从长远来看对所有人都有害。所以，为这座城市着想，如何能把邓肯变成无害之人呢？他的弱点是什么？我们能利用什么？性，毒品，还是家里的秘密？”

“谢谢你的信任，赫卡忒，但我真的不知道。”

“那太遗憾了，”赫卡忒用拐杖轻敲地毯，看着其中一个男孩

[1] 此处应该是指亚当·斯密和他的“隐形之手”（The Invisible Hand）理论。亚当·斯密支持自由市场经济，他认为个人通过追逐自身利益的最大化，将最终实现整个社会的利益最大化。

将另一瓶香槟酒软木塞上的金属网揭掉，“你知道吗，我开始怀疑邓肯只有一个弱点。”

“那就是？”

“他生命的长度。”

波纳斯在椅子上一阵战栗。“我希望你请我来不是让我去……”

“完全不是，我亲爱的比目鱼。你可以安安稳稳地躺在烂泥里。”

波纳斯如释重负地舒了口气，看着那个男孩和软木塞较劲。

“不过，”赫卡忒说，“你与生俱来的冷酷、不忠和影响力使你可以控制那些我想要控制的人。我希望在需要你的时候能够依靠你。我希望你能做我的‘隐形之手’。”

“砰”的一声巨响。

“你做到了！”波纳斯笑着拍了拍男孩的后背，让这无限量的香槟斟满他的酒杯。

德夫默默地躺在柏油路上。他的下属也默默地站在一旁，看着离他们不到十米的“诺斯骑士”准备扬长而去。席瓦和斯威诺站在锥形光照不到的暗处，但德夫能看见这名年轻警官在发抖，斯威诺的军刀就停在他的咽喉上。他知道，只要稍一用力或移动，刀锋就会刺穿皮肤和动脉，让此人在数秒内失血而亡。一想到这个后果，德夫便忧心忡忡——不仅死了一名下属，被记录在案，还有在局长任命有组织犯罪处领导的关头，他私下组织的行动以惨败而告终。斯威诺冲一名“诺斯骑士”点点头，后者跨下摩托车，站在席瓦身后，用枪指着他的头。斯威诺拉下面罩，走进灯光，和皮夹克上有“V”字形军衔的小队长交代了几句。他跨上车，双指放在头盔上致意，然后驶离码头。德夫强忍着没有开枪。

小队长一声令下，顷刻间摩托车大军呼啸着开进夜色中。剩下的人跟斯威诺和小队长离开后，只有两辆摩托车被丢在现场。

德夫告诉自己不要听从焦虑的摆布，告诉自己要思考——呼吸——思考。四名“诺斯骑士”留在码头。一个站在席瓦身后的暗处，一个站在光线中——所有警员都在他手中AK-47突击步枪的射程里。两个原先在后座的骑士钻进卡车。德夫听见钥匙拧动后那一阵阵紧张的发动机声，有一瞬间他真希望这辆老旧的铁怪物不要醒来。倒霉的是，第一声低沉的咆哮变成一阵轰隆隆的巨响。卡车发动了。

“给他们十分钟，”手持AK-47的人说，“顺便想想高兴的事。”

德夫望着卡车尾灯渐渐消失在黑暗中。高兴的事？整整4.5吨毒品从他眼前溜走，泡汤的还有这场本可成为史上最大规模的集体抓捕行动。如果他们无法告诉法官和陪审团他们见过这些人的脸而不是十四顶该死的头盔，那么他们见过斯威诺和他的人便毫无意义。高兴的事？德夫闭上眼。

斯威诺。

煮熟的鸭子。该死，该死，该死！

德夫竖起耳朵，聆听某个声音。任何声音。可唯一能听到的只有那毫无意义的雨的低语。

“班柯已经瞄准那个劫持人质的了，”麦克白说，“你瞄上另一个了吗，奥拉夫森？”

“是的，长官。”

“你们必须同时开枪。我数三下。班柯？”

“我需要更多光线来瞄准目标。或者让眼睛更好的人来。我可能会打到那个孩子。”

“我的目标足够亮，”奥拉夫森小声说，“我们可以换。”

“如果我们失手，导致那孩子被杀，我们更愿意让班柯成为失手的人。班柯，一辆满载的斯大林卡车的最高时速是多少？”

“六十吧。”

“很好，但我们完成全部目标的时间不多了，所以最好来点即兴发挥。”

“你不会是要用匕首吧？”班柯问道。

“这么远的距离？谢谢您的信任。不，老伙计，你很快就知道了。瞧好了。”

班柯通过双筒望远镜向上看去，发现麦克白已经站起来，紧紧抓住天台的灯柱。他有力的脖颈青筋暴起，牙齿闪着光，那表情既像痛苦的鬼脸，又像龇牙狞笑，班柯不知属于哪一种。那根灯柱被螺丝钉固定，以抵御一年中八个月无休止的狂躁的西北风，但班柯早就见识过麦克白从雪堆里举起一辆轿车的本事了。

“三——”麦克白使劲地说。

第一颗螺丝钉从圆孔里崩出来。

“二——”

灯柱松动，然后，下头墙体的电线猛地被扯了出来。

“一——”

麦克白举着灯，指向舷梯。

“行动。”

那声音像是两记鞭响。德夫睁开眼，刚好瞧见拿着自动武器的人朝前倒去，头盔先着了地。席瓦站着的地方这会儿有了光，德夫可以清楚地看到他和他身后的人。那人不再举枪对着席瓦的头了，他的下巴搭在席瓦肩上。透过光，德夫还看见了面罩上的弹孔。接着，他就像一只水母，从席瓦的后背溜到地上。

德夫转过身。

“我在上面，德夫！”

他遮住眼睛。一阵笑声从令人眩晕的光线后传来，一个硕大的人影落在码头上。

那笑声已经说明了一切。

麦克白。当然是麦克白。

第二章

无云的夜空下，一只海鸥掠过法夫，飞进月光和静谧中。朝下望去，河水如银子般闪闪发光。河的西岸，一座陡峭的黑山如同巨型堡垒直插天际。靠近山顶处，修道会曾竖起一座巨型十字架，但由于建在法夫一侧，从城里望去仿佛被倒置过来。山的这头伸出一座宏伟的铁桥，如同护城河的吊桥——长 360 米，高 90 米，名为肯尼斯桥，大伙也管它叫新桥。顺流而下，远处那座老桥显得相对低调，外形也更加赏心悦目，不过得绕远路。新桥正中立着一座丑陋的大理石纪念碑，是前局长肯尼斯下令为自己建造的。它矗立在城市边界线以内一厘米处，因为其他郡县都不肯让出一寸免费的土地给这个恶棍死后扬名。虽然雕像的作者按照肯尼斯的吩咐设计了一个别致的远眺地平线的姿势，用以彰显他的远见卓识，但即便是最仁慈的艺术家也无法忽视这位局长异常粗壮的脖子和肥厚的下巴。

海鸥振翅高飞，想翻过山看看岸边有没有更好的觅食机会，尽管这意味着它得穿越天气由好转差的分界线。和海鸥同一方向的旅客可走从新桥上穿山而过的 2000 米的狭长隧道。大伙好像对这座山和这条路都赞不绝口：周边的郡县将这条隧道比作两头都连着屁眼的直肠。海鸥越过山峰，从一个宁静祥和的世界忽然飞进一阵冰冷肮脏的雨中，下方正是那座臭烘烘的城市。仿佛是为了表示厌恶，它拉了泡屎，然后继续在疾风中踉跄前行。

这泡屎砸在一座雨棚上。雨棚下，一个瘦弱的、颤抖着的小男孩爬上长椅。虽然雨棚旁的标志表明这儿是一座公交站台，但男孩对此并不肯定。过去几年间，许多线路已经停运。“因为人口在减少”——那个愚蠢的市长说。可这个男孩必须去中央车站才能买到“精酿”。他之前从一些骑士那儿买到的不是苯丙胺，而是劣质的白糖粉和马铃薯粉。

油腻潮湿的柏油路在几盏没坏的路灯下泛着光。雨水汇集在一条坑洼不平的出城道路的水坑里。万籁俱寂，一辆车也没有，只有雨。可这会儿他听见一阵低沉的突突声。

他抬起头，系紧眼罩带——它刚才从他空洞的眼窝上滑落，罩住剩下的一只眼睛。兴许他可以搭个便车去中央车站？

不对，这声音来自反方向。

他又站起来。

突突声逐渐扩展为一阵轰鸣。他懒得动弹，加上已被淋透，只用胳膊护住头。那辆卡车开了过去，一大片脏水飞溅进站台。

他躺在那儿思考人生，直到觉得还是不思考为好。

又来了一辆车。这回呢？

他挣扎着直起身子，向外张望。不对，还是从城里开来的，速度也很快。他朝迫近的光线看去，突然冒出一个想法：只要往路上跨一步，所有问题就都解决了。

那辆车从他面前开过，绕开了所有坑洼的地方。黑色的福特“全顺”。三名警察。好吧，你可不想搭他们的便车。

“看见了，在咱们前头，”班柯说，“安格斯，开快点！”

“你怎么知道是他们？”奥拉夫森凑到前排座位之间问道。

“柴油尾气，”班柯说，“我的老天，怪不得俄国在闹油荒。安格斯，开到他们正后方，这样他们就能从后视镜里看见我们了。”

安格斯保持车速，追上这股黑烟。班柯摇下车窗，将步枪架在后视镜上，然后咳了一下：“安格斯，到边上去！”

安格斯一打方向盘，加速向前。“全顺”飞驰到这辆呼哧带喘的卡车一侧。

卡车窗户里冒出一小股烟雾。班柯步枪下的后视镜随之碎裂。

“好，他们看见我们了，”班柯说，“再到他们后面去。”

雨忽然停了，周遭的一切显得越发黑暗。他们进了隧道。柏油路和隧道的黑墙仿佛在吞噬照明灯的光线，他们只能看见卡车的尾灯。

“怎么办？”安格斯问道，“另一头就上桥了，如果他们开过中间……”

“我知道。”班柯抬起步枪。这座城市的边界止于那座雕像，他们到那里就丧失了执法权，追捕也就相应停止。当然，理论上他们可以继续追，这种事以前也发生过：某个热血警官在边界线另一头逮捕走私贩。但缉毒处很少有这种人，那些警官每次都会看着煮熟的鸭子从法庭上飞走，还会因为僭越执法权而受到申斥。班柯的雷明顿700缩了回去。

“命中。”他说道。

卡车开始在隧道里左摇右摆，后轮上飞出小块的橡胶。

“现在该知道沉重的方向盘是什么感觉了吧，”班柯说着瞄准了另一只后轮，“再离远点，安格斯，我怕他们直接撞上墙。”

“班柯！”后座上一声惊叫。

“奥拉夫森？”班柯慢慢扣下扳机。

“对面来车了。”

“糟糕。”

班柯将脸从步枪上移开，安格斯同时踩下刹车。

ZIS-5在他们前面左冲右撞，先是让出迎面那辆车的前灯，然后又把它撞了下来。班柯听见喇叭在响——那是一辆厢式小客车在绝望地鸣笛，它眼瞅对面的卡车扑来，却根本来不及反应。

“老天爷……”奥拉夫森口齿不清地嘟囔道。

喇叭声越来越大，越来越急。

然后是一阵耀眼的光晕。

班柯本能地瞥向一旁。

他们朝那辆车的后座望了一眼，看见了一个小孩子的脸，他靠着窗户在沉睡。

画面一闪而过，那喇叭消失的调门听起来像是被欺骗的观众发出的失望的叫声。

“加速，”班柯说，“很快就上桥了。”

安格斯将油门一脚踩到底，转眼间他们又追上了那团尾气。

“稳住，”班柯一边瞄准一边说道，“稳住……”

就在这时，卡车后面的油布掀了起来，“全顺”的前灯照亮一个堆满塑料袋的拖车平板，袋子里装着一种白色物质。驾驶舱的后玻璃已被敲碎，在货物和驾驶舱之间的制高点上架着一杆步枪。

“安格斯……”

短促的爆炸声。班柯见枪口一闪，前玻璃变成一片白色，落在他们身上。

“安格斯！”

安格斯早就明白了，他向右猛打方向盘，然后又向左打。轮胎发出尖叫，子弹嗖嗖地飞过，冒火的枪口在试图追逐他们的轨迹。

“我的老天！”班柯一声尖叫，然后朝另一只轮胎开火，可子弹只在车身侧面擦出几粒火星。

忽然又下起雨来。他们上桥了。

“用猎枪干掉他，奥拉夫森，”班柯大喊道，“现在！”

雨透过挡风玻璃的缺口倾泻下来。班柯侧开身，好让奥拉夫森把双管猎枪架在他的椅背上。枪管从班柯肩上伸出去，可随着一记像锤子落在肉上的闷响又不见了。班柯转过身瞅见奥拉夫森头朝前瘫坐着，夹克的胸口处有一个弹孔。又一发子弹穿过班柯的座椅射进奥拉夫森身旁的座位，灰色的填充物飘起。班柯终于看清了枪手，他抓过奥拉夫森手中的武器，掉转过来便是一枪。卡车后部升起一片白色的蘑菇云，班柯趁机扔下猎枪，举起步枪。那人不可能透过厚重的白色粉雾看清外界，可黑暗中那座被泛光灯照亮的白色雕像已赫然在目，如同一个不受待见的鬼魂。班柯瞄准后轮扣下扳机。命中。

卡车左右乱窜，一个前轮冲上人行道，一个后轮撞上缘石，车身一侧撞上钢铁护栏。金属尖锐的摩擦声盖过了汽车引擎的轰鸣，但不可思议的是，司机竟然又将这个庞然大物开回了正道。

“千万不要越界！”班柯喊道。

最后一块橡胶从卡车的后轮辋脱落，一股溅射出的火花在夜空下分外明亮。ZIS-5 开始打滑，司机虽竭力不让车子失控，但这回他没那么走运了。卡车突然偏离方向，在柏油路面上拖行。就在邻近边界线的地方，车轮又有了动力，整辆车瞬时冲向路边。12 吨苏联军工制造物直接撞上了肯尼斯局长的雕像，将它从底座上推翻，拽着这座雕像和 10 来米长的钢铁护栏一起翻向高桥的边缘。安格斯设法刹住车，而在接下来这遽然寂静的一刻，班柯眼见肯尼斯雕像穿过月光向下坠去，以下颌为轴缓慢地旋转。步它后尘的是那辆 ZIS-5——它车头朝前，尾部拉出的白色粉末宛如一颗由苯丙胺组成的巨型彗星。

“天哪……”班柯喃喃自语。

时间仿佛凝固了，直到一切撞上水面，河水瞬间被染成白色。响声传到班柯耳中时略有延迟。

天地重归寂静。

肖恩走出俱乐部会所，注视着门外。

他的额头上文着“诺斯骑士，至死不渝”几个字。自去过医院产房后，他还从没这么紧张过。当欢庆到达高潮时，没有比他和柯林被抽中去站夜岗更倒霉的事了——他们不能跟着大部队一起去提货，也不能参加聚会。

“老婆想让孩子随我的姓。”肖恩几乎是在自言自语。

“恭喜。”柯林捋着海象一样的胡子毫无感情地应答，雨水顺着他锃亮的光头流下。

“谢了。”肖恩说。其实他也不想要这孩子。一个文身要伴随一生，一个孩子也要伴随一生。自由——这才是他成为一名骑士的原因，不是吗？可俱乐部和贝蒂改变了他对自由的认识。只有当你属于别人并被拥有时，才能真正拥有自由。

“他们来了，”肖恩说，“看样子一切顺利？”

“少了两个。”柯林吐掉香烟，打开顶部装有刺圈的大门。

第一辆车在他们面前停下。那顶牛角头盔的坐骑发出低沉的轰鸣：“我们被警察袭击了，有两个兄弟稍后到。”

“好的，老板。”柯林说。

车一辆接一辆呼啸着开进大门。有个家伙竖起大拇指——很好，货物安全，俱乐部得救。肖恩松了口气。车开过庭院，经过简易房式的单层木屋，然后进入车库。这栋木屋的墙上画着“诺斯骑士”的标志，里头摆了一张桌子：斯威诺决定用一醉方休来庆祝这笔交易。几分钟后，肖恩听到屋里响起了音乐和第一波欢庆声。

“我们有钱了，”肖恩笑道，“你知道他们从哪儿拿的货吗？”

柯林没说话，只转了转眼球。

他不知道。除了斯威诺没人知道——当然，知情的还有卡车里的人。这最好不过。

“那两个兄弟来了。”肖恩又把门打开。

两辆摩托车缓缓地开过来。它们几乎是犹犹豫豫地上山，朝他们驶来。

“嗨，诺昂，怎么……”肖恩刚开口，但车子却径直驶进大门。

他看见他们停在院子当中，好像想把车撂在那儿。然后他们用肘轻推了对方一下，朝打开的车库大门点了点头，开了进去。

“你看见诺昂的面罩了吗？”肖恩说，“上头有个洞。”

柯林重重叹了一口气。

“我没开玩笑！”肖恩说，“正当中。我要去问问码头上究竟发生了什么。”

“嘿，肖恩……”

可肖恩已经没了踪影——他跑过院子，冲进车库。兄弟俩已经下了车，双双背对着他，依旧戴着头盔。其中一个人站在通往俱乐部会议室的门口。他将门半掩着，似乎不想暴露，只想先探察一下聚会的情况。肖恩最好的朋友诺昂站在车旁。他已拿走了那把难看的 AK-47 上的杂志，好像在数自己还剩多少发子弹。肖恩拍了一下他的后背。这一拍吓了他一跳，他夸张地转过身。

“诺昂，你面罩是怎么搞的？碎石子崩的吗？”

诺昂没回答，只是慌忙把杂志又放了回去。他很少这么笨手笨脚。另一件怪事是——他好像……变高了。好像站在那儿的不是诺昂，而是……

“妈的！”肖恩叫着后退了一步，摸向腰带。他认出了面罩上的弹孔，他永远也见不到他最好的兄弟了。他拔枪上膛，刚要对准那个还在忙着找AK-47的人，可肩膀不知被什么东西扎了一下。他下意识地朝袭击的方向掉转枪口，可那儿没有人，只有那个穿着“诺斯骑士”夹克、站在门口的人。说话间，他的双手突然没了力气，枪掉在了地上。

“别说话。”背后一个声音说道。

肖恩又转了过来。

那杆AK-47正对着他。透过破孔面罩的反射，他看见一把匕首扎穿了自己的肩膀。

德夫将AK-47的枪杆顶在那小子额头的文身上，盯着那张傻里傻气的丑脸。他扣动扳机，只是一点点……他听见头盔里“呲呲”的喘气声，还有那件或许有些过紧的夹克衫下的心跳声。

“德夫，”麦克白站在会议室门口说，“放松点。”

德夫又往下扣了一点点。

“别开枪，”麦克白说，“现在轮到我们使用人质了。”

德夫松开扳机。

出于恐惧或失血——或者都有，那人的脸像纸一样惨白，声音也在发颤：“我们不救——”

德夫用枪杆猛然扫过那行文身，留下一道刹那间和他的伤疤一样泛白的口子。鲜血沁了出来。

“想活命就闭嘴，臭小子。”麦克白走到他俩跟前。他一把抓住年轻人的长发，向后拽他的脑袋，将第二把匕首架在他的脖子上，然后推着他走向俱乐部会议室的门口。“准备好了吗？”

“记住，斯威诺是我的。”德夫说。他确认武器在卷起的杂志里藏好后，跟在了麦克白和“诺斯骑士”后面。

麦克白踹开门闯了进去，人质在前，德夫紧随其后。“诺斯骑士”们正围坐在一张长桌旁大声说笑，空阔敞亮的屋里乌烟瘴气。所有人都是背冲墙、面朝屋子的三个出口——估计这是俱乐部的规矩。德夫估摸有二十人左右。音乐很吵，是滚石乐队的《杰克狂跳着一闪而过》。

“警察！”德夫吼道，“都别动！否则别怪我们对这小子下手。”

时间好像忽然停住了，德夫看见桌子那头一个人像放慢动作般抬起头。红润的“猪脸”上，两个鼻孔引人注目，扎得过紧的辫子把眼睛拉成两根细长的、充满仇恨的直线。他的嘴角叼着一根细长的雪茄。斯威诺。

“我们不救人质。”他吐出几个字。

年轻人昏倒在地。

接下来的两秒，屋里的一切都静止了，只有滚石乐队的声响。

直到斯威诺抽了一口烟：“拿下他们。”他说。

德夫注意到至少三个“诺斯骑士”同时动手，于是扣下AK-47的扳机，端在手中开火。7.62毫米口径的子弹倾巢而出，击碎酒瓶、削过长桌、砸进墙壁、穿透血肉之躯，令米克·贾格尔[1]停在了两句“高兴的事”之间。他身旁的麦克白从码头被打死的“诺

---

[1] 米克·贾格尔（Mick Jaggar，1943— ），滚石乐队主唱。《杰克狂跳着一闪而过》（*Jumpin' Jack Flash*）这首歌里有一句“这是件高兴的事”，在副歌部分多次重复。

斯骑士”身上顺了两把格洛克手枪，还有他们的夹克、座驾和头盔。德夫手中的枪像个女人一样温暖而柔软。吊灯被打成碎片，屋里渐渐暗了下去。当德夫最后开启全自动扫射时，灰尘和飞絮在空中飘浮，一盏吊灯在天花板上来回晃动，令墙上乱窜的黑影如同亡命的鬼魂般四散奔逃。

第三章

“我看了看四周，昏暗中那些‘诺斯骑士’脸朝下趴了一地，”麦克白说，“到处是血、碎玻璃和空弹壳。”

“上帝！”安格斯含着瓦匠坊的啤酒沫说。这个位于中央车站背后的俱乐部是特警队常来光顾的地方。安格斯用水晶般的蓝眼睛盯着麦克白，眼神里满是崇拜：“你就这么把他们从地球上消灭了！哦，上帝啊！太好啦！”

“喂，喂，注意用词，你都快成牧师了。”麦克白说。可当到场的十八名特警队队员纷纷朝他举起酒杯时，他还是笑了，摇摇头，也举起自己的酒杯。他喝下一大口，然后转向奥拉夫森——他左手正拿着一个沉沉的一品脱的大酒杯。

“伤口疼吗，奥拉夫森？”

“一想到他们其中一个人的肩膀也酸溜溜的，我就感觉好多了。”奥拉夫森咬着舌头说。他腼腆地拉了拉绷带绳，引得一阵哄堂大笑。

“真正的功臣是班柯和奥拉夫森，”麦克白说，“我只是给这两位大师掌灯的，就像某个摄影师的助手。”

“接着讲，”安格斯说，“你和德夫把所有‘诺斯骑士’都干掉了。然后呢？”他挠了挠耳朵后面的金发。

麦克白望着桌边一张张期待的面孔，和班柯交换了一个眼神，然后继续往下讲：“他们中一些人尖叫着投降。等到尘埃落定、音响系统被我们打烂后，屋里终于安静下来，但仍旧是漆黑一片，情况也不明朗。我和德夫从我们这头开始勘查情况。没有人死亡，但多数都需要送医。德夫大声告诉我，他没有发现斯威诺。”麦克白用一根手指抹掉酒杯上凝结的水珠，“我发现桌子那头，也就是斯威诺坐的位置后有一扇门，而就在此时我们听见摩托车发动的声音，于是，我们没管那些人，冲进院子，刚好看见三辆摩托车从大门逃走。其中一辆是斯威诺的红车，还有一个门卫和一个留着八字胡的秃顶，他们跳上车跟着逃走了。德夫很生气，想去追，但我说屋里有好几个重伤员……”

“你觉得那会阻止德夫吗？”一个声音轻轻传来，“当他有可能抓住斯威诺时，还会去管那些躺在地上流血的小混混儿？”

麦克白转过身来。质疑声来自邻座长椅上一个独坐之人，他的脸隐藏在这家飞镖俱乐部奖杯展示柜下的阴影里。

“你觉得德夫会在意一帮普通人的性命而放弃眼前立大功的机会吗？”阴影里举起一只啤酒杯，“还是为前途着想要紧哪。”

麦克白这桌安静下来。

班柯咳了一声：“去他妈的前途。我们特警队是不会让无助的人就这么死掉的，西登。我们不知道你们缉毒处是什么做法。”

西登探身朝前，脸上有了光：“缉毒处里没一个人知道我们会怎么做，这就是德夫这种领导的问题。不过，别让我打断你的故事，麦克白。你回去给他们治伤了吗？”

“斯威诺是个杀人犯，一有机会便会再开杀戒，”麦克白盯着西登的眼睛说，“德夫担心他们会从桥上逃走。”

“我怕他们和那辆卡车一样想过桥，”德夫说道，“所以，我们跳回车上，全力追赶他们。不，是比全力更快一点才对。没想到柏油路面湿滑，弯道不好走……”在铺有里昂绸布的桌子上，德夫将吃了一半的金黄的法式焦糖布丁推到一边，从冰箱里拿出一瓶香槟，重新给另外三只杯子倒满酒，“经过谷底第一个险弯后，我瞧见了四辆车的尾灯，然后追了上去。我通过后视镜看到麦克白还在后面追赶我。”

德夫偷偷瞄了邓肯局长一眼，想看看自己的叙述是否得到领导的认可。他温柔和善的微笑让人难以捉摸。邓肯还没有对当晚的行动给出直接评价，不过他出席这场小型庆功会本身不就表明他对此是肯定的吗？或许吧，可局长的沉默让德夫心里直打鼓。倒是反腐败处的列诺克斯警督让他感到安心——这位一头红发、面色苍白的警督一向热情，此刻正倚着桌子聚精会神地听着。还有法医处处长凯思妮斯，她绿色的大眼睛告诉德夫：她相信他说的每一个细节。

德夫放下酒瓶：“我们在通往隧道的那条路上追上了他们，前头的车尾灯越来越亮，他们好像放慢了速度，我都能看到斯威诺头盔上的犄角了。这时发生了意外。”

邓肯把他的香槟酒放在红酒杯旁边，德夫不知该把此举解读为紧张或者根本就是不耐烦。“有两辆车在经过公交车车站后直接往弗瑞斯的出口去了，另外两辆车继续开向隧道。我们就快到岔路口了，我必须作出‘决定’……”

德夫强调了“决定”一词。他当然可以说“作出选择”，但“选择”是任何一个傻子都不得不做的事，而“作出决定”则显得积极主动，需要魄力和一个思维过程，是一个领袖要做的事——这样的领袖正是局长任命新成立的有组织犯罪处处长所需要的。

这个处由缉毒处和团伙犯罪处合并而来。鉴于城里全部的毒品交易都被赫卡忒和“诺斯骑士”两家瓜分，这样的合并本身也是合理的。问题在于谁来做处长，是德夫还是考德？考德是团伙犯罪处的资深领导，在城西有一座令人起疑的用全款买下的大房子。麻烦的是市议会有一股势力挺考德，他在警局总部也有肯尼斯的旧臣撑腰。虽然大家都知道邓肯已准备好冒险除掉考德这类人，但他为了避免警局失控，也不得不表现出一些政治上的理性。清楚的是在考德和德夫中间只有一个人会胜出，另一个则当不了处领导。

“我示意麦克白，我们应该追那两个去弗瑞斯的。”

“真的吗？”列诺克斯说道，“如果这样的话，另外两个人就会逃出这个郡了。”

“是，这便是两难的地方。斯威诺是只狡猾的狐狸。鉴于他是唯一我们握有把柄的‘诺斯骑士’，他是不是想诱我们去抓那两个去弗瑞斯的下属，好自己逃往城外？或是他笃定我们会猜他这么想，然后便反其道而行之？”

“我们有吗？”

“有什么？”德夫试图掩盖被人打断的恼火。

“斯威诺的把柄。据我所知，斯托克大屠杀已经过了追诉期。”

“一区两家邮局的抢劫案还是五年前的事，”德夫不耐烦地说，“我们有斯威诺的指纹和一切证据。”

“那其他‘诺斯骑士’呢？”

“齐尔希。我们当晚也没有什么收获，因为他们都戴着头盔。不过，我们转向弗瑞斯时看到了那顶头盔——”

“斯托克大屠杀是什么？”凯思妮斯问道。

德夫发出一声抱怨。

“你那时候大概还没出生呢，”邓肯友善地说道，“那案子发生在战争刚结束后的首府。斯威诺的哥哥因为当逃兵而面临逮捕，而他脑子进水，抓起一把枪。来抓他的两个警察都是在战壕里待过的，他们开枪打死了他。几个月后，斯威诺在斯托克给他哥哥报了仇。他走进当地警局，打死了四名警官，其中一名还怀有数月的身孕。之后斯威诺从我们的视野里消失了，当他再次出现时那案子已经过了追诉期。来吧，德夫，继续讲。”

“谢谢。我感觉他们不知道我们已经追得很近，近到在斯威诺转向弗瑞斯和老桥时我们都能看见他的头盔了。我们只行驶了大概几公里就追上了他们。当时的具体情况是：当我们之间还有一段距离时，麦克白朝天开了两枪，他们停了下来，于是我们也停车了。我们已经把山谷甩在身后，所以雨已经停了，月光和能见度都很好，我们之间有五六十米。我拿着AK-47命令他们下车，朝我们走五步跪下来，手放在头后。他们照做了，我们下车朝他们走去。”

德夫闭上眼。

他们又浮现在眼前。

他们跪了下来。

德夫朝他们走去，身上的皮夹克嘎吱作响。他看见自己打开的面罩边缘挂着一滴水，马上就要落下。马上。

“我们之间有十到十五步时，斯威诺拔出抢来，”麦克白说道，“德夫马上作出反应，开了枪。斯威诺胸口中了三枪，头盔还没着地就死了。但与此同时，另一个人也掏出枪瞄准德夫，好在他还没来得及开火。”

“我的天！”安格斯大叫道，“你打死他了，是吧？”

麦克白朝后坐了回去:“我用匕首搞定了他。”

班柯欣赏地看着他本领过人的同事。

“精彩,”西登躲在阴影里轻声说道,“不过话说回来,斯威诺掏枪时,德夫比你的反应快?我觉得你应该更快的,麦克白。”

“你错了。”麦克白说道。西登在干吗,他想干吗?“和德夫一样快。”麦克白举起酒杯送向嘴边。

“我犯了个错误,”德夫示意领班服务员再来一瓶香槟,“当然,这不是指开枪,而是选择追赶哪一路人。”

领班服务员走到桌边,轻声提醒他们快打烊了,而法律不准午夜之后卖酒,除非局长……

“谢谢,不用了,”邓肯十分擅长在调皮微笑的同时挑起满含责备的眉毛,“我们会遵纪守法。”

服务员走开了。

“我们当中最优秀的人也有可能犯错,”邓肯说道,“你什么时候发现的?摘下头盔时吗?”

德夫摇了摇头:“就在要摘之前,我在尸体旁跪下来,无意间看了一眼他的车。那不是斯威诺的车,那柄军刀不在那儿。而且‘诺斯骑士’是不换车的。”

“他们换了头盔?”

德夫耸了耸肩:“我早该料到的,我和麦克白不就刚使了这一招吗。斯威诺把头盔换给他,然后,他们把速度放得足够慢,故意让我们看见戴着那顶头盔的人向弗瑞斯驶去了,而他本人则穿过隧道和新桥逃走了。”

“狡猾的招数,相当狡猾,”邓肯说,“可惜他的手下并不聪明。”

“这怎么讲？”德夫问道。他顺便朝下瞟了一眼服务员摆在他面前的皮夹子里的账单。

“干吗要朝警察开枪呢？就像你刚才说的，既然他们知道我们除了斯威诺之外没有其他人犯罪的证据，他们完全可以任由我们抓走，过几个小时就可以自由地走出警局了。”

德夫耸了耸肩：“或许他们不相信我们是警察。或许他们认为我们是赫卡忒派来杀他们的人。”

“又或者就像局长说的，”列诺克斯说，“他们傻。”

邓肯挠了挠下巴：“我们关了几个‘诺斯骑士’？”

“六个，”德夫说道，“我们回到俱乐部会所时，没逃走的大多是重伤员。”

“我觉得像‘诺斯骑士’这种团伙不会给对手留活口。”

“他们知道自己会得到更快的救治。这会儿他们正在接受治疗，但明天我们就会拘留一批人，就斯威诺的情况进行讯问，不管他们的伤好没好。我们会找到他的，长官。”

“很好。4.5 吨苯丙胺可是不少。”邓肯说。

“确实是。”德夫笑道。

“足以让你问问自己为什么不事先向我报告。”

“时间，”德夫迅速答道。对于这个无法回避的问题，他早已权衡了各种答案的利弊，“从收到线索到采取行动没有多少时间。作为处长，我必须在程序规定和放任 4.5 吨苯丙胺流向城里年轻人的风险之间作出权衡。”

德夫和邓肯目光交会，后者在仔细打量着他。局长的食指在下巴上来回滑动，他舔了舔嘴唇。

“但依然造成了很多伤亡。桥梁损毁严重，河里的鱼估计已经变成瘾君子了。可斯威诺还逍遥法外。”

德夫暗自咒骂道。这个虚伪、自大的蠢货一定能看清大局。

“不过，有六个‘诺斯骑士’被拘留起来了，”局长说，“即便未来几周我们在吃鱼时会比平常略感兴奋，那也比放任这批毒品落到年轻人的手里要强。或者——”邓肯握住他的香槟酒杯，“被人扣下。”

列诺克斯和凯思妮斯笑了。众所周知，警局的仓库里还在莫名其妙地丢东西。

“所以，”邓肯举起酒杯，“干得不错，德夫。”

德夫眨了两下眼。他的心轻快地跳动着。“谢谢您。”他一饮而尽。

德夫一把抓过皮夹子：“这次我请，”他取出账单，拿在手里，举起来觑了一眼，“虽然我不知道这是不是我的账单。”

“谁知道！”列诺克斯带着僵硬的笑容说道。其他人都没笑。

“让我看看。”凯思妮斯抢过账单，戴上她边缘上翘的金框眼镜。德夫知道她并不需要这副眼镜，只是她觉得戴上后能显得成熟一些，让人不再关注她的容貌。邓肯把法医处交给凯思妮斯还是挺有勇气的。并非有人质疑她的专业能力——她是警察学院的优等生，还学习了化学和物理——但她比其他处长都年轻，单身外加美貌过人，很容易被怀疑是通过什么潜规则上位的。烛光使她镜片后泛着笑意的双眼水盈盈的，饱满的红唇光润亮泽，湿润的皓齿闪闪发亮。德夫闭上眼。泛光的湿柏油路，轮胎在湿路上的声响，飞溅的水声，匕首抽出脖子时喷溅到地上的鲜血——这一切像一只挤压着德夫胸口的手。他睁开眼睛，倒吸一口气。

“你没事吧？”列诺克斯拎起一壶水，连着水底的渣子一起倒进德夫的酒杯，“喝点水，德夫，醒醒酒。你得开车去了。”

“不行，”邓肯说，“我不想看到我的英雄因为酒驾而被捕或是死在路上。我的司机不会介意绕点远路的。”

“谢谢您，”德夫说道，“可法夫——”

“——差不多和我家顺路，”邓肯说道，“该谢我的应该是德夫太太和你那两个可爱的孩子。”

“劳驾。”德夫向后拉开座椅，站了起来。

“了不起的警官。”列诺克斯看着德夫踉跄地走向屋后的厕所。

“德夫吗？”邓肯问道。

“他也了不起，但我心里想的是麦克白。他战功赫赫，备受手下拥戴，尽管曾在肯尼斯的领导下工作，但我们反腐败处的人都知道他是块硬骨头。可惜他缺少晋升所需要的正式学历。”

“只要有警察学院的文凭就行了，看看肯尼斯。”

“是，可麦克白仍然和我们不是一类人。”

“一类人？”

“是这样，”列诺克斯举起香槟酒杯苦笑道，“不管我们喜欢与否，我们选择的头儿都被大家视为精英。要么来自城西，要么来自首府，受过正规教育，或是出身名门。麦克白属于普罗大众，你明白我的意思吗？”

“我明白。听着，我有点担心德夫喝醉了。你能……”

所幸厕所没人。

德夫解完手，站在洗手池旁打开水龙头，洗了一把脸。他听见身后的门开了。

“邓肯让我过来看看你。”列诺克斯说。

“嗯，你觉得他怎么想？”

“想什么？”

德夫抽出一张纸巾，擦了擦脸：“想……我的表现。”

“他应该和我们想的一样吧：你干得不错。”

德夫点点头。

列诺克斯咯咯笑起来：“你真的很想当有组织犯罪处的头儿，对吧？”

德夫关上水龙头，往手上打了打肥皂，看着镜子中反腐败处的处长。

“你的意思是，我是个有野心的人？”

“往上爬有什么不对？”列诺克斯笑道，“我想知道你怎么定位自己，这真是太有趣了。”

“我是够格的，列诺克斯。在有组织犯罪处尽己所能，这不正是我对这座城市、对你我的孩子的未来要担负的责任吗？难道我该把这个最大的好处让给考德？你我都清楚，这个人在肯尼斯手下干了那么长时间，肯定不干净。”

“啊哈，”列诺克斯说道，“所以你是被责任所驱使，完全没有个人的野心？好吧，圣徒德夫，让我给您把着门。”列诺克斯装模作样地深鞠了一躬，“我想你会拒绝涨工资，拒绝其他随之而来的特权。”

“工资、荣誉和名声对我而言都不重要，”德夫说，“但社会要给作出贡献的人回报。蔑视工资就相当于蔑视社会。”他看着镜子中的那张脸。你怎么能看出一个人在撒谎？这个被质疑的警官能成功说服自己相信这些话吗？他要花多长时间才能说服自己相信那个故事——他和麦克白设计的那出在路上杀掉两个人的故事？

“你洗完手了吗，德夫？我想邓肯要回家了。”

特警队队员们在瓦匠坊门外分了手。“忠诚！友爱！”麦克白大声说道。

其他人则口齿不清、音量有高有低地齐声说："浴火而生，共赴劫难。"

然后他们各自散开。麦克白和班柯向西行，路过一个用号而非唱在表演《在拐角处见我》的街边艺人，然后穿过中央车站废弃、破烂的大厅和走廊。一股奇怪的暖风从过道袭来，吹走了两根多立克圆柱之间的垃圾：这两根柱子历经陈年的污染再加上缺乏维护，已尽失往日的风采。

"现在你可以告诉我到底发生什么了吧？"班柯说。

"你倒是给我讲讲那辆卡车和肯尼斯是怎么回事，"麦克白说，"90 米的自由落体啊！"他的笑声在砖砌的天花板下回荡。

班柯笑了笑："得了，麦克白。乡村路上发生了什么？"

"他们说过修复工程要把桥关闭多久吗？"

"你可以骗过他们，但骗不了我。"

"我们干掉了他们，班柯。你还需要知道更多吗？"

"我需要吗？"班柯挥去楼梯下厕所的臭气，那儿有个年龄不详、披头散发的女人正弯着腰抓着扶手。

"不需要。"

"真拿你没办法。"班柯说。

麦克白停下脚步，冲墙边一个举杯乞讨的小男孩弯下腰。那孩子抬起头：他一只眼睛戴着眼罩，另一只眼睛显出嗑药后浑浑噩噩的状态。麦克白将一张纸币放进他的杯子，一只手放在他的肩上："最近怎么样？"他轻柔地问道。

"麦克白，"小男孩说，"你这不是看见了吗？"

"你能做到的，"麦克白说，"永远记住这句话。你可以戒掉。"

男孩的声音含含糊糊，从一个字囫囵到另一个字："你肯定？"

“相信我，有人就做到了。”麦克白站了起来，男孩在他们身后颤抖地叫了一声：“上帝保佑你，麦克白。”

他们走进车站东大厅，这儿异乎寻常的寂静，就像一座教堂。瘾君子们要么坐着，要么靠墙站着，要么在长椅上躺着，要么像跳慢舞般东倒西歪地走着，仿佛异域空间里的宇航员，身处不同的引力场。他们有些人狐疑地盯着这两名警官，但大多数人干脆视而不见，好像他们的眼睛有透视功能，早就知道这两个人身上没有东西可卖。大多数人已经到了形销骨立的地步，很难知道他们在世上究竟存活了多久——抑或死了多久。

“你永远不会再动复吸的念头了吧？”班柯问道。

“不会。”

“多数戒掉毒瘾的人都渴望再吸上最后一口。”

“我不会。我们出去吧。”

他们走向西出口的台阶，一直走到屋檐再也无法替他们挡雨为止。旁边一座低矮基座的黑色栏杆上，站着一只来自黑暗的史前怪兽——一百一十岁的“伯莎号”——这个国家的头一列火车，它是当时普遍洋溢的乐观精神的绝佳象征。一级级宽阔、雄伟、平缓的台阶通向废弃的工人广场，那儿曾是一派熙熙攘攘的景象，到处是货棚和来去匆匆的旅客，但如今只有风呼啸而过，无比瘆人。广场一头儿的灯光点亮了一座历史悠久的砖砌建筑，它曾是国家铁路局的办公大楼，但在这条铁路被废弃后已不再使用，直到被人重新买下、重新装修，成为城里最优雅、绚丽的建筑——因弗尼斯赌场。班柯进去过一次，但立马就意识到这儿不是他这种人来的地方，或者更确切地说，他不是这里的顾客。他大概适合去方尖塔，那儿的顾客衣着不那么光鲜，饮品不那么昂贵，妓女不那么漂亮，也不那么谨慎。

“晚安，班柯。”

“晚安，麦克白。睡个好觉。”

班柯看见他朋友的身体微微颤抖了一下，白牙在黑暗中闪闪发亮：“替我向弗里斯问好，然后告诉他：他父亲今晚干得漂亮。我真没想到肯尼斯会从他自己的桥上自由落体……”

班柯听这位朋友低声笑着，然后渐渐消失在黑暗和工人广场的雨中。可当他自己的笑声也消失后，一阵不安袭上心头。麦克白不仅是朋友和同事，他还像一个孩子，一个篮子里的摩西[1]。他几乎和弗里斯一样受到班柯的疼爱。这就是班柯要一直等到麦克白出现在广场另一头，走进赌场入口光亮中的原因。从赌场里走出来一个飘逸着火红的头发、身穿红色长裙的高个子女人，她搂住了麦克白。仿佛有个幽灵事先向她预告过：她的情人正在路上。

夫人。

或许她对今晚的事情已有所耳闻。像夫人这样的女人一定有渠道能满足她想知道的、关于这座城市表面下涌动的一切，否则她也不会有今天的地位。

他们还彼此抱着。她是个美人儿，过去恐怕姿色更佳。没人知道夫人的年龄，但绝对比三十三岁的麦克白要大好几岁。不过，他们说的那句话也许是对的：“真爱无往不胜。”

也许不对。

班柯掉头朝北走去。

[1] 摩西（Moses），《圣经》中犹太人的领袖。摩西出生时，埃及法老正对犹太人实施迫害。摩西的父母将他放进一个篮子里，然后将篮子搁在法老女儿经常游泳的那条河的河边芦荻中，吩咐摩西的姐姐远远看守，观察他的结局到底怎样。后来，埃及公主发现了篮子里的摩西，决定收养他并将其视如己出。

司机按照局长的吩咐，把车开上法夫的一条碎石子路。碎石子在轮胎下发出嘎吱嘎吱的碾轧声。

“就停在这里吧，剩下的路我自己走回去。”德夫说。

司机刹住车。四周一片静谧，他们能听见蚂蚱跳过的动静以及落叶树木哗啦啦的响声。

“你不想吵醒他们，”邓肯说，他朝路的尽头望去，一间小小的白色农舍沐浴在月光下，“好吧，就让我们爱的人在不知不觉中安心地睡去。你这小房子真不错。”

“谢谢您。不好意思，让您绕远路了。”

“生活中我们都得绕点远路，德夫。下次你得到‘诺斯骑士’的线索时，要绕远路来找我，明白吗？”

“明白。”

邓肯的食指在下巴上前后滑动：“我们的目标是让这座城市变成对所有人而言更美好的地方，德夫。但这意味着所有积极的力量必须拧成一股绳，为这个社会最大的利益服务，而不仅仅是为个人利益。”

“当然。长官，我表个态吧，只要对警局和城市有好处，我做什么都可以。”

邓肯露出微笑：“果真如此，该谢你的人是我，德夫。哦，对了，还有最后一件事……”

“您请讲。”

“你提到十四名‘诺斯骑士’，包括斯威诺本人，这比你预想的要多。而且他们通常都不会这么谨慎，而是只派几个人来取货，是吧？”

“是的。”

“你有没有想过，斯威诺兴许也听到了什么风声？他可能早就怀疑你会出现在那儿。所以你担心告密者也不是没有道理。晚安，德夫。”

“晚安。”

德夫沿路走向他的小屋，呼吸着泥土和沾有露水的青草的芳香。他的确想过这种可能性，现在邓肯自己说出来了。告密者。报信的。而他——德夫，会找出这个告密者。他明天就会把他找出来。

麦克白在他那边躺下来，闭上双眼，听着背后她均匀的呼吸声和楼下赌场低沉的音乐——仿佛隐约的心跳声。因弗尼斯赌场通宵营业，但对于疯狂的赌徒和饥渴的酒鬼来说，现在也够晚了。走廊里整夜都是客人穿梭的脚步声和开启房门的声音。有些是独自一人，有些带了配偶，有些则跟着其他人的伴侣。夫人对此不太在意，只要那些常来光顾赌场的女人遵守她不成文的规矩——永远小心谨慎，永远穿戴整洁，永远头脑清醒，永远不染病，还有就是，永远永远妩媚动人。他们在一起不久后，夫人曾问麦克白为什么对她们不感兴趣。当他回答说，这是因为他的眼里只有她时，夫人笑了。过了一阵儿，她才明白他确实是这样想的。他不必为了看她而回过身，因为她的身影早已烙进他的视网膜。不管她人在哪里，他要做的就是合上眼，然后她便会自动浮现。在夫人之前，麦克白没有其他女人。自然，会有一些女人让他血脉偾张，也肯定有女人因为他而心跳加速，但他从未和她们亲热过。当然，也有人伤过他的心。夫人得知后笑问他是不是真正的处男，于是他便对她讲了自己的故事——那个此前只有两个人知道的故事，然后她也分享了她的故事。

他光着身子，套房的丝绸被单让他感到既沉重又昂贵。那感觉像在发烧，冷热交加。他能从她的呼吸里听出她醒了。

“怎么了？”她带着困意问道。

“没什么，”他说，“就是睡不着。”

她挪过去依偎在他的怀里，抚摩着他的胸膛和肩膀。有时他们的呼吸韵律和谐——正如现在——仿佛属于同一个有机体，就像共用肺部的连体婴儿。他们对彼此袒露心扉后就有这样的感觉，他知道自己不再孤独。

她的手沿着他的大臂拂过文身，滑落到他的小臂，然后抚摩着他的伤疤。这伤疤的来历他也说过了。还有洛瑞尔。他们对彼此可谓毫无保留。那些其实不是秘密，但有一些可怕的细节，他曾央求她不要再追问。她爱他——这是唯一重要的事，也是他唯一需要从她身上了解的一点。他平躺过来。她用手拍了一下他的肚子，放在上面一动不动。她才是女王。而她的仆人听话地从丝绸布料下站了起来。

当德夫爬上床凑到妻子身旁，听到她均匀的呼吸声、感受到她后背的热度时，那晚的记忆已然逐渐消退。这个地方对他就是有那种魔力，一直都有。他是在学生时代和她相识的。她来自城西一个富裕的家庭，尽管她的父母最初并不看好他，但经过一段时间的接触后，他们接受了这个努力、上进的年轻人。何况在岳父眼中，德夫出身于一个受人尊敬的家庭。剩下的事就顺理成章了：结婚，生子，在法夫有一间房子——这样孩子们就不必呼吸城中的毒气，事业，平平淡淡的日子。伴随着漫长时光与等待着升迁提拔的，许多平淡的日子。时光飞逝，生活就是如此。她是一位贤妻良母，聪明、体贴、忠贞不贰。那他呢？他难道不是个好丈夫吗？不是他供养这个家，给孩子攒学费，在湖边建起一座小屋吗？是的，她和她父亲都没什么好抱怨的。他就是以自己的方式活着，无法改变。不管怎么说，关于拥有一个家、拥有一个家庭，总有许多可说的话：家能给你安宁，家有自己的生活步调，家有自己的议事日程，不太关心外界发生了什么。也不见得如此。而他需要那种现实感，抑或无视它，他必须得到其中一个，时不时地。

“你终于回来了——”她咕哝道。

“回到你和孩子身边。”他说。

“大晚上才回来。”她补了一句。

他躺下来，聆听他们之间的沉默，试图判断情形是好还是坏。接着，她的手温柔地搭在了他的肩膀上，指尖轻揉他疲劳的肌肉——他知道那些地方的疼痛会得以减轻。

他闭上眼。

那一幕又浮现在眼前。

雨点悬挂在他面罩边缘。那个人跪倒在他面前，一动不动，戴着那顶犄角头盔。德夫想对他说些什么，可又说不出口。他举起枪，对着他的肩膀。那人就不会动一下吗？雨点可要落下来了。

“德夫，”麦克白在他身后说道，“德夫，不要……”

雨点落了下去。

德夫开了枪。接着又是一枪。最后又是一枪。

三枪。

跪在面前的那个人栽倒在一旁。

死一般的沉寂。他在死者的身旁蹲下，摘掉他的头盔。当他发现这个人不是斯威诺时，仿佛被一桶冰水从头顶浇遍全身。年轻人闭着眼，像是躺在那里，在安静地沉睡。

德夫转过身，看了一眼麦克白，眼中噙满泪水，仍是说不出话，只摇了摇头。麦克白点头回应，摘掉了另一个人的头盔。也是个年轻人。德夫感觉有什么东西涌上喉咙，他用双手捂住自己的脸。啜泣之间，他听见这个人的哀求声在空中回荡，仿佛海鸥在荒凉的平原上空哀鸣。“不，不要！我什么都没看见！谁也不会告诉！求求你了，陪审团不可能相信我的。我明白——”

话音戛然而止。德夫听见一具躯体重重地砸在柏油路上，一阵低沉的、骨碌碌的声音，然后一切安静下来。

他回过身，这才注意到另一个人身穿白衣。鲜血从他脖子的伤口里汩汩流出，浸透了衣服。

麦克白站在那个人身后，拿着一把匕首。他的胸脯上下起伏。“这回，”他的声线有些粗哑，于是清了清嗓子，“这回我把欠你的还清了，德夫。”

德夫用手指按住那处他知道痛苦不会减轻的地方，另一只手捂住对方的嘴，不让他叫出声，然后将他摁倒在病床上。对方拼命拉扯着铐在床头上的手铐。透过从窗户洒进来的阳光，德夫能够清楚地看见那对巨大的瞳孔周围细小的血管网，那充满惊惧的黑色眼眸，圆睁的双眼，以及额头上文的“诺斯骑士，至死不渝”。德夫的食指隔着绷带戳进肩膀的伤口里，发出“咕唧咕唧”的声音，手指变成了红色。

“只要对警局和城市有好处，”德夫暗自念道，“做什么都可以。”

然后他重复了一遍问题：“警局里谁给你们报的信？”

他把手从伤口上拿开。那人不叫了。德夫把手从他的嘴上拿开。那人没有了反应。

德夫扯下绷带，把所有手指都戳进伤口。

他知道他会得到一个答案，只是时间问题。只要超过承受力的极限，那个人便会屈服，便会打破所有文身上的誓言，做出任何原以为自己永远都做不出的事——绝对是任何事。

永远的忠诚不符合人性，背叛才是人之常情。

第四章

整整二十分钟。

二十分钟前，德夫走进医院，将手指插进额头文着字的人的肩膀上的伤口里，挖出了关于告密者及其作案时间、地点的充足信息，带着震惊离去。除非遭人诬陷，否则这个告密者无法抵赖。令人震惊是因为事情已经到了十分严重的地步——他们中一直有个内鬼。但另一方面，事情的进展却又好得令人难以置信。

整整三十分钟。

三十分钟前，德夫开车穿过滴滴答答，像老年人排尿一般洒落在城市里的雨，将车停在警局大楼外。在得到局长办公室前台女士礼貌的点头许可后，德夫终于坐在了邓肯面前，说出了那两个字——“考德”。局长从桌上探过身子，问德夫是否确定，毕竟他们谈论的是团伙犯罪处的一把手。然后他坐了回去，一只手捂着脸。德夫第一次听见邓肯发誓。

整整四十分钟。

四十分钟前，邓肯宣布给考德放一天假，然后打电话命令麦克白将其逮捕。八名特警队队员随后包围了考德的住所——坐落于一块面朝大海的开阔土地上，由于远在西面，垃圾还没清运干净，流浪者也没赶尽。图特尔市长是他最近的邻居。特警队把车停在外围，两名队员从两侧爬上房。

麦克白和班柯坐在地上，背靠房子南面的高墙，旁边是几扇门。考德和他的多数邻居一样，在墙顶插满了玻璃碴儿，但特警队有特制的毯子可以克服这类障碍物。突袭按部就班地进行，队员们在到达预先指定的位置后通过对讲机报告情况。麦克白瞥了一眼街对面，一个六七岁的男孩在他们抵达后一直在朝一面车库的墙扔球玩。现在他停下来，张着嘴，盯着他看。麦克白将一根手指放到唇边，那孩子梦游似的点头回应——这表情在麦克白的印象里就和昨晚跪在地上那个穿白衣服的小子一模一样。

“醒醒。”是班柯在他耳边轻声说话。

“怎么了？”

“所有人都到位了。”

麦克白做了几次深呼吸。现在务必要忘掉其他事，集中精力。他按下对讲机的按钮：“50 秒后行动。北路？完毕。”

安格斯用牧师诵经般令人宽慰的声音答道：“一切正常。屋内没有动静。完毕。”

“西路？完毕。”

“一切正常。”这是替补队员西登的声音，单调而冷静，“等一下，客厅的窗帘动了一下。完毕。”

“明白。”麦克白说。他连想都不用想，这便是他们每天反复演练的模拟情境处置流程的一部分，“伙计们，咱们可能已经暴露了。现在缩短时间，提前行动。三、二、一，行动！”

于是，作战区出现了。它像一个房间，当你关上身后的门，唯一存在的便是任务、你和你的下属。他们站起来。当班柯把毯子在墙顶的玻璃碴儿上铺开时，麦克白注意到那个玩球的男孩正缓慢地、机械地挥动着他腾出来的一只手。

他们只用了几秒便翻墙而入，迅速穿过花园。麦克白来了感觉，那种眼观六路、耳听八方的感觉。他能听到风中一根树枝折断的动静，能看到一只乌鸦从隔壁房顶的屋脊上飞起，能闻到草丛中一个正在腐烂的苹果的味道。他们跑上楼梯，班柯用枪托砸碎了正门旁边的窗户，伸手从里面把门打开。他们一进屋便听到房中其他地方传来的玻璃碎裂声。八对一。当麦克白问邓肯是否怀疑考德会反抗时，邓肯答道：这不是他进行一场大搜捕的原因。

“这是为了发出一个信号，麦克白。我们不会姑息自己人。恰恰相反，砸碎玻璃，踹开房门，闹出大动静，然后将带着手铐的考德从正门押出来，这样就能让所有人看见，并且一传十，十传百。”

麦克白身先士卒，肩顶着一支突击步枪，目光扫过前厅。他背靠着墙，在客厅门外站定。在接触了外面刺眼的阳光后，他的眼睛正在逐渐适应这里的黑暗。房子里所有的窗帘似乎都被拉上了。班柯走到他旁边，又继续进入客厅。

当麦克白离开墙壁，跟着班柯进去时，情况发生了。

屋里有两个楼梯。袭击者动作敏捷，悄悄从其中一个黑暗的楼梯后冲出，撞上麦克白的胸口，将他向后撞飞。

麦克白感到喉咙上方涌起一股热气，他设法将枪筒横在自己和冲出来的那条狗之间，将它的嘴扒到一边，獠牙转而嵌进他的肩膀。他痛苦地尖叫着，血盆大口已在撕咬他的皮肉。麦克白极力想要击退它，但腾出来的那只手却被枪带束缚。“班柯！”考德不会养狗。他们行动前总会做这方面的调查。可这绝对是一条凶猛的狗。它一把将枪筒推开，直冲他的咽喉而来，颈动脉眼看就要被撕开。

“班——”

那条狗突然不动了。麦克白回过头，盯着它呆滞的双眼。它软了下去，瘫在他身上。麦克白将它推开，抬起头。

西登站在麦克白眼前，伸出一只手。

“多谢，”麦克白自己站了起来，“班柯呢？”

“他和考德在里面。”西登朝客厅走去。

麦克白走向客厅的门。窗帘已经拉开，日光中，他看见班柯的背影，他正注视着天花板。上面有一个顶着太阳光环的天使：他低垂着头，仿佛在祈求宽恕。

整整一个小时。

从麦克白说“行动”到邓肯召集所有部门领导到总部的大会议室开会，整整一个小时。

邓肯站在台上，低头看着几张纸。德夫知道，邓肯把话按照自己想要表达的方式写在了上头，但他会根据时机和气氛即兴发挥。这并不是说邓肯局长是个我行我素的人，实际情况远非如此。德夫知道，邓肯有节制的表达能力，他是一个情感和理智兼备、心口如一的人，一个理解自我，因此也理解他人的人。他是一位领导者，人们愿意跟从的领导者。一个德夫希望自己成为或可能成为的人。

“大家都知道发生了什么。”邓肯的声音低沉而庄严，却有雷霆万钧之力，“我就是想在下午的新闻发布会之前，先向各位全面介绍一下情况。我们最信任的考德警督涉嫌严重贪污犯罪，目前已被证实。鉴于他和‘诺斯骑士’关系密切——我们昨天刚刚对他们开展了成功的行动——考德很有可能见此而毁灭证据并且逃逸。因此，今天上午十点，我们命令特警队对考德立即实施抓捕。”

德夫刚才正在想局长会不会提他的名字，但他也知道邓肯不会透露任何细节。干警察这行要明白一件事：规矩就是规矩，即便它不成文。所以当邓肯抬起头说“麦克白警督，可否请你上来简要介绍一下抓捕情况”时，德夫颇感意外。

德夫转过身，看着他的同事从一排排椅子中间走向讲台。麦克白显然对此也很意外。在这种情况下，局长一般不会委托别人发言，而是会自己简单说两句，然后宣布散会，好让大家回到各自的工作岗位，继续为打造一个更好的城市而奋斗。

麦克白在放松时显得气色不好。他仍旧穿着黑色的特警队队服，但脖子的拉链很靠下，大家都能看见他右肩洁白的绷带。

“好。”他开口说道。

不算特别优雅的开场白，可谁也不会指望特警队队长是一位语言大师。麦克白看了看手表，好像和谁有约似的。屋里所有人都知道他这么做的原因：这是警察在被命令汇报工作、自信心不足时的本能反应。他们看手表，似乎以为过去事件的准确时间都刻在那上面，或者表盘会放慢他们的回忆。

“十点五十三分，”麦克白说着咳了两声，“特警队对考德警督的住所展开搜捕。露台的门开着，但没有闯入和打斗的迹象，也没见其他人在我们之前到过这里，除了一只狗。考德本人没有他杀的迹象……”麦克白停下来看了一眼手表，继续对听众说，“露台门口有一把椅子被踢翻。我不打算对现场勘查预下结论，但目测考德上吊时没有直接从椅子上迈下来，而是跳下来的，当身体回摆时将椅子踹翻到房间另一头。这一点与死者的粪便散落一地是吻合的。尸体是凉的，看上去自杀似乎是最明显的死因。我们队员里有人问，考虑到考德当了一辈子警察，我们可否跳过相关流程，把他放下来，我说不行……”

德夫注意到麦克白戏剧性的停顿，似乎是想让下面的人聆听他的沉默。这是德夫可能会用到的技巧，他肯定也见邓肯用过，但没想到为人务实的麦克白在说话时也会有这种心思。也可能没有，因为他又在看表。

“十点五十九分。”

麦克白抬起头，把手表上方的袖子放了下来，表示他已经讲完了。

“所以考德还挂在那儿。不是出于调查的目的，而是因为他是一名腐败的警察。”

屋里出奇的安静，德夫能听见雨水打在高窗上的声音。麦克白转向邓肯，礼节性地点了点头，然后走下讲台，回到座位上。

邓肯待麦克白落座后说：“谢谢麦克白。这部分内容不会在发布会上讲，但我认为它很适合做这次内部通报的结尾。记住，谴责我们内部一切的软弱和黑暗，就相当于致敬我们的强大和光明。各位，回去好好工作吧。”

年轻的护士站在门口，看着病人脱掉上衣。他把自己长长的黑发扯到脑后，以便大夫揭开他左肩上血迹斑斑的绷带。她只知道这位病人是一名警察。一名肌肉发达的警察。

“天哪，”大夫说，“我们得给你缝上几针。还得打一针破伤风，被狗咬伤都得打。不过，先上一点麻醉吧。玛丽亚，你能……”

“不用。”病人眼睛直视着墙说道。

“什么？”

“不用打麻药。”

一阵沉默。

“不用麻药？”

“不用麻药。”

大夫刚要向他解释疼痛的相关问题，就看到了他大臂上的旧伤疤。不过，她在搬到这座城市后已经见过太多这样的伤疤了。

“好吧，”她说，“不打麻药。”

德夫背靠着办公椅，将听筒压在耳朵上。

“是我，亲爱的。你们在干吗呢？”

“埃米莉跟朋友游泳去了。埃文牙疼，我准备带他去看牙医。”

“好吧。亲爱的，我今天要加班了。”

“为什么？”

“我可能得在这儿过夜。”

“为什么？”她重复道。她的声音没有显示出任何不满或失望，听起来只是想索取一些信息，也许是为了向孩子们解释他不在家的原因，而不是因为她需要他，不是因为……

“新闻很快就会播的，”他说，“考德自杀了。”

“哎，考德是谁？”

“你不知道吗？”

“不知道。”

“团伙犯罪处的头儿。他本来是有组织犯罪处处长的有力竞争者。”

沉默。

她对他的工作从来都不太感兴趣。她的世界就是法夫、孩子和丈夫（至少他在家时是这样），这对他来说是好事，因为他们无须接触这份工作的阴暗面。但从另一角度来看，她对他的进取心缺乏兴趣，也导致她一直不能理解这份工作会让他花费多少时间，作出多少牺牲，付出多少……天知道有多少努力。

“有组织犯罪处的处长，在总部排名第三，仅次于邓肯和副局长马尔康。所以，是的，这是一个很重要的位置，也就是说我必须待在这儿。未来几天可能也得这样。”

“只要你能来参加提前庆生会就行。”

提前庆生。噢，天哪！这是他们的传统，在孩子生日的前一天庆祝，就他们一家四口，加上肉汤和爸爸妈妈的礼物。他真把埃文的生日给忘了吗？也许这个日子和过去几天发生的所有其他事情一道，不慎从他的脑海里溜走了。不过，之前在德夫告诉埃文缉毒处卧底的工作方式后——他们有时为了防止暴露会做些伪装——他马上出去买了埃文想要的东西。德夫面前的抽屉里放着一个精心包装的礼盒，里面是假胡子、胶水、假眼镜以及一顶绿色的羊毛帽，全是成人尺寸，这样他便可以信誓旦旦地告诉埃文：爸爸和同事们的穿戴和这个一模一样。

座机的指示灯闪了一下：是内线。他已经预感到是谁打来的了。

“等一下，亲爱的。”

他按下指示灯下方的按钮：“你好？”

“德夫吗？我是邓肯。想跟你讲一下今天下午新闻发布会的事。”

“哦，好的。”

“我想让大家看到，我们没有被考德的事击垮，而是在着眼于未来，所以我打算在会上宣布由谁来担任有组织犯罪处的代理处长。”

“有组织犯罪处？呃……已经定了吗？”

“不管怎样我到月底都要把人选定下来，可团伙犯罪处的头儿现在空出来了，倒不如直接任命一个代理处长。你能来一趟我的办公室吗？”

“没问题。”

邓肯挂了电话。德夫坐在那里，盯着熄灭的指示灯。局长亲自打电话，这可不寻常，因为一般都是由他的秘书或助理负责通知。代理处长。在走完申请和职务委员会审议等诸多流程后，谁有可能最终坐上这个位置？他凝视的目光捕捉到另一盏亮着的灯：他完全忘了妻子还在线上等待。

“亲爱的，有事了。我得挂了。”

“哦？不是坏事吧？”

“不是，”德夫笑道，“完全不是坏事。你下午可以打开收音机听听新闻，看新任的有组织犯罪处处长是谁。”

“哦？”

“给我亲一口脖子。”他们许多年都不说这句亲昵的话了。德夫撂下电话，难以自制，撒腿就冲出办公室，跑向通往顶层的楼梯。向上，再向上。更高，再更高。

秘书请德夫直接进去：“他们在等你。”她微笑道。微笑？她从来不微笑。

局长办公室宽敞通风，配的家具却十分朴素。除去邓肯，橡木圆桌旁还围坐着四个人：副局长马尔康戴着一副眼镜，一头早熟的银发。他在首府的大学专攻哲学和经济学，说话喜欢引经据典，被许多人视为警局的一只怪鸟。他是邓肯的老友，自称是邓肯把他请来的，因为他们需要他丰富的管理经验。其他人则说，这是因为邓肯需要马尔康在管理层会议上投永远的赞成票。马尔康的身旁，列诺克斯把身子凑到桌边。他依旧那么兴致勃勃，透着白化病人特有的苍白。他的反腐败处成立于邓肯重组警局期间。关于这个处的处名里要不要加“反”这个字，局里有过短暂的讨论，有一种观点认为，大家其实不说反毒处，也不说反凶案处。可肯尼斯在位时，缉毒处用老百姓的说法就叫腐败处。邓肯的另一侧坐着一名负责记录会议的助手，她的旁边是凯思妮斯警督。

邓肯不允许有人在办公室里吸烟，所以桌上没有插着烟蒂的烟灰缸供德夫判断他们在这里讨论多久了，但他注意到桌上的一些便笺本上沾着咖啡渍，有的茶杯几乎已经空了。屋里开放、温和、近乎宽松的氛围表明，他们已经拿定了主意。

“辛苦你，这么快就来了，德夫，”邓肯张开手掌，示意德夫坐在最后一张空椅子上，“我就开门见山吧。我们准备将你的缉毒处与团伙犯罪处合并成有组织犯罪处。这是我坐上那把椅子后，我们遇到的第一次危机。”德夫顺着邓肯点头的方向，朝他的办公桌望去。局长的座椅大，椅背高，但看上去并不舒服，有点过于笔直，缺少缓冲物。这是一把合乎德夫胃口的椅子。“所以我感觉，重要的是展现一下我们的精神风貌。”

“听起来有道理。”德夫说道。他一开口便后悔了。这句评论让他看上去像是被叫来评估高层管理者的，“我的意思是，您说得对。”

桌子周围一阵短暂的沉默。他是否又矫枉过正，显得没有主见了？

“我们必须保证，新任处长不能牵涉腐败。”邓肯说。

“当然。”德夫说。

“不仅是因为我们经不起第二桩考德这样的丑闻，也因为我们需要一个能帮我们抓住真正的大鱼的人。我说的不是斯威诺，而是赫卡忒。”

赫卡忒。这个名字念出后，屋里的沉默足以说明一切。

德夫在椅子上坐直。这的确是一项艰巨的使命。显然这份工作就是要让你上刀山、下火海。一项崇高的使命，从这里开始。你的人生将会与众不同，你将成为一个更杰出的人。

“这次你成功打击了‘诺斯骑士’。”邓肯说道。

“不光靠我，长官。”德夫说。所谓“满招损，谦受益”，越是在别人没有要你谦虚的时候，就越要主动放低姿态。

“的确，”邓肯说，“麦克白帮了你，还帮了你很多。你对他整体印象如何？”

“印象吗，长官？”

“是的，你们在警察学院是同届。他在特警队干得无疑很出色，队里上下都对他的领导能力赞赏有加。当然，特警队是一个专业化程度很高的部门。你了解他，这也是为什么我们想听听你认为麦克白能否胜任这个位置。”

德夫咽了两下口水，才让声带发出一声：“您的意思是，麦克白能否胜任有组织犯罪处的处长？”

“是的。”

德夫需要缓一缓神。他把一只手放到嘴上，垂下眉毛和额头，希望这样让自己看上去像是在认真思考，而非大失所望。

“德夫？”

“率领人马突袭住所、击毙罪犯并解救人质，这是一码事，”德夫说，“麦克白无疑很擅长这些。但领导一个有组织犯罪处，对素质的要求则略有不同。”

“我们同意，”邓肯说，“要求是略有不同，而非完全不同。无非就是领导一班人嘛。他这个人怎么样？可靠吗？”

德夫用拇指和食指挤压自己的上唇。麦克白。该死的麦克白！他该说什么？这次提拔应该是属于他德夫的，而不是那个原本可能会去马戏团里玩杂耍或扔飞刀的人！他的目光锁定在办公桌后面墙上的那幅画上。奋勇前进，赤胆忠心，敢为人先，精诚团结。他的脑海里又浮现出乡间小路上的画面：麦克白，他自己，两个死人。雨水正将鲜血冲走。

“是的，”德夫说，“麦克白是个可靠的人。但最重要的是，他懂得领导的艺术。从他今天的讲话就能看出来。”

“同意，”邓肯说，“这就是为什么我要他上去，就是要看他如何应对。我们刚才一致认为，他今天的表现是一个很好的范例，展现出一名警官对既定汇报流程的尊重，也展现出一个真正的领导者激励和动员的能力。考德还挂在那儿‘是因为他是一名腐败的警察’。”

邓肯故意模仿麦克白粗鲁的工人阶级口音，把一桌子人逗得轻轻笑出了声。

“如果他真的具备这些素质，”德夫一边说，一边听见内心一个声音轻轻告诉自己不该说这些话，“你们应该问问自己，为什么他从警察学院毕业后一直没有走得更远。”

“太对了，”列诺克斯说，“但这正是支撑麦克白当选的最有力的观点之一。”他笑了，发出一个不合时宜、又尖又细的颤音，“这桌人没有一个在上任局长任职期间身居高位的，因为我们和麦克白一样不愿同流合污，拒绝接受贿赂。据我的消息，可以完全肯定地说，麦克白刚直的性格阻碍了他的职业发展。”

“那么你已经回答这个问题了，”德夫冷冷说道，“想必你们也考虑过他和那个赌场主人的关系了吧。”

马尔康看了邓肯一眼，在得到后者点头许可后说：“诈骗处目前正在调查上一任管辖时期允许发展的商业活动。在这方面，我们刚刚对因弗尼斯赌场进行了全面调查。结论很清楚：因弗尼斯在账目、缴税和雇用员工方面都做得很规范。对于博彩公司来说，做到这一点还是不容易的。目前我们正对方尖塔进行更加细致的调查——”他诡秘地一笑，“坦率地讲，他们家是一团糟，用他们的话说，今后还会继续下去。所以，我们对夫人和她的业务不持异议。”

“麦克白来自城东，是圈外人，”邓肯说，“而我们这桌人被视为圈内人。大家都知道，我们反对肯尼斯，代表警局风气的革新，而且我们接受的是私立教育，来自上流家庭。我觉得选择麦克白将传递出一个良好的信号。在警局，在我们的警局，不论出身和背景，只要努力工作，为人正派——一定要正派——任何人都能做到顶层。”

“很好的想法，长官。”列诺克斯说。

“那么好，”邓肯双手合拢，“德夫，你还有什么想补充的吗？”

你没见过他胳膊上的伤疤吗？

“德夫？”

你没见过他胳膊上的伤疤吗？

“你怎么了，德夫？”

“没什么，长官。我没有什么可补充的。我相信麦克白是一个好的选择。”

“很好。那么，感谢大家参加这次会议。”

麦克白凝视着红色的交通指示灯，雨刮器在班柯的PV544型沃尔沃轿车的挡风玻璃上来回摆动。这辆车虽说和班柯一样小，同周围的车相比有些老掉牙，但它功能齐全，性能可靠。它的外观设计有点小问题，特别是内扣的弧形车尾和前突的车头，让整辆车看上去有点临阵退缩的样子。不过，照车主的话来说，看看车子内部和引擎盖的下面，你就会知道麻雀虽小，五脏俱全。雨刮器奋力拨开雨水，流动的水纹让麦克白想起熔化的玻璃。一个穿着雨衣的男孩横穿他们面前的马路。麦克白看见人行横道的指示灯从绿人变成了红人——一个从头到脚淋满鲜血的躯体。麦克白打了个寒战。

“怎么了？”班柯问。

“我可能发烧了，”麦克白说，“眼前总会出现一些东西。”

“幻觉？”班柯说，“那就是得了流感。也难怪，昨天淋了一天的雨，今天又被狗咬了一口。”

“说起那条狗，找到它是从哪儿来的了吗？”

“只知道不是考德的。肯定是从阳台开着的门进来的。我搞不懂它是怎么死的。”

“我没告诉你吗？是西登干掉的。”

“我知道，但是我没看见任何伤口。他掐死的吗？”

“我不知道。问他吧。”

“我问过了，但他的回答并不靠谱，只是在——”

“灯绿了，爸。”后座的男孩凑到他俩之间说。麦克白看了一眼这个十九岁的瘦高个儿：比起班柯的乐观爽朗，弗里斯更多继承了他妈妈的稳重和谦逊。

“儿子，是你开车还是你爸开车？”班柯一边起步一边温暖地笑道。麦克白看着路上的行人，有去购物的家庭主妇，有酒吧外的失业者……过去十年间，这座城市的早晨变得越来越忙碌了。它赋予这座城市一种喧嚣的气氛，但实际情况却恰恰相反：那一张张冷漠的、无所事事的脸令人更多地想起活死人。过去几个月，他一直在寻找改变的迹象，看看在邓肯的领导下，情况是否有所改观。最明显和最野蛮的街头犯罪似乎减少了，有可能是因为出动了更多的巡警，抑或它们只是转向了偏僻的街区和犄角旮旯。

“警察学院竟然下午还有课，”麦克白说，“我们那个时候没有。”

“不是上课，”男孩说，“我和一些人搞了个学习小组。”

“学习小组？是什么？”

“弗里斯跟一些好学的孩子在考试之前集体用功，”班柯说，“这是个好主意。”

“爸爸说我应该去念法律，警察学院还不够。你觉得呢，麦克白叔叔？”

“我觉得你应该听你爸的。”

“可你也不是搞法律的呀。”男孩反驳道。

“所以看看他的下场，”班柯笑道，“你可得努力呀，弗里斯。比起你这个没本事的老爸和旁边这个粗人，你得立下更高的目标。”

“你说我没有领导力。”弗里斯说。

麦克白抬起眉毛，瞥了一眼班柯。

“真的吗？我以为父亲的责任是让孩子相信只要他们足够努力，就能做成任何事情。”

“是这样，”班柯说道，“我没说过他不具备领导力，只是不擅长。这意味着他必须认真学习。他有头脑，只是要学着去相信自己的判断，也就是说自己拿主意，而不是永远跟随别人。”

麦克白转向后座：“你有一个很难对付的老爸。”

弗里斯耸了耸肩：“有些人总喜欢发号施令、越俎代庖，而其他人就不像他们。你说怪不怪？”

“不怪，”班柯说道，“可如果你想实现某个远大理想，就必须改变自己。”

“可你改变了吗？”弗里斯的问话里带着一丝情绪。

“没有，和你一样，”班柯说，“喜欢让别人做主。可我真希望有人能告诉我，我的想法不比别人的差，有时甚至更好。而一旦你有了更好的判断力，你就应该去领导，这是你对社会应尽的责任。”

“你觉得呢，叔叔？你能说改变就改变，就这么变成一个领导吗？”

“我不知道，”麦克白说道，“我觉得有的人生来就是当领导的命，变成领导是自然而然的事。就像邓肯局长，他们的信念能感染你，让你为某种东西付出生命。而我认识的其他人既没有信念，也不擅长领导，只是被欲望驱使着一直向上爬，直到他们坐上领导的位置。他们也许有智慧、有魅力，能说会道，但他们并不理解人性，因为他们看不透别人，只能理解和看见一样东西：他们自己。”

“你是在说德夫吗？”班柯笑道。

“德夫是谁？”弗里斯问道。

“跟你没关系。”麦克白说道。

“有，有关系。告诉我嘛，叔叔。我就是来向您学习的，不是吗？”

麦克白叹了口气：“我和德夫在孤儿院和警察学院时是朋友，现在他是缉毒处的处长。但愿他能在工作中明白这一点，好好改进。”

“他做不到。”班柯笑道。

“缉毒处，”弗里斯说，“就是那个有一道伤疤斜穿过脸的人吗？”

“是的。”班柯说。

“那道疤是从哪儿来的？”

“生来就有。”麦克白说，“到学校了，好好表现。”

“知道啦，麦克白叔叔。”

“叔叔”这个称呼弗里斯从小就叫，现在多被他用于调侃。但当麦克白看着这孩子穿过雨、一路跑进警察学院的大门时，他心头还是泛起一阵暖意。

“他是个好孩子。”他说道。

“你应该要个孩子，”班柯把车从路边开走，“他们是生命的馈赠。”

“我知道，但对夫人来说有点晚了。”

“那就跟更年轻的生。跟你同龄的怎么样？”

麦克白没有回答，心事重重地注视着窗外。“当我看到信号灯里的小红人时，我就想到了死亡。”他说道。

“你在想考德吧，”班柯说道，“对了，安格斯盯着考德在上面晃荡的时候，我们说了几句话。”

“关于宗教的冥想吗？”

“不是。他只是说自己不明白为什么有钱又有权的人会自杀。就算考德丢了饭碗，可能还得暂时坐牢，但他仍然有很好的物质基础，可以继续漫长而悠闲的生活。我不得不向这孩子解释，是眼前的失败造成的失望，加上知道未来也达不到自己预期时的失望，让他选择了死亡。这就是为什么人不能有太高的预期，起步要慢，不可少年得志。要有计划地成长，你说呢？”

“你刚才还在跟你儿子保证，如果他学法律就能过得比你好。”

“儿子不一样。他们是你生命的延续，他们应该走得更远才对。”

“其实不是考德。”

“啊？”

“我刚才想的不是考德。”

“噢？”

“是乡村路上的那个年轻人。他——”麦克白望向窗外，“他是红的。浸透在血中。”

“别想这个了。”

“冷冷的血。”

“冷……你什么意思？”

麦克白深吸一口气：“在弗瑞斯追上的那两个人，他们已经投降了，可德夫还是打死了戴着斯威诺头盔的那个人。”

班柯摇了摇头：“我就知道是这样。另一个呢？”

“他是目击者。”麦克白露出痛苦的表情，“他们是从聚会上逃跑的，他穿着白衬衫和白裤子。我拿出匕首，他开始哀求，他知道会发生什么。”

“我不想再听下去了。”

“我站在他身后，可下不去手。我站在那儿举着匕首，动不了。可我看见了德夫，他坐在地上，用手捂着脸，哭得像个孩子。然后我动手了。”

远处传来一阵警笛声。是一辆消防车。还有什么东西能在这样的雨里燃烧？班柯思忖道。

“我不知道是不是因为他的衣服湿透了，”麦克白说，“但鲜血染遍了他的全身，包括衬衫和裤子。他躺在柏油路上，胳膊朝下，略微向外撇开，就像交通信号灯：停下来。不要走。”

他们在沉默中行进，通过警局总部的车库入口。只有处长和更高级别的官员才有资格获得车位。班柯转向大楼后部的停车区，停车、熄火。雨水从车顶滴滴答答地落下。

“我理解。”班柯说道。

“你理解什么？”

“德夫知道就算你逮捕了斯威诺，把他拽到这个国家里最腐败的城市的一名贪婪的法官面前，最长又能判他几年呢？两年？最多三年？还是无罪释放？我也理解你。”

“是吗？”

“是的。如果斯威诺的手下起诉德夫，他会有什么下场？二十年？二十五年？我们当警察的就得学会自己保护自己，别人都靠不上。而且更重要的是，局长刚让公众对法律和秩序产生一些信心，要是再来一桩关于警察的丑闻，这得造成多大危害。你得有大局观，有时候残忍是站在正义一边的，麦克白。”

“也许吧。”

“别再想了，我的朋友。”

雨水从挡风玻璃上涓涓地流下，扭曲了面前警局总部的大楼。他们坐着没动，似乎得消化一下刚才说的话才能下车。

“德夫应该感谢你，”班柯说，“如果你不做，他就不得不自己动手，你们彼此都清楚。不过，现在你们相互握有对方的把柄，形成一种制衡，这一点倒是能让人晚上睡得着觉了。”

“德夫和我不是美国和苏联。”

“不是吗？那你们到底是什么？你们在警察学院形影不离，可现在却几乎不跟对方说话。发生了什么？”

麦克白耸耸肩：“没什么。我们大概就是一对奇怪的组合吧。他是德夫家族的人，家里原先是有些底子的，而那种东西会一直留存下去。那种语言、上层社会的做派，在孤儿院里会孤立和暴露他，所以他好像跟我走得很近，我们成了形影不离的一对。可到警察学院后，你就能感觉到他慢慢变回自己了，就像一头驯化的狮子被放归丛林。德夫考上了大学，找了一个上层社会的女孩结婚，生小孩。我们分道扬镳。”

“你就是厌恶他那副自私自大的德行，是吗？”

“大家对德夫的看法经常是错的。在警察学院，我和他曾发誓要将那些大恶棍绳之以法。德夫确实渴望改变这座城市，班柯。”

“这就是你救他的原因？”

“德夫有能力，也刻苦。所有人都知道，他很有希望去有组织犯罪处。所以，何必让一次激战的失误阻挡这个能为大伙做好事的人的前程呢？”

“因为你不会以那样的方式杀死一个无助的人。”

麦克白耸了耸肩：“也许我变了。”

“人是不会变的。但现在我明白了，你把这件事当成一名士兵的职责。德夫、你和我在这场战争中是同一条战线上的人。你们杀死两个‘诺斯骑士’，就能阻止他们继续用毒药残害我们的下一代。但你不是完全自愿去履行这项职责的。我明白当你在交通信号灯里看见死去的敌人时，付出了什么样的代价。我不如你，麦克白。”

麦克白苦笑：“在战斗的迷雾里，你看得比我更清楚，老伙计。所以有你的原谅也让我略感宽慰了。”

班柯摇了摇头：“我不比任何人看得更清楚。我只是个话痨，怀疑是我唯一的指引。”

“怀疑，是啊。它有时会让你苦恼吗？”

“不，”班柯透过挡风玻璃注视着外面，“不是有时，是永远。”

麦克白和班柯从停车区走向总部后面的员工入口。这座拥有两百年历史的建筑位于三区东部的中心，原先是一座监狱，传说执行过死刑和酷刑。许多工作到深夜的人还说，他们感觉办公室之间有一股莫名其妙的阴冷的穿堂风，还能听见远处有人在尖叫。班柯曾对麦克白说，这只是那个神经兮兮的门卫搞的鬼，他每天五点钟准时关暖气，当看见有人离开办公桌没关台灯时便会尖叫。

麦克白注意到有两个亚裔面孔的女性混杂在人行道上一群失业的男人中间。她们瑟瑟发抖、左顾右盼，似乎在等什么人。城里的妓女过去多集中在国家铁路局后面的勤俭街，直到几年前市议会将她们赶走。如今这个市场已分成两部分：那些足够漂亮的在赌场里工作，剩下的只好忍受街头的风餐露宿，但是，由于她们可以随时闻风而动，反而感觉更加安全。警方迫于政客和媒体不时的压力，以大规模搜捕的方式开展街头“扫黄”行动——如果来得简短迅速，对各方来说都省心省力。很快，一切会恢复如常，而且你根本无法排除嫖客来自警局内部的可能性。不过，麦克白相当长的时间里都礼貌地拒绝各类投怀送抱，所以她们也就不再叨扰他了。因此，当他看见这两个女人朝他和班柯走来时，心想她们大概是初来乍到。他对见过的人还是过目不忘的。即便在这条标准相对较低的街上，她们的相貌也没有给人留下什么好印象。根据麦克白的经验，准确判断亚裔女性的年龄的确是件难事，但不管她们的岁数有多大，饱经岁月的风霜却是无疑的，这一点从她们的眼睛里就能看出来。那种冷漠的、令人难以捉摸的眼睛，不允许被人看透，只是反映出她们的周围和自身。她们驼着背、穿着廉价的大衣，但还有别的什么东西引起了麦克白的注意——这个从道理上讲不通的东西便是她们丑陋的脸。其中一个人张开嘴，露出一排肮脏发黄、疏于保养的牙齿。

“女士们，对不起，”麦克白没等她们开口便轻快地说，“我们倒是想说可以，但我老婆是个可怕的醋坛子，而这位先生身上由于性病长着可怕的疹子。”

班柯嘟囔着什么，摇了摇头。

“麦克白。”其中一个女人用断断续续、娃娃般尖锐的嗓音说道——和她冷酷的双眼形成鲜明的对比。

“班柯。”另一个女的说道。同样的嗓音。

麦克白停住步伐。那两个女人把乌黑的长发披散在脸上，大概是为了遮掩，却没有挡住那两个不像亚洲人的火红大鼻子，以及宛如玻璃吹管下的炽热琉璃般的嘴唇。

“两位女士既然知道我们的名字，”他说，“那么有什么可以效劳的？”

她们没有回答，只是朝街对面的一座房子点了点头。从一道拱门的阴影里，第三个人走进光线之中。和另外两人相比，她的反差简直不能更明显了。这个女人——如果是女人的话——长着保镖一样肩宽体长的身材，穿着蜥蜴纹的紧身衣，使女性的线条感尤为突出，就像骗子夸大产品的虚假功效一样。但麦克白知道她葫芦里卖的什么药，至少是她过去经常卖什么药。还有那些虚假的功效。她的一切都很极致：身高、肩宽、隆起的乳房、强壮的手指上弯曲的爪子似的红色指甲、暴突的眼睛、夸张的妆容，以及高至大腿的细高跟长靴。唯一让麦克白感到惊讶的是她一点都没变。这么多年过去了，岁月似乎没有在她身上留下任何印记。

她好像只迈了两大步，便跨过街来。

“先生们。”她嗓音低沉，麦克白觉得自己都能听见身后的玻璃在颤抖。

“斯特雷加[1]，”麦克白说，“好久不见。”

“是啊。你那会儿还是个小毛孩呢。”

[1] 原文是Strega，意大利语，意为女巫。

“你记得我？”

“我记得我所有的客户，麦克白警督。”

“这两位是？”

“我的姐妹。”斯特雷加笑道，“我们代赫卡忒道喜来了。”

麦克白看见班柯在听到赫卡忒的名字时下意识地将手伸进夹克，便警觉地将一只手摁住他的胳膊。“道什么喜？”

“当然是你被任命为有组织犯罪处的领导啊，”斯特雷加说，“麦克白万岁。”

“麦克白万岁。”两姐妹应和道。

“你在说什么？”麦克白的目光迅速扫过街对面的失业者。就在班柯准备掏枪时，他捕捉到一个举动。

“一人之失，他人之得，”斯特雷加说，“这便是丛林法则。死得越多，面包也就越多。可如果邓肯局长死了，谁会得到这块面包呢？”

“嘿！”班柯朝她走近一步：“如果这是赫卡忒在威胁我们的话，那么……”

麦克白把他拉了回来。他这会儿看见马路对面有三个男的抬起头，虎视眈眈地望着这边。他们分散在人群里，但有一个共同点：他们都穿着灰色的轻便外套。“让她说。”麦克白低声道。

斯特雷加笑道：“不是威胁，赫卡忒不会有任何行动，他只是在陈述一个有趣的事实：他觉得你会成为下一任警察局局长。”

“我？”麦克白笑了，“接班的当然是邓肯的副手，他叫马尔康。你们走吧。”

“赫卡忒的预言永远不会错，”这个半男半女的人说，“你是知道的。”她站在麦克白的对面一动不动，而麦克白意识到她的个子还是比他高。

“哦，对了，你那位赌场夫人没有影响你的名声吧？”

班柯看见麦克白僵住了。这个斯特雷加应该为自己被视为一个女人而庆幸。他想道。麦克白哼了一声，好像要说点什么，但改了主意。他把重心从一只脚换到另一只脚，又张开嘴，还是吐不出一个字。然后，他转身朝警局总部的大门走去。

高个子女人看着他。“至于你，班柯，你就不好奇命运对你的安排吗？”

“不。”他跟着麦克白离开。

“如果是你儿子弗里斯呢？”

班柯停住脚步。

“一个刻苦的好孩子，”斯特雷加说，“赫卡忒保证，如果他和他的父亲按照游戏规则行事，他到时机成熟时也会成为警察局局长。”

班柯朝她转过身去。

“既定提拔。”她说着稍一躬身，笑吟吟地转过去，挽起两姐妹的手臂，“走吧，姐妹们。”

班柯注视着这诡异的三人组，直到她们消失在总部大楼的拐角处。她们和这里如此格格不入，以至于班柯不敢相信她们真的来过。

“现如今大街上有这么多的怪人。”班柯说着，追上了站在大厅前台的麦克白。

“现如今？”麦克白不耐烦地又摁了一下向上的按钮，“这个城市一直盛产怪人。你没注意到这些女的身后有人吗？”

“赫卡忒的隐秘武装？”

电梯门打开了。

“德夫，”麦克白说着让到一边，“怎么现在才……”

“麦克白，班柯。”这个金发男人和他们擦肩而过，朝着通往大街的出口大步流星地走去。

“老天，”班柯说，“他压力这么大。”

“这就是你当上大领导以后的状态。”麦克白笑着走进去，摁了去地下一层的按钮——特警队在地下办公。

“你没注意德夫的鞋总是叽嘎叽嘎地响吗？”

“因为他买的鞋号总是太大。”麦克白说。

“为什么？”

“不知道。”麦克白一边回答一边挡住正在关闭的电梯门，眼前是从前台跑来的接待员。

“刚接到局长办公室电话，”他气喘吁吁地说，“让我告诉你一到单位就去找他。”

“好的。”麦克白说着放开手。

“有麻烦了？”班柯等门关上后问。

“十之八九。”麦克白摁下去四层的按钮，肩上缝合的伤口开始发痒了。

第五章

夫人走过赌场大厅。巨型吊灯洒下轻柔的光，落在宾客们玩扑克牌和二十一点的深色红木桌上，落在夜晚骰子跳舞的绿色毛毡上，落在旋转的轮盘赌桌中间，有如光塔耸立的矛形金锥上。在伊斯坦布尔的多尔玛巴赫切宫，有一顶重达 4.5 吨的吊灯，赌场的吊灯便是她叫人照此仿造的缩小版，而从天花板中央倒垂到轮盘赌桌上的锥体则是轮盘中心那座光塔的翻版。吊灯的灯绳被固定在赌场夹楼的楼梯扶手上，这样便可以每周一把它放下来清理。这是被多数宾客直接忽略的一类细节。例如，她在厚重、吸音的酒红色地毯上绣的一朵朵小巧素雅的百合花——这块地毯是她花小钱在意大利买的。然而这些细节却不会被她忽视：她的眼里有相称的锥体，只有她知道那些百合花有何值得回忆。这便够了，因为一切是属于她的。

夫人所经之处，赌台管理员纷纷站得笔直。他们知道自己该干什么，也很认真高效，对待顾客礼貌而又坚决。他们精心修剪了指甲，头发梳得整齐，身上的制服一尘不染。制服分红、黑两色，造型优雅，每年都会更换，而且是为每一名员工量身定做。最重要的是他们诚实——这不是她想当然的东西，而是看来和听来的东西。看是从眼睛里看：那些不由自主的颤抖、肌肉的抽动、夸张的松弛；听是从颤动的声带听出微妙的区别。这是她拥有的一种本能的敏感，从她母亲和外婆身上继承的。不过，当这种敏感随着年龄增长而导致她们滑向精神错乱的深渊时，夫人则学会用技巧逼出别人不诚实的一面。就这样，她从童年苦难的谷底一路攀升到今天的高峰。一轮轮的巡视有两个作用：一是督促她的员工再专注一点，这样他们无论白天和黑夜都会表现得比方尖塔的员工更出色；二是找出所有欺骗行为。人就像湿黏土，即便他们昨天表现得老实诚恳，却仍会被今天的各种机会、动因和外界的言论所左右，从而改变自己的“形状”，甚至可能会轻率地干出自己昨天还难以想象的事来。是的，人心向来贪婪，这一点你任何时候都可以确定。夫人对此了如指掌。她自己就有一颗这样的心，一颗她时而咒骂、时而庆幸拥有的心。它能让她变得腰缠万贯，也能让她变得一无所有。可那是一颗在她胸腔里跳动着的心。你无法改变，无法让它停止，唯一能做的便是随心而动。

她向轮盘赌桌旁熟悉的面孔点头致意，都是常客。他们来这里玩都有各自的缘由。有的人需要在一个压力巨大的工作日后换一种活法。有的人则需要在一个无聊的工作日后寻求挑战。有的人既没工作，也没挑战，只有钱。有的人上面这些都没有，最后只得跑到方尖塔鬼混，只要赌够五百块钱，就能领到一份没滋没味儿的免费午餐。真有那种傻子，以为自己可以设法确保一份长期收益。这种人虽越来越少，但奇怪的是从来就没有灭绝。还有就是这里最主要的客源（虽然没有赌场老板会大声承认）：一群上瘾的赌徒。他们感觉非来这里不可，因为他们无法阻止自己不惜一切代价去冒险。一夜又一夜，他们疯狂地盯着赌球在明晃晃的轮盘里嗖嗖地飞旋，就像被太阳的引力场吸住的一颗渺小的地球，日日从太阳中汲取生命，但最后仍会在物理作用下不可避免地化为灰烬。上瘾者：夫人的面包与黄油。

说说上瘾吧。她看了一眼手表，晚上九点。虽说时间尚早，但她真希望桌边的人能再多一点。尽管她在内部装潢、餐食和客房改造方面投入重金，但从方尖塔报回的情况来看，对方正在持续抢走她的生意。有人觉得她定价过高，正被挤出市场，因为开业三年的方尖塔已被人们视为更加合理的选择。她可以，也应该降低成本，削减开支。毕竟她不愿失去城里独此一家的地位。可他们不了解夫人。他们不知道对她来说，首要的任务不是守住底线，而是成为独一无二的。不仅比方尖塔更优雅，而且要在各个方面都做得更好。夫人的因弗尼斯赌场应该成为一个你想被别人看见的地方，一个你想和自己的身份联系起来的地方。而她——夫人本人，应该是你想被人看到与之交往的那种人。有钱人来这里潇洒，还有名人圈里的高官、演员、体育明星、作家、美女、赶时髦者和知识分子——他们一个个走到夫人的桌前，恭敬地鞠躬，亲吻她的手，看她用一丝微笑谨慎地拒绝他们同样谨慎提出的赊账请求，然后心怀感激地接受赌场里的这位“血腥玛丽”。无论赚钱与否，她从来不准备仿照方尖塔开什么下流的妓院，因为那样会招来一群垃圾，她十分不愿看到那些人站在因弗尼斯赌场的吊灯下——那可是货真价实的吊灯。可潮流变了。投资人已经开始提出质疑，而且他们不喜欢她的回答：因弗尼斯需要的不是便宜的饮料，而是更多、更大的吊灯。

不过，眼下她脑子里想的不是生意，而是上瘾，以及麦克白怎么还没来——他总爱说那句“要是我晚到的话”。突袭斯威诺那天发生的事想必让他久久不能释怀。他没有这么说，但她能察觉到。在夫人看来，麦克白有时心地异常柔软。可她亲眼见过他杀人，见过他在杀人之前刻意让自己狠下心来，杀人时冷冰冰的效率，以及杀人后无情的微笑。

可她知道，这回不一样。那个人没有招架之力。尽管她有时无法理解麦克白这种人坚持的道义标准，但她知道这类事有可能使他不堪重负。她穿过大厅，看见吧台旁有两个男人在注视着她，很年轻，但她提不起兴趣。虽然她一直想方设法被人觊觎，但她鄙视那些觊觎她的男人——除了麦克白。她当初没料到有人竟能如此彻底地征服她的思想和情感。她也经常自问：过去从来没对任何男人动心的她为何单单对麦克白情有独钟？她最后的答案是，因为他爱她身上让其他男人惧怕的东西：她的力量、意志，还有一份从不羞于掩饰、比他们更胜一筹的心智。一个男人要付出许多代价才能爱一个女人的这些特质。她站在面向工人广场的巨窗下，朝对面的“伯莎号”望去。这辆黑色列车正守护着通往废弃车站的入口，还有那里的沼泽。多少年来，她见过无数人陷进去，最终被吞噬。他会不会——？

“亲爱的。”

多少次这个声音在她耳畔轻轻响起？可每一次都像头一次。他将她红色的长发撩到一边，嘴唇接触到脖子的那一刻，一股股暖流在她体内涌动。姿势不专业——她知道吧台旁那两个男人正在瞅她——但她不在乎。他来了。

“你去哪儿了？”

“我的新办公室。”他说着用一只手臂搂住她的腹部。

“新办公室？”她摩挲着他的小臂，感受着指尖下伤疤的纹理。他告诉过她这道疤的由来，是因为他得在黑暗中注射，但又看不清自己的血管，所以只好循着上次注射的伤口，找到同一个位置下针。几年下来，再加上时常无法避免的感染，小臂便成了这个样子，仿佛被刺圈划伤。但这已经是好多年前的事了，她现在感觉不到任何新的伤口。已过去这么久，她有时甚至会像孩子一样乐观地认为，他已被治愈。

“你不会是在说地下办公室里那一间间隔断吧？”

“在三楼。”麦克白说道。

夫人回头看他：“什么？”

他洁白的牙齿在黑黢黢的胡子下闪着亮光：“站在你面前的是本市新上任的有组织犯罪处处长。”

“真的？”

“是的，”他笑道，“你这个惊讶的表情大概跟我在邓肯办公室里的表情一模一样。”

“我并不惊讶，亲爱的。我……我只是高兴。我不是一直跟你说吗，这是众望所归！我不是一直跟你说吗，你的价值不止于地下那间办公室！”

“是啊，亲爱的，你一遍又一遍地说过，但只有你这么说。”麦克白朝后仰起脖子，又笑了。

“现在轮到我们一步步高升了，亲爱的。再也不去角落里的小隔断！我希望你已经要求涨薪水了。”

“薪水？没有，我忘问了。我唯一的要求是让班柯做我的副手，他俩都同意了。我简直是疯了——”

“疯了？才没有。用班柯是明智之选。”

“我不是说用人。在去总部的路上，我们遇见了赫卡忒派来的三姐妹，她们预言我会得到这个职位。”

“预言？”

“是啊！”

“她们肯定提前知道了。”

“不。我到邓肯办公室的时候，他说他们五分钟前刚刚作出决定。”

“嗯，那就是巫术一类的东西，没什么。”

“她们有可能是嗑药嗑高了正在兴头上，在那里胡言乱语。她们还说我会成为警察局局长。然后你知道吗，邓肯提议来这里为我的升职庆祝，来因弗尼斯！”

“你等等，她们说什么？”

“他说想来这儿庆祝。局长选择到你的赌场来开庆功会，这对你的声誉不是大有裨益吗？”

“不是，我说的是那三姐妹。她们真的说你会成为警察局局长？”

“是啊，但别管这个了，亲爱的。我向邓肯提议在晚上搞活动，他和住在城外的人可以在这里过夜。眼下你不是有好多空房吗……”

“当然可以，”她抚摩着他的脸颊，“亲爱的，我能听出来你很高兴，但你的脸色还是那么苍白。”

他耸了耸肩：“我不知道。可能是生什么病了吧。我在红绿灯里看见了死人。”

她挽起他的胳膊：“来吧。我有你的解药，臭小子。”

他扬起嘴角：“我知道你有。”

他们一路穿过赌场。她知道是高跟鞋让自己比他高出半头，是年轻的体貌、优雅的晚礼服和端庄轻盈的步伐让吧台旁那两个男人的目光对她紧追不舍。她知道，这是那座方尖塔里没有的东西。

德夫躺在一张宽大的双人床上，盯着天花板，看着他十分熟悉的画作中的裂缝。

“后来散会的时候，邓肯把我拉到一边，问我是不是感到失望，”他解释道，“他说我们都知道我一直是这个岗位的合适人选。”

裂缝的枝杈向四周不规则地延展，但当他使劲揉弄眼睛，使之失焦后，它似乎变成了一个图案，构成了一个人形。只是他不知道那是什么。

“那你怎么说？”浴室的流水声中传来一个声音。即便到现在，当他们和众多男女一样见过彼此的身体后，她还是不喜欢在自己没准备好时被他看见。而他对此却无所谓。

“我说，是的，我感到失望。当他说他们选择麦克白就是因为他不属于圈子里的人时，我当初站在邓肯一边倒成了我的短板。”

“说来不错。那么——”

“邓肯说还有一个原因，但他不想当着其他人的面提。突袭斯威诺的行动因为主犯逃脱，所以只成功了一半。再加上我很早就接到线报，应该有足够的时间向他汇报。在他们看来，我自以为是的行动几乎毁掉了卧底一整年的辛苦工作。而麦克白和特警队则挽救了整个行动。所以如果选我而不选他，会让人起疑的。不过至少他给了我一个安慰奖。”

“他把凶案处交给了你，还不算太差，是吧？”

“比缉毒处要小，但至少能逃过在有组织犯罪处当个二等公民的羞辱了。”

“到底是谁劝服了邓肯？”

“你什么意思？”

“谁替麦克白说的好话？邓肯善于倾听，他喜欢达成共识，集体作决定。”

“相信我，亲爱的，没人替麦克白说项。我都怀疑他不知道说项是什么意思。他活着就是为了抓坏人，还有就是哄他那位赌场女王开心。”

“说起这个……”她在浴室门口摆起了姿势。薄纱睡衣泄出了比遮住部分更多的春光。德夫特别喜欢这个女人，喜欢她身上某种他无法言明的东西，但令他心驰神往的缘由却很简单：年轻貌美。地上闪动的烛光让她眼里、红唇上和皓齿间的水润更显灵动。不过，他还需要点儿别的。他没有兴致。在经历了白天的事后，他觉得自己不像一天开始时那样精神了。但这一点或许可以改变。

“脱了它。”他说道。

她笑了：“我才刚穿上呢。”

“这是命令。站在原地，脱了它。慢慢来。”

“嗯。也许吧。如果我能得到一个更明确的命令……”

“凯思妮斯，现在我以高级长官的身份命令你，转过去，抽掉戴在头上的东西，身体前倾，抓住门框。”

德夫听见她惊讶地一声娇喘。也许她是为了他才这么做的，也许不是。他才不在乎。他现在来了兴致。

赫卡忒大步走过中央车站潮湿的地面，周围是剥落的墙体和自言自语的瘾君子。他注意到有两个人正佝偻着身子，俯身在一把勺子和一支注射器旁，显然是在共同经历一场醉生梦死。他们不认识他。没人认识他。也许他们在想，这个体形魁梧、身穿深黄色羊绒大衣、顶着梳得一丝不苟到几近做作的黑发、戴着厚重和扎眼的劳力士的人简直就是一只刚闯进狮子窝的完美猎物。或许他们心里在打鼓，在这自信而坚定的步态中可能有什么值得注意的地方，那根金柄拐杖中也许隐藏着什么秘密。一个肩宽个儿高的女人——如果是女人的话——紧随其后，她的高跟鞋和他的拐杖一起发出有节奏的踢踏声。三个穿着灰色轻便外套的男人似乎也有什么秘密，他们在赫卡忒之前走进车站，然后立在墙边。也许这才是他们觉得自己身处他兽穴的原因：他是那头狮子。

赫卡忒停下来，让斯特雷加先走下泛着尿臭味的狭窄楼梯。

他看见两个吸毒者低下头，专注于手中的工作——加热和注射。瘾君子。对赫卡忒来说，这个场景不过反映了一种客观现实，不带任何憎恶或恼怒，话说回来，他还得靠他们发财呢。

斯特雷加打开楼梯底下的门，把一个睡眼惺忪的男人从地上拎起来，冲他龇牙以示不满，然后用大拇指指明了他该去的方向。赫卡忒跟着她走过一个个隔间和漏水的便池。臭气熏天，赫卡忒都能流出眼泪来。但这臭气还有一层作用：它使好奇者无意涉足此地，就连最顽固的瘾君子来到这里也是停留得越短越好。斯特雷加和赫卡忒来到最远的隔间，门上写着“请勿使用”四个字，粪便溢出了便池的边缘。头顶天花板上的氖气灯灯管已被移除，这样就没法在这里看清血管打针了。斯特雷加取下这个隔间墙上的一块瓷砖，转动一只手柄，推了一下。墙向里开了，他们走了进去。

“快关门。”赫卡忒咳嗽道。他环顾了一下这间房。这里原先是铁路储藏室，还有另一扇门，通向南部线路的隧道。火车停运两年后，他把生产地点搬到这里，为此赶走了一批游民和吸毒者。虽然至今没人来过此地，而且肯尼斯局长一直是他们最大的后台，但他还是在隧道和通往厕所的楼梯上方安装了秘密的监控摄像头，并安排十二个人作为夜班值守，他们全部戴着面具，身着白色外套。一道玻璃幕墙将房间分隔成两部分，在墙的内侧，有七个人将“精酿”剁碎、称重，装进塑料包装袋。隧道门口坐着两名武装守卫，随时留意工人和监控画面。玻璃幕墙里的空间被他们称作密室，或简称厨房。那里放着煮药的大釜，只有三姐妹才有权进入。厨房是全密闭的，主要原因有三点：一是为了避免外界物质污染产品；二是防止某些蠢货不小心弹一粒火星或丢一个烟头，把他们都炸成灰；三是如果屋里的人每天都吸入悬浮在空气中的分子，他们很快便会上瘾——这也是最重要的原因。

赫卡忒是在曼谷唐人街的一间鸦片馆里找到其中两个姐妹的。她们此前建造了一间家庭实验室，用鸦片制造海洛因。他不太了解她们的身世，据说她们住的村庄疾病蔓延，导致她们毁容。只要赫卡忒按时付款，她们就会制造出他想要的任何东西。成分众所周知，比例也是，其他人可以透过玻璃窗看到生产全程。但她们混合、加热用料的方法却是个秘密。赫卡忒相信传言所说：她们用蛤蟆的腺体、大黄蜂的翅膀、老鼠尾巴的汁液来煎煮，甚至会朝沸釜里擤鼻涕——这些无不营造出一种黑魔法的气氛。如果说人们在过于真实的工作和生活中愿意花钱买点什么，那便是黑魔法。“精酿”一出，反响热烈。赫卡忒从未见过这么多人在如此短的时间里为之癫狂。同样明显的是，要是哪天姐妹们做出的产品药劲稍弱，他只好甩掉她们，另请高明。这便是事物的规律。任何事物都有盛极之时，也都会有盛衰交替。就像肯尼斯统治下的二十年，那是他们的好日子。如今邓肯上台，如果由着他恣意妄为，那么这个“魔法”产业便要迎来苦日子了。显然，如果决定你过好日子还是苦日子，决定人生老病死的是神，那么你就得想办法把自己变成神。做到这点没有你想象的那么难。对大多数人来说，阻碍他们坐上神明宝座的是恐惧和疑虑，而焦虑的重压则让他们屈服于自己坚信的道德准则——一套上苍为世人制定的规则。可制定这些规则的恰恰是那些告诉你他们就是神的人，而且奇怪的是，这些规则是服务于这些神的。好吧，并不是所有人都能做神的。每个神都需要追随者：一个客户群、一个市场、一座城市。许多城市。

赫卡忒在房间一头站定，双手搭在权柄上。这是他的工厂，在这里他是厂主。这是一个蒸蒸日上的产业。他很快就要扩张。如果他不这么做，别人就会做，这是资本主义简单的规律。他早就计划接过城里一座废弃工厂，用某些虚假业务作为掩护，在地下秘密生产他的“精酿”。保安，刺圈隔离带，他的卡车进进出出。他可以将产量增加十倍，运到全国其他地方销售。可这样做比较显眼，需要警察保护，需要一个像肯尼斯一样听话的局长。如果肯尼斯死了呢？你就得扶植一个新人，为他扫清道路。

他的加工员和包装员朝他僵硬地一笑，点了点头，然后便散开到各自的岗位继续以饱满的精神工作。他们害怕。此类巡查的首要目的不是去阻止——因为你无法阻止——而是拖延。这间小屋里的每一个人都想借机蒙骗他，偷几克产品自己带回去卖。他们会被揪出来并迅速受到刑罚。行刑的是斯特雷加，她似乎享受不同类型的任务，例如和两姐妹一起担当信使的角色。

“说说看，斯特雷加，”他说道，“你觉得我们种在麦克白身上的种子会发芽吗？”

“人的野心就像蓟草，永远会向着太阳生长，然后遮天蔽日，杀死周围所有东西。”

“希望如此吧。”

“他们就是蓟草，可以自我生长。他们邪恶、愚蠢。如果人们看到预言者的第一个预言应验，自然就会相信下一个。现在麦克白已经知道自己成为有组织犯罪处的负责人，唯一的问题是他内心这棵蓟草的野心是否足够大，是否有走完全程所必须的残忍。”

“麦克白没有，”赫卡忒说，“但她有。”

“她？”

“夫人，他宠爱的施虐狂。我从未和她谋面，但我知道她内心最深处的秘密。我对她的了解比对你都深。夫人需要的只是时间，到达那个无法逃脱的结局的时间。相信我。”

“结局是？”

“邓肯必须被除掉。”

“然后呢？”

“然后，”赫卡忒用拐杖敲击着地面——“嗒、嗒”，“好日子会再度来临。”

“你确定我们能控制麦克白吗？现在他是清白的，而且他……他很有道德感，不是吗？”

“我亲爱的斯特雷加，和一个瘾君子或卫道士相比，唯一更好预测的就是被爱情俘虏的瘾君子或卫道士。”

班柯躺在一楼的卧室里听雨，听着屋里的寂静，听着从不到来的火车。铁轨从外面经过，他想象着那条湿得发亮的碎石子路，上面有些铁轨和轨枕已被偷走了。他们曾在此地欢愉：他和薇拉。他们一起度过美好的时光。他遇见薇拉时，她正为雅各布斯和桑斯珠宝店工作，那是体面人为彼此购买婚戒和礼物的地方。一天晚上，防盗警报响起，正在巡逻的班柯一路呼啸，只用了一分钟便赶到现场。店里一个惊慌失措的年轻女子正透过刺耳的扩音器绝望地喊叫：她刚才只是在关店门，自己是新来的，肯定是在设置防盗装置时做错了什么。他只听见不时蹦出的几个零散的词，绝大部分时间是在仔细观察她。当最后她哭起来时，他用温柔、抚慰的手臂搂住了她。她就像一只温暖、战栗、新生的小鸟。接下来的几周，他们一起去电影院，在隧道向阳的一侧散步，然后，他在门口吻了她。她出身于工人家庭，和家人住在一起。在她还是小女孩时就不得不为家里的生计出力，和父母一样在哀思戴工厂打工，直到患上严重的肺病，医生私下建议她换一份工作。于是，经过推荐，她来到了雅各布斯。

“工资变少了，”她说道，“但活得更长。”

“你还咳嗽吗？”

“只在雨天犯病。”

“最好让你多晒晒太阳。周日再出去走走？”

六个月后，班柯到珠宝店，问她有没有推荐的订婚戒指。她一脸困惑，逗得他直笑。

结婚以后，他们搬到一间有两张床的狭小公寓。他们省吃俭用，买来一张大床并在上面做爱——他这会儿正躺在上面。薇拉是个有激情却害臊的女人，为了不打扰邻居，她会一直等到火车来到。当火车呼啸而过，震动墙壁和顶灯时，她才放纵自己，大声尖叫，把指甲抠进他的后背。她在同一张床上生下弗里斯时也是这样：等到火车到来时放声尖叫，把指甲抠进他手背的肉里，然后挤出一个儿子。

第二年，他们盘下公寓底层，有好几间房。当时他们是三口之家，而且应该很快会再添许多新丁。但五年后，房子里只剩下两个人：一个男孩和一个男人。她的肺出了毛病。大夫把原因归咎于被污染的空气，停在城市上方的低压系统就像一个锅盖，把所有工厂的毒物都闷在了下头。何况她的肺本来就已经被毁……班柯为此自责。他没有攒够钱，把家搬到隧道另一头的法夫，到某个有点阳光和新鲜空气的地方。

如今他们的房间又太多了。他能听见楼下的收音机，知道弗里斯在做作业。弗里斯是个认真自觉的孩子，对自己要求很严。令人略感宽慰的是，那些觉得上学容易、起步还不错的人往往在生活变得越发残酷时丧失了动力，而像弗里斯这样的学生则在一开始就接受严格的教育，知道学习需要努力，他们将后来者居上。是的，事情会变好。而且谁知道呢，这孩子也许会遇上一个女孩，组建一个家庭，可能就在这栋房子里。也许新的更好的生活正向他们走来。也许他们能为邓肯做更多的工作，因为麦克白已接过有组织犯罪处的工作。这条消息让班柯和总部的许多人感到十分意外，楼下特警队小隔间里的里卡多就直言道，他无法想象麦克白和班柯坐在桌子后面穿西装、打领带，画表格、报预算，或是在鸡尾酒会上和局领导、议员以及其他体面的家伙文绉绉交谈的样子。可他们会看到这一幕的。是麦克白，他们不会不情愿。或许现在该轮到麦克白这样的人大展宏图了，他们过去太习惯于埋头苦干了。

除了德夫，总部没人知道麦克白年少时的毒瘾有多重，毒品曾让他变得多么疯狂，他一度有多么无助。班柯出勤那天，雨狠狠拍打着马路，他看见一个男孩蜷缩在巴士站台车棚的长椅上，正被毒品折磨得不省人事。他叫醒这孩子，想让他换个地方，但他可怜的棕色眼眸里有某种东西，他站起来时那警觉的动作里有某种东西，他苗条而紧实的身体里有某种东西，让班柯觉得正被无情地浪费。某种可能正在发育，仍有可能被挽救的东西。当晚，班柯将这个十五岁的孩子带回家，给他换上干爽的衣服。薇拉将他喂饱，让他上床好好睡了一觉。第二天是星期天，薇拉、班柯开车带着他穿过隧道，来到另一侧的阳光下，在绿草如茵的山上走了很久。麦克白一开始说话时结结巴巴，后来才慢慢好转。他在孤儿院长大，曾梦想去马戏团工作。他展示了杂耍的本事，走到离一棵高大的橡树五步开外的地方，将班柯的折叠刀朝树上一掷，刀便在树上打起战来。这孩子不愿轻易展示并谈论他小臂上的伤疤，直到他觉得班柯和薇拉是可以信任的人。即便那时，他也只是说这疤是逃出孤儿院以后才有的，具体的来由他则不愿多讲。那次之后便有了更多的星期天，更多的交谈和散步。但班柯对第一次出门的记忆尤为深刻，因为薇拉在回家的路上悄悄对他说：“让我们像对待儿子一样对待他吧。”四年后，当骄傲的班柯陪着麦克白走进警察学院时，弗里斯已经三岁了，而麦克白也已戒毒三年。

班柯转身看向床头柜上的照片。那是他和弗里斯，他们站在花园里死去的苹果树下。那是弗里斯第一天去警察学院报到。他穿着制服，当时是清晨，太阳出来了，摄影师的影子笼罩在他们身上。

他听见椅子摩擦的声音，弗里斯在跺脚。生气了，沮丧了。博闻强识并不总是容易的事，吃透知识也需要一定的时间。这就像人需要时间和毅力去戒毒，逃出原先令你如此上瘾的旅途。就像人需要时间去改变一座城市，拨乱反正，铲除奸邪、贪官和罪恶的枭雄，还市民一片可以呼吸的天空。

楼下恢复平静。弗里斯回到桌前。

锲而不舍，金石可镂。也许有一天，火车会再次开动。

他听着，耳畔一片寂静，只有雨声。但如果闭上眼，薇拉不是正在他身边呼吸吗？

凯思妮斯的喘息声渐渐变弱。

“我得回家了。”德夫亲吻着她汗涔涔的额头，抬腿下床。

“现在？”她惊讶地说。从她咬下唇的动作里，他知道她并没有那么生气。谁说他不会看人呢？

“埃文昨天牙疼，我得看看他怎么样了。”

她没应答。德夫光着身子走过房间。他经常这么做，仿佛这是阁楼的斜角屋，没人能看见他。此外，即便被人看见裸体他也无所谓。他对自己的身材很骄傲。也许他尤其喜爱自己身材的原因是在他成长的过程中，总为脸上纵贯的伤疤而感到羞耻。房间很大，比你想象一个在政府机关工作的年轻女子所能拥有的要大。因为在这里过夜的次数太多，他曾主动提出要帮她分担一部分房租，但她说她父亲会料理这方面的事。

德夫走进书房，关上门，拨通了法夫的电话。

他听着雨打落在头顶上方阁楼的窗上。三声过后，她接了起来。不管她在家里什么地方，总是要响三声。

“是我，”他说，“牙医看得怎么样？”

“他现在感觉好点了，”她说，“我不确定是不是牙疼。”

“哦？那是什么？”

“其他原因也可能引起疼痛。他刚才在哭，我问他为什么哭，他不愿意告诉我，只把脑子里想到的第一件事说了出来。他现在睡着了。”

“嗯，我明天回家好好跟他谈谈。天气怎么样？”

“天上很干净，能看见月光。怎么了？”

“我们明天可以去湖边，孩子们也去。游个泳。”

“你在哪儿，德夫？”

他僵住了，她的语调里有一丝异样。“在哪儿？当然是在大酒店了。”他加入一丝夸张的愉悦，“劳累的宝宝要睡觉觉咯，你知道的。”

“我傍晚给大酒店打过电话，他们说你没有预订房间。”

他僵直地站在那儿，手里拿着电话。

“我给你打电话是因为埃米莉有些数学题要你帮忙。你知道我不太会算数。所以，你在哪儿呢？”

“在我办公室，”德夫嘴里呼出一口气，“我睡在办公室的沙发上。工作实在忙不过来。对不起，我刚才说自己在大酒店，但是我觉得你和孩子们没必要知道眼下的事情有多难。”

“难？”

德夫倒吸了一口气。“各种工作。另外，我还是没得到有组织犯罪处。”他弯了弯脚趾。他能听见自己的声音有多可怜，仿佛在求她出于同情开导他几句。

“但你还是得到了凶案处。还有一间新办公室。我听出来了。”

“什么？”

“在顶层。我能听见雨打在窗户上。我挂了。”

话筒里传来一个摁键声，她挂了电话。

德夫打了个寒战。屋里阴冷，他刚才应该穿点衣服，不该这么暴露。

夫人听着麦克白的呼吸，打了个寒战。

仿佛一股寒气穿过这间屋子。一个鬼魂，一个孩子的鬼魂。她必须摆脱压在自己身上的黑暗，努力摆脱戴在她母亲和外婆身上的精神枷锁，重新沐浴在阳光下。要为她的自由而战，不惜一切代价成为太阳，成为星辰，成为一个发光的母亲，在消耗自己的过程中给予别人生命，在燃尽的一刻成为宇宙的中心。是的，燃烧。如此刻，她那燃烧着的呼吸和皮肤正驱散这屋里的寒气。她用一只手抚过自己的身体，感受着肌肤的颤抖。还是同样的想法，和昨天一样的决定。这件事必须要做，无法逃避。唯一的出路便是前路，就像射出去的子弹，无论面前有什么，都会勇往直前。

她一只手搭在麦克白肩上。他沉睡的样子像个孩子。这便是最后一回。她摇醒了他。

他转过身来，嘟囔着什么，张开双手，随时准备效劳。她紧紧握住他的手。

“亲爱的，”她轻声道，“你必须杀了他。”

他睁开眼：它们在黑暗中对她发出亮光。

她松开他的手。

抚过他的脸颊。和昨天一样的决定。

“你必须杀了邓肯。”

第六章

夫人和麦克白初次相遇是在四年前一个夏末的夜晚。天气难得晴朗，太阳在无云的天空照耀，夫人相信她清晨听到一只鸟在鸣唱。但日落之后，夜幕降临，一轮邪恶的月亮爬升到因弗尼斯赌场上方。她当时正站在赌场大门外，月光将她笼罩，麦克白开着一辆特警装甲车出现。

“夫人吗？”他直视着她的眼睛说。她看见了什么？力量和决心？也许吧。或许这是她此刻想要看到的东西。

她点点头，觉得他似乎太稚嫩了些，后头那个年龄大的人一头白发、眼神冷静，似乎更适合这里的工作。

“我是麦克白警督。情况有什么变化吗，夫人？”

她摇了摇头。

“那好，在什么地方可以看见他们？”

“夹楼。”

“班柯，集合队伍，我要踩点。”

在他们上楼梯去夹楼之前，这名年轻的警官小声请夫人脱下高跟鞋，以减少响动。这意味着她不再比他高了。在夹楼上，他们先是靠后站在那面眺望工人广场的窗户旁，以免被下面赌场的人看到，然后沿着中间线慢慢摸向楼梯扶手，把身体的一部分掩藏在中央吊灯的灯绳和一副马克西米利安式盔甲后面。这副十六世纪货真价实的盔甲是她在奥格斯堡一场拍卖会上买到的，目的是让赌客们望见它高高在上时，下意识里产生一种被保护或被监视的感觉——他们的良心会决定是哪一种。夫人和那位警官蛰伏在栏杆旁，偷瞄楼下的动静，二十分钟前宾客和员工刚刚从这里惊慌失措地逃走。夫人当时正站在天台望着那轮圆月，当她听见下面的碰撞和尖叫时，本能地感到邪恶降临。她跑下去抓住一个正在逃跑的服务生，从他那里得知有人朝吊灯开了一枪，把杰克劫持为了人质。

她计算过一盏新吊灯的开销，但这显然无法和再开一枪的代价相提并论。那把枪正指着杰克的头，那是她最好的赌台管理员。说到底，她赌场的一大卖点就是安全的狂欢和放松，你可以暂时忘却外面大街上的犯罪。如果人们形成了因弗尼斯不能提供上述环境的印象，那么这家赌场就会和现场一样空荡。只有两个人在场，他们坐在赌场另一头二十一点赌桌的后面。可怜的杰克直挺挺、一动不动，脸色如纸一样苍白。

他的正后方坐着那名持枪的客人。

“如果他一直躲在管理员后面，很难在这个距离击毙他，”麦克白小声说道。他从黑色制服里掏出一个微型望远镜，“我们得走近点。你认识他吗？他想要什么？”

“欧内斯特·科勒姆。他说如果拿不回在赌场输掉的所有东西，就杀了我的人。”

“输得多吗？”

“比我们手头的现金要多。科勒姆是赌瘾很大的那种人。一个工程师，运算天才，所以他很了解赔率。他是最难对付的。我告诉过他我们会尽量拿钱来，但是银行关门了，所以需要一些时间。”

“我们没有太多时间了。我准备过去。”

“你怎么知道？”

麦克白从扶手旁撤回来，将望远镜折好并放入制服中。“他的瞳孔。他很激动，马上就要开枪了。”他摁了一下对讲机的按钮，“代码四六。现在由你指挥，班柯。完毕。”

“班柯收到。完毕。”

“我跟你一起去。”夫人跟着麦克白。

“你就别——”

“这是我的赌场。杰克是我的人。”

“听着，夫人——”

“科勒姆认识我，而且女人能让他冷静。”

“这是警察的事。”麦克白说着跑下楼梯。

“我要去。”夫人说着跟着他跑下去。

麦克白停住脚步，站在她面前。

“看着我。”他说。

“不，你看着我，”她说，“我像是不打算跟你去的样子吗？他指望着我带钱呢。”

他看着她，仔细看了看。是用别的男人看她的方式在看，也是用别的男人或女人没有用过的方式在看。他们看她是带着畏惧或仰慕，尊敬或欲望，仇恨、爱意或臣服，是用眼睛打量她，判断她，误判她。但这个年轻男人的目光，好像在说他终于发现了什么。那是他认识的东西，他一直在寻找的东西。

“那来吧，”他说道，“但不要说话，夫人。”

厚实的地毯掩盖住了他们进入赌场时的脚步声。

由于吊灯被打碎，两人所在的赌桌比平时的光线要暗。杰克的脸像一副被震惊凝固住的面具，看到夫人和麦克白朝他走来也没有变化。夫人注意到，那把枪的保险已经打开了。

“你是谁？”科勒姆的嗓音浑厚。

“我是特警队的麦克白警督，”警察说着拉出一把椅子，坐了上去，在桌上摊开手掌，这样一清二楚，“我是来和你谈判的。”

“没什么可谈判的，警督。我被这家该死的赌场欺骗好多年了。它毁了我。他们在牌上出老千。她就是老千。”

“你是在嗑了‘精酿’之后得出的这个结论吧？”麦克白用手指无声地轻敲着毛毡，“它会扭曲事实，你知道的。”

“警督，事实是我有一把枪，而且比过去任何时候都看得清楚。如果你不给我钱，我就先毙了杰克，然后是准备掏枪的你，再然后是所谓的‘夫人’，她大概在那一刻要么试图逃跑，要么想制伏我，但不管怎样都太迟了。最后大概是我自己，但还得看看我在把你们仨送下地狱、把这儿炸上天之后心情有没有好转。”他咯咯笑道，“我都没看见钱的影子，所以这些谈判就省省吧。现在就开始……”

保险抬得更高了。夫人下意识地露出痛苦的表情，等着“砰”的一声。

“加倍还是退出？”麦克白说。

“你说什么？”科勒姆说。完美无缺的发音，光滑洁净的面孔，一尘不染的晚礼服，熨烫平整的白衬衫。夫人猜他的内衣也很干净。他已料定结局，科勒姆不会提着满满一箱钱走出赌场。他会身无分文地被押出来，就和他进来时一样。不过，真是堪称完美。

“你我玩一轮二十一点。如果你赢了，就拿回所有在这儿输掉的钱，而且加倍。如果我赢了，你就得缴械投降，放弃所有的要求。”

科勒姆笑了：“你这是虚张声势！”

“你要的取款箱已经到了，就在外面的警车里。女主人说了，如果我们同意，她愿意加倍。因为你我知道牌里有猫腻，所以这次要讲公道。怎么样，欧内斯特？”

夫人看着科勒姆的左眼，那是杰克脑后唯一可以看到的部分。欧内斯特·科勒姆并不愚蠢，相反还很聪明。他不相信取款箱的说法。可有时候，最聪明的顾客反而不愿相信十赌九输。只要时间够长，他们个个都会在和赌场的较量中一败涂地。

“你为什么要这么做？”科勒姆说。

“来吗？”麦克白说。

科勒姆眨了两下眼睛。“我当庄家，你当玩家，”他说，“她发牌。”

夫人看了一眼麦克白，后者点了点头。她拿起牌，洗了洗，然后在麦克白面前放了两张，牌面朝上。

一张6，一张红桃K。

“可爱的16点。”科勒姆坏笑道。

夫人在科勒姆面前放了两张牌，一张朝上。梅花A。

“再拿一张。”麦克白伸出一只手。

夫人给了他最上面一张牌。麦克白拿到胸前偷瞄了一眼，抬头看着科勒姆。

“看样子你已经爆掉了，可爱的16点，”科勒姆说，“亮牌吧。”

“噢，我的手气不错呢。”麦克白说道。他朝科勒姆笑了笑，然后将牌向右掷去，桌子那一角笼罩在半明半暗的阴影里。科勒姆下意识地探过身去，好看得清楚些。

接下来的事发生得太快了，在夫人的记忆里犹如一道闪电。

一只手瞬间翻动，一片铁器飞过桌子，科勒姆的一只眼睛和她的目光交会，那圆睁的怒目里充满反抗，一股血注随着闪光从刀片两端喷涌而出，他的颈动脉已被割断。然后是声音——枪掉在昂贵、厚实的地毯上的沉闷响声，溅落在桌上的血声，科勒姆左眼熄灭时那深深的窒息声，杰克一下抽动的啜泣声。

她记得那副牌。不是 A，也不是 6，而是红桃 K，还有掩映在半块阴影中的黑桃 Q。两张都溅着科勒姆的血迹。

穿黑色制服的人进来了。迅速、安静，遵从麦克白的每一个手势。他们没有动科勒姆，而是把啜泣的杰克带了出去。她推开一只前来相助的手，坐下来看着特警队年轻的首领。他靠在椅子上，一副得意的表情，好像觉得自己是笑到最后的人。

“科勒姆会笑到最后。”她说。

“什么？”

“除非我们找到它。”

“找什么？”

“你没听见他刚才说的吗？把你们仨送下地狱、把这儿炸上天之后。”

他盯着她看了好几秒，先是惊讶，然后露出别的神色：是肯定，是尊敬。然后他大喊道：“里卡多！有炸弹！”

里卡多是一名特警队队员。他的眼神、举止和轻声发布的命令里透着一股冷静的自信。他肤色特别黑，夫人觉得都能从上面照出自己的影子来。里卡多和他的人花了四分钟找到了炸弹，它被放在一个上了锁的厕所隔间里。那是科勒姆通过安检带进来的一个拉好拉链的手提包。他当时解释说，包里有四块金条，他打算用这些作为那张特殊的扑克牌赌桌的抵押物。在博彩委员会发布禁令之前，只要玩家同意，这里接受现金、手表、婚戒、抵押契据、车钥匙和其他任何物件。在这些涂金的铁棒下面，我们的工程师、运算天才科勒姆放了一个自制的定时炸弹，事后连特警队的爆破专家都认为制造水平一流。可她记住的是那几张牌。

红桃 K，黑桃 Q。那一晚，他们在邪恶的月亮下邂逅。

第二天晚上，夫人邀请他到赌场共进晚餐。他接受了邀请，但拒绝了开胃酒。酒虽然不行，但喝水可以。她在夹楼布置了一张餐桌，可以看到工人广场的景色，那儿正淅淅沥沥地下着雨，雨水从火车站的鹅卵石路流向因弗尼斯。建筑师把火车站建在了几米高的地方，因为他们认为这座城市的地面由于长期浸水而变得湿软，整个大理石结构和像“伯莎号”一样的火车会随着时间推移导致地面下沉。

他们谈天说地，但不触碰过于私人的话题，也不提前晚发生的事。总的来说，晚餐很愉快。麦克白是如此迷人和睿智——如果不用“礼貌”这个词的话。他身上那件灰色的、有点过紧的西服透出一股别致的魅力，他说这是一个叫班柯的年长同事给他的。她听了孤儿院、德夫老兄以及他儿时某个夏天加入的一个流动马戏团的故事。马戏团里有个胆小的驯狮员，总是感冒；有一对瘦削的姐妹，是高空吊杠的高手，只吃长方形的食物；有个魔术师，会邀请观众代表走进一个圆圈，然后让他们身上的东西——一枚婚戒、一把钥匙或一块手表——在他们眼前的空气中悬浮。他兴致勃勃地听夫人讲述了赌场从无到有的过程。最后，当她感觉已经讲完所有可以对他讲的话后，她举起酒杯问道：“为什么他会做出这种事来？”

麦克白耸了耸肩：“赫卡忒的‘精酿’令人发狂。”

“赌场毁了他，这是事实，但牌里并没有猫腻。”

“我没觉得有。”

“不过，两年前，我们有两个赌台管理员在牌局里和一些玩家联手作弊，盗取财物。当然我把他们开除了，但我听说他们合伙找了一些出资人，还向市议会申请，要建一个新赌场。”

“方尖塔吗？是，我见过草图。”

“那你知不知道，曾经与他们合作的一些玩家是政客和肯尼斯的人？”

“是，我听说过。”

“看来这赌场是一定会建的。那我跟你打包票，像欧内斯特·科勒姆这种人有一千个理由相信他们会被方尖塔蒙骗。”

“我想你说得对。”

“这个城市需要新的领导者，新的开始。”

“‘伯莎号’。”麦克白朝那扇对着中央车站的窗户点点头。进站口的基座上，那辆黑色的老火车在雨中矗立着，车身泛着亮光，车轮停在一条原先通往首府的八米长的铁轨上，“班柯说我们得让‘伯莎号’再次开动起来。我们需要一股健康的新风气，而这座城市也需要蓬勃的朝气。”

“但愿如此吧。不过说回那天晚上……”她转动着酒杯，知道他正盯着自己的乳沟。她早已习惯了男人们这么做，看与不看对她来说没有任何感觉。她只知道自己的女性特质和其他商业工具一样，有时可以拿来使用，有时则不应该使用。但他的眼神却与众不同。他与众不同。他绝不是她的意中人，他不过是个心地善良的小警员罢了。那她为什么要和他一起吃饭呢？她完全可以用别的方式感谢他，不用亲自出面。他拿起水杯，她仔细观察了他的手。久经日晒的手上密布着粗壮的血管。他显然经常出城。

“如果科勒姆不同意玩二十一点，你打算怎么办？”

“我不知道。”他看着她说。棕色的眼睛。城里人都是蓝眼睛，但她之前肯定也见过棕色眼睛的男人。可他们不一样，他们没有如此……强壮。却也脆弱。老天，她是不是对他产生了爱慕？可她已经不再年轻。

“你不知道？”她问道。

“你说过，他是个赌瘾很大的人。我料定他会忍不住再赌一把。不惜一切代价。”

“你去过很多赌场，我看得出来。”

“那倒没有，”他笑道，一个男孩子的笑声，“我都不知道自己的牌是不是好牌。”

“16 点对一个 A 吗？这可算不上什么好牌。你怎么就如此确定他会玩呢？你编的故事并不令人信服。”

他耸了耸肩。她透过酒杯看过去，看见她早已猜中的一件事。他知道上瘾是什么感觉。

“你就没有过怀疑自己的时候吗？觉得无法阻止他朝杰克开枪？”

“有。”

“有？”

年轻的警官小酌了一口。他好像不喜欢聊这个话题。她该不该放过他？她隔着桌子探过身来：“那你倒说说看，麦克白。”

他放下杯子：“在那种情况下，如果要抢在他开枪之前使他丧失知觉，要么朝他的头开枪，要么割断他的颈动脉。如你所见，割断颈动脉后会喷出一股短促而密集的血，剩下就是慢慢渗出来了。由于人脑需要的氧气储存在第一股血里，不等这股血落到桌上，他就已经失去了知觉。这里有两个问题：首先，掷飞刀的理想距离是五步，我们之间要近得多，但所幸我用的匕首质量均衡。

对经验不足的人而言，这种匕首更难操控，但对于一个飞刀老手，调整转速反倒更容易。其次，以科勒姆所坐的位置，我只能击中他左动脉，但我必须用右手掷。你知道我是左撇子。我只能指望一点运气，但通常我并不走运。另外，那张牌是什么来着？”

“黑桃Q。你输了。”

“看见了吧。”

“你不走运？”

“在打牌上肯定是如此。”

“那在什么方面走运呢？”

他想了想，然后摇了摇头：“没有。爱情也不走运。”

他们笑了，相互碰了杯，又笑了一阵，然后静静地听雨。然后她闭上眼，待了片刻。她想，她听到了吧台杯子里冰块的碰撞声，赌球与旋转的轮盘木头之间咔咔嗒嗒的声音。还有她自己的心跳声。

“什么？”他在黑暗的卧室里眨了眨眼。

她重复了一遍：“你必须杀了邓肯。”

夫人听着自己说出的这句话，感觉它在嘴里膨胀，将自己跳动的心脏淹没。

麦克白从床上坐起来，仔细打量着她：“亲爱的，你是醒着还是在说梦话？”

“不，我醒着。你知道，你必须这么做。”

“你刚才做噩梦了吧。现在——”

“不！好好想想！这符合逻辑。我们和他是势不两立的。”

“你觉得他特别希望我们不好是吗？他刚刚还提拔了我。”

“也许名义上你是有组织犯罪处的头儿，但实际上你还得看他的脸色行事。如果你想关掉方尖塔，如果你想把毒枭们从因弗尼斯周围赶走，如果你想增加街上的警力让大家感到安全，那你就必须当上局长。这还都是些小事。亲爱的，想想你当上局长之后我们能干什么样的大事。”

麦克白笑了：“可是邓肯想做大事。”

“我不怀疑他真心实意想干大事。但要干成大事，一个局长必须得有来自人民的广泛支持。在城里人看来，邓肯不过是一个处于高位的势利鬼，和肯尼斯没有什么两样，和市政厅里的图特尔也一样。赢得人心的不是说多少漂亮话，而是你这个人。你和我是他们中的一分子，麦克白。我们的经历就是他们的经历，我们想要的就是他们想要的。听着，源于人民，服务人民，联合人民。你明白吗？只有我们能理直气壮地说这句话。”

“我明白，可是……”

“可是什么？”她拍了一下他的肚子，“难道你不想挑大梁？难道你不想做到第一的位置？你喜欢舔别人的靴子吗？”

“当然不是。可只要有耐心，我们总会得到的。作为有组织犯罪处的负责人，我仍然排在第三位。”

“可局长办公室不是给你这样的人留的，亲爱的！好好想想。虽然你的位置是他们给的，我们和他们看起来一样风光，但他们绝不会把第一的位置让给你。不会心甘情愿的。我们必须自己拿过来。”

他翻身转向另一侧，背对着她：“断了这念想吧，亲爱的。你忘了，邓肯如果出事，接班的是马尔康。”

她抓住他的肩膀，一把拉过来，让他再次面对自己。

“我什么都没忘记。我没忘记赫卡忒说你会成为局长，这说明他有所计划。我们对付邓肯，他来对付马尔康。我没忘记你和科勒姆周旋的那一晚。亲爱的，邓肯就是科勒姆。他正拿枪指着我们满怀梦想的脑袋。你必须找回那天晚上的勇气，你必须成为那晚的自己，麦克白。为了我，为了我们。”她把一只手放在他的脸颊上，声音缓和下来，“亲爱的，人生不会给我们这种人太多的机会。我们必须抓住少数几次送上门的机会。”

他躺在那儿沉默不语。她等了半晌，听了听，可这会儿没有一句话盖过她的心跳声。他有野心，有梦想，有意愿，她知道他有——是这些让他挣脱早年一团糟的生活，让一个年纪轻轻的瘾君子脱胎换骨，成为实习警察乃至后来的特警队队长。这正是他们相互吸引的地方：两个人都做出了自己的成就，也都走过人生的弯路。他该不该见好就收，安于现状？他是个大胆、无情的行动派，但也有致命的弱点，那就是不够恶毒。你需要这份恶毒，即便它只在最后关头派上用场。那一刻，你必须学会抛弃道德的约束，始终牢记更大的目标，绝不逼问自己做得对不对，因为那不重要。麦克白热爱他所谓的正义，遵守别人的规矩是他的弱点，或许也是夫人欣赏的优点——在和平时期。而现在这让她鄙视，因为战争的号角已经吹响。她的手从他的脸颊滑向脖子，慢慢地抚过胸脯和腹部，然后原路返回。她听了听。他的呼吸平静而有规律。他睡着了。

麦克白呼吸深重，好像睡着了一样。她把手拿开，挪过去，贴着他的后背躺下。她的呼吸也平静下来。他试着和她一起呼吸。杀了邓肯？不可能。绝对不可能。

那为什么他睡不着？为什么她的话萦绕在他脑际？为什么他的思绪像蝙蝠一样在头顶盘旋？

“人生不会给我们这种人太多的机会。我们必须抓住少数几次送上门的机会。”他想起人生给过他的机会：一次是孤儿院的那一晚，他没有抓住；另一次是班柯给他的，他抓住了。第一次害他差点丢了命，第二次救了他的命。可你有时拒绝好机会，难道不是因为它们最终还是会把你打入不幸的深渊，让你不管抓住与否都会后悔不已吗？是啊，欲望哪有止境，它总会破坏刚刚好的幸福。可是转念一想，命运是否开启了一扇会迅速关闭的门？他难道还会胆怯，像孤儿院那晚让自己失望吗？他眼前浮现出当时躺在床上的那个人：他睡着了，毫无察觉，无力反抗。他挡在麦克白及任何人都有权获得的自由之间，挡在麦克白及任何人都渴望拥有的尊严之间，挡在麦克白及他有可能得到的权力之间。还有尊敬。还有爱。

天蒙蒙亮时，他叫醒了夫人。

“如果我这么做了……”他说道，“我就欠赫卡忒一个人情。”

她睁开眼，好像一直醒着：“你为什么这样想呢，亲爱的？赫卡忒只不过做了一个预言，你不亏欠他什么。”

“我当上局长，对他有什么好处？”

“那你最好去问他。但答案很明显，赫卡忒想必已经听说邓肯发誓要把他绳之以法。他的设想是，你大概会把打击街头暴力、相互残杀的贩毒团伙作为第一要务。”

“‘诺斯骑士’？他们已经元气大伤了。”

“或是某些靠坑蒙拐骗套走人们兜里钱财的公司。”

“你说方尖塔？”

“只是举个例子嘛。”

“嗯。你说我们能干一些大事。你想的是对城市有利的事吗？”

“那当然。记得邓肯曾决定哪些政客需要被调查，哪些不需要。对市议会稍有了解的人都知道，过去十年间但凡掌权的人都不干净，经不起仔细调查。他们相应拿了不少好处。肯尼斯在位时，他们甚至不用刻意遮掩腐败，因为证据就摆在大家面前。这一点我们和他们彼此都清楚。换句话说，我们可以随心所欲地控制他们，亲爱的。”

她用食指拂过他的嘴唇。初夜那回她就告诉过他，她喜欢他的嘴唇。它们如此柔软和轻薄，她只需轻轻一咬，便可尝到他的鲜血。

“迫使他们信守承诺，把拯救城市的政策落到实处。”他轻声说。

“完全正确。”

“让‘伯莎号’再次开动起来。”

“是的。”她轻咬他的下唇，而他感觉到一阵颤抖，那是她和他在共振，他们的心跳在加速。

他抱住她。

“我爱你。”他轻声说。

麦克白和夫人。夫人和麦克白。此刻，他们的呼吸彼此合拍。

第七章

夫人看着麦克白。他身穿晚礼服的样子真是帅气。她转过身，检查服务生有没有戴上她要求的白手套，银盘子里的香槟酒杯是不是杯身狭长的那种。大概是为了好玩，她在盘子里放了一个小巧的银制搅拌器——很少有顾客见过这东西，知道其用途的就更少了。麦克白把重心微微向后偏移，鞋子没入因弗尼斯厚厚的地毯，出神地注视着门口。他似乎一整天都很紧张，只有在温习计划实施的细节时才能重新集中精神，成为那支反应迅速的职业警察队伍里的一员，并且忘却目标的名字：邓肯。

外面的门卫打开门，一阵骤雨吹了进来。

第一拨客人。夫人换上她最喜悦、兴奋的笑容，挽着麦克白的胳膊。她感到他本能地挺起胸脯。

“班柯，老朋友了！”她兴奋地说，“你还带了弗里斯。他都长这么俊了——幸亏我没有女儿！”拥抱、碰杯，“列诺克斯！咱俩真该好好聊聊了，不过，先来点香槟吧。哟，凯思妮斯！你简直太漂亮了，亲爱的！我怎么就找不到这样的裙子？马尔康常务副局长！您这头衔有点太长了。我就叫您长官好不好？别跟别人说啊，有时候我让麦克白叫我总监，只想听听叫出来是什么感觉。”

她和他们大多数人以前几乎没说过一句话，可她还是成功地让他们觉得彼此已经相识多年。因为她能看透他们的内心，知道这些人想让别人怎么看待他们。虽然，她过人的敏锐为自己招来不少诅咒，但这却依然是一项天赋。这意味着她无须预热，上来就能打开局面。或许，是她不装腔作势的态度让人们对她产生了信任。她打破隔阂的方式是分享她生活中看上去属于隐私的细节，让他们变得大胆起来。而当他们注意到自己的小秘密获得一个"啊"和会心微笑的奖励时，便会冒险再讲一些更大一点的秘密。城里似乎没有人比她更了解这里的居民了。

"邓肯局长！"

"夫人。抱歉来晚了。"

"哪儿的话，这是您的特权。我们可不想让第一个到的人当警察局局长。我总是保证自己最后一个到，以免有人搞错到底谁是女王。"

邓肯哑笑一声，她一只手搭在他的胳膊上："您乐了，那在我看来今晚就已经成功了。不过，您应该尝尝我们上好的香槟，亲爱的局长。我想您的侍卫不会……"

"不行，他们几乎一晚上都不能睡。"

"一晚上？"

"要是你公开威胁过赫卡忒，就至少得睁一只眼睡觉。我睡觉，得有两双眼睛睁着。"

"说起睡觉，我按照他们的吩咐，把您的侍卫安排在您套间隔壁，中间有一扇隔断。钥匙在前台。不过，我坚持要您的侍卫至少尝一口我家自制的柠檬汽水，我保证不是用城里的饮用水做的。"她朝捧着两只玻璃杯的服务生使了个眼色。

"我们——"一名侍卫清了清嗓子。

"你要是不喝，我可当这是人身侮辱哦。"夫人插话道。

两名侍卫和邓肯交换了一下眼色，然后各自拿起一只杯子，一饮而尽，又放回托盘。

“夫人，张罗这次聚会，让你破费了。”邓肯说。

“您提拔我丈夫做有组织犯罪处的领导，我为您做这点事算什么。”

“丈夫？我不知道你们结婚了。”

她把头歪向一边：“局长是那种在乎形式的人吗？”

“如果你说的形式是指规矩，那我大概是。这是由我的工作性质决定的，我想你也是。”

“一座赌场的兴衰全靠大家严格遵守规矩，没有例外。”

“我恐怕得承认我之前从未来过赌场，夫人。我知道你这个当家的有很多事情要操心，但如果方便，可否请你带我稍微转一转？”

“非常乐意。”夫人笑着挽起他的胳膊，“跟我来。”

她带邓肯走上台阶，来到夹楼。即便他的眼睛和小心思有被她迈腿时裙子上那道长长的开口所吸引，他也掩盖得很好。他们在扶手边站定。今晚并不热闹。轮盘赌桌旁有四位客人，二十一点的桌边空无一人，他们脚下有四个玩扑克牌的。其他参加聚会的人集中在吧台，自成一片。夫人见麦克白站在马尔康和列诺克斯旁边，紧张地摆弄着手中的水杯，努力表现出在听别人讲话的样子。

“十二年前，铁路局搬走后，这里曾是一片被积水糟蹋得不成样子的废墟。你知道，我们是国内唯一一个允许开赌场的郡。”

“这要拜肯尼斯局长所赐。”

“倒是要感谢他那颗黑心。我们的轮盘赌桌是按照蒙特－卡罗法设计的，你可以在赌盘两侧相同的格子里下注。轮盘大部分是红木做的，用了一点花梨木和象牙。”

“夫人，坦率地说，你建的这个地方很令人印象深刻哪。”

“谢谢局长夸奖，不过这也是花了大力气的。”

“我明白。有时候我在想，做人的动力是什么？”

“那请您告诉我，您的动力是什么？”

“我？”他思忖了片刻，“希望有朝一日这座城市能变好吧。”

“除了这个呢？除了谁都会讲的大道理，您从自己的利益出发、从感情角度出发的动力是什么？那个不可告人的动力，晚上在你耳边低语、在所有庆祝的话都说尽后依然萦绕在您心头的动力，是什么？”

“这是个深刻的问题，夫人。”

“这是唯一的问题，我亲爱的局长。”

“大概是吧。”他的肩膀在晚礼服里转动了几下，“也许我并不需要这样强大的动力。上天给了我一手好牌，让我生在一个比较富裕的家庭，教育、志向和职业规划都是顺理成章的事。我的父亲对政府的腐败直言不讳，这大概是他没走太远的原因。我想我只是继承了他的未竟之志，从他犯的战略失误中吸取教训。政治是寻求可能的艺术，有时候你不得不用邪恶来对抗邪恶。我做的也是不得已的事。夫人，我不是媒体喜欢把我描述成的那种圣人。”

“圣人除了被封为圣人之外，没做出什么成就。我更赞同您讲求策略的原则，这一直是我的处世之道。”

“我理解你说的。虽然我不了解你的具体经历，但我知道，你走过的路比我走过的路更艰辛和漫长。”

夫人笑了：“您得在一堆褪色的档案里才能找到我。为了维持生计，我曾在这世上最古老的行业里摸爬滚打数年，这已算不上什么秘密。谁都有过去，用您的话说，谁都做过不得已的事。局长赌吗？如果您愿意，我请您今晚在我这里赌上一把。”

“多谢你的慷慨，夫人，但那样就得打破我的规矩了。”

“纯粹的个人行为都不行吗？”

“当你坐上局长的位置，私人生活便不复存在。另外，我平时也不赌，夫人。我更愿意靠自己的实力取胜，而非仰仗命运的神明。”

“可是就像您自己说的，您坐到今天的位置是因为命运之神在您出生时就给了您一手好牌。”

他微微一笑：“我说的是更愿意。生活是一场游戏，你要么用手里的牌打，要么就扔掉不打。”

“我能说两句吗，局长？您为什么在笑呢？”

“笑你的提问啊，夫人。我觉得你肯定会问的。”

“我亲爱的邓肯，我只想说您是一个绝对的好人。您有骨气，我尊敬您，也尊敬您捍卫的价值。这绝不只是因为您有魄力，把管理团队中如此显著的位置给了麦克白这种名不见经传的家伙。”

“谢谢你，夫人。麦克白谢他自己就行了。”

“这项任命是您反腐败运动的一部分吗？”

“腐败就像臭虫，有时你为了革除灾害，只好把整栋房子都推倒重建，使用麦克白这样未受侵蚀的材料。他不属于那个圈子，所以没有受到腐蚀。”

“就像考德？”

“就像考德，夫人。”

“我知道刮骨疗毒的痛苦。我曾经有两个不忠诚的员工。”她从扶手上方探出身子，朝轮盘赌桌点了点头：“但我炒掉他们的时候，还是流了眼泪。受金钱和财富诱惑是人性非常普遍的弱点。我的心太软，没有用脚后跟踩死臭虫，而是放他们走了。可他们拿什么回报我呢？他们用我的主意、我教给他们的专业知识，还有很可能是从这里偷走的钱开了一家可疑的公司，不仅毁了这个行业的声誉，还从这个市场的开创者手里、从我们这里夺走了客源。你赶走臭虫，它们还会回来。我和你做了同样的事，局长。”

“和我？夫人？”

“您对考德。”

“他和斯威诺串通一气，我是不会放过他的。”

“我的意思是，你的做法是正确的。你们手里关于他的把柄不过是一个‘诺斯骑士’的证词。连最傻的法官和陪审团都知道，考德会把所有能使自己脱罪的信息都告诉警方。他有可能躲过一劫。”

“我们掌握的东西比证词还要多一点，夫人。”

“但不足以坐实罪名。考德这只臭虫是有可能回来的。到那时，这桩丑闻会没完没了地继续下去。一次庭审但凡掀起一阵肮脏的风暴，就很容易把大伙都搞得灰头土脸。这不是警方在努力赢回民众信任时所希望看到的。我百分之百地支持你，局长。你必须把他们踹死。转一下你的脚后跟，他们就完蛋了。”

邓肯露出一丝微笑：“真是细致的分析。不过我想，你不会是在暗示我与考德自杀有什么联系吧，夫人？”

“老天，当然不是。”她把一只手放在局长的胳膊上，“我只是在讲班柯经常讲的那句话：‘实现目标有很多种方式。’”

“比方说？”

“嗯，比方说给一个人敲响警钟，告诉他最后的审判已经来临。铁证如山，特警队很快就会找上门，他会当众丢尽颜面，失去所有荣誉，他的名字会被拖过臭水沟，之后被关进仓库。而他只有几分钟的时间。”

邓肯仔细张望楼下的扑克牌桌。“如果我有一副双筒望远镜，”他说，“就能看清他们的牌了。”

“你会有的。”

“你的双筒望远镜是从哪儿来的，夫人？与生俱来的天赋吗？”

她笑了：“不，我只能靠买。靠经验，花高价。”

“我当然什么都没说，但考德已在警局效力多年。和我们大多数人一样，他不是百分之百的好人，也不是百分之百的坏人。或许他和他的家人应该得到选择一条什么样的出路的权利。”

“您比我境界高，局长。我也是这么做的，但完全是出于私利。祝您健康。”

他们举起酒杯，碰了一下。

“说起识人这件事，”夫人朝吧台点了点头，“我看德夫警督和年轻的凯思妮斯很来电。”

“哦？”邓肯挑起眉毛，“从我这儿看，他们分别站在吧台的两头啊。”

“的确如此。他们彼此保持着最大的距离，但还是每隔十五秒就会确认一下对方的位置。”

“什么都逃不过你的眼睛，是吗？”

“当我问你那个不可告人的、自私的动力时，我看见了一样东西。”

邓肯笑了：“你在黑暗里也能看清东西吗？”

“我天生就对黑暗十分敏感，局长。我在最黑暗的夜晚游走，也不会伤到自己。”

“我想，追求至仁至善的这种动机是可以被视为自私的，但我有一个简单的观点，出于好意的动机都是可以接受的。”

“所以，你想要肯尼斯得到的雕像，还是他没有得到的民众的爱戴？”

邓肯看着夫人的眼睛，在确认他们身后的保镖听不见之后，干掉酒杯里的酒，咳了一声：“我图的是一份内心的安宁，夫人。那种履行了职责，维护和完善我们前人遗产的满足感。我知道这听上去有些偏执，所以请不要对其他人说。”

夫人深吸一口气，推开扶手，露出灿烂的笑容：“可你们的女主人在干吗呢？当这里应该有一场派对的时候，她却在质问她的客人！我们去看看其他人吧，然后我去地窖里拿一瓶酒，现在喝正是时候。”

在忍受完马尔康对新税法漏洞的冗长分析后，德夫找了个借口走开，溜到吧台坐下，给自己点了一杯威士忌。

“怎么样？”一个声音在背后响起，“和家人共度的一天假期如何？”

“很好，谢谢。”他没回头，向服务生指了指一个瓶子，亮出两根手指，意思是要两杯。

“那么今晚呢？”凯思妮斯问道，“你还想……在酒店过夜吗？”

这是上床的代号。但他听得出来，这个问题不只限于今晚，还包括未来许许多多个夜晚。她要他重复那些老套的话：保证他想要她，不想回法夫那个家。可这一切需要时间，有好多因素要考虑清楚。令他难以理解的是，凯思妮斯并不比别人更了解他，她还怀疑他是不是真心想要这样。或许这就是为什么他用某种抗拒的语气回答，赌场已经为他安排了床位。

“你想在赌场过夜吗？”

德夫叹了一口气。女人到底想要什么？她们都想要把他绑在床头、拉到厨房里喂饭，掏空他的钱包和睾丸，迫使他撒下更多的种子，然后心存愧疚？

“不。”德夫一边说一边望着麦克白——他是这场派对的焦点，但他看上去似乎惴惴不安、心事重重。难道说新职位的重担已经让他的内心高兴不起来了吗？不管怎样，对麦克白和德夫而言，现在说什么都晚了。“你先去，我稍微待一会儿，然后去找你。”

德夫注意到她在自己身后犹豫了一下。透过酒柜的玻璃，他们看见了彼此。她刚要碰德夫，后者便给了她一个告诫的眼神。她把手收了回去，走开了。谢天谢地。

德夫闷了一口酒，起身去找靠在吧台另一头的麦克白。是时候好好祝贺他了。可这时邓肯来到他们中间，人群围拢上来，麦克白消失在一片混乱中。当德夫再次见到麦克白时，他正追随着夫人的脚步，朝屋外走去。

夫人打开酒窖的锁，麦克白一把抓住了她。

“我做不到。”他说。

“什么？”

“我不能杀自己的局长。”

她看着他。

夫人揪住他夹克的衣领，把他拉进来，关上门。“麦克白，我不许你这个时候让我失望。邓肯和他侍卫的房间已经安排妥当，一切都准备好了。你拿到万能钥匙了吗？”

麦克白从兜里掏出钥匙，举到她眼前：“拿走。我不能做。”

“不能做，还是不想做？”

“都有。我不想做是因为我找不到做这种恶事的感觉。这是错的。邓肯是一个好局长，我哪方面都比不上他。除了满足我的野心，这件事有什么意义？”

“我们的野心！因为在饥饿、寒冷、恐惧和肉欲之后，剩下的无非就是野心了，麦克白。因为荣誉是打开尊敬之门的钥匙——而这就是一把万能钥匙，用了它！”她依旧拽着他的领子，她的嘴离他如此之近，他能闻到她呼吸里的愤怒。

“亲爱的——”他开口道。

“闭嘴！如果你以为邓肯真的有那么正直，那就去听一听他是如何杀死考德，免得他捅出的内幕让他陷入尴尬的境地吧。”

“不是这样的！”

“你自己问他。”

“你说这个只是为了……为了……”

“为了坚定你的意志，”她说道。她松开手，改用手掌抵住他的领子，仿佛要感受他的心跳，“你只要想，你要杀的是一个凶手，就像你杀死的‘诺斯骑士’一样，这样就好过了。”

“我不想要好过。”

“如果是你的道德心占据了上风，那么就想想你昨晚是怎么向我许下毒誓的吧，麦克白。难道你想要告诉我，你在杀死欧内斯特·科勒姆时，我看到并以为是勇气的东西，不过是一个年轻人的鲁莽在作祟，因为你的命不要紧，杰克的命才要紧吗？而现在，当你要赌上一点自己的东西时，却吓得像一只胆小的鬣狗。”

她的话虽不讲理，却直击要害。“你知道，事情并不是这样的。”他绝望地说。

“那你怎么就不能遵守答应过我的事呢，麦克白？”

他哽住了，努力找寻说辞：“我……你敢说你遵守了所有许下的诺言吗？”

“我？我吗？”她发出一声惊讶的尖笑，“我为了信守对自己的诺言，曾把胸口吃奶的孩子掉过个儿来，将他的脑袋在墙上撞得粉碎。我怎么会违背对你的诺言呢，我唯一的爱人？”

麦克白站在那里看着她。他在吸入她呼出的气体，有毒的气体。他感到这东西在一秒一秒地动摇着他。“可你想没想过，如果事情败露，邓肯会连你一起杀掉。”

“不会败露。听着，我会给邓肯这杯红酒，而且坚持要他的侍卫至少品尝一口。他们觉察不出任何异常，但入夜晚些时候会有点儿晕乎，上床之后则会沉沉睡去……”

“好，可是——”

“嘘！你到时候就用匕首，这样他就没机会醒来。然后将刀上的血抹遍侍卫的全身，把匕首留在他们的床上。之后你叫醒他们时——”

“我记得我们的计划，但这个计划有漏洞，而且——”

“这是你的计划，亲爱的，”她一只手抓住他的下巴，狠狠咬了一口他的耳垂，“而且它滴水不漏。所有人都会觉得侍卫是被赫卡忒买通的，他们烂醉如泥，没有掩盖住自己的罪行。”

麦克白闭上眼：“你要是生孩子，应该全是虎崽子，对吧？”

夫人浅笑一声，吻了吻他的脖子。

麦克白抓住她的肩膀，将她推开：“你这是把我往死里推，夫人，你知道吗？”

她笑了：“那么你知道，你去哪里，我就去哪里。”

第八章

晚宴设在赌场的餐厅。德夫坐在女主人边上，她的另一边是邓肯。麦克白坐在他们对面，挨着凯思妮斯。德夫注意到凯思妮斯和麦克白都不怎么讲话，不过气氛还算好。餐桌很宽，要和对面的人聊天很难。夫人谈兴甚高，看样子很享受和邓肯的交流。德夫听着马尔康絮絮叨叨，努力不让自己打哈欠。

“凯思妮斯今晚真漂亮，你说呢？”

德夫转过头，是夫人。她朝他微笑着，大大的蓝色眼睛在火红的头发下显得天真无邪。

“是啊，但和夫人比还差一点儿。”德夫虽然出口恭维，但能听出自己这话缺乏生气。

“她不只是漂亮，”夫人说道，“我想，作为一个女警，她肯定做出了很多牺牲才坐到今天的位置。就拿成家来说吧，我看得出她牺牲了成家的机会。你也看出来了吧，德夫？”

灰色的眼睛。它们是灰的，不是蓝的。

“我想，所有想干成事的女人都得牺牲点什么吧，”德夫举起酒杯，发现又空了，“不是所有人都把家庭视为生命的全部要义。难道不是吗，夫人？”

夫人耸了耸肩：“人是很实用的。当我们作出的决定暂时无法改变时，便会想尽一切办法为之辩护，这样我们的错误就不会过分骚扰和折磨我们了。我想快乐生活的秘诀就在这儿。”

“所以你会害怕知道自己决定的真相？”

“如果一个女人决心得到她想要的东西，就必须像男人一样思考和行动，不顾家庭，也不管自己和别人。”

德夫打了个哆嗦。他试图望向她的眼睛，但她已经躬身给周围的客人倒酒去了。接下来，邓肯敲了敲杯子，站起来咳了一声。

德夫一边望着麦克白，一边听着鼓动人心的致谢词。邓肯不仅致敬了女主人的晚宴和男主人的晋升，还向全体警员所投身的使命表达了敬意——他们致力于将这座城市打造成一个可以让大家安居乐业的地方。他最后表示，在经历了漫长的一周后，大家理应享受上帝恩赐的休整机会，而且应该好好利用，“因为未来几周内你们的局长十之八九不会扮演这么仁慈的主了”。

他祝愿在场的人晚安，强忍住哈欠，然后向主人们敬酒。在接下来的掌声里，德夫瞥了一眼对面的麦克白，以为他会回敬，毕竟邓肯是局长。可麦克白却干坐在那儿，脸色煞白，像木头一样僵硬，显然是被这新场面、新岗位和局长提出的新要求弄得不知所措。

德夫为夫人拉出椅子：“感谢您今晚的盛情款待，夫人。”

“也谢谢你的光临，德夫。拿到你房间的钥匙了吗？”

“嗯，我得在……别处过夜。”

“回法夫的家吗？”

“不，去一个堂兄的家。但我明天一大早会来接邓肯。我们都住在法夫，家离得不远。”

“噢，那么几点钟呢？”

“七点。邓肯和我都有孩子，而且……是周末嘛。都得出去，你知道的。”

“其实我不知道，”夫人微笑道，“睡个好觉，代我向你堂兄问好。”

客人们陆续离开吧台和赌桌，回房或者回家。麦克白站在前台和他们一一握手，小声重复着空洞的“再见”。他在这里至少不用和吧台边那些无所事事的人交谈。

“你脸色真的不好。”班柯喝得说话都有点不利索了。他刚从洗手间出来，一只厚重的手掌拍在麦克白的肩上，“赶紧去休息吧，免得传染给别人。”

“多谢，班柯。但是夫人还在吧台招呼客人呢。”

“局长回房休息都快一个小时了，你也可以走了。我要在吧台痛快地干上几杯，然后跟弗里斯一起回家。我可不想看见你像门童一样站在这儿，好吗？”

“好。晚安，班柯。”

麦克白看着他的朋友踉踉跄跄地走回吧台。他看了一眼手表，离午夜还有七分钟。七分钟后，那件事便会发生。他等了三分钟，然后打起精神，透过通往吧台的双开门，看见夫人正站着听马尔康和列诺克斯说话。那一刻，仿佛是感应到他的存在般，她转过身和他目光交会。她不动声色地点了一下头，他也点头回应。然后她被马尔康的什么话逗乐了，回敬了几句，让那两个男人都笑了出来。她真是太出色了。

麦克白上楼，走进他和夫人的套房。他把耳朵贴在侍卫的房门上，里面的呼噜声平缓、安详，几乎毫无伪饰。他坐在床上，抚过光滑的床单。丝绸在他粗糙的手指下轻柔地低语。是的，她很出色。他一辈子也无法企及。也许他们真能做到，也许他俩——麦克白和夫人——携手可以干出点名堂，按照他们的想法塑造这座城市，继承邓肯的遗志，比他走得更远。他们有决心、有力量，有赢得民心的把握。源于人民，服务人民，团结人民。

他用手指弹了一下摆在床上的两把匕首。权力终究会将人腐蚀和毒化，他们本不必做这个的。假如邓肯内心纯洁，也足够理想化，他们其实可以坐下来谈谈，邓肯会觉得麦克白是实现自己梦想、带领这座城市走出黑暗的最佳人选。因为不管邓肯的梦想是什么，城里的老百姓不会追随一个从首府来的上流阶层的陌生人，对吧？对，他们需要自己的代表。邓肯是领航者，但麦克白才是船长——只有他才能让船员们服从，驾驶这艘船去他们都想去的地方，如开进一个安全的港湾。可就算邓肯同样认为交接权力对这座城市最有利，他也绝不会将位置让给麦克白。邓肯德行是好，但除此之外他不比其他任何掌权者更好——他把个人的野心放在第一位。看看他是怎么除掉可能会损害自己名誉或威胁他地位的人就知道了。考德的尸体在他们抵达时还是温的。

难道不是吗？是的，是这样的。是这样，是这样的。

十二点整。

麦克白闭上眼。他得上战场了。他从一数到十，睁开眼，发了誓，又闭上眼，再从十倒数到一。他看了眼手表，抓起匕首，插进肩上特制的双鞘皮套：两边各有一个鞘。他进入走廊，经过侍卫的房门，停在邓肯的房前。听了听，没动静。他深吸了一口气。之前准备了各种状况的应对办法，现在只剩下行动本身了。他将万能钥匙插进锁眼，看见自己的影子出现在小巧锃亮的铜质门把手上，然后握紧、拧动。借助于走廊的光，他努力观察里面的情况，然后溜进去，关上身后的门。

他在黑暗中屏住呼吸，聆听邓肯的气息。

安静，平缓。

像洛瑞尔的呼吸。那个孤儿院的院长。

不，不要分心走神。

邓肯的呼吸表明他已经睡着了。麦克白走向浴室的门，打开里面的灯，将门留了一条缝。这点光足够他做接下来的事了。

他接下来要做的事。

他站在床边，俯视着这个毫无戒备的沉睡之人，然后鼓起勇气。这真是太讽刺了。举起一把匕首，杀死一个无力反抗的人，还有比这更容易的事吗？决心已下，现在唯一要做的就是执行。他在去弗瑞斯的路上不是已经杀害过一个手无寸铁的受害者了吗？他的清白不是已经没了吗？他欠德夫的不是借各种机会都还清了吗？用德夫发明的一种叫“冷血”的币种还清的。他见过洛瑞尔温热的鲜血在白色的床单上漫延，那血在黑暗中是黑色的。所以此刻是什么让他下不去手呢？这一回的阴谋和上一回有什么区别？他和德夫破坏了犯罪现场，这样所有在弗瑞斯找到的证据便与他们勾兑的故事相吻合了。还有他们勾兑出的孤儿院的故事。何况有时候，残忍是站在正义这一边的，麦克白。他抬头看了一眼在浴室的光线下泛着寒光的刀刃。

他放低匕首。

没有刺进去。

可他必须这么做。必须。他必须刺进去。可如果上了战场都起不了杀心，那该怎么办？

他必须变成另一个麦克白——那个深埋于地下、嗜食人肉的死尸，那个他曾发誓永远不再醒来的自己。

班柯盯着那辆庞大的、毫无生气的火车，解开裤子扣。

他在风中摇摆，知道自己有点醉了。

“走吧，爸爸。”弗里斯的声音在背后响起。

“儿子，几点啦？”

“不知道，但月亮升起来了。”

“那就是过了十二点了。预报说今晚有暴风雨。”他解下挂在皮带第一和第二个圆环之间的枪套，递给弗里斯。

他儿子接过去，略带不满地抱怨道：“爸爸，这是公共场所，您不能——”

“这是公共的小便池，这儿就是干这个的。”班柯口齿不清地说。正在这时，他看见一个黑色的人影从火车后面走过来，“枪给我，弗里斯！”

月光照在那个人的脸上。

“噢，是你呀。”

“啊，原来是你。”麦克白说，“我出来透透气。”

“我得在这儿亮亮老家伙了，”班柯醉醺醺地说，“不，我没打算撒在‘伯莎号’身上。那样毕竟——圣约瑟夫教堂这个点儿也关了——是在亵渎城里最后一件圣物。”

“是啊，也许吧。”

“出什么事了吗？”班柯有些揪心。他和周围的陌生人相处总是不自在，但对麦克白和他儿子也这样吗？

“没事。”麦克白用一种不阴不阳的语调说。

“我昨晚梦见三姐妹了，”班柯说，“咱俩从未谈论过那天的事，但她们的预言真的应验了，不是吗？你怎么看？”

“噢，我都忘记她们了。下次找机会再谈吧。”

“随时。”班柯感觉那泡尿快来了。

“其实我是想问你，”麦克白说，“现在你是有组织犯罪处的二把手，但如果事情真像她们说的那样发生了呢？”

“然后呢？”班柯憋着嗓子说。他已没了耐性，开始使劲了，但一使劲反而尿不出来。

“我希望你那时也能跟我合作。”

“做你的副局长吗？哈哈，好啊，你真逗。”班柯突然意识到麦克白不是在开玩笑，“当然，我的孩子，当然。你知道，我总是乐于追随率领正义之师的人。”

他们彼此相视。然后，仿佛一根魔杖挥动般，尿来了。班柯低下头，一股气势磅礴的金色水柱无惧地溅射在火车硕大的后轮上，然后涌向下面的铁轨。

“晚安，班柯。晚安，弗里斯。”

“晚安，麦克白。”父子俩齐声说道。

“麦克叔叔[1]醉了吗？”弗里斯等他走后问。

“醉？你知道他不喝酒。”

“是，我知道，可他太奇怪了。”

“奇怪？”班柯严肃地咧着嘴，得意地看着袅袅升起的烟雾，“相信我，这小子来劲儿的时候不奇怪。”

“那他这是怎么了？”

“他疯了。”

麦克白在中央车站附近转了转。等他回来时，班柯和弗里斯已经离开。他走进空旷的候车室。

他向室内扫了一眼，立马将里面的人分成四类：贩毒的、吸毒的、两者皆有的，以及找地方避雨睡觉、很快便会加入前三者行列的。这便是他自己走过的路：从一个靠救世军[2]的食物和水生

[1] 对麦克白的昵称。

[2] 救世军（The Salvation Army），国际性宗教及慈善公益组织，以街头布道和慈善活动、社会服务著称。

存的孤儿院逃逸者，到一个靠贩毒糊口的吸毒者。

麦克白走向一个年纪偏大、坐在轮椅上的臃肿的男人。

“四分之一克‘精酿’。”他说道。单靠这声音就足以让冬眠在他体内的某种东西苏醒过来了。

轮椅上的人抬起头。“麦克白，”他流着涎水吐出这几个字，“我记得你，你也记得我。你是警察，我不卖，好吧？从我眼前滚开。”

麦克白走向下一个交易者。他穿着格子衬衫，正在兴头上，连站都站不稳。

“你觉得我是白痴吗？”他吼道，“我是路过，否则我不会来这儿的，难道不是吗？要我卖给你，然后被关上二十四个小时？可四个小时我就得来一支。”他仰天大笑，笑声在屋顶下回荡。麦克白继续往里走，沿着走廊走向出发大厅，身后回响着那个交易者的喊叫声：“兄弟们，便衣警察来了！”

“嗨，麦克白。”一个细弱的声音。

麦克白回过头。是那个戴眼罩的男孩。麦克白朝他走去，在墙边蹲下来。黑眼罩拉上去了，麦克白能看到眼窝里那股神秘的黑暗。

“我要四分之一克‘精酿’，”麦克白说，“你能帮我吗？”

“不，”男孩说，“我谁也帮不了。你能帮帮我吗？”

麦克白从他的表情里认出了什么，就像在往镜子里看。他究竟在干什么？他在好心人的帮助下已经成功戒毒，难道现在要重蹈覆辙吗？去做一件连最绝望的瘾君子都羞于去做的恶事？他仍然可以拒绝，可以带着这个男孩一起回因弗尼斯，给他食物、热水澡和一张床。和之前的计划相比，这一夜可以变成完全不同的一夜，那种可能性仍然存在——他可以拯救自己，拯救这个孩子，拯救邓肯，拯救夫人。

“来吧，跟我——”麦克白开口道。

“麦克白，”他身后的声音隆隆作响，如同一阵雷在走廊间回荡，“你的祈祷我听到了。我有你想要的。”

麦克白转过身。他抬起眼睛，又往上抬了抬。“斯特雷加，你怎么知道我在这儿？”

“到处都是我们的耳目。给你，赫卡忒的礼物。”

麦克白低下头，盯着掉在手心里的一小包东西。“我付钱给你。多少？”

“礼物还需要付钱吗？我想赫卡忒会把这当成一种侮辱。晚安。”斯特雷加转身离去。

“那我不要了。”麦克白喊道。他将这包东西朝她身后扔去，但她已被黑暗吞噬。

“如果你不要……”独眼男孩用尖细的声音说，“我能不能……”

“待着别动。”麦克白压着怒火，没有起身。

“你想干什么？”男孩问道。

“想？”麦克白吼道，“从来就不是你想干什么，而是不得不干什么。”

他走向那包东西，捡起来往回走，没有搭理男孩张开的双手。

“嘿，你不是要去……”

“下地狱，”麦克白低声咆哮道，“地狱见。”

麦克白走下楼梯，进到臭烘烘的厕所，赶走一个坐在地上的女人，然后扯开袋子，将粉末撒在镜子下的水槽上，用一把匕首的刀背将这块东西碾碎，再用刀刃将其剁成更细的粉粒。他卷起一张钞票，将黄白色的粉末吸入一只鼻孔，然后是另一只。这种化合物只消片刻便可透过黏膜进入血液。在染毒的血进入脑部前，他最后一个想法是：这感觉就像和一个情人旧情重燃。她是如此妖艳，又如此危险。虽历经多年，却容颜未变。

“我跟你说什么来着？”赫卡忒站在监视器旁，用拐杖敲击着地面。

“你说过，没有什么比被爱情俘虏的瘾君子或道德家更好预测的了。”

“谢谢你，斯特雷加。”

麦克白站在中央车站门前最高的台阶上。

眼前，工人广场像海洋一样摆荡，巨浪狠狠拍在下面的鹅卵石上，起伏声如同牙齿在打战。远处，因弗尼斯仿佛一艘洋溢着音乐和笑声的蒸汽船，在海水中璀璨生辉，浪花从尾部缓缓转动、轰鸣着的螺旋桨下奔涌而出。

他动身了。穿过黑夜，回到因弗尼斯。他仿佛御风而行，双脚离地般飘进门，进入前台区域，接待员冲他友善地点了一下头。麦克白转向赌场大厅，看见夫人、马尔康和德夫还在吧台聊天。然后他仿佛飞一样上了楼去，沿着走廊移动，直至停在邓肯的门前。

麦克白将万能钥匙插进锁眼，拧开把手，飘了进去。

他回来了。一切都没改变。浴室的门仍旧半开着，里头的灯亮着。他走向床边，低头望着这名沉睡的警官，左手伸进夹克衫，摸到那把匕首的手柄。

他抬起手。现在容易多了。对准心脏，就像过去他对准刻在橡树上的那颗红心。那把刀在树上的名字之间扎出一个洞：梅雷迪斯和麦克白。

“不要再睡了！麦克白正在杀死睡眠！[1]”

麦克白僵住了。是局长、毒品还是他自己在说话？

他低头看了一眼邓肯的脸。不，他的眼睛还闭着，呼吸依然平稳安静。可正当他注视之际，邓肯的眼睛睁开了。他安静地看着他。“麦克白？”局长的眼睛转向匕首。

“我刚才听见这里传出嗞嗞的声音，”麦克白说，“我去看看。”

“我的侍卫……”

“我听……听见他们在打呼噜。”

邓肯听了一会儿，然后打了个哈欠。“好吧。让他们睡吧。我在这里是安全的，我知道。多谢你，麦克白。”

“别客气，长官。”

麦克白走向房门。他不再飘飘然，一种如释重负，甚至是喜悦的感觉在身上蔓延开。他得救了。局长让他得以解脱。随夫人怎么做、怎么说吧，反正到此为止了。五步。他用空出的一只手抓住门把手。

抛光的铜面上，有什么东西在晃动。

仿佛是站在一个露天游乐场的镜子面前，借助浴室的光，他看到的景象好似一部荒诞、扭曲的电影——局长从枕头下抽出什么东西，指着他的后背。一把枪。五步。掷刀的距离。麦克白本能地作出反应。他突然转过身，失去平衡，匕首在移动之中从左手飞了出去。

---

[1] 出自原版《麦克白》第二幕第二场，原句：“Sleep no more! Macbeth does murder sleep.”改写版略作改动，译文根据朱生豪译本相应调整。

第九章

不用想，肯定是德夫跟那两个女孩套近乎，邀请她们一桌吃饭。麦克白去吧台给他们所有人买了啤酒，回来就听见德夫自夸他和麦克白是警察学院毕业生里最优秀的实习警官。他说，他们的前程用“似锦”来形容还不够，两位小姐如有自知之明，就该早日行动起来。姑娘们笑了，那个叫梅雷迪斯的姑娘眼睛里闪动着波光，可当麦克白试图和她对视时，她却低下了头。酒吧打烊后，麦克白陪梅雷迪斯走到门口，像得奖一样和她友好地握手，并拿到一串电话号码。第二天一早，德夫就细致地描述了他如何在护士休息区一张狭窄的床上服侍了那个叫丽塔的朋友。当天晚上，麦克白给梅雷迪斯打了一个电话，用发颤的声音邀请她共进晚餐。

他在里昂的一家饭店订了位子，看到领班会意的注视时知道自己犯了错。德夫借给他的高档西服太肥，于是他只好借来班柯那件小两号的，可是又太紧，而且是二十年前的老款式。所幸梅雷迪斯的裙子漂亮又不失稳重，算是缓解了尴尬。他对法文菜单一窍不通，唯一能看懂的就是价钱。不过，梅雷迪斯对菜谱作了解释，告诉他这是法国人的脾气：他们拒绝承认自己在讲一种已经不再国际化的语言，同时他们的英语又太烂，所以无法忍受双重羞辱，被对手戏谑为蠢货。

“傲慢和不安全感往往相生相伴。”她说道。

“我就有不安全感。”麦克白说道。

“我倒觉得你的朋友德夫是这样，”她说，“你为什么感觉不安全呢？”

麦克白向她讲述了自己的背景：从孤儿院到班柯和薇拉，再到警察学院。和她谈心是一件很惬意的事，他几乎不由自主地交代了一切，在一个疯狂的瞬间甚至要抖落出洛瑞尔。当然，他忍住了。梅雷迪斯说，她在城西长大，父母为儿女们提供了无忧无虑的生活保障，但也对他们要求严格，而且望子成龙，对她的哥哥们尤其如此。

“保护，娇惯，同时也无聊，”她说道，“你知道吗，我从来没去过二区东面。”当麦克白露出不敢相信的表情时，她乐了：“是的，真的！我从没去过！”

于是，晚餐过后，他带她下到河床旁，沿着崎岖不平的道路，走过破败的房屋，一直到彭妮桥。当他在门口说出“晚安”时，她靠过来，吻了他的脸。

他回房时德夫还没睡。“老实交代，”他命令道：“一五一十地交代。”

两天后，电影院，《蝇王》[1]。他们撑着同一把伞走回家，梅雷迪斯挽着他的胳膊。“小孩子怎么能这么嗜血和残忍？”她说道。

“为什么小孩子就应该不如大人残忍呢？”

“他们生来是天真的啊！”

“天真，且没有任何道德感。难道不是大人们教孩子们学会平

---

[1] 根据英国作家威廉·戈尔丁（William Golding）同名小说改编的电影。故事设定在假想的第三次世界大战，一群六至十二岁的儿童在撤退途中因飞机失事而被困在一座荒岛上。他们起先尚能和睦相处，后来由于人性之恶不断膨胀，开始相互残杀，酿成悲剧。

静地被动接受，以便知道我们各自在社会上的位置，好让其随心所欲地拿我们开刀吗？”

他们在门前亲吻了彼此。星期天，他备好野餐篮子，带她去隧道另一头的森林里漫步。

“你会做饭！”她兴奋地喊道。

“班柯和薇拉教我的。我们以前经常来这儿。”

然后他们接吻，她喘着气，他将手伸进她的棉布裙里。

“等一等……”她说道。

于是他没有继续。他只是在一棵大橡树上刻了一颗心，用刀尖写下他们的名字：梅雷迪斯和麦克白。

“她准备好跟我上床了，”德夫回家向麦克白讲述细节时说，“我星期三去丽塔家，到时候邀请她上这儿来。”

梅雷迪斯按门铃时，麦克白已经开了一瓶酒，把蜡烛点好。他准备好了。可他没有为即将发生的事情作好准备：一进门，她便解开他的皮带，把手伸进他的裤子里。

“别……别……别这样。”他说道。

她惊愕地看着他。

“停……停……停下来。”

“你为什么口吃了？”

“我不……不……不想让你……”

她把手撤回来，羞耻烧红了她的脸。

后来，他们安静地喝了一杯红酒。

“我明天得早起，”她说道，“快要考试了，而且……”

“当然。”

三周过去。麦克白试着打了几次电话，但好几次都是丽塔接的，她告诉他，梅雷迪斯没在家。

“我理解，你和梅雷迪斯不再交往了。”德夫说道。

“是。”

“丽塔和我也是。你介意我约梅雷迪斯吗？”

“你问她呗。”

“我问了。”

麦克白噎住了，仿佛有一只手捏住了他的心。“是吗？她怎么说？”

“她说好。”

“她真这么说？你是什么时候……”

“昨天。只是随便吃点东西，不过……挺好的。”

第二天，麦克白醒来时觉得自己病了。他没过多久就意识到病根在哪里，一颗破碎的心无药可救。你只能自己承受一切痛苦，而他的确是这么做的：安静地承受痛苦，不对任何人提她的名字，只对着隧道另一头的橡树念起她。过了一阵儿，他的症状就消失了，几乎全部消失。他发现人们说得不对——我们只能爱一次。但夫人不像梅雷迪斯，她既是病根也是解药，既是渴也是水，既是欲望也是餍足。此刻，她的声音从海的对面、夜的那头传到他耳边。

“亲爱的……”

麦克白乘风飞过海洋与天空、光明与黑暗。

“醒醒！”

他睁开眼。他躺在床上。应该还是夜里，因为屋子里是黑的。但天边有一丝模糊的东西、一抹难以察觉的灰色，预示着黎明即将到来。”

“谢天谢地！”她在他耳边轻轻地说：“你去哪儿了？”

“去哪儿？”麦克白想努力抓住一星半点儿的梦境，“我不是一直在这儿吗？”

“你人是在这里，可我已经喊了你好几个小时，你像昏迷了一样。你怎么了？”

麦克白还趴在梦的船舷上，但突然不知这是好梦还是噩梦。邓肯……他脱了手，那些画面在黑暗中旋转。

“你的瞳孔，”她双手托住他的脸：“你嗑药了。我明白了。”

他挣开她的束缚，躲开那光亮：“我要它。”

“但你做了吧？”

“做什么？”

她用力摇晃他：“麦克白，亲爱的，回答我！你做了你答应我会做的吧？”

“是！”他痛苦地呻吟，一只手捂住脸，“不，我不知道。”

“你不知道？”

“我能看见他站在我面前，身上插了一把匕首，但我不知道这是否真的发生了，或者只是我在做梦。”

“床头柜上还有一把干净的匕首。你本应在杀了邓肯后，将两把匕首全部放到侍卫身上的，一人一把。”

“是的，是的，我记得。”

“那另一把匕首在他们那儿吗？你给我振作一点！”

“不要再睡了！麦克白正在杀害睡眠。”

“什么？”

“他说了那句话。或者是我梦见了。”

“咱们最好过去查看一下。”

麦克白闭上眼，努力回想梦境，也许它有答案。宁可这样也不回去。可梦已然从他的指缝间滑走。当他再次睁开眼睛时，夫人正站在那儿，耳朵贴着墙。

“他们还在打呼噜，走吧。”她抓起床头柜上的匕首。

麦克白深吸了一口气。新的一天连同它的曙光马上就会来临。

他抬腿下床，发现自己竟然没脱衣服睡觉。

他们进入走廊，周围一片寂静。因弗尼斯的房客通常都不早起。

夫人打开侍卫的房门，和麦克白走进去。两个人分别躺在一张扶椅上睡着。可四处不见匕首，他们的西服和衬衫也没按原计划抹上血迹。

“我只是梦见了，”麦克白低声说道，“来吧，不要再干了。”

“不行！”夫人低吼一声，大步走向通往邓肯套房的门，将匕首换到右手。她没有表现出任何犹豫，扯开房门，径直走了进去。

麦克白等在原地，听着屋里的动静。

什么也没有。

他走向那扇打开的门。

灰色的光从窗户缝里透进来。

她站在床对面，将匕首举到嘴边，双手握紧刀柄，圆睁的眼睛透出恐惧。

邓肯躺在床上。他瞪着眼，似乎是注视着门边的什么东西。到处是血：羽绒被、落在羽绒被上的枪、枪上那只手。那把匕首的手柄像一只钩子，从邓肯的脖子上伸出来。

“哦，亲爱的，”夫人轻声说道，“我的男人，我的英雄，我的救世主，麦克白。”

麦克白张嘴想说些什么，但就在那一刻，星期天的寂静被一声干脆、连续的铃声所打断。

夫人看了一眼手表：“是德夫。他来早了！亲爱的，下楼拖住他，我来解决这里。”

“你有三分钟的时间，”麦克白说，“别碰血，它们现在是半凝固状态，会留下指纹，明白吗？”

她扬起头朝他笑了笑：“嘿，你终于回过神来了。”

他明白她的意思。他终于抵达了那里——那一片战场。

德夫站在因弗尼斯门口瑟瑟发抖，真想回到凯思妮斯温暖的床上。他刚要按第二遍门铃时，门开了。

“先生，赌场的入口在下头。”

“不，我是来接邓肯局长的。”

“噢，那好，请进吧。我会打电话告诉他您到了。德夫警督，是吧？”

德夫点点头。因弗尼斯的员工服务真是一流。他在一把宽大的扶椅上坐下来。

“没人接电话，先生，”接待员说，“本人和侍卫的房里都没人应答。”

德夫看了一眼手表：“局长的房间号是多少？”

“213，先生。”

“我可以上去叫他吗？”

“当然可以。”

德夫爬上楼时，一个熟悉的身影蹦蹦跶跶地朝他走下来。

“早，德夫，”麦克白欢快地说，“杰克，能去厨房帮我俩弄杯浓咖啡吗？”

接待员闻声而去。

“多谢，麦克白，可我得按吩咐去接邓肯。”

“急吗？你是不是来早了点？”

“我们讲好时间回家的，而且我记得肯尼斯桥还没恢复通车，所以我们还得从老桥绕远路呢。”

“放松，”麦克白一边笑一边从下面抓住德夫的胳膊：“她又不会设秒表，对吧？而且你的样子很疲惫，要是开车的话，得来点浓咖啡才行。来吧，我们坐一会儿。”

德夫有些犹豫不决：“谢了，兄弟，咱们另找时间吧。”

“来杯咖啡，她就不大容易闻出威士忌的味儿了。”

“我开始考虑做你这种滴酒不沾的人了。”

“来真的？”

“酗酒会引起三个问题：酒糟鼻、嗜睡和撒尿。邓肯显然属于第二种。我还是上去看看吧——”

麦克白拉住他的胳膊：“我听人说，酗酒是欲望的诡计。它燃起你的欲望，却减损你的表现。昨晚过得怎么样？老实交代。”

德夫挑起眉毛。老实交代？他是在拿警察学院审讯的那一套话调侃呢，还是他知道了什么？不，麦克白不会打哑谜，他没那个耐心和能力。“没什么可说的，我跟一个堂弟在一起。”

“哦？你从没跟我讲过你有家人啊。我以为你外祖父是你唯一的亲人。噢，咖啡来了。放桌上就行，杰克。再试着给邓肯打打电话。”

在确认接待员负责这事后，德夫从楼梯上走下来，贪婪地拿起咖啡。但他没有坐下。

“家人，是啊，”麦克白说道，“他们是你良心永远亏欠的对象，不是吗？”

“嗯，也许吧。”德夫嘬第一口就烫了舌头，这会儿正吹着咖啡。

“他们还好吧？享受法夫的生活吗？”

“谁不爱法夫。”

“先生，邓肯还是没接电话。”

“谢了，杰克，继续打。好多人今早起来头都会沉。”

德夫放下杯子：“麦克白，我想我得先把他叫起来，然后再喝咖啡，这样我们就能走了。”

“我陪你一起上去。他就住在我们隔壁。”麦克白小酌一口咖啡，随之将其吐在手上和夹克袖子上：“啊，你有纸巾吗，杰克？”

“那我先——”

“等等，德夫。有了，好。谢谢，杰克。来吧，走吧。”

他们上了台阶。

“你受伤了？”德夫问道。

“没有，怎么啦？”

“我从没见你爬楼这么慢。”

“我可能在追捕‘诺斯骑士’时拉伤了肌肉。”

“嗯。”

“但没受伤。睡得好吗？”

“不好，”德夫说，“昨晚太可怕了，电闪雷鸣又下雨的。”

“是，糟糕的一夜。”

“所以你也没睡着？”

“呃，我——”

德夫回头看着他。

“直到最猛烈的那阵暴风雨过后，”麦克白话音刚落，他们便来到了邓肯的房门口，“我们到了。”

德夫敲了敲门。等了一会儿，又敲了敲门。他拧动门把手，门是锁着的。他感到有些不对头。

“有万能钥匙吗？”

“我去找杰克问问。”麦克白说道。

“杰克！”德夫吼道。之后他猛吸一口气：“杰克！”

几秒后，接待员从楼梯口探出头来：“先生，怎么了？”

“你有能开所有门的钥匙吗？”

“有，先生。”

“快来把这扇门打开。”

接待员一路小跑过来，翻了翻夹克口袋，掏出一把钥匙，插进锁眼，拧动了一下。

德夫打开门。

他们站在那儿，目瞪口呆。第一个开口的是接待员。

“天哪！”

麦克白仔细勘查现场，双脚抵着门槛。他听见德夫砸碎火警的玻璃，警报声立刻响起。邓肯脖子右侧那柄匕首已被人取走，夫人从左侧又插进了一刀。羽绒被上的枪也不见了。除此之外，一切照旧。

“杰克！”德夫在警报声中大吼，“让所有人从屋里出来，在前台集合。刚才看见的一个字也不许说，明白了吗？”

“好……好的，先生。”

走廊里的门纷纷开了。最先走出来的是夫人，她赤着脚，穿着晨衣。

“怎么了，亲爱的？哪儿着火了吗？”

她真是出色。他们又回到了原来的计划，他依旧身处战场。在这一秒、这一刻，麦克白感觉一切看似混乱，实际上却按部就班。此刻，他和他爱的女人所向披靡；此刻，他们完全掌控这座城市、命运和星辰的运转。他现在感觉到了，那仿佛是一次高潮，如赫卡忒可以给他任何东西一样强烈。

“他妈的侍卫都去哪儿啦？”德夫狂怒着吼道。

他们没想到德夫会成为第一个目击者，他们原先是想让邻近房间的某个胆小的糊涂蛋来发现现场，如马尔康。可现在德夫出现了，那就不可能忽略他。

“进来，亲爱的，”麦克白说，“你也来，德夫。”

他将他们推进邓肯的房间，关上门，从皮带的枪套里掏出他的军用手枪：“现在认真听我说。门锁着，没有闯入的迹象。唯一有万能钥匙打开这间房的是杰克……”

“还有我，”夫人说，“不管怎样，我觉得只有我们俩有……”

“除此之外，只有一种可能。”麦克白指向旁边一间屋子的门。

“贴身侍卫？”夫人战栗地说，一只手捂住嘴。

麦克白扣好扳机：“我进去看看。”

“我跟你去。”德夫说。

“别，你别去了，”麦克白说，“这是我的工作，不是你的。”

“可我选择做——”

“你会选择做我命令的事，德夫警督。”

麦克白先看见的是德夫脸上的惊讶，然后那表情慢慢消退下去：有组织犯罪处的领导比凶案处的领导级别更高。

“德夫，照顾好夫人，好吗？”

不等对方回答，麦克白便打开侍卫的房门走了进去，然后从身后将门关上。侍卫们还在椅子上，其中一个哼唧了两声，或许是火警穿透了迷药沉重的帷幕。

麦克白用手背拍了他一下。

一只眼睁开了一半，眼珠在房内游移，落在麦克白身上。它停滞在那儿，慢慢才看清楚整个人。

安德里亚诺夫发觉自己的黑西服夹克和白衬衫上布满血迹，然后感觉少了什么东西——枪套里没有了枪的重量。他一只手伸进夹克，伸向他的枪套，可指尖碰到的并不是军用手枪，而是冷冰冰的钢刃和某种黏糊糊的东西……这名侍卫抽出手来看了看。血？他还在做梦吗？他呻吟了一声，大脑的一个区域接收到被它解读为危险的信号。他绝望地打起精神，本能地四下张望，然后在椅子旁边的地上看见了自己的枪。还有他同事的枪，散落在另一把椅子旁边，那人看样子还没醒。

“怎么回事……”安德里亚诺夫咕哝道。他看向面前一个对准他的枪口。

“警察！”那个人说。是麦克白，新任的什么……什么处长，“举起枪来让我看见，否则我开枪了。”

安德里亚诺夫困惑地眨了眨眼。为什么他感觉自己像陷入了一湾泥潭？他吃了什么？

“不要拿枪指着我！”麦克白吼道，“不要……”

某种感觉告诉安德里亚诺夫，他不该去捡地上的枪。如果他老老实实地坐着，面前这个人就不会朝他开枪。可这无济于事。或许常年做侍卫的经历让他产生了一种本能，一种不再依靠意志支配的反应，那就是不假思索地保护自己的性命。或许这就是他的本性，是他为什么选择干这一行的原因。

安德里亚诺夫朝那把枪而去，于是他的生命和思维被一颗子弹中断——它穿过他的额头、脑部和椅背，直到撞上墙才停止。那面墙贴着金线墙纸，是夫人在巴黎花小钱买的。爆炸传导出的一阵冲击波穿过他同事的身体，但他还没来得及恢复意识，额头便也吃了一弹。

第一枪响起时，德夫要往门里冲。

但夫人拉住了他：“他说你——”

第二枪响了，德夫挣脱她的双手，踹开门冲了进去。他站在屋子中间，四下打探。两个人，分别在一把椅子上，额头各有一个弹孔。

“‘诺斯骑士’，”麦克白将冒着烟的枪插回枪套里，“斯威诺指使的。”

走廊的房门外传来喊叫声和“砰砰砰”的敲门声。

“让他们进来。”麦克白说。

德夫按令执行。

“怎么了？”马尔康上气不接下气地说，“我的老天，他们这是……是谁……”

“我。”麦克白说。

“他们掏枪来着。”德夫说。

马尔康狐疑地看着德夫，又看了看麦克白：“朝你开枪？为什么？”

“因为我要逮捕他们。”麦克白说。

“为什么逮捕？”列诺克斯说。

“谋杀。”

“长官，”德夫看着马尔康说，“恐怕要告诉您一个坏消息。”

他能看见马尔康的双眼在方形镜框后面眯缝着，身体前倾，像是拳击手准备接招的架势——虽然他还不知道这一拳从哪儿来，但他感觉正从某个方向袭来。所有人都转向隔壁房门口出现的一个身影。

“邓肯局长死了，”夫人说道，“睡觉时被人用刀捅死的。”

这最后一句话让德夫下意识地看向麦克白。并不是因为话里有他不知道的信息，而是因为这句话让他想起多年前在孤儿院的那个清晨，有人说了同样的话。

他们的目光短暂相接，却各自迅速看向别处。

第二部分

第十章

邓肯被发现死在因弗尼斯赌场床上的那个早晨，是夫人有史以来第二次下令立即谢客清场，在门口挂出歇业的牌子。

凯思妮斯带着她能召集到的所有法医处干警赶到现场，将一层楼整个封闭。

其他过夜的警官聚集到空荡的赌场大厅，在一张轮盘赌桌旁聚拢。

德夫看见马尔康副局长坐在这张临时会议桌的一头。他摘下了眼镜，或许是为了擦拭——至少当他死死盯着绿毛毡时正在擦，仿佛所有问题的答案都摆在上面。马尔康现在成了级别最高的警官。德夫时常纳闷，马尔康走路怎会如此驼背？或许是因为他身边的警官个个实战经验丰富，所以他感觉如履薄冰，不由得弓着身子，随时恭候各方指教和点拨？他脸色苍白或许不是因为昨晚饮酒，而是因为他忽然间成了代理局长。

马尔康朝镜片哈了一口气，继续擦着。他没抬头，似乎不敢直视那些冲他而来的目光和等他发话的同事。

德夫或许太刻薄了。众所周知，马尔康在推进邓肯的计划方面一直鞍前马后。可他能领导他们吗？这些人带领各自的队伍已有多年，而马尔康不过成天亦步亦趋地跟着邓肯，像个俸禄过高的奴才。

“先生们，”马尔康盯着绿毛毡说，“一个伟大的人离开了我们。在此紧要关头，关于邓肯我只想说上面这句话。”他戴上眼镜，抬起头，仔细看着桌边的人，“作为局长，他不会允许我们为此陷入伤感和绝望，而会要求我们恪尽职守，抓获真凶，将他们绳之以法，然后再流泪和怀念。这次会议，我们先对下一步工作做一个规划协调，下一次会议定于今晚六点在总部举行。我建议你们这次会后第一件事就是给老婆和家人打个电话——”

马尔康的目光落在德夫身上，但德夫没看出这背后有什么潜台词。

“——告诉他们，你未来有相当一段时间回不了家。”他沉默了片刻，“因为，首先，你们要抓捕将邓肯局长从我们身边夺走的人。”长时间的沉默，“德夫，你领导凶案处。我要在一个小时后听你的阶段性汇报，包括凯思妮斯和她的团队在犯罪现场找到和没找到的一切。”

“是。”

“列诺克斯，我要一份关于两名侍卫的全面背景审查和谋杀案发生前他们的详细行踪。他们到过哪儿，和谁说了什么，买了什么东西，银行账户的变动，还要对其亲友严加审讯。需要什么尽管开口。”

“谢谢长官。”

“麦克白，你已经为此案做了不少工作，但我需要的更多。请有组织犯罪处查查此案是否和一些头目有牵连，尤其是除掉邓肯后受益最大的那些人。”

“这不是显而易见的吗？”麦克白说，“斯威诺的货被我们倒进河里，两个手下被杀，一半的‘诺斯骑士’被抓。这是斯威诺的报复，而且——”

“这一点并不明显。”马尔康说。

其他人惊讶地看着副局长。

“邓肯继续他的计划对斯威诺来说只有好处，”马尔康敲打着仓促清场时落在赌桌上的一些筹码，“邓肯对市民的第一个承诺是什么？他要逮捕赫卡忒。如今随着‘诺斯骑士’彻底落败，邓肯便会集中所有警力对付赫卡忒。如果邓肯成功，那会是什么局面？”

“他会为斯威诺清理市场，这样斯威诺就能卷土重来了。”列诺克斯说。

“恕我直言，”麦克白说，“你真以为睚眦必报的斯威诺会这样理智地思考吗？”——马尔康微微挑起眉毛——“一个出身于工人阶级、没受过任何教育的人，三十多年来经营着城里最来钱的生意，他会为了一点儿钱而讲理智？就算他明白邓肯活着对他的生意有好处，他真能压制住他的报复心吗？”

“照你这么说，”德夫说，“赫卡忒是邓肯之死最大的受益者，所以你推测他是背后指使者？”他看着马尔康。

“我没有做什么推测，但大伙儿都知道，邓肯把追捕赫卡忒列为头等大事，这一点一直充满争议。从赫卡忒的角度来看，任何人取代邓肯都是他更希望看到的结果。”

“尤其是当这个继任者有把柄在赫卡忒手里……”德夫说。他立即意识到自己在暗示什么，后悔地闭上眼睛，“抱歉，我的意思不是……”

“没关系，”马尔康说，“大家可以畅所欲言，而且你们的话是顺着我的思路产生的。赫卡忒兴许以为没有邓肯的日子会好过一点。我们就让他看看，他的想法大错特错。”马尔康将所有筹码都推到赌桌的黑色区域，“那么，我们就暂时锁定赫卡忒，希望六点钟有更多线索。开工吧。”

班柯感到睡意渐渐远去，梦境渐渐远去，薇拉渐渐远去。他眨了眨眼。是教堂的钟声唤醒了他吗？不是。屋里有个人。他坐在窗边，正低头看着那相框，头也不抬地问道：“宿醉吗？”

“麦克白？你怎么……”

“弗里斯放我进来的。我看他现在睡我那屋了，连你给我买的那双尖头皮鞋都归他了。”

“现在几点？”

“我刚才在想，尖头皮鞋都过时了。”

“所以你把它们丢在那儿。但弗里斯会穿你穿过的所有东西。”

“到处都是书和教材。他真刻苦，这是当尖子生应该有的态度。”

“是啊，他正朝这个目标努力呢。”

“不过，光有态度也不见得能出人头地。你是千军万马中的一匹马，所以问题的关键是有没有伯乐给你机会。当机会找上门时，你有没有经验和勇气去踢这临门一脚。你记得这张照片是谁照的吗？”

麦克白拿起相框。弗里斯和班柯，在死去的苹果树下。摄影师的影子笼罩在他们身上。

“你拍的。怎么了？”班柯搓了搓脸。麦克白说对了：他确实是宿醉。

“邓肯死了。”

班柯的手落在羽绒被上：“你说什么？”

“昨晚在因弗尼斯，他的侍卫趁他睡着时捅破了他的脖子。”

班柯感到一阵恶心袭来，呼吸了好几口气才忍住没吐。

“这就是机会，”麦克白说，“一个岔路口。从这里，一条路通向地狱，另一条路通向天堂。我来这儿是想问你，你会选哪一条？”

“你什么意思？”

“我想知道，你会不会跟随我。”

“我已经回答过了，我会。”

麦克白转过身来，微笑着：“你不问是去天堂还是去地狱就回答吗？”他脸色苍白，瞳仁异常小。肯定是因为刺眼的晨光。要不是班柯比别人更了解麦克白，他会说麦克白又复吸了。可他刚要抛弃这想法，心中又突然冒出肯定的感觉，像一股冰冷的洪水在全身暴发。

“是你吗？”班柯说，“是你杀了邓肯？”

麦克白把头歪向一边，目不转睛地看着班柯，像是跳伞前仔细检视你的降落伞，或在第一次接吻前凝眸注视对面的女子。

“是，”他说道，“是我杀了邓肯。”

班柯觉得喘不上气来。他死死闭着眼，真希望再次睁眼时，麦克白连同这件事在面前消失。“那现在怎么办？”

“现在我必须杀了马尔康，”他听见麦克白开口说，“不，是你必须杀了马尔康。”

班柯睁开眼。

“为了我，”麦克白说，“为了我的王子——弗里斯。”

第十一章

班柯坐在地下室单调的灯光下，听弗里斯在楼上踩着地板走来走去。这小子想出去了。见朋友，可能是个女孩。这对他有好处。

班柯让锁链从指间滑走。

他答应了麦克白。为什么？为什么这条底线如此轻易就被突破？因为麦克白承诺他源于人民、联合人民、服务人民，而像马尔康这种上层人士永远做不到？并不是。原因其实很简单，你无法对儿子的事说不。在涉及两个儿子时就更难了。

麦克白将这件事描述成响应命运的召唤，为升任局长开辟道路。他对在背后献策的夫人只字不提。没这个必要。麦克白更喜欢简单的计划——那种在关键时刻无须太多思考的计划。班柯闭上眼，试图想象未来。麦克白继任警察局局长，像肯尼斯一样掌管城市大权，但目标是好的——为了广大市民的福祉，让城市变得更美好。如果你想要达成所有必须的剧变，那么民主的低效和它对愚蠢的纵容便不是好东西。要有正义、强大的铁腕。这样，当麦克白快要老死时，他便会将接力棒交给弗里斯，而班柯也可以放心地离去。也许这便是他为什么无法想象未来。

班柯听见大门“砰”的一声关上。

虽然你需要一定的时间才能完全看清事情的走向，但这一点显而易见。

他戴上手套。

时间到了五点半。滂沱的雨砸在鹅卵石路上，也砸在马尔康的雪佛兰 454 SS 型轿车的挡风玻璃上。他在街道间穿梭，想着在石油危机时买下这么一件耗油重器确实不明智。虽然是价格公道的二手货，但在公民的责任感面前，他还是觉得理亏。首先是他那个环保意识很强的女儿，其次是邓肯，他多次强调领导必须注重节俭。马尔康最后承认了他的真实想法：他从小就酷爱夸张霸气的美国车，而邓肯也说过，至少这表明节俭的人也是人嘛。

他刚才跑回家冲了个澡，换好衣服。还好用时不长，因为今天是星期天，路上的车很少。总部入口有一大帮记者在等着他，大概是希望请他予以置评，或是挖出比七点半的发布会更多的内幕。图特尔市长已经在电视上发表了声明。“无法理解”“悲剧”“我们的心同这家人在一起”以及“市民们务必团结起来对抗邪恶”——是他说的话，当然还有一大堆有的没的。相比之下，马尔康的回应极其简单，他请求媒体的理解，他现在的精力都在办案上，建议媒体朋友以新闻发布会的消息为准。

马尔康开下通往地下停车场的斜坡，向门卫点头示意，待车杆抬起，一打方向盘，开了进去。从车位到电梯的距离和你的级别直接相关。当马尔康倒进自己的车位时，他忽然意识到，从理论上来讲，他其实已经可以停进那个最近的车位了。

就在他准备拔出车钥匙时，斜后方的车门开了，一个人溜进后座，迅速挪到驾驶员的正后方。邓肯被谋杀后，马尔康第一次产生了这样的想法：随着局长一职而来的不仅有距离电梯更近的停车位，还有无时无刻不在的死亡威胁，安全反倒成了那些车位更远之人的特权。

“开车。”后座那个人说。

马尔康觑了一眼后视镜。那个人动作之快、动静之小，只能用受过特警的专业训练来解释。“有情况，班柯？”

“是的，长官。我们发现有人计划刺杀你。”

“在警局里吗？”

“是。别着急，慢慢开。我们得离开这儿。我们还不知道是谁，但跟杀死邓肯的应该是一拨人。”

马尔康意识到，他应该感到害怕。他确实怕了，但还没到贪生怕死的程度。能让人产生悲哀和恐慌的经常是些小事，比如站在梯子中间，或是被愤怒的黄蜂包围。可就像今天早上，眼下的情形似乎不允许你产生那种恐惧感，相反，它迫使你迅速理智地思考，使你的意志更坚定，还有，奇怪的是，它让你冷静下来。

“如果情况属实，我怎么知道你不是他们中的一员，班柯？”

“如果我想杀你，你现在已经死了，长官。”

马尔康点点头。班柯口气里的某种东西告诉他，这个身材比他小，年纪却比他大得多的男人如果真有意，凭双手便能取了他的性命。

“我们去哪里？”

“集装箱码头，长官。”

“为什么不回家——”

“你不想把家里人卷进来吧，长官？到了那儿我会解释的。开吧。我蜷在后座上。最好不要让人看见，知道有人已经给你通风报信了。”

马尔康将车开了出去，门卫朝他点了个头，车杆抬起，他又重新回到雨中。

“我有个会议，在——”

“会有人应付的。”

“新闻发布会怎么办？”

“也会有人去的。你现在担心的应该是自己，还有你女儿。”

“朱莉娅？”马尔康这会儿真怕了，有种恐慌。

“会有人照顾她的，长官。尽管开好了。我们马上就到。”

“我们要做什么？”

“做该做的事。”

五分钟后，他们驶入集装箱码头的大门。当初千方百计阻挡流浪汉和小偷进入的码头，最终只留下了被砸烂的隔离带和闩锁，所以大门这几年干脆也就不关了。今天是星期天，码头空无一人。

“停在棚屋后面。”班柯说。

马尔康照做，停在一辆沃尔沃客车旁边。

“在这上面签字。”班柯说着朝前座递出一张纸和一支笔。

“这是什么？”马尔康说。

“用你的打字机敲的几行字，”班柯说，“大声念出来。”

“‘诺斯骑士’发出威胁，如果我不帮他们杀了局长，他们会杀了我女儿——”马尔康停住了。

“继续。”班柯说。

马尔康清了清嗓子。“——朱莉娅。”他念道，“但如今他们握有我的把柄，要我继续为他们效力。我知道只要我还活着，对我女儿的威胁就永远存在。加上我对自己的所作所为感到羞愧，我决定投河自尽。”

“事实上的确如此，”班柯说，“只有在这封信上签字才能救你女儿。”

马尔康转身看着后座上的班柯，定定地望着枪口。班柯戴着手套，握着一把枪。

“没有人要杀我。你撒谎。”

“你说得对，也不对。”班柯说道。

“你骗我上这里来，就能杀了我，把我丢进这条水道？”

“信里说了，你是投河自尽。”

“我为什么要投河？”

“因为还有一种选择，那就是现在我爆了你的头，开车去你家，然后这封自杀信便变成这样。”班柯递给他另一张纸，“只是结尾不一样。”

“只要我和我的女儿还活着，威胁就永远存在。这就是为什么我选择结束我们的生命，省得她为我的所作所为而感到羞辱，一辈子活在无尽的恐惧中。”

马尔康眨了眨眼。他明白这话的意思，而且道理上也说得通，但他还是把信又读了一遍。

“签吧，马尔康。”班柯的声音听起来几乎像是慰藉。

马尔康闭上眼。车里悄无声息，他甚至能听见扳机在轻颤。然后他睁开眼，抓起笔，在第一封信上签了字。后座传来金属的碰撞声。“给，”班柯说，“把这个绑在外套下的腰上。”

马尔康估量了一下班柯拿出来的轮胎防滑链。是重物。

他接过去，一边将它们缠在腰上，一边在想自救的出路。

“让我看看。”班柯说着拉紧链条，然后将它们穿进一把挂锁，“咔”的一声扣死。他将签好字的信放在副驾驶的座位上，拿一把钥匙压着。马尔康料想这便是挂锁的钥匙。

“下车。”他们进入雨中。班柯用枪顶着马尔康，沿着码头边缘一条狭窄的水道向前走。这条水道是从主码头上分离出来的，两侧的集装箱宛如一堵堵墙，即便有人在码头上行走，也不会发现马尔康和班柯的位置。

“停。”班柯说。

马尔康眺望远处黑暗的海洋——它在雨的抽打下变得驯服、平静、波澜不惊。他垂下眼帘，看着下面被油污覆盖的黑绿色的水，然后转过身，背对着海，直视着班柯的眼睛。

班柯举起枪：“跳下去，长官。”

“你的样子不像是行凶之人，班柯。”

“恕我直言，长官，我觉得你不知道这种人长什么样。”

“说得不错。可我看人还是很准的。”

“直到现在。”

马尔康向两侧张开手臂：“那么，你来推我一把。”

班柯舔了舔嘴唇，换了一只手握枪。

“怎么了，班柯？让我看看你杀人的模样。”

“你可真够淡定的，长官。”

马尔康放低手臂：“那是因为我知道失去是什么滋味，班柯。和你一样。我们能够承受大多数损失，但也有一些我们承受不起，因为它们会让我们失去存在的意义，甚至比失去自己的生命还要可怕。我知道你失去了妻子，这座城市带来的疾病夺走了她的生命。”

“是吗？你是怎么知道的？”

“邓肯告诉我的。他这么做是因为我的第一任妻子也是得这个病走的。我们探讨如何建立一座新城市，让这种事情不再发生，让城里最有势力的工业大亨也会因违法而面临审判，让每一桩谋杀都铁证如山，不管是用武器杀人，还是用毒气把市民们的眼睛熏得发黄，让他们闻起来像死尸。”

“所以，你已经失去了那不可失去的东西。”

“不。你虽然失去了妻子，但你的生命还有意义。因为你有一个孩子，不管是女儿还是儿子。我们的孩子才是不可失去的东西，班柯。如果我的死可以救朱莉娅，如果我不得不这么做，那也是值得的。我和邓肯之后还会有别人。你也许不相信我，但这个世界充满了追求正义的人，班柯。”

“可谁来定义什么叫正义？你和其他大老板吗？”

“问问你的心，班柯。你的脑袋会欺骗你，问问你的心。”

马尔康看见班柯把重心从一只脚换到另一只脚。他已口干舌燥，声音几近嘶哑。“你尽可以在我身上随意加挂铁链，班柯，但那没有任何意义，因为我终将浮出水面。正义终会浮现。我发誓，我会在某个地方浮现出来，揭露你的罪行。”

“那不是我的罪行，马尔康。”

“赫卡忒，还有你的，你们是一条船上的人。你我都清楚，这条船会渡过怎样一条河，你们很快会有什么下场。”

班柯慢慢点了点头。“赫卡忒，”他说，“一点不错。”

“什么不错？”

班柯好像出神地看着马尔康额头上的一个圆点：“你说对了，长官。我是在为赫卡忒卖命。”马尔康试图解析班柯这凄然的一笑。雨水从他的脸上流下，仿佛在哭泣，马尔康这样想：他是在犹豫吗？马尔康知道自己必须继续说下去，逼班柯说话，因为每一个字、每一秒钟都在延长他的生命，增加逐渐渺茫的万一——万一班柯改变主意，万一有人出现。

“为什么要溺死呢，班柯？”

“嗯？”

“在车里毙了我，装成自杀的假象岂不是更容易。”

班柯耸了耸肩：“实现目标的方法不止有一种。犯罪现场在水下，就算他们怀疑谋杀也不会留下痕迹。溺死的感觉更好，就像慢慢睡去。”

“你凭什么这样说？”

“我体验过。我年轻时有两次几乎淹死。”

班柯的枪管已经略微降低。马尔康估摸了一下他们之间的距离。

马尔康咽了一口唾沫：“为什么你几乎淹死了自己，班柯？”

“因为我在城东长大，从来不会游泳。在一个海滨城市长大还会掉进海里淹死，这难道不可笑吗？所以我努力教儿子游泳，可奇怪的是他也学不会。也许是因为教他的人本就不会游泳。如果我们淹死了，他们也会淹死，这便是命运如何一代代地轮回。可你这种人会游泳，马尔康。”

“所以加了链条？”

“是的。”枪管又抬了起来。那阵犹豫消失了，决绝又回到班柯的眼里。马尔康深吸一口气。机会刚刚还在眼前，这会儿又没了。

“不管你是不是好人，”班柯说，“你的浮力我们学不来。我必须确保你沉入水底，永远浮不上来。如果不这样，我的任务就没完成。你明白吗？”

“明白什么？”

“把你的警徽给我。”

马尔康从夹克衫的兜里取出那枚黄铜警徽，班柯接过后一把扔了出去。它飞过码头的边缘，击中水面，然后沉没。“黄铜做的。锃亮，但会立马沉到水底。这就是引力，长官。它将万物拽入泥里。你必须消失，马尔康。永远消失。”

会议室里，麦克白看了一眼手表。六点二十九分。门又开了，麦克白认出是列诺克斯的助手，她探出脑袋，说还是无法联系上马尔康，他们只知道他到了总部，但在车库里又掉头走了，就连他的女儿朱莉娅也不知道他的去向。

“多谢，普丽西拉。”列诺克斯说完转向大伙：“既然这样，我认为我们应该开会了，再等——”

麦克白知道这一刻已经来临——夫人口中所说的这一刻，领导权力真空的一刻，所有人都会把挺身而出的那个人视为新的领导。所以，他的打断来得格外响亮。

“抱歉，列诺克斯——”麦克白转向门口：“普丽西拉，可否请你组织人手，搜寻一下马尔康和他的车？用词尽量低调。总部希望尽快联系他，类似这种。谢谢。”他转向其他人：“抱歉征用了您的秘书，列诺克斯，但我想这里大多数人都和我一样不安。好吧，我们现在开会。有人反对我在马尔康到来之前主持会议吗？”

他的目光扫过桌面，扫过凯思妮斯、列诺克斯和德夫。他见他们怔了好几秒，最后，列诺克斯清了清嗓子，僵硬地说：“按级别你是排在他后面的，麦克白。你来吧。”

“谢谢你，列诺克斯。你介意顺便把身后的窗户关上吗？先来说说侍卫吧。反腐败组在现场有什么发现？”

“还没有，”列诺克斯努力合上窗锁，“没有反常的迹象，也没有任何疑点。事实上，唯一让人怀疑的就是一切太正常了。”

“没有疑点，和什么人接触，突然买进奢侈品或银行账户的变化？”

“我的理解是，他们原先没有前科，”德夫说，“但即便是没有污点的骑士，如果你能找出他们身上的弱点，也能将他们毒死或腐蚀。赫卡忒便找到了那个弱点。”

“那我们也能，”麦克白说，“接着搜，列诺克斯。”

“我会的。”他的语调暗示这句话结尾处还留有“长官”一词。它没被说出口，但所有人都听见了。

“德夫，你之前提到，你问过你原来部门里的卧底了，是吗？”

“他们说，外头的卧底都对这次谋杀感到意外。没有人掌握任何线索。但所有人都料定赫卡忒是背后指使者。中央车站里的一个年轻人提到一名寻找毒品的警官——我不知道这是不是我们的卧底，但绝对不是这两名侍卫。我们会继续寻找和赫卡忒有关的线索，不过——大家都知道——难度至少和寻找斯威诺一样大。”

“谢谢，德夫。凯思妮斯，犯罪现场的调查如何？”

“都是预料中的发现。”她看着面前的笔记说道，“我们在死者房里辨别出若干指纹，它们分别属于三名女服务员、两名侍卫，以及到过房里的夫人、麦克白和德夫。还有一些指纹尚未辨别出来，但我们已有这间房以前客人的指纹比对。所以，我说的预料中的发现并不完全准确，酒店客房通常有许多无法辨别的指纹。”

“因弗尼斯的主人非常重视清洁工作。”麦克白郑重其事地说。

“病理学分析确认，导致死亡的直接原因是两处捅伤，它们和找到的匕首相吻合。尽管匕首用床单和侍卫的衣服擦拭过，但刀片和刀柄上仍有足够多的血迹是来自死者。”

“我们能说邓肯吗？”麦克白问道，“不要叫死者。”

“好。其中一把匕首上的血多于另一把，因为它切断了死——呃，邓肯的颈动脉，导致被子上被溅射了大量鲜血，就像这张照片展示的那样。”凯思妮斯将一张黑白照片推到桌子中间，大伙出于职业素养仔细检视，“完整的尸检报告明早会出来，届时会有更多发现。”

“更多发现？”德夫问道，“他晚饭吃了什么吗？大家都知道，我们吃了同样的东西。还是他有什么非致命的疾病？如果我们真要抓紧时间，当务之急就是把重点放在情报上。”

“一份尸检报告，”麦克白注意到凯思妮斯嗓音中的颤抖，“能够确认或否认我们假设的事件顺序。我认为这非常重要。”

“你说得对，凯思妮斯，”麦克白说道，“还有什么要补充的？”

她又展示了一些照片，分析了其他医学和技术证据，但没有超出会议的基本共识：是两名侍卫杀了邓肯。会议同时认为，侍卫杀人似乎并无动机，因此一定有其他势力在背后操纵，但至于是否有赫卡忒以外的嫌疑人，大伙的讨论很简短，也没得出什么结果。

麦克白建议将新闻发布会推迟至十点，其间找到马尔康并向其汇报。列诺克斯指出九点更好，因为媒体周日的截稿时间比较早。

“谢谢你，列诺克斯，”麦克白说，“但我们是按照事情的重要性来确定议程，而不是明早的发行量。”

“我认为这很愚蠢，”列诺克斯说，“我们这个管理团队刚刚成立，初次见面就得罪媒体并不明智。”

“我注意到你的意见了，”麦克白说，“除非马尔康出现并提出反对，我们九点在这里碰面，把在发布会上要说的话梳理一遍。”

“谁来主持发布会？”德夫问道。

麦克白还没来得及开口，门开了。是列诺克斯的助手——普丽西拉。

“抱歉打断一下，”她说道，“有巡警报告，马尔康的车停在集装箱码头。车里没人，马尔康也不知去向。”

麦克白感到屋里一片沉寂。他为自己是唯一的知情者而窃喜，也为能掌控这里的局面而感到享受。

“码头什么地方？”麦克白问道。

“一条水道旁。”

麦克白慢慢地点了点头：“派潜水员下去。”

“潜水员？”列诺克斯说道，“早了点吧？”

“我觉得麦克白是对的。”普丽西拉插话道，其他人一脸震惊地看向她。她倒吸了一口气：“他们在车座上找到一封信。”

第十二章

发布会在十点钟准时开始。当麦克白进入斯贡厅、走向讲台时，闪光灯从各个角度枪林弹雨般亮起，将他那怪异的、一闪而过的影子投射到背后的墙面上。他双手扶着讲台，朝台下望了几秒，然后咳了一声，目光扫过座无虚席的现场。他从前一直不喜欢当众发言。那是很久以前了，他一想到要发言就觉得比执行最危险的任务还要头疼。不过这一点后来有所改善。而此刻，就是今晚，他感到无比开心。他要享受这一刻，因为他掌握着全局，知道他们所不知道的内幕。此外，还因为他刚刚吸了一条“精酿”。这便是他需要的全部。

“各位晚上好，我是麦克白警督，有组织犯罪处负责人。大家知道，今早六点四十二分，邓肯局长被发现在因弗尼斯赌场遭人暗杀。就在此后不久，两名涉案嫌疑人，也就是邓肯的侍卫安德里亚诺夫警官和亨尼西警官，在邻近一间房内因拒捕而被警方击毙。一个小时前，我们向各位发放了事件的详细经过、我们目前的发现以及关于此案的假设，所以这块内容我就不赘述了。但我还想补充几个技术层面的细节。”

麦克白努力克服紧张的情绪，可一名记者却按捺不住了：

“关于马尔康你有什么消息？”提问声在大厅里回响。

“他死了吗？”又一名记者抛出问题。

麦克白低头看了一眼答问要点，然后将它们放到一边。

“如果这些问题意味着媒体朋友认为我们已经完成了报告邓肯局长谋杀案的责任，那么我们现在可以谈一谈副局长失踪案。”

“不行，但最近的事情优先，”一名年龄较长的记者喊道，“我们快要截稿了。”

“好吧，”麦克白说道，“你们可能知道了，马尔康副局长六点没有在警局总部的内部会议上出现。在局长被发现身亡的同一天，发生这种事令人感到不安。所以我们立即展开了搜索，今天下午在集装箱码头找到了马尔康的车。我们随后对这片区域也进行了搜索，并派出了潜水员。他们发现了——”

“他的尸体？”

“——这个。”麦克白举起一枚圆形铁片，它在电视灯光的照耀下熠熠生辉，“这是马尔康的警徽，是在靠近码头一侧的海床上找到的。”

“你认为他遭人暗算了吗？”

“有可能，”麦克白眼睛一眨不眨地说，全场静默，“如果这个人包括马尔康本人。”他望了一眼场下，继续说道，“我们在他车子的前座上找到一封信。”

麦克白展开信，清了清嗓子。

“‘诺斯骑士’发出威胁，如果我不帮他们杀了局长，他们会杀了我女儿——朱莉娅。但如今他们握有我的把柄，要我继续为他们效力。我知道只要我还活着，对我女儿的威胁就永远存在。加上我对自己的所作所为感到羞愧，我决定投河自尽。”

信上有副局长的签名。

麦克白抬头看着满屋的记者：“我们要问的第一个问题——我

想你们也会问——当然是这封信的真伪。我们的法医处已经确认，这封信是用马尔康在总部的打字机写的。信纸上有马尔康的指纹，签名也出自马尔康之手。”

大厅里的人似乎需要好几秒钟来消化这些信息。随后是刺耳的声音。

“还有其他证据证明马尔康是谋杀邓肯的凶手吗？”

“马尔康怎么会帮着‘诺斯骑士’谋杀邓肯呢？”

“马尔康和侍卫之间是什么关系？”

“你认为还有其他警官涉案吗？”

麦克白抬起手：“我现在不会回答任何关于邓肯谋杀案的问题，因为都是猜测。我只回答关于马尔康失踪的问题。请大家一个一个来。”

一阵沉默。接着，大厅里唯一一名女记者问：“我们是否可以这样理解，你们找到了马尔康的警徽，但并非马尔康本人？”

“我们搜寻的那片海床泥层很厚，我们港口的水质又不好。一枚轻型的黄铜徽章不一定会像尸体那样沉入泥里，何况黄铜会反光。潜水员得费些工夫才能找到马尔康。”

麦克白望着那些埋头于电脑和笔记的记者。

“难道最明显的原因不是水流把尸体带走了吗？”一个发着各种卷舌音的声音说。

“是。”麦克白回应道。他循声找到对应的那张脸——它属于少数几个不记笔记的人——沃特·凯特。他不用记，广播台的麦克风就摆在麦克白面前。

“如果马尔康后悔杀了邓肯，为什么——”

“打断一下，”麦克白抬起一只手，“我刚才说了，在掌握更多情况前，我不会回答任何关于邓肯谋杀案的问题。希望大家能够理解，我们必须回去工作。我们的当务之急是用现有的资源，迅速、高效地把案子调查清楚。我们也必须尽快任命一位新局长，以便继续推进警局的工作。”

“你目前应该是代理局长吧，麦克白？”

“理论上，是这样。”

“实际上呢？”

“实际上……”麦克白停顿了一下，低头扫了一眼纸面，他舔了舔嘴唇，“我们各部门的主管经验都很丰富，他们已经接过指挥棒——坦率地说，现在是我们集体决策。当然，我也不怕承认，接管警局不会是一件轻松的事。邓肯是一个有远见的人，一名在同恶势力的斗争中牺牲的英雄。我们的敌人以为他们得逞了。”他抓住讲台，身体前倾，“但他们唯一做到的就是让我们越发坚定地相信，这场失败恰恰吹响了正义必将战胜邪恶的号角。为了正义而战，为了安全而战。我们通过正义和安全来重建、重塑、重获繁荣。但我们无法凭一己之力取胜。为了完成使命，我们需要你们的信任、市民们的信任。有了信任，我们就能继续邓肯未竟的事业，而我——”他停下来举起手，像是在宣誓，“以个人名义保证，我们将前赴后继、持之以恒，直到完成邓肯为本市以及为全体市民立下的目标。”

麦克白放开讲台，挺起胸膛。他望着台下的一张张脸，在他眼前逐渐模糊成一片瞠目结舌的海洋。不，他没有胆怯。他见到了效果，仍在回味自己那番话的余音。是夫人的话。他身体前倾的时机刚好，和预先的设计完美吻合。她在镜子前给他做了指导，解释肢体语言如何能强有力地制造自然的激情和战斗的渴望，肢体语言比他说出来的话更加重要，因为它不经大脑分析，直击人心。

“明早十一点，我们将在这里，也就是斯贡厅再举行一场新闻发布会。感谢各位。”

麦克白收好他的发言稿，听到台下传来失望的抱怨声，接着是一阵抗议和质疑。他眯着眼朝对面望去，想在上面多待几秒。他费了好大的劲儿，终于在最后一刻收住了一开始的笑容。

还真他妈有点船长的风范。坐在前排的德夫心里念叨。一名无惧惊涛骇浪的船长。他背后想必有高人指点。这不是我原先熟悉的那个麦克白。

麦克白略微点了点头，穿过讲台，消失在普丽西拉为他把守的门后。

“你觉得怎么样，列诺克斯？”德夫在记者们不依不饶地喊着返场时问。

“我被感动了，”这位红头发的警督说，“而且很受鼓舞。”

“确实。与其说是新闻发布会，不如说更像是一场竞选演说。”

“可以这么理解。你也可以把它理解成一种富于担当的高明的计策。”

“担当？”德夫哼了一声。

“不论是城市还是国家，都离不开‘信念’二字。是信念让我们相信纸钞能够兑换黄金，相信我们的领袖心里装着你我而不是他们的私利，相信正义最终能够得到伸张。如果没了这些信念，文明社会便会在旦夕之间分崩离析。在失序之神前来叩门之际，麦克白刚刚向我们保证，这座城市的公共体系没有受到任何影响。这是一场具有政治家风范的演讲。”

“或者说是女政治家。”

“你觉得那些是夫人的话，不是麦克白的？”

“女人工于心计，懂得如何对心说话。因为心是我们身体里的女人。尽管脑袋比心脏更大，表达得更多，并且相信男性的统治地位，但心才是悄悄做决定的那个人。这场演讲触动了你的心，脑袋自然就会跟着受触动。相信我，麦克白没有这本事，这场演讲出自夫人之手。”

“那又怎么样？我们都需要更优秀的另一半。只要结果是我们想要的，就算是恶魔导演的也无所谓。你不会是嫉妒麦克白吧，德夫？”

“嫉妒？”德夫不屑一顾地说，“我为什么要嫉妒？他的外表和谈吐就像一个真正的领袖，如果他在行动上也能这样，那么让他而不是让别人当领导显然对所有人都是最好的选择。”

他们身后发出椅子拖过地面的响声。麦克白没有返场，而截稿时间却不等人了。

距离午夜还有一个小时。风已经减弱，但昨晚的风暴留下的垃圾和废物仍然在街道上被吹来卷去。潮湿的西北风鼓足劲，加速通过车站大厅的走廊，掠过躺在墙边的一群人，然后又向里面行进了几米，找到一个用围巾包住口鼻的人。

斯特雷加朝他走去。

“怕被人认出来吗，麦克白？”

“嘘，别叫我的名字。我今晚做了一场演讲，怕是失去匿名的便利了。”

“我看《晚间新闻》了，你在台上的表现很不错。我几乎相信你说的每一句话。不过话说回来，一张帅气的脸蛋总能对我产生那种效果。”

“为什么我才到这儿你就出现了，斯特雷加？”

她笑了：“要‘精酿’吗？”

“你有别的货吗？苯丙胺？可卡因？‘精酿’会让我产生幻觉，并且让我做非常可怕的噩梦。”

“让你不堪噩梦的不是‘精酿’，而是这场风暴，麦克白。我不碰那东西，可我也梦见全天下的狗被一阵雷逼疯，看见它们嘴吐白沫，朝彼此扑去，趁还没死时相互蚕食。我满头大汗，醒来时才如释重负。”

麦克白指着走廊远处那群人：“那儿就有你的梦。”

“什么？”

“那是一具被吃掉一半的狗的尸体，你看不见吗？”

“我想你又产生幻觉了。给。”她将一小袋东西放进他手里，“‘精酿’。现在可别疯掉，麦克白。记住，那条路并不绕，它就笔直地躺在你面前。”

麦克白经过“伯莎号”，匆匆走向荒凉的工人广场，脚下如同一条下坡路，通往因弗尼斯赌场灯火通明的正面。就在这时，他看见一个人影站在黑暗的雨中。走近一看，竟是班柯。

“你在这儿干什么？”麦克白说。

“等你。”班柯说。

“在‘伯莎号’和因弗尼斯中间，淋着雨？”

“我下不了决心。”班柯说。

“什么决心？”

“马尔康的事。”

“你没用链子缠住他，是吗？”

“什么？”

“潜水员还没找到尸体。不加点分量，水流就把他带走了。”

“不是那样的。”

“不是？咱们去因弗尼斯再说，别站在这儿淋雨挨冻。”

“对我来说太晚了。我的心已经凉透。我在这儿等你是因为赌场外都是记者。他们在等你这个新局长。”

“那就长话短说。怎么回事？”

“我没按原计划行事。你不用怕，马尔康已经永远消失，永远不会再回来了。即使他回来，也不知道你牵涉此事。他以为赫卡忒是幕后主使。”

“你什么意思？马尔康还活着？”

班柯打了个寒战。“马尔康以为我被赫卡忒收买，策反了邓肯的侍卫。我知道这不是我们原先的计划，但我解决了问题，同时也保住了一个好人的性命。”

“马尔康现在在哪儿？”

“走了。”

“去哪儿了？”麦克白盯着班柯的脸，抬高了音量。

“我开车带他去了机场，让他上了一班去首府的飞机。他会从那里出境。他明白，只要他试图联系任何人或是走漏一点儿他还活着的消息，他女儿朱莉娅就会被立马撕票。马尔康是个做父亲的，麦克白，我知道这意味着什么。他永远不会拿女儿来冒险，永远不会。他宁可让一座城市堕落和灭亡。相信我，就算浑身跳蚤的马尔康在一个四面透风的阁楼上每天忍饥挨饿，在寒冷和孤独中醒来，他依旧会感谢造物主让他的女儿又多活了一天。”

麦克白抬起手，然后看见班柯眼里有一种他迄今只见过一次的东西——不是在他们联手对付劫持儿童的亡命徒或疯子的无数行动里，也不是在班柯面对比他更魁梧强壮的对手，况且他明知自己会被——也确实被——痛打一顿时。麦克白只有一次看见过班柯脸上出现这种表情，那便是他从医院探望薇拉回家、医生告知他最新检查结果的那一次。恐惧。百分之百、纯粹的恐惧。麦克白怀疑班柯不是为自己而感到恐惧。

“谢谢你。”麦克白说。他一只手重重地拍在班柯肩上，“谢谢你，我亲爱的朋友，在我缺少仁慈时能够展现仁慈。我原以为一个人牺牲事小，却可成就我们无量的伟业。但你是对的：一座城市若放任好人无谓地死去，是无法免于堕落和灭亡的。这个人可以被赦免，而且他应该被赦免。或许你已经使我俩免于为如此残忍的暴行而最终堕入地狱了。”

“真高兴你能这么想。”班柯兴奋地说道，麦克白能感到班柯肩膀上颤抖的肌肉在他的手掌下松弛下来。

“回家睡觉吧，班柯。代我向弗里斯问好。”

“我会的，晚安。”

麦克白穿过广场，心事重重。有时候好人确实会无谓地死去，可有时候，他们确实必须死去。他走进因弗尼斯的灯火中，不顾记者们叫嚷着关于马尔康和邓肯侍卫的问题——杀死两名侍卫的到底是不是他。

屋内，夫人给他接风。

“整场新闻发布会在电视上都播了，你真了不起。”她拥抱了他。他不会再失去她了。他没有放手，一直等到温暖重新回到自己的身体，等到那股令人心神激荡的电流从后背传导下去——她的嘴唇碰到他的耳朵，轻声说：“局长大人。”

回家了。和她一起。双宿双飞。而这便是他想要的一切。但想要拥有这一切，你就必须靠自己去争取。世道就是如此。而且——他想到——下一个世道也是如此。

“你回来了？”

德夫正站在孩子们的房门口，背后这声吓了他一跳。梅雷迪斯已换上睡衣，交叉着双臂，站在那里瑟瑟发抖。

“就是回来看看，”他轻声说：“本来不想吵醒你的。埃文不想回自己屋里睡吗？”他冲儿子点点头，后者蜷缩在姐姐身旁。

梅雷迪斯叹了口气：“他现在一睡不着就去找埃米莉。我以为你会一直待在城里，处理那些棘手的事。”

“是，是。但我也得逃出来透口气。拿点干净衣服，顺便看看你们。我在客厅睡几个钟头，然后就走。”

“好吧，我给你铺床。你吃饭了吗？”

“我不饿。睡醒吃个三明治就好。”

“我可以给你做点早饭。反正也睡不着。”

“你去睡吧，梅雷迪斯。我还得等一会儿再睡，我来铺床。”

“随你吧。”她交叉着双臂站在那儿看着他，但黑暗中他看不见她的眼睛。她转身离去。

第十三章

“但我想知道为什么，”德夫说着把胳膊肘架在桌上，手托着下巴，“安德里亚诺夫和亨尼西为什么不跑呢？为什么两个叛变了的侍卫会先杀了他们的老板，然后在隔壁的屋里躺下来睡觉，满身是血，留着可以直接下狱的证据？说话啊，你们这些探员，你们都他妈的没有点头绪吗？！”

他环顾周围。凶案处十二名探员中的一些人坐在他面前，但唯一张口的人却是为了打哈欠。现在是星期一早晨。也许这就是他们不爱说话、病恹恹的原因？不，除非他们对事情上心，要不这些脸明天还是这个熊样。凶案处过去两个月群龙无首是有原因的。两个月前，邓肯给前处长下了最后通牒：要么辞职，要么接受涉嫌贪污的内部审查。没有合格的竞聘者。在肯尼斯时期，凶案处的破案率全国垫底，贪腐并不是唯一的原因。首府的凶案处在业内相当出色，而相比之下，局里这个处都是一帮废物：要么毫无工作热情，要么啥也不会。

“这种状况必须扭转，”邓肯曾经发话，“凶案处的成败在很大程度上关乎老百姓对警察的信任。这就是为什么我对你——德夫——这样一名最优秀的警官委以重任。”

邓肯深谙如何用鼓励性的方式让下属接受坏消息。德夫发出一阵抱怨。他身边有一大摞的报告，但这些报告的价值还不如写它们的纸值钱——那上面净是些没用的面谈笔录，因弗尼斯赌场的客人众口一词：他们除了糟糕的天气，什么也没听到或看到。德夫知道，这帮探员保持沉默可能只是畏惧他的怒火，但他才不管这个。这又不是在拼谁的人缘好。如果他们无论怎么都怕，那好。

“所以我们觉得，两个有罪的侍卫只是傻乎乎地睡了一觉，是吧？因为一天下来太累了。你们这些笨蛋，谁同意？”

没有反应。

“那谁不同意？”

“不是因为他们傻，”凯思妮斯接过话茬儿，从门口蹿了进来，“而是被人下了药。对不起来迟了，但我一直在等这个。”她挥舞着一本可怕得像是报告的东西。就是报告——当它落在桌子那一摞纸上、发出“砰”的一声时，德夫看清楚了，“从安德里亚诺夫和亨尼西身上提取的血液样本表明，他们体内有大量苯二氮䓬类物质，足以睡十二个小时。”凯思妮斯挑了一张空椅子坐下来。

“侍卫吃了安眠药？”德夫不相信。

“它们有镇静作用，”屋子后面一个摇晃着椅子的家伙说，“要是你准备对自己的上司下手，十之八九都会有点肝儿颤。许多抢银行的就会吃苯二氮䓬。”

“所以他们砸锅了。”一名探员说道——他的鼻子紧张地抽动着，白色的圆高领衫上挎着一只枪套。

一阵笑声，很短促。

“凯思妮斯，你怎么看？”德夫问。

她耸耸肩：“探案不是我的专业领域，但对我来说，显然他们需要服用一些药物来缓解紧张的情绪，但由于不太懂药，所以用错了剂量。在实施谋杀的过程中，这些药物按计划发挥了作用。他们的反应依旧敏捷，但是紧张感消失了，那些清晰的刀痕表明他们下手很稳。但谋杀过后，当药劲儿真正上来，他们失去了对局面的控制，开始东倒西歪，弄得浑身是血，最后干脆在椅子上昏睡过去。”

“很典型，”圆领衫说道，“有一次我们抓了两个嗑药的银行抢劫犯，他们居然在路灯下逃逸的车子里睡着了。我没开玩笑。这帮罪犯真他妈的蠢，你——”

“谢谢你，”德夫打断了他的话，“你怎么知道他们的反应很快？”

凯思妮斯耸耸肩：“不管是谁捅的第一下，他的手在血喷出来之前就脱离了刀身。我们的血迹分析员说，刀柄上的血是溅上去的，不是靠流、滴或是抹上去的。”

“如果是这样，我同意你其他所有的分析，”德夫说，“有不同意见吗？”

没有反应。

“有人同意吗？”

众人默不作声地点头。

“好，姑且认为这种说法成立。现在我们转向另一个没有解决的问题：马尔康的自杀。”德夫站了起来，“他在信上说，如果他不配合他们杀了邓肯，‘诺斯骑士’就威胁杀他的女儿。我的问题是：为什么非要听从斯威诺和‘诺斯骑士’的摆布并且自杀，而不是找邓肯帮忙，把他的女儿转移到安全屋呢？威胁对警察来说也不算什么新鲜事了。你们怎么看？”

大家要么低头看地，要么面面相觑，或是望向窗外。

“没想法吗？整个凶案处的探员，竟然没——”

“马尔康知道斯威诺在警局里有人，”摇椅子的那个人说道，“他知道斯威诺怎么着都会找到他的女儿。”

“很好，我们开始活跃起来了，”德夫弯着腰在他们面前踱来踱去，“我们假设马尔康认为，按照斯威诺的吩咐去做，可以保女儿无恙；或者通过死亡，斯威诺不再有任何理由杀他的女儿，怎么样？”他发觉在场没有一个人跟上他的思路。

“好，那么如信上所说，如果马尔康既无法接受失去女儿，也无法接受成为谋杀邓肯的帮凶，为什么他不在邓肯被杀之前了结自己，让两个人都得救？”

众人瞪眼看着他。

“我可以说一句吗……”凯思妮斯开口道。

“请讲，警督。”

“你的问题也许符合逻辑，但不符合人的心理规律。”

“不符合吗？”德夫回应道，“我觉得符合。马尔康明显的自杀行为背后有某种矛盾之处。人脑总会根据已知的信息，通过十分精确的分析来衡量利弊，然后作出无法辩驳的、符合逻辑的决定。”

“如果逻辑无法辩驳，为什么在没有掌握新信息的情况下，人有时候会感到悔恨？”

“悔恨？”

“悔恨，德夫警督，”凯思妮斯直视着他的眼眸，“凡是具备人类特质的人都知道，这是一种我们但愿自己做了什么或者没做什么的感觉。我们无法排除马尔康属于这种情况的可能性。”

德夫摇了摇头：“悔恨是一种病态。爱因斯坦说过，精神病的症状就是一个人再次经历同样的思维过程，希望得到一个不一样的结论。”

“那么爱因斯坦的论点是可以被驳斥的，因为人随着时间的推移会得出不同的结论。这并不是因为我们掌握的信息有任何改变，而是因为人自身的改变。”

“人是不会变的！”

德夫注意到，屋里的警官已经清醒，正在认真地听他们的分析。他们或许在怀疑，他同凯思妮斯的交锋不止关于马尔康之死。

“也许马尔康变了，”凯思妮斯说，“也许邓肯的死改变了他。这一点无法排除。”

“我们同样无法排除他留下一封遗书，把警徽扔进大海，然后逃走，”德夫说，“这也是人性使然。”

门开了。是缉毒处的一名警官。“德夫警督，有电话找你。对方说是关于马尔康的事，很紧急，而且他只想跟你说。”

夫人站在卧室当中，看着她的床上睡着的男人。是他们的床。时间已经过了九点，她很早就用了早餐，但丝绸被单下的身体依旧没有一丝生气。

她在床边坐下来，拍了拍他的脸蛋，揪了揪他浓密的黑色鬈发，然后摇了摇他。眉毛下现出一条狭窄的白缝。

“局长！醒醒啦！城里着火了！”

她笑起来。麦克白呻吟着翻了个身，背冲着她：“几点了？”

“太阳当头了。”

“我梦见今天是星期天。”

“我猜你梦见了好多东西。”

“嗯，那袋该死的……”

“什么？”

“没什么。我听见风暴的钟声，但后来意识到是教堂的钟声。

召唤做礼拜的人去忏悔和洗礼。”

“我告诉过你，不要说那个词。”

“‘洗礼’吗？”

“麦克白！”

“对不起。”

“离新闻发布会还有不到两个小时。他们可能纳闷，他们的新局长出什么状况了。”

他抬腿下床。夫人挡住他，两只手捧着他的脸，仔细检视。瞳仁小了。又是这样。

她摘掉他眉毛上的一根头发。

“今晚还有一顿饭，”她一边说一边在找更多的头发，“你没忘吧？”

“邓肯刚走就搞这种活动，不太好吧？”

“这是为了培养人脉，又不是搞大型宴会。我们也得吃饭呀，亲爱的。”

“都谁来？”

“我请的人都来。市长，还有一些你的同事。”她找到一根灰发，但从她细长的红指甲间滑落了，“我们准备探讨一下如何加强对赌场的管理。今天的‘领袖专栏’说了，方尖塔明显属于打着赌场的幌子在开窑子，所以应该关停。”

“如果没人读他的报纸，你那个编辑好友按你的吩咐写什么都没用。”

“不会，我丈夫现在可是警察局局长。”

“噢！”

“你应该再长几根银头发。当老大的一头银发，多好看。我今天跟我的发型师说说，他兴许可以稍稍把你的鬓角给染一下。”

“我的鬓角藏在后边，看不见。”

“真的啊，所以我们要把你的头发给剪了——就这样。”

“绝不！”

“图特尔市长心中的局长形象大概得是个成熟的男人，而不是个孩子。”

“哦？你很担心吗？”

夫人耸耸肩：“通常来说，市长不会干预警方的人事安排，但是新局长得由他来任命。我们必须确保他别冒出什么新奇的想法。”

“怎么才能做到？”

“我们得确保能牢牢控制住图特尔，避免他在这个小概率事件上无理取闹。不过你不用担心这个，亲爱的。”

“好吧。说起无理取闹……”

她不再搜寻不规整的头发了。他刚才的口气似曾相识。“亲爱的，你是有什么事情瞒着我吗？”

“班柯……”

“他怎么了？”

“我开始怀疑能否信任他了。他有没有在为自己和弗里斯谋划什么。”麦克白深吸了一口气，她知道下面他要讲一些重要的话，“班柯昨天没有杀马尔康，而是送他去了首府。他狡辩说，我们不必冒险杀人，可以放他一马。”

夫人知道他在等自己的反应。看她一声不吭，他说从没见过她这样目瞪口呆。

她笑了。

“现在还不是目瞪口呆的时候。你觉得他在谋划什么？”

“他说他已经把马尔康吓得不敢发声了，可我怀疑他们之间达成了某种交易，他给班柯的好处比我给的更丰厚、更可靠。”

“亲爱的，你不会相信我们的老好人班柯有成为局长的野心吧？”

“不，不，班柯一直是那个愿意被人领导，而不是领导别人的人。我是担心他儿子——弗里斯。我比弗里斯大十五岁，到我退休时，弗里斯也该是一把年纪的老人了。所以对他来说，更好的选择是做马尔康这种年纪更老之人的接班人。”

“你不过是累了，亲爱的。班柯忠心耿耿，绝不会做出这样的事。你自己说过，他可以为你下地狱。”

“是，他一直很忠诚，我对他也是如此。”麦克白起身站在墙上一面巨大的金框镜子面前，“可你仔细想想，这种肝胆相照难道不是对班柯更有利吗？他难道不像一条鬣狗，只要跟随狮子的足迹就能不费吹灰之力享用别人的猎物？是我叫他做了特警队的二把手，是我让他当上了有组织犯罪处的副处长。可以说他为我做得并不多，但得到的回报倒是不少。”

“那你更应该相信他的忠诚，亲爱的。”

“是，我也是这么想的。可现在我看见……”麦克白皱起眉头，走近镜子，将手放在镜面上，查看那里头有没有东西，“他爱我就如同父亲爱儿子，可如果他饮下了嫉妒的毒药，这爱便会转化为恨。我在上升的道路上超越了班柯，他没有成为我的老板，我却成了他的上司。除去服从我的命令外，他还要忍受亲生儿子弗里斯对我难以启齿的厌恶——他看着自己的父亲竟然对寄人篱下的麦克白卑躬屈膝。当一条狗对你摇尾乞怜时，你仔细观察过它忠贞不贰的棕色眼睛吗？它坐在那儿，一动不动地候着，因为平时你就是这么教它的。你对它微笑，拍拍它的脑袋，却看不见这顺从背后的仇恨。殊不知一旦有了机会，看见摆脱惩罚的希望，它便会对你发起攻击，咬断你的喉咙，你的死便是它自由的呼吸，它会将你的残躯丢在某个肮脏的走廊里。”

“亲爱的，你究竟怎么了？”

“这便是我梦到的。”

“你太多心了。班柯真的是你的朋友！如果他要背叛你，完全可以直接去找马尔康，把你的计划向他和盘托出。”

“不，他知道最后使出绝招才会让他更强大。先是杀了我——一个危险的杀人犯，然后令马尔康回归，将他推上局长的宝座。多么英勇啊！对这样一个人和他的家庭，你该怎么奖赏才好？”

“你真的相信这些？”

“不。”麦克白说道。他这会儿靠近镜子站着，鼻子贴到玻璃上，雾气氤氲开来，“我不是相信，是料定。我能看见，看见他俩，班柯和弗里斯。我必须先发制人，可怎么做？”突然间，他转身对着她，“怎么做？你，我的唯一，你必须帮帮我。你必须帮帮我们。”

夫人交叉起双臂。不管麦克白的推理听起来多么怪异，其中却不无道理。他也许是对的。就算他错了，班柯仍然是一个同谋、一个潜在的知情者以及告密者。这样的人越少越好。何况他们对班柯和弗里斯到底有什么用呢？没有。她叹了口气。杰克会说：“如果你在玩二十一点时手里不到十二点，就该要另一张牌。因为你不可能输。”

“找一个晚上，约他们来这里，”她说，“这样我们就能掌握他们的行踪了。”

“我们在这里下手吗？”

“不，不，因弗尼斯的血案够多了，再来一起会让人怀疑我们，而且会把顾客吓跑。我们在路上下手。”

麦克白点点头：“我会叫班柯和弗里斯开车来这里。我会告诉他们，我们答应了一个朋友搭他们的车回去。我对他的路线一清二楚，所以如果我嘱咐他们准时，我们便能精确掐算他们在路上的位置。我的梦中女郎，你知道吗——”

是的，她被他揽入怀中时想道，姑且让他把话讲完吧。

“我爱你胜过这人世和宇宙间的一切。”

德夫找到码头边一个坐在系船柱上的小男孩。雨暂时停了，头顶上白色的云层透出比往常更多的亮光。但河的远处，新一波蓝灰色云团已整齐列队，准备乘着西北风向他们袭来。这风是城里唯一不变的东西。

“我是德夫。你是打电话的那个人吗？”

“你的疤够酷，”男孩拉直他的眼罩，“他们说你不再是缉毒处的头儿了？”

“你说你有急事。”

“事情没有不急的，缉毒老总。”

“我无所谓。快说吧。”

“我觉得你该说，掏钱吧。”

“噢，怪不得这么急呢。你什么时候得再打一针？”

“已经熬了几个小时了。鉴于这条线索重要到需要请老板亲自出面，我觉得你不只要付下一针的钱，还要再付十针的钱。”

“或者我等上半个钟头，让你痛痛快快地吐出来，再给我来个半价。再多等半个钟头，拦腰再砍一半……”

“我无法否认你这招管用，缉毒老总，不过问题是：我俩谁更着急？我今早读了报纸上关于马尔康的报道，从照片里认出了他。淹死了，好像。是个什么破副局长。一桩要案。”

“那你倒是说说看呀，小伙子。我看看值多少钱。”

独眼男孩咯咯笑道：“缉毒老总，真对不住，可我已经不相信警察了。给你先透露一点儿吧。我打盹儿之后醒了，就坐在那边——你能看见的几排集装箱之间。那地方可以安插狙击手，从来都不会有人抢劫，明白我的意思吗？没人看得见我，但我能看见他——马尔康——在河道另一侧。怎么样，缉毒老总？第一针给你免费好了，下一针可要让你放放血啦。听人说起过这个吗？”男孩笑了出来。

“我怀疑自己是被骗来的，”德夫说道，“我们知道马尔康来过这儿，我们找到了他的车。”

“可你们不知道他不是一个人，或者谁跟他在一起。”

过去的教训告诉德夫，瘾君子的嘴里没多少真话，尤其是当他们用这种伎俩能骗钱购买毒品的时候。不过按照经验，他们偏向于用更简单、快捷的方式行骗，而不是给警局打电话，坚持跟其中一个部门的领导私聊，然后在雨中等上一个小时，还未必能得到报酬。

“那么你是知道的了？”德夫问道，“这个人是谁？”

“我过去见过他，是的。”

德夫掏出钱包，拿出一卷钱点了点，给了这孩子几张钞票。

“我本来想打给麦克白的，”男孩一边点钱一边说道，“但转念一想，他大概不会相信我指认的这个人。”

“亲戚吗？”

“马尔康当时正跟麦克白的死党说话，”男孩说道，“那个老头，白头发的。”

德夫不由得倒吸了一口气：“班柯？”

“我不知道他叫什么，但我在车站见过他和麦克白在一起。”

“那班柯和马尔康都说了些什么？”

“他们离得太远，听不见。”

“那……呃……那他们看上去像在聊什么？他们在笑吗？还是发出吵闹、愤怒的声音？”

“我没法说。雨噼里啪啦地拍打着集装箱，而且他们多数时候是背对着我。他们也许在争论。那个老家伙挥舞了一阵手枪。但后来他们平静下来，走进那辆沃尔沃，开走了。开车的是那个老头。”

德夫挠了挠头。班柯和马尔康串通一气？

“这张面值忒大了。”男孩举起一张钞票说道。

德夫低头看了他一眼。给一个吸毒者找零？他接过这张纸币。“你告诉我这个不只是为了再打一针吧？”

“啊？”

“你刚才说你读了报纸，知道这是一桩大案。确实是。大到如果你打电话对记者讲这个故事，会得到比一个警察给的多十倍的报酬。所以，你要么是赫卡忒派来散播假消息的，要么就是另有所图。”

“去死吧，臭警察。”

德夫抓住吸毒者的衣领，将他拽下系船柱。这小子几乎没什么重量。

“听着，”德夫试图避免吸入这小子臭烘烘的口气，“我可以把你关进去，看看你赌瘾发作时是什么感觉，你知道自己要么要在那个鸟不拉屎的地方待上两天才能出来，要么就现在告诉我，为什么来找我。我给你五秒。四……”

男孩回瞪了德夫一眼。

“三……”

“臭狗屎的警条子，你他妈的……”

“二……”

“我的眼睛。”

“一……”

“我的眼睛，我说了！”

“眼睛怎么了？”

“我只想帮你抓住那个取走我眼睛的人。”

“谁？”

男孩哼了一声：“就是那个千方百计要把你们毁了的人。难道你不知道这一堆烂事后面是谁在捣鬼吗？这座城里只有一个人可以杀了警察局局长并且逍遥法外，那就是‘隐形之手’。”

赫卡忒？

第十四章

麦克白开车沿着旧工厂之间肮脏的道路行驶着。烟囱上方的云重重地压下来，每个周一都灰蒙蒙的，让人难以分清是哪个烟囱在冒烟，但有些工厂的大门能看见“关闭”的标志，或者被铁链锁起来——它们相互缠绕的样子就像一个个讽刺的蝴蝶结。

新闻发布会不痛不痒地结束了。没有痛感是因为他嗨得上了天，什么都感觉不到。他只是放松地坐在那儿，双臂交叉，把问题统统丢给列诺克斯和凯思妮斯。对于问他本人的问题，他一律回答“我们目前无法置评”，同时带着一副警方掌握了许多信息、完全掌控局面的表情。冷静、自信——这就是他希望给人留下的印象。一个不允许自己被周围的喧嚣左右的局长，一个用某种逆来顺受的微笑回应“难道公众无权知道”的尖锐提问的局长。

不过，新闻发布会一结束，那个爱发卷舌音的记者凯特就在他的节目里说，这位代理局长在会上一副哈欠连天、事不关己的样子，并且总在看手表。去他娘的凯特。巡逻大队绝对认为新局长对工作足够投入，因为他亲自下到大队，将巡逻范围由二区西部扩大到一区东部。他说是时候让周边普通百姓的居住区也能得到巡逻了。这传递出一个重要信号：警方并不把有钱有势的地区作为优先保护的对象。虽然凯特对麦克白感到厌恶，但班柯却欣然地收到了一张晚饭的请柬，上面还嘱咐他带上弗里斯。

“得让这小子习惯跟大孩子一起混，这对他有好处，”麦克白曾这样说，“然后我觉得，你应该好好想想自己喜欢干什么。接管特警队、有组织犯罪处还是当个副局长？”

“我？”

“别给自己太大压力，班柯。偶尔想想就好，好吗？”

班柯苦笑几声，摇了摇头。温文尔雅，一向如此。仿佛他的脑海中从未有过邪恶的念头，或至少不具备产生邪念的意识。好吧，这个叛徒今晚就会见到造就他和终结他的人。

“诺斯骑士”的俱乐部门前空荡荡的。他们大概没有留任何人值守。

麦克白下车走进俱乐部，在门口驻足，环顾四周。距离他上次和德夫站在这儿仔细检查同一间屋子好像已过去很长一段时间。如今那张长桌已经不见，吧台旁站着三个大腹便便、穿着俱乐部皮夹克的男人，两个乳房高耸的女人。其中一个女的抱着一个婴儿，那孩子在她怀里扭动着身体，她结实的臂膀上文着一个名字：肖恩。

“柯林，那个人不是……”她小声说。

“是他，”那个头顶全秃、留着海象胡子的男人低声说，“就是他抓走了肖恩。”

麦克白记得报告里的这个名字。虽然他从不记得自己当面见过谁，但奇怪的是，对于报告里出现的名字，他却过目不忘。肖恩，那个在门口放哨的人，肩部被麦克白刺伤，并被他们劫为人质，到现在还被关着。

秃顶男抬起下巴，冲着他一脸怒火。麦克白深吸了一口气。屋内鸦雀无声，他甚至能听见自己走到吧台时，地板在鞋底下吱呀作响。他朝吧台后面的人打了个招呼，在开口的瞬间意识到自己不该在离开总部前吸食最后一条“精酿”——那东西有让他变得自以为是的倾向。这一点顾虑被他嘴里冒出的话所证实：“你好，这儿的人不多嘛，都跑哪儿去啦？噢，对啊，在监狱里。要么就是太平间。一杯格伦多拉，谢谢。”

麦克白看见吧台招待员的眼睛瞥了一下，知道一波攻势即将从左侧袭来，而他的时间还多得很。他向来反应敏捷，可“精酿”却使他飘飘然——他会打哈欠、挠后背，在一拳打来时还在慢吞吞地看手表。不过，就在留着海象胡子的柯林认为自己马上就能打到对手时，麦克白向后一闪，冲他新剪的鬓角而来的这一拳便落了空。麦克白肘部向外一挥，几乎没有击中的感觉，只听得一声惨叫，软骨嘎吱作响，然后是几步趔趄和高脚凳翻倒的声音。

“加冰。”麦克白说。

然后，他转向旁边那个人，刚好见他攥紧右手、肩膀后拉，准备再来一拳。就在这招赶到之际，麦克白一抬手，和柯林的拳头半路相逢。然而，柯林的关节撞上了刀柄，于是随之而来的不是骨头相撞的嘎吱声，而是利刃穿肉而过的光滑声音。柯林见那匕首穿透了自己的拳头，刺进小臂，扯着嗓子号叫起来。麦克白猛地抽出匕首。

“……再来点苏打。”

海象胡子跪倒在地。

“他娘的，在搞什么？”一个声音说道。

这声音来自通往车库的那扇门。说话的男人蓄着一大把络腮胡，皮夹克的两肩上各有三道“V”字形的臂章，手里端着一把上膛的猎枪。

“我在点饮料啊。”麦克白说着转向吧台招待员——他还是一动不动。

“点什么？”那男的走上前来。

“威士忌。还有别的东西。”

“还有什么？”

“你就是小队长吧？斯威诺不在这儿时，由你来经营这间店，是吗？噢对了，他这会儿藏哪儿去了？”

“说完你想说的就给我滚蛋，死条子。”

“我不想讲这个地方的坏话，不过你们的服务可以更友好和快捷些。你我何不去里屋平心静气地谈一谈，队长？”

那男的盯着麦克白看了半晌，然后放下枪管。“反正能砸的你也砸得差不多了。”

“我知道。斯威诺会喜欢我的这项任务的，你放心。”

队长的小办公室——它确实很小——张贴着摩托车海报，架子上摆着发动机的小零件。一张桌子、一部电话，还有标着“入”和“出”的文件收纳筐。另有一把为访客准备的椅子。

“别把自己弄得太舒服了，警官。”

“我要你们帮我干一票。”

若说震惊，队长并未露出震惊的神色。“找错地方了。我们不再帮警察干这种事了。”

“所以传言是真的了？你过去常帮肯尼斯的手下劫道杀人？”

“你要是没别的事……”

“但这回你们要处决的不是什么对手，而是两个警察。”麦克白在椅子上凑近说：“作为回报，事成之后‘诺斯骑士’会被立马释放，所有指控全部撤销。”

队长挑起眉毛：“你怎么做到？”

“程序错误，证据被毁，这种破事又不是一两回了。局长发话不立案，那就不立案。”

队长交叉起双臂：“继续。”

“这次要处决的就是千方百计把你们赖以为生的毒品倒进河里的那个人——班柯警督。”麦克白看队长慢慢点了点头，“另一名警察是个新手，跟他同车。”

“为什么要处决他们？”

“这重要吗？”

“通常我不会问，但这一次是杀警察，会惹很多麻烦的。”

“他俩不会。我们明知班柯跟赫卡忒是一伙儿的，只是苦于无法证明，所以得想别的办法除掉他。在我们看来，找你们做是最好的选择。”

队长再次点了点头。麦克白原先并不确定他是否会接受这个逻辑。

“我们怎么相信你会信守承诺？”

“这个嘛，”麦克白觑了一眼队长头顶上方的挂历女郎，“酒吧里有五个目击者可以做证，代理局长麦克白亲自来这儿给你们下达任务。你知道我不想给你们任何理由将这件事捅出去的，嗯？”

队长靠着椅背，直到把椅子贴上墙。他一边仔细打量着麦克白，一边扯着胡子，发出低沉的嘟囔声：“什么时候？在哪儿下手？”

“今晚。知道二区西部的绞架山吗？”

“那是他们把我曾曾祖父吊死的地方。”

“小路上方的主干道上，在西区市民逛超市的地方有个大的交叉路口。”

“我知道你说的地方。”

“他们会坐一辆黑色的沃尔沃，在六点半到六点五十到达那个路口。很有可能是差一刻七点，他这人很准时。”

“我想想，那地方老是有许多巡逻车。”

麦克白露出微笑：“今晚不会有了。”

“噢？真的吗？我考虑考虑，四点钟给你答复。”

麦克白笑道：“你的意思是，斯威诺会考虑考虑吧？很好。拿支笔，我给你我的电话号码和那辆沃尔沃的车牌号。还有一件事。”

“哦？”

“我要他们的人头。”

“谁的？”

“那两个警察的。我要看到他们的人头，送上门来的。”

队长注视着麦克白——也许他疯了。

“你的顾客要求开发票，”麦克白说，“上次我叫人半路劫杀就没要发票，结果犯了个错误，货没拿到。”

傍晚时分，德夫做了一个决定。

此前，他的思绪已连续几个小时在脑子里不停地搅动，就如同他面前的道路一般在缓慢地移动，而前方的路则充满了各种选择。肯尼斯桥上的围栏还没更换，向东行驶的车流只得改走老桥。长长的队尾排到了二区，德夫的车就在这儿像蜗牛一样爬过一个又一个十字路口。它们抛来同一个问题：向左，向右，向前，哪一条路才是最快的？

德夫自己来到了这样一个十字路口：

他该把码头的发现告诉麦克白和其他人，还是对此保密？可万一独眼男孩在撒谎，或者班柯有能力否认指控呢？在这种混乱的局面下，如果德夫冤枉了班柯，会有什么后果？他和麦克白的地位如今可都非同一般。

德夫当然可以原封不动地直接汇报这条线索，让列诺克斯和麦克白自己去评估。但如此一来，他便放弃了凭一己之力揭露和逮捕班柯，由此取得一场急需的个人胜利的机会。

另外，在袭击集装箱码头失利后，他再也犯不起大错。上次的事已经让他丢了有组织犯罪处处长的职位，再出错的话很可能连饭碗都丢了。

还有一个难题：如果麦克白成为局长，有组织犯罪处处长的位子便会再次空出，那么，只要德夫抓住机会，一鼓作气，这个处就是他的了。

他也反复考虑过咨询凯思妮斯的意见，但那样就泄露了秘密。他此时切不可天真，否则可能会陷入被动。例如冒险。

他最后选择的这条路不用冒太大险；不过只要一切按照他的预期进行，他仍然可以获得功名。

德夫拐下一座小铁路桥，开进那栋简朴砖房的院子。他花了超过四十五分钟才走完从警局到班柯家这短暂的车程。

“德夫，”班柯在门铃响了数秒之后才开门，“有事吗？”

“这是要去聚会呀？”德夫说。

“是啊，所以我没想好该不该带这个。”班柯拿起装着手枪的枪套。

“别带了，揣在西服里鼓鼓囊囊的。但是那个领带结不好看。”

“是吗？”班柯用下巴紧贴白衬衫的领口，但还是没看到那个结，“从我入职起五十年了，一直都很好。”

“可怜虫才会打出这种结，班柯。来吧，我告诉你怎么打……”

班柯捂住那个结，挡掉德夫的援手：“我是个可怜人，德夫。你是来找我帮忙，而不是来帮我忙的吧。”

“你说得对，班柯。我能进来吗？”

“我很愿意帮你，请你喝咖啡，但这会儿我们恐怕要出门了。”班柯把枪套挂在身后的帽子架上，冲楼上喊道：“弗里斯！”

“来了！”楼上应道。

“我们一块出去吧。”班柯系着扣子说。

他们站在屋檐下白色的台阶上，雨水从天沟欢快地汩汩而下。班柯递了一支烟，可德夫没接，于是他自己点了一根。

“我今天回集装箱码头了，”德夫说，“见了一个男孩，也是个年纪轻轻的瘾君子，他主动找的我。他就一只眼睛，告诉了我另外一只眼睛是怎么没的。”

“噢。”

“毒瘾把他给逼疯了，但他身上没钱。他在中央车站遇见一个老头，向他行乞。那老头有一根金柄头的拐杖。”

“赫卡忒？”

“老头站住了，拿出一袋东西在这个小子面前晃悠，说是刚出锅的顶级‘精酿’。这孩子只要做两件事就能得到它。第一件事是回答他：你最怕失去哪一种感官？当男孩说视力后，老头说，他想要他一只眼睛。”

“是赫卡忒。”

“男孩问老头为什么要他的眼睛，赫卡忒回答说，他该有的都有了，剩下的就是问买家还有什么最值钱的东西，而不是问他自己。何况这不过是夺走他一半的视力，兴许连一半都不到。想想看，他的另一只眼睛在这之后会变得多珍贵。不错，失去的和得到的几乎差不多。”

“我不懂这话。”

“也许你不懂，但世上有些人就是这么想的。他们对权力本身的觊觎超过了权力能赋予他们的东西。他们宁愿拥有一棵没用的树，也不要树上可食用的果实。这样他们便能指着它说：‘那是我的。’然后将它砍倒。”

班柯吐出一圈烟雾：“那小子准备怎么做？”

“老头身边有个不男不女的人，她把那孩子的眼睛取走了。事后一针下去，所有的疼痛都没了——它抚平一切伤疤，带走一切烦恼。男孩说，那感觉太美妙，他至今都不后悔。他还想要那完美的一针。”

“那他今天见你想要什么？”

“同样的东西。还有那个夺走他眼睛的人——只是因为他能夺走。”

“那他得在追杀赫卡忒的队伍里找个位置了。”

“他倒是觉得能帮我们抓住赫卡忒。”

“一个被‘精酿’奴役的可怜虫？”

“马尔康所谓的自杀信试图把矛头指向‘诺斯骑士’。但这小子觉得，一切是赫卡忒在背后指使的。那封信和邓肯之死都是他策划的。而赫卡忒跟马尔康是一伙的。可能还有局里其他人。”

“如今都流行这一说，”班柯弹掉烟灰，看了一眼手表，“你给他钱了吗？”

“没有，”德夫说，“他没得到一分钱，直到他告诉我马尔康失踪前，他在码头上看见了你跟他在一块。”

送向班柯嘴里的烟停在半空，他笑了：“我？胡说。”

“他描述了你和你的车。”

“我和我的车都没到过那儿。真是难以置信，你竟把公家的钱花在这种口供上。所以，现在是谁在吓唬我？那个瘾君子，还是你？”

一阵猛烈的寒风袭来，德夫打了个哆嗦。“那小子说，他看见马尔康和一个年纪较大的人。他见过那人跟麦克白在一起。有辆沃尔沃轿车。一把枪。你不会为这条线索付钱吗，班柯？”

“除非我走投无路，”班柯将烟头在台阶一侧的铁栏杆上捻灭，“如果牵涉局里的人，我走投无路也不会相信。”

“因为你总是把忠诚看得很重，是吗？”

“一支警察队伍，如果人人都不讲忠诚，那就是一盘散沙。这是前提。”

“那你对这支队伍的忠诚度有多高？”

“我是个简单的人，德夫。我不懂你的意思。”

“如果你所谓的忠诚是认真的，就应该交出马尔康。为了这支队伍，”德夫指着他们面前一片灰蒙蒙的雨雾，“为了这座城市。谋杀邓肯的人藏在首府什么地方？”

班柯吹掉烟上的灰，将它装进大衣口袋里。“我完全不知道马尔康的去处。弗里斯！抱歉警督，我们得出去吃饭了。”

班柯走下三级台阶，走进雨里。德夫追着他喊道：“咱们聊聊，班柯！我能看出你背负着愧疚和良心的不安。你不是邪恶的小人，只是被某个职位更高的人所蛊惑，相信了他们的判断。你被出卖了。我们必须抓住他，班柯！”

“弗里斯！”班柯朝房子高喊一声，给院里的车解了锁。

“你想让我们再这么恶性循环下去，变成一团糟吗，班柯？我们的先辈建造了铁路和学校，我们却造了妓院和赌场。”

班柯坐进车里，发动了两下。房门开了，穿了一身西服的弗里斯出现在台阶上，费力地撑着一把伞。

大概是因为车里烟太大，班柯“啪”的一声打开窗。德夫扒在窗上，一边想把它再压下来一点，一边透过缝隙朝里面说话：

“听着，班柯。如果你可以，如果你坦白，我能为你做的并不多，你知道的。但我向你保证，我不会允许任何人伤害弗里斯。他将来不会是一个叛徒的儿子，而是为这座城市牺牲的千万个男人中其中一个的孩子。我对你发誓。”

“嘿，德夫警督，是你吗？”

德夫直起身：“嘿，弗里斯，是我。晚饭吃好点儿。”

“谢了。”

德夫看着弗里斯坐进车厢，班柯发动车。然后，他走向自己的车。

“德夫！”

他转过身。

班柯开了车门。“不是你想的那样。”他喊道。

“不是吗？”

“不。午夜，在‘伯莎号’等我。”

德夫点点头。

那辆沃尔沃挂上挡。于是，父子俩穿过大门，驶入一片迷雾之中。

第十五章

夫人爬上通向因弗尼斯赌场天台大门的最后一级阶梯。她打开门，朝黑暗中凝视。耳畔只有雨在喃喃低语。似乎每个人、每件事都有自己的秘密。她刚要转身下去，一道炸裂的闪电照亮了天台，让她瞧见了他。他立在天台边缘，低头望着赌场后面的勤俭街。夫人在劝市议会开展扫黄行动前，妓女们一直在这条几乎没有路灯的大街上招揽客人，不仅奉上自己的肉身，还经常提供现场服务——她们在拱门里做，在轿车里做，躺在车上做，或干脆靠着墙做。据说国家铁路局在这里办公时，他们的领导下令把所有面向勤俭街的窗户用砖砌死，以求手下能把心思放在工作而不是外头乌七八糟的东西上。

她打开伞，走到麦克白身边。

“怎么跑这里淋雨来了，亲爱的？我一直在找你。晚饭的客人快到了。”她低头看了一眼那堵没有窗户、一黑到底的墙，仿佛勤俭街上竖立起的堡垒。她熟悉这街上的每一个角落，而这足以构成将窗户继续封死的理由了。

“那下头有什么看的？”

“一座深渊，”他说，“恐惧。”

“我最亲爱的，别这么悲观。”

“你没有吗？”

“如果胜利不能让我们扬起嘴角，那么我们的胜利还有什么意义？”

“我们只赢了几场战斗。战争才刚开始，而我已经快被这恐惧所吞噬。天知道它从哪儿来的。我宁愿面对一帮拿着武器冲我而来的骑士、土匪，也不愿面对这条被我们斩杀却仍未断气的毒蛇。”

“别说了，亲爱的，没人能抓住我们。”

“邓肯。我能看见他在下头。我真嫉妒他。他死了——我送他去了极乐世界——可他留给我的却是焦虑和这一场场噩梦。”

“是‘精酿’，对吗？是‘精酿’让你做了噩梦。”

“亲爱的……”

“还记得你是怎么说科勒姆的吗？你说‘精酿’会让人发疯。你不能再碰它了，否则你会失去我们赢得的所有东西！你听见了吗？不许再沾‘精酿’！”

“但那些噩梦不是我幻想出来的。那条蛇在召唤我。那笔交易完成了。你不会忘了我们今晚谋划的大事吧？你有没有压制住自己，不去想我唯一的父亲和最好的朋友就要被人屠戮了？”

“我不知道你在说什么，你也一样不知道。做了就做了，没什么好念念不忘的。‘精酿’也不会给你慰藉与勇气。现在你的灵魂就要得到回报，所以别再沾染‘精酿’！把领带打上，亲爱的。笑一个。”她挽起他的手，“来，让我们把他们一个个都迷倒。”

凯思妮斯坐在扶椅上，手捧一杯葡萄酒，听着雨水拍打着阁楼的窗户，还有收音机里凯特的声音。他正在谈论代理警察局局长的实权比民选市长还大的问题，这全怪肯尼斯当初对城中法律的践踏。她喜欢他发卷舌音的方式和他平静的声音，喜欢他敢于彰显自己的知识和见地，最重要的是，她喜欢凯特一贯反抗的状态。反抗肯尼斯、反抗图特尔，甚至是反抗邓肯——邓肯自己就一直在反抗各种事情。这是一场孤独的行动。可但凡有选择，谁想要孤独呢？

她偶尔在想，要不要给他的广播台寄一封匿名信，表示社会上还有像他这么讲原则的人让她很安心；他担起了一个孤独而无畏的守护者的角色。说起守护……那是她第二次听见门口有声音了吧？她关掉收音机，竖起耳朵听着。又来了。她蹑手蹑脚地走到门边，把耳朵贴上去。一个熟悉的脚步声。她打开门。

“德夫。你在这儿干吗？”

“我……呃……在这儿站一会儿，想点事情。”他双手深深插进大衣兜里，穿着过大的鞋子来回晃悠，脚底踩出嘎吱嘎吱的声音。

“为什么不按门铃？”

“我按了，”德夫说，“我……肯定是门铃坏了。”

她大敞着门，但他好像还在犹豫。

“你怎么闷闷不乐的，德夫？”

“我闷闷不乐吗？”

“抱歉，我知道这个时候没有太多值得高兴的事，不过你到底想不想进来？”

他的目光游移不定：“我能待到半夜再走吗？”

“当然可以，赶紧进来好吗？我冷了。”

队长把双手放在他的本田CB450“黑色轰炸机”的车把上。这辆车他买了不到五年，遇上好天时，他会开足马力，好好拉出去跑一圈。但鉴于 CB750 已经上市，这辆车感觉有点过时了。他看了一眼手表，差十六分到七点。晚高峰已渐渐退去，黑暗早早降临。他等在路边，可以看见朝绞架山路口驶来的每一辆车。斯威诺从南方的俱乐部派了三个被称作堂兄弟的援兵，他们跳上车后不到三个小时便到了城里。他们坐在车上蓄势待发，守在路边加油站的油泵旁，等待那辆车从这条路上驶来，顺便品评着路上各种车型和车牌。沿这条路下去，在路口的另一头，他看见柯林蹬着脚扣，立在一根电线杆的接线箱旁。他们到目前为止只做过一件找乐的事——那就是进行一次实战演练。柯林将一把改锥插进去，然后拧了一下。路上一阵急刹车，因为信号灯毫无征兆地由绿变红。几秒后，当它们变回绿色时，发动机的转动声犹豫而谨慎地响起，一辆辆车缓慢地通过那个十字路口。队长闪了一下前灯，告诉柯林一切照旧。

队长又看了一眼手表。差一刻七点。

斯威诺花了一些时间才作出这个决定，但队长感觉这更多是出于谨慎而非疑虑。他的感觉在那三个堂兄弟出现在俱乐部门口时得到了印证，他们开着一辆超高车把的哈雷戴维森，一辆哈雷 FL1200 至尊滑翔，还有一辆带边车和固定机枪的俄国乌拉尔。那个骑至尊滑翔的家伙有一把剑，虽然不像斯威诺军刀是曲线形的，但也能完成任务。

距离七点还有十四分钟。

“弗里斯……”

父亲声音里的某种东西让弗里斯瞟了他一眼。他的父亲向来冷静，但事情不对劲时就会发出这种更加平静的声音——就像弗里斯七岁那年，他父亲从医院探望妈妈回来后，也曾用这种平静得令人发毛的声音叫他的名字。

“今晚的计划变了，”他父亲变更车道，插到一辆福特星辰后面，“还有未来几天。”

“说真的吗？”

“你得去首府。今晚就去。”

“首府？”

“发生了点事。你肯定有好多不解，孩子，但这会儿我给不了你任何答案。把我放在因弗尼斯，然后你立马开走。直接回家，只带你需要的东西，去首府。开得稳一点，别太快，明天晚些时候就能到。明白了吗？”

“好，可是——”

“别问了。你得在那儿待上几天，也可能是几周。你知道你妈继承了一间单元房。把副驾驶储物柜里的笔记本拿出来。”

“就是被她叫作耗子洞的那个单间小屋？”

“对。难怪我们一直卖不掉它。好在现在派上用场了。地址是六区制革厂街66号，紧挨着海豚夜总会，二楼右手边。你到那里就安全了。记下来了吗？”

“嗯。”弗里斯撕下那张纸，把笔记本放回储物柜，“但是我没钥匙啊，屋里没人怎么进？”

“有人。”

“你租出去了？”

“不完全是。我让一个可怜的老表弟阿尔弗暂住在那儿。他一把年纪，耳朵又聋，不一定能听见你按门铃，到时候自己想辙吧。”

“爸爸？”

“嗯？”

“这是不是跟德夫要做的事有关？他看起来特别……紧张。”

“是，你就别再问了，弗里斯。你待在那儿就好，念一念带过去的课本，无聊几天，但不要打电话，不要写信，不要跟任何人透露你的住处。照我说的做，等可以安全回来的时候，我会派人去接你。”

“那你会安全吗？”

“我说的你都听见了吧。”

弗里斯点点头。

他们默默地开着车。挡风玻璃上，雨刮器磨坏的橡胶发出一阵阵吱吱呀呀的声音，好像要对他们说什么似的。

“是，”班柯说，“我是安全的。但从现在起不要在意那些新闻，它们可能只是在胡说八道。那房子里还住了个人，他大概铺了一张床垫在地上，所以你就睡沙发吧，如果还没被耗子咬坏。”

“有趣的家伙。你保证你会没事吗……”

“你不用担心……”

“红灯了！”

班柯猛踩刹车，差一点就撞上了福特星辰的后保险杠——那辆车显然也没注意到信号灯的变化。

“给，”班柯说着递给儿子一个鼓鼓的旧钱包，“这些钱拿去，足够你支撑一阵儿的了。”

弗里斯拿出一沓钞票。

“红灯怎么这么长……”他听见父亲嘟囔道。

弗里斯瞥了一眼侧面的后视镜，后面已排起长长的队伍。队伍的外侧，一排摩托车正朝他们驶来。

“奇怪，”他父亲说道，又是那种超级平静的声音，“好像前头的路也是红灯。而且好一阵了。”

“爸爸，有几辆摩托车开过来了。”

弗里斯见父亲通过车里的后视镜看了一眼。然后他突然踩下油门，向右打方向盘，松开离合器。这辆旧车从油腻湿润的柏油路上冲了出去，挤到车队右侧，轮毂撞上高高的缘石，然后刺啦一声擦着福特星辰而过。两辆车同时发出受伤一般的尖叫，福特星辰侧面的后视镜被整个撞掉。

前方道路传来巨大的轰鸣声。信号灯变成了绿色。

“爸！停车！”

但他的父亲没有停车，而是一脚踩下油门。他们冲进十字路口，眼看就要撞上左边一辆货车和右边一辆巴士——只听见两边都在鸣笛，这两股声音在他们从夹缝突围之际交织成难听的和弦。待他们冲过绞架山奔向市中心时，弗里斯紧紧盯着后视镜，那阵痛苦的音乐在身后降了调门。他看见信号灯已变回绿色，那些摩托车已纷纷跨过路口。

麦克白站在因弗尼斯赌场入口，双脚牢牢钉在坚实的瓷砖上，可还是感觉像漂浮在海上。他面前一个穿黑西装的胖子正吃力地从一辆豪华轿车的后座里挪出来。穿红色制服的门童一只手为他把着车门，另一只手撑着伞，不知该主动拉一把还是让他保持自己的尊严。当他终于喘着气靠自己下了车时，夫人快步迎了上去。

“我们最亲爱……我最亲爱的市长！”她笑着拥抱了他。这可真不是件容易事。麦克白想道。当他见到夫人纤细的手紧紧扒住图特尔厚实的“龟壳”时，不禁偷偷笑出声来。

“每次见面，您都是越来越帅，越来越健壮了！”她咯咯地笑道。

“而您，夫人，也是越来越漂亮，也越来越会说假话了！麦克白……”

麦克白和他握了握手，惊讶于市长的拇指下方竟然能按出那么一堆肥肉。

“哟，这个小帅哥是谁呀？”夫人问道。

一个小男孩从后座另一头下车，绕着车尾小跑过来。他皮肤光滑，长得像个女孩，想必还很小。他对着图特尔怯生生地笑，好像在求他帮忙。

“夫人，这是我儿子。”图特尔说。

“胡说，你哪有什么儿子。”夫人说着拍了一下市长夹克的翻领。

“婚外生的。”图特尔更正道。他拍着男孩的后背，对麦克白挤挤眼睛，轻笑了一声：“你知道吗，我也刚发现有这么个儿子。不过你能看出他长得像我，不是吗，夫人？”

“你就是个狡猾的老狐狸，亲爱的图特尔，永远都是。你给他起名字了吗？”

“叫小卡西·图特尔怎么样？”市长摸着他萨尔瓦多·达利式的八字胡说道。当夫人翻了个白眼时，他爆发出一阵狂笑。

“进屋里暖和暖和，吃点东西吧。”夫人说。

父子俩走进门，夫人站到麦克白身边。

“这头变态猪，他可真有胆，”麦克白说，“我还以为图特尔是个值得尊敬的人呢。”

“他是个受人尊敬的人，有这一点就够了，亲爱的。权力给你为所欲为的自由，可人们依然对你毕恭毕敬。你现在总算笑了。”

“我有吗？”

“像个花枝乱颤的小丑。”夫人已然在朝着驶向入口的一辆出租车露出满面笑容，“笑得不要太夸张，亲爱的。这是亚诺维茨，首府的一名地产商。”

“又一个捡破烂的，是冲着工厂的便宜地皮来的吧？”

“他是来看赌场的。态度好点，跟人家打个招呼，然后找机会告诉他这里的街头犯罪已经在减少了。”

后窗“啪”的一声爆裂，弗里斯下意识地低头，发出一声尖叫。

“多少人？”他父亲平静地问道。他猛然向右打方向盘，开进一条铺着鹅卵石的小巷。弗里斯回过头。他们的身后，摩托车的轰鸣声渐渐加大，像一条愤怒的恶龙。

“五六个，”弗里斯喊道，“把你的枪给我！”

“我没带，”班柯说，“抓紧了。”他扭转方向盘，车轮撞上缘石，车子随之蹿起来，从一家时装店门前抄了个近道，拐进左边一条更为狭窄的巷子。弗里斯明白其中的策略：在单行道的窄巷，摩托车至少无法一齐涌入，将他们结果。但追兵已离他们越来越近了。身后又是“砰”的一声。弗里斯还没学会区分不同种类的武器，他知道父亲可以，但这一声连他都听出是猎枪打的。这起码要好过——一连串子弹砸在车身上——自动化武器。

他父亲毫不迟疑地再次突然转弯，仿佛知道自己要去哪里。他们此时已开进购物区深处，但周围的商店都没开门，街道在雨天也空荡荡不见人影。父亲知道这迷宫的出路吗？班柯突然右拐，经过一个写着“坏消息”的路牌。

“爸，这是条断头路！”

班柯没有反应。

“爸！”

还是没有反应，只见他死死盯着前方，双手紧紧抓着方向盘。弗里斯这才发现，鲜血正从父亲的脸上淌下，顺着脖子流进他的衬衫，白色的领口像吸墨纸一样被周围涌出的血染成粉色，而渗血的地方好像少了点什么。弗里斯将目光转向方向盘。难怪他没反应。他的耳朵。它贴靠在仪表盘上，一小片苍白的表皮，血肉模糊。

弗里斯抬起眼睛，看向挡风玻璃。眼前正是路的尽头。这条死路的终点是一座外形坚固的木屋，它的底层是一扇部分亮灯的巨大橱窗。眼看就要撞上终点了，可他们没有停止的迹象。

“系上安全带，弗里斯。”

“爸！”

“快！”

弗里斯抓住安全带，一把拉过胸部。就在他扣好的一瞬间，前轮撞上缘石，他们腾空而起。引擎盖冲破橱窗正中间，弗里斯感觉窗户好像自己打开了，他们正飞过一片白色的玻璃帷幕，飞进一片未知的天地。接着，当他惊讶地四顾、发觉某些东西被弄乱时，这一连串事件出现了片刻间歇，他知道自己肯定是晕了过去。耳边响起地狱般的铃声。他的父亲一动不动地趴在方向盘上。

“爸！”

弗里斯摇了摇他。

“爸！”

没有反应。挡风玻璃已经没了，引擎盖上有什么东西在闪。弗里斯眨了眨眼才意识到那些东西是什么——戒指、项链和手镯。他面前的墙上写着几个金色的大字：“雅各布斯和桑斯珠宝店。”他们开进了一家该死的珠宝店。他听到的铃声并非耳鸣，而是警报在响。他终于明白了。警报。城里所有的银行、赌场和大型珠宝店都和警局的总机相连，而后者会立即联系该地区的巡逻车。父亲一开始就知道他要去哪里。

弗里斯试着去解安全带，但解不开。他一通生拉猛拽，可搭扣无动于衷。

队长坐在他的车上，一边看着轿车冲进前面的商铺，一边读着秒数。警报声几乎盖过了其他所有声音，但他能从尾气管冒出的烟里看出发动机还在工作。

“喂，我们在等什么？”骑至尊滑翔的家伙问道，他说话的方式里有种令人恼火的东西，“上去干掉他们啊。”

“再等等，”队长数道，“二十一、二十二。”

“喂，要等多久？”

“直到确认那个请我们做事的人信守诺言，”队长说，“二十五、二十六。”

“动手吧。我想赶紧干完砍头的差事，离开这鬼地方。”

“等一等。”队长平静地打量着他。这家伙看上去像个成年人。两个成年人那么大。他魁梧得像一扇谷仓大门，浑身肌肉，连脸上都是。可他还像个男孩一样戴着牙套。这情形队长在监狱里见过，那些犯人一边练举重一边服用促蛋白合成类固醇，于是长出十分强壮的下颌骨，以至于牙齿都撑弯了。二十九、三十。三十秒过去了，没有警笛声。“你去吧。”队长说。

“谢了。”“谷仓大门”从腰带上抽出一把长管左轮手枪，拔出一把剑，下车走向那辆沃尔沃。他冷漠地用剑刃刮过墙壁以及“禁止停车”的标牌。队长留意了一眼他皮夹克的背面。一面海盗骷髅旗，下头是纳粹的标志。“俗气。”他轻叹了一声，“用猎枪给他掩护，柯林。”

柯林用一只绑着绷带的手捋了捋他的海象胡子，然后打开一支短管猎枪的枪膛，塞进两颗子弹。

队长透过窗玻璃看见马路对面出现一些面孔，但还是没有警笛声，只有单调重复的警报在响。那家伙进入商店，走向那辆车。他把剑夹在胳膊下面，用腾出的一只手拉开副驾驶的车门，对着里面的人举起左轮手枪。队长不经意地咬紧牙关，等待那“砰”的一声。

弗里斯用力拉扯安全带，但令人恼怒的搭扣死不松口。他尝试扭动身子退出来，膝盖贴着下巴，在座位上调整自己的方位，用双脚顶着副驾驶的车门，将自己推向父亲和驾驶席。就在此刻，他看见一个人走进商店，双手各拿着一把剑和一把枪。现在逃跑已来不及，弗里斯连害怕的时间都没有了。

副驾驶的车门被猛地拉开。弗里斯看见一副牙套的闪光，一把举起的左轮手枪。他意识到自己踹不到那人，于是改用一只脚绝望地伸向那扇打开的门。一般的鞋够不着车门内侧的开关，但麦克白老款的尖头皮鞋却很容易伸进去。他瞥了一眼枪口那永恒的黑暗，然后拼尽全力将门拉了回来。“咣”的一声，那人的手腕被门击中并被狠狠夹了一下，车里传来手枪掉在地上的一记闷响。

弗里斯听到那人在咒骂，一只手猛地关上门，另一只手搜寻着那把枪。

门又被拉开了，牙套男站在面前，剑举过了他的头顶。弗里斯在地上四处摸索——“该死，枪到底在哪儿？”牙套男显然觉得门缝太小，不够他挥剑，于是不得不改用刺杀。他肘部后撤，剑尖瞄准弗里斯，然后向他扑来。弗里斯迅速出击，用张开的双腿在半路猛踹对手。牙套男向后踉跄几步，翻倒在地，一个玻璃柜台随之倒地摔碎。

“柯林，”队长叹了口气，“你去结束这场杂耍。”

“好的，老板。”柯林在下车前检查了一下，他还能用被麦克白拿匕首刺伤的那只手扣动扳机。

弗里斯放弃了挣扎，意识到自己已被困住，根本来不及解开安全带。他侧身躺在座位上，看那家伙拿着剑从砸烂的柜台后站起来，玻璃碴儿从他宽阔的肩膀上掉落。这回他更加小心了。他选了一个弗里斯够不着的位置，确认自己抓牢剑柄。弗里斯知道，那人正在寻找可以对他造成直接伤害，又令他无法反抗的地方下手。他的腹股沟。

“臭小子。”他号叫着，朝剑上吐了一口唾沫，拿回他的武器，然后不得不走近了些，露出一排紧咬的牙。店内柔暖的灯光让他的牙套闪闪发光，乍一看好像店里的货品。弗里斯举起枪，射出一发子弹。他瞅见一副惊愕的表情，还有牙套正中的小黑洞，然后，那人倒了下去。

钢琴柔和谨慎的音调搔弄着麦克白的耳朵。

“尊敬的来宾、挚友、同事，以及赌场的朋友，”他看着周围一张张面孔说道，“虽然人还没有到齐，但我想代表你们都认识也都害怕的那位女士——”观众发出礼貌的轻笑声，冲着微笑的夫人颔首致意，“对大家表示热烈欢迎。我提议，我们在落座前共同举杯。”

柯林见南方来的兄弟倒在地上，怔了一下。那枪响盖过了警报声，他见一只手握着左轮手枪从打开的车门里伸出来，于是迅速作出反应，开了一枪。他瞧见弹壳击中了那只手，车门内侧的浅色变成了红色，车门玻璃爆碎，左轮手枪掉在商店的地上。

柯林快步走向那辆一动不动的轿车。肾上腺素使他的感官变得高度敏锐，对周围的一切都分外警觉。尾气管微弱的颤动，砸碎的后挡风玻璃不见任何探出的人头，还有他从嗡嗡的警报声中刚分辨出的一个声音——是引擎的喷吐声，见鬼！

柯林朝开着的车门跑出最后几步。座位上是一个穿着西服的男孩，他的身体扭成一个奇怪的角度：他系着安全带，一只满是鲜血的手和他的左脚伸向倒在方向盘的司机的位置。柯林举起猎枪，引擎突然发动，牵引着汽车向后冲去。打开的门撞到柯林的胸部，但他及时伸出左手抓住了门的上沿。他们冲出商店，但柯林没有放手。猎枪还在他隐隐作痛的右手，但他必须把枪换到左臂下才能朝车里开火……

弗里斯刚才设法将一只脚伸到踏板的位置，将父亲的脚踢开，踩下离合器，这样便能把变速杆从空挡挂到倒挡。接着，他慢慢抬起脚后跟，松开离合器，同时用鞋尖去点油门。打开的车门撞到了什么人，那家伙依旧抓着车子不放，但他们这会儿已出了商店，正在往回开。弗里斯什么也看不见，但他决定全速后退，但愿不会撞上什么东西。

扒门的家伙在挣扎着鼓捣什么，他一晃眼终于看清了——猎枪的枪口正从他的胳膊下方探出头来，不过，下一秒钟便消失了。

弗里斯眨了眨眼。

持枪的家伙不见了。副驾驶的车门也没了。他从仪表盘上方望去，看见车门和那家伙挂在禁止停车的标杆上，弯成了一个弧形。

然后他看见一条小巷。

他踩下刹车，在发动机熄火前同时踩下离合器。后视镜里有四个人正跨下摩托车冲他而来。他们的车并排停着，挡住了那条窄巷，这辆沃尔沃没法从它们所在的地方倒出去。弗里斯握住变速杆，这才发现他的手在流血。他试图换成一挡，但怎么也推不动，大概是因为他的姿势没法把离合器踩到底。见鬼，见鬼，见鬼！发动机咳了几下，发出噼里啪啦的声音，就差最后一口气了。他从镜子里看见他们掏出枪来。不，是机枪。结束吧。这便是一切的结尾。他突然冒出一个奇怪的想法。当他终于破解难题，弄懂了错误与违法的区别、道德与法规的区别，以及权力与犯罪的区别时，却无法参加法律期末考试，这有多么悲哀啊！

他感到一只温暖的手搭了上来，握住变速杆的顶端。

“开车的是谁，是儿子你还是你爸爸？”

班柯的视线有点模糊，但他坐直身子，两只手放在方向盘上。下一秒钟，引擎衰弱的嗓音扩展成一阵巨大的轰鸣，他们在鹅卵石路上飞驰而去，机枪在他们身后“噼噼啪啪”地响起，热闹得像中国的春节。

麦克白望着夫人。她坐在和他相隔两把椅子远的地方，正热情地跟那个叫亚诺什么玩意儿的客人谈笑风生。首府的地产大亨。她把手搭在了他的胳膊上。去年，城里一个颇有权势的工厂老板就坐在这位大亨所坐的椅子上，引起了她的注意。可今年那家厂子倒闭了，它的老板没有得到邀请。

“咱俩应该聊聊。”图特尔说。

“是啊，”麦克白说着转向市长——他正用叉子将一大块牛肉送进张开的嘴里，“聊什么？”

“聊什么？当然是聊这座城市。”

麦克白着迷地看着市长展开一层层下巴，然后在咀嚼时慢慢合拢，就像人肉手风琴。

“聊聊怎么做才对这座城市最好。”图特尔微笑着说。仿佛这是个玩笑。麦克白自知应该专注于对话，但他无法集中精神，保持专注。例如，他现在正在怀疑牛犊的母亲是否还活着。如果她活着，那么她现在——就在此刻——能否感觉到她的孩子正被分食？

“有个广播台的记者，”麦克白说，“叫凯特。他散步恶毒的流言，明显有不可告人的目的。你怎么让这样的人闭嘴？”

“记者啊，”图特尔说着翻了个白眼，“听着，这事儿不好办。他们只对自己的主编负责。即便这帮主编转而对他们追逐利益的雇主负责，记者也会严肃地相信他们服务于一个更崇高的目的。非常难办。你怎么不吃东西，麦克白？在担心吗？”

“我吗？完全没有。”

“真的？一个局长死了，另一个失踪，所有的责任都在你肩上，你却不担心？要是连你都不担心，我就要担心了，麦克白！”

“我不是这个意思。”麦克白看向夫人，寻求帮助。她坐在市长另一边，但这会儿正跟一个女士聊得热火朝天，那人好像是市议会的财政顾问。

“失陪。”麦克白说着站起身。他见夫人疑惑而略带不安地看了他一眼，然后便大步流星地走向前台。

“电话给我，杰克。”

接待员递给他电话，麦克白拨通了总部交换台的号码。铃响第五下，有人接了。警局这种反应速度是快还是慢呢？他不知道，也从没想过。但现在他不得不想了。想一想这类事。还有就是：“给我接通巡逻大队。”

“好的。”

他听见接通的声音，另一头的电话铃开始响。麦克白看着他的手表。他们在拖延时间。

“我一直没在赌场大厅里见到你，杰克。”

“我不再做赌台管理员了，先生。自……唉，那个晚上，你知道的。”

“我知道。需要一段时间才能平复。”

杰克耸了耸肩：“不仅仅是这个。实际上我觉得做接待员比做赌台管理员更适合我。所以也不算太惨。”

“但是做赌台管理员挣得要多得多吧？”

“如果你是一条出水的鱼，挣多少钱都无所谓。就算有一座金山堆在旁边，它还是无法呼吸，最后渴死。这才是悲惨的事，先生。”

麦克白刚要说什么，就听见话筒里传来接通巡逻大队的通报声。

“我是麦克白。你们上一个小时有没有接到任何报告，说绞架山附近发生了枪击案？”

“没有。需要我们问一下吗？”

“我们这里有位顾客说，他刚从那边开车过来，听到‘砰’的一声巨响。肯定是车胎爆了。”

“嗯，肯定是这样。”

“所以二区西没有什么情况吧？”

“只有一家珠宝店被砸了，长官。最近的巡逻车离那儿也有一定距离，但我们正赶过去。”

“我知道了。好吧，晚上一切顺利。”

“您也是，警督。”

麦克白挂断电话。他盯着地毯，盯着那些怪异的花形刺绣。他从未留意过，可现在它们仿佛想要告诉他什么。

“先生？”

麦克白抬起头。杰克一脸担忧的神情。

“先生，您流鼻血了。”

麦克白用手摸了一下上唇，意识到接待员没骗他，匆匆跑向洗手间。

班柯在主路上加速前进。风在缺了门的车外哀号。他们经过方尖塔，用不了多久就到中央车站了。

“他们还在后边吗？”

弗里斯说了些什么。

“大点声！”

“没有。”

班柯靠近弗里斯一侧的耳朵听不见声音，或许是因为耳道被血堵住，或许是因为那一枪已使他丧失了听力。但不管怎样，他担心的不是那一枪。他看了一眼油箱——指示灯在他们离开购物区后的四五分钟内下降得很快。那些机枪也许听上去没有造成伤害，但它们已经打穿了油箱。但他担心的也不是这几枪，他们有足够的油开到因弗尼斯，得到庇护。

“爸，那些人是谁？他们为什么追杀我们？”

眼前就是中央车站了。

“我不知道，弗里斯。”班柯专注地看路、呼吸。他必须呼吸，让空气进入肺里。加油。加油。直到弗里斯获得安全。除了这个，其他的都不重要。他不在乎眼前开始模糊的道路，不在乎刚才击中他的一枪。

“肯定有人知道我们会从那条路来，爸。那个信号灯不正常。他们对我们经过绞架山的时间掐算得很准。”

班柯也想到了这一点。但现在已经没有意义了。真正有意义的是他们已经开过中央车站，因弗尼斯的灯光近在眼前。在正对入口的地方停车，把弗里斯送进去。

“他们上来了，爸爸。至少离我们二百米。”

如果车不停，这点距离绰绰有余。他本该把蓝灯和警笛放在车里的。班柯注视着因弗尼斯。光。他必要时可以开过工人广场。警笛声。什么东西堵住了他的喉咙，堵住了他的脑子。

“你刚才听到警笛声了吗，弗里斯？”

“啊？”

“警笛。巡逻车。你在珠宝店时有没有听到？”

“没有。”

“你敢肯定？二区西的巡逻车一直都很多。”

“绝对肯定。”

班柯感到痛苦和黑暗袭来。“不，”他轻声说道，“不，麦克白，我的孩子……”他握住方向盘，向左打方向盘。

“爸！这不是去因弗尼斯的路。”

班柯按下喇叭，超车加速。他能感觉到一股令他瘫痪的疼痛从后背蔓延至胸口。很快他就无法让右手保持在方向盘上了。那颗子弹可能没有在座椅上制造一个大洞，但它击中了那里。这才是他担心的一枪。

前方空荡荡的。只有集装箱码头、海洋和黑暗。

但还有最后一种可能。

麦克白仔细观察着水池上方镜子里的自己。血止住了，但他知道这意味着什么。他的鼻黏膜已经无法承受更多的“精酿”，他应该停用一段时间。现在的他已不比当年，过去他怎么作践自己都行。如果他继续吸食“精酿”，他的鼻子就会疼痛和流血，他的大脑就会不停地旋转，直到把脑袋从脖子上扭断。他需要的是一次休整。所以想想看，为什么他卷起一张钞票，将它放在水池一行粉末的最右端？因为这回是例外。这是他最最需要它的一刻——他一方面要应付变态的肥猪市长，另一方面还要应付似乎没有守约的“诺斯骑士”。还有夫人这边。不，她不是问题，而是他生命的全部——他的诞生、存续和死亡，他存在的理由。但正如这份爱能带给他欣喜的颤抖，当他想到这份爱可能会夺走什么的时候，他同样能感受到痛苦——她有多么爱他，也就可以有多么不爱他。他猛吸一口，将“精酿”用力吸入脑髓，直到它仿佛击中头骨。他又看了看镜中的自己。他的脸扭曲、变形了。他冒出白发，还有一只女人的红嘴唇。一道伤疤徐徐横亘在脸上。他的下巴上长出了一层层新的下巴。泪水充满他的眼眶，滚下他的脸颊。他必须马上停用。他见过有人因为过量吸毒，最终装上了假鼻子。趁现在还有时间，还有可以挽救的东西，他必须停用。他得换成注射类的针剂才行。

队长眼看那辆沃尔沃的尾灯越来越近。他开足马力，知道其他人可能跟不上自己。尽管他的引擎排量只有450毫升，但在油滑湿润的马路上平稳驾驶，经验和灵敏度比起引擎的排量更为重要。这便是他通过镜子看见一辆摩托车飞驰而来时，为什么会略感惊讶。他不敢相信自己的眼睛。那位骑士的头盔。那辆红色的‘印第安首领’和队长擦肩而过，犄角尖差一点就蹭到了他。他从哪儿冒出来的？他怎么知道的？他为什么总能在他们需要他的时候出现？队长放慢速度，让斯威诺在前面领头。

班柯开上了他们追逐俄式卡车的那条老路。经过几次危险的超越，他们暂时拉开了和摩托车队的距离。他们很快就会再次追上来，但可能还有时间。隧道前方有一个路障，还有一块写着“大桥维修，临时关闭”的路标。沃尔沃冲过路障时火星四溅，前灯照进隧道的黑暗。他一只手放在方向盘上开车，另一只手像死尸一般搭在大腿上。在他们听见摩托车引擎愤怒的狂叫进入身后的隧道时，已经可以看见出口了。

班柯在接近上桥的急转弯时点了点刹车，然后再次加速。

转眼间他们到了桥上，天地遽然寂静，头顶是一片澄明的天空，月光照在他们身上。河水泛起点点浮光，远远看去是一片铜色。接着传来橡胶在柏油路上的哀啼，那是因为班柯突然在桥中间肯尼斯像的原址刹车，开上了路肩。微风拂动着高速路管理局设立的红色警戒带——那正是 ZIS-5 裹着防护栏一起坠桥的地方。弗里斯吃惊地回过头，父亲把车挂入空挡。班柯朝儿子探过身来，拿刀割断了他的安全带。

“这是干吗……”

“油箱漏了，儿子。很快我们就会耗尽燃料，所以听我说。你知道，我从来不信布道者的那一套，但我对你说……”班柯背靠身旁的车门，抬起膝盖，像弗里斯之前那样在座位上转过身来。

“自由地做自己吧，弗里斯。别像我一样，只会做别人的应声虫。”

“爸爸……”

“然后，现在给我下车。”

他用鞋底去蹬儿子的屁股和肩膀，看见弗里斯试图去抓什么东西，于是拼尽全力将他猛踹出去。这孩子拼命叫喊反抗，那恐惧就像他刚出生时一样，但顷刻间他便被踢了出去，最后一根脐带也随之断裂，孑然于这苍茫的天地间，坠向命运的掌心。

班柯痛苦地呻吟着，转身更换挡位，加速冲向自己的命运。

下桥三公里后，他耗尽了燃油，追兵尾随而至。那辆车行进了最后几米，班柯感到倦意袭来，于是把头靠在椅背上。一阵冰冷蔓延至他的整个后背，进入他的胃部，并且正朝心脏前进。他想起了薇拉。终于，隧道这头也下起了雨——铅雨。它穿透车身、座椅，还有班柯的身体。他的目光停在侧窗之外的山坡上。在接近山顶的地方，他能看见那个从城里望去像献祭给邪恶的东西。但从这里望去，那是一座在月光下熠熠生辉的十字架。它近得触手可及，照亮了前方的路。那扇门已为他开启。

“蓄谋已久的上位，”班柯喃喃自语道，“蓄谋——”

第十六章

德夫听着凯思妮斯的呼吸渐渐平静下来。他挣脱她的怀抱，转向床头柜。

“我的灰姑娘，”她轻声说，“快到午夜了吗？”

“时间还早，但我不能迟到。”

“你进屋后每隔半个小时就看一次表。谁都能看出来你不想久留。”

他又朝她转过身去，把手放在她脖子后面。“不是这样的，我美丽的女人，只是我和你一起待在这儿时，一点儿时间观念都没有了。”他轻吻她的嘴唇。

她咯咯笑出声：“你还是会讲些甜言蜜语的嘛，罗密欧。可我不停地在想……”

“听上去要说吓人的话。”

“闭嘴。我不停地在想，我爱你。还有——”

“真吓人。”

“我说了，你闭嘴。我不止要你在此时此地陪我。我不想你总是在我面前消失，就像一片半梦半醒的梦境。”

“我也不想这样，亲爱的，可是——”

“我不想再听更多的可是，德夫。你一直说会把我俩的事情告诉她，但之后总是这个可是、那个可是，意思是你急不得，还说是为了她和孩子考虑，为了——”

“但确实得考虑呀，凯思妮斯。你得理解这一点。我是有家室的人，随之而来的就是——”

“我无法逃避的责任。”她模仿他的口吻说，“那你能不能为我考虑考虑？你好像从来不觉得从我身边溜走是个问题。”

“你很清楚不是这样的。但是你年轻，还有选择。”

“选择？你什么意思？我爱的人是你！”

“我的意思只是，梅雷迪斯和孩子们正处在需要呵护的时候。要是等孩子长大一岁，事情便会好办些，那时候我就能——”

“不！”凯思妮斯在羽绒被上狠拍一下，“我要你现在就告诉她，德夫。你知道吗？这是你第一次提她的名字。”

“凯思妮斯……”

“梅雷迪斯。是个好名字。我嫉妒她的名字好久了。”

“为什么突然这么着急？”

“我过去几天想明白了一件事。要得到你想要的东西，坐等别人给你是不行的。你必须狠下心来，甚至完全不替别人考虑，快刀斩乱麻。相信我，我犹豫了很久才要你做这个的，牺牲你的家庭——牵连无辜的人，这并不是我的本性。”

“我知道，凯思妮斯，你本性不是这样的。那你这想法从哪儿来的，要一刀两断？”

“德夫，”她坐起来，盘腿坐在床中间，“你爱我吗？”

“当然了！我的天，当然。”

“那你会做这件事吗？为了我？”

“听我说，凯思妮斯——”

“我更喜欢梅雷迪斯。”

“亲爱的。我爱你胜过世间的一切。我可以为你献出生命。是的，我自己的生命，毫不犹豫。但其他的人呢？”德夫摇了摇头，吸了口气，欲言又止。快刀斩乱麻，非要现在吗？这个想法令他吃惊。他是不是一直都走在那条路上，却不自知？他是不是正从凯思妮斯身边回归法夫的家？他又深深吸了口气。

“我从没见过我母亲，她为我牺牲了自己。为了我能够活下来，她牺牲了自己的生命。所以，即便我的本性里有和我母亲一样为爱牺牲的基因，对孩子的爱还是最难割舍的。仅仅是为微不足道的小事而牺牲我的孩子这种想法——比如为了我对另一个女人自私的爱而让他们失去家庭，都像在我对母亲的记忆上吐唾沫。”

凯思妮斯捂住嘴，忍不住啜泣，泪水充满了眼眶。接着，她起身离开卧室。

德夫闭上眼，头朝后重重砸在枕头上。然后他跟了出去，发现她在客厅里，站在一扇斜窗下，出神地望着窗外。她赤裸着身体，外面的霓虹灯让她通体闪动着白色，也让窗上一行行雨滴看上去像泪水从她脸上滚下。

他站在她身后，用一只手臂抱住她的裸体，向她的发际轻柔地低语：“如果你现在想让我走，我就走。”

“我哭不是因为我无法得到你的全部，德夫。我哭是因为我自己的铁石心肠。而你，亲爱的，你是一个有着一颗真心的男人，一个孩子能信赖的男人。我无法停止爱你。原谅我。如果我无法拥有一切，就请你尽量把你纯洁的心给我吧。”

德夫没有回答，只是抱着她。吻她的脖子，抱着她。她的屁股开始蠢蠢欲动。他想起了时间。还有班柯。他们要在那列火车旁见面。但离午夜还早着呢。

“因弗尼斯赌场，我是杰克。”

“晚上好，杰克。麦克白在吗？”

“他跟人在吃晚饭呢。我能帮您带——”

“让他接电话，杰克。拜托了。”

一阵缄默。

队长看了一眼电话亭四周的摩托车。玻璃外面蜿蜒而下的一股股水蛇让它们的样子扭曲、变形，但这对他而言依旧是最美的景象——两轮机动车，还有驾驭它们横行霸道的兄弟们。

“我可以帮您问问，先生。您怎么称呼？”

“你就说他在等这个电话。”

“好的，先生。”

队长等着。重心从一只脚换到另一只脚。把血迹斑斑的包裹从一只胳膊换到另一只胳膊。

“我是麦克白。”

“晚上好。我就想告诉你，大鱼抓到，宰了，但小鱼溜了。”

“哪儿去了？”

“不过是一条小鱼，也就有千分之一的机会活下来。我觉得我们可以当他死了，沉在了海底。”

“好吧。然后呢？”

“鱼头正在路上。真佩服你，麦克白。没多少人敢吃这鱼头。”

麦克白放下电话，扶着柜台快速地喘气。

“您今晚还好吧，先生？”

“还好，谢谢你，杰克。只是有点头晕。”

麦克白压制住一个又一个想法和画面。然后他整了整夹克衫和领带，返回餐厅。

宾客们在长桌旁聊天喝酒，但气氛并不热烈。或许这些人不会像他们在特警队时那么高调地庆祝，但他怀疑邓肯之死给赌场留下的阴影其实比夫人表面上承认的要更严重。市长看见麦克白，招呼他过去。他看见有人坐在他的椅子上，以为是图特尔的同伴。但当他意识到自己看走眼时，他忽然怔住了。仿佛心脏停止了跳动。

班柯。

他坐在那儿。就在此刻。

“怎么了，亲爱的？”是夫人在说话。她转过来惊讶地看着他，“坐下来呀。”

“我的位置被占了。”他说道。

图特尔也转了过来：“来，麦克白。坐呀。”

“坐哪儿？”

“当然是你的座位了，”夫人说，“你怎么了？”

麦克白尖叫着，看班柯像猫头鹰一样转过头来。他的白色领口上方有一道长长的、蜿蜒的伤口，看上去整整绕脖子一周。血从伤口涌出，就像一个斟满酒的杯口，有人还在往里不停地倒。

“谁……是谁把你弄成这样的？”麦克白痛苦地呻吟，双手拢住班柯的脖子，用力挤压、止血，但涓细的血像稀释过的酒一样从他的指缝里流出。

“亲爱的，你在干吗？”夫人捏着嗓子笑道。

班柯张开嘴：“是……你……干的……我的孩子。”他机械地说出这几个字，像口技艺人的玩偶一样面无表情。

“不！”

“我……看见……你了……主人……我……在……等……你……主人。”

“闭嘴！”麦克白更用力地挤压。

“你……要……掐死……我了……麦克白。”

麦克白吓得松开手。他感觉有人在用力拉他的胳膊。

“咱们走。”是夫人。他刚要甩开胳膊，就听她在耳边发出嗞嗞的嘘声：“现在不行！你还是警察局局长呢。”

她挽着他的手臂，装作跟随他的模样，从餐厅飘然离去，像是被宾客们的表情给吹走了。

“怎么回事？”她先锁好套房的门，然后压低嗓音说。

“你没看见他吗？班柯！他就坐在我的椅子上。”

“我的老天，你嗑高了。你出现了幻觉！你想让市长觉得他找了个疯子来当他的局长吗？”

“他的？”

“你那该死的‘精酿’在哪儿？在哪儿？”她把手伸进他的裤兜，“这件事要露馅儿了！”

麦克白一把抓住她的手腕：“他的警察局局长？”

“图特尔准备任命你，麦克白。我让你俩坐到一起，是因为我觉得至少你不会毁了他当你是合适人选的印象。哎哟，放手！”

“让图特尔市长爱干吗干吗吧。我有他太多把柄了，明天就把他关起来。如果我没有，我也能搞到手。我才是警察局局长，女人！你明白这意味着什么吗？我统领着六千人，其中两千人有武器。一支军队，亲爱的！”

麦克白见她的双眼变得温和起来。

“说得对，是这样，”她轻声道，“你终于恢复理智了，亲爱的。”

他还抓着她纤细的手腕，但她的手早已在他的裤兜里游动了。

“现在我又能感觉到你了。”她说道。

“来吧，让我们——”

“不，现在不行，”她堵住他的嘴，抽出手来，“我们还有客人呢。但我给你准备了点别的，庆祝你当选的礼物。”

“哦？”

“看看床头柜的抽屉。”

麦克白拿出一个盒子。里头是一把明亮、耀眼的匕首。他举到灯光下，“银的？”

“本来想晚饭后给你，但我觉得你现在需要它。谁都知道，银是唯一能杀死鬼魂的物质。”

“谢谢你，我的甜心。”

“不客气。告诉我，班柯死了。”

“班柯死了。他死了。”

“好，那我们以后再悼念他。现在让我们回到他们中间。你告诉他们，刚才是我俩之间开的一个玩笑。走吧。”

十一点十分。

凯思妮斯还在床上，而德夫已经穿好衣服，站在厨房的操作台旁。他沏了一杯茶，在冰箱里找到一颗柠檬，但唯一一把干净的刀更适合扎孔而非切片。他把刀尖扎进果皮，一股汁水喷溅出来。入夜已深，只需花费平常一半的时间就能到中央车站，找一个停车位，然后走到“伯莎号”。他不打算迟到。班柯不像要找借口搪塞他。德夫看出班柯想对他说些什么。他想得到解脱……是什么呢？内疚？或仅仅是他掌握的内情？班柯不是领头羊，他是一只温顺的绵羊，不过是中间一环。德夫希望自己很快就能知道另一群人的身份。有了这个，他便能……安静被一阵铃声打破，墙上软木板旁的电话响了。

“电话！”他吼道。

“听见了。我来接。”凯思妮斯在卧室里答道。她给每一间屋子都装了电话，这是他们在一起时让他感觉自己变老了的事情之一。他和梅雷迪斯也许有点守旧，但他们觉得家里有一部电话就足够了——多跑几步路也没什么大不了。他找到一块布，擦了擦手，竖起耳朵听她说话，以判断对话的类型。是谁这么晚打过来？梅雷迪斯？这个想法刚冒出来就被他否掉了。第二个想法停留的时间稍长。情人。另一个情人，比他年轻。不，是个仰慕者，潜在的情人。某个准备就绪，只待德夫今晚没有给她想要的答案就乘虚而入的人。是的，这便是她为什么这样着急。德夫没有满足她的要求，于是他的最后通牒便转化成了她的。她原先选了他。想到这儿，他真希望是个仰慕者。人就是这么奇怪，对吧？

“你能再重复一遍吗？”他听见凯思妮斯在卧室里说，职业的声音，只是比平时更加兴奋，“我马上到。叫上其他人。”

绝对是工作。现场勘查的工作。

他听见她在屋里翻找东西。希望不是去法夫的现场，否则她有可能会要他开车送她。他的手汗津津的。他舔了一口，顺便朝下看了一眼柠檬。汁液流进他在港口跌倒时划到的一处伤口。他怔了一秒。然后拔出刀，又扎进柠檬。这回又快又狠。他迅速抽出刀，同时把手拿开，但还是有刺痛感。不可能。不可能捅进去，然后在喷出来之前把手拿开。

凯思妮斯冲进厨房，拎着一个黑色的医用手提包。

“什么事？”德夫看到她脸上的神情后问道。

“总部打来的。麦克白在特警队的副手……”

“班柯？”德夫感到喉咙一紧。

“是的，”她说着拉开抽屉，“有人在肯尼斯桥上发现了他。”

“发现？你的意思是……”

“是。”她一边说一边生气地翻找着抽屉。

“怎么会？”一时间问题太多，德夫无助地抓向自己的额头。

“我还不清楚，但现场的警察说，他的车上全是弹孔，头也被人割了。”

“割了？就是……砍掉了吗？”

“我们很快就知道了，”她说着从抽屉里拿出一副乳胶手套，塞进包里，“你能开车送我过去吗？”

“凯思妮斯，我要约见个人，所以……”

“你没说在哪儿见，不过要是绕远路的话……”

他又看了一眼那把刀。

“我跟你去，”他说，“我当然得去。我是凶案处的处长，这桩案子是头等大事。”

他转过身，用力将刀掷向软木板。它绕轴心转了一圈半，先是撞上木板的把手，然后“哐啷”一声掉在地上。

“你要做什么？”她问道。

德夫盯着那把刀：“一件需要反复训练才能成功的事。走吧。”

第十七章

“那么，西登，”麦克白说，“我能为你做什么？”

阳光透过云的缝隙，从局长办公室脏兮兮的窗户斜射进来，落在他的办公桌上、夫人的照片上、显示今天是周二的日历上、一张加特林机关枪的图纸上，以及坐在麦克白桌前那个光头锃亮、清瘦结实的警官身上。

“您需要一名贴身侍卫。”西登说。

“我吗？我需要什么样的侍卫？”

“一个能以恶制恶的人。邓肯曾有两名侍卫，这回班柯的事发生后——上帝保佑他的灵魂——有足够的理由相信他们也会冲你来的，局长。”

“他们是谁？”

西登疑惑地看着麦克白，然后答道：“‘诺斯骑士’。我认为是他们策划了这次斩首行动。”

麦克白点点头：“二区的目击者表示他们看见了摩托车，其中一些人穿着‘诺斯骑士’的夹克，对着一辆闯进珠宝店的沃尔沃开枪。我们怀疑那是班柯的车。”

“如果马尔康牵涉其中，对局长的威胁可能来自警局内部。我不全相信所谓的领导。依我看，德夫是个既缺乏骨气也不讲道德的人。至于警局外部的威胁，显然是赫卡忒。”

“赫卡忒是个商人。涉嫌参与谋杀对他的生意一点儿好处也没有。斯威诺倒是有比做生意更重要的动机。”

“复仇。”

“是的，相当传统的复仇。我们有些经济学家似乎低估了人类放弃金钱、转而遵从他们最基本的冲动的可能性。当黑寡妇的情人趴在她的背上，厌倦了缠绵和性爱时，他自知距离被吃掉的命运已经不远了。可命运由不得他有别的选择。这说的便是斯威诺。”

“所以你并不怎么害怕赫卡忒？”

“我今天已经跟你说过，我们的资源应该得到更合理的分配，针对赫卡忒的搜捕必须缩小规模，以便我们腾出手来应对城里其他更紧迫的问题。”

“比如？”

“比如我们有一家令人相当起疑的赌场，公然欺骗勤恳老实的人，抢走他们的积蓄。不过，跑题了。前几任局长和侍卫之间有过不好的经历，但我没有忘记在考德家被狗袭击那回，你非常勇敢和果决。所以，这件事容我再想想，西登。其实我在考虑给你另一个职位，和你要求的那个差别不大，真的。”

“哦？”

“现在我是局长，班柯又死了，特警队缺一个领导。而你，西登，是这里资历最深、经验最丰富的警官。”

“谢谢局长。这实在是受宠若惊。问题是我不知道自己值不值得信任。我不是政客，也不是当领导的料。”

“不，我知道你属于哪种人。你是一条需要男主人和女主人的看门狗，西登。但特警队就是某种像看门狗一样的部门。你到时就知道上层的指示有多细了。之前，我几乎不动脑子就知道该怎么抓捕那些恶人。考虑到过去两天的谋杀案，坐在我这个位置的人显然受到了巨大威胁，因此有必要动用特警队主动保护警局的一把手。”

“你的意思是特警队会成为局长的私人卫队？”

“我想没有人会反对这种安排，即便有也可以镇压下去。这么做可谓一石二鸟，你的愿望和我的愿望都能满足。你说呢，西登？”

太阳渐渐落下，或许是屋里突然降临的黑暗让西登压低嗓音，他听上去像在鬼鬼祟祟地说话：“您只管明确下令好了，局长。”

麦克白打量了一番眼前的人。西登刚才提到班柯时说，上帝保佑他的灵魂。麦克白不禁在想，这算哪门子的保佑？

“忠诚的西登，我的命令会非常明确。至于镇压反抗，我刚刚订购了两把这种型号的加特林机枪。”他把图纸递给西登，“速运过来。价格有点贵，但我们两天之内就能拿到。你觉得怎么样？”

西登仔细浏览了一遍图纸，若有所思地点头：“好东西，”他说，“说真的，很漂亮。”

德夫打了个哈欠，从一片晴朗的天空开进乌云中。

埃文刚才跳到给客人预备的床上，把他叫醒。他的姐姐紧随其后。

“爸爸，你回家了！”

他们在厨房一起吃早饭，旭日低垂在湖面。梅雷迪斯叫孩子们停止打闹，坐在爸爸的腿上好好吃饭，他们还得去学校呢。德夫知道她想用严厉的口吻说话，但是她忍住了。他看到她眼神中带着笑意。

此刻他经过案发现场，那辆千疮百孔的车已被拖走，路面上的血迹也被清理干净。凯思妮斯和她的属下行动高效，发现了现场遗留的证据。他要做的并不多，除去陈述班柯被击毙和斩首这个显而易见的事实。弗里斯不知去向，但德夫注意到车座上那条安全带被人割断了。任何可能性都存在，眼下他们能做的只有发布一份关于班柯儿子的普通人口失踪通告。案发现场是一条废弃的岔路，由于大桥关闭，周围不大可能有目击者。所以一个小时后，德夫决定回法夫过夜——反正离家只有一半的路程。

他醒着躺在床上，一边思索，一边听蚂蚱在屋外吟唱。他早就知道。知道但没有理解。他没有一下子看清事件的全貌，那些相互契合的碎片也不是突然就拼合成一幅画面。只是一个普通的细节——凯思妮斯厨房里的那把刀。但随着思考一步步深入，其他碎片渐渐浮出水面，慢慢组合到一起。然后他睡着了，直到孩子们在黎明时分突然把他唤醒。

德夫开到老桥上。和肯尼斯桥相比，这座桥很窄，其貌不扬，但它修建得很结实，许多人也认为它会挺立得更长久。

问题是：他该找谁说呢？

这个人不仅得有足够的权力、影响力和魄力，还得让他信任，而且没有牵涉其中。

他开进总部的地下车库，云随之合上缺口，太阳结束了短暂的停留。

列诺克斯从打字机上抬起头，见德夫走了进来：“都快吃午饭了，你还在打哈欠，好像刚睡醒一样。”

“最后问一次，那玩意儿是真的吗？”德夫冲着一根发乌的棒子问道。它的一头是一团生锈的铁块，被列诺克斯用作纸镇。德夫一屁股坐在门口的一张椅子上。

“我也再说最后一次——”列诺克斯无奈地叹气，“这是我祖父留给我的，在索姆河的战壕里，这家伙直接从他头上掉了下来。你看，幸亏德国人忘记拔掉引信。他的战友老拿这件事说笑。”

“你是说，他们在索姆河还能说说笑笑？”

“据我祖父的描述，情况越糟糕，他们笑得越起劲。他把这个叫作对战争的嘲笑。”

“我还是觉得你在说谎，列诺克斯。你不是那种敢把没引爆的手榴弹放在桌上的人。”

列诺克斯笑着继续打字：“我祖父一辈子都把它放在家里。他说这东西能让他想起一些重要的东西——人生的短暂、机遇的重要性、个人生命的有限，以及别人有多么无能。”

德夫转向那台打字机：“你没找个秘书代劳吗？”

“我现在开始自己写信了，然后出门自己邮寄。昨天公诉处告诉我，我写给他们的一封信好像被人拆开过，又给封上了。”

“我不吃惊。多谢临时接待我。”

“接待？太客气了吧。你在电话里没说想聊什么。”

“是没有。我刚才说了，有人拆你的信，我不吃惊。”

“你是说总机。你觉得——”

“我没觉得有什么，列诺克斯。我和你的看法一样：以眼下的情势，冒险没有意义。”

列诺克斯会意地点点头，歪向一边：“不过，我的好德夫，你来这儿就是为了告诉我这个？”

“也许吧。我手里有一些证据，涉及杀死邓肯的凶手。”

列诺克斯坐直身子，椅子“吱呀”一响。他双手推开打字机，肘部架在桌上："把门关上。"

德夫伸出胳膊，关上门。

"什么样的证据？实物吗？"

"你说话真有趣……"德夫从列诺克斯桌上拿起一把裁纸刀，掂量了一下，"你知道，在邓肯和侍卫两个案发现场，一切看上去都顺理成章。"

"'看上去'这个词意味着表面合理，但实际上却不合理。"

"完全正确。"德夫警督将刀放在食指上，等它找到平衡，然后两指交叉成"十"字，"如果你用匕首去捅一个人的脖子，想要杀他，难道不应该握紧匕首，以防没扎到颈动脉，还得再捅一刀吗？"

"是这个道理。"列诺克斯盯着那把裁纸刀说。

"如果你一下就扎到了颈动脉——我们知道有一把匕首做到了这一点，那么大量的血便会射出，形成几次短促的井喷。受害者的血压会下降，心脏会停跳，剩下的血只会慢慢地涌出来。"

"我想我明白。"

"但我们在亨尼西身上发现的匕首的手柄沾满了血，他的指纹印在血上，手的内侧也有邓肯的血。"德夫指向裁纸刀的手柄，"这说明血从邓肯的脖子里喷出来时，凶手并没有握刀，是后来才握上去的。或者说后来有人让他的手握住了刀柄。"

"我明白了，"列诺克斯说着挠了挠头，"但掷和捅有什么区别？结果是一样的。"

德夫将裁纸刀递给列诺克斯。"试着扔一下这把刀，扎进那块告示板。"

"我……"

"试试。"

列诺克斯站起来。那块板离他大概两米远。

“你得用力扔，”德夫说，“需要一定力量才能扎进人的脖子。”

列诺克斯扔了一下。刀撞上板子，弹落到地上，“哐啷”一声。

“再试十次，”德夫说着捡起刀，让它在手指上稳住，“我赌一瓶上好的威士忌，你还是扎不进去。”

“你对我的实力或运气没什么信心嘛。”

“如果我给你的刀重量不均衡，要么刀柄沉，要么刀身重，我的胜算就更大。但就像邓肯脖子上那把匕首，这把刀的重量是均衡的。扔这把刀的人必须是个老手。在这栋楼和我打过交道的人里，没有一个听说或见过邓肯的侍卫会扔飞刀。事实上，我认识的人里只有一个有这种本事。他原先差一点就留在了马戏团，专门表演这项绝活。而且他当晚就在因弗尼斯。”

“你说的人是谁？”

“你把有组织犯罪处托付给他的那个人——麦克白。”

列诺克斯怔在原地，紧紧盯着德夫的脑门儿：“你不会是想告诉我……”

“是的，我想告诉你，邓肯局长是被麦克白杀死的。那些无辜的侍卫遭到的冷血屠杀也出自同一人之手。”

“上帝保佑，”列诺克斯说着重重地坐了下去：“你跟法医处和凯思妮斯说过这个吗？”

德夫摇了摇头：“他们注意到刀柄上有血，但认为那是匕首抽出时溅上去的，而没有想到匕首是被掷出去的。他们的推论足够合理。毕竟很少有人掌握这种绝技。而且只有麦克白身边最密切的同事知道他有这项绝活。”

“很好。这件事一定不能对任何人说。谁也不能。”列诺克斯握紧拳头，咬紧牙关，“你知道你这么做会把我置于什么境地吗，德夫？”

“我知道。现在你知道了我的想法，这点已无法改变，咱们成了一根绳上的蚂蚱。抱歉，我没有给你选择的机会，可我还能怎么做？揭开真相的时候到了，列诺克斯。”

“的确如此。如果你说的是对的，麦克白确实是你认定的禽兽，仅仅打伤他还不够——那会让他加倍地危险。我们必须保证一击致命。”

“是，但怎样才能做到？”

“要讲究策略，小心谨慎，德夫。容我再想想。我不是天才，所以得费些时间。我们再约见一次吧。这里隔墙有耳。”

“六点，”德夫说着站起来，“中央车站，‘伯莎号’见。”

“那节旧火车？为什么选那里？”

“我和班柯本来约在那里见面的。他本来要告诉我所有这些凭我自己也能想明白的事。”

“可以。回头见。”

麦克白盯着桌上的电话。

他刚刚放下听筒，和斯威诺通过话。

他的神经在皮层下抽搐和纠结。他需要某样东西。不是某样，他知道那东西是什么。他抄起夫人给他买的大帽子。当麦克白大步走向前厅时，普丽西拉微笑道：“局长要出去多久？”

她之前照麦克白的吩咐，从列诺克斯的办公室搬了上来，整个过程不到两个小时。他本想炒掉邓肯原来的助手，但后来让她搬到楼下去了——行政部门的主管向他解释，在公务员系统，就连局长也不能说炒谁就炒谁。

“一个小时，”麦克白说，“两个小时吧。”

“那我就跟来电话的人说要两个小时。”她说。

“就这么办，普丽西拉。”

他走进电梯，按下去一层的按钮。来电话的人，而不是如果有人来电话。因为总有人来电话，该死的响个不停。部门主管、法官和议员。其中有一半人的想法他都完全搞不懂，他们成天追着他问一些他听不懂的问题，而这意味着等在线上的人排起了长队。还有各路记者。邓肯的死、马尔康的失踪，现在又多了一名警官和他的儿子。“一切都失去控制了吗？”他们问道，“局长能否保证……”“不予置评。可否请你关注下一次新闻发布会……”

然后是斯威诺。

电梯门开了，两个穿制服的警官刚踏进来，又收住脚步，退了出去。这是肯尼斯定下的规矩，邓肯已经废除了——局长乘坐的是专梯。但麦克白还没来得及招呼他们进来，电梯门就再次关闭，他一个人继续下行。

总部外的人行道上，他跟一个穿灰色大衣、正在读报的男人相撞，对方小声嘟囔道：“对不起，麦克白。”这没什么奇怪，因为当麦克白抬起头时，他看见自己的脸出现在报纸头版上。“第三名警官接力掌舵”。标题不赖。可能是夫人的建议。那位编辑对她言听计从。

麦克白拉低帽檐、挡住脸，大步流星地走着。正午时分，街上堵得水泄不通，走路去中央车站反而比开车快。正好免得让人看见局长的豪华轿车出现在那里。

天知道斯威诺对普丽西拉说了什么，让她同意把他的电话接进来。不管怎么样，麦克白跟他通话时，他没有说自己的名字。他的声音你但凡听过一次就忘不了。那低音弄得听筒里的塑料都在颤。他提醒麦克白，当初的承诺是立即释放“诺斯骑士”，现在已经过去了十二个小时。麦克白说事情没那么简单：由于已经提起公诉，法官和律师还得签署一堆文件才行。不过，斯威诺大可放心准备一篇欢迎词，两天之内就能给他们接风。

“又是两天，”斯威诺说，“我给你最后两天时间。后天十一点整，我会派人给城里一名法官的家里打电话——我不会告诉你是谁——向他坦白自己参与谋杀班柯，还有我们是怎么知道班柯和弗里斯出现的确切地点的。”

“你的神风敢死队吗？”

“另外，我们有七个目击证人看见你来过我们的俱乐部。”

“放松，想想你的演讲，斯威诺。明天下午三点半，我们会把你的人送到俱乐部门口。”

麦克白说完挂了电话。

在通往中央车站的台阶口，麦克白仔细观察这片区域。他看见另一个穿灰大衣的人，但不是同一个。帽子遮住他的脸，他不过是众多经过巧妙装扮的人之一。他们每天奔上这一级级台阶，购买一切满足他们需要的东西——那些神奇的物质可以让他们像过去那样惊人地高效运转。

他来到上次站立的地方——在走廊，挨着通往楼下厕所的楼梯。那个小男孩已不见踪影。麦克白焦急地跺着双脚。离他上次发作已过去数小时，但只有此刻——当他迫切需要满足自己时——才是真正的生不如死。

她出现时仿佛已过去一个小时，但他的手表显示只过了十分钟。她手里拿着一根白色拐杖，不知用作什么。

“我需要两包。”他说。

“你需要见一个人，”斯特雷加说，“把这个塞进耳朵，再戴上这个。”她递给他一对耳塞和一副介于泳镜和焊接防护镜之间的眼镜——他见盲人戴过。

“凭什么让我做这个？”

“因为如果你拒绝，就别想得到一滴‘精酿’。”

他犹豫了。不，他没有犹豫，只是在拖延时间。其实让他用手走路都可以，只要他们开口。那副眼镜加了涂层，什么也看不见。斯特雷加扶着他转了好几圈，明显是为了让他丧失方向感。然后她把白色拐杖交给他，领他上路。十分钟后，他意识到他们走进雨里，周围是人群和车流——耳塞并未挡住所有声响。斯特雷加扶他登上一级水泥台阶，一点五米高，然后脚下变成了碎石子或沙子。接着他们又上了另一级水泥台阶，走进某个地方，他这样猜想——至少空气变得暖和、干燥起来。他在一张椅子上坐下来，有人取走了耳塞，告诉他不要摘眼镜。

他听见有人走过来，一阵“嗒嗒”的声音停在他正对面。

“我很遗憾，非得用这种方式把你带到这里。”声音出奇地温柔，好像一位老者，“但再三考虑，我认为还是见面最好。你当然看不见我，但如果我是你，麦克白，我会为此感到高兴。”

“我明白。意思是你打算让我活着离开。”

“你并不聪明，麦克白，但比起愚蠢，你要聪明些。这就是为什么我们选择了你。”

“为什么带我来这儿？”

“因为我们担心。我们在选择你之前就知道你有毒瘾，但没想到它会发展得这么迅速和彻底。总之，我们必须确保你可靠，否则只能把你换掉。”

“为什么要换我？”

“你以为自己与众不同吗？我希望局长的职衔还没有植根于你的大脑，你知道那只是一个幌子。没有我，你什么都不是。邓肯以为他能摆脱我，真的，以为他能跟我对着干。你也这么认为吗，麦克白？”

麦克白咬牙切齿，强压怒火。他只想拿到东西，然后走人。他深吸一口气。“依我看，我们之间有一种默契，对双方都有好处，赫卡忒。你也许导演了一系列事件，让我当上了警察局局长；而我会除掉斯威诺，确保警察不会给你和你的垄断制造太多麻烦。”

“嗯。这么说你没有道德顾忌？”

“我当然有，但我是实用主义者。在任何一座这样大的城市，都会有像你这样的毒贩的市场。如果你和斯威诺不做，别人也会做。我们的合作至少可以把其他可能更难搞的毒贩拒之门外。我可以把你当作构建城市美好未来这一目标的手段。”

老者咯咯发笑：“听起来像是直接从夫人嘴里拿来的话。轻巧、美妙，但虚头巴脑。我站在十字路口，麦克白。为了决定走哪条路，我必须对你进行考查。我看见报纸上的比喻了：第三名警官从船长手里接过舵。可现在，你的船正经历一场飓风。邓肯、班柯和一名警校学生已被处决。考德、马尔康和两名侍卫死了，还被怀疑贪腐。你的船在物质和道德层面都已严重损毁，麦克白，所以，如果我准备帮你，我必须知道你究竟如何把这条船开进相对平静的水域。”

“当然要把那些罪犯绳之以法。”

“很高兴听你这么说。罪犯指的是谁？”

“明摆着嘛，‘诺斯骑士’。他们胁迫马尔康和他的心腹同他们合作。”

“很好。这样你我就两不相欠了。不过，如果斯威诺能够证明他和邓肯的死没有关系呢？”

“我觉得他做不到这一点。”

“嗯。我希望你有实力兑现你的诺言，麦克白。”

“我有，赫卡忒。我希望你也能满足我的要求。”

“你什么意思？我已为你铺就了成为警察局局长的道路，这难道还不够吗？”

“除非我得到保护。我感觉现在所有人都要动我：法官、记者、罪犯，甚至是同僚。不管是用枪、用文字还是用武器。电话一直响个不停。瞧吧，我可能在光天化日之下像个盲人一样被绑架或劫持。”

“你没叫特警队保护你吗？”

“谁知道他们可不可靠。我需要更多保护。”

“我懂了。那我现在就告诉你，你已经有了我的保护。对你的保护已经持续了一段时间。只是你没有觉察。”

“它在哪儿？”

“这不劳你费心。你应该知道，赫卡忒向来保护他的投资。只要有我在，只要是我支持的，你就大可放心。没有人——城里绝对没有一个人能伤害你，只要你是我的人，麦克白。”

“没人能？”

“我向你保证，那个能动你一根汗毛的人还没出生呢。你不会被任何人推翻，除非古老的‘伯莎号’会再次开动起来。这够让你满意了吗，麦克白？”

“是的，我对这两项保证感到满意。”

“很好。还有一件事我不得不说。留心德夫警督。”

“哦？”

“他知道是你杀了邓肯。”

麦克白知道他应该感到警觉、恐惧和焦虑。可他现在能容下的只有那熟悉的、仇恨的渴望。

“对你来说，幸运的是现在只有一个人知道德夫心里的想法。”

“谁？”麦克白问道。

“就是提议并支持你担任有组织犯罪处处长的人——奉我的指示。这件事做得天衣无缝，邓肯事后还以为是他自己的主意。”

“那个人是谁？”

“你自己看。”

一条椅子腿擦过地面，麦克白随之转了过去。接着，他的护目镜被摘除。麦克白的第一反应是他正望着一个隔音的审讯室。它的窗户是单向的，接受审讯的人无法看见或听见外面的动静。区别在于它很像一间大实验室，里头摆着各式各样的玻璃烧瓶、试管和导管，最终连通到一个巨大的沸釜。这口釜和种种现代仪器形成有趣的反差，让麦克白想起卡通漫画里食人族大煮活人的场景。沸釜后的墙上挂着一块“禁止吸烟”的牌子，锅前面的屋子里灯光刺眼。在靠近玻璃的地方，有个红发男人笔直地坐在躺椅上，一只衬衫的袖口挽了起来。他扬起脸望向天花板，嘴半张，眼半闭。他和他们几乎只有一壁之隔，麦克白甚至能看见那人眼睑下半露出的蓝色虹膜在微微颤抖。他认出那对亚裔姐妹中的一个，她正端着一支注射器，将针头刺进列诺克斯警督的小臂。

一个温柔的声音在麦克白身后说：“列诺克斯在邓肯脑中植入了一颗种子，那就是他应该任命一个不属于精英阶层，而是让普通百姓感觉来自他们中间的人。”

“列诺克斯告诉邓肯，他应该让我管理有组织犯罪处？”

“列诺克斯当然是反其道而行。邓肯当初不选你是因为你没有正经资质，而且风头过盛。驾驭自负的老倔驴，就得用这种办法。”

“你说往东，列诺克斯就往东？”

“列诺克斯没说往东，邓肯自己就往东去了。”麦克白背后传来咯咯的笑声，好像有人在倒威士忌，“人心就像错综复杂的迷宫，麦克白。首先要找到宽广的大路，然后就好驾驭了。我控制列诺克斯已经超过十年。他是个勤劳的人，列诺克斯警督。”

麦克白试图观察身后这个人在镜中的影子，但只看见斯特雷加，似乎赫卡忒无法被反射。但他就站在那儿，因为麦克白耳边响起他的声音：

“但是当我说往东，你绝不能往西。”

“哦？”

“杀了德夫。”

麦克白咽了口唾沫：“德夫是我朋友。你应该知道。”

“班柯是你父亲，但依然没能拦住你。杀德夫是绕不开的一步，麦克白。另外我还想给你介绍一位更好的朋友。它的名字叫权力。”

“我不需要任何新朋友。”

“不，你需要。‘精酿’使你状态不稳，性情多变。你已经出现幻觉了，不是吗？”

“也许吧。也许是幻觉。权力是什么？”

“一种既新潮又古老的产品。‘精酿’是可怜人的权力。权力可以给你七倍力量，但造成的伤害却不到一半。它令你的思维更敏锐和坚韧。权力正是这个时代呼唤的东西。”

“我更喜欢‘精酿’。”

“麦克白，你更喜欢继续做警察局局长。”

“这种新型毒品，它会让我产生依赖吗？”

“我告诉过你了，它很古老。权力会取代所有你已经依赖上的东西。所以，德夫相比于权力，你觉得该怎么做呢？”

麦克白看见列诺克斯的头稍向前倾。他听见斯特雷加在他身后轻声说了些什么。三姐妹之一扶着列诺克斯平躺下来，然后走向那口沸釜。

“给我。”

“什么？”

麦克白清了清嗓子：“我说，给我。”

“把那几袋东西给他。”赫卡忒说。

麦克白听见“嗒嗒”的声音渐渐远去，护目镜又回到眼前。周围的世界消失了。

第十八章

“它真漂亮，你说呢？”列诺克斯说着，轻抚那一条条曲线。

“不，”德夫说，“‘伯莎号’有很多优点，但漂亮不在其列。”

列诺克斯笑了笑，低头看他的手掌，上面沾满了煤灰。“人人都喊它‘伯莎号’，但它的全名叫伯莎·勃南。这名字源于一个黑发的建筑工地厨师。当年他们修建从这里到首府的铁路，他是唯一和他们共同见证修建全程的雇员。”

“你怎么知道？”

“因为我的祖父参与了修建。从这里到首府。”

“所以你的祖父抡过大锤、拖过枕木？”

“不，当然不是，他出面帮这条铁路融资。”

“这听起来更像是真的。”德夫望向对面的因弗尼斯赌场，它在暮色中亮起诱人的灯光。

“没错，我们列诺克斯家族是地地道道的银行家。其实我是家里最没出息的人。你们家原来是干什么的，德夫？”

“一般工作吧。”

“警察？”

“据我所知是这样。”

“我知道城里有好多叫德夫的，但没有一个是警察。”

“我搬到这里后随了我外祖父的名字。”

“那么他……”

“死了。我后来去了孤儿院。然后上了警察学院。”

“既然你不是本地人，为什么不去首府的警察学院？那边的条件更好，天气和空气也比这里强。”

“大鱼都在这里。‘诺斯骑士’、赫卡忒……”

“我明白了。你是真想去有组织犯罪处，是吧？”

“嗯，大概是吧。”

“那么这个位子还空着呢。等我们抓住谋杀邓肯的麦克白，你想去哪个部门随你挑好了。我们会被当成城里的救世主，德夫。”

“我们会吗？你真觉得他们在乎？”德夫朝广场点点头——那儿的人正步履匆匆地躲进阴暗中寻求庇护。

“我知道你想说什么，但我们不应该低估广大的市民。”

“列诺克斯，处理问题的办法有两种，要么解决它，要么忽视它。肯尼斯让这座城市走了第二条路。同情腐败，推卸责任。看着大家四散而逃，就像见光的蟑螂。”

“一座可鄙的城市，一群可鄙的居民。但你甘愿赌上一切？”

列诺克斯看着德夫摇了摇头。

“拜托，列诺克斯，是什么让你觉得我做这个是为了这座城市？这不过是当他们想被选为议员或成为警察局局长时的借口罢了。说说我们上次见面后你都发现了什么吧。”

“好。我跟首府的一名法官说了——”

“我们不能和任何人说！”

“先别紧张嘛，老兄。我没透露具体案情和牵涉的人员，只告诉他涉及一名高官的腐败问题。关键是，这名法官很靠谱。他不住这儿，所以不受麦克白、斯威诺和赫卡忒控制。作为联邦法院的法官，他可以联系联邦警局，这样我们就能跳过总部直接在首府起诉麦克白，他在首府动用不了什么关系。这名法官会在三天内赶到这里，他同意和我们秘密见面。”

“他叫什么名字？”

“琼斯。”

列诺克斯见德夫死死盯着他。

“拉尔斯·琼斯，”列诺克斯说，“有什么不对吗？”

“你的瞳孔，像是吸毒者才有的样子。”

列诺克斯润了润舌头，笑出声来：“出生时得半白化病就是这样。眼睛对光很敏感。这就是我们家更愿意选择在室内工作的一个原因。”

德夫在大衣里瑟瑟发抖。他又望了一眼因弗尼斯赌场。“好吧，三天。我们可以利用这三天做点什么。”

列诺克斯耸了耸肩：“低调。不要自找麻烦。还有……我想不出第三种说法了。”

“我已经在害怕和麦克白的下一次碰面了。”

“为什么？”

“我不会装。”

“你从来没骗过谁吗？”

“骗过，但人们总能看穿我。”

列诺克斯瞥了德夫一眼：“哦？在家吗？”

德夫耸耸肩：“连我的小孩都知道他爸爸什么时候在撒谎。他还有几天就九岁了。麦克白比谁都了解我。”

“怪事，”列诺克斯说，“你俩差别这么大，竟然能成为如此亲密的朋友。”

“咱们找时间再聊吧，”德夫说着朝西望去，“如果我现在出发，日落时应该能到法夫。”

列诺克斯站在那儿，朝同一个方向望去。一阵雨总会遮住幕后黑手，让你乐观地期待天气能够迅速转好——一想到大自然有这样的安排，他心情很不错。

“我有种感觉，我们已经熬过了最难熬的日子，”麦克白说着伸手去拿床头柜上的打火机，然后点了根烟，“从现在起，一切都会好起来，亲爱的。我们回到了正轨。这座城市是我们的。”

夫人一只手放在她的胸口，感受着丝绸被单下依旧狂奔的心跳。她在喘息之间说道：“如果你新燃起的热情是力量的一种反映，亲爱的——”

“嗯？”

“——那么我们就所向披靡。你知道外头那些人有多么爱你吗？人们在赌场里谈论你，说你是城里的救星。你读报纸了吗？今天《泰晤士报》的‘领袖专栏’认为你应该出来参加市长选举。”

“是你朋友写的，那个编辑？”麦克白咧嘴笑道，“你请他写的？”

“不，不。今天的‘领袖专栏’不是关于你的。那篇评论是在说图特尔没有真正的竞争对手，就算不得民心也照样能连任。”

“做肯尼斯的跟屁虫，怎么可能得民心。”

“所以提到了你的名字，你是理论上可能挑战图特尔的人。你怎么看？”

“做市长吗？我？”麦克白笑着挠了挠他的小臂，“谢谢你，不过算了吧。我的办公室已经足够大，现在我们有足够多的权力去做我们想做的事。”他的指甲搔过皮肤上的小洞。权力。他给自己打了一针，那个推销员的宣传真不是吹的。

“你说得对，亲爱的，”她说道，“不过还是稍微考虑一下吧。

当这种想法成熟的时候，或许感觉就不同了——谁知道呢？哦，对了，杰克今早代你收了一个包裹。一个骑摩托的人送来的。可沉了，包得严严实实的。”

麦克白等着血管里泛起凉意，但那种感觉没来。肯定是因为新品。“你把它放哪儿了？”

“你衣橱的帽架上。”她说着指了指。

“谢谢。”

他悠悠地抽着烟，看她在身旁渐渐睡去。他望向衣橱那扇坚实的棕色橡木门，然后把头枕在枕头上，朝窗外射进的月光里吐出一个个烟圈，看它们扭曲缭绕，就像一位跳阿拉伯肚皮舞的舞者。他不怕。他有特警队保护，他有赫卡忒保护，命运众神正朝他微笑。他抬起头，又望向那间衣橱。里面没有一点声音。鬼魂已经溜走了。屋外是彻底的寂静，窗户上没有一丝响动。因为雨后必有阳光。爱情必会洗净你手上的鲜血。罪恶必能得到宽恕。

第十九章

“早安，各位，”麦克白说着看向桌边每个人的眼睛，“可惜今早并不让人感到安宁。从班柯死去的那一秒开始，已经过去了三十六个小时，凶手仍逍遥法外。让我们为班柯默哀一分钟。”

德夫闭上眼。

很少见到麦克白一脸严肃地走进屋子，他通常会微笑着跟每一个人道早安，不管下雨或晴天，不管他认不认识他们，就像他们在孤儿院初次见面时那样。他肯定关注过德夫，关注过他的着装和发型，他俩有多么不同，但他的笑容似乎表明他们有比这些外在的东西更深层次的共同点，某种将他们紧紧绑在一起、成为秘密兄弟的东西——或许他正是用这种毫无保留的完美微笑给所有人带来这样的感觉。这个微笑还传递出一种天真的信念：麦克白身边的人都会为彼此祝福，它也让德夫觉得自己冷酷，在这种时候还会把人往坏处想。德夫愿意付出所有来获得这样具有感染力的微笑。

“德夫？”有人轻喊他的名字。他转过头，望着凯思妮斯清澈的绿色瞳孔。她朝桌子远端点点头，麦克白正在那里看着他。

“我刚才问，是否有关于调查进展的汇报，德夫。”

德夫在椅子上坐直，咳了一声，红着脸回过神，然后开始汇报。他讲到有人看见了“诺斯骑士”——是从他们皮夹克的标志上判断——还有针对雅各布斯和桑斯珠宝店外那辆沃尔沃轿车的枪击。他讲到那件夹克衫和弗里斯的钱包，它们被发现落在肯尼斯桥下的河岸上，但尚未找到尸体。凯思妮斯全面介绍了法医证据，它们只不过证实了警方已经掌握的信息——是斯威诺的团伙杀害了班柯，可能还有弗里斯。

“有证据表明斯威诺在作案时就在现场，”德夫说，“车旁的路面上有一个小雪茄的烟头。”

“许多人都抽小雪茄。”列诺克斯反驳道。

“不是所有人都抽大卫杜夫细长小雪茄。”德夫回答。

“你知道斯威诺抽什么烟？”列诺克斯挑起眉毛说。

德夫没有回应。

“我们不能容忍这样的事，”麦克白说，“市民们不能允许我们容忍这样的事发生。杀害警察就等于在攻击这座城市。为了让在座的各位主管明天还能获得市民的信任，我们今天必须做点什么。所以我们拖不起，我们必须放手一搏，即便要冒牺牲的风险。这是一场战争，我们就得用战争的辞令。大家知道，打仗靠的不是嘴皮子，而是子弹。为此我任命了一位新的特警队队长，放宽了他们动武的权限，还有下指令打击有组织犯罪的权限。”

“打断一下，”列诺克斯说，“什么指令？”

“你很快就知道了。有人正在研究和制定。”

“谁在制定？”凯思妮斯问道。

“西登警官，”麦克白说，“特警队的新队长。”

“他在给自己下指令？”凯思妮斯问道，“没有我们的——”

“当务之急是行动起来，”麦克白打断她，“而不是打磨那些指令的修辞。你们很快就会见到结果，我相信你们——还有城里其他人——会和我一样高兴。”

“可是——”

“指令制定出来时，你们自然可以发表意见。现在散会。伙计们，大家动起来！”然后又是那种微笑，“德夫，可以稍微留一下吗？”

椅子迟疑地向后擦地。

“你也先去吧，普丽西拉，”麦克白说，“帮忙带上门，谢谢。”

人都走了。德夫打起精神。

“来，坐近点儿。”麦克白说。

德夫站起来走向麦克白身边的一把椅子。他试图放松，放慢呼吸，避免不自觉地绷紧脸部肌肉。他意识到自己就坐在杀害邓肯之人一臂之遥的地方。

“我一直想问你件事，”麦克白说，“而且我希望你说实话。”

德夫感到嗓子发紧，心怦怦直跳。

“我想让别人来接有组织犯罪处处长的位置。我知道你的第一反应是失望——”

德夫点点头。他的嘴巴干得要死，不知道自己能不能发出正常的声音。

“——但原因只是，我想让你做我的副手。你觉得怎么样？”

德夫清了清嗓子：“谢谢。”他嘶哑地说道。

“你不舒服吗，德夫？”麦克白露出担忧的神色，一只手放在德夫肩上，“还是有那么一点点失望？我知道你有多么想去有组织犯罪处，我也理解你更倾向于去一个行动类的岗位，帮助像我这么笨的可怜虫不要出洋相。”他露出完美的微笑，而德夫则不知该如何回答。

“你是我的朋友，德夫，我想把你留在身边。那句谚语怎么说来着？”

德夫咳了一下：“哪一句？”

“谚语是你的专长，德夫，不过算了。如果你坚持去有组织犯罪处，我会考虑的。这些话我还没对列诺克斯讲。你看上去很不好。我给你倒杯水好不好？”

“不，谢了，我还好。我只是有点累了。突袭行动之前我几乎一夜没睡，邓肯死后连眼都没合过。”

“只是有一点累吗？”

德夫沉默片刻，摇了摇头：“不，我其实在想能不能请两天假。我知道局里正忙着调查，但凯思妮斯可以……”

“当然，当然，德夫。没必要因为骑手着急就把马累死。回法夫的家。替我向梅雷迪斯问好，告诉她你至少要在床上睡两天。不管她信不信，这是局长的命令。”

“谢谢你。”

“我可告诉你啊，我会去法夫检查你有没有休息。”

“好。”

“三天之后，你回来告诉我对副局长一职的考虑。”

“我答应你。”

德夫直接去了卫生间，一口吐在水池里。

他的衬衫被汗水浸透。一个小时后，当他终于开上老桥时，他的脉搏才渐渐恢复正常。

夫人走过餐厅和赌场大堂。她数出九位顾客，然后试图告诉自己：午饭刚过是最冷清的时候。她去前台找杰克。

“今天有什么新客人吗？”

“现在还没有，夫人。”

“现在还没有？那今天晚些时候会有？”

他抱歉地笑了笑：“恐怕不会。”

“你有没有照我说的，去方尖塔看看？”

“当然，夫人。”

“那里的情况怎么样？”

“我觉得，很冷清。”

“你撒谎，杰克。”

“是，夫人。”

夫人忍不住笑了：“杰克，你总是能安慰我。你觉得是因为这里发生了凶案吗？”

“也许吧。但也有人打电话，非要住邓肯死的那间房。如果预订不上，侍卫的房间他们也可以考虑。”

“脑子有病。对了，说起病，我想让你稍微调查一下图特尔身边的那个小男孩，查查他几岁了。”

“你是觉得……”

“要是为他好，希望他已经过了十六岁。要是为我们好，希望他还不到。”

“查这个信息有什么特殊原因吗，夫人？”

“储备弹药，以备不时之需，杰克。市长任命警察局局长，就算他通常会按照排位来确定人选，但眼下这种情况我们绝不能掉以轻心，你说呢？”

“就为这个吗？”

“还有，我们想让图特尔给博彩委员会施加更大压力，严查方尖塔的业务活动——必须要这么做。我一直很有耐心，也试过柔和的手段，但如果还不奏效，我们就得用更严厉的手段。”

“我会去查查看的。”

“杰克？”

“怎么了，夫人？”

“我最近有没有一直梦游？”

“我当班的时候没有，夫人。”

“你又在骗我？”

“你好像昨晚突然跑到前台，但我不确定你是不是睡着了。”

她笑了：“杰克，杰克，如果他们都像你这么会说话就好了。我是在怀疑。我醒来时，钥匙插在门外的锁眼里。”

“你有心事吗？人在有烦心事的时候才会梦游。”

“除了烦心事，就没有别的原因吗？”夫人叹气道。

“那就是做梦？你是不是一遍遍地做那个梦？”

“我告诉过你，杰克，那不是梦，是回忆。”

“恕我直言，可你无法确认它是什么，夫人。如果你每晚都梦见它，你是无法确认它是否就是按照那样发生的。你要知道，那孩子是自然死亡。”

“又来安慰我了。但我不需要安慰。我不需要忘记。恰恰相反，我需要记住。记住我放弃了什么才走到今天，一辈子不要孩子所付出的代价，正因如此，我才能在每一天早晨，从丝绸被单之间醒来，身旁是我选择的共度良宵的男子，我才可以下楼走到我的位置，走进一场我为自己创造的生活。在那里，人们会因为我的身份而尊敬我，杰克。”

“没有人会因为身份而被人尊敬，夫人。我们得到尊敬是因为我们有用。尤其是当对于那个我们希望从他那里得到尊敬的人有点用的时候。”

“你太聪明了，杰克，当接待员太屈才。”

“——不幸的是，这就是一个接待员的智慧不怎么受人尊敬的原因。他是一个无关紧要的旁观者，一个无权无势的人，偶尔会成为那些受尊敬者的慰藉。”

“幸亏你没有孩子，杰克。我只能跟你讲述我抛弃亲生孩子的故事，而不用担心你会像别的父母那样产生震惊之余的厌恶。你是一个聪明、包容的人，更愿意选择理解而非谴责。”

“有什么可谴责的呢？一个出身贫寒的小姑娘，十三岁时遭人强奸怀了孕，然后在被抛弃、无家可归时生下一个她养不活的孩子？”

“如果我没有尽力呢？”

“如果你中间死了呢，你是想说这个吗？你才十三岁。虽说不是成年人，但很聪明。该不该为一个新生儿牺牲你的未来？那粒种子还不知道自己被生了下来，不懂什么叫渴望、愧疚、羞耻、真爱，其实都不算是一个真正的人，只不过是一个命已经够苦的小姑娘的包袱而已。这个十三岁的孩子没办法把两个人都养活，只能保住自己的性命——这已是不幸中的万幸了。看看她后来的成就吧。她开了一家小妓院。然后开了一家更大、更奢华的妓院，满足从警察局局长到城里最显赫的政客的需求。然后卖掉它，开了城里最好的赌场。眨眼之间，她已是城里的女王了。”

夫人摇了摇头：“你言过其实了，杰克。美化我的动机，宽宥我的罪恶。和一个实实在在的孩子的性命相比，赌场算什么？那些蠢货的梦想算什么？如果我对自己生活的要求少一点，或许就可以救她的性命。”

“你对现实的要求这么多吗？”

“我想得到别人的认可。不，更多——是尊重。是的，还有爱。这些礼物不是每个人都能得到的，但我要做那些为数不多的幸运儿。而代价就是一次又一次、一夜又一夜地失去我的孩子。”

杰克点点头："如果你可以再作一次选择呢，夫人？"

夫人看着他："也许我们都是自身欲望的奴隶，杰克——不管是好还是坏。你相信这一点吗？"

"我不知道，夫人，不过说起欲望的奴隶，明天我会查一查图特尔身边的那个男孩。"

麦克白走出电梯，来到地下一层。他站了几秒，呼吸着皮革、枪油和男性汗水的味道。他看着一条吐火的红龙下特警队的口号："忠诚，友爱，浴火而生，共赴劫难。"一切恍如隔世。

他穿过门，走进特警队的公共休息室。

"奥拉夫森！安格斯！嘿，这是干吗？坐下，别像新人一样突然站起来。西登在哪儿？"

"在里面，"安格斯用他牧师般油滑的腔调说，"听到班柯的事很难过。大家在凑钱买花环，不过你大概不——"

"不是你们中的一员了？我当然是。"麦克白掏出钱包，"我还以为你在休假养伤，奥拉夫森。你的绑带呢？"

"扔了，"奥拉夫森的大舌头让他像在说西班牙语，"医生觉得我肩膀上所有的肌腱都毁了，再也无法从事射击。但西登看了看，突然又好了。"

"所以说嘛，别相信医生。"麦克白递给奥拉夫森一沓钞票。

"太多了，长官。"

"拿着。"

"都够买一个棺材了。"

"拿着！"

麦克白走进他原来的办公室。其实不算办公室，只是一个工作间，弹药和枪支部件在架子和工作台上摆着，不用的打字机已被移到一张椅子上。

“怎么样？”麦克白说。

“已经向队员们传达过，”西登坐在一本厚厚的任务手册前说，“准备好了。”

“我们的两位‘加特林小妞’呢？”麦克白冲那本手册点点头。

“机枪大概明早八点运到。我想你应该已经跟管码头的人打过招呼了，所以那条船是可以插队的，是吧？”

“当然，我们不能让那两个‘小妞’误了聚会。另外，明天晚些时候你们还有一个小任务。”

“好的。在哪儿？”

“法夫。”

第二十章

星期四清晨。法夫沐浴在阳光里。

德夫正在游泳。

舒展、有力的蛙泳，在冰冷、沉重的水中犁出一道浅沟。

他过去很长时间都偏爱这条河的咸水区，在那里游泳感觉更轻松。这件事说来奇怪，他知道咸水浮力更大，而这就意味着水的密度更大，反过来就是说咸水比淡水要重。不过直到最近他都一直偏爱这条河，除去冷得刺骨外还脏得要命，他每次从水里出来都觉得浑身肮脏。但现在，他是干净的。他早早起了床，在客用床旁冰冷的木地板上健身，为家人做早饭，给埃文唱了一曲短小的《生日歌》，开车送孩子们上学，然后和梅雷迪斯一起散步大约半英里，来到这片湖边。她聊起秋天的树上结了多少苹果，他们的女儿收到第一封情书——尽管梅雷迪斯私下里很失望，因为写信的男孩比她小三岁。还有埃米莉想要一把吉他作为她十二岁生日的礼物。埃文在学校操场上打了一架，然后带了一张写给家长的便条回家。他答应妈妈会亲自跟爸爸讲这件事，但可以等到今天他的生日聚会之后再说——那时就有充裕的时间了。德夫问推迟交代错误会不会让埃文担惊受怕太长时间，没必要那样。

“我搞不懂他到底在想什么，”梅雷迪斯笑道，“期待某件事，还是害怕某件事？昨天和他打架的男孩比他高一年级，埃文说那孩子先打的小彼得。”

“谁？”

“埃文最好的朋友。”

“噢，他呀。”德夫撒谎道。

“埃文说他感到抱歉，但他必须保护自己的伙伴，爸爸也会这么做。所以他很想听听你会怎么说。”

“看来我得两头找平衡了。批评他的做法，但表扬他的勇气。告诉他要主动修补关系，而不是发动战争。要和解，对吧？”

“深表赞同。”

当他和梅雷迪斯滑进水里时，德夫在那一刻决定：他今后游泳哪儿也不去，只来他们在法夫的这片小湖。

“就是这儿了。”梅雷迪斯在他身后喘着气说。

德夫仰面朝上，这样就能一边看着她，一边浮起来，双手划水，双脚蹬踏。他白皙的身体在水下显出一抹浅绿，而她的身子即使在这种光线下也是古铜色的。他在城里待了太久，得多晒太阳才行。

她游过他身旁，爬上岸边一块被水冲洗得光滑的巨石。

那不是一般的岩石，而是他们的岩石。十一年前的一个夏天，他们就是在这块岩石上孕育了他们的女儿。他们为逃离那座城市，来到法夫，几乎是无意间发现了这片湖。他们当时在这里停下，是因为看见了一幢废弃的小农舍，梅雷迪斯觉得它看上去十分可爱。他们看见波光粼粼的湖水，于是，他们走了十到十五分钟，发现了这片湖。虽然湖边除了几头牛之外杳无人烟，但他们还是游到湖对面这块隐秘的岩石边——一个似乎不会被人发觉的地方。一个月后，梅雷迪斯告诉德夫，她怀孕了。他们带着极大的欣喜回到这里，买下主路和湖中间的一栋房子，而在他们的第二个孩子埃文出生后，他们又买下湖边的一块地，就是现在这幢小屋的所在。

德夫跟着她爬上那块石头。从他们坐着的地方，可以看见湖对面那幢红色的小屋。

他在被太阳晒得暖洋洋的石头上躺下来，合上眼，感受阵阵舒畅之意涌遍全身。他想，有时在享受温暖前先挨一会儿冻，还是值得的。

“你又回家了吗，德夫？”

当某件东西失而复得时，那快乐比你在失去它之前要更加强烈。

“嗯。”他说。

她的影子笼罩在他身上。

当他们接吻时，他在想为什么现在——而不是以前——他觉得一个女人被淡水弄湿的嘴唇要比被咸水弄湿的味道更好。但他最后认为，肯定是身体在某一刻告诉你：淡水能喝，但咸水不能喝。

过了一阵儿，当他们交缠在一起，在日光下汗涔涔地做爱时，他告诉她自己得回城一趟。

“好吧。我还会做平时的肉汤。”

“我会提前赶回来。我只是去拿埃文的礼物，在我办公室桌子的抽屉里。”

“他想要卧底警察的全套装备，是吧？”

“是的，还有一件事需要我尽快解决。”

她用一根手指从他的额头滑到鼻尖：“出事了？”

“是，也不是。我早就该解决的。”

“既然这样，”她的手指——对他如此了如指掌——轻抚他的嘴唇，“就去做你认为必须要做的事吧。我会在这里等你。”

德夫用胳膊肘撑着坐起来，低头看着她：“梅雷迪斯。”

“怎么了？”

“我爱你。”

“我知道，德夫。你只是一时忘了。”

德夫笑了笑。他再一次吻了那沾满淡水的嘴唇，然后站起来，准备跃入水中。接着，他停了下来：“梅雷迪斯？”

“怎么了？”

“埃文有没有说，谁打赢了？”

“局长有没有说，为什么非得把这帮人送到他们的俱乐部？”司机问道。

狱监低着头，从一大串钥匙里找出旁边这间牢房的钥匙：“证据不足，没法再关了。”

“证据不足？去他的，整座城市都知道‘诺斯骑士’在码头提了一批毒品。大家都知道，是‘诺斯骑士’杀了那个警察和他儿子。但我没问为什么要放了他们——那些鬼话我都听惯了——我奇怪的是，干吗不直接放他们走。我送犯人通常都是从一个监狱去另一个监狱，不是提供该死的出租车服务，好让他们不用走着回家。”

“别问我，”狱监说着打开牢门，“嘿，肖恩！从床上下来，回家见你老婆和女儿了！”

“麦克白万岁！”牢房里一声高呼。

狱监摇了摇头，转向司机：“你最好把大巴车开到出口，我们会在那儿集合。我们会派两个持枪的警官和你同行。”

“为什么？他们不是自由了吗？”

“局长想确保他们被顺利地放回去。”

“能给他们也戴上脚镣吗？”

“按照规定不行，但随你吧。嘿！起来穿鞋。我们没有闲工夫。”

“你说的是真的吗？是不是好日子又回来了，像肯尼斯那时候？”

“哎，哎，现在说这个还有点早，不过他们说，麦克白干得还不错。”

“他要解决的难题是那几桩悬而未决的警察谋杀案。要是想不出好办法，很快就会下台。”

“也许吧。凯特今天在电台里说，麦克白是个灾难。”他说了好几遍“灾难”，把卷舌音发得特别夸张，逗得司机直笑。可当这名司机看见走出牢房的犯人额头上的文身时，不禁打了个哆嗦。

“就当运牲畜好了。”他嘟囔了一句，狱监推着犯人朝他们该去的方向行进。

德夫跑进办公室，把给埃文的东西塞进夹克，然后匆匆离开。在二楼的法医处，他得知凯思妮斯在车库的暗室。于是，他坐电梯下楼，径直走进车库。凯思妮斯和一名女伴合住公寓那会儿，德夫曾经说服看门人，他作为缉毒处处长有必要配一把车库钥匙。法医处在车库里有一个分析弹道的靶场、一间化学实验室和一间冲洗犯罪现场照片的暗室，在面向街道的车库门内还有一片空地，可用于停放车辆等大型物件，以备勘查。下班后，几乎没人会在阴暗潮湿的地下室里加班，人们通常会返回二楼的办公室。曾经有一年，德夫和凯思妮斯每天下班后都会在地下室里幽会，每周都会找一个午餐时间以米特鲍姆的名义在大饭店的323房间见面。说来也怪，凯思妮斯买下阁楼的公寓后，德夫反倒怀念起以前这些仓促而就的幽会了。

他打开门，寒气扑面而来。他觉得他们肯定一直以来都非常相爱。车库当中停着班柯那辆弹痕累累的沃尔沃。车身外面罩着一块防水帆布，大概是因为副驾驶的车门已被拆走，他们想防止车内潜在的证据被夜晚出没于地下室的老鼠破坏。德夫在暗室的门外驻足，深吸了一口气。他已经作出决定。现在只需要把事情办妥就好了。办妥。他转动门把手，走进黑暗。关上身后的门。随后闻到一股定影液散发出的氨水味儿，然后等待自己的瞳孔放大。

“德夫？”他听见黑暗中有人在叫他。还是那样友好、有点怯怯的声音，如同昨天早晨在会议室里唤醒他的那一声，也如同过去许多个早晨在她阁楼里唤醒他的那一声。以后，他再不会听见这种友好的、怯怯的声音，不会和以前一样，在相同的地方听到。

“凯思妮斯，我们不能——”

“罗伊，”她说道，“能让我俩单独说会儿话吗？”

德夫的眼睛刚好适应了这里的黑暗，看见这位法医摄影师从屋里离开。

“你见过这些吗？”凯思妮斯问道。她用一束红光指着三张挂在绳上、刚洗出来的照片。

第一张是班柯的车。第二张是车旁道路上班柯的无头尸体。第三张是班柯颈部皮肤被割断处的特写。她指向最后一张照片：“我们认为是被一把大刀斩断的，例如斯威诺的军刀。”

“看出来了。”德夫盯着那张照片说。

“我们在脊柱上发现了其他人的血迹。有趣吧？”

“什么意思？”

“斯威诺，或者是其他什么人显然没有仔细清洗他的军刀，所以当刀切过脊柱这里时，”她指向一处地方，“把刀刃上原先干掉的血迹也给刮了下来。如果我们能确定血型，也许可以帮我们解决其他几起谋杀案。”

德夫感到自己又要反胃了，一把抓住长椅。

“还是不舒服？”凯思妮斯问道。

德夫做了几次深呼吸：“是。不。我只是得赶紧离开这里。我们需要好好谈谈。”

“谈什么？”他能从她的声音里听出来，她心里有数。她大概从他闯进来那一刻就知道了；谈论照片只是一种焦虑的反应。

“我们的约会，”他说，“不能再继续下去了。”

他试图去看她的脸，但周围太黑。

“我们所做的就只是，约会？”她的眼睛里流着泪。

“不，”他说，“不，你说得当然对——不只是约会。所以更不能继续下去了。”

“你想收手，甩了我，在这里，工作的时候？”

“凯思妮斯——”

她的苦笑打断了他：“倒是很合适。一段发生在暗室里的感情，也在暗室里结束。”

“对不起。我是为了——”

“你自己。你自己，德夫。不是为了孩子、家庭，而是你自己。你是我见过的最自私的人，所以别试着跟我说是为了其他什么人，你是为了你自己。”

“随你吧。我是为了我自己。”

“那你到底为什么要甩掉我，德夫？是不是外面还有更年轻、更幼稚的姑娘，你知道她不会缠着你发誓，要你牺牲某样东西？不管怎样，一定尚未提出。”

“如果我说，我只是在意自己希求的那一份自私的幸福，为了我负有义务的人，我要去做正确的事，你会不会好受一点？如果我与你分手的原因是惧怕自己在末日审判时无法成为那些被拯救的灵魂，你会不会好过？”

“你觉得你会吗？”

“不会。但我已经作出了决定，凯思妮斯。你只管告诉我，你想让我怎么了断吧，是慢慢来还是一刀两断？”

“干吗要让这场折磨现在终止呢？四点钟来我公寓。”

“为什么？”

“来听我哭泣、咒骂、哀求。我不能在这儿做这些。”

“我已经答应五点钟陪家人吃饭了。”

“如果你不来，我就先把你所有的东西扔到大街上，然后打电话把你出轨的事告诉你老婆。”

“她已经知道了，凯思妮斯。”

“还有你的岳父岳母。告诉他们你是怎么欺骗他们的女儿和孙子、孙女的。”

德夫噎住了：“凯思妮斯——”

“四点钟。如果你表现得好，听我的话，你会吃上那顿该死的饭。”

“好，好，我会去的。但别以为这会改变什么。”

德夫出来时，那位刑侦摄影师正靠在车库门上抽烟。

“恶心吗？”他问道。

“你说什么？”

“像那样砍下他的头。”

“一切谋杀都很恶心。”德夫说着朝出口走去。

夫人站在卧室里，面对着麦克白的衣橱，听着湿乎乎的老鼠在木地板上窜来窜去。她告诉自己，这些声音不过是她的幻觉罢了，地上铺着厚厚的地毯。幻觉中的声音。很快它就会变成一阵说话声。那是她母亲不肯让她安宁的说话声，也是她母亲的母亲曾经听到的声音——她们的祖辈在说话，命令她们在晚上梦游，冲向死亡的终点。自她看见麦克白在那次晚餐的餐桌前出现幻觉后，她的内心一直非常害怕。她是不是把这种病传染给了她唯一的挚爱？

那只乱窜的老鼠的脚在她的幻觉里已经停留了很久。它们不想消失。

她唯一能做的就是让自己动起来。远离这些声响，远离幻觉。

她打开衣橱的门。

拉开隔板下方的抽屉。那里有一小包粉末。麦克白的世外桃源。它会管用吗？要是她前往麦克白去过的同一个地方，能不能逃脱？她不这么认为。她又合上抽屉。

抬头看向放帽子的隔板。看着杰克拿到的那个包裹。它用纸包着，用绳子捆着，顶上是透明塑料。只是个包裹罢了。可它仿佛在朝下盯着她看。她又拉开抽屉，拿出那包东西。在镜子前的桌上撒了一点点，卷起一张钞票——不知道你究竟是怎么做的——一头放进鼻孔，另一头置于粉末上方，然后吸了进去。一半用鼻子，一半用嘴。鉴于这种做法行不通，在尝试几次后，她把粉末整理成一条线，将钞票卷插进鼻孔里，一边用力吸气，一边将钞票卷沿那条线移动，吸得一干二净。她坐了一会儿，仔细打量镜子中的自己。乱窜的老鼠声消失了。然后她爬上床，躺下来。

“他们来了！”队长喊道。他站在“诺斯骑士”大本营的门口，看着一辆黄色的押囚车从远处驶来。下午三点半，很准时。他瞥了一眼蒙蒙细雨中在俱乐部外面聚集的那群人。俱乐部的每一名成员都必须出来迎接他们那晚不得不留给警方的伤员归来。女人们也来了——有的姑娘是被放回的犯人的女友，有些则水性杨花、四处留情。队长朝贝蒂怀里咧着嘴的小毛头微笑，贝蒂则在寻找她的肖恩。连南方的堂兄弟也来了。今天的场景势必会成为一场传奇。斯威诺已下令备足好酒和毒品，犒劳全体将士，因为他们庆祝的不仅仅是兄弟得到释放，不仅仅是处决班柯，雪耻旧恨，更重要的是他们有了一位崭新的、镀金的盟友。正如斯威诺所言，麦克白在现身俱乐部并委托他们劫杀班柯时，就把灵魂出卖给了魔鬼，并且无权赎回。现在，他们彼此握有对方的把柄。

队长走上街，示意那辆车在门外停下。除了真正的自己人，谁也进不来。这是俱乐部的新规矩。

接着，他们成群结队地下车，俱乐部里随之传来音响声——《共度今宵》。有的人走着，有的人蹦蹦跳跳，和迎面的兄弟击掌相庆。女人们用拥抱和湿吻迎接他们归来。

“别腻歪啦，”队长说，“屋里还有酒喝啊。”

一阵笑声与响应。他们纷纷进了屋。但队长站在门口，又张望了一下四周。囚车已朝远处开走。姓张的和另外两个人在门口望风。他们也检查过周围空荡的工厂，确保没有人监视俱乐部。西边的天空似乎有一团蓝色的东西在朝这边移动。现在他也许可以稍微放松一下了。也许斯威诺是对的：也许更好的日子真的在向他们走来。

队长走进屋，拒绝了大麻，拿起一大杯啤酒送向嘴边。聚不聚会不打紧，现在是关键时刻。他看了看四周。肖恩和贝蒂正在角落里拥吻，孩子被他们挤在中间——巡佐想，一条小生命要是就这么被搞死，还挺奇怪的。不过，还有一大堆事情比被爱情闷死要糟糕得多。

“‘诺斯骑士’！”他吼道。音乐声弱下来，屋里的对话也渐渐停止。

“今天是高兴的日子，也是悲伤的日子。我们没有忘记失败。但哭过之后，也有笑的时候。今天，大家就放开庆祝吧。干杯！”

一阵欢庆和碰杯声。队长干掉一大杯酒，抹去胡子上的泡沫。

“这，是一个新的开始。”他继续说道。

“要发表演讲吗？”肖恩喊了一句，众人大笑。

“我们失去了几个人，他们也死了几个人，”队长说，“从俄国进口的货物掉进了桥下的河里。”不再有笑声，“但正如你们都知道的，一个人今天对我说：‘借助于警察局局长的斩首行动，更好的日子正向我们走来。’”

欢呼声越发炽烈。队长感觉自己好像还能讲上好一阵儿，讲讲俱乐部，讲讲兄弟情谊和牺牲。但他已经占用了够多的时间和空间。除了队长，没人知道斯威诺这会儿正在舞台一侧候场。是时候让今晚的主角登场了。

“说了这么多，”他说，“现在我请出——”

就在这戏剧化的一刻，他听见了什么。是一辆卡车低沉的轰鸣声，有力的引擎，过低的挡位。不过，这里有许多差劲的司机。

“请出——”

他听见一声咆哮。意识到大门已脱离铰链飞了出去。看来，今晚的主角遇见了对手。

德夫站在灰色的五层公寓楼外。他看了一眼手表。差五分到四点。他还有足够的时间参加生日聚会。他按响门铃。

“上来。”对讲机里传来凯思妮斯的声音。

暗室里的对话结束后，他去了瓦匠坊，坐在一张长条椅上喝了杯啤酒。当然，他本可以在办公室里工作以此来打发时间，但麦克白的命令是让他待在法夫的家里。然后他又喝了一杯。给自己时间思考。

这会儿他走上楼，没有那种上绞刑架般沉重、缓慢的步伐，而是迈着轻快的脚步，想赶紧翻过这一页，求饶了事，找回属于自己的另一种生活。

公寓门开了。

“进来。”他听见凯思妮斯在什么地方喊道。当看见她已经把他的东西都堆在客厅时，他舒了一口气。一个洗漱包、一把刮胡刀、几件衬衫和内衣，还有她买给他的网球拍。他俩都打球，但这个拍子从未用过。一串项链，两只珍珠耳环。德夫的手指轻抚过他买给她的首饰。她经常戴。

“里面。”她喊道。声音是从卧室传出的。

音响开了。猫王。《温柔地爱我》。

德夫走向敞开的卧室门，犹豫了片刻，脚步不再那么轻快。他从自己站着的地方能闻到她的香水味儿。

“德夫，”他出现在门口时，她带着哭腔说，“我现在把你给我的东西还给你，但我想要一件临别赠礼。”

她躺在床上，穿着黑色束身衣和尼龙丝袜。也是他买的。床头摆了一只香槟桶，里头有一瓶打开的酒。她显然已经入戏了。他出神地欣赏着她的样子。她是他交往过的最美丽、最性感的女人。每次见她的时候，他都会像第一次见面时那样被她的美所震撼。他能感到他们每一次的缠绵、每一次的放纵。可现在他要宣布断绝这种关系了。从今往后，再无瓜葛。

“凯思妮斯，”德夫说，他感觉嗓子发紧，“我亲爱的、亲爱的、美丽的凯思妮斯。”

“过来。”

“我不能……”

“你当然能。你这么长时间、这么多次都能，这只是最后一次。你欠我的。”

“你不会感到愉快的。我俩谁也不会。”

“我不想感到愉快，德夫。我想要一个结束。这一次，我要你爬着过来。我要你收起你的美德，照我的意思去做。这就是我现在想要的。仅此而已。之后你可以去死，或者回家和你不再爱的老婆吃饭。过来。我从这儿能看见你已经准备好——”

“不，凯思妮斯。我不能。你说过，不管你能得到多少我的心，你都会满足。但我无法只给你其中一点点，凯思妮斯。那样相当于我第二次欺骗了你，同时欺骗你和我孩子的母亲。你说我不再爱她了，这不是事实。”他吸了一口气，“因为我曾经忘了她，但后来又想起来了。我爱她，永远都爱。我有自己的妻子，所以我对你是不忠的。”

他发觉这些话刺痛了她。发觉那层浅浅的、勾引的伪饰融化成深深的震惊。接着，她泪如泉涌，蜷起身子，扯过被单盖在自己身上。

“再见，凯思妮斯。该怎么恨我就怎么恨我吧。现在我得走了。”

德夫拿起门口的衣服和梳妆包，夹在胳膊下面。球拍可以留下。在一小片空地上没法打网球。他站在那儿，看着耳环和项链，听见凯思妮斯在卧室里痛苦地啜泣。都是些昂贵的首饰，严格来说他都买不起。但如今在他手里没有价值。他没法给别人，除了当掉。可他能忍受一个陌生人戴这些首饰吗？

他犹豫了。看了一眼手表。然后放下其他东西，拿着首饰回到卧室。

见到他时，她停止了哭泣。她的脸上满是泪痕，妆也哭花了。她的身体随着最后一次抽噎颤抖了一下。一只长筒袜已经滑落，还有一条肩膀吊带。

“德夫……”她轻声说。

“凯思妮斯。”他哽咽着说。胃里的糖分在燃烧，血液在脑中奔涌。首饰掉落在地上。

队长抓起吧台后的步枪朝窗前奔去，俱乐部其他成员也纷纷跑向他们的武器架。外面，一辆卡车停在俱乐部旁边，引擎正轰轰作响，俱乐部的大门还挂在它的前保险杠上——另外还有姓张的那个看守。队长刚把步枪架在肩上，卡车尾部的防水帆布就落了下来。眼前是穿着丑陋的黑色制服、荷枪实弹的特警队队员。但车上还有比这更丑陋的东西，它让队长的血液在血管中瞬间凝固。三个怪物。其中两个钢制的已全副武装，配有供弹系统、旋转枪管和冷却装置。第三个戳在它们中间——一个秃顶、清瘦、结实的男人。队长虽然从未见过此人，但他知道自己一直在和对方打交道，也一直离他很近。就在这时，这个人举起手喊道：“忠诚！友爱！”

其余的人呼应：“浴火而生，共赴劫难。”

然后是一句干脆的口令：“开火。”当然。开火。

队长瞄准对面那个人，扣下扳机。一枪。最后一枪。

雨点从天而降，穿过迷雾，朝下面肮脏的码头坠去。它飞向一座阁楼的窗户，窗下是一对正在做爱的恋人。男人一言不发，臀部上下移动着，缓慢而有力。处于下方的女人抓着被单，一边由他摆布，一边不耐烦地哭泣。留声机甜美的旋律已播完好一阵儿，唱针在单调地振动——就像那个男人——打磨着那张《温柔地爱我》的唱片。可这对恋人除了陷入重复的动作外，似乎没有注意到任何事，他们甚至在抽动之间都没有意识到彼此的存在。就在这寥寥数分钟、短短一个小时里，他们造出了魔鬼，造出了现实，也造出了一片忘我的世界，忘我的城市，忘我的一天。可雨点终究没能落在他们头顶的玻璃窗上。一阵凛冽强劲的西北风裹挟着它飘过将这座城市纵向切开的河的东面，以及将其斜向割裂的废弃铁路的南面，在工厂区落下，经过哀思戴工厂熄灭的烟囱，朝东边更远处飘去——飘向一座掩映在关停工厂之间、被围栏拱卫的矮木屋。那滴雨就在那儿结束了它的行程，穿过空气，落在一个精瘦男人锃亮的光头上，然后从他的额头流下，在他短小的睫毛上稍作停留，仿佛一滴眼泪，滚下那张从未流过一滴真正眼泪的脸颊。

西登没有意识到自己被打中——被一滴无心的雨打中，被队长的子弹打中。他举着手站在那儿，双腿叉开，唯一的感觉便是加特林机枪开火时那贯穿整个车身的震动，从他的鞋底一直蔓延到屁股，声波有规律地敲击着他的耳膜。随着枪管射出的子弹越来越快，那声音从窃窃私语扩展为喧闹，然后是协调一致的轰鸣声。过了一阵儿，当他们面前的俱乐部被打得七零八碎时，他感到两部机器已经在冒热气了。这两位地狱来客只有一个功能，那便是吞下喂给它们的金属，然后像得贪食症的机器人一样将它们吐出，速度比世上其他任何东西都要快。枪手们一开始没有见到太多破坏，但随着窗户和门被崩飞打烂，墙上一些地方整个沦陷，破坏就变得越来越明显。门里躺着一个女人，头已残缺不全，可身体仍像过电一般在抖动。西登感觉他勃起了。肯定是卡车震的。

一把机枪停止了射击。

西登转向枪手。

“怎么了，安格斯？”

“任务已经完成了。”安格斯将他的金色刘海儿向边上一撩，回喊道。

“我不说停，谁也不准停。”

“但——”

“听明白了吗？”西登吼道。

安格斯憋了回去：“为了班柯？”

“这是我的命令！为了班柯！开火！”

安格斯的枪再次开动。但西登看得出安格斯是对的。任务完成了。他们面前无一寸土地没被击穿，无一件东西免于摧毁，无人生还。

他还在等。闭上眼，只是聆听。但该让这些姑娘休息一下了。

“停！”他喊道。

机枪安静下来。

俱乐部的废墟上腾起一股玫瑰色的烟雾。西登又闭上眼，吸了口气。魂灵的气息。

“怎么停了？”奥拉夫森在车头口齿不清地问道。

“我们得省省子弹，”西登说，“今天下午还有任务。”

“你流血了，长官！你的胳膊。”

西登朝下看了一眼他的夹克衫，发现他的衣服和他的肘部粘连在一起，那儿有个窟窿正往外冒血。他用一只手捂住伤口：“不碍事，”他说，“所有人，准备好手枪。我们进去统计一下死亡人数。找到斯威诺时告诉我。”

“要是有人还活着呢？”安格斯问道。

有人笑了。

西登抹去脸上的一滴雨：“我再说一遍。麦克白的命令是，杀死班柯的凶手一个都不留。这个回答够清楚吗，安格斯？”

第二十一章

梅雷迪斯正在前门阳台的晾衣绳上晾晒床单。她爱这栋小屋，爱那种乡村朴实、传统、朴素但又实用的气息。当人们听说她和德夫住在法夫的农场时，他们本能地以为那是一座奢华的别墅，而且在听到她描述他们简朴的生活时，大概会觉得她很做作。他们一定在想，像她这种姓氏的女人，跑到一片废弃的小耕地上到底要干什么？

她把房子里所有的床单和枕套都洗了，这样德夫就不会觉得她只洗过婚床用品。那是他们今晚睡觉的地方。忘记糟糕的事吧，别在意过去。重新唤醒他们经历过的东西。它一直处于休眠状态，就这么简单。想到这儿，她感觉自己的胃变得温暖起来。他们今早在岩石上的缠绵如此美妙，和当年的初遇一样美妙。不，是更美妙。她哼起从收音机里听来的一段旋律——她不知道那是什么歌——晾好最后一张床单，然后轻轻拂过潮湿的棉花，吸入芬芳的香气。风将床单撩向高高的空中，阳光洒满她的裙子和脸庞。温暖、惬意、敞亮。这便是生活应有的意义。做爱，工作，生活。这是她成长的信仰，现在依旧如此。

她听见一只海鸥尖声鸣叫，眯起了眼睛。它从老远的海洋飞到这儿来做什么？

“妈妈！”

刚刚浆洗过的东西晾满了好几根绳子，她得穿梭一阵儿才能走到门口。

“怎么了，埃文？”

她的儿子坐在一张长椅上，一只手托着下巴，望向远处，斜觑着夕阳。“爸爸快回来了吗？”

“是的，他快了。汤做得怎么样了，埃米莉？”

“几万年前就好了。”女儿一边回答一边尽职地搅动着大锅。

肉汤。简单而有营养的农家菜。

埃文吐了下舌头：“他说他会在晚饭之前回来的。”

“他要是说话不算话，你就在他的脚指头上系根绳，把他吊起来。”梅雷迪斯说着，捋了捋他的刘海儿。

“撒谎的人是不是都该被吊死？”

“无一例外。”梅雷迪斯看了看手表。也许是晚高峰堵车吧，现在只有老桥开放。

“谁来呢？”男孩问道。

“什么谁来？”

“谁来吊死说谎的人呢？”埃文的眼神飘向远方，仿佛在自言自语。

“当然是诚实的人了。”

埃文转向母亲：“那说谎的人岂不是很蠢？因为他们比诚实的人要多得多。他们可以打败诚实的人，反过来吊死他们。”

“听！”埃米莉说。

梅雷迪斯竖起耳朵。她这会儿也听见了。远处轰鸣的引擎声正越来越近。

男孩从长椅上蹦下来：“他来了！埃米莉，我们躲起来，吓唬他一下。”

“好！”

孩子们躲进卧室，梅雷迪斯走向窗边。她眯起眼睛，躲避刺眼的太阳。她感到莫名的不安。也许她害怕回家的德夫和早上离开的不是同一个人。

德夫把车挂到空挡，让它滑过到家之前最后一段碎石子路。石子在轮胎下像地下巨兽一般喃喃低语、躁动不安。他刚才开车时好像被凯思妮斯附体一样，打破了他一贯遵守的原则——永远不滥用副驾驶储物箱里的蓝灯。借助于车顶上的这盏灯，他成功地插队超车，飞奔到老桥，可由于那儿的道路太窄，即便有警灯开道，他也不得不咬牙切齿地随着车流缓慢地前进。他用力踩下刹车，地下的声音随之消失。关掉引擎，下车。阳光照耀在阳台的白色床单上，招手欢迎他回家。她洗过了。所有的床单和枕套，这样他就不会觉得她只洗了婚床上的用品。即便他现在不想做爱，这样的情景依旧让他感到暖心。因为他已经离开了凯思妮斯。凯思妮斯也离开了他。她站在门口，抹去最后一滴泪，给了他最后一次告别的吻，然后说，那扇门已经对他关上了。她已下定决心，所以能够接受分手。也许有一天，会有另外一个人走进他离开的这扇门。他说希望如此吧，那个人将是一个幸运的家伙。他怀揣着失而复得的释然、高兴和自由，在大街上向空中纵身一跃。是啊，想想看——自由。和他妻子、孩子在一起！生活既怪异，又美妙。

他走向阳台。“埃文！埃米莉！”通常，当他回家时，他们会跑出来欢迎他。但有时候他们也会躲起来，给他来个突然袭击。

他在一排排床单之间来回寻找。

“埃文！埃米莉！”

他停下来。前后的床单将他遮掩，它们洒下的长影跨越阳台的地面。他闻见洗床单时用过的淡水和肥皂的香气。还有另一种气味。他笑了。肉汤。他想起一次愉快的交谈，埃文非得粘上胡子才肯喝汤。他笑得更加灿烂了。此情此景依旧完美。突袭随时都可能发生。

床单洒下的阴影里，有太阳微小的光点。

他站在那儿望着它们。

然后低头看自己。他的毛衣和裤子上也有太阳微小的光点。他感到心脏骤停了一下。他用一根手指拂过一张床单，立马发现一个洞。然后是另一个。他屏住了呼吸。

他从后面将床单扯开。

厨房的窗户不见了。墙上千疮百孔，看上去不像是一堵墙，而是一个大洞。他从窗户原先的位置望进去。电炉上的锅像个筛子似的。炉灶和周围的地上溅满了热气腾腾的黄绿色的肉汤。

他想进去。他必须进去。可他做不到；他的双脚好像在阳台的地面上冻住了，鼓不起勇气。

但厨房里没有人，他告诉自己。空的。也许房子其他地方也没人。被毁了，但是没人。也许他们逃到小木屋去了。也许他还没有失去一切。

他强迫自己走进原先是门的入口。走进孩子们的房间。先是埃米莉的，然后是埃文的。察看被机枪扫射过的壁橱，看了看床下。没人。客厅里也没有。他走向最后一间屋子，他和梅雷迪斯的卧室，里面有一张宽大柔软的双人床。星期天早晨，他们四个人会背靠着背挤在这张床上，挠挠小朋友的脚指头，听他们放肆地尖叫，或是轻抓彼此的后背，聊各种奇怪而又美好的事情，然后为了谁第一个起床而比试一番。

卧室的门没有被打掉，但弹孔的密度和别处一样。德夫倒吸了一口气。

也许还没有失去一切。

他握紧门把手，打开门。

他当然知道，他一直在对自己撒谎。他已经变得很擅长撒谎了：一个人自我欺骗的次数越多，就越容易看到他一心想要看见的东西。但到了最后关头，他再也无法欺骗自己，走到今天这一步，他再也不能无视眼前的一切：到处都是床垫里的羽毛，好像下过雪。也许这便是为什么一切都显得如此安详。梅雷迪斯好像在尽力为埃文和埃米莉取暖，他们坐在远处角落的地上，她的两只胳膊环抱着他们。红色的羽毛陷进周围的墙里。

德夫的呼吸变成倒抽气。接着是啜泣。一声痛苦、愤怒的啜泣。

一切都没了。

是的，一切都没了。

第二十二章

德夫还站在门口，望着床上的毛毯。他知道把上面的羽毛搞乱没有好处，那样只会破坏犯罪现场，而且可能会破坏证据。但他无论如何也要为他们披上，为他们最后一次披上。他们不能就这样待着。他朝一旁走去，但停了下来。

他听见一个声音。喊叫声。

他退出房间，大步走进客厅，来到被击碎的东南朝向的窗口旁，望向那片湖。又一声喊叫。离得太远了，他看不清是谁在喊，但声音在午后的那个地方可以很顺利地传来。它听上去带着愤怒，并且重复着同一个词，但德夫听不清是什么。他拉开被打烂的衣柜抽屉，拿出里面存放的一只双筒望远镜，瞄准那座小木屋。一边镜片碎了，但另一边足以让他看清一个金发男人正沿着一条窄路匆匆跑向房子这边。在他身后、木屋的前面，停着一辆卡车，后车厢里有个人。他认得那张脸——西登。他站在两架巨型绞肉机似的东西之间。“至少在床上躺两天……这是命令。”麦克白早就知道。知道德夫要告发他杀了邓肯。列诺克斯。列诺克斯这个叛徒。哪有什么首府法官明天会来城里。

德夫看见西登的嘴在动，然后声音传到他耳边。还是那个愤怒的词：“安格斯！”

德夫从窗口撤回，防止望远镜的反光暴露自己。他必须逃走。

暮色降临城市，“诺斯骑士”俱乐部大屠杀的消息已经传开了。九点，城里多数记者、电视台和广播台纷纷聚集到斯贡厅。麦克白站在舞台一侧，听列诺克斯欢迎他们参加新闻发布会。

“请大家在局长讲完话之前不要使用闪光灯，请在提问时先举手。现在，有请我们伟大城市的警察局局长——麦克白。”

这个开场白——可能还有在俱乐部战役中打赢“诺斯骑士”的传闻——足以让一些入行不深的记者在麦克白现身讲台时兴奋地鼓掌。然而，稀薄的掌声很快淹没在更老到的记者犀利的目光下。

麦克白走上讲台。不，是夺过讲台才对。说来也怪，公众演讲本来是他最害怕的事，然而，他现在不仅喜欢讲，而且渴望讲，他需要讲。他咳了一声，低头看了一眼讲稿。接着，他开始了。

“今天，警方开展了两次武装行动，打击近期谋杀我们警员——包括邓肯局长——的幕后黑手。我很高兴地告诉大家，根据目前状况，第一场行动取得圆满成功，一个名为‘诺斯骑士’的犯罪团伙已被彻底铲除。”观众里的一个叫好声打破了寂静，“这次有组织行动是根据我们释放部分‘诺斯骑士’后获得的新情报而制定的。行动期间，‘诺斯骑士’向特警队开枪，我们除了全力还击别无选择。”

大厅后面有人喊道：“死者里有斯威诺吗？”

“有，”麦克白说，“因多处受伤而无法辨认的尸体中肯定有他，我想大家应该都认得这个……”麦克白举起一把亮闪闪的军刀。更多欢呼声响了起来，一些老到的记者也开始不由自主地鼓掌，“它证明，一个时代终结了。谢天谢地。”

“据说死者中有妇女和儿童。”

“一半对，一半不对，”麦克白说，“对于选择协助案犯的成年女性，是的。她们中许多人都有前科，而且没有人阻止‘诺斯骑士’朝我们开枪。至于孩子，纯属无稽之谈。现场没有无辜受害的人。”

“你提到还有第二场行动，能否讲讲？”

“第二场行动紧接着第一场，地点在城外的法夫，一个相对荒凉的地区，你们可能都没听说过。这场行动是为了抓捕一个据我们掌握一直在同‘诺斯骑士’合作的共犯。当然，令人遗憾的是，这名警官竟然属于我们的领导层，但这也证明了邓肯局长的判断并非全对——他先前任命此人为缉毒处处长，后来又把凶案处交给了他。德夫警督。我们的判断也不全对。我们体谅他的家人，以为他会作出同样的选择，接受逮捕。所以抵达现场后，特警队队长西登警官走向他的住所，请德夫单独出来接受逮捕。德夫的回应是朝西登开枪。”

他朝西登点了点头，后者站在大厅前门的灯光下，这样所有人都能看见他的胳膊吊着绷带。

“所幸那一枪不是致命伤。西登警官很快接受了救治，应该不会落下永久性的损伤。尽管遭受重伤，西登警官还是指挥了反击。不幸的是，德夫在绝望和怯懦中选择用家人作为挡箭牌，导致他们不幸丧生，但德夫却设法从住所后门逃脱，驾驶他的车辆逃逸。他现在已被通缉，我们已经展开了搜捕。我在此向大家承诺，我们一定会找到德夫，将他绳之以法。顺便，我也想借此机会宣布，我们很快就不能叫西登警官，而要改口叫西登警督了。”

这一次，更多的人加入鼓掌的行列。掌声消失后，传来一声咳嗽，然后是那个带着卷舌音的人：“干得漂亮，麦克白，但指控你们袭击对象罪行的证据在哪里？”提问者把“证据”二字吐得十分缓慢和清晰，仿佛是难念的外国词汇。

“对于‘诺斯骑士’，我们有目击者看见他们朝班柯的车开枪，我们在车身和车内找到了指纹，班柯座椅上的血和今晚俱乐部行动中部分死者的血型也一致。法医也可以确证，那些在内侧挡风玻璃上找到的指纹，以及司机一侧的指纹，和——”麦克白停顿了一下，“德夫警督的指纹是匹配的。”

大厅里一阵骚动。

“说到这里，我想表扬一下我们的法医处警官。谋杀案发生后，德夫立马赶到现场。这很不正常，因为凶案处当时没人能找到德夫向他汇报情况。他到现场去显然是为了清除自己的指纹和他认为留下的其他线索。但我们的法医处没有让任何人接近尸体并破坏证据。我个人还想补充一点。在集装箱码头那次突袭中，我就开始怀疑德夫跟‘诺斯骑士’串通一气。当时，缉毒处和我们特警队都收到了明确的线报。德夫对此无法视而不见，否则就会被怀疑在袒护‘诺斯骑士’。德夫聪明地设计了一场注定以失败而告终的突袭，召来一群人数和经验都十分有限的手下来执行任务。碰上这种案子，通常的做法是寻求特警队协助。所幸我们得知了突袭计划，所以，特警队单独作出了反应。我不是自吹，但‘诺斯骑士’和德夫从此便走上了一条失败的道路。‘诺斯骑士’和德夫警督为了货物被毁、五个成员被杀而实施复仇，先后杀死了邓肯、班柯和他的儿子，这无异于自掘坟墓。顺便提一句，这是我最后一次提德夫的警衔。在我们警局里，不管级别高低，拥有警衔都被视为一种荣誉。”麦克白沮丧地发现，他嗓音里那微微颤抖的愤怒是真的，完全是真的。

“麦克白，你的意思难道是——”

“先举手再——”列诺克斯刚要提醒，麦克白抬起手掌，点头示意凯特继续。他现在已经能够忍受这个不听话、爱抱怨的刺儿头了。

“麦克白，你的意思难道是，你和警方在这些行动中没有一点儿可被指摘的地方？仅仅一个下午的时间，你就杀了七个你一个小时之前从牢里释放的人，还有其他九名团伙，其中大多数人没有前科。另外，死了六个女人，据我们所知，她们和‘诺斯骑士’的罪行没有一点关系。然后你告诉我们，法夫那儿有一家人也被杀，他们照理说是无辜的受害者。你觉得自己没有犯下一点错误吗？”

麦克白打量着凯特。这名电台记者的黑发环绕着一颗光头，两道八字胡在嘴上围成丧气的形状。总是没好话。麦克白好奇这种人未来会有什么命运。他理了理讲稿，找到他之前起草、先后由夫人和列诺克斯润色过的那一页。吸了一口气。觉得自己气定神闲。觉得他的药物疗效完美。觉得质疑来得正是时候。

“他说得对，”麦克白说着，目光扫过全场的记者，“我们犯了错误。”他故意等在那儿，直到气氛安静得不能再安静，直到让你无法忍受、无法呼吸，直到这安静需要声响。他低头看了一眼手表。他必须打动人心，让这番话看上去不只是在念面前的讲稿。

“在一个民主国家，”他开口说道，“法律明确规定何时必须释放拘押的嫌犯。我们予以遵守。”他点点头，对自己的陈述表示肯定，“在一个民主国家，法律明确规定当案件出现新的证据时，警察可以而且必须逮捕嫌犯。我们予以遵守。”更多的人点起头来，“在一个民主国家，法律明确规定如果嫌犯拒捕，而且像在本案中那样朝警察开枪，警察应该如何反应。我们也予以遵守。”他当然可以继续这样排比下去，但三个“我们予以遵守”已经足够了。

他举起一根食指："我们做的仅此而已。已经有人将我们做的事称为英雄般的事迹。已经有人将这次行动称为本市黑暗的历史上最有效、最迫切的一场行动。已经有人将它称为打击街头犯罪之役的转折点。"他看见自己频频的点头是如何渐渐感染了听众，甚至听见有人在小声附和，"但作为警察局局长，我认为我们只是在尽自己的本分。只是在完成你们要求我们作为警察必须完成的一些事而已。"

在大厅空旷的过道，他看见列诺克斯在投影仪旁准备就绪，正拿着副本跟进演讲的内容。

"但我必须承认，我们所做的事令我今晚感到高兴，"麦克白说，"让我能够骄傲地说出：我们是警察。现在，请各位见谅，让我们先把繁文缛节放在一边。事实就是：今天我们来了一场大清洗。我们对斯威诺和他的帮凶以其人之道还治其人之身。我们让他们看见，夺走我们最优秀的战友的下场是什么……"

他周围的光变亮了——他知道邓肯的幻灯片已经出现在他身后的屏幕上，很快就会换成班柯和弗里斯：他们穿着制服站在自家房后花园的苹果树下。

"然而，是的，我们犯了错误。我们的错误就是没有及时彻查。在我们失去邓肯局长之前，在我们失去一生都在为这座城市效力的班柯警督之前。还有他的儿子，弗里斯干警，也有志从事相同的事业。"麦克白不得不靠深呼吸才能控制嗓音的颤抖，"但今天下午我们向大家表明，这是新的一天。从今天起，罪恶不再当道。从今天起，我们的市民已经能站出来向恶势力说不。不，我们不许这样。今晚就是这许许多多新的一天的开始。从今天起，我们会继续清理这座城市的大街小巷，因为这场大清洗还没有结束。"

当麦克白讲完并说了句“谢谢”后，他在原地站定。热烈的掌声如潮水般涌来，伴随椅子的擦地声，人们纷纷起立。欢呼持续了很久，丝毫没有减弱。那些挑剔的记者对他的认错态度作出的真诚回应使麦克白泪眼模糊。凯特也站起来鼓掌，尽管仍显得比较冷淡。他不知此举是否意味着凯特明白了怎么做才对自己有好处。因为他看见麦克白现在赢得了爱戴，赢得了权力。他知道这位新局长并不忌惮于使用权力。

麦克白沿着斯贡厅后面的走廊阔步前进。

权力。他能感觉到权力充满了血管，美好仍未消散。没有刚才那样完美——焦虑和躁动又快回来了——但他有足够的药量支撑眼下。他只管享受今晚就好。享受美食和美酒，享受夫人，享受城市的美景，享受一切属于他的东西。

“讲得太好了，长官。”西登说。他跟上麦克白的步伐似乎完全没问题。

列诺克斯跑了过来，走在他身边。

“简直太精彩了，麦克白！”他兴奋得喘不上气来，“有几个首府过来的记者要见你。他们想采访你，还要——”

“谢谢，不用了，”麦克白并未放慢脚步，“在没有完成目标前，不要安排宣传性的采访，也不要得意。有德夫的消息吗？”

“我们在城里找到了他的车，就停在方尖塔旁边。现在城外各条道路、机场、客轮，所有地方都已安排监视。半个小时前我们看见他开车从法夫朝城里来，所以我们断定他仍然藏在这里。我们搜过班柯家、他岳父岳母家，没有发现。但遇上这种天气，他晚上肯定得找个住处，所以我们会对各家酒店、旅馆、酒吧和妓院进行地毯式搜查。所有人今晚都会追捕德夫，绝对是全员出动。”

“追捕当然可以，但要抓住才行。”

“噢，我们会抓住他的。只是时间问题。”

“很好。我单独跟他讲几句，好吗？”

“好的。”列诺克斯停下脚步，很快就被甩在后面。

“有什么烦心的事吗，西登？因为受伤吗？”

“没有，长官。”西登把胳膊从吊着的绷带里拿出来。

“没有？队长打中了你的胳膊，不是吗？”

“我的身体组织通常很容易恢复，”西登说，“家族遗传。”

“是吗？”

“您是说身体组织容易恢复？”

“我是说家族。还有让你吃不下饭的事吗？”

“有两件。”

“说。”

“我们开枪后，在俱乐部里找到并带走一个婴儿。”

“然后呢？”

“我真的不知道该怎么处理。我把他锁在办公室里了。”

“交给我吧，”麦克白说，“还有别的事吗？”

“安格斯，长官。”

“他怎么了？”

“他在法夫的行动中不服从命令，拒绝开枪，在行动结束前自己跑了。他说这是屠杀。他加入特警队不是为了干这种事。我觉得他可能会泄密。我们得做点什么。”

他们在电梯前停下。

麦克白揉了揉下巴：“所以，你觉得安格斯丧失信仰了吗？如果是这样，那也不是第一次了。他跟你说过，他学过神学吗？”

“没有，但我能看出来。他走路时脖子上就挂着个丑得要死的十字架。”

“你现在是特警队的当家，西登。你觉得应该怎么做？”

“我们得把他除掉，老板。”

“杀他吗？”

“您自己说的，长官，我们在进行一场战争。打仗的时候，叛徒和懦夫的下场就是死。我们就照德夫的路数：对外界说他不干净，然后做成拒捕的样子。”

“容我想想。现在大家都在关注我们，我们必须展现出忠诚和团结。考德、马尔康、德夫，现在又是安格斯。太多了。比起两面三刀的警察，城里人更喜欢死去的罪犯。他人在哪儿？”

“正坐在地下室里生闷气。不肯跟任何人说话。”

“好。我先跟他聊聊，再动手也不迟。”

麦克白在特警队的公共休息室找到了安格斯。他坐在那儿，手扶着头。麦克白将一个大鞋盒放在他面前的桌上，在他正对面的一张椅子上坐下。安格斯几乎没有反应。

“我听说了。你还好吧？”

没有回答。

“你是一个有原则的人，安格斯。这是我喜欢你的地方。原则对你来说很重要，是吧？”

安格斯抬起头，用两只充满血丝的眼睛看着麦克白。

“我能看出来，正义的怒火在你的眼里燃烧，”麦克白说，“它让你的心感到温暖，是吗？让你感到自己是那个想要成为的人。但是，当兄弟之情真要你作出牺牲时，有时候就是要我们舍弃念念不忘的东西，安格斯。你的原则。让你抛弃良心的温暖和舒适，让你和我们被同样的噩梦惊醒，让你放弃自己最宝贵的东西，就像你之前信奉的神要求亚伯拉罕献出他的儿子一样。”

安格斯清了清嗓子，但声音依旧沙哑：“我可以放弃。但为了什么？”

“为了长久的目标。为了社会的利益。为了这座城市，安格斯。”

安格斯哼了一声：“你能给我解释，杀死无辜的人是如何为了社会的利益吗？”

“二十五年前，一位美国总统朝日本两座满是孩子、市民和无辜者的城市投下原子弹，终结了一场战争。这便是上帝用来折磨我们的悖论。”

“说来容易。但你不在现场。”

“我知道这要付出什么代价，安格斯。几天前，我为社会的利益割了一个无辜者的喉咙。我晚上睡不好觉。那种怀疑、羞愧、内疚，是我们真正想做一些好事时必须付出的代价的一部分，我们无法只活在自我道德感那安全、舒适和温暖的怀抱里。”

“没有什么上帝，我也不是总统。”

“没错，”麦克白说着掀开鞋盒的盖子，“但鉴于我也在这栋楼里，我给你个机会，让你弥补在法夫犯下的错误。”

安格斯朝鞋盒里看了一眼。惊得在椅子上打了个哆嗦。

“拿上它，今晚扔进哀思戴的火炉里烧掉。”

安格斯咽了口唾沫，脸色像死人一样苍白：“这是俱乐部里的那个孩……孩子……”

“前线的士兵，如你、如我，深知战争势必殃及无辜。我们上战场是为了保护后方的家人，但他们并不知道战争的残酷。我们之所以不让他们看见这类东西，是为了不让他们担惊受怕。你会担惊受怕吗，安格斯？”

“我……我……”

“听着。我给你这个任务是表示对你的信任。你可以去哀思戴，也可以用这个来告发你在特警队的兄弟。我让你来选。因为我要知道，我能否信任你。”

安格斯摇了摇头，忍不住抽泣：“你要把我当成一颗棋子，来检验能否信任我！”

麦克白摇了摇头：“你已经是一颗棋子。我只需要知道你够不够坚强，能不能忍受内疚的煎熬一直走下去，不要让后方的家人发现我们为保护他们而付出了什么代价。只有这样，我才能确信你是一个真正的男子汉，安格斯。”

“你的说法好像我们是受害者，而不是那孩子。我做不到！我宁可被开枪打死！”

麦克白看着安格斯。他一点儿也不生气。也许是因为他喜欢安格斯。也许是因为他知道安格斯不会伤害他们。但主要是为他感到惋惜。麦克白合上盖子，站起来。

“等等，”安格斯说，“你……你打算怎么惩罚我？”

“噢，你会惩罚你自己的，”麦克白说，“去读一读我们队旗上的誓言吧。当你从噩梦中浑身是汗地惊醒时，你听到的不会是那孩子的尖叫，而是这些话：‘忠诚，友爱，浴火而生，共赴劫难。’”

他拿上鞋盒，走了。

麦克白走进套房，距离午夜还有一个多小时。

夫人站在窗边，背对着他。她穿着一件睡袍，整个房间只有一根蜡烛闪着微光。他把鞋盒放在镜子下面的桌上，走过去亲吻她的脖子。

“我到的时候停电了，”他说，“杰克正在检查保险丝盒。希望没有顾客借机偷一笔钱。”

“大半个城市都停电了，”她说着向后靠去，将头枕在他的肩上，“我从这里看得很清楚。鞋盒里装了什么？”

“鞋盒里还能装什么？”

“你拿着它就像拿着一颗炸弹。”

话音刚落，一道巨型闪电划过夜空，仿佛一根亮白色的血管，让他们瞥见整座城市。接着，四下又陷入黑暗，雷声响了起来。

“真美啊，你说呢？”他说着嗅了嗅她头发的味道。

“可我不知那里装了什么。”

“我是说这座城市。它还会更美。当德夫从城里消失的时候。”

“还有一位把它变丑的市长。你不愿告诉我盒子里是什么吗？”她嗓音粗哑，好像刚睡醒似的。

“只是些需要烧掉的东西。明天我会叫杰克扔进哀思戴的炉子里。”

“我也想被烧掉，亲爱的。”

麦克白僵住了。她刚才说什么？她是在梦游吗？但梦游的人不会和别人说话，不是吗？

“所以，你还没找到德夫？”她说。

“还没有，但我们在四处寻找。”

“可怜的人。孩子没了，现在孤身一人。”

“有人在帮他。否则我们早就找到他了。我不信任列诺克斯。”

“因为你知道他给赫卡忒和‘精酿’卖命？”

“因为列诺克斯是个软蛋。他说不准会心一软，和别人串通一气，就像班柯那样。也许他把德夫给藏起来了。我应该逮捕他。西登告诉我，肯尼斯当局长那会儿，要是被捕者拒绝开口，他们就会用电给他们的腹股沟来一下子。想让他们闭嘴，就再来一下。”

“不行。”

“不行？”

“不行。这时抓捕你的手下给人的观感不好。目前看来，外界的普遍印象是你除掉了德夫和马尔康这两颗毒瘤。然而除掉第三个就像是在搞清洗行动了。清洗不仅会让外界质疑那些被放过的人，也会动摇人们对领导者的信心。我们可不想给图特尔任何理由拖延对你的任命。至于电击，现在城里这片地方也没有电。”

“那我怎么办？”

“叫醒电工，把它修好呗。”

“你今晚真不好说话，我亲爱的。今晚你应该跟我一条心，夸我是英雄。”

“你也该夸我是巾帼女英雄，麦克白。你查过凯思妮斯了吗？”

“凯思妮斯？你觉得她牵涉其中？”

“那天吃晚饭的时候，德夫说他要跟一个堂兄待一晚上。”

“是，他提了。”

“一个孤儿，竟然在城里有个叔叔，你不觉得奇怪吗？”

“叔叔并不一定有……”麦克白站在她身后皱起眉头，“你是说德夫和凯思妮斯……”

“亲爱的麦克白，我的大英雄，你这个人就是神经大条，而且永远也改不了，不会用女人的眼睛去观察两个偷情者的目光。”

麦克白在黑暗中眨了眨眼睛。然后用胳膊环抱住她，闭上眼，将她拉向自己。没有她，他怎么能在这世上生存下来？“只有当我们一起站在镜子前的时候……”他对她轻轻地耳语，“亲爱的，谢谢你。去睡吧，我告诉列诺克斯，立即去凯思妮斯家。”

“有了。”她说。

“什么？”

“电。看，我们的城市又亮起来了。”

麦克白睁开眼，望着她被光照亮的脸。然后低头看着他俩的身子。它们在勤俭街的霓虹灯下泛着红光。

“列诺克斯？”凯思妮斯交叉着双臂站在公寓门口，本来就已经冻得牙齿咯吱发抖，“西登警官？”

“西登警督。”那名清瘦的警察说着把她推到一边，径直走进去。

“这是要干吗？”她问道。

“很抱歉，凯思妮斯，”列诺克斯说，“我们是奉命行事。德夫在吗？”

“德夫？他为什么会在这儿？”

“那你说为什么呢？”西登说着，示意四个手持机枪、穿着特警队制服的人进入公寓的四间房里搜查，“如果他在这儿，那就是你把他藏起来了。你很清楚他是个通缉犯。”

“请便吧。”她说。

“非常感谢你的配合。”西登尖刻地说。他打量凯思妮斯的眼神让她觉得自己真不该只穿一件薄睡衣。然后他笑了。凯思妮斯打了个哆嗦。他弯起的嘴歪到那双略带斜视的眼睛后面，让他看起来像一条蛇。

“你是想拖延时间吗？”他说。

“拖延时间？”她希望他没有听出她害怕了。

“长官？”其中一个手下说，“这里有一扇通向消防出口的门。”

“哦？是吗？”西登盯着凯思妮斯阴阳怪气地说，“有意思。所以，当我们按响街边的门铃时，你就让小猫从洞口溜走了，是吧？”

“胡说什么。”她说。

“你应该很清楚对警察撒谎会有什么后果，外加窝藏罪犯。”

“我没有撒谎，西登警官。”

“警督——”他说到一半，又挂起笑脸，“凯思妮斯小姐，您现在是在和特警队打交道。我们很熟悉自己的业务。例如在进入建筑物之前查看图纸。”他举起对讲机：“一号到三号，看看消防出口有没有德夫的踪迹，完毕。”

他按下对讲机按钮时发出的嗞嗞声让她想到海浪正在拍打某处遥远的海滩。

“一号报告，目前还没有，”应答声传来，“现场具备安全抓捕条件。可否确认目标出现时即可击毙？完毕。”

凯思妮斯看见西登的眼神变得严肃起来。“德夫是个危险人物。这个命令是局长直接下达的，必须严格执行。”

“收到。完毕。”

那四个人回到客厅：“人不在这儿，长官。”

“什么都没有吗？”

“我在卧室的地上发现了这个，掉在通往消防出口的门附近。”其中一个人举起一个网球拍和一串首饰。

西登拿过球拍，俯身贴向那只握着首饰的手。在凯思妮斯看来，他仿佛在嗅它们。然后，他转向凯思妮斯，用下流的方式握着球拍的手柄。

“这么大的球拍配你这么小的手，凯思妮斯小姐。你平常就习惯把耳坠丢在地上吗？”

凯思妮斯挺起胸脯，深吸了口气："我想很多人都有这种习惯，西登警官。对别人一番好意，却白费力气。吃一堑，长一智吧，但愿是这样。如果你们完成了搜查，也处决了楼梯上的猫，我想去睡觉了。晚安，各位先生。"

她看见西登的眼睛暗了下去，张嘴想说什么，但列诺克斯放在他肩上的一只手让他把话吞了回去。

"很抱歉打扰了，凯思妮斯。但作为同事，你应该能理解，这个案子的每个细节都不能放过。"

列诺克斯和其他人走向正门，但西登还站在原地："虽然我们并不总是喜欢那些龌龊事，"他说道，"但我还是好奇，他到底有没有给你买一个婚戒？"

"你到底想干什么，西登？"

他又泛起那恶心的微笑："是啊，我们想要什么呢？"

接着，他转身离去。

凯思妮斯关上门，用后背紧紧压住。德夫在哪儿？他昨晚在哪儿？她期望他得到什么？是下地狱还是他不该得到的救赎？

列诺克斯望着外面的雨浇在挡风玻璃上。光的折射使红色的交通信号灯变得模糊和扭曲。感谢老天。他多么渴望拥有这几个小时、这样的轮班、这个差事全部了结的夜晚。感谢老天。他多么渴望在客厅里放松一下，给自己倒一杯威士忌，再注射些"精酿"。他没有上瘾，没到引起麻烦的程度。他是个使用者，不是滥用者；他能控制自己，而不是被"精酿"所控。他属于少数幸运者，在吸毒后还能胜任一份费心费力的工作，同时担起父亲和丈夫的角色。是的，毒品确实能帮助他正常运转。没有这片刻的解脱，他不敢肯定自己能搞定生活。平衡一切，小心翼翼。无奈时学会妥协，受委屈时假装高兴，避免搞砸事情，认准谁在掌权，学会见风使舵。但有一天，很可能会轮到他掌权。即便得不到，他也有其他更重要的目标——他的家人，他们才是他工作的动力。一旦上位，他和希拉就能在城西边上安全的社区买下一栋宽敞的房子，送三个可爱的小孩上一所拥有健康价值观的学校，每年理直气壮地去地中海休一次假，购买健康保险、牙科服务以及所有类似的东西。老天，他有多么爱他的家庭。有时他会放下报纸，只想看他们在客厅里忙忙碌碌，然后心想：这是一件我从没想到自己有幸能得到的礼物——别人的爱。他这个曾经被他们叫作“白化病人艾伯特”的孩子，每到课间就会遭人殴打，直到医生的诊断书表明他无法忍受日光，课间必须独自待在教室。也许他又白又小，弱不禁风，但他长了一张大嘴巴。他就是靠这张嘴追到希拉的：他扯着嗓门儿、口若悬河地谈论他俩的事。他第一次尝试可卡因时兴致更高。是可卡因让他展现出更好的状态——精力充沛，意志顽强，无所畏惧。至少会持续一阵儿。后来，它成了必需品，这样他就不会陷入糟糕的状态。然后他改用别的毒品，希望在可卡因的死胡同外找到另一条路。最多每天一支。不能再多了。有人需要五支。机能失调的人。他离那种情形还远着呢。他父亲错了，他是有骨气的。他能自控。

“一切都在掌控中吧？”

列诺克斯刚回过神来：“呃？”

“你的单子，”西登在后座上说，“还有哪里没去？”

列诺克斯打了个哈欠：“警局总部。那是最后一站。”

“警局总部可太大了。”

“对，但根据管理员提供的线索，德夫只有三把钥匙。一把缉毒处的，一把凶案处的。”

“那第三把呢？”

“法医处的车库。但我觉得他宁可躲在干燥、暖和的办公室桌子底下，也不愿在地下室里染上肺炎。”

警用电台刺刺啦啦地响起，一个带着鼻音的声调告诉他们，方尖塔所有房间——包括顶层公寓——都搜过了，没有找到。

管理员站在总部员工入口外，拿着一大串钥匙等着他们。列诺克斯、西登和八名警官用了不到二十分钟就搜完了缉毒处的房间。凶案处的用时更少，只是草草走了一遍。他们连吊顶和通风管道都查看过了。

“就这样吧，”列诺克斯打了个哈欠，“差不多了，伙计们。回去睡几个小时，咱们明天继续。”

“还有车库。”西登说。

“我刚才说——”

“车库。”

列诺克斯耸耸肩：“你说得对。用不了太久。伙计们，都回家吧。西登、奥拉夫森和我会去检查车库。”

他们三个人随管理员乘电梯下到地下室这一层。管理员为他们解锁、开灯。

就在电流激活氖气灯灯管里磷酸盐的片刻寂静中，列诺克斯听见了某个响动。

“你听见了吗？”他小声说。

“没有，”管理员说，“要有也不过是老鼠罢了。”

列诺克斯不信。那不是老鼠叽叽叫或是乱窜，而是“嘎吱”一声。像是鞋踩出来的。

“老鼠成灾啊，”管理员叹了口气，“这下头就是除不尽。”

空旷的地下室里，只有一辆装着各种工具的手推车，以及停在车库门口、盖着防水帆布的班柯的沃尔沃。五扇关闭的房门在墙上一列排开。

“如果你想除掉老鼠，”西登说着解开他的机枪保险栓，“只管找我好了。奥拉夫森，我们从左边开始。”

列诺克斯看着这个秃顶的男人迅捷地穿过地下室，奥拉夫森紧随其后。他们将房门一扇扇打开，好像在表演一支经过精确编排和演练的舞蹈：西登负责开门，奥拉夫森肩上架着枪进去，单膝跪地，同时西登跟上来，从他身边经过。列诺克斯计算着分钟数。他知道下班的时间又要推迟了。终于轮到最后一间房。西登按下门把手。

“锁着！”他大喊道。

“哦，对，暗室的门一直都是锁着的，”管理员说，“照片是一种证据。德夫没有这个房间的钥匙。至少我没给过他。”

“那咱们走吧。”列诺克斯说。

西登和奥拉夫森朝他们走去，放低机枪的短枪管，管理员给他们把着门。

最后了。

西登伸出手：“钥匙。”

“什么？”

“暗室的钥匙。”

管理员犹豫了。他看了列诺克斯一眼，后者叹了口气，点点头。管理员从他的一大串钥匙里取了一把，交给西登。

“他在干吗？”管理员问道。他们看着西登和奥拉夫森经过那辆沃尔沃，向暗室的门走去。

“尽他的本分呗。”列诺克斯愤愤道。

“我是说他的鼻子。他看起来像在嗅什么东西，跟动物似的。”

列诺克斯点了点头，心想不止他一个人注意到西登的样子像一条……他不知道是什么。反正不是人类。

西登都能闻见他的气味了。那种气味，和法夫房子里以及凯思妮斯公寓里的气味一模一样。他要么现在就在这里，要么刚刚来过。西登解锁，开门。奥拉夫森走进去，单膝跪地。管理员打开正门旁的开关，车库和其他房间里的灯都亮了起来，但这里依旧漆黑一片。当然，一间暗室嘛。

西登走进去。化学品的臭气掩盖了猎物，或者说德夫的气味。他发现门内侧灯的开关是开着的，但灯却没亮。也许停电时保险丝断了，或是有人卸下了灯泡。西登打开手电筒。桌子上方的墙面上全是大幅照片，挂在一根绳上。西登拿手电筒横扫过去。照片上是一把匕首，刀片和手柄沾满血迹。德夫来过这儿。西登绝对肯定。

“嘿！到底什么情况？”是列诺克斯。这个得白化病的小不点想回家了。他在不停地出汗、打哈欠。列诺克斯家那个该死的老女人。

“来了，”西登吼道，关上手电筒，“走吧，奥拉夫森。”

西登给奥拉夫森让道。然后把门在身后狠狠地关上，一个人站在房里。在黑暗中聆听。直到德夫以为自己已经脱险。西登朝那些照片举起枪。扣下扳机。武器在他手中震颤，枪声在他的耳膜上回荡。他用火力在墙上画了一个“十”字。然后他又打开手电筒，走到千疮百孔的照片旁，将它们扯到一边。

他盯着墙上的弹孔。

德夫不在。

爆炸声还在他耳朵里回响。他注意到有一处弹孔格外深——

想必是两颗子弹击中了同一个地方。凑巧。

当然。

西登快步迈出房门，朝剩下的人走去。

“刚才是怎么回事？”列诺克斯问道。

“我不喜欢那些照片。”西登说，“我们忘了一个地方。”

“没错，”列诺克斯抱怨道，“我们的床。”

“德夫的思维和人们在战争中遭受炸弹袭击时是一样的。他躲在弹坑中，因为他相信两颗炸弹不可能完全击中同一个地方。”

“这到底……”

“他又回到法夫的家里了。快！”

老鼠等车库灭了灯，门“砰”的一下关上，脚步声渐渐消失后，从阴暗处蹿了出来。它“啪嗒啪嗒”地爬过潮湿的地砖，来到中间那辆轿车旁。驾驶座上的血把它招引过来。甜甜的，有营养，而且放了好几天。它只要穿过覆盖车身的防水帆布就好。这只老鼠快要成功的时候，被他们打断了。但现在它咬破了最后一部分，钻了进去。它从副驾驶的位子下爬过，越过变速杆，然后掉到司机座位一侧的橡胶垫上。它趴上一双皮鞋。当一只鞋“嘎吱”一声抬起来时，它吓得退了回去，后腿立起来“吱吱”地叫。它心爱的、沾血的驾驶员席被人占领了。

德夫听见老鼠逃跑时弄出的窸窣声，然后松开紧紧握住的方向盘。他能感到自己的心不再怦怦地跳，而是恢复了正常跳动。当西登和他的手下在车库里搜查时，他的心一直在剧烈地跳动，他以为这心跳声肯定会被他们听见。他看了一眼手表。还有五个小时天亮。他试着换个姿势坐，但裤子被座椅上的血粘住了。班柯的血。它将德夫粘牢在此地。但他必须离开，继续逃跑。

可跑哪儿去？怎么跑？

起初，他以为开车进城，混迹在人群中要比沿一条乡间小道流窜更容易。他把车丢在离方尖塔不远的一条街上，然后进入赌场——这是他知道的除因弗尼斯之外唯一整夜开放的地方。他当然没法开房，过夜的客人会是麦克白首先搜查的对象。但他可以坐在一堆花花绿绿的老虎机中间，像旁边那个孤单而不受打扰的家伙一样，一枚一枚地投入硬币，让自己的钱慢慢被抢光。他一边玩儿一边思考——或者说努力让自己思考——怎么逃跑。他盯着三个小窗里快速变化的图案：一颗心，一把匕首，一顶王冠。几个小时后，他去酒吧点了一杯啤酒，想借此打起精神。他在招待员上方静音的电视里看见警局总部的新闻发布会。突然，一张熟悉的面孔出现在屏幕上，还有一道斜贯下来的白色伤疤，好像交通指示牌。他的特写，上面写着“通缉”二字。德夫立起衣领，低头快步走向出口。夜晚清冽的空气足以使他清醒，他想起他们曾经的爱巢，也就是那间车库，那是他过夜最好的去处。

然而，周五的黎明很快就会到来。这是一个工作日，他必须在局里人回到车库前出去，而外面的报摊上肯定摆满了他的头像。

德夫把手伸进夹克衫的口袋。摸到指尖下那张光滑的照片纸，拿了出来。他不能抑制自己，想象着埃文看到他想要的礼物时的表情。德夫听见自己在放声抽泣。停！他不可以哭！他答应过自己现在不去想他们的。只有活下来，他才能给自己悲痛的权利。他打开沃尔沃车内的照明灯，擦干眼泪，撕开包装纸，拿出假胡子。他打开胶水，挤出一些抹在下巴、嘴唇周围和胡子内侧，通过后视镜粘好。把过紧的羊毛帽子往额头上方拉了拉，这样伤疤的上半部分就挡住了。接着，他戴上眼镜。夸张的大镜架盖住了胡子上方的疤。他在镜中发现自己的脸上蹭了点胶水，但翻遍口袋也没找着可以擦拭的东西，于是，他打开储物柜，找到了一个笔记本，拿出来准备撕下最上面一页纸。他停住了。灯光下，他看见纸上有坑坑洼洼的痕迹。近期有人在这本子上写过东西。那又怎么样？他撕下这页纸，擦掉脸上的胶水，揉成一团塞进口袋，然后把本子放回储物柜。

然后，放松地靠着椅背。合上眼。

五个小时。他干吗这么早就戴上假胡子？那东西已经让他感到痒痒了。他再次开始思考。挣扎着不去想法夫。他必须给自己在城中找到一个藏身之处。所有出城的道路想必都被封了。何况他在城外和法夫都没有避难所，所有的旅馆和招待所都会得到通知，城外也没人敢窝藏一个杀死警察的通缉犯。想到这儿，他备受打击。他不知道谁愿意帮他。这里没有，哪里都没有。他是那种需要别人来适应他的类型。他们不一定是故意不喜欢他，而是不知不觉就不喜欢。干吗要喜欢呢？他过去给他们帮忙的时候，不也都是在帮他自己吗？他有盟友，没有朋友。如今，当德夫真正需要帮助，需要一个朋友，需要借一个肩膀哭泣的时候，他却被剥夺了信誉，身败名裂。他凝视着镜中那个可怜、呆滞、蓬乱的影子。就像一只狐狸。猎人们正朝他一步步逼近，麦克白新认领的一条狗腿子西登已经在他的屁股后面狺狺狂吠了。他必须离开。可是去哪儿？这只狐狸上哪儿能找到一个巢穴呢？

离天亮还有五个小时。离星期五、离埃文的生日……

不！不能哭！要活下去！一个死人什么仇也报不了。

他必须时刻保持清醒，直到天亮，然后找别处躲藏。也许可以去其中一座废弃的工厂。不行，他已经否定了这个想法。他能想到的地方，麦克白也能想到。该死！他陷入了死循环，一遍遍走过重复的路，就像人们迷失方向时会做的那样。

他精疲力竭，但必须撑到天亮。埃文都没活过十岁。该死！他想努力寻找一些能够分散注意力的东西。他数着面前所有的汽车仪表盘，从夹克衫口袋里拿出那张揉成团的纸，展开、抹平，试着去读上面的字。他在储物柜里一阵翻找，终于找到了一支铅笔。他斜握着铅笔，涂过纸面上的坑洼之处。纸上原先写的东西在黑色的铅笔印下显出白色：海豚。制革厂街66号，六区。阿尔弗。避难所。

一个地址。城里倒是有一条制革厂街，但是没有第六区。除此之外，只有一座城市有分区——首府。这条信息是什么时候写的？他不知道铅笔留下的印记要过多久才会消失。“避难所”又是什么意思？

德夫关上灯，闭上眼。或许可以打个盹儿？

首府。星期五。他在哪儿见过这个组合？就是最近。

德夫刚要带着这两个词滑入梦乡，突然意识到什么。

他又一次打开灯。

第二十三章

“梅雷迪斯和我准备结婚了。”德夫说，眼睛里似乎有光。

“真的？这有点……快啊。”

“是的！你愿意当我的伴郎吗，麦克白？”

“我？”

“当然。还能有谁？”

“呃……什么时候？”

“7月6日。在梅雷迪斯父母的夏季别墅。一切都准备好了。请柬今天发出去了。”

“谢谢你邀请我，德夫。我会考虑考虑。”

“考虑？”

“我已经……计划7月去长途旅行了。7月对我来说很困难，德夫。”

“旅行？你从没跟我说过这事儿。”

“是，我可能没说。”

“不过我们真的好久都没说过话了。你最近去哪儿了？梅雷迪斯总在问你的情况。”

“是吗？咳，各处跑呗。最近有点儿忙。”

“那你这次去哪儿？”

“去首府。”

“首府？”

“是啊，我……从没去过。该去看看我们的首都了，是吧？应该比这儿强很多。”

“听我说，我亲爱的麦克白。你从首府返程的机票钱我出。我最好的兄弟绝对不能缺席我的婚礼。这是一场年度盛会！想想看，梅雷迪斯所有单身的女性朋友都会来……”

“我从首府就直接出境了。这是一次长途旅行，德夫。我大概整个 7 月都不在。”

“可……是不是因为你和梅雷迪斯之前有过一段？”

“如果我们的日程对不上，那就祝你新婚快乐……还有，一切顺利吧。”

“麦克白！”

“谢了，德夫，我不会忘记欠你一个难还的人情。向梅雷迪斯问好，谢谢她曾经对我的感情。”

“麦克白，先生！”

麦克白睁开眼。他躺在床上。一场梦。仅此而已。他们当时是这么说的吗？一个难还的人情。洛瑞尔。他真说过这个？

“麦克白？！”

这声音来自卧室另一头，这会儿伴随着急切的敲门声。他看了一眼床头柜上的钟。凌晨三点。

“先生，我是杰克！”

麦克白翻过身。只有他一个。夫人不在。

“先生，你真得来——”

麦克白猛地打开门：“怎么了，杰克？”

“她在梦游。”

“那又怎么样？你不是看着她的吗？”

“这回不一样，先生。她……你真得来看看。”

麦克白打了个哈欠，打开灯，套上一件睡衣。就在准备离开屋子时，他的目光落在镜子下头的桌上。鞋盒不见了。

“快。带我过去，杰克。”

他们在天台找到了她。杰克站在打开的金属门的门槛上，没再往前走。雨已经停了，耳畔只有风声和日常喧闹不息的车流。她立在天台的边缘，面对着一块百加得啤酒的标牌，背对着他们。一阵狂风吹透她轻薄的睡衣。

“夫人！”麦克白说着就要冲过去，但被杰克拦下：“先生，精神科医生说，梦游的时候绝对不能叫醒她。”

“但她说不定就掉下去了！”

“她经常上来，然后就只是站在那儿，”杰克说，“即便是睡着，她也能看见东西。精神科医生说，梦游者受伤的很少见，但如果你叫醒他们，他们可能会神志错乱，导致自残。”

“为什么没人告诉过我她上这儿来？我之前以为她不过是在走廊里晃荡。”

“她很明确地告诉我，不准跟别人说她睡梦中做的事，先生。”

“那她做了什么？”

“就像你说的，有时候她要么在走廊里上上下下，要么就去卫生间，用强力肥皂使劲清洗双手，甚至搓到皮肤发红。接着就去天台。”

麦克白望着他挚爱的夫人。她就这样脆弱地暴露在这劲风呼啸的夜晚，在自我意识的黑暗里孤身一人。虽然她对他讲述过这种黑暗的感觉，却无法带着他一起走入。他什么也做不了，只能等在那儿，希望她能从夜里返航。虽近在咫尺，却远在天涯。

“你为什么觉得她今晚可能会自杀？”

杰克吃惊地看了一眼麦克白：“我没觉得她会自杀，先生。”

“那是什么原因呢，杰克？”

“什么什么原因？”

“什么原因让你担心得来叫我？”

就在这时，月光穿过云的缝隙。仿佛一个默契的指令，夫人转过身，朝他们走来。

“那个东西，先生。”

“上帝保佑。”麦克白轻声说道，向后快退了一步。

她怀里揣着一个包裹。睡衣已被她扯开，露出一边的乳房，端在包裹敞开的一头。麦克白看见一个婴儿的后脑勺。他在上面数出四个黑色的洞口。

“她睡着了？”麦克白问道。

“我觉得是。”杰克小声回答。

他们刚刚紧跟在她后面，离开天台，走下楼梯，进入房间。这会儿他们站在她的床边。她躺在那儿，拉过一条毯子披在她和孩子的身上。

“要把那孩子拿走吗？”

“留着吧，”麦克白说，“又不会伤人。但我要你坐在这儿，今晚看着她。我明天一大早还要接受广播台一个重要的采访，现在得去睡了，给我一把别的房间的钥匙吧。”

“没问题，”杰克说，“我去打个电话，让别人来接待处替班。”

趁杰克不在，麦克白摸了摸那个婴儿的脸蛋。冰冷，僵硬，了无生气。夫人和他曾经就这样，但他们设法活了过来。不，夫人是靠自己活了过来，麦克白是靠别人帮助——班柯的帮助。再之前是在孤儿院，德夫的帮助。如果不是德夫杀了洛瑞尔，麦克白说不定早晚会自杀。虽然那会儿他从家里逃了出来，但心上依旧有四个黑洞，四个需要填补的洞。“精酿”是最便捷的密封剂。但至少他让自己活着。多亏了德夫，那个该死的浑蛋。

当然，还有后来的夫人。她让他看见，爱可以弥合心灵的伤口，做爱可以减轻疼痛。他抚了抚她的脸蛋。温暖，柔软。

现在有没有退路？还是他们忘记给自己留一条后路？他们是不是只顾谋划胜利了？是，而且他们已经赢得胜利。可如果胜利留下一股苦涩的滋味，如果胜利使你付出过高的代价，你反而想要一次廉价的失败呢？那你该怎么做？放弃权力，抛弃锦衣玉食，谦卑地祈求原谅，回归日常生活的鸡毛蒜皮？当你从天台边缘迈出去时，当红灯区的鹅卵石路冲你直面而来时，你是否想让地心收回引力，好沿错误的路线返回原点？不。你来者不拒。充分利用它。保证双脚落地就好，断一两条腿也无所谓。但你活了下来。你变成了一个更聪明的人，学会下次迈步时更加小心谨慎。

杰克走进来：“已经找人去前台了。”他说着递给麦克白一把钥匙。

麦克白看了一眼：“邓肯那间屋？”

杰克吓得用一只手捂住嘴：“我光想着那是最好的房间，但您可能更愿意……”

“没事儿，杰克。我离你们近点，万一出事也好过来。反正我不相信有鬼。而且大伙儿都知道，对我来说，邓肯的鬼魂没什么可怕的。”

“是，没什么可怕的。”

“确实是，完全没有。晚安。”

他刚一闭眼，他们便来了。

邓肯和马尔康。他们盖着羽绒被，躺在他两侧。

“这里没地方容下我们仨。”麦克白尖叫着把他们踹到地上。他们发出吡吡的叫声，直到老鼠的尾巴擦着墙根而过，他们才不见踪影。

可随后门开了，班柯、弗里斯和德夫爬进来，每人手里都有一把匕首，举起来准备往下刺。

“你们想干什么？”

“讨回公道，这样才能安眠。”

“哈，哈，哈！”麦克白一边大笑，一边在床上痛苦地翻滚，“能伤害我的人还没出生呢！只有‘伯莎号’才能把我从局长的位子上赶下来！我是死不了的！麦克白是死不了的！滚，你们这些死了的凡人！”

第二十四章

弗雷德·齐格勒打了个哈欠。

“弗雷德，你得来一杯咖啡了。”“格拉姆斯号”的船长笑道，“我们可不能让一个港口引航员在这种天气里昏昏欲睡。告诉我，你是不是总觉得累？”

“最近很忙，没睡够。”弗雷德说。他很难告诉船长，他哈欠连天是因为心里害怕。弗雷德曾经看见他的狗也有相同的症状，但好在打哈欠通常意味着你处于完全放松的状态，或者说无聊。或者，确实没睡够。船长按了一下对讲机，一道上咖啡的指令便顺船舱而下，一个甲板接着一个甲板，最终到达厨房。“格拉姆斯号”是一艘大船。很高的船。这便是让弗雷德·齐格勒头疼的事。

他忍住又一阵哈欠，朝河对面望去。他熟悉每一块礁石，每一片阴影，以及港务局操作手册里关于驶入和驶出港口的每一节细小的段落——水流湍急时怎么办，海浪迫近岸边时怎么办，哪里有避风港，码头上每一根系船柱的位置。这些都不难。河水是灰的，他可以蒙着眼睛引导船只驶进和驶出，而且经常这么干——或者说有这种能耐。天气也不是难事。近处一阵微风吹来，他们面前的玻璃被水汽和盐染成了白色。可他在飓风甚至更糟糕的天气里引导过各种类型的船只，不靠无线电信标，不靠杆形浮标，不靠瞭望员。在一艘总能安全到岸的小小的引航船里，他用不着担心航程，即便天气静稳，特别适合开船——要知道当凉爽的微风轻轻拂过水面，往往预示着一阵狂风即将来临，而舵手如果操作失误，船就会在原地打转。

弗雷德·齐格勒打哈欠是因为他害怕这艘大船——它正降下红、白两色的旗帜，意思是说船上有引航员。或者更确切地说，他得下船了。是从绳梯上下去。

他当引航员有十二年了，但还是不习惯从船的侧面上上下下。他并不担心自己会掉进水里，虽然他知道自己应该害怕，因为他不会游泳。

不，让他头疼的是船的高度。

当他从船体一侧倒着爬下时那种令他全身瘫软的恐惧。虽然天气不错，但船还是太大了，从背风处沿梯子下来在技术上虽然并不难，但看见或仅仅是想着自己悬在深渊上方 15 米还是让他心惊胆战。过去一直这样，而且永远都会这样。每一个该死的工作日都摆脱不了这几分钟的煎熬：这是他早晨醒来时出现在脑海里的第一件事，也是他睡觉前想到的最后一件事。不过，管他呢，这也没什么稀奇的——他身边有好多人一辈子都在从事不适合自己的工作。

“你出港的次数肯定很多，可以跟海岸警卫队打个招呼，直接放你走。”弗雷德说。

“放我走？”船长说，“那我就没有你的陪伴了，弗雷德。怎么了，你不喜欢我了吗？”

“我不喜欢你的船。”弗雷德心想。我是小个头儿的男人，不喜欢大船。

“哦，对了，以后你看见我的机会会越来越少。”船长说。

“哦？”

“没那么多货。去年格立坟破产，导致我们失去货源，接着哀思戴又关停了。现在船上只剩下最后一点存货。”

弗雷德之前就注意到这一点。从这艘船吃水的情况就能看出货物比平日要少。

“真糟糕。”弗雷德说。

“不，没什么大不了的，”船长阴郁地说，“一想到这些年我们运送的有毒物质夺去了城里同胞的性命……相信我，我一直都睡不安稳。我有时在想，当一条贩奴船的船长，你得变成什么样的人。你得给自己找各种各样合适的理由。也许不用劳烦我们神奇的大脑，我们就能区别出正确和错误。但借助于大脑，我们可以想出一些特别复杂的理由，听起来个个都很好，加在一起就能让我们说服自己，不管这一切有多么疯狂。不，弗雷德，我不想让海岸警卫队允许我不用引航船，独自在这片污水里航行。星期三我们排队进港时，港口主管亲自安排我们优先进港。不要钱。”

“这真是惊喜。”

“是。然后我仔细看了看提货单。结果发现我们运的是两把加特林机枪。这世道越来越像肯尼斯那时候了。嘿，当心！你这孩子，要烫死我们的引航员吗？”

船遇上一阵浪，让这个穿格子厨师服的男子失去平衡，把咖啡洒在了引航员的黑色制服上。这家伙隔着胡子含混不清地说了句“抱歉”，往下拽了拽帽子，急匆匆地退了出去。

“对不起，弗雷德，就算在这里——半个城市的人没工作——都找不出适合出海的船员。这家伙今天早上来找我，自称在船上当过厨师，但证件丢了。”

弗雷德啜了一口咖啡：“他从来没坐过船，也不会煮咖啡。”

“唉，算了，”船长叹了口气，“我们只是去首府，暂且凑合一路吧。汉斯特霍尔姆岛已在我们身后，最危险的一段路已经过去了。我让你的船过来，然后叫他们放下绳索。”

“好吧，”弗雷德说着咽了口唾沫，“最危险的一段路就算过去了。”

麦克白坐在走廊的椅子上，紧握双手，盯着那间套房的门。“他究竟在里头干什么呢？”

“我不太懂精神病治疗，”杰克说，“我再去给您弄点咖啡吗，先生？”

“不，你就待在这儿。但你刚才说，他水平很高？”

“是的，阿尔萨克医生算是城里最好的大夫了。”

“那就好，杰克。那就好。可怕，真可怕。”麦克白向前探出身子，双手捂着脸。距离广播电台的采访还有一个小时。天还没亮，他就被夫人房间里的尖叫声惊醒。他冲进去时，她正站在床边，指着那个死婴。

“看！”她扯着嗓子尖叫，“看看我做了什么！”

“可这不是你做的，我亲爱的。”他试图抱住她，可她一把挣脱了，跪在地上哭了起来。

“别叫我亲爱的！我不配被人爱，一个杀死小孩的人不该被爱！”然后她转向麦克白，用那双疯癫的黑眼睛看着他，“一个杀了孩子的人更不该爱上另一个杀了孩子的人。滚出去！”

“来，和我一起躺下，亲爱的。”

“从我的房间滚出去！别碰那孩子！”

“简直是疯了。今天就烧了它。”

“你敢碰那孩子一下，我就杀了你，麦克白，我发誓。”她把尸体紧紧搂在怀里，轻轻地摇晃。

他咽了口唾沫。他需要早上那一针。“我拿点衣服，让你一个人清静清静。”他说着走向衣橱。拉开抽屉。怔住了。

“对不起，”她说，“你得出去，再多弄点回来。我俩都需要。”

他转身离开，但不是去寻求更多的权力，而是让杰克给精神科医生打电话。

麦克白这会儿又看了一眼手表。多久才能修好她这次小小的短路？

刚想到这儿，门就开了，麦克白从椅子上跳了起来。一个小个子男人走了出来。他头上耷拉着几根稀疏的灰发，眼皮大得出奇。

“怎么样？”麦克白问道，“大夫……您叫什么来着？”

“阿尔萨克医生。”杰克说。

“我给她用了一些镇静的药。”精神科医生说。

“她怎么了？”

“不好说。”

“不好说？可你是最好的大夫啊。”

“谢谢，但即便是最好的大夫，也不完全掌握意识千变万化的状态，麦克白先生。”

“你必须治好她。”

“我刚才说了，以我们对人类意识一星半点儿的了解，这个请求太……”

“我不是在请求，大夫。我是在给你下死命令。”

“死命令，麦克白先生？”

“如果你不让她变回正常人，我就只能把你当成骗子抓起来。”

阿尔萨克从他巨大的眼皮下瞄了麦克白一眼。“我能看出您昨晚没睡好，而且很焦虑，局长。我建议您今天不要去上班了。至于您的夫人——”

“你错了，”麦克白说着从肩膀皮套里抽出一把匕首，“干好你的工作，否则以现在紧急的状况，惩罚很严厉。”

“先生……”杰克开口道。

“手术，”麦克白说，“这就是现在需要的，这就是一个真正的医生要做的：切除有害的部位。他会摒弃一切关于病人痛苦的杂念，因为那样只会使他犹豫不决。摘除和消灭烦人的东西，不管是一块肿瘤还是一只溃烂的脚，从而保全整体。并不是说那只脚或肿瘤本身有危害，它们只不过是必须牺牲的部位。难道不是吗，大夫？”

精神科医生歪了歪脑袋：“您确定需要检查的是您夫人，不是您自己吗，麦克白先生？”

“我给你下了死命令。”

“那我现在就告辞了。如果你觉得有必要，可以在背后给我一刀。”

麦克白看着阿尔萨克转身走向楼梯。他盯着手中的匕首。他到底在做什么？

“阿尔萨克！”麦克白追向那位精神科医生，追上去跪倒在他面前，“求求你，你必须得帮帮她。我所拥有的只有她了。我必须把她治好。你必须把她治好。花多少钱我都给。”

阿尔萨克用拇指和食指捏着胡子：“是‘精酿’吗？”他问道。

“权力。”麦克白说。

“自然是这样。”

“你知道原因？”

“这玩意儿可以有各种各样的诨名，但化学成分都是相同的。人们以为它是一种抗抑郁的药，因为头几回它让人很兴奋，直到症状演变成癫狂。”

“是的，是的，这就是她服用的东西。”

“我问的是你服用的是什么，麦克白先生。现在我知道了。你享受‘权力’有多久了？”

“我……”

“显然并不久。第一个受影响的是你的牙齿。然后是你的意识。想要逃脱疯狂的宿命并不容易。你知道当你彻底迷恋上‘权力’时，他们管你叫什么吗？‘战俘’。”

“你听我说——”

“战争的俘虏。简单明了，不是吗？”

“我现在不是你的病人，阿尔萨克。我求你在尽全力之前不要走。”

“我答应你我会回来，但我现在还有别的病人要看。”

“杰克。”麦克白目不转睛地盯着精神科医生。

“有何吩咐，先生？”

“给他看。”

“可是……”

“他必须遵守希波克拉底誓言[1]。”

杰克打开那包东西，拎出来给大夫看。他后退了一步，用手捂住鼻子和嘴。

“她觉得这是她的孩子，”麦克白说，“就算不是为了我和她，你也要为这座城市考虑，大夫。”

当麦克白身后的门关上时，他感到耳朵里产生了一股奇怪的压力。“终于进到精神病院了。”他心想。这间方形小屋的墙加了

[1] 医学誓言，是古希腊“医学之父”希波克拉底（公元前460—前370）警诫人类的古希腊职业道德圣典，是向医学界发出的职业道德倡议书。

隔音垫，当然还开了一扇窗口。屋里有三个人坐在那儿观察他。

“别紧张，”桌对面的人说，“我一会儿就问几个问题。很快就结束。”

“我紧张的不是你问什么，”麦克白说着坐下来，“而是我怎么答。”

那个人笑了，窗口上方扬声器里的音乐声渐弱，他把一根手指放在嘴上，墙上的红灯同时亮起。

“您现在收听到的是时事新闻栏目，我是沃特·凯特。”他激动地转向面前的麦克风，“我们有幸请到本市的新星——麦克白局长。在扫除城里最有名的贩毒团伙‘诺斯骑士’后，他正马不停蹄地追捕他们在警局领导层腐败的同谋。他鼓舞人心的演讲赢得了人民的信任，燃起他们的希望，他在演讲中说，我们正进入一个新的时代。麦克白局长，这是否只是漂亮话？”

麦克白清了清嗓子。他早就准备好了。他已焕然一新。而且，他再次完全处于药物的掌控下。“我是一个简单的人，沃特，我不太懂说漂亮话。我脑子里想到什么，嘴上就说什么。而我想说的是，只要这座城市愿意，它就有足够的力量让自己站起来。但无论是警察局局长还是政治家，他们都无法令这座城市脱胎换骨，人们必须自己努力才行。”

“但有人可以激励他们、领导他们？”

“当然。”

“有人已经在吹捧你是当市长的料。你对这件事感兴趣吗，麦克白局长？”

“我是一名警察，我只希望干好该干的事，服务于这座城市。”

“换句话说，做人民的公仆。你的前任——邓肯，也把自己当成人民公仆，但他并不像你这么低调。他承诺要在一年之内抓住城里最有势力的罪犯——赫卡忒，别名‘隐形之手’。现在你已经解决了‘诺斯骑士’。你给自己设定多长的时限抓住赫卡忒？”

“首先我想说，之所以叫‘隐形之手’是有原因的。我们对赫卡忒知之甚少，只知道他有可能在幕后生产一种叫作‘精酿’的毒品。但鉴于‘精酿’在许多地方都生产和流通，同样可能的是，我们谈论的是一张贩毒网络或共享的供应链。”

“我能否这样理解，你刚才的意思是，不会像邓肯那样把抓捕赫卡忒作为头等大事？”

“我的意思是，作为警察局局长，我不会把所有资源都用于抓捕，以此制造头条，给警察贴金，然后在市政厅大摆庆功宴，实际上却没为人们的日常生活做出什么实事。就算我们抓住了一个叫赫卡忒的人，如果不解决这个城市真正的问题，别人早晚会取代他的市场。”

“真正的问题是什么？”

“就业，沃特。给人们工作。这是打击犯罪最有效、最省钱的做法。我们可以让监狱里关满了人，但只要有人在街上流浪，吃不上饭……”

“你现在听上去真的像是在考虑参加选举了。”

“我不在乎这听起来像什么。我只想让这座城市恢复秩序。”

“那你打算怎么做？”

“我们可以努力让这座城市变成投资者和工人都能得到关照的地方。投资者不能赚了钱就跑，而要为社会福利缴税，也不能通过贿赂享受特权。但政府可以向他们保证依法办事。同时，工人们有权在无毒无害的工厂里工作。我们最近牺牲的英雄班柯，几年前失去了他的爱人薇拉。她在一座工厂干了很多年，吸入的都是有毒气体。薇拉是一个可爱、勤奋的妻子和母亲。我个人和她关系很好，对她感情很深。作为警察局局长，我向广大市民保证，未来城市里不会再有这样的工厂，不会再有更多的薇拉失去生命。我们还会采取其他促进就业的措施。更好的措施。让人们过上更好的生活。”

麦克白从沃特·凯特的坏笑里能够看出，这番话给他留下了深刻印象。麦克白把自己都感动了。他的思路从未如此清晰。肯定是那包新粉末的作用，让他说话如此简洁有力、条理清晰，能够充分表达内心所想。

“局长，你的人气涨得很快，可以说是爆炸式增长。这是你敢于发表这种言论的原因吗？如果我是图特尔市长，我可能会把这些言论视为一种挑战。严格来说，他是你的老板，你的局长职位必须得到他的批准，否则你就坐不上这位子。”

“我的老板可不止市长一人，沃特，还有我的良知以及本市的市民。我的良知和这座城市比局长办公室一张舒适的椅子更加重要。”

“四个月后就是新一届市长选举，距离候选人提名截止只有三周了。”

“你要说是，那就是吧，沃特。”

沃特·凯特笑了，将一只胳膊举过头顶：“好吧，感谢麦克白局长接受采访。他说他不懂漂亮话，我不太肯定这是不是实话。下面是由迈尔斯·戴维斯带来的……”他放下胳膊，指了指窗口。红灯灭了，扬声器里传来刺刺啦啦轻柔的小号声。

“谢谢你，”凯特笑道，“‘不会再有更多的薇拉失去生命。’你知道自己光凭这一句话就可能选上市长了，不是吗？”

“感谢你的采访。”麦克白一动不动地说。

凯特不解地看了他一眼。

“我刚才没听错吧？”麦克白用低沉的嗓音一字一句地说道，

“你在结尾处指控我撒谎？”

凯特眨了眨眼，吃了一惊：“撒谎？”

“我不太肯定这是不是实话……”

“噢，但那个——”这位记者的喉结动了一下，“不过是玩笑而已，一种……呃，一种表达方式，一种……”

“我逗你玩儿呢，”麦克白笑着站起身，“下次见。”

当麦克白离开广播电台大楼、走进雨里时，他感到沃特·凯特今后不再是个麻烦了。当他坐到豪华轿车的后座上时，他感到方尖塔、德夫和夫人的病也不再是问题。因为他的思维比过去任何时候都清晰。

“慢点开。”他说。

他想好好享受一番这段在城中穿行的旅途。他的城市。

说得很对，现在还不是他的，但很快就是了。因为他是打不败的。被药物完全控制的。

当他们等待红灯时，麦克白的目光落在一个男人身上。虽然人行道的灯是绿的，但他还是在路口等着没走。他的上半身和脸被一把巨大的黑伞遮住，麦克白只能看见他浅色的外衣、棕色的鞋，还有手中牵着的一条大黑狗。麦克白的心里突然冒出一个想法。那条狗有没有想过它为什么会被人控制，为什么脖子上会有一条牵引绳？它得到一点点的食物，分配给它的那一小块，只够它安逸地苟活，永远被封固于方寸之间。只要打破这层约束，那条狗就可以趁主人睡着时慢慢跑过去，撕开他的喉咙，占领整栋房屋。它需要做的就是这些。一旦你懂得如何打开食品柜，后来这些不过是自然反应。

第三部分

第二十五章

“这是我们最好的羊毛了。”导购一边说一边恭敬地抚摩着衣架上一件黑色西服的面料。

服装店的窗外飘着蒙蒙细雨。几个大风天过后，河面的水浪已经开始平静下来。

“你觉得怎么样，波纳斯？”赫卡忒说，“适合麦克白吗？”

“我以为您想买的是无尾晚礼服，而不是黑西装。”

“想必你知道，去教堂是从来不穿晚礼服的，何况麦克白这周有好多场葬礼要参加。”

“所以今天不买晚礼服？”导购说。

“两种都需要，阿尔。”

“我只想提醒一下，如果是参加大型晚宴，按理是要穿燕尾服的，先生。”

“谢谢你，阿尔，但这次不是去皇宫，只是去地方市政厅。你觉得呢，波纳斯？燕尾服是不是有点——”赫卡忒咂了咂舌头，“太装腔作势了？”

“同意，”波纳斯说，“这就像暴发户非得把自己穿成传统贵族，看起来真的很像小丑。”

“很好，那就一套黑色西服和一套无尾晚礼服。可以派个裁缝去因弗尼斯吗，阿尔？所有开销都记在我的账上。”

“我们照办，先生。”

“接下来，我们需要给这位先生做一套晚礼服。”

“给我？”波纳斯吃惊地说，“可我已经有一套——”

“谢谢，我见过了。相信我，你需要来一套新的。”

“是吗？”

“你的职位要求你的形象必须无可挑剔，波纳斯。更重要的是，你现在是在为我工作。”

波纳斯没吭声。

“你能再去拿几件晚礼服来吗，阿尔？”

“这就去。”导购说完尽职地一溜小跑，迈着罗圈腿朝通往下面商铺的楼梯跑去。

“我知道你在想什么，”赫卡忒说，“我承认，把你打扮好也是炫耀我权力的一种方式，就像国王装扮他的士兵和仆人。可我能说什么呢？我喜欢这样。”

波纳斯一直不敢肯定，这个老家伙微笑时露出的异常洁白、整齐的牙是不是他自己的。如果是假牙，它们显得相当古怪，因为它们中间镶了三颗金色的牙冠。

“说起炫耀权力，”赫卡忒说，“因弗尼斯晚宴那回有个漂亮的小男孩，他叫卡西，是吗？”

“是的。”

“他多大了？”

“十五岁零六个月。”波纳斯说。

“嗯。确实年轻。”

“年龄是——”

“我没有什么道德顾忌，但我也不好你对年轻小伙子的那一口，波纳斯。我只是提醒你，他年轻得有些不合法。而且这么搞可能会惹出大麻烦。不过我看出这件事让你不舒服了，所以我们还是换个话题吧。我听说，夫人病了？”

“这是精神病专家的说法。严重的精神病。有可能持续很久。他担心夫人有自杀倾向。”

“医生们难道不用发誓吗？”

“阿尔萨克医生大概也快需要一件新的晚礼服了。”

赫卡忒笑了：“给我寄账单就好。他能治好她吗？”

“不住院的话不行，”波纳斯说，“但我们不想那样，是吗？”

“等等看吧。我想很多人都知道，夫人是现任局长最重要的顾问之一，在现在这个关键时期，要是让公众知道夫人疯了，事态会变得很不利。”

“那精神病就……”

“怎么了？”

波纳斯把话咽了回去。“没什么。”为什么他总觉得自己在赫卡忒面前像个惶恐的小孩？这里不只有权力的威慑，还有种别的东西，某种让波纳斯害怕但又说不出来的东西。那不是他从赫卡忒眼里能看见的东西，而更多是他看不见的东西。那是一种令人血液凝固、注定归于虚无的宿命。一片荒原，冷得失去知觉的寒夜。

“不过我想说的是麦克白，”赫卡忒说，“我担心他。他变了。”

“是吗？”

“我担心他上瘾了。也许这并不奇怪，毕竟这是世上最令人上瘾的毒品。”

“‘权力’？”

“是的。并不是那一类粉末状的东西，而是真正的权力。我原来以为他不会这么快就上瘾。然而，他已经设法使自己摆脱了那些伦理道德的束缚，如今，权力是他新结交的、唯一的伙伴。你听见前几天的电台采访了吧。这小子想当市长呢。”

“但警察局局长的实权更大。”

“作为警察局局长，他当然要保证先将真正的权力交还给市政厅，然后再图谋市长的宝座。麦克白现在的确想要统治整个城市了。他觉得自己所向披靡，连我都能挑战。”

波纳斯吃惊地看着赫卡忒。他双手叠放在拐杖的金柄头上，正在观察波纳斯的反应。

“是的，波纳斯，这件事应该反过来才对：应该由你来告诉我，麦克白准备对我下手。这才是我花钱雇你的目的。现在你那比目鱼的小脑袋肯定在想，我是怎么知道这件事的呢？好吧，你来问我好了。”

“我……呃……您是怎么知道的？”

“因为他在电台的节目里就是这么说的，你也听见了。”

“我记得他说的话正好相反啊，他不会像邓肯那样，把追捕赫卡忒视为同等重要的大事。”

“你觉得哪个有政治野心的人会在广播里说，为了选举他不会去做什么？他本可以说，他会在抓捕赫卡忒的同时提高就业。头脑清醒的政治家向来喜欢四处承诺。但他说这话不是为了拉选民，而是为了我，波纳斯。他本来不需要这么做，但他还是公开表态，刻意迎合我。当有人刻意迎合你的时候，你就得小心了。”

“您觉得他想获得您的信任——”波纳斯望着赫卡忒，看自己有没有说到点上，“因为他觉得这样做，您就会让他接近您，然后他就可以把您除掉？”

赫卡忒从脸颊的疣子上揪下一根黑毛，仔细端详。“我动一动脚后跟就能把麦克白踩碎。但我需要投入很多资源才能把他扶上今天的位置，要说有一件让我痛恨的事，那就是我做了一笔糟糕的投资，波纳斯。所以，我要你睁大眼睛、竖起耳朵，弄清他在打什么算盘。”赫卡忒扬起胳膊，“啊！瞧，阿尔拿来了更多款式的晚礼服。你的胳膊很长，咱们来挑一件适合你的。”

波纳斯倒抽一口气：“如果我搞不清楚呢？”

“那你就对我没什么用处了，亲爱的波纳斯。”

这句话说得如此漫不经心，配上一道浅浅的微笑，更显得无足轻重。波纳斯努力寻找这笑容背后的东西，可找到的只有夜和寒冷。

“看着这块表，”阿尔萨克医生命令道，在病人面前晃悠他的怀表，“你要放松，感觉自己的手臂和腿很沉重。你很疲惫，马上就要入睡。你不会醒来，直到我说栗子。”

她很容易被催眠。容易到阿尔萨克不得不好几次查看她是不是在装睡。每次他来因弗尼斯治病，都会被这名叫杰克的接待员领到这间套房。她在屋里穿着睡衣，因为她拒绝穿任何别的衣服。她的双手因为每天例行的搓洗而变得通红，就算她坚称自己什么也没吃，他也能从她的瞳孔看出，她受到某种毒品或什么东西的影响。这是她无法获准进入精神病院治疗的不利因素之一，否则他便能监测她的用药、睡眠和饮食状况，观察她的行为。

“让我们从上次结束的地方开始，”阿尔萨克说着，看了一眼他的笔记。他并不需要笔记来回忆，那些细节是如此残酷，它们已深深地烙进他的脑海里。他需要笔记来确认，她真的对他讲过。第一行笔记并不稀奇，相反许多类似案例里都能看见这种描述：“父亲失业、酗酒，母亲抑郁、暴力。你在一条河边长大，你管那地方叫破屋子或老鼠窝。真的。你告诉我，你记忆里的第一件事，便是望见一群老鼠在太阳落山时，朝你的房子爬过来。你记得自己一直以为那是老鼠的房子。你睡的是它们的床，吃的是它们的食物。当它们蹿上你的床时，你明白它们为什么咬你。”

她的嗓音变得轻柔、低沉：“它们只想要属于它们的东西。”

“你父亲爬上你的床时，也说了同样的话。”

“他只想要属于他的东西。”

阿尔萨克扫了一眼笔记。这不是他治疗的第一起性侵案例了，但这一案例中的某些细节还是令人感到非常不安。

“你十三岁时怀孕，生下一个孩子。你母亲管你叫婊子。她说你应该把这孽种放进河里淹死，但你拒绝了。”

“我只想要属于我自己的东西。”

“于是你和那孩子都被赶出了家门。第二天晚上，你是和自己遇见的第一个男人一起度过的。”

“他说如果那东西再不停止吵闹，他就杀了那孩子。于是我把她放到床上。可他又说，那玩意儿让他无法集中精神，因为她一直在盯着他看。”

“当他睡着的时候，你从他口袋里偷了钱，从厨房里偷拿了食物。”

“我只拿了属于我的东西。”

“什么东西是属于你的？”

“别人都有的。”

“后来发生了什么？”

“河水干涸了。”

“告诉我，夫人。后来发生了什么？”

“越来越多的工厂建起来了。越来越多的工人涌进城里。我挣了一点钱。妈妈过来看我，告诉我爸爸死了。他得了肺病，死得很痛苦。我告诉她，我真希望能亲眼见到他痛苦的样子。”

“别回避我的问题，夫人。直截了当地回答。那孩子后来呢？”

“你见过婴儿的脸变得有多快吗？几乎一天一个样。所以，突然有一天，变成了他的脸。”

“你父亲的？”

“是。”

“那后来你做了什么？”

“我喂了她很多很多奶。她睡着时一直冲我幸福地微笑。然后，我朝墙狠砸她的头。你知道吗，一颗头很容易就砸碎的。人的生命是多么脆弱。”

阿尔萨克倒抽了一口凉气，清了清嗓子：“你这么做，是因为那孩子的脸像你父亲吗？”

“不。但这最后让我下定决心。”

“你的意思是，你考虑这件事已经有一段时间了？”

“是，当然。”

“你能告诉我，为什么你说‘当然’吗？”

她沉默了一阵儿。阿尔萨克见她的瞳孔抽动了一下，这让他联想到某样东西——蛙卵——一只试图冲出黏卵的蝌蚪。

“要想达到目的，你必须下得了狠心，能够放弃你的所爱。如果和你一起准备登顶的那个人体力不支，你要么给他打气，要么就砍断绳索。”

“为什么？”

“为什么？如果他掉下去，会把你们两个都拽下去。如果你想活下来，你的手就要去做内心拒绝去做的事。”

“杀了你爱的人？”

“就像亚伯拉罕献出自己的儿子。血流成河吧。阿门。”

阿尔萨克感到后背一阵发凉，记下笔记。“山顶上有你想要的什么东西？”

“山顶就是最高层。到了那儿，你就站在了高处。万物之上，万人之上。”

“非得到那儿不可吗？”

“不。你可以在低地里爬来爬去，在垃圾堆上爬，在泥泞的河床里爬。可一旦你开始向上爬，就没有回头路。要么是山峰，要么是深渊。”

阿尔萨克放下钢笔：“为了这座山峰，你愿意牺牲一切，包括你爱的人？生存比爱更重要吗？”

“当然。但最近我发现，没有爱我们也能生存。所以，生存的全部意义就是等死，大夫。”

她的眼睛突然变得明晰，这一瞬间，阿尔萨克感觉她根本没病。但这可能只是催眠的效果，抑或短暂清醒。这样的事阿尔萨克见多了：一个严重精神失常或抑郁的病人如何突然变得灵光，像一个溺水者凭意志浮出水面，让亲人和缺乏经验的大夫都看到希望。他们可以连续几天一直浮在水面，只为用这最后一点意志去完成他们一直感到恐惧的事，或只为等黑暗来临时再次沉没。但这回不是。一定是催眠的效果，因为蛙卵的黏膜这会儿重新封住了她的眼睛。

“这份报纸上说，自电台采访之后，人们都在等你宣布正式参加市长选举。”西登说。他把报纸在咖啡桌上摊开，在上面剪着指甲。

“随他们去写吧，”麦克白说着看了一眼手表，“图特尔应该十分钟前就到这儿了。”

“但你会吗？”说话间，他剪掉了食指上又长又尖的指甲——声音洪亮、清脆。

麦克白耸了耸肩：“这种事得好好想想。谁知道呢？当想法成熟的时候，可能就有不一样的感觉了。”

门“吱呀”一声。普丽西拉浓艳甜美的脸蛋从狭窄的缝隙里露出来。“他到了，长官。”

“好，请他进来。”麦克白起身，“给我们来点咖啡。”

普丽西拉笑了笑，她的双眼淹没进肉嘟嘟的脸颊里，接着她也消失了。

“我走吧？”西登一边问一边从沙发上起身。

“你留下。”麦克白说。

西登又剪起指甲。

“但是站起来。”

西登站了起来。

门大开。“麦克白，我的朋友！”图特尔喊道。有一个瞬间，麦克白在想门框够不够宽，或是他的肋骨够不够硬，因为市长正在用肥厚的手掌猛拍他的后背。

“你把这儿搞得很有生气嘛，麦克白。”

“谢谢您。请坐。”

图特尔朝西登微微点了点头，然后坐下：“谢谢。还要谢谢你呀，大局长，在这么短的时间里就同意见我。”

“您是我的雇主，您拨冗过来，应该是我感到荣幸才对。而且重点是，是您过来，而不是我过去。”

“呃……我不喜欢让别人觉得他们被召见。”

“这话的意思是，我是被召见的？”麦克白问道。

市长笑了：“完全不是，麦克白。我只想看看情况怎么样了。你有没有适应环境。我是说，现在有点过渡期的意思。加上过去几天发生这么多事……”图特尔转了转眼珠，“局面可能变得一团糟。”

“您的意思，已经是一团糟了？”

“不、不、不。完全没有。我觉得你对一切问题的处理都超出了我的预期。毕竟你资历尚浅。”

“资历尚浅。”

“是的。事情发展得很快，你必须迅速反应，作出评论。然后你可以讲一些连大脑都不过的话。”

普丽西拉走进来，往桌上放了一个盘子，倒上咖啡，笨拙地行了个礼，然后走了。

麦克白啜了一口咖啡：“嗯。你是指那次电台采访吧？”

图特尔伸手去拿碗里的方糖，拿了三块，放嘴里一块。“你的一些表态可能被解读为在批评我和市议会。这没有问题——我们敬佩一位敢说真话的警察局局长——这里维护言论自由。问题当然在于，这些批评和你想传达的意思相比，是不是有点太尖锐了？你说呢？”

麦克白把食指放在下巴上，出神地凝望着空气：“我不认为它过于尖锐。”

“你瞧瞧。跟我想的完全一样。你并不打算尖锐嘛！你和我，我们的目标是一致的，麦克白。为这座城市争取最好的未来。让轮子转起来，让失业人口降下来。经验告诉我们，降低失业率有助于减少犯罪、打击毒品交易，回过头来也会降低财产犯罪。很快，犯人的数量会大幅下降，大家都问，前几任做不到的事，麦克白局长是怎么做到的？你知道，一位市长只能连续干两任。所以，在我当选后——但愿如此——然后结束第二个任期，就该轮到新人登场了。那时候市民们可能会认为，他们需要你这样的人，一个干出实实在在成果的警察局局长。”

“还要咖啡吗？”麦克白将棕色液体倒进图特尔已经满了的杯子，直到它溢出来流进茶碟，“你知道我的朋友班柯过去经常说什么吗？趁姑娘爱你，赶紧吻她。”

“意思是？”图特尔盯着茶碟说道。

“感觉是会变的。市民们现在爱我。四年可是很长一段时间。”

“也许吧。但你必须选择一场属于你的战斗，麦克白。你现在的决定是挑战现任市长——这在历史上很少获得成功。或者等待四年，然后在选举中得到离任市长的支持——历史上，这样成功的例子不胜枚举。”

“作出这种承诺很容易，但违背承诺更容易。”

图特尔摇了摇头。“我漫长的政治生涯所依靠的是战略结盟与合作，麦克白。肯尼斯早就确保警察局局长拥有广泛的权力。我过去作为市长——现在也一样——完全要依赖警察局局长的配合办事。相信我，我深知违背承诺会让自己付出多么巨大的代价。麦克白，你是个聪明人，学得也快，但你缺少参与政治这样一场复杂的、讲究权谋的游戏的经验。突来的声望和电台里几句讨好人心的漂亮话都不足以助你胜选。我的支持虽然也不够，但至少比你单打独斗希望更大。”

“如果你没有把我当成一个对你构成巨大挑战的人，你是不会来这儿劝我放弃参加竞选的。”

“你可以这么认为，”图特尔说，“因为你依然缺少足够的政治经验看清更大的图景。这个图景就是，如果未来四年我继续担任市长，你担任警察局局长，那么城里人就会怀疑，这两个最有权力的人会不会因为竞选斗争而难以合作。另外，这也会使我无法支持你候选人的身份。我相信你理解。”

“我相信你理解”总是有那么一点点居高临下。麦克白想开口反驳，但思维却没有跟上。

“我提个建议吧，”图特尔说，“别参加选举，你也不用等四年再得到我的支持。”

“哦？”

“是的。你逮捕赫卡忒那天对我俩而言将是巨大的胜利。我会在当天为你背书，我希望你作为我的继任者参加四年后的竞选。你觉得怎么样，麦克白？”

“我想我在电台里说过，逮捕赫卡忒不是我们的头等大事。”

“我听见了。我的理解是，你这么说是不想承受邓肯给警局的压力，作出太过乐观和具体的承诺。这样你抓住他就可以算作锦上添花。这就是你的计划，对吗？”

“一点儿都没错，”麦克白说，“赫卡忒这个人很难抓，但如果机会自己送上门来——”

“根据我的经验，恐怕我得告诉你，机会是不会自己送上门来的，”图特尔说，“你必须自己创造机会，然后抓住机会。所以你想怎么抓捕赫卡忒？”

麦克白咳了一声，摆弄起他的咖啡杯，试图梳理思路。他之前就意识到，一旦着手做这件事，困难立马接踵而至，而且好像还不小：他要同时使许多球保持在空中，只要掉一个，其余的都会跟着掉下来，他就得重新来过。难道是他手中的权力太多？或是太少？麦克白的目光转向坐在咖啡桌旁的西登，但从他那里得不到什么帮助。当然得不到。只有她才能帮他。夫人。他必须戒掉毒品，和她好好聊一聊。只有她才能吹散迷雾，帮他厘清思路。

“我打算引诱他自投罗网。”麦克白说。

“什么样的网？”

“我还没想清楚。”

“我们说的是城里的头号敌人，所以我希望你随时向我通报进展，”图特尔说着站起身，“也许你可以在明天邓肯的葬礼上给我一个大致的计划，顺带告诉我，你关于选举的决定。”

麦克白握住图特尔伸出的一只手，没有起身。图特尔朝他身后的墙点了点头：“我一直喜欢这幅画，麦克白。不用送我了。”

麦克白望着他。每次见到图特尔，他似乎都比之前更胖了。他一直没碰那杯咖啡。麦克白在椅子上转过去，转向那幅画。那是一幅巨作，画里有一个男人和一个女人，两人都穿着工人的衣服，手拉手走在路上。他们身后是一排小孩，而在孩子们身后，太阳悬在高空。更大的图景。他想这画大概是邓肯挂上去的，肯尼斯当年多半挂的是他本人的肖像。麦克白把头歪向一边，但还是搞不懂这图景意味着什么。

“告诉我，西登，你怎么想？”

“我怎么想？图特尔去死吧。你比他更有声望。”

麦克白点点头。西登像他，不是一个有大局观的人。只有她能看清大局。

夫人把自己关在了房间里。

“我需要跟你聊聊。”麦克白说。

没有反应。

“亲爱的！”

“是因为那个孩子。”杰克说。

麦克白朝他转过身去。

“我把孩子从她手里拿走了。那东西已经开始发臭，我也不知道还能怎么办。但她以为是你叫我拿走的。”

“好，做得好，杰克。我只想听听她对一件事的建议……不过……”

“先生，以她现在的状态，很难给你什么建议。我能问问——算了。抱歉，我忘了自己是谁。你不是夫人，先生。”

“你觉得我是夫人？”

“不，我只是……夫人通常会和我念叨她的想法，我则尽己所能地帮她分忧。我也没有太多能做的，但有时候讲给别人听能够让你厘清思路。”

“嗯。给咱俩来杯咖啡吧，杰克。”

“马上，先生。”

麦克白走上夹楼。朝下面的赌场大厅望去。今晚冷冷清清，没有熟悉的面孔。他们跑哪儿去了？

“在方尖塔。”杰克说着，递给麦克白一杯热气腾腾的咖啡。

“什么？”

“我们的常客，他们都去方尖塔了。您刚才在想这个，是不是？”

“也许吧。”

“我昨天去了方尖塔，认出五个常客，还跟其中两个说了几句话。结果发现，暗中侦察的不止我一个。方尖塔也派人来过这儿。他们找出哪些人是我们的常客，然后向他们提供力度更大的优惠。”

“力度更大的优惠？”

“赊账期。”

“这是违法的。”

“当然是私下提供。它不会出现在方尖塔的分类账中。如果有人来检查，他们就死不承认会给赊账期。”

“这样的话，我们最好也能给。”

“我觉得问题没这么简单，先生。你看看楼下的酒吧，人少得可怜。在方尖塔，队伍可是一列接一列。啤酒和鸡尾酒比我们便宜三成，这不仅增加了客源和酒吧的营收，也让人们在赌场里更放得开手脚。”

“夫人以为我们的客户群不一样，我们比他们更注重服务质量。”

“在城里去赌场的人大致可分为三类，先生。第一类是纯粹的赌徒，不在乎地毯有多好，白兰地有多贵。他们要高效的赌台管理员，一张能敲诈乡巴佬的扑克牌桌，还有——如果可能的话——赊账期。方尖塔的客户就包括这群人。第二类是我刚才提到的乡巴佬，他们来这里通常是因为我们被誉为真正的赌场。可现在，他们却发现自己更喜欢方尖塔那种简单，且更充满乐趣、不讲道德气氛的赌场。比起听歌剧，他们更喜欢赏俗曲。”

“我们属于歌剧？”

“他们想要廉价的啤酒，便宜的女人。大老远跑进城，还能有什么别的可图？”

“最后一类人呢？”

杰克指向下面的赌场：“西城人。他们不愿意和低俗人群混在一起。我们最后的忠实客户。到目前为止是这样。方尖塔准备在明年开一处有着装要求的新赌场，把最低赌注的门槛提高，同时在酒吧提供品牌更昂贵的白兰地。”

“嗯。那你建议我们怎么做？”

“我？”杰克笑道，“我只是个接待员，先生。”

“还是一个赌台管理员。”麦克白望向下面那张二十一点的牌桌——他、夫人和杰克第一次认识的地方，“那么就让我来征求一下你的建议好了，杰克。”

“一个赌台管理员只会看人们下注，先生。他们从来不给建议。”

“好吧，那你听着。图特尔来找我，说他不希望我竞选市长。”

“你准备竞选吗，先生？”

“我不知道。可能有点想，又有点不想，然后又开始有点想。特别是在图特尔屈尊俯就地跟我解释政治到底是怎么一回事以后。你有什么想法？”

“噢，我肯定你会是一个出色的市长，先生。想想你和夫人能为这座城市做的一切！”

麦克白注视着杰克灿烂的笑容——毫不掩饰的兴奋，天真的乐观。好像自己过去的影子。一个奇怪的想法突然冒出来：他真希望自己变成杰克，变成一个接待员。

“但如果输了，我会很惨，”麦克白说，“如果我这次不参加竞选，图特尔下次便会支持我。而且图特尔说得对，现任市长几乎总会连任。”

“嗯，”杰克说着挠了挠头，“除非在选举前夕曝出一桩丑闻。一桩破坏力极强的丑闻，迫使市民根本无法允许图特尔连任。”

“比如？”

“夫人叫我去查图特尔晚宴时带来的那个男孩。我的线人告诉我，图特尔的老婆搬到法夫的夏季别墅去了，与此同时，这个男孩住了进来。他还不到从事性服务的法定年龄。我们现在需要行为不端的确凿证据。例如，从市长官邸的雇员身上挖。”

“杰克，这个点子好！”一想到能击溃图特尔，麦克白兴奋得脸直发热，“我们搜集证据，然后我叫凯特组织一场选举辩论直播，这样我就能当着图特尔的面揭露他的不正当关系。他肯定猝不及防。怎么样？”

“可能行吧。”

“可能？你什么意思？”

“先生，我只是在想，你自己十五岁时也曾经搬进一个没有孩子的男人的家。图特尔可以拿这个来反击。”

麦克白又觉得热血涌上脸：“什么？班柯和我吗……”

“如果你率先发动攻击，图特尔也不会犹豫，先生。情场和战场都是不择手段的地方。另外，如果事情看上去像是你利用职务之便监视图特尔的私生活，对你也不是好事。”

“嗯，你说得对。那你会怎么做？”

“让我仔细想想。”杰克小酌一口咖啡。又酌一口。然后把杯子放在桌上，“这个男孩的事必须通过间接的方式透漏出去。不过，只要你直接出面和图特尔作对，仍然会被怀疑是幕后推手。所以，捅出消息的时机应该在你宣布参选之前。事实上，为了确保外界不对你产生怀疑，你也许应该宣布不准备参选，至少未来四年不会。你要先做好警察局局长这份工作。接着，当丑闻使图特尔丧失竞选资格时，你便半推半就地说，既然城里临时需要一位领导，那你只好顺应民意。如果记者问及你对图特尔丑闻的看法，你要拒绝予以置评，表现出自己不屑于关注那种行为，只关心怎么让这座城市……呃……先生，你在电台里用了一个特别好的表述，是什么来着？”

“恢复秩序，”麦克白说，“现在我明白夫人为什么请你做顾问了，杰克。”

“谢谢你，先生，但我的作用没那么大。”

“但你对这些事看得比一般人都清楚。”

“也许是旁观者清吧。和身处各种险境、陷入情感旋涡的当局者比，做赌台管理员还是要容易些。”

“我觉得你是一名非常出色的赌台管理员，杰克。”

“作为赌台管理员，我建议您再仔细研究一下手里的牌，看看有没有比这更好的出牌方式。”

“哦？”

“如果你这回不参选，图特尔就答应下次选举时支持你。但如果他因为恋童癖出局，这种承诺就没什么价值了。”

麦克白捋了捋胡子：“太对了。”

“所以你现在应该要点别的东西。告诉图特尔，你连要不要参加下次选举都不确定。你倒愿意让他现在就给你些实际的好处。”

“比如？”

“你想要什么，先生？”

“我想要……”麦克白见杰克朝赌场大厅的方向使了个眼色，“呃，更多的客人？”

“对，方尖塔的顾客。即便你有他们非法提供赊账期的证据，但你作为警察局局长还是无权关停方尖塔。”

“我没有吗？”

“我做赌台管理员时偶然得知，警察可以起诉个体，但只有博彩委员会才能关掉整个赌场。而管辖这个委员会的是……”

“市政厅。图特尔。”

麦克白的思路现在清楚了。他不需要权力。他应该直接把已经变成废物的东西处理掉。哪里的门铃响了。

“好像来客人了。”杰克站起身。

麦克白抓住他的胳膊：“就等着向夫人汇报我们的计划吧。我敢说，这会让她一下子好起来。我们怎么谢你，杰克？”

“不需要谢，先生，”杰克歪着嘴笑道，“你救过我的命，这就够了。”

第二十六章

德夫咽下他的呕吐物。上船第四天了，但一切依旧没有好转的迹象。一方面是因为海，但更多是因为厨房里的臭味。内间旋转门的后面弥漫着一股馊了的油脂和发酸的奶腥味，房间的另一头乱糟糟的，那是船员们坐下吃饭的地方，有一股汗水和烟草的味道。管事把做早饭的任务交给了德夫，说他应该能做好。在面包上抹点芝士，加上各种肉类，再煮鸡蛋、煮咖啡，就算头回出海的晕船者也应付得来。

德夫醒来时是六点钟，头一件事就是往床边的桶里大吐一阵儿。两个晚上过去了，他还是无法住在同一间房舱，因为铺位不够，他只好借值班人的床睡觉。幸好他睡的都是下铺，不用非得把桶弄到床上。他刚把毛衣脱过头顶，那阵恶心又来了。下到厨房的路上，他得停下来好几次，冲进大副房舱的厕所里呕吐，然后在爬上最后一段陡峭的楼梯前，往水池里吐一阵儿。

早饭已经供应，值班的船员看起来好像都吃完了。是时候清理干净，等他们开始做午饭了。

德夫吸入三口胃部能够忍受的可疑气体，站起来走向乱哄哄的一群人。

最近的桌旁坐着四个人。说话的是一个大嗓门儿、有点超重的机工。他穿一件溅着油渍的埃索T恤衫，胳肢窝下面是一圈圈汗渍，头戴一顶赫尔城老虎队的球帽。他说话前先要探出身子闻闻前面，再嗅嗅后面，活像一个颠倒过来的逗号。他三句话里没一句好话，言语间总在侮辱那些级别更低的船员。“嘿，斯巴克斯，”机工用喊叫确保所有人都知道他指的是桌子尽头一个戴眼镜的小伙子，“你没问问这个新来的帮厨，能不能给你烤点鱼肉馅饼？这样你就能把自己的家伙插进去，享受最接近阴道的感觉了。”他嗅了一下，然后笑起来。这话不过引起一阵短促、勉强的笑声。那名年轻的无线电报务员飞快地笑了笑，然后便埋头吃饭，头比之前压得更低。德夫听他们管这位机工叫哈奇[1]。他动了动鼻子，“但从今天的早饭判断，我怀疑你不知道怎么做鱼肉馅饼是不是，臭小子？”又嗅了一下。

德夫和那个报务员一样，一直没抬头。在抵达首府的码头前，这是他唯一要做的事——保持低调，闭嘴，做好伪装。

“告诉我，厨房的臭小子！你管这个叫炒蛋吗？”

“有什么不对吗？”德夫说。

“不对？”机工翻了个白眼，冲其他人说：“这新来的问我有什么不对。就是这炒蛋看起来、吃起来像呕吐物。你的呕吐物。从你绿了吧唧、晕船的嘴里吐出来的。”

德夫看了一眼机工。那家伙在坏笑，他发光的眼里闪过一丝邪恶。德夫以前见过。洛瑞尔，孤儿院院长。

“对不起，炒蛋没有达到你的预期。”德夫说。

“没有达到我的预期，”机工模仿他的口吻，动了动鼻子，“你以为你在他妈的豪华饭店里呢，是吗？在海上我们要吃的是食物，

[1] 即后文中哈钦森的昵称。

不是大粪。你们说呢，弟兄们？”

他周围的人小声应和，但德夫见其中两个人尴尬地低着头。也许他们违心附和是为了避免成为受攻击的目标。

“管事中午就上班了，”德夫说着将一盘盘食物和牛奶盒放进一只托盘，“希望中午吃上好的吧。”

“可有一样东西没变好，”机工说道，“那就是你的长相。你长虱子了，所以你才戴帽子？还有这些像阴毛一样的胡子，怎么搞的，臭小子？别人长了一张脸，你却长成了你妈的阴部。”

机工期待地环顾四周，但这回所有人都在盯着地看。

“我有一个建议，”德夫说。他知道自己不该说话，知道他答应自己不说，“斯巴克斯可以把自己的家伙插进你的胳膊下头。这样他就能获得阴道的感觉，而你总算也能尝尝鸡巴的滋味儿。”

一桌子安静极了，只能听见德夫把一盘盘芝士、香肠和黄瓜放到托盘上的声音。这一回，他没有吸气。

“我再重复一遍你可能最感兴趣的那半句吧，”德夫说着放下托盘，“你总算也能尝尝鸡巴的滋味儿。”他特意突出每个字的字头，这样大家都清楚他说了什么。德夫随后转向那张桌子。机工已经起身，朝他走过来。

“把你的眼镜摘了。”他说。

“不戴这个，他妈的什么也看不清啊，”德夫说，“戴上就看见一个浑蛋。”

机工向后扬起胳膊，暴露出这一拳的方向，然后抡过来。德夫退了一步，身子一闪，让过机工沾满黑油的拳头，待对方失去重心时，德夫朝前走了两步，抓住他的另一只手，用力往回反拧手腕，然后抓住机工的肘部，让他顺势向前倒去，自己则滑向后方。机工大叫一声，不由得弯下腰去，以缓解手腕的疼痛，德夫则趁机让他冲到墙上，栽了个跟头。德夫把机工拉了回来，再次朝前死磕。这回是撞击舱壁。德夫将这个无助的机工的胳膊向后抬高，知道很快就会有东西撑不住而断掉。机工的喊叫声变成了号叫，他的手指绝望地冲德夫的帽子上猛戳。德夫第三次拿他的头朝墙上撞去。正当他准备搞第四下时，他听见一个声音：

“够了，约翰逊！”

德夫用了一秒才想起来，这是他报名时用的名字。他意识到这是船长的声音。德夫抬起头。船长正站在他们面前。德夫放开机工，他“扑通”一声跪在地上，呜咽着。

“怎么回事？”

德夫这才发现自己喘着粗气。因为挑衅。因为愤怒。“没什么，船长。”

“我知道没什么和有什么的区别，约翰逊。到底怎么回事，哈钦森？”

德夫不敢肯定，但听起来跪在地上的那个人好像在哭。

德夫清了清嗓子：“朋友之间打赌，船长。我想证明法夫的擒拿术比赫尔的重拳更厉害。我可能有点忘乎所以了。”他拍了拍机工发抖的后背：“对不起兄弟，但我们都认为法夫这回赢了赫尔，是吧？”

机工点了点头，还在哭哭啼啼。

船长摘下帽子，仔细打量德夫：“你刚才说，法夫的擒拿术？”

“是。”德夫答道。

“哈钦森，去机舱干活。你们其他人很闲是吧？”

一大堆人瞬间消失。

“给我倒杯咖啡。坐。”船长说。

德夫照做。

船长拿起杯子，放到嘴边好几次。他看着下面黑色的液体，嘴里叨咕着什么。正当德夫开始怀疑船长是否忘了他的存在时，船长抬起头来。

“约翰逊，一般来说，我认为不值得花费精力去调查某个人的背景。许多船员头脑简单，智商有限；他们的过去我不想打听，他们的未来也不在这艘‘格拉姆斯号’上。正因为他们不会在我手下待太久，也不会成为我长期的包袱，所以我没必要介入太深。我关心的只是作为我的船员，他们如何发挥出一个团队应该有的样子。”

船长又啜了一口，露出痛苦的表情。德夫不知道是咖啡的缘故，还是因为伤痛或是这段对话。

“你像是一个受过教育、胸怀大志的人，约翰逊，但我不会问你是怎么沦落到这里的。我不确定自己到底要不要知道真相。但我想，你应该知道团队是怎么工作的。你知道团队有等级和次序之分，每个人都会有相应的角色，相应的位置。船长在最上边，新手在最底下。只要每个人接受自己和别人的排位，我们就是一群可以共事的船员。我想要的就是这个。但是眼下，我们‘格拉姆斯号’等级次序靠后的部分有点混乱。有三个新人都可能成为那个垫底的角色。斯巴克斯，因为他最年轻。你，因为第一次出海。还有哈钦森，因为他最蠢，而且很难让人喜欢。”

又啜一口。

“斯巴克斯可以垫底，熬过这趟旅程。他年轻，够聪明，也好学。而你，约翰逊，在对哈钦森出手之后已经提升了自己在这里的地位，这一点我刚才看见了。根据我的了解，事情变成这样是你激化的。但我了解哈奇，肯定是他挑的事儿。他就是个蠢货，搬起石头砸自己的脚。所以他才要找一个人骑在人家头上。这个人也许会是在首府报名出海的某个可怜虫。因为一直会有人离开，所以我们需要招募一些新船员。你明白吗？”

德夫耸耸肩。

“下面就是我的问题了，约翰逊。哈奇会一直尝试，但他永远都是垫底的角色。而我更喜欢让别人来做这个垫底，找一个能安静地接受自己命运的人。但鉴于哈奇脾气臭、爱挑事，觉得自己平时已经受够欺负，现在该轮到别人来替换他，他会一直把这里闹得乌烟瘴气。他当机工不差，但没有他，我的船员可以干得更好。”

“咕咚”一声，喝了一大口。

“所以你会说，干吗不开除他呢？你这么说是因为你不是海员，不懂海员工会的聘用合同，也就是说我必须一直聘用哈奇，除非找到他的把柄，可以给我一个所谓客观性的理由开除他。对同事进行人身攻击就属于一种客观性理由……”

德夫点点头。

“所以呢，我从你这儿要的，就是给海员工会的一句话，再加一个签名。其他的我可以管目击者要。”

“我们只是在闹着玩儿，船长。不会再有这种事了。”

“是，是不会。”船长挠了挠他的下巴，“刚才我说了，我一般不会调查手下船员的背景，没那个必要。但我得说，你对哈奇用的擒拿术，我之前只见过两次：宪兵用过这招，港务警察用过这招。他们都属于警察。所以现在，我想听真相。”

“真相？”

“是的。他打你了吗？”

德夫看着船长。他猜船长从一开始就知道他的真名不是克里夫·约翰逊，这个厨房的小子也没在饭店里干过。他要的不过是一句“打了”，外加一个违心的签名。就算到时候他们聊起这个约翰逊的真实身份，他也早已离开这条船，远走高飞了。

“我明白了。事实就是，”德夫说着，见船长从桌上探过身子，“我们只是在闹着玩儿，船长。”

船长坐了回去，拿起咖啡杯送向嘴边。杯子上方，他的目光紧紧盯着德夫。不是看他的眼睛，而是更高的地方——额头。船长大口喝着咖啡，喉头上下移动。接着，他把空杯往桌上用力一放。

“约翰逊。”

“船长有何吩咐？”

“我喜欢你。”

“船长？”

“我没有理由相信，你比我们其他人更喜欢哈奇。但你不喜欢告发。对我这个当船长的来说，这不是好消息，但它体现了你的正直。我敬佩你这一点，所以我不会再提这件事了。虽然你晕船，虽然你没说实话，但我可以用更多像你这样的人做我的船员。谢谢你的咖啡。”

船长起身离开。

德夫坐在那儿，怔了好几秒。接着，他把空杯拿到厨房，放进水池。他闭上眼，双手放在冰冷发光的金属台上，忍住一阵恶心。他刚才在做什么？为什么不告诉他真相——哈奇是个恶霸？

他睁开眼。看见面前架子上挂的平底锅，背面映有他的影子。他的心跳骤停了一下。他的帽子掀到发际线上面去了，而他竟然没察觉。肯定是哈钦森抡拳时碰到的。那道伤疤在他的皮肤上十分显眼，仿佛飞机划过天际时留下的一道厚重的白线。疤。这便是船长放下杯子前一直盯着看的东西。

德夫闭上眼，叫自己放松，又把整件事在脑海里回放了一遍。

离港那天他们很早就出发了，那会儿报纸还来不及在街上贩售，所以船长不可能看到任何关于他的通缉照。除非他在电视上看过前一晚的新闻发布会，见过德夫的长相。但如果他见过，刚才那道疤露出来时，他眼中有没有震惊的迹象？没有。因为船长演技一流，不想表现出他认出了德夫，想给他来个突然袭击？由于无法肯定这一点，德夫姑且认为船长并没有认出他，可其他人呢？没有，他刚才一直背对着他们，直到船长命令他们出去才转过身来。除了当时躺在他面前的哈钦森。就算他看见了那道疤，他也没有像成天追踪新闻的人那样指认德夫。

德夫再次睁眼。

两天后，星期三，他们就靠岸了。

四十八个小时。低头再忍耐两天。他必须做到这一点。

管风琴声响起，麦克白站在天主教堂一排排的长椅间，感觉浑身的汗毛都竖了起来。不是因为音乐，不是因为牧师和市长的悼词，不是因为邓肯的棺材被六个人抬下过道，也不是因为他没有服用任何药剂。而是因为他身上这件别扭的新警服。只要他一动，粗羊毛便会刺激他的皮肤，让他发抖。他的旧警服不仅面料便宜，而且因为穿过多次，更加贴身舒适。他当然可以选择寄到警局大楼的那套新的黑西服，那可是赫卡忒的心意。羊毛纺的质量要高出一大截，但让人想不通的是，它比那件新警服还让人发痒。此外，凡是参加警员的葬礼，穿警服以外的服装都不符合传统。

棺材经过麦克白这一排。邓肯的妻子和两个儿子低头跟在后面，但当其中一个孩子偶然间抬起头和他四目相接时，麦克白下意识地低头朝地面看去。

接着，他们依次走上过道，加入葬礼的队伍。麦克白故意和图特尔走在一起。

“演讲不错。”麦克白说。

“谢谢。很遗憾，市政厅不同意支付这场葬礼的费用。工厂关停，税收下降，这样的仪式以后恐怕会越来越少。不过要让我说，我还是觉得这种做法太不文明了。”

“我能理解市政厅的苦衷。”

“我想邓肯的家人可不这么觉得。他老婆给我打电话，说我们应该开车拉着他的棺材上街，让人们有机会表达他们的缅怀和悲伤。他们想的就是邓肯想的。”

“你觉得人们会这么做吗？”

图特尔耸了耸肩：“说实话，我不知道，麦克白。我的经验是，这座城市里的人并不关心所谓的改革，除非他们看见的是实实在在的好处。我认为改变正在城里发生，但如果是这样，邓肯被杀本来会让人们感到非常愤怒。可与此刚刚相反，好像大伙已经接受了一个现实，那就是好人在这里总是会输。敢开口说话的只有凯特一人。你明天参加班柯和他儿子的葬礼吗？”

“当然。在工人教堂。班柯不太讲信仰，但他的妻子薇拉葬在那儿了。”

“但我接到通报，德夫的妻子和孩子会被下葬到天主教堂。”

“是。我个人不会参加那场葬礼。”

“个人？”

“我们会派警员驻守在那里，做好德夫出现的准备。”

“噢，对。我们应该陪着我们的孩子去他们的墓地。尤其是因为你知道自己对此负有一定责任。”

“是。说来好笑，当愧疚给你留下终生的印记时，荣光和赞美也将在同一个时间真相大白。”

“先打住，麦克白，你听起来像一个心里有点儿愧疚的人。”

“那就让我在这里忏悔吧。我杀了我最亲近的人，图特尔。”

市长停下来看着麦克白：“你说什么？”

“我的母亲。她生我的时候死了。走吧。”

“那你父亲呢？”

“当他听到我母亲怀孕的消息时便逃向大海，再也没回来。我在一家孤儿院长大。我和德夫。我们住同一个房间。不过你可能从没见过孤儿院的房间长什么样，对吗，图特尔？”

“噢，我可开了一两家孤儿院呢。”

他们走到教堂外的台阶上，强劲的西北风扑面而来。碎石子路上，麦克白见那棺材正在危险地摇晃。

“是啊，是啊，”图特尔说，“大海也是一种出逃的路径。”

“你是在指责我父亲吗，图特尔？”

“我俩谁也不认识他。我只想说，海上净是这种人——拒绝承担上天赋予他们的责任。”

“所以像你我这样的人就应该承担更多的责任，图特尔。”

“一点儿不错。那么你决定了吗？”

麦克白清了清嗓子：“我想明白了，从城市的利益出发，最好的办法还是警察局局长继续当警察局局长，同市长之间保持良好密切的合作。”

“这话说得很明智，麦克白。”

“当然，前提是这种合作能正常开展。”

“你指的是？”

“传言说，方尖塔以开赌场为掩护，私下里经营妓院，并且向一些赌徒非法提供赊账期。”

“前一桩指控以前就有，后一桩倒是没听过。不过你知道，这种传言很难证实，所以也就不了了之了。”

“我至少对两名赌徒有具体的怀疑，通过有效的讯问手段以及赦免承诺，我相信我能证明方尖塔有向他们提供赊账期。这样一来，博彩委员会应该会关闭方尖塔，进一步查清各类违规行为。”

市长用手摸了摸下巴：“你的意思是关停方尖塔，以回报你不参选？”

“我的意思只是，这座城市的政治领导和行政领导必须在执行法律法规时保持一致。如果他们不想被怀疑有人为了逃避惩罚而收买、贿赂了他们的话。”

市长咂了咂舌头，就像小孩子吃橄榄，麦克白心想，那种让你花很多年才能喜欢上的食物。“我们说的并不是一系列可能违规的行为，”图特尔好像在跟自己说话，“而且，我说了，这种传言很难追查清楚。可能会耗时很久。”

“相当长的时间。”麦克白说。

“我会给委员会的人先吹吹风，就说我们正在搜集一些情况，可能有必要让方尖塔停业。哎，对了，夫人怎么没来？她和邓肯关系这么好，我都能想象……”

“她不舒服，暂时的。”

“原来如此。代我向她问好，祝她早日康复。我们现在过去吧，慰问一下他的家人。”

“你先走。我随后就来。”

麦克白望着图特尔蹒跚地走下楼梯，用双手抓住邓肯夫人的一只手，望着他带着最深切的同情低下头去，噘起嘴唇。他真的很像一只龟。但刚才图特尔说了一句重要的话。海上净是那种人——出逃的人。

“没事吧，长官？”是西登。他一直等在外面。他说自己受不了教堂这种地方，不过这也无所谓。伤害局长的凶手不太可能参加葬礼。

“我们查过所有离港的客船，”麦克白说，“但有人想过查其他类型的船只吗？”

“您的意思是，偷渡者？”

“对。或者干脆在船上找个活儿干。”

“没有。”

“给昨天离港的所有船只发送一份德夫的详细描述。马上。”

“好的，长官。”西登两大步便消失在街角。

梅雷迪斯。梅雷迪斯已不在人世。但他心头的伤疤还在。麦克白不准备去她的葬礼。因为她不在人世已经很久，久到他已经忘了她是谁，久到他已经忘了曾经的自己。

他把重心换到另一只脚，感觉面料摩擦过大腿内侧，闻到湿乎乎的羊毛味。他打了个哆嗦。

第二十七章

德夫站在厨房，看着一大群乱哄哄的人。他们已吃过午饭，现在正一边卷烟一边小声聊天，或是嘻嘻哈哈，或是点着烟、喝着咖啡。只有一个人独自坐着。哈钦森。他脑门儿上贴了一块肉色的创可贴，向没在场的人诉说着昨天被人痛打的故事。哈钦森抽着烟卷，试图装出一副集中精神想事的样子，但拙劣的演技只让他看上去像个失败者。

“我们明天就到岸了，”管事自己点了一根烟，靠在灶台上说，“你学得很快。喜欢再多跑几趟吗？”

“你说什么？”

“你会不会留下来，再出一趟海？”

“不，”德夫说，“多谢你的好意。”

管事耸了耸肩。德夫见一个刚来吃午饭的人端着汤盘走向哈钦森的桌子，抬头一看，见哈钦森坐在那儿，转身便挤进边上人多的一桌。德夫看见哈钦森瞅见了这一幕，他这会儿正愤愤地眨着眼，越发专注于抽烟。

“还有昨天剩下的芝士蛋糕吗？”

德夫回过头。是大管轮。他正一脸期待地站在门口。

“抱歉，”管事说，“全吃光了。”

“等一下，”德夫说，“我记得我包了一小块儿。”他走进冷藏室，找到一个包着箔纸的盘子，拿出来递给大管轮，“有点凉。”

“没关系，”大管轮说着舔了舔嘴唇，“我喜欢吃凉的。”

“有件事……”

“怎么了？”

“哈钦森……”

“哈奇？”

“是。他看上去有点……呃……颓废。我在想船长跟我说的一句话。他说，哈奇是个好机工。是这样吗？”

大管轮来回摇着头，有点不确定地看着德夫：“他挺不错的。”

“也许应该告诉他。”

“告诉他什么？”

“他挺不错的。”

“为什么？”

“我觉得他需要听见这个。”

“我可不确定。夸赞只会让他们渴望涨工资和延长假期。”

“当你还是年轻机工的时候，有没有大管轮告诉你，你干得不错？”

“有，但我确实不错。”

“那就好好想想，你当时到底有多优秀。”

大管轮站在原地，张着嘴。

就在这时，船突然猛烈地颠簸起来。人群中爆发出一阵惊叫，德夫身后传来“咣当”一声。

“该死！”管事吼道。德夫转身瞧见一个大汤碗掉在地上。他望着那浓稠、发绿的豌豆汤慢慢地流出来，胃毫无征兆地一缩，酸水涌上喉咙。他刚抓住门框，脏东西便从嘴里喷了出来。

“怎么样，新来的，”大管轮说，“还有什么好的建议？”他转身离去。

“该死的，约翰逊，你还没吐够吗？”管事抱怨着，递给德夫一张餐巾纸。

“怎么回事？”德夫一边问一边擦嘴。

“遇上一波海浪，”管事说，“常有的事。”

“出去透口气，我把这里清理一下。”

擦完地板后，德夫走向那一大群人，开始收拾餐具。只有三个人坐在一张桌上，外加哈奇，他一直没挪窝儿。

德夫一边听他们闲聊，一边把盘子和杯子堆到托盘上。

“刚才那股浪肯定是地震、山崩或是其他什么现象造成的。”其中一个人说。

“也许是因为核试验，”另一个人猜测道，“据说苏联人正在巴伦支海搞鬼，冲击波显然传遍了全球。”

“有什么关于这方面的消息吗，斯巴克斯？”

“没有。”斯巴克斯笑道，“唯一让人兴奋的是警察在通缉一个家伙，那人有一道贯穿脸部的白色疤痕。”

德夫僵住了。他继续堆着盘子，竖起耳朵。

“是啊。明天就到岸了，真好。”

“真见鬼。老婆说她又怀孕了。”

“别看我。”

桌边响起善意的笑声。

德夫端着托盘转过身。哈钦森的头已经抬了起来，突然坐得笔直。上次的冲突后，他们几次相遇，哈钦森都低着头，不看德夫的脸，但现在他却大眼圆睁，紧紧盯着德夫。就像一只秃鹰，意外而兴奋地发现了一只受伤的、无助的动物。

德夫用脚踹开通往厨房的门，听它在身后“咔嗒”一声闭合。他把托盘放到工作台上。该死，该死，该死！不是现在，不是离上岸还有不到二十个钟头的时候。

“别开得太快。”凯思妮斯一边说，一边隔着挡风玻璃向外张望。

出租车司机松开油门。他们缓缓驶过方尖塔，人们正从门口纷纷涌上街头。两辆警车停在人行道上。蓝色的灯在兀自旋转。

“发生了什么？”列诺克斯说着，把一张蓝脸凑进前排座椅之间。他和凯思妮斯一样还穿着警服，因为他们在参加完邓肯的葬礼后直接就上了出租车，“报火警了吗？”

“博彩委员会今天关停了方尖塔，”凯思妮斯说，“因为涉嫌违反《博彩法》。”

他们见一名警察领着一个穿浅西服、花衬衫，鬓角修剪得很精致的人从里面出来，他正生气地比画着什么。他好像在试图跟警察解释，但后者对此显然置若罔闻。

“可悲。”司机说。

“什么可悲？”列诺克斯说，“执法吗？”

“有时候，在方尖塔，你至少可以来一杯啤酒，玩一局牌，不用穿正装，也不用担心回家时输光了钱。对了，你们知道你们要去的那家工厂已经关了吗？”

“知道。”凯思妮斯答道，心想她只知道工厂关了。安格斯警官早上给她打电话，恳求她带着反腐败处的列诺克斯警督一起到哀思戴，说他们到了自然就会明白。是关于最高层的腐败，所以现在他们务必要对其他人保密。她说不认识什么安格斯警官，对方说自己是特警队里留长头发的那个，她在电梯里冲他微笑着打过招呼。她想起来了。他挺可爱。相较于特警队队员，他看起来更像一个单纯的嬉皮士。

他们穿过一条条街道。她看见失业者靠着墙躲雨，嘴里叼着烟，浑身湿透，饥肠辘辘，眼神疲惫。鬣狗。不是因为他们生来就这样，而是因为这座城市。邓肯曾说，如果菜单上只有腐肉，你就得吃腐肉，不管你觉得自己是谁。不管警方怎么努力，减少犯罪最好的方式还是让市民回去工作。

“你们准备重开哀思戴吗？”司机觑了一眼凯思妮斯。

“怎么会想起问这个？”

“我觉得麦克白比邓肯那个傻瓜聪明。”

“哦？”

“只因为排放一点儿脏东西，就关掉整座工厂？拜托，在那里上班的人都挨熏，他们早晚都会死。但那可是五千份工作啊！城里需要的五千份工作！只有首府上层来的蠢货才会这么外行。麦克白不一样，他是我们中的一员，他理解并且会做些事。让麦克白来管一阵儿吧，说不定城里人就又打得起出租车了。”

“说到麦克白，”凯思妮斯转向后座，“他已经连续两天取消晨会，而且在教堂的时候他脸色煞白。他病了吗？”

“不是他，”列诺克斯说，“是夫人。他最近都不怎么来局里。”

“他照顾夫人固然好，可他是警察局局长啊，整个城市的治安都要我们管。”

“好在他可以在酒店里接见我们。”列诺克斯笑道。

出租车在工厂大门前停下，门上拴着一条铁链和挂锁。“关停”的牌子已经掉到坑洼不平的柏油路上。凯思妮斯下了车，站在司机打开的车窗旁，一边扫视这片废弃的工地，一边等待他找零钱。没有电话亭，哀思戴的电话线可能也被切断了。

“我们回去时怎么打出租车？”她问。

“我就在这儿等着，”司机说，“反正城里也没活儿。”

大门里停着一辆生锈的叉车，一摞糟朽的木托盘。大型伸缩门旁的行人入口开着。

凯思妮斯和列诺克斯走进工厂大楼。外面很冷，但高悬的拱形屋顶下更冷。放眼望去，一座座熔炉仿佛巨型的教堂长椅，躺在长方形的车间里。

“有人吗？”凯思妮斯喊道，那回声让她的脊梁骨直发抖。

“这里！”墙上方传来一声应答，那里原来是中控室。就像监狱里的瞭望塔，凯思妮斯心想，或是教堂的布道台。

站在上面的年轻人指向一座钢制楼梯。

凯思妮斯和列诺克斯沿梯而上。

“我是安格斯警官。”他说着和他们握手。他的大脸显得很紧张，但也很坚定。

他们跟着他走进中控室，那儿闻上去像干了的汗水和烟草混在一起的味道。面对车间的大窗有一层奇怪的黄色磨砂涂层，看上去像是被烧进了玻璃。桌上散落着打开的文件，它们显然是从墙边那些架子上拿下来的。年轻人胡子拉碴，穿着紧身的褪色牛仔裤和一件绿色军装夹克。

“感谢你们一接到电话就赶过来。”安格斯说着，请他们在斑驳的木椅上落座。

“我不想给你压力，但我希望你找我们是为了要紧的事，”列诺克斯说着坐下来，“我不得不推掉一个重要的会议。”

“鉴于你们时间有限，我们所有人的时间确实都不多了，我就直奔主题吧。”

“谢谢。”

安格斯交叉起双臂。他的下巴在工作，眼睛在游移，但他身上有一种坚定——他像是知道自己是对的那种人。

“我有过两次信仰，”安格斯强忍着情绪说，而凯思妮斯能看出他在背诵为这次见面提前写好并排练过的一段话，“也失去过两次信仰。第一次是信上帝。第二次是信麦克白。麦克白不是救世主，他是个腐败的杀人犯。我先说这个，这样你们就明白我为什么叫你们来了。我的目的是除掉麦克白。”

随之而来的一阵沉默里，他们听见低沉的叹息和水滴拍在工厂地面的声音。安格斯深吸了一口气。

“我们被——”

“停！”凯思妮斯说，“谢谢你的坦诚，安格斯，但在你继续讲之前，列诺克斯警督和我必须决定是否想听你的话。”

“让安格斯讲完吧，”列诺克斯说，“我们可以之后再单独商量这件事。”

“等等，”凯思妮斯说，“一旦我们接到关于这方面的信息，就没有回头路了。”

“我们被派到俱乐部，是为了把所有人杀光。”安格斯说。

“我不想听这个。”凯思妮斯说着站了起来。

“没有人会被逮捕，”安格斯提高音量，“我们朝‘诺斯骑士’开火，而他们只开了一枪——”他举起一根食指——和他的声音一样在颤抖：“只为自保而开了该死的一枪！不像在——”

凯思妮斯使劲儿跺脚，以掩盖安格斯的说话声。她打开门，刚要迈出去，便听到他的名字，僵在原地。

“德夫在法夫的家。他们没开一枪。因为他不在家。当我们把房子打烂，然后走进去时，我们发现一个女孩和一个男孩，还有他们的母亲——”安格斯激动得讲不出话来。

凯思妮斯朝他转过身。这个年轻人倚着桌子，双眼紧闭：“她在卧室里，努力地想用自己的身体护住他们。”

“天啊，不，不，不。”凯思妮斯听见自己喃喃低语。

“麦克白下的命令，”安格斯说，“西登负责确保特警队严格执行命令，包括——”他咳了一声，“我。”

“麦克白究竟为什么要下令实施这些……大清洗？”列诺克斯带着怀疑的口气问道，“他把德夫和‘诺斯骑士’抓起来不就行了？”

“可能不是这样的，”安格斯说，“可能他们握有麦克白的把柄，某些迫使他杀人灭口的东西。”

“比如说？”

“你们没问问自己，为什么‘诺斯骑士’只对班柯复仇？为什么不杀了下命令的人，也就是麦克白本人？”

“很简单，”列诺克斯不屑一顾地说，“因为麦克白有更好的保护。说来说去，你到底有没有证据？”

“这双眼睛。”安格斯指着他的眼睛说。

“那是你的眼睛，上面那些指控也是你的一面之词。给我一个理由，我们为什么要相信你？”

“有一个理由，”凯思妮斯说着，慢慢走回她的椅子，“只要找到其他特警队队员，很容易就能证明安格斯的指控是否属实了。如果是假的，他就会丢了工作，面临起诉，而且委婉地说，他的前途也就毁了。他清楚这一点。”

安格斯笑了。

凯思妮斯挑起眉毛：“对不起，我说了什么蠢话吗？”

“是特警队，”列诺克斯说，“忠诚，友爱，浴火而生，共赴劫难。”

“所以？”

“你永远找不出一个特警队队员会说麦克白一句坏话，”安格斯说，“西登不会，其他弟兄也不会。”

凯思妮斯朝两侧放下双手：“你明明知道没办法证明，还要主动来找我们，声称是麦克白下了这些处决令？”

“麦克白叫我烧掉一具在俱乐部屠杀中被打死的婴儿的尸体。”安格斯说，他握着自己的项链惴惴不安，“就在这里，扔进其中一个熔炉。”

凯思妮斯感到一阵战栗。她后悔留下。她刚才为什么不走？她这会儿为什么没坐在出租车上，把这堆事抛之脑后？

“我没答应，”安格斯继续说道，“但这说明别人做了。也许是他自己做的。所有熔炉我都里里外外看了一遍，其中有一个最近用过。我想，如果你带法医处的人来检查一下熔炉，可能会发现线索。指纹、残骸什么的，我也不知道。如果你找到线索，那么反腐败处就能把案子进一步查下去。”

列诺克斯和凯思妮斯交换了一下眼神。

“警察没法调查他们自己的局长，”列诺克斯说，“你不知道吗？”

安格斯皱了皱眉：“可是……反腐败处，不是用来……”

“不，我们无法进行内部调查，”列诺克斯说，“如果你想追查麦克白，就必须把案子呈给市议会和图特尔。”

安格斯绝望地摇着头：“不，不，不，他们被收买和贿赂了，里里外外！这件事我们必须靠自己。我们必须从内部把麦克白扳倒。”

凯思妮斯没吱声。这只证明了安格斯是对的。市议会里没人敢站出来公开挑战麦克白，包括图特尔。肯尼斯已设法确保警察局局长从法律上有权严厉镇压此类政治叛乱。

列诺克斯看了一眼手表："我二十分钟之后有个会。我建议你在掌握实证后再提这件事，安格斯。然后你可以去市议会碰碰你的运气，好吗？"

安格斯带着怀疑眨了眨眼："我的运气？"他沙哑着嗓子说。他转向凯思妮斯。绝望、恳求、恐惧、希冀，像故事般从他脸上划过。忽然间，她意识到安格斯叫她来不仅仅是因为他需要法医来检查这些熔炉。他需要一个证明人、一个第三方来确保列诺克斯不能装作没听见。无论结果如何，他不能使自己的生命受到威胁。安格斯选了凯思妮斯，仅仅是因为她在电梯里冲他微笑过。因为她看上去像一个能够被信任的人。

"凯思妮斯警督？"他低声乞求。

她深吸了一口气："列诺克斯是对的，安格斯。你现在叫我们去杀一头熊，而我们手里只有一把硬纸壳做的剑。"

安格斯的眼里充满泪水："你怕了，"他有点磕巴，"你相信我。否则你不会还在这里。但你怕了。你怕是因为你相信我。因为我让你看见，麦克白有多大能耐。"

"我们就当这次见面从未发生过吧。"列诺克斯说着，走向那扇门。凯思妮斯刚要跟出去，安格斯一把抓住她的胳膊。

"一个婴儿，"他哽咽着说道，眼泪快要流下来，"放在一个鞋盒里。"

"一个在同犯罪团伙的交火中被不幸殃及的人，"她说，"这种事时常会发生。麦克白不想让媒体发现，以免引起警局的丑闻，但这并不意味着他就是凶手。"

凯思妮斯见安格斯放开她的胳膊，好像被烫了一下。他后退了一步，看着她。凯思妮斯转身离去。

在通往车间的钢制楼梯上，寒风吹打在她热乎乎的脸颊上。

在通往出口的路上，她在其中一个熔炉前停下脚步。地上有一些灰色尘土留下的线条和痕迹。

列诺克斯站在工厂门口，招呼出租车开进大门，这样他们就不用穿过瓢泼大雨。“你觉得安格斯想要什么？”他问道。

“要什么？”凯思妮斯转过身，仰头望向简易棚似的中控室。

“他必须得知道自己还太年轻，当不了管理层。”列诺克斯说，“嘿！开到这儿来！是为了荣誉和名声吗？”

“也许就像他说的。得有人出来阻止麦克白。”

“使命感？”列诺克斯咯咯笑道，凯思妮斯听见轮胎嘎吱嘎吱地碾轧过碎石路，“每个人都想要点什么，凯思妮斯。你不上车吗？”

“来了。”凯思妮斯只能看出安格斯在窗口的身形——从他们走之后，他一直没动过。他只是站在那儿，好像在等待什么。

列诺克斯会用多久告诉麦克白，有人企图谋反？

对于安格斯告诉他们的这些信息，她打算怎么办？

她把手放到脸颊上。她知道那儿为什么热乎乎的。她的脸涨得通红。因为羞愧而通红。

列诺克斯抄近路穿过车站大厅。他喜欢抄近路，一向如此。他小时候用糖果结交朋友，谎称自己曾经从海港码头的起重机上跳水，花钱请靛青色售货亭的小妞替他打飞机。他穿过全班最高的厚底鞋，考试作弊，出成绩时还把自己的分数吹得老高。他父亲过去常说，只有没脊梁骨的人才会抄近路——这通常发生在家庭聚会的场合，而且父亲毫不掩饰自己批评的对象。当年，他父亲给城里的私立大学送了一点儿心意，这样他和列诺克斯都不必承受后者要到公立学校就读的耻辱。列诺克斯后来成功地伪造了学位证书。不是为了找工作时给雇主看，而是给他父亲看——因为他要看。当然，这一招完全没有奏效，因为列诺克斯没有脊梁骨，没能顶住父亲狐疑的目光和盘问。他对列诺克斯说，他不知像列诺克斯这样的懦夫如何才能挺起腰杆，他身体里简直没有一根骨头！

说得没错，但他绝对有骨气无视那些凑到跟前兜售毒品的毒贩子。他们一眼就能看出谁吸毒。可惜这并不是他获取“精酿”的方式。他会叫人用匿名的棕色信封寄来。有时他会请求特殊服务，他们会蒙上他的眼睛，像带一个战犯去行刑一样，带着他去那间秘密“厨房”，直接从釜里取药，给他来上一针。

他经过“伯莎·勃南号”——就是他蒙骗德夫的地方。不过，对于麦克白杀死德夫的妻子和孩子，赫卡忒没有做出任何指示。列诺克斯加快脚步，穿过工人广场，仿佛要趁某件事情发生之前赶到。某件心事。

“麦克白很忙。”因弗尼斯的小接待员说。

“你就说是列诺克斯警督。我有要紧事，一分钟就够。”

“我给他打个电话，先生。”

列诺克斯一边等，一边四下张望。他总觉得这里缺点什么，但又说不上来。少了那么一丁点儿格调。也许只是气氛变了。也许是因为一些衣着粗鄙的家伙在走进赌场大厅时笑声太大。以前可没有这种顾客。

麦克白走下楼梯。

“你好，列诺克斯。”

“局长好。赌场今天生意可真好。”

“白天的客人，直接从方尖塔来的。博彩委员会几个小时前关了他们的场子。我时间有限。咱们坐这儿行吗？”

“谢谢你，长官。我想向您汇报今天的一场会面。”

麦克白打了个哈欠：“哦，是吗？”

列诺克斯吸了口气，变得犹豫起来。因为有数万种发起话题的方式，数千种表达相同意思的方式，数百种开场白。但只有两种选择。

麦克白皱起眉头。

“长官，”那个接待员说，“二十一点那桌来的消息。他们问我们能否再找一个赌台管理员。那儿排着队呢。”

“我这就去，杰克。抱歉打断你，列诺克斯。通常是夫人处理这种事。然后呢？”

“是的。这场会面……”列诺克斯想起他的家。他们的房子。那座花园。安全的社区，那儿的孩子不用卷入任何肮脏和龌龊。他们会去上大学。拥有一张让所有梦想都成为现实的薪水支票。还有外快，如今成了收支平衡的必需品。不是为了他，是为了那个家，那个家，那个家。他的家，不要在法夫的房子，不要……

“怎么了？”

正门开了。

“长官！”

他们转过身。是西登。他上气不接下气：“我们找到他了，长官。”

“我们找到了——？”

“德夫。您说对了。他正在从这里开走的一艘机船上——‘格拉姆斯号’。”

“太好了！”麦克白回头对列诺克斯说：“这件事以后再说吧。

失陪了。”

两个人走出大门，留下列诺克斯一人坐在原地。

“大忙人啊，”接待员说，“来杯咖啡吗，先生？”

“不，谢谢。”列诺克斯凝视着前方说。天色开始变暗，但离他的下一针还有几个小时。永远都是这个德行。“我想还是管你要一杯咖啡吧。麻烦了。”一个没有脊梁骨的人永远都是这个德行。

第二十八章

“你上哪儿去？”梅雷迪斯轻声说。

“我不知道，”德夫试图轻抚她的脸颊，却够不到，“我手里有一处地址，但我不知道是谁的地址。”

“那你为什么要去那儿？”

“这地址是班柯和弗里斯临死之前写下的，上面写着‘避难所’。如果他们当时在逃亡，也许它对我而言也是个安全的去处。我不知道。我只有这个了，亲爱的。”

“如果是这样……”

“你在哪里？”

“这里。”

“这里是哪里？你在做什么？”

梅雷迪斯笑了：“我们在等你呀。还是过生日这天呢。”

“疼吗？”

“有一点。很快就过去了。”

德夫感到嗓子变得沙哑：“埃文和埃米莉，他们被吓着了吗？”

“嘘——亲爱的，我们现在不要谈这个……”

“可是——”

她用一只手捂住他的嘴：“嘘，他们睡着了。千万别吵醒他们。”

她的手。他无法呼吸。他用力挣脱，但她的劲儿太大了。德夫睁开眼。

黑暗中他认出一个人形，对方正用一只手使劲儿捂住他的嘴。德夫试图喊叫并抓住那只多毛的手腕，但这个人的劲儿太大了。德夫听见嗅鼻子的声音，他知道是谁了。哈钦森。他俯身朝他耳边低语：

“别出声，约翰逊。或者更准确的叫法，德夫。”

他暴露了。他的人头值多少钱？要死的还是活口？哈钦森复仇的时刻到了。小刀？改锥？还是锤子？

“听我说，约翰逊。要是把上铺的人吵醒，你就完蛋了。明白吗？”

这名机工为什么要叫醒他？为什么不杀了他？

“我们在首府靠岸时，警察会在岸上等你。”他把手从德夫的嘴上挪开，“现在你知道了，咱们两不相欠。”

房舱短暂地亮灯，门开了。然后关上，他走了。

德夫在黑暗中眨了眨眼，片刻间还以为哈钦森也是他梦的一部分。上铺的人咳了几声。德夫不知道那是谁。管事曾解释说，缺少铺位是因为他们上一趟运了“几箱极其重要的弹药”。他们不得不拆掉一些铺位，用两间房舱装货，因为规定只允许他们在船上一处地方集中存放限量的爆炸物。只有制服上有横杠的船员才有属于自己的房舱。德夫双腿一摆下了床，快步跑上走廊。他看见一件脏兮兮的埃索T恤衫的后背。哈钦森正走下舷梯，往机舱室去。

“等等！”

哈钦森转过身。

德夫一路小跑过去。

机工的眼睛依然闪亮。但那一丝邪恶已经不见。

“你刚才在说什么？”德夫说，“警察？两不相欠？”

哈钦森双臂交叉，嗅了嗅：“我去找斯巴克斯……”又嗅了嗅，“向他道歉。船长正对着电台讲话。他们背对着我，所以没看见我在后面。”

德夫感到心脏骤停了一下，交叉起双臂：“继续。”

“船长说，他有一个叫约翰逊的船员，符合那些描述。你脸上有一道疤，而且是在那一天报名上船的。电台里的人让船长不要打草惊蛇，因为你是个危险分子，警察会在我们靠岸时做好准备。船长说这样办最好，因为他见识过你的身手。”哈钦森用两根手指拂过他的额头。

“为什么要给我通风报信？”

机工耸了耸肩：“船长叫我向斯巴克斯道歉。他说我之所以没被开除，唯一的原因是你拒绝在背后捅我刀子。而且我想要这份工作……”

“你愿意要这份工作？”

机工嗅了嗅：“大概是吧。大管轮说，这是我唯一擅长的了。”

“哦？他这么说了吗？”

哈钦森咧嘴笑了笑。“他今晚来找我，说我不应该再挑事了。我是这艘船垫底儿的刺儿头，但我是个好机工。说完他就走了。真是个怪人，不是吗？”他笑了，脸色几乎可以用高兴来形容，“我得去工作了。”

“等一下，”德夫说，“你告诉一个死囚他脖子上套了一根绞索，这有什么好处？在靠岸之前我又没法逃跑。”

“这就不是我的问题了，约翰逊。我们两不相欠。”

“是吗？这艘船运送的机枪杀死了我的老婆和孩子，哈钦森。不，这不是你的问题。船长叫我寻个理由解雇你，也不是我的问题。”

嗅了嗅：“那跳进海里游走好了。不远。导航显示有九个小时。”又嗅了嗅。

德夫站在原地，望着机工消失在船舱。

然后他走到舷窗边，望向这片海。天开始蒙蒙亮了。距离到达海港还有八个小时。海浪很高。他在这种天气、这么冷的水里能坚持多久？二十分钟？三十分钟？当他们靠岸时，船长肯定会叫人看着他。德夫用眉毛顶着玻璃。

无路可逃。

他返回就寝的房舱。看了一眼手表，差一刻五点。用他们的话来说，离他出现还有十五分钟。他躺在铺位上，合上眼。他看见梅雷迪斯：她正在河对岸的那块岩石上冲他招手。招呼他过去，跟她会合。

“我们在等你呢。”

“好像在梦里似的。”麦克白心想。或像游进水底的一座洞穴。梦游大概就是这种感觉吧。他一只手举着手电筒，另一只手牵着夫人。光线从轮盘赌桌和空着的椅子上照过去。影子如鬼魂般在墙上移动。头顶的人造水晶闪过一丝光。

“为什么这里一个人都没有？”夫人问。

“都回家去了。”麦克白说着用手电筒照了照扑克牌桌上半杯喝剩下的威士忌，本能地想起毒品。毒瘾又在蠢蠢欲动，但他忍住了。他现在是强大的，比任何时候都强大。“只有我和你，亲爱的。”

“可我们从不关门，不是吗？”她挣开他的手，“你把因弗尼斯关了吗？你把一切都改变了。我一点儿都不认识了！那是什么？”

他们走进另一间屋子，锥形光照亮一排独臂强盗。他们在那边，沿着屋子站成一排。像一个沉睡的小机器人军团。麦克白心想。永远无法苏醒的机械盒子。

“看，小孩儿的棺材，”夫人说，“这么多，这么多……”她话音渐弱，默默地啜泣起来。

麦克白把她拉到身边，远离那些机器：“我们没在因弗尼斯，亲爱的，这里是方尖塔。我想让你看看，我为你做了什么。看，它被关了。他们连电都切断了。看，这是我们的胜利。这是我们击溃敌人的战场，亲爱的。”

“太丑了！丑得吓人！还泛着臭味。你能闻见吗，尸体的臭味？是从那个衣橱里散发出来的！”

“亲爱的，亲爱的，这味道是从厨房里散发出来的。警察下午一点把所有人都赶了出去，以免有人破坏证据。看，盘子里还有牛排呢。”

麦克白拿手电筒照了照餐桌：白色的桌布，燃尽的蜡烛，吃了一半的午餐。他突然僵住了。光照见一双明晃晃的黄眼睛，正盯着他们看。夫人尖叫一声。他摸向夹克里层，只见一个结实、精瘦的躯体一闪而过，消失在黑暗中。他手里握着一把银质匕首。

“放松，亲爱的，”他说，“一条狗而已。肯定是闻见食物的味道，不知从哪里跑进来的。看，在那儿，已经跑了。”

“我要走！带我出去！我要离开！”

“好吧，我们也看得差不多了。我们现在就回因弗尼斯。”

“我说了，离开！”

“你什么意思？从哪儿离开？”

“离开！”

“可是……”他没说完这句话，心里却明白了。他们无处可去。从来没有去处，但他现在才突然醒悟。别人都有一个家，童年的家、亲人、夏季别墅、朋友。而他们只有彼此和因弗尼斯。但他从未感到欠缺，直到此刻，当他们挑战完整个世界、当他就要失去她的时候。她必须回到他身边，必须醒来。他必须带她走出被禁锢的黑暗之地——这就是为什么他带她来这儿。然而，就连胜利也无法帮助她回到现实。他现在需要她，需要她清醒的头脑、果敢的作风，而不是眼前这个默默掉着眼泪、不知道周围正在发生什么的女人。

“我们找到德夫了，”他一边说一边带她迅速穿过黑暗，摸向出口，“西登已经赶往首府，‘格拉姆斯号’会在两点钟进港。”外面有光，但方尖塔所有的窗户都拉着百叶窗帘。这里永远是黑夜，而此时正是欢聚的时刻。几张赌桌忽然出现在手电筒的光线中，挡住他们的去路。他不记得他们什么时候经过的这些桌子。地毯淹没了他们的脚步声。他好像听见一群狗在身后嗥叫并咬动着下颚。该死！在哪里？！出口在哪里？！

列诺克斯站在绿草丛中。他把车停在了主路上，并且戴上了太阳镜。

这便是他永远不会定居法夫的原因之一。阳光太刺眼。他感觉太阳正在灼烧他苍白粉嫩的皮肤，好像某个会被点燃的该死的吸血鬼。

可他不是吸血鬼，不是吗？有些东西你不走近是看不清的。就像他面前那栋白色的农舍。只有走近，你才能看见那白色的农舍上密布着细小的黑孔。

第二十九章

“欢迎登船，”“格拉姆斯号”的船长对进入驾驶舱的引航员说，“希望我们今天能准时到港。有人在岸上等我们。”

“没问题。”引航员说。他和船长握了手，站在他的身边，“只要引擎工作就行。”

“难道它们不会吗？”

“你的一个机工刚才上了我的船。他说要找一个大管轮要零件。”

“哦？”船长说，“我怎么不知道？”

“可能是个小问题吧。”

“那个机工是谁？”

“叫……哈奇什么的。看，他们在那儿。”引航员指着一艘快速驶离的船说。

船长拿起他的双筒望远镜。在靠近船尾的地方，他看见一件埃索T恤衫，头顶上反戴着一顶条纹图案的鸭舌帽。

“有什么不对吗？”引航员问。

“没有我的允许，谁也不能离开这艘船，”船长说，“至少今天不行。”他按下通往厨房对讲机的按钮，“管事！”

“船长。”另一头应答。

“让约翰逊送两杯咖啡上来。”

“我就来，船长。”

“我说的是约翰逊。”

“他胃痉挛，船长，所以我让他休息去了，直到我们靠岸。”

“去他的船舱，看看他。”

“马上。”

船长把手指从按钮上移开。

“向左三度。”引航员说。

“好的。”大副说。

西登警督说过，最安全的做法是把知情范围控制在船长和报务员两人之内，这样德夫就不会意识到自己暴露了。他们靠近港口时，西登和两个最得力的手下会在岸上做好准备，登船并且控制德夫。西登还强调，如果发生什么不测，他希望全体船员都已离场，这样一旦交火就不会有人受伤。不过，这话在船长听来就是一定会开火。

“船长！”是管事，“约翰逊在铺上像小孩儿一样睡着了。我要叫醒他吗？”

“不要！让他睡。他一个人在房舱里吗？”

“是的，船长。”

“好，好。”船长看了一眼手表。一个小时内，一切都将结束，他到时就能回家找老婆了。马上就有几天的休整期。只要明天跟船舶公司说，保险公司的报告表明过去十年许多船员都得了同一种疾病。血液方面的病。

“航道条件良好。”引航员说。

“希望如此吧，”船长自言自语道，“希望如此。”

一点十分。十分钟前，一颗硕大的麋鹿头从一座麋鹿钟里探出来，叫了一声。安格斯环顾四周。他后悔选了这里。虽然白天的瓦匠坊只有无业游民和酒鬼，但毕竟是特警队的据点，如果有警局总部的人看见他和一个记者交谈，很快就会传到麦克白那里。不过，选择偏僻小巷里的酒吧更容易引起怀疑。

可安格斯不喜欢。不喜欢那头麋鹿。不喜欢记者迟到。如果不是走投无路，安格斯早就不等了。

“对不起，迟到了。”

熟悉的卷舌音。安格斯抬起头。只有这声音让他确认这个站在他面前、穿着黄色防水服的人是沃特·凯特。安格斯看过一篇报道，说这位电台记者向来拒绝在电视里出镜，也拒绝报纸和名人杂志刊登他的照片，因为他认为外表会分散故事对人的吸引力。文字足以说明一切。

“下雨，堵车。”沃特·凯特说着脱下夹克。雨水从他稀疏的头发上流下。

“永远是下雨，堵车。”安格斯说。

“人们总会用这个理由，”这名电台记者说着在他对面的长椅上坐下，“其实是我自行车的车链掉了。”

“我想沃特·凯特是不撒谎的。”安格斯说。

“作为电台记者的凯特从不撒谎，”凯特说着狡黠地笑了笑，“作为个体的凯特离这种境界还远呢。”

“你一个人吗？”

“永远都是。告诉我你在电话里没讲的内容。”

安格斯深吸了一口气，开始叙述。他的精神没有像对列诺克斯和凯思妮斯讲话时那么紧张。也许这是因为他已经没有回头路。他的叙述和昨天在哀思戴说得差不多，但他把列诺克斯和凯思妮斯的事也告诉了凯特。他把一切都说了。所有人的名字。关于俱乐部和法夫的细节。焚毁婴儿尸体的命令。他们说话时，凯特从桌上的盒子里抽了一张餐巾纸，试图抹去手上的黑油。

“为什么找我？”凯特又抽了一张餐巾纸。

“因为大家觉得你是一个勇敢、正直的记者。”安格斯说。

“很高兴大家这么想，”凯特一边说一边仔细打量着安格斯，“你的谈吐比其他警察都要好。”

“我学过神学。”

“所以就同时解释了你的谈吐，以及你为什么想为这件事情跳出来。你相信善行可以救赎。”

“你错了，凯特先生。我不相信救赎，也不相信神。”

“你跟其他记者说过吗——”他会意地笑了笑，“正直的，或者不正直的？”

安格斯摇了摇头。

“好。因为如果我来做，就必须是绝对的独家。所以，不要和其他记者讲，任何人都不要讲。好吗？”

安格斯点了点头。

“我怎么能找到你，安格斯？”

“我的电话是——”

“不要电话。地址。”

安格斯把地址写在凯特沾着油渍的餐巾纸上：“现在怎么办？”

凯特长叹一口气，像是知道自己庞大的工作量。

“我要先核实几件事。这是一桩大案。我不想被发现报道错误信息，或是涉嫌参与什么人的计划。”

“我唯一的计划就是揭露真相，阻止麦克白。”

安格斯见凯特看了看周围零星的客人，确保没有人听见。他知道刚才的声音大了。“如果这是实话，那你说你不信神就是假话了。”

“上帝并不存在。”

“我指的是人性中的神性，安格斯。”

“你的意思是人类的人性，凯特。向善和做人一样，都是犯罪。”

凯特若有所思地点了点头：“你确实是神学家。虽然我不得不承认我相信你，但我还是要核实一下这件事，还有你这个人。我想这才叫——”他站起来扣好防水夹克，“正直。”

“你觉得什么时候能见报？”安格斯深吸了一口气，又吐出来，“我不信任列诺克斯。他会去找麦克白。”

“我会优先处理这篇报道，”凯特说，“大概两天能好。”他拿出钱包。

“谢谢。我会自己付咖啡钱。”

“好吧。”凯特把钱包放回夹克，“你知道吗，你这种鸟城里还真少见。”

“绝对是濒临灭绝了。”安格斯无力地笑了笑。

他一直望着这名记者走出门。朝酒吧四下张望。没有特别引起注意的人。大家似乎都在各自忙碌。两天。他得努力活过两天。

西登不喜欢首府。不喜欢宽阔的大道、雄伟的老议会大厦，以及其他所有的垃圾——绿草如茵的公园，图书馆和歌剧院，街头艺人，小巧的哥特式教堂和精致到离谱的天主教堂，路边餐馆里微笑的人，还有昂贵的国家大剧院里浮夸的表演，听不懂的对话，以及在最后一幕死去的自命不凡的国王。

所以，他喜欢这么站着——背对城市，眺望大海。

他们在海运办公室，这会儿已经能看见“格拉姆斯号”了。

“你确定不需要任何协助？”一名制服上标有“首府警局”的警员问道。他们在抵达首府之前，双方讨论过执法权的问题，但首府的警察局局长很配合。他说，这一部分是因为另一座城市有警察被杀这件事让他们感到同情，另一部分是因为对船舶的执法可以通融。

“再次感谢，但我非常确定不用帮忙。”西登说。

“好吧，但你们抓住他，带上岸后，我们来接手。”

“没问题。只要你盯住舷梯和船就行。”

“他逃不掉的，警督。”首府的警员指向距离码头 50 米处两艘划艇上的便衣警察。他们假装在钓鱼，但随时准备在德夫跳船时实施抓捕。

西登点点头。几天前，他还站在另一间海运办公室里待命。那一次是德夫拒绝了协助，那个蠢货。但现在换人了。他会确保德夫意识到这一点。让他感受到这一点。多体会几秒。首府的警察当然不知道麦克白的命令：德夫不会被带上岸，而是被抬上岸。装进一个尸袋。

“格拉姆斯号”掉转船头，水面下方泛起白色的海水，然后这白色的水翻腾成香槟似的泡沫。西登给他的 MP-5 冲锋枪装上子弹。“奥拉夫森、里卡多，准备好了吗？”

两名特警队队员点了点头。他们拿着这艘船的图纸，上面标明了德夫所在的房舱的位置。

“格拉姆斯号”把缆索抛到码头上，一条来自船头，一条来自船尾，在系船柱上缠好、收紧。船的侧身轻靠轮胎，发出一声尖叫。舷梯缓缓放下。

“行动。”西登说。

他们跑过码头，登上舷梯。船员们一个个瞠目结舌，显然说明船长的保密工作做得很到位。他们冲下一座铁梯，经过标着大副的房舱。往里去。再往里去。停在12号房舱门前。

西登听了听，但只听见自己的呼吸声、引擎声和轰鸣声。里卡多在走廊更远处站定，这样他就能照顾到邻近舱室的房门，以防德夫待在另一间屋子，听见他们的动静并试图逃跑。

西登打开手电筒，朝奥拉夫森点了点头。接着，他走了进去。用不着手电筒，里面光线充足。德夫躺在下铺，面朝墙，身上盖着一张毯子。他戴着船长口中的“约翰逊”从不摘下、永远拉低到大眼镜上沿的绿帽子。除了帽檐掀起、被船长看见伤疤的那一回。西登掏出本应拿在德夫手里的枪，朝他们身后的墙开了两枪。爆炸一时间让西登丧失了听觉，他有好几秒钟只能听见刺耳的尖鸣。德夫在铺上一动不动。西登把嘴凑到德夫耳边。

“他们当时尖叫着，”他说，“他们尖叫着，那声音真好听。你也可以稍微尖叫几声，德夫。因为我决定先打你的肚子。看在老朋友的分儿上。你这个傲慢的蠢货。”

德夫身上散发出一股浓烈的气味。西登吸了进去。但那不是恐惧的美妙香气，那是……汗味儿。臭烘烘的、老男人的汗味儿。比德夫失踪的这几天要老太多。

铺上那个人转过头来。

不是德夫的脸。

“什么？”那人说。毯子滑落，露出赤裸的胸脯和多毛的小臂。

西登拿机枪的枪管顶着那人的额头：“警察。你在这儿做什么？德夫呢？”

那人拿鼻子嗅了嗅：“你看见了，我睡觉呢。什么德夫？”

“约翰逊。”西登说着，拿枪口用力杵了一下那人的前额，他的头又落回枕头上。

又嗅了嗅："厨房那小子？你去厨房看过了吗？或者其他房舱？我们这一趟出海，哪间房空了就睡哪间。约翰逊做什么了，啊？看起来好像很严重。你要想在我脑袋上打个洞，最好赶紧开枪，浑蛋。"

西登把枪撤走。

"奥拉夫森，和里卡多一起，搜船。"西登打量着眼前这张肿胀的脸。闻了闻他。这人是真的不怕，还是身体其他机能混杂的臭味掩盖了恐惧？

奥拉夫森站在他身后没动。

"搜船！"西登吼道。然后他听见奥拉夫森和里卡多的靴子"噔噔噔"跑过走廊，房舱的门接二连三被拽开。

西登举起枪："你叫什么？为什么戴着约翰逊的帽子？"

"哈钦森。帽子给你好了。你看上去需要用它打飞机。"

西登猛抽了一下。枪在那人的脸颊上划出一道口子，鲜血淌了出来。那家伙虽然眼里充满了泪水，却面不改色。

"回答我。"西登发出咝咝的声音。

"我醒来时冷了，就去找我的T恤穿。我把它放在那边的柜子上了。我的T恤和帽子都不见了，只有这顶帽子在那儿。天很冷，所以我就戴上了，行了吧？"哈钦森的嗓音在颤抖，但怨恨穿透了他的泪光。恐惧和怨恨，怨恨和恐惧，两者总是一致的。西登这样想着，抹去他MP-5枪口上的血迹。

走廊里传来愤怒的暴躁之声。西登已经明白。他们就算搜遍整艘船、搜遍每一个角落也无济于事。德夫已经跑了。

第三十章

德夫沿着宽阔的大道步履匆匆，路过雄伟的老议会大厦，穿过公园，经过街头艺人和肖像画家。他出示字条上的地址给路边餐馆里一对微笑的夫妇，他们给他指明了方向。他们盯着他的八字胡看，因为有一头已经开始粘不住了。德夫尽力不让自己跑起来。他经过首府的天主教堂。

哈钦森转过身。

当他下梯子时转过身，走了回来，听了德夫的故事。对于德夫讲述的细节，如果发生在别人身上他不会相信。哈钦森不住地点头，好像认可似的。好像他对于人能对彼此做出什么样的事并不陌生。当德夫讲完后，这名机工提出了一个逃跑计划。没有任何犹豫，如此简单无奇，德夫觉得一定是哈钦森自己在某个瞬间想出来的点子。德夫会穿上哈钦森的衣服，在栏杆旁站好。

“只要你保证自己背对着驾驶舱，船长就看不见你的脸，他会以为你是我。如果你站好不动，水手就不会收绳梯。早点抛出梯子，爬下去站在船底，等引航员的船靠过来。告诉他，你需要在‘格拉姆斯号’靠岸之前上岸，因为你得去船舶商店买一个绞车零件，好将缆索扭紧。”

“为什么？”

“啊？”

“为什么你要帮我？”

哈钦森耸了耸肩：“我当时被派去装载弹药箱。现场有一个瘦削、秃顶的男警察，交叉着双臂，我们往他的卡车上搬东西时，他一副想朝我们吐痰的样子。”

德夫等着，等着他剩下的解释。

“人都是互相帮助的，”哈钦森说完鼻子嗅了嗅，“大概是这样吧，”鼻子又嗅了嗅，“如果我对你的理解是对的，你是一个人对付——”他指着头顶上的甲板，“他们一群人。那感觉我能体会。”

一个人。一群人。

“谢谢你。”

“没事，约翰逊。”机工握了握德夫的手。短促，几乎是害羞。然后他摸了摸脑门儿上的创可贴，“下次我会做好准备，该轮到你挨打了。”

“当然。”

德夫已经到了市中心的东面。

“打扰一下，第六区怎么走？”

“那边。”

他经过一个摆着报摊的售货亭。房子开始变小，街道开始变窄。

“制革厂街怎么走？”

“一直走到红绿灯，左边第二或第三个就是。”

一阵警笛响起又落下。首府的警笛和城里不一样，没那么刺耳。调子也不同。没有那么阴郁，尖锐得不和谐。

“‘海豚’在哪儿？”

“那个夜总会？不是关了吗？看见那边的咖啡店了吧，就在它旁边。”可对方的眼睛在那道伤疤上停留了太久，仿佛在努力回忆着什么。

“谢谢你。”

“不客气。”

制革厂街 66 号。

面前是一扇正在腐朽的大木门。德夫仔细浏览门铃旁的名字，没一个对他有用的。他猛地拉了拉门，门开了。更确切地说，门锁本身就是碎掉的。里面漆黑一片。他一直等到瞳孔适应了黑暗才走进去。一阶楼梯。浸湿的报纸，尿臊味儿。一道门后传来肺结核病的咳嗽声。然后是湿乎乎的东西砸落的声音。德夫上了楼。每一层有两户，楼梯口还有一道矮门。他摁响其中一户的门铃。里面传来愤怒的犬吠声和慢慢挪动的脚步声。一个满脸褶子、小得近乎滑稽的老太太开了门。没拴狗链。

“什么事，亲爱的？”

“你好，我是约翰逊警督。”

她狐疑地看着他。德夫猜她能闻到埃索 T 恤衫上哈钦森的气味。这味道似乎让狗身上那只小小的绒毛球安静了下来。

“我想找——”是啊，他在找什么呢？“我的一个朋友，班柯。他给了我这个地址。”

“年轻人，对不起，我不认识什么班柯。”

“阿尔弗呢？”

“哦，阿尔弗。他住二层，右边那户。对不起，但你……呃……你的胡子掉了。”

“谢谢你。”

德夫摘掉胡子和眼镜，走上二楼。右边的房门没写名字，只有一个门铃，按钮挂在一个螺旋状的金属弹簧上。

德夫敲了敲门。等了一会儿。又使劲敲了敲。一楼又传来湿乎乎的东西砸落的声音。他拉了一下门。锁着。他是不是该等一会儿，看有没有别人来？这比他跑到大街上要强。

低沉的咳嗽。声音是从楼梯口那道矮门后传来的。德夫往里走了五步，拧了一下门把手。它稍微动了动，好像有人在里面紧紧抓着。他敲了敲门。

没有应答。

“有人吗？有人在里面吗？”

他屏住呼吸，把耳朵贴上去。他听见类似于纸张的摩擦声。有人藏在里面。

德夫走下楼梯，发出巨大而沉重的脚步声，然后在楼下脱了鞋，踮着脚尖回来。

他握紧门把手，猛地一拽。听见门打开时什么东西飞了出去。一根绳。

他盯着自己看。

那张照片不是很大，位置在版面底部，头条下方。

报纸放了下来，德夫正对着一张胡子拉碴的老男人的脸。他坐在那里，身体前倾，裤子在脚踝周围。

一个简易马桶。德夫早前在河边工人聚居的公寓区见过这东西。他认为这个名字源于楼上掉落的粪便击中底部粪坑时的声响。就像湿乎乎的东西砸中了什么。

“不好意思，”德夫说，“你是阿尔弗吗？”

那人没回答，只是盯着德夫。接着他徐徐翻到那页报纸，看了眼照片，又看了眼德夫。舔了舔嘴唇：“大点声。”他用手指着他的一只耳朵说。

德夫提高音量：“你是阿尔弗吗？”

“大点声。”

“阿尔弗！”

“嘘。是，他是阿尔弗。”

也许是由于那声喊叫，德夫并未听见有人出现。他只感到一个坚硬的物体顶着他的后脑勺，而他耳边轻轻的说话声似曾相识：“没错，是一把枪，警督。所以别动，告诉我你是怎么找到我们的，谁派你来的？”

德夫想转身，但一只手把他的脸又朝前推了回去，面对着阿尔弗，后者显然以为问题已经解决，又开始安心读报。

“我不知道你是谁，”德夫说，“我在班柯的车上找到一张便条，上面写了这个地址。没人派我来。我自己来的。”

“你为什么来这儿？”

“因为麦克白要杀我。我非常肯定，他已经把班柯和弗里斯杀了。所以，如果班柯有一个他认为是避难所的地方，也许对我也是安全的。”

一阵沉默。似乎是在思考。

“跟我来。”

德夫转过身，但持枪的人依然保持在他身后。他被枪顶着，走上楼，走到刚才按铃的那扇门前。门这会儿开了，他被推进一间大屋。窗户虽大敞着，但闻上去还是臭烘烘的。屋里有一张大桌子，配了三把椅子，一个带水池的厨房柜台，一台冰箱，一张窄床，一套沙发，地上是一张床垫。还有一个人。他坐着椅子，小臂和手放在桌上，直视着德夫。眼镜还是原来的眼镜，还有从桌下伸出的长腿。但他有哪里和以前不一样。也许是胡子。或者是他的脸变瘦了。

“马尔康，”德夫说，“你还活着。”

“德夫。坐。”

德夫坐在副局长对面的椅子上。

马尔康摘下眼镜，擦了擦：“你以为我在取了邓肯性命之后投海自杀了，对吗？”

“一开始我是这样想的。直到我意识到，麦克白才是谋杀邓肯的真凶。然后我进一步想到，他很可能逼死了你，以扫清通往局长之位的障碍。那封自杀信是伪造的。”

“麦克白威胁我签字，不然就杀了我女儿。你来做什么，德夫？”

“他说——”德夫身后的人开口道。

“我听见了，”马尔康打断道，“而且我看报纸上说麦克白正在通缉你，德夫。不过，当然有可能是你和他在唱一出戏，那些胡话是幌子，好让你打入我们内部。”

“用杀我全家当幌子吗？”

“那个报道我也读了，但我现在不相信任何事，德夫。如果麦克白和警局真想抓住你，他们早就抓住了。”

“那是我走运。”

“然后你来到了这儿。”马尔康用手指敲打着桌面，“为什么？”

“这里安全。”

“安全？”马尔康摇了摇头，“你是警察，德夫，你知道如果你能这么轻易地找到我们，麦克白也能。凡是有点头脑的通缉犯都会躲起来。他不会去找其他也在通缉之列的人。所以，给我一个更好的理由。为什么来这儿？”

“你觉得呢？”

“我要听你说。那把枪正指着你那颗滥发慈悲——或者根本没有慈悲的心。”

德夫一时语塞。他干吗要来这儿？他曾对这里抱有巨大的希望。但也是他唯一的希望。机会虽然渺茫，但计划却是简单的。德夫深吸了一口气。

“班柯死的那晚，本来是想和我会面，告诉我什么。你失踪那天，他是最后一个看见你的人。我觉得也许我能在这里找到你。然后我们可以帮助彼此。我有证据，证明麦克白杀了邓肯。麦克白知道，所以他要设法杀我。”

马尔康抬起眉毛：“我们如何帮助彼此？你不会以为首府的警察会帮我们吧？”

德夫摇了摇头：“他们得到指示，要抓住我们并立即交给麦克白。但我们可以联手扳倒他。”

“给你的家人复仇。”

“是，这是我的第一个想法。”

“不过？”

“还有比复仇更重要的事。”

“局长之位吗？”

“不。”

“那是什么？”

德夫朝打开的窗户点了点头：“首府是个美丽的城市，不是吗？你很难不喜欢它，甚至爱上它——这样一位微笑的金发美女，眼里满是阳光。可你和我永远都无法爱上它，不是吗？因为我们把心给了西海岸那座肮脏、堕落的城市。我已经放弃它，觉得它对我而言什么都不是。我和我的人生比那座城市更重要，因为它什么都没做，只会影响我们的心情，腐蚀我们的心灵，缩短我们的寿命。荒唐、徒劳的爱，我这么以为。但命运就是如此。等我们意识到自己真正爱的人是谁时，已经太晚了。”

“你愿意为那样一座城市牺牲自己？”

“这不难。”德夫淡淡笑道，“我已经失去了一切。除了一条命，没什么可失去的了。你呢，马尔康？”

“我会失去我的女儿。”

“只有我们扳倒麦克白，你才能救她。听着。你是能继承邓肯遗志的人。所以我来这里追随你，只要你愿意接任局长，公正地统治。”

马尔康谨慎地看了他一眼：“我？”

“是的。”

马尔康笑了：“多谢你的精神鼓励，德夫，但让我先澄清几件事。”

“请讲。”

“第一，我从来就不喜欢你。”

“可以理解，”德夫说，“我从没考虑过别人，只考虑我自己。我不想说我变了，但过去发生的事的确让我反思。我依然不是聪明人，但也许没有过去那么愚蠢了。”

“也许吧，但你有可能只是在说我爱听的话。我不想听任何荒谬的转变。你可能变了一点，但这世道却没变。”

“这话什么意思？”

“你把我当成还算正派的人，这一点让我感到欣慰。但要我和你一起共事，我必须确保你的正义感不会阻碍你成为一个务实的人。想必你自己也清楚，你不可能在我手下做事，却对一些东西视而不见。接受一些……潜规则，比如放谁一马，不放谁一马，还有那些拿钱的人。如果你从一名薪酬微薄的警察身上突然夺走一切，怎么叫他对你忠诚？与其坚持屡战屡败的大型战役，倒不如去赢几场小仗。”

德夫望着这个带胡子的男人，仿佛不相信他真的是马尔康。“你的意思是，不要动赫卡忒，只动他身边实力不强的对手？”

“我的意思是，要务实，我亲爱的德夫。一个不懂世道的人，当上警察局局长也会一事无成。我们要创造一个比以前更美好、更干净的城市，德夫。但完成这个目标，我们必须得有资本。”

“你的意思是，寻求资助？”

“我们赢不了赫卡忒，德夫。暂时还赢不了。但与此同时，我们可以让他提供一些支援，这样我们便有资本去和城里其他的罪恶作斗争。上帝知道，光是这些罪恶就够我们斗一阵儿的了。”

德夫先是感到一阵厌倦。接着是奇怪的释然。战斗结束了，他可以认输、休息了，去找梅雷迪斯。他摇了摇头：“我无法接受。你不是我期待的那个人，马尔康，所以，我最后的希望破灭了。”

“你以为还有更好的人？你以为自己就更好吗？”

“不是我，但我在船舱里遇见过一个比你我都要好的人，马尔康。所以现在我要走了。你最好拿个主意，是放我走还是打死我。”

“你知道了我的藏身之处，我不能放你走。除非你发誓，不会泄露我在这儿。”

“两个叛徒之间的承诺没什么价值，马尔康。我不会发誓。朝我的脑袋开枪吧，我有一家人在等着我呢。”

德夫站起来，但马尔康也站了起来，双手放在他的肩上，强迫他坐回椅子上。

“你问了我不少问题，德夫。在一场面试中，问题往往比答案更真实、更有揭示力。我刚才在骗你，可你却做出了正确的回答。直到此刻我才确信你的义愤填膺发自肺腑，你甘愿为自己的理想而牺牲。”

德夫眨了眨眼。他的身体忽然变得好沉，快要晕过去了。

“这屋子里有三个人，”马尔康说，“三个甘愿为坚守邓肯的信念而牺牲一切的人。”他戴上之前一直在擦拭的眼镜，“三个也许并不比别人强的人。可能我们已经失去太多，把剩下的都豁出去也不算什么。但这恰恰是改变的理由。所以请不要被我们的道德优越感冲昏头脑。这样说吧——我们决意去做正确的事，无论支撑我们意愿的是一种正义感，还是一个有家庭的男人对复仇的渴望，一个叛徒的耻辱，一个天之骄子的道德情操，抑或是一种敬畏上帝、害怕地狱煎熬的恐惧。因为这无疑是一条人间正道，而我们现在需要的是决心和意志。世上没有通往正义和纯洁的坦途，只有一条布满荆棘的道路。”

“三个人？”德夫说。

“你，我，还有……”

“还有弗里斯，”德夫说，“你怎么做到的，小子？”

“我父亲把我从车里踢下了桥，”他身后的声音说，“他一直没教会麦克白如何游泳，但他教会了我。”

德夫看着马尔康。后者松了口气，露出微笑。德夫竟然感觉自己也在笑，然后有什么东西涌上喉头。是啜泣。但他后来才意识到那不是眼泪，而是欢笑，因为他看见马尔康也突然咧开嘴，然后是弗里斯。开战的欢笑。

“什么情况？”

他们转过身，看见老阿尔弗站在门口一脸困惑，手里拿着那张报纸。他们笑得更大声了。

第三十一章

列诺克斯站在窗口，望向窗外，掂量着手中的手榴弹。安格斯，安格斯。他至今没告诉任何人在哀思戴的那次会面。为什么？他不知道。他只知道自己今天一整天都无所事事。还有昨天，以及前天。他拿起一篇案情报告无数次，却一直无法集中精神，仿佛那些字母移动后组成了新的单词："改革"变成了"告发"，"画像"变成了"背叛"。[1]每当他拿起话机想拨一通电话，那听筒就仿佛有千斤重，使他不得不放下。他试着读报，得知老齐默尔曼准备竞选市长。齐默尔曼这个人既不受争议，也毫无魅力。他受人尊敬是因为他有才干——仅此而已，但他对图特尔构不成严重威胁。列诺克斯还看见一篇报道，说毒品贸易在增加，根据联合国的统计仅次于军火贸易。但他刚读了开头就发觉自己只是在看句子，并没有理解它们。

从德夫躲过首府的抓捕算起，八天过去了。当列诺克斯和西登站在局长办公室、面对着麦克白时，后者简直气得要死，用口吐白沫来形容也毫不夸张。他没完没了地抱怨着自己在首府丢尽

---

[1] 改革（reforming）和告发（informing）、画像（portrayal）和背叛（betrayal），两组词对应的原文拼写都很相似，故有组成新的单词一说。

了颜面。如果列诺克斯和西登趁德夫还在城里时就能抓住他，后面这些事情也就不会发生。不过，德夫成功逃逸反而让列诺克斯感到释然。

外面已没有太多光，但列诺克斯的眼睛却明亮起来。也许他今天还需要多打一针。熬过今天就好，明天一切都会好起来。

“那真的是一颗手榴弹，还是当烟灰缸用的？”

列诺克斯转向门口那个声音。

麦克白的姿势很奇怪：他身体前倾，双臂垂在两侧，好像站在一阵狂风里。他低着头，眼眸上翻，用眼白盯着列诺克斯。

“‘一战’时扔到我祖父脚边的一颗手榴弹。”

“瞎说。”麦克白咧着嘴走进屋，关上身后的门，“你说的是M24型柄式手榴弹。这是一个烟灰缸。”

“我觉得我祖父不会——”

麦克白夺过列诺克斯手中的手榴弹，抓住柄端的引信就往外拉。

“别！”

麦克白挑起眉毛，看着受惊的反腐败处处长。后者接着说：“会炸的——”

“你祖父说的？”麦克白收回引信，把手榴弹放到桌上，“我们可不能让它炸了，是吧？所以你在想什么呢，警督？”

“腐败，”列诺克斯说着将手榴弹收进抽屉，“和反腐败。”

麦克白把访客座椅往前拉了拉：“究竟什么是腐败，列诺克斯？一个严肃的革命家为了渗入我们的国家机器而接受资助，这算不算腐败？一个身处于腐败体制中的逆来顺受的公务员，无所事事，却定期领取标准过高的薪资，这算不算腐败？”

“有许多灰色地带，局长。一般来说，你心里清楚自己有没有腐败。”

“你的意思是，凭感觉？”麦克白坐下来，列诺克斯也跟着坐下，以免显得居高临下。

“所以，如果你不觉得自己腐败，是因为你的家庭依赖你的收入生活，你就不算腐败？如果动机是好的——为了家人或是城市的利益——我们干脆可以换一种说法来形容腐败，比如叫作实用政治。”

“我认为恰恰相反，”列诺克斯说，“当你自知问题的根源除了贪婪没有别的，那么你就会用别的说法为自己辩解。然而，合乎道义的犯罪是不需要诡辩的。我们大可以顶着罪名继续生活下去。腐败，抢劫，谋杀。”

“所以这就是你的工作？在这里花时间思考自己有没有腐败？”麦克白用指尖顶着下巴说。

“我？”列诺克斯咯咯笑道，“我思考的当然是我们调查的对象。”

“可我们总是会说到自己身上。我还是坚持认为，绝境迫使人们给腐败寻找新的代名词。利用职务之便获得的收入不叫钱，而叫善款。生活。你家人的生活。你懂吗？”

“我不懂……”列诺克斯说。

“我给你举个例子吧，”麦克白说，“一个以正直出名的电台记者，见了一名年轻的警官，后者要给他讲一个能把警察局局长扳倒的故事。这个不敬的警官叫安格斯。可他不知道，这名电台记者和警察局局长有某种……联系。记者有足够的理由担心，如果不照局长的意思做，他的家人就会有危险。于是他向局长汇报了警官的反动计划。他保证会再联系那名警官，而局长则叫他找一个四下无人的地方同警官会面。他的老板和手下可以在那里……

后面的事，你懂的。”

列诺克斯没有回答。他把双手放在裤子上擦了擦。

“于是老板安全了。但他想必在纳闷，这里谁是腐败的人：年轻的警官、记者，还是……还是谁呢，列诺克斯？”

列诺克斯清了清嗓子，犹豫了一下：“警察局局长？”

“不，不，不，”麦克白摇了摇头，“是另一个人。那个从一开始就应该向局长做汇报的人。他知道安格斯的计划，虽然没有直接参与，但间接地帮助了他，因为他一直没有去找他的老板，去营救他。他至今都没有。因为他只会翻来覆去地想。他一边想一边就变得腐败了，不是吗？”

列诺克斯试图去看麦克白的眼睛。但那感觉就像直视太阳。

“哀思戴的会面，列诺克斯。我不知道你什么时候才打算告诉我。”

列诺克斯不停地眨着眼睛：“我……我一直想来着。”

“是啊，很难停止。想法源源不断地产生，是吗？不管我们以为自己的意志有多自由，它还是受制于想法，无论你情不情愿。告诉我谁找了你，列诺克斯？”

“这个人——”

“说名字。”

“他是——”

“说名字！”

列诺克斯深吸一口气：“安格斯警官。”

“继续。”

“你知道安格斯，年轻、冲动。加上最近发生的事，谁都可能有些不理智的反应。我曾想在带着这些严重指控去找你之前，我要不要先开导他，让他冷静一点。”

“然后一直让我蒙在鼓里？因为你觉得你对局势的判断比我强？你觉得我不会给安格斯这个我亲自招进特警队的人第二次机会？我会把他不理智或者说天真的脑袋直接砍掉？”

“我……”列诺克斯一时想不出话来。

“但你错了，列诺克斯。我向来会给我的手下两次机会。这条原则同时适用于你和安格斯。”

“我很高兴听你这么说。”

“我是宽宏大量的人。如果安格斯表现出悔意，拒绝记者第二次见面的请求，那么我既往不咎。我连想都不会去想，日子照常过。可惜安格斯没有这么做。他同意了。那我就没有第三次机会可给。”

麦克白起身走向窗边。

“这样一来，你就有了第二次机会，列诺克斯。我的记者已经得知，你和西登会参加这次会面。今晚在哀思戴工厂，安格斯以为记者会带一位摄影师，给那座他认为焚烧过孩子尸体的熔炉拍照。你会当场以你喜欢的方式惩罚这个叛徒。”

“惩罚？”

“至于怎么惩罚，我就让你自己决定吧。我唯一的要求是，人最后得死。”麦克白转向列诺克斯。他正张着嘴呼吸。

“之后，西登会帮你处理尸体。”

“可是——”

“第三次机会也许存在。在天堂。哦，对了，你家人还好吧？”

列诺克斯张开嘴，冒出一丝声响。

“很好，”麦克白说，“西登六点钟来接你。根据你选择的惩罚方式，一个半小时之内就应该全部完事。所以我建议你打个电话，告诉你美丽的妻子，可能得晚点回家吃饭。有人告诉我，她花起钱来可以让你很头疼哪。”

麦克白悄悄关上身后的门，离开了。

列诺克斯捂着脸。软体动物。身上没有一块骨头的东西。

进退两难。他只好赌一把。

麦克白沿着走廊大步朝前。他用鞋跟狠狠跺着地面，试图掩盖“必须拥有权力”的叫声，或是拥有“精酿”，或任何东西。他戒毒已经超过一周。情况在变好之前，通常会先变差，但终究会好转。他过去做得到，现在也能做到。只是会出可怕的汗，散发着恶臭味，不快、恐惧和痛苦的恶臭味。但终究会过去。一切都会过去。必须过去。他走进办公室外的接待厅。

“局长——”

“先不要汇报，不要让我接电话，普丽西拉。”

“但是——”

“不是现在。回头再说。”

“您有一位客人。”

麦克白突然停下脚步：“你放他进——”他指着办公室的门说，“——那里面了？”

“那位女士坚持要进去。”

麦克白望着普丽西拉绝望的表情。

“是您的夫人。”

“什么？”他一脸惊愕地回应道。他系好制服最底下的一颗扣子，走进办公室。

她正站在他的桌旁，欣赏墙上那幅画：“亲爱的！你真得对这里的艺术品做点什么了。”

麦克白盯着夫人，不敢相信自己的眼睛。她穿着一件淡雅的衣服，外面套着毛皮大衣，明显刚从理发店出来，看上去轻松自在，容光焕发。他小心翼翼地靠近她：“亲爱的，你……挺好的？”

“非常好，”她说，“我能看出来这是一幅政治宣传画，但它究竟想表达什么？”

麦克白目不转睛地盯着她。他昨天见到的那个疯女人去哪儿了？不见了。

“亲爱的？”

麦克白望向那幅画，看着那群工人粗鲁的形象：“这画是别人挂的。我会把它换掉。你身体好转，我真高兴。你有没有……吃药？”

她摇了摇头：“没有药。我把药停了。全部。”

“因为吃完了吗？”

她飞快地笑了笑：“我看见抽屉空了。你也停了。”她坐在他的椅子上，“这地方有点……窄，不是吗？”

“可能吧。”麦克白坐在一张留给访客的椅子上。也许她的疯病不过是一座迷宫，而她已经找到了出路。

“很高兴你能这么说。我今早和杰克聊了几句，关于你竞选市长的计划。”

“是。那么，你觉得怎么样？”

她噘起嘴，头摇得像拨浪鼓：“你费尽心机，却忘记了一件事。”

“是什么？”

“你的想法是，在竞选前把图特尔与那个男孩的丑事捅出去。然后你——斯威诺的终结者——趁人们还没投票时填补这个空缺。”

“怎么样？”麦克白满怀兴奋地说。

“问题是，如果齐默尔曼宣布竞选，这个空缺就会被他填补。”

“那个老东西？没人搭理他。”

“齐默尔曼是没有什么吸引力，这是事实。但人们了解他，知道他们可以从他那里得到些什么。所以，他们觉得选他是安全的。世道多变，人们的安全感很重要。这就是为什么图特尔会连任。”

“你真的认为，齐默尔曼可以打败我？”

“是的，”夫人说，“除非你不拿丑闻毁了图特尔，然后得到他的公开支持，并且成功除掉赫卡忒。把这两件事搞定，你就无人可敌。”

麦克白感到如释重负。她走出了迷宫，来到这里，回到了他的身边。

“好吧，但怎么做？”

“给图特尔下最后通牒。让他要么以年事已高、身体不济为由自愿退出，然后全力支持你；要么我们可以逼他退出，威胁他我们会向外界揭露他有多么变态。之后他会被抓起来扔进监狱，他知道猥亵儿童是什么下场。应该不难做决定。”

“嗯。”麦克白挠了挠胡子，“那我们可就多了一个敌人。”

“图特尔？恰恰相反，他懂得权力斗争，会感激我们给了他一条仁慈的出路。”

“让我想想。”

“不用想，亲爱的。没什么可考虑的。然后我们来谈谈这个在背后操纵别人的赫卡忒。是时候除掉他了。”

“我不确定这是否明智，亲爱的。别忘了，他是我们的担保人，当我们遇上对手的时候，他会支持我们。”

“赫卡忒还没有为扶植你当警察局局长而开价，”夫人说，“但离算账那天也不远了。那时候你就得干这个了。”她挑起一边的眉毛，仿佛它被拴在一根绳上，“还有这个。”一只脚伸了出去，“你想做赫卡忒的木偶吗，亲爱的？限制赫卡忒的势力可不够，他的胃口会越来越大，最后想吞并一切——他就是这样的人。所以，问题在于，你想不想让赫卡忒通过你来控制这座城市？还是——”她将胳膊肘搭在桌上，“你想自己做操纵木偶的人？做为民除害的英雄，然后成为市长？”

麦克白定定地看着她。然后慢慢点了点头。

“我会邀请图特尔来玩一局为他专设的二十一点，”夫人说着站起身，“你给赫卡忒发一条消息，告诉他，你希望和他见一面。”

“你凭什么认为他会同意？”

“因为你会给他一箱黄金作为酬谢。”

“你觉得他会上钩？”

“有些人被权力所蒙蔽，有些人被金钱所诱惑。赫卡忒属于后者。我回头再跟你交代细节。”

麦克白陪她走到门口。“亲爱的，”他说着把一只手放在她的背上，摩挲着厚厚的绒毛，“你回来了，真好。”

“彼此，”她说着让他吻了脸颊，“要坚强。让我们彼此都要变得坚强。”

他望着她款款地穿过接待厅，不知自己何时才能完全读懂她。或者不知他想不想读懂。这不就是夫人令他如此无法抗拒的原因吗？

列诺克斯和西登把车停在哀思戴对面的马路上。周围漆黑一片，列诺克斯根本看不见毛毛细雨，只能从车顶和前窗轻微的响动听出在下雨。

“记者来了。”西登说。

一辆自行车的光从马路对面晃过。车子随后消失在大门后。

“给他两分钟。”西登说着，验了验他的机枪。

列诺克斯打了个哈欠。幸亏他打了一针。

“行动。”西登说。

他们下车穿过黑暗，走进大门，潜入工厂大楼。

西登嗅了嗅空气，然后动身走向那座钢制楼梯。

他们踮着脚尖走上去。列诺克斯感到自己的注意力在舒爽地开小差，钢制扶手如此冰凉，灼烧着他的手掌。他们站在门外。那高度让他觉得自己仿佛坐在一间温暖安逸的房间里，对视着自己。屋里嗡嗡的说话声让他想起小时候上床睡觉时客厅里的父母。

“什么时候见报？”安格斯在说话。

对方拖着傲慢的长腔、拉着长长的卷舌音说：“电台广播是不见报的，我希望——”

西登开门时，仿佛有人按下了卡式录音机的停止按钮。沃特·凯特的眼睛隔着镜片，睁得很大。带着恐惧？兴奋？释然？反正不是吃惊。列诺克斯和西登来得很准时。

“晚上好。”列诺克斯说着，感觉脸上绽放出温暖的微笑。

安格斯蹿起来踹翻椅子，手伸向夹克里的什么东西。但他看见西登的机枪，顿时僵在原地。

随之而来的沉默中，凯特扣好自己的黄色防水夹克，就像男卫生间里的场景：没有目光交流，没有言语接触，他只是低着头迅速离开了他们。他已完成了自己的任务。把其他人留在这臭气熏天的地方。

“你在等什么，列诺克斯？”安格斯问道。

列诺克斯意识到他伸出的胳膊，以及末端那把枪：“等记者走远，不要让他听见枪响。”他说。

安格斯的喉结上下移动：“所以你要杀了我？”

“难道你还有别的建议吗？我有权随意处置。”

“好。”

“好？你的意思是‘我懂了’，还是‘好，我想死’？”

“我的意思是——”

列诺克斯开了枪。在这封闭的空间里，他感到爆破带给耳膜的压力。他又一次睁开眼睛。但安格斯依然站在他面前，这会儿张着嘴。他身后架子上的文件上有一个洞。

“抱歉，”列诺克斯说着走近两步，“我刚才觉得，给脑袋上来一枪是最人道的解决办法。但是脑袋太小。请站好……”他嘴上浮现出情不自禁的笑意。

“列诺克斯警督，不——”

第二枪击中了目标。第三枪。

“不是我说你，”西登低头看向那具尸体，“你命令他下楼，到熔炉那边再解决岂不是更好。现在我们还得把他抬下去。”

列诺克斯没说话。他盯着血泊从年轻人的身体里慢慢地朝他涌来。那形状和颜色有种说不出的美——鲜亮的红，朝四面延展，像红色的热气球。他们把安格斯抬下楼，扔到车间，然后回去捡空弹壳，清洗地面，把打进墙的第一颗子弹拔出。在楼下，他们摘掉他的手表，一条带有十字架的金项链，将尸体塞进一座熔炉，合上炉门，点火。等待。列诺克斯盯着沟槽从炉底移动到地面的一个铁水桶。熔炉里传来嗞嗞的低沉响声。

“那里面会怎样？”

“会蒸发，”西登说，“当温度达到2000摄氏度以上时，所有东西都会蒸发，或者化为灰烬。”

列诺克斯点了点头，目不转睛地盯着沟槽。一股灰色的、颤抖的液体流了出来，上面覆有一层薄膜。

“铅，”西登说，“熔点 350。”

他们等着。里面嗞嗞的响声消失了。

然后是一股金色的液体。

“升到 1000 了。”西登说。

“那……那是什么？”

“黄金。”

“可我们摘掉了——”

“牙。等温度升到 1600 吧，以免体内有任何钢制物品。之后我们清理骨灰就行了。嘿，你没事吧？”

列诺克斯点了点头：“有点头晕。我从没……呃……开枪杀过人。你有经验，所以你肯定记得第一次是什么感觉。”

“是。”西登平静地说。

列诺克斯本想问他是什么感觉，但西登眼里的一丝寒光让他改变了主意。

第三十二章

麦克白站在因弗尼斯赌场的天台，透过望远镜看向东面。黑暗中要想分辨清楚事物不容易，但那股烟是不是从哀思戴的砖头烟囱里冒出来的？如果是这样，恩怨应该已经了结。现在他们的蛛网上又多了两个人，两个手上沾血的人——凯特和列诺克斯。凯特在市长选举中会派上用场，假如有其他候选人参选。而列诺克斯很快就得从别人手里购买毒品。用不了多久，赫卡忒也将不过是一个传奇。

刚才，麦克白在中央车站厕所旁的楼梯口等了十五分钟，斯特雷加才出现。他先是拒绝了蕴含能量和权力的包装袋，说他只想给赫卡忒递个信儿。他想尽快和赫卡忒见面，向他通报自己的未来计划，同时献一份礼，作为他和夫人对赫卡忒的答谢。如果赫卡忒喜欢金子的传言是真的，他肯定赫卡忒会喜欢这份礼物。

斯特雷加说，她会给他回话。也不一定。

没错，有一股烟从烟囱里冒出来。

“亲爱的，图特尔到了。”

麦克白转过身。夫人站在门口，穿上了她的红裙子。

“这就来。我刚才说没说，你真美？”

“你说了。而且你要一直这么说下去，亲爱的。让我来主谈，我们按计划行事。”

麦克白笑了。是的，她完全找回了自己。

赌场和餐厅里全是顾客，他们几乎是挤出一条路，才来到餐厅尽头一间专为图特尔准备的小单间。图特尔正等在那儿。

“今晚一个人？”麦克白说着和市长握手。

“小孩得准备考试，”图特尔笑道，“我看外头都排起队来了。”

“从六点就开始了，”夫人说着坐在他身旁，“客人太多，我只好劝杰克过来当赌台管理员。”

“这说明城里应该开两个赌场，”图特尔打着黑领带坐立不安，“你知道，当你禁止选民出去挥霍他们的钱财时，他们会很不高兴。”

“同意。”夫人说着招呼来一名接待员：“市长今晚手气好吗，杰克？”

“现在下结论为时尚早，”杰克穿着赌台管理员的红马甲，站在那里微微笑道，“再来一张牌吗，市长先生？”

图特尔看了一眼发出的两张牌：“不敢冒险，就不会有收获。我说得没错吧，夫人？”

“说得太对了。所以我要告诉你，有个财团现在热衷于做一笔投资，不仅要接管方尖塔，而且要把它重新翻修、开放，打造成全国最具吸引力的赌场。鉴于方尖塔的名声刚刚遭受重创，这笔投资当然会有风险，但我们相信新主人会带来新气象。”

“我们？”

“没错，我加入了这个财团。和亚诺维茨合伙，他是首府的一名地产商。正如你说的，让方尖塔再度运转起来对于这座城市很重要。你想想，它能从周边郡县带来多少税收！几个月后，当我们开放修葺一新、光彩夺目的方尖塔时，它将成为全国的旅游胜地。人们会从首府赶来在我们的城市里赌博，图特尔。”

图特尔看了一眼杰克发给他的牌，叹了一口气：“我今晚好像不走运哪。”

“还是有机会的，”夫人说，“财团的股份还没有被完全认购。我们认为你可以作为投资方。你从市长的位子上退下来后，也需要找点别的财源。”

“投资方？”他笑道，“我是市长，恐怕没权也没钱入股。认股的好事就算了吧。”

“认股可以有很多方式，”夫人说，“比如，提供服务。”

“你想说什么，我美丽的女公爵？”

“你要公开支持麦克白竞选市长。”

图特尔又看了一眼牌：“我已经答应会这么做。论守信用，我可是出了名的。”

“我们的意思是，这次选举。”

图特尔从牌上抬起眼睛，看向麦克白：“这次选举？”

夫人把一只手放在市长的胳膊上，靠着他的身子：“是，因为你不会参选。”

他眨了两下眼：“我不会？”

“确实，你暗示过你会参选，但后来你改变了主意。”

“为什么？”

“你身体欠佳，而市长一职需要一个精力充沛的男性担当，一个有前途的男人。一旦你不是市长，你便能自由加入一个实际上垄断全市赌场的财团。这样一来你就会变得非常有钱，不像你手里的牌。”

“可我不想——”

“你建议选民选举麦克白为继任者，因为他就是普通民众的一分子，是一个源于人民、服务人民、带领人民一起干的人。还有，因为他在担任警察局局长期间扳倒了斯威诺和赫卡忒，这说明他能把事情搞定。”

“赫卡忒？”

“麦克白和我还没有着手去做这件事，但赫卡忒死定了。我们准备提议安排一场和赫卡忒的会面，他不会活着离开。这是一个承诺，我也是出了名的信守承诺，我亲爱的市长先生。”

“如果我不配合——”他像一颗烂葡萄一样吐着词，“交易呢？”

“那就太遗憾了。”

图特尔向后挪了一下椅子，把其中一层下巴架在食指和中指之间：“你这个女人手里还有什么牌？”

“我们当然不该停止发牌，对吧？”夫人问道。

杰克咳了一声，在台面上敲了一下食指：“还要牌吗，市长先生？”

“不！”图特尔盯着夫人低声吼道。

“如你所愿，”她叹了口气，“你会被抓起来，被指控和一名男童发生不正当关系。”她冲杰克放在他面前的一张牌点了点头，“看，你做过头了。爆牌。”

图特尔用他的鱼泡眼盯着她。他前突的湿嘴唇在抽动：“你们动不了我，”他喘着气说，“你听见了吗？你们动不了我！”

“我们动得了赫卡忒，也一定能动得了你。”

图特尔蹿起来，看着他们。他的下巴，涨红的脸，还有整个身体都气得发抖。他跺着脚夺门而出，裤腿内侧擦得直响。

“你怎么看？”麦克白等他走后说。

“噢，他会照我们的意思做的，”夫人说，“图特尔不是没头脑的愣头青。他只是需要一点时间来想想自己有多大胜算，然后就会演好自己的角色。”

凯思妮斯梦见了安格斯。他给她打电话，但她不敢拿起听筒，因为她知道有人在监听她的电话，这么做会暴露自己。她醒过来，翻身转向床头柜上的闹钟，是旁边的电话在响。时间已过午夜。想必是杀人案。她希望是杀人案，每天都有的杀人案，而不是……她拿起听筒。

“谁啊？”自哀思戴那次会面后，钟表的咔咔声一直响个不停。

“抱歉这么晚打扰你，”一个陌生的、年轻男子的声音，“我只想确认一下，您明天，也就是周五，还会按老时间去323房间吗？”

“我会什么？”

“抱歉，可能我打错电话了。您是米特鲍姆夫人吗？”

凯思妮斯从床上坐起来，一下子非常清醒。她舔了舔嘴唇，想象着在一间屋子某处转动的录音机。也许是警局一楼的监控处。

“我不是，”她说，“但我不会担心。德国姓氏的人通常都很准时。”

“对不起。晚安。”

“晚安。”

凯思妮斯躺在床上，心怦怦直跳。

323。她和德夫过去利用午餐时间在大饭店里幽会的房号，开房用的名字正是米特鲍姆。

第三十三章

赫卡忒转动基座上的望远镜。曙光透出云层，一根根光柱照进城里。“麦克白说他打算在见面时杀了我？”

“是的。”波纳斯说。

赫卡忒透过望远镜往外看：“瞧瞧。因弗尼斯外面已经排起长队了。”

波纳斯环顾四周：“服务生今天来了吗？”

“你说那群小男孩吗？我只在需要他们的时候预订，和这间套房一样。当你占有一样东西时，你就会被它束缚住，波纳斯。但当你意识到车上装满了垃圾，导致你的速度变慢时，你就要丢掉垃圾，而不是那辆车。这是麦克白没搞明白的地方。我是那辆车，而不是垃圾。你给麦克白打电话了吗，斯特雷加？”

这个不男不女的高个子刚好进屋，从阴影里冒出来。

“打了。”

“怎么安排的？”

“明天六点，他单独过来见你。”

她又没入阴影中。

“我搞不懂他哪儿来的豹子胆，敢对你动手。”波纳斯说。

“怎么不敢？”赫卡忒说，“他停不下来了。麦克白已经变成一只扑火的飞蛾，无助地飞向光、飞向权力。”

“就像飞蛾，会引火烧身。”

“也许吧。就像那只飞蛾，麦克白最该惧怕的是他自己。”

凯思妮斯看了一眼手表，差十二分钟到十二点。然后直视着面前这间客房的房门。不管她的生命有多长，不管她和多少男人见面、相爱、厮守，她永远都忘不了这个铜制的房号。

323 号。

她还来得及转身离去。但她已经到这儿了。为什么？因为她觉得能再见到德夫，然后改变某些事情？唯一改变的是，现在她知道自己没有他也能过得很好。还是因为她怀疑门后可能还有一次机会，一次做对事的机会？当她在哀思戴离开安格斯时，就没有抓住机会。她手里有他的私人电话，但一直无人应答。

她举起手。

一旦她敲上去，那扇门就会爆炸。

她敲了敲门。

等待。刚准备再敲，门开了。一个年轻男子站在那儿。

“你是谁？”她问。

“弗里斯，班柯的儿子。”和电话里的声音一样。他让开一条道，“请进，米特鲍姆夫人。”

客房还是老样子。

但德夫不是，他老了。从她上次见他坐在豪华酒店的床边，像现在这样等她之后过去的这些月、这些年。还有从他上次离开她的公寓算起经过的这些天。

“你来了。”德夫说。

她点了点头。

马尔康咳了一声，擦拭他的眼镜："我们出现在这里，你好像并不意外，凯思妮斯。"

"我最意外的是，我竟然在这里，"她说，"发生了什么？"

"你希望发生什么，凯思妮斯？"

"我希望我们除掉麦克白。"

西登按下铁门的手柄，打开门。麦克白走进去，拧开开关。氖气灯灯管闪了两下，射出一道冰冷的蓝光，照亮架子上的弹药箱和武器。这间正方形房间的地上摆着一个保险箱，还有两把卸了一半的加特林机枪。麦克白走到保险箱前，拧动旋钮，打开它，拉出一个斑马条纹的手提箱。"我们只敢把它存放在墙体足够厚的武器库，"他说，"即便这样，也要放在保险箱里。"

"所以这是一枚炸弹？"

"没错，"麦克白说着蹲下来，打开手提箱，"从表面看是黄金。"他拿出箱底的金条，"这些金条其实是金色的铁条，但下头的炸弹——"他掀开一层活动隔板，"却是货真价实。"

"瞧瞧，"西登吹了声口哨，"你发明的经典简易定时炸弹。"

"天才吧？有了黄金，没人会怀疑箱子的重量。我原想在因弗尼斯引爆来着。"

"啊，原来是那个箱子。这枚炸弹为什么没被销毁？"

"是我的主意，"麦克白说着研究起定时装置，"这是一个非常精密的装置，已被我们完全拆解。我想特警队没准儿哪天能用上。现在……"他用手指轻触一根火柴棒大小的金属针，"你只要把这个东西拔出来，就会开始倒计时。看似简单，但拆除引信需要将近四十分钟，而时钟上只有二十五分零五十五秒。所以，一旦我把它拔出来，就没有回头路。"

“那么，你和赫卡忒的会面得尽量简短。”

“噢，见面的时间不会太长。我会说，这金子是我对他过去所做之事的谢意，如果他帮助我当上市长，还会有更多。”

“你觉得他会吗？”

“我不知道，反正他十分钟之后就死了。关键是他肯定不会怀疑，他明白城里没有东西是白来的。我会请他考虑一下，然后看一眼手表，说我和管理层有个会——确实有会——马上离开。”

“打扰一下……”他们转向门口，是里卡多，“有电话找您。”

“告诉他们我会打回去。”西登说。

“不是找你，是找局长。”

麦克白听出这声音中隐藏着几乎难以察觉的冷淡。他之前去特警队时就感觉到了。兄弟们嘴上轻轻打着招呼，但目光却转向别处，装作忙碌的样子。

“找我？”

“您的接待员已经把线路接通了。她说是市长。”

“带我上去。”

他跟在这名特警队老兵的身后。里卡多那带有贵族气息的瘦脸，油亮发黑的皮肤，以及那轻柔、高贵的步态，让麦克白觉得这名警官的祖先一定源于一个猎狮部落。那句话怎么说来着？因忠诚而高尚。麦克白知道，里卡多是在生死关头甘愿和弟兄们一同赴死的人。一个价值千金的人。真正的金子。

“有什么不对吗，里卡多？”

“长官？”

“你今天好像很沉默。有什么话想对我说吗？”

“我们有点担心安格斯，仅此而已。”

“我听说他身体不舒服。这工作不是谁都能干的。”

“我担心的是，他一直没来上班，而且大家都不知道他去哪儿了。”

“他很快就会出现。他大概需要一些时间厘清头绪。不过，是啊，我能看出你担心他可能做了什么出格的事。”

“出格的事……”里卡多在打开的办公室门前停住脚步。屋内，话机的听筒摆在桌上，“我不认为安格斯做了什么。”

麦克白停下来看着他。“那你是怎么想的？”

他们的目光交会。麦克白从对方眼里没有看到一丝敬意和愉悦，而这些却是他过去经常从特警队手下眼里看到的东西。里卡多双目低垂：“我不知道，长官。”

麦克白关上身后的房门，拿起电话。

“什么事，图特尔？”

“我谎称自己是市长，这样能被接进来。就像你撒谎一样。你跟我保证过，没人会死。”

麦克白不知恐惧如何战胜了傲慢。沃特·凯特的声音里已无一丝傲慢的痕迹。

“你肯定是误解了，”麦克白说，“我的意思是，你的家人不会死。”

“你——”

“他们不会死的，如果你继续照我说的做。我很忙，如果没有其他事，就这样吧，凯特。”

他只听见电话那头传来电流刺刺啦啦的响声。

“很好，我们把问题解释清楚了。”麦克白说完挂了电话。他看了一眼钉在桌子上方墙上的那张照片——特警队在瓦匠坊的大合照。灿烂的笑容、高举的啤酒杯，他们在庆祝又一次圆满完成任务。那上面有班柯、里卡多、安格斯和其他人。还有麦克白自己。那样年轻，那样幼稚的笑容，那样纯真，那样幸运的无权无势。

“这就是我们全部的计划，”马尔康说，“除了你，只有我们三个人知道。你觉得怎么样，凯思妮斯？你愿意加入我们吗？”

他们坐在局促的客房，相互挨着。凯思妮斯望了一眼他们仨的脸：“如果我说这是一个疯狂的计划，我完全不想参与，你们会让我离开这儿，向麦克白告发你们吗？”

“会。”马尔康说。

“那岂不是很傻？”

“这么讲吧，如果你打算跑去告诉麦克白，我觉得你会先告诉我们这是一个绝妙的计划，而且你愿意参与。然后你再去告密。我们知道，请你入伙有一定的风险。但我们不相信外面已经没有好人，没有在乎这件事的人，没有把这座城市置于自己利益之上的人。”

“你觉得我是这种人？”

“德夫觉得你是，”马尔康说，“他深信不疑。他说他知道你是什么样的人。他说你是比他更好的人。”

凯思妮斯看着德夫。

“这是一个绝妙的计划。我加入。”她说。

马尔康和弗里斯笑了。没错，她看见就连德夫那沮丧的、毫无生气的眼里，也闪过一丝笑意。

第三十四章

差五分到六点，麦克白走进方尖塔酒店的前厅。宽敞的大堂只有一个门童、两个行李员和三个穿黑西装的接待员。他们正在窃窃私语，仿佛殡仪馆的执事。

麦克白直奔开着门的电梯，走进去按下十九层的按钮。他咬紧牙关呼出一口气，以舒缓压力。全国最快的电梯——他们连这个都要做广告，大概是为了吸引没见过世面的乡巴佬。他感觉手提箱的拎头快要从手中滑脱。为什么科勒姆那个倒霉的赌徒要选择斑马条纹来伪装炸弹？

电梯门打开，他走了出来。根据建筑图纸，他知道顶层套房的楼梯在左边。他沿着一条不长的走廊行进了十五步，来到这层楼唯一一道门前，举起手准备敲门。但停在半空，看着那只手。难道他察觉出了一丝颤抖？那种老队员所说的在特警队服役七年时出现的颤抖？七年之抖。他没觉得。他们说如果不抖反而更糟，因为那样绝对就到退休的年限了。

麦克白叩响房门。

脚步声响起。

他自己的呼吸声。

他身上没带任何武器。他会被搜身，但没必要把大家弄得紧张兮兮的，毕竟只是商业洽谈之类的活动。他又对自己重复一遍：他只消说自己准备竞选市长，把手提箱递过去，感谢赫卡忒的帮助，希望他将来继续关照自己就行了。这个说辞应该可信。

“麦克白先生吗？”说话的是个年轻的男孩。他穿着骑马裤，戴着白手套。

“是。”

男孩让开身：“请进。”

这是一间全景套房。外面的雨已经停了，西面是因弗尼斯赌场，傍晚的夕阳把它身后的一层薄云染成橘色。麦克白向更远处眺望，望向南面的海港，东面工厂的塔楼。

“手先生[1]说他稍晚一会儿到，但不会太晚，”男孩说，“我给您倒一点香槟。”

门轻轻合上，只剩下麦克白一个人。他坐在玻璃圆桌旁的一把皮椅上。“手先生？也对。”

麦克白看了一眼手表。整整三分零三十五秒。从他和西登在警车里拔出针头、启动倒计时一直到现在。距离爆炸还有二十二分二十秒。

他站起来，走到靠墙的棕色冰箱前，打开门。空的。衣橱也是。他瞄了一眼卧室，没动过。没人住。他坐回皮椅。

二十分零六秒。

他努力不想事，但思绪不请自来。

它们在说，时间快到了。

黑暗越发浓重。

---

[1] 手先生（Mr. Hcmd）与赫卡忒（Hecate）同为“H”开头。赫卡忒也被称为“隐形之手”，故有“手先生”这一称谓。

死亡越来越近。

麦克白平静地深呼吸。万一现在就死到临头了呢？那肯定会是一个毫无意义的结尾，但所有的结尾不都是这样吗？在关于我们自己的故事里，我们在一句话的中间被打断，留下一个结尾悬在空中——缺少意义，缺少结论，缺少揭示性的收场。遗言刚说出一半，只听见一声短促的回响，你便被世界遗忘。被遗忘，被遗忘，就连人间的巨擘对此也无能为力。你的为人，你真正的面目，比水中的涟漪消失得还快。这一段戛然而止的人间羁旅又有何意义？是苟活于世，抓紧享受生命有限的愉悦，还是踏雪留痕，扭转乾坤，在你离世前把世界改造得更好？抑或这意义在于繁衍，将更多可爱的小生命投放到地球上，希望人类有一天会变成他们想象中神明般的存在？或者根本就没有意义？也许我们只是一个恒久混沌的气泡中散乱的句子，众生喧哗却无人倾听，而我们最坏的预感最终会得到应验：你是孤独的。孤身一人。

十七分钟。

孤独。随后班柯出现，把他呵护在掌心，给了他一个家。如今他却甩掉了班柯，甩掉了所有人，重归孤独。只有他和夫人。可他做这一切到底是为了什么？他真的想这样吗？还是他想把这些送给什么人？给她，给夫人吗？

十四分钟。

他真的以为它会长久？难道它不是和夫人的精神一样脆弱，难道它——这个他们建立的帝国——不是注定会摔得粉碎，只是时间问题吗？也许吧，但我们除了时间还有什么？一点点时间，令人沮丧的昙花一现。

十一分钟。

赫卡忒在哪里？现在已经来不及提着箱子去港口，把它扔进海里了。另一个办法是把它丢进大街的井盖里，但现在是明亮的白天，最近媒体的高度曝光很可能让他被人认出来。

七分钟。

麦克白决定了。如果赫卡忒两分钟内不出现，他就离开。留下手提箱。希望赫卡忒在炸弹引爆之前抵达这里。

五分钟。四分钟。

麦克白站起来走到门口，听了听。

没动静。

该撤了。

他抓住门把手。拉了拉。用力拉。锁住了。他被锁住了。

“您的意思是，您上当了？”夫人站在轮盘赌桌旁。她被叫来是因为一位顾客企图找麻烦。那男的不算完全清醒，但也没喝醉。皱巴巴的粗呢夹克。她连猜都不用猜：方尖塔的老顾客，乡下来的土包子。

“我肯定上当了。”那男的趁夫人环顾赌场时说。今晚的人很多。她得雇更多的人才行，吧台至少就需要两个，“那颗球连续三次停在 14 上。这种概率有多大，嗯？”

“和停在 3、24 和 16 上的概率一样大，”夫人说，“五万五千分之一。和任何数字组合的概率一样。”

“可——”

“先生，”夫人微笑着，轻轻抚摩他的手臂，“有没有人告诉过你，在遭到轰炸时，你应该躲进炸弹坑，因为雷不会两次击中同一个地方？那才是骗人呢。但你现在在因弗尼斯赌场，先生。”她递给他一张票，“去吧台喝一杯，算我的。好好想想我刚才话里的逻辑，我们过会儿再谈，行吗？”

那男的仰起脖子，看了看她。然后接过票，走了。

“夫人。”

她转过身。一个宽肩膀的高个子女人戳在她面前。或者是个男的。

“手先生想跟您说几句话。”这个不男不女的人朝一位站在几米开外的老者点了点头。他一身白色西装，染了黑发，倚着一根镀金的拐杖，颇有兴致地端详着头顶的吊灯。

“可否等几分钟……”夫人微笑道。

“他还有个昵称。H开头的[1]。”

夫人怔住了。

“他更喜欢叫自己手先生。”不男不女的人笑道。

夫人走到老者跟前。

“巴卡拉水晶还是波希米亚水晶？”他盯着吊灯问。

“波希米亚，”她说，“这是伊斯坦布尔多尔玛巴赫切宫吊灯的缩小版。”

“可惜我从没去过那里，夫人。不过，我去过捷克斯洛伐克一个小地方的小教堂。黑死病过后，遍地的白骨无处存放。于是他们雇了一位独眼僧，叫他把尸骨堆在一起，统统清理掉。可他并没有这么做，而是用它们来装点那座教堂。他们有一盏吊灯是用头盖骨和人身上的骨头做的。也许有人觉得这是对死者的不尊重，但我认为恰恰相反。”老者的目光从吊灯转向夫人，“死后还能保留一样功用，这种内在的不朽感，岂非人类最好的礼物？就像化为一丛珊瑚、一盏吊灯。或是一个符号、一颗启明星，一位英年早逝的警察局局长，趁人们以为他还是一个好人和无私的领袖时

[1] 指赫卡忒（Hecate）。

就这样幸福地过早离世，而他狂妄贪婪的另一面还未来得及揭露。我以为我们需要这样的死，夫人。我希望这个独眼僧得到他应得的感谢。”

夫人倒吸了一口气。通常她能从一个人的眼睛里找到一些能被她解读、理解并利用的东西。但在这个人眼睛的后面，她什么也看不到——就像看进一个盲人的眼睛：“我能帮到您什么，手先生？”

“正如你知道的，我现在本应和你的丈夫见面。他正坐在一间酒店套房里，等着杀我。”

夫人感到气管收紧，她知道如果这时候说话，嗓音会非常尖锐。所以，她忍住没说。

“但鉴于我认为自己没有合适的死亡理由，我倒是觉得可以跟你们当中理智的那一个人谈一谈。”

夫人望着他。他颔首微笑，那种悲伤的、温柔的微笑，像一位智叟。仿佛能读懂她的心思，告诉她不用找借口。

“明白了，”夫人说着重重地咳了一声，“我想我需要喝一杯。您想喝点什么？”

“不知吧台的招待员会不会做浑浊型的马天尼？”

“跟我来。”

他们走向吧台，人们正排着队。夫人辟出一条道，走到柜台后抓起两只马天尼酒杯，先倒了些杜松子酒，又倒了些马天尼酒，在柜台下面的操作台充分混合。不到一分钟，她回来把酒递给老者：“希望这酒够浑浊。”

他尝了一口：“绝对够。但如果我所料不错，这里面应该多了一种成分吧。”

“两种。我的独门配方。这边请。”

“什么配方？”

“这当然是商业机密。但这么说吧，我认为饮品应该有地方特色。”夫人引领老者和不男不女的大高个儿走进餐厅后的一间空房。

“处于我这种位置的人自然理解你保护商业机密的苦心，”赫卡忒说着，等那个像男人的女人为他拉出一把椅子，“所以请原谅我揭穿了你们占领我的城市的企图。我尊重野心，但我有其他的安排。”

夫人啜了一口她的马天尼：“你要杀了我丈夫吗？”

赫卡忒没有回答。

她重复了一遍问题。

麦克白盯着门，感觉嘴里发干。锁住了。他想象自己现在能听到身后的炸弹在嗒嗒地响。没有其他出路，因为他在研究建筑图纸时总要查看出口的位置。窗外，二十层高的墙体直通地面。

锁住了，困住了。赫卡忒的陷阱。他自己的陷阱。

他用嘴呼吸，试图压制不断上升的焦虑。

他扫视了一下房间。没有其他地方可躲，炸弹的威力实在太大。他的目光又落在门上。落在门把手下面的执手锁上。

执手锁。他长舒一口气。该死，他是怎么了？他笑了笑。酒店的房门在合上时本来就会锁住。亏他平日还住在酒店呢。你只要转动锁体，门自然就开了。

他伸出一只手。又犹豫了。为什么他觉得事情不会这么简单呢？事情从来都不简单。他不可能从这里出去，他注定会把自己炸上天。

他捏住锁。他能感到自己的手指因为出汗而滑溜溜的。拧了一下。

锁体转动。

他压了一下门把手。

推开房门。

走出去。冲下楼梯，冲过走廊，心中暗自咒骂。

站在电梯口，按下按钮。

看见墙上的显示器显示电梯正从一楼往上升。

看了一眼手表。两分四十秒。

电梯快来了。那是什么动静？杯子的一声碰撞，还有人在说话？电梯里有人？万一是赫卡忒怎么办？现在没时间回去寒暄了。

麦克白撒腿就跑。根据图纸，消防逃生口在左边的角落。

没错。

他一把推开门，听见电梯到达时“叮咚”一声响。他扶着门，屏住呼吸。

有人在说话。尖尖的、小男孩的声音。

“我不太明白——”

“手先生不会来的。我们要做的就是把那个男的在房间里拖半个小时。但愿他喜欢香槟。”

手推车的轱辘声。

麦克白合上身后的门，跑下楼梯。

每一层都有一个数字。

他停在了 17 层。

夫人点点头，吸了口气：“那你会选另一天杀了他？”

“这得看情况。你加的是苹果汁吗？”

“没有。什么情况？”

“如果只是一时糊涂。你俩好像都停用了我的产品，也许这对大伙都好。”

“你不会杀他，因为你需要他做警察局局长。现在你识破了麦克白的计谋，你相信他得到了教训。一条狗如果不挨罚是不会听话的，只有挨过罚才算被驯服。”

老者转向那个不男不女的人：“我说他俩中间，她更聪明。你现在明白了吧？”

“那么，你想从我这里得到什么，手先生？”

“杜松子酒？不，你说过配方保密，所以你的回答不会可靠。我只想让你们明白，你们有什么选项。服从，我就会保护麦克白免受任何伤害。他会是你的提索诺斯。不服从，我就把你俩都杀了，就像你们杀那些驯服不了的狗一样。看看周围，夫人。看看你会失去的一切。你拥有一切你做梦都想得到的东西。所以你用不着再做梦了。至于配方，如果你的野心太大，它们就会成为灾难的配方。”老者一口干掉剩下的酒，把杯子放到桌上，“胡椒。两种成分之一。”

“鲜血。”夫人说。

“真的？”他把双手放在拐杖上，支撑着自己站起来，“人血吗？”

夫人耸了耸肩：“这很重要吗？你相信就是了，而且你好像喜欢这配方。”

老者笑了笑：“如果换一种情形，你我可以成为很好的朋友，夫人。”

“来世吧。”她说道。

“来世，我的小莉莉。”他用拐杖敲了两下地面，“留步。我们自己走。”

夫人保持着微笑，一直到他消失。然后她喘着气，感觉屋里天旋地转，不禁抓住椅子的扶手。莉莉。他知道。他怎么会知道？

十七层。

麦克白看着手表。还剩一分钟。那他为什么停住？他们想必正推着车进屋。炸弹引爆时，他们会在现场。那又怎么样？他们是赫卡忒的小兵。他们必然是整个计划的一部分，所以有什么问题呢？城里没有人是清白的。可为什么某种东西偏偏在这时从他脑子里冒出来？是他演讲里的东西吗？夫人写的，拿给他的？还是来自更远的从前，他们从警察学院毕业时的誓言？还是更久远，班柯跟他说过的什么话？某种东西，有某种东西，但他记不起是什么。只是……

该死，该死，该死！

四十五秒。

麦克白撒腿就跑。

跑上楼。

第三十五章

“跟我来！”麦克白喊道。

两个小男孩盯着这个突然出现在套房门口的人。其中一个正拿着香槟，软木塞上的金属丝已经解了一半。

“赶快！”麦克白吼道。

“先生，我们——”

“不想死的话，三十秒内离开这里！”

“冷静，先生。”

麦克白抓起香槟桶，朝窗上扔去。冰块纷纷弹出，在拼花地板上碎裂。他用低沉的嗓音说：“二十五秒内，一枚炸弹会在屋里爆炸。”

说完他转身就跑。跑下楼梯。耳边响起噼里啪啦的脚步声。他全速冲过电梯，为两个男孩扶住楼梯间的门。

“跑！跑！”

关上门，在身后催促他们加速。

十五秒。麦克白不知爆炸的威力会有多大，但如果这枚炸弹是用于摧毁和因弗尼斯一样坚固的建筑，他们必须跑得越远越好。十六层。他感觉一阵头痛袭来，仿佛他已经能感受到爆炸带给耳膜、眼球和口腔的压力。十四层。他看了一眼手表。还有十五秒。

十一层。还是没动静。倒计时系统也许没有那么精确，或是故意设置了延时。前面两个孩子开始慢下来。麦克白大吼一声，他们又重新提速。

在第八层，两个孩子冲出消防逃生门进了楼道，但麦克白继续沿楼梯往下跑。被困在电梯里就死定了。当他到达底层时，几乎已经超过预定爆炸时间三分钟。

他走向前台。还是同样的员工。他们停在柜台旁，好像什么事都没发生，也没注意到他的存在。他走出大楼，走进雨中。仰起头。一直站到脖子痛。然后开始穿过空旷的广场，朝西登和等在路边的车走去。到底发生了什么？或者说，没发生什么？炸弹在警局的地下室里受潮了吗？有人在他离开套房后中止了倒计时？还是它已经爆了，但比特警队的炸弹专家预测的烈度要小很多？现在怎么办？他停住脚步。如果赫卡忒和他的人走进套房，发现他留下一个炸弹怎么办？他必须回去，拿回手提箱。

麦克白转过身，走了两步，看见自己投射在鹅卵石地面上的影子，听见一阵如滚雷般沉闷的爆炸声。有一瞬间，他以为是在下冰雹。白色的粉末砸在他的脸上和手上，啪嗒啪嗒地落在周围的鹅卵石路上，在停着的车上蹦蹦跳跳。一只淋浴花洒狠狠砸在离他几米远的地上。他朝上瞥了一眼，然后听见身旁有东西猛冲过来，人飞了出去。麦克白抬起胳膊保护自己，但刚才把他撂倒的人已经站起来，掸了掸他的灰色风衣，跑开了。麦克白看见他一秒前站立的地方是一台被砸烂的棕色冰箱。

他把头枕在冰凉的鹅卵石上。

方尖塔的顶层烈焰升腾，黑烟滚滚。什么东西跳过鹅卵石路，落在他的脑袋边上。他捡起来。那东西还被裹在铁丝网里。

“究竟怎么回事？”西登在麦克白上车时问。

“图特尔，”麦克白说，“他给赫卡忒报了信。开车。”

“图特尔？”西登说着开下人行道，雨刷器扫过挡风玻璃的白色玻璃碴儿。

“图特尔是唯一知道我们计划的人，他肯定通知了赫卡忒，希望他反过来杀了我。”

“但赫卡忒并没有试图杀你。”

“不。恰恰相反。他救了我。”

“这怎么说？”

“他需要他的木偶。”

“什么？”

“没什么，西登。去因弗尼斯。”

麦克白望向人行道，望向对着天空目瞪口呆的人群。他搜寻着那件灰色风衣。有多少人？他们都穿灰色风衣，还是只有一部分人穿？他们一直在那儿吗？他闭上眼。不死。像木偶一样不死。他的脑压上升，闪过一个奇怪的想法。赫卡忒答应使他刀枪不入并非一种恩赐，而是一个诅咒。软木塞在指间转动，他能感到铁丝划过他的皮肤。他听见一阵警笛声。

西登停在因弗尼斯门前。麦克白刚要下车，就听见图特尔的声音。

“把收音机的音量调大。”麦克白说着又坐进车里。

“……亲爱的市民朋友，为了抵制谣言，同时出于对你们的尊重和保护你们了解当选官员的权利，我今天决定向你们坦白，十五年前我有过一段短暂的婚外情，结果有了一个儿子。孩子的母亲和我的妻子——达成一致，决定不将此事公开。我一直和我的儿子，还有他的母亲保持着密切联系，用我自己的工作所得供养他们。当时不公开是考虑各种因素后作出的决定。公众不在考虑范围，因为当时我并未担任公职，除去身边最亲近的人和我自己，无须向别人做出回应。但如今情况不同，也是时候公开了。我儿子的母亲现在病重，她在两个月前同意儿子搬来和我同住。此后我带卡西出席公开活动，对外介绍他是我的儿子，但可惜我的诚实似乎导致不实的谣言。真相往往是大家最不愿相信的东西。我并不为十五年前的不忠感到骄傲，但除了寻求最亲近之人的宽恕，我无能为力。对于通过我的私生活来判断我领导能力的人，我也无能为力。我唯一能做的就是请你们信任我，就像我现在信任你们一样——我把令我极为痛苦和珍贵的经历公之于众。也许我没有令自己感到骄傲的表现，但我却为我十五岁的儿子卡西而骄傲。昨晚我和他进行了一番长谈，他叫我去做我现在正在做的事：告诉全体市民我是他的父亲。”图特尔深吸一口气，然后用颤抖的嗓音说：“他是我的儿子。”他咳了一声，“而且我要赢得即将到来的市长选举。”

沉默。一个女人的声音，显然深受感动。

“刚才是图特尔市长发表的声明。现在继续播报新闻。第四区发生一起严重爆炸事件，地点位于方尖塔赌场顶层。目前尚无人员伤亡的消息，但——”

麦克白关掉收音机。

“该死。”他说道，失声干笑。

第三十六章

夫人背靠着枕头，从睡衣下伸出一只脚，伸向坐在床头一张矮凳上的麦克白。她挂起两条红裙。麦克白轻抚她细长的脚踝和刮过毛的光滑的腿。

“所以赫卡忒知道我们的计划，”他说道，“他有没有说是谁告诉他的？”

“没有，”夫人说，“但他说，如果我们乖乖合作，你就可以做我的提索诺斯。”

“提索诺斯是谁？”

“一个被赋予永生的希腊美男子。但他还说，如果我们不听话，他就会像杀死驯服不了的狗一样杀了我们。”

“嗯。只可能是图特尔告诉他的。”

“你已经说第三遍了，亲爱的。”

“这个狡猾的老色鬼很会胡说八道。那个男孩的确是他儿子。问题是现在城里人愿不愿让一个老色鬼做他们的市长。”

“就凭一段十五年前的婚外情？”夫人说，“图特尔当年已经承认有过这段情史，也祈求过原谅，并且一直花钱照顾他们母子。现在孩子的母亲病了，圣徒图特尔便把孩子接来住。人们会赞赏他这么做，亲爱的。他犯了一个大多数人都会理解的错误，事后也表现出羞愧和善良。他现在已经成为普通百姓中的一分子了。这个声明是相当聪明的一着棋。人们现在统统都会出来为他投票。”

“看来图特尔要赢了。我们能做什么？”

“是啊，我们能做什么呢？还是先解决眼前的事好了。穿哪条裙子，杰克？”

“西班牙风格的。”杰克说着端起托盘里的一杯茶，放在夫人的床头柜上。

“谢谢。图特尔和赫卡忒怎么办，杰克？我们要不要出招？还是太危险了？”

“我不是战略家，夫人。但我读过，当你两面受敌时，有两种经典的策略。第一种是和其中一个敌人达成停战协议，然后集中力量除掉另一个，而且要出其不意。第二种是让敌人自相残杀，等双方实力都削弱时再出击。”

他递给麦克白一杯咖啡。

“记得提醒我给你晋升。”麦克白说。

“噢，他已经晋升了，”夫人说，“我们未来两周的客房全部订满，所以杰克现在有一个助手。一个会管他叫先生的助手。”

杰克笑了：“这可不是我的点子。”

“是我的，”夫人说，“而且算不上什么点子。规定称谓是再合理不过的事。它提醒每一个人等级之分，这样就不会产生误解。如果市长宣布进入紧急状态，那么诸如谁来管理城市的问题就显得重要起来。那么，谁来主事呢？”

杰克摇摇头。

“警察局局长，”麦克白说着啜了一口咖啡，“直到他中止紧急状态。”

“真的？”杰克说，“那如果市长死了呢？届时也由警察局局长接替吗？”

“是的，”麦克白说，“直到选出新的市长。”

“‘二战’刚结束，肯尼斯就制定了这项政策，”夫人说，“那时他们大肆鼓吹强人政治在应对危机时的重要性。”

“听起来有道理。”杰克说。

“进入紧急状态后，警察局局长便可以总揽大权。他可以暂停司法系统，审查媒体，无限期推迟选举。总之，他就是……”

“一个独裁者。”

“完全正确，杰克。”夫人搅了搅她的茶，“可惜图特尔不大可能同意宣布紧急状态，所以我们只能采取下面的最佳选项。”

“是什么？”

“当然是让图特尔死。”夫人啜了一口茶。

“死？怎么死？”

“一场刺杀，”麦克白一边说一边轻捏着她的小腿肚，“亲爱的，你是这个意思，对吧？”

夫人点点头：“由警察局局长宣布，在调查刺杀案期间，他将接管这座城市。刺杀背后有没有政治动机？是不是赫卡忒干的？和图特尔的不忠有无关系？这个调查最终会成为一个无头公案。”

“我只能暂时统治，”麦克白说，“直到选出新的市长。”

“但是亲爱的，你想想看，街头可是发生了血案哪。先是警官被谋杀，接着又是政客被刺杀。如今承担市长一职的警察局局长是很有可能决定宣布紧急状态的。在局面安定之前无限期推迟选举。而且决定局面何时安定的是警察局局长。”

麦克白感到一种童年般的快乐。当年在孤儿院的操场上，他和德夫在城堡里当国王，那些年龄比他们大的野孩子都得对他们俯首称臣。“实际上我们将拥有无限的权力，想要多久就有多久。你确定首府不会介入？”

“我今天和一名最高法院的法官进行了一次有趣的长谈。只要肯尼斯制定的政策不违背联邦法律，首府便很难实施制裁。”

“我明白了，”麦克白揉了揉下巴，“的确有意思。所以我们唯一要做的就是叫图特尔死，或者让他亲自宣布进入紧急状态？”

杰克咳了一声：“还需要别的吗，夫人？”

“不了，谢谢，杰克。”夫人高兴地摆手，示意他退下。

杰克打开房门，麦克白听见楼下沉闷的音乐声。门关上时，外面传来急救车尖锐的鸣笛声。

“图特尔正在想办法阻止我们，”夫人说，“必须尽快动手。”

“赫卡忒怎么办？如果图特尔和赫卡忒本是一条蛇，那么图特尔是尾巴，赫卡忒是头。斩断尾巴只会让它更危险。我们得先对付蛇头才行！”

“不。”

“为什么？他说了，如果我们不服从就会杀了我们。你难道想当被驯服的狗？”

“听我说，亲爱的。你听见杰克刚才说的了。和一方停战，集中力量对付另一方。现在不是挑战赫卡忒的时候。何况我不确定赫卡忒和图特尔真的是一条战线上的人。如果是这样，赫卡忒应该会叫我们不要打图特尔和市长的主意。可他没有，甚至在你参选的传言出现后也没有反应。只要赫卡忒认为我们已经吸取了教训，现在是他忠实的走狗，他只会祝贺我们夺取控制城市政治的权力，这其实也是在祝贺他自己。你能理解吗？我们现在认真对付一个敌人，拿到我们想要的。接下来我们再决定怎么对付赫卡忒。”

麦克白把手摸向她的大腿深处。她静静躺下，合上眼。他听着她的呼吸。那呼吸就是无声的命令，决定他的手该做什么，不该做什么。

从下午到晚上，雨一直在洗刷这座从未干净过的城市。雨水拍打在大酒店的房顶上，弗里斯、德夫、马尔康和凯思妮斯决定在雨停之前暂时在这里歇脚。现在是凌晨两点，凯思妮斯被一阵敲门声唤醒。她立马听出了敲门的是谁。

不是次数、频率和力度，是方式。他敲门是用平掌。而且她熟悉那只手，熟悉每一道皱纹和裂隙。

她打开一条缝。

雨水从德夫的衣服和头发上淌下，他的牙齿打着战，脸冻得苍白，那道伤疤清晰可见："对不起，可我真的需要洗个热水澡。"

"你没有……"

"弗里斯和我住一间屋，我们只有带上下铺的床和一个盥洗台。"

她把门开得大一点儿，他溜了进来。

"你去哪儿了？"她问道。

"墓地。"他在浴室里说。

"大半夜去的吗？"

"没多少人出来。"她听见水龙头被拧开。站在浴室门外。"德夫？"

"嗯。"

"我就想说，我很难过。"

"什么？"他喊道。

她清了清嗓子，提高音量："为你的家人。"

她听着哗啦啦的水声掩盖住她的说话声，静静地望着将他掩藏起来的水蒸气。

德夫穿着睡衣出来、一只胳膊上搭着湿衣服；凯思妮斯躺在那张大床上，穿着衣服。他从裤子的口袋里掏出一包浸湿的香烟。她点点头，于是他躺在她身边。凯思妮斯把头枕在他的手臂上，抬头望着半球形的黄色玻璃顶灯。灯罩里有许多死虫的黑点。

“这就是离光太近的后果。”他说。他依旧能猜中她心里在想什么。

“伊卡洛斯[1]。”

“麦克白。”他说着点了根烟。

“我不知道你又开始抽烟了。”她说。

“是有点奇怪。我其实从来都不喜欢这鬼东西。”他做了个痛苦的鬼脸，朝天花板吐出一口巨大的烟圈。

她咯咯笑道：“那你干吗还抽？”

“我没告诉过你吗？”

“你有好多事都没告诉过我。”

他咳了一声，把烟递给她：“因为我想成为麦克白。”

“我还以为他想变成你呢。”

“他看上去太爽了。想干什么就干什么。我行我素，随心所欲。我就从来没有过。”

“但你拥有智慧，”她抽了一口，把烟递回去，“有让别人认同你的口才。”

“人们不喜欢承认自己的错误。我也没有让他们喜欢我的口才。他有。”

“不值得一提，德夫。瞧瞧他现在变成了什么样的人。他愚弄

---

[1] 希腊神话中的人物。伊卡洛斯企图借助蜡和羽毛制造的翼逃离克里特岛，但因飞得太高，双翼上的蜡被太阳融化，不幸跌落水中丧生。

了所有人。”

“不。”德夫摇了摇头，“不，麦克白没有愚弄任何人。他心直口快，坦坦荡荡。他不是圣人，但也没有鬼胎，你看见的就是真相。也许他说话时没有用才智和创意打动人，但你相信他说的每一个字。真的。”

“相信？他是个冷酷的杀手，德夫。”

“你错了。麦克白感情丰富。这就是为什么他连一只苍蝇都伤不了。或者更确切地说，特别是苍蝇这样的生物。面对具有攻击性的黄蜂，他会动手，但面对手无寸铁的苍蝇，永远不会，不管它有多么烦人。”

“你怎么能为他辩护，德夫？你失去了——”

“我没有为他辩护。他当然是个杀人犯。我想说的只是他绝不会杀任何无力防卫的人。只有一次例外。他那么做是为了救我。”

“哦，是吗？你说说看。”

他猛吸一口烟：“在通往福利斯的乡间小路上，他杀死了一名‘诺斯骑士’。这个小子刚好看见我杀死了他的同伴——那个我错以为是斯威诺的人。”

“这么说，他们并没有朝你开枪？”

德夫摇了摇头。

“但即便如此，麦克白也没有比你更好。”凯思妮斯说。

“不，他更好。我杀人是为一己私欲。他杀人却是为别人。”

“警察都会庇护队友。这是我们的传统。”

“不，因为他觉得亏欠我。”

凯思妮斯挑起眉毛：“亏欠你？”

德夫朝天花板举起烟，闭上一只眼，用另一只眼瞄准上方的灯光。“外祖父死后，我进了孤儿院。当时我十四岁，年龄已经很大了。麦克白和我同岁，但他五岁时就进来了。我们住同一间屋，很快成了朋友。那时麦克白说话结结巴巴。特别是到了周六晚上，他午夜会从房里消失，一个小时后才回来。他从来不愿告诉我他去了哪里，直到有一天我用开玩笑的口气威胁他，我要向可怕的院长洛瑞尔举报他，他竟然说你最好这么做。”德夫用力扯了一下烟卷，“因为那就是他去的地方。”

“你的意思是……院长——”

“虐待麦克白很久了。我都不敢相信自己的耳朵。洛瑞尔对他做的……你无法想象任何人能对另一个人做出这样的事，而且还很享受。有一回麦克白起身反抗，洛瑞尔差点没把他杀了，害得他在地窖——也就是所谓的矫正室被关了两个星期。那地方就是个监狱。我气得直哭。因为我知道他说的每一个字都是真的。麦克白从不撒谎。于是我说，我们必须杀了洛瑞尔。我要帮他。麦克白同意了。”

“你们谋杀了他？”

“谈不上‘谋杀’，”德夫说着给她递烟，“我们没怎么计划，就杀了他。”

“你们……”

“我们在一个星期四去了他的房间。在门口窥探到洛瑞尔在打呼噜，于是走了进去。麦克白对这间屋子了如指掌。我在门口把风，麦克白走到床边，举起一把小刀。可过了一会儿，当我的眼睛适应了黑暗时，我见他站在那儿一动不动，像一根盐柱。然后他哭丧着脸，过来跟我小声说，他下不去手。于是我抄起那把刀，走到洛瑞尔身边，猛地往他打呼噜的嘴里一捅。洛瑞尔抽搐了一下，然后咽了气。没流多少血。我们干完就走了。”

“我的天！”凯思妮斯像婴儿般蜷缩起来，“后来发生了什么？”

“没什么。有两百个年轻的嫌疑人。没人注意到麦克白比之前更结巴了。几周后当他逃离孤儿院时，也没人把这件事和谋杀案联系起来。总是会有小孩逃走。”

“然后你和麦克白又见面了？”

“我在中央车站见过他几次。我想要和他说话，但他拔腿就跑。你知道，这就像破产者撞见债主。几年后我们在警察学院相遇。那时候他说话完全不结巴了，简直像换了一个人——我想成为的那种人。”

“因为他清白、善良，不像你有杀人之心？”

“麦克白从来没把冷血的谋杀视为一种美德，而是将之视为某种缺陷。他在特警队这些年只会在自己或手下遭受攻击时才杀人。”

“那所有这些谋杀呢？”

“他叫别人替他干的。”

“杀女人和小孩。我觉得他已经不是你认识的他了，德夫。”

“人是不会变的。”

“你变了。”

“真的吗？”

“如果没有，你就不会出现在这里，参加这场战斗。像你说麦克白那样说说你吧。你是个彻底自私的人，谁要是挡了你的路，你就会把谁清除。不管是你的同事、家人，还是我。”

“我只记得自己有一次真想改变，那就是我想变成麦克白。当我意识到这不可能后，我只好变成另一种更好的人。一种可以想要什么就拿什么的人，即便那东西对我的价值不如对它真正的主人那样珍贵，就像赫卡忒取走那个男孩的眼睛一样。你知道我什么时候爱上梅雷迪斯的吗？”

凯思妮斯摇了摇头。

“当我们四个人坐在一起时——麦克白、我、梅雷迪斯和她的女伴——我看见麦克白对梅雷迪斯是那样的眼神。”

“告诉我这不是真的，德夫。”

“很遗憾，是真的。”

“你有自己的魅力，德夫。”

“这就是我想要告诉你的。所以当你说我是为了别人而抗争时，我不知道这种说法对不对，或许我只想夺走麦克白想要的某种东西。”

“可他不想要，德夫。这座城市、权力、财富，他一点都不在乎。他只想要她的爱。”

“夫人。”

“一切都是为了夫人。你还没意识到吗？”

德夫朝天花板吐出一口变形的烟圈：“麦克白是被爱所驱使，而我是被嫉妒和仇恨所驱使。他展现出仁慈的地方，我却选择了杀戮。明天，我要去杀我曾经最好的朋友了——而且是伏击他——仁慈和爱又一次弃我而去。”

“这不过是愤世嫉俗、自我憎恶的话罢了，德夫。”

“嗯。”他把烟在床头柜上的烟灰缸里捻灭，“你忘了说自我怜悯。”

“是，我忘了。还有自我怜悯。”

“我高傲、自私了一辈子。我不懂你怎么可能爱上我。”

“有些女人迷恋可以拯救她们的男人，有些女人迷恋她们可以拯救的男人。”

“阿门，”德夫说着站起来，“你们女人不懂，我们男人是不会变的。就算找到真爱也不会变，我们就算要死了也不会变。永远不会。”

“有人假装高傲，以此来掩饰缺乏自信，但你的高傲是真的，德夫。说到底还是自信。”

德夫笑了笑，穿上他的湿裤子：“赶紧睡吧。明天我们还得打起精神。”

他走后，凯思妮斯下了床，把窗帘拉到一边，俯瞰街道。轮胎唰唰地驶过水坑。乔伊的汉堡吧、北京干洗店和坦德里亚游戏厅的广告牌散发着微弱的光。一根烟在小巷中明灭了一下。

再过几个小时，天就亮了。

她久久无法入睡。

第三十七章

星期六来临，雨势更加猛烈。城里两家报纸均报道了图特尔的声明和方尖塔顶层的爆炸事件。《泰晤士报》的领袖专栏评论称，麦克白的电台采访只能被解读为他没有明确拒绝参选市长。评论还说无法与图特尔取得联系，请他就在圣乔迪医院陪护儿子的母亲一事予以置评。早上晚些时候，雨停了。

“你今天倒是早回家了。”希拉站在前厅，用围裙擦了擦手，略带疑惑地看着丈夫。

“无事可做。单位大概就剩下我一个人在工作了。”列诺克斯一边说一边把包放在抽屉柜上，从衣橱里取下一个衣架，挂上他的外套。市议会出台政府部门每周工作五天的规定已有两年时间，但警局总部仍有一条不成文的规矩：如果你想出人头地，那就得每周六也来上班。

列诺克斯轻吻妻子的脸颊，察觉出一股新的、陌生的香水味。一个不经意的念头闪过他的脑海：万一他刚才撞见她和另一个男人上床呢？他立马打消了这个念头。首先因为她不是这种人，其次是因为她不够漂亮——她最终跟一个白化病的小矮个儿结婚也不是没有原因的。最后也是打消这个念头最有力的理由其实很简单：这实在令人难以承受。

“哪里不对劲吗？”她问了一句，跟着他走进客厅。

“完全没有，”他说，“我只是累了。孩子们在哪儿？”

“在花园里，”她说，“天气终于好起来了。”

他站在宽敞的窗边，望着孩子们追逐、嬉戏，叫着笑着，玩儿着一种他一时看不懂的游戏。似乎是逃跑。值得学习的好本领。他仰望天空。好天气？用不了多久，雨又会下起来。他瘫坐在一张扶椅上。他还能这样坚持多久？

“午饭一个小时内好不了。”她说。

“没关系，亲爱的。”他看着她。他真心喜欢她，可他是否爱过她？他记不清，也许没那么重要。她从来都不抱怨，但他十分肯定，她也不曾爱过他。希拉大体上不爱说话。也许这就是为什么她同意做他的女朋友，以至于成为他的妻子。她找到了一个可以把他们两个人的话都说尽的人。

“确定没出什么事？”

“绝对没有，亲爱的。闻起来不错。什么东西？”

“呃，鳕鱼。”她说着皱起眉头，拧成一个问号。

他本想说他指的是香水，不是她刚开始烧的菜。但她进了厨房，于是他便把椅子转过去，面朝花园。他的大女儿看见了他，露出灿烂的笑容，冲另外两个孩子喊着什么。他朝他们招招手。两个其貌不扬的人怎么会生出如此漂亮的孩子？每当此时他便会冒出那个想法：他们到底是不是他亲生的？

不忠和背叛。

他的儿子在叫他——什么？他听不见——但那小子看到自己引起父亲的注意后，在草地上做了个侧手翻。列诺克斯举高双手为他鼓掌，这会儿三个孩子竞相做起侧手翻来。取悦老爸，取悦他们依然爱慕的老爸，他们认为值得效仿的老爸。喊叫，欢笑，打闹。列诺克斯想起远方的法夫，那里的静谧、阳光，窗帘在被打烂的窗户上飘着，微风穿过墙上的弹孔，吹响一个动听的、悲伤的音符。所有难以承受的念头。失去你爱的人可以有很多种办法。如果有一天他们发现，他们的丈夫和父亲到底是什么样的人，会怎样？那风是否会吹起同样的悲歌呢？

他合上眼。一点小憩。一点好天气。

他感到有人站在身后，对着他呼吸。是希拉。

“你没听见我喊吗？”她说。

“什么？”

“有你的电话。什么西登警督。”

列诺克斯走进前厅，从桌上拿起话筒：“喂？”

“早退了啊，列诺克斯？我今晚可要找你帮忙。”

“我不舒服。你找别人吧。”

“局长说带上你。”

列诺克斯倒吸一口气，嘴里像吃了铅：“带我去哪儿？”

“去一家医院。一个小时后出发。我去接你。”咔嗒一声。列诺克斯挂了电话。

“怎么了？”希拉在厨房里问。

铅，自然形成的一种灰白色金属，可使人中毒和死亡，质量重的无阻材料，熔点350。

“没事，亲爱的。没事。”

麦克白从一个关于死亡的梦中醒来。有人在敲门。敲门声告诉他，门口的人已经等了很久。

“先生！”是杰克的声音。

“来了。”麦克白嘟囔着，四下看了看。屋里洒满阳光。几点了？他一直在做梦。梦见自己站在床头拿着一把匕首。可他每眨一次眼，枕头上的脸都会改变。

“是凯思妮斯警督打来的，先生。她说是急事。”

“把她的电话接进来，”麦克白说着，朝床头柜翻了个身，“凯思妮斯？”

“抱歉周六给你打电话，但我们发现了一具尸体。恐怕我们需要你的帮助。”她听上去气喘吁吁的。

“怎么回事？”

“可能是弗里斯，班柯的儿子。尸体质量很差，他在城里又没有近亲，所以你应该是最有可能辨认他的人。”

“噢。”麦克白说着，喉咙一紧。

“你说什么？”

“是，我想我是。”麦克白说完拽了拽被子，把身子裹紧，“一具尸体在海水里泡这么长时间……”

“这正是问题所在。”

“什么问题？”

“我们不是在海里发现的尸体，而是在14街和15街之间的一条小巷里找到的。”

“你说，14街和15街？”

“到14街和多西尼路。我会在乔伊的汉堡吧门口等你。”

“好的，凯思妮斯。我二十分钟内赶到。”

“谢谢长官。”

麦克白放下电话。百合花。地毯上的花是百合花。百合[1]。夫人的孩子叫这个。为什么他以前没想起来？因为她死了。因为他

[1] 百合花，英文Lily，做人名时通常译为莉莉。

之前没见过、尝过、咀嚼过、梦见过这么多的死亡。他闭上眼，回忆梦中变换的脸。孤儿院院长洛瑞尔张嘴打呼噜时毫无察觉的脸，变成邓肯直视着他有所察觉的脸。然后是班柯僵硬的、无情的注视。没有躯体，只有枕上的头颅。然后是那个无名的“诺斯骑士”，满脸惊恐，跪在地上看着已经死去的同伴，麦克白朝他步步逼近。他望着天花板。想起每次从噩梦中惊醒、舒一口气的情景。舒一口气，发现在现实中他不会被流沙淹死或被狗吃掉。可有时他觉得虽然已从噩梦中醒来，但他还在做梦，还是快被淹死，必须冲破好几层困境才能恢复清醒。他紧闭双眼。又睁开。起床。

圣乔迪医院前台丰满的黑人女护士看了看列诺克斯出示的身份证，然后抬起头。

“上边交代了，谁都不能进……”她又看了一眼证件，“警督。”

“我们是为了警务，”他说，“十分要紧。必须第一时间向市长汇报。”

“您留个言，我可以——”

“机密，特急。”

她叹了口气。

“一楼，204 房间。”

一间大病房里，图特尔市长挨着年轻的男孩，坐在其中一张病床旁的木椅上。他搂着男孩，让他靠在自己的肩上。列诺克斯站在他们身后，咳了一声。两人都抬起头。病床上躺着一个面色苍白、头发稀疏的中年女人，列诺克斯一眼就看出她和男孩的相似之处。“晚上好，长官。您不会记得我，但我们在因弗尼斯赌场的晚宴上见过。”

“列诺克斯警督，是吧？反腐败处的。”

“您的记性真好。不好意思，就这样闯进来。”

“我能为你做什么，列诺克斯？”

“我们得到可靠线报，有人马上要刺杀您。”

男孩吓了一跳，但图特尔连眼皮都没眨一下：“说说细节，警督。”

“我们目前没有掌握更多细节，但我们对这件事非常重视。我来是护送您去一个更安全的地方。”

图特尔挑起眉毛：“还有比医院更安全的地方吗？”

“报纸上说您在这儿，市长先生。任何人都可以进来。让我护送您上车，把您送回家吧。之后我们会有时间深入调查。如果您不介意跟我走……”

“现在吗？你也看见了——”

“我看见了，对不起，但保护市长的人身安全是我的责任。”

“站在门口执勤，列诺克斯，这样——”

“这不是我得到的命令，长官。”

“现在是了，列诺克斯。”

“去吧。”病床上的女人有气无力地说，“去，带上卡西。”

图特尔把一只手搭在她的手上：“可是伊迪斯，你——”

“我累了，亲爱的。我现在想一个人待着。卡西和你在一起更安全。听这个人的话。”

“那你——”

“嗯，我没事。”

那女人合上眼。图特尔拍了拍她的手，转向列诺克斯：“好，我们走吧。”

他们离开病房。男孩走在他们前面。

“他知道吗？”列诺克斯问。

“她会死？知道。”

“他承受得了吗？”

“有些天很难过。他知道这事有一阵子了。”他们走下通往售货亭和出口的楼梯，“但他说还能承受。只要我们其中有一个人陪他就好。我正好去买点烟，等我一下好吗？”

“她在那儿。”麦克白用手指着说。

杰克把车停到大饭店对面的马路边，在一家干洗店和一家汉堡酒吧之间。他俩都下了车，麦克白迅速转动眼球，观察这条空旷的街道。

“这么快就到了，多谢。”凯思妮斯说。

“不客气。”麦克白说。她身上有一股浓烈的香水味，他不记得她以前用过。

“带路吧。”麦克白说。

麦克白和杰克跟着她走过这条街。星期六的夜晚，刚刚拉开帷幕。在一块写着“裸体女郎”的闪烁的霓虹灯牌下，一个穿西服的门卫瞟了一眼凯思妮斯，然后把烟扔到路上，用鞋跟踱了踱。

“我还以为你会带西登一起来。”凯思妮斯说。

“他今晚得去圣乔迪医院。是这儿吗？”

凯思妮斯停在一条拉着橙色警戒线的小巷入口。麦克白往深处望去。巷子实在太窄，两侧后门外的垃圾箱摆得很近。里面漆黑一片，什么也看不见。

“我是第一个到的，特别行动组其他成员随后赶到。周末就是这样。大家都不在一个地方。”凯思妮斯掀起警戒线，麦克白从下面钻过去，“您要不单独进去看看尸体，长官？我用一块被单盖上了，但请不要动其他东西。留的痕迹越少越好。司机可以留在这里，我正好回酒吧和病理专家碰个头。他大概快到了。”

麦克白看着她。从她的脸上看不出任何东西。她原以为西登会来。浓烈的香水，掩盖了别的不为人知的味道。

“好。”他说着走向巷子深处。

走了不到十米，主路上的所有声音就已经消失，只能听见风扇呼呼在转，一扇打开的窗户里有人在咳嗽，还有收音机低沉的播报声：托德·朗德格伦，《你好，是我》。他溜过垃圾箱之间的窄缝，也不知自己为何朝前爬行。习性，他猜想道。

尸体躺在巷子中间，有一半处于一盏壁灯的锥形光中。巷子的另一头就是15街，但离这里还很远，他看不见巷口是否也拉起了警戒线。

白色的被单下伸出一双脚。他立马就认出了尖头皮鞋。

他走过去，深吸一口气。空气里飘浮着干洗剂的甜味，是从他身后一道门上方聒噪的排风扇里吹出来的。他抓住被单中间，扯开它。

“嗨，麦克白。”

麦克白直视着对他举起的一把猎枪的枪眼。枪手仰面躺在黑暗中。他脸上的疤发着光。麦克白吐出胸中一口气。

“嗨，德夫。”

德夫一边说一边检查麦克白的双手：“麦克白，你被逮捕了。如果你敢动一下，我就毙了你。你自己选。”

麦克白望向15街：“我是警察局局长，德夫。你无权逮捕我。”

“还有其他有权的人。”

“市长吗？”麦克白笑道，“我觉得你指望不上他活那么久。”

“城里当然没人敢动你。”德夫站起来，枪口未偏离一寸。

“你是因为涉嫌法夫的谋杀而被捕。我们会把你从这里带走接受审判。我们已经和他们打过招呼了。你会被控告谋杀班柯，案发地是法夫。面朝墙，双手举过头顶。”

麦克白照做：“你没有我的把柄，你知道的。”

“就凭安格斯对凯思妮斯警督的陈述，我们足以把你在法夫拘留一周了。你不在警局的一周会给我们足够的时间在城里起诉你。这一次是谋杀邓肯。我们有法医的证据。”德夫拿出手铐，“转过去，双手背在身后——你知道该怎么做。”

“你真要开枪打死我，德夫？来吧，你是一个靠复仇存活的人。”

德夫等到麦克白转过身、双手抱头后才慢慢接近他。

“我知道，你发现杀的那个人不是斯威诺对你打击很大，德夫。但现在，你确信站在你面前的人没有错，你不准备为梅雷迪斯和孩子们报仇吗？还是说在你心中，你母亲比他们更重要？”

“站着别动，闭上你的嘴。”

“我闭口不言已经很多年了，德夫。我知道，斯威诺在斯托克杀的那个女警官是你母亲。那件事是哪一年来着？你当时肯定还小。”

“我是很小。”德夫把手铐在麦克白的手腕上扣好。

“为什么你随了你外祖父的姓，而不是父母的姓？”

德夫把麦克白转过来，直视着他。

“你不需要回答，”麦克白说，“你这么做是为了避免警局和‘诺斯骑士’把你的名字和斯托克大屠杀联系在一起。没人知道你当警察并不是为了服务这座城市，也不是为了履行我们那些狗屁誓言。一切都是为了抓住斯威诺，为了复仇。仇恨驱使着你，德夫。你觉得在孤儿院杀死洛瑞尔很简单，是不是？因为你看见斯威诺站在你面前。洛瑞尔不过是另一个毁了别人童年的人。”

“也许你说得对。”德夫离他如此之近，都能看见麦克白棕色眼眸里自己的影子。

“所以你怎么了，德夫？为什么现在不想杀人了？我是那个让你失去家庭的人，现在你的机会来了。”

“你会为自己的所作所为付出代价。”

“我做了什么？”

德夫朝15街的方向瞟了一眼，马尔康和弗里斯的车正等在那儿。凯思妮斯正往那边去。“你杀了无辜的人。”

“我们该死的职责就是杀死无辜的人，德夫。只要是服务于更崇高的目标，我们就必须克服伤感和老实的本性。我在乡间小路上割断那个人的喉咙不是为了你，不是为了报答你替我杀了洛瑞尔。我把自己变成凶手，是为了这样就不会有人诋毁我们警察这支队伍。我是为了这座城市，为了避免混乱和无序。”

“来，走吧。”

德夫抓住麦克白的手臂，但麦克白挣开了。“你对权力的贪欲胜过了复仇的贪欲吗，德夫？你觉得逮捕警察局局长就能让你得到有组织犯罪处？”

德夫拿枪口顶着麦克白的下巴：“我能告诉他们的是，你拒捕。”

“下不去手，是吗？”麦克白低声说道。

“不，”德夫说着把枪放低，“城里不需要更多的尸体了。”

“所以你不爱他们，嗯？梅雷迪斯，你的孩子？噢不，我忘了，你不能爱——”

德夫出手了。猎枪的枪管击中麦克白的嘴：“记住，我从不像你，不敢当面杀死一个无力防卫的人，麦克白。”

麦克白笑着，吐出一口血。想必是一颗牙弹落进黑暗中。“那就证明给我看。打死你唯一的朋友吧。来。为了梅雷迪斯！”

“不要再说她的名字。”

“梅雷迪斯！梅雷迪斯！”

德夫感到热血在耳朵里抽动，心怦怦直跳，沉重而痛苦。他绝不可以。突然，麦克白的额头撞上德夫的鼻子，发出咔的一声。他们站得太近了，麦克白趁机把德夫撞倒。德夫向后踉跄两步，猎枪举到肩上。

这时，麦克白身后的门突然打开。

门口现出一个人影。一条穿着灰色外套的手臂突然伸出，抓住麦克白背后的手铐，把他往里拉。那人的力气可真大，麦克白双脚离地，迅速消失在门后的黑暗里。

德夫开了枪。

爆炸声冲进他的耳膜，在小巷的墙壁间回荡。

半聋的德夫跨过门槛，闯进黑暗。

空气中弥漫着什么东西，他吸进去又吐出来。人们好像在他面前列队。屋里充斥着四氯乙烯的味道。他不拿枪的手发现门边的墙上有一个小小的开关。列队的人站在屋里，拎着夹克和风衣，每一件都罩着塑料外套，上头挂着标有姓名和日期的标签。面前一件塑料外套和棕色皮衣被打穿了一个洞。德夫意识到他刚才吐出的是动物的绒毛。他站在那儿听着，但耳畔只有墙边绿色的加勒特干洗机在嗡嗡地响。接着是一阵铃声，好像是店门上方悬挂的铃铛。他冲过一排排衣服，在人群中开出一条道，闯进柜台后的一扇门，看见一对中国夫妇正惊恐地盯着他。他越过他们，跑到大街上。看看天，看看地。星期六的晚高峰已经来临。一个人撞到德夫，使他一时间失去平衡。他咒骂了几句，那人说了一句“抱歉”，又匆匆赶路。

他听见身后有人在笑。转过去看见一个衣衫褴褛的邋遢鬼，张着嘴露出几颗残牙。

“被人抢了，先生？”

“是，”德夫说着放下枪，“我被劫了。”

第三十八章

列诺克斯和卡西站在医院大门外。他朝售货亭望了一眼，见图特尔正在排队买烟，然后把目光转向停车场。图特尔的豪华轿车里亮起一束光。距离大概有一百米。左边停车楼的房顶差不多也是这个距离。列诺克斯打了个寒战。晴天常伴随着罕见的东北风，而且很冷。如果再吹一会儿，天空就会没有一点儿云了。月光下，奥拉夫森可以从任何角度射杀图特尔。但在黑暗中，他们的计划是在停车场的一盏路灯下动手。

他又看了一眼手表。寒冷正在侵蚀他的身体，他开始咳嗽。他的肺不行。他受不了阳光，也受不了寒冷。上帝究竟为何要把他这种人带到世间？一颗孤独遭罪、无力防备的心，一个没有外壳的软体动物。

“多谢帮助我们。”

“什么？”列诺克斯转向男孩。

“谢谢你救我爸爸。”

列诺克斯看着他。卡西穿着和他儿子一样的牛仔夹克。他不禁冒出一个念头。这个几乎和他孩子同岁的小孩就要失去自己的母亲，还有父亲。“他说只要我们其中有一个人陪他就好。”

“走吧。”图特尔抽着他刚买的烟说。

“好。”列诺克斯说。他们穿过马路，走进停车场。列诺克斯走在图特尔左边。卡西走在他们前面。列诺克斯唯一要做的就是在他们走进第一盏路灯的光线时停住，以免被误伤。剩下的就交给奥拉夫森了。

列诺克斯感到一股奇怪的麻木袭上舌头、手指和脚趾。

“他们来了。”西登压低望远镜。

“看见了。”奥拉夫森口齿不清地说。他单膝跪在停车楼天台的水泥地上，闭上一只眼，睁大另一只眼，紧盯瞄准镜。步枪架在面前的矮墙墩上。西登扫视身后的区域，确保没有别人。这一层只停着他们一辆车。人们似乎不在周六晚间来探望病人。他能听见下面街上的音乐，还有从那里升腾起的香水和睾酮的气味。

停车场里，男孩走在图特尔和列诺克斯身前，走出了火力区。好。他能听见奥拉夫森深吸了一口气。两个男人走进一盏路灯的光线中。

西登感到心脏欢快地一跳。

就是现在。

但枪没响。

那两人走出了光圈，再次成为黑暗中模糊的轮廓。

“怎么回事？”西登问。

“列诺克斯没出火力区。”奥拉夫森说。

“他们走进下一个光区时，他会躲开的。”

西登又举起望远镜。

“知道谁有可能在追杀我吗，列诺克斯？”

“知道。”列诺克斯说。距离他们到达那辆豪华轿车还剩两盏路灯。

“真的？”图特尔吃惊地说着，放慢了脚步。列诺克斯也确保自己降低步速。

“别朝我身后的停车楼上看，图特尔。屋顶有个狙击手，我们现在处于他的视线范围内。更确切地说，有人在盯着我。如果不想脑袋开花，从现在起和我保持一致的步速。”

他能从图特尔的表情中看出，市长相信了他：“那个孩子……”

“他不会有任何危险。继续走。别露馅儿。”

列诺克斯见图特尔张开嘴，仿佛只有这样，他庞大的身躯才能在心跳加速时获取足够的氧气。市长点点头，开始小步快走。

“你在其中是什么角色，列诺克斯？”

“恶人。”列诺克斯看到了司机，想必他一直盯着他们。他下车打开后门，“这车防弹吗？”

“我是市长，不是总统。你既然是恶人，何必要这么做？”

“因为必须有人把这座城市从麦克白手里解救出来。我做不到，所以就得你来，图特尔。”

“该死的，列诺克斯在干吗？”西登说着把望远镜从眼睛上拿下，验证现实和他透过镜片看到的是否吻合，“他是故意挡着图特尔吗？”

“不知道，老大，但越来越难办了。他们马上就要上车了。”

“你的子弹，它们能打穿列诺克斯吗？”

“老大，您说什么？”

“它们能打穿列诺克斯，杀了图特尔吗？”

“我用的是全金属被甲弹，老大。”

“能还是不能？”

“能！”

“那就打死那个叛徒！”

“可——”

“嘘。”西登小声说道。

“怎么了？”年轻警官的眉毛上渗出汗水。

“别说话，别多想，奥拉夫森。执行命令。”

司机绕过车身，笑吟吟地打开后门。当他看到图特尔的表情时，顿时收起笑容。男孩走向左侧的后车门。

“上车，弯腰躲好，”列诺克斯压低嗓音，“司机，快跑！现在！”

“先生，什么——”

“照他说的做，”图特尔说，“事情——”

列诺克斯感到后背中了一枪，然后听见“啪”的一声。他腿一软栽了下去，同时下意识地搂住图特尔，把他也撂倒在地。

列诺克斯感到柏油马路迎面而来。他没感觉自己撞上去，但闻见了所有的味道：灰尘、汽油、橡胶、尿液。他不能动弹，一声也发不出来，但他还有听觉。他听到被他压在身下的图特尔在喘气。那司机惊愕地喊着：“先生，先生？”

还有图特尔的喊叫声：“跑，卡西，跑！”

就差一步。再多一米就有车的掩护。列诺克斯想说什么，一种动物的名字，但嘴里还是发不出声。他想动动手，但是力不从心。他死了。很快他就会升上天，低头看向自己的躯体。一米。他听见奔跑声迅速离他们远去，司机弯下腰，试图将他从图特尔身上拽开。“我扶您上车，先生！”又是“啪”的一声，列诺克斯的视线被某种湿乎乎的东西遮挡。他眨了眨眼，至少他的眼皮能动。司机躺在他们身边，茫然地盯着天空。他的额头已经不见了。

“乌龟。”列诺克斯气若游丝。

“什么？”图特尔在他身下喘着气。

“爬。我就是你的外壳。”

“刚才打中了司机。”奥拉夫森说着，往枪膛里又装了一发子弹。

“快。图特尔正在车后面爬，”西登说，“那孩子已经跑了。”

奥拉夫森上好膛。把枪托顶在肩上，闭上一只眼。

“我看见那孩子了。”

“我他妈的不关心那孩子！”西登怒吼道，“给我打图特尔！”

西登见奥拉夫森的枪管来回晃动，一颗汗珠从他眨动的睫毛上滴落。

“我看不见他，老大。”

“迟了！”西登怒拍矮墙，“他们躲在车后面。我们得下楼把事情办妥。”

列诺克斯听见图特尔呻吟着，把他推开，翻滚到潮湿的柏油路上。他趴在那儿无能为力，双腿伸出车尾。直到图特尔抓住他的胳膊，把他拉到掩体后面。

橡胶在柏油路上发出尖叫，一辆车朝他们驶来。列诺克斯从车底看去，但只能看见另一侧司机的尸体。图特尔已经背靠这一侧的车身坐起来。列诺克斯试图开口叫他上车逃跑，无奈发不出声来。还是那个样子，仿佛他这辈子可以用一句话来概括：他从来无法随心所欲。

车停了下来，车门打开了。

路面上有脚步声。

列诺克斯试图移动他的头，但动不了。透过眼角，他看见一根枪管、两条裤腿。

他们死定了。奇怪的是，这反而感觉像是解脱。

两条裤腿走近了一步。一只手抓住他的脖子。他马上就要被安静地杀死——勒死。列诺克斯的目光落到一双鞋上。早就过时了的尖头皮鞋。

“这个死了。”车另一侧传来一个熟悉的声音。

“图特尔没受伤，”握着他脖子的人说，“列诺克斯没动静，但有脉搏。他们从哪儿开的枪？”

“停车楼顶层，”图特尔哭着鼻子说，“列诺克斯救了我的命。”

救他？

“快到这边来，马尔康！”

那只手撤了回去，一张脸进入列诺克斯的视线。

德夫正对着他看。

“他有意识吗？”他身后的女人问。凯思妮斯。

“丧失知觉或是休克了，”德夫说，“他的眼睛在动，但四肢不能动，也不能说话。我们必须送他去医院。”

“有车。”一个声音说道，是个年轻的男孩，“从停车楼出来了。”

“像是特警队的车。”德夫说着站起来，把猎枪架在肩上。

几秒钟的沉默。那辆车的引擎声渐渐远去。

“让他们走吧。”马尔康说。

“卡西。”图特尔的声音。

“什么？”

“你们得找到卡西。”

卡西跑个不停。他的心在嗓子眼儿跳动，双脚在潮湿的路面上飞奔，越来越快，直到它们和他害怕时脑海里经常响起的那首歌达到一个频率：“救命。”他刚准备上车就听见啪的一记闷响，看见那个脸色苍白的警官后背中了一枪。他朝爸爸身上扑去，爸爸叫他跑。

他下意识地选了一条通往儿时记忆的道路——河边。那里有一栋被烧毁的房子，他们过去经常到屋里玩耍。他们管它叫老鼠屋。

这栋被烧毁的房子是白色的，门窗周围有几块煤烟的熏痕，像一个年迈的、抹了过多脂粉的妓女。河边一幢幢小屋挤在一起，仿佛在寻求彼此的庇护。只有一栋房子孤零零的，仿佛同伴们都在故意躲着它。这栋房子是木质结构，刷了蓝漆，周围布满疯长的野草。卡西跑上台阶，跑进一间没有门的屋子，原先是厨房，现在不过是一具散发着尿臊味儿的空壳，墙上涂满了姓名和脏话。他爬上狭窄的楼梯，进入卧室。地板上摆着一张发霉的床垫。他曾经在这张床垫上献出自己的初吻，当时周围摆满了装有意念的空瓶，地板上净是河鼠僵硬的尸体。十岁或十一岁那年的一个下午，他和两个朋友坐在床垫上，品尝了他们人生中的第一根香烟——抽一口，咳两口——夕阳里，他们望着老鼠朝房子爬来，啪嗒啪嗒穿过干枯河床上龟裂的、撒满垃圾的淤泥。也许它们来这里就是为了死。

他该不该回去？不，爸爸说了，他应该躲起来。另一个人——列诺克斯，是从警局来的，如果他们知道刺杀市长的计划，那肯定还有别人。

他要躲起来，直到风平浪静，然后回家。

卡西打开角落里的大衣柜。空的，什么东西都没有。他挤进去，关上门，头靠着木板，轻轻哼着脑海里的旋律："救命！"眼前浮现出野蜂飞舞的画面，它们享受着横冲直撞的乐趣，而那个世界并没有可怕的事情发生。没人能发现他。除非他们知道他在这儿。他又不是市长，他只是一个这辈子没干过坏事的小孩，除了偷偷抽过几口烟，和别人分享过半瓶兑水的威士忌，吻过几个交了男朋友的女孩。

他的心跳逐渐放缓。

他竖起耳朵。一片寂静。但他还得再等等。他的呼吸恢复了正常，足以通过鼻子吸气。他不知道那堆衣服在这里挂了多久，但他依旧能闻见它们的味道。无名鬼的气味。上帝知道它们现在在哪儿。妈妈曾说这是一栋不祥的房子，发生过酗酒、殴打和许多性质更为严重的事件。他应该感谢自己的幸运星，让他有一个爱他、从不打他的父亲。卡西的确感谢过他的幸运星。那时候没人知道他爸爸是市长，而且他对谁也不说，对那些叫他捣蛋鬼的人不说，对其他那些从没见过亲生父亲甚至不知道他们是谁的捣蛋鬼也不说。他为他们感到难过。他曾对父亲说，有一天他要帮助他们。还有哀思戴关停后所有陷入困境的人。父亲笑着拍拍他的头，就像别人的父亲那样。他认真地听了他的话。他说，如果卡西真想做些事，等时机成熟他会从一旁协助。他遵守了诺言。谁知道呢，有一天卡西也许会成为市长，更大的奇迹就此发生。父亲已经开始叫他小图特尔了。

"救命！"

可世界并不像他想象的那样。这个世界从来就不友善，从来就不美好。你谁也帮不上。帮不上你的父亲，帮不上你的母亲，帮不上别的孩子。只有帮你自己。

巴士车在面前停住，奥拉夫森随之踩下刹车。年轻人纷纷涌上街道，绝大多数是女人。打扮得花枝招展。星期六晚上。这便是他今晚的计划：来一杯啤酒，跟一个女孩跳舞。喝到醉，跳到忘了那个司机。旁边的西登伸手关掉收音机——林迪斯法恩的《在拐角处见我》。

“他们究竟从哪儿冒出来的？德夫、马尔康、凯思妮斯，还有那个小子，我敢发誓他肯定是班柯的儿子。”

“回总部？”奥拉夫森问道。现在去过一个不错的周六之夜还不算太晚。

“先不回，”西登说，“我们得去把那个孩子抓来。”

“图特尔的儿子？”

“我不想空着手回去见麦克白，而且那个孩子有利用价值。在这儿左转。开得再慢一点。”

奥拉夫森拐向一条窄路，瞥了西登一眼。他这会儿已经打开车窗，正在呼吸外面的空气，鼻孔一张一翕的。奥拉夫森刚想问西登能否闻出男孩的去向，但忍住了。如果此人能用触摸的方式治愈肩伤，他大概也能闻出某个人的踪迹吧。奥拉夫森怕这个新指挥官吗？也许。他绝对问过自己是否更喜欢前任指挥官。但他没料到事情会发展成这样。他唯一清楚的是，医院的外科大夫指着一张他肩部的X光照，告诉他子弹已经摧毁了整个关节。现在他是个残废，必须接受今后无法在特警队担任狙击手的现实。几句话的工夫，就剥夺了奥拉夫森一生的梦想。所以当西登说，如果奥拉夫森同意做个交易他就能帮他恢复时，答应起来并不难。西登甚至不是认真的，因为谁能在一天之内就帮他恢复呢？可奥拉夫森又有什么损失？他已发誓会效忠特警队的兄弟，所以西登想从他身上拿走的东西在很大程度上其实已经牺牲掉了。

不，现在后悔已经没有意义。看看他最好的兄弟安格斯的下场吧。他背叛了特警队，那个白痴，背叛了他们最珍贵的东西。“浴火而生，共赴劫难”不是一句空话，而是他们的命运，没有别的选择。这就是他想要的。知道自己做的事情有意义，他对别人有意义，对他的同志。即便他看不出他们做的事有任何意义。那是别人的问题。对安格斯来说不是，那个十足的蠢货。他一定是丧失了理智。安格斯曾试图劝他入伙，但他让安格斯滚蛋，他不想和特警队的叛徒有任何联系。安格斯盯着他，问他的肩膀怎么会好得这么快——那样的枪伤在几天之内是愈合不了的。奥拉夫森没回答。他只是指了指门，让安格斯出去。

街道延伸至尽头。他们来到河床。

“周围越来越暖和了，”西登说，“走吧。”

他们下了车，走过道路和河床之间一幢幢小破房。西登经过时不停地闻着、嗅着，在一幢红房子前停了下来。

“这儿吗？”奥拉夫森问道。

西登朝房子的方向闻了闻，然后大声说：“妓女！”继续前进。他们经过一栋烧毁的房屋，一间铁门变了形的车库，来到一栋蓝色木屋前。台阶上有一只猫。西登又停了下来。

“在这里。”他说道。

“这儿？”

卡西看了一眼手表。这块表是父亲给他的，黑暗中他的双手发出绿莹莹的微光，在他看来就像夜晚火光中狼的眼睛。二十多分钟过去了。他非常肯定，当他从停车场逃跑时，没人跟踪他。他回头看过好几次，没人。现在应该安全了。他对这个地方了如指掌，所以才直接跑来。他可以穿过潘妮桥，在那边乘坐 22 路公交车，往西走。回家。爸爸会在家。他必须回去。卡西僵住了。他听见什么了吗？楼梯板嘎吱的响声。那是唯一一块没被烧毁的木板，他不知道为什么，只知道有风吹过或是变天时，它会发出嘎吱的响声，或是有人来的时候。他屏住呼吸，竖起耳朵。不。大概就是变天了。

卡西数到六十。

然后用脚踢开门。

直视前方。

“你害怕了，”站在外面的男人看着他说，“够聪明的，躲在衣柜里。可以锁住气味。大部分气味。”他掌心朝上，伸展双臂，吸了口气，“但这里的空气太好了，全是你的恐惧，小子。”

卡西眨了眨眼。这个人瘦瘦的，他的眼睛就像卡西的手表。狼眼。他一定上了年纪。虽然他看起来并不老，但卡西非常肯定，这个人非常、非常老。

“救——”卡西没来得及叫唤，那个人的手就冲了过来，扼住他的喉咙。卡西不能呼吸。现在他知道自己为什么来这儿了。他就像那些河鼠。他来这儿是寻死的。

第三十九章

德夫看了一眼手表，打了个哈欠，从椅子上溜下去。他的长腿几乎横贯医院的走廊，伸到凯思妮斯和弗里斯脚下。德夫的目光和凯思妮斯的目光撞到一起。

“被你说中了。”她说。

“被我俩说中了。”他说。

不到一个小时前，他跳上15街的车，骂骂咧咧地说麦克白跑了，有什么事情不对劲。麦克白刚才说，市长活不了那么久。

“他们要刺杀他，”马尔康说，“为了篡权。他彻底疯了。”

“什么？”

“肯尼斯制定的法律。如果市长死亡或宣布紧急状态，就由警察局局长接替市长，直到状态解除。原则上他有无限的权力。得提醒图特尔小心。”

“圣乔迪医院，”凯思妮斯说，“西登在那儿。”

“快开车。”德夫喊道，弗里斯踩下油门。

他们用了不到二十分钟，刚把车停在医院门口，走上台阶，就听见停车场传来第一声枪响。

德夫闭上眼。他刚才没睡着。事情本来应该已经了结的。现在麦克白本该被关在法夫才对。

“他们来了。”凯思妮斯说。

德夫又睁开眼。图特尔和马尔康正从走廊那头向他们走来。

“医生说列诺克斯没有生命危险，”马尔康说着坐了下来，“他完全有意识，可以说话、活动双手。但他后背从中间往下都瘫了，很可能是永久性的。子弹打中了他的脊梁骨。”

“是被他的脊梁骨阻断了，”图特尔说，“否则会穿过他的身体，击中我。”

“他的家人在等候室，”马尔康说，“他们希望可以探望他，但医生说今天不要再有人来了。他打了吗啡，需要休息。”

“有卡西的消息吗？”凯思妮斯问。

“他还没回家，”图特尔说，“但他知道怎么走。他可能去朋友家或躲起来了。我不担心。”

“你不担心？”

图特尔做了个苦笑的表情：“现在还不。”

“那我们现在做什么？”德夫问。

“我们等几分钟，让家属先走，”马尔康说，“图特尔说服医生给我们两分钟的时间，和列诺克斯说几句话。我们需要尽快拿到列诺克斯的证词，以便首府批准一张对麦克白的联邦逮捕令。”

“我们的证词还不够吗？”德夫问。

马尔康摇了摇头：“我们当中谁都不曾直接受到麦克白的死亡威胁，也没人亲耳听到他下杀人的命令。”

“那么胁迫呢？”凯思妮斯问道，“图特尔，你刚才说在因弗尼斯的包间玩二十一点时，麦克白和夫人曾试图胁迫你退选，一方面拿方尖塔的股份作为诱惑，另一方面威胁公开你和那个未成年孩子的不正当关系。”

“这种胁迫在我的圈子里就叫作‘政治’，”图特尔说，“无可厚非。”

“所以麦克白说对了？”德夫说，“我们没有他的把柄。”

“但愿列诺克斯有点什么吧，”马尔康说，“该由谁去和他讲？”

“我。”德夫说。

马尔康看着他，陷入沉思：“好吧。医院里的人认出你我只是时间问题，然后他们就会报警。”

“我知道列诺克斯撒谎时什么样，”德夫说，“他清楚我了解他这一点。”

“但你能劝他合作，然后……”

“我会的。”德夫说。

“你可别像对待病床上的‘诺斯骑士’那样劝他，德夫。”

“那是另一个人，长官。我已经不再是他了。”

“是吗？”

“是，长官。”

马尔康和德夫对视了半晌：“好。图特尔，你能带德夫过去吗？”

“好奇地问一句，”德夫等他和图特尔走远之后说，“麦克白给你下最后通牒的时候，你为什么不告诉他卡西是你儿子呢？”

图特尔耸了耸肩：“为什么要告诉一个拿枪指着你的人？他那把枪没装子弹，他们只会转而寻找别的武器。”

医生在一扇关闭的房门外等着他们。他打开门。

“只有他进去。”图特尔说着，指了指德夫。

德夫走进屋。

列诺克斯的脸色像他身下的床单一样苍白。各种管子和线路从他的躯体连接到吊瓶架的输液袋和哔哔作响的机器上。他看上去像一个受惊的孩子，睁着大眼，长着大嘴，盯着德夫。德夫摘下帽子和眼镜。

列诺克斯眨了眨眼。

“我们需要你公开指认麦克白是幕后黑手，”德夫说，“你愿意吗？”

稀薄、发亮的口水从列诺克斯的嘴角流出来。

“听着，列诺克斯。我们只有两分钟时间，而且——”

“麦克白是幕后黑手，”列诺克斯说。他的嗓音沙哑、干燥，仿佛老了二十岁，但他的眼睛是明亮的，“他命令西登、奥拉夫森和我处决图特尔。因为他想夺取城市的控制权。因为他觉得图特尔是赫卡忒的线人。可他不是。”

“那线人是谁？”

“你卖我个人情，我就告诉你。”

德夫用鼻子使劲吸了口气，努力控制他的情绪：“你的意思，我还要欠你一个人情？”

列诺克斯又闭上眼。德夫见他挤出一滴泪。伤口的疼痛吧，德夫猜想。

“不。”列诺克斯有气无力地说。

德夫把身子探过去。列诺克斯的嘴里冒出一股恶心的甜味，像是糖尿病人夹带丙酮的呼吸。他低声耳语道：“我是赫卡忒的线人。”

“你？”德夫一时难以消化这条信息，努力捋顺逻辑。

“是。你觉得赫卡忒这些年是怎么从我们的指缝里逃走的？他为什么总能先人一步？”

“你是双面间谍——”

“赫卡忒和麦克白。但麦克白不知道。这就是为什么我知道图特尔既不是赫卡忒的人，也不是麦克白的人。但给赫卡忒通风报信的不是我，所以一定还有另一个线人。麦克白身边的人。”

“西登？”

“有可能。或者不是男的。”

“一个女人？你为什么这样想？”

“我不知道。某种看不见的东西，就在那儿。”

德夫若有所思地点点头。抬起双眼，望进窗外的黑暗。

“感觉怎么样？”

“什么感觉怎么样？”

“在最后关头大声说出来，你是叛徒。当这几个字让你意识到这些伤害确实是你自己造成的，你是感觉释然了，还是更加沉重？”

“你为什么想知道这个？”

“因为我也在问自己这个问题。”德夫说。外面天色昏暗，愁云密布，没有露出一丝答案或迹象，“向我的家人坦白一切，会是什么感觉？”

“但你没有这么做，”列诺克斯说，“我们没有这么做。因为我们宁愿自我毁灭，也不愿看见他们脸上的痛苦。但你没有机会选择。”

“不，我有。我选择了。每一天都做了选择。成为一个不忠的人。”

“可以帮我个忙吗，德夫？”

德夫跳出思绪，眨了眨眼。他需要赶快休息。“帮忙？”

“卖个人情。用枕头，捂住我的脸。看上去我就像病死的。告诉我的孩子，他们的父亲——本是个凶手和叛徒——忏悔了。”

“我……”

“你是唯一一个我认为有可能理解我的人，德夫。你可以疯狂地爱一个人，然后依旧背叛他们。当一切都太晚时，那就是太晚了。你能做的只有……正确的事，但太晚了。”

“就像救市长一命。”

“但这并不够，对吗，德夫？”列诺克斯的干笑变成一阵剧烈的咳嗽，“最后的绝望之举，从表面上来看是一种牺牲，但从内心深处，你希望自己的罪行因此得到宽恕，天国的大门由此对你开启。但我们要求得太多了，德夫。你不会觉得自己能弥补一切过错，是吧？”

“是，”德夫说，“是，我无法弥补。但我可以从宽恕你开始。”

“不！”列诺克斯说。

“可以的。”

“不，你不能！别这么做，别……”他的嗓音彻底崩溃。德夫望着他。晶莹的泪珠滚下他白色的脸颊。

德夫深吸一口气：“我可以考虑不原谅你，但有一个条件，列诺克斯。”

列诺克斯点点头。

“你同意今晚接受电台采访，把一切事情说清楚，还马尔康清白。”

列诺克斯吃力地抬起手，抹了抹脸。然后把这只沾着泪水的手放在德夫的手腕上：“给普丽西拉打电话，叫她过来。”

德夫点点头，站起来把他的手放好。低头看了列诺克斯最后一眼，心想：他是否真的想洗心革面，还是只选了一条最容易的出路？

“他证实麦克白试图杀你，也愿意接受采访，”德夫说，“但赫卡忒有一个安插在麦克白身边的线人。警局里任何人都有可能。”

“不管怎么说，有了列诺克斯的证词，麦克白就完蛋了！”图特尔在他们匆匆穿过走廊时显得格外兴奋，“我会给首府打电话，叫他们签发一张联邦逮捕令。”

一个护士朝他们走来：“市长先生吗？”

“怎么了？”

“我们接到您的女佣艾格尼丝的电话。她说卡西还是没回家。”

“谢谢你。”图特尔说。他们继续向前走，“看着吧，他肯定跑到哪个朋友家去了，正等外面安全了再出来。”

“大概是吧，”德夫说，“你的女佣……”

“啊？”

“我从来没有用人，但我想用不了多久，他们就会沦为家里摆设的一部分。你想说什么就说什么，不觉得他们会把你的话说给墙外的人听，是这样吧？”

“艾格尼丝吗？是。是的，至少当我觉得可以信任她时，会是这样。但这需要时间。”

“但你还是永远无法肯定另一个人有什么想法和感受的，对吗？”

“嗯。你在怀疑麦克白在警局的私人秘书可能……”

“普丽西拉？”德夫说，“好吧，正如你所言，信任一个人是要花费时间的。”

“所以呢？”

“你曾说，麦克白和夫人计划杀死赫卡忒时，你在包间里玩二十一点。但这不需要第四个人吗？”

“什么？”

“二十一点。你不需要一个赌台管理员吗？”

“杰克？”

“有事吗，夫人？”杰克把手拿开。它刚才漫不经心地放在比利弓起的后背上，他俩站在访客留言簿旁，杰克正向比利介绍如何迎接新客人。

“我得跟你说点事，杰克。我们上楼去吧。”

“没问题。比利，你来看家，好吗？”

“我会尽力的，波纳斯先生。”

杰克微笑着，他知道自己的目光在这个新来的男孩身上停留了太久。然后他冲上楼梯，跟在夫人后面。

“你觉得这个新来的小孩怎么样？”她待杰克追上来时问道。

“现在下结论还有点早，夫人。他年纪偏小，也没有经验，但好像不是不能调教。”

“好。我们的餐厅需要两个服务生。今天来的那两个人简直无可救药。年轻人啊，要是他们成天嘻嘻哈哈，不学点本领，今后怎么在这世上生存？他们以为一切都会盛在银盘子里端到他们面前吗？”

“您说得对。”杰克说着走进套间，夫人为他扶着门。他转过身，看见夫人已经关上门，正坐在一张椅子上泪如泉涌。

“怎么了，夫人？”

“莉莉，”她啜泣道，“莉莉。他说了她的名字。”

“莉莉？是花的名字吗，夫人？”

夫人捂着脸，哭得浑身发抖。

杰克一时不知所措。他朝夫人走去，但又停下来：“你想……聊聊这个吗？”

“不！”她喊道，抽噎着吸了一口气，“不，我不想聊这个。阿尔萨克医生想聊。你知道吗，他疯了。他自己告诉我的。但他说这并不意味着他是个差劲的精神科医生，而是让他更优秀。我不要说话，杰克。我已经听够了。我自己的话，还有别人的话。它们不能再带给我什么抚慰。我需要吃药。”她往回擤了一下鼻子，用手背小心翼翼地拭去眼角的泪水，“吃药，就这么简单。没有药，我无法变成我必须变成的那个人。”

“那个人是谁？”

“夫人，杰克。”她望着手上沾染的睫毛膏说，“那个自己活着，却让别人死去的女人。但麦克白已经停药了，所以这里没有药。想想看，他比我更坚强。这一点你没想到吧？你得跑一趟，杰克，帮我买一点来。”

“夫人……”

“否则这里的一切都会崩塌。我听见有个小孩一直在哭，杰克。我走进赌场，微笑着和别人说话，”泪珠又开始滚下来，“大声地说笑，想掩盖住小孩的哭声。但现在我再也坚持不下去了。他知道我孩子的名字。他说出了我对她最后的告别。”

“我不懂。”

“赫卡忒。他知道我撞碎她的头之前说了什么，她当时还眨着困惑的蓝眼睛：‘来世吧，我的小莉莉。’我从未对任何人说过这句话。从来没有！至少不是在神志清醒的状态下。但也许我是在做梦。也许我是在梦游——”她没往下说。皱起眉头，仿佛意识到了什么。

“催眠，”杰克说，“你在被催眠期间说过。赫卡忒是从阿尔萨克医生那儿知道的。”

“催眠？”她若有所思地点点头，“你这么认为吗？你认为阿尔萨克医生泄露了我的秘密？你的意思是，他拿了别人的钱？”

“人心是贪婪的，这是人的本性，夫人。没有贪婪，人不可能赢得地球的生存战。看看你一手创造的赌场就知道了，夫人。”

“你的意思是，这一切是因为贪婪？”

“不是为了钱，夫人。不同的人贪恋不同的东西，权力、性、虚荣、食物、爱、知识、恐惧……”

“你贪恋什么呢，杰克？”

“我？”他耸了耸肩，“我喜欢客人感到快乐和满足。是的，我贪婪的是别人的快乐。比如您的快乐，夫人。您快乐，我就快乐。”

她直视着他。然后起身走到镜子旁，抓起桌上的一把梳子。“杰克……”

他不喜欢她的说话声，但对视着镜中她的眼睛：“在，夫人。”

“你应该去了解一下孤独的感觉。”

“您知道，我了解，夫人。”

她开始梳理她火红的长发。多少男人为之倾倒，或将它视为一种警告。“但你了解比无人陪伴更孤独的是什么吗？是相信你拥有某个人，但到头来，你以为最亲近的朋友却从来不是你的朋友。”梳子卡住了，但她强行扯过毛躁的头发，“你一直被蒙在鼓里。你能想象这有多孤独吗，杰克？”

“不，我不能，夫人。”

杰克看了她一眼，不知所措。

“庆幸你自己从没被人骗过吧，杰克。”她放下梳子，递给他几张便笺纸，“你就像一条吸口鱼：你太渺小了，没有人会欺骗你，你只能去欺骗别人。鲨鱼让你附着在它的身上，因为你会清除其他更有害的寄生虫。作为回报，它带你遨游这世上的海洋。你就是这样旅行的，相互利用，而这种关系太过亲密，以至于让你们误以为彼此是朋友。直到一条更大、更重的鲨鱼游过来。去吧，杰克。去给我买点‘精酿’。”

“你确定吗，夫人？”

“说你想要一些有效果的货，药劲大的，带你直上九霄云外。如果飞得太高，跌落时必会粉身碎骨。可谁想在这冷冰冰的、无依无靠的世上苟活呢？”

“我尽力，夫人。”

他一声不响地关上身后的房门。

“噢，我肯定你知道上哪儿去找，杰克·波纳斯，”她对着镜中的影子说，“顺便向赫卡忒问好。”一滴泪沿着之前咸咸的轨迹滑落她的脸颊，“我能干的、亲爱的杰克。我可怜的小杰克。”

“列诺克斯先生？”

列诺克斯睁开眼，看了一眼手表，离午夜还有一个半小时。他的眼皮又打架了。他已恳求医生再来一些吗啡。他唯一想要的就是睡眠，即便是被愧疚所折磨的睡眠。

“列诺克斯先生。”

他又睁开眼。首先映入眼帘的是一只拿着话筒的手。手后边，他瞥见某种黄乎乎的东西。慢慢地，眼睛对准了焦距。一个穿着黄色防水夹克的人坐在病床旁的椅子上。

“是你？”他有气无力地说，“外面这么多记者，他们偏偏派你来？”

沃特·凯特扶正眼镜：“图特尔、马尔康和他们知道我……我……”

“你受制于麦克白？”列诺克斯从枕头上抬起头。房间里就只有他俩。他扭动着身子去够床头的警报器，但这名电台记者用手挡住了它。

“不需要。”他平静地说。

列诺克斯试图把凯特的手从按钮上拨开，但没有力气。

“这样你就能把我出卖给麦克白了？”列诺克斯哼了一下，“就像你把安格斯出卖给我们一样？”

“我和你面临同样的困境，列诺克斯。我没有选择。他威胁我家人的性命。”

列诺克斯放弃挣扎，躺了回去：“那你现在想要什么？你带刀了吗？还是毒药？”

“是的，这个。”凯特晃了晃话筒。

“你要用这个杀了我？”

“不是你，而是麦克白。”

“哦？”

沃特·凯特放下话筒，解开夹克的扣子，擦了擦眼镜上的雾气。

“图特尔打来电话，我就知道他们有了能够抓捕麦克白的筹码。图特尔说服医生给了我五分钟，所以咱们得抓紧时间。告诉我真相，我会直接去电台播出，不经剪辑，原汁原味。”

“大半夜的吗？”

“我可以在午夜前播出，足以让一些人听见，听见你无可辩驳的声音。听着，我现在是打破了所有规范报道的原则——给予当事人回应的权利，验证陈述真伪的责任——保全——”

“你自己，”列诺克斯说，“再当一回墙头草。保证自己站在胜利的一方。”

他见凯特张开嘴，又闭上，咽了口唾沫，眼睛在仍旧沾满雾气的镜片后眨了眨。

“承认吧，凯特。没什么大不了。不止你一个。我们不是英雄。我们就是普通人，也许梦想成为英雄，但面临着生死和我们成天挂在嘴边的道德准则之间的抉择，我们再普通不过了。”

凯特闪过一丝笑意："你是对的。我一直是个高傲、口无遮拦、胆怯的卫道士。"

列诺克斯吸了一口气。他不知道是自己还是吗啡在说话："但如果有机会，你觉得你能做出些不同的事来吗？"

"你什么意思？"

"你能做一个不一样的人吗？你能为比你的尊严更崇高的东西而牺牲吗？"

"比如说？"

"比如做出一些真正的英雄壮举，令你这位记者名声扫地？"

麦克白闭上眼。他希望自己再次睁眼时，会从噩梦和漫长的黑夜中醒来。他桌后的书架上，收音机正发出嘟嘟囔囔的说话声。每一个卷舌音听上去都像机关枪在扫射。

"那么，列诺克斯警督，总结一下。你认为麦克白局长谋杀了邓肯局长和班柯警督，策划了对'诺斯骑士'俱乐部的屠杀，杀害了德夫警督一家，以及命令你和西登警督处决警员安格斯。今天下午早些时候，麦克白局长和特警队队长西登、警员奥拉夫森策划谋杀图特尔市长，但没有成功。"

"是的。"

"好，感谢你，列诺克斯警督，在圣乔迪医院的病床上接受采访。这份录音有目击者在场，因此，即便列诺克斯也遭杀害，依然可被用于庭审。亲爱的听众朋友，最后我想再补充一句。我，沃特·凯特，是谋杀安格斯警员的帮凶。你们欣赏我的正直，可我却允许作为警察局局长的杀人犯麦克白利用我的正直。在对我进行宣判的法庭上，在和我最亲近之人的对话中，有一个理由兴许能减轻我的罪行，那就是，我和我的家人受到了威胁。但从专业的角度来看，这不能成为理由。我已向你们表明，我可以被威胁、被利用、被操控，从而欺骗你们。我让自己失望，也让你们失望，所以，这将是你们最后一次听见我——沃特·凯特——作为电台记者的声音。比起你们对我的想念，我会更加想念你们。让我看到你们是比我更好的公民吧。走上大街，推翻麦克白。晚安，上帝保佑我们的城市。”

节目的结束曲。

麦克白睁开眼。可他依然待在自己的办公室，西登依然坐在沙发上，奥拉夫森依然坐在椅子上，收音机依然开着。

麦克白起身把它关掉。

“所以呢？”西登说。

“嘘。”麦克白说。

“什么？”

“给我闭嘴！”他用拇指和食指捏住鼻梁。他累了，很累，难以进行必要的、清晰的思考。因为确实有必要。他做出的下一个决定将极其重大，接下来的几个小时将决定这场城市争夺战的成败。

“我的名字。”奥拉夫森说。

“什么？”

“他们在收音机里提了我的名字，”他腼腆地笑道，“我们家还没人有过这种待遇哩。”

麦克白聆听着静谧。车流，日常喧闹的车流呢？这座城市仿佛屏住了呼吸。他站起来：“走吧。”

他们乘电梯来到地下室。

经过印有红龙的特警队队旗。

西登打开武器库，打开灯。

那小孩坐在两个机枪架中间，嘴被塞住，牢牢绑着。他棕色的虹膜变成环绕瞳孔的一个细细的圆圈，中间巨大的黑洞充满了恐惧。

“我们得把他带去因弗尼斯。”麦克白说。

“因弗尼斯？”

“这里不再安全了，对我们所有人都不安全。但在因弗尼斯，我们可以让图特尔屈服。”

“我们是谁？”

“最后一群忠诚的分子。赢得胜利后，那些会得到奖赏的人。”

“你、我和奥拉夫森吗？我们要让整个城市向我们屈服？”

“相信我，”麦克白摸着卡西的头，好像这小子是一条听话的狗，“赫卡忒需要我们，他会保护我们。”

“与整座城市为敌吗？”奥拉夫森说。

“赫卡忒的手下可以组成一支军队，奥拉夫森。他们和他一样无影无形，但就在我们身边。他们已经救过我两次。何况我们还有两把加特林机枪，以及肯尼斯制定的法律。只要图特尔屈服，宣布进入紧急状态，这座城市就是我的了。怎么样，忠诚，友爱？”

奥拉夫森闭上眼：“浴火而生。”他怯怯地说。那个“生”字在坚实的墙壁间回荡。

西登本来愁眉不展，但这时，微笑沿着他窄窄的嘴唇慢慢展开：“共赴劫难。”

第四十章

德夫坐在图特尔家客厅的沙发上。他们四个人紧张地看着市长——他正站在那儿打电话。离午夜还有两分钟。压力一分一秒地叠加，天空中开始雷声滚滚。老天很快就会为城中这焦灼的一天降下惩罚。市长在电话里不停地说着“是”和“不”。然后他放下听筒，咂了咂嘴，仿佛他刚才听到的话需要被咀嚼和吞咽。

“怎么样？”马尔康急切地说。

“有好消息，也有坏消息。好消息是，最高法院的阿奇博尔德法官说，根据我们掌握的材料，他有把握法院会签发一张对麦克白的联邦逮捕令，他们也可以派出联邦警察。”

“那坏消息呢？”马尔康问道。

“这件事有一定的政治敏感性，所以需要一点儿时间，”图特尔说，“如果案件不能坐实，谁也不想逮捕一个警察局局长。我们有的只是列诺克斯的电台采访，而且他承认自己也是谋杀案的帮凶。阿奇博尔德法官说，他得费一番口舌，最好的情形也就是明天下午作出裁决。”

“也就这样了，”马尔康说，“可惜在这种情况下，我们还不能庆祝。”

“恰恰相反，”图特尔说完转向刚进屋的女佣，“打仗时胜利的代价越大，我们就越要大张旗鼓地庆祝。香槟酒，艾格尼丝！”

“好的，先生，但另一条线上有人在等您。”

图特尔笑逐颜开：“卡西吗？”

“恐怕是麦克白先生。”

他们面面相觑。

“把他的电话接进来。”图特尔说。

麦克白靠在椅背上，耳朵贴着话筒。他盯着天花板，望着头顶吊灯上倒转的金色螺钩，还有空荡的赌场大厅。他孤身一人。他能听见西登和奥拉夫森还在夹楼上组装机枪，但他还是一样的孤独。夫人不在这儿。他们从警局总部赶回来后，必须马不停蹄地动手。他们用了半个小时将全部赌徒和食客打发走。他们试图以自然的方式轰人。可游戏必须玩儿完，赌注必须兑现，部分客人还坚持要喝完最后一杯再走——即便不需要他们付钱。最后一位客人抗议说，这是星期六晚上，他几乎是被推出大门的。夫人想必更会做工作。麦克白刚才叫杰克上套间请夫人出马，可他回来时还是一个人。好吧，她需要睡眠，而这将是一场漫长的战斗。他们拿掉了窗闩，在夹楼两端架设好机枪。

“我是图特尔。”声音努力展现出平静。

“晚上好，市长。一切都好吧？”

“我还活着。”

“好，那就好。我很高兴，我们没让刺杀得逞。我怀疑赫卡忒是幕后真凶。很遗憾，您的司机不幸罹难。列诺克斯受伤之后已经丧失了理智。”

图特尔干笑一声：“你完蛋了，麦克白。你还不明白吗？”

“这真是个疯狂的年代，不是吗，图特尔？楼顶爆炸，大街上枪杀，企图谋杀警察局局长和市长。我打电话是因为我觉得你应该立即宣布紧急状态。”

“没这个可能，麦克白。上面会签发一张写着你名字的联邦逮捕令，这才是接下来要发生的事。”

“你请来首府的援军了？我想你也会。但不等逮捕令签发，我就会控制这座城市，那时候逮捕令又能拿我怎么样？我有豁免权。肯尼斯局长比人们想象的更有远见。”

“你要像之前的独裁者那样统治这座城市吗？”

“在这场暴风雨中，我想最好找一个比你更强势的人来掌舵，图特尔。”

“你疯了，麦克白。我凭什么要宣布紧急状态，把权力拱手让给你？”

“因为你的私生子在我手上。要是不按我的话做，他就会掉脑袋。”

麦克白听见对方猛吸了一口气。

“所以别去睡觉，图特尔。我给你几个小时签署紧急状态令，明早太阳升起前生效。如果第一缕阳光照进我眼里时，我还没听到广播里宣布这道命令，卡西就会死。”

沉默。麦克白有种感觉，图特尔不是一个人。据西登说，阻止他们完成圣乔迪医院行动的四人团伙中有德夫、马尔康和凯思妮斯。

“你凭什么以为杀了我儿子，你就能逃脱惩罚，麦克白？”

话锋很强硬，但掩盖不了无助。麦克白觉得图特尔没想到自己会这么绝望。但他故作镇定。市长颤抖的声音确证了麦克白所期望的：图特尔愿意为这个孩子做任何事。

“豁免。紧急状态。这就够了，市长。”

“我的意思不是逃避法庭的制裁。我在想你的良心。你已经丧失了人性，麦克白。”

“我们从不会变成我们已然不是的人，图特尔。你也一样。你永远会向出价最高的人出卖心和灵魂。”

“你没听见屋外的雷声吗，麦克白？这样的局面，这样的城市，你竟然还相信明天破晓时会有阳光？”

“因为我下了命令，要有光。但如果你不信，就让今年年历上的日出次数作为你的向导吧。到那时……”

麦克白挂了电话。头顶的水晶光影攒动，想必是水晶在微微飘荡。也许是因为升腾的热气，也许是因为地面莫名的颤抖，也许是因为外面的光在变化。当然，还有第四种可能。那就是他自己在移动，从一个不同的角度来观察万物。他从夹克衫里掏出银质匕首。它也许不是对抗强敌最有效的武器，但夫人有句话说对了：银是驱鬼的。他已经好几天没见过班柯、梅雷迪斯、邓肯和那个跪在地上的年轻的‘诺斯骑士’了。他对着光举起匕首。

“杰克！”

没有应答。更大声地喊：“杰克！”

还是没有应答。

“杰克！杰克！”他疯狂地、失控地叫喊着，觉得自己的喉咙都喊破了。

大厅尽头的一扇门开了：“先生，你叫我？”传来杰克的回声。

“夫人还是没动静吗？”

“没有，先生。要不您去叫醒她？”

麦克白用手指拂过匕首的刀锋。他多久没吸了？他有多么渴望睡眠？深度、黑暗、无梦的睡眠？他可以上楼去，躺在她身边，告诉她：现在我俩要去一个地方，一个没有因弗尼斯和这座城市的地方，只有你我两人存在的世界。她向往那里，和他一样。他们迷失了方向，但总有一条回去的路，回到他们的起点。是的，当然有：只是他这会儿看不见。他必须和她聊聊，请她像以往那样为他指明路在何方。那他还犹豫什么？是什么奇怪的预感阻止他上去，让他裹足不前，令他甘愿坐在这寒冷空旷的大厅，而不躺在爱人温暖的臂弯里？

他转过身，看着那孩子。西登用铁链把图特尔的儿子锁在大厅当中一根锃亮的柱子上，在他细长的脖子上套了一只脚铐。像一条狗。他像狗一样趴在地上，一动不动，用哀求的棕色眼睛望着麦克白。从他到这里起就一直是这样的眼神。

麦克白感到一阵厌恶，从椅子上站起来。

“我们走，去看看她。”他说。

他和杰克在厚地毯上无声地走着，麦克白感觉他们像鬼一样飘上楼梯，飘过走廊。麦克白花了许久才在杰克的一串钥匙上找到正确的一把。他试了每一把钥匙，仿佛他们是一组密码，一道他还不知道答案的问题。

他打开门，走了进去。屋里的台灯关了，但月光透过窗帘的缝隙照了进来。他站在那儿，听了听。雷声停了。世界如此寂静，仿佛一切都停止了呼吸。

她的皮肤苍白如纸，毫无血色。她的头发在枕头上散开，如同一把红扇。她的眼皮仿佛是透明的。

他朝她走去，把手放在她的眉宇间。余温尚存。旁边的被子上有一张纸。他拾起来。她只写了几行字：

明日复明日。日子在烂泥中爬行，它们最终会再一次杀死太阳，将所有人带向离死亡更近的地方。

麦克白转向一直站在门口的杰克。

“她走了。”

“什……什么，先生？”

麦克白拉了一把椅子，放在床边，坐下。不是为了靠近她。她已经不在这儿了。他只是想坐着。

他听见身后的杰克惊叫了一声，想必他看见了那支仍然插在她小臂上的注射器。

“她是……”

“是的，她死……死了。”

“多久……”

“很……很久。”

“可我刚才还和她说话——”

“杰克，从她发现鞋盒里的婴儿那晚，她就已经开始死……死了。她假装活了一段时间，但那不过是回光返照。她看见了自己的孩子，知道自己要走向死亡，和她再次相见。从那时候起我们就失去了夫人——她陷入一种自我安慰，相信我们会在另一个世界遇见我们爱的人。”

杰克走近一步：“但你不相信吗？”

“除非太阳在晴空中照耀。可我们活在一个没有太阳的城市。太阳是我们全部慰藉的来源。所以，我大体上是相信的。”

麦克白扪心自问，惊讶地发现自己既不悲痛，也不绝望。也许是因为他早已料到事情会是这个结局。他闭上眼，只能感到虚无。他坐在午夜时分的候车室，乘客只有他一个。他的火车虽然宣布进站，但一直没有到来。宣布进站，一直没来。那这名乘客怎么办？他会等待。他哪儿也不去，告诉自己接受现实，等待命运的安排。

麦克白又拾起那张纸。

明日复明日。日子在烂泥中爬行，它们最终会再一次杀死太阳，将所有人带向离死亡更近的地方。

第四十一章

电梯带着德夫、马尔康和门卫来到警局总部的地下室。

“我知道是周末，但你确定这里没别人吗？”德夫对门卫说。此前，马尔康在图特尔家给警局的门卫打了一通很长的电话。

“恰恰相反，”门卫回答，“他们正在等你。”

德夫还来不及反应，电梯已经到达，门打开了。三个人，全副武装，穿着特警队的黑色制服。德夫怔住了。

“谢谢你们，”马尔康说，“在这么短的时间内赶来。”

“为了这座城市。”其中一个人说。

“为了安格斯。”第二个人说。

“为了警察局局长。”第三个人说。他身材高大，皮肤黝黑，“在我们的字典里，他的名字现在是马尔康。”

“谢谢你，里卡多。”马尔康说着走出电梯。

这名腰杆笔挺的警官在前面带路：“您还叫其他人了吗，长官？”

“我一晚上都在打电话。劝别人冒着丢掉性命和饭碗的危险参加一场对抗阴谋的斗争并不容易。何况所谓的阴谋只是我的一面之词。再加上我说无法指望首府立马给予援助，这就更难了。不过，警局我找了三十个人，民防队有十到十五个人，消防队可能有十个人。”

“事情听上去可能不怎么令人信服，但你这个人值得信任，马尔康。”

“谢谢你，里卡多，但我觉得麦克白的所作所为本身就已经说明了一切。”

“我在乎的不是你说了什么，长官。你的勇气更有说服力。”

“我已一无所有，没什么可失去的，里卡多。但我必须回来接我的女儿，现在她已被转移到安全的地方。有勇气的人其实是你。你没有被一颗做父亲的心羁绊，而是自由地行动，用自己的正义感作为自己的指引。这说明城里还有一群向善之人。”

他们经过那面龙旗。

“市长去哪儿了？”里卡多说。

“他现在有别的事情要处理。”

里卡多停在一扇像防空洞入口的大铁门前，门没锁。“到了。”

屋里的架子上摆满了铁盒和武器。地面当中有一个保险箱。马尔康从架子上取下一把机枪。

“有人拿走了加特林机枪和弹药，”里卡多说，“所以我们只有这些了。外加一辆装甲车。我可以直接把它开到中央车站。枪不够人人一把，不过反正消防员也没受过武器方面的训练。但我和我的兄弟可以今晚作战。”

“我们还是更愿意看到麦克白主动投降，”马尔康说，“他大概只有两个人：西登和奥拉夫森。当他看到外面有多少人被我们动员起来时，我希望他能放了卡西，缴械投降。”

“谈判，”里卡多点点头，“在有人质的情况下采取的现代战术。”

“完全正确。”

“现代，但是没用，至少对麦克白没用。我做过他的手下，长官。他有全国最好的两名狙击手，还有两把加特林机枪。而我们的时间非常有限。”

“你有什么办法对付两把加特林机枪？”马尔康问道，取下一枚巴祖卡火箭筒。

德夫怔住了。他看见了火箭筒后面的东西。

“加特林机枪用于远程射击并不是非常精准，”里卡多说，“但如果麦克白拒绝投降，我可以制定一个攻克因弗尼斯的方案。”

“很好，”马尔康说完看了一眼德夫发现的东西，“老天，这是从哪儿来的？”

“突袭‘诺斯骑士’后的废墟里，”里卡多说，“也算是武器，虽然只是一把军刀。”

“不只是军刀，”德夫说着紧紧握住刀把，他挥了一下，感受钢的重量，“这是斯威诺的军刀。”

“你不会是想带上它吧？这可没有杀伤力。”

“错。”德夫用食指摸了摸刀刃，“它可以给妇孺开膛破肚。”

马尔康转向里卡多：“你能在日出前一个小时把所有武器运至中央车站吗？”

“包在我身上。”

“谢谢。还有几个小时，其他人稍微休息一下吧。”

“先生？”

麦克白从夫人冰冷的胸口抬起头。是杰克。他回来了，站在门口。

“前台有个人，想见你。”

“你放别……别人进来了？”

“他就一个人，一直在敲门。我只好放他进来。现在他不想走了。”

“谁？”

“一个年轻人，叫席瓦。”

“席瓦？”

“他说突袭‘诺斯骑士’那回，你在码头上救过他的命。”

“噢，那个人质。他想要什……什么？”

“主动加入我们。他说马尔康联系了他，对方正在招兵买马，准备对因弗尼斯发动攻击。”

“如果是这样，”麦克白说着把头放回夫人的胸口，闭上眼，“让……让他走吧。”

“他不走，先生。”

麦克白沉重地叹了口气，站起来，伸出一只手：“借用一下我给你的枪，杰克。”

他们下楼走向前台，那个年轻人正焦急地等着。麦克白在楼梯上用枪指着他：“出去！”

“局长……”那人结结巴巴地说。

“出去！你是马尔康派来杀我的。马上出去！”

“不，不，我……”

“滚！我数三下！一……”

那人向后踉跄几步，抓住门把手，但锁住了。

“二！”

杰克拿着钥匙飞奔过来，帮他开了门。

“三！”

门“咣”的一声关上，他们听见逃跑的脚步声渐渐消失。

“你真觉得他是——”

“不，”麦克白说着把枪还给杰克，“但留这样的年轻人在这里只会碍事。”

“没有多少人像你一样。他和奥拉夫森的年龄差不多，先生。”

“我叫你做的事做完了吗，杰克？”

“我还在做，先生。”

“做完了告诉我一声。我在赌场大厅。”

麦克白推开赌场的门。东面的高窗外，夜已经渐渐转为灰白色。

第四十二章

朝阳还没露出山头，但已派出红色的使者前来问候。列诺克斯警督觉得他从未在城里见过这么美的日出。也许他见过，只是未曾留意。也许给世界上色的不是太阳，而更多是吗啡的作用。喧闹的星期六之夜过去，大街上到处都是摔碎的啤酒瓶、臭烘烘的呕吐物和烟头。四下冷冷清清，只有一个穿黑色海事服、戴白帽的矮个子男人匆匆地和他们擦肩而过。剩下的人——如同这座城市的宿命——都躺在家里，盖着毯子蒙头大睡。但即便如此，他也从未见过这座城市如此美丽的一面。

列诺克斯低下头，望着普丽西拉在他膝盖上铺开的格子呢毛毯。他们正走向中央车站东侧那个平常的入口。他感到轮椅又慢了些。她犹豫了。他估计她从没去过这个车站。

“没什么好怕的，普丽西拉。他们要么是来卖货的，要么就是来买货的。”他们经过一盏街灯，他看见她的影子直了起来。他们的速度开始加快。

按照事先的安排，她趁天还黑时就扶他起床，以免白天走廊里全是护士和医生，不让他们出去。她从办公室带来了好几样他要的东西。他甚至不必向她作任何解释；只要他开口，她就会立即照办，即便他们已经不是上下级的关系。

“不用客气，”她说，“你永远是我的老板。麦克白不会再当警察局局长了吧？”

“为什么不？”

“他已经丧失理智了，不是吗？”

他们经过一群烟鬼和躺在毛毯上的吸毒者。他们睁开眼，本能地伸出一只手乞讨。

但普丽西拉没有停下，一直把他推到厕所旁的那个楼梯口。

这里便是他们接头的地方。他要做的就是站在这里等他们来。列诺克斯从不知道自己被带往哪里，因为他们会给他护目镜和耳塞，以防他借助外界的声音来判断。

这是双方达成的默契。如果他的确需要走一趟，他们就会带他进“厨房”——“精酿”的产地。晚上在家或单位里吸毒都不行，因为无法排除被发现的风险。但在“厨房”，他可以享用纯度最高的产品，由专业人员为他注射。他会被安置在一张躺椅上，有点像过去的鸦片馆。在安逸的环境里醉生梦死后，他便能走进城里活蹦乱跳好一阵，像是脱胎换骨了一般。

可他再也无法这么做了。

当普丽西拉把他身上的线路和管子全部拔掉、架着他坐上轮椅时，他感到自己是如此无助。他已经变成一个废人。

“走吧。”他说。

“什么？我们这就走了？”

“你走。”

“你的意思是，把你丢在这里？”

“没事的。我会给你打电话。走吧。”

她没动。

“这是命令，普丽西拉——”他笑道，“我可永远都是你老板。”

她叹了口气，把一只手轻轻放在他的肩上。然后离去。

不到十分钟，斯特雷加交叉着双臂站在他面前：“哇。”她只说了这一句。

“我知道，”列诺克斯说，“现在不是时候。”

她笑了笑：“坐着轮椅还这么幽默。我能为你做什么？”

“来点止痛药，在躺椅上睡一个钟头。”

她把耳塞和护目镜递给他。

“我的双腿不听使唤了，你可能得帮我一下。”

“你这么轻？”她说。

“我需要坐轮椅去。”

“看来今天得省去坐车这段路了。”

她推着他走。虽然一上午疼痛反复发作，但当斯特雷加从轮椅上架起他、扶他踏上类似于碎石的道路时，那疼痛简直如钻心一般，让他大叫出来。他感到斯特雷加充满肌肉的臂膀搂着他，闻见她身上不可抗拒的气味。她把他放回轮椅，继续推着走。每隔一米，轮椅都会轧过砾石上的什么东西。是枕木。有一股焦油和烧过的金属的味道。她正推着他沿一条铁轨行进。

未经证实的幻想。以前他们都是坐车，路不长，但明显是在绕圈子，最终回到中央车站的起点。他之前就知道，他们没出火车站，因为他没有感觉到雨，但他不知道的是，“精酿”的产地竟然就在他们脚下一条废弃的隧道里！他无力地呻吟——斯特雷加扶起他，把他的脸放在某个冰冷潮湿的东西上。水泥。然后她又扶他坐回轮椅。继续推。空气变得越来越温暖干燥。他们就要到“厨房”了，那股熟悉的气味激活了他脑中的某种物质，使他心跳加速，提前品尝到这趟旅途的滋味。他的护目镜和耳塞被人摘下，他听见斯特雷加的后半句话：

“……清理他身后留下的血迹。”

“没问题。”其中一个姐妹搅动着蓄水池说。

斯特雷加准备把他扶上躺椅，但列诺克斯冲她摆了摆手，卷起左边的衣袖，直接取釜中的“精酿”。没有比这更好的了。一个瘾君子的天堂。这就是他向往的地方。也许不是。他会知道的。也许不会。

“那不是反腐败处的列诺克斯警督吗？”杰克说。他站在那面单向透视镜旁，看向里面的“厨房”和轮椅上的人。

“是的。”赫卡忒说。他身穿白色的亚麻西服，戴一顶白帽，“光在因弗尼斯安插耳目可不够。”

“你听说列诺克斯指控麦克白杀人了吗？难道他不知道麦克白是你的工具？”

“他不该知道的，我不会让他知道。你也一样，波纳斯。不过，说说眼下的事吧。夫人终结了自己的生命，但麦克白似乎并不生气，却是一蹶不振，是吧？”

“这是我的理解。”

“嗯。如果图特尔宣布紧急状态，你觉得以麦克白现在的精神状态能成功夺权，成为领导城市的人吗？”

“我不知道。他看上去……并不在乎，好像一切都已经无关紧要。还有一种可能，就是他觉得自己战无不胜。不管发生什么你都会救他。”

“嗯。”赫卡忒用拐杖在地上敲了两下，“没有了夫人，麦克白作为警察局局长的价值也大打折扣。”

“他依然会服从于你。”

“他现在也许能成功夺权，但没有了夫人，这权力也保不住。她才是真正的玩家，能透过一棵树看见一片森林，知道怎么运筹帷幄。麦克白能掷飞刀，但得有人告诉他为什么这么做，朝谁掷。”

“我可以做他新的顾问，”杰克说，“他对我越来越信任了。”

赫卡忒笑了：“我真是难以判断，你到底是吃泥的比目鱼还是狡猾的食肉鱼，波纳斯？”

“我想，我总归是鱼就对了。”

“即便你能鼓起他丧失的统治欲，恐怕也无法燃起他的斗志。他缺乏夫人对权力的贪婪。他似乎渴望那些你我并不赖以为生的东西，亲爱的波纳斯。”

“‘精酿’吗？”

“夫人。女人。也许还有朋友。你懂的，这种存在于人类之间的爱。现在夫人死了，他也不会再为满足她对权力的饥饿而行动。”

“夫人也需要爱。”杰克平静地说。

“被爱的渴望和给予爱的能力，赋予人类无穷的力量，也成为他们致命的弱点。给他们爱的希望，他们可以撼动天地。夺走这个希望，一阵轻风便可将他们击溃。”

“也许对，也许不对。”

“如果一阵风便能把麦克白击溃，你觉得他适合做警察局局长吗？”赫卡忒冲玻璃另一侧点点头。其中一个姐妹正用酒精棉签擦拭列诺克斯的左臂，寻找血管，另一只手已拿好注射器。

“列诺克斯？”杰克说，“你是认真的吗？”

赫卡忒咂了咂嘴：“他扳倒了麦克白，是牺牲自己的行动能力营救市长的大英雄。没人知道列诺克斯为我卖命。”

“可马尔康回来了。大家都知道列诺克斯是奉麦克白之令行事。”

“列诺克斯服从命令，就像忠诚的警察应该有的样子。马尔康和德夫可以再次消失。罗斯福就是坐在轮椅上赢得一场世界大战的。对，我可以让列诺克斯坐上警察局局长的位子。你觉得呢？”

杰克望着列诺克斯，没有回答。

赫卡忒笑了起来，把一只柔软的大手放在杰克瘦小的肩膀上：“我知道你在想什么，比目鱼。你怎么办？如果麦克白死了，你的生计谁来照顾？所以咱们还是希望麦克白能战胜这场风暴吧，是不是？走，我领你出去。”

杰克瞥了列诺克斯最后一眼，然后转身随赫卡忒走向厕所的暗门，返回车站。

“等等。”列诺克斯待针头刚刚触及皮肤时说。他把右手伸进轮椅侧面的大口袋。拉掉手柄上的绳子。

“好了。”他说。

她把针头扎进去，缓缓推动活塞。这时，他从口袋里伸出手，胳膊在轮椅下方轻轻一摆，撒开手。普丽西拉从办公室里拿来的东西滚过水泥地，消失在水池旁摆满烧瓶、试管的桌子下面。

“嘿，那是什么？”斯特雷加问道。

“据我的祖父说，这是一枚他扔到自己头上的手榴弹。”列诺克斯一边说一边神魂颠倒。虽然他永远不可能找回头一次注射时的兴奋感，但他依旧愉悦得浑身发抖。经过多年的探索，毒品依然是他感受生命真谛最直接的方式。不过还有另一种方式——彻底终结。

“可能是一枚M24型柄式手榴弹，或是一枚摆在烟灰——”

他的话戛然而止。

杰克刚走上一半楼梯，冲击波便使他飞了出去。他爬起来，回身看向厕所。门已被炸没，浓烟滚滚而出。他等在原地。发现没有更多爆炸后慢慢走下楼梯，走进厕所。小隔间和“厨房”的门已经没了。里面烈火熊熊。借助于火光，他看见所有的东西都被摧毁。“厨房”和里面的人不复存在。几分钟前，他还——

“波纳斯……”

声音从他的正前方传来。就在那儿，从倒在地上的钢门下，他爬了出来。一只身穿白色西装、被压扁的“蟑螂”。他柔软的脸上沾满了粪便，两只黑眼睛充满了震惊。

“救我……”

波纳斯抓紧老者的双手，将他拖过地面，拉到厕所门口。他的胃被划开一道口子，血不停地往外流。他受了重伤。不死的赫卡忒。“隐形之手”。他没有几分钟，甚至几秒钟可活了。这么多的血……杰克转过身去。

“快，杰克。找点东西来——”

“我得去请医生。”杰克说。

“不！找点东西堵住伤口，别等我的血流光。”

“你需要医疗援助。我会尽快。”

“别离开我，杰克！别……”那躯体扭成一团，发出一声号叫。

“怎么了？”

“胃酸！有东西流出来了。上帝啊，烧死我了。帮帮我，杰克！帮——”叫声变成又一阵嘶哑的哀号。杰克看着他，无法动弹。他真的像一只四脚朝天的蟑螂，手脚在无助地乱舞。

“我很快就回来。”杰克说。

“不，不！”赫卡忒尖叫着，试图抓住他的双腿。

但杰克后退一步，转身离去。

他在楼梯尽头停下来，朝左望向西面的因弗尼斯赌场，望向麦克白，望向圣乔迪医院。那边的候诊区有一个电话亭。他转向东面，望向远山，望向另一头。崭新的水域，危险的、开放的水域。但这是一个人——一条吸口鱼——有时为生存而不得不做的抉择。

杰克深吸了口气。不是因为犹豫，而是因为他需要空气。

他向东而去。

水晶在麦克白的头顶浅吟低唱。他扬起头，大吊灯拽动着一根根吊绳来回摆动。

“什么动静？”西登在夹楼上喊。他手持一把加特林机枪，看护因弗尼斯的东南角。

“世界末日。”麦克白说。他又低声对自己说：“但愿如此。”

“声音是从火车站传来的。”奥拉夫森从西南角的火力点喊道，“那是爆炸吗？”

“看见了长官！”西登吼道，“他们正往这里运送武器。”

“是吗？”奥拉夫森惊讶地说。

西登的笑声在墙壁之间回荡。先前讨论守卫因弗尼斯的方案时，大家都认为对手会从工人广场发动袭击，因为面向勤俭街的那堵无窗的砖墙绝对是完美的屏障。

“我大老远就能闻见你的恐惧，奥拉夫森。你在下面闻得见吗，老大？”

麦克白打了个哈欠：“我几乎记不得恐惧是什么味道了，西登。”他用力搓着脸。他刚才睡着了，梦见自己挨着夫人躺在一张床上，然后套房的门悄无声息地滑开。门口的人身穿披风，帽檐压得很低。当他走进屋里的光线中时，麦克白才看清他是班柯。他的一只眼睛没了，肉虫正从脸颊和额头上扭着身子钻出来。麦克白摸向夹克衫里层，从肩膀的皮套里抽出一把匕首，掷了出去。它插进班柯的前额，感觉软乎乎的，似乎后面的骨头已经被啃食殆尽。但这并未阻止鬼魂朝床边前进。麦克白一边大叫，一边摇动夫人。

“她死了，”鬼魂说，“你得扔一把银质匕首才行，钢的没用。”这不是班柯的声音，而是……

班柯的头在帽子下面晃晃悠悠，然后滚落到床下。戴帽子的人变成了西登，正冲他笑嘻嘻的。

“你想干什么？”麦克白怯声说。

“干你想做的事呗，长官。给你俩要一个孩子。瞧啊，她正等着我呢。”

“你疯了。”

“相信我。我不会要求太多回报的。”

“她死了。滚开。”

“我们都死了。现在赶快，给自己撒点种子。你要不来我可来啦。”

“滚开！”

“一边儿去，麦克白。我对她就像德夫对梅雷——”

第二把匕首飞进西登张着的嘴里。他紧咬牙，握住手柄，将匕首拔了出来，交还给麦克白。他亮出血淋淋的半截舌头，冲麦克白发笑。

“收音机上有什么动静吗？”

麦克白吓了一跳。说话的是西登，他在吼。

“没有，”麦克白说着用力搓了搓脸，把收音机的音量调大，“离日出还有二十分钟。”他看着镜子里一行整好的、放在他面前毛毡上的白粉。看见镜中自己的脸。那行白粉就像一道穿过光滑表面的疤。

“我们真要杀了那小子吗？”奥拉夫森大声喊道。

“没错！奥拉夫森！”西登喊着答道，“我们是硬汉！不是娘娘腔！”

“可……之后怎么办？我们就没有谈判的筹码了。”

“这像你说的话吗，奥拉夫森？”东南边传来更多笑声。

“我们没什么好怕的。”麦克白说。

“你说什么，长官？”

“世上没人能伤害我。赫卡忒答应过我，除非‘伯莎号’向我开动，否则我永远是警察局局长。你可以说赫卡忒很多坏话，但他信守诺言。放松。图特尔会让步的。”麦克白看了一眼卡西，他背靠柱子安静地坐着，定定地望向远方，“外面情况如何，西登？”

“有一群人聚集在‘伯莎号’边上，看起来像警察和平民。有几个带自动武器的，还有一些人拿着步枪和手枪。光靠这些不足为惧。”

“你能看见穿灰色风衣的人吗？”

“灰色风衣？没有。”

“你那边呢，奥拉夫森？”

“这边也没有，长官。”

但麦克白知道他们就在那儿，暗中望着他。

“你听说过提索诺斯吗，西登？”

“没有。谁啊？”

“一个希腊人。夫人跟我讲起过他。我专门查过。厄俄斯是所谓的黎明女神，她爱上了一个人间美少年提索诺斯。她央求众神之主宙斯同意让提索诺斯像她一样永远不死。提索诺斯其实并没有提出这样的要求，他是被迫获得了永生。但黎明女神忘记请宙斯让这少年长生不老。你懂我的意思吗？”

“大概明白。但我不懂你为什么讲这个，长官。”

“万物皆会消逝，所有的人都会死去，但提索诺斯只能拖着老朽的身躯，永远孤独下去。他没有被赋予什么东西，其实恰恰相反——他被囚禁在牢笼里，他的永生是一场可怕的诅咒。”

麦克白起身太快，感到一阵眩晕。这番话想必太过悲观，是毒劲没有完全退去时的胡言乱语。现在整座城市都拜服在他脚下，他很笃定，它很快便会成为他的囊中之物，由他独享。他的每一个愿望都会实现。然后他只需考虑寻欢作乐就好。寻欢作乐。

德夫的手指拂过“伯莎号”车头前基座上的裂缝。他听见马尔康的声音：“劳驾，让我过去！”

他抬起头，看见马尔康从人群中挤出一条道，朝台阶顶层走来。

“你听到刚才的动静了吗？”他气喘吁吁地问。

“是啊，”凯思妮斯说，“我以为屋顶要塌了。感觉像地下核爆。”

“或是地震。”德夫说着指向那道裂缝。

“来的人比我预想的要多。”马尔康一边说一边扫视台阶下的人群，他们身前停着由警车和一辆巨大的红色消防车组成的路障堡垒，“这些人都是消防员和警察？”

“不。”有个人走上台阶说。马尔康仔细辨识他的黑色制服。

“海军上校？”

“飞行员，”这个小个头儿的男人说，“弗莱德·齐格勒。”

“飞行员来这里做什么？”

“我昨晚听了凯特的节目，打了一圈电话，打听到这里要发生的事。告诉我，我能做什么？”

“你有武器吗？”

“没有。”

“你会射击吗？”

“我在海军陆战队待了十年。”

“好。去找下面那个穿警服的人，他会给你一把步枪。”

“谢谢你。”飞行员在他的白帽子上亮出三根手指，转身离去。

“图特尔那边怎么说？”德夫问。

“首府已经得知了绑架人质的消息，”马尔康说，“但逮捕令今天下午才能签出。在此之前他们无能为力。”

“拜托，人命关天啊。”

“只是一个人的命。除非警察局局长提出申请，这样的事不足以让联邦政府出面干预。”

“该死的政治！图特尔现在在哪儿？”德夫向东眺望。山峦的边缘，青色的天空正变得越来越红。

“他去电台了。”凯思妮斯说。

“他准备宣布紧急状态，”马尔康说，“我们必须马上对麦克白发起攻击，趁我们还是在市长的指挥下行动。一旦宣布紧急状态，我们就成了非法的造反派，这帮人也不会支持我们了。”他朝下面的人群点点头。

“麦克白已经把自己搭进去了，”凯思妮斯说，“人们会因此而丧命。”

“是。”马尔康将扩音筒放到嘴边，“勇敢的兄弟姐妹们！请大家就位！”

人群纷纷涌向台阶脚下的路障堡垒。将他们的武器架设在车顶上，利用特警队的装甲车和消防车作为掩护，剑指因弗尼斯。

马尔康将扩音筒对着同一个方向。“麦克白！我是马尔康副局长。你我都清楚，你现在已经是四面楚歌了。你唯一能做的就是避免破局。所以，放了人质，就地投降。我给你一分钟。我重复一遍，一分钟。”

“他说什么？”西登喊道。

“他给我一分钟，”麦克白说，“你能看见他吗？”

“能，他站在台阶顶上。”

“奥拉夫森，拿你的步枪，让马尔康闭嘴。”

“你是说——”

“对，我就是这个意思。”

“麦克白万岁！”西登笑道。

“听。”麦克白说。

德夫的目光在山峦、手表和周围的人群之间不停转换。他肘部和肩部的神经在剧烈地抽搐。他有些站不稳，因为他的膝盖和腿肚已经开始发抖。除了六个特警队勇士和一些警察，这群人都是在办公室和消防站从事普通工作的民众，从来没有在愤怒当中开过枪，也没有中弹的经历。但他们还是毅然地来了。他们甘愿牺牲一切，就算自己力有不逮。他数完最后三秒。

没有动静。

德夫和马尔康交换了一下眼神，耸了耸肩。

马尔康叹了口气，将扩音筒举到嘴边。

德夫几乎都没听见“砰”的一声。

马尔康向后踉跄了几步，扩音筒“哐”地掉在地上。

德夫和弗里斯立即作出反应，扑向马尔康，压在他身上。德夫感到一阵血流和脉动。

“我没事，”马尔康吃力地说，“我没事。起来吧。他打中了扩音筒。不要紧。”

“你刚才说让他闭嘴，我以为是永远闭嘴呢，”西登喊道，“现在倒让他们觉得我们势弱了，长官。”

“错，”麦克白说，“现在他们知道我们是认真的，但也是理智的。杀了马尔康，我们就给了他们带着满腔义愤进攻的借口。现在他们还会再想想。”

“我觉得他们无论如何都会进攻，”奥拉夫森说，“看，那是咱们的装甲车。它正朝这里开来。”

“这个性质就不同了。一个警察局局长还是有权自卫的。西登？”

“在。”

“给‘加特林小妞’开开嗓。”

德夫从“伯莎号”后面窥探过去，望着这辆硕大的装甲车穿过广场，朝因弗尼斯进发。它在德语里叫作特种车。尾气管排出柴油的浓烟。德国工艺，德国钢板，德国的防弹玻璃。里卡多的计划遵循了常规战术。六名特警队勇士开着特种车抵达入口，下车将催泪瓦斯扔进窗户，接着破门而入，戴着防护面具发动强攻。关键的一环是他们从装甲车出来投掷催泪瓦斯的时候。虽然只有短短几秒，但他们在那几秒里需要其他人的火力掩护。

马尔康的对讲机刺啦一响，他们听见里卡多的声音。

“准备火力掩护，三……二……一……”

“开火！”马尔康吼道。

武器从堡垒上齐射时像一阵击鼓声，可惜在德夫看来，这面鼓实在太小。鼓声被另一面扬起的号叫声所掩盖。

“老天爷。”凯思妮斯喃喃说道。

这场面先是像一阵漫天的雨点，在特种车前方的石子路上激起烟尘。接着，只听“咔”的一声，子弹击中了特种车的格栅、装甲、前玻璃和车顶。车子像膝盖打了一个弯，跪了下去。

“轮胎被打中了。”弗里斯说。

装甲车继续移动，但速度变慢了，仿佛正开进一阵飓风。

“不要紧。这是一辆装甲车。”马尔康说。

车子前进得越来越慢。最后停了。后视镜和保险杠掉了下来。

“曾经是一辆装甲车。”德夫说。

“里卡多？”马尔康冲对讲机喊道，“里卡多？撤回来！”

没有应答。

这会儿车子像是在跳舞。

然后弹雨停了。寂静笼罩着广场，只能听见一只海鸥掠过时的悲鸣。装甲车上腾起一股烟，如同红色的蒸汽。

“里卡多！回来，里卡多！”

依旧没有应答。德夫盯着那辆千疮百孔的装甲车。没有生命迹象。现在他知道当时是什么状况了。法夫的那个下午。

“里卡多！”

“他们牺牲了，”德夫说，“全部。”

马尔康从旁边觑了他一眼。

德夫用一只手捂住脸：“下一步该怎么办？”

“我不知道，德夫。该做的都做了。”

“用消防车。”弗里斯说。

大家望着这个年轻人。

他在众目睽睽之下有些畏缩，甚至一度被这目光压得后退了几步。但他直起身子，用略带颤抖的嗓音说：“我们得利用消防车。”

“这不行。”马尔康表示反对。

“是不行，但如果我们绕到后面的勤俭街呢？”弗里斯喘了口气，继续说道，“他们用两把机枪对付装甲车，这说明他们没有安排火力掩护后方。”

“因为他们知道我们从后面攻不进去，”德夫说，“那里没有门也没有窗户，全是砖头，你必须用风钻或重炮才能突破。”

“不用突破。”弗里斯说。他的嗓音越发坚定。

“绕过去？”德夫不明白。

弗里斯手指天空。

“没错！”凯思妮斯说，“消防车。”

“别绕圈子。快说。”马尔康抱怨道，又望了一眼山头。

“云梯啊，”德夫说，“天台。”

“他们开动消防车了。”西登喊道。

“这是要干什么？”麦克白打了个哈欠。小男孩闭着眼，盘腿坐在地上。他平静而沉默，似乎已然接受命运的安排，只等最后的结局。就像麦克白。

“我不知道。”

“你认为呢，奥拉夫森？”

“我不知道，长官。”

“好吧。”麦克白喊道。他刚才用银质匕首削尖一根火柴，将它戳进门牙。然后把匕首放在毛毡上，拾起两片圆形筹码，分别用两只手的手指不断抛接。这是他在马戏团里学会的把戏。这项练习是为了平衡他左右手不同的运动机能。他嘬着牙签，抛着筹码，体会自己此时的感觉。没有感觉。他试图搞清楚自己在想些什么。他没有想班柯，也没有想夫人。他只是在想，自己没有任何感觉。他还在想一件事：为什么？

他想了一会儿……

然后他闭上眼，从十数到一。

“这可不像楼梯。我们升得越高，晃动就越大，”穿引航员制服的人对弗里斯和另外两名勇士说，“每次迈一步，先手后脚。没什么好怕的。”

引航员大声地打了个哈欠，然后迅速笑了笑，抓住云梯开始攀爬。

弗里斯看着这个小个子男人，真希望自己和他一样勇敢。勤俭街空空荡荡，只有这辆消防车和架设在无窗墙面上的十五米的云梯。

弗里斯跟在引航员后面。说来也怪，随着一步步地攀登，他的恐惧竟然消失了。最糟糕的反正已经过去。他刚才这样说。他们听后点点头，说他们明白。接着他们钻进消防车，从车站朝东开，画了一个巨大的弧形，穿过星期天安静的街道，神不知鬼不觉地到了因弗尼斯身后。

弗里斯抬头，见引航员在天台上做了一个安全的手势。

昨晚他们仔细研究过因弗尼斯的建筑图，弗里斯对这里的布局一清二楚。天台有一道门，打开后是一道锅炉房的窄梯，房里的门通向酒店顶层的走廊。他们会在那里分开，两人走北侧的楼梯，两人走南侧。两道楼梯均通往夹楼。几分钟后，车站方向会发动一轮攻势，将机枪的火力牵制在工人广场一侧，同时掩盖弗里斯和另外三个人的动静，他们借机从身后悄悄靠近，解决枪手。三名勇士将手表调成和弗里斯一致的时间。对于接受这名实习警察的领导，他们没有一句怨言。这名实习警察似乎理解这其中的缘由。父亲那句话怎么说来着？“如果你有更好的判断，你就应该去领导，这是你对社会应尽的义务。”

弗里斯听见车站那边开火了。

“跟我来。”

他们走到天台那道门边，拉了拉。锁住了。预料之中。他朝其中一名警员点点头——那人是交通处的，他将一把铁撬伸进门和门框之间的缝隙里，猛地一推撬开了锁。

里面漆黑一片，但弗里斯能感觉到下面锅炉房里飘来的热气。诈骗组一位白发警员想先下去，但被弗里斯拦住了。“跟着我。”他轻声说，一只脚迈进很高的金属门槛。他试图在黑暗中分辨物体的形状，但什么也看不见，只好放低机枪，摸索楼梯的扶手。他探出第一步，金属梯“吱呀”一声，然后是第二步，整个梯子都在响。他僵住了，一道光刺进他的双眼。有人在下面打开手电筒，照着他的脸。

“砰，”拿手电筒的人说，“你就死了。”

弗里斯知道，他挡住了身后三个人的火力线。他也知道，自己不会有开枪的机会。因为他知道这是谁的声音。

“你是怎么知道……”

“我问自己，为什么你们会开动消防车，却不拉响警报呢？”黑暗中的说话声变成一阵低沉的笑声，“噢，还穿着我的鞋。”麦克白叔叔听上去像喝醉了，“听着，弗里斯，你今天可以救命。救你自己的命，还有这三个叛徒的命。马上撤走，躲到路障后面。你从那里有更好的机会打败我。”

弗里斯咽了咽口水：“你杀了爸爸。”

“也许吧，”这声音含混不清地说，“也许这是当时的情形。也许是班柯的家族野心。但更有可能的是——”麦克白沉默了数秒，然后长叹一声，“是我。走吧，弗里斯。”

弗里斯脑海中闪现的全是他和麦克白叔叔在家里客厅的地板上玩闹的情景。麦克白叔叔会让他先占上风，只在最后关头轻轻一摆，将他摁倒在地上。这并不是因为叔叔的力气大，而是他又快又准。但麦克叔叔现在醉醺醺的，弗里斯的身手又比那时矫健不少，也许他还有机会？如果动作快，他也许能击中。挽救卡西。挽救这座城市。为了报仇——

“别这么做，弗里斯。”

但为时已晚。弗里斯已经抓起枪。狭窄的锅炉房响起一阵短促的射击声，震动着五个人的耳膜。

“啊！”弗里斯大喊。

他从扶梯上掉了下去。

他没感到自己摔在地上。他又一次睁开眼，什么感觉都没有。眼前一片黑暗，只有一只手托着他的脸颊，一个声音紧贴他的耳朵。

“我叫你不要。”

“他们……他们在哪儿？”

“他们照我说的，撤走了。睡吧，弗里斯。”

“可……”他意识到自己中枪了。有一处伤口在流血。他咳了几声，嘴里满是腥味。

“睡吧。到了那里向你爸爸问好，告诉他我随后就来。”

弗里斯张开嘴，但涌出的只有血。他感到麦克白的手指轻柔地放在他的眼皮上，将它们合拢。弗里斯深吸了口气，像是准备跳入水中。就像他从桥上掉进河里，掉进一片黑暗的水域，掉进他的坟墓。

“不，”德夫说着，看见消防车朝他们开来，“不！”

他和马尔康朝车子奔去，等它停好后分别扯开左右两边的车门。司机、两名警察和引航员狼狈地跳下。

“麦克白在等着我们，”引航员痛苦地说，气还没喘过来，“他打死了弗里斯。”

“不，不，不！”德夫靠着车，紧闭双眼。

有人把手搭在他的脖子上。一只熟悉的手。凯思妮斯的。

两名身穿黑色特警队队服的人跑过来，在马尔康面前站定：“哈森和埃德蒙顿，长官。我们听说了这场战斗，于是马不停蹄地赶来。还有更多的人会过来。”

“谢谢兄弟们，但我们已经结束了。”马尔康用手指了指山头。他们还看不见太阳，但山顶上那个倒置的十字架的轮廓已经映射出第一缕阳光，“现在就看图特尔了。”

“我们交换人质吧，”德夫说，“让麦克白得到他想要的，马尔康。用我们俩换回卡西。”

“你以为我没考虑过这个方案吗？”马尔康说，“麦克白绝不会拿市长的儿子去换你我这样微不足道的筹码。如果图特尔宣布紧急状态，卡西就会被释放。你我无论如何都会被处决。到那时谁来领导对抗麦克白的战斗？”

“凯思妮斯，”德夫说，“城里所有你认为怀有相同信念的人。你是不是怕了……”

“马尔康是对的，”凯思妮斯说，“你俩活着才是对这座城市更有价值的事。”

“该死！”德夫心有不甘，拔腿朝消防车走去。

“你去哪儿？”凯思妮斯喊道。

“基座。”

“什么？”

“我们得把基座砸了。嘿，队长！”

驾驶消防车的人站起来：“呃，我不是——”

“车里有消防斧或大锤吗？”

“当然有。”

“看！”西登喊道，“太阳照在方尖塔顶上了。该送这孩子上路了！”

“我们都该上路了。”麦克白淡淡说着，把一片筹码放在毛毡红区的心形图案下方，另一片放在黑区。他朝左侧探身，从轮盘上取下那颗球。

“天台上什么情况？”西登喊道。

“班柯的孩子。”麦克白回喊着，使劲转动轮盘，“我搞定了。”

“他死了吗？”

“我说了，我搞定了。”轮盘在麦克白面前旋转，一个个数字模糊成一个清晰的、没有缺口的圆圈。模糊而又清晰。他已经算到球会落进哪个区，但他依旧待在原地。轮子在飞旋。这一回它永远不会停止，这一次他永远不会离开这个区——他已经关闭身后的门，将它锁住。轮盘转了又转，转向一个未知却又如此熟悉的命运。赌场总是最后的赢家。“外头‘梆梆梆’的是什么声音，西登？”

“你为什么不过来自己看，长官？”

“我更愿意待在轮盘这边。什么情况？”

“他们开始对‘伯莎号’敲敲砸砸了，这个可怜的东西。太阳已经出来了，长官。我能看见太阳，又圆又大。时间到了。我们要不要——”

“他们把‘伯莎号’砸了吗？”

“是它的基座，谁知道呢。留意广场，凡是有东西过来就开枪，奥拉夫森。”

“好的！”

麦克白听见楼梯上响起脚步声，抬头望去。西登脸上泛起从未如此醒目的红色，仿佛被太阳灼伤。他经过轮盘赌桌，朝那根柱子走去。卡西坐在地上缩成一团。他低着脑袋，头发挂在脸前。

“谁说你可以擅离职守了？”麦克白说。

“只是暂时离开。”西登说着，从皮带里掏出一把黑色的左轮手枪，对准卡西的头。

“住手！”麦克白说。

“我们说好要准时的，长官。我们不能——”

“我说了，住手！”麦克白调大身后收音机的音量。

“……我是图特尔市长。昨晚，麦克白局长向我发出最后通牒。他策划了近期数宗谋杀案，包括谋杀邓肯局长。昨晚，他对我刺杀未遂，于是绑架了我的儿子卡西。他的最后通牒是要我宣布紧急状态，从而给他无限的权力并阻止联邦介入，否则他将在太阳升起时杀死我的儿子。但我们不想，我不想，你不想，卡西不想，这座城市不想再有一位专制的暴君。为了这个目标，过去几天多少勇士献出了生命，还有他们的孩子。牺牲他们的孩子，就像我们的民主在世界大战中岌岌可危时，我们和其他城市牺牲他们的后代一样。现在，太阳正冉冉升起，麦克白正坐在收音机旁，等我确认这一天和这座城市是属于他的。以下是我要向你传达的信息，麦克白。杀了他吧。卡西是你的。我准备牺牲他，因为我知道并希望他在这种情况下也会牺牲我或他永远不会拥有的后代。如果你能听到我说话，卡西，再见了，我最爱的人。”图特尔哽咽了，“不只我爱你，整个城市都爱你。我们会在你的墓前点起烛光，一直伴随民主永存。”他咳了一声，“谢谢你，卡西。谢谢你们，这座城市的市民。今天，是属于我们的。”

短暂的缄默后，传出刺刺啦啦的歌声，一个男人用洪亮的嗓音在唱《上帝是我们坚固的堡垒》[1]。

麦克白关掉收音机。

西登笑了笑，压动扳机。击锤升了起来。“意外吧，卡西？你知道，对一个嫖客来说，婊子养的儿子不值钱。但如果你现在真心向我投降，我保证给你的脑袋而不是肚子来上一枪，让你死个痛快。然后干掉那个嫖客和他的帮凶，给你报仇。你觉得怎么样，小子？”

“不。”

“不？”西登用不敢相信的眼神盯着给出答案的人。

“不，”麦克白重复道，“绝不能杀死他。放下你的枪，西登。”

“那就让外头那些人得到他们想要的吗？”

“你听见我的话了，我们不杀无力反抗的孩子。”

“无力反抗？”西登咆哮道，“那我们呢？我们岂不也是无力反抗吗？难道要让德夫和马尔康像过去一样肆意羞辱我们？难道你要放弃你的伟业——”

“你的枪正指着我，西登。”

---

[1] 宗教改革家马丁·路德（Martin Luther）创作的圣歌，*A Mighty Fortress is Our God*。

“也许吧。因为我不会让你阻挡即将诞生的王国，麦克白。有欲望的人不止你一个。我要——”

“我知道你要做什么。如果你不把枪放下，你就死定了。”

西登大笑：“关于我，有些事情你还不了解，麦克白。比如，你杀不了我。”

麦克白盯着枪口：“那就动手吧，西登。因为只有你能送我去见她。你不是女人生的，而是被制造出来的。是被噩梦、恶魔以及一切毁灭的势力制造出来的。”

西登摇了摇头，拿枪对准卡西的脑袋，目光一直没有离开麦克白。这时，第一缕阳光穿过夹楼的巨窗，照到西登脸上。麦克白见西登举起一只手，遮住眼睛。

阳光下，麦克白从另一头朝树干掷去，掷向刻在树上的那颗心。他知道会掷中，因为他指尖的每一根血管、每一条脉络，都指向那颗心。

“嗒”的一声。西登晃悠了几下，低头看向胸前冒出的匕首的手柄。他扔下枪，抓着匕首，跪倒在地。抬起头，用模糊的眼神望着麦克白。

“银质的，”麦克白说着，把火柴做的牙签又插进门牙，“据说能驱鬼。”

西登向前倒去，一头栽在男孩赤裸的脚边。

麦克白将白色的象牙球放在旋转轮盘的木架子上，用力朝反方向拨动。

“继续砸！”德夫喊道。他们用大锤和消防斧朝基座的前脸猛砸一通，几大块混凝土已经脱落。

基座裂开的一瞬间，火车的犁形排障器落在地上，砸出一声巨响。驾驶室里的德夫差点朝前飞了出去，幸亏他抓住一根操作杆，牢牢稳住了自己。眼前的火车头朝下耷拉着，但没有动。

“加把劲！”

依然没有动静。

“加把劲哪！你这个老女人！”

德夫感到什么东西从脚下穿过。它动了。不是吗？还是……他听见一声低沉的挽歌。是的，它动了，八十年来，“伯莎·勃南号”第一次开动，它可以活动的金属部件发出的号哭声越来越大，最终汇聚成反抗的怒吼。经年的锈蚀、摩擦和惯性定律试图拉住它，但地心引力势不可当。

“让开！”德夫几乎扯破嗓子，系紧机枪的枪带，将备用武器插进皮带，握住它的尾端。

蒸汽机车的车轮转动起来，从麻木中苏醒，缓缓开出八米长的铁轨，歪着身子跃下基座。前轮砸中台阶顶部，石板一下子开裂，发出震耳欲聋的响声。火车似乎一度停在原地，但德夫听见下一级台阶的开裂声。接着又是一声。他知道这股缓慢加速的神力势不可当。

德夫死死盯着前方，但余光瞟见一个人跳上车，站在他身旁。

“给我一张去因弗尼斯的单程票。”凯思妮斯说。

“长官！”是奥拉夫森。

“怎么了？”麦克白盯着象牙球骨碌碌地转动。

“我觉得它……它……来了。”

“什么来了？”

“那列……火车。”

麦克白抬起头：“火车？”

“‘伯莎号’！它来了……朝这边！正——”

剩下的全被淹没。麦克白站起身。从他站立的地方望去，看不见车站，只有高窗外倾斜的广场。但他能听见。这声音像是某样东西被一只咆哮的猛兽咬得粉碎，而且离这里越来越近。

巨兽穿过因弗尼斯正面的广场，出现在他的视野。

他吞了一口口水。

“伯莎号”来了。

“开火！”

马尔康副局长目不转睛，难以置信。因为他知道无论现在发生什么，他这辈子都不会见到第二次。一列蒸汽机车吞噬着石块，在没有轨道的情况下自行横穿工人广场。一种先辈们用铁铸的交通工具，因为势大力沉而难以阻挡。虽然八十年无人照料，那些滚珠、轴承却没有任何朽坏或风干。一列火车径直冲向因弗尼斯，加特林的枪林弹雨在它身上迸出火星，却像水一般被弹开。

“那可是一栋结实的建筑。”他身边的人说。

马尔康摇了摇头：“一个赌场罢了。”他说。

“抓紧了！”德夫喊道。

凯思妮斯坐在车厢的铁皮地面上，背靠驾驶室一侧，以免被头顶呼啸的子弹击中。她闭上眼，面部的肌肉纠结成一块，喊出一句话。

“什么？”德夫吼道。

“我爱——”

他们撞上了因弗尼斯。

麦克白享受着“伯莎号”逐渐填满窗口的画面，直到它闯进来。他感觉整栋建筑——他站立的地面、房间里的空气——以及附带的一切都随着列车破墙而入向后退却。噪声像一层涂料盖住他的耳膜。机车的烟囱切断了夹楼东部，排障器嵌进地里。因弗尼斯刹住了它的脚步，但“伯莎号”依然一米接一米地啃食着前进。它在麦克白面前半米的地方停住，烟囱划断了夹楼西面的扶手，排障器轻轻碰上那张轮盘赌桌。一时间，周围一片寂静。接着传来水晶叮叮当当的声音。麦克白知道这是什么。“伯莎号”割断了他头顶吊灯的挂绳。他没有躲闪的意思，连头也不抬。他只意识到自己身上撒满了波希米亚水晶，然后便失去了知觉。

德夫端着机枪，爬到车顶。太阳微弱的光线穿过空气里飞扬的尘埃。

“东南角的火力点已经没人了！”凯思妮斯在他身后喊道，“你那边——”

“西南方向也没有了，”德夫说，“西登躺在轮盘赌桌旁边，胸口插着一把匕首。看样子已经死了。”

“卡西在这里。好像没受伤。”

德夫的目光扫过这间原先的赌场。灰尘使他忍不住咳嗽。他听了听。除去轮盘里那颗球狂热的转动声，什么也听不见。星期天早晨。再过几个小时，教堂的钟便会敲响。他爬下来。迈过西登的尸体，走向吊灯。用军刀扫开麦克白脸上的玻璃碴儿。

麦克白惊讶地睁大眼睛，像小孩儿似的。吊灯镀金的螺钩刺入他的右肩。伤口没流什么血，只是在有节奏地收缩，仿佛吮吸着灯具。

“早上好，德夫。”

“早上好，麦克白。”

“嘿，嘿。你记得我们在孤儿院每天起床时常说这个吗，德夫？你在上铺。”

“其他人在哪儿？奥拉夫森呢？”

“聪明的家伙，奥拉夫森。他知道什么时候开溜。像你。”

“你的特警队兄弟不会开溜。”德夫说。

麦克白叹了口气：“是，被你说中了。你相信我吗？他就在你身后，会在……呃，两秒内杀了你。”

德夫看了麦克白半晌。然后突然转过身。在被切成两半的夹楼上，阳光透过东墙的缺口照进来。他看见两个人形。一个穿着中世纪的铠甲。另一个是奥拉夫森，他正跪着，步枪已在栏杆上架好。十五米。奥拉夫森从那儿可以击中一枚硬币。

一声枪响。

德夫知道他死了。

那为什么他还站着？

枪声在大厅里回荡。

麦克白见奥拉夫森倒在铠甲上——那武士向后踉跄了几步，从夹楼的缺口跌落，哐啷啷摔在赌场地面上。再看夹楼，奥拉夫森的脸靠着栏杆，趴在地上。他的脸蛋扭曲着盖住了一只眼，另一只眼闭着，仿佛在他的雷明顿 700 步枪旁睡着了。

“弗里斯！”凯思妮斯喊道。

德夫转身看向夹楼北面。

就在那儿，在通往顶层的楼梯上，弗里斯伫立着。他的衬衫浸满鲜血。他摇晃着手中紧握的一杆还冒着烟的枪。

“凯思妮斯，带卡西和弗里斯出去，”德夫说，“快！”

德夫在轮盘赌桌旁的椅子上坐下。轮盘上的球转得越来越慢，那声音已经变了。

“接下来会怎样？”麦克白呻吟道。

“我们在这里等其他人过来。他们会送你去医院。拘押。上联邦法庭。你会成为人们未来许多年的话题，麦克白。”

“你还觉得自己胜人一筹，是吗？”

水晶窸窸窣窣地响。德夫抬起头。麦克白扬起了左手。

“你知道我飞刀的速度。不等你挥动那把军刀，摸到你的手枪，匕首就会插进你的胸口。你知道的，不是吗？”

“可能吧。”德夫说。他非但没有感到恐惧，反而觉得一股强烈的疲惫涌上心头，“但你和过去一样，依然会输。”

麦克白笑道：“凭什么这么说？”

“一种自我应验罢了。你一向清楚，你这辈子到头来注定失败。这是你一直没能摆脱的宿命，麦克白。”

“是吗？你没听说吗？凡是女人生的都杀不了我。这是赫卡忒的承诺，他已经好几次证明自己信守诺言。所以你知道吗？我可以直接从这里站起来，拍拍屁股离开。”他试图撑着地站起来，但吊灯的重量又把他压垮。

“赫卡忒向你做出这个承诺时，忘了把我考虑进去。”德夫一边说一边盯着麦克白的左手：“躺着别动，你的命在我手里。”

“你耳朵不好使吗，德夫？我说——”

“可我不是女人生的。”德夫喘着气说。

“你不是？”

“不是。我是从我母亲体内被切下来的，不是生的。”德夫探出身子，用食指拂过脸上的伤疤。

麦克白眨着孩子般的眼睛：“斯威诺杀她的时候，你……你没有出生？”

“她当时正怀着我。我后来知道，当她在一名警官家里试图止血时，斯威诺挥动这个——”德夫举起军刀，“——划破了她的肚子。”

“也划破了你的脸。”

德夫慢慢点了点头：“你从我手里逃不掉的，麦克白。你输了。”

“输掉一场，接着又输一场。我们起初拥有一切，然后又输掉一切。我以为这是唯一不变的——人必有一死。可就连死也不一定都能被成全。德夫，只有你能赐予我死亡，送我和相爱的人团聚。做我的救世主吧。”

“不。你现在被捕了，会在监狱里终老。”

麦克白咯咯笑道：“我做不到，而你也无法阻止自己。你无法阻止自己在那条小巷里杀我，现在也一样做不到。我们改变不了自己的，德夫。意志是骗人的幻想。所以做你必须做的吧。做你自己。要不要我帮你念出他们的名字？梅雷迪斯，埃米莉，还有——”

“埃文。”德夫说，“你才是那个无法从自己一直想要成为的样子里解脱出来的人，麦克白。这就是为什么在太阳冒出山头后，我对卡西依然抱有一丝希望。你从不杀害手无寸铁的人。虽然在人们的印象里，你比斯威诺更残忍，比肯尼斯更腐败，但真正把你打败的却是你的善良，你的不够残忍。”

“我一直是你的反面，德夫。因此是你的镜像。所以，杀了我。”

“急什么？你这种人终究会下地狱。”

“那就放我走。”

“如果你祈求罪孽被宽恕，或许会有一条生路。”

“我已经出卖了这个机会，德夫。但我乐意，因为我期待着和爱人重逢，就算我们会被永世灼烧。”

“你会得到公正的审判，量刑既不会过重，也不会过轻。这座城市将第一次证明自己可以变得文明，容光焕发。”

“愚蠢的白痴！”麦克白大喊道，“你在欺骗自己。你相信自己在按自己希望的方式思考，你相信自己是你希望成为的那种人，可你这会儿正绞尽脑汁地找一个杀我的借口，趁我躺在这里无力反抗——这就是你为什么犹豫。但你的仇恨就像那列火车：一旦开动，便无法停止。”

“你错了，麦克白。我们可以改变。”

“是吗？那就尝尝这把匕首吧，自由的人。”麦克白把手伸向夹克。

德夫本能地作出反应，双手握住军刀，刺了进去。

他没想到，刀锋这么容易就插进了麦克白的胸口。当刀尖触及地面时，他感到一阵颤抖从麦克白的身体传导至军刀和他的全身。麦克白吐出一口长长的叹息，粉红色的血从嘴里喷射而出，溅到德夫的手上，像温暖的雨水。他低头望进麦克白的双眼，不知他在寻觅什么，只知道他没有找到。他唯一看见的是一点光渐渐熄灭，瞳孔慢慢扩大，直至覆盖整个虹膜。

德夫松开手，向后退了两步。

静静地站在那里。

星期天早晨。

工人广场上的声音越来越近。

他不想。但他知道，他躲不过。所以他做了。他扯开麦克白的夹克衫。

麦克白的左手平放在胸口。里面没有东西。没有皮肩套，没有匕首，只有一件白衬衫，渐渐染成红色。

嗒啦啦的声音。德夫转过身。是从轮盘赌桌上传来的。他站起来。毛毡上，一片筹码在红区，放在心形之下，另一片在黑区。但声音来自轮盘，虽然它还在转，但越来越慢。白球在数字间跳来跳去，然后停住，终于陷落。

它停在绿色的沟槽，意味着赌场赢得了所有赌金。

没有一个玩家获胜。

第四十三章

远处传来教堂的钟声。独眼男孩站在中央车站的候车室，望向外面的日光。眼前是一番陌生的景象。过去，“伯莎号”一直挡在候车室和因弗尼斯之间。但如今，这列老式蒸汽列车却捣穿了赌场的门面。阳光虽然刺眼，但他依然能看见警车转动的蓝灯和摄影记者的一片闪光。人们纷纷涌向工人广场。因弗尼斯的窗户后面不时也会闪现一点光。想必是专案组在给尸体拍照。

男孩转身进入走廊。当他快走到通往楼下厕所的楼梯时，他听见了什么动静。一阵连续的、低沉的哀号，像一条狗。他听过这声音，一个身无分文的瘾君子犯毒瘾时就这样。他透过栏杆朝下瞥去，看见在臭气熏天的黑暗里一件明晃晃的白衣。他刚要走开，就听见一声尖叫般的哭喊：“等等！别走！我有钱！”

“不好意思老头，我没货，你也没钱。认倒霉吧。”

“我可以给你眼睛！”男孩停在半道。走回栏杆。朝下望去。那个声音。真的是……他走到楼梯口，四下张望。没别人。然后他下到湿冷的黑暗中。每走一步，臭气就越发难闻。

那男的横躺在男厕所的门槛上，穿着原先可能是白色的亚麻西服。现在成了一堆浸透着鲜血的破布头，正如他本人，一具残破的、躺在血泊中的躯体。一块尖利的三角形玻璃碎片从他额头黑色的刘海下伸出。地上是镀金手柄的拐杖。真是他！这些年他一直苦苦寻找的人——赫卡忒。男孩的眼睛渐渐适应了黑暗。他看见那道口子，简直是开膛破肚。那里往外泵着血，但没多少，似乎快流干了。在每一股新涌出的血之间，他能看清里面青粉色的细细的肠子。

“给我个痛快吧，”老者喘着短气说，“然后拿走我口袋里面的钱。”

男孩看着这个人。他日思夜想的人。痛苦的眼泪滚下老者柔软的脸颊。如果男孩愿意，他可以拿出他经常用来剁白粉的弹簧刀——那把曾经挖掉一颗眼珠的窄刃。他可以捅进老者的身体。一场诗意的复仇。

“你的胃有东西射出来吗？”男孩问道，手伸进那人的夹克，“伤口里有胃酸吗？”他认真检查钱包里的东西。

“赶紧！”老者啜泣道。

“麦克白死了，”男孩一边说一边快速点着钱，“你觉得世界会因此而更美好吗？”

“什么？”

“你觉得麦克白的继任者会比他更好、更公正或更具有同情心吗？有什么理由相信他们会是这样的人？”

“别说了，孩子，赶紧动手。你要愿意可以用这根棍子。”

“如果死对你而言是最宝贵的东西，赫卡忒，那我不会从你身上夺走它，就像你夺走我的眼睛。你知道为什么吗？”

老者皱了皱眉头，盯着他看了一会儿。从他噙满泪水的眼里，男孩知道他认出了自己。

“因为我觉得，我们有能力改变自己，成为更好的人，”他说着把钱包放进破烂的裤兜，“这就是为什么我觉得麦克白的继任者会变得好一点。很小、很小的一步，但会变得好一点。多一点人性。对啊，你说怪不怪，当我们用人性来形容美好和仁慈时，其实就是在用‘人’这个字。”男孩拔出刀，刀片弹了出来，“我是说，要记住千百年来我们对彼此都做了什么。”

“这里，”老者呻吟道，指了指他的喉咙，“快。”

“你记得我当时不得不自己动手挖出自己的眼睛吗？”

“什么？”

男孩把刀塞进他的手里：“自己了断吧。”

“可你刚才说……多一点人性……我做不来……求求你！”

“一小步，一小步，”男孩说着站起来，拍拍他的裤兜，“我们会越来越好，但不会一夜之间就成为圣人。”

号叫声随男孩穿过车站，一路飘进灿烂的阳光中。

第四十四章

晶莹的雨点从天而降，穿过黑暗，朝下方码头的点点微光坠去。强劲的西北风将雨点向东吹过城中缓缓流淌的河水，向南吹过对角线上穿城而过的繁忙的铁路线。雨点随风飘过第四区，来到方尖塔和一座名为“春景”的新建筑——这是首府商人经常光顾的两家酒店。偶尔会有一个乡下人走进方尖塔，询问这里以前是不是赌场。大多数人已经遗忘，但他们还记得铁路局大楼里的另一家赌场，如今成了新近开放的市立图书馆。雨点飘过警局总部，马尔康局长的办公室灯火通明。他正召集管理层开会，研究部门重组。图特尔市长和市议会的减员计划起初令员工们十分沮丧，因为数据显示犯罪率已经大幅下降。难道就用这种方式奖励警察队伍三年来出色的工作吗？但他们意识到马尔康是对的：警察的工作就是尽可能让自己变得多余。缉毒处和与暴跌的毒品交易间接相关的部门——如凶案处——自然“首当其冲”。反腐败处维持现状。唯一可以增加编制的部门是新成立的金融犯罪处。随着这座城市吸引越来越多的公司，这里的金融活动也在增多。警方意识到，白领们轻而易举就能从金融犯罪中获利，这加剧了外界认为警察是为富人打工的观感。德夫试图尽力维持有组织犯罪处的规模，表示他需要一定的人力来防止犯罪滋生；如果职业罪犯再度在城中形成势力，清理起来会耗费非常高的成本。但他理解，他和其他所有人都必须接受减员。凶案处的凯思妮斯处长提出了一个具有说服力的观点：维持现有警员数量，最终有利于将谋杀案的调查效率维持在市民满意的水平。不过，就连她本人都得被迫辞职。德夫的心情倒是不错，因为终于等来了周末。他和凯思妮斯打算去法夫野餐。他对此既期待又畏惧。那栋房子如今已成为废墟，他一直任由野草在地里生长。但小木屋还在。他打算和凯思妮斯顶着烈日在草地上躺一会儿，闻一闻木板周围沥青的香气，听一听埃米莉和埃文的笑声是否还在那里回荡。然后他想独自游向那块光滑的岩石。人们说："世上没有路让你回到从前的地方，找回从前的自己。"他只想验证一下这句话的真伪。不忘过去，这样他才能面向未来。

雨点继续向东，经过二区西侧的高档购物街区，随后坠向一片蓊郁的山坡。这片山坡紧邻环路——夜色里就像这座城市佩戴的一圈闪闪发光的金项链。从绞架山的山顶，雨点穿过一棵棵树木，溅落在一片宽大的橡树的绿叶上。它滚向叶尖，挂在枝头，重量不断增加，准备最后几米的下落，落向树下立在黑暗中的两个人。

"这里变样了。"一个低沉的声音说。

"你已经死了很久了，先生。"一个声调更高的人答道。

"死。的确。我想我也是死了。你还没告诉我，你是怎么找到我的，波纳斯先生？"

"噢，我一直关注道上的消息。耳聪目明，这算是我的一种天分吧。恐怕也只有这一样拿得出手。"

"你的说法，恐怕我不全信。听着——我就明说了吧——我不喜欢你，波纳斯先生。你让我想起好多水生物，它们附着在体形更大的动物身上，吸它们的血。”

“吸口鱼吗，先生？”

“我想的是水蛭，可怕的小东西。不过没什么大碍。如果你认为能帮我夺回我的城市，你当然可以吸一点。小心就好。要是你吸得太猛，我会把你割掉。接下来，说正事吧。”

“市场上没有竞争者。这里的毒品禁绝后，大批吸毒者都流窜到首府去了。市议会和警察局局长终于开始放松警惕，准备裁员。现在正是时候。年轻的新客户潜力无限，而且我找到了赫卡忒的毒品工厂爆炸时幸存的三姐妹中的一个。她还有配方。我们的客户不可能找到替代品。”

“为什么你需要我？”

“我没有资本和魄力，也没有你的领导能力，先生。但我有……”

“眼睛和耳朵。还有一副吸盘。”老者丢掉一根抽了一半的大卫杜夫细长小雪茄，雨点在上方的枝头渐渐拉长，“我会考虑。不是因为你刚才那番话，波纳斯先生。如果有好货，任何城市都是潜力巨大的市场。”

“我明白。那为什么选择这里？”

“因为这座城市夺走了我哥哥、我的俱乐部——我的全部。所以我欠它点什么。”

雨点落了下来，掉在一只动物的犄角上。顺流而下，滚到一顶骑士头盔锃亮的表面。

“我欠它一座人间地狱。”

黑城

[挪] 尤·奈斯博 著
沈希 译

图书在版编目（CIP）数据

黑城 / (挪) 尤 · 奈斯博著 ; 沈希译. — 北京: 北京联合出版公司 , 2018.9

ISBN 978-7-5596-2407-9

Ⅰ . ①黑… Ⅱ . ①尤… ②沈… Ⅲ . ①长篇小说 — 挪威 — 现代 Ⅳ . ① I533.45

中国版本图书馆 CIP 数据核字 (2018) 第 172063 号

选题策划	联合天际
责任编辑	龚 将 夏应鹏
特约编辑	刘 默 张 琦
装帧设计	@broussaille 私制
美术编辑	晓 园

UnRead
—
文艺家

出 版	北京联合出版公司 北京市西城区德外大街 83 号楼 9 层 100088
发 行	北京联合天畅文化传播公司发行
印 刷	三河市冀华印务有限公司
经 销	新华书店
字 数	384 千字
开 本	880 毫米 × 1230 毫米 1/32 16.5 印张
版 次	2018 年 9 月第 1 版 2018 年 9 月第 1 次印刷
I S B N	978-7-5596-2407-9
定 价	78.00 元

关注未读好书

未读 CLUB
会员服务平台

本书若有质量问题，请与本公司图书销售中心联系调换
电话：(010) 5243 5752 (010) 6424 3832

霍加斯·莎士比亚系列

原著缩写

UnRead
–
文艺家

威尼斯商人

地点 威尼斯

情节 巴萨尼奥是一位年轻的威尼斯贵族，他想向美丽、富有的贝尔蒙特女继承人鲍西娅求婚。但他早已将自己的遗产挥霍一空，不得不向好友安东尼奥求助，求他借 3000 块金币。

安东尼奥是一位富有的威尼斯商人，他曾多次为好友纾困。安东尼奥同意了，但是因为他的商船尚未回港，身边余钱不足，只得向夏洛克借贷。

夏洛克是威尼斯的高利贷者，是犹太富商，因为吝啬、贪婪的个性，对好名声的安东尼奥一直耿耿于怀，于是借着安东尼奥向他借贷设了一个圈套。

夏洛克和安东尼奥签订协约，约定若不能按约归还 3000 块金币，他就要从安东尼奥身上的任意部分割下整整一磅白肉下来作为处罚。安东尼奥想着商船两个月后就会回港，没太犹豫就签订了合约。

地点　贝尔蒙特

情节　按照父亲的遗嘱，鲍西娅要通过抽签的方式来决定未来丈夫的人选。

她为求婚者们准备了金、银、铅三种匣子，她的小像藏于其中之一。选中装有小像匣子的人就是鲍西娅未来的伴侣。

金匣子上刻着："谁选择了我，将要得到他所应得的东西。"

银匣子上刻着："谁选择了我，将要得到他所应得的东西。"

铅匣子上刻着："谁选择了我，必须准备把他所有的一切作为牺牲。"

只有巴萨尼奥选择了铅匣子。他说："外观往往和事物的本身完全不符，世人却容易为表面的装饰所欺骗……寒碜的铅，你的形状只能使人退走，一点没有吸引人的力量，然而你的质朴却比巧妙的言辞更能打动我的心，我就选你了吧。"

鲍西娅的小像恰在其中，他们终成眷属。

与此同时，巴萨尼奥获信得知安东尼奥的商船在海中倾覆，还被夏洛克告上了法庭。

地点　威尼斯

情节　在法庭上，鲍西娅假扮律师，为安东尼奥辩护。她先是顺应夏洛克的心意，判他从安东尼奥胸口割一磅肉是法律许可的。

然而，就在夏洛克欣喜若狂之际，鲍西娅提醒他说："这合约上并没有允许你取他的一滴血，只写着'一磅肉'，所以你可以照合约拿一磅肉去，可是在割肉的时候，只要流下一滴基督徒的血，你的土地、财产，按照威尼斯的法律，就要全部充公。”

情势陡转，安东尼奥获救，并且，庭上宣布夏洛克以谋害威尼斯市民的罪名，没收其财产的二分之一，另外二分之一则给安东尼奥，而后者却把这笔意外的财产让给了夏洛克的女婿、自己的朋友——罗伦佐。

夏洛克遵依判决，改信基督教。

4

驯悍记

地点　帕度亚

情节　巴普提斯塔是帕度亚有名的富翁，他有两个女儿，也皆远近闻名：大女儿凯瑟丽娜凭着她的泼辣个性“扬名于外”，小女儿比恩卡温柔善良，有众多爱慕者追求。

根据当地长幼有序出嫁的老规矩，比恩卡必须在姐姐凯瑟丽娜出嫁后才能成婚。

这不仅急坏了比恩卡的众多追求者，也让老巴普提斯塔心急如焚。因为根本没人愿意求娶“悍妇”的凯瑟丽娜。

不得已，巴普提斯塔以丰厚的嫁妆作为“诱饵”。最终结果也不负他的良苦用心，一位声称只求钱财，无论什么样的女子都能接受的绅士彼特鲁乔答应迎娶凯瑟丽娜。

另一方面，为了获取比恩卡的芳心，年轻的路森修乔装成一名哲学老师，混入了巴普提斯塔家，教授他的两个女儿哲学。

无独有偶，与巴普提斯塔年龄相仿的富商霍坦西奥也想到了同样的计谋——扮成音乐老师来到比恩卡身边。不明就里的霍坦西奥很快发现，比恩卡对她那位“穷困潦倒”的哲学老师芳心暗许。他觉得不可理喻，一怒之下，霍坦西奥放弃追求比恩卡，娶了一位有着丰厚遗产、脾气暴躁的寡妇。

路森修命令仆人特拉尼奥乔装成自己的模样向巴普提斯塔求娶比恩卡，并许诺巴普提斯塔，他将以自己的万贯家财为聘礼迎娶比恩卡。明智的巴普提斯塔答应了路森修，同时坚持要与路森修的父亲文森修见一面，希望路森修的承诺能够得到父亲的保证。

于是，特拉尼奥找来一位老学究假扮文森修，却不料在与巴普提斯塔见面的过程中碰见了真正的文森修。好在一出闹剧之后，皆大欢喜，路森修还是如愿娶到了比恩卡。

另一方面，已被彼特鲁乔娶回家的凯瑟丽娜却历经磨难。表面上口口声声说着爱慕她的彼特鲁乔，却用“冻着她”“饿着她”“不给她买首饰”的方式“调教”凯瑟丽娜的坏脾气。

彼特鲁乔带凯瑟丽娜回巴普提斯塔那里参加比恩卡的婚礼，声称已经治好凯瑟丽娜的泼辣性格，还与霍坦西奥和路森修玩起一个游戏，他们打赌，让路森修的仆人比昂台罗去请自己的夫人，看哪位夫人能够乖乖听话，出来见面。

霍坦西奥“如愿”被妻子拒绝，但令众人更为吃惊的是，曾经一直温驯的比恩卡竟然没有听从丈夫路森修的吩咐，反倒是曾经习惯破口大骂，甚至大打出手的凯瑟丽娜跟随比昂台罗来到众人面前，轻声询问丈夫有何吩咐。

彼特鲁乔不仅赢得了赌局，他的“训悍技术”更是得到了现场男士一致的认可。

暴风雨

地点 岛上

情节 海上风狂雨暴，一艘船在无助地飘摇。船上有那不勒斯国国王阿隆佐、其弟西巴斯辛、其子腓迪南、大臣贡柴罗，以及米兰公爵安东尼奥、膳夫斯丹法诺、弄臣特林鸠罗。一道闪电划过，船开始下沉，水手长和水手们的努力无济于事，所有人都在担心自己将葬身鱼腹。这番景象无非是空气精灵爱丽儿在捣鬼——看，他就在那船索之上。

近处一座海岛的岸边，十五岁的米兰达可怜这群溺水之人，但她的父亲、法师普洛斯彼罗却说他们毫发无损，他做这一切全是为她的福祉着想。接下来他解释了为何要兴起这场风浪。他——而非安东尼奥——才是米兰合法的公爵。由于普洛斯彼罗沉溺于研习法术，他委托弟弟代理公国的政务。安东尼奥趁机同普洛斯彼罗的政敌阿隆佐联手，后者入侵米兰，普洛斯彼罗和三岁的米兰达被放逐到了一条漏水之船上。他们什么都没带，除了好心的大臣贡柴罗送来的一些衣服和普洛斯彼罗的书籍。他们漂至此岛，在一间如同“牢房”的洞窟里一住就是十二年。

眼下，福星和命运女神将普洛斯彼罗的仇敌引入他的势力范围。他令爱丽儿制造出暴风雨的幻景，并将他们带上岸。他的目的有两个：一是复仇，二是为米兰达赢得命运的转机。

普洛斯彼罗令米兰达睡去，自己穿上法衣，唤来精灵中的首席侍从爱丽儿。爱丽儿侍奉普洛斯彼罗是为了报答他将自己从一棵坼裂的松树中解救出来的恩情。此前，他因拒绝奉行女巫西考拉克斯邪恶的指令而被禁锢于树中。不过，他现在却想要回自由。普洛斯彼罗责怪爱丽儿忘恩负义，但答应爱丽儿在帮他完成眼下对付仇敌的计划后便可以让其重返逍遥。爱丽儿随后描述了制造“暴风雨”的过程。船客们被分成三批，从不同地方上岸：腓迪南独自一人；斯丹法诺和特林鸠罗一组，但彼此分开；其他的王公贵族则待在一起。

爱丽儿的下一个任务是变成海中的仙女，对普洛斯彼罗以外的人隐去身形，然后找到认为父亲已经淹死的腓迪南。爱丽儿要用音乐引他到一处地方，在那里他将邂逅米兰达。

普洛斯彼罗唤醒米兰达，共同寻找另一个被迫为他效劳的仆人凯列班——西考拉克斯丑陋、野蛮的儿子。凯列班、普洛斯彼罗甚至连同米兰达相互谩骂：凯列班指责普洛斯彼罗从他手中盗取了海岛，而普洛斯彼罗则指出凯列班试图强奸米兰达。凯列班说自己就想这么做，在岛上繁衍出许许多多个凯列班。随后，普洛斯彼罗手下的精灵对他又掐又捏，他被迫跑去捡柴火。

爱丽儿带领腓迪南上场，他对米兰达一见钟情，而后者也对他产生了爱慕之情。可事情不会这么容易，爱情也不会如此廉价。普洛斯彼罗设置了一场严酷的考验：他用法术夺走腓迪南的武器，责怪他是企图僭窃海岛的奸贼，表示要将他囚禁。腓迪南声称，只要让他每天看一眼米兰达，他便忍受得了这惩罚。

爱丽儿被派去监视包括阿隆佐、西巴斯辛、贡柴罗、安东尼奥在内的王公贵族。阿隆佐笃定儿子已经溺毙，沮丧至极。贡柴罗想方设法哄他开心：他赞美这座海岛，描绘了他有朝一日成为岛主时要建立的理想社会。安东尼奥和西巴斯辛则对他冷嘲热讽。爱丽儿出现，令阿隆佐和贡柴罗睡去。此时，安东尼奥向西巴斯辛提议将二人杀害，这样便可让西巴斯辛坐上那不勒斯的王位。但爱丽儿令两人在关键时刻醒来，并赶回普洛斯彼罗处向其汇报情况。

与此同时，凯列班正在拾柴火。他看见弄臣特林鸠罗走来，害怕对方是一个折磨人的精灵，于是躲到自己的衫下。乌云将至，特林鸠罗也躲了进去，但他不得不忍受衫下的鱼腥味儿和那个丑八怪。膳夫斯丹法诺走来，醉得天旋地转，他把凯列班也灌醉了。凯列班决定抛弃普洛斯彼罗，认斯丹法诺为新主人，像敬待神明一般侍奉左右。凯列班为此放声歌唱。

与此同时，腓迪南被吩咐去搬运木头。米兰达现身并请求他休息一会儿，要替他完成工作。他们许下爱的誓言，答应彼此结为夫妻。普洛斯彼罗躲在暗处，内心欢喜。

凯列班、斯丹法诺和特林鸠罗这会儿喝得更醉了。在爱丽儿挑起的一场打斗后，凯列班提议他们杀害普洛斯彼罗，拥立斯丹法诺为岛主、米兰达为王后。爱丽儿用音乐将他们引入迷途。凯列班告诉另外两人不要害怕，这座岛常常会传来好听的声音。

当阿隆佐、贡柴罗、西巴斯辛和安东尼奥在寻找腓迪南的路上歇脚时，一些奇形怪状的精灵为他们呈上一场宴席。普洛斯彼罗在暗处注视着他们朝食物走去，但那些山珍海味忽然不见了踪影，化身鹰妖的爱丽儿随之出现，痛斥阿隆佐、安东尼奥和西巴斯辛当年对普洛斯彼罗下的毒手，暗示腓迪南之死是阿隆佐的报应。三个恶棍被吓得精神错乱，阿隆佐甚至企图自杀。

普洛斯彼罗来到腓迪南身边，解除他的束缚，欢迎未来的女婿，但警告他不要和米兰达过早亲热。他令爱丽儿演绎了另一幕幻景：由三位女神主持的假面舞会，她们为这对年轻的新人送上祝福。

普洛斯彼罗想起凯列班企图对他实施谋杀，于是舞会戛然而止。他向腓迪南解释，刚才他看到的那些都是精灵，他们已然消散，如同这世上的一切，终将烟消云散——它们本质上都一样虚无，如同一场梦。

爱丽儿向普洛斯彼罗描述了他是如何将凯列班和他的两个同谋引入迷途的。他同普洛斯彼罗挂出一些漂亮的衣服，进一步引诱并拖延他们。斯丹法诺和特林鸠罗想盗取这些华服，但凯列班敦促他们先完成杀人计划。行窃过程中，爱丽儿和普洛斯彼罗令精灵们化作猎犬，将恶棍们驱逐下场。

按照普洛斯彼罗的吩咐，爱丽儿现在要把王公贵族们带来。他向普洛斯彼罗讲述了他们遭受的许多痛苦，并为他们感到难过。普洛斯彼罗很受触动：爱丽儿不过是空气的精灵，竟然也能心生悲悯。于是决定听取爱丽儿的建议，命令他恢复这些人的神志。接着，他表示是时候捐弃“狂暴的魔法”，便折断他的魔杖，将他的魔法书投入大海。

爱丽儿带领王公贵族们上场。普洛斯彼罗当面痛陈了阿隆佐、安东尼奥和他们的同谋西巴斯辛针对他的阴谋，但饶恕了他们。他私下警告安东尼奥和西巴斯辛，表示他掌握了他们谋杀阿隆佐的计划，但暂时不会揭露。

阿隆佐仍在为失去腓迪南而黯然神伤。普洛斯彼罗说他同样失去了一个孩子——是个女儿，但之后带阿隆佐来到他的“洞窟”，看到腓迪南和米兰达正在下棋。阿隆佐喜出望外，心怀感激，愉快地接受了这对新人。米兰达则为看到一个崭新的世界和如此令人惊奇的一群人而吃惊。普洛斯彼罗对此反应道，这些对她来说是新的（他内心清楚他们是什么样的人）。

水手长被爱丽儿带上场，描述了他和水手们是如何被唤醒并发现船只安然停泊在港湾的。凯列班、斯丹法诺和特林鸠罗上场，他们被整得脏乱不堪，浑身发痛。他们得到了应有的惩罚，也就此忏悔。普洛斯彼罗承认，凯列班“这个坏东西”从某种程度上是属于他的。

众人计划返回意大利，为新人举行婚礼。普洛斯彼罗将重掌米兰。腓迪南和米兰达终于将在那不勒斯登基、封后。爱丽儿将确保他们一路风平浪静。

普洛斯彼罗以一首收场诗结束本剧，他告诉观众他已将魔法抛弃，只有得到观众的宽恕，并借助他们的法力鼓掌相助，他才能挣脱海岛的禁锢，重获自由。

奥赛罗

地点 威尼斯

情节 罗德利哥是一位富有而放荡的绅士，他向他的朋友伊阿古抱怨说，伊阿古没有告诉他元老勃拉班修的女儿苔丝狄蒙娜和摩尔将军奥赛罗的秘密婚姻。罗德利哥很难过，因为他爱苔丝狄蒙娜。

伊阿古憎恨奥赛罗，因为奥赛罗提拔了一个名叫凯西奥的年轻人。伊阿古不服，他告诉罗德利哥，他打算利用奥赛罗为自己谋利。伊阿古说服罗德利哥叫醒勃拉班修，告诉他女儿私奔的事。与此同时，伊阿古溜出去找奥赛罗，警告他勃拉班修要来找他。

勃拉班修被罗德利哥激怒，扬言要把奥赛罗斩首。但他发现奥赛罗的住所里满是威尼斯公爵的卫兵，他们阻止了暴力。消息传到威尼斯，土耳其人要攻击塞浦路斯，因此奥赛罗被召去为参议员们出谋划策。勃拉班修别无选择，只能陪奥赛罗去公爵的住所，指控奥赛罗用巫术引诱苔丝狄蒙娜。

奥赛罗在威尼斯公爵面前为自己辩护，解释说，苔丝狄蒙娜迷恋他是因为他在威尼斯之前讲述的那些悲伤而引人入胜的故事，而不是因为巫术。

在公爵的命令下，奥赛罗在苔丝狄蒙娜、凯西奥和伊阿古的陪同下，指挥威尼斯的军队进攻塞浦路斯岛上的土耳其人。

地点　塞浦路斯

情节　一行人抵达塞浦路斯，发现一场风暴早已摧毁了土耳其舰队，无须再动干戈。于是，奥赛罗下令举行一个盛大的庆典，离开去完成与苔丝狄蒙娜的婚姻。在他不在的时候，伊阿古把凯西奥灌醉了，然后说服罗德利哥把凯西奥拉下水，加入他们陷害奥赛罗的阴谋。

在伊阿古的巧舌如簧下和巧妙设计下，奥赛罗开始怀疑凯西奥和苔丝狄蒙娜有染。

伊阿古把苔丝狄蒙娜遗落的手帕放在凯西奥的寓所里，然后告诉奥赛罗他要去质问凯西奥，让奥赛罗观察凯西奥的反应，以证明自己所言不虚。

可事实上，伊阿古和凯西奥聊的是另外一些风流韵事。

伊阿古使奥赛罗看见了他怀疑的事情，并信以为真，相信凯西奥从苔丝狄蒙娜那里得到了那块手帕。

最终，被猜疑、嫉妒蒙蔽的奥赛罗将自己的心爱之人苔丝狄蒙娜勒死在了他们的床上。

麦克白

地点　福累斯

情节　麦克白和班柯得胜归来，偶遇三个女巫，她们分别以葛莱密斯爵士、考特爵士、未来的君主三种身份向麦克白打招呼。她们还对班柯说：“你虽然不是君主，你的子孙将会君临一国。”

这样一番预言后，女巫消失。

之后，不久，邓肯——现国王告知麦克白：考特的领主因叛国被处死，颁令麦克白继任成为考特爵士。女巫的预言应验了。

在麦克白的城堡内，麦克白夫人听闻麦克白偶遇女巫的故事后，野心膨胀，决定不惜一切代价，扶助麦克白成王。第一步就是，弑杀国王，取而代之。

麦克白在夫人的催逼下，杀死了国王，后怕不已。

麦克白夫人冷静地为丈夫善后，将罪过伪装嫁祸给守卫。然后又在翌日，上演了一场为先王报仇的好戏。

地点　殷佛纳斯

情节　女巫的预言再次应验，麦克白成了君主，并开始焦虑班柯的子孙会成为君主的预言。

为了保住丈夫的王位，麦克白夫人再次出谋划策，设计杀害班柯和他的儿子。

班柯身亡，他的儿子侥幸逃脱。

正当麦克白与同谋们弹冠相庆时，他看见了班柯的冤魂。

大家都以为国王已经疯了。

地点　山洞

情节　麦克白拜访女巫，希望从她们口中获取更多关于个人命运的信息。

女巫给他三点忠言警告：第一，提防麦克德夫——苏格兰贵族；第二，没有一个妇人所生下的人可以伤害麦克白；第三，麦克白永远不会被人打败，除非有一天勃南的树林会冲着他向西嫩高山移动。

此时，做国王装扮的班柯冤魂和他的八个后代出现，预示女巫所言即将应验。

惊慌失措的麦克白恢复清醒后，与夫人决定铲除麦克德夫和班柯后人。

地点　邓西嫩

情节　麦克白杀害麦克德夫妻儿。被激怒的麦克德夫为报仇而投奔马尔康——邓肯之子，攻打麦克白的城堡。他们在勃南森林折下一些树枝作掩护，让自己的军队看起来就像勃南森林一样。

麦克白早已失了人心，两军交战，麦克白被杀，马尔康成为新的苏格兰国王。

李尔王

地点 李尔王宫中

情节 不列颠国王李尔年迈，为了摆脱负累安享晚年，想为自己的三个女儿分配财产、嫁妆，以免她们日后起争执。

他说：“告诉我，你们中间哪一个人最爱我？我要看看谁最有孝心，最有贤德，我就给她最大的恩惠。”

大女儿高纳里尔和二女儿里根纷纷花言巧语，李尔很开心，馈赠以广袤的土地。

轮到三女儿考狄利娅时，她却说：“我是个笨拙的人，不会把我的心涌上我的嘴里，我爱您只是按照我的名分，一分不多，一分不少。”

由此惹恼李尔，考狄利娅远嫁法国。

另一方面，葛罗斯特伯爵听信庶子爱德蒙的谗言，放逐了长子爱德加，爱德加不得不以乞讨为生。

地点 荒野

情节 偏信大女儿和二女儿的李尔，被两个女儿无情怠慢，无奈之下只能抛下一身荣光，逃向荒野。

他在荒原上呼喊，发泄。

“风、雨、雷电，都不是我的女儿，我不责怪你们的无情；我不曾给你们国土，不曾称你们为我的孩子，你们没有顺从我的义务；所以随你们的高兴，降下你们可怕的威力来吧，我站在这儿，只是你们的奴隶，一个可怜的、衰弱的、无力的、遭人贱视的老头子。可是我仍然要骂你们是卑劣的帮凶，因为你们滥用上天的威力帮助两个万恶的女儿来跟我这个白发的老翁作对。啊！啊！这太卑劣了！”

一无所有的情况下，他突然意识到自己曾经应有尽有时，其实是另一种贫穷。

李尔也幡然醒悟，被自己粗暴对待的小女儿才是真正地爱他、敬他。

另一方面，葛罗斯特伯爵也没有得到爱德蒙的善待。在爱德蒙的陷害下，他被挖去双眼，流放荒野，最终与李尔相遇。所谓“一个疯子领着一个瞎子走路”由此而来。二人相同的境遇，让他们对自己，对世界，有了清醒的认识。

地点 葛罗斯特城堡前

情节 爱德蒙继承爵位后，同时与李尔的长女、次女勾搭，害得她们争风吃醋，相互残杀，最后次女被毒死，长女谋杀亲夫的阴谋败露后自杀。

地点　多佛附近英军营地

情节　远在法国的考狄利娅得知父亲的遭遇后，义愤填膺，立刻组织了一支军队，向自己的姐姐们开战，一路杀到英国。她与李尔再见，冰释前嫌。但是英、法两军交战，法军战败，考狄娅利娅被俘，不幸死去。李尔过于悲伤，最后崩溃而亡。